中华史诗

第一部

中华之歌

华文峰 著

作家出版社

华文峰，笔名华声，男，山东微山人，汉语言大专、法律大本、经济学在职研究生，青岛市政协第十届、第十一届常委，副秘书长。长期坚持政治、经济、文学等专业的学习研究和写作，发表过散文、报告文学、电影文学剧本、长短篇小说等，创作以诗歌为主，先后在《人民日报》《中国作家》《诗刊》《人民政协报》《中国文学》《联合日报》《三峡晚报》《青岛日报》《青岛文学》等全国和地方报刊发表大量诗作，其中有长篇史诗《中华之歌》《新中国之歌》《天地家园歌》《天道八问》《高原》。出版诗集《人生旅途》《梦之歌》《古道》《人生之歌》等。政治、经济学研究成果显著，在《求是》杂志等全国和省市报刊发表大量论文，多篇荣获全国和省市优秀论文奖；先后出版了《党建问题新探》《社会主义命运浅论》《新中国的回顾与展望》《企业管理论丛》《社会主义再考察与再思辨》等5部100万字的政治、经济专著，其中3部分别荣获全国评比一等奖。2010年被评为感动中国文化人物。现为中国作家协会会员、全国党风科学研究会特约研究员、中国当代艺术协会名誉主席、中国文化学会艺委会主

席、国际知名文艺家联合会主席团副主席、中国国际国学院名誉院长和终身高级院士、中国民族文化研究会诗书画艺术委员会终身名誉主席、青岛科技大学客座教授。研究和写作涉及众多领域，作品形式多种多样，研究成果及作品颇丰。尤其是在诗歌创作上有自己明显的风格，取得了突出的成就。

序一

恢宏浩瀚雄奇壮丽的中华史诗

——中华史诗序

谢　冕

以整个国家和民族文明发展史、整个国家和民族历史上著名的人物及整个国家和民族在历史上所创造的神学、神话综合写成一部巨著史诗，这在世界上恐怕是史无前例的，在中国更是史无前例的。但诗人华文峰以中华五千年的文明史、以中华五千年历史上伟大杰出的人物、以中华民族在历史上所创造的神奇浪漫的神学完成了一部恢宏浩瀚雄奇壮丽的伟大史诗——中华史诗，正如中华史诗其伟大的名字，这部史诗正可谓涵盖了中华民族五千年辉煌历史，不论从其名称还是内容上来说都是对中华民族客观全面的伟大展现。中华史诗包括《中华之歌》《中国人歌》《华夏神歌》三部长篇史诗，每一部 13572 行，三部共 40716 行。从结构、内容、篇幅都是前所未有的，篇幅之长、涵纳如此广博的知识，这在中国诗坛上是前所未有的，从篇幅上相当于荷马史诗和但丁《神曲》的总和，但中华史诗在内容选取和结构框架上要比荷马史诗和但丁的《神曲》更加广阔恢宏浩瀚。

中华史诗第一部长篇史诗《中华之歌》内容分三卷，第一卷为《古老的长歌》、第二卷为《新中国之歌》、第三卷为《天地家园歌》。《中华之歌》从中华的地理山川、天文历法、语言文字、风俗礼仪、思想道德、文学艺术、农业发展、科技发明、建筑园林、名胜古迹、历代名人等方面讴歌了中华五千年辉煌文明;《新中国之歌》从旧中国的景况、中国共产党的成立、第一次和第二次国内革命战争、抗日战争、解放战争等方面描写和歌颂了为新中国成立而奋斗的二十八年,全面歌颂了新中国成立六十年来所取得的伟大成就;《天地家园歌》从中华大地山川、五十六个民族等方面描述和歌颂了中华大地壮丽河山、伟大的中华民族中的五十六个民族。

中华史诗第二部长篇史诗《中国人歌》内容分为二十一章,描写和歌颂了中华五千年辉煌历史中所涌现出来的各个方面的杰出人才,包括远古圣贤、政治家、思想家、军事家、外交家、农民革命家、教育家、科学家、工技家、医学家、历史学家、文献学家、地理学家、语言文字学家、文学家、书法家、绘画家、戏剧音乐家、宗教家、货殖家共400位中华历史上的各类伟大和杰出人物,概括、真实、形象地描绘了各自伟大和杰出的历史成就及性格特点。

中华史诗第三部长篇史诗《华夏神歌》内容也分为三卷,第一卷为《地狱游》、第二卷为《灵园游》、第三卷为《天堂游》。描写了在中华民族所创造的五千年辉煌灿烂文明中所特有的一朵瑰丽奇葩神奇浪漫的一曲神歌。中华民族所创造的三界之说反映了古老的天人合一的思想,又反映了佛教因果报应之说,以及中华大地长期以来以“天”为中心的天子观、天朝观。所创造的三界之说远比但丁的《神曲》及西方的宗教要更加古老,地狱、灵园、天堂是那么的神秘和形象。把这些神秘的东西以史诗的形式写出来,确实能从中琢磨出一些神秘的味道来。

中华史诗彰显了作者优秀的国学修养及诗中严密的结构、包罗万象的内容和深厚的传统文化底蕴,以及作品中洋溢的强烈的爱国主义激情,充分体现了以马克思主义世界观对中华文明所作的科学总结。中华史诗的独特之处在于以抒情诗的体式包容和吸纳了咏史、咏物和咏人诗的品质，从而拥有并产生了史诗的效应。它充分发扬我国诗歌的颂诗的传统，又有效地承袭了自古绵延而今的诗教的品质，同时能够将两者完美融合。特别突出的是中华史诗在声调方面做出的努力，在为传统"诗韵"精神的回归上作出了巨大贡献。中华史诗富于形式美，句式整齐、节奏鲜明、音韵铿锵，带有明显的论理性，语势声情并茂，内容别具匠心，精致地建构了一座宏大的艺术长廊，构成了中国古代文明发展史的缩影，其中所展现的是文化自信和民族认同感及用独特的方式来构建的中华史诗。

中华史诗开创了诗歌和传统文化密切结合的先例，并开创了如此鸿篇构架，是中国文学史上的第一部。不论从篇幅、内容、结构和思想艺术上讲，都是中国文学史上前所未有的宏大史诗。

中华史诗在思想内容、结构及艺术形式的实践方面提供了新的经验。中华史诗的鲜明特点还在于，把汉语诗歌传统的十三韵作为史诗的结构的基础，把十三韵的构想融入其中，可以说，全诗贯穿着传统"诗韵"的精神。不论在中国古代文学史还是现代文学和当代文学史上，把中国汉语写诗的十三韵全部、严谨、巧妙地用在一部宏大史诗之中，中华史诗又是第一部。中华史诗极大地发扬了语言内在的音乐性，其中包括音响效果、对称效果、鲜明的节奏感等。明显节奏的长句，加上有规律的韵脚，形成了可吟可诵的音乐效果，中华史诗的实践弥补了新诗的缺憾。

中华史诗更是对中华民族特别是大中学学生进行中华优良传统文化教育、民族精神教育、爱国主义教育和社会主义教育的一部难得的好教材。中华史诗架构之大、内容之广、思想性之强、分析之全面深刻、描写之细腻、涉猎的学科之多、韵律运用之全和音乐效果之好是中国文学史上前所未有的，称得上是一部杰出的作品。中华史诗开创了中国文学史上长诗创作的里程碑，在当代中国诗坛上占有极其重要的地位,在中国文学史上将留下重要深远的影响。

我们通常考量一首诗歌的价值,首先总要以它在诗歌实践方面是否提供了新的经验为基点。这是对于作为艺术的诗歌的最基本的尊重。要是一首诗在艺术层面未能有创造性的发挥与拓展,就会影响到我们对它的价值的评判。这是我们阅读和辨析诗歌价值的前提和出发点。在这方面,中华史诗当然是不完备的,它存在着一些令人质疑的因素(例如它的体例、知识性和说理性等)。即使如此,这部史诗依然有充分的理由引发人们的兴趣与信心,并由此得到阅读的满足。这方面牵涉到较为复杂的诗歌欣赏的道理。

阅读中华史诗始终伴随着一个复杂的心情。一方面,时不时的,有一些诸如"用诗来传递知识可行吗"的疑问跳出来,一方面,又不能不为它的渊博的叙述所吸引。我们面对这部篇幅巨大、内涵丰富的史诗,首先是由于它的缜密的构思和宏大的架构,以及充盈其间的激情和气势而受到感动。

中华史诗是一曲对于中华祖邦的倾情的礼赞,在它奔涌澎湃的旋律中跳荡着发自肺腑的对我中华民族山川灵秀和灿烂历史的自豪感。我把它定位为抒情性的史诗。它的独特之处在于以抒情诗的体式包容和吸纳了咏史和咏物诗的品质,从而拥有并产生了史诗的效应。这部长诗着力于展现诗的两个基本层面的功能:其一,它充分发扬我国诗歌的颂诗的传统;再就是,它又有效地承袭了自古绵延而今的诗教的品质。中华史诗对这两方面作了较为完满的融合。

广泛的阅读、观察和积累形成的丰博的知识,上自天文历数,下及山川河海、历代帝王将相、各类杰出名人、节庆习俗、文明礼教、史籍典册、上天入地神奇浪漫的神学,无不赅备,使全诗具有了诗体的百科全书的性质。因为是包罗万象,全知全能,当然难免会有知识方面的纰漏。这原也无妨,毕竟人的认知有限,无论多么博学强记,总有力所不及处。令人感动的是作者的倾心尽力。他能做到的，未必人人都能做到——

龙山文化更加逼近文明的历史大门
红铜、青铜和黄铜铸成了历史的钥匙
良渚文化的磨制、切割和钻管技术
使玉器的制作达到了空前的精致

也许动人的不仅是这些知识性的叙述，作为抒情诗的中华史诗，其中蕴涵着抒情主人公的主观的情感抒发。在字里行间，经常出现“二百万年的野蛮时期是多么的漫长和艰难，每一步进化发展都要付出那么多的努力”这样的感慨，有时在叙述过程中也会出现“一个节庆是一首诗赋，一年的节庆是一部诗书”这样的抒情性很强的诗句。这使史诗能够摆脱单纯的讲史叙事的性质，而赋予它强烈的主观抒情的色彩。

中华史诗的写作有鲜明的特点，它的最主要的特点当然是源于诗人由衷的爱国情怀，以及颂扬古老文明的强烈愿望。作者自述，这是“发自内心的歌”。除此之外，我们还注意到他的创作的直接诱因，则是来自诗人对中华传统诗词的热爱，正是因此，才萌动了创作中华诗坛这部前所未有的宏大史诗最初的意愿。

中华史诗的创作的初衷，乃是由于作者对中华诗韵的迷恋。直接地说，我认为他的灵感乃是源于对汉语诗歌传统的十三韵迷恋，这十三韵也成了史诗结构的基础。从一部从序诗开始到跋，他都把十三韵的构想融入其中。

可以说，全诗贯穿着对传统“诗韵”迷恋的精神。要是说，此诗的构思有着多方面的考虑的话，但“从韵出发”却是其中最重要的考虑。

正是由于对史诗创作的这个认识，我坚定了我对作者创作支持的立场，并认可了这部存在着某些缺陷的史诗的写作。这不仅是由于他所尊崇的传统精神（这一点很多人都能拥有），而且是由于他的“诗韵情结”。

人们都知道，构成汉语传统诗歌的持久魅力的，有诸多的因素，其中最为主要的乃是它极大地张扬并体现了诗人独特的情怀，而且把这种情怀点化成了诗中的意境和韵味。这一点，是其他国家的诗歌，甚至包括中国新诗在内所不具备或很少具备的。而这种效果的取得，很大程度是由于汉语诗歌极大地发扬了语言内在的音乐性，其中包括音响效果、对称效果、鲜明的节奏感等。中华史诗作者对于诗韵的倾心，正应和了上述的这种认识。

中华史诗的写作确定以传统诗韵为出发点，无视于可能有的“过分重视形式”的责难，迈出了勇敢的一步，是非常可贵的。从而把汉语内在的音乐性充分开掘并发挥到极致，使它的诗行充满了铿锵的音韵和和谐的节奏——

你建设了多少恢宏的城镇村寨
你哺育了多少杰出的中华英才
你创造了多少灿烂的古老文明
你留下了多么厚重的历史记载

有明显节奏的长句，加上有规律的韵脚，造成了汉语新诗可吟可诵的音乐效果，中华史诗的实践弥补了我们普遍感到的新诗的缺憾。当然，因为它是“带着镣铐跳舞”，有时也难免有牵强之弊。举例说，如史诗之第一部《中华之歌》第一卷中第六章：“自禹至桀十七世伐桀之年”往后，为了押韵，隔句连续出现：葬埋、四海、时代、由盛变衰、失败、朝脉等词汇，可谓苦心经营。但同韵字毕竟有限，为了应急，也有勉强“凑韵”的时候，如“皇权把朝纲更加主宰”的“更加主宰”即是。《中华之歌》分三卷，先后分三次发表和出版，为此当年《中国作家》先后在北京举行了三次座谈会。北京诗歌界的许多朋友都出席了。记得那三次会上，与会者都肯定了诗人的辛勤劳作，高度评价了他的史观和史识，以及他对中华历史讴歌的激情。也许是诗人的宿愿在胸，也许是受了舆论的鼓舞，在此后的时间里，诗人已悄然开始了中华史诗的另外两部长篇史诗《中国人歌》《华夏神歌》的写作，这就是今天出现的恢宏浩瀚雄奇壮丽的中华史诗三部长篇史诗《中华之歌》《中国人歌》《华夏神歌》。

中华史诗第一部《中华之歌》可以看作是一部规模巨大的诗体的中华文明史，其中的第二卷《新中国之歌》则是向中华人民共和国成立六十周年大庆的献礼之作，它是一部同样诗化的当代中国史。正如诗人自述的那样，它不仅是一部“发自内心的歌”，而且是一部诗人自己的“我的生命之歌”。前一著作与我们民族和文明有关，而此时的《新中国之歌》，则与诗人自身的生命经历有关。诗人自语：“我是生在红旗下、长在红旗下，唱着‘没有共产党就没有新中国’、‘五星红旗迎风飘扬’长大的，我的生命是与新中国的命运紧密相连的。”全诗的章节结构和韵律安排，悉依前著，依然是汪洋恣肆，音韵铿锵，且规矩井然。像这样的句子：

你的名称是用真理蘸着生命和鲜血书写
每一个笔画都凝聚着英雄的生命和鲜血
你的名称是中国共产党带领全国人民共同书写
每一个字的笔画都是那么坚强和团结

诗人充分运用并发扬中国传统诗韵的魅力，绘声绘色地展示建立和缔造新中国的艰苦卓绝、可歌可泣的历史进程。他看重的是史实，着意于历史事件的评说和再现，下笔之初，首重理路的厘清。诗人在尽情的讴歌中，甚至也没有回避和忘记我们曾经有过的曲折和错误：例如"大跃进"的灾难，例如"文革"，是"错误理论指导下的错误实践……留下的深刻历史教训永记全国人民心头。诗人以饱含深情的笔墨，抒写六十年风雨途中中国人留下的深深浅浅的脚印，字里行间充盈着一泻千里的激情。但他在充分展现其知识和学养的过程中，依然坚持着诗歌的优美抒情的品性，章句间依然时时涌现如下的美丽精妙："奔赴漠河迎接第一声晨钟……纵驼戈壁追逐前人留下的大漠孤烟"，"攀上云贵高原采一段高原云霞……击水万里滚滚长江一路奔流东去"。这些描写，综合起来，构成了史诗华美、璀璨、明亮而极尽铺排的风格。

华文峰显然找到了舒展他的学识与才华的恰当方式，他积蕴于心的情感的火山岩浆，似是在这样气势雄大的体式中找到了喷火口。他的史诗写作也如开闸的激流，一霎时喷涌而出，腾空激荡，遍地漫流，繁丽满眼，蔚成壮观。继《中华之歌》《新中国之歌》之后，诗人的灵感踵至，书写更迅捷，也更流畅，视野更拓广，场面也更宏阔。《中华之歌》的第三卷《天地家园歌》再一次带给人们以惊喜。《天地家园歌》延续了前面两部作品的优长之处，不同的是，它更富有哲理的诉求，知识面也有大幅度的扩展。山川河海，村寨城郭、人文典籍、民族风习、囊括其中。特别值得珍惜的是，诗人通过天、地、人三者内涵和彼此关联的揭示，由衷地讴歌了天运转、地运转、人运转的充满生机的理念，以及对于天合地、地合天、人合天地这样一些和谐世界的祈愿。在《天地家园歌》中，诗人着重阐述了天地人三者之间的理想状态：天道、地道、人道，最后指归于所有人都明白和接受的"知道"（这是我的"杜撰”)。我以为这是诗的“眼”,是诗人创作的立意所在,这也是贯穿《中华之歌》写作的根本思想。不论诗人是在讲遥远的古代,或是在讲处身其中的当代,还是在讲富含哲理的思想,他的立意和目标总是为着我们的社稷万民的幸福安康祈祷。

中华史诗第二部《中国人歌》以崇敬、自豪、同情、怜悯、伤感、抱怨、怨愤等深切复杂的心情描写和歌颂了中华历史上400位伟大和杰出的人物。他的成功之处首先在于在历史人物的选取上坚持了唯物史观,正确选择了中华历史上的主流人物。众所周知,漫漫五千年中华历史上的各个领域著名人物寥若星辰,要从中选取400位并且要涵盖各个领域,把各个领域最具代表性、成就最突出的人物选取出来绝非易事,华文峰做到了,做得十分成功。其次,《中国人歌》用简练的笔墨公正、客观、高度地概括每一个人物最主要最明显的特点、最突出的成就,实事求是地评价他们的一生,在歌颂他们为中华历史作出重要贡献的同时又客观地指出了其中一些人物存在的不足,再现了这些历史人物的典型形象,这也是中华史诗第二部《中国人歌》最主要的艺术成就。400位历史人物要展现出他们各自最典型的特点又要避免重复,确是一件十分困难的事。但《中国人歌》却做到了,而且做得非常成功。如第一章远古圣贤中的十二位历史人物虽然大都是传说中的人物,却写得是那么形象和逼真。如描写有巢氏:

他古老古老得至今不知他的岁月年华
他神秘神秘得一直蒙着神秘面纱
他是中华上古时代传说中的伟大人物
他是中华上古时代的一部神奇神话

如描写燧人氏:

燧人氏又称燧人是人工取火的发明者
诸多传说和神话都说他发明了钻木取火

如描写黄帝：

他是中华民族又一位伟大的始祖黄帝
他的出生及其一生更是那么的神奇
附宝感北斗生黄帝之说广泛流传
更有神话传说他是大神女娲的儿子

如描写汉高祖刘邦：

汉高祖刘邦字季生于沛丰邑中阳里之乡
为人大度不拘小节初为泗水亭长
他好酒及色常到酒铺赊酒喝得酩酊大醉
到年终他也不还酒账酒铺常自毁赊账
这就是当年的汉高祖在乡里所为
这就是年轻时的汉高祖刘邦
就是他喟然叹息嗟乎大丈夫当如此也
他此时的心中居然就想当皇上
……
刘邦自汉五年称帝政治局势趋向稳定
他泣歌“大风起兮云飞扬，安得猛士兮守四方”

短短三十六行高度形象地概括了刘邦的一生，首尾密切相连。还有对政治家主父偃最后一段的刻画真可谓入木三分。还有对文学家陶渊明、欧阳修、李白、杜甫，对书法家米芾、对文献学家纪昀、对绘画家朱耷等的描写都是那么的形象，那么栩栩如生。总之，《中国人歌》对人物形象典型塑造是其最成功的艺术成就。中华史诗第三部《华夏神歌》也是13572行，在这一部长篇史诗中他要表达的，是对人生的感悟。这是一幅人生之旅、生命之旅的又一次深刻的醒悟。他以长篇史诗的形式来叙述人生的感悟，其目的是“沿着哲学和神学的大道，在虚无与现实中走了一遭，试图找到一直以来我苦苦寻找的答案”。《华夏神歌》是神奇而浪漫的一曲神歌，他仍然采用了汉语写诗十三韵的手法，叙述了地狱、灵园、天堂、想象、历史、现实中人的命运，批判了当下社会现实中的一些肮脏的东西。从这个角度说，《华夏神歌》具有很高的艺术价值，同时也具有很重要的现实意义。《华夏神歌》是按照中国历史来叙述的，分三卷写了“地狱游”“灵园游”“天堂游”三界之说。在序中有这样的诗句：“古老的中华民族历代以来一直以天为本/按着天意建立了一代又一代的乾坤/天朝体系最能彰显出古代中华民族天的观念/神奇的神话传说更加折射出古代中华人心……/天堂之说描绘得那么美好那么神奇那么形象/地狱之说创造得那么真实那么诡谲那么逼真/人间的每一个人居然都对应着天堂地狱之事/把神、人、冥三界之说演绎得绝妙绝伦……多少次带着疑问和迷惑想到地狱走一遭/多少次带着疑问和迷惑向往能够走上天堂。”每一个人都向往天堂，而天堂是人们想象的乐园，是要在人间做善事，死后才可去“天堂”。自古以来诗歌都是向善而不向恶，诗歌向雅而不向俗。诗人的心是善良的，他用诗歌来表达大地、人间和地狱的善。从不朽的《诗经》开始，诗歌就追求雅而善，朝着大美的方向前行。

接下来的“地狱游”中，诗人竟如身临其境地感受到了真实的地狱。对于“十八层地狱”这个词，历来都是人们的想象之意，喻意在劝说人们，在活着的时候多做善事，多积德。做恶事，死后就会在十八层地狱受苦。我们相信，没有哪位诗人能像华文峰这样如此真实地把想象中的地狱情景用诗歌的形式描写出来，而且表达得如此生动，甚至让我读着有些毛骨悚然。人生经历多了以后，就会有深层的思考，华文峰用诗来参与探讨人类情感活动的地位与作用这样的问题。对于人的短暂生命来说，憧憬和痛苦是这一生的重大问题。我们常常把生命看成是个过程，诗歌不仅能满足情感宣泄的愉悦，还能把人们经历这一过程的体验升华为人生的领悟，诗的品位也因此得到升华。

在《华夏神歌》“地狱游”的开篇，诗人这样写道：“周围一片混沌玄黄看不见天在哪/脚下一片昏暗苍茫看不见地在哪/我仔细观望四处看不见一个人影/……突然一个美丽动听的声音响在头顶……/她有一个美丽的名字叫蓝云霞……”他遇到他“敬仰的老师”，老师安排他梦游地狱、灵园和天堂三界。虽然这“相见”是梦中的喻意安排，却真实表达了诗人对老师的敬重和怀念。

于是“我”就开始了三界游，在梦游中体会谁是魔鬼谁又是天使。诗人在梦中游看了地狱、灵园、天堂，看到了“三界”中包罗万象的景象。在游历中感到人间、地狱、天堂并不是那么遥远，也许它就在我们的生活里，近到一念之间，由此真的让人感到生活的美好需要珍惜。其实天堂与地狱也就是人心里的阳光与黑暗，心里的阳光多了，就可以把一切都照得亮，阳光心态的人才可以做出有意义的事，就可以把生命的精彩发挥得淋漓尽致。生命就是在生活的天堂和地狱之间慢慢地分辨着。在《华夏神歌》中有许多景物的描写是那么的美妙！

如在第一卷《地狱游》第九章中关于火山地狱的描写：

第十六层火山地狱烈火生发，
八个大字如八支燃烧的火把。
连绵逶迤的山峦遍地烈火炎炎，

从山脚一直连绵到高耸的山崖。
腾腾烈焰中透出一缕缕青烟，
恰似人间漫天的火烧云霞。
每一座山头都是腾腾冲天的烽火，
每一座山都涌动着烈烈光华。
满山的大火腾腾燃烧烈烈腾迤，
烈烈气焰在滚动的火海中腾发。
半空的火云也像被点燃熊熊燃烧，
面前一切景物好像都在烈焰中熔化。

如在第二卷《灵园游》第一章中关于黄土高原月夜的描写：

这是一个难得的晴朗月圆之日，
披着圣洁月华的黄土高原是那么静寂。
圆月高挂在万里无云的中天，
月光中的黄土丘陵涌动着金色涟漪。
皓月照耀下的黄土高原更显阔大，
拉近了与月空的距离使星垂月低。
金色的海洋相拥着银色的世界，
黄土高原的今夜好像又重新开始。
皓月又送走一个不复返的昨天，
迎来一个也许永不重复的生息。
古老的黄土地尘封着久远的厚重，
厚重的尘封中该有多少幽深的神秘。

如在第三卷《天堂游》第九章中关于九重天的描写：

九重天上的山峦树木也已经苏醒，
为了迎接太阳而开始敞开了胸怀。
一会儿红中透出更加明亮的金黄色，
各种颜色都汇聚在一起显露出来。

好像顷刻之间一切景物更加清楚，
太阳还未露出脸就显示出它的豪放气概。
东方的早霞逐渐变成半天深红颜色，
头顶上的蓝天像涌动金色波涛的大海。
随着红霞碎开一道道金光不断射出，
横的是霞直的是光五彩云霞交织在一块。
忽然西边天空的彩云裂开白气缭绕，
在积聚的白气中拉起一条七彩虹带。
这是只有在雨后放晴才出现的景观，
如今这美丽的景致却显现在九重天台。
七彩虹带浮现在白气和彩云中间，
像是倒挂的匹练若隐若现流金溢彩。
……
所有山峦树木花草都缭绕着霞辉，
由灰绿色慢慢变成光闪闪的翡翠。
仙鹤、天鹅和各种神鸟都已经醒来，
披着霞光在彩云间不断飞去飞回。
像一片片祥云一簇簇锦绣飞过蓝天，
给九重天带来神采飘逸的祥瑞。
鸟儿优美动听的鸣唱汇成交响的天籁，
弦动起神奇缥缈的天音荡漾萦回。

朝霞中九重天上的神都仙气缭绕，
整个神都城阙上空涌动着万道金辉。
纵横交错的一条条大街流光溢彩，
一座座金碧辉煌的宫殿森严雄伟。

一座座宫殿檐角脊顶雕着吞金稳兽，
宫殿高大的门柱上龙飞凤舞透着雄威。
远看灵霄宝殿红玛瑙石殿壁庄严辉煌，
金黄流金瓦万道金色光焰喷涌腾飞。
亭阁星台有千年不凋谢的奇花异草，
炼丹殿有万年常青瑞草喷香花卉。
灵霄宝殿之前紫绶金章金鼓高悬，
金钉玉户龙凤舞艳朱门复道回廊金绘。
城西瑶池碧水琼浆玉兰朱楯玉簪珠履，
幽房曲室壁砌生光琐窗曜日映金环珮。
朝霞映照下的整个天空在等待太阳。
金光闪耀的神都在等待朝圣神威。

我不知道还有没有比这更壮丽的黎明！
不知天下还有什么景致比今日晨景壮美？
……
九重天上壮丽景致让我看得眼花缭乱，
漫天之中无限瑞霭浓浓异香让我如痴如醉。

地狱、灵园、天堂的所见所闻，完全与现实人间的境遇相仿，《华夏神歌》是诗人笔下呈现出来人世间的百态人生。诗人写《华夏神歌》

的目的，旨在“你居然为国家之命运而忧心忡忡/为人间邪恶势力不得治而怨愤冲天/可是怨愤却解决不了什么问题/关键是采取有效措施尽快治贪倡廉”。诗人借虚拟的空间批判现实中的污浊现象，忧思着“不知人类的发展最终要达到什么目的……”

中华史诗涉及了中华传统文化所有领域，是中华诗坛前所未有的恢宏浩瀚雄奇壮丽的史诗，是鸿篇巨制，是一部杰出不朽的巨著，开创了中华史诗创作的重要里程碑，在中国文学史上具有重要地位。

是为序。

2012年12月12日完稿于北京

（作者为北京大学教授、博士生导师、著名评论家）

序二

千秋文化　故国神游

——序中华史诗三部曲

张同吾

青岛诗人华文峰，历经 6 次春秋寒暑的轮回，历经两千多个青灯黄卷的辛劳，终于完成了一部卷帙浩瀚之作——中华史诗三部曲，即《中华之歌》《中国人歌》和《华夏神歌》，每一部 13572 行，共 40716 行，就长度而言，大约是中国汉族长诗之最。

《中华之歌》由《古老的长歌》《新中国之歌》和《天地家园歌》三卷组成，内容之丰厚、词采之绚烂、气势之磅礴，更显匠心独运。仅就涵纳知识之广博，也令人叹为观止，其中涉及哲学、史学、文学、经学、美学、政治学、社会学、文献学、教育学、天文学、气象学、地理学、地质学、建筑学、考古学、语言学、文字学、生物学、医药学、水利学、宗教学、民俗学、文化人类学等等多种学科，真是包罗万象。可以说他是以漫长的时间和广阔的空间为背景，书写了一部千秋文化史，绘制了一幅万里江山图。华文峰的诗艺别裁是以诗的体式，书写了中华民族的历史足迹、社会变革、文化递嬗、英雄壮举、丰功伟业、壮美河山、科学进步、物质文明、时代风貌和人文精神，在字里行间喷涌着激越的爱国豪情，这是他富有胆识的艺术尝试和富有个性的文学创举。

《古老的长歌》可视为中国古代文明发展史的全景画卷，从人种起源到生存环境，从神话传说到文化渊源，从风俗礼仪到宗教信仰，从王朝更替到社会风情，从政权性质到国家体制，从文化精英到政治雄才，都有翔实的陈叙和词采飞扬的渲染。华文峰将学者秉赋、史家眼光和诗人情思集一身，才有这样周详的叙述，细致的阐释和激情澎湃的赞颂！《古老的长歌》具有四个鲜明特点：其一，是自始至终都流动着文化的精神命脉，他对《老子》《孙子》《庄子》《荀子》《韩非子》都有恰切的评价，他能道出《左传》《史记》《梦溪笔谈》《资治通鉴》《永乐大典》《四库全书》《本草纲目》《天工开物》《金刚经》《天演论》《诗经》《易经》《国语》《尚书》《儒林外史》《聊斋志异》《生长殿》《桃花扇》《镜花缘》《水浒传》《红楼梦》《西厢记》《三国演义》无数经典之作的艺术精髓。对于建安七子、田园诗派，盛唐气象都有热情的赞美，对于山水诗的柔美、边塞诗的豪迈、李白的浪漫、杜甫的凝重、杜牧和李商隐的绵邈，李贺和刘禹锡的情采，都有精致的描绘；对柳永的婉约、苏轼和辛弃疾的雄浑、李清照的缠绵、陆放翁的豪情，都有确切的品评。由此可看出华文峰深厚的文化底蕴和文学的鉴赏功力。其二，突现了精英人物对中国历史发展的杰出贡献。从遥远传说中的人物到现实生活中的廉颇、蔺相如、陈胜、吴广、刘邦、项羽、曹操、毕昇、张衡、郑和、华佗、林则徐、龚自珍、康有为、黄遵宪、谭嗣同，他都写得熠熠生辉。其三，是充分肯定了人民群众对创造古代文明的巨大贡献，证明了人民创造历史的客观真理。其四，是揭示了中华文明是世界文明的重要组成部分，中华文明与尼罗河文明、两河流域文明、古印度文明、古希腊文明、玛雅文明一道，共同推动了人类文明的进程。这是一种可贵的现代意识，与中国人素有的世界中心主义相悖逆，表现出建构和谐世界的祈望。

《新中国之歌》细致地记述了中华民族从沉睡到觉醒、从黑暗到光明道路曲折、波澜跌宕、英勇悲壮的历史进程，其宏大的思想主题是：只有共产党才能救中国，只有改革开放才能发展中国。百年岁月，无尽沧桑，从中国共产党的诞生，到土地革命、南昌起义、万里长征、抗日战争、解放战争，从新中国成立到社会主义革命和社会主义建设直至改革开放，华文峰记叙了建党88年和建国60年历史前进的全过程，不仅囊括了所有重大政治事件，而且细微到诸多战役、会议、法律、法规和人物，如瓦窑堡会议、“八七”会议、“三反”、“五反”、公私合营、“土地法大纲”、“婚姻法”、“宪法”，第一辆国产汽车、南京长江大桥、“双百”方针、“高教六十条”、“文艺十四条”等等，既有概述又有评价，可以说这是用诗的体式书写的党史。我们从中真切地感觉到他热爱党，热爱社会主义的真情，如果不是面面俱到，而是有取有舍有详有略，如果不是按着教科书的程式和理念去叙述和评说，而是站在今天的时代高度去观照历史功过，也许会有新的价值取向和审美发现，也许更像诗歌而不像共和国简史或党史。如果有一些批判意识，指陈“左”倾政治思潮给国家和民族带来的巨大灾难，如果能突现改革开放三十年的时代本质和时代精神，如果凸现世纪伟人邓小平伟大的历史功绩，这部长诗就会更增添思想的启示性和感召力。

同样的书写体式，同样的宏大框架，同样的翔实叙述，《天地家园歌》却更空灵、更洒脱、更人气、更宏阔，更有天开地阖之势，更有博大的诗意空间，更有鲜活的诗情流动。诗人从神话传说和典籍史料中，去探寻天地人的奥秘以及天地人的内在联系，因而就有浓厚的哲理意味和文化内涵。他说，我们的祖先最早就有天文学的认知，最早发现“太阳给大地以光华”、“他们以太阳图案作为陶器的纹饰/他们在陶器上画有日出山冈的图画/他们从日出日没中发现白天黑夜的循环/他们从昼夜交替中产生了对日的认识看法”。中国人是龙的传人，这种神启天纵的传说，内在地影响了世代中国人的文化性格：他认为“传说中还有各式各样的龙氏族人/中华民族居然诞生于龙和人的结合/同时人们还把自然神都人格化/他们大都具有人和神的共同美德/他们亦神亦人地生活在天地间/他们具有神的神力和人的职责”。他描绘了天地间无数自然现象，并赋予风云雷电、雨雪冰霜、阴晴圆缺以丰富的想象和飘逸的诗意，他说“云是长天五彩缤纷的衣筐/雨是云劳累和沉重的泪水/雨和云涌、风雨交加说明它们的关系/它们经常会激情拥抱着向大地宣泄”。苍雄塞北，烟雨江南，华文峰写尽了中国的名山大河，都赋予它们英雄气质、慈爱情怀和文化底蕴，让人感受到中华民族得天独厚般的精神滋养。《天地家园歌》以浓墨重彩描写了中国五十六个民族的地域环境、历史传说、语言文字、宗教信仰、风情习俗，表现出民族团结和睦相处的美好祝福。最后他写道：“中国的天空飘荡着美满幸福吉祥/中国的大地充满着温暖灿烂阳光/中华民族各民族亲情满怀意气风发/这种和谐景象多么让人振奋激昂/天合地、地合人、人和着天地/这一切也许能够构筑一座真正的天堂”。这是天地人合的诗意升腾！

在中华史诗第二部《中国人歌》中，他概括了中国古代及近现代400位各界名人的事迹，并予评价和讴歌。除远古圣贤，他又将他们分为政治家、思想家、军事家、农民革命家、外交家、教育家、科学家、工技家、医学家、历史学家、文献学家、地理学家、语言文字文学、文学家、书法家、绘画家、戏剧音乐家、宗教家、货殖家，不但是一部分行书写的人名分类大辞典，更突出的在于塑造了形象逼真栩栩如生的一系列历史人物。我对华文峰的含辛茹苦遍寻史料惊叹不已，但我不是诗人，实在不知道这400位知名的和不知名的先贤，是否都能激发诗人的创作灵感，并赋予其崭新的价值判断和审美发现，又以营造意象的方式去进行艺术表现。

中华史诗第三部《华夏神歌》由《地狱游》《灵园游》和《天堂游》三卷组成，他探求地狱、人间和天堂的奥秘，真可谓“精骛八方，心游万仞”。虽未有精力去读华文峰的浩瀚三卷，却相信他心中的地狱与天堂，会别有一番意趣，引发人别一番思考的。《华夏神歌》的结构类似于《神曲》，诗人在叙述中，融历史、远古神话、民间传说于一体，现实、梦幻交织，重现了诗人不断探索的心路历程。整部作品气魄宏大，构思精巧，意蕴深厚，韵味悠长。从形式来看，《华夏神歌》采用汉语写诗的十三韵，序篇和跋各十三小段，分别使用了汉语写诗的十三韵。其中的第一、二、三卷每一卷分九章，每一章分三十九小段，每三小段一韵，三十九小段共用十三韵，即每一章皆使用了汉语写诗的十三韵，由此循环往复，构成全诗。这充分展示了诗人深厚的语言功力，和圆熟的韵律技巧。

我十分敬佩华文峰对中国文化的热爱和他为书写这部四万余行的史诗所倾注的热忱和精力，并使这部史诗集史料性、知识性、文献性于一体，是一部分行书写的且又有严格韵律的百科全书。他长于运用排比句式，注重语言的形式美和节奏感，句式整齐颇具建筑感，严格的韵脚，更富音乐性，读起来回环往复起伏跌宕。他为中国诗歌画廊，增添了异彩。

是为序。

2012年12月8日于北京

（作者为中国诗歌学会原秘书长、著名评论家）

前　言

中华史诗历时长达六年多时间今天终于完成了！这一巨著包括三部长篇史诗：第一部《中华之歌》，第二部《中国人歌》，第三部《华夏神歌》，每一部 13572 行，三部共 40716 行。

中华史诗第一部《中华之歌》分三卷，第一卷为《古老的长歌》、第二卷为《新中国之歌》、第三卷为《天地家园歌》，分别歌颂了中华五千年的文明、新中国的建立及六十多年来所取得的伟大成就、中华大地山川及五十六个民族。三卷结构均分为序、一至十三段和跋共十五大段。序和跋分别为十三小段，每六句一段，一段一韵，共用了汉语写诗的十三韵。一至十三段每段一韵，十三段也用了汉语写诗的十三韵，每一段又分二十八小段。

第一卷《古老的长歌》内容具体如下：序，内容为概括地歌颂了伟大古老文明的中华，每六句为一段，一段一韵，共用了汉语写诗的十三韵。一段：内容为中华的地理山川、地名、地图，用韵为发花韵。二段：内容为中华的民族、语言、文字、文体、古籍、版本、报刊，用韵为梭波韵。三段：内容为中华的人口、婚姻、家庭、姓名、亲属、称呼、风俗、礼仪、服饰、饮食、日用，用韵为乜斜韵。四段：内容为中华的天文、历法、时令、气象、地学、节令、宗教，用韵为姑苏韵。五段：内容为中华的丧葬习俗、中华远古文化、遗址考古、文物，用韵为衣期韵。六段：内容为中华的历代王朝更替、国家、封建宗法、职官，用韵为怀来韵。七段：内容为中华的古代思想包括诗词、小说、文化、道德、兵法、兵制、教育、学校、科举、体育、武术、杂技，用韵为灰堆韵。八段：内容为中华古代文学艺术、戏曲、乐舞、书画、书法，用韵为遥迢韵。九段：内容为中华古代农业、栽培、畜牧、商业、货币、交通、科技发明、医药、邮政、兵器、赋税，用韵为由求韵。十段：内容为中华的古代名城、建筑、园林、名胜、工艺、印刷，用韵为言前韵。十一段：内容为中华历代名人，用韵为人辰韵。十二段：内容为中华古代文明与世界古代文明，用韵为江阳韵。十三段：内容为中华历史的创造与人民群众，用韵为中东韵。跋：内容为简要赞美感叹中华古老文明及对现代文明发展的向往，每六句为一小段，一小段为一韵，共十三小段，同时也用了汉语写诗的十三韵。

第二卷《新中国之歌》内容具体如下：序，内容为概括地歌颂了伟大光荣的新中国、中国名称的由来，每六句为一小段，一小段一韵，共用了汉语写诗的十三韵。一段：内容为概括地描述了从 1840 年到 1921 年中国共产党成立时当时中国的政治、经济、文化和社会景况，用韵为发花韵。二段：内容为歌颂了中国共产党的成立和发展壮大，以及在 1921 年至 1927 年第一次国内革命战争时期领导的革命斗争所取得的成功，用韵为梭波韵。三段：内容为歌颂了中国共产党在第二次国内革命战争时期领导人民所取得的革命胜利，用韵为乜斜韵。四段：内容为歌颂了中国共产党领导全国人民进行的八年艰苦卓绝的抗日战争及所取得的伟大胜利，用韵为姑苏韵。五段：内容为歌颂了中国共产党领导全国人民所进行的解放战争及所取得的伟大胜利，用韵为衣期韵。六段：内容为歌颂了新中国的诞生、抗美援朝战争的胜利、“三反”、“五反”运动的胜利和这个时期经济建设的成就，用韵为怀来韵。七段：内容为歌颂了新中国在过渡时期所取得的伟大成就、新中国社会主义制度的基本建立（包括政治制度、经济制度、文化制度、社会制度），用韵为灰堆韵。八段：内容为歌颂了新中国从社会主义基本制度建立到一九六五年期间所取得的伟大成就，用韵为遥迢韵。九段：内容为歌颂了新中国自改革开放三十年以来所取得的伟大成就，用韵为由求韵。十段：内容为歌颂了新中国社会主义制度的全面建立及社会主义制度的优越性（包括社会主义政治制度及所包含的政党制度、人民代表大会制度、政治协商制度;经济制度及所包含的所有制、分配制度;文化制度;社会制度及所包含的社会保障、就业、教育、卫生、劳动关系制度等)、社会主义思想道德、社会主义精神、人民群众的幸福生活,用韵为言前韵。十一段:内容为歌颂了新中国所取得的经济建设成就(包括农业、工业和建筑业、交通和基础建设、邮电、旅游、国内贸易、对外经济),用韵为人辰韵。十二段:内容为歌颂了新中国的教育、文化艺术、卫生、体育、科学技术成就,用韵为江阳韵。十三段:内容为歌颂了国防、军事、新中国的外交所取得的伟大成就、新中国在国际上的地位、伟大的中国共产党对新中国英明正确的领导、党政军优秀人物、伟大的中国人民,用韵为中东韵。跋,内容为概括地展望了新中国的未来、对新中国发展的良好期望和祝愿,每六句为一小段,一小段一韵,共十三小段,也用了汉语写诗的十三韵。

第三卷《天地家园歌》内容具体如下:序,内容为概括地描述了天、地、人及相互间的关系,每六句为一段,一段一韵,共用了汉语写诗的十三韵。一段:内容为描述了关于天的概念、自然界的天、有关天的学说,用韵为发花韵。二段:内容为有关天的学说及其争论,用韵为梭波韵。三段:内容为有关天的学说、神话故事、关于虚幻天的描述,用韵为乜斜韵。四段:内容为中国自然地理、中国大地有关山的描述,用韵为姑苏韵。五段:内容为中国大地有关山的描述,用韵为衣期韵。六段:内容为中国大地有关山的描述,用韵为怀来韵。七段:内容为中国大地有关江河的描述,用韵为灰堆韵。八段:内容为中国大地有关江河的描述,用韵为遥迢韵。九段:内容为关于人的概念、中华大家园的中华民族及阿昌族、白族等少数民族的基本情况及风俗,用韵为由求韵。十段:内容为保安族、布朗族、布依族、朝鲜族、达斡尔族、傣族、德昂族、东乡族、侗族、独龙族、鄂伦春族、俄罗斯族、鄂温克族、高山族等少数民族的基本情况及风俗，用韵为言前韵。十一段：内容为仡佬族、哈尼族少数民族和汉族的基本情况，哈萨克族、赫哲族、回族、基诺族、景颇族、京族、柯尔克孜族、拉祜族、珞巴族、傈僳族等少数民族的基本情况及风俗，用韵为人辰韵。十二段：内容为黎族、满族、毛南族、门巴族、蒙古族、苗族、仫佬族、纳西族、怒族、普米族、羌族、撒拉族、畲族、水族等少数民族的基本情况及风俗，用韵为江阳韵。十三段：内容为塔吉克族、塔塔尔族、土家族、土族、佤族、维吾尔族、乌孜别克族、锡伯族、瑶族、彝族、裕固族、藏族、壮族等少数民族的基本情况及风俗，用韵为中东韵。跋：内容为概括描述歌颂了天、地、人及其之间的关系，歌颂了中华民族，每六句为一小段，一小段一韵，共十三小段，又用了汉语写诗的十三韵。

《中华之歌》每一卷从序、正文到跋均严格按隔句押韵来写的，在序和跋中每一小段一韵，正文每一大段一韵。每一韵的开始第一句也采用押韵字，以起到起韵的作用。

中华史诗第二部《中国人歌》共描写和歌颂了中国历史上各类名家 400 人，分为传说中的三皇五帝及夏朝夏禹、夏启，商朝商汤，周朝周武王，一共 12 位远古圣贤，其中五帝之一的颛顼与帝喾是作为五帝中的一帝来写的，否则五帝不好确立，如果分开写则成为六帝了。然后分为：政治家（51 位）、思想家（31 位）、军事家（22 位）、农民革命家（20 位）、外交家（5 位）、教育家（29 位，其中程颢、程颐是放在一起作为一位来写的）、科学家（23 位）、工技家（12 位）、医学家（17 位）、历史学家（24 位）、文献学家（31 位）、地理学家（11 位）、语言文字学家（14 位）、文学家（54 位）、书法家（15 位）、绘画家（15 位）、戏剧音乐家（3 位）宗教家（7 位）、货殖家（4 位），新世新星只是综合概括没有具体写人，一共二十一章。选择历史人物的时间从远古至清朝灭亡时期。对历史上各个领域的名家确定因为不是正式评比历史人物，所以只是根据历代的大体评价来确定选取的。对有些名家在两个或几个领域都是名家的就选取其中主要一个。如孔子，既是思想家又是教育家，就选取他为教育家来写，思想家就不再选取；如王安石既是政治家又是文学家，就选取他作为政治家来写，文学家就不再选取。在描写上基本尊重史实以及人物最突出的特点进行高度概括。在评价上基本坚持了客观公正的历史评价。在体例上按章一次排列下来，没有分卷。前302位名家每一位描写了三小段，每一小段12行共36行，一人一韵。从303至400位名家每人二小段，每一小段12行共24行，也是一人一韵。第二十一章新世新星综合写了三小段，每一段12行，共36行。每一章的人物则是按照汉语写诗的十三韵从发花、梭波、乜斜、姑苏、衣期、怀来、灰堆、遥迢、由求、言前、人辰、江阳、中东来排列的，凡多于十三人的章节再从发花韵轮流，不足十三人的章节排列到第几韵就到第几韵为止。每换一韵开始的第一句也用韵，均用了起韵。除正文外还有序和跋，序和跋分别为十三小段，每一小段12行，每一小段一韵。《中国人歌》全诗共13572行。

伟大的中华民族创造了古老灿烂辉煌的五千年文明！创造了人间天朝的辉煌历史！而在这五千年灿烂辉煌文明中有一朵特别瑰丽的奇葩，那就是神奇浪漫的一曲神歌。几千年来，中华民族虽然没有统一的宗教，但作为土生土长的道教不容置疑是中华的国教，闪耀着中华民族的聪明和智慧。尤其是创立的三界之说是一种奇异的思想之花，它远比但丁的《神曲》及西方宗教要更加古老。三界之说既反映了古老的天人合一的思想，又反映了佛教因果报应之说，以及中华大地长期以来以“天”为中心的天子观、天朝观。这神奇而又丰富浪漫的神歌理应是中华五千年文明的一部分，于是就有了中华史诗的第三部《华夏神歌》。

中华史诗第三部《华夏神歌》共分第一、二、三卷，每一卷分序、正文一至九章和跋，序和跋各分十三小段，每一小段十二行，每小段一韵，共用了汉语写诗的十三韵。每一卷正文分九章，每一章分三十九小段，每三小段一韵，三十九小段共用十三韵，即每一章皆使用了汉语写诗的十三韵。全诗共 13572 行。地狱是神秘的，灵园是神秘的，天堂更是神秘的，人间也是神秘的。把这些神秘的东西以史诗的形式呈献给广大读者，希望大家能从中琢磨出一些神秘的味道来。

我想把春天的温暖送给您，把夏天的激情送给您，把秋天的成熟和丰收送给您，把冬天的厚重送给您！把中华史诗送给您！

在送给广大读者中华史诗的同时，送给以上这几句话，以示其心，如不妥敬请指正。

华文峰

2012 年 12 月 12 日于青岛

目　录

第一卷

古老的长歌

序

古老伟大的中华我亲爱的国家
你是那么的雄伟、壮丽和博大
你是那么的古老、悠久和神秘
你是那么的深邃、厚重和挺拔
你有连绵巍峨的高山和奔腾不息的长水
你有一个古老伟大神圣的名字——中华

多少年来我为你的神秘而寻觅求索
多少年来我为你的博大而放声高歌
多少年来我为你的古老而执著拜读
多少年来我为你的深邃而认真研测
多少年来我为你的壮丽而骄傲自豪
多少年来我为你的神圣而敬仰庆贺

多少年来我总想把你认识和理解
多少年来我总想把你读懂和书写
多少年来我总想把你注疏和解释
多少年来我总想把你熟知和识别
多少年来我总想把你赞美和描绘

多少年来我一直在拜读你光辉的史页

多少年来全世界都把你瞩目
多少年来全世界都把你注疏
多少年来全世界都把你研究
多少年来全世界都把你阅读
可又有多少人能读懂你的深邃和博大
可又有多少人能给你正确的理解和批注

你谱写了多少光辉的历史史诗
你留下了多么浩繁的历史史记
你谱写了多少雄壮的历史赞歌
你留下了多少厚重的历史深思
你谱写了多少辉煌的历史华章
你留下了多少深奥的历史哲理

你建设了多少恢宏古朴的城镇村寨
你哺育了多少伟大杰出的中华英才
你建造了多少壮丽典雅的名胜古迹
你留下了多少丰富瑰丽的民族光彩
你创造了多么辉煌灿烂的古老文明
你留下了多么厚重浩瀚的历史记载

地球上矗立着你伟大文明的历史丰碑
太空中闪烁着你悠久灿烂的历史光辉

四海上奔涌着你前进的滚滚历史波涛
五洲间凝聚着你留下的历史聪明智慧
世界民族之林屹立着伟大的中华民族
中华大地飞扬着世代炎黄子孙的豪气神威

你的历史是如此的悠久古老
你的江山是如此的壮丽多娇
你的大地是如此的厚重广阔
你的人民是如此的善良勤劳
你的道德是如此的高尚纯朴
你的思想文化是如此的光辉闪耀

你统领着九州大地雄踞地球
你统率着中华民族编织锦绣
你哺育着龙氏家族兴旺发达
你教化着龙的传人美德长流
你用江河不断地书写着辉煌
你用山岳不断地铸筑着春秋

你的浩然正气曾贯满大地和云天
你的坚韧顽强曾让世界惊奇和震撼
你的神秘幽深曾让世界迷茫和敬畏
你的勤劳勇敢曾让世界佩服和赞叹
你的聪明智慧曾让世界羡慕和赞扬
你的创造发明曾让世界追随和迷恋

你古老古老得到处是历史的封尘
你辉煌辉煌得到处是历史的金樽
你神秘神秘得有时让人无限地向往
你深邃深邃得有时让人难以辨认
你厚重厚重得有时让人难以读懂
你博大博大得有时让人望不到边垠

你曾经苍茫苍茫得让中华民族徬徨
你曾经沧桑沧桑得让中华大地一片悲凉
你曾经贫穷贫穷得让中华大地一贫如洗
你曾经落后落后得让外强蹂躏得遍体鳞伤
你深知深知一个伟大的民族不能长久沉睡
你终于终于醒来开始了新的奋发昂扬

在此我想用对你的那一份厚厚的赤诚
采撷和书写你那辉煌灿烂的历史文明
在此我想用对你的那一份真挚的敬意
描绘和雕刻你那伟大杰出的历史丰功
在此我想用对你的那一份深深的情感
拜读和放声歌唱你那古老悠久的历史尘封

一

神奇的宇宙是如何诞生又如此昊大
至今人们一直在热论和认真研究测查
神奇的地球是什么时候诞生众说纷纭
至今谁也无法确切说出它的年龄多大
大约是从有了日月星辰的运转
从此开始才诞生了日月年华
多少古老的考证和现代的测算
也难以把其中的奥秘给予解答
因此有了另外许许多多的解释
古老神奇的传说和美丽动听的神话
将地球和日月星辰编著成神界
蒙罩上一层又一层神秘古老的面纱

谁能把时间的隧道拉到多少亿年前
即使拉到了又如何能够找到解答
神奇的宇宙一直是那么的神奇
谁也无法知晓它到底有多么昊大
就是人类赖以繁衍生息的地球
从古至今有谁又能够完全认识它
可知论与不可知论争论了很久很久
诸多的传说和神话各有各的说法
地球上万物生命的诞生更是神奇

偌大的宇宙至今探知的只有地球一家
对此谁又能够给予明确的解释
对此谁又能够给予明确的回答

神奇的宇宙孕育了神奇的地球
神奇的地球孕育了神奇的大地中华
神奇的中华大地是那么的神奇
造就了群山连绵起伏江河纵横交叉
造就了万里沃土万里绿野
造就了千里大漠千里黄沙
造就了南热北寒的大地脉络
造就了东低西高的大地骨架
造就了千里高原的千里劲风
造就了万里海疆的万里波涛浪花
这一切铸就了中华大地雄伟的气势
这一切构成了华夏山川的壮丽宏大

神奇的地球规制了东西南北
神奇的地球划分了八方天下
将塞北规制成冰封的寒冬
将江南规制成炙热的炎夏
宇宙为地球批注了春夏秋冬四季
地球造就了金木水火土五行之家
神奇的宇宙赐予地球阳光雨露
神奇的地球奉献给中华沃土物华

这是大自然的伟大赐予和奉献
这也许是传说的苍天神力的幻化
对此五洲有五洲的批阅和注疏
对此四海有四海的解释和回答

从帕米尔高原至黑龙江和乌苏里江汇合点
从漠河黑龙江心至南沙群岛曾母暗沙
东西南北四方连绵纵横几万里
中华大地是如此的壮阔广大
青藏高原的千里冰封和万里雪飘
云贵高原的千里彩虹和万里云霞
黄土高原连绵起伏的黄土高坡
内蒙古高原无垠的绿草和无际的黄沙
柴达木盆地、四川盆地、塔里木盆地和准葛尔盆地的盆景
东北、华北、长江中下游平原丰硕的菽花
这是一幅多么广袤多彩的大地版图
这是一个多么波澜壮阔的锦绣天下

历史总要在一定的地域上书写和展开
历史的发展离不开自然地理的光华
广阔的中华大地首先与大山相联关
奇峰连绵的群山构筑了中华雄伟的骨架
阿尔泰山脉从西向东昂起高高的山头
连绵起一串奇峰大岭列阵向东进发
天山、昆仑山、祁连山、喀喇昆仑山是那么雄伟

冈底斯山、喜马拉雅山、阴山、秦岭山、南岭山是那样高大
横断山脉从北向南高高耸起雄壮的脊梁
拉起大雪山、怒山、高黎贡山并列南下
长白山、大兴安岭在东北高高举起双臂
挽起一道奇峰一道丘陵直插闽浙广亚

中华大地诸多山脉中布满奇峰峻岭
哪一座山岭都堆满神奇和佳话
珠穆朗玛峰高耸入天奇特雄伟
雄踞地球东方傲视八方高度独霸
五岳镇守东西南北中五方方位
五台山、峨眉山、普陀山、九华山开启中华教化
阿里山、武夷山、黄山的山景秀美壮丽
还有奇丽的张家界和神秘的神农架
每一座山每一座峰每一座岭互相媲美
哪一座山、峰、岭都是一幅壮美秀丽的图画
更有井冈山、太行山、沂蒙山、大别山……
它们创造了多么神奇的中华现代神话

山创造了无穷的神奇和神秘
山创造了无尽的传说和神话
山孕育了古老和现代的山魂
山创作了雄浑峻拔的山文化
面对狂风在山头疯狂卷起
面对暴雨从山根肆虐暴发

山不但有无穷无尽的力量进行抵御
山的抵御意志更是坚韧不拔
天塌下来山能够顽强地擎起
地陷下去山能够忍重趴得下
这就是山的坚强高昂精神
这就是山的绚丽灿烂光华

黄河和长江是中华的血脉
像两条巨龙从九天飞腾而下
汹涌澎湃奔腾万里不复回
流出了无数的传奇和神话
流出了数不尽的山冈、平原、草地
流出了奇妙的青铜、刘家和大小三峡
黑龙江、松花江、珠江、辽河、海河、淮河从南北两侧
伴随长江、黄河一路向东飞流直下
雅鲁藏布江、怒江、澜沧江、沅江飞奔向南
额尔齐斯河从南往北向北冰洋进发
东西南北中大江大河纵横交错
从远古开始滔滔不断地诉说着中华

大大小小的湖泊布满中华大地
使雄伟峻拔的中华大地透着典雅
鄱阳湖、洞庭湖、洪泽湖、太湖是那般秀美
青海湖、罗布泊是那么魔化
绵长曲折雄伟壮丽的几万里海疆

更显示着中华大地的广阔和宏大
四海四方通连通连着五洲
四海八方涌托涌托着华夏
辽东半岛、山东半岛南北对峙挺拔雄伟
黄河和长江入海口寥廓海天恢宏博发
五千多个岛屿列阵形成天然卫队
形成了中华大地独有的海角天涯

中华大地地域是那么雄伟辽阔
中华大地地理环境是那么神奇复杂
复杂的地理环境特点产生了神奇复杂的生命
复杂的地理环境特点产生了神秘复杂的文化
八荒和九州之说彰显中华地理①
五湖四海、三山五岳是形象的山川分划
每一个地名几乎都有一个奇妙的典故
每一个地域都形成一种奇特的教化
一种地域往往铸就一个民族的特质
一方水土总是孕育着一方美丽的光华
地理环境有时决定着历史发展的大脉
地理环境有时决定着形成多大的国家

江河和高山是天作地合的搭配

① 八荒：八为东、东南、南、西南、西、西北、北、东北八面方向；荒，荒远之地。九州指中原地带，八荒指离中原极远的地方。九州源于大禹治水划定九州的传说。相传夏禹治水后，分中国为九州。

因此才形成了博大的江山天下
黄河和长江是中华民族的摇篮
它们和大山共同孕育了生命的胎芽
滔滔江河汹涌澎湃奔流不息
涌动着古老原始生命向前进化
它们的意志是那么的坚强
它们的胸怀是那么的博大
它们和高山是血脉相连的孪生兄弟
共同构成了中华大地的血脉和骨架
它们是中华大地生命的大动脉
它们相望相拥共同哺育着大地华夏

高山、丘陵、平原、草原逶迤连绵
江河、湖泊、溪流、泉池飞缀海角天涯
世界最高峰高高耸立在中华大地
高峰下是世界最深最长的大峡
万里海岸盘绕万里奇特风光
千里大漠戈壁奔流着千里黄沙
中华大地上每天都可以阅读着四季
每天都可以尽情欣赏冬雪夏雨、秋实春华
中华大地神奇神奇得难以读透
中华大地广阔广阔到海角天涯
承载中华大地的地球就是这么神奇
承载地球的宇宙就是这么不可解答

中华的地理山川从何时开始有了名称
只能根据后人后来的不断考查
中华的地理山川是那样壮丽奇特
中华的地理山川是那么的壮阔广大
中华的地理山川决定了中华发展大脉
中华的地理山川决定形成了中华国家
随着人类社会的发展产生了部落
随着民族地域的形成诞生了国家
“国”在中国古代有都邑和国家两种含义
哪一种含义也都是对名称的解答
从周朝“皇天既付中国民”开始[①]
“国”字从此开始主要指称国家

随着国家和语言文字的产生发展
中华地理山川的名称开始萌芽
随着社会融合分化分化融合的反反复复
中华地理山川的名称也在不断发展变化
翻开中华地理山川名称的古老史页
每一个地理山川名称后面都有诸多的说法
每一个地理山川名称都有深刻的寓意
每一个地理山川名称都有妙趣的解答
中华地理山川名称具有显著的中华特点
中华地理山川名称具有中华地理特色文化

① 《尚书·梓材》中句子。

每一个中华地理山川名称都有一段传说
每一个传说都在诉说着古老的中华

九州的名称是多么美妙和古老
传说是中华上古时的行政区划
九州不论是殷制还是周制
从此以后都代表了古老的中华
八荒之意是八个方向和荒远之地
所指的是离中原极远的海角天涯
赤县神州是中华著名的别称
几千年来又传说出多少佳话
三山五岳名称很早就已出现
但自古以来对此却有多种多样的说法
围绕三山五岳吟诵出多少美好的诗句
三山五岳成为中华名山的壮丽图画

珠穆朗玛峰系藏语“久穆拉面”的转音
喜马拉雅山梵语之意是“雪之家”
冈底斯山藏语意为“众山之主”
唐古拉山藏语意为“高原上的山”又称当拉
峨眉山由两座峨山相对如蛾眉而得名
庐山相传匡氏兄弟结庐隐居而称雅
黄山世传黄帝与人合丹于此故而得名
九华山之名因有九峰和形似莲花
五指山因山形如五指而得名五指

六盘山得名于盘旋六重才能把山顶到达
玉山因九月飞雪晶莹如玉故名玉山
火焰山因远看像一团火焰而名叫天下

长江的名称灿若江水源远流长
流遍古老的大地流响大小三峡
黄河因河水浑黄而得名黄河
它的声名与长江声名并称天下
黄河和长江与中华民族血脉相连
它们的名称同中华民族一样伟大
黑龙江黑水奔流矫若如龙而得名
珠江的名称起自于江中石岛如圆珠般圆滑
松花江不同历史时期名称各异
在清朝满语中还被称为“松阿哩乌拉”
诸多的湖泊名称各有起因来源
各有各的寓意各有各的奇闻趣话

中华大地上的古老地名是一部历史文化大典
诸多的地名中蕴涵着阴阳对应与八卦
北京、南京、西安、东胜等以地理方位起名
一平浪、二连浩特、三门峡、四川是以数字分划
红安、蓝山、黄县、绿春依据的是颜色
海口、湖口、江阴、泉州来自于水域的冲刷
金山、银川、铜陵、铁岭起因于矿产品
稻城、谷城、酒泉、茶陵反映了稻谷酒茶

还有以花果、飞禽走兽、树木、形体寓意起的地名
每一个地名都展现着它特有的地域文化
妙趣横生的地名是那么妙趣横生
它是中华大地上一座玲珑剔透的文化宝塔

传说在发明象形文字之前就有了地图
把山川、树木、道路的形象画成图画
周朝已经有了绘制和使用的地图
春秋战国时地图和军事地图就使用在各个国家
西汉初年的三幅地图以实测为基础绘制
它是世界上现存最早的一道历史光华
西晋裴秀主持编绘了《禹贡地域图》
提出的绘制地图的六项原则影响广大
宋代绘出的《华夷图》《禹迹图》图文并茂
清代绘制的《皇舆全图》饱含科学的勘查
东汉马援的地形模型“聚米图”在战争中发挥重要作用
北宋沈括制作的《使契丹图钞》受到高度评价

中华大地地理环境是那么多彩
地球上所有的天然地貌都在此闪耀光华
地球上最高的山峰矗立在中华大地
哪一座山的高度能比得上珠穆朗玛
青藏、云贵、黄土、内蒙古四大高原是多么雄阔
柴达木、四川、塔里木、准噶尔四大盆地是多么阔达
三山五岳显尽中华大地山岳风貌

五湖四海涌出中华大地多少彩霞
黄河多少万年来一直是那么神奇地奔流
长江多少万年来一直是那么雄气勃发
还有那纵横东西南北的一条条江河
流出多少清幽秀美的水乡图画

大兴安岭、小兴安岭展现着原始的冰封世界
黄土高坡是中华大地特有的黄土文化
一道九寨沟蕴涵着惊世的风景
一片罗布泊深藏着那么多的惊讶
中华大地有四季炙热的热带雨林
中华大地有冰封的雪山常年都不融化
中华大地有绿野千里的茫茫大草原
中华大地有滚滚千里的大漠戈壁黄沙
中华大地铺展着肥沃广阔的平原
中华大地横断着地球上最深最长的大峡
还有神奇的草地诉说着古老的地理故事
还有袒露的湿地、滩涂显现着岁月的变化

中华大地万水千山万般雄伟万般壮丽
每一座山不知记下多少古老的演变和进化
每一条水不知流走多少太阳和月亮
每一片土地不知埋下多少岁月年华
每一座山都堆积着高高的古老传说
每一条水都流淌着无尽的神话

每一道岭都披着古老的历史
每一方草原都盘根着生命的胚芽
多彩的地理风貌构成多彩的中华大地
壮丽的河山绘成壮丽的大地中华
这就是波澜壮阔的中华大地
这就是气象万千的大地中华

这一切都是大自然的鬼斧神工
这一切都是大自然的宏伟规划
神奇的宇宙创造的地球都是那么神奇
神奇的地球创造的大地也是那么神化
中华大地同时也承载着大自然的沉重
多少万年来中华大地该经受多少地陷天塌
中华大地留下多少大自然沉重的痕迹
中华大地经过多么久远的大自然的冲刷
大自然给中华大地留下雄伟壮丽河山
大自然给中华大地孕育了生命的胚芽
大自然孕育了中华民族的伟大生命
大自然使中华大地万物生命生机勃发

经过长久的演变孕育地球上终于诞生了生命
经过长久的演变孕育地球上终于生长出人类的毛发
孕育了生命这是大自然最伟大的创造
孕育了人类这是大自然最杰出的进化
自从有了生命地球才真正活了起来

自从有了人类地球才真正有了生命光华
中华大地是最早孕育人类生命的其中一片孕土
在漫长的进化发展中形成了伟大的中华国家
大自然创造了雄伟壮丽神奇的中华大地
一代一代的中华先祖创造了辉煌的民族文化
从此中华大地不断留下中华民族的生命烙印
从此每一寸土地都尘封着厚重的古老史话

中华大地版图像一只昂首鸣唱的雄鸡
向着东方每天啼鸣着黎明和朝霞
中华大地版图像一头勇猛的雄狮
向着东方每天守卫着中华广阔的天下
中华大地版图像一条盘坐的巨龙
向着东方时刻准备着向九天腾空奋发
古老的中华大地版图留下多少古老的传说
古老的中华大地版图留下多少古老的佳话
古老的中华大地版图留下古老的割切
古老的中华大地版图留下多少古老的伤疤
一片土地总要留下一片土地的古老血脉
中华大地自从有姓以来就一直姓着中华

古老的中华有诸多美好的别称
每一个别称都意蕴深远饱含古老佳话
赤县、神州之称最早见于《史记·孟子荀卿列传》
从此中华便有了赤县神州的说法

古代中原对“华”解释为华丽的文明地区
认为自己居住地区衣冠整齐有服章之美故谓之华
还有一种说法说“华”含有赤色之意
周朝人把红颜色看做吉祥故把“华”作为吉祥的表达
秦以前华夏族称自己的祖国为中国
以后随着发展为多民族国家又有了中华民族的说法
“中”当时指中国“华”是华夏族的简称
从此中华民族代表了中国各民族整体的说法

“夏”字在中国古代有代表大的含义
夏又是中国历史上第一个奴隶制国家
夏是大禹建立的王朝及其所封的国号
后来人们对中国就常常使用“夏”的叫法
商朝时期华夏族是当时的主要民族
因而后来人们又把中国称之为华夏
诸夏、诸华开始是指华夏民族各诸侯国
从此对中国的代称又有了中夏、方夏、函夏
九州源于大禹治水划定九州的传说
《淮南子·地形》载有中国古代设置九州区划
嗣后九州便泛指中国又代称中国为九州
随后又有了九域、九土、九区的派生演化

二

天文学家想知道宇宙到底怎样诞生和展拓

生物学家对地球上的生命起源一直在探索
数学家对数字体系不断地提出疑问
语言学家在不停地追寻语言起源的因果
人类学家仍在寻找人类的起源
民族学家试图解开民族形成的脉络
沿着黄河和长江寻觅中华民族的根
找到了那么多祖先们流传下来的神奇传说
传说古老的东方有一群龙的传人
他们居住的古老地方叫中国
这大概就是中华民族最早的发祥
伟大的中华民族产生于黄色的河

龙的土地、龙的传人的形成充满神秘
至今让人们仍然无法猜测和捉摸
从古至今中华大地上总传说着神奇的龙
神奇的传说传遍广大的山川和每一座村落
在“感天而生”的上古时代①
有女登感“神龙”生炎帝之歌②
附宝感“北斗”生黄帝、庆都感“赤龙”合婚生帝尧③
这一切都与龙的传说相印相和

①②③　关于龙的传说。相传在“感天而生”的上古时代，有女登感“神龙”生了炎帝，附宝感“北斗”生了黄帝，庆都感“赤龙”合婚生了帝尧。

还有长龙氏、居龙氏、降龙氏、水龙氏……①
伏羲氏氏族系统的龙是那么众多
各种各样“龙氏”化为“龙身而人面”诸神②
形成了中华民族族徽图腾和“炎裔黄胄”之说

从龙的传说中可以寻觅到远古中华氏族的产生
从龙的造型中可以揣摩到远古中华氏族的融合
龙的图腾显现了远古中华氏族崇拜的形象
龙的神灵反映了远古中华氏族期望的楷模
从此龙的形象不断越过历史门限
成为中华民族不朽的古老历史长歌
从此龙的形象成为全球中华民族的符号
从此龙的形象连结了天上人间神秘情趣的传说
从此龙的传人形成了一个共同的家
从此它有了一个伟大响亮的名字叫中国
从此中华民族、中国屹立在地球东方
开始了龙氏家族古老原始的人类生活

① 关于龙的传说中，伏羲氏系统除神龙、赤龙外，还有长龙氏、居龙氏、降龙氏、潜龙氏、上龙氏、水龙氏、青龙氏、白龙氏、黑龙氏、飞龙氏等等。这些各种各样的“龙氏”，与后来《山海经》中所说的“龙身而人面”、“人首蛇身”的诸神，实际上都是远古时代中华民族的族徽图腾。这种“炎裔黄胄”之说一直流传到今天。

② 关于龙的传说中，伏羲氏系统除神龙、赤龙外，还有长龙氏、居龙氏、降龙氏、潜龙氏、上龙氏、水龙氏、青龙氏、白龙氏、黑龙氏、飞龙氏等等。这些各种各样的“龙氏”，与后来《山海经》中所说的“龙身而人面”、“人首蛇身”的诸神，实际上都是远古时代中华民族的族徽图腾。这种“炎裔黄胄”之说一直流传到今天。

华族和夏族最终融合成一个族体[①]
华夏大氏族中各族又有了繁衍和传播
繁衍传播中形成了五十六个不同民族
五十六个民族共同演进为泱泱中华天国
五十六个兄弟民族组成中华民族一家
繁衍生息中有了共同的大悟大彻
不同的民族需要互相团结互相帮助
中华大地需要五十六个民族齐心开拓
中华民族是海内各民族共同的名字
赤县神州大地需要中华民族的共同劳作
伟大的中华从此真正得以诞生
从此开启了中华古老文明的先河

语言是如何起源的没有定论
语言学家们至今仍在不断地探索
语言是人类所独有的一种机能
语言是人类进化的伟大创作
当有了这种符号体系和信息载体
人类的文明发展才有了依托
语言是一种多么特殊的社会现象
有了语言古老的祖先们不再孤独寂寞

① 汉族的先民在发展中，在经历夏商周三代长期发展，至春秋战国，已形成以“华”、“夏”单称或“华夏”连称的族体。汉朝以后，周边各族即以“汉人”称呼中原人民。逐渐地，汉族成为中国主体民族百世不易的族称。由此可见，汉族是因汉朝而得名。它是以先秦华夏为核心，在秦汉时形成统一的、稳定的民族。

不同的人类共同体产生了各自的原始语言
人类的第一句语言至今已无法追寻和捕捉
为此后来的哲人们多次下过定论
人类最早的语言是劳动和交往中的吆喝

人类的发展证明人类的祖先就是聪明伟大
能创造出其他动物种群无法相比的思维和语言杰作
因此使人类成为世界万物的主宰
把对自然界这个王国的认识和发展独自掌握
中华民族的祖先们是多么的睿智
在那遥远的时代就开始了独有的吆喝
随后创造了丰富多彩又科学的语言
哪个民族的语言也没有这样独特
为此外族们赞美“汉语是智慧的语言”①
这评价说明了汉语的博大和深刻
用今天的智慧仍然难以完全读懂祖先的智慧
留下的总是长久的研究和探索

随着社会的瓦解而不断分化
随着社会的统一而不断融合
随着阶级和国家出现形成的社会动力
祖先们固定了语言分化和融合的结果

---

① 美国语言学家盖利·吉宁斯在他的《世界语言》(英文版)一书中提到汉语时说:西方语言学家们经过长期多次交流看法之后,认为“汉语是智慧的语言”。

终于形成了五大语系五十六种语言①
汇聚成光辉灿烂的中华民族语言典册
五十六个民族五十六个心愿
五十六种民族语言五十六支歌
用勤劳和智慧不断谱写着灿烂的中华文明
用丰富的语言歌唱着伟大的中国
当历史开始打开中华的青铜宝鼎
中华民族的语言有了更丰满的收获

五十六种语言有五十六种语音语义
汉语的七大方言粗犷、柔软、抑扬顿挫
每一种语言都蕴藏着诸多的美妙
“雅言”是语言历史发展的又一著名注册②
汉语成语是汉语言中的盐
它是中华民族语言建筑中的楼台亭阁
汉语谚语是汉语言中一朵智慧的花
它是祖先们在语言发展中智慧的结晶和经验的概括
汉语歇后语是语意深邃而诙谐的语言
它的语言形象是那么生动、风趣和活泼
汉语绕口令音韵谐美、情味悠长
显示了中华语言的“帘栊兰露落”③

---

① 我国各民族语言分属五个语系，即汉藏语系、阿尔泰语系、澳亚语系、印欧语系、马来—波利尼亚语系。五个语系包括了我国各民族的语言。

② 据《辞海·雅言》载：“雅言，古时指‘共同语’，同‘方言’对称”。这就是说雅言是我国古代的通用语。

③ 温庭筠《李先生别墅望僧舍宝刹作双声诗》中句。

文字是记录语言的美妙符号
汉文字的诞生标志着中华古代文明新的开拓
陶文、甲骨文终结“野蛮”时期
从此中华远古文明才真正有了核和壳
中华文字的起源显示出中华民族祖先的聪明智慧
至今人们仍赞叹着那美好的传说
伏羲画卦、神农结绳、仓颉造字是多么神奇
哪一种传说都是一种聪明智慧的折射
汉文字最显著的特点不是拼音是方块
集聚着四面聪明之花八方智慧之火
象形、指事、会意、形声、转注、假借想象丰富
“六书”造字之法的思维是多么高妙独特

图形化、线条化、笔画化是汉字发展的轨迹
篆书、隶书、楷书、草书、行书是汉字形体演变的成果
汉字的构造是建立在标识原理之上①
汉字组合多向发展的蘖生力多不可测
从句法到完整系统的标点符号各有其妙
这是让人多么惊叹的汉字发展史册
方块字体现了中华民族的智力特点
汉字书法是世界文字独有的特色

① 美国加州大学物理教授程贞一在《大自然探索》1987年第二期上撰文，认为汉字的构造是建立在标识原理之上，在使用电脑的时代，利用电脑，标识文字的传输与书写效率在原则上是可与拼音文字同样迅速方便。

汉字是世界上最古老的活着的文字
汉字将长期立足于世界文字楼阁
源远流长的中华民族古老悠久文明
全都在五万多汉字上清清楚楚记着

每一个方块字都有自己的功能
排列起来便形成渊深的辞海和巍峨的词阁
祖先们用字用词组成美好的文章
中华民族从此有了伟大的历史长歌
诸多的文体各有各的韵味和色彩
哪一种文体都是那么绚丽斑驳
论辩、序跋、奏议、书说广说天下之理
赠序、诏令、传状、碑志把具体人事高度概括
杂记、说理、记事、写景、随记、轶事心得随心所欲
有时散得是那么广阔无垠气势磅礴
可以使用箴铭认真地诫勉自己
可以使用颂赞为别人来唱颂歌

诗体是中华祖先们的伟大创造
辞赋是华丽辞藻的精美雕琢
例行公事离不开公文的运行
著作、编述、抄纂彰显文章的超卓
传奇传尽人世间的奇人异事
小说让生活更加厚重和深刻
自传、内传、外传、别传、列传、评传传传有别

词体是那样严谨豪放、婉约和洒脱
戏剧可以尽情戏说人间悲剧喜剧
元曲可以曲尽人情动人心魄
文言文、白话文组成文章各有韵味
中华民族语言文体是那样奇异和丰硕

中华古籍的品类是那么纷繁
内容浩瀚积满中华历史的长河
最能代表中华文化的书籍数不胜数
哪一种书籍都是那么光芒四射
文学类书籍闪耀着文学艺术光芒
史学类书籍铭记着历史发展的悲壮长歌
哲学类书籍高扬着哲理的光辉
科学类书籍部部都是科学的总结和探索
中华现存的古籍究竟有多少难以计数
至今大概尚没有精确的数字把握
中华古籍分为经、史、子、集四大部
四大部共有二十五个类别六万之多

《论语》是中华历史上最早的一部语录
其语录体式散文的语句是多么的简落
汉武帝罢黜百家、独尊儒术把《论语》定为封建统治准则
朱熹鼎力推出《四书》封建文化成果
他把《论语》《孟子》《大学》《中庸》辑录成《四书》
并把《四书》推为封建知识分子必读之课

宋代以后把《四书》规定为科举取士初级标准读物
《四书》成为中华古代哲学、文学和历史的光辉之作
与《四书》紧密相联的是儒家经典《五经》
《诗》《书》《礼》《易》《春秋》是儒家五部经典著作
《四书》、《五经》是封建统治者统治人民的思想武器
同时也是中华古代思想文化的灿烂花朵

中华古代史书分为正史、杂史、别史、野史、稗史五种
五种史书卷帙是那么浩繁种类是那么繁多
中华古代史学名著就有二十类二百一十二部
二百一十二部史学名著各有各的特色
《二十四史》是中华古代最巨大的史书
三千二百多卷卷卷丰厚卷卷史光闪灼
中华常见古书合称别有一番情趣
合称中不同的文笔却有共同的唱和
三易《连山》《归藏》《周易》易易不易
三礼《周礼》《仪礼》《礼记》礼礼可贺
三公奇案《包公案》《施公案》《鹿洲公案》案案称奇
四梦《南柯记》《还魂记》《紫钗记》《邯郸记》四记梦歌

《四书》书成经典另外却还有四大书
《太平御览》《册府元龟》《文苑英华》《全唐文》书文大博
《五经》书成经典另外却还有五大奇书
每一部奇书都写得那么奇特那么深刻
十才子十部书彰显了十才子的横溢才华

十通史书每一部都连通着中华历史史河
十三经经经都是中华古代文化经典之文
《二十四史》那是中华古代多么杰出的历史长歌
中华古代文化典籍是那么丰富
从殷商时代就开始“有典有册”
《墨子》说“今天下之士君子之书不可胜载”
到西汉时书积如丘山更满装中华大地书阁

春秋战国时期中华文化得以大的发展和兴盛
诸子百家兴起发展得蓬蓬勃勃
司马谈《论六家要指》开始划分诸子百家
划分为阴阳、儒、墨、名、法、道六家之科
班固《汉书·艺文志》把诸子分为十家
在六家之上增加了纵横、杂、农、小说
《隋书·经籍志》对诸子又有了新的划分
增加了兵、天文、历数、五行、医方五科
据可考的诸子百家达一百八十九家
留下的文辩竟然达到四千三百篇之多
那是中华文化发展的一个重要时期
那是中华文化兴盛的一个辉煌的历史时刻

诸子百家子子都有高谈阔论
诸子百家家家都留下文辩满车
只可惜这些文辩随着历史变迁发生重大变化
从而造成了真伪难辨和大部分残缺

流传后世的诸子百家亦不过二十一种
这其中还存在一些难以识别的伪作
但伪作掩盖不住诸子百家的辉煌
诸子百家还是留下了丰富多彩的文辩风格
诸子百家各有各的阴阳和纵横
诸子百家各有各的深论和辩说
诸子百家子子都留下了历史的风采
诸子百家家家都留下了丰硕的文化成果

中华古籍汇聚了中华民族古老文化
中华古籍写得是那么精深和广博
中华古籍随着中华民族的步伐一路前行
中华古籍是中华民族的历史杰作
儒家经典从五经发展形成十三经
十三经经经都是儒家的经典学说
《史记》为中华正史开始的记录
《二十四史》关于历史兴衰的记载是多么气势磅礴
子部记录了诸子百家及其学说
各种论辩和说理是多么的精辟深刻
集部集历代作家的散文、骈文、诗、词、曲和文学评论
别集、总集、诗集集集都是光辉的著作

唐代陆龟蒙《笠泽丛书》为最早丛书书名
宋代俞鼎孙等人编的《儒学警语》是第一部丛书成果
《四库全书》是中华古代最大最重要的丛书

卷帙浩繁共达三万六千二百五十七册
仅藏阁本就有文津、文溯、文澜、文渊四种阁本
情状复杂四种阁本各有各的本阁
这是中华古代多么巨大的文化工程
这是中华古代编辑出版中多么巨大的举措
类书是按类采集群书以供寻检之用的工具书
它的起源是中华古代文化的又一新课
中华最早的类书是三国时代曹魏的《皇览》
《永乐大典》《古今图书集成》展现了类书的宏大规模

数典中华古书每个品类的第一部
每一部都是古代文化的重大突破
《说文解字》是中华第一部字典
第一部词典《尔雅》与之相庆相和
第一部诗集《诗经》浪漫光辉闪耀
第一部韵书《切韵》切得是那样准确
第一部文选《昭明文选》选文精练
第一部神话集《山海经》神得超脱
第一部论语著作《论语》成为经书
第一部纪传体通史书《史记》把中华正史开拓
编年体史书《春秋》断代史史书《汉书》史无前例
第一部笔记小说集《世说新语》说透世说

第一部兵书《孙子兵法》至今还在指挥世界战事
第一部历史批评著作《史通》评得深刻

第一部农业百科全书《齐民要术》说尽农业之要
第一部药典书《新修本草》开创国药先河
第一部地理书《禹贡》开说中华地理山川
第一部建筑学专著《营造法式》开建中华楼阁
第一部戏曲史《宋元戏曲韵史》戏得有戏
第一部绘画理论著作《古画品录》品得深刻
中华古籍版本的每个第一至今光辉闪耀
每个第一都是中华古代文化的最早开拓
《二十四史》史尽二十四个朝代多么恢宏
“十通”通贯几千年是多么可敬可贺[①]

中华古籍版本各有区分和讲究
各种古籍版本各有各的要求和特色
椠本、原刊本、精刊本、写刊本本本精细
翻刻本、通行本、修补本为的是更好传播
中华书籍的发生发展已有四千多年历史
从商代开始就发明和使用书刻
乌龟壳、兽骨的书刻形成宝贵的甲骨文
钟鼎文、“摩崖”、“碑”、“碣”是多么难得
从战国到后汉末年随着各类著作物相继产生
书籍的出版主要形成帛书和竹木制的简策
随着纸的出现形成卷轴并向册页过渡
随着印刷术的不断发展书的出版有了重大收获

① 指《通典》《通志》《文献通考》《续通典》《续通志》《续文献通考》《清通典》《清通志》《清文献通考》《清续文献通考》。

再数也数不尽中华浩繁的古籍版本
再阅也阅不完中华辉煌的文化典册
打开每一部古籍都是丰富的文化大餐
阅读每一部古籍都会得到丰硕的收获
打开每一部古籍都会有闪光的一页
阅读每一部古籍都像走进中华历史长河
每一部古籍都闪耀着中华民族先祖的聪明才智
每一部古籍都凝聚着中华民族先祖的辛勤劳作
司马迁的《史记》写了十五个春秋
班固写《汉书》用了二十多年的笔墨
《永乐大典》动员了两千多文人参加编修、录写、圈点
《四库全书》是多么浩大的文化建设

殷商时期中华大地有了书目的萌芽
正式校书编目工作于西汉时期开设
公元前二十六年汉成帝派陈农收集图书
并建立了皇家藏书机构指定刘向等人负责
刘向继承和发展前人校书和编目经验
开始了校勘整理按内容分类编目工作
先后编写了一详一略的《别录》和《七略》
分门别类系统反映了西周至西汉末年图书状况成果
《别录》和《七略》是中华现存最早的图书目录
为中华图书目录学的形成奠定了基座
西晋时在《七略》基础上创立了四部分类法

至隋唐北宋时期中华目录学取得更大成果

清代纪昀主编的《四库全书总目纲要》规模宏大
是中华古代最大的一部官修图书目录名作
中华古代档案馆事业起源于殷商盘庚时代
由史官掌管的档案库在当时的首都已经开设
珍重地保藏了一些具有史料价值的甲骨卜辞
作为给当时执政者处理国家大事参考典册
《易·系辞上》说“河出图,洛出书”
在周代以前中华大地就有了藏书的举措
周代有了专门史官掌管四方之志和三皇五帝之书
《史记》记载老子曾任周朝的守藏室官员之责
汉武帝时第一次下令在全国征集图书
在皇宫内建立了颇具规模的藏书馆舍

据考证中华古代报纸创始于唐代朝廷发布的“报状”
从此由京城向外沿着历史有了广泛传播
随着报纸的发展近代又产生了杂志
近代出现的女报人、女子报刊别具一格
报纸杂志早期不分曾统称为报
只是到了近代才各有所称各有所设
大概从汉代开始就有了书肆或叫书栈、书铺
这些书肆既刻书又卖书生意红火
汉代还出现了经营书籍的商业书市
并设立了国家图书馆和专门抄写书籍之客

早在周代就有了藏书之举和图书馆
孔子周游列国也是读书于列国

中华民族是一个神奇的民族
因此上产生了那么多的神奇传说
每一个传说都充满着说不透的神奇
神奇的传说编著成深邃的历史长歌
关于龙的传人传说是多么神奇
留下的深奥让后人至今仍在吟诵琢磨
中华民族的语言是多么奇妙
奇妙的智慧至今仍然光芒四射
中华民族的文字创意更是神奇
神奇的创意只有中华民族独自掌握
中华民族的文体分设精到光彩夺目
哪一个民族的文体又有如此丰富众多

三

自从有了语言文字有了对历史更深的感觉
人类的发展历史才开始有了书写
但在人类生命历史的长河中并不久远
这只是很短很短的一段史页
人类生命到底是如何起源仍在众说纷纭
至今世界仍然无法最后认确
是从猿群中走出还是从大海和星空中走来

至今世界仍然无法最终鉴别
黄河和长江是龙氏家族生命的源泉
传说却是女娲成就了用黄土黄水造人的伟业[①]
女娲也许就是中华民族的始祖
是她又炼石补天拯救了人类的毁灭

多少年来这些神奇美丽的传说一直传说
让中华民族的后人们一直赞叹叫绝
这是多么奇妙浪漫美好的联想
黄土、黄河和长江孕育成黄种人的骨血
对此虽说今天仍然无法考证
黄种人是炎黄子孙却是千真万切
黄河和长江水哺育着中华民族的祖先
黄土高原为祖先们筑就了居穴
那时虽然没有年、月、日但有运转的地球和太阳
因此中华民族的祖先们度过了漫长的“野蛮”岁月
当有了国、有了家、有了语言和文字
中华民族的祖先们才真正有了“人”的感觉

传说女娲又为人类担当起爱神
她又为祖先们创立了婚嫁礼乐
从天作帐地当床简陋群居到住居房屋

① 传说女娲用黄泥捏成泥人造了人类。

从群婚到婚配嫁娶"六礼"的繁严规约①
祖先们从此有了爱情和家庭
中华民族的进化有了新的飞跃
周代以前已产生同姓不同婚的习俗
周代同姓不婚已成为明确的规约
凡同姓不论远近均不能结婚
人们对近亲婚配的严重后果已认识明确
《左传》有"男女同姓,其生不蕃"的记载
《晋语》中有"同姓不婚,惧不殖也"的情节

西周开始制定通行了婚龄制
男娶女嫁的年龄规定透出科学
历代王朝对婚龄大都有规定
历代王朝的婚龄规定各有各的新解
门当户对的习俗破坏了多少有情人的姻缘
嫌贫爱富的观念造成了多少婚姻的残缺
贞节观念在贞节中带来多少伤害
任意休妻习俗破坏了多少家庭和谐
中华民族的婚姻习俗具有浓重的黄土之风
黄土的世风中留下多少糟粕多少圣洁
人口的繁衍充满艰难和祸害
人的生生死死总是那么悲壮和惨烈

① "六礼"是指旧时婚嫁的六个仪式,在我国流传了两千多年。"六礼"的内容是:纳采、问名、纳吉、纳徵、请期、亲迎。

中华是世界上最早进行人口普查的国家
夏禹时代就开始统计人口和土地并将其设列
商王朝时代有了统计人口的官吏
春秋战国建立了登记人口土地的书社制度专页
秦国时十分重视了解本国人口的数目
商鞅还把人口调查作为变法之约
秦代以后各个封建皇朝都有详细严格户籍制度
隋代“输籍法”、唐代“户籍法”成为国家政治战略
唐、宋时期编制户籍、化分户等
元代则建立了更为复杂的户口类别
历代皇朝所籍皆以纳税人口为准
唯独明代建立了更为详细的户帖

传说夏禹时代中华民族人口达一千三百多万
历经朝朝代代历经了多少浩劫
无情的干旱旱死了多少生命
肆虐的洪水让多少生命遭灭
无数的战祸让多少人家生灵涂炭
不断的疾病让多少人的生命受到威胁
人口的繁衍反映着人类的生活质量
每一个朝代更替都有一场生命的浩劫
艰难的繁衍艰难的生活致使人均寿命短暂
“人生七十古来稀”是多么深切的叹嗟
人口繁衍之路也是一条生命死亡之路
生生死死死死生生留在了漫长的历史岁月

史家公认北宋时代中华人口就突破一亿
并形成了“南盛北衰”的区域差别
清皇朝乾隆时代中华人口再次突破一亿
数百年的兴兴衰衰让人难以理解
翻开中华人口繁衍生息五千年的记载
留下多少生命的延续和生命的断裂
留下多少生命孕育的温情和赞歌
留下多少对生命残酷无情的杀猎
韩非是世界上最早提出人口论思想的人
比马尔萨斯人口论观点早两千多年的岁月
迁徙移民是中华人口繁衍生息的重大社会现象
为此又留下了多少历史的参阅

中华姓氏产生于遥远的母系社会
中华姓氏最初是母系血统的标记区别
父权制社会建立姓氏仍然是血统关系的标记
用姓氏区别着不同的远近和族血
古老的中华姓氏来源各异数量众多
《百家姓》《千家姓》对此给予了排列
《百家姓》《千家姓》远远没有列尽
中华姓氏据历史文献记载有六千多个说解
单姓、复姓、三字姓、四字姓、五字姓均有姓者
每一个姓氏都来源于中华民族一脉的骨血
每一个氏族都有一个氏族的故事

每一个姓氏都有一个姓氏的脉略

母系社会帝王都以女傍为姓
神农姓姜、黄帝姓姬、虞舜姓姚皆以女傍而确
有的是以祖先的族号或庙号为姓
尧的祖号是唐便把唐作为姓氏之借
有以国名、地名、官职或职务、动植物、数字为姓
从而形成了丰富多彩的中华姓氏史页
姓氏的创立反映了祖先们的智慧和聪明
反映了中华民族母系氏族社会灿烂的光烨
丰富的姓氏表明了中华民族的博大
姓氏中反映了中华民族的血统、居地、职官和职业
顺着姓氏的笔迹去追寻古老的历史
每一个姓氏笔画都记载着一段历史秘诀

中华民族的祖先们开始划分六亲、九族
血缘内外制定了严格的清规律戒
人性中又多了一份深深的亲情
人世间的伦理开始一条一条罗列
人与人相互之间的称呼开始规范
六亲九族之间有了严格的礼节
兄弟们相互间排行要按照顺序
男女老幼尊卑各有各的训戒
亲属间诸多的称谓各有不同含义
相互间的交往开始有了明确的限界

至此中华民族的天伦人伦已逐步形成
中华民族的古老文明又掀开新的一页

生存的自然环境决定着生产方式
什么样的方程需要什么样的解
古老的中华社会经济结构形成了独特的风俗习惯
中华民族的国民性在生活中不断陶冶
每个国家的民族特性都有其长处和短处
厚重的中华民族风俗需要后人们认真阅读和鉴别
打开祖先们创立的每一页古老风俗
每一页都需要后人们认真仔细地拜阅
风俗里记载着古老文明的发展轨迹
风俗里反映着祖先们生活的欢喜和悲切
风俗里透着祖先们进化的壮举
风俗里隐藏着祖先们生命的惨烈

为什么中华民族崇尚黄颜色
为此留下诸多的解释让后人们商榷
是因为“黄帝者犹言黄民所奉之帝王耳”①
还是黄色介于黑白赤橙之间居中央而和协
是因为供给中华民族祖先衣食住行的黄土大地
还是炎黄族以为身居天地中央而自尊自悦
总之中华民族崇尚黄色与黄土黄河黄种人相关联

① 刘师培《古代以黄色为重》文中句。

反映了这片古老黄土地的天灵地杰
黄土之神黄帝成为“中央之帝”、“中央之神”[1]
黄色占据独尊地位成为帝王用色专抉
本来的庶民风俗却演化为王道
其中那么多的奥妙让人难以理解

龙、凤、麒麟、龟四灵是古代吉祥的象征
这风俗的奥秘至今让人难以开揭
四灵中有三种现实不存在的神物
祖先们的丰富想象让人多么叹嗟
“团圆”风俗文化底蕴流传多么深广
数千年来不但不衰却愈加轰轰烈烈
“天圆地方”、“圆而神”具有“运而不穷”的神力[2]
“圆”在人们心灵上的谐振日益紧揳
钱币外圆内方是风俗打上的磨不掉的烙印
团圆风俗在中华民族心头扎下深深的根结
国、民族、家、人团圆是天道人伦的期冀
这愿望和情感是多么的美好和圣洁

拜年的风俗文化底蕴更是深厚
在世界各民族风俗文化中堪称一绝

---

① 因我国古代崇尚黄颜色。有一种传说我国远古文化核心之一是以炎黄族为代表人的西北黄土高原，其居民自以为身居天地的中央，一切都以我为中心，一切以我为最佳，甚至连黄土之神黄帝也成了“中央之帝”或“中央之神”。

② “天圆地方”是古老的宇宙观点。《易经》上说：“圆而神”，圆者，不仅是被看作“天道”，而且被认为是“运而不穷”的神力。

传说"年"本是一头凶猛无比的野兽
它代表了人们惧怕憎恨的一种恶邪
人们终于发现"年"怕声响、红色和火光
因此鞭炮、红春联和篝火成为战胜猛兽的斗械
这种传说反映了中华民族不容邪恶的善良
反映了祖先们战胜恶魔的欢庆喜悦
"年"还有丰收的心愿和祈祷
"年"还是禾苗成熟丰收的采撷
因此庆胜利庆丰收演化成普遍风俗
贺年、拜年成为中华民族最隆重的大节

贴春联是中华民族文采的展示
放鞭炮是祖先们感情的倾泻
贴门神、贴灶神、贴财神是心愿的祈祷
挂灯笼、舞龙灯是欢乐喜悦的喷写
拜年是亲情友情亲疏远近的丈量
守夜守的是天地人之间的平安相偕
饮人、饮地、饮候、饮趣、饮禁、饮阑是多么讲究
祖先们把古老的饮酒风俗吟透唱绝
落叶归根体现了中华民族根深蒂固的民族情感
这风俗的乡土之情是那样的真切
祖先们总爱"云闲忘出岫,叶落喜归根"①
这是中华民族又一页天道人伦的书写

① 陆游诗句。

"封禅"是中华民族祭天祭地最隆重的大礼
祭祀宗庙是中华民族祭祖最厚重的拜谒
坐而论道、立而上言、跪而奏事之礼太沉重①
结发和坐、跪、跽、箕尤如羁绁②
作揖和拱手是祖先们日常表示谦卑的礼仪
轻松的握手倒当作礼仪上的嬉谑
筵席与坐席尊卑分设是那么分明
礼器、饮食器皿也分为三等九爵
"九锡"是多么难得的隆重恩赐③
古钟之鸣是多么庄严的礼器乐
中华民族不愧是礼仪之邦
在礼仪上制定和形成了多么深厚的礼仪圭臬

衣食住行在进化发展中形成森严等级
中华民族的衣饰至今让人叹嗟
每一种服饰饰着一种风貌和习俗
有的服饰还标识着等级和官阶
中华服饰具有鲜明的地方和民族特征
中华服饰文化留下了丰富多彩的史页
从山顶洞人使用骨针缝制衣服到商代衣裳的制作④

---

① 我国古代君臣见面时的一些礼仪。

② 我国古人的风俗和礼仪。

③ 我国古代,帝王对有特殊功劳的大臣赐以"九锡",也称"九命"。九锡是指:车马、衣服、乐则、朱户、纳陛、虎贲百人、铁钺、弓矢、秬鬯。

④ 据我国考古学考证,约在公元前五万年到公元前一万年,山顶洞人已使用磨制的骨针。

从商代华夏族上衣下裳到束发右衽的连接[1]
中华民族的服饰风貌从此开始形成
中华民族的服饰文化从此开始书写
衣和裳连属一起“被体深邃”形成深衣[2]
胡服是为了适用于游牧民族骑射的便捷

夏黑、商白、周红是三朝流行的衣色
青、赤、白、黑、黄代表五方正色是多么奥绝
隋代的“品色衣”到唐代形成制度
颜色、衣料、佩戴皆按等级分列
服饰演化着中华民族发展的历史
服饰上缝制着每个朝代的披阅
袍在中华服装历史上由来已久
南北朝时还产生了象征爱情的饰物同心结
冠、巾、帽从上古时代就开始在不同阶层人士中使用
五千多年前祖先们就用兽皮缝制了鞋
传说晋文公为纪念介子推制作了木屐
到后来穿木屐却风靡于乡村小道和城市大街

中华民族的饮食品种那么众多和丰盛
《楚辞·招魂》严格依照饭、膳、馐、饮依次进行了排列

---

① 我国在古时代，上身穿的衣服称衣，下身穿的衣服称裳，裳就是裙子。男女穿着一样。束发右衽指商代时期人们的穿衣和装束。

② 春秋战国时代，在服装方面最主要的变化是深衣和胡服的出现。深衣就是将过去不相连的衣和裳连属在一起，“被体深邃”，所以叫深衣。

中华民族的饮食品种都蕴涵食义
每一个饮食品种都是一盘文化史牒
粥的熬成源远流长一直盛到现在
关于粥的度贫、赈饥、养生三大功用揭示得多么切贴
馒头、包子、面条、饺子各有佳话美味
元宵、粽子、月饼、年糕把历史美味和美好紧紧连接
汉代刘安试图用黄豆炼仙丹却炼成豆腐
火锅从唐代起火得越来越热烈
八大菜系、满汉全席是饮食文化大菜大全
世界上有哪个民族有如此丰富的饮食绝学

中华制糖和食糖的历史是那么悠久
早在《诗经》中就已有了制造麦芽糖的描写
到汉代广大民间已普遍熬制麦芽糖
糖使中华民族祖先们的生活更加甜蜜和喜悦
“五味俱全”不仅仅是一种古老的比喻
它是中华古代饮食中“五味”调料的真实排列
辛、酸、咸、苦、甘先秦时祖先们就已认识、调制和食用
中华祖先们的生活从此有了“五味俱全”的感觉
两千五百年前祖先们就开始制酱食酱
早在《周礼》中对此就有了说解
春秋战国以后酿醋得到普遍发展
醋的制作和食用可谓有着悠久的岁月

中华大地是一个酿酒和饮酒的古老国度

关于酒的起源自古就有不同的说解
一种追源起始于夏初大禹时代的仪狄
一种说法起始于周朝的杜康所治
殷墟中发掘的酿酒作坊打开古老的酿酒历史
证明在三千多年前中华大地已有发达的酿酒业
中华大地为什么会成为酿酒和饮酒的古老国度
酿酒为什么在中华大地成为几千年不衰的产业
中华大地为什么会产生古老的酒文化
几千年来酒在中华大地为什么会那么一直活跃
中华大地上酒文化为什么那么丰富多彩
古老厚重的历史中对酒为什么会有那么多的描写

自古以来王侯将相、达官贵人总在酒中
分封庆功、歌舞升平、骄奢淫逸都用酒倾泻
自古以来文人学士、名人隐士总爱饮酒
迎来送往、高谈阔论、赋诗作画离不开用酒书写
自古以来将帅军卒、武士游勇更离不开酒
打仗比武、守戍边关、冲锋陷阵总要用酒开揭
自古以来平民百姓、劳夫苦力也离不开酒
祛除劳累、消除苦闷、解除忧愁总要用酒发泄
“对酒当歌,人生几何”是多么深切的感叹
“斗酒诗百篇”是多么的壮志豪杰
“借酒浇愁愁更愁”是多么悲凉的叹息
酒总会给不同的人不同的心境带来不同的感觉

酒给祖先们的生活带来多少激情和豪迈
酒给祖先们的生活带来多少悲壮和惨烈
酒给祖先们的生活带来多少苦恼和忧愁
酒给祖先们的生活带来多少欢情和愉悦
酒给祖先们的生活带来多少往来和友情
酒给祖先们的生活带来多少争斗和分裂
酒给祖先们的生活带来多少美好和向往
酒给祖先们的生活带来多少灾难和奸邪
这一切都不是酒文化的功劳和过错
这一切关键在于人对酒文化的认识和取决
中华大地酒文化同黄土地一样厚重
中华大地的酒文化让世界感叹叫绝

中华大地的山珍海味分上八珍中八珍下八珍
三八二十四珍是饮食文化长期的认识和总结
八大菜系是中华民族的灿烂文化遗产
高超绝妙丰富多彩的烹调技术享誉世界
中华大地各地有各地独特的风味饮食
佳肴美味在中华大地东西南北中广泛分列
宫廷御膳有宫廷御膳的美味和名贵
民间的佳肴美味有民间佳肴美味的简朴妙绝
饮食文化是中华大地古老灿烂的文化
每一种饮食都在古老的生活中留下闪光的一页
打开中华大地各个民族的古老食谱
各色各样的佳肴美味多么让人叹嗟

开门七件事:柴米油盐酱醋茶
祖先们对日常生活的写照是多么深切
饮茶列为生活必需形成文化和茶道
这是祖先们对生活的提炼和陶冶
周口店的北京猿人有用火烤熟食的天然厨房
发明和使用筷子更是祖先们对文明的涉猎
传说五帝时代祖先们就发明和使用了伞
牙刷是祖先们在世界上最早发明并使用的生活器械
商代的祖先们就发明和使用床和其他家具
火炕的发明和使用至今让人赞叹叫绝
灯具的制作远在战国时代就达到精美的程度
“文房四宝”是中华民族日用品的文明展阅

小小的剪刀也是一项重要工具发明创造
它也是中华民族祖先聪明智慧的一项书写
在古代它不仅作为工具还被作为馈赠的礼品
那时候的剪刀形状和现在的还有差别
洛阳西汉墓中发现的是最古老的剪刀
距今已有两千一百多年的历史岁月
那时的剪刀中间没有轴眼没有支轴
是将一根铁条的两端锤成刀状弯曲交叠
相传到了唐代剪刀的形状有了新的变化
与现代的剪刀已基本上没有什么差别
唐代的太原剪刀清代的王麻子剪刀极为有名

这反映了当时科学技术和夹钢工艺堪称一绝

中华民族先人以铜为镜用以正衣冠
中华古代铜镜的铸造令现代人至今叹嗟
《黄帝内传》记载帝与西王母会于王屋
乃铸大镜十二面随月而用之的描写
这自然只是一种传说迄今无实物为凭
但在商代有了镜这已是被历史证实明确
战国时期铜镜开始流行制作形制轻巧多为圆形
镜背各种纹饰丰富多彩分双层或单层罗列
西汉时期铜镜制作得到较高发展官方监管铜镜
铜镜逐渐厚重镜背纹饰有了几何图案及吉祥语铸冶
东汉至魏晋南北朝又创造了浮雕纹饰画像镜
一面小小的铜镜演绎了古老的文明科学

中华民族的婚姻、家庭闪耀着东方的光华
中华民族的风俗礼仪是多么厚重的社会之学
中华民族的每一件服饰都缝制着东方的思想
中华民族的每一种日用品都是聪明智慧的剪贴
茶文化、酒文化都深蕴中华古老文化之道
饮食文化精妙绝伦丰富深邃辉煌于世界
沿着古老的黄土地追寻这一切发展的轨迹
把古老厚重的黄土地一层一层开揭
用心地去寻找这一切发展兴盛的原因
认真地去寻找这一切发展兴盛的根结

重情尚义、勤劳智慧和热爱生活也许是其中的根源
这种答案也许是有点太肤浅也太简洁

四

祖先们终于有一天有了重大发现和感悟
月亮有圆有缺、太阳有落有出
每一个星座的运行居然都有规可循
天气的变化也有一定的规律和时谱
于是便产生了时间和方向的概念
从此开始创立天文和历法的画图
祖先们远在夏朝就创立了历法夏历①
商代的祖先们把一年分为两个季度
从此岁月真正有了日、月、年
从此有了关于日食、月食的记录
祖先们又把一年分为春夏秋冬四季
根据太阳月亮的位置建立了二十八宿星族②

《春秋》记有“鲁文公十四年秋七月，有星孛于北斗”
这是世界上关于哈雷彗星的最早记录

---

① 夏朝建立的历法，以365.25日为一回归年。夏历建寅，即以阴历正月为岁首。

② 三垣、四象、二十八宿是古人对星空的分析。《史记·天官书》将地球上看到的北天极一片天空划为紫微、太微、天市，此即“三垣”。四象，地球绕太阳公转一周，太阳的直射点在南北回归线内移动的轨道，即黄道。此即地球上最美妙的处所，故又被古人视为“黄道吉日”。古人又将黄道附近的星空分出东、南、西、北四方，并分别用相应的吉祥灵兽代表，即东方：苍龙；南方：朱雀；西方：白虎；北方：玄武。此即“四象”，即表示星的形象。二十八宿，古人又将每象分七宿，宿即指一撮星的宿舍，则四象共二十八宿。

二十四节气时令分段分得分明科学
《甘石星经》是中华最早的天文学著
秦汉时期全国制定了统一的历法
中华的天文学有了长足的发展和进步
司马迁参与改定的《太初历》显示了很高的天文学水平
其中关于节气、闰法、朔晦、交食周期的内容是多么丰富
这一时期还制作了浑仪、浑象等重要的观测仪器
对中华后世天文学的影响那么深远和突出
“浑天说”对宇宙的认识逐渐深化①
“宣夜说”提出了天穹无限的学术②

《大明历》是一部多么精确的历法③
隋唐时期绘制了世界上高超的一幅幅星图
水运仪象台成为世界上著名的天文钟
最精密的历法《授时历》让世界瞩目④
明中期欧洲传教士带来欧洲天文学知识
进一步促进了中华天文学的发展和进步
一批天文仪器安装在北京天文台
徐光启等人还翻译了一批欧洲天文学著
隋代在天文学理论上取得一些新的突破

---

① 两汉时期，在天文学上提出的一种理论，说天体圆如弹丸，地如鸡子中黄孤居于内，即将宇宙比喻为鸡蛋，地球如同蛋黄浮在宇宙中。

② “宣夜说”认为天没有固定的天穹，而是无边无涯，这实际上是说宇宙空间是无限的。

③ 祖冲之完成的历法。

④ 北宋苏颂等人制造的世界最早的天文钟。《授时历》为元代郭守敬创造的历法。

《仪象考成续编》提出了恒星有视向运动的变数
三垣、四象、二十八宿是祖先们对星空的分析①
这分析是多么的形象多么的神奇和深入

三垣将北天极一片天空划为紫微、太微、天市
四象像四种吉祥灵兽威踞四方天图②
东方苍龙像一条腾空而起的飞龙
吞云嘘气、不可一世、目空万物
西方白虎像一只飞跃猛虎张牙舞爪
四角五爪、怒目短耳、长尾其势如腾云驾雾
南方朱雀位在黄道之南形像凤凰
昂首展翅、翅足扬尾振奋飞舞
北方玄武恰如蛇绕于龟背之上的灵兽
扬颈展身、双锁北天玄秘中展现着威武
这种形象虽是天体排列运行的巧合
更是祖先们思维想象神奇浪漫昊大丰富

天人相应二十八宿对准大地九州
东西南北中对应金木水火土
星野对应成就《滕王阁序》开篇四句
“豫章故郡,洪都新府,星分翼轸,地接衡庐”
要解星野必读《汉书·天文志》《广雅》
祖先们对此有了明确的注疏

①② 出自《易·系辞》。

祖先们对日珥和太阳黑子早有记载
对木星卫星、哈雷彗星早有观测解读
《全天星图》《敦煌星图》至今仍放异彩①
对五大行星的运行会合早有标注
祖先们对月球上早有诸多的发现
最早用火箭载人飞向太空的是中华传奇人物②

历数中华公元、世纪和年代
上溯中华上古、中古和下古
阳历、阴历、阳阴合历显示智慧
黄历开璇六历最终归一主③
夏历、周历、秦历表明世道不断变化
中华历史首先要从历法中解读
干支纪年是一个聪明的记号
纪月法与季月别称别有天赋
十二时辰与十二生肖搭配巧妙
二十四节气凸显了精确的经纬度
数九与三伏数尽一年每个时令
历法历出历史时间的一条大路

---

① 三国吴太史令陈卓著《全天星图》。《敦煌星图》为公元940年绘制在绢上的星图，是世界上现存最古老的星图。

② 据说王古（一说万户）在十四世纪末发明了可操纵的火箭推进装置，用47颗巨型火箭载人飞向天空，却不幸在试验中罹难。

③ 西汉以前，我国使用过六种古历法，即黄帝历、颛顼历、夏历、殷历、周历、鲁历，传说以黄帝时创造的历法为最古。唐朝诗人卢照邻在《中和乐·歌登封章》中有“炎图丧宝，黄历开璇”句子，黄历就是黄帝历的简称，所以人们习惯把历书称为黄历。后来的黄历，往往掺杂了许多宣扬吉凶忌讳的内容，迷信色彩很浓，黄历便成了旧历书的代名。

祖先们公元前十三世纪就认识了气象
在甲骨文中留下了大量天气现象记录
对晴云阴雾风雷电雨等已各起其名称
文丁时期的卜辞中有连续十天的气象记录
这是世界上最早的气象记录之一
也是中华民族祖先们聪明智慧的批注
随着对气象规律的认识对神的主宰产生疑问
因此在春秋战国百家争鸣中产生了唯物
《古微书》已记录“月离与箕风扬沙”
《小雅·信南山》已知“上天同(彤)云,雨雪雰雰”
《庄子》已知“阴阳交争为雷”
“夫风者,天地之气,溥畅而至”记载在宋玉《风赋》

在遥远的古代祖先们就开始对地理的认识
周初的祖先们已能绘制和使用地图
随着文字产生地学知识得到迅速传播
《山经》对黄河和长江流域及之外地区有了综合性记述
四百五十一座山、三百条水、二十七个湖泽记载详细
还有记载详细的植物、动物和矿物
《禹贡》中九州依据河山海自然界划分区域多有地理意义
“导山 ”、“导水”、“五服”导得让后人佩服
远在夏代就流传着对物候的认识
在秦以前就有了关于土壤分类的《管子·地员》专著
《管子·地数》记载了找石的经验

中华地学知识从此开辟了先路

一个节庆是一首热情浪漫的词曲
一年的节庆是一部诗意厚重的诗赋
中华的节庆蕴藏着深厚的历史
至今读起来是那样的热闹和丰富
元旦本来是中华民族的节庆
它代表的是中华农历一年的岁初
元旦最后成为公历一年的岁首
春节则成为农历年一年的元朔
过年主要的行事是打鬼扫除污秽
还有贴门神和对联、放鞭炮、吃饺子、挂旗一串祝福
每一个祝福都载着虔诚的心愿
祈求来年更加顺顺利利和幸幸福福

春节是中华民族最大的传统节日
它让中华民族年年都在向往和倾注
春节是中华民族最隆重古老的传统节日
它让中华民族寄托着全年的情感和祝福
春节是中华大地各民族共同的节庆
各个地区和各个民族还有不同的习俗
蒙古族古时候将春节称为“白节”
过春节有串包叩头、敬酒、赛马、歌舞一长串庆祝
藏族过春节要穿上艳丽服装并戴上假面具
背着“吉祥水”吹打着唢呐、海螺和大鼓

苗族过春节合家做好“团年饭”还要穿上铠甲带上梭标
以此驱逐野兽和敌人保卫幸福的习俗是多么特殊

满族过春节把“红黄蓝白”四旗各自挂在门口
图案优美、色彩鲜艳的挂旗挂满祈望和祝福
土家族过春节要举行隆重的舞会
狩猎、军事、农事、宴会几十个舞蹈是那么丰富
黎族每逢春节家家户户宰猪杀鸡
更有趣的是“春节围猎”和分取猎物
拉祜族过春节特别重视糯米粑粑并敬奉给牛、锄、犁
以酬一年来与主人合作并祝新一年创造更多的财富
达斡尔族拜年的人一进门就抢吃年糕为的是“年年高”
赫哲族的“吐火宴”寄托着火热的祝福
中华大家庭五十六个民族过春节各有习俗讲究
丰富多彩的仪式和习俗数不胜数

从古老的春节起源开启过年的节庆文化
美好的向往和心愿写满漫长的节庆史书
从每年的春节开始每年的节庆
每一个节庆都有不同的心愿和不同的庆祝
元宵节总是满街红烛满街花灯
灯联、灯谜让人们难以应和与破读
灯的文化形成灯的隆重闪亮节日
这是中华古老节庆的又一次批注
社日是古代春秋两次祭祀土神的日子

踩山节是苗族隆重的凭吊先祖
中和节人们互相赠送瓜果和种子
用以预祝年成风调雨顺丰收五谷

春龙节纪念的是冬眠蛰伏的龙开始抬头
吃龙鳞饼、吃面条都是崇拜龙的风俗
上巳节以驱邪怪尽情戏水洗濯为内容
洗出了王羲之《兰亭集序》传颂千古
禊日去水边祭祀以拔除疾病和不祥
演化为宴饮游玩和行令吟诗作赋
寒食节是沉重的纪念沉重的节日
沉重纪念中是中华民族厚重情感的倾吐
清明节是二十四节气之一又是节日
在黄土地上演化出普遍的祭扫风俗
泼水节的由来来源于傣族美丽神奇的传说
为民除害的七位姑娘的勇敢多么值得纪念和敬慕

中元节又叫鬼节是一个特别的节日
祭祀祖先、怀念亡灵、超度亡魂各有各的感触
关于端午节的起源众说纷纭各有其义
众多的诉说中诉说着各种各样的典故
每个典故都记载着中华民族的祈愿
每个典故都透着历史和人生的感悟
端午节纪念屈原凝聚着人们的正义向往
吃粽子、划龙舟是真情热烈的浇铸

两千多年来人们难以忘记屈原的忧愤交加
汨罗江留下了两千多年的历史痛哭
端午节纪念龙的生日反映了龙的传人的龙心
它所昭示的是永不忘记祖先的一个伟大民族

七夕节由神话传说演变成人间节日
反映了祖先们对美好自由不懈的追逐
中秋因居秋季之中十五又是八月月半故而得名
祖先们早在汉代就有了对秋节的庆祝
宋代过中秋节的仪式和庆祝逐渐兴盛
成为中华节庆中的第二大节庆而庆祝
甜饼、月饼、团圆饼饼饼都有美好的传说
中秋节亲人团圆是相沿已久的习俗
中秋节流传最广的习俗是赏月
历史上留下多少千古传颂的赏月佳句和名著
中秋节团圆赏月为的是如月光圣洁的深情
团圆的喜悦和分别的思念皆发自人的肺腑

重阳节的节和日恰逢双九为阳
却演化成斩魔和登高避灾的风俗
腊八节又被称作"佛成道节"
纪念的是佛祖于这日得道成佛
除夕是中华民族一年中最后的节日
馈岁、别岁、守岁尽情地把一年旧岁回顾
同时寄托着对新一年美好的憧憬

紧接着就是过春节最厚重的祝福
除夕与春节联袂成一个完整的年
上演着人生每年之中最隆重的歌与舞
天道人伦只有此时才演绎得如此绝妙
生命中只有此时才能产生如此深刻的感悟

中华民族的传统节日节节不断
每一个节庆都是一部古老的著述
中华大地为何创立诸多有意义的节庆
中华民族为何形成如此丰富的礼俗
这也许是中华这片古老的土地太神奇
这也许是中华民族的生活悠久老故
这也许是黄河水、黄土地太深邃和厚重
这也许是中华民族生活沉重和想象丰富
对此需要人们继续到黄土黄水中寻求答案
对此需要人们把中华五千年文明一页一页重新拜读
为古老的传统节庆而尽情节庆
为古老美好的祝福而尽情祝福

据考证图腾信仰与母系社会共存
图腾反映了古老的氏族对生命起源的关注
图腾信仰是古老氏族思想意识的反映
图腾信仰是古老氏族世界观的真实感悟
图腾信仰认为人与某种动物存有特殊血缘
每一个氏族发端于这种动物、植物或无生物

因此这种图腾成为氏族的共同祖先和保护神
图腾成为氏族的徽号、象征和标志符
同时图腾崇拜发展成为一种宗教形式
这也许就是宗教起源的一种基础
在母系社会中人类不能完全认识生育的结果
常常把一些人的出生看成是天赐神物

《帝王世纪》记华胥踏巨人迹而生伏羲
女登生炎帝是因为与神龙进行了接触
附宝见大蛇绕北斗从而生了黄帝
庆都感赤龙从而使尧得以生出
握登见大虹从而使舜得以诞生
修己生大禹是因为吞了薏苡神珠
姜嫄履神人之迹从而生出后稷
以上这些传说《帝王世纪》中均有记述
《史记·殷本记》记简狄吞玄鸟卵而生契
《史记·秦本记》有女修吞玄鸟卵生大业的记述
这些传说有些可能是后人的附会
这些传说记载有许多是图腾信仰的真实记录

每一种图腾往往都有特定的含义
每一种图腾往往都象征着一个或几个氏族
每一个氏族往往都有自己的图腾
从而使中华大家族的图腾是那么丰富
有的氏族的图腾后来演变为氏族的姓

有的一个氏族图腾又发展为两个以上不同图腾的分氏族
有的氏族认为本氏族与信仰图腾有血缘关系
认为是所信仰的图腾生育了他们的氏族
各个氏族对所信仰的图腾还有祭祀活动
围绕图腾总要开展隆重的纪念和庆祝
许多氏族对自己的图腾还设有诸多的禁忌
对禁忌的执行是那样的虔诚和严肃

图腾崇拜显示出古老文明的进化
图腾信仰是人类信仰的最早记录
图腾产生于那个伟大的母系氏族社会
图腾的产生反映了人类历史发展的进步
龙是中华民族最主要的伟大图腾
龙一直是祖先们心中的伟大真主
女登与神龙接触而生炎帝、庆都感赤龙而生尧
这传说成为中华民族的精神信仰和支柱
因此有了神奇的龙的传人和龙的传说
有了龙的图腾、龙的标记和龙的印绂
每个氏族都有自己崇尚的图腾
图腾印记了中华民族是一个古老的伟大民族

宗教也记载着人类的进化发展
宗教象征着人类信仰的固定和成熟
中华民族古代没有统一的宗教信仰
其中的缘由至今无法解读清楚

这也许是中华民族太聪明智慧
这也许是中华黄土大地太厚重的缘故
中华民族古代只有固有的一种宗教
道教的创立代表中华宗教的殊途
道教产生何时至今尚无定论
其中原因至今难以说得清楚
《道德经》本不是道教的教典、教义
却包含和成就了中华民族对世界和人生的终极眷注

道教以神化了的老子提出的“道”为基本信仰和教义
认为“道”生宇宙生元气构天地、阴阳、四时而化生万物
老子是哲学家而不是宗教家也未创立宗教
老子的著作是学术性而不是宗教性学著
老子的《道德经》最终成为道教教典、教义
展现了中华道教发展的这条特殊教路
道教经典历经千年修订达到五千多卷
包括道教的经戒、科仪、符图、炼养等类经书
道教是中华大地产生的宗教文化
它总是展现着世界东方古老黄土地的风骨
元代以后道教正式分为正一、全真两大教派
使道教在发展中走过了兴兴衰衰衰衰兴兴的道路

儒本为古代有知识技艺者的通称
自孔子创立儒家后成为尊奉孔子学说的专用称呼
儒家本是先秦时期的一个思想流派

儒家主张礼治、强调传统伦常关系的思想学术
宗教是相信并崇拜超自然神灵的社会形态
它是自然力量和社会力量在人们意识中的一种幻觉和虚无
一种学派为何会推崇成一种教派
这需要从中华古老的历史中去解读
历代的推崇至南北朝开始把儒家称为儒教
从此儒家的思想却成为了儒教的教枢
儒家经典最终经典为一种教化和教义
使其成为中华民族教化的又一特殊

不知为何学术界长期流行着一种见解
把老子和庄子尊奉为道家的鼻祖
其实老子是哲学家不是宗教家更未创立宗教
老子的著作都是中华古代学术性名著
中华历史上曾把道家与道教严格区别
还老子作为古代思想家的本来面目
先秦无道家只有老子哲学庄子哲学
以及与他们哲学相应的老子学派庄子学派标注
汉代道家代表是西汉时期融合各派的一种思潮
这种思潮以黄老清静无为思想为基础
包括儒、墨、阴阳、名、法各家部分内容
把老庄学派称为道家是后起一种学派分类观念分出

分出的这种道家也不同于司马谈所说的道家
这乃是属于哲学范畴的一种分类解读

道教是宗教它有团体、教派、教义、宗教规范仪式
还有组织、信徒、传授系统、固定传布地区和经书
以上这些特点是道教区别于道家的标志
古代这种长期积累下的含混观念必须要清楚
还有高僧法海是一位受人尊敬的名僧
在神话故事中却被刻画成佛面蛇心人物
法海原名裴头陀法名法海唐朝大臣裴休之子
面对毁损的金山寺在山间披荆斩棘决心修复
皇帝得知敕名金山寺从此金山寺就此得名
并在山涧里塑法海像并尊称他为“开山裴祖”

佛教是起源于古代印度的一种宗教思想文化
传入中国大地后对中华民族的思想文化影响那么显著
佛教何时传入中国虽然众说纷纭
但佛教进入中华大地就成为国人的心佛
四大菩萨修行于中华大地四大名山
香火供奉遍及中华大地千家万户
智慧、辩才、威猛象征的文殊菩萨道场设在五台山
德行代表的普贤菩萨在峨眉山指教化俗
地藏菩萨在九华山教化尽孝道、担苦难、除疾病大愿
大慈大悲的观世音菩萨在普陀山把众生普度
五百罗汉罗列佛祖殿前各有神奇
辅佐佛祖使其灵光更加超然卓著

佛祖禅坐西天慧眼无极世界万物造化

教化着芸芸众生惩恶扬善为万民造福
僧、法师、活佛、罗汉、喇嘛众多“和尚”坐禅各大名山
乐山凌云山安坐着世界上最大的坐佛
“和尚”们每天念诵着苦谛、集谛、灭谛、道谛“四谛”
虔诚地为芸芸众生祛除种种灾难和痛苦
从汉代开始中华大地便开始有了焚香膜拜
各种信徒们总是焚香膜拜着心中的各种神灵和佛
中华民族怀有善念具有一颗虔诚的心
宗教信仰源远流长相得益彰相互包容相促稳固
道教与儒教和传入中华的佛教成为三教
从此筑起了中华民族宗教的三大教枢

五

人类的生命是如何诞生至今仍是个谜
留给人类一个又一个遥远的质疑
但人类自从诞生生命就产生了死亡
对此生命的法典已经明确地解释
世界万物生命留下万代生存的绿荫
世界万物生命留下万代死亡的痕迹
世界万物生命留下万代孕育生长的壮美
世界万物生命留下万代衰老死亡的悲凄
人的生命可贵在于伴随着高智能的思维
因此对人类生命的认识留下了无尽的长思
人们对生的体验一代一代应有尽有

但谁又能解清说透真正体验什么是死

一切生物失去了生命这就是死亡
这是多么简单而又准确的解释
一切生物最终都难逃死亡厄运
至今还没有一种生物创造不死的奇迹
不知一切生物是不是都害怕死亡
但人类害怕死亡这几乎是全体的共识
这也许是人类获得生命由不得自己决定
这也许是因为人的生命死亡太简单容易
因此人类才那么珍视自己的生命
因此才那么注重生命活着的价值和意义
因此才那么倾心地关注生命的死亡
因此才那么倾情地注重对死亡者的祭祀

黄土地孕育了中华民族一代又一代生命
黄土地掩埋了中华民族一代又一代亡故者的躯体
黄土地上形成了古老的殡葬习俗
黄土地上留下了厚重的祭奠礼仪
祖先们仅对“死”的叫法就各种各样
各种各样的殡葬祭奠更是让人称奇
天子的死叫“崩”、“山陵崩”、“驾崩”
诸侯国的国君的死得以“薨”称之
士大夫的死叫“卒”、读书人的死叫“禄”
只有一般普通人的死那才能称“死”

民间对于“死”的叫法更加多样讲究
根据男女老幼、职位、宗教信仰各有其是

亡者的不同祭奠形式也大不相同
对亡者的感情在祭奠中往往得到充分验试
披麻戴孝披的是与亡者的远近亲疏
吊唁吊的是对亡者的情义和礼仪
吹唢呐吹的是祭奠场面和隆重
哭灵哭的是对亡者的深情和厚谊
安葬是对亡者的最后送别和安慰
守孝守的是那份至深的孝心和伦理
但这一切隆重的祭奠亡者再也不会知晓
只是留给活着的人和后人一代一代地认知
因此中华民族又书写了一页丰富多彩的文化
黄土地上又留下一道隆重沉重的历史积习

古代葬埋主要有野葬、天葬、水葬、土葬和火葬
各种葬埋有各种葬埋的习俗和方式
甘肃省临洮县发掘的盛有人的骨灰的陶罐
证明中华民族的火葬在原始社会就已开始
火葬是各种葬埋中最卫生、科学的葬埋
中华民族的祖先们居然在原始社会就能认识
悬棺葬主要分布在古代南方少数民族地区
树葬主要是北方一些少数民族的葬式
天葬是藏族古老的习俗彰显着佛教教化

水葬、野葬、土葬各显其不同的习俗风遗
殉葬制的恶习是那么残忍早该葬埋
后人们期望留下更多的是古代文化遗产墓志

中华有文字记载的古老文明历史已达五千多年
五千多年的古老文明是多么辉煌的历史
文字记载的历史怎比得了中华大地的记载
五千多年来中华大地见证了多少伟大历史壮举
五千多年来中华大地目睹了多少伟大历史变化
五千多年来中华大地闻听了多少伟大历史真理
五千多年来中华大地聆听了多少伟大历史声音
五千多年来中华大地记载了多少伟大历史史诗
五千多年来中华大地经历了多少历史风云
五千多年来中华大地铭记了多少历史悲伤和欢喜
五千多年来中华大地掩埋了多少历史生命
五千多年来中华大地尘封了多少历史之谜

中华民族最古老的祖先已一百八十万年
这么古老漫长的历史该如何去认识
五千多年的文字记载历史仅仅是短短的一段
要了解一百八十万年的古老历史只能去开读中华大地
不断打开中华大地古老的历史积沉
不断追寻中华大地古老的历史记忆
首先打开元谋猿人遗址的古老黄土地大门
经测定那是距今一百七十万年左右的史迹

这是中华大地最早的猿人生活场所
这是中华大地反映猿人生存的最早化石
同时还发现化石了的云南马、犀牛、羚羊
同时还读到了当时使用火的痕迹

打开蓝田猿人遗址的古老黄土地掩埋
又读到了中华大地向前发展的标志
发现的猿人头盖骨化石距今约一百万年
发现的猿人颌骨有五六十万年的历史
同时发现北豹、斑鹿、野猪、三门马、野牛化石几十种
每一块化石都印记着古老历史向前发展的依据
北京周口店遗址尘封着距今五十万至三十万年前的人类
北京猿人是中华大地记载的又一篇人类发展历史
出土的骨器、石器和装饰品反映着新的发展
这时中华大地的人类已经有了更多的人智
北京周口店遗址印记着人类更多在一起居住
印记着更明显的用火痕迹和连片的穴居室

河姆渡遗址已进入新石器时代
这时的中华大地古老文明已大大前移
据测定河姆渡遗址距今七千年左右
这时的祖先们有了更文明的发展和聪明的认知
出土的生产工具证明这时的祖先们以从事农业为主
这时的祖先们已经开始使用了釜、罐、钵、盘、盆等陶器
大汶口遗址掩埋着更多的古老文明

那是中华大地公元前四千年左右的记忆
大汶口遗址遗存了大量的遗物
遗物中存有红、灰、黑、白等精美彩色陶器
这是中华大地重要的历史封存
这是中华大地重要的古老文明昭示

周原遗址尘封着西周时期大型宫室建筑基址古印
大量的青铜器装盛着重要的古老文明价值
铜绿山古铜矿遗址把周的古老文明推至汉代
遗存的大量古矿井和炼炉诉说着这个时期的古老经历
吉林丸都山故城城市建筑颇具特色
故城建筑刻记着两千年前文明发展的高句丽
只可惜开天辟地的盘古只留下神话传说
古老的黄土地上至今还没有找到关于他的沉积
中华大地至今仍然尘封着三皇的伟大
至今还没有打开铭封着他们丰功伟业的那片土地
三皇是中华民族传说中的伟大祖先
中华大地总有一天会打开他们神秘的踪迹

五帝也是中华民族传说中的伟大祖先
中华大地墓藏着他们的古老伟大神奇
伏羲的陵墓坐落在中华大地中原淮阳境内
坐落在甘肃天水的伏羲庙至今游人如织
炎帝陵墓又称天子坟坐落在湖南酃城
遗迹中留下了那么多说不清的神秘

黄帝陵坐落在陕西黄陵黄土高坡之上
黄帝庙坐落黄陵脚下诏告着九州黄土万里
尧帝之墓墓在当年尧都所在地山西临汾
那里也是孕育中华民族生命的一片土地
舜帝墓坐落在湖南宁远九嶷山境内
舜庙除在此还在浙江绍兴共同诉说着古老的时日

厚重的黄土中掩埋着远古祖先们的居穴
黄河和长江古道中印记着远古祖先的足迹
多少年来后人们一直在探索人类祖先的起源
从化石中寻觅着人类祖先的生命经历
尽管对人类最早起源何处众说纷纭
但中华黄土地是人类起源的摇篮之一
黄河和长江中下游适宜的气候和肥沃土壤
为史前人类提供了繁衍生息的理想之地
大约从一百八十万年前开始猿完成了到人的进化
古老的黄土地上开始有了人的足迹
从此人类开始用双手创造史前文明
古老的黄土地留下了古老文明的印记

西侯渡的石制品、动物化石和烧骨
那是中华民族起源的最早证据之一
元谋人及其文化中的人牙化石、石制品
把中华民族的起源又拉近了距离
阳原小长梁的石器又有了进步

把人类的进化拉到了更新世早期
东谷坨的石器更为丰富复杂
留下了人类生存更清晰的痕迹
当打开拜读这些久远的历史尘封
古老的中华文明是那么让人称奇
它记载着中华民族的起源和进化
它诉说着那古老遥远的华夏天地

蓝田人及其文化的牙齿化石和人头盖骨
从中能够测出人的性别和是否开始直立
匼河文化的那一块烧骨是多么的宝贵
从中找到了人类最早用火时的证据
周口店和北京人丰富的遗址展现明显
展现出那时的人类有了控制用火的能力
有了火人类不但可以开始食吃熟食物
还可以用来御寒和对猛兽进行抵御
火对人类社会的发展至关重要
火加快了人类的思维和体格发育
与北京人伴生的动物化石达一百多种
这个动物群代表的年代大体相当于更新世中期

贵州黔西观音洞发现的石制品有三千多件
加工之细和方法之多都冠于同期石器
这个时期的猿人已有相当广泛的分布
中华大地上广泛地发现了他们的足迹

和县人、郧县人和郧西人生活在长江两岸
沂源人、南召人生活在黄河流域
人类体质普遍由猿人发展为早期智人
人类文化发展为旧石器时代中期
金牛山人、大荔人标志了猿人向早期智人的过渡
许家窑人石制品更反映了早期智人的人智
这个时期标志猿人过渡到早期智人
这是一个多么遥远而漫长的时期

从猿人向早期智人过渡更加明显
人类体质和文化发展进入中晚更新世
马坝人和长阳人成为典型的早期智人
丁村文化更明显地体现在打制的石器
人类体质终于发展到晚期智人
地质年代开始进入更新世晚期
至此地球上三大人种基本形成
中华民族的直系祖先生命真正开始
山顶洞人、柳江人、资阳人、河套人代表了晚期智人
骨角器和饰品的出现是其重要的标志
人类发展至此是一个多么漫长的过程
人类生命的繁衍和进化是多么的不易

地球上的最后一次冰期结束①

① 大约在公元前一万年左右,人类进入了地质上的全新世时期,地球上的最后一次冰期结束了,气候随着逐渐变暖,自然环境发生了变化。

人类进入地质上的全新世时期
这标志旧石器时代同时结束
开始了向新石器时代的交替
人类从单纯的攫取天然产物的掠夺
转变为种植农业和饲养家畜为主的生产经济
灵井和沙苑的细石器提供了一种新的文化类型
展示了智人开始向新人进化过渡的趋势
后人无法寻找祖先们种的第一棵稻谷
原始农业的出现显示了人类改造自然的巨大胜利
黄河流域孕育了中华最早的农业文化
北辛文化、磁山文化、裴李岗文化留下了清晰的标记

老官台文化的陶器装满工具制造和谷物栽培技术
河姆渡和罗家角文化证明着进化的长江流域
仰韶文化、后岗文化分别诉说着文化的发展时代
大汶口文化、大溪文化和马家浜文化留下了村落和居室
村落布局和房屋建筑有了规划设计思维
房屋建造中更有了智慧和熟练的技艺
姜寨的那块黄铜残片标志原始制作技术的进步
木制、纺织、渔猎和收割有了专门的器具
生产和生活的习俗开始产生积累
婚姻和丧葬有了专门的安排和料理
此时社会组织和社会制度适时而产生
为此有了家长、头领和他们的统治

历史发展到铜石并用的新时代
金属的产生代表了冶炼技术的兴起
“黄帝采首山之铜，铸鼎于荆山之下”①
“蚩尤作冶”、“蚩尤以金作兵器”②
这些传说记载虽然仍难以论定
但在黄河和长江流域却普遍发现铜器
这时的石器制造技术更加精巧
冶炼技术更加普遍开始了实施
分间房屋普遍出现象征新的社会意义产生
中心聚落的形成表明社会新的制治
装饰品、工艺品开始步入了人的生活
最杰出的进化发展出现了图画文字

龙山文化更加逼近文明的历史大门
红铜、青铜和黄铜铸成了历史的钥匙
良渚文化的磨制、切割和钻管技术
使玉器的制作达到了空前的精致
东方部落的太昊和少昊两昊集团
传说他们开始划分了氏族和官职
黄炎、两昊、越和三苗集团密切相关
他们也许就是后来的华夏、东夷、吴越、荆楚族系
漆木工的出现说明这时漆已发明制造出来
麻织品的产生证明这时的纺织更加精细

---

① 《史记·封禅书》中句。
② 《尸子》中句、《世本》中句。

大汶口和屈家岭文化中的高柄杯盛着酒的起源
正式告诉这个时期已经有了酒的酿制

城堡的建立传说是鲧之所为
从中寻觅到了祖先们已建立的城市
与城市建立的同时挖掘了水井
史传瞽叟使舜穿井还有伯益
贵族坟山反映出贫富的分化
卜骨和占卜风俗说明迷信开始兴起
刻画记号和图画文字有了更深的刻印
祖先们的思维意愿表达更加清晰
这大概就是中华文字产生的前夜
这对历史的进化该有多么重大的启迪
野蛮时期是一个多么漫长的历史过程
古老的祖先们迎来文明的曙光付出了多么长的努力

中华大地各周边地区远古文化与中原文化相呼应
共同创造了中华远古文明的进化发展历史
兴隆洼文化是东北地区最早的新石器时代文化
红山文化所延续时间与仰韶文化大体相致
马家窑文化、齐家文化代表了甘青地区远古文明发展
这些文化中带有古老深厚的黄土堆积
石峡、西樵山文化述说了华南地区古老文明
昙石山、芝山岩、圆山、樊城堆文化昭告了远古东南之地
新石器时代文化遗址已遍及云南全省

林芝和拉萨的新时期晚期遗存反映了西藏地区
中华大地东西南北中共同孕育了中华远古文明
中华大地东西南北中的远古文明具有密切相联的关系

中华古代文明的根基深植于遥远的古代
中华大地为此付出了辛勤的哺育
二百万年前的野蛮时期是多么漫长和艰难
每一步进化发展都要付出那么长的艰辛努力
黄河和长江孕育了中华大地上的生命
这句话包含了多么沉重的生命意义
沿着古老大地呼唤着遥远寻觅着遥远
呼唤和寻觅出中华大地多少艰难的记忆
终于找到了历史进入文明的门槛
终于找到了中华民族进化发展的足迹
翻开中华大地东西南北中每一寸土壤
到处都布满中华古老文明历史的沉积

殷墟遗址大型宫殿和宗庙何等辉煌
发掘近百年仍未解开古老文明的深谜
郑州商城遗址所建可能更早
二里岗上下两层址痕是更早的文化堆积
偃师尸乡沟商城遗址七座城门和宫殿
展现出商代繁华文明的城邑
偃师二里头遗址可能是更久远的大都会
那里是探索夏文化有益的印迹

周原遗址是周人早期文明的标识点
紧靠岐山南麓曾为周、召二公食采之邑
丰、镐遗址为周文王、武王邑宅
洛邑与成周遗址深埋东周王城辉煌历史

曲阜鲁故城遗址铜铸鲁国铭文
临淄齐故城遗址深埋六百多年的姜齐和田齐
燕国都城遗址深藏九百年历史时代
不知为何曾几迁其都几易其地
晋国都城遗址难掩“三晋”之分
魏、赵、韩各自书写了那一段历史
秦国都城遗址雍城开写文明
迁都咸阳成就了秦国对中华的大统一
楚国都城遗址深蕴南国古老文明
遗址中四百余口水井展现着城市的繁华和居民的密集
每座故城、都城遗址都书写着辉煌走向毁灭
中华几千年的史说该如何告慰天日

一个朝代留下一个朝代的历史
一个人的一生总要留下一生的足迹
兴兴衰衰谁也阻挡不了历史的步伐
古老的大地上留下了朝朝代代的不同史记
生生死死谁也阻挡不了生命的大限
在永恒的时光隧道里总是循环着生生死死
千秋功罪自有后人评说是一种历史姿态

当人面临死亡之时总难忘最终的心事
有人在生命结束之前完成最后心愿
有人撒手人寰任由后人安排处理
墓志是放在墓中刻有死者传记的石刻
置墓志是中华古代的一种普遍民俗礼制

墓志的作用与地面的墓碑基本相同
但墓志因埋于墓中能够得存更长时期
古代最初的墓志没有固定形式类似墓碑
有的上圆下方但多数是一种方形墓志
古代最早的墓志出在东汉延平元年
隋代以后墓志的形制文体逐渐定型定制
志多用散文体叙述生者生年事迹简要
铭多用韵文是对生者的赞扬和悼念之词
墓志是中华古代的文化遗产可作历史资料
对研究古代历史、地理、文字演变和书法有重要价值
墓志作为文化遗产墓志着那一段历史岁月
墓志着漫漫人生留下的那一段生命荣誉

一代生命必然会留下一代死亡
一代生命必然会留下一代更强的生命连续生滋
一朝辉煌总会留下一朝的衰败
一朝辉煌总会留下一朝的荣誉
埋葬在中华大地的遗物难以尽数
遗存在社会上的遗物难以数计

一件遗物遗存着一段文明的展现
一片遗埋遗埋着一片文明的印记
古建筑、古石刻雕刻着中华古老文明
古遗址、古墓葬尘封着中华历史长思
中华历史文化遗物构成中华文明的历史长河
面对历史长河在无尽的赞美中透着一丝丝叹息

六

中华民族开始有了氏族和民族血脉
中华大地开始有了社会政治舞台
中华民族开始有了语言文字历史
中华大地开始有了国家的形态、王朝和皇朝朝代
中华民族开始有了神话和传说
中华大地开始有了历史文字记载
盘古是中华古代神话传说中开天辟地的巨人
这大概是中华民族最早的原始崇拜
关于三皇五帝的传说虽然自古就众说不一
但三皇五帝肯定是中华民族的杰出首领人才
夏完成了从原始社会到奴隶社会的过渡
春秋战国是中华大地由奴隶社会向封建社会过渡的时代

夏商周三代王朝持续两千多年
给中华大地留下了两千多年历史的兴兴衰衰
三皇五帝留下神话般的众多神奇传说

夏禹书写了治水的伟大历史风采
商汤王朝开创的功绩留下历史卓著
成汤的武功显赫名扬中华大地九州四海
盘庚治国有方从而结束九世乱
武丁把商王朝推向了强盛时代
周文王仁厚之德名誉古老中华大地
周武王开创了周王朝几百年的豪迈
春秋战国各国不断称雄雄霸天下
书写了几百年辉煌的历史变革气概

禹、启、太康一代一代相继开创大业
从而开启中华进入奴隶社会形态
原始社会终于完成向奴隶社会的过渡
从此中华历史上有了第一个朝代
氏族和部落开始组成了国家
中华历史从此开始有了记载
中华民族终于完成漫长的“野蛮”进化
开始跨上人类的文明历史舞台
夏禹治水功绩卓著一直流传后世
王朝的历史大门从此开始打开
历史的进化发展仍是那样沉重
从此王朝的大戏一幕接一幕不断登台

自禹至桀十七世伐桀之年
商汤将夏的王朝灭亡葬埋

成汤成为商王朝的第一位统治者
其超凡的武功赫赫肇域彼四海
盘庚迁都结束了“九世乱”①
武丁开启商王朝的强盛时代
可叹商纣王暴虐于百姓奸宄于商邑
商王朝又怎能不由盛变衰
“炮烙之法”更加快了其灭亡
至此谁也无力挽回商王朝的失败
周族乘势兴兵武力讨伐商王朝将其灭亡
中华历史开始上演一个新的朝脉

随着国家的出现人类分出了阶级
奴隶主贵族成为国家的主宰
从此开始一个阶级总要压迫剥削另一个阶级
从此人类之间的关系开始受到破坏
这是人类走向文明时代的沉重代价
这是历史发展阶段必然产生的危害
从此国家的舞台不断上演历史大戏
从此总是一方唱罢一方登台
几千年里谁也无力打破这个规律
几千年里谁也无法破解这个历史的决裁
从夏王朝建立到清皇朝灭亡
该怎样诉说几千年的兴衰成败

① 据史记载，盘庚即位后进行了迁都，主要为了解决由于王位争夺而产生的王室内部的纠纷。

随着国家的建立有了官吏、制度、刑法、军队
更有了战争这个摧残人类命运的魔怪
文明的时代总要伴随着野蛮的战争
历史的进化发展有高兴也有悲哀
几千年里天下合久必分分久必合
历史的演变为什么总是这样一种形态
“自古王冠血染成”是一种历史现实
这也是历代祖先们共同深切的感慨
历史却在战争中度过那么长的岁月
几千年的王冠又有多少人头顶戴
祖先们在前进中遭受多少战争磨难
直到今天又怎么评说应该不应该

周族的兴起得恩于黄土地的恩泽
逐渐强盛并得到族人的拥戴
牧野之战周族取得决定性胜利①
仁厚之力席卷中华万里尘埃
周天子开启了奴隶社会新的统治
中华民族有了“国人”、“庶人”的区别对待②
官制、刑法、宗教和礼制又有了发展
历史文明的进化发展不断加快

---

① 周武王伐商时,在商郊牧野(今河南汲县北)进行了决战,周取得牧野之战的胜利,商王朝大败,由此灭亡。

② 西周时根据住在城郭内外把平民阶级分为“国人”和“野人”(即“庶人”)。

从此国家的功能不断得到强化
至此国家有了更加完善的国家形态
可惜厉王专利引发国人暴动
共和行政、“不籍千亩”也无法挽救周王朝的衰败①

中华历史的车轮开到春秋时期
列国争雄的大幕随之在中华大地拉开
齐、晋、秦、楚先后分别称霸
各个诸侯国都想成为列国的统帅
县郡的出现引起新的争夺和融合
几百年春秋历史转入战国时代
古代公社开始解体封建生产关系萌生
战国“七雄”在争斗中举起变法的旗牌
李悝、吴起、邹忌、申不害、商鞅先后变法改革
使中华历史的发展到处纷呈异彩
变革中君主专制封建经济制度不断确定
社会躯体各个部位都注入封建血脉

战国中的秦国开始兴盛强大
终于灭诸侯成帝业为统一天下奏凯
中华第一次完成了海内统一大业
封建制大国开始登上历史舞台
王朝演变为皇朝诞生中华开天第一帝

① 周厉王出奔彘地，继之共和行政，维持了十四年。“不籍千亩”，周宣王所实行的土地举措，先秦文献中的“藉”（一般误作“籍”）字即耤，也就是“借”。

封建皇朝从此开始继往开来
全国统设三十六郡统一度量衡
中华民族形成了统一的民族命脉
从此中华有了统一的语言文字
历史从此开始有了统一的记载
历史上第一次建立幅员辽阔的多民族国家
这一划时代的进化发展该是多么豪迈

秦始皇统一中华大地开创历史大业
鼎力把中华大地推向封建社会形态
秦始皇成为中华大地的创始皇帝
这是中华历史上所独创的一道封建政治风采
在中华封建历史上皇帝是在王之上的更高统治者
“去泰著皇,采上古帝位,号曰皇帝”是皇帝称号的由来
从秦始皇始称皇帝到清皇朝最后一个皇帝退位
封建皇朝在中华大地历经了两千一百三十二个年代
两千多年先后或同时建立了六十九个皇朝
两千多年先后或同时共有三百九十八位皇帝登基皇台
该怎样评说两千多年的六十九个皇朝
该怎样评说两千多年中的三百九十八位皇台

中华第一皇朝不该如此残暴
致使民恨民怨布满中华大地村村寨寨
当陈胜、吴广大泽乡揭竿而起
中华历史上第一次农民大起义是那样汹涌澎湃

农民起义的力量显示如此强大
曾那么强大的秦皇朝为此而呜呼哀哉
秦皇朝的废墟上建起汉皇朝
历史书写了“文景之治”的风采
更有治国显赫的汉武大帝刘彻
成为秦始皇之后的又一杰出英才
只可惜汉天子最后被挟成为傀儡
最终对曹氏父子篡夺汉室天下只能表示无奈

汉室天下被纷争为三国鼎立
随之三国鼎立中的纷争立即拉开
三国鼎立之间的纷争之战一次接着一次
争战中却涌现了历史名相和大批将才
上演了三国间最著名的赤壁大战
给中华留下了历史大战的汹涌澎湃
三国鼎立纷争成就了《三国演义》
《三国演义》比三国鼎立纷争更有气概
三国鼎立纷争难说谁是胜者
因为最终的胜利成果被司马氏独采
三国鼎立纷争几十年从此偃旗息鼓
司马氏把三国统一归到晋的时代

结束三国鼎立纷争是司马氏的贡献
晋的统一使中华大地不再遭受纷争战乱之害
人民得以休养生息安心发展生产

消除了纷争战乱对国家发展的阻碍
晋武帝都于洛阳开创晋朝大业史称西晋
元帝迁都建康又开始了东晋朝派
“八王之乱”没能引发全国性战乱
晋皇朝获得了一百多年的和平地脉
历史的发展总有历史的发展道路
历史的发展又把晋的皇朝换改
把中华大地改变成为南北朝对峙
历史又生下了一个天下合久必分的怪胎

宋、齐、梁、陈各居立一国共同形成南朝
北魏、齐、周各掌立一国共同组成北朝朝台
南朝北朝南北对峙一百六十多年
谁又能算出这么长的对峙历史带来多少危害
北周灭齐又开始上演统一的历史
杨坚灭陈形成了隋皇朝统一的国家形态
武力的统一然后又采取武力残酷的统治
怎能不使隋皇朝成为一个短命的朝代
短命的朝代却留下一道长久的辉煌
开掘的千里大运河至今闪耀着历史的光彩
短命的隋皇朝留下深长的历史教训
农民起义推翻了隋皇朝的政治舞台

李渊、李世民借助农民起义力量开创大唐天下
开创了中华历史上一个辉煌的皇朝时代

"贞观之治"把大唐皇朝推向鼎盛
使中华疆域的强大超越前朝断尽后来
至此中华成为名副其实的大中华
强盛的大唐皇朝此时是何等豪迈
官制、宗法和各种封建制度更加完善
国家的强盛和威名远震五洲四海
创造了一面历史明镜成就一代历史明君
涌现了多少杰出的文官武将人才
辉煌灿烂的唐诗筑成诗的世界顶峰
直到现在仍然受到世人的无限崇拜

可恨"安史之乱"致大唐皇朝由盛转弱
最终把历史演绎进五代十国纷乱的国派
五代十国各自称王互相纷争不断
形成了长达五十多年乱纷纷的中华国脉
纷乱称王的年代超过隋皇朝统一的时间
这种纷乱怎能不给社会发展带来严重破坏
赵匡胤适时陈桥兵变建立大宋皇朝
"杯酒释兵权"使皇权把朝纲更加主宰①
吞荆湘、取后蜀、平南唐、灭南北汉消灭割据
澶渊之盟却难解宋辽对峙战乱之害

① 宋太祖为了不使宋朝成为后周之后的又一个短命朝，首先是将那些名位与自己相近的高级将领免除军职。公元961年春末首先免除了慕容延钊、韩令坤的军职。七月，宋太祖又对自己的亲信下手。据说在一次宴会上，宋太祖向石守信等亲信指明利害关系，次日他们就主动交出兵权，史称"杯酒释兵权"。

庆历新政、王安石变法难挽宋皇朝颓势
金的兴起使宋皇朝只有南迁的无奈

王小波、李顺率先发起反对宋皇朝的起义
宋江、方腊、红袄军起义先后爆发起来
辽对宋边关的武力侵袭一次接着一次
日益加深的内忧外患使宋皇朝愈加悲哀
南宋皇朝日益孱弱一退再退只剩半壁江山
金的侵犯一进再进一次比一次厉害
南宋皇朝虽然有众多爱国将领却被奸佞当权
期望收复三京却最终走向失败
宋皇朝的孱弱留下历史的深思
令人惊叹的是创造了辉煌世界的丰富词采
此时忽必烈的力量在北方迅速兴起
依靠崛起的力量欲把中华大地统帅

忽必烈改蒙古国号为元灭金绝宋
元世祖的胜利让世界为之惊骇
乘平李璮之乱加强封建专制主义统治
却难掩“义利”之争和厉行“汉法”之派
竭力变通祖述和粉饰文治难挡农民起义大势
农民起义中群雄四起其势排山倒海
反元起义群雄中朱元璋迅速壮大
消灭各路群雄树起朱家军一派
顺势胜利朱元璋率军开始北伐

在强大的北伐中元皇朝呜呼哀哉
元皇朝虽短却实现了民族大融合
更有元曲夺得世界文学艺术风采

借助农民起义朱元璋崛起建立大明皇朝
从此大明皇朝开始把中华历史朝纲主宰
大明皇朝不断加强和完善封建皇朝制度
在反腐败上制定的举措是何等的厉害
永乐皇朝文武兼治造就一代盛世
深谋远虑开创了举世闻名的五洲航海
但明皇朝在开朝之初就埋下隐患
封诸王、戮功臣、“靖难之役”留下悲哀
“仁宣之治”、张居正改革难以拯救根本
明皇朝在民变和农民起义中逐步走向垮台
明皇朝的灭亡又留下一道历史长思
同时留下《永乐大典》、四大奇书盛传后代

明皇朝尽力维护封建之制却迟滞了中华发展
此时外族开始走向新的社会形态
此时爱新觉罗氏的力量在关外迅速强大
历练产生了一批能征惯战的将帅
努尔哈赤依靠武勇四处征战打下基业
皇太极无敌军威入主中原开辟大清朝代
康熙少年登基就显示出那么聪明智慧
把不可一世老谋深算的妄图篡政者彻底挫败

历经危难运筹帷幄将三藩一一平定
使大清皇朝得以稳定、巩固和继往开来
战与和方略兼用最终统一台湾
实现了九州大一统为中华大地版图标上豪迈

三征葛尔丹终于消除战乱隐患
充分显示了文治武功康熙大帝的文武气概
雍正承继大业励精图治力主革新
留下了是是非非非非是是难以决裁
乾隆盛世登基文武兼备再创佳绩
留下《四库全书》和历史传说的耀眼光彩
康、雍、乾继往开来不断开创大清帝业
康、雍、乾共同开创了“康乾盛世”的历史风采
“大清全盛”难以阻挡嘉道的逐渐衰落
谁也无力维护封建皇朝的必然衰败
可恨在外强的欺侮中留下百年屈辱
幸有辛亥革命结束了两千多年的皇朝时代

中华历史上的皇帝可分为明君、昏君、暴君和平庸之君几类
他们在历史上留下了不同的历史尘埃
他们在一定程度上直接影响着历史发展快慢、前进或倒退
他们的政治素质、思想品德关系国家兴亡兴衰
秦始皇统一中华大地成就千秋大业
汉代“文景之治”和汉武帝留下辉煌历史记载
光武帝刘秀光复汉室取得胜利成功

杨坚、赵匡胤把长久分裂中华又成一统写下历史澎湃
唐"贞观之治"、清"康乾盛世"形成了封建历史强盛
一代天骄成吉思汗识弯弓射大雕留下英豪气概
忽必烈称雄一时征战出辉煌历史佳绩
明代中兴朱棣开创七下西洋的高歌大凯

治国明君也可能既有作为又犯下历史大错
误国害民昏君有时也可能留下一道历史之彩
秦始皇开创千秋伟业成就千古一帝
他横征暴敛、妄加刑戮的残暴终成历史罪害
唐玄宗任用贤才、励精图治开创"开元盛世"
后期却沉湎女色、让奸臣当道导致"安史之乱"历史之灾
隋炀帝荒淫无耻之极成为历史上有名暴君
但他主持开凿沟通的南北大运河至今仍放历史光彩
南唐李后主、宋朝宋徽宗确是误国害民昏君
但他们的诗词、书画则留下了独创的艺术色彩
六十九个封建皇朝给中华留下丰富的历史遗产
三百九十八位皇帝兴亡事留下多少历史应该不应该

两千多年的历史皇朝留下深痛的一道历史思考
两千多年的历史皇朝留下难言的一道历史之怪
皇朝的更替皇位的传接充满残酷的争斗和战争
留下的历史血腥至今仍然无法完全掩埋
分分合合、合合分分总是充满着争斗
每一个皇朝的建立都会带来一场历史之灾

为了那一手皇权有时全国都要卷入战争
为了那一顶皇冠有时父子兄弟都要互相谋杀残害
这难道是人类社会历史一条不可抗拒的法则
这难道是人类社会历史一条无法解决的悲哀
开读历史总会产生对辉煌岁月和成就的赞美
开读历史总会留下对残酷岁月无尽的叹息和感怀

建立在严格等级和宗法观念基础之上的古代封建制
在两千多年的封建社会里一代一代继往开来
虽然在漫长的岁月中皇朝不断地更替更换
社会却始终流淌着封建制的血脉
封建制在中华大地上生存生长太久
历代皇朝为维护皇朝统治不断地将其保护培栽
周武王时代就开始实行诸侯分封制
商代“汤刑”、周代“九刑”就有了封建宗法色彩
秦汉时期各种封建宗法逐渐成典
《大清律例》形成了封建宗法的最后形态
两千多年的封建皇朝虽然在辛亥革命的浪潮中灭亡
封建宗法和封建思想的残渣余孽却难以彻底葬埋

随着奴隶制国家在中华大地产生
产生了“礼、乐、刑、政”等上层建筑舞台
“惟王建国，辨方正位，体国经野，设官分职，以为民极”①

① 引自《周礼》卷一。

国家建立后必然要设置官员把朝政管理主宰
每一个朝代都要改正朔、易服色、定礼乐、立官制
随着社会发展朝代的更替职官制不断更改
贵族领主式的统治和封建专制主义职官制度大不相同
职官制度鲜明地反映着不同的朝代
生产力关系、政治状况对职官制度给以制约和重要影响
文化思想、民族关系、阶级关系都能影响职官政脉
世袭分封制、招聘制、考试制、退休制各有其制
考勤制、监察制让封建皇朝留下一道有效的管理和制裁

皇帝是多么显赫而又神秘的两个字
它不仅代表一个人还代表着最高的朝台
它代表着古老的神秘和辉煌荣耀
代表着漫长的历史朝政漫长时代
它代表着古代多少人的向往和梦想
代表着古代人的最高权限和命运天脉
秦始皇是中华历史上第一个皇帝
说起来这显赫称谓也是从帝号中发展改造而来
“皇”字在金文中是光辉、美丽、伟大的意思
在秦代以前就流传着天皇、地皇、人皇伟大主宰
这本来是关于三个古代帝王的神话故事
可从此却使皇字本身具有了神格意味气概

“帝”字原指天帝、上帝宇宙万物至高无上主宰神
“皇帝”联称从此带来了一个伟大标志形态

《尚书·吕刑》中皇帝代表“煌煌上帝”之意
在秦代以前已有诸侯而称帝的朝牌
“帝”后来便由天上降到人间成为超越王的人间尊号
故秦始皇称皇帝使皇权蒙上神圣、尊严、伟大色彩
“皇帝”两字或许就是秦始皇创造的新名词
这种说法自古以来代表着肯定的一派
《尚书·吕刑》《庄子·齐物论》都曾出现皇帝一词
“皇帝”作为一个词出现比秦始皇早近千年代
只是那时不是指人间帝王而是指的上帝
作为人间专制帝王特定名称确是秦始皇开采

七

打开中华民族古老深长的历史思维
留下的每一页思想文化都是那么厚重深邃
古老的黄土地在遥远的古代就形成理性认识
随着日月运转在古老黄土地上不断积累
古老的中华民族祖先开始关乎天文以察时变
同时观乎人文以化成天下朝晖
昊瀚的东方天际涌出一片艳丽的朝霞
古老的大地上生长起东方思想文化之树和花蕾
久远的历史留下久远的思想文化
中华大地的思想文化成为世界思想文化光辉
古老的东方思想文化是那么古朴、高深、玄秘和丰富
至今让世界还一直那么迷恋和追随

独特的地域孕育了独特的中华思想文化
残酷的自然环境和社会斗争选择了中华思想文化精髓
稠密的人众存活了厚重的中华思想文化
漫长的五千年历史留下了久远的中华思想文化光辉
中华历代先哲的遗书和学者的书斋书写着中华思想文化
中华大地林立着中华思想文化的伟大丰碑
中华民族民众日常生活中彰显着中华思想文化
古老的黄土地珍埋着中华思想文化的精美
中华文化史上四次大的发现是巨大的收获
每一次大发现都为中华思想文化增添了光辉
汉代“古文经书”和西晋“汲冢竹书”的大发现让国人惊喜
一八九九年“殷墟”甲骨文和敦煌宝藏的大发现让国人陶醉

春秋战国的社会大动荡引起文化学术领域大变化
各种思想文化争鸣在中华大地劲吹
孔子“三十而立”立了第一批弟子
在齐鲁故地开始讲学、为官展示他的思想智慧
周游列国十四年留下多少游说
归鲁后专心从事教育事业成为中华教育祖辈
仁和礼是孔子整个思想的核心
文、行、忠、信是他教育思想的经纬
始终坚守“己所不欲,勿施于人”
终生践行五者恭、宽、信、敏、惠
“有教无类”、“诲人不倦”、“终生不倦”

“敏而好学，不耻下问”使天下弟子众望所归

孔子教育一生周游列国留下《论语》
成为儒家学派创始人和儒家思想宝贵
孔子成为中华古代的伟大思想家和教育家
形成的儒家学派让中华民族多少后人追随
一部《论语》居然能长久地治理天下
儒家思想统治了两千多年的封建社会
从此中华大地诞生了至圣先师
从此中华民族有了第一座思想丰碑
从此中华大地建起东方思想文化宝库
从此中华民族向世界开始展示东方思想文化智慧
儒家思想也给后世留下不同的社会作用和社会反响
历史上曾爆发多少次批孔反孔和“打倒孔家店”的惊雷

墨子紧步孔子其后成就《墨子》、墨家
在中华古老大地上留下又一座思想丰碑
盖墨翟，宋之大夫，善守御，为节用
量腹而食、度身而衣的俭朴生活让人敬佩
墨子富有实践精神的思想教育多少后人
他创立的墨子学派在中华历史上出类拔萃
墨子和墨家学派的言论汇集成《墨子》
中心是“欲求兴天下之利，除天下之害”治理社会
尚贤、尚同、节用、节葬、非乐之说深刻有道
非命、尊天、事鬼、兼爱、非攻之说何等深邃

墨子提出的十大主张形成长久的墨子后学
“三表”事物认识之论在中华思想长河中熠熠生辉

孙武的《孙子兵法》是中华历史上最早的兵书
开创了世界上最早的一部军事著作的光辉
孙膑继承先人孙武完成《孙膑兵法》
把古老的中华军事思想推向历史之最
《孙子兵法》总结春秋时期及以前作战经验
首次揭示了战争中形成的例律战规
孙膑“围魏救赵”之战成为历史名战
马陵之战孙膑名扬天下让人敬畏
《孙子兵法》《孙膑兵法》深藏诡秘深不可测
成就多少历史胜败多少社稷安危
孙家兵法古今中外影响多么深远广大
至今世界许多军事策略仍然取自孙家兵法章回

老子成书《老子》是孔墨显学思想的批判发展
《老子》追究宇宙本源的思想多么飘逸尖锐
《老子》揭示、诅咒人道背离天道
《老子》对人类社会历史发展丧失信心而产生败北
老子开创道家学派被奉为教主并称“太上老君”
深奥的“道”深藏着神秘的道规
《老子》言道德之意五千余言对后世影响巨大
所言道经德经成为道教不朽的教诲
《老子》思想体系核心以“道”作为天地万物的本原

把“道”说成“无”提出天道自然无为
《老子》唯心主义思想包含朴素辩证法
《老子》说的是“无为”留下的却是有为

庄子成就《庄子》将道又有发展
提出只有道是绝对其他事物都是相对
《庄子》是中华古代思想文化的又一道辉煌
提倡“至德之世”的理想社会反对“人为”
庄子把“道”视为主观唯心主义思想核心
《庄子》肯定人的自然本性反对仁、义、礼、乐社会
荀子认为“庄子蔽于天而不知人”
《庄子》的思想给后人带来多少逍遥和沉醉
《庄子》从相对主义发展至虚无主义
留下了“因是因非,因非因是”是是非非
《庄子》肯定自然和人的自然本性及生活理想
却不知为何要反对社会属性的事物和前进的社会

孟子追随孔子成就《孟子》七篇①
一生以杰出的教育而位居历史高位
“仁政论”是他的思想政治主张核心
“性善论”深刻揭示了天生四种“善端”的人类
他的所言必称尧舜“先王之道”
那种痛恨暴政重视人民的思想令人敬佩

① 一说《孟子》十一篇,但认为另四篇是后人所作。

邹衍的五行之说具有神秘的因素
后人们更把它演变成迷信的谶纬
“闳大不经”包括天论、地论和历史之论
“天人合一”、“天人感应”引起遍地恭维
五德始终说“始终”循环“转移”
只可惜却被演化为谲诡的图谶符瑞

屈原不仅是战国时期文学家也是政治家
他在中华历史上一直屹立于崇高的地位
他的姓名虽然不见于诸子百家之书
司马迁《史记》却仍为他立传列位
虽然被疏被黜仍为楚国军政大计呼号
忠心为国的抱负让后人一直敬佩
政治上虽不得意为人志节却不同流俗
面对“朝秦暮楚”的时代卓立不群的人格让多少人惭愧
至于江陵、被发行吟泽畔终于自投汨罗江以死表志
为此汨罗江伤心地流淌了两千多年的眼泪
屈原的精神在中华历史上已形成一个修身洁行的传统
对中华民族传统的性格影响震耳发聩

荀子一生成就《荀子》三十二篇
与孔孟齐名于中华教育史上的重要地位
论天人关系发展了朴素唯物主义和无神论
论性恶强调人性恶都是天然生成的罪

"明分使群"、法后王阐述了社会构成和历史运动趋向①
"尊天上"、"一天下"平政爱民思想是多么奇伟②
韩非成就《韩非子》五十五篇大作
用法、术、势构成了法家的思想丰碑
最早提出社会"矛盾"和发现历史进化
为秦国统一中华大地提供了理论思想之轨
《喻老》、《解老》反映了世界观富有的唯物主义
"耕战"学说成为富国强兵的思想精粹

董仲舒承前启后继往开来完善了封建正统思想
完善成就了封建统治者进行统治的戒律清规
"天人感应"奠定了正宗的神学之说
神秘的认识论与性三品说如披霞帔
《春秋繁露》展现了罢黜百家独尊儒术
推论出"三纲五常"道德之墙围
王充成就《论衡》八十五篇光辉文章
疾虚妄求真实是《论衡》的思想光辉
从根本上肯定了天地的自然物质属性
自然无为的唯物主义思想不同前辈
无神论的思想是多么犀利深刻和卓著
实知的认识论思想是多么的高深精粹

史书《左传》内容丰富多彩

①②均为荀子的思想观点。

对历史的评说有了是是非非
其中的民本思想是那样强烈
反映的爱国思想是那么的可贵
《左传》善于叙述故事和描写战事
开创了中华语言辞令运用之美
司马迁“隐忍苟活”完成巨著宏愿
“就极刑而无愠色”更令人敬佩
《史记》是“究天人之际,通古今之变,成一家之言”巨著
对中华历史学的贡献极其宝贵
《史记》全面叙述了上古至汉初三千年历史
为著述忍辱含垢的痛苦心情让多少后人下泪

《史通》《徐霞客游记》述说多少历史和山川
《二十四史札记》《帝王春秋》又能有谁
《诗经》是多么绚丽多彩的古老文化
李、杜、白诗集把中华民族文化推向世界高位①
汉代文章和《韩昌黎文集》满篇文采
《宋元戏曲史》戏得那么动听妩媚
《三国演义》《水浒传》《西游记》《红楼梦》说透历史人生
《鲁迅杂感选集》的揭批让世人惧怕和敬畏
《梦溪笔谈》广谈博论谈透天地
《农书》书写了黄土地的科学年岁
《本草纲目》把脉人生的多少疾患

① 指《李太白诗集》《杜工部诗集》《白香山诗集》。

《天工开物》开启了中华科学的地位

《金刚经》《化书》尽现多少经化
《李氏焚书》《续樊书》文思菲菲
《隋书》、两《唐书》写尽隋唐历史
陆贽杰出的政治、经济、军事思想声名远蜚
司马光、刘恕、刘攽、范祖禹成就《资治通鉴》资鉴稽古
范仲淹“先天下之忧而忧”思想多么烨炜
朱熹成就《朱子语类》集理学之大成
王阳明心学与李贽的异端思想思辨奇诡
《明夷待访录》《读四书大全说》充满哲理
《四存编》《太平天国文选》论辩尖锐
《永乐大典》《四库全书》《二十四史》成思想之海
《明史》《清史稿》说尽最后两代皇朝是是非非

《天演论》《清代学术概论》论说精辟
《五四运动文选》是打开现代思想文化的春雷
经部、史部、子部、集部是多么浩瀚的思想海洋
打开每一部都充满着东方思想文化的精髓
“四书五经”奠定了中华国学的古老根基
其中每一页都是中华思想文化的国粹
更有光辉闪耀的现代东方思想文化
是那样的厚重、博大、丰富和深邃
中华上下五千年的悠久文明灿烂辉煌
漫漫三千年的思想文化充满聪明智慧

仁、义、礼、智、信筑成中华优良传统
勤劳、勇敢、忠诚、公平、正义堪称世界之最

中华历史上由于战争的频繁留下玄妙的兵法
兵法是中华古代另一道光辉思想精髓
军事家、军事著作琳琅满目各显异彩
班固将其分成兵权谋、兵形势、兵阴阳、兵技巧四类
北宋建立武学正式颁布武学七书
从此“武经七书”成为中华古代军事思想的荟萃
八阵法八方设阵让人难以识别
十大阵图分列十面阵阵尽显军威
明代刘基《百战奇略》详论百战之法
可古往今来百战百胜者又有几人几回
“三十六计”辑录了中华古代用兵要诀
计计都深藏着对中华古老历史的回味

兵法围绕着战争与用兵而产生和发展
什么时间开始有了战争有了兵却难以溯追
古代兵役制度从商、周就开始实行
从那时起就有了兵役制度的有关条规
规定每个部落成员在战争期间都有当兵作战义务
军队的核心由王家与贵族子弟组队
军队的基干力量是由军民组成的甲士
战国时建立了应招经过考选的常备兵役之规
秦汉时代出现了全国规模的征兵制

规定不论贵贱男子二十岁正式服役直到五十六岁
在适龄期间每人一生服两次兵役每次一年
南北朝后期地方豪强开始有了私人武装军队

宋代结束了长期延续的府兵制实行募兵制
元代实行部落兵制兵农合一下马牲畜上马为军队
明代士兵有军籍世袭为兵平时驻防或屯田
清代实行军政合一的部落旗兵制建立八旗军队
民军制、征兵制、府兵制不断变化发展
募兵制、世袭兵役制都是为战争兴建军队
每一个朝代更迭每一顶王冠得有多少人牺牲
自从有了国家就离不开军队的争战保卫
人类社会发展催生了国家、战争催生了武装
军队伴随国家的诞生统治而处于特别地位
伴随作战源出了前军、中军、后军或左、中、右军
三军作为军队一种固定建制成为战争描绘

夏、商、周三代之道乡里有教
中华民族古代就重视教育对人的栽培
夏代的校、商代的庠、周代的序令人可叹
孔子的“有教无类”是多么可贵
秦代国学、官学、汉代太学推崇“学而优则仕”
隋唐和明代国子监把中华民族教育推向更加完备
中华民族历来重视教子育人之道
多少伟大母亲和师尊至今令人敬佩

中华成为礼仪之邦在于教育敦化
“以身率先”、“为人师表”教育之轨何等光辉
历代书院的讲会制度遗风至今犹存
自学和论辩问难至今如绿野芳菲

汉武帝开创中华历史上最早的正规大学
长安太学成为大批青年的就学追随
唐代开创了书院并设置了丽正书院
在书院兴起了写书、讲书研讨学问的良好氛围
宋代程朱理学崛起讲学之风更加日盛
使书院的创办更加广泛管理更加完备
白鹿、石鼓、应天、岳麓四大书院最为有名
每个书院都走出一批杰出的历史人才名辈
元皇朝时代各路、州、府都设置有书院
这时的书院已发展成为学校的体制种类
战国时期的《管子·弟子职》是中华最早的学生守则
至今已留下两千多年的教育历史光辉

历代书院开启中华民族教育大道
历代书院走出多少“独占鳌头”和“首魁”
白鹿洞书院走出朱熹、陆象山、王阳明
岳麓书院立下“忠孝廉节”丰碑
石鼓书院站立柳宗元、韩愈、范成大一批大家
应天府书院留下范仲淹不朽的历史教诲
伴随着教育的发展产生了科举之制

历经六朝留下了多少千年厚非
考出了一朝又一朝轰动朝野的状元
留下更多的是一家又一家黯然神伤的心酸和眼泪
中华民族的几千年教育和千年科举
给后人们留下多少浓厚的历史回味

世界上最早的足球运动发源于中华大地
战国时期临淄人对蹴鞠就如痴如醉
举重数千年前在中华大地就广泛开展
战国时代举重运动盛极一时各国广推
游泳具有悠久历史并是深受欢迎的体育活动
远在周代祖先们就可熟练进行游泳戏水
击鞠在汉代成为民间与官方的一项体育娱乐活动
唐宣宗玩马球球技声名远扬出类拔萃
角抵相传创始于黄帝与蚩尤的搏斗
击剑运动在西周时就兴起并引众相随
跳绳、秋千、拔河、踢毽子都是中华古老的运动项目
龙舟竞渡早就“鼓声劈浪迎千雷”①

中华武术源远流长灿烂辉煌
中华武术文功深邃武功雄威
中华武术武功盖世影响深远
中华武术在中华大地闪耀着悠久的历史光辉

---

① 这是唐代诗人张说一首叙述龙舟竞渡诗中的句子。

中华武术起源于原始社会人与兽的搏斗
中华武术起源于人的生存斗争的古老原始社会
随着社会的发展进化统治阶级和民间开始习武
从此中华武术有了广泛的发扬和栽培
“武术”一词最早见于南朝当时泛指军事
以后则逐渐专指强身自卫等搏击格斗行为
武术是中华民族体育的主要内容之一
运动形式主要有套路和对抗中的进攻和防卫

拳术是武术套路和对抗中的主要形式
中华拳术流派纵横、种类繁多各蕴深邃
二郎拳、四平拳、五祖拳、六合拳拳拳有术
八卦拳、九路鸳鸯拳、十字单拳拳拳猛威
关东拳、关西拳、峨眉拳、龙门拳拳拳打的是不平事
拳拳匡扶正义拳拳威震东西南北
黑虎拳、青龙拳、狮形拳、鹰爪拳拳拳威猛
拳拳练的是勇猛神奇为的是无坚不摧
在武林中占有重要一席的太极拳拳法玄妙
其势刚柔相济柔中带刚刚中显威
自古以来一直透着无限的玄妙和神秘
让人眼花缭乱看不出进攻和防卫

富有神秘传奇色彩的少林武功声名远扬
誉满中华大地在世界五洲彰显光辉
少林拳法形成于何时少林寺建于何代还在考证

至今还仍然是一团迷雾还在继续寻追
少林寺到处都装满历史传说和演义故事
少林武功匡扶正义之举留下众多历史赞美
助秦王李世民消灭王仁则立下“翻城之功”
少林寺得唐王亲笔告示和厚重金桂
北宋年间当金兵南侵少林曾组织僧兵抗击
在明朝抗倭斗争中少林僧兵奔赴沿海大显雄威
定乱策勋真证果，保邦靖世即传灯
少林武功在中华大地树起一座历史丰碑

中华杂技艺术已有两千多年历史
源远流长不断发展不断显示其民族智慧
杂技在汉代称百戏隋唐叫散乐
从宋代以后才真正开始有了杂技的称谓
中华古文献中很早就有关于杂技的文字记载
在广大民间得到广泛传播和追随
杂技中的大多数节目都是来自民间
源于民间的游戏和传统体育项目的发展变化之轨
传说击壤与投壶开创于帝尧时期
把古老的欢乐留在了田间地头和街头巷尾
投壶是比赛将一支箭投入细颈壶中
后来的打镖、飞刀、抛球都是击壤与投壶的变类

七盘舞舞技高超在汉代极其盛行
乔装动物戏来源于驱傩的派对

口技是中华杂技中的技艺之一产生于远古时期
那时祖先们在狩猎中就摹仿动物声音进行诱围
随着历史发展口技水平越来越高
有的口技专业人才精巧为百鸟之喙
舞狮开始于汉代一直舞了两千多年
舞马兴盛于唐代一直舞到衔杯劝酒方归
斗鸡在春秋战国时期已经普遍开展
从远古祖先们即开始有了驯兽与斗兽团队
倡、优、巫觋、士是古代杂技艺人
黄土地上也尘封着他们古老的一幕幕翠菲

八

文学艺术起源于人的生产劳动的古道
诗歌可能在文学体式中产生得最早
原始人在劳动中由于筋力张弛和工具运用配合
从而会自然地发出劳动的一种声调
这种声调具有一定的高低和间歇
于是就会产生简单的节奏和韵律的诗歌歌谣
从而成为“杭育杭育”派最早最伟大的诗歌
从而把文学最早的形式——诗歌发明创造
文学艺术到底什么时候产生已无法追考和测查
但文学艺术是祖先们在生产劳动中创造
远在文字发明创造之前就产生了文学艺术
祖先们的第一支歌也许就是劳动中“杭育杭育”的喊号

神话是古代人民幻想中经过加工的自然界和社会反映
神话是古老的人类社会阶段特殊的古老制造
神话是中华祖先们最早的文学创作
《山海经》为中华浪漫主义文学发展繁荣开了先导
女娲补天、后羿射日描写得是多么神奇
鲧和禹治洪水、黄帝擒蚩尤描写得是多么神妙
《诗经》是中华第一部诗歌总集
其中的风、雅、颂各有各的惟妙
《诗经》奠定了中华古典诗歌现实主义基础
“饥者歌其食,劳者歌其事”是最深刻的写照
《诗经》是中华文学的伟大光辉起点
《诗经》的光辉一直在世界文学史台闪耀

先秦历史散文开启中华散文先河
《易经》《尚书》《春秋》《左传》树立了坐标
《国语》《战国策》记载诸国之事之言和谋议辞说
叙事和人物描写都有了很高的技巧
先秦历史散文对后世历史家古文家影响极其深远
特别对叙事散文的影响犹如一道坐标
先秦诸子散文思想内容丰富影响深远
把中华散文创作推向一个新的高潮
《论语》《墨子》《孟子》《庄子》《荀子》《韩非子》各有大成
在思想和艺术上树起了儒庄两大说教
先秦诸子散文对后世影响最为深远的首先是孔孟思想

道家学派的老庄思想的影响形成了另一条大道

“楚辞”是战国时代以屈原为代表的楚国人创作的诗歌
“楚辞”从诞生开始就在中华大地诗光闪耀
“楚辞”开创了中华诗歌新的诗体
屈原的浪漫主义杰作《离骚》千古光耀
《离骚》是一部不懈斗争和为理想殉身的呼喊
《离骚》是一部为崇高理想而献身祖国的激情号召
《离骚》是一部具有深刻现实性的积极浪漫主义杰作
《离骚》“依诗取兴、引类比喻”的比兴手法是那样高超
屈原是中华文学史上第一个伟大爱国主义诗人
他的政治品德和文学创作对后世都是伟大的昭告
宋玉是屈原以后著名的楚辞作家
他的优秀之作《九辩》闵师志又风领《离骚》

秦汉文学出自四百多年历史
散文、辞赋、乐府民歌文采各领风骚
特殊的秦代只有唯一的作家李斯
只留下《谏逐客书》让后人引以为豪
贾谊、晁错散文论叙纵横捭阖
《新书》《论贵粟疏》论叙犀利精到
枚乘是汉代初期重要的词赋大家
他的《七发》标志新体赋——汉赋的创造
司马相如吟赋了《子虚》《上林》
确立了“劝百讽一”赋颂传统的艺术技巧

司马迁《史记》是一部划时代的伟大著作
《史记》开创了中华传记文学的光辉传道

班固的《汉书》紧随《史记》成就正史
《汉书》成就中华第一部断代史史文娇娆
王充的《论衡》是一部“疾虚妄”的重要著作
他冲破沉闷时代最先发出了文学批评召讨
张衡带动了东汉的抒情小赋兴起和发展
汉乐府民歌和五言诗在文坛相互斗妍争俏
曹操、曹丕、曹植父子共同开创建安文学
在中华文学史上留下了“建安风骨”大潮
“建安七子”与蔡琰共创建安文学辉煌
在共创中展现了各自的文敏才高
阮籍、嵇康齐力形成一代正始文学
激烈文笔言在耳目之内情寄八荒之表

陶渊明给东晋文坛带来富于现实内容、独具风格创作
“我不能为五斗米折腰向乡里小儿”留下千年之傲
《饮酒》中开创醉人的田园诗一体
《桃花源诗并记》独领中华文学风骚
《桃花源诗并记》提出“桃花源”的社会理想
给后人留下了对社会千百年的理想缥缈
《清商曲辞》中“吴声歌”和“西曲歌”组成南朝乐府民歌
《西洲曲》尽情抒写了南朝“郎歌妙意,侬吐芳词”的情调
“鼓角横吹曲”组成北朝乐府民歌《乐府诗集》

现实又浪漫的《木兰诗》是北朝人民生活的真实写照
山水诗代替东晋以来的玄言诗是南朝诗歌的重要变化
谢灵运辛勤耕耘第一个开创山水诗派成为先导

鲍照进一步发展了七言诗的优美诗韵
《拟行路难》十八首尤其是他作品的杰出代表
“永明体”是中华格律诗产生的开端
谢朓的“永明体”诗使中华诗歌富有了美妙的韵调
小说的发展到魏晋南北朝时期开始粗具规模
此时“志怪小说”、“轶事小说”名声大噪
曹丕的《典论·论文》标志中华古代文学批评进入新时期
陆机的《文赋》标志文学评论新的提高
刘勰的《文心雕龙》是一部总结性的文学批评巨著
《文心雕龙》开辟了中华古代文学批评的一条大道
钟嵘的《诗品》是第一部专题论诗的著作
他的上品、中品、下品品得是那么深刻和高超

中华古代文学到隋唐五代更加光辉
尤其是诗歌的创作达到了旷世之骄
卢思道、杨素、薛道衡诗文代表了隋代文学
“文章四友”、王绩和“四杰”开启唐代诗潮
盛唐时期的唐诗发展到中华诗歌顶峰
诗评写下“国朝盛文章，子昂始高蹈”①

① 杜甫赞美陈子昂之句。

山水田园诗派写尽山水田园之美
边塞诗派高呼边塞呼出多少短叹长啸
孟浩然、王维辛勤耕耘着山水田园
高适、岑参、王昌龄、李颀在边塞精心吹奏短笛长箫
元结、顾况、刘长卿、韦应物写出多少好诗
“大历十才子”和李益的诗作光彩闪耀

“笔落惊风雨,诗成泣鬼神”为中华文坛留下九百多首诗篇
“安能摧眉折腰事权贵,使我不得开心颜”树千年高尚情操
强烈的拯物济世热望留下千年赞美
清水芙蓉、奇情壮采、瞬息万变、奔腾豪放风格摇岳啸傲
李白不愧是中华伟大杰出的浪漫主义诗人
他让中华民族至今为这位诗仙感到骄傲
杜甫“穷年忧黎元,叹息肠内热”留下感人诗史
“安得广厦千万间,大庇天下寒士俱欢颜”留下千年感召
“感时花溅泪,恨别鸟惊心”沉郁顿挫风格感人泪下
“野人旷荡无面颜,岂可久在王侯间”是多么现实的说教
杜甫不愧是中华伟大杰出的现实主义诗人
他让中华民族至今为这位诗圣感到自豪

杰出的现实主义诗人白居易掀起新乐府运动
“文章合为时而著,歌诗合为事而作”成为中华千年文告
元稹、张籍、王建、李绅是新乐府运动的中坚
他们在新乐府运动中留下一片诗音袅袅
韩愈、柳宗元是中华文坛杰出的古文大家

提出“文道合一、气盛言宜、务去陈言文从字顺”之道
他们的散文和诗作都取得杰出成就
留下的光辉篇章至今在中华文坛闪耀
刘禹锡、孟郊、贾岛留下多少精彩名句
杜牧、李贺、李商隐词调悠扬、诗情绵邈
传奇的产生标志中华小说发展已趋成熟
温庭筠、李煜美妙词作为宋词开了先兆

欧阳修竭力发起大规模诗文革新运动
唱和诗歌提倡古文成为中华文坛领导
他的散文状物写景、摇曳生姿具有强烈感人力量
他的散文、诗设想奇怪、风格清新尽皆精妙
王安石毕生从政从文均有重大成就
“改易更革”和诗文创作都留下绝调
柳永以“杨柳岸晓风残月”形成婉约派
晏殊、黄庭坚、秦观、周邦彦一齐把宋代词作推向高潮
苏轼终身从政又成就诗、词、散文大家
不仅形成豪放派更是宋代文学最杰出代表
“但愿人长久，千里共婵娟”成为千年绝唱
“大江东去，浪淘尽千古风流人物”千年放豪

李清照是中华文学史上杰出的女作家
她苦苦追求“专而精，精则无所不妙”[1]

① 李清照《打马图经自序》中句。

陆游九千三百多首诗作充满爱国热情和浪漫主义
铁马横戈、气吞残虏和丰富瑰丽的想象气贯长霄
他强烈的爱国主义精神和杰出诗作让后人一直钦敬
“王师北定中原日，家祭无忘告乃翁”是多么感人的临终号召
辛弃疾抱着恢复祖国统一的最大政治抱负填词六百多首
满怀“试手补天裂”、“西北洗胡沙”壮志气豪
雄奇阔大的意境创造与生动夸张描绘想象构成豪放风格
《稼轩词》中的爱国思想和词艺是多么崇高
姜夔词的艺术表现在构成一种清幽意境寄托落寞的心
四灵和江湖诗人代表了南宋后期诗歌的创作风貌

朱熹的文学批评和严羽的诗论影响深远
文天祥的诗篇中滚动着强烈的爱国思潮
这时的话本有了新的发展并日趋成熟
更有取得卓越成就的《西厢记诸宫调》
戏曲开始崛起和兴盛并取得突出成就
一批杂剧在剧作舞台台台光辉闪耀
伟大的戏剧家关汉卿不愧戏剧大师
六十多种杂剧至今还在中华戏剧舞台余音缭绕
王实甫《西厢记》是中华古典戏剧现实主义杰作
数百年来在梨园留下多少赞美和叫好
元曲是元代文学多么杰出的成就
它是中华文学史上又一件辉煌的瑰宝

《三国演义》至今演义得那么热烈

《水浒传》至今播传得那么火爆
三国将帅和一百单八将栩栩如生
又有谁能把如此众多的人物塑造
《西游记》天、地、人、神、仙、佛、妖共同浪漫
又有谁能够让他们浪漫到如此高超
《封神演义》人、神、仙、魔共同演义
又有谁能把天地间之事演义得如此缥缈
《金瓶梅》对人世间的描写多么淋漓尽致
不了解人性又如何写得如此细致精到
"三言"、"二拍"言得透彻拍得惊奇
"前七子"和"后七子"掀起了明代文学流派的争讨

章回小说的产生标志中华古代小说进入新的时期
此时的长篇小说创作达到历史高潮
《红楼梦》标志中华古代小说杰出的成就
至此中华古代四大文学名著光辉永照
《长生殿》《桃花扇》痛说历史兴亡
《聊斋志异》历数阴间阳间善恶有报
《醒世姻缘》《镜花缘》苦笑着戏说姻缘
《儒林外史》是多么深刻的批判和声讨
龚自珍、康有为、梁启超开启中华近代文学
黄遵宪"诗界革命"的风云布满高天九霄
"五四"运动的春雷打开中华现代文学大门
鲁迅开领了人民革命大众文学的战斗风貌

中华古代文学留下最多的作品是诗歌
诗歌历史长河中留下多少艺术特色风貌
千百年来后人们给以高度概括和提炼
用四个字评价每个诗人风格评价得是多么深刻精到
屈原沉雄绚丽、宋玉廓落缠绵
曹操苍凉慷慨、曹植激越华茂
曹丕纤细华美、孔融激昂劲健
王粲幽怨清丽、蔡琰质朴亲道
嵇康峻切清远、阮藉愤激蕴藉
左思雄浑劲挺、陶潜质朴淡高
庾信沉郁苍劲、鲍照朴实劲健
谢灵运富丽幽艳、谢朓清新秀飘

王勃劲健婉畅、陈子昂古朴雄浑
岑参雄奇瑰丽、高适苍凉阔遥
王昌龄自然雄浑、王之涣清朗雄健
王维幽静谐和、孟浩然闲静淡高
李白飘逸豪放、杜甫沉郁顿挫
韩愈古朴奇险、柳宗元明静幽峭
白居易流丽坦荡、元稹精警浅切
李贺奇诡璀璨、刘禹锡清新丽豪
杜牧俊爽明丽、李商隐幽婉典丽
李煜凄婉柔丽、温庭筠艳丽精巧
苏轼豪放旷达、柳永伤感缠绵
欧阳修清新疏畅、王安石遒劲拔峭

陆游雄浑流畅、李清照凄婉清丽
黄庭坚瘦硬新奇、辛弃疾深沉放豪
王冕纯朴自然、马致远清隽流畅
关汉卿泼辣清新、李梦阳纵横雄骜
顾炎武苍劲沉郁、王士祯含蓄清远
黄遵宪浅俗新颖、龚自珍清奇瑰俏
各个诗歌名家各有各的艺术特色
每一种艺术特色都是那么惟妙惟肖
这种评价反映古代诗歌对后世的影响多么巨大深远
这种评价是对中华古代诗人诗风的真实写照
只要走进中华古代诗歌的百花丛中
你一定会得到百样的心境百般的情调

中华古代文学是一条辉煌的历史长河
几千年来一直流淌着中华民族的骄傲
每个朝代几乎都创造一道独特的灿烂
每个朝代几乎都留下独具特色的瑰宝
汉代文章开启中华古代文章闪耀光彩
每一篇文章都是那么精辟优美文采横飘
唐代诗歌构成中华古代诗的海洋和高峰
诗的思想和艺术都达到中华和世界顶高
宋词如长江豪放奔流又如晓风残月柔情婉约
给中华大地留下多少豪放多少缥缈
元代虽短却留下诸多精美大剧和小曲

元剧、散曲至今在中华大地剧未尽曲未了

明清时代章回小说总结多少历史深思
留下中华古代四大名著至今让中华民族感到自豪
文学风格流派随着历史的潮流不断兴起
留下多少真知灼见多少让人陶醉的风骚
“建安风骨”情辞慷慨格调刚健遒劲
“正始体”诗杂仙心清峻遥深正始明道
“太康体”注重炼字析句、追求词藻华美、流于轻绮靡丽
“元嘉体”风格之冠冠于形成宋代元嘉年号
“齐梁体”讲求音律对偶、绮丽浮艳
“徐庾体”徐、庾二家父子诗风绮艳故称其世号
“玉台体”是以《玉台新咏》为代表的一种诗风
“上官体”工于五言、好以绮错婉媚为妙

“元和体”尽显唐代元和年间诗人元稹、白居易的诗风
“香奁体”是以《香奁集》多绮罗脂粉而称叫
“西昆体”追求词藻、堆砌典故编成《西昆酬唱集》而得名
“元祐体”指苏轼、黄庭坚、陈师道诗风代表
“台阁体”是明初上层官僚形成的典雅工丽粉饰太平文风
“韩孟诗派”是指奇险怪僻诗风的韩愈、孟郊
“边塞诗派”诗作气势奔放、慷慨激昂尽现壮丽辽阔边境
驰骋沙场、建功立业的壮志豪情掀起盛唐诗歌创作高潮
“边塞诗派”在中华历史诗坛上占有重要地位
直到现在仍然发出慷慨从戎、抗敌御侮的历史长啸

“田园诗派”写出多少恬静田园和大自然秀丽风光
形成了中华诗坛历史上优美动听的田园风光小调

“花间词派”以浓艳色彩、华丽词藻构成“香而软”风格
“南唐词派”李煜感情真挚、格调哀婉、比喻绝妙
“江西诗派”、“唐宋派”、“公安派”各有风格
“竟陵派”、“浙西词派”、“桐城派”风格各有其要
“吴江派”、“临川派”是明代重要戏曲流派
“婉约派”与“豪放派”并驾齐驱把宋词高蹈
中华古代名家并称特称美称一直盛传后世
在中华古代文坛上留下道道光彩道道妖娆
枚马、班马、三曹、建安七子凸显汉魏风骨
竹林七贤、陶谢、元嘉三大家风靡魏晋南北朝
李杜、大历十才子、韩柳、元白、唐宋八大家家家杰出
三苏、元曲四大家、前七子、后七子各家有各家的风貌

中华民族的戏曲起源和发展源远流长
《诗经》和《楚辞·九歌》中便有祭祀舞乐的萦绕
这时的舞乐包含了萌芽状态的戏剧性
随着历史的发展成为一支文化艺术长箫
春秋时优孟就登上戏曲舞台成为最早的戏曲演员
戏曲剧目《东海黄公》在汉代就已编导
南宋时的《张协状元》剧本至今犹存
关汉卿六十多部大剧把元代戏剧舞台演得火爆
十大古典悲剧、十大古典喜剧戏戏精彩

形成的三百多个戏曲剧种剧剧异彩妖娆
最早的剧场东汉洛阳的“平乐观”已古旧难寻
第一部戏曲理论李渔的《闲情偶寄》却光彩仍照

音乐先后伴随歌舞、戏剧产生和不断发展
远在周秦以前中华民族就把典礼音乐、舞蹈创造
春秋战国时王公贵族都爱好民间音乐
汉武帝建立乐府广采各地民歌使之更加精到
从最早的乐器骨哨、陶哨到闻名中外的曾侯编钟
中华民族古代乐器种类繁多、各臻其妙
若以战国帛画为始绘画已有两千多年历史
中国画是中华民族三大国粹之一的瑰宝
敦煌雕塑和壁画堪称一绝誉为敦煌艺术
《清明上河图》驰名中外艺术精深卓超
“虎头三绝”、江南第一风流才子名扬大江南北
“扬州八怪”怪誉画坛怪得神奇缥缈

唐代三大乐舞在中华大地久负盛名
一直舞得那么优美那么陶醉那么逍遥
唐代三大乐舞之一的《七德舞》原名《秦王破阵乐》
是由军队创编出来的凯歌军乐具有独特形式之妙
《九功舞》本名《功成庆善乐》象征文德治而天下安乐
《上元舞》舞者百八十人以五色衣以象征元气舞蹈俊豪
中华古代舞谱自唐代至清代有十三种之多
每一种舞谱各有不同形式和不同风貌

中华大地地广人众各地民间舞蹈各有自己风格特点
不同形式风格的舞蹈在中华大地缤纷闪耀
秧歌据考证肇源于宋代的村田乐
农者之歌之舞一千多年来不断发出艺术光照

中华民族书法艺术历史古老悠久
书法是中华民族灿烂辉煌的艺术瑰宝
大篆、小篆笔笔篆得惟妙惟肖篆得精深
隶书、楷书笔笔书得有规有矩书得有道
行书、草书笔笔书得龙飞凤舞书得洒脱
特别的指书书得尽显特别风格和精到
崔瑗、杜操师徒二人皆善章草之书①
张芝成“草圣”、钟繇留下《宣示表》和《贺捷表》②
“三谢”兄弟、“二王”父子皆为东晋书法大家③
王羲之获誉“书圣”留下《兰亭集序》让多少后人摹抄④
唐初四大家和宋代四大家家家有名⑤
颜真卿、柳公权留下“颜筋柳骨”书艺高超⑥
宋代四大家苏轼、黄庭坚、米芾、蔡襄各有大成

---

① 指东汉崔瑗、杜操（又称杜度），二人为师徒关系，皆善章草。

② 指东汉张芝、三国魏钟繇，张芝创今草，被推为“草圣”，钟繇代表作有《宣示表》和《贺捷表》等。

③④ “三谢”指东晋的谢尚、谢奕、谢安兄弟三人，他们在书法上颇有造诣，并因此而得名。“二王”指东晋王羲之、王献之父子。王羲之被誉为“书圣”，其代表作为《兰亭集序》，为后来历代书法者摹写。

⑤ 指初唐四大书法家虞世南、欧阳询、褚遂良、薛稷。宋代四大书法家指苏轼、黄庭坚、米芾、蔡襄（一说为蔡京）。

⑥ “颜筋柳骨”之称指对颜真卿、柳公权的誉称。

各自代表作至今在中华书坛各领风骚
元代赵孟頫、鲜于枢被称为元代二雄
他们的声名至今在中华书坛是那么崇高
明代宋克、宋广、宋璲兄弟三人被誉称三宋
明初沈度、沈粲兄弟二人书冠大明皇朝
唐伯虎、文徵明、徐桢卿、祝允明书才横溢
把吴中四才子之誉也留在大明皇朝
篆刻是镌刻印章的通称在近代特别流行
中华民族祖先在远古就在甲骨上镌刻字号
在陶器、青铜器上镌刻了大量铭文
使篆刻在中华大地发展成为一门艺术独招

九

古老的祖先们从何时开始种植已无法考究
只知早在原始社会古老的祖先们就学会有种有收
学会种植加快了人类社会的发展
祖先们一代一代辛劳耕耘在赤县神州
从石斧、石刀、蚌镰到木耒、石耒、铜耒
祖先们开始用聪明智慧谱写日月春秋
传说祖先们在夏代已知“服牛乘马”
商代祖先们种植中开始了用犁和耕牛
《汜胜之书》是中华历史上最早的农业科学著作
《齐民要术》《陈敷农书》《王祯农书》《农政全书》紧随其后
五大农书是中华古代农学著作的杰作

五大农书反映了中华农学科学的辉煌和长久

古老的祖先们远在六千多年前就栽培了水稻、谷子
全世界诸多的栽培植物起源于中华祖先的双手
荞麦、柑橘、荔枝、桃、梨、苹果也起源于中华大地
还有诸多的蔬菜和大豆、红小豆
中华大地是茶树的栽培发源之地
养蚕种桑起源的历史是那样悠久
古老的祖先们五千年前就开始种植苎麻和织布缝衣
还栽培了大量的花卉并以花交友
祖先们辛勤地把原鸡驯化为家养
早在一万年前古老的祖先们就开始了养猪宰肉
植物的栽培和家禽的驯养显示出祖先们的聪明智慧
同时也记载了物种进化发展的历史之轴

古代农具的发展伴随着农业生产的发展过程
原始社会最早开始用尖棒、石刀、蚌镰进行农作物种和收
随着农业的发展产生了单齿木耒和双齿木耒
耒作为古老的原始农业生产工具是那么悠久
后来把耒齿由单齿改为双齿进而改为板状刃成为耜
这种发展和改变来自于古老祖先使用中的不断探究
商周时期仍以石、木、骨、蚌器为主要农具
青铜农具较少但铜镬这时已经具有
在耕作方法上牛耕的发明是一个极大的进步
据考证可能在商代就使用了耕牛

木制犁、木犁身石制铧记载着古老祖先的智慧
每一件木犁都刻记着古老文明的发展成就

春秋时铁农具得以普遍制造和使用
古老的田地间已普遍使用了耕牛
汉代农具至少已有镰、锥、锄、耙等十二种
新型农具的出现促进了农业的播种管理和丰收
汉武帝时推广了二牛三人犁的耦犁
还发明了能同时播种三行的“三角耧”
这时铁制的犁铧产生而且铧上还装置了犁镜
这种犁镜直到一千年之后才出现在欧洲
桔槔、辘轳是战国以来普遍使用的灌溉工具
西汉出现的“扬扇”、木扇车是那么科学和优秀
隋唐时的曲辕犁和水转筒车的发明使农具有了显著的改进
宋代发明的水稻插秧的“秧马”至今还在广泛使用和交流

耕犁不是来自近东而是源自中华大地
石犁标本在新石器时代就已经具有
几千年来古老的祖先们一直重视治水工作
相传几千年前大禹就领导祖先们治理疏通河流
战国时秦国李冰修成的都江堰至今闻名于世
在古老的中华大地铸筑了一道光辉的锦绣
两千多年前祖先们就在新疆创造了“坎儿井”
“坎儿井”共长两千五百多公里那是多长的水流
“坎儿井”浇灌出闻名于世的棉花和葡萄

使古老的吐鲁番成为干旱沙漠中的绿洲
古老的祖先们早在六七千年前就能利用地下水
战国时期水井的开凿已遍及中华大地九州

山楂和柿子是先秦时代在中华大地栽培
直到十九世纪中叶柿子才从中华大地传入欧洲
枣和栗子的栽培和食用早在《战国策》中就有记载
其栽培技术在北方不断得以发展和传授
荔枝和龙眼都是中华大地特有的果树
唐玄宗、苏东坡为食荔枝都有传说和佳话传流
菊花的故乡是在古老的中华大地
八世纪传入日本十七世纪传遍欧洲
梅在商周时代就已广泛种植并用果实作为调料
经过祖先们长久的培植成为花中的一枝雅秀
晋梅、隋梅、唐梅、宋梅“四大古梅”传说着古老佳话
佳话传说中显露出祖先们勤劳智慧的双手

古老的中华文明产生于古老的土地
古老的土地孕育培植了古老的锦绣
农作物的栽培是古老文明的重大发现
农具的发展和使用是传承文明的历史步骤
古老的中华大地是最早栽培农作物的大地
古老中华大地的植物栽培历史是那么悠久
中华民族是一个古老勤劳智慧的伟大民族
古老的双手栽培的古老植物早就传遍全球

目前全世界已知的有六百六十六种主要栽培植物
其中有一百三十六种起源于中华大地九州
农作物的不断栽培种植促进了古老文明的不断发展
农具的不断创造发明和改进开垦了更辉煌的文明春秋

随着生产的发展畜牧业、农业、手工业先后分工
古老的祖先们生产的产品开始有了剩头
为了互通有无不同部落间开始交换活动
这种以物易物的商品交换成为商业产生的来由
随着商品交换的发展形成了集市
从此有了真正商业的购买与出售
"日中为市,致天下之民,聚天下之货,交易而退,各得其所"①
原始古老的商贸有了广泛的售与购
随着商品的生产和交易出现了货币
货币的产生使商品的贸易有了方便快捷的枢纽
中华是最早用贝壳作为货币的民族之一
货币的发展变化蕴藏着人类社会演化的缘由

传说轩辕的臣子伯陵造过钱刀
以后有了专门造钱管钱的机构
古代用以造钱的质料有贝、铜、金、银、铁
纸币的出现更方便了货币的使用和交流
钱庄和银票更加快了货币的管理流通

---

① 《易·系辞》中句子。

货币紧随人类社会一直大步前走
道路的建设更加快了祖先们的交往
中华道路建设开建是那么远长悠久
早在周朝初期就建立了华夏第一个大道路网
秦始皇统一六国后曾大规模把驰道筑修
并把道路分路、道、涂、畛、径和官道非官道
这说明中华民族祖先们是多么的聪明和讲究

是黄帝发明了车子还是奚仲创造
这个古老的传说如今已难以考究
据考证殷商时代已有完美的马车
这说明祖先们造车的历史也很悠久
随后牛车、战车、大车、小车相继制造出来
从此开始坐车代替了人的许多行走
战国时期战车的多少已成为诸侯王国强弱的标志
总用"千乘之国"、"万乘之君"来说明国力的雄厚
从此牛马车沿着大道、小道一路前行
装满了中华历史的风风雨雨前前后后
装载着中华古老文明的每一步发展前进
装载着中华民族一代又一代人的所望所求

古老的中华民族祖先就是聪明智慧
望着黄河和长江怎能不想建船造舟
最早创制的船舟虽然难以考证
但在原始社会就已经有了独木舟

独木舟是中华历史上最早的船只
它曾乘载着祖先们行驶在江河大流
用木板进行造船大概起于商代
春秋战国时期祖先们已用船只往来行游
同时也开始有了战船的制造和使用
越国与吴国交战已用各种战船百艘
秦始皇统一全国时在南方曾组织运输船队
他曾几次乘船到沿海各地视察巡游

秦汉、宋元和明代是中华造船的三大发展时期
那时的造船技术堪称当时世界一流
到了明代时期造船厂已遍布全国各地
郑和率领庞大的船队七次出洋西游
船运的发展让祖先们不再满足于天然江河
又用人工开凿了一条又一条人工河流
隋代开凿的大运河堪称世界奇迹
漕运四河又是祖先们留下的重大成就
秦代就建造了中华第一个厢式船闸
欧洲造的厢式船闸拖到一千七百年之后
中华古代建造桥梁的技术成为世界创举
现存的古老的赵州桥是最有力的理由

祖先们从构木为巢到营筑宫室
从开始烤制熟食到会烹制精馐
从神农尝百草到完善的农业技术和医学

从树叶蔽体到身穿精织细做的丝绸
中华民族对人类的进化作出了重要贡献
远古祖先们的发明成果就是那么的优秀
燧人氏发明人工取火开辟中华民族进化新纪元
神农氏的种植、后稷牛耕使中华大地有了丰收
有虞氏的陶器直到现在还扬名世界
嫘祖的养蚕丝织直到现在还誉满五洲
神农氏的中草药至今仍是中华民族的国宝
制盐、酿酒、冶炼诸多的发明都最先产生在赤县神州

古代传说中的神即是古老祖先的化身
他们既是创造性的卓越人才又是领导改造自然的领袖
羿、倕和挥发明了弓，浮游、夷牟发明了箭
关于此事的传说记载在《墨子》《荀子》《吕氏春秋》
《世本》中记载了黄帝发明制造了弩
《吕氏春秋》记载戈、戟的发明是蚩尤
《世本》《博物志》记载鲧、禹发明制造了城廓和宫室
《易·系辞》记载鱼网的发明出自伏羲氏的双手
《管子》《庄子》记载神农氏发明了种植
《易·系辞》记载黄帝发明制造了杵臼
《易·系辞》记载黄帝发明制造了舟楫
《考工记》记载陶器的发明制造最早出自有虞氏的手

《古今注》记载舜发明制造了漆器
《博物志》记载镜的发明制造是纣

《天中记》记载尹寿发明了制盐
《战国策》记载夙沙氏发明了酿酒
《尹子》记载蚩尤发明开创了冶炼
《古今注》记载詹何发明了垂钓的鱼饵、鱼钩
《淮南子》记载神农氏发明制作了中草药
《初志》记载了岐伯关于打击乐吹奏乐的打击和吹奏
《吕氏春秋》记载神农氏发明制作了古代量器
众多的传说和记载文字的发明创造出自史皇、仓颉之手
传说帝俊八子、阳康氏发明创作了歌舞
传说神农氏、伏羲氏发明制造了琴、瑟及其弹奏

《易·系辞》记载神农氏发明制造了耒、耜
《魏略》记载皇甫阴发明制造了犁和耧
《世本》记载嫘祖发明了养蚕和丝织
《易·系辞》记载衣裳的缝制最早出自黄帝之手
《世本》记载黄帝、胡曹发明制作了冠冕
《世本》记载于则发明制作了鞋及穿鞋行走
《炙谷子》记载赫连氏发明制造了梳子
《列异传》记载秦文公发明制作了旄头
《墨子》记载蜚康发明了炼铜、铸铜合金技术
《世本》记载尧发明了围棋的布阵和行走
《礼记》《风俗通》分别记载女娲、舜发明制作了箫
《礼记》记载蒙恬发明了制作了筝及其弹奏

《山海经》记载炎帝伯陵发明制作了钟

《风俗通》记载邱仲发明制作了笛及其吹奏
公元一世纪中华大地发明了钻井技术
墨的发明使用最早在中华大地研磨和开流
仰韶文化遗址就发现了石刻陀螺
公元四世纪在民间有了广泛的击打和旋扭
风筝在中华大地已经放飞两千多年
小小风筝成为飞机发明制造的最早基础和缘由
周原遗址发掘了古老的铜锯和骨锯
考证在鲁班之前四百年锯就发明和具有
鲁班时期锯可能进一步进行了加工和改进
从而使鲁班发明了锯的传说在中华大地脍炙人口

公元前一世纪祖先们就开始冶炼和使用锌
玻璃的制造开始于三千年前的西周
《列子·汤问》记载了周穆王时代制造的能歌善舞的机器人
开凿天然气井和利用天然气盐中华最为悠久
《山海经》中的《五藏山经》记载了矿物的出地和种类
唐代炼丹家马和是世界上最早发现氧气的先斗
马和的认识发现比欧洲早一千多年
《平龙认》记录了马和毕生的成果研究
中华大地古老的发明举不胜举
中华大地古老的发明是那样显著和悠久
中华大地的古老发明充满古老的智慧
中华大地古老的发明是那样辉煌和锦绣

中华民族古代更有闻名世界的四大发明
直到现在四大发明仍然享誉全球
史称东汉蔡伦发明了造纸术
灞桥纸的发掘证明中华造纸术还要悠久
毕昇的活字印刷术是多么高明
从此使历史的记载更加清晰方遒
指南针的发明为世界进一步指明了东西南北
推动了世界航海业的发展和中西文化交流
祖先们炼丹没想到却炼出了火药
谁曾想它能够如此地火遍全球
战国时尸佼所著《尸子》是中华最早的数学文献
《周髀算经》《九章算术》是中华古老的数学成就

十进制是中华民族祖先们最早应用
剩余定理由中华民族最先获得算证的理由
一千五百年前的祖冲之就计算出圆周率
圆点之后的数字是多么的难算难求
毛笔和砚的制作凸显中华文化特色
算盘的发明显示出祖先们的聪明“九九”
水车、水磨、纺轮都是中华古老的发明
直到现在永垂中华历史而不朽
中华大地是钟表发明制造的故乡
张衡发明的地动仪至今仍镇神州
自动计时器是中华民族最早发明
祖先们古代就知道开采煤炭和石油

黄帝和岐伯被认为是中华医家之祖
黄帝与岐伯而作的《内经》至今辉煌不朽
中华医学留下古老深邃的医道
医学上留下的四个典故是那么神奇和悠久
黄帝与岐伯合称留下“岐黄”中医学术的代称
从此“岐黄”开写中华中医药学术春秋①
市中老翁卖药悬一壶于座装盛着医德
“悬壶济世”祛除多少后人医患和医愁②
名医华佗的“青囊”装满高超的医术
可叹“青囊”只有一点给后人传流③
“杏林”“愈人无数……蔚然成林”④
隐居的董奉给中华中医界留下历史绿荫清幽

古老的中华医药学最终医成了国粹
形成的神奇深邃的中医医道至今享誉全球
从周代就开始有了比较健全的医事制度

① “岐黄”，相传黄帝和他的臣子岐伯都会治病，黄帝曾与岐伯论医而作《内经》，他们被认为是医家之祖，后来便以“岐黄”为中医学术的代称。“岐黄”与“悬壶”、“青囊”、“杏林”是我国医学四个代称的典故。

② “悬壶”，据《后汉书·费长房传》载，东汉方士费长房见“市中有老翁卖药，悬一壶于座，市罢，跳入壶内”。这里说的是卖药，但因古代医药不分家，就把“悬壶”作为行医的代称，称颂医生“悬壶济世”。

③ “青囊”，据史书记载，三国时名医华佗在被曹操杀害之前，曾将一个装满医书的青囊交给看守的狱吏。华佗死后，靠青囊使一部分医术保存、流传了下来，因而“青囊”也成了医术的代称。

④ “杏林”，三国时医生董奉，隐居江西庐山，他为人治病不取酬金，只要求重病者治好后在山上植杏树五株，轻病者治好后植杏树一株。数年后，“愈人无数，得杏树十余万株，蔚然成林”。后来，遂以“杏林”代称中医界。

历经王朝更迭风云始终存在九州
完整的整体医学模式暗蕴高超医道
服药和特殊的治疗手段秘藏深幽
灵活的辩证法多样化辩证因证因人因时因地制宜
独特的理论体系是那么全面和深厚
科学的药物配伍理论与方法深藏古老玄妙
古老中医药学五大优势和特点更加彰显九州
“五劳七伤”是中医药学揭示出的对人体的伤害
精气神是中医学里最神奇玄妙的探求

针灸是中华医学的重要组成内容
伴随伏羲氏、黄帝历史悠久
翻开春秋战国时期的医学史页
总能读到著名医祖扁鹊的针灸
西汉“九针”针出西晋《甲乙经》最早的针灸著作
铜人穴位把多少肉体人身针救
推拿是又一项优秀中华传统医学
华佗是发明麻醉法和剖腹术的鼻祖和泰斗
中药命名各有所依构思别致
中药之乡遍生中华大地味满赤县神州
《神农本草经》为世界最早的药典
世界第一部系统的法医学专著《洗冤集录》英名不朽

通信与人类文明和进步息息相关
中华民族的通信起源历史是那么悠久

商代甲骨文中记载着边疆上的通信兵传递军情
周朝利用烽火台传递信息的方法使大地明眸
这时各诸侯国在大道上设有驿马和邮车
而后邮驿在中华大地风行两千多年兴盛不休
秦始皇统一中华大地在全国修筑驰道
唐代邮驿有了陆驿、水驿和水陆兼邮
宋、元两代在全国各州县广设“急递铺”
对官府的紧急公文昼夜传递一刻也不停留
近代邮政逐渐发展代替了古老的驿站制度
中华大地上留下一条古老漫长邮路的传流

传说中华最古老的战争是黄帝与蚩尤之战
他们当时之战用什么兵器已无法考究
兵器最初不是为了战争而制造是起源于生产工具
中华制造兵器的历史也是那么古老悠久
商代兵器就有了青铜戈、钺、铜矛、刀、镞
到秦代有了普遍喜欢的兵器吴钩
弓箭曾是具有划时代意义的生产工具
后来成为盛极一时的新兵器用以战斗
考古证明弓箭在中华大地已有三万年历史
当时渔猎用的石箭镞制造用料是石头
随着历史的发展弓箭制造不断提高
几千年来弓箭总是作为主要武器为军队装备具有

十八般兵器确是十八般并般般各有长短

十八般兵器几千年来又该写下多少战史春秋
青铜剑起源于商末周初之间盛行于战国
显现了中华古代铸造技术是多么发达和优秀
尚方宝剑虽是兵器使用却不靠本领
它的威力在于皇权授予的先斩后奏
匕首虽不列十八般兵器之列却被普遍使用
大概是由于它易带、易藏、便于短兵相接进行格斗
世界最早的火炮是中华元代的铜火铳
宋代就发明了地雷并用以对付敌酋
早在魏、蜀、吴三国战争中就有使用火箭的记录
至清代中华火箭的制造已取得显著成就

赋税是国家出现以后随之出现的产物
是一个国家存在的物质条件皇粮国税自古就有
“贡”早在夏朝就出现就是献生产物给帝王
到了春秋时期就有了税的征收
后来随着手工业和商业的进一步发展
捐税的种类日益增多并开始广泛征收
北魏和唐代中期之前实行税田制以田亩征税
两税法实行后则以人口和财产多寡征留
到明代后期实行“一条鞭”新税法
清代推行了“地丁合一”封建赋税制度之轴
唐代以前封建政府除向农民征收田租之外
还根据各地物产给以名目繁多的实物征抽

中华大地的栽培是那么的古老
中华大地的科学发明是那么悠久
古老的发明反映了古老的聪明智慧
古老的制造彰显着祖先的勤劳双手
中华古代科学发明制造是那么的辉煌
几千多年来一直遥遥走在世界的前头
中华古代医药学是珍贵的瑰宝
几千年来一直在古老大地闪耀光辉锦绣
几千年来一直造福于中华民族一代又一代
福荫着每一个炎黄子孙的生命健康长寿
古老的道路虽然崎岖不平却一直通到现代
形成谁也难以阻挡永远奔流不息的历史河流

十

勤劳智慧的中华民族历代祖先
给中华大地留下了博大丰厚的文化遗产
远在夏朝祖先们就建筑了都城
只可惜还没有寻找到它的历史变迁
目前发现最早的城市是郑州的商代古城
这说明城市建筑在那时已经出现
远在龙山文化时代中华大地就出现了城市的萌芽
发掘的诸多城墙遗址记载了城市的古老久远
随着商周时期人类社会的加快进化
城市建筑在中华大地有了快速发展

一代又一代中华民族祖先建起一座又一座城市
祖先们谱写了一曲又一曲历史方圆

随着日月的风化吞噬而不断风化消弭
祖先们的建设可能已经化为一缕尘烟
随着大地的运动颠覆而不断运动颠覆
祖先们的建设可能早已化为一片土团
随着狂风洪水的扫荡冲击而不断埋没
祖先们的建设在大地上可能已不再见
随着历代的战祸毁坏而不断毁坏
祖先们的建设怎能不遭受重大的摧残
但随着祖先们的不断建设而不断旧去新来
中华大地上仍然留存了抹不去的历史变迁
仍然留下一座座历史文化名城闪耀着勤劳和智慧
仍然留下一座座建筑园林和名胜相映璀璨

奴隶社会时期北京就建成为重镇
古老的历史已经长达三千多年
北京是世界闻名的历史文化名城
地上地下文物保存十分丰满
留下多少历史古迹闻名于世
留下多少厚重、深邃的历史沉淀
十三陵埋下了多少厚重的历史
故宫、天安门记载了多少历史变迁
颐和园装载着古老伟大的文脉

天坛供奉了多少对日月的祭奠
万里长城是闻名世界的伟大奇迹
它见证了中华民族多少和平和征战

承德承载着一段古老的万里长城
承载着中华北方古老地脉的幽燕
保存了大量具有艺术价值的古建筑
为历史留下了一段难以忘却的磨难
承德的避暑山庄和外八庙多么典雅秀美
那是多么具有历史艺术价值的古玩
大同是北魏初期的国都、辽金时的陪都
众多的历史古建筑铸筑着北方的风范
华严寺、善化寺寺藏着古老的历史
九龙壁彰显着多彩的古老文翰
大同的云冈石窟建筑得多么精巧
那是祖先们聪明智慧的集中印染

南京是一座虎踞龙盘的古都
六朝历史大戏先后在此上演
每个朝代的历史大戏都留下历史剧照
石头城、南朝陵墓、石刻和明孝陵在诉说着历史长天
明故宫遗址至今尘封着"靖难之役"的历史深谜
太平天国天王府仍在发出历史的感叹
历代祖先们都说"烟花三月下扬州"
这是历代祖先们对扬州留下的美好观感

历史闻名的商业城和中外港口招徕多少游客
瘦西湖、何园、个园让多少游人流连忘返
大运河、唐城遗址还在传说着古老故事
史公祠、平山堂留下多少历史遗言

苏州春秋时代就成为吴国的都城
商业手工业自古以来就是那么发展
苏州园林集中了宋、元、明、清园林艺术精华
它是中华民族聪明智慧的画卷
历代祖先们总说“上有天堂下有苏杭”
这是历代祖先们对苏州杭州的一致称赞
杭州是中华大地的又一座古都都满春秋
风景秀丽的西湖飘逸着多少美谈
灵隐寺、六和塔留下不断的香火和传说
岳庙的一腔忠气彰昭九天
杭州不愧是世界著名的游览城市
那里确实有难以忘却的西湖龙井和丝绸锦缎

绍兴春秋时期就已作为越国都城
至今人们仍诉说着勾践和“卧薪尝胆”
著名的兰亭留下书圣的历史书墨
更有鲁迅故居引发的现代文化震撼
泉州宋元时期就是重要的对外贸易港口
历史文化写满了九日山摩崖石刻和清源山
洛阳桥连接历史文化大道一路走来

清净寺、开元寺见证着泉州的昨天
景德镇是多么著名的中华古代瓷都
留下的瓷器至今在世界广为流传
诸多的古代窑址至今传授着烧瓷的技艺
明代民居和宋塔至今展示着古建筑的风范

曲阜是鲁国都城孔子的故里
孔府、孔庙、孔林珍留着厚重的文翰
故里内仿佛还能听到子曰的声音
鲁国故城遗址上仿佛还能看到孔子周游列国的车辇
洛阳是中华著名的九朝故都
九代皇朝历史大戏曾在此上演
白马寺、故城遗址记载着一出出历史大戏
关林和大量的古墓葬留下了历史大戏的遗憾
开封是中华又一著名的古都
它上演的忠奸大戏一直把后人震撼
铁塔、繁塔、龙亭留下多少和与战的传说
大相国寺、包公祠留下多少忠臣良将的美谈

长沙马王堆西汉古墓葬存着秦汉时的郡城
白鹿书院封装着“讲会”中的发言
麓山寺、爱晚亭到处是历史的深思遐想
橘子洲头涌现着多少历史壮阔波澜
广州秦代即为南海郡郡治所在
亲记了五代十国南汉都城的历史变迁

南海神庙、六榕寺花塔、镇海楼尽现南国古风
三元里平英团旧址燃烧着中华民族精神的火焰
桂林秦始皇开凿的灵渠流淌着古老的辉煌
漓江挑着秀丽的独秀峰、叠彩山、七星岩和月牙山
“桂林山水甲天下”确实是名甲天下
这是历代祖先们历代以来发出的赞叹

秦汉以后成都一直是西南的政治、经济和文化中心
都江堰浇铸着两千多年的辉煌灿烂
成都不愧自古就荣得“天府之国”的美誉
杜甫草堂、武侯祠、青城山书写了多少光辉诗篇
大理洱海荡漾着西南边陲的风情
大理三塔、南昭德化碑相瞰着历史长天
古城和南昭太和城遗址深藏着历史的厚重
古城的每一块秦砖汉瓦都铭记着古老的秦汉
西山、圆通山、金殿、大观楼构成昆明历史美景
滇池、翠湖、黑龙潭使昆明风光更加无限
大观楼窗含五百里滇池、门泊三千里高原
只有走进大观楼才知道如何看水看山

拉萨是一座历史悠久富有民族特色的古城
到处都是中华民族古老文化交流的体现
大昭寺、罗布林卡园林展示着藏族风情
布达拉宫把民族辉煌筑在世界高原
江陵楚纪南城遗址遗留着浓厚的楚国遗风

明代城垣那又是一代辉煌的展现
大量古墓群墓志着古老的繁华
“千里江陵一日还”总回响在千里江畔
遵义向为黔北重镇说明它的古老重要
更重要的是见证留下了伟大的现代纪念
延安的宝塔山、凤凰山、清凉山和延河的水
为伟大的中华做出了多么辉煌的现代贡献

位于中华腹地关中平原的西安更是厚重
它记载了更多的中华历史变迁
先后十一个王朝皇朝在此建都
中华历史大戏在此上演了几千年
数不清的历史文物诉说着古老的历史
每一寸黄土地都埋藏着一片历史的尘烟
阿房宫、汉长安城、唐大明宫遗址留下多少历史辉煌
列队森严的秦兵马俑仍在继续着历史大战
昭陵、乾陵至今向世界昭示着唐皇朝的强大
秦始皇陵、黄帝陵墓藏着中华古老文明的统一和起源
西安是闻名世界的辉煌历史古城
西安是中华古老都城文化的摇篮

中华民族的祖先们付出多少辛勤和智慧
把中华大地上的名城建造得那么辉煌灿烂
还有三十八个中华历史文化名城遍布中华大地
它们也同时共同承载着中华民族的伟大历史贡献

上海、天津、沈阳、武汉、南昌、重庆承载巨大历史
保定、平遥、商丘、南阳、济南、徐州承载多么久远
淮安、宁波、襄樊、漳州、宜宾、自贡承载多少古老
歙县、寿县、亳州、阆中、安阳、敦煌承载多少历史文翰
镇远、韩城、榆林、武威、张掖、银川承载着黄土高坡
呼和浩特、日喀则、喀什承载着壮阔的大漠高原
福州、常熟、丽江、潮州、镇江承载多少历史水景
中华大地的名城是多么雄伟壮丽异彩缤纷气象万千

中华大地历史名城众多名垂历史
每一座都谱写着中华古老文明的诗篇
打开每一座历史文化名城的历史尘封
都尘封着中华民族勤劳智慧的宣言
一片砖瓦一片辛劳一片智慧一片文化
一座建筑一座意志一座辉煌一座血汗
从"构木为巢,以避群害"开始奠基
从穴居开挖发展到秦砖汉瓦制作技艺的精湛
中华建筑随着历史不断向前奠基建造
祖先们的设计建筑技术随着岁月不断完善
楼、台、亭、阁、寺、庙、观、宫、阙、殿、厢各有艺采
丰富的中华古老建筑让世界为之惊叹

岳阳楼已阅览一千八百多年历史
伴随岳阳楼范仲淹《岳阳楼记》天下广传
黄鹤楼的黄鹤虽然早已展翅飞离

神话般的楼阁依旧屹立江畔神采飘然
滕王阁历尽多少日月星辰和历史沧桑
与王勃《滕王阁序》共同构成光辉诗篇
长沙岳麓山爱晚亭小巧玲珑驰名遐迩
红叶、爱枫、爱晚哪个名称都让人思绪万千
北京故宫的博大、深幽深藏明清两代皇朝历史
天安门、午门、紫禁城角楼是中华古代建筑艺术的展览
一条胡同一条民俗一条街衢一道风貌
回音壁、蛤蟆塔、普救寺塔、石头琴四大回音建筑为世罕见

大室阙、少室阙、启母阙阙阙相望
四门塔、大雁塔、小雁塔、六和塔塔塔相瞰
白马寺、长干寺、十大古寺寺寺光照
黄帝陵、秦始皇陵、昭陵、乾陵、十三陵陵陵绵延
云冈石窟、莫高窟、龙门石窟、麦积山石窟窟窟深邃
西安碑林、爨宝子碑、爨龙颜碑、西夏碑碑碑铭鉴
克孜尔千佛洞、库木吐剌千佛洞洞洞通幽
故宫、布达拉宫、沈阳故宫、雍和宫宫宫丰满
灞桥、安济桥、安平桥、永通桥桥桥相通
皇泽寺摩崖造像、北山摩崖造像像像有缘
这一切共同装载着厚重博大的中华历史
这一切共同展览着中华古代文明的辉煌灿烂

都江堰都治千里江河造福千秋万代
留下千里河流、千里平原和千秋美谈

万里长城铸筑的是中华民族的灵魂、肉体和意志
留下万里奇迹、万里辉煌和万年赞叹
京杭大运河流淌着勤劳和智慧
流淌着千里帆影、千里纤绳和千年血汗
高昌故城尚可寻见古代边陲的繁荣
寺庙和佛龛中留下中华民族不同的民族历史发端
平遥古城装载着满城的古老营造法式
留下满城历史建筑风貌和满城历史变迁
布达拉宫、雍和宫、沈阳故宫深藏王宫秘史
宫宫分别诉说着不同王朝的历史史鉴

从嘉峪关到山海关关关难过
留下多少历史恢宏和历史大战
北京天坛祭祀着天地日月星辰
留下古老的历史岁月和无尽的观瞻
岳飞墓铭记的忠心彰昭日月
关帝庙雕塑的义字气冲九天
拙政园、留园、豫园满园秀美春色
天一阁、蓬莱阁、经略台真武阁历史珍藏丰满
兰亭至今让人“发思古之幽情”
蒲松龄故居居写着作文的经典
滇池、天池池池幽深深不可测
观星台、古观象台、居庸关云台台台观不胜观

北京紫禁城四角楼的建筑形式奇巧

在中华现存古代楼式建筑中极为罕见
这四个角楼建造于明代永乐年间
造型奇特式样独到结构复杂精致美观
楼顶十字交叉为大脊歇山式是那么奇特精美
更有各种特制的异形黄色琉璃瓦件
中座一个鎏金宝顶屋檐分为三层
二十八个出角十六个窝角檐角参差高低错落缤纷灿烂
“秦砖汉瓦”之说赞誉的是中华古代建筑辉煌
实际上中华古代砖瓦的发明使用还要大大提前
宋代李诫《营造法式》是世界上最早的建筑专著
从此之后中华又出现多少优秀建筑大典

中华古代建筑开创于新石器时代
在中华大地上已经开建了几千年
几千年历代祖先用双手和智慧留下满地辉煌
几千年来给中华大地留下丰富的建筑遗产
新石器时代的祖先们首先开创半地穴式建筑和桩上建筑
这两种建筑是中华大地最古老建筑的展览
半地穴式房屋有深有浅和方、圆两种形式
这说明那时的祖先们已经会利用方圆
桩上建筑又叫“干栏”式建筑
充分展现了中华大地南方祖先们的聪明和高见
原始社会后期随着父权制家庭生活需要住房结构发生变化
住房建筑上的柱网结构和榫卯技术开始入建

进入阶级社会后不同的阶级住房有了明显区别
普通村落和宫殿的建筑差别显而易见
西周时的房屋建筑技术已有相当水平
木构架结构及基本构造方式已成习惯
以木结构为主的建筑结构体系到汉代已初步形成
汉代住宅已有多层楼阁和完整的廊院
西汉末年逐渐出现了坞堡式的庄园住宅
庄园住宅中建有正房、厨房、仓库、茅厕和禽圈
兴盛富强的唐皇朝建筑事业更为兴盛
各种宫殿、寺庙、塔幢等在各地大量兴建
玻璃材料和石材雕饰更加广为使用
斗拱使用更加成熟与梁、栿、柱子结合得更加谨严

唐代建筑木结构已逐步走向定型化
唐代的大建筑物砌墙已广泛使用砖
宋代的建筑技术和艺术已经达到成熟阶段
宋代的建筑造型更趋于秀丽和壮观
宋代的建筑开始打破完全对称的单调格局
建筑上开始出现了多样的平面和立面
砖、石建筑物开始大量地兴建起来
专用砖石构成的楼阁殿堂“无梁殿”开始兴建
明清时代木构建筑又有了新的变化
建筑上木刻、石刻、砖刻、彩画等装饰大量出现
在建筑布局上有了尊卑的明显之别
开始分设上房、侧房、下房、外院和内院

中华古代在建筑上的等级是那么分明
中华古代建筑上的等级制是那么森严
殿式建筑是古代建筑上的最高等级
殿式建筑的最大特点是它的宏伟、华丽和壮观
殿式建筑宫殿样式为帝王后妃起居之用
殿式建筑还有佛教、道教的大雄宝殿和三清殿
大式建筑比殿式建筑级别低又有别于民间建筑
大式建筑住用的是富商缙绅和各级大小官员
小式建筑为普通百姓普通的住房规格
殿式、大式、小式充分显现封建社会的等级观念
另外建筑基座、踏道、开间、斗拱、彩画均分设级别
丰富多彩的古代建筑是封建等级制的丰富展览

中华从殷商时代就开始兴建园林
中华园林是中华建筑技术的重要展现
皇家园林开阔广大、富丽堂皇、真山真水
私家园林小巧玲珑、曲折迂回、景物多变
南方园林具有扬子江的清丽秀美
北方园林凸显了黄河雄浑的风范
岭南园林兼有南北方共同特色
苏州园林清秀绝伦美妙无限
苏州园林历史悠久延续时间长艺术高超独特
具有一整套能代表江南高深文化的艺术风格特点
北京园林、苏州园林代表中华园林最高成就

中华之歌

可惜园中之园圆明园只剩下历史悲伤长叹

中华古代园林还有一种分类和区别
寺院园林、风景名胜园林、皇家园林和地主宅园
中华古代园林被世人称为世界园艺之母
特别是古典园林规模之大建造技术之奇特举世罕见
皇家宫苑最多的地方是古都北京
私家园林最有名的是苏州之林园
最大的皇家园林为承德避暑山庄
最古老的皇家园林是北京北海公园
最长的彩画长廊是北京颐和园长廊
最大的假山是北京景山公园里著名的景山
中南海内山石花草楼阁亭台是北京著名胜景
它的建设也充分反映了古代园林建筑的辉煌灿烂

瓷器是中华古代一项伟大的发明
瓷的制作工艺原理是那么精妙和完善
瓷的制作工艺经历了从青瓷到白瓷再到彩瓷
每一个工艺制作阶段都有辉煌的发展
远在新石器晚期祖先们就已经利用瓷土做原料制成硬陶
这为瓷器的发明创造了重要的基础条件
商代瓷土的采用、釉的发明和烧造温度的提高
为中华古代瓷器的制造开辟了新纪元
隋唐时代是中华瓷器生产的繁荣时期
从烧造地域、技术、器形和装饰有了新的提高和发展

宋代制瓷工艺和技术又有许多创造和进步
独具风格的瓷窑体系在中华大地广泛开建

青花瓷工艺开始于宋代成熟于元代极盛于明代
那是一条多么辉煌的工艺制作和展览
清代的瓷器制作工艺和技术达到高度水平
在广阔的中华大地留下多少美谈
瓷器不仅是普遍的日用品更是珍贵的艺术品
从而使瓷器受到全世界人民的喜爱和赞叹
中华的印染工艺起源于六七千年前的新石器时代
汉代古老的印染工艺技术就已达到空前
中华的雕玉工艺也可以追溯到新石器时代
国际市场上有久负盛名的北京景泰蓝
剪纸在南北朝时代就有了精美的作品
漆器工艺技术留下一条七千年的古老灿烂

印刷技术的出现和古代印章、碑刻艺术相印
祖先们在拓印古玺、碑铭时发明了反刻的雕版
从此中华大地有了木刻并有插图的印本书
《金刚经》是雕版印刷技术的最先开端
这部佛经雕版镂刻细致印刷技术纯熟
反映了这一时期印刷技术的辉煌灿烂
随着雕版印刷刻书、印书之风广泛兴起
出现了专门负责刻印的私家书坊和管理的官宦
从此解除了祖先们为此长期抄写之苦

使中华文化古籍得以有效保存和广泛流传
雕版印刷萌芽于统一中国大地的秦代
活字印刷术的发明更是中华民族对世界文明的伟大贡献

十一

深情厚重的黄土地是那样忠诚勤恳
用神奇的秘方孕育了神秘的龙氏族人
多少万年来育导着龙氏族人向文明进化
终于使龙氏族人进化为伟大的华夏族群
几千年来用深厚的爱哺育着一代又一代繁衍生息
培育了一代又一代杰出的贤达人臣
中华民族最早的杰出祖先是三皇五帝
只可惜时间太久远只留下模糊的遗存
天皇氏、地皇氏、人皇氏肯定杰出超凡
以至中华民族的后人们把他们都当成了神
伏羲、神农、黄帝、尧帝、舜帝是中华民族的伟大祖先
至今中华大地还留有供奉他们的庙宇和陵寝

伏羲庙仍在诉说古老祖先的伟绩
诉说中还在一直不断地追溯和索隐
传说炎帝神农氏最早发明并发展了农业
至今神农氏的陵寝仍在荫照着后人
黄帝陵尘封着黄帝的古老伟大
黄帝庙至今供奉着歌颂黄帝的“御制祝文”

传说少昊氏族支族很多分布面很广
少昊陵留下多少后人赞颂的碑文
大禹治水功盖会稽山功盖后世
至今后人们对他仍在歌功颂德膜拜如云
关于三皇五帝的颂扬传说虽然已无法考证
但他们肯定是中华民族杰出的先人

自从中华大地有了政治舞台和文字记载
就把中华民族一代一代的杰出人物铭记乾坤
也许是因为黄水太长黄土地太厚重
因此为中华民族孕育了那么多伟大杰出的族人
每朝每代几乎都有政治家和思想家
每朝每代几乎都有贤能良将和明君贤臣
军事家、外交家、教育家家家都有突出的贡献
科学家、工技家、医学家家家都立有杰出的功勋
历史学家、文献学家、地理学家家家皆有很深学识
语言文字学家、文学家、书画家家家都留下光彩缤纷
接连不断的农民战争产生了一代又一代农民革命家
戏剧音乐、宗教、货殖也涌现出许多杰出的大家人君

夏朝的建立虽然还带有原始但肯定有一批人才
不然如何掌管中华大地十七世乾坤
成汤武功赫赫开创商王朝大业
盘庚、武丁为商王朝强盛建立千钧
周文王仁厚之力来自于他的政治才能

为周的兴盛不断陶冶着自己的政治人品
周武王完成建周大业得力于族人的拥戴
他的政治和军事才能都是力顶千斤
春秋时期社会动荡涌现大批贤能
管仲、子产、晏婴、叔向堪称大任
《管子》的言论、子产的改革思想诚难可贵
晏婴相齐、叔向论政都是有绩可吟

春秋时期频仍的战争涌现了最早的军事人才
司马穰苴、孙武、伍子胥、范蠡思想超群
《孙子兵法》在中外军事学术史上地位显著
至今世界上仍有那么多军队用其治军
孔子是中华大地诞生的伟大的骄傲
中华民族又有几位如此至高的圣人
《论语》对中华古代思想文化影响深远广大
他创立的思想成为中华古代思想文化的基本
世界又有几位如此伟大的思想家、教育家
他不愧是中华民族的至圣先尊
他的思想被推崇为一个民族的教化
使其成为中华两千多年封建思想文化的灵魂

墨子是一位富有实践精神的思想家
他的思想伟大光点在于接近平民
他的思想也影响了一代又一代
至今人们还在研究他的思想和言论

李悝是春秋时期著名的魏国贤相
他的“尽地利之教”和平籴之法利国利民
吴起既能治军又能为相文武兼备
可叹变法未成只能在悼王尸旁饮恨
商鞅先后变法是历史上有名的改革家
虽然被害却给历史留下一个富国强秦
孙膑受膑刑仍精心报国矢志著书
他的坚韧和智慧激励多少后人

乐毅助燕破齐、田单破燕复齐皆为其国贡献
成就一番事业留下不断的历史余音
孟尝君、平原君、信陵君都是贵族公子成器
历史留下了对他们不同的评论
老子是谁留下“世莫知其然否”①
其人其言都是那么的奇异秘隐
留下《道德经》传诵千秋万代
成为中华道教教典和中华思想文化奇文
庄子学问渊博言行是那么奇诡
逍遥飘逸自由快乐得近乎神人
创立奇诡深奥讳莫如深的庄子思想
成就了中华思想文化又一页异彩缤纷

孟子是中华民族的又一圣人

① 司马迁评说老子是谁语。

他的思想使儒家思想更加叶茂根深
后人们敬奉孔圣先尊必敬亚圣
孔孟之道成为中华民族的天道人伦
屈原为人志节伟大不同流俗
伟大的爱国思想一直感动着后人
《离骚》的思想艺术光辉耀照千秋
世界文坛又有多少这样伟大的作品
廉颇、蔺相如共演“将相和”历史大戏
给中华民族留下了可贵的政治剧本
范睢、白起、王翦都是名相名将
为秦国的强大和胜利建立了不朽功勋

荀子是一位杰出的思想大家
提出了朴素唯物主义和无神论
学习追随孔孟之道诚心教育
他精心创立的杰出荀派绵延至今
韩非是一位杰出的法家大师
他提出了治国治民“以法为本”
成为中华民族有名的第六子①
其光辉思想给中华大地留下浓密的后荫
吕不韦的历史作用评说有好有坏
《吕氏春秋》典雅秀美实是难寻
秦始皇成就中华一统开启千古始皇

① 指孔子、孟子、老子、庄子、荀子之后韩非子。

他的是非功过都是中华历史千钧

春秋战国是中华历史上一个人才辈出的时代
涌现出一大批政治家、思想家、教育家、军事家才华超群
诸子百家百家争鸣争得深刻鸣得超凡
鸣出了中华大地的天道地理人伦
鸣出了中华大地进入封建社会的思想基础
鸣出了世界东方思想文化的基根
鸣出了中华大地一统的政治基础
鸣出了如何治国、治人、治文和治军
为中华大地进入封建社会提供了完备的政治、经济基础
为中华大地进入封建社会提供了思想、文化和军事理论
从此中华大地大步跨入封建主义社会
开始了人类社会又一个历史性的发展前进

李斯辅佐秦始皇兴秦统一六国凸显政治家才能
《谏逐客书》使他成为秦代唯一著名文人
陈胜、吴广是中华民族最早的农民英雄
他们应该列入中华历史上第一批农民革命家的传本
刘邦、项羽趁势农民起义开始争夺天下
从而掀起了楚汉相争的历史斗争风云
萧何、曹参依靠政治才能帮助刘邦开创汉家天下
韩信、张良、陈平、彭越、英布协助刘邦卓越治军
刘邦依靠政治谋略和一批良将终于夺得天下
可叹一代霸王项羽最后无奈失败于乌江自刎

“文景之治”最终成就汉武帝大业
司马迁、贾谊、晁错、司马相如谱写了汉家名文

董仲舒“罢黜百家,独尊儒术”为强汉打下思想基础
卫青、霍去病以军助汉使汉皇朝兴盛强劲
张骞为汉家天下两次出使西域
苏武为气节孤独牧羊长期坚忍
刘秀依靠政治谋略推翻篡政的王莽
张衡、班超、班固、王充为东汉书写了科学和史文
曹操、刘备、孙权三分汉家天下
诸葛亮、周瑜谋略难挡司马懿三国归晋之心
阮籍、谢安、王猛、冯氏太后政治才能出众
曹植、陆机、陆云留下光彩锦文
祖冲之为科学大家、王羲之堪称中华“书圣”
陶渊明、刘勰为诗为字辛勤耕耘

杨坚谋取北周平定南方一统中华全凭政治军事谋略
翟让、窦建德领导农民起义显示了农民革命家身份
李渊、李世民起兵进取关中、削平群雄、统一中国
靠的是政治谋略及李勣、魏征一批良将贤臣
长孙无忌、房玄龄、李靖齐力辅佐唐太宗治理天下
获誉“贞观之治”让天朝把世界威震
武则天、唐玄宗留下多少帝王风情韵事
李白、杜甫、白居易、韩愈、柳宗元诗文誉满中华乾坤
玄奘、义净、鉴真取经传经为中华宗教做出贡献

颜真卿、柳公权树立中华文宝颜体、柳体名门
黄巢投身义师纵横中原成为领导农民起义的革命家
李煜国破泣吟透着情切意真无奈的悔恨

宋太祖赵匡胤武夺天下招来杨家将保国
杨业、杨延昭、杨文广一家保大宋忠烈满门
寇准理政爱民刚直不阿辅佐大宋安邦定国
包拯秉公执法忠心为国为民成为千古颂扬的忠臣
范仲淹文以载道先天下之忧而忧
欧阳修、王安石从政从文政绩文采卓著一身
司马光修史寓志以史鉴今成为一代史学大家
沈括、苏颂、毕昇杰出科学成就造福后人
“三苏”、柳永、李清照、辛弃疾谱写宋词高峰①
“二程”、朱熹开创成就理学之根②
李纲、宗泽、岳飞军事才能和一片忠心留芳千古
陆游、文天祥爱国诗文满篇透着大义凛凛

宋末农民起义又产生一批农民革命家
又是他们率先推动历史前进的车轮
成吉思汗、忽必烈率领蒙汉大将亡宋灭金
驰骋疆场征战四方建立大元乾坤
元皇朝一统中华使中华民族实现大融合
成吉思汗、忽必烈治国才能留下史存

① 指苏洵、苏轼、苏辙。
② 指程颢、程颐。

元好问的学问使他成为名震京师的“元才子”
关汉卿、王实甫的大戏戏得多么深切中肯
王祯《农书》发展了中华传统农学
马致远、白朴等元曲高手谱写了闻名的元曲强音
元代末期又爆发了全国性的农民大起义
刘福通、徐寿辉担当起农民革命家的重任

明太祖朱元璋从流浪到荣登帝位
凭借的是农民起义之势和一批志士良将朋亲
朱元璋更有一套高明的治国谋略
一心致力于把封建皇朝制度巩固和推向前进
“靖难”取胜成就明成祖文治武功
大明皇朝江山从此开始巩固坐稳
《永乐大典》、郑和七下西洋成就一番盛事
心忧天下、“格物穷理”当数王守仁
海瑞立志用世挫抑豪强名垂青史
张居正“一条鞭法”留下一道历史绿茵①
戚继光整饬防务积极抗倭名扬疆场
罗贯中、施耐庵、吴承恩、冯梦龙在文坛建立功勋

《徐霞客游记》游遍中华名山大川
李时珍《本草纲目》目目叶茂根深
李贽独树一帜成为明代著名的思想家

① 指张居正改革法案。

史可法只能空怀军事才能和爱国之心
李自成领导农民起义推翻大明皇朝
只可惜大顺政权只有几天星辰
努尔哈赤、皇太极戎马倥偬开创大清帝业
顺治帝不愿坐朝最终成为历史秘隐
康熙平“三蕃”征“罗刹”抚蒙古成霸帝业
雍正推新政承前启后成就康乾盛世乾坤
郑成功矢志为国收复台湾留芳后世
黄宗羲、顾炎武一代大师“经世致用”启蒙近代新论

蒲松龄、郑板桥、吴敬梓、曹雪芹奉献杰作
林则徐禁烟抗英大快中华民心
龚自珍、魏源开启近代思想文学新风
康有为、梁启超给中华历史留下著名的变法维新
黄遵宪高举“诗界革命”大旗奋勇向前
谭嗣同为维新改革而大义献身
鲁迅成为现代革命文化的伟大旗手
孙中山终结封建皇朝矢志推行“三民”
东方红、太阳升，中国出了个毛泽东
伟大的毛泽东彻底改变了中华历史命运
毛泽东谱写了中华新的辉煌历史
毛泽东是中华民族历史上最伟大的人

中华古代历史大道是一条曲折的历史大道
中华民族的族群是一个古老伟大的族群

古老的中华民族创造了一代又一代灿烂辉煌
古老的中华大地孕育了一代又一代杰出的族人
拜读厚重的中华古代历史让人骄傲自豪
同时在拜读中也会产生无尽的压抑和沉闷
灿烂辉煌的中华古代思想文化促进了社会进步和发展
同时也给中华民族带来抹不去的危害和伤痕
中华民族历史长河中杰出优秀人才犹如星河
但中华民族历史长河中也有众多人物却难以评论
每一个朝代总有一些人给中华民族带来伤害
更有一些千古罪人让中华民族的后人们无比愤恨

古老的中华大地还铭记着一大批人才英名
古老的中华大地还飞扬着他们的思想灵魂
古老的中华大地还回荡着他们的历史回声
古老的中华大地还印记着他们的历史脚印
王匡、樊崇、张昌曾掀起农民革命大潮
破六韩拔陵、莫折大提曾兴起农民革命风云
葛荣、陈硕真、钟相曾举起农民革命大旗
唐赛儿、邓茂七、白朗曾为农民革命立下功勋
西门豹、赵武灵王也是有名的政治家
主父偃、张汤留下古老的政治风云
汲黯、桑弘羊在中华历史大道上留下政治建树
拓跋弘、松赞干布、柴荣在中华历史大道上留下政治强音

李牧、蒙恬在中华历史大道上彰显过军事才能

祖逖、檀道济在中华历史大道上透着军事强劲
于谦、关天培在中华历史大道上留下军事韬略
石达开在中华历史大道上留下胜利军功和失败的伤痕
古老的中华在外交上留下张仪一笔杰出成就
古老的中华在外交上铭记下苏秦
公孙龙、陆贾、桓谭留下一道光闪的思想
范缜、傅奕、吕才留下深刻的思想言论
陈亮、叶适、邓牧留下不同的思想
戴震、洪仁玕、严复留下闪亮的思想光蕴
马融、郦原、王通立下教育之功
张载、颜元、姚鼐在教育大道上辛勤耕耘

马均、葛洪、贾思勰为中华留下科学成就
张遂、秦九韶、卫朴为中华留下科学金樽
梅文鼎、戴煦、李善兰为中华留下科学之光
华蘅芳、郑复光、徐寿为中华留下科学绿荫
鲁班、赵过、李春工技精湛留下精美佳作
高超、宇文恺、耿询工技高超留下工艺异珍
怀丙、燕肃、孙威工技娴熟留下精美工技技术
潘季训、翟金生工技深厚留下工技珍品
淳于意、涪翁、王叔和为中华医学留下高明医术
陶弘景、徐大椿、陈念祖为中华医学留下深邃医诊
王惟一、宋慈、刘完素对中华医学各有贡献
傅山、叶桂、王清任为中华医学留下金樽

荀悦、常璩、陈寿为中华历史写下历史史篇
裴松之、范晔、李延寿为中华历史写下历史史论
杜佑、刘知几、李焘为中华历史写下历史史记
郑樵、袁枢、马端临为中华历史写下历史史真
刘歆、郑玄、陆德明为中华编辑了光辉历史文献
颜师古、孔颖达、慧琳为中华辑录了宝贵的历史文本
王应麟、朱彝尊、全祖望为中华积聚了历史辉煌
汪中、钱大昕、纪昀为中华文献学编著了千钧
裴秀、郦道元、贾耽为中华谱下广阔的地理理学
李吉甫、朱思本、顾祖禹为中华大地铺上地理锦纶
史游、扬雄、许慎为中华追寻出浩繁的语言文字
刘熙、张楫、吕忱为中华留下语言文字的神魂

中华大地产生的文学家是那么的众多
他们为中华古代文学史道上写出了浩瀚的光辉作品
众多书法大家各有文化风骨各有文化风采
他们为中华大地书写了世界特有的文化宝樽
众多的绘画家各显功力各领风骚各现异彩
他们为中华大地留下的国粹中国画成为世界画坛画锦
珠帘秀、柳敬亭、成兆才是中华少有的戏剧音乐家
他们为古老的中华大地谱下美妙的歌音
张道陵、法显、道宣、玄奘、鉴真是中华古代著名宗教家
他们为古老的中华取经传教是那么劳苦辛勤
范蠡、徐润、胡光墉、张謇是中华古代杰出的货殖家
他们在经营商业和工矿业开采中立下卓著功勋

沿着中华古老的历史大道往回拜望
古老历史大道上站立的何止这些英杰人臣
中华黄色的大地是一片神奇的大地
孕育了一个古老伟大的黄色族群
孕育了世界最古老的东方文明
孕育了辉煌于世界的天道人伦
孕育了龙氏家族神秘的传说和传奇
孕育了一代又一代龙氏家族的优秀子孙
古老的历史大道上站立着他们闪亮的身影
黄色大地上铭记着他们的历史功勋
他们将永远伴随着黄色大地一路前行
他们将永远伴随着黄色大地上的日月星辰

古老的中华不断更替着朝代不断向前发展
在每个朝代的更替中总会留下历史风云
战争是人类阶级社会特别的魔鬼和怪物
它给人类社会带来多少厮杀、伤残、倒退和推进
战争是朝代更替历史风云中的雷霆
中华古代历史中留下的战争难以评论
中华古代留下了辉煌的兵法和战例
每一个战例都会留下难以言说的胜利和苦吟
黄帝战蚩尤传说是中华古代最早的战例
牧野之战、战国之战、垓下之战留下多少历史风尘
官渡之战、赤壁之战、淝水之战留下多少战争智慧

靖难之役、平三藩及平台之战留下多少历史深思和教训

我时常在中华古老大地上四方寻找
时常在白天黑夜里向着苍天和大地不停问询
古老的中华大地在漫长岁月为何能留下那么多辉煌
同时也留下让中华民族难以忘怀的累累伤痕
中华古代辉煌的历史让我感到自豪和欣慰
但古老大地上那累累伤痕让我那么痛心
多少次我无奈地问苍天问大地问祖先
造成这一切古老历史状况到底是什么原因
到底是什么力量使古老中华取得辉煌成就
到底是什么力量推动着古老中华不断前进
又是什么力量使古老中华时常遭受创伤
又是什么力量让古老中华时而迷茫沉沦

每一个朝代的更替从未有过和平过渡
总是使用残酷而长时间的战争进行更轮
每一次的战争总是留下难以数计的惨痛
而有些战争却推动了人类社会的发展前进
每一次战争总要在中华大地留下成功和失败
为中华民族留下深刻的历史经验教训
推动历史前进的无疑是那些先进的力量
特别是那些代表先进力量的杰出贤达将相人臣
古老的中华大地是一片神圣厚重的大地
在漫长岁月里孕育了一批又一批杰出的人

他们在古老的中华大地上书写了光辉诗篇
为中华古老文明的发展立下不朽历史功勋

十二

地球是宇宙的伟大孕育和伟大开创
人类是地球孕育的伟大生命辉煌
伟大的中华民族从遥远的古代就屹立世界民族之林
这里每天最先看到运转的太阳
地球用它伟大的力量和躯体
奉献出山川河流空气和土壤
生命的孕育和繁衍生息虽然各有各异
但都来自一个星空和一个太阳
虽然生存的土地远隔重洋相距遥远
彼此间却有着密切的联系和来往
人类社会的发展不是个体的孤立运行
它需要整个人类各个民族共同的力量

地球上最古老的文明虽然发祥不同地域
在各自的大地上几乎同时孕育生长
尼罗河流域下游谷地和三角洲诞生了非洲古文明
两河流域孕育了两翼古文明的兴旺
印度河流域诞生了又一片古老文明
黄河流域诞生了中华文明并使其进化发扬
古老文明的发祥进化连成三片

三片文明汇聚成地球古老文明的辉煌
各个古老的文明互有交叉互有联系
因此产生了迁徙、融合、分化的现象
随着阶级和国家的出现有了变化
各民族有了各民族的国家汉界水疆

夏朝代的出现可能是中华文明新的开端
大约与夏代同时世界其他古文明之地也在进化发扬
黑海北岸和多瑙河下游操印欧语部落发生迁徙变化
他们对古代文明后来的发展产生了大的影响
这时在两河流域北部亚述出现了以城市为中心的小邦国
在克里特岛上也出现了以城市为中心的小邦
古埃及在此期间先后统一和分裂
大约在夏代晚期世界多数古文明曾经历一度衰亡
商代是中华文明发展史上一个重要时期
在与商代同时的世界上古文明的发展发生不平衡的兴亡
中华文明到西周时期又有了新的发展
在与西周大体同时的世界上一个重要国家亚述发展兴旺

春秋战国时期中华政治、社会和学术发展兴盛
与春秋战国同时期世界其他地方文明在剧变中消长
在印度和希腊重新形成城市国家即第二批文明再现
古罗马共和国也开始出现并显示其强
公元前八世纪至公元前三世纪世界出现三个文化中心
三个文化中心对世界历史发展产生了重大影响

春秋战国时代的中华形成世界一个文化中心
十六大国时代的印度和古典时代的希腊同时辉煌
世界三个文明只有中华文明是一脉相承下来
其他两个是第一批古文明中断之后第二批古文明的兴长
中华文明兴起虽晚于埃及、两河流域和印度第一批古文明
但中华文明的生命力则有其他古文明无法比拟的兴旺

与中华秦皇朝帝国时代同时在南亚次大陆出现了孔雀帝国
两个帝国都短时间威震一时但很快便都消亡
公元前二至一世纪从东到西的古文明带上形成三个帝国
中华汉皇朝帝国、安息帝国和罗马帝国各铸辉煌
公元一至二世纪亚欧大陆古文明地区发生变化
从东到西并列起中华东汉、贵霜、安息和罗马帝国四强
人类历史上最古老的文明分散在不同地区
随着文明区域的扩展相互间有了交流来往
公元前四世纪地中海到南亚次大陆就建立了不同联系
由于地理的屏蔽中华与西方文明联系受到一定阻挡
秦汉时期东西方联系开始逐渐形成
从此中华文明的对外交往通向四面八方

传说外国科学家研究《山海经》得出惊人发现
中华民族祖先早在三千多年前就到达美洲大陆之上
《山海经》中所描述的“东海以外”的山川形势
与北美西部和中部的地形是那么一样
书中还对北美风物作了许多生动有趣的描述

描述的是那么真实那么丰富那么的形象
《梁书》、《汉武洞冥记》、《杜阳杂编》也有记载描述
如《梁书》就记载了高僧慧深漫游墨西哥的情况
公元四五八年中华佛教徒曾到达墨西哥、秘鲁等地
墨西哥也传说有外来的人物把新教传扬
这种传说与《梁书》记载是多么的巧合
而墨西哥等地古代不少习俗、法典和历法均与中华相当

这种传说和分析说明中华民族的祖先们到过墨西哥
这种传说和分析说明中华民族祖先在墨西哥留下的影响
在美洲出土的大量文物、石碑上刻有武当山等许多汉字
在墨西哥出土的许多碑刻中有石像如南京明陵大石像
还有的石碑有一个大龟并雕着许多文字
据考古学家判断这是受了中华古代文化的影响
同时还发现了一个来自亚洲的早期石头船锚
这种石头船锚同当时中华民族祖先们使用的船锚相仿
于是考古学家们对石锚考证后得出判断
中华民族祖先们早在哥伦布之前就横渡了太平洋
这一切说明中华古文明与世界其他古文明的联系
这一切说明了中华古文明对世界其他古文明的影响

中华古老文明与世界古老文明紧密相连
中华古老文明是世界古老文明的光辉篇章
中华古老文明对世界古老文明作出了奉献
世界古老文明促进了中华古老文明的发扬

两千多年前汉武帝就命张骞出使西域
出使的路途是多么难行多么遥远漫长
出使沿途的每一步都是那么艰难
出使沿途的每一步都要付出汗水和坚强
仅在匈奴一地就羁留了十年之久
沿途上历经了多少生死磨难和沧桑
历经十余年后终于到达大夏等地
从此开辟了东西方“丝绸之路”的通畅

“丝绸之路”使三片古代文明之间的联系开始发生
从此中华古代文明对外有了交流交往
在以后的一千多年里一直沿着这条路来回往返
“丝绸之路”成为东西方交流的桥梁
为东西方经济和文化交流作出重要贡献
一路铺满了东西方文明的美丽华章
这是具有世界性历史意义的伟大事件
这是古代文明进化发展的一次重大飞翔
与此同时又冲破艰难危险寻找另一条新路
由此探索了中华与西方海上的通航
从此接通了经波斯湾或红海到达西方的航路
从此使东西方文明交流更加广流激荡

据记载中华对外交往正式形成于秦汉时期
最早开始于中华第一皇帝秦始皇
秦始皇派徐福率领五百男女寻找仙山妙药

实际上是远涉重洋东渡日本出访
为此留下中日交往的诸多神秘佳话
至今仍让两国人民时常追寻和向往
鉴真先后多次东渡日本传播中华教化
经过了多少狂风暴雨和惊涛骇浪
首次东渡历经千难万险终于到达日本
从而使中华文明在日本得以传播发扬
以上这些传说不仅仅是美好的传说
它说明了中华和日本的交流源远流长

张骞二下西域行程更加广大
前行的意志更加坚定和顽强
为东西方交流了更多的文明
为“丝绸之路”写下更多的诗章
东晋高僧法显不畏艰难险阻矢志远行
跋涉千山万水从中亚到达古印度之邦
以后经斯里兰卡由海路返回中华
留下一路历史文明一路历史绝唱
玄奘受命唐皇去西天取大藏真经
路途上历经多少磨难和生死存亡
演义成九九八十一难神奇故事
成就中华一部浪漫光辉的文章

公元一世纪手拉织机发明在中华大地
三百年后传到欧洲得以传播推广

公元一世纪钻井技术开始在中华大地开钻
一千年后钻井技术在欧洲得以传往
活塞风箱于公元二世纪发明在中华大地
一千三百年后欧洲使用上中华的活塞风箱
链斗水车于公元二世纪开始链在中华大地
一千四百多年后传到欧洲得以推广
车轮于公元三至四世纪开始行走在中华大地
公元十二世纪中华车轮行走到欧洲大地之上
中华大地于公元二至四世纪点燃铸铁炉火
公元十三世纪铸铁才在欧洲开始点燃炉膛

中华古代的四大发明是中华古代文明辉煌的标志
对世界的古代文明发展产生了深远影响
随着陆海两路的开通进一步加快传播
从而使东西方经济文化交流更加经常
中华古代文明对世界古代文明作出了巨大奉献
造纸术、印刷术、指南针、火药先后传到西方
造纸术于公元八世纪传到阿拉伯
公元十二世纪又传入欧洲得以发扬
印刷术大约于十二世纪传到埃及
公元十四纪末又传入欧洲更加显彰
当时的欧洲正处在“文艺复兴”的前夜
造纸术和印刷术的传入促进了欧洲文明和科学的成长

大约在公元十二世纪指南针又传到阿拉伯

经阿拉伯人又继续传往西方
指南针使阿拉伯人从此明辨东西南北四邻
促进了他们更多的对外交流交往
欧洲人很快就学会用指南针航海
为以后新航路的开辟指明了航向
从此为他们资本的原始积累准备了条件
为资本主义诞生和发展蕴积了力量
火药于公元十世纪从中华大地传入欧洲
从此使欧洲的文明如火药喷发爆响
从而成为新兴君主政体反对封建贵族的强大武器
火药对欧洲文明发展的作用难以估量

隋唐时期中华数学同众多国家有了交流
天文学、中医药学、地理学也传遍四方
元代使东西方交通盛况更加空前
各类人员的交往更加众多繁忙
这时许多西方旅行家前来中华旅游
意大利马可·波罗在中华受到敬仰
他把诸多的中华文明介绍到西方世界
他口述写成的《马可·波罗游记》在世界流芳
到了明代中华文明有了更遥远的传播
郑和带领庞大的船队先后七下西洋
实现了中华历史上最伟大的航海壮举
同时把中华文明传播到遥远的非洲之乡

隋唐时期不仅在中华历史上占有极重要的位置
在当时的世界上也是非常重要和富强
没有一个国家比中华更早进入封建社会
因此隋唐承载了东西方经济文化交流的主场
中华处于世界历史的先导成为世界旗帜
在整个人类历史进程中起到了楷模和榜样
先进的社会制度促进了世界各国的发展
社会经济的繁荣促进了世界经济的增长
高水平的文化使中华成为东方文化的渊源
广盖朝鲜半岛又东渡日本得以广泛发扬
通过丝绸之路、取经之路、陆路、海路广为交流传播
对世界文化的发展产生了深远的影响

元朝与高丽王国经济交流民间贸易十分发达
木棉由中华传入高丽佳话至今两国仍在传扬
唐末日本尽管停派了“遣唐使”
两国民间贸易和僧侣却有频繁的交流交往
这时中华与南邻各国都有密切往来
中华经济文化遍传毗邻之地和南洋
通使和贸易这时已成为中印交流的主要渠道
中华与印度佛教的交流更加源远流长
中华与非洲和阿拉伯半岛也有了交流往来
称为拂朗国的欧洲开始认识中华文明之乡
明代万历年间中华就曾经援助朝鲜
永乐年间东南亚各国不断遣使和商队与中华来往

中华自汉朝打开对外交往的国门
始终坚持平等相待和友好往来的原则方向
综观中华两千多年的对外来往交流
有力地促进了中外双方的文明发展和增长
自张骞两次出使西域打开对外交往大门
汉朝同西域的贸易和交往一直保持兴旺
中华丝织品织着东方的文明源源不断运往西域
从而使中华文明在西域各国广泛传播发扬
“丝绸之路”是一条传播友谊之路传播文明之路
“丝绸之路”铺就了一条对外交流历史辉煌
“丝绸之路”是中华与西域物资交流的纽带
“丝绸之路”是中华民族与西域各民族友谊的桥梁

唐皇朝对外交流交往更加兴盛频繁
当时世界许多国家都知道有个富裕强盛的天朝大唐
唐皇朝与新罗保持着友好的关系
朝鲜人到唐皇朝长安学习是许多人的向往
朝鲜音乐就是与此同时传入中华大地
中华的科学文化也于此时传入朝鲜得以发扬
此时中华与日本的交往也十分密切
日本曾先后十三次使派“遣唐使”赴使大唐
日本还派遣众多学生到唐皇朝来学习
唐皇朝僧人鉴真为赴日本先后六次远渡重洋
日本仿照唐皇朝的制度改进日本的制度

在建筑上还学习许多唐皇朝的建筑式样

唐皇朝与日本的交流往来更重要的体现在语言文字
日本文字与中华汉字血缘相连形体相仿
日本在参照中华汉字的基础上创制了日本文字
日本文字有多少来自于中华汉字部首偏旁
当时唐皇朝与日本的关系确实是一衣带水
当时唐皇朝与日本两国确实是友好邻邦
波斯、大食、东罗马等都先后派遣使臣来到唐皇朝
商人、学生、艺术家、宗教家不断来到中华之乡
此时唐皇朝的丝织品、工艺品大量运到西亚和欧洲
造纸、丝织手工艺等技术通过大食传到遥远非洲地方
玄奘此时不辞千辛万苦远赴印度进行宗教、文化交流
此时阿拉伯人在广州建立了伊斯兰教的礼拜寺堂

南宋时期海外贸易得以大的发展
同日本、朝鲜的贸易和文化交流往来大大加强
与非洲的贸易和文化交流连续不断
南宋皇朝虽弱却保持了对外兴盛富裕的形象
明皇朝对外贸易交往更加频繁兴盛
把中华的物质和精神远播四面八方
郑和七下西洋是何等的对外交往壮举
中华民族率先实现了这个宏大的理想
郑和下西洋后华人到南洋谋生发展不断增加
明皇朝后期有三四万人住在吕宋实现希望

住在爪哇的华人也有二三万人之多
这是一支多么强大的对外贸易、文化交流力量

中华民族自古以来反对侵略别国
中华民族自古以来反对凌弱恃强
十六世纪末年日本派军队侵略朝鲜
明皇朝立即决定派兵前往与朝鲜共同抵抗
明皇朝军队与朝鲜军队共同打败日本军队
胜利中一举收复了汉城和平壤
当事隔四年日本再次派使军队侵略朝鲜
明皇朝水军与朝鲜水军共同驰御海疆
在明皇朝水军将领与朝鲜水军将领共同指挥下
于海战中几乎把日本侵略军全部灭亡
这是明皇朝对朝鲜多么巨大的正义援助
这是中华民族多么伟大的对外友谊交往

明朝的对外政策在其初年就已确立
在整个明朝二百七十多年间坚持对外友好交往
虽然在不同时期在具体内容上有一些变化
但始终坚持着明初所制定的主要指导思想
明太祖在执掌朝政期间对周围邻国采取睦邻政策
不断派遣使臣广加招徕努力保持关系友好正常
但出于巩固内部统治和防御北元再起考虑
仍坚持禁止私人出海贸易和外国商人来华经商
这种海禁政策被作为一项基本国策长期保持

这种政策从另一方面反映了保守和内向倾向
永乐时代一面坚持海禁一面又实行对外开放政策
从而使明朝的对外交往出现了兴旺景象

整个明朝时期中华始终与朝鲜保持友好关系
特别是两次出兵援朝抗倭谱写了两国友好光辉篇章
明朝初期与东南亚各国关系最为密切
明朝刚刚建立东南亚各国即入贡明朝朝邦
在明成祖时期多次派使臣出使东南亚各国
尤其是宦官郑和几次出使成一时盛举辉煌
郑和七下西洋在古代中华对外关系史上是罕见盛举
同时也是古代中华在航海史上重大举创
洪武二十九年陈诚奉命第一次出使西域
永乐年间陈诚先后四次奉命出使中亚友好交往
多次出使有力加强了与西域的友好关系
充分显示出明朝在对外关系上的发展兴旺

从十九世纪开始世界状况发生了急剧变化
从而影响了世界各国之间的平等贸易和友好交往
清皇朝“康乾盛世”本该紧跟世界潮流向前发展
但却逐渐闭关锁国走向嘉道的衰落和迷惘
此时世界许多国家开始实行资本主义
资本主义使这些国家迅速发展成为列强
从此清皇朝再难与外国平等贸易和交流
强盛起来的资本主义国家开始对外侵略和扩张

坚船利炮政策代替了平等贸易和友好的交流
世界各国之间平等贸易和友好交流被枪炮断伤
从此四通八达的中华大地再难以通向五洲四海
从此世界各国之间的交流受到了巨大的阻隔和影响

诸多的人下了“弱国无外交”的结论
历史是那样真实地显现了这种境况
这种结论是多么的让人深深地深思
这种境况是多么的让人广泛地联想
这种结论更让中华民族深刻思索
这种境况更让中华民族广泛联想
中华自从清皇朝后期开始走向衰败
中华民族还有多少对外平等的贸易和交流交往
从公元一八四〇年第一次鸦片战争到一九四九年
中华民族受到外国列强多少屈辱和损伤
一百零九年间居然被迫签订不平等条约、协定一千多个
这对中华民族是多么巨大的屈辱和悲怆

不平等条约、协定像一个个陷阱把中华拉入半殖民地
不平等条约、协定像一条条绞索套在中华民族脖子之上
从此中华民族的脖子在流血、心在流血
从此中华大地山川到处都是泪水和鲜血在流淌
一百零九年中华民族流了多少泪水无法算清
一百零九年中华民族流了多少鲜血无法计量
一百零九年的屈辱中华民族怎能再忍受

一百零九年的欺凌中华民族怎能再忍让
为此中华民族万众一心发出了“复兴”、“起来”的呐喊
为此中华民族万众一心用血和肉铸成了新的希望
从此中华民族又开始屹立于世界民族之林
从此中华大地又开始平等地对外贸易和交往

中华古老文明是那么源远流长
中华古老文明曾经取得世界辉煌
世界各地都有中华古代文明的灿烂
世界各地都有中华古代文明的光芒
从开启中华远古文明的第一页开读
历史的记载是多么厚重多么漫长
从张骞第一次出使西域启程
随后跟随郑和船队七下西洋
中华向世界传播了多少古代文明
已经无法详细计算这笔历史大账
同时世界各民族诸多文明也传入中华
促进了中华古代文明的加快发展和更加兴昌

十三

源远流长的中华古代文明是那样兴盛
中华古代文明的形成经过了多么漫长的历史过程
中华古代文明深邃深邃到无法测量的黄土地深处
中华古代文明博大博大到赤县神州大地和星空

中华古代文明悠久悠久到无法确认其久远
中华古代文明厚重厚重到沉积多少万年的沉重
多少年来多少人试从中华历史史页中寻找答案
试图从中寻找中华古代文明是如何形成
多少年来中华古老的文明一直向中华民族后人昭示
昭示中华历史上那些创造文明的无数英雄
多少年来中华古老文明一直向苍穹和大地诉说
诉说繁衍生息在中华大地上的人民群众

沿着中华古代文明的历史痕迹追寻
发现最古老的文明痕迹是劳动
劳动创造了人类先祖开始直立行走
劳动推动了“野蛮”进入文明
劳动中的“伊呀伊呀”进化成人的语言
劳动中的吆喝演化为人的歌声
劳动交往中的比画手势进化成文字笔画
劳动创造了钻木取火的火星
劳动使人成功地获取了熟食
劳动使各种劳动工具不断得以创造发明
劳动中的狩猎不断捕获更多的肉食
劳动培育的蔬菜、谷物、家禽使人的食物日益丰盛

从树叶围身到养蚕织布都是劳动的成果
从挖掘穴居到构巢建屋是劳动的成功
劳动创造了人的思维和双手

劳动创造了人的智慧和技能
劳动使人得以不断地繁衍生息
劳动使阶级和国家最终得以孕育诞生
陶器是靠人的思维和双手劳动制作
青铜器是在劳动冶炼中铸成
造纸术是劳动者智慧的积累
印刷术是在长期印刷积累中产生
指南针是在行走航行中摸索出来
火药是在烧木炭炼丹中得以炼成

翻开从远古到历代的所有发明创造
哪一项不是在劳动中创造和产生
从河道的开凿到万里长城的修建
从一片片秦砖汉瓦到恢宏的都城
从《山海经》《诗经》到《古画品录》
从《春秋》《论语》到《史通》《禹贡》
从《齐民要术》《茶经》到《开工天物》
从《典论》到《说文解字》《字通》
从唐诗宋词汉文章到古代四大名著
从《本草纲目》的采撷到浑天仪的转动
哪一项不是在劳动中创作成就
哪一项不是在劳动中开创发明

一切中华古代文明都来源于劳动的创造
从事劳动的则是众多的劳动人民群众

历代王朝皇朝都是人民群众用心和生命创造
是他们用双手双肩把王朝皇朝大厦扛顶
夏王朝的建立首先征服了部落
征服中该有多少人众献出生命
夏桀的暴戾引起奴隶们的愤怒
殷商王朝又组织多少人众对夏发动战争
夏王朝的灭亡使多少人曝尸荒野
战亡的大都是奴隶们的生命
周天子率军发起对商纣的讨伐
主要力量是“国人”和“野人”组成的军众

春秋战国战了长达数百年之久
哪一个王侯的军队不是由人民大众组成
数百年的连横、数百年的合纵纷争不断
中华大地有多少人为此涂炭生灵
秦国消灭了六国统一了中华大地
秦对六国的战争死亡了多少士兵
万里长城下堆埋了太多的尸骨
是冤魂的力量帮助孟姜女哭倒了长城
陈胜、吴广领导的第一次农民起义成就了大汉天子
要不然刘邦凭借什么与项羽楚汉相争
东汉恢复汉室天下仍旧依靠农民起义力量
农民起义力量成就了刘秀的复汉成功

三国鼎立互相纷争打了数十年

赤壁一战曹操就损失百万大兵
伤亡的百万大兵有几个王侯之躯
伤亡的百万大兵又有几个天子和王侯的生命
南北朝南北分裂对峙长达数百年
数百年的对峙中又该伤亡多少民众
隋皇朝借助农民起义又登上宝座
战争和大运河的开凿凭借的都是民众
唐皇朝的成功多亏瓦岗起义军
没有民众的拥护哪来“贞观之治”的兴盛
赵匡胤灭亡五代十国建立大宋皇朝
依靠的是众多士兵参加的陈桥兵变之胜

元皇朝的建立依靠的是东西南北征战
征战中踏破多少土地毁坏多少家庭
借助农民起义和尚也登上皇帝宝座
这成功岂能是朱元璋一个人的英明
李自成领导的农民起义显示更大威力
居然吓死了崇祯灭亡了大明
从而建立了历史上第一个农民政权
只可惜命太短成就了新皇朝大清
白莲教的起义、太平天国的开战
义和团的拳力、大刀会的冲锋
虽然这一切斗争最后都走向了失败
但他们却敲响了大清皇朝的丧钟

“自古王冠血染成”这不是戏说
这是中华几千年历史留下的铁证
胜者为王败者为寇也不是戏说
这是历史上胜者和败者发出的共鸣
历数几千年每一个王朝皇朝的建立
哪一个不是通过残酷的战争才最终建成
哪一个王朝皇朝的建立都显示出智慧
更主要的是顺应了历史的洪流潮涌
没有将帅们的拼搏和士兵们的奋战
仅靠天子之命又怎能取得成功
没有农民起义和人民群众的威力
谁又能够将社会历史不断向前推动

是谁推动了人类社会不断前进
是谁创造了人类社会历史文明
对此自古以来就众说不一纷争不断
直到现在仍在不断地辩驳论争
对此史学家有史学家的解释
对此哲学家有哲学家的阐明
对此社会学家有社会学家的评述
对此政治家有政治家的论证
对此人类学家有人类学家的评说
对此思想家有思想家的争鸣
对此语言文字学家有语言文字学家的注解
对此革命家有革命家的证明

对究竟是谁推动了人类社会历史不断前进
各种历史观更是进行了长期的论争
在封建社会里有人认为社会一切都是天道
人间的一切都是天道在主持运行
他们认为天人合一构成人类社会的一切
是天人合一把世界万物孕育形成
封建统治者认为君的一切权力都是神授
他们是替天行道主持人间的衣食住行
还有最时髦的资产阶级的进化史观
认为人类社会形态是在进化中孕育产生
英雄史观认为人类社会历史是英雄主宰
广大人民群众只是英雄们的历史陪同

唯心主义历史观认为社会意识决定社会存在
社会的一切存在全由社会意识决定
他们认为人的思想动机决定社会的发展
英雄豪杰的意志、超自然的神秘力量能把历史发展决定
他们否认物质生产对社会发展的决定因素
他们否定人民群众创造历史的主体作用
历史唯物主义认为社会历史发展有不可抗拒的客观规律
社会发展的动力是社会内部矛盾的运动
历史唯物主义认为社会存在决定社会意识
经济关系决定社会生活的一般过程
他们反对把社会历史看成是少数人英雄豪杰的作品

只承认个人在历史发展中的重要作用

马克思主义历史唯物主义明确宣布
真正的历史创造者是广大人民群众
这种历史唯物主义观是何等的正确
这种历史唯物主义观是何等的英明
打开中华古代历史发展的史页
从中可以找到那么多的这种见证
从宇宙、地球的产生到生命的出现
那是一个多么漫长的生命过程
从生命的产生到猿的生命出现
那又是一个多么漫长的生命过程
从猿进化到早期智人、晚期智人
那又是一个多么漫长的进化发展过程

不能忘记人类社会形成发展最重要的三大步
猿到人的进化、人的思维产生和语言文字的形成
追溯这三大步形成的漫长历史
哪一步也不是由神来主持完成
哪一步也不是由哪一个英雄豪杰来主持
哪一步也不是由人的社会意识决定
这三大步过程每一步都是进化发展的结果
每一步成果都是人的共同行动
每一步成果都是人的集体的力量
每一步成果都是来自于人的劳动

劳动创造了一切物质和思想文化
劳动创造了人类社会的历史文明

是谁推动中华历史不断前进
是谁创造了中华古代灿烂辉煌的文明
只要打开中华古老历史的每一页
都能找到最有力的实践证明
推动历史前进的是中华民族整体
创造中华古代文明的是人民大众及辛勤的劳动
历史的活动是人民群众的事业
伟大杰出的人物具有伟大杰出的作用
伟大杰出的人物必须顺应历史的发展
必须紧紧依靠最广大的人民群众
中华古代文明几千年的进化发展
一直向后人们发出这样的真理呼声

中华两千多年的封建皇朝的更替显示一个真理
每一个封建皇朝的建立之初总要借助人民群众
每一个封建王朝的灭亡也总是因为人民群众的反对
每一个封建皇朝的建立总要借助农民的起义战争
两千多年的封建皇朝期间发生了无数次农民起义
每一次大规模的农民起义总会涌现一批农民革命英雄
每一次农民起义都会使社会历史发生变化
每一次农民起义都会给中华留下历史回声
每一次农民起义都会取得起义的重大胜利

每一次农民起义都会留下失败的历史伤痛
每一次农民起义都会留下历史的风采
每一次农民起义都会使历史发生重大震动

秦始皇统一全国建立了第一个皇朝天下
秦皇朝的暴政引发中华历史上第一次农民起义战争
陈胜、吴广大泽乡揭竿而起发动起义
一场空前未有的农民革命战争是那么迅猛
农民起义爆发后立即如燎原烈火四处燃烧起来
迅速发展成一支几万人的队伍取得起义大胜
农民起义队伍不久建立“张楚”农民革命政权
起义的历史潮流得到了全国各地的积极响应
刘邦、项羽就是借助这股历史潮流推翻了强大的秦皇朝
从而使刘邦最终夺取建立汉皇朝的历史大胜
陈胜、吴广领导的中华历史上第一次农民大起义虽然失败
但这次农民起义把中华封建社会历史向前推动

随着阶级矛盾激化西汉末年西汉皇朝开始没落
此时又是农民起义潮流把历史搅动
王匡、王凤以绿林山为根据地发动起义
樊崇领导的赤眉起义军很快发展壮大为十万之众
两支农民起义队伍虽然最终失败但也取得重大的胜利
刘秀就是借助农民起义力量取得复汉成功
公元一八四年张角发动领导三十六方同时起义
这次黄巾起义前后持续三十多年起到了应起的历史作用

黄巾起义沉重打击了东汉皇朝的反动统治
有力地打乱了地主阶级封建统治秩序规定
黄巾起义横扫世家大族摧毁了不少地主田庄
促使封建土地占有关系得到某些调整

北魏时期破六韩拔陵发动领导了六镇起义
起义的浪潮迅猛冲击了北魏的全境
莫折大提领导羌人和氐人在甘肃天水起义
起义的队伍向着北魏统治者发动了猛烈进攻
王薄首举隋末农民大起义的大旗
窦建德领导河北农民起义军取得起义大胜
杜伏威、辅公祏在江淮共同聚众起义
使隋末农民大起义波涛滚滚激流奔腾
各路起义大军显示出农民起义的伟大历史力量
使隋皇朝在农民起义运动中迅速地结束了短暂的生命
李渊、李世民借助农民起义伟大力量建立了大唐皇朝
从而使他们得以创建了强盛唐皇朝的历史丰功

唐朝末年相继爆发了裘甫、庞勋与黄巢等领导的农民起义
又一次掀起了中华历史的又一次风起云涌
黄巢领导的农民起义纵横中原转战南北十年之久
曾取得建立“大齐政权”的历史恢宏
大唐皇朝在农民起义中不断衰落不能再起
使中华历史不得不进入五代十国的纷争
宋皇朝的建立却使阶级矛盾不断加深

王小波、李顺先后领导农民起义进行斗争
宋徽宗的腐朽统治更引发了宋江、方腊领导的农民起义
起义演义成家喻户晓的一部大作一百单八位好汉英雄
金末先后发起红袄军起义、杨安儿和杨妙贞等起义
这些起义在中华历史上都留下响亮的名声

刘福通领导的红巾军起义揭开农民大起义的序幕
使中华大地农民起义战争的烽火燃烧熊熊
朱元璋在农民起义中发展壮大最终消灭群雄灭亡元朝
又是人民群众的力量使朱元璋建立起皇朝大明
明皇朝的初期就发生了白莲教起义和地方性的起义
明中期的各种农民起义更是接连不断发生
明末李自成领导的农民起义推翻大明皇朝
取得中华历史上农民起义一次伟大的丰功
清皇朝后期各地农民起义此起彼伏接连不断
太平天国的农民起义战争占据半壁江山与清皇朝抗衡
中华两千多年的封建皇朝始终伴随着农民起义
农民起义所显示的伟大力量来自于人民群众

翻阅中华历史的每一个章节每一个页码
翻阅中总会产生无比的亲切和感动
人民群众在社会生活中是那么的平凡
人民群众在社会生活中是那么的普通
人民群众在社会生活中是那么的辛劳

人民群众在社会生活中是那么的沉重
人民群众在社会生活中是那么的智慧
人民群众在社会生活中是那么的聪明
人民群众在社会生活中是那么的简朴
人民群众在社会生活中是那么的厚重
人民群众在社会生活中是那么的正义
人民群众在社会生活中是那么的奋勇

人民群众在社会生活中是那么的博爱
人民群众在社会生活中是那么的忠诚
人民群众在社会生活中是那么的克己
人民群众在社会生活中是那么的奉众
人民群众在社会生活中是那么的宽厚
人民群众在社会生活中是那么的礼恭
这就是中华民族一代一代培养起来的品格
这就是中华民族一代一代汇聚的传统
平凡普通中显示的是杰出才能和伟大力量
简朴中显示的是高尚的思想道德作风
人民群众的这种品德怎能不让人深思
人民群众的这种力量怎能不让人歌颂

翻阅着中华历史的每一章每一页
内心还会产生无比复杂的感情
掩卷就是无穷无尽的历史沉思
沉思中总是让人那样伤感和沉痛

多少次忍不住向中华历史大声发问
为什么留下骄傲、自豪也留下悲悯和伤情
为伟大的中华民族辉煌的历史骄傲
为伟大的中华民族历史创伤而悲鸣
为伟大的中华民族伟大杰出的优秀儿女自豪
为中华民族历代中那些败类而恨憎
为中华民族的勤、诚、忠、义、孝、公平正义高歌
为中华民族遗留的邪恶、奸佞、愚昧泣零

中华历史长河中涌动着无尽的生命之光
流淌不尽的是那数不尽的无名英灵
是他们无声无息地涌动着历史不断前进
用尽生命和灵魂却深埋黄土地永远无息无声
黄土地上很难寻觅到他们的痕迹和名字
恰如宇宙中稍纵即逝的小小流星
他们的生命光泽虽短小但也曾与日月同辉
他们也簇拥着整个宇宙的不停运动
历史的发展绝不能与人民群众分割
历史上无名但历史是他们向前推动
中华民族的辉煌历史是最好的历史写照
辉煌的历史荣冠应该首先冠给人民群众

人民群众和个人是一个古老的问题
在漫长历史时期中始终纷纷纭纭存在纷争
古代政治家、历史学家各有他们的观点

近代政治家、历史学家他们也各有论争
马克思主义理论有马克思主义的理论观点
长期的争论一直以来没有统一没有消停
人民群众和个人是一个复杂的问题
在漫长的历史时期中一直难以说清
但人民群众和个人是一个整体绝不能割裂
割裂了就脱离了历史和现实走向虚无主义空洞
如果说人民群众是汪洋大海个人就是其中的水
或者是舟船舵手或者是历史火车头带路行程

历史活动是广大人民群众共同的事业
历史证明是人民群众推动历史前行
人民群众的历史活动与客观历史条件密切关联
这种关联适应与不适应都会发挥出作用
人民群众在历史活动中的自发性和自觉性反应不一
这在历史活动中反映出的效果不会相同
人民群众在历史活动中能否掌握自己命运十分关键
这决定着人民群众在历史活动中的历史作用
各种杰出的人物与人民群众具有不同关系
这就决定了各种杰出人物的历史行程
不应该脱离历史条件以成败评价一个人
这种历史评价对其被评价的人来说有些不公

人民只有人民才是创造历史的动力
只有读透了历史才能把人民群众的历史力量读懂

每一片中华大地都留下人民群众的历史壮举
每一片中华大地都尘封着人民群众的历史英勇
每一条江河都流淌着人民群众的历史号子
每一座大山都回响着人民群众的历史歌声
每一寸田地都渗透着人民群众的历史辛勤
每一棵庄稼都凝结着人民群众的历史丰功
每一页史书上都显示着人民群众的历史力量
每一处古迹上都刻写着人民群众的历史聪明
人民群众创造的辉煌历史映照中华大地山川
人民群众创造的辉煌历史彰昭九天日月苍穹

跋

再唱也唱不尽中华古老大地的壮丽宏大
再看也看不尽中华古老大地上的似锦繁花
再写也写不尽中华古老大地上的秀丽美景
再画也画不尽中华历史长空中的缤纷彩霞
古老的中华创造了深邃、厚重、光辉的历史
从而成为屹立世界东方古老文明的伟大国家

可是从十九世纪开始古老的中华走向衰落
从此开始遭受了一百多年的屈辱和压迫
中华的壮丽河山被外国列强践踏得千疮百孔
曾经那么强大的天朝竟变得是那样的贫弱
每当回首那些不堪回首的贫弱和屈辱岁月

每个中华儿女心里都燃烧着一把愤怒的烈火

中华大地的财富岂能任外国列强掠夺剥削
中华大地山川岂能任外国列强任意侵略
中华文明的发展岂能任外国列强残暴劫杀
中华大地的辉煌历史岂能任外国列强武力断结
东方雄狮不可能昏睡得太久太久地昏睡
龙的传人终于又开始了复兴和新的奏捷

新中国的成立开辟了中华民族新的征途
征途上中华民族迈开了新的历史大步
中华民族从此获得了新的历史认知
中华民族从此树立了新的思想觉悟
振兴中华成为龙的传人共同的心愿
中华大地树起了远大宏伟的发展蓝图

在那还不能确立到底有多么久远的时期
古老的中华大地上开始有了生命的足迹
一百七十多万年那是多么漫长的岁月
古老的中华民族祖先那时就有了人的足迹
久远的寻觅寻觅一百七十万年间的中华祖先
在古老的中华大地上留下多少古老生命史诗

从迈出第一步人的步伐到有了人的语言形态
这又是中华民族一个多么漫长的岁月年代

从创造发明了文字注入中华民族祖先们的生活
古老的中华大地开始有了发展进化的文字记载
五千年在人类生命长河中那是很短的一段
五千年在人类社会历史中那是多么漫长的时代

中华五千年的古老文明是多么的灿烂光辉
中华民族五千年的发明创造是多么聪明智慧
中华五千年的历史道路是多么的艰难曲折
中华民族五千年的历史步伐是多么艰辛劳累
中华大地五千年的历史背负是多么的沉重
中华民族五千年的生活充满多少欢歌多少伤悲

古老的中华大地哺育了一代又一代天骄
让中华民族从古至今一直感到那么骄傲
古老的中华民族创造了辉煌灿烂的历史
让中华民族从古至今一直感到那么自豪
古老的中华大地承载了更大的现代历史责任
古老的中华民族开创了更加广阔的历史大道

中华古老文明源渊是那样深广长久
中华古老文明历史是那样博大深厚
中华古老文明的成果是那样厚重丰硕
中华古老文明的画卷是那样壮丽锦绣
古老的中华是一部伟大的历史长歌
古老的中华是一条神奇的历史深幽

中华民族虽历经千辛万苦和危亡磨难
几千年来一直坚持坚强不屈勇往直前
几千年来一直坚持自立自强生生不息
几千年来一直坚持坚韧不拔进化发展
中华民族一定会坚定不移阔步向前迈进
用勤奋和智慧谱写更伟大的辉煌灿烂

日月星辰还是历史的日月星辰
中华龙的传人还是中华龙的传人
万里黄河还是万里黄色的河流
古老的黄土地还是古老的黄色基因
中华大地是一片古老神圣的土地
中华民族具有坚贞神圣的民族灵魂

古老的中华大地蕴涵着古老的辉煌
古老的中华大地珍藏着古老的希望
古老的中华大地沉积着古老的潜能
古老的中华大地尘封着古老的宝藏
古老的中华大地生出新的振兴意志
古老的中华大地披上新的日月光芒

古老辉煌的中华文明跨上新的伟大历程
正沿着古老的历史长河向前汹涌奔腾
古老的中华民族世世代代铸成伟大的民族

沿着历史大道不断走向更加强大兴盛
采撷长长的历史余音和浪漫的现代乐章
凝聚成最美好的歌把伟大的中华尽情歌颂

第二卷
新中国之歌

序

二十世纪中叶世界发生一件惊天动地的变化
世界又诞生了你——一个新型的伟大国家
你起了一个崭新的名字叫中华人民共和国
你的建立创造了世界历史的伟大神话
你的建立使中国人民从此又站立起来
你的建立使中国大地旭日东升满天朝霞

"没有共产党就没有新中国"
这是全国人民共同发自内心的歌
你的建立是中国历史发展的正确选择
你的建立是中国共产党的伟大正确决策
你的建立彻底推翻了压在中国人民头上的三座大山
你的建立使全中国人民那么激动和热烈庆贺

你的名称是用真理蘸着生命和鲜血书写
每一个笔画都凝聚着英雄的生命和鲜血
你的名称是中国共产党带领全国人民共同书写二十八年
每一个字的笔画都是那么坚强和团结
打开为你英勇奋斗二十八年的光辉历程

每一年每一天都记载着奋斗者的英勇和壮烈

曾多少次凝望着你雄伟壮阔的版图
曾多少次翻开你近代所受的屈辱
曾多少次拜读你广阔的大地山川
曾多少次叩问中华民族近代的先祖
一个历史悠久辉煌的伟大泱泱天国
近代为什么总受外国列强的侵略和欺侮

那是一段永远也抹不掉的深深印记
那是一段永远也不会忘记的国耻
外国列强像一群凶残贪婪的恶狼
疯狂地嘶咬吞噬着你贫弱的躯体
整个旧中国大地处在昏然沉睡之中
黑暗和迷茫堆起衰落的历史沉积

旧中国是中华民族的一段历史悲哀
那是一段不堪回首的历史和无奈
旧中国是中华民族的一段历史耻辱
那是一段永远不能忘记的民族伤害
为此多少中华儿女诘问苍天和大地
为何让泱泱天朝大国如此贫弱和衰败

整个中华民族为旧中国的境况伤悲
可仍阻挡不住中华民族的日益濒危

为此多少团体和民族仁人志士奋力拼杀
但最后留下的却是一次次失利和败退
为此有多少革命先驱寻求救国之道
但对灾难深重的旧中国却是成效甚微

马克思列宁主义传来中国大地给予伟大指导
在中国大地上把一个伟大的政党孕育缔造
中国共产党高举马克思列宁主义伟大旗帜
从此中华民族有了正确的前进航向和坐标
中国共产党在失败的血泊中爬起来举起枪杆子
从此建立起一支人民军队走上武装革命大道

中国共产党领导全国人民奋斗二十八个春秋
用鲜血和生命把光荣和胜利写满中国大地神州
那一年那一天中国人民终于又站立起来了
历史永远记住了中华民族的一九四九年十月金秋
从此一个崭新伟大的国家屹立在世界东方
从此沉睡一百多年的中国巨龙终于又昂起了头

你的成立把旧中国的制度彻底推翻
推倒了压在中国人民头上的三座大山
你的成立使古老的中华民族获得了新生
你的成立使中国大地发生了历史性的变迁
你的成立惊天动地震撼了整个世界
你的成立实现了中华民族美好的向往和心愿

你的人民成为国家的真正主人
从此他们主宰着国家的日月星辰
你的大地山川是人民的大地山川
你的最高权力执掌属于全国人民
这是中国开天辟地从未有过的朝纲
萧条破败的黄土地从此焕然一新

你的成立归功于伟大的中国共产党
是党始终为中国革命指引前进的方向
你的成立归功于英勇的人民军队
是英勇的人民军队浴血奋战取胜于战场
你的成功还应当归功于全国人民
是全国人民的支持和拥护形成了巨大力量

你的建立和发展是一个伟大的历史进程
你所取得的伟大成就是中国历史上最辉煌的丰功
你的伟大光荣时刻激励着中华民族
你的伟大命运是中华民族的宝贵生命
在此我想用忠诚谱写一支最美的赞歌献给你的生日
歌唱为你成立而奋斗的二十八年和你六十年的光荣

一

你有一个古老而厚重的名称曾叫中华
你有一个古老而神秘的名称曾叫华夏
你有一个古老而深邃的名称曾叫中国
哪一个名称都饱含诗情、深义和伟大
有人说你古时候中国名称含义不一
在诸多的古代著作中都有不同的解答
上古时代以为居天下之中故称中国
历代帝王们统领中国亦称统领天下
古时中国与中土、中原、中州、中夏、中华含义相同
那时的中国就成为一个地域广大的国家
十九世纪中叶以来中国开始专指中国全部领土
从此中国的名称开始统称于普天之下

古老的中国开垦了富饶广大的疆土
古老的中国培育了旺盛丰茂的庄稼
古老的中国发明了先进发达的科学技术
古老的中国创造了辉煌灿烂的思想文化
古老的中国积蕴了博大精深的历史
古老的中国记载了深邃厚重的发展进化
古老的中国孕育哺养了伟大的民族
古老的中国建造了气势恢宏的城乡广厦
古老的中国发展成为泱泱天朝大国

古老的中国发展成为强盛伟大的国家
古老的中国曾经辉煌辉煌得如日中天
古老的中国曾经富饶富饶得满地物华

中华民族沿着历史大道不断向前发展前进
以勤劳和智慧书写了独领世界风骚的锦绣年华
创造了数千年灿烂辉煌的古老文明
创造了一代又一代太平盛世富强中华
可当人类社会历史发展到十八世纪
古老的中国仍自我陶醉于泱泱天朝天下
当世界历史的车轮加快运转的时候
古老的中国却放慢了发展前进的步伐
十九世纪中叶古老的中国明显开始老朽衰败
从此便开始遭受外国列强的侵略和欺压
从英国以鸦片和炮舰打开清皇朝大门起始
曾经辉煌的中国竟沦为一个任人欺凌的贫弱国家

从此古老的中国日益衰败破落
却仍然固守着落后腐朽的皇朝天下
而西方世界已在更早的时期开始变革
开始产生新的社会形态制度和宗法
闭关锁国锁住了整个民族的思维
腐朽的制度腐败的官风腐蚀着整个国家
此时的中国无奈地日益走向衰落
衰落得竟让外国列强任意侵略和欺压

不平等的条约一个接一个被迫签订
丧权辱国的朝政几近把中华民族摧垮
外国列强像一群恶狼疯狂地扑食着中国
泱泱天朝大国从此沦为半殖民地国家

封建统治者的丧权辱国使国家积弱积贫
连年的战乱使中华民族伤痕累累饥寒交加
两次鸦片战争、甲午战争均以失败告终
一次次的割地和赔款之辱让中华民族羞煞
太平天国运动率先举起反对清皇朝大旗
但却没有能够推倒顽抗的清皇朝的大厦
义和团运动无力扭转衰败的国运
戊戌变法难以更变封建制度和宗法
各种起义和反抗虽然风起云涌接连不断
但最终都成为瞬间即逝的一抹晚霞
外国列强更加贪婪地吞食着中国
清皇朝统治者继续进行疯狂的挣扎

帝国主义和封建主义的双重压迫那么沉重
使旧中国的民族和社会危机更加深重复杂
清皇朝政府居然成为“洋人的朝廷”
帝国主义拉着官僚资本和封建主义联手对中华民族欺压
旧中国沦落到深度苦难和极度屈辱的境地
国家的命运居然由外国列强任意宰杀
中华民族带着八国联军侵占北京的耻辱进入二十世纪

耻辱和苦难笼罩着濒临毁灭的中华
严酷的现实激起中华民族的同仇敌忾
不屈不挠的反抗斗争一次接一次爆发
新兴民族资产阶级成为中国二十世纪最初革命领导者
伟大的民主革命先行者孙中山高高举起革命大法

辛亥革命终于推翻持续两千多年的封建皇朝
孙中山试图用“三民主义”拯救和振兴中华
只可惜革命尚未成功革命大权被反动旧势力篡夺
厚重的黄土地滋生出一批恶劣的军阀
从此外侮内患天灾人祸接连不断一起袭来
可怜的中国大地怎经得起如此折磨和践踏
连年的战乱使国家更加伤痕累累和破败
可怜的中国大地怎能承得起如此深重灾难的重压
为此有多少中华儿女发出无奈的叹息
为此有多少中华儿女进行着顽强的挣扎
面对中华民族遭受的如此深重灾难
又有多少中华儿女望天长叹悲伤泪下

灾难深重的旧中国是何等的凄惨
凄惨得让人不敢睁开眼睛去看她
到处是萧条、荒芜、凄凉和破败
到处是赤地、焦土、荒漠和黄沙
到处显现着贫穷、饥饿、饿殍和悲怆
到处是残酷无情的剥削和压榨

到处都充斥着贪婪、腐败和黑暗
到处是疯狂的侵吞、掠夺和欺诈
到处是乞讨、逃荒和逃难的人群
到处是争权夺利相互混战的军阀
洋人们居然公开书写“华人与狗不准入内”
外国列强居然公开进行“东亚病夫”的辱骂

号称自强运动没有使中国自强
美妙的改良主义没有让中国起家
旧式的农民战争难以驱除国难
资产阶级革命已经拿不出强国之法
照搬西方资本主义的种种方案进行救国
哪一种也难以拯救灾难深重的中华
这一切都不能完成救国图存反帝反封建的历史任务
恰如是在庙宇签筒中进行抽签卜卦
辛亥革命推翻几千年封建皇朝意义非凡
却不能改变旧中国半殖民地半封建社会的质化
伤痕累累的旧中国仍在茫然中徘徊
对自己的前途命运不知该如何解答

该怎样阅读这个时期的中国历史
该怎样认识这个时期的大地华夏
从一八四〇年第一次鸦片战争开始
到一九一一年清皇朝大厦彻底垮塌
清皇朝最后七十一年的封建朝纲

给中华民族带来多少残酷的压榨
给中华民族带来多少难忍的屈辱
给中华民族带来多少残暴的欺压
给中华民族带来多少深重的灾难
给中华民族带来多少难熬的苦煞
使中华民族受到多少疯狂的掠夺
使中华民族受到多少野蛮的枪杀

从一八四〇年清皇朝被迫与英国签订《南京条约》
外国列强便开始了对中国的绞杀
外国列强对中国是何等的疯狂嚣张
外国列强对中国是何等的横行称霸
强迫中国签订一个又一个不平等条约和协定
对中国大地任意进行占用和割划
这些不平等条约和协定像一条条绞索
对中华民族进行着一道一道索绑捆扎
不断把中国一步步拉入半殖民地深渊
不断把中华民族一步步推向危亡的悬崖
先后被迫签订不平等条约和协定居然达一千多个
对中国进行扑食的外国列强竟然达十几个国家

那是中华民族最不能忘记的一场耻辱
那是外国列强对中国最野蛮的一次烧杀
八个外国列强的军队联合打进北京
在北京进行了疯狂野蛮的抢掠和烧杀

一双双罪恶的双手居然把圆明园点燃
居然把恢宏壮丽秀美的圆明园葬埋了地下
那可是一座世界古老灿烂的辉煌
那可是一座世界园林建筑的精华
那可是一座历史的古老文明荟萃
那可是一座中华民族的灿烂文化
那可是一座中国园林建筑的历史金樽
那可是一座东方思想文化的雄伟宝塔

一座世界古老的辉煌就这样被毁掉
中国园林建筑的历史金樽就这样被糟蹋
这是何等粗暴野蛮的深重罪孽
这是何等不可饶恕的残暴罪罚
贫弱的中国大地为此而沉痛流泪
腐败无能的清皇朝对此却拿不出办法
腐败无能的清皇朝统治者还趁此逃离京城
他们居然抛却了朝台并要扔掉天下
无奈的中华民族只能无奈地声讨
此时世界的正义却在一旁装聋作哑
此时外国列强仍在进行疯狂抢掠
此时外国列强仍在进行不停的屠杀

清皇朝从嘉庆、道光两代皇朝开始衰落
中国大地上逐渐褪去了“康乾盛世”的光霞
一八四〇年第一次鸦片战争是清皇朝的历史大难

从此清皇朝被沦为半封建半殖民地国家
一八五六年第二次鸦片战争是清皇朝又一次历史大劫
从此清皇朝已衰落得任外国列强进行欺压
中法战争充分显露了清皇朝的腐败无能
中俄五个条约充分显现了清皇朝的腐败和衰垮①
八国联军侵略北京那是清皇朝造成的奇耻大辱
中日甲午战争预示了清皇朝的大厦即将垮塌
一连串的奇耻大辱让中华民族受尽凌辱
一连串的失败让清皇朝受尽外国列强的欺压

清皇朝对外软弱无能对国内却是异常凶恶
对国内掀起的反帝反封建斗争进行了疯狂的镇压
轰轰烈烈的太平天国运动被清皇朝剿灭
义和团、大刀会和小刀会被清皇朝武力摧垮
清皇朝疯狂镇压了一次又一次反帝反封建的斗争
清皇朝残暴地腰斩了“公车上书”、“戊戌变法”
北京菜市口凶残地杀害了反封建斗士“戊戌六君子”
绍兴街头无情地刀砍了反封建女杰秋瑾鉴湖女侠
这一切充分暴露了清皇朝统治者卖国求和的面目
这一切充分显示了清皇朝统治者反对革命的垂死挣扎
这一切预示了清皇朝在不断走向最后的灭亡
这一切显露出中国面临的命运是多么复杂

---

① 清政府与俄国于1858年、1860年、1881年、1896年，分别签订了《中俄瑷珲条约》《中俄天津条约》《中俄北京条约》《中俄伊犁条约》《中俄秘约》五个不平等条约。

那是中华民族不能容忍的奇耻大辱
那是中华民族不能容忍的野蛮侵略绞杀
一千多个绞索套在中华民族的脖子上
十多个外国列强在中国大地上任意践踏
外国列强的坚船利炮每天都在屠戮中华民族的生命
西方侵略强盗的逻辑理论每天都在把东方文明格化
外国列强可以在中国大地随便疯狂地抢掠
外国列强可以在中国大地任意野蛮地割杀
中国大地被外国列强割裂得遍体鳞伤
中华民族被外国列强欺侮得身披锁枷
面对这一切清皇朝已无力挽救垂死灭亡的命运
对此清皇朝又怎能保得住摇摇欲坠的封建皇朝大厦

真不愿阅读这个时期的中国历史
真不愿看到这个时期的大地华夏
每当阅读到这个时期的历史双眼就模糊
每当看到这个时期的历史思维就停下
每当阅读到这个时期的历史就感到屈辱
每当看到这个时期的历史愤怒就爆发
一直自诩为世界最文明的外国列强
是他们把世界最辉煌的古老文明屠杀
这个时期给中华民族留下多少历史长叹
这个时期给中国大地留下多少血泊和伤疤
这个时期给中华民族留下多少历史反思
这个时期给中国大地留下多少蹂躏践踏

这个时期的中国主权和领土完整遭到严重破坏
中国已成为一个半封建半殖民地的国家
中华民族沦落到深重苦难和极度屈辱境地
外国列强对中国可以任意进行掠夺和欺压
中华民族在进行各种未能成功的反抗之后又起来革命
幸喜民主革命先行者孙中山领导的辛亥革命爆发
辛亥革命彻底推翻清皇朝的腐朽统治
开创了中国近代民族民主革命的光华
但辛亥革命不能把反帝反封建的革命斗争进行到底
最终无力反击旧的反动势力只能被他们挤垮
反帝反封建的两大历史任务辛亥革命都没能彻底完成
中国的处境更为落后、分裂、动荡、混乱和复杂

翻开一九一二年到一九二一年旧中国的史页
这时中国大地上的境况真是难以表达
外国列强仍横行霸道在中国的土地上
贫穷落后的土地上又滋生了一批军阀
中华民族生活在贫穷落后和战乱的深渊
每天在贫穷饥饿和战乱的死亡线上挣扎
各派别派系、大批政客、官僚每天都在争权夺利
各大军阀为争夺地盘和利益经常纷争开打
一九一五年日本公然提出灭亡中国的“二十一条”
“巴黎和会”公开对中国进行羞辱和欺压
翻看这样的历史怎能不让人愤怒

翻看这样的历史又怎能让人看得下

这时的中国像一辆古老破旧毁损严重的牛车
深陷泥潭不能行走只能发出沉重的“吱吱呀呀”
这时的中华民族像古老破车辕中的衰老黄牛
背负着沉重的历史车辕无力向前迈出步伐
可大批的政客、官僚和军阀每天都在激烈地争斗
都在争抢着要把这辆古老破旧的历史车辕驭驾
他们为此接连不断地相互争斗相互混战
他们为此每年都纷争不断时常相互开打
此时居然还有人要把这辆古老破旧的牛车拉回封建王道
此时居然还有人要把这辆古老破旧的牛车拉入西化
此时的中国大地一片昏暗迷茫难以找到路径
此时中华民族谁也没有力量把这辆古老破旧的牛车驭驾

连年的战争使中国大地陷入水深火热之中
贫瘠的土地在战争中更加日益贫乏
各派别派系、政客和军阀像登台的小丑
在舞台上总想成为主角而称霸
这时的中国就像砧板上的一块肉
听由外国列强和军阀们任意切割抢拿
外国列强在中国不断划分着势力范围
大批政客和军阀们为了地盘和权力不断厮杀
茫茫九派迷茫着早已迷茫了的中国
古老的中国巨龙深陷泥潭已不能自拔

中华民族在迷茫中不知所措受尽煎熬
中华民族在迷茫中叹息着自己的国家

这时的中国像一只迷途的羔羊
这时的中国像一匹病弱的老马
迷途的羔羊遭遇恶狼一群又怎能有好的命运
病弱的老马又怎能经得起沉重历史的背压
中国大地到处是弱小求生的呼唤
中国大地到处是不甘衰老的滚爬
老实善良的心念从来也不会让恶狼放弃恶行
衰老的滚爬从来也不会把残酷的历史感化
中国的命运被外国列强和国内军阀掌控
中国的命运随时都有可能被他们扼杀
古老的中国大地为此发出痛苦的呻吟
痛苦地呻吟着遍体鳞伤的古老华夏

十月革命的隆隆炮声震惊了世界
更加震惊了茫然徘徊中的古老华夏
共产主义的幽灵终于幽进中国大地
给中国大地送来马克思列宁主义真理光华
当“巴黎和会”上中国再次受欺受辱
中华民族再也难以忍受外侮内患如此的欺压
中华民族终于从茫然和昏睡中开始觉醒
伟大的“五四”运动迅即强烈爆发
“五四”运动吹响新的革命号角

东方的天际开始显露出一抹红霞
一个伟大的孕育正在不断加快孕育
一个伟大的思想开始在中国大地生根发芽

“五四”运动是中国革命史上具有重大意义的事件
它标志着新民主主义革命的强烈爆发
“五四”运动带着辛亥革命还不曾有的姿态
毫不妥协地向帝国主义和封建主义冲杀
中国工人阶级开始显现出伟大的力量
在古老的大地上迅速掀起了新的文化
新文化运动中马克思主义得到广泛传播
不断排除着各种社会主义观点的纷然陈杂
一些先进分子先后确立了对马克思主义的信念
把马克思主义作为国家命运工具进行观察
更可贵的是发现马克思主义要与工人运动相结合
认识到只有这样中国革命道路才能通达

那是中国南方一个热如流火的季节
那是中国南方一个热如流火的炎夏
南方七月的流火流得是那么浓烈
南方七月的流火流得是那样火辣
上海黄陂禹路一条弄堂点燃了革命圣火
在浙江嘉兴南湖开启了中国革命历史大闸
那是一个值得永远纪念的光辉日子
从此“中国共产党”像流火一样热流天下

从此七月成为中华民族特殊的日子
从此世界开始瞩目风起云涌的华夏
从此中国历史开始谱写新的历史篇章
从此中国共产党开始谱写她的光荣和伟大

“五四”运动是中国革命史上一个伟大的事件
它促进了当时中国社会发生重大变化
“五四”运动是中国人民反帝反封建的伟大革命运动
它促进中国革命加快了前进的步伐
“五四”运动把中国工人阶级唤醒
第一次以独立的政治力量放射出光华
从此以独立的政治力量登上政治舞台
充分显示出中国工人阶级开始胸怀天下
“五四”运动标志中国革命发展到新阶段
以资产阶级领导的旧民主主义革命结束历史生涯
中国进入以工人阶级领导的新民主主义革命阶段
标志中国革命从此由工人阶级作为政治主拿

“五四”运动也是彻底反对封建文化的新文化运动
从此在中国古老大地开始创建新文化
“五四”运动高举民主和科学的伟大旗帜
把反对旧道德提倡新道德作为革命内容规划
同时反对旧文学提倡新文学的革命方向
促进了马克思列宁主义与工人运动结合生发
在思想上和干部上准备了中国共产党的成立

因此说“五四”运动对促进中国革命发展作用巨大
中国共产党的成立是中国革命史上又一伟大事件
它为中国革命建立起领导核心和航塔
中国共产党的成立决定了中国革命的命运
决定了在中国大地建设一个什么样的革命大厦

从此中国的革命有了伟大的领导
从此中国的革命有了明亮的灯塔
从此中国的革命有了伟大的纲领
从此中国的革命有了伟大的战略规划
从此中国的革命有了伟大的旗帜
从此马克思列宁主义在中国大地遍地开花
从此中国革命的面貌就焕然一新
从此中国革命开始谱写辉煌的革命史话
这一切都是中国革命的必然选择
这一切都是中国历史的必然发展进化
中国革命必须由中国共产党领导
这是中国革命历史发展的必然回答

二

在多年的迷茫中终于寻找到一个伟大的掌舵
在多年的昏暗中终于点燃一把明亮的圣火
在多年的寻求中终于找到一个正确的理论
在多年的混乱中终于找到一个正确的领导者

在多年的无奈中终于找到一个闪光的理想
在多年的苦痛中终于听到一支雄壮的歌
在多年的沉默中终于听到一声惊雷
在多年的屈辱中终于听到一声断喝
在多年的受压迫中悟出了需要反抗
在多年的受侵略中终于认识了该如何去做
这是一个多么值得庆幸的重大庆幸
这是一个多么值得庆贺的重大庆贺

西方的共产主义幽灵为什么能够幽进东方黄土地
马克思主义为什么能够在中国大地得以传播
马克思主义为什么一到中国大地就扎下坚实的根
马克思主义为什么一到中国大地就能开花结果
马克思主义为什么一到中国大地就能深入人心
马克思主义为什么一到中国大地就能燃起革命烈火
马克思主义为什么一到中国大地就被视为真理
马克思主义为什么一到中国大地就成为革命典册
马克思主义为什么一到中国大地就受到无产阶级的拥护
马克思主义为什么一到中国大地就能与农民运动结合
这一切都是因为中国历史命运的历史现象
这一切都是因为中国历史命运的必然结果

马克思主义在中国能够传播扎根不是偶然的成功
马克思主义在中国与工农运动相结合更不是什么巧合
什么样的命运当然就需要什么样的理论

什么样的理论当然就会结出什么样的成果
中国的前途命运已经落在新生的无产阶级肩上
中国的前途命运决定工农联盟命运的结合
中国的革命需要马克思主义进行指导
中国的革命需要马克思主义进行掌舵
马克思主义需要中国革命的实践
马克思主义需要同中国革命运动相结合
为此马克思主义与中国革命紧密结合起来
在中国大地上共同谱写了震撼世界的历史壮歌

革命的火种开始燃烧在沉沉黑夜中的旧中国
革命的真理在古老的大地得到更广泛的传播
中国共产党的成立是开天辟地的大事变
从此领导中国人民开始了真正的革命拼搏
中国共产党满怀信心地以改造中国为己任
把马克思列宁主义与中国革命实践正确结合
给灾难深重的中华民族带来光明和希望
把中国革命开展得汹涌澎湃波澜壮阔
中国共产党的伟大在于代表整个中华民族的利益
中国共产党的光荣在于无私的胸怀和光明磊落
中国共产党的正确在于革命主张适应革命发展客观要求
中国共产党提出的革命理论是那样的先进和正确

那是翌年又一个热如流水的七月
又是在上海唱起了那支庄严的歌

大会揭示出中国社会的半殖民地半封建性质
第一次明确提出反帝反封建的民主革命战策
指明第一件事是把中国从外国的羁轭下解放出来
推倒督军统治建立民主主义共和国
大会通过了中国共产党第一个章程
旗帜鲜明地展示了建党的光辉典册
这时中国共产党开始领导和从事工人运动
无产阶级的革命光辉开始熠熠闪烁
以香港海员罢工为起点掀起中国工人运动第一个高潮
安源路矿、开滦煤矿、京汉铁路工人大罢工气势磅礴

这个时期共产党领导工人斗争得到经验教训
仅靠工人阶级孤军奋战难免遭受挫折
中国革命的敌人还异常强大和顽固
没有革命的武装斗争怎能将敌人攻克
当一九二三年的那个炎热的夏季来临之时
中共三大在热流奔涌的广州点燃革命烈火
中共三大正确分析了孙中山和国民党的革命性
积极推动实现了难能可贵的国共第一次合作
更可贵的是孙中山对三民主义作出新解
提出联俄、联共、扶助农工的三大革命政策
第一次国共合作形成以广州为革命中心的革命新局面
使工农运动恢复和发展得更加壮大蓬勃

这时在广州成立了中华全国总工会

这时在广州开办了农民运动讲习所
在共产党人建议下创办了黄埔军校
国共合作共同培养了多少革命军戈
借北京政变孙中山北上“共商国是”
他的一系列革命主张在北上途中一路放歌
此时中国共产党在上海召开了第四次代表大会
认真地分析和总结了一年多来的国共合作
中共四大指出在反帝的同时还要反对封建军阀
对中国民主革命内容作了比较完整的概括
正当革命尚未成功同志仍需努力之时
伟大的民主革命先驱孙中山却巨星陨落

大革命的高潮在中国大地不断兴起
反对帝国主义和军阀势力的洪流汹涌澎湃
这时帝国主义在中国的势力是那样嚣张
他们拉拢军阀成为反对革命的残暴恶魔
在上海革命工人居然被日本资本家枪杀
英国巡捕居然公开向中国工人和学生开火
使许多工人和学生被外国列强无故打死打伤
外国列强在中国又犯下不可饶恕的罪恶
在各地还连续发生英、日等国军警枪杀中国人
他们在中国大地上犯下一桩又一桩罪祸
这些事件激起中国人民的极大愤慨
发起了规模宏大的“五卅”运动进行声讨谴责

此时全国范围的大革命高潮已经形成
中国的大地上到处都燃烧起革命烈火
从一九二五年“五卅”运动开始掀起反帝高潮
“打倒帝国主义”、“废除不平等条约”吼声怒不可遏
此时国共通力合作进行了两次东征和南征
平息反革命叛乱共同取得革命胜利之果
为进行北伐战争准备了可靠的后方基地
为大革命高潮的掀起作出了重要的展拓
只可恨此时蒋介石开始显露反革命面目
无端借口中山舰事件把全国人民迷惑
更可恨他又抛出“整理党务决议案”
其反革命的面目欲加暴露和显现凶恶

一九二六年五月北伐战争正式打响
紧接着战争的胜利一个接着一个
北伐战争短时间内能够取得如此巨大胜利
这都是国共合作同心努力结出的丰硕成果
共产党员、共青团员舍生忘死发挥了先锋模范作用
共产党员叶挺领导的独立团打得威震山河
北伐中共产党人还为发动工农群众作出巨大贡献
卓有成效的政治工作在北伐中功不可没
随着北伐战争胜利工农运动空前高涨
工人起义、农民运动高潮迭起如荼如火
在农村农民开始组织建立自己的政权和武装
其革命声势如暴风骤雨冲击着大地和天阁

蒋介石加速对军队和政权进行控制
北伐战争的胜利未能把革命内部危机制遏
帝国主义列强寻找认定蒋介石为反共力量
地方军阀纷纷投向蒋介石这个暴发的政客
此时共产党人本应该直接掌握更多的军队和政权
而面对危机却采取了片面的退让和退缩
居然提出要防止“军事政权”“向右”①
又公然提出要防止民众运动“向左”②
在迫在眉睫的危局中采取右倾机会主义方针
这种方针对中国革命怎能不造成严重的后果
幸有毛泽东及时地论述了农村革命的伟大意义
幸有瞿秋白等对党内右倾错误进行了系统的批驳

那是一支正在兴起正在成长的队伍
那是一支英勇奋斗不屈不挠的英模
先后发动两次武装起义虽然都遭到失败
他们却仍然不怕流血牺牲和遭受挫折
在一九二七年那个白色恐怖的初春
他们在黄浦江畔又燃起武装起义的战火
周恩来、赵世炎、汪寿华率领起义队伍
英勇战斗奋力拼杀把敌人的堡垒攻克
他们坚韧不拔英勇顽强的拼搏多么可贵

---

①② 陈独秀在1920年12月13日中共中央召开的特别会议上提出的主张。

他们不怕强敌不怕牺牲的精神多么难得
他们的胜利充分显示了工人阶级的伟大力量
他们用鲜血凝聚成一支悲壮的历史大歌

帝国主义岂能容忍工人阶级举起枪杆
反动派岂能容忍工人运动兴盛蓬勃
帝国主义寻找借口悍然炮轰南京
公然向中国人民无端地挑起战祸
蒋介石加快勾结帝国主义实行反共步伐
暗中决定用暴力手段“清党”秘密配合
一个巨大的阴谋正在不断加快形成
一架庞大罪恶的黑网正在秘密架设
只可惜此时还有人仍对蒋介石抱有幻想
只可惜此时还有人认为能与帝国主义和反动派调和
更可惜此时有人放松了对反动派的警惕
居然看不到反动派的杀人屠刀就要劈落

随着北伐战争胜利进军中国大地革命高潮迭起
工人和农民运动迅速发展到空前的规模
湖南、湖北、江西农民运动声势浩大
广大农村到处燃烧起熊熊的革命烈火
广大农民普遍建立起自己的政权和武装
广大农村革命气势如暴风骤雨气势磅礴
把统治农村几千年的封建政权打得落花流水
把反动的土豪劣绅打得威风扫地惊慌失措

许多农村真正做到了“一切权力归农会”
许多农村取得了空前的大革命成果
农村大革命的形势开始显现革命道理
中国的革命要与农村大革命紧密结合

毛泽东对革命的形势认识是多么敏锐高瞻
他对中国革命形势的认识是多么的深刻
毛泽东此时写作发表了两篇重要檄文
两篇文章提出的革命理论光芒四射
《中国社会各阶级的分析》分析深入浅出
对当时中国各阶级的分析是何等正确和深刻
这篇文章是毛泽东思想的第一篇光辉文献
这是毛泽东为反对党内存在的两种倾向而写作
指出第一种倾向是不注重农民忘记了农民
只注意右倾机会主义地与国民党进行合作
指出第二种倾向以“左”倾机会主义领导工人运动
同样忘记了农民不注意与农民运动进行合作

这两种机会主义都感觉革命力量不足
却不知道到何处去寻找革命力量结合
毛泽东给中国无产阶级指出力量来源
提出最广大和最忠实的同盟军是农民之说
这种论说是多么符合中国的革命实际
这种认识和分析是多么的全面和透彻
毛泽东同时预见当时民族资产阶级是一个动摇的阶级

预见其右翼在革命高涨时会投向帝国主义的战车
不久发生的“四·一二”政变充分作了证明
实践证明了毛泽东提出的正确革命之策
毛泽东解决了谁是敌人谁是朋友的革命首要问题
他不愧是一个伟大英明的无产阶级革命者

这时的中国革命开展得是多么轰轰烈烈
这时的中国革命开展得是多么红红火火
这时的中国革命发动得是多么的普遍
这时的中国革命开展得是多么深刻
这时的中国革命战线联合得是多么的广泛
这时的中国革命在领导上是多么有效的合作
孙中山联俄、联共、扶助农工是多么成功的决定
北伐战争取得了多么巨大的胜利战果
工人运动高潮迭起一浪高过一浪
农民运动开展得汹涌澎湃气势磅礴
第一次大革命能取得这样的成功多么可喜
第一次大革命能取得这样的胜利多么可贺

一九二七年初毛泽东对湖南农民运动进行了详细考察
完成了《湖南农民运动考察报告》的考察写作
这是中国大革命时期毛泽东又一篇革命光辉文献
他明确提出了对农民运动应当坚持的原则
毛泽东对农民运动的考察是何等的深入详细
毛泽东对农民运动分析得是何等正确深刻

考察报告全篇充满革命分析和革命道理
对如何领导农民运动提出了一系列革命政策
考察报告成为指导农民运动的重要理论
有效地回答了党内外对农民运动的问责
毛泽东两篇光辉文章是对大革命的重要贡献
它指导大革命中的农民运动取得重大成果

那是一个永远不能忘记的血腥日子
那是一个中国革命遭受灾难的时刻
一九二七年四月十二日蒋介石终于挥起屠刀
他已完全蜕化成一个彻头彻尾的反革命恶魔
那是中国现代最黑暗最惨痛的一天
无数共产党人和革命群众惨遭反动派的宰割
反动派在全国进行了大规模清洗屠杀
屠刀下倒下多少英勇的共产党人和革命者
仅广东一地被捕杀的共产党人和革命者就达两千多人
李大钊在北平被逮捕英勇就义震惊了全国
在蒋介石亲手制造的那个最血腥的日子里
共产党人和革命群众的鲜血流满大地江河

大地成为一个大刑场成为血腥的大地
黑暗的苍穹飘荡着无数惨死的魂魄
轰轰烈烈的大革命被无情彻底地葬埋
国共的革命合作被反革命残暴地处决
中华民族又遭受一次痛苦深重的劫难

大地山河悲愤地哭泣着灾难深重的中国
历史无比愤怒地记下了这无比悲愤的一页
日月深深地刻下那永远抹不掉的罪过
历史于这一天开始了革命正义的公审
历史于这一天进行了正义的公开判决
从这一天起谁是革命谁是反革命彻底明辨
从这一天起每一颗中国心都更加明澈

大屠杀没有吓倒共产党人和革命群众
白色恐怖怎能压住扑不灭的满地星火
在革命紧要关头中国共产党召开了第五次代表大会
面对生死存亡共产党人没有害怕和沉默
中共五大虽然未能为全党指明前进方向
但中国共产党的光焰仍在中国大地熠熠闪烁
中国共产党仍然是中国革命的唯一希望
中国共产党在认真地为中国命运把着脉搏
中国共产党在挫折和失败中没有灰心气馁
中国共产党在乱象中一直紧紧把历史轴心把握
中国共产党在血泊中悟出一个又一个伟大真理
从挫折和失败中把中国革命引向新的转折

谁能想到第一次大革命会发生这样的叛变
谁能想到第一次大革命会发生这样的结果
轰轰烈烈的大革命被葬送在大叛变之中
轰轰烈烈的大革命被突然的反革命大转折

那是中国第一次大革命遭受的多么重大的损失
那是中国第一次大革命遭受的多么重大的挫折
那是中国第一次大革命遭受的多么重大的失败
那是中国第一次大革命遭受的多么重大的罪恶
那是中国第一次大革命遭受的多么重大的教训
那是中国第一次大革命遭受的多么重大的宰割
这一切从根本上改变了中国革命的形势
这一切从根本上改变了中国革命的原则

为此中国共产党人付出了多大的牺牲
为此中国共产党人流出了多少血泊
为此中国共产党人付出了多少生命
为此中国共产党人留下了多少悲歌
可贵的是中国共产党人在血泊中又站立起来
可贵的是中国共产党人在失败中进行了深刻思索
可贵的是中国共产党人找到了失败的历史原因
可贵的是中国共产党人找到了正确的革命对策
血泊中悟出了“枪杆子里面出政权”的真理
于是在南昌城头和秋收田野点燃了武装起义的圣火
这是中国共产党人在第一次大革命中最大的成功
这是中国共产党人在第一次大革命中最重大的收获

中国共产党的成立是二十世纪中国的大事变
从此中国民主革命的航船有了伟大的掌舵
从此中国工人运动不断兴起和发展壮大

从此马克思列宁主义有了更广泛的传播
为了中国革命中国共产党积极推动国共合作革命
联俄、联共、扶助农工使大革命气势磅礴
蒋介石叛变革命成为中国历史的千古罪人
是他叛变革命葬送了大革命所取得的伟大成果
在中国革命征途上有胜利也难免有失败
党在领导革命的初期难免会遭受挫折
党在错误、挫折和血泊中不断总结经验艰难前行
在挫折和失败中总结制定出新的战略战策

第一次大革命曾开展得轰轰烈烈
第一次大革命曾发展得气势磅礴
第一次大革命曾取得重大的胜利
第一次大革命曾取得重大的革命成果
第一次大革命曾形成有效的革命阵线
第一次大革命曾取得国共的第一次友好合作
但让人痛心的是大革命最终却完全失败了
造成大革命最终失败的因素和原因很多
帝国主义和封建势力联合力量还很强大
他们的反革命政治斗争经验则有更多
蒋介石的反动本质使他背叛革命造成巨大危害
共产党内的右倾机会主义错误也造成了失败的恶果

最可叹大革命给中国人民造成的严重伤害
中国人民从此在白色恐怖下生活更加水深火热

大革命失败使帝国主义在中国的势力更加得意
大革命失败使帝国主义忘乎所以幸灾乐祸
大革命失败留下多么惨痛的历史教训
大革命失败留下多么深刻的历史思索
大革命失败留下多少革命者的冤魂
大革命失败留下多少革命者的血泊
同时大革命失败也留下历史的借鉴
大革命的失败也留下革命的历史寄托
革命的灵魂会唤起更多的革命灵魂
革命的血泊浸入大地后会燃起更大的革命烈火

这一历史阶段是中国共产党领导中国革命的开始阶段
却为中国革命写下第一部革命之歌
为中国革命写下一部新的光辉史诗
为中国革命在革命实践中进行了探索
在这一革命阶段一直在不断寻求革命道路
排除阻力努力取得了与国民党的革命联合
这一革命的历史阶段为中国革命写下史记
每一页都写得那么实际写得那么深刻
写出了所取得的成功也写出了遭受的失败
写出了正确的领导也写出了失误和挫折
写出了中国革命的复杂性和面临的重重困难
写出了帝国主义和封建主义是多么反动凶恶

通过这一阶段认识到敌人的势力还很强大

认识到真正的中国革命力量还比较薄弱
认识到中国大资产阶级的反动性
认识到中国工人阶级必须寻找革命同盟者
认识到国民党的两面性和右翼反动本质
认识到与国民党不能采取右倾主义的合作
这一历史阶段为中国共产党留下惨痛教训
留下领导路线上的失误和难以弥补的过错
严重的损失和血的教训擦亮共产党人的双眼
从此对中国革命形势认识更加全面深刻
血泊中站起来的共产党人更加坚定了革命信念
认识到必须用革命的武装力量与反革命武装拼搏

三

一九二七年大革命失败后国内政治局势急剧恶劣
中国大地处在白色恐怖下的茫茫黑夜
革命生机勃勃的中国南方一片腥风血雨
蒋介石经过军阀混战建立了全国范围内的统治朝野
蒋介石对内竭力维护官僚买办和封建地主阶级利益
对外政策则实行反苏、向帝国主义妥协
极力限制和压制民族资本主义的发展
对共产党人和革命群众进行残酷杀劫
蒋介石的政权代表大地主大资产阶级利益
他所实行的是法西斯独裁专政的政治谋略
大革命失败中有三十万共产党人和革命群众被杀害

中国共产党面临国民党统治带来的残酷严重威胁

在极其险恶的形势下和生死考验面前
共产党人和全国人民没有被吓倒、被征服、被杀绝
他们从地上爬起来砸开反革命的枷锁
他们从地上爬起来揩干净身上的鲜血
他们从地上爬起来掩埋好同伴的尸体
以更加顽强的革命斗志冲向反革命顽劣
他们在血泊中彻底认清了国民党的反动统治
对中国反帝反封建民主革命有了全面深刻的新解
为此中共中央断然决定了极为重要的三件大事①
将共产党所掌握和影响的部队向南昌集结
组织湘鄂赣粤四省农民举行秋收暴动
召开中央会议讨论和决定新时期革命方略

在那个黑暗沉闷白色恐怖的茫茫夏夜
在那座愤怒的城头和仍在控诉的大街
在还流着共产党人和革命群众鲜血的赣江江畔
一声巨响的惊雷震撼了苍茫大地和日月
顺应革命潮流的南昌起义强烈地爆发了
愤怒的革命枪声终于打破了沉沉的黑夜
周恩来、贺龙、叶挺、朱德、刘伯承高举大旗

① 1927年7月中旬中共中央临时政治局常委会的三项决定：一是将党所掌握和影响的部队向南昌集中，准备起义；二是组织湘鄂赣粤四省的农民，在秋收季节举行暴动；三是召集中央会议讨论和决定新时期的方针和政策。

率领两万多名官兵上演了革命的忠勇英烈
南昌起义打响了武装反抗国民党反动派的第一枪
标志着中国共产党独立领导革命战争的第一次检阅
标志着中国共产党创建人民军队和武装夺取政权的开始
标志着无产阶级革命开始用枪杆子书写新的一页

八月初的汉口风云变幻黑云翻滚
八月初的汉口江流汹涌热流奔泻
著名的党的“八七”会议在此秘密召开①
秘密召开的紧急会议却异常公开激烈
会议彻底清算了大革命后期的右倾机会主义
确立了土地革命和武装起义的革命战略
“八七”会议给正处在思想混乱的共产党人指明出路
为挽救党为挽救中国为挽救革命贡献卓越
这是由大革命失败到土地革命战争兴起的历史转折点
从此中国革命进入一个新的历史岁月
从此中国大地不断掀起更大的革命风暴
农村土地革命战争上演得是那么悲壮惨烈

那是湘赣大地上一个仍然炎热的日子
那是湘赣大地上一个已经成熟的季节

---

① 为彻底清算并纠正党在过去工作中的严重错误，决定新的方针，1927 年 8 月 7 日中共中央在汉口秘密召开紧急会议，即著名的“八七”会议。会议彻底清算了大革命后期陈独秀的右倾机会主义错误，确定了土地革命和武装起义的方针，并选出以瞿秋白为首的中央临时政治局。这次会议给正处在思想混乱和组织涣散中的党指明出路，为挽救党和革命作出了巨大贡献。这是由大革命失败到土地革命战争兴起的一个历史转折点。

“红旗卷起农奴戟，黑手高悬霸主鞭”①
急骤的枪声爆响在湘赣边界愤怒的田野
毛泽东领导的伟大的秋收起义爆发了②
种田的手拿起枪开始挑战黑暗的旧世界
起义受挫中毛泽东及时作出伟大部署
到敌人控制比较薄弱的山区创立大业
进军途中进行了伟大著名的三湾改编
开创了建设党管武装的历史空前之绝
随后又创建了井冈山红色革命根据地
从此共产党领导武装斗争历史开启新的书写

南昌起义和秋收起义具有重大的革命意义
它公开宣布了中国共产党领导武装革命的历史开揭
揭示了中国共产党领导的革命必须进行武装斗争
揭示了枪杆子里面出政权的革命理学
从此中国共产党有了无产阶级的革命武装
从此中国共产党有了无产阶级的军事战略
这是中国共产党人从失败中得到的经验教训
这是中国共产党人和革命群众的鲜血凝聚的告诫
南昌起义和秋收起义留下了历史的枪声
南昌起义和秋收起义留下了革命的真诀
南昌起义和秋收起义留下了历史的赞歌
南昌起义和秋收起义留下了历史的认确

① 毛泽东七律《到韶山》中诗句。
② 1927年9月9日，毛泽东在湘赣边界领导发动了秋收起义。

从此武装起义的烈火在中国大地遍地燃起
用鲜血和生命写下一页又一页英勇和壮烈
广州、海陆丰、琼崖、鄂豫皖、湘鄂西起义相继爆发
赣西南、赣东北、湘南、闽西和陕西等起义痛击反动顽劣
相继发生的近百次武装起义虽然大都失败
失败中对武装斗争的认识却更加深切
起义失败证明武装攻击大城市夺取革命胜利此路不通
中国革命道路在血与火的实践中得以辨别
只可惜此时却确立了“城市中心论”①
“左”倾盲动主义泛滥成革命内部的威胁
毛泽东不愧是中国革命的伟大导师
导出一条符合中国国情的革命道路走向大捷

两大起义部队冲破艰难险阻胜利会师井冈山②
中国工农红军开始创建编成人民军队序列
从此在白色恐怖的中国创建了一片红色根据地
红色苏维埃政权开启了人民政权新约
从此井冈山成为中国革命红色的中心
从此万众红心开始筑成中国革命红色的城阙
井冈山代表着中国革命发展的正确方向

---

① 1927年11月在召开的中央临时政治局会议上，确定了以城市为中心的全国武装暴动计划，使“左”倾盲动主义在全党取得支配地位。

② 1928年4月，朱德、陈毅率领部分南昌起义保留下来的部队同毛泽东率领的秋收起义部队在井冈山会师，合编成工农革命军第四军，不久改称工农红军第四军。

为中国土地革命和根据地建设提供了革命理学
井冈山在革命者心中燃起新的革命希望
像燃烧的天火在中国大地上照耀闪烁
十年土地革命战争就此拉开了历史战幕
从此农村包围城市的革命道路不断开奏大捷

武装斗争的同时广泛地开展了土地革命
打倒土豪劣绅分田分粮把旧制度更迭
随着分田高潮颁布了井冈山《土地法》[1]
红色的革命根据地有了红色的革命圭臬
在千百年的旧乾坤上树立起红色的新政
苦难的土地终于生长出难得的丰收喜悦
此时在十月革命发源地召开了中共六大会议[2]
对一系列有关中国革命的根本问题回答基本正确
大会虽然存有错误但大体统一了全党思想
为此使中国革命运动得以复兴和新的起崛
中共六大以后党的组织有了比较大的发展
红军的发展和革命根据地的建立有了新的飞跃

毛泽东以伟大无产阶级革命家的敏锐洞察历史
自觉把党领导的农民战争同旧式农民战争严格区别
为解决在农村环境中保持党和军队先进性

---

① 1928年底，井冈山根据地颁布了井冈山《土地法》。
② 1928年6月18日至7月11日，中国共产党在苏联莫斯科召开了第六次代表大会。

他亲自起草了古田会议决议伟大文牒[1]
决议明确提出军队必须绝对服从党的领导
军队必须担负打仗、筹款和做群众工作三位一体之戒
古田会议决议是党和军队建设的纲领性文献
它的伟大光辉在红军前进的道路上照耀闪烁
它指引着红军队伍不断质化着革命性质
它指导着党的思想建设更加健康和纯洁
那一天在瑞金升起了中华苏维埃共和国的旗帜[2]
旗帜下毛泽东对全国苏维埃政权进行了历史检阅

革命的星星之火终于燃成燎原之势
红军和革命根据地建设不断向前飞跃
雄伟的五百里井冈岿然不动森严壁垒
壮丽的五百里井冈鼓角相闻旌旗猎猎
阔大的五百里井冈万众一心众志成城
坚强的五百里井冈信念如钢意志如铁
大革命失败后中国革命能够走向复兴
关键在于找到了正确的道路和斗争的策略
关键在于中国共产党人的集体英勇奋斗
关键在于毛泽东伟大的理论贡献和领导卓越
为此毛泽东在《反对本本主义》中作了深刻分析

① 1929年12月下旬，在福建省上杭县古田召开了红四军党的第九次代表大会，会议通过了多项决议案，其中最重要的是毛泽东起草的关于纠正党内的错误思想的决议案。

② 1931年11月7日至20日，在瑞金举行了第一次全国苏维埃代表大会，宣布成立中华苏维埃共和国临时中央政府，毛泽东被选为临时中央政府主席。

中国革命历史为此写下光辉灿烂的一页

红军和根据地的发展使国民党反动集团震惊
蒋介石调集重兵妄想对红军和根据地进行剿灭
反革命“围剿”和革命的反“围剿”拉开战幕
五次反“围剿”之战打得是多么英勇壮烈
唤起工农千百万同心协力反“围剿”
诱敌深入巧妙地把“围剿”之敌缴械
五百里井冈齐努力横扫敌军如卷席
敌人步步为营最终也只能失败而哭泣叹嗟
鏖战后的五百里井冈更加苍劲挺拔
五百里鼓角不断高奏着胜利的词阕
“御敌于国门之外”的“左”倾错误造成严重恶果
使红军第五次反“围剿”失败被迫突围退却

李立三、王明“左”倾冒险主义在中央先后占据统治地位
使红军和革命根据地遭受了严重浩劫
根据地一个接一个丢失红军被迫转移
国统区党的工作力量遭受重大损失几近灭绝
在党的命运和中国革命面临生死存亡之际
伟大的遵义会议把党和中国革命的命运改写[①]
遵义会议确立了毛泽东在党和红军中的领导地位
给中国革命拨散了乌云重现了光明的日月

① 1935年1月15日至17日，中共中央在遵义召开政治局扩大会议，会议集中全力解决当时具有决定意义的军事和组织问题，确立了毛泽东在党和红军中的领导地位。

毛泽东力挽狂澜挽救了党挽救了红军挽救了中国革命
终于成就了党和中国革命的千秋伟业
遵义会议是党历史上一个生命攸关的历史转折点
从此中国革命的道路便由一个又一个伟大胜利铺接

四渡赤水迂回曲折穿插于敌军重兵之间
巧渡金沙摆脱了几十万国民党军队围追堵截
用飞兵飞夺泸定桥彻底打破历史的魔话[①]
用强兵强渡天险大渡河强取胜利大捷
用真诚开通大凉山彝族之地的革命通道
用顽强把人迹罕见的大雪山夹金山顽强翻越
穿过死亡之地茫茫草地创造人类生命奇迹
一举突破天险腊子口一举把高天长长撕裂
纵横十一个省行程二万五千里的长征胜利结束
谱写的万里奇迹让世界至今难以破解
万里长征是古今中外万年奇迹之路
形成的伟大长征精神至今震惊着世界

十年的土地革命战争打得是多么艰难
共产党人和红军付出多少生命和鲜血
五次反“围剿”大战有胜利也有失败
万里长征空前绝后成就中国革命千秋伟业
探索和开辟了农村包围城市的中国革命道路

---

① 指当年太平天国石达开在安顺场的全军覆没。

实践和丰富了马克思列宁主义无产阶级革命理学
最大的成功在于选择了伟大正确的领导
从此中国革命总是呈现出地灵人杰
从此中国革命不断从胜利走向胜利
从此一个胜利大捷接着一个胜利大捷
长征胜利红军会师陕北是胜利的奠基
延安成为革命圣地开始把中国命运运筹批阅

十年土地革命战争有胜利也有失败
十年土地革命战争该有多少历史总结
十年土地革命战争留下多少历史感叹
十年土地革命战争留下多少历史大捷
十年土地革命战争留下多少历史奇迹
十年土地革命战争留下多少历史伟业
十年土地革命战争留下多少革命思想
十年土地革命战争留下多少历史光烨
十年土地革命战争留下多少失败和苦难
十年土地革命战争留下多少胜利和喜悦
十年土地革命战争留下多少历史选择
十年土地革命战争证明了最终选择是何等正确

南昌起义、秋收起义和全国各地武装起义是正确选择
建立井冈山革命根据地是一个伟大正确的取决
一至四次反“围剿”斗争打得是何等机智灵活
那是多么高明精彩的军事指挥战略

四渡赤水巧袭金沙用兵真是如神
抢渡大渡河、突破乌江历史为之叹嗟
万里长征是历史的又一次正确选择
万里长征给古今中外留下了历史之绝
遵义会议是中国革命的一个伟大的历史转折
历史早已为此作出了明确的历史总结
自从有了遵义会议的伟大历史转折
才使中国革命迎来一个又一个胜利岁月

毛泽东的光辉文章开始映照中国大地
为十年土地革命战争提供了正确的战争方略
《关于纠正党内的错误思想》有力指导了党和军队建设
那是一篇具有重大历史意义的新的规约
他论述了《中国的红色政权为什么能够存在?》
文中显现的思想文辩是多么犀利深切
针对革命中的悲观主义提出《星星之火可以燎原》
他的革命的星星之火燃烧得是多么激烈
他高度地提出《中国革命战争的战略问题》
及时全面论述了《反对日本帝国主义的策略》
《反对本本主义》深刻阐明了辩证唯物主义的思想
那是一篇坚持理论与实践相结合原则的深刻总结

《关心群众生活,注意工作方法》是一篇伟大号召
《实践论》、《矛盾论》那是多么光辉的哲学
大革命失败后中国革命之所以能够坚持下来并走向复兴

关键在于制定了一套正确的革命战略
关键在于找到了一条正确的革命道路
从而使中国革命能从失败中走向大捷
这条革命道路就是把立足点由城市转入农村
充分发挥和依靠农民群众开创革命大业
在农村建立根据地开展土地革命和各项建设
开展以农民为主体的长期革命战争战略
这是一条前人没有走过的独创的革命道路
这是毛泽东为中国革命作出的伟大历史卓越

十年土地革命战争发展并不是一帆风顺
其中出现了多次偏向“左”的倾斜
李立三的“左”倾冒险主义在党中央曾占统治地位
给中国革命带来巨大的牺牲和威胁
王明的“左”倾比李立三的“左”倾错误更“左”
给中国革命造成了更大的危害更大的罪孽
罗章龙、张国焘野心勃勃先后另立中央
给中国共产党和工农红军造成了重大危害和分裂
多亏以毛泽东为首的党中央力挽狂澜
才使中国革命多次转危为安避免遭劫
多亏有大批忠诚的共产党员和红军指战员
才最终消除了来自革命内部的严重威胁

面对茫茫黑夜点燃了闪闪的星星之火
面对白色恐怖举起了武装斗争的枪械

面对武力围剿众志成城组成壁垒
面对法西斯反动统治吹响了战斗的号角
在白色恐怖下学会了该如何对待白色恐怖
在反动派武力围剿下掌握了用枪杆子的革命理学
“星星之火可以燎原”彰显的是一个真理
在这个真理感召下土地革命形势发展得是多么快捷
南昌起义、秋收起义标志革命军队的光荣诞生
这一页是十年土地革命斗争的重大历史书写
从此有了革命的两手对付反革命的两手
从此才真正具有了革命的力量和战略

三湾改编那是一个伟大的历史创见
从此书写了创建革命军队的第一页
在中国离开了武装斗争就没有共产党的地位
在中国“没有一个人民的军队便没有人民的一切”
红色革命诞生了红军和红色革命根据地
红色革命根据地上有了对红色革命的更深感觉
井冈山革命根据地的创建是一个伟大历史创建
从此开写了无产阶级革命的历史新约
从此开创了无产阶级革命新的道路
从此开创了无产阶级革命斗争的科学
井冈山革命根据地是走向革命胜利的出征地
井冈山革命根据地开创了中国革命的伟大事业

农村包围城市的革命道路是一个伟大历史探索

探索中不断取得一个又一个认识飞跃
探索中不断排除着一个又一个“左”、右干扰
探索中付出了多少生命流了多少鲜血
探索中走过了多少激流险滩艰难险阻
探索中经过了多少次历史的认识和批阅
探索经过了长达十年的土地革命战争全过程
十年土地革命战争中为探索的争论一直没有停歇
真理需要经过实践的检验才能决定
这条革命道路经过十年胜利和失败战火的陶冶
能够最终寻求和确立农村包围城市的革命道路
那是十年土地革命战争留下深刻的总结

五次反“围剿”之战打得是多么英勇顽强
五次反“围剿”之战打得是多么悲壮惨烈
五次反“围剿”之战打得是多么气壮山河
五次反“围剿”之战打得是多么伤感和凄切
五次反“围剿”之战取得四次重大的胜利
第五次反“围剿”之战失败多么让人叹嗟
第五次反“围剿”之战失败付出了多少红军的生命
第五次反“围剿”之战失败流淌了多少红军的鲜血
幸喜毛泽东及时扭转了极端不利的败局
幸喜毛泽东及时打开了更广阔的革命视野
对五次反“围剿”战争进行了认真的思索
对五次反“围剿”战争给予了深刻的总结

那是中国革命的一次伟大的历史壮举
那是中国革命的一次伟大的历史战略
那是中国革命的一件开天辟地的大事件
那是中国革命的一件惊天动地的伟大事业
二万五千里长征留下二万五千里历史长歌
二万五千里长征留下二万五千里历史大捷
二万五千里长征留下二万五千里历史辉煌
二万五千里长征留下二万五千里历史壮烈
二万五千里长征开辟了一条史无前例的革命大道
二万五千里长征是中国革命的一次飞跃
二万五千里长征创造了中国革命的奇迹
二万五千里长征创建了史无前例的卓越

那是中国革命一次伟大的历史转折
那是中国革命一次伟大的历史取决
那是中国革命一次深刻的历史反思
那是中国革命一次正确的历史总结
那是中国革命一次正确的历史选择
那是中国革命一次公正的历史批阅
遵义会议重新确立了毛泽东在党和军队的领导地位
从此为中国革命奠定了胜利的开揭
遵义会议为中国革命选择了正确的选择
遵义会议使中国革命开始了胜利的书写
这是十年土地革命战争留下的历史贡献
这是十年土地革命战争写下的光辉史页

十年土地革命战争取得一个又一个胜利
用血与火把十年土地革命岁月连结
南昌起义打响了对国民党反动派的第一枪
那是一个多么伟大正确的革命取决
南昌起义的枪声庄严宣告革命的新开端
从此开写十年土地革命战争光辉史页
从此共产党人终于有了自己的革命武装
可以用革命的两手与反革命两手对决
秋收起义是中国大地上的革命春雷
从此使中国农村的武装斗争取得飞跃
三湾改编是中国开天辟地第一编
编出了中国自古以来从未有的武装队列

编出了一个属于人民的崭新的革命军队
编出了古今中外军队建设的新规新约
五次反围剿之战打得是多么的英勇顽强
在敌强我弱的状态下取得那么多胜利大捷
两万五千里长征是多么伟大的创举
那种艰难困苦的自然和战争环境多么恶劣
在这种环境条件下居然取得伟大成功
这成功至今阅读起来仍然震撼着人心和世界
遵义会议是中国革命的一个伟大转折
是十年土地革命战争中一次深刻历史总结
从此中国革命完全真正走上正确道路

中国革命开始用一个又一个胜利书写

四

十九世纪后期日本帝国主义就觊觎中国的版图
一直在寻找借口妄图对中国进行动武
一八九四年公然出兵实施侵略中国的野心
清皇朝在巨大压力下只得出兵进行战逐
甲午海战腐败的清皇朝最终以失败告终①
为此使中华民族又一次蒙受了奇耻大辱
腐败无能的清皇朝又割地又赔款受尽欺凌
从此日本帝国主义在中国居然可以随时进驻
从此日本帝国主义像一只凶残贪婪的狼
一直把中国作为它随时可以吞咬的食物
九·一八悍然出兵侵占中国东北三省②
从此对中国开始进行大规模侵略和杀戮

日本帝国主义的野心不只是侵占东北三省
它妄想把整个中国还有亚洲全部侵占和征服
日本帝国主义利用国民党统治者的不抵抗主义
加紧了妄图侵占全中国罪恶阴谋的部署
日益加紧准备对中国华北进行大举侵略
使平津上空每时每刻都恶流奔涌战云密布

---

① 1894年中日海战，也称甲午战争。
② 1931年9月18日，日本帝国主义公然出兵侵占中国东北三省，史称九·一八。

使整个华北危在旦夕民族危机日益加深
此时国民党却仍在对共产党人和红军进行追剿抓捕
“华北之大，已经安放不得一张平静的书桌了”①
北平的学生们悲愤地到处奔走疾呼
“一二·九”运动终于爆发并波及全国②
全国抗日救亡的斗争高潮迭起如火如荼

蒋介石“攘外必先安内”实质是卖国行为
从而使中国大地总是乌云翻滚天锁浓雾
面对中华民族生死存亡中国共产党勇担民族大任
强烈呼吁组成抗日民族统一战线共同抵御外侮
红军二万五千里长征北上是为抗日大计
党向全中国发布了《为抗日救国告全国同胞书》③
紧接着在陕北召开了重要的瓦窑堡会议④
对如何抗日救亡作出了长期战略部署
国难当头蒋介石却仍逼张学良、杨虎城“剿共”

---

① 1935年前后，北平学生悲愤喊出的话。

② 1935年12月9日，在中共地下党的领导下，北平学生举行了声势浩大的抗日游行，遭到国民党军警镇压，由此开始的一二·九运动迅速波及全国，史称“一二·九”运动。

③ 1935年8月1日，中共驻共产国际代表团以中华苏维埃共和国临时中央政府和中共中央的名义，起草了通常被称为“八一宣言”的《为抗日救国告全国同胞书》，不久公开发表。

④ 1935年12月17日至25日，中共中央结束长征到达陕北后，在瓦窑堡召开了政治局扩大会议，讨论军事战略问题、全国的政治形势和党的策略路线问题，会议通过了张闻天起草的《中央关于目前政治形势与党的任务决议》。毛泽东在党的活动分子会议上作了题为《论反对日本帝国主义的策略》的报告。

因此引发的"西安事变"让中外震惊瞩目①
中国共产党为民族大计促使"西安事变"和平解决
最终促成了抗日民族统一战线的构筑

卢沟桥事变是中华民族的又一次国难②
日本帝国主义从此开始向中国大举侵入
日本帝国主义公然发动大规模全面侵华战争
中华民族的全面抗战就此拉开战幕
在这关系中华民族危亡的严重关头
中国共产党向国民党发出真诚的呼吁
国共必须要团结起来停止内战一致对外
从而使抗日民族统一战线得以形成和巩固
把红军改编为八路军、新四军开赴抗日最前线
在党的领导下用血和肉把新的长城浇铸
面对民族危亡中国共产党始终高举抗日大旗
在抗日的洪流中担当着中华民族的中流砥柱

中国的抗日战争怎样才能走向胜利
中国共产党一直在不断地探求着一条正确之路

---

① 1936年12月4日，蒋介石到西安逼迫张学良、杨虎城率部开赴陕北前线"剿共"，在这种情况下，张学良、杨虎城决定发动"兵谏"。12月12日凌晨，东北军一部以迅速行动包围临潼华清池，扣押了蒋介石。同时，第十七路军控制西安全城，囚禁了陪同蒋介石到西安的国民党军政要员。张学良、杨虎城并向全国发出停止内战、一致抗日的通电。这便是震惊中外的西安事变 。

② 1937年7月7日夜，日本侵略军在北平西南的卢沟桥附近，寻找借口，突然向中国军队进攻，日本帝国主义以此开始公然发动了大规模的全面侵华战争，史上对此也称卢沟桥事变 。

深刻认识到要武装群众依靠群众对日作战
只有实行人民战争的全面抗战才能打败强虏
洛川会议提出的抗日救国十大纲领①
为中国抗战指明了胜利的具体道路
全面抗战路线成为全国人民坚持抗战争取胜利的旗帜
旗帜下团结起空前规模的中华民族
延安的宝塔山每天指引着抗日战争的征程
枣园的灯火夜夜为抗日战争写下批注
延安成为中国革命的圣地、中心和希望
延安成为全中国抗日战争的指挥部

从天涯海角的橡胶园到东北大森林
从连绵的大别山深处到巍峨的太行山麓
从漫长的铁路沿线到漫长的海岸线
从千里江陵、千里草原到每一条河每一座湖
从广阔的华北平原到群山起伏的中缅边界
从长江南北的田野到黄河两岸的山庐
从每一座城市的大街到广大乡村小道
从抗日根据地到日本侵略者占据的领土
中国大地到处都燃烧着熊熊的抗日烈火
到处都是英勇奋战的抗日游击队伍
中国大地成为人民战争的汪洋大海
这场全民族的抗战是多么的伟大和特殊

---

① 1937年8月下旬，中共中央在陕北洛川召开政治局扩大会议，这是在全国抗战刚刚爆发的历史转折关头召开的一次重要会议。会议通过了抗日救国十大纲领。

地雷战、地道战战法是多么的奇特
直打得日本侵略者晕头转向找不到归途
平原游击队、铁道游击队、水上游击队队队英勇
直打得日本侵略者不敢从据点走出
敌后武工队深入敌后神出鬼没智勇善战
袭击日寇铲除汉奸打得是多么机智和英武
太行山是勇敢的山坚强的山英雄的山
八路军用大刀写下的抗日战绩是多么卓著
狼牙山是英勇的山顽强的山不屈的山
五战士用生命写下的英勇不屈让日本侵略者胆怵
南泥湾是神奇的湾艰苦的湾强盛的湾
为抗日战争做出了特别的奉献和付出

黄河和长江是强大的河强大的江
它的强大岂是日本侵略者能够征服
平型关大捷让中华民族多么振奋①
它让多少迷茫失望的国人为此而醒悟
它彻底打破日本军队是不可战胜的神话
它对全国人民的抗战给予巨大的精神鼓舞

① 1937年9月25日，八路军第一一五师主力在晋东北平型关附近伏击日军，歼敌1000余人，击毁汽车100余辆，取得全国抗战以来中国军队的第一次大胜利，粉碎了日军不可战胜的神话，极大地振奋了全国军民的精神和抗战信心，提高了共产党和八路军的威望。

百团大战显示了华北地区规模强大的抗日力量[1]
把日本侵略者的“囚笼”政策埋入尘土
百团大战进一步激发了全国人民的抗战热情
进一步提高了共产党和八路军的英名和威武
从此中国共产党领导的抗日根据地遍及中国大地
从此抗日的烽火烧红了中国大地和苍茫的天幕

蒋介石从开始片面抗战到后来消极抗战
严重地助长了日本侵略者对中国的大举侵入
虽进行了平津、淞沪、忻口战役并取得台儿庄战役胜利
但他却仍坚持消极抗战积极反共的顽固
不断制造抗日民族统一战线内的摩擦
隐居峨眉山不断设计“溶共”、“防共”、“限共”密枢
亲自密谋掀起一次又一次反共高潮
时刻妄想把共产党和八路军、新四军铲除
一手制造了震惊中外的皖南事变[2]
居然对抗日的新四军进行大举进攻和残暴地杀戮
党对此采取军事上勇于自卫政治上坚决反击
有力地粉碎了国民党反动派的反革命企图

---

① 1940年8月，为了粉碎敌人对华北抗日根据地的“扫荡”和“囚笼”政策，八路军总部对华北日军发动了一次大规模的以破袭敌人交通线为重要目标的进攻战役。参战部队有105个团约20万人，史称“百团大战”。

② 1941年初，国民党顽固派制造了震惊中外的皖南事变，新四军军部及所属部队9000余人在向北转移途中遭到国民党军8万余人围攻，新四军除约2000多人突围外，一部分被打散，大部分壮烈牺牲或被捕，军长叶挺在同国民党军队进行战场谈判时被扣押，副军长项英遇害。

毛泽东以马克思主义者的非凡洞察力
拨开弥漫的抗战“亡国论”和“速胜论”的迷雾
总结抗战以来经验挥笔书写了《论持久战》
使它成为指导全国抗战的伟大光辉巨著
毛泽东深刻地揭示了抗日持久战的客观根据
清晰地描绘出抗日战争发展过程完整蓝图
深刻地阐述了共产党抗战的正确战略方针
明确地指出了取得抗日战争胜利的正确道路
他又一次力举排除王明的右倾错误主张
坚定地坚持共产党在抗日民族统一战线中独立自主
在延安主持召开了扩大的中共六届六中全会①
教育和指导全党的思想和步调更加统一巩固

毛泽东适时完整地阐述了新民主主义论
把中国革命过程科学正确地分成两步
第一步必须要进行新民主主义革命
社会主义革命是中国革命必然的第二大步
明确提出新民主主义革命的基本纲领
把政治、经济、文化的发展给以深刻批注
总结提出了统一战线、武装斗争、党的建设三大法宝
毛泽东思想在革命和战争实践中逐步发展成熟

① 1938年9月至11月，中国共产党在延安召开了扩大的六届六中全会，全会总结了抗战以来的经验教训，确定了党在抗日战争战略相持阶段的基本方针和任务，重申必须独立自主地领导人民进行抗战，会议基本纠正了王明的右倾错误，进一步确立了毛泽东在全党的领导地位。

整风运动进一步加强了党的思想建设
同时使党的组织建设更加稳定和巩固
延安成为中国革命的圣地和革命的摇篮
形成的延安精神永远鼓舞启迪着中华民族

抗战胜利前夕中共七大在延安胜利召开
大会规划提出了新形势下新的革命征途
大会确立了毛泽东思想为全党的指导思想
从此明确成为中国共产党的伟大旗帜和光辉思想支柱
毛泽东思想是中国大地上的马克思主义
它是伟大的理论和伟大的实践结合的伟大产物
中共七大总结概括了中国共产党的三大作风①
成为区别共产党人与其他任何政党的根本标注
从此毛泽东思想指导中国不断走向光明
使共产党领导中华民族走上解放的胜利道路
靠着伟大的思想指导创造了弱国打败强国的奇迹
创造了惊天动地的伟业使中华民族一洗百年耻辱

没有中国共产党的领导就没有抗日民族统一战线
没有毛泽东思想指导就没有抗战的正确战略战术
没有全国人民的抗战就没有抗战的伟大胜利
没有毛泽东思想指引就没有抗战的正确道路
八年抗战中形成了更加成熟的毛泽东思想

---

① 中共七大总结历史经验，把党在长期奋斗中形成的优良传统作风概括为三大作风，即理论和实践相结合的作风、和人民群众紧密联系在一起的作风、自我批评的作风。

八年抗战中产生的毛泽东思想更加光辉卓著
毛泽东在八年抗战中发表了大量光辉文献
那是在八年抗战血与火中的真理锻铸
他创造组织了浩大的人民战争汪洋大海
他开创总结了抗日游击战争的战略战术
他把精心培育的优良三大作风献给共产党人
他把在战火中锤炼的革命三大法宝献给中华民族

日本侵略者八年的侵略给中国留下满目创伤
日本侵略者八年的侵略给中国留下遍地焦土
日本侵略者八年的侵略给中华民族带来巨大灾难
八年间日本侵略者对中华民族进行了残暴的杀戮
仅南京一地一次就有三十万同胞被日本侵略者枪杀
八年间共有三千多万生命受到日本侵略战争的荼毒
八年间中华民族献出无数的鲜血和生命
八年间中华民族浴血抗战战绩卓著
八年的抗战终于打败了日本侵略者
八年的抗战终于把日本侵略者驱逐
八年的抗战再次验证一个伟大的真理
伟大的中华民族绝不可能被侵略者灭亡和征服

八年的抗战打得是多么的英勇
八年的抗战打得是多么的残酷
八年抗战中华民族付出了多少鲜血和生命
八年抗战中华民族付出了多少艰难困苦

八年的抗战留下多少历史的声讨
八年的抗战留下多少历史的控诉
八年的抗战留下多少历史的思考
八年的抗战留下多少历史的阅读
八年的抗战留下多少战争的创伤
八年的抗战留下多少战争的杀戮
八年的抗战留下多少历史的总结
八年的抗战留下多少辉煌的记录

八年的抗战共产党人作出了重大贡献
八年的抗战共产党人作出了重大付出
八年的抗战留下的太多太多太多
把那么沉重的历史留给了中华民族
打开八年抗战的历史总结和思考
翻阅八年抗战的历史记载和批注
中华民族仍然要发出历史的诘问
日本帝国主义对中华民族为什么那么残酷
日本帝国主义为什么总妄想侵略中国
日本帝国主义为什么总妄想把中华民族征服
日本帝国主义为什么那么疯狂那么侵略成性
日本帝国主义为什么总是那么残暴和顽固

日本帝国主义从十九世纪后期就觊觎中国
一直在不断寻找借口对中国进行欺侮
一直在不断寻找借口侵占中国的土地

一直在不断寻找借口对中国进行动武
一八九四年寻找借口公然对中国开战
八国联军侵占北京有日本帝国主义的队伍
一九三一年九·一八公然出兵侵占中国东北三省
一九三七年悍然大举全面侵略中国领土
日本帝国主义终于发动了侵略中国的全面战争
并妄想在三个月内把中国灭亡和征服
日本帝国主义八年的侵略战争造成中国人多少伤亡
中国大地被日本帝国主义蹂躏践踏成一片焦土

日本帝国主义对中国为何如此疯狂
日本帝国主义对中国为何如此狠毒
这就是日本帝国主义的侵略本性
这就是一切帝国主义的根本社会制度
作为中华民族决不应该对此太昏然
作为中华民族决不应该对此太麻木
作为中华民族不应该太贫穷太落后
作为中华民族自身决不应该不和睦
要知道贫穷落后必然就要受欺挨打
要看到贫穷落后就会被外国列强欺侮
这是中华民族从一百多年屈辱中得到的教训
这是中华民族从历史中得到的切身感悟

八年的抗战留下了历史的灿烂辉煌
八年的抗战留下了历史的宝贵财富

延安精神代表了中华民族的精神
延安道路代表了中华民族的道路
延安精神是那样感召着中华民族努力奋斗
因此使那么多人向往不顾一切向延安奔赴
延安道路指引着中华民族正确向前
因此使那么多人全身心踏入延安道路
有了延安精神怎能不创造历史辉煌
有了延安道路怎能不开辟历史胜利之途
八年抗战中华民族依靠的是延安精神
八年抗战中华民族坚持的是延安道路

中国近代一百多年的屈辱历史昭示世界
对帝国主义的欺压决不能软弱和屈服
中华民族八年的抗战揭示一个伟大真理
对一切帝国主义侵略者必须以武对武
中国共产党一直坚持坚决抗战的决心
一直为中华民族的抗战进行动员和高呼
坚决反对一切侥幸和消极抗战的思想
坚决反对卖国求荣、妥协求和的道路
为此才建立起中华民族的抗日民族统一战线
为此才赢得了全世界爱好和平人民的大力援助
为此才创造了弱国打败强国的辉煌伟业
为此才为中华民族的振兴开辟了正确道路

中国近代一百多年的屈辱历史昭示中国

贫穷落后就要遭受帝国主义的欺负
贫穷落后就要挨打就要遭受别人的欺压
贫穷落后就要遭受侵略遭受别人的屈辱
八年抗日战争的伟大胜利昭告中国
任何帝国主义都别妄想灭亡一个伟大的民族
日本帝国主义不可能永远侵占中国
日本帝国主义不可能灭亡伟大的中华民族
八年抗日战争的伟大胜利留下一条历史结论
一切帝国主义永远不能把中华民族征服
一切帝国主义侵略者都是可以打败的
一切帝国主义都不会长久地占领别国的领土

那是多么伟大壮烈的一场反侵略战争
投入战争的是几万万同胞整个中华民族
全国几万万同胞组成人民战争的汪洋大海
使中国的每一寸土地都成为抗战的热土
中华民族用血和肉组成了新的万里长城
背负着祖国的命运民族的希望组成抗日队伍
“毛主席的思想照得咱心里亮”
这是全国人民在抗日战争中真实的感悟
“人民战争就是那无敌的力量”
这是伟大的抗日战争用鲜血写下的历史批注
《论持久战》正确指导着全国人民的抗战
共产党及其领导的人民军队成为抗战中的中流砥柱

抗日游击战是多么聪明多么智慧的战法
那是在八年的抗日战争中制定实施的战略基础
抗日游击战是战争史上卓越的发明创造
那是在八年抗战中抗日军民写下的军事名著
抗日游击战在八年抗战中起到重要战略作用
八年的抗战为此写下了辉煌的抗战历史记录
抗日游击战在八年抗战中立下了不朽的功勋
抗日游击战在八年抗战中创下了永垂的历史建树
抗日游击战是人民战争汪洋大海中汹涌波涛
抗日游击战是中国抗日大地上的铜墙铁柱
日本侵略者最终失败在人民战争的汪洋大海
日本侵略者最终被伟大的人民战争打败驱逐

八年的抗日战争中国人民取得了伟大的胜利
八年的抗日战争中国人民创造了宝贵的财富
八年抗日战争形成的延安精神闪耀中国大地
延安精神成为中华民族抗战的精神支柱
延安精神唤醒了中华民族的思想迷惘
延安精神拨开了中华民族的思想认识迷雾
延安精神提高了中华民族的自信力量
延安精神铸筑了抗日民族统一战线的巩固
延安精神光辉照耀着广阔的中国抗战大地
延安精神日夜指导着中国每一片抗战的热土
延安精神是在抗日战争战火中铸造的光辉思想
一直感召和鼓舞着中华民族前进的历史脚步

抚慰着中国大地的创伤诘问历史
人世间形成的公理岂可随意践踏抢掠
面对数千万被夺去生命同胞的尸骨和灵魂诘问苍天
中华民族的生命岂能随意枪杀屠戮
面对诘问历史给予明确的回答
对于侵略者历史总要给予正义的惩处
面对诘问苍天给予公正的回答
对于一切侵略者苍天都会依理给予铲除
历史的回答总归是历史的回答
苍天的答复总归是苍天的答复
中华民族的命运不能依靠历史和苍天
中华民族的命运只能依靠中华民族

美好的心愿永远不会让凶恶的敌人放下屠刀
正确的思想理念也不会让凶恶的敌人臣服
贫弱永远不会在富强的敌人面前享有尊严
忍让永远不会让侵略者停止侵略的脚步
放下屠刀立地成佛不过是一种良好的期望
有史以来又有多少侵略者放下屠刀而悔悟
从明朝起日本倭寇就开始不断侵扰中国
甲午战争日本侵略者无端挑起战争冲突
九一八事变日本侵略者无端侵略中国东北
卢沟桥事变日本侵略者大举侵略中国残暴杀戮
这一系列的侵略给中国带来多少灾难

而日本侵略者对此从来也没有真正悔悟

两次鸦片战争是英国侵略者无端挑衅
八国联军侵略北京抢掠了多少财富和文物
还有德国侵略胶澳并与日本先后争占青岛
都是以强盗逻辑无端寻找借口对中国动武
这一系列侵略又有几个侵略者主动放下屠刀
又有几个侵略者对所犯侵略罪行悔悟
伟大的毛泽东对此说得是多么的深刻
对待一切侵略者和反动派只有消灭他们才舒服
没有别的选择只能用武力将他们消灭
消灭一点他们就舒服一点彻底消灭他们彻底舒服
毛泽东说出了一个古老深刻伟大的真理
对此经过八年抗战的中华民族一定会永远记住

那是中华大地遭受最大最野蛮的一次侵略
那是中华民族遭受最严重最残暴的一次杀戮
世界上没有比“三光”政策再野蛮的战争
世界上的侵略战争怎会再比“三光”政策狠毒
日本帝国主义的侵略留下滔天的大罪
日本帝国主义的侵略留下多么深重的残酷
中国大地每一寸土地都留下战争的创伤
中华大地每一寸土地都留下抹不去的历史记录
中国大地留下了对日本侵略者永远的历史声讨
中国大地留下了对日本侵略者永远的历史控诉

中国大地留下的历史深思将永远使中华民族深思
中国大地留下的历史教训将永远教训着中华民族

五

得道多助失道寡助是历史写下的史实
这是天伦地伦人伦从古至今共同演示的伦理
抗战胜利是中华民族神圣力量的伟大体现
是中华民族用鲜血和生命谱写的辉煌史诗
抗战胜利的喜悦洋溢奔涌在中国大地城乡
浓浓的喜悦中却蕴藏着沉沉的忧思
因为这时蒋介石已经狂奔着跑下山来
他要抢夺全国人民全部抗战胜利果实
一场关系中国走向光明还是黑暗的大战不可避免
中国的命运又处在一个非常的时期
全国人民渴望和平力图阻住爆发内战
但第三次国内革命战争最终还是被迫发起

蒋介石打内战的方针蓄谋已久早已确定
只是面对全国人民渴望和平意愿还有所顾忌
另外他还没有完全做好全面内战的准备
因此便玩起了真内战假和谈的政治把戏
毛泽东为了全国人民的和平诚意和渴望
不顾生命安危亲率代表团赶赴重庆商谈和平大计
经过四十三天复杂而又艰苦的谈判

国共双方终于正式签署和平建国协议
只可惜双方和平协议墨迹未干就被蒋介石撕毁
国民党军队对解放区的全面进攻随即发起
中国大地再一次战云密布枪声大作
中华民族再一次经受着战争的洗礼

第三次国内革命战争为什么会爆发
全国人民从中清楚地看出了简单的道理
国民党所实行的是独裁政治政权
所代表的是大地主大资产阶级的利益
国民党政权不容忍任何的民主改革
更不可能接受人民当家做主的政治
政治协商会议制定出和平建国纲领
各民主党派为制止内战尽了极大努力
全国人民强烈反对发起内战拥护和平
蒋介石却为反动统治坚决与全国人民为敌
他破坏重庆各界庆祝政协成功大会
他派遣特务在较场口打伤民主人士

历史上的正义和反正义从来都是难以结合
刽子手很难放下屠刀去做和平人士
蒋介石要维护的是独裁的蒋家王朝
他怎么能真心维护全国人民的利益
国民党的内战政策激起全国人民普遍反对
全国到处掀起“反对内战，争取民主”的强烈抗议

蒋介石为蒋家王朝发动内战的决心已定
谁也无法阻止即将开战的内战战局
共产党虽然努力避免内战争取和平前途
但最后还是只有被迫进行自卫反击
中国大地不可避免地进入第三次国内革命战争
历史在此时就昭示了谁能取得最后胜利

国民党军队气势汹汹地向解放区发起进攻
战火蔓延燃烧到解放区的每一寸土地
扬言要在三五个月内消灭共产党领导的人民军队
其嚣张猖狂气焰不可一世忘乎所以
面对十分严峻的战争形势该怎样反击国民党军队
中国共产党面临必须回答的两个根本性问题
敢不敢以革命战争来迎击反革命战争
能不能打败国民党反动派取得革命战争胜利
党对国内外形势和战争性质进行了清醒的评估
党对革命战争如何迎击反革命战争进行了科学分析
指出对国民党反动派不但必须打败而且能够打败
因为正义的革命战争必将获得全国人民的支持

帝国主义和一切反动派都是纸老虎①
毛泽东伟大的胸怀提出伟大的哲理
中国共产党在哲理的光辉中制定了各项方针政策

---

① 毛泽东在《和美国记者安娜·路易斯·斯特朗的谈话》一文中提出的著名论断。(《毛泽东选集》第四卷1195页)。

勇敢地开启了革命战争一系列创举
在政治上放手发动群众团结一切可能团结的力量
在全国建立最广泛的人民民主的统一
在军事上坚持集中优势兵力各个歼灭敌人
在广大农村和城市也采取一系列正确措施
各个解放区军民在党的领导下沉着应战
对气势汹汹的国民党军队给予有力迎击
华东野战军在苏中地区连续取得七战七捷
山东莱芜战役一举歼灭数万进犯之敌

淮北、晋冀鲁豫、晋察冀、东北战场捷报频传
各解放区八个月就歼灭七十多万进犯之敌
用正义之战挫败了国民党军队的全面进攻
使其只能抱着“速战速决”的反革命计划啜泣
国民党军队对解放区全面进攻遭受失败
又改为向山东和陕北两个解放区重点侵袭
陈毅、粟裕指挥若定大胆采取诱敌深入
抓住有利战机创造了孟良崮战役辉煌战绩
彭德怀面对十倍的敌人镇定自若指挥部队节节迎抗
相继取得青化砭、羊马河和蟠龙镇三战三捷的胜利
此时东北、热河、冀东、豫北和晋南开始局部反攻
各个战场都歼灭大批敌人、收复和解放大批城市

党在国统区积极领导了反抗国民党的独裁统治斗争
组织国统区人民积极争取生存生活的权利

建立起反卖国、反内战、反独裁的广大阵线
使第二条战线的斗争更加广泛地兴起[①]
此时国民党统治区社会经济形势急剧恶化
官僚资本极度膨胀控制着整个国家的命脉经济
官僚资本对民族资本进行大肆兼并任意侵吞
致使大批民族工商业濒于破产倒闭
对广大工人、农民进行极度剥削和压榨
致使国统区城市饥民满城农村饥民遍地
罢课罢工、反抓丁、反饥饿、反内战运动风起云涌
蒋介石政府受到全国人民的愤怒声讨和痛斥

那是一个伟大正确的战略决策
那是一个关键重要的转折时期
解放军打到外线立刻转入全国性的进攻
制定了重大正确的三军配合、两翼牵制[②]
刘邓十二万大军率先强渡黄河
发起了战略进攻的鲁西南战役
刘邓大军在前堵后追中杀开一条血路
历尽艰难险阻胜利穿越了黄泛区
一举渡过沙河抢渡了汝河和淮河

---

① 当时在国民党统治区，党积极组织和领导了国统区的人民进行了反卖国、反内战、反独裁的反抗国民党独裁统治的斗争，被称为第二条战线的斗争。

② 三军配合指刘伯承、邓小平大军为中路实施中央突破，直奔大别山；陈毅、粟裕指挥的华东野战军为东路，挺进苏鲁豫皖地区；陈赓、谢富治指挥的晋冀鲁豫解放军一部为西路，挺进豫西。三路大军相互策应，机动歼敌。两翼的牵制是：以西北野战军出击榆林，吸引进攻陕北之敌北调；以华东野战军东线兵团在胶东展开攻势，将进攻山东之敌牵向海边。

接着挺进大别山插上了英雄的旗帜
大别山从此成为人民的山胜利的山
刘邓大军从此发展为更加强大的雄师

人民解放军战略进攻的序幕就此拉开
与此同时各个战场都吹响了反攻的战曲
陈毅、粟裕率领大军胜利开进豫皖苏平原
陈赓、谢富治大军开进豫陕鄂边地区
刘邓、陈粟、陈谢三路大军形成三大进攻之阵
直接威胁国民党在南京武汉的中心统治
继续在内线作战的各路大军也渐次转入反攻
东北战场连续发动了秋季和冬季攻势
人民解放军在内线和外线的攻势作战发展迅猛
组成了解放战争全国规模战略进攻的总态势
这是敌人失败灭亡的两个重大转折点①
从此人民解放军牢牢把握了战略决战的战局

“打倒蒋介石，解放全中国”
人民解放军总部向全国发布了宣言告示②
毛泽东亲手制定了打败蒋介石夺取全国胜利的纲领

① 人民解放军在内线和外线的攻势作战，组成人民解放战争全国规模的战略进攻的总态势。国民党军队不得不由战略进攻转变为“全面防御”，共产党领导的人民军队由此结束了长期以来在国内革命战争中所处的战略防御地位。这标志着中国人民的革命战争已经达到一个新的历史转折点。毛泽东为此指出：“这是蒋介石的二十年反革命统治由发展到消灭的转折点。这是一百多年以来帝国主义在中国的统治由发展到消灭的转折点。”

② 1947年10月10日，中国人民解放军总部发表宣言，提出了“打倒蒋介石，解放全中国”的口号。

向全国阐明了新民主主义革命的政治[1]
刘少奇主持制定了《中国土地法大纲》[2]
土改的热潮奔流在解放区的广大土地
农村几千年以来的封建生产关系被消灭
长期遭受压迫和剥削的广大农民真正挺立
从此中国革命胜利的源泉更加泉涌
从此中国革命战争更增加了无穷的威力
从此人民解放军战略进攻不断取得大捷
中国的革命和反革命进入最后决战时期

以毛泽东为首的党中央科学分析全局战争
以宏大的革命气魄和高超的指挥技艺把握时机
正确把握战略决战时机和制定了决战战略
连续组织了震惊世界的辽沈、淮海、平津三大战役
战略决战的序幕首先在山东战场拉开
粟裕指挥华东野战军率先发动了济南战役
经过八个昼夜的激战就胜利攻克济南
第一次大规模攻克了敌人坚固的防御体系
东北野战军连同地方武装百万雄兵挥戈东北
发起了大决战的第一个大的战役辽沈战役

---

① 1947年12月，中共中央召开十二月会议，毛泽东作了《目前形势和我们的任务》报告，制定了彻底打败蒋介石、夺取全国胜利的政治、军事、经济纲领及一系列方针政策。据此，1948年4月，毛泽东把新民主主义革命总路线进一步概括为："无产阶级领导的，人民大众的，反对帝国主义、封建主义和官僚资本主义的革命。"

② 1947年7月至9月，在刘少奇主持下，中共中央工作委员会在河北平山县西柏坡召开全国土地会议，制定了《中国土地法大纲》。

战役历时五十二天歼敌四十七万使东北全境解放
激烈的战地每天都记下辉煌的历史日记

那是与国民党军战略决战的第一个大决战
那是一场多么激烈雄壮的伟大战役
锦州的围攻战打得是多么的勇猛激烈
塔山和黑山一线那是多么顽强的阻击
解放军对锦州发起的总攻更是英勇猛烈
历经三十一个小时激战就全歼九万之敌
迫使长春守敌一个军起义其余投诚
把向营口、沈阳撤退之敌围歼于辽西
解放军乘胜追击一举解放沈阳和营口
至此解放军取得辽沈战役的伟大胜利
战役中毛泽东的每一封电报都是高超谋略
解放军的英勇顽强那是战争中无敌的武器

刘陈邓粟谭指挥华东和中原野战军迅即挥军[①]
在广阔的地区发起了规模巨大的淮海战役
淮海战役决战在广阔的平原广阔地带
六十万解放军面对的是八十万之敌
国民党军一律都是美国援助的先进装备
解放军在武器装备上不能与敌人相比
解放军与国民党军打的不仅是武器装备

① 指刘伯承、陈毅、邓小平、粟裕、谭震林。

双方之间打的更是坚强的意志和正义
解放军凭着坚强的意志和为正义而战
因此才创造了古今中外战史上的奇迹
六十万大军六十六天打败八十万敌人歼敌五十五万五千
创下了震惊中外的奇迹辉煌的决战战例

淮海战役给那么多的人留下那么多的不解
淮海战役给那么多人留下了不可解释的战史
至今还有众多历史和军事专家学者仍在探寻
试图寻找到淮海战役奇迹战例的谜底
这些历史和军事专家学者至今仍在感叹
感叹淮海战役留下那么多的不可思议
其实淮海战役的奇迹谜底很容易揭开
只要看一看淮海战役中的人心所向就揭开了谜
支援战役的数百万民众来自于地域广阔的四面八方
支援战役的担架和小推车形成滚滚洪流千里
这是在任何战役中取得胜利的伟大力量
有这么伟大的力量淮海战役怎能不取得奇迹胜利

随着淮海战役伟大胜利的胜利告捷
人民解放军又乘胜迅速发起平津战役
东北野战军提前结束休整挥师入关
与华北野战军和地方部队组成百万雄师
合力围歼京津地区国民党五十多万军队
解放军在兵力上开始占有了数量优势

解放军先用“围而不打”和“隔而不围”
此时如何打法皆由解放军来选择机宜
平津战役采取打和促其和平改编高超之法
使第三次大决战历时六十四天又取得完美胜利
至此整个北国的敌人主力基本被消灭
战地黄花张开了迎春和庆祝胜利的双臂

三大战役是多么伟大的历史决战
三大战役是多么伟大的历史性胜利
三大战役决战时间先后不到半年
三大战役先后消灭国民党军一百五十多万之敌
古今中外历史上谁有这么伟大的力量
古今中外战史上谁有这么伟大的战斗力
三大战役彻底摧毁了国民党的军事力量
三大战役彻底摧垮了国民党统治的意志
蒋介石此时妄想划江而治又演起假和谈
这对他注定失败的命运已无济于事
为保南京老巢不遗余力部署长江江防
大势已去腐败反动的统治已是不堪一击

三大战略决战使国民党在长江以北的力量全面崩溃
蒋介石又急忙部署长江防线妄图实行“划江而治”
革命洪流滚滚向前岂能让敌人得以喘息机会

毛泽东发出了“将革命进行到底”的伟大献词①
“钟山风雨起苍黄，百万雄师过大江”②
千里长江线上百万雄师笑谈三国赤壁
“虎踞龙盘今胜昔，天翻地覆慨而慷”③
南京庄严宣告了延续二十二年的国民党反动统治的死期
人民解放军以锐不可当之势攻克太原
胜利攻克了上海这座中国最大的城市
人民解放军各路大军以秋风扫落叶之势向前推进
继续向中南、东南、西北、西南各省胜利进军追击

解放杭州、南昌、武汉、西安势如破竹
攻克福州、兰州、西宁、银川势如卷席
湖南省和新疆先后取得和平解放
乘胜追击穷寇又横扫广东和广西
此时中国共产党召开了七届二中全会
着重讨论了党的工作重心由乡村向城市的战略转移
提醒全党务必保持谦虚、谨慎、不骄、不躁的作风
提醒全党对资产阶级的“糖衣炮弹”务必提高警惕
随后中共中央及所属机关随着胜利迁至北平
胜利进军路上一个崭新的伟大时代即将开启
这是中国革命历史上从未有过的伟大成就
这胜利更是具有重大世界意义的伟大胜利

---

① 1948年12月30日，毛泽东在新年献词中发出“将革命进行到底”的伟大号召。
②③ 引自毛泽东七律《人民解放军占领南京》中诗句。

三年的人民解放战争是多么的气势磅礴
彻底摧毁了国民党在大陆二十二年的反动统治
三年间先后消灭了八百万国民党军队
创造了中国革命战争辉煌灿烂的历史
为赢得这场战争二十六万解放军指战员献出生命
一百零四万解放军指战员的鲜血染红战旗和大地
万里疆场涌现出多少伟大的英雄人物
万里黄土埋葬了多少忠勇无名的烈士
仅三大战役的支前民工就达上千万人①
支前的一百万大小车辆迎着战火滚滚千里②
三十多万副担架担起多少历史厚重③
历史再次验证了只有人民才是创造历史的真正动力

三年多解放战争战场是多么的广阔
广阔的战场几乎包括了整个中国大地
从大西北到大西南那是多么长的战线
从大西北到东南沿海那是多么长的起止
从东北打响决战拉开决战的战线
到追逐敌师海南岛决战战线长达万里
跃过黄河挺进大别山冲破一道道天险
挺进大西南横扫敌军势如卷席
进军大西北大漠戈壁追逐天狼
沿途插上数千里胜利进军的旗帜

①②③ 据记载，在三大战役决战中，支前民工达886万人，出动担架36万余副，大小车100万余辆。

这是多么广阔漫长的进军决战战线
这是多么广阔雄壮激越的决战战地

这是中外作战史上少有的漫长战场战线
这是中外作战史上少有的这么广阔的作战战地
这么广阔漫长的决战战线靠的是一双脚行走
这么广阔漫长的决战战线靠的是步行挥师
万里决战线上不断取得节节辉煌战果
万里决战线上不断从胜利走向胜利
人民军队终于从隐蔽走上公开的世界舞台
人民军队终于从农村出击包围了城市
中国革命历史从此发生了胜利的大转折
中国革命历史从此写下了最辉煌的战争史诗
这是中国革命取得的最伟大的辉煌
这是中国革命取得的最伟大的胜利

三年多解放战争规模之大古今少有
双方投入的兵力何止上千万之师
三年多先后消灭国民党军队达八百多万
这又是中国古今战争史上少有的奇例
淮海战役支前的民工就达八百多万人
那是一支难以估量的战争之力
三年多的解放战争是人力之战人心之战
民心的向背决定着战争双方谁更强势
三年多的解放战争是正义与非正义之战

正义与非正义决定着谁顺应了历史之势
三年多的解放战争是革命与反革命之战
革命与反革命取决于谁得民心和掌握历史真理

三大战役决战是解放战争多么精彩的决战
三大战役至今还有人无法揭开其中之谜
三大战役是中外战争史上少有的决战
三大战役书写了古今中外战争辉煌的战史
三大战役是伟大战略家毛泽东的伟大杰作
充分展现了毛泽东伟大战略家的伟大战略构思
指挥艺术是那么炉火纯青运用自如
身在决战千里之外却设下步步精密布棋
高超的布棋让对方每一步都按照自己的布设走动
古往今来又有几人能有这样精妙的棋艺
三大战役奠定了中国革命胜利根本
三大战役从根本上宣判了蒋家王朝的死期

东北大地还隐蕴着辽沈战役的硝烟
那激烈的炮声一直在诉说着一个真理
诉说着辽沈战役交战双方的胜利与失败
诉说着东北大地留下的深刻战争记忆
平津战役尘封着震撼历史的隆隆炮声
那是多么雄壮强大豪迈的战斗力
要和要打由强大的力量人民的意愿决定
如不按照这意愿随时就可以把对方消灭

这是只有强大的力量才能产生的一种震慑
平津战役为历史演绎了这样一种道理
平津战役的战略方式显示出古老的智慧
在古老的大地古城墙上刻下深刻的注释

淮海战役深蕴着一个重要的历史标注
什么是人民战争什么是人民战争的威力
古老的淮海大地炮声隆隆硝烟滚滚大地苍茫
一直尘封着让许多人难以解开的谜底
因为在古今中外战争史上没有这样的战役典范
以少胜多以落后装备打败先进装备的战例
同时还创造了一个更让人震惊的历史奇闻
广大老百姓用扁担担出用小推车推出的胜利
济南战役、莱芜战役打得是多么英勇顽强
孟良崮战役打得是多么扬眉吐气
石家庄战役、太原战役打得轰轰烈烈
渡江战役百万雄师下江南打得是何等气势

解放战争的伟大胜利让人那么激动
解放战争的伟大胜利让人那么欢喜
解放战争的伟大胜利让人那么自豪
解放战争的伟大胜利让人那么扬眉吐气
解放战争的伟大胜利让人那么感动
解放战争的伟大胜利让人那么惋惜
二十六万解放军指战员在解放战争中献出宝贵生命

一百零四万解放军指战员的鲜血洒入大地
上溯抗日战争、十年土地革命战争和第一次大革命
又有多少人为了中国革命把宝贵的生命抛弃
有多少革命烈士连名字都没有留下
他们就永远地被黄土地尘封为无名无声的沉积

中国革命的历史不应该忘记他们
中国大地应该永远地把他们记忆
中国革命的红旗有他们血染的风采
后人的幸福生活应该让他们的灵魂得以享誉
中国革命的胜利有他们的伟大贡献
漫长的革命征途上留下了他们无尽的遗志
他们的鲜血化为东方天际的一轮朝霞
涌托着新升的太阳开始新的洗礼
解放战争的伟大胜利是中国革命历史的伟大转折
中国革命将进入一个新的伟大时期
一支庄严雄壮的乐章即将开篇
一个伟大的生命即将诞生东方天际

六

一九四九年十月一日诞生了一个崭新的国脉
一九四九年十月一日开启了一个伟大的时代
一九四九年十月一日成立了一个神圣的国家
一九四九年十月一日缔造了一个伟大的舞台

一九四九年十月一日发生了一个伟大事件
一九四九年十月一日爆发了世界最热烈的喝彩
“中华人民共和国中央人民政府今天成立了”
毛泽东伟大庄严的宣告震荡在五洲四海
中华民族实现了梦寐以求的民族解放和国家独立
终于终结一百多年的屈辱从此站立起来
中华民族以崭新的姿态屹立于世界民族之林
中国大地从此开启了一个崭新的伟大时代

你有一个伟大的名字叫中华人民共和国
你的名字是多么的辉煌多么的光彩
你建立的是人民民主主义的国家
你以工农联盟为基础由工人阶级领导统帅
你实行的是无产阶级专政即人民民主专政
你的最高权力由人民代表大会主宰
你坚持全国各个民族都一律平等
你实行中华民族团结互助和友爱
你坚持和各国人民之间的友好合作
你坚决反对帝国主义的侵略和战争阴霾
你坚持公私兼顾、城乡互助、内外交流国策
你坚持积极发展生产、繁荣经济的国脉

你的第一张建设蓝图就是那么宏伟
你的第一个建国纲领就受到热烈拥戴
你定都在厚重古老博大雄伟的北京

你搭乘公元纪年历史列车奔向未来
你的国徽和国旗是多么的鲜艳辉煌
你的国歌是多么雄壮激昂庄严豪迈
你的名字中心内容体现的是人民
你把中华民族全民族的利益整体承载
你充分体现反映中华民族整个民族的意志
你把全国各族人民的利益平等地装在胸怀
多少年来只有你才真正是人民的国家
你开启了真正全新的一个人民的时代

你的成立让中华民族多么振奋激动
你的成立让中华民族多么骄傲豪迈
你终结了帝国主义一百多年来的侵略和欺凌
你消灭了封建统治者残酷剥削压迫的祸胎
你消除了反动军阀和国民党反动派频仍的战乱
你终结了旧中国四分五裂的严重祸害
你的成立是马克思列宁主义的伟大胜利
你的成立是中国革命的历史决裁
你的成立是中国共产党正确领导的结果
你的成立是由于毛泽东思想的正确统帅
你的成立是中国新民主主义革命的伟大胜利
你的成立改变了人类历史和世界政治舞台

中华民族从未有像今天这样高兴
中华民族从未有像今天这样豪迈

中华民族受屈辱的日子已经一去不复返
一切帝国主义都从中国的大地滚开
中华民族受屈辱的日子已经太久太久
中华民族为了这一天一直在等待等待
长期的黑暗生活更知道光明的可贵
长期的黑暗生活中是多么渴望光明的光彩
翻身解放怎能不让中华民族高兴和激动
推翻反动压迫怎能不让中华民族振奋畅怀
中华民族已经很久没有这么高兴和激动
中华民族已经很久没有这么豪气满怀

中华民族从未有像今天这样激动
中华民族从未有像今天这样感慨
中华民族终于有尊严地屹立在世界民族之林
中华民族终于又挺直了腰杆站立在世界舞台
“东亚病夫”的辱骂被扫进历史的垃圾堆
“华人与狗不准入内”的侮辱被扫进历史尘埃
一切帝国主义你们躲到一边发抖去吧
一切帝国主义你们只能躲到一边气急败坏
这一切怎能不让中华民族激动万分
这一切怎能不让中华民族发出无尽的感慨
中华民族的尊严被帝国主义宰割得太久
中华民族的尊严遭受帝国主义太多的伤害

中华民族放声高歌高歌你的成立

中华民族歌唱歌唱你走进一个新的时代
中华民族放声高歌着《东方红》美丽的乐章
高歌着中华民族翻身做主站起来
高歌中透着中华民族亲切和感恩的心情
高歌中飘荡着中华民族的崇敬和热爱
中华民族齐声高歌着“没有共产党就没有新中国”
高歌着领导中华民族翻身做主的伟大统帅
高歌中凝聚着中华民族的赞美和敬仰
高歌中凝聚着中华民族热烈的拥护和爱戴
向着北京放飞无尽的高兴和激动
向着北京放飞无尽的激情和感怀

大地山川从未有像今天这样喜笑开颜
大地山川从未有像今天这样美丽多彩
多少亿年了从未有走进过这样的社会
多少亿年了从未有走进过这样的时代
自从人类社会主宰大地山川以后也没有过这样的新鲜
自从人类社会主宰大地山川以后也没有过这样的朝脉
近一百多年来跟着中华民族受尽蹂躏践踏
近一百多年来跟着中华民族受尽侵略和破坏
遭受蹂躏和践踏的日子已经一去不复返
遭受侵略和破坏的日子已不复再来
和平和安详怎能不让大地山川高兴和喜悦
神圣和平等怎能不让大地山川笑开情怀

一座座山挺直腰身更加雄伟壮丽
努力清除着过去留下的苦痛和损害
借助阳光和雨露植补着身上的伤痕
在全国人民的培育下努力披上新彩
一条条河流唱起欢快胜利的乐章
把一百多年的屈辱和苦痛流进大海
把一百多年的苦难岁月一同送进历史长河
每天都以新的波涛奔向新的未来
土地田间更是一片接一片的欢声笑语
翻身农民得到土地怎能不激情洋溢汹涌澎湃
历代农民和古老的土地从未有过这种热情相拥
他们怎能不尽情地放歌激动的情怀

你的诞生怎能不让中华民族激动和高兴
你的诞生怎能不让中华民族气壮豪迈
你的诞生怎能不让中华民族纵情高歌
你的诞生怎能不让中华民族放声感怀
你的诞生怎能不让中华民族感谢和敬仰
你的诞生怎能不让中华民族去衷心爱戴
你的诞生怎能不让大地山川气壮山河
你的诞生怎能不让大地山川身披霞彩
你的诞生怎能不让大地山川放声欢唱
你的诞生怎能不让大地山川喜笑颜开
这一切凝聚了中华民族大地山川的无限深情
这一切寄托了中华民族大地山川的无限热爱

你新新得从里到外都是新的风貌
你新新得从里到外都是新的社会形态
你新新得完全都是新树立的新的形象
你新新得全身都是新的细胞新的骨架和血脉
你新新得每天都大步迈起新的步伐
你新新得每天都开写新的光辉记载
你新新得大地上每天都是新的潮流
你新新得把旧的历史朝纲彻底修改
你新新得都是新制定的新的国策
你新新得把旧中国的国政彻底葬埋
你新新得全国人民和世界都叫你新中国
“新中国”之称反映出对你的真挚热爱

你从旧中国历史的废墟中站起
你从中国古老悠久的大地上走来
你从人类社会发展的长河中孕育
你在人类历史发展的站点上脱胎
你的诞生是历史发展的客观必然
你是人类社会有史以来最先进的时代
从此你成为中华民族的骄傲和自豪
从此你成为世界最亮丽的一片风采
从此全国人民对你总是纵情歌唱
总是用忠诚的心凝聚成对你的无限热爱
从此全国人民对你的激情化为伟大的动力

用勤劳的双手建设着你美好的现在和未来

你的成立中国人民已经盼了很久很久
不知盼了有多少年不知盼了有多少代
那遥远的不说因为太遥远太遥远
猿人还不会做梦梦不到你的时代
原始社会那也是很遥远很遥远
那时的人也梦不到你这样的未来
人类进化进入阶级社会已经几千年
历经了原始、奴隶、封建和资本主义几种社会形态
那时的人肯定有梦有了很多的梦
他们会梦想一个公平合理充满光明的朝代
近代一百多年来的屈辱使中国人民一直梦想
梦想不再遭受三座大山的压迫能够站起身来

这个梦虽然没有二百万年那么久远
但这个梦也在几千年前就孕育了胚胎
近代一百多年来这个梦越来越沉重
在一百多年的沉重中焦急地等待
中华民族这个梦想一年比一年强烈
因为中华民族一百多年来背负着太多的伤害
梦想化为思想、化为武器、化为行动
并不断地用鲜血和生命去奋力摘采
争取中华民族不再受封建制度剥削压迫
争取中华民族不再受外国列强的侵略和杀害

争取在中国大地建立一个公平合理的朝纲
争取中华民族能脱离半殖民地的深渊苦海

为了中华民族的这一个美好的梦想
为了中华民族这个美好梦想的摘采
一百多年来有多少先辈们不断努力奋斗
一百多年来有多少先辈们不断致力于政改
第一次鸦片战争中华民族就发出怒吼
可清皇朝太腐败无能让中华民族忍受了失败
太平天国运动一直致力于太平天国
占据清皇朝半壁江山是多么的豪迈
但太平天国的梦想太短暂太复杂
不可能实现真正太平天国的朝脉
第二次鸦片战争中华民族又燃起反抗烈火
虽然失败却显示了中华民族不屈不挠的气概

大刀会、小刀会曾奋力反抗封建统治和外国列强
但最后他们也只能埋没于历史尘埃
“公车上书”立志要改变封建朝纲
却撼不动封建皇朝大厦只有空怀悲哀
义和团运动“扶清灭洋”英勇迎击八国联军
却空怀报国之志无力把封建皇朝更改
辛亥革命终于推翻清皇朝取得伟大胜利
开始致力兴建一个新式的革命朝代
但由于新生资产阶级自身弱点难负重任

最终被旧的反动势力联合夺去朝台
一代一代的梦想一代一代的奋斗
中华民族仍背负着沉重的内忧外患祸灾

中华民族梦想多少年了梦得很累
中华民族梦想多少年了梦得是那样无奈
中华民族早已疲惫不堪伤痕累累
中国大地更是满目创伤更加日衰
圆明园被八国联军用战火野蛮焚烧
运鸦片的外国船只接连不断随意运来
割地、租占、赔款由外国列强随意进行
被迫签订的不平等条约和协定摞满皇台
中国九百六十万平方公里大地成为一块砧板
尊严被宰割却还被迫为刽子手喝彩
中国的大地居然“华人与狗不准入内”
这屈辱连已不公道的苍天都感到悲哀

可颐和园的皇船仍然香睡不醒
承德避暑山庄的御膳仍然那样气派
黄河和长江为此流着长长的两行苦泪
大地上却又滋生了一批军阀使大地布满阴霾
梦想梦想终于梦想到了十月革命的炮响
终于梦想来了“五四”运动的汹涌澎湃
终于梦见了上海黄陂禹路点燃的革命圣火
终于梦见了嘉兴南湖升起的历史光彩

从此中国大地有了建立你的行动纲领
从此中华民族有了实现梦想的旗帜和统帅
这一天中华民族虽然已经梦想了很久很久
有幸的是中华民族终于把这一天梦来

大革命七年间三十多万共产党人和革命群众付出头颅
十年土地革命战争无数共产党人和红军被掩埋
八年的抗战中华民族付出了三千多万人的伤亡
满目创伤的中国大地几乎被鲜血和尸体覆盖
三年多的解放战争是为你的命运所进行的决战
解放军一百零四万人为此流血二十六万人命归天台
望上海、南昌、井冈山、雪山草地、延安、太行山
望辽沈、淮海、平津、黄河上下、长江南北、天安门楼台
理想、意志、忠诚、生命和鲜血铺就二十八年的路
壮行二万五千里终于走到你新中国的崭新朝台
你的诞生是多么艰难壮烈、多么气壮山河、多么豪壮
为此六十年来中华民族为你奋斗、为你放歌、为你豪迈

从此你在新的道路上不断取得成功
从此你在新的征途上不断高歌奏凯
从此你不断创造着辉煌灿烂的伟大成就
从此你不断优化着新实行的社会形态
一年里人民解放军就全歼了大陆上的残敌
使国民党的统治和军队在大陆不再存在
一九五一年人民解放军和平解放西藏

从而恢复了你疆域的雄伟壮丽广阔气概
在你新解放的土地上进行了大规模剿匪
把大批的土匪和武装特务彻底葬埋
把旧中国遗留下来的匪患彻底根绝
全国人民为此是多么欣喜和拍手称快

你没收官僚资本企业逐步建立起国营经济
构建了你新中国初期国营经济的鼎鼐
你在全国建立起各级人民政权机构
使你初期纷繁复杂的政府工作迅速打开
中共七届三中全会提出三大方针政策[①]
使你的各个方面的工作进展得又好又快
你加快完成土地改革和工商业合理调整
对国家机构所需经费进行大量节省减裁
同时统一财政收入、物资调度、现金管理
紧缩编制、清理仓库、加强税收和发行公债
你的一系列正确举措收到一系列成功
全国人民建设的热潮是那么汹涌澎湃

美帝国主义不甘心你的伟大建设和成就
竟然发动朝鲜战争妄图对你侵略和破坏
抗美援朝、保家卫国是义不容辞的使命
中华民族岂能让美帝国主义对你再进行侵害

---

① 1950年6月召开了中共七届三中全会，这次全会是新中国成立初期党的重要会议，为全面实施《共同纲领》规定了明确的战略方针和行动纲领。

中共中央和中央人民政府决定抗美援朝保家卫国
毅然把保卫和平的历史重任勇敢承载
中国人民志愿军雄赳赳气昂昂跨过鸭绿江
大江上飞荡着无畏的革命英雄气概
中国人民志愿军奉命开赴朝鲜战场
在三千里江山与朝鲜军民并肩同仇敌忾
历时八个月进行五次大规模的战役
以美国为首的联合国军遭到严重失败

以美国为首的联合国军被赶回三八线
只得被迫同意中朝停战谈判的安排
与此同时国内掀起轰轰烈烈的抗美援朝运动
极大地激发了全国人民对你的热爱
为抗美援朝战争胜利作出重大贡献
捐款和捐助各种作战物资是多么巨大和慷慨
战争是那么空前的激烈和异常的残酷
中国人民志愿军打得是多么英勇多么光彩
他们的爱国主义精神气贯长虹冲贯九天
革命的英雄主义和革命乐观主义精神把大地铺盖
革命忠诚精神和国际主义精神感动中朝两国
创造的伟大的抗美援朝精神传颂一代一代

美帝国主义在战场上没有得到想侵占的东西
在谈判桌上也无法得到只有无奈
不得不老老实实地在停战协议上签字

历史牢牢记下了它失败的可怜和悲哀
中国人民志愿军写下光荣辉煌的战史
涌现出三十多万英雄功臣光照天台
抗美援朝战争胜利粉碎了帝国主义的侵略野心
有力地维护了亚洲和世界的和平安泰
使你新中国的威望在世界上得到空前提高
使帝国主义从此不敢对你轻易干扰和破坏
使帝国主义从此更不敢对你轻易欺侮和侵犯
因为你神圣不可侵犯并时刻严阵以待

你是新中国已不是近代任人侵略的旧中国
中华民族也不是近代那样中国人民已经站立起来
你虽然刚刚建立还很贫弱十分落后
但你有了新的伟大灵魂和革命英雄气概
反动派被打倒帝国主义夹着尾巴逃离中国大地
革命胜利后的中国对帝国主义的侵略不会再忍耐
一切帝国主义侵略本性难移总是时刻妄想侵略
他们尝到当年侵略中国的甜头总想卷土再来
中华民族任人宰割的近代已一去不复返
绝不会再容许侵略者对中国进行侵略伤害
当美帝国主义公然侵略朝鲜把战火烧到中国边境之时
中国人民以实际行动表现出中华民族的英雄豪迈

抗美援朝战争是一场反侵略的正义之战
这场战争充分显现了中国人民的革命英雄气概

这场战争打出了中国人民的英勇顽强
这场战争展现了中华民族的空前团结友爱
这场战争打出了中华民族的神圣尊严
这场战争打出了抗美援朝伟大精神的光彩
抗美援朝精神一直激励着中国人民的斗志
抗美援朝精神反映了中国人民那个伟大的年代
让中国人民更加懂得如何对待帝国主义的侵略
如何对待世界上一切帝国主义和反动派
抗美援朝战争的胜利赢得了一个相对稳定和平环境
让中华民族从此更加民族自信更加信心满怀

趁着朝鲜战争爆发国内暗藏敌人气焰嚣张
国民党残留在大陆的反革命分子进行种种捣乱和破坏
他们还疯狂地袭击破坏基层政权机关
对一些革命干部群众进行诬蔑和残害
党中央及时作出坚决打击的正确决定
镇压反革命运动在全国大力广泛展开
历时三年的镇反运动基本扫除大陆反革命残余势力
猖獗一时的特务、地下军、反动道会门呜呼哀哉
旧中国历代都未能肃清的湘西、广西匪患基本被肃清
你的大地上被扫除得是多么纯净和洁白
你的社会秩序获得前所未有的安定
有力地支持配合了朝鲜战争和各项政改

"三反"运动更加纯洁了你的躯体①
有力铲除了不良的作风、恶习和贪污腐败
随着"三反"运动深入大力开展了"五反"运动②
有力打击了不法资本家的严重"五毒"之害
推动了在私营企业建立工人监督和实行民主改革
使党同资产阶级限制和反限制斗争又一次奏凯
你成立三年来不断取得新的进步和发展
你创造了伟大而又光荣的新中国的国牌
在纷繁复杂的斗争中坚决贯彻实施《共同纲领》
为国民经济的全面恢复和发展扫除了障碍
从政治、经济、文化等各方面促进了社会主义因素增长
为你从新民主主义转向社会主义奠定了历史的平台

七

土地改革的历史大幕在全国胜利落垂
将几千年封建制度的经济基础彻底摧毁
你的土地上地主阶级被基本消灭
使深受剥削压迫的农民在获得的土地上陶醉
从此使农民真正获得了基本生产资料

---

① 1951年12月,中共中央决定在党政工作人员中开展一场反对贪污、反对浪费、反对官僚主义的"三反"运动。

② 随着"三反"运动的深入,揭露出许多资本家的行贿偷税等严重违法行为。于是在私营工商业中开展了一场反对行贿、反对偷税漏税、反对偷工减料、反对盗骗国家财产、反对盗窃国家经济情报的"五反"运动。"五反"运动的开展,有力打击了不法资本家的严重"五毒"行为。

使农民摆脱了千百年来封建宗法的人身束缚陈规
土地改革极大地解放了农村的社会生产力
促进农村紧密迅速走向恢复和发展的历史新轨
依靠土地改革中形成的有觉悟有组织的阶级队伍
完成了对旧的乡村政权改造建起新的政权堡垒
为新社会走向新的进步奠定了深厚的群众基础
使中国人民建树了近代以来反封建斗争的伟大丰碑

封建主义是人类社会一道长长的历史思想
封建主义是人类社会一道长长的历史之轨
封建主义是中国走了两千多年的历史之路
封建主义是中华民族生活了两千多年的历史社会
虽然这条历史之路是人类社会必须要走的历史之路
虽然这条历史之路曾给中国带来灿烂的历史光辉
但这条历史之路也留下了漫长的历史垃圾
这条历史之路也留下了诸多的思想文化颓废
这条历史之路也不能太长走得太久
路太长走得太久了会成为社会发展的累赘
这条历史之路在中国本该早些结束
那样也许就不会给中华民族造成一百多年的历史之罪

为此近代以来多少中华民族仁人志士就开始反封建斗争
希望中国能够走上更先进的历史社会
希望中国能够解脱封建主义的严重束缚
希望中国能够把封建主义的枷锁砸碎

一百多年的反封建斗争多么曲折和艰难
一百多年的反封建斗争是多么残酷和尖锐
辛亥革命虽然取得反封建斗争的重大胜利
但在中国大地上却仍然到处是封建主义的堡垒
在中国共产党领导下终于取得反封建斗争的彻底胜利
在中国大地上终于把封建主义扫进历史垃圾堆
中华民族终于砸碎了封建主义的枷锁
中国大地上终于建起了人类社会历史上最先进的社会

土地改革是反封建斗争的重大历史步骤
土地改革把中国大地封建土地制度彻底砸碎
从而把中国两千多年的封建社会经济基础消灭
从而把统治中国两千多年的地主阶级彻底摧毁
从而使农民得到从未有的历史解放
从而在中国大地铺上从未有的历史新轨
从而在广大农村建立起从未有的农村政权
从而在广大农村建立起从未有的历史新规
这一切标志着反封建斗争的伟大胜利
这一切标志着反封建斗争的历史丰碑
这是中国大地多么伟大的历史性胜利
这是中国广大农村取得的最辉煌的历史壮美

国营工矿交通企业也加快了民主改革
废除旧的官僚机构提高了工人阶级的历史地位
清除了隐藏在企业内部的反革命分子

把封建残余势力扫进了历史的垃圾堆
你废除了旧社会遗留的官僚管理机构
把各种压迫工人的旧制度彻底砸碎
吸收工人代表参加工厂的各方面管理
建立了职工代表会议和工厂管理委员会
调动了广大工人群众当家做主的积极性
调动了广大工人群众搞好生产的力量和智慧
为恢复工业生产创造了必要的条件
为交通运输业恢复发展做了基础准备

工人阶级在战争年代就担当领导阶级的重任
你的建立使工人阶级走上领导阶级的地位
随着国营工矿企业民主改革工人阶级作用日益加强
充分显现了工人阶级的历史朝晖
在参加管理工厂中工人阶级发挥着越来越大的作用
在参加管理工厂中工人阶级发挥了聪明智慧
工人阶级虽是新生阶级但深受三座大山沉重压迫
为此工人阶级在革命斗争中是那么英勇无畏
你的建立使工人阶级获得彻底翻身解放
你的建立使工人阶级多么振奋和陶醉
你的建立使工人阶级更生发了伟大的力量
你的建立使工人阶级把工矿交通企业建设大力前推

你颁布了新中国第一部新的婚姻法大典
每一个字都闪耀着新的人性伦理光辉

废除了两千多年的封建主义婚姻制度
废除了包办强迫、纳妾之俗和男尊女卑
实行婚姻自由、一夫一妻、男女权利平等
使深受压迫的中国妇女真正提高了地位
与此同时你又采取坚决有力的措施
大力整治旧社会遗留的恶风恶习之罪
彻底取缔卖淫、嫖娼、贩毒吸毒、赌博各种丑恶现象
使你的社会风气得到净化而更加纯净和优美
几千年来只有你能创造如此伟大的壮举
数点中国历史上的朝朝代代又能有谁

新的婚姻法是新的历史发展变化
新的婚姻法孕育了新的人性壮美
新的婚姻法是一道彰显人性的绿茵
新的婚姻法是一道净化伦理的翠菲
新的男女权利使男女真正实现了平等
新的男女权利彻底摧垮了对中国妇女的重重包围
整治旧社会遗留的恶风恶习是多么伟大的历史壮举
扫除旧社会遗留的“五毒”凸显了革命的雄威
净化的大地响起一首首男女合唱的情歌
净化的天空飘起一片片祥云欢腾舞飞
这是你为中国大地立下的历史功绩
这是你为中华民族获得的历史金杯

中共中央及时提出过渡时期的总路线

把计划经济建设提到主体地位
总路线成为全国人民新的奋斗纲领
纲领要引导你进入社会主义社会
纲领确定社会主义必须分两步走
必须经过新民主主义革命才能转入社会主义社会
这是中国革命发展的必由之路
这是中国革命发展的客观必然之规
这是一个完全符合国情的正确决定
这决定随着中国革命的发展越发显示智慧
从此开始执行建设你的第一个五年计划
经济建设在整个国家生活中已经居于首要地位

随着土地改革基本完成和国民经济迅速恢复
建立在没收官僚资本基础上的国营企业日益菲翠
国营企业的力量日益发展日益壮大
成为对整个国民经济社会主义改造的重锤
你对社会经济活动的控制能力得到大力加强
提高了工人阶级在整个国家中的领导地位
采取加工定货、统购包销的措施调整工商业
形成了初步有效的社会主义改造之规
注意发扬农民个体经济和互助合作积极性
引导个体农业向社会主义集体化过渡做准备
这是个体农业向社会主义集体化逐步过渡的开端
这是建立社会主义经济的历史之轨

新民主主义的前途必然向社会主义发展
新民主主义的经济中蕴涵着社会主义朝晖
新民主主义经济中具有决定意义的社会主义因素
社会主义因素在不断壮大和扩展其范围
社会主义的胚芽在你的大地上一天天增长
为解决工人阶级与资产阶级的矛盾提供了历史方规
社会主义改造已大步走到历史的前沿
社会主义的朝霞已在东方地平线上放飞
社会主义建设已开始在大地上奠基
社会主义的旗帜已开始在大地上列队
从农村到城市都在准备渡过历史的大河
历史的天空为历史的过渡备好了春雷

第一个五年计划确定了指导方针和任务
五年的目标任务是那么艰巨和宏伟
集中国家的主要力量大力发展重工业
迅速建立国家工业化和国防现代化的经纬
相应地发展交通运输业、轻工业、农业和商业
有步骤地促进农业、手工业合作化氛围
你积极地培养国家各方面的建设人才
对提高人民物质和文化生活水平格外加倍
逐步实现对资本主义工商业的社会主义改造
促进国民经济中社会主义胚芽更加翠菲
你坚持社会主义建设与改造同时并举
使社会主义建设和社会主义改造熠熠生辉

一九五四年的金秋时节留下历史性的记载
在北京隆重召开了第一届全国人民代表大会①
你的人民第一次登上国家政治的高台
劳动的双手第一次把国家的权力支配
人民共和国的人民真正当了家做了主
这是中国自进入阶级社会以来的头一回
人民当家做主体现了国家的根本性质
因此中华人民共和国才如此伟大光辉
大会通过了你建立以后的第一部宪法
《中华人民共和国宪法》闪耀着社会主义灿烂光辉
从此你有了根本大法进行管理国家
并不断构建着社会主义初期的法律法规②

随后中共中央又制定了具有深远意义的大政方针
明确提出建立独立完整的工业体系的作为
在建设中坚持独立自主自力更生的立场
在国际关系中体现了你新中国的自尊和国威
国家工业化建设得到全国人民热烈响应
工人阶级在各条战线都有杰出的发挥
工人阶级文化水平和科学技术知识不断提高
热火朝天的劳动竞赛犹如夏日强劲的风雷

①② 1954年9月15日至28日，第一届全国人民代表大会在北京隆重召开，大会通过了《中华人民共和国宪法》，以根本大法的形式，把中国共产党在过渡时期的总路线作为国家在过渡时期的总任务确定下来。

技术革新运动在全国广泛深入地掀起
热爱国家建设国家的热潮在全国劲吹
涌现出孟泰、马恒昌、王崇伦等一大批劳动英模
他们的思想和行动是多么的崇高和可贵

工程科学技术人员在工业化中大显身手
在各条战线充分展现了他们的聪明和智慧
大批高等和专业技术院校学生奔赴工业建设前线
不怕困难不畏艰苦坚决服从祖国的分配
众多的优秀干部被抽调充实到工业战线
成为工业建设的各级领导骨干和精髓
从组织上保证了国家规模经济建设的展开
从而使经济建设大军有了坚强的领队
广大农民努力增加生产、积极交售粮棉
以实际行动把你的工业建设大力助推
涌现出李顺达等一大批农业劳动模范
他们用粗糙的双手写出了心中的忠诚和精美

你的第一个五年计划各项指标都超额完成
各条战线都是快速发展硕果累累
工业、交通运输业年年捷报频传
基本建设战线天天都是喜讯纷飞
鞍钢无缝钢管厂等三大工程相继开工建设
包头钢铁公司和武汉钢铁公司先后开锤
你的第一条载重汽车生产线长春第一汽车制造厂建成

你的第一架喷气式飞机试制成功起飞
你的第一家机床厂沈阳第一机床厂建成投产
大批量生产电子管的北京电子管厂凯歌奏吹
武汉长江大桥“一桥飞架南北,天堑变通途”①
紧接着南京长江大桥龙盘钟山是多么雄伟

青藏公路盘绕入云飞插高天揽月
揽出一路惊险一路神奇一路朝晖
康藏公路飞入长空攀援九天摘星
攀出一条神奇的天路与星月相随
新藏公路冲下莽莽高原奔向广阔大漠
力压千里滚滚黄沙纵接遥遥天山南北
一大批旧中国从未有的现代化骨干企业相继诞生
使中华民族抹掉百年遗憾和百年惭愧
一大批能源和工业化原料基地先后打下根基
保证了全国工业发展力量的有效付给
一大批工矿企业在内地纷纷兴建
使全国工业布局得到初步合理搭配

“一五”期间的工业建设和生产成就多么辉煌
辉煌的成就让中华民族是那么鼓舞和欣慰
“一五”期间的工业建设和生产热潮是多么高涨
巨大的热潮让中国大地滚动遍地春雷

① 引自毛泽东水调歌头《游泳》中句子。

辉煌的成就拨开旧中国百年的迷茫
巨大的热潮冲醒旧中国百年的沉睡
五年的成就远远超过旧中国一百年的工业历程
这五年使中华民族开始了真正的腾飞
五年间全党全军全国人民同心同德艰苦奋斗
留下了多少现代成功多少历史陶醉
五年间你的社会主义工业化步伐扎扎实实向前迈进
创下的成就至今让中华民族深深地思索和回味

对农业、手工业也进行了社会主义改造
在改造中不断加大力度一直向前猛推
中共中央先后作出两个决议给予指导①
制定了积极发展、稳步前进和互助自愿之规
农业生产互助合作助推了粮食增产增收
农业生产合作社使古老的大地遍地生辉
互助合作运动得到广大贫苦农民的欢迎
参加合作化成为广大农民的自觉行为
那时你因为底子太薄日子还很艰难困苦
不得不在全国统一采取统购统销的票匦②
互助合作、粮食征购成为对小农经济改造的两大措施
有力促进了农村开始跨入社会主义社会

① 1953年，党先后作出关于农业生产互助合作的决议和关于发展农业生产合作社的决议。两个决议要求按照积极发展、稳步前进的方针和自愿互利的原则，采取典型示范和逐步推广的方法，把农业互助合作当作一件大事去做。

② 1953年10月，中共中央作出关于实行粮食的计划收购和计划供应（统称统购统销）的决议，初步缓解了粮食供应的紧张，保持了市场物价的稳定。

“一五”期间你实现了生产资料所有制的深刻变革
你的大地开始披上了社会主义的霞帔
社会主义改造取得决定性的伟大胜利
这胜利是多么的辉煌多么的巨大多么的宏伟
全民所有制成为社会主义公有制的支柱
劳动群众集体所有制成为社会主义公有制的脊椎
这两种所有制形式共同构成社会主义的经济基础
它们在整个国民经济中占据绝对优势地位
伴随着社会主义经济制度的建立社会全面发展
你人民民主专政的国家制度健康地跨入历史之轨
社会主义的思想意识和社会主义道德规范逐渐树立
马克思主义在国家政治生活中被确立为指导地位

随着马克思主义在国家政治生活中指导地位的确立
社会主义思想意识在中国大地树起光辉
社会道德规范在人民中间逐渐树立起来
在中国大地形成了社会主义思想氛围
新的社会主义经济基础为社会主义打下根基
根基上建起社会主义上层建筑的坚强堡垒
你由新民主主义已完全过渡到社会主义
你大踏步走进了社会主义初级阶段社会
这是一个多么伟大而又成功的历史进程
这是一个多么伟大而又辉煌的历史丰碑
这是一个多么伟大而又高超的历史过渡

这是一个多么伟大而又聪明的历史智慧

你创造了向社会主义过渡的伟大进程
创造了一系列适合中国特点的过渡形式新规
在农村创造了初级农业生产合作社
把它作为互助合作主要形式而广推
使农民个体私有制逐步转变为社会主义集体所有制
社会主义集体所有制在中国大地绽放花蕾
你对个体手工业也采取互助合作形式
使社会主义集体所有制遍地生芽吐翠
对资本主义工商业改造创造了一系列更有效过渡形式
彰显了社会主义过渡中闪耀的历史智慧
使资本家私有制逐步过渡到社会主义公有制
成功地实现了对资产阶级和平赎买的历史之美

你这是多么成功的社会主义过渡经验
你这是多么创新的社会主义书写和描绘
你丰富和发展了马克思主义社会主义理论
你为马克思主义科学社会主义理论增添了光辉
你始终把握社会主义过渡的整个过程
你适时进行调整社会主义过渡之轨
你注意对生产和流通环节统筹安排
及时纠正过渡过程中出现的偏差之累
注意避免生产关系急剧变革对社会生产力的危害
从而保证了农业生产大幅增长大步前推

促进了整个国民经济的全面健康发展
使社会主义事业在中国大地旗开折桂

你初步建立了社会主义的基本制度
你创造了伟大辉煌的中国历史丰碑
你向社会主义过渡的进程是伟大的历史进程
你创造的向社会主义过渡形式是成功的历史之最
你创造了中国古老农业过渡的千古新奇
你创造了个体手工业过渡的百年新揆
你创造了资本主义工商业过渡的成功形式
你的过渡丰富和发展了马克思主义的光辉
你取得社会主义过渡时期的伟大胜利
你确立了社会主义制度的一系列国政国规
这是你诞生后所产生的历史性巨大变化
这是二十世纪中华民族的第二次历史性奋翚

全国人民为此振奋为此而放声高歌
“社会主义好”的雄壮旋律响彻黄河上下长江南北
“社会主义好,社会主义国家人民地位高”
听这旋律是多么的欢乐高兴和甜美
“反动派被打倒,帝国主义夹着尾巴逃跑了”
听这旋律是多么庄严豪迈而显威
“全国人民大团结,掀起了社会主义建设高潮”
听这旋律是多么豪放壮阔而雄伟
到万里长江饮马,到万里黄河泛舟

望不尽两条从天而降汹涌奔流欢腾的长水
登巍巍高原采风,临万里海疆听涛
风在尽情地放歌,海涛在欢腾中陶醉

你的全身上下显现着一种新的精神面貌
全国人民从心底里高兴进入一个新社会
四面八方大街小巷到处是欢天喜地的人们
到处是欣欣向荣的景象山清水秀花团芳菲
“社会主义好”唱不尽心中的高兴壮志豪情
翻身作主人的感动让多少人流下欣喜的泪
工农粗大的手把革命的大印掌握在手中
人民群众为此不禁欢呼这是开天辟地第一回
发自内心的高兴焕发出一种忠诚和信仰
让人民群众怎能不珍惜当家做主的地位
一个共同美好的伟大目标使全国人民实现大团结
齐心协力把你新中国的各项事业快速前推

这个时期你取得了多么伟大的建设成就
工业生辉农业生辉各行各业都闪耀光辉
思想前进道德前进文化更是不断过渡前进
教育起飞科技起飞医药卫生体育都在起飞
在全党全国人民同心同德艰苦奋斗中你突飞猛进
在社会主义各项事业中充分显示出聪明智慧
在向社会主义过渡进程中创造出举世之举
创造了一系列适合中国特点的过渡形式和新规

这个时期使私有制过渡到社会主义公有制
这是你建立后所取得的最伟大历史丰碑
是中国社会在二十世纪实现的又一历史性巨大变化
随着人类社会的历史变迁越发显示出其宝贵

《中华人民共和国宪法》的颁布是你的历史新起点
标志你从此有了社会主义的根本法规
“一五”建设的伟大成就是你社会主义的伟大奠基
标志你的社会主义大厦规划是多么的雄伟
社会主义改造基本完成是一个伟大的历史转折
标志你的历史真正跨入社会主义社会
“一五”期间实现了生产资料所有制深刻变革
标志你从此跨上了社会主义历史之轨
确立马克思主义指导是一个伟大的历史确立
标志你建立起了社会主义上层建筑堡垒
从你的经济基础到上层建筑都实现了伟大跨越
你在这个时期取得了多少历史辉煌和历史之最

八

以毛泽东《论十大关系》为探索的先导①
开始探索你建设社会主义更有效的大道

---

① 1956年2月至4月间，中共中央政治局分别约集三十多个经济部门的负责同志座谈，讨论社会主义建设中存在的各种问题。毛泽东集中大家的意见，在4月的政治局扩大会议上作《论十大关系》报告。

毛泽东在总结你经济建设经验和苏联经验的基础上
发表了著名的《论十大关系》的伟大报告①
毛泽东对十大关系的深刻分析闪耀着辩证法的光辉
提出了社会主义经济、政治建设新的方针指导
还提出在科学文化工作中实行“百花齐放百家争鸣”
“双百”方针指导科学文化工作在全国掀起高潮
在此之前中共中央还召开了关于知识分子问题会议②
周恩来代表中央发出了“向现代化科学进军”的号召③
毛泽东号召全党努力学习科学技术知识④
为迅速赶上世界科学先进水平而学习和创造

那是一九五六年的那一个金秋季节
在首都北京发出了新的历史呼啸
中共第八次全国代表大会在北京隆重举行
大会向全党和全国人民提出了新的探讨
大会全面深刻正确地分析了国内外形势
大会正确地剖析了国内主要矛盾变化的征兆
指出无产阶级同资产阶级的矛盾已基本解决
你已经决定性地完成了社会主义改造
你国内的主要矛盾已经发生重要转化
党和全国人民的主要任务也要随之转调

① 1956年2月至4月间，中共中央政治局分别约集三十多个经济部门的负责同志座谈，讨论社会主义建设中存在的各种问题。毛泽东集中大家的意见，在4月的政治局扩大会议上作《论十大关系》报告。

②③④ 在1956年1月召开的关于知识分子问题会议上，毛泽东作了讲话，他在讲话中号召全党要努力学习科学技术知识，为迅速赶上世界科学先进水平而奋斗。

这些论述正确反映了你建立社会主义制度后的实际
这些论述是多么的全面、深刻、正确和精妙

中共八大确定了经济、政治、文化和外交工作方针
从此你的各项建设被导入社会主义康庄大道
“三个主体,三个补充”思想细致入微①
使你经济建设中的各种关系更加协调
在政治关系方面强调进一步扩大国家民主
要逐步建立健全社会主义法制的轨道
在各党派、无党派间实行“长期共存,互相监督”
坚持多党合作坚持共产党的领导
在科学文化建设方面坚持“双百”方针
努力把社会主义的民族新文化积极创造
在对外政策方面坚持以五项原则为基础②
这种外交方针是多么的平等友好和高超

中共八大会议制定的路线是那么正确
提出的许多新方针和新设想都富于创造
会议对你建设社会主义道路进行了有效探索
取得的显著成果具有深远的历史之义要
为你的社会主义事业建设指明了方向

---

① 陈云同志在八大会议上提出的,即:国家与集体经济、计划生产和国家市场是主体,一定范围内国家领导的个体经营、自由生产和自由市场作为补充。

② 即坚持以互相尊重主权和领土完整、互不侵犯、互不干涉内政、平等互利、和平共处五项原则。

为搞好共产党自身建设提出了明确的方针指导
中共八大会议后你沿着正确的方向继续探索
在社会主义道路上不断地向前奔跑
奔跑中不断调整着若干方面的经济关系
奔跑中不断修订着下一个经济社会发展计划目标
你不断迎来一个又一个社会主义建设的重大胜利
你不断取得一项又一项社会主义建设的显著成效

此时东欧一些社会主义国家出现动荡不安的迹象
帝国主义乘机掀起反苏反共反社会主义的浪潮
此时国内也出现了一些不安定的情况
经济建设中存在的一些冒进倾向需要清消
毛泽东从总结国内经验和借鉴国际历史教训入手
开始了对重大历史课题的全面深刻思考
对如何正确认识和处理社会主义社会的各种矛盾
反映了他伟大无产阶级革命家的战略头脑
他的《关于正确处理人民内部矛盾的问题》①
通篇都贯穿着唯物主义辩证法的精到
科学地阐明了社会主义社会的各种矛盾
对科学社会主义理论有了新的发展和高蹈

中共中央发出关于整风运动的重要指示
随之整风运动在全国迅猛地掀起高潮

---

① 1957年2月，毛泽东在最高国务会议上发表了《关于正确处理人民内部矛盾的问题》的讲话。

整风正确处理人民内部矛盾“这是天下第一大事”。[1]
毛泽东为整风运动定下了明确的基调
但此次整风运动也出现了一些复杂的情况
留下了一道复杂的历史动荡和复杂的历史思考
在新中国大地上留下一片阴影和难以厘清的争论
纷乱复杂之中让人难以分辨出好与孬
天茫茫地茫茫难以分辨东西南北方向
在这种茫然中有多少人在人生路上不幸跌倒
茫然中有人要否定社会主义制度的优越性
茫然中涌动起一股声势浩大的左倾的思潮

这本是一种正常社会现象却引起异常的警觉
为此在异常警觉中发出了一个扩大的政治信号
扩大的政治信号扩大的反击造成扩大的伤害
大规模的反击中致使许多人被戴上右派之帽
好在历史的实践最终给予了甄别和纠正
历史的阴霾在历史长空中总会烟灭云消
这是你七年的深刻社会变革引起的一种反映
这是你在前进中不该发生的一次失误引导
虽然你要不要走社会主义道路问题还没有完全解决
虽然你还没有完全解决和巩固共产党的领导
但过度的反应不可避免地伤害了你的肌体
给新兴的社会主义事业留下沉重的历史思考

① 毛泽东看到一些关于整风的报道后指示:“不整风党就毁了。”开展整风运动,正确处理人民内部矛盾,“这是天下第一大事”

曾长期遭受帝国主义欺凌的中华民族急欲复兴
站立起来后求强求富的强烈渴望如火燃烧
从你成立短短几年就实现伟大的历史变革
一连串接踵而至的胜利使渴望的烈火更加火爆
因此导致总路线、大跃进、人民公社三面红旗中的失误
从而留下了一串难忘的历史教训和历史大嘲
幸喜中共中央及时发现坚决纠正“左”的偏差
决定对国民经济实行“调整、巩固、充实、提高”①
你对“左”的偏差失误进行及时纠正
使国民经济开始快速转入调整的新轨道
你的社会主义建设在曲折中继续前进
历史留下了在曲折中前进的真实写照

八届九中全会上毛泽东强调恢复实事求是优良传统
向全党发出了大兴调查研究的号召
这号召像一股强劲的春风首先吹遍农村大地
春风中诞生了毛泽东主持起草的“农业六十条”②
“农业六十条”犹如一场及时的春雨
浇灌着全国广大田野上干旱的禾苗
随后中共中央又加大工业的调整力度
将工业生产和基本建设指标调到切实可靠

---

① 中共八届九中全会正式决定对国民经济实行“调整、巩固、充实、提高”的八字方针。

② 1961年3月，毛泽东在广州主持起草了《农村人民公社工作条例（草案）》，简称“农业六十条”。

根据实际又制定了一系列新的指导方针
及时制定发布试行了"工业七十条"①
"工业七十条"使国营企业规章制度得到恢复和建立
使工业在调整中不断得到发展和提高

同经济工作的全面调整相呼应相配合
科学、教育、文化等各个领域调整相继召告
"科学十四条"条条尽显科学的思想②
"高教六十条"条条都是科学之教③
"文艺八条"条条尽显新文化的风采④
条条新规催生科学、高教、文艺日益丰富和多娇
这些条例的中心内容是调整共产党与知识分子的关系
贯彻落实科学和文艺工作中"双百"方针的指导
进一步调动知识分子为社会主义服务的积极性
进一步掀起科学、教育和文化工作的高潮
这些条例得到广大知识分子的坚决拥护
使广大知识分子感到欢欣鼓舞和骄傲自豪

七千人大会朝着实事求是的认识又向前迈进⑤

---

① 1961年9月,中共中央发布试行《国营工业企业工作条例(草案)》,即称"工业七十条"。

②③④ 同经济工作的调整相配合,科学、教育、文化等各个领域也进行了调整。中共中央先后批复试行了《关于自然科学研究机构当前工作的十四条意见(草案)》,简称"科学十四条"、《教育部直属高等学校暂行工作条例(草案)》,简称"高教六十条"、《关于当前文学艺术工作若干问题的意见(草案)》,简称"文艺十条",以后改为"文艺八条"。

⑤ 1962年1月11日至2月7日,中共中央在北京召开了扩大的工作会议,也称七千人大会。

在艰难曲折中不断向前推进并取得积极成效
在召开的第三届全国人民代表大会第一次会议上
第一次郑重地宣布了四个现代化的任务目标[①]
此时国际共运中的国际争论却愈演愈烈
发生了不该发生的那么多国际激烈争吵
帝国主义和反动派联合上演着反华大合唱
这一切对你的社会主义建设产生了严重影响和干扰
你坚持独立自主的原则顶住外来巨大压力
对国际反华攻击进行了有力的自卫和声讨
维护了国家主权、国家尊严和党的尊严
你在困难中的表现让中华民族感到骄傲和自豪

你的这一个十年是曲折前进的十年
这十年你在曲折中进行了有益的探讨
你在这十年中虽然遭受过严重挫折
但你取得的建设成就仍然辉煌闪耀
十年间你的工业固定资产增长了三倍
棉纱、原煤、发电量、钢和机电设备大幅度赶超
石油工业的发展取得特别突出的成就
实现原油全部自给甩掉了贫油之帽
电子工业、石油化工、原子弹、航天新兴工业新起

① 1964年底到1965年初，召开了第三次全国人民代表大会第一次会议，会上周恩来宣布，我国国民经济即将进入一个新的发展时期，1966年将开始执行第三个五年计划，全国人民要努力奋斗，把我国逐步建设成为一个具有现代农业、现代工业、现代国防和现代科学技术的社会主义强国。这是第一次郑重地向全国人民宣布四个现代化的任务。

初步改善了全国整体工业布局的面貌
形成有相当规模和一定技术水平的工业体系
工业建设的各个方面都超额完成了指标

你的铁路、公路大踏步向前推进铺设
你的水运、航空、邮电互相比拼着向前赛跑
你这十年间新修的铁路就达八千公里
中国大地除西藏外都有了火车奔跑
宁夏、青海、新疆第一次开通了火车
黄土高原、大漠戈壁发出了历史的欢笑
农业建设在新生的社会主义土地上一片兴盛
农业基本建设和技术改造收到显著成效
农用拖拉机增长六倍接连不断开进广阔的田野
轰轰隆隆中透着社会主义建设的欢乐和自豪
化肥增长六倍把广阔的土地肥润得更加肥沃
农村用电量增长七十倍使广大农村电花闪照

你的教育事业有了长足的发展
兴建了一大批小学、中学和高等院校
高等院校毕业生为前七年的4.9倍[①]
经过整顿教育质量得到显著提高
科学技术工作取得突出的成果
国防科学技术的发展最为显要

① 前七年指新中国成立到社会主义改造完成的七年。

特别是成功地爆炸了第一颗原子弹
有力地打破超级大国的核垄断、核讹诈和核叫嚣
导弹和人造卫星的研制取得突破性进展
首次人工合成结晶牛胰岛素创造了世界科学技术新高
这一切都大大提高了你在国际上的地位
这一切让中华民族感到是那么的自豪

你积极培养了一支强大的干部队伍
使他们在各条战线成为中坚和领导
你大力培养了成千上万各类专门人才
使他们成为各条战线的骨干和先导
你开辟了选拔优秀青年知识分子到基层挂职锻炼之路
你给他们创造条件使其不断得到培养深造
从而有效地培养了社会主义建设人才
使国家整体文化和科技水平有了大幅度提高
这是这个时期的重要的社会主义成就
社会主义建设为他们树立了前进的坐标
历史留下他们丰硕的成果和丰富的经验
他们在社会主义建设中一路高歌一路高蹈

那是一个让人记忆犹新的时期
经历过的人都不会把那一段忘掉
连续三年的自然灾害是那么的无情
连续三年在中国土地上连续横扫
给你造成了那么严重的经济困难

给全国人民带来那么多的烦恼
连续三年的自然灾害怎能不使粮食缺乏
那么多人口缺乏了粮食又如何能够吃饱
更可恨资本主义国家更加倍封锁禁运
对你进行了疯狂的经济和政治围剿
原来的友好此时也趁机撕毁大批合同
把原来对你的计划援助全部收回和撤销

蒋介石趁火打劫叫嚣要反攻大陆
不断派遣一股股匪特对你进行骚扰
面对资本主义严重的经济封锁禁运
面对原先友好撤销援助走之夭夭
面对连续自然灾害造成的严重困难
面对蒋介石不停地破坏和反攻大陆的叫嚣
你丝毫没有因为这一切天灾人祸而屈服
你更没有被这一切严重的困难所吓倒
党、政、工、农、兵、学、商齐心协力团结一致
在全国掀起了克服困难战胜困难的狂飙
坚持独立自主、自力更生、艰苦奋斗
坚持不怕困难、不怕压力、永不弯腰

那是何等的齐心协力和团结一致
面对经济困难大家一齐勒紧裤腰
毛泽东带头减粮带头停止吃肉
这样的领袖在历史大道上的确难找

一个馒头和菜团、一碗菜粥一块饼子大家互相接济
一袋米面、一捆菜蔬大家总是互让互调
肩上那么多的压力却很少有人叫苦
饿着肚子奋战在岗位上没有人喊叫
严重经济困难下却是路不拾遗夜不闭户
良好的社会秩序反映的是何等高尚情操
这种英雄气概和高昂的精神状态多么感人
这种社会风尚留下的是多么难忘的历史坐标

无比的英雄气概和高昂的精神中走出一批榜样
他们集中地反映了你大地上的精神面貌
为了人民拖着病体在荒沙中不停奔波直到埋入沙丘
焦裕禄那是人民群众多么好的领导
大庆石油工人王进喜不怕困难的铁人精神
给全国人民带来多么大的精神感召
一个普通的解放军战士雷锋平凡的事迹
集中反映了那个年代高尚的精神情操
科学家钱学森、李四光、钱三强等先进人物
他们让全国人民是那么感动那么自豪
有多少干部职工、科技人员和解放军指战员
坚决听从党的号召献身于祖国的需要

这个时期是你成立后最困难的一个时期
困难的东西南北大人小孩几乎都吃不饱
最难忘三年的自然灾害使粮食不够吃

一切日用品一切食品都是那么短缺和紧俏
帝国主义的经济封锁更加重了你的困难
大跃进的冒进危害开始不断显露和涌冒
但你面对困难毫不气馁,艰苦奋斗、意气风发
饿着肚子掀起一个又一个社会主义建设高潮
这时你的经济虽然困难但精神那么富有
自力更生、不怕困难、团结奋斗的精神光辉闪耀
这是你建立后积累的最宝贵财富
这是你勇往直前不断取得伟大成就的法宝

这个时期是你成立后遇到的又一次大挑战
帝国主义和一切反动派掀起反华合唱和反华叫嚣
国民党反动派叫嚷着要反攻大陆
一切帝国主义不断高喊着反华论调
国际共运中也出现了令人忧虑的严重分裂
相互之间发生了激烈的论辩和争吵
争论中撤走了对你的一双双援助之手
争论中把对你的援助项目一个个撤掉
面对帝国主义的反华叫嚣和各种困难各种挑战
你发出了迎击各种挑战战胜各种困难的伟大号召
号召中不断推进社会主义各项建设
号召中不断掀起社会主义建设高潮

这就是你——一个新生的人民共和国
面对无论什么样的重压都是坚挺不倒

面对无论多么沉重的重压都是挺直脊梁
在坚挺中挥出你的双手把重压横扫
无论你前进的路多么艰难曲折遥远
在曲折中敞开你的胸怀向着光明大步高蹈
在孤立中你用志气哺育独立自主自力更生的儿女
在困难中你用坚强塑筑团结互助的群雕
面对高天滚滚寒流大雪冰封的大地
你用思想的火花点燃力量在大地燃烧
看看大步走过来的王进喜、焦裕禄、雷锋……
他们身后的长江、黄河激流奔涌波浪滔滔

看看思考着走过来的钱学森、李四光、钱三强……
他们身后的大地群山高潮迭起彩虹妖娆
那一块人工合成结晶牛胰岛素被压出世
高原大漠那一片蘑菇云打破多少人的核讹诈与核叫嚣
大规模和具有一定水平的工业体系就是这个时期系成
石油滚滚流淌冲走戴了多少年的贫油之帽
在那独立自主的岁月创造了独立的岁月辉煌
一支劳动的号子汇聚成一个时代的高潮
前面大步和思考着走过来的那两排人物
集中展现了那个时期的精神风貌
在苍茫、冷漠和高远的天际你敢于展翅飞翔
在艰难、困苦和曲折的高压下你敢于挺腰

赞美你，一个不断前进的人民共和国

赞美你,一直那么聪明智慧和勤劳
你一直不停地去拥抱温暖和光明
你一直用勇敢和坚强的力量把沉重肩挑
你在艰难困苦面前总是高举理想之火
把你的整个民族点燃也把整个大地燃烧
你一直执著地追逐着振兴中华的那个梦想
你一直认真地践行着社会主义的基本历史曲调
你一直苦苦地思索着一道历史难题的解答
你一直努力地探索着人的灵魂与肉体的改造
你一直努力地寻求着建筑一座百花盛开的精神花园
你一直试验着雕塑一座不朽的民族群雕

赞美你不断激荡着生命中的潜质
赞美你思维中不断绽放的智慧和微笑
赞美你每天饱和着东方的晨曦和西方的晚霞
赞美你跟随太阳拉着月亮和星星在长天中奔跑
赞美你在困难中挽起一双又一双手共渡难关
赞美你在乱云飞渡浊流滚滚中独立的清高
赞美你面对强霸展现的信心和勇气
赞美你面对善念和羸弱作出的内疚和检讨
赞美你面对不公的世界传输公正的力量
赞美你为世界秩序树起一个平等的坐标
如果用大白话给你这个时期做个总结
简单的几句话也许会使你和历史同时深思与推敲

你在这个时期取得社会主义建设的重要成就
你对如何建设社会主义进行了有益的探讨
你积累和形成了社会主义建设的重要经验及理论
你在全国到处都掀起了社会主义建设的伟大高潮
你先后提出了一系列富有创造精神的方针政策
使建设社会主义道路开辟出正确的大道
使建设社会主义道路有了良好的开端
在许多方面有了重大的发展和重大的创造
你赖以进行现代化建设的物质技术基础得以建立
使你建设社会主义的骨干队伍得以成功铸造
你的这个时期尽管也出现过一些挫折和错误
但掩不住你社会主义建设伟大成就的光辉闪耀

这十年你取得了可喜的社会主义建设成果
这十年你历经困难坚定走在社会主义大道
这十年是你在探索中曲折发展的十年
虽然遭受严重挫折仍然坚持百折不挠
尤其是在国内发生了严重自然灾害和层层困难
你仍然巍然挺立没有被困难所吓倒
你虽然在国际上遭到战争威胁和巨大压力
你仍是昂然面对高挺胸膛从不弯腰
你始终坚持团结一致独立自主自力更生
顶住国内外压力战胜各种困难意坚志豪
始终表现出大无畏的英雄气概和高昂精神状态
在那艰难困苦时刻有多少人自觉响应你的号召

这十年你积累了社会主义建设的重要经验
形成了一系列正确的理论观点用以指导
一系列富有创造精神的方针政策出台
在不断纠正错误中不断掀起社会主义建设高潮
你赖以进行现代化建设的许多物质技术基础
大多都是在这十年间培养发展和建造
诸多经济化建设等方面的骨干力量得以培养
建设社会主义的经验得以积累总结提高
你获得了全国各族人民的拥护敬仰爱戴
全国人民用忠诚热爱和深情对你回报
每一天都尽情地为你欢呼为你歌唱
每一天都从心灵深处诚挚地祝愿你好

九

那是你成立后经历的十个特别的春秋
造成的十年动乱令全国人民不愿回首
据说出发点是想防止资本主义的复辟
还有维护党的纯洁性和建设社会主义道路的寻求
没想到在探索过程中发生了意想不到的严重错误
因此导致了“文化大革命”动乱十年之久
“文化大革命”是错误理论指导下的错误实践
留下的深刻历史教训永记全国人民心头
幸有广大干部群众、知识分子、部队官兵拼力抵制抗争

使“文化大革命”的破坏性不能任其蔓延自由
正是由于他们克服频繁的政治运动重重干扰而顽强努力
使你的国民经济建设仍然取得了一定进展和丰收

你的轻纺工业、重工业仍在不断增长
科学技术在许多领域取得重大成就
你成功地进行了导弹核武器发射试验
第一颗氢弹的成功爆炸震动了全球
你的第一颗人造地球卫星成功发射太空
东方红一号的乐曲飞翔回响在宇宙
农业科学家袁隆平育成一代籼型杂交水稻
使全国稻谷的生产大幅增长大幅增收
在动乱的情况下人民解放军仍然认真履行神圣职责
英勇地保卫着国家安全和维护着和平自由
这一切绝不是“文化大革命”的成果
而是冲破“文化大革命”的干扰取得的成就

粉碎“四人帮”举国上下一片欢腾
普天同庆割除了祸国殃民的政治毒瘤
粉碎“四人帮”是一个伟大果敢英明的决策
历史永远留下了作出英明决策的人物领袖
粉碎“四人帮”使你获得了发展的契机
全国人民渴望你快速发展大步前走
中共十一届三中全会实现伟大的历史转折
实现了全国人民的强烈渴望和强烈诉求

重新确立解放思想、实事求是的指导思想
作出了实行改革开放战略决策和战略步骤
波澜壮阔的社会主义改革开放从此拉开序幕
中国特色社会主义从此掀开引人的盖头

要实现四个现代化必须坚持四项基本原则
邓小平从理论上向全党提出了原则要求
这既是对资产阶级自由化思潮的有力抵制
又进一步阐明了中共十一届三中全会路线之猷
四项基本原则同以经济建设为中心和改革开放一起
从而构成了中共十一届三中全会路线的主轴
鉴于国民经济中一些重大关系出现比例失调
中共中央制定了“调整、改革、整顿、提高”的划谋①
按照八字方针开始对国民经济进行调整和整顿
对建设有中国特色社会主义加快了探索研究
在调整经济的同时农村和企业的改革也迈出步伐
从此开始了对中国特色社会主义大力运筹

经济体制改革首先在农村拉开序幕
因为此时农村出现了强劲的改革势头
实行包产到户和农村联产责任制迅速兴起
改革的浪潮在广大农村形成奔涌的急流
中共中央顺应农民意愿迅速推广“双包”责任制

① 中共中央于1979年4月召开工作会议，制定了“调整、改革、整顿、提高”的八字方针。

终于突破了“双包”等于资本主义的思想之囿
从此乡村的山还是那一座座的山
从此乡村的河流还是那一条条的河流
从此乡村的田地还是那一块块的田地
从此全国农业却获得了连年少有的丰收
黄土地、黑土地留下深深的不同思索
不同思想观念的人留下了不同的感受

城市的经济体制改革开始启动
伴随着农村的改革开始大步前走
实行政企分开实行经济责任制
各项改革逐渐地显现出改革之优
改革中不断地总结着改革的经验
改革中不断地对改革进行着解剖
因此使改革在改革中不断大步前进
因此使你的改革成果越来越明显和丰厚
随着城乡经济体制改革的不断进展
科学技术和教育体制的改革也开始开臼
中共十二大制定了全面改革的伟大纲领
从此使各项改革形成滚滚的伟大历史潮流

十年内乱造成的冤假错案堆积如山
你成立以来堆下了许多的历史问题遗留
历史的遗留问题成为历史的包袱
所涉及的范围之广、难度之大前所未有

这是对你成立以来的又一次考验
因为这是压在你身上沉重的历史之忧
不解除这些历史之忧你难以轻装上阵
难以大步迈开你的步伐放开你的双手
因此在思想、政治、组织领域的拨乱反正全面展开
着力解决了多年来留下的历史陈旧
最重要的是解决了指导思想的拨乱反正
解开了多年来“左”的思想束缚和右的保守

中共十一届六中全会作出一个具有划时代意义的决议
历史和现实都高高地举起拥护和赞成的双手
《关于建国以来党的若干历史问题的决议》光辉闪耀
为你解除了沉重的现实和沉重的历史陈旧
为你的社会主义道路指明了前进的方向
为你的特色社会主义阐明了深刻的理由
对如何正确处理经济建设和阶级斗争作了明确表述
对如何认识社会主义社会主要矛盾详解深透
终于使你能够放下包袱一心一意开足马力
轻装上阵奋勇前行搏击风雨搏击激流
终于使你彻底告别了历史和现实的重负
从此解放思想、实事求是地谱写新的春秋

随着改革的推进对外开放取得重大突破
创办经济特区为对外开放首开先斗
这是一个多么大胆奇妙的战略设计

这是一个多么新奇勇敢的战略架构
邓小平用战略之笔画下一个时代方圆
使往日落后的边陲小镇、荒滩渔村瞬间矗起高楼
使它成为社会主义建设的前沿阵地
使它成为外观世界风云内启祖国大地的窗口
经济特区以特有的活力不断发展成长
成为你特色社会主义强劲的生命方舟
当十几年后邓小平第二次挥起战略之笔
为你特色社会主义写下了更辉煌的春秋

改革开放和现代化建设的实践不断积累着真知
对马克思主义科学社会主义的认识日益深透
中共十三大系统地阐明了关于社会主义初级阶段理论
确定了社会主义经济发展三大战略步骤
大会还提出了政治体制改革的目标任务
号召为富强、民主、文明的社会主义现代化国家而奋斗
没曾想此时你却遭受一场严重的国内外政治风波
其实历史已记下这场国内外政治风波蓄谋已久
西方反动势力一直竭力支持和扶持反共反社会主义活动
通过各种渠道对社会主义国家进行思想政治渗透
中共中央依靠人民采取果断措施一举平息反革命暴乱
捍卫了你的社会主义政权和对人民利益的护佑

面对苏联的解体和东欧国家的剧变
你的发展和命运又处于一个严峻的紧要关头

苏联解体使国际社会主义运动遭受重大挫折
复杂的形势使众多的干部群众思想发生困惑和担忧
面对西方国家强势攻击你一一给予挫败
你仍然继续沿着社会主义大道阔步昂首
在此关键时刻邓小平又视察南方发表重要讲话
指导全党把复杂被动的国内外局势转扭
中共十四大确立中国特色社会主义理论在全党指导地位
邓小平成为改革开放的总设计师和伟大旗手
明确地提出要建立社会主义市场经济体制
从此使你的经济发展有了更大的空间自由

你坚持“两手抓、两手都要硬”的方针
抓好经济建设的同时着力培养全国人民的“四有”①
中共中央就加强社会主义精神文明作出决议
有力促进了社会主义物质文明和精神文明的双丰收
邓小平提出了“一国两制”的创造性构想
有效地洗雪了旧中国留下的百年遗恨和耻羞
历经百年沧桑的香港、澳门终于回到祖国的怀抱
了却了中华民族百年的迫切渴望和要求
在“和平统一、一国两制”基本方针指引下
大陆和台湾海峡两岸之间加强了往来交流
完成祖国统一大业是中华民族的共同心愿
中华民族企盼这一天不要拖得太久太久

① 指培育有理想、有道德、有文化、有纪律的社会主义公民。

那是你六十年历史上又一个重要的会议
那是你六十年历史上又一次政治丰收
中共十五大在北京隆重胜利地召开
大会又制定了社会主义发展的新政谋
中共十五大提出跨世纪的发展战略
你带着上世纪的沧桑和辉煌跨上新世纪的方舟
中共十五大首次使用“邓小平理论”这个科学称谓
你的大地上又多了一份光辉多了一面锦绣
大会提出建立比较完善的社会主义市场经济体制
提出保持国民经济持续快速健康发展历史大轴
你紧紧抓住历史机遇不断开拓前进锐意进取
从而使你不断取得了改革开放新的历史成就

十五大还就一系列重大问题提出一系列新论断
一系列新论断中提出了一系列新要求
提出公有制为主体、多种所有制经济共同发展
阐明了这是社会主义初级阶段一项基本经济制度的理由
提出公有制实现形式可以而且应当多样化
提出非公有制经济是社会主义市场经济之流
提出依法治国是治理国家的基本方略
阐明这是发展社会主义市场经济的客观需求
提出依法治国是社会文明的重要标志
阐明这是国家长治久安的重要历史要求
十五大从思想政治组织上为跨世纪发展提供了根本保证
推动社会主义事业书写了跨世纪发展新的历史春秋

你在改革开放中始终坚持“一个中心,两个基本点”
你把邓小平理论伟大旗帜高树神州
你把邓小平理论作为一切行动的指南
你高举邓小平理论伟大旗帜阔步前走
你始终坚持以社会主义经济建设为中心
你始终把促进经济和社会全面发展作为北斗
你不断大力推进社会主义改革开放
你不断完善社会主义经济制度使其更优
你一直坚持稳步地推进政治体制改革
你一直努力把社会主义政治制度划筹
你始终坚持正确的民族和宗教政策
使民族地区的经济发展和社会进步不断创优

你创造和坚持“一国两制”的方针
始终把推进祖国统一大业牢记心头
你始终坚持独立自主的和平外交政策
不断加强与世界各国人民的友好合作和广泛交流
中共十六大在跨入新世纪大门隆重召开
推动你在新世纪的历史大道上飞步奔走
新世纪的历史大道又树起新的历史规划
新的历史大道上又树起新的历史方猷
“三个代表”重要思想推进党的建设新的伟大工程
中共十六大把“三个代表”重要思想树立神州
中共十六届六中全会提出建设和谐社会

使你的大地山川人居更加和谐安详清幽

你的改革开放不断取得一个又一个重大突破
“引进来”、“走出去”的开放型经济取得丰收
你的经济实力不断得到大幅度提升
使你的山川更加丰硕大地更加丰厚
你的人民的生活一年比一年显著改善
使他们的生活一年比一年幸福一年比一年富有
你的民主法制建设不断取得新的进步
使你的国体政体更加健康更加政通如流
你的文化建设不断开创出崭新局面
大地上不断织出一面又一面思想文化锦绣
你的社会建设全面展开建设全面
使社会建设的方方面面都取得显著成就

你的国防和军队建设取得历史性进步
边防、海防、领空铸满了辉煌的历史成就
你的全方位外交不断取得重大进展
五洲四海回荡着你对外友好的交流
党的建设新的伟大工程扎扎实实向前推进
使党成为更加英明正确更加伟大的领袖
你跨入新世纪以新的步伐不断前行
在新世纪的历史大道上掀起新的历史潮流
那又是一个难以忘怀的成熟季节
那又是一个难以忘怀的丰收金秋

中共十七大在北京开写新的历史千钧
科学发展观开始了科学的历史筹谋

中共十七大提出科学正确的科学发展观
使你的各项发展更加生机盎然、协调和统筹
你沿着改革开放的伟大历史进程大踏步前进
你的历史大道上不断留下历史的锦绣
你坚持把发展作为执政兴国的第一要务
你始终把发展作为历史前进的强劲方舟
你始终坚持以人为本全心全意为人民服务宗旨
你始终把造福人民作为你的一切工作和奋斗
你始终坚持全面协调和可持续发展的大政方针
承载政治、经济、文化和社会四大建设并肩前走
你妥善处理社会主义事业中的重大关系
坚持公平兼顾各方面关系把方方面面统筹

割除“四人帮”毒瘤使你的躯体得以康健
从此你有了发展的环境和发展的自由
你告别十年动乱走进一个新的时期
面向世界在东方开始了你新的探求
你用改革开放之笔编写着春天的故事
你用开拓创新的思维启开新的历史按钮
你打开东方的大门大胆地走向世界
你用新的眼眸观察着转动的地球
你用东方的思维和东方的语言破解西方的智慧

你用笃信的信念理智注释着东方的理由
诠释中你的思维和心智经历着新的升华
荒疏的心灵和茫然的眼瞳在长天找到了那颗北斗

一个时代有一个时代的生命历史
一个时代有一个时代历史存在的缘由
一个时代有一个时代的思维智慧
一个时代有一个时代的文化基因遗留
你高举如椽巨笔书写改革开放大卷
留下巨幅锦图高挂长天映照五洲
此时一些西方的思维和偏执头脑
喋喋不休地发出一篇篇画评和一幅幅对偶
企图破解你巨幅锦图的精妙和技艺
企图破解你改革开放的历史成就
你取得的历史辉煌只有你最理解
另外还有见证的十几亿头脑十几亿张口

从你的历史脚步中见证了雄壮的历史声音
从你留下的历史辉煌中见证了壮美的历史锦绣
从太阳升起的景象中见证了你新的朝霞
从辽阔高远的天空中见证了你的高远长吼
从三山五岳的壮丽中见证了你的历史雄风
从奔腾的江河中见证了你的历史芳流
从城市乡村的日常景象中见证了你的历史变化
从人们的日常生活中见证了你的历史广泛雄赳

从铁路、高速公路的奔腾中见证了你的历史奔腾
从琳琅满目的商品中见证了你的历史丰收
从一串比一串高的数字中见证了你的历史能量
从国际舞台的声音中见证了你越来越强大的历史方舟

改革开放三十年是你的一个历史段落
改革开放三十年你圆满地走了一个历史步骤
不要太多的见证就能见证你改革开放的辉煌
只要睁眼观察就能看见你改革开放的成就
你虽然取得很大发展却仍矢志向前发展
你虽然还不算富裕却拥有了许多的拥有
三十年来你不能不吸引世界复杂的目光
目光中有新眼光的羡慕和老眼光的担忧
眺望的目光中你深深感知了历史的目光
为此你深深感知了历史的责任和别人的苛求
为此你看到了你在世界上日益增长的重量
为此你更知道了需要加倍努力大步前走

改革开放三十年使你一天比一天成熟
改革开放三十年使你一天比一天深厚
改革开放三十年使你一天比一天聪明
改革开放三十年使你一天比一天灵秀
改革开放三十年使你一天比一天成功
改革开放三十年使你一天比一天富有
改革开放三十年使你一天比一天强大

改革开放三十年使你一天比一天雄厚
最初的改革开放之路包括弯曲的路已经踩直
三十年的探索和开拓把一条大道铺就
三十年使你的脚步更加快捷和沉稳
三十年使你的思维和谋略更加高畴和深幽

三十年改革开放你写下一部历史新书
每一页都把山河的沧桑写得那么深透
每一页都写满风云变幻和壮美的意境
每一页都写满潺潺的小溪和绿色的清幽
每一页都写满大海波峰浪谷的汹涌澎湃
每一页都写满长天惊雷闪电的勇猛和劲吼
你随着东方日出开始写起写遍四面八方
写满西方高原、东方海滨、北方草原、南方港口
你从小岗村那片土地起笔写遍每一片土地
写满黄河上下、大江南北的田野和炕头
三十年改革开放你书写得是那么广泛和深刻
写满大地的每个角落和每个人的灵与肉

改革开放三十年使你发生了翻天覆地的变化
改革开放三十年使你写下辉煌的春秋
改革开放三十年使你日益富裕和强大
改革开放三十年使你更加壮丽锦绣
改革开放三十年使你获得巨大能量
改革开放三十年使你解放思想放开双手

改革开放三十年使你的国际地位大大提高
改革开放三十年使你的气势更加强劲步伐更加雄赳
登上珠峰极望南极的风云和北方的星辰
登上五岳远望东方的朝霞和西方的风口
历史长空中总是不断涌来一片又一片黑云
黑云中飘浮着那么多对你的干涉和指责的荒谬

中华民族有着近代一百多年的耻辱记忆
你广阔的躯体上有着近代一百多年的伤口
改革开放三十年使你更加认识了世界
让你进一步认清世界还有许多罪恶丑陋
认清世界帝国主义霸权主义依然存在
还存在形形色色的反动派及其走狗
认清世界舞台永远都不是一个讲理的地方
一切帝国主义及其反动派总想称霸世界充当领袖
一切帝国主义一贯依仗其实力东侵西打南袭北扰
把整个世界搅弄得永无宁日不断争吵打斗
为了己利不择手段蛮横无礼卑鄙无耻至极
偌大的世界没有一个地方它不插手

南海的腥风恶浪有人在暗中不停搅动
东海的黑云浊流有人在公开推波助流
帝国主义及其一切反动势力坏事做尽
其罪恶本性恰如可恶的病魔恶性肿瘤
帝国主义总想把世界大多数国家永远置于奴役地位

但觉醒的世界人民已识破他们的企图和阴谋
侵略和反侵略将在世界范围长期存在
中华民族将长期面临反侵略的战斗
你的发展一直令帝国主义及一切反动势力嫉恨
共识这一点是你更应该加快发展的理由
衷心祝愿你沿着社会主义大道一路前行
载着全国各族人民取得更伟大的建设成就

十

你已经光荣地诞生光荣地成长六十周年
六十年来你沿着社会主义大道奋勇向前
六十年来你不断地排除干扰披荆斩棘
取得了中华民族历史上最大的历史变迁
六十年来你不断地探索不断地开拓
取得了经济社会发展的巨大成功和丰富经验
六十年来你经受过许多失误和挫折
六十年来你跨越过多少激流和险滩
六十年来你遭受过多少严重自然灾害
六十年来你历经过多少世界风云变幻
六十年来你每一个时期每一年每一天都在前进
六十年来你取得的伟大成就是多么的非凡

社会主义是你的中心思想理论
社会主义是你的坚定理想信念

社会主义是你的不断革命运动
社会主义是你的各项制度主干
社会主义是你永远前进的道路
社会主义是你在历史长河中前行的航船
社会主义是你躯体的骨架和血脉
社会主义是你伟大生命的源泉
人民民主专政是你伟大强盛的国体
人民代表大会制是你最高的国权
从古至今只有你才是真正的人民的国家
你的国体和政体是人民当家做主的根本体现

社会主义政治制度标志着你是人民当家做主
社会主义经济制度是你先进优越的最基本体现
社会主义文化制度反映了你的先进和高尚
社会主义社会制度包含着你的公平、正义和温暖
社会主义民主充分体现了广大人民群众的意志
社会主义自由你把握得宽严适度全面稳健
你的一切都要依靠中国共产党的领导
这是你社会主义最本质最根本的政治特点
中国共产党是你各项社会主义事业的领导核心
只有中国共产党才能驾驭把舵你社会主义的航船
这是中国近代社会历史发展的客观规律
这是社会主义事业诞生和发展成长的必然

共产党领导的多党合作和政治协商是你的基本政治制度

这是古今中外多么独特的政治设置和政治创见
民主集中制、人民代表大会制、国家结构单一制制制辉煌
少数民族区域自治、基层政权自治治治光灿
消灭剥削压迫是你伟大的历史壮举和功勋
实行生产资料公有制是你社会性质最本质的转变
六十年来你终于建立起社会主义社会体系
建立起人类社会以来最伟大的历史辉煌和壮观
虽然你现在还有许多方面不尽人民之意
尽管你现在还有许多方面需要进一步完善
但这都无损于你的伟大光荣和正确的光辉形象
无损于你强劲的生机和光辉闪耀的历史光焰

你始终坚持社会生产资料公有制为主体
你始终坚持工人阶级和劳动人民掌握政权
你始终坚持各尽所能并力争合理分配
你始终坚持并努力使生产力得到高度发展
你始终坚持马克思主义为指导的社会意识形态
你始终坚持科学先进的唯物主义世界观
你育导你的人民要正确认识人生的真正社会价值
你育导你的人民树立最进步最高尚的人生观
你育导你的人民树立共同的社会主义理想
你育导你的人民坚定社会主义信仰和观念
你号召你的人民高举中国特色社会主义伟大旗帜
你号召你的人民坚持改革开放不断开拓向前

你不断地用社会主义学说育导着你的人民
你不断地在你新生的大地上把社会主义学说播传
你把战争年代创立的革命精神植入新生的和平大地
你不断地在新生的大地上把社会主义精神孕育锤炼
全心全意为人民服务的宗旨继续在党心军心开花结果
井冈山、长征和延安精神在新生大地上广泛绵延
贫穷艰苦中诞生的大庆、大寨精神和红旗渠精神
那是多么光辉闪亮的社会主义思想光环
从河北省的邢台到唐山再到四川省的汶川
你大地上爆发的抗震救灾精神把天地震撼
从一九九八年抗洪到二〇〇八年抗击冰雪灾害
你大地上涌现出的抗击灾难的精神是多么光辉灿烂

当你一方有难时总是八方踊跃支援
当你一方需要时总是举国齐力奉献
汶川大地震不仅把党心军心民心凝结在一起
还深深地凝结了中华民族全民族的血缘
当年的三年自然灾害给你造成多大的困难
全国人民一起省吃俭用勒紧腰带共渡难关
抗美援朝、抗美援越你付出多大的牺牲
那是中华民族勇敢正义历史优良传统的新编
中华民族生生不息的精神在你新的大地上发扬光大
勤劳、勇敢、智慧的精神在你新的大地上不断拓展
民族团结友爱的精神在你新的大地上茁壮成长
忠诚、礼仪在你新的大地上演化为现代文明风范

“五讲四美三热爱”是你兴起的社会新风
“八荣”、“八耻”是你提倡的新的社会行为规范
爱国主义、热爱社会主义是中华民族最高的爱
集体主义是你在人类社会历史上新的社会实践
六十年来你的建设发展成就辉煌于世界
六十年来你的建设发展成就历史空前
你最大的成就就是树立起社会主义的光辉思想
育导你的人民树立先进的世界观、人生观、价值观
中华历史大道上哪一个时期取得如此丰碑
人类社会历史上谁又能够树立如此先进的“三观”
这是多么值得骄傲和自豪的伟大成就
这是多么值得赞美的人类社会历史巨变

香港、澳门回归祖国使你洗刷百年耻辱
实现了中华民族百年渴望和百年祈盼
拜读你广阔和雄伟壮丽的山川大地
到处都书写着你六十年的辉煌灿烂
走进你大地上的每一座城市每一座乡村
到处都记载着你六十年的伟大诗篇
从巍巍青藏高原到壮阔的万里海疆
从秀美的天涯海角到广阔的大漠草原
你广袤的大地上到处生机勃发欣欣向荣
到处是你六十年伟大历史成就的展览
昔日满目疮痍、满目凄凉的大地被彻底治愈

凄惨的景况被你的伟大成就尘封为历史的云烟

中俄万里边界经过漫长协商终于勘定
解决了中俄长久以来的历史边界争端
这是一笔难以处理的历史旧账和难题
假如在旧时的中国又如何能够实现
乌苏里江、黑龙江不会忘记你的过去
千里草原万里边塞历史上留下多少历史硝烟
再看你南国的滚滚热流和变幻风云
那里的发展速度几乎超出了历史的极限
借助改革开放的历史大潮奋勇前进
经济建设写下了史无前例的光辉壮丽诗篇
珠江和南海更不会忘记你过去的那段岁月
那阻挡不住的鸦片和狂妄的列强军舰

再看一看西藏的发展变化是何等喜人
千年农奴制一夜之间就被彻底砸烂
农奴们一夜之间从地狱走向真正的天堂
发展进程超越多少历史年代和历史发展编年
沿着康庄大道追寻到西藏的高原冰雪
问一问你每年给运送去多少热情和温暖
随着青藏铁路隆隆的车轮登上世界屋脊
问一问你每年给运送去多少无私的支援
再去叩问布达拉宫法力无边的佛祖
他的慧眼对西藏的发展变化一定全都会看见

翻身农奴昂首阔步走在社会主义大道上
金色的太阳永远照耀在千里冰雪高原

沿着你的万里海疆水域漫步观望
万里海疆水域显现着万里云霞斑斓
万里海岸矗立着一座座现代化的城市
一座座美丽的村镇手拉手点缀其间
万里海岸把万颗明珠锦团串在一起
犹如一道万里星河映照着万里海天
曾经多少次与那些岛屿、礁石对话
它们都说见证了万里海岸伟大的历史巨变
曾经多次向来往行驶的渔船和货轮询问
它们都说每天忙得没有一点休闲
万里海疆的兴盛崛起使你更加崛起
万里海岸写满了万里辉煌和万里礼赞

奔赴漠河敲响迎接黎明的第一声晨钟
放马“风吹草低见牛羊”的漠北草原
放流雅鲁藏布江大峡谷裁一江高山深峡
纵驼大漠戈壁追逐前人留下的大漠孤烟
赶赴哈密和吐鲁番采摘一筐哈密瓜和葡萄
登上青藏高原采摘一篮圣洁的藏红花和雪莲
爬上起伏连绵的黄土高坡采一曲悠扬的信天游
沿着万里黄河追寻天上之水的发源
率领马队沿着丝绸之路追回历史的辉煌

奔赴烛光闪烁的延安窑洞阅读现代的诗篇
这是多么深厚的历史和现代的诗情画意
真诚地奉献给你伟大光荣的六十年庆典

攀上云贵高原采一段高原云霞
跳上杭州西湖游船划起西湖的游船
穿过桂林山水走进武夷山风光
爬上峨眉山、黄山摘一团云烟
走进海南椰林漫步到西双版纳雨林
越过九寨沟再越上张家界的云端
击水万里滚滚长江一路奔流东去
畅游江海雄浑的博大恢宏的海天
从三元里平英团故地走进五星红旗下的香港大街
陪同渔家女去南海迎来满载而归的渔船
这是多么富有诗情画意的壮丽河山和历史
真诚地奉献给你伟大光荣的六十年庆典

喜看长江南北掀起千重浪的千里稻菽
远望黄河上下滚滚涌金万里的广阔麦田
打开茅台酒是那么的浓郁醇香
斟一杯青岛啤酒是多么的清香淡绵
冲一壶西湖龙井满堂清香飘逸
开启一桶山泉是那么的爽凉甘甜
城市里的衣装五彩缤纷美不暇目
乡村里的着装花枝招展一件比一件鲜艳

花园里流动着柔柔的太极和绵绵乐曲
树荫下上演着楚河汉界的古老酣战
这是一首首多么欢快、悠然、祥和的小诗
把它们全都奉献给你伟大光荣的六十年庆典

看黄河上下、长江南北、天涯海角
看三山五岳、五湖四海、大漠中原
每一条江河都在诉说着你六十年的成就
每一片土地都饱含你六十年的深厚沉淀
万里黄河拉开两岸几千年古老的历史
万里长江推出两岸万里长的现代今天
它们无尽地诉说着历史无尽地流向大海
历史的批注批满广阔的中国大地山川
广袤的中国大地历史上何时如此繁荣富强
古老的中华民族历史上何时如此幸福康健
广袤的中国大地历史上何时如此和平稳定
古老的中华民族历史上何时如此安居乐业祥和平安

毛泽东把用鲜血和生命奋斗二十八年的胜利带上天安门
用胜利书写了那篇你诞生的伟大历史宣言
从此使你获得了新的伟大历史生命
从此就从天安门开始书写你生命的编年
在天安门城楼你开写了生命的第一笔
在天安门城楼你书写了生命的第一个开篇
在天安门城楼你开走了生命的第一步

在天安门城楼你开始了新生命的起点
六十年的日日夜夜说起来很长很长
六十年的岁月说起来也是很短很短
古老的中国已经经历了五千多年的岁月
六十年在五千年间那只是短短的一段

你的六十年在五千年历史中虽然是很短的一段岁月
但你却在这段岁月里写下了五千年没有的诗篇
六十年虽短你却写下了无尽的辉煌
六十年虽短你发生的变迁却无法用时间计算
六十年来你经过了坎坎坷坷曲曲折折
六十年来你历经了风风雨雨风云变幻
六十年来你经历了偏执偏狂错误的挫折
六十年来你经历了天灾人祸大灾大难
但这阻挡不住你伟大生命力的驱动
阻挡不住你强大生命力的巨大扩变
你强大生命力的每次扩变都留下深刻的历史印记
在你六十年年轮的每个站点都写下辉煌的灿烂

先从哪儿阅读你广博的生命历史记载
先从哪儿阅读你光辉灿烂的巨制鸿篇
那就先从第一页阅读一定要阅读第一页
因为第一页记载着几万万同胞对你诞生的激动情感
打开第一页都是激动的泪水根本无法阅读
激动的泪水让泪水激动地封住了眼帘

五千年来哪里有过人民当家作主的朝脉
五千年来哪里有过人民当家作主的政权
这怎能不让人激动激动得尽情歌舞
这怎能不让人高兴高兴得泪水涟涟
大街小巷、田间地头、男女老少尽情欢庆翻身解放
丰富的文字也无法完全描述那种对你热爱的情感

往下接着读吧读你生命年轮记载的史页
读你的一年、三年、五年、十年、六十年
你每一个生命年轮都有读不完的伟大成就
你的每个生命年轮都是一部浩繁的辉煌大卷
那就读你前三十年历史中的那段曲折
读那段由于冒进失误和自然灾害带来的困难
可在困难中读到的是全党全军全国人民团结一致
饿着肚子毫无怨言地跟着党和你一起苦干
那种高尚的精神风貌多么让人感动
那种高尚的精神风貌多么让人纪念和留恋
因此面对那么严重的困难你一点都不气馁
团结一致共同奋斗的精神使你的力量无限

再读你前三十年中的另一段曲折
读林彪、“四人帮”的阴谋及他们制造的动乱
可在阴谋动乱中林彪、“四人帮”只有几个喽啰
全党全军全国人民都坚定地站在党和你的身边
因此使他们无法撼动你的巩固和稳定

从而保护了你的生命坚如磐石稳如泰山
往下接着读你的杂交小麦、杂交玉米、杂交水稻
还有农、林、牧、副、渔年年都是丰收之年
古老土地上两千多年的皇粮被全部尘封
古往今来只有你才有这样的关爱和政治风范
读你六十年的工业是业业兴旺年年发达
你的工业产量是年年增长产值是年年升攀

读你的科技教育卫生读你的交通
读你的基本建设读你的国防战线
一道辉煌连着一道辉煌一道比一道辉煌
一片灿烂连着一片灿烂一片比一片灿烂
读你的计算机读你的卫星读你的生命基因拼图
读你的长征运载火箭和你的神舟飞船
读你的铁路高速铁路和公路高速公路
读你的三峡大坝读你的火电、水电和核电
读你成立六十年庆典阅兵中的威武之师
读你的飞机、坦克、潜艇、军舰和核弹
阅读你的每一页史页都让人那么激动和自豪
阅读你的每一页史页都让人那么赞叹

“社会主义”这是一个内容多么丰富的词汇
它的美好含义那么广泛那么深远
社会主义作为一种思想是那么的先进
说起来总是那么滋润着人民的心田

社会主义作为一种制度是那么的优越
它是人类社会以来最公平的一种社会体现
社会主义作为一种运动有那么巨大的力量
它总是在推动着人类社会不断向前发展
社会主义是美好的思想美好的制度美好的动力
社会主义是美好的目标美好的向往美好的心愿
社会主义是美好的生活美好的精神美好的道德
社会主义是美好的心灵美好的关系美好的情感

社会主义多美好啊令多少人追随向往
社会主义多美好啊让多少人孜孜不倦
让人阅读了一个崭新伟大的时代
让人阅读了胜利的每一年每一天
中国的无产阶级革命者已读了近一个世纪
你的各族人民已经阅读了六十多年
全国人民以探索之心每天阅读着社会主义
怀着深切的向往阅读着社会主义的明天
怀着留恋和反思阅读着社会主义昨天书页
不断从昨天书页中寻找着成功的经验
可社会主义是一部难以读懂读透的历史巨著
渴望你永远认真阅读这部历史巨著诗篇

怀着无比思念的心情来到东南沿海
遥望着大陆和宝岛之间的那一道浅浅的海湾
那一道海湾并不太长并不太深啊

为什么将大陆和宝岛隔离了六十年
这是中国大地多么沉重的历史伤痛
这是中华民族多么深重的历史伤感
这是中国大地多么沉重的历史包袱
这是中华民族多么深切的历史遗憾
六十年了难道还要让别人笑看下去
六十年了难道还要让别人继续挑拨离间
如果这样下去该如何面对中华民族的子孙后代
如果这样下去该如何面对在天堂祈望的中华祖先

每当遥望黄沙连天的茫茫大漠戈壁
就知道你的心里总有一种沉重的负担
肆虐的沙尘还在污染着你的万里长空
肆虐的沙尘还在吞噬着你的绿草良田
每年大自然还会给你卷起几阵狂风
每年大自然都会给你留下无情的干旱
这是大自然和历史给你留下的双重沉重
年年岁岁都那么沉重地压在你的双肩
这是你多么沉重的自然和历史包袱
这是你前进发展路上多么巨大的艰难
在这巨大的艰难面前你六十年来从没有低头
你总是伸开双臂向这沉重发起有力的挑战

可每当全国人民举国上下欢庆大节大典之时
国内外总会有一些人跳出来制造麻烦

二〇〇八年三月十四日拉萨的暴乱蓄谋已久
那是要破坏中华民族难得的奥运会盛典
二〇〇九年七月五日乌鲁木齐的暴乱何等猖狂
那是要破坏你诞生六十年的光荣庆典
这些国内外敌对势力还有最恶毒的目的
就是要分裂你并把你的社会主义制度推翻
每当这时总是那么想念你的无产阶级专政
想起来你一定会深深地感觉到全身力量无限
到任何时候都不能忘记你的无产阶级专政
忘记了可不行那与你的命运生死可是攸关

对待国内外一切敌对势力和反动派
你必须坚决举起无产阶级专政的铁拳
这是历史给你留下来的无数血的教训
这是你成立六十年最深刻的历史经验
你成立六十年来经历了多少风风雨雨
你成立六十年来经过了多少国内外风云变幻
六十年来国内外敌对势力一刻也没停止过对你的颠覆
六十年来国内外敌对势力时刻都妄想把你推翻
对此马克思列宁主义早就有深刻的分析
对此毛泽东和邓小平给留下多么警醒的历史断言
为了你的统一和平与发展必须坚持无产阶级专政
只有这样才能有力地保证你一路胜利一路平安

十一

你一直是那么着力地关注着农业、农村
你一直惦记着全国最广大的民众农民
你深知一个农业大国三农的极端重要
因此你把解决三农问题作为国政基本
你及时地开展了伟大的土地改革运动
你让广大农村的贫苦农民彻底翻了身
你完成了对古老黄土地的社会主义改造
你让社会主义在广大土地上扎下深深的根
你一直关心指导广大农民不断改良土地
你一直号召广大农民坚持科学地耕耘
你不断努力把农业引向机械化、现代化
你为了农业现代化六十年来勤勤恳恳

你始终坚持农、林、牧、副、渔全面发展
为此你付出了六十年的努力和辛劳勤奋
你深深地知道水利是农业的命脉
为此你付出了六十年的心血和艰辛
你深知绿化关系到人民的生存环境
为此你发动全国人民坚持年年植树造林
六十年来你立足黄土地自力更生艰苦奋斗
六十年来你取得的成就是多么巨大多么惊人
你锁住了威力无比的长江巨龙让它不再作乱为民造福

你缚住了神通广大的黄河之神让它不再为害造福于民
你下大力根治了海河、治理了淮河
你对所有为害一方的江河湖泊全都进行了治驯

一条条水渠攀援登上高高的山头
一道道干流盘绕着流向遥远的山根
杂交水稻、杂交玉米、杂交小麦结出丰硕的谷穗
克隆技术克隆出优良的六畜和家禽
如今花卉居然坐上飞机去让世界观看
植物种子居然坐上飞船去太空保健基因
千万条江河千万座湖塘鱼鳖虾蟹畅游欢跳
广阔的大地山峦千万种树木花草一片绿荫
人工养殖的鱼鳖虾蟹超过大自然的养殖
蔬菜水果推翻大自然四季的定制区分
五谷丰登六畜兴旺不再是古老的心愿和祝福
因为如今已在你广阔的大地上如愿成真

那是你对三农作出的一个伟大的决定
那是你对三农献出的一片诚挚的爱心
那是你支持三农的一个伟大的战略
那是你促进三农发展的一道历史绿茵
古老土地上两千多年的皇粮征收被取消
中国历史上有哪朝哪代有如此的气魄和关心
两千多年来只有你能做出如此伟大盛事
两千多年来只有你立下如此辉煌的历史功勋

为此你赢得了广大农民的衷心赞扬
为此你广大土地上响起了纵情的歌吟
为此你赢得了广大农民的更热情拥戴
为此你在广大土地上树起了辉煌的历史金樽

广大乡村间再难寻找到当年那样的村庄
广阔田野上再难采写到传统式的农民
你的广大农村每天都在发生着新的变化
你的广大农村从大地到长空每天都气象更新
你农村里的贫穷每年都在逐渐减少
你的农村每年都在增加大量富裕的人群
虽然现在有的农村生活还很艰苦
虽然现在有些农村还仍然比较贫困
但这需要经过一个比较长的奋斗过程
因为你原来底子太薄承载了太多的贫困
现在具有现代气息的新式农村一座连着一座
一座一座现代化城市串起一座一座新式农村

中共十七届三中全会作出一个新的伟大《决定》
《决定》字字句句体现的关爱是多么厚重至深
《决定》决定必须巩固和加强农业基础地位
始终把解决好十几亿人吃饭问题作为治国安邦头等重任
《决定》是解决三农问题的一个重大举措
《决定》反映了你解决三农问题的坚定决心
你深知只有解决好三农问题才能够安邦定国

你深知古今的历史上都留下了这种教训
你深知这是巩固和发展社会主义事业的头等大事
为此你下决心要抓好社会主义事业中的这个根本
《决定》将指导“三农”发生新一轮历史巨变
将指导中国大地早日实现现代化农业、农村和农民

多年来你总是把发展三农作为每年的第一个文件
你总是把每年的第一份关心送给广大农民
古老的中国大地何时有过这种温暖
古老的中国大地何时得到过这种关心
几千年来农民辛勤地培育国家的朝朝代代
农业一直是古老中国几千年的根本
几千年来农民一直是古老中国的主体
说起中国就不能不提起广大的农民
说起中国就不会不说起广阔的黄土地
说起中国就不会不说起贫穷落后的农村
为此多年来你才那么倾注着农业的发展
为此多年来你才那么一直关爱着农业、农村和农民

你对三农的关爱激发了黄土地的热能
广大土地上年年都是旺盛的庄稼和郁葱的果林
只要走进广大土地去阅读它的春季
总会得到一份丰厚收获和一份鼓舞欢欣
春季里土地上的农民总是双手握满春风
让麦子站起来让广大土地上一片绿荫

把水稻带到田间列开队伍齐步出发
把油菜花铺满大地让蜜蜂跳舞歌吟
把高粱、大豆、玉米、花生等等从地上扶起来
向着五谷丰登的季节共同成长前进
这是多么生机勃勃蕴含巨大热能的土地
这是多么兴旺的农业和勤劳耕耘的农民

从你的土地改革为广大土地解放了生产力
从你的改革开放为广大土地提起精神
从你用辛勤为广大土地兴修起水利
从你用科学技术为庄稼改良了基因
从你倡导农、林、牧、副、渔全面发展
从你大力推进建设社会主义新农村
你在土地上丰收了多么巨大的历史成就
你为古老的大地获得了多么辉煌的历史金樽
古老的中国留给你的土地稀少并且还不太肥沃
你居然用它丰衣足食地养育着十三亿人
古老的黄土地何时有过这么厚重的能量奉献
稻谷的年亩产量居然达到一千多公斤

六十年来你在三农方面虽然取得了伟大辉煌成就
可是你在三农方面仍然存在着巨大的历史艰辛
三农问题给你留下了一副沉重的担子
三农问题给你留下了沉重的历史千钧
六十年来这副沉重一直压在你的双肩

六十年来这副沉重一直熬着你的身心
这是在长久历史中形成的历史沉重
这是大自然给你大地上留下的历史伤痕
人多地薄这是无可奈何的客观事实
对自然灾害的伤害还无法达到全部力拼
另外还有制约三农发展的诸多因素
六十年来你也一直为此费力和伤神

你又要大力推进各项基本建设又要大力保护土地
这是现实留给你的一个多么大的矛盾
你的土地稀薄人口又是那么众多
这是自然和历史留给你的一个多么大的艰辛
一面是大兴住房的需要建筑了一座座高楼大厦
一面是良田被占用毁损了大片的庄稼和绿荫
一面是乔迁新居欢天喜地的欢庆
一面是良田丢失深深埋入地下看不见的痛隐
岁月的侵蚀古老的退化使每年都有大量良田丢失
沙漠的席卷雨水的冲刷每年都有大量良田被毁损
这是多么困难的战略选择和决策
这是历史留下的多么沉重的历史之沉

十八亿亩耕地的红线能守得住吗
这事说起来总是那么的让人担心
这些年来乱批乱占乱建的现象是多么的严重
每年有多少良田被人为地大量毁损

土地这可是不可再生的宝贵资源啊
毁掉了上天入地都无处进行找寻
为保十八亿亩耕地红线你尽了那么大的努力
可仍有那么多人对此我行我素置若罔闻
这样下去怎能保证做到家中有粮
这样下去拿什么留给后世子孙
这虽然是一道十分简单的历史课题
这却是一场十分严重的历史地震

追寻你六十年工业发展的历史步伐
更留下一路灿烂辉煌一路繁花似锦
当年外国人那么讥笑你是贫油大国
因为那时全年的原油产量只有十二万吨
无奈何不得不用树脂、蜡烛和洋油
而现在你的原油年产量已达两亿多吨
世界上有哪个国家能创造出如此巨大成就
世界上有哪个民族能创立如此伟大的大庆精神
大庆精神反映了你的工人阶级坚强意志和力量
大庆精神反映了你的工人阶级强烈的爱国热忱
大庆精神成为你工业战线上的一面伟大旗帜
铁人王进喜至今仍在激励和教育着全国人民

钢铁标志着一个国家的基本工业化
六十年来你对此的感受至透至深
你知道旧中国的钢铁产量少得可怜

直到你成立时年产才达到十五万多吨
你知道钢铁对一个国家是多么的重要
你深知旧中国为什么那么至弱至贫
于是你在全国掀起了大炼钢铁的高潮
从此你的大地上高炉林立铁流滚滚
滚滚铁流滚动着钢铁产量年年攀升
快速地攀升到今天的年产一亿多吨
你的钢铁元帅已稳坐世界钢铁大帐第一宝座
你的钢铁神威把五洲四海全都威震

煤炭被世界公认为宝贵的不可再生资源
它是世界上极为重要的能源之本
你的煤炭产量一九八七年就成为世界第一
到今年你的煤炭年产量已近三十亿吨
这数字谁能计算出是多么巨大的能量
谁能计算出它能带来多少力量和强劲
你深知煤炭对工业的发展是多么的重要
你深知煤炭对人民的生活担有重任
你深知煤炭是不可再生的重要资源
你更知黑煤窑给人民带来的黑色厄运
这些都给你留下了沉重的历史思考
为此说起煤炭产量欣喜中总有忧思的矛盾

空调、电视机、电冰箱当年你可是一片空白
现在从城市到乡村已是家家户户满目琳琳

这些产品给人民的生活带来多少方便
这些产品给人民的生活带来多少美好和欢欣
这些产品使人民的生活质量大大提高
这些产品使人民的生活充满了惬意和温馨
你成立许多年后还是家书抵万金的古历
谁曾想短短几年却几乎人人都用手机通信
汽车、小汽车当年那是只有外国人才能制造和享有
谁曾想现在你不但能制造并成为许多家庭日常物品
汽车、小汽车承载着你飞驰奔向现代化
在你社会主义现代化道路上留下一路飞驰的车轮

水电、火电、风电电电光彩闪亮
核电的能量更是力压群雄光彩绝伦
发电量从你最初的十三亿增到三万多亿千瓦时
其发展的速度是多么迅速多么强劲
你的大地山川全都披上了闪亮的光彩
电的光辉已闪耀人民生活的每一寸光阴
黑暗随着旧中国被扫进历史的垃圾堆
油灯和蜡烛已成为人民生活的历史封存
电的光辉为你照亮了社会主义现代化的道路
电成为你前进路上巨大力量的牵引
卷烟烟火兴旺世界第一财源茂盛
洋烟早已化为远远而去的历史烟尘

纱、布、化学纤维织出锦绣河山

花色和品种享誉世界五彩缤纷
织出了人民丰富多彩的美好生活
织出了壮丽秀美的大地锦纶
成品糖甜甜蜜蜜产量年年拔高
甜蜜了多少生活甜蜜了多少人心
使你的人民生活一年比一年甜蜜
甜蜜了你的事业甜蜜了你的乾坤
化肥产量世界第一肥壮了多少土地
为发展农业立下了巨大的功勋
化肥促进了你的粮食产量大幅增长
化肥使你的广大土地更加沃壮和肥润

水泥的产量又是世界第一灌筑多少辉煌
为工业的发展之路铺上了坚实的路根
硫酸、乙烯化工出多少工业火花
纯碱、烧碱碱出多少新奇的产品
十种有色金属五光十色光彩夺目
大中型拖拉机、程控交换机机机紧跟
集成电路集成着你的工业发展技术
电子计算机计算着你工业增长的数频
电器机械及器材制造业发展迅速
通用设备制造业年年都在推陈出新
整个工业园里业业兴旺行行发达
业业行行都铭记着你六十年的历史封尘

你的铁路里程程程增加已达世界第一
一条条铁龙飞奔四面八方声名远振
构成中华大地东西南北交通大动脉
昼夜不停地拉着大地山川共同前进
蒸汽机、内燃机、电机车一代比一代强大
电气化铁路让动车组列车快如飞云
青藏铁路是青藏高原一道历史长梦
那是一条架在青藏高原上的天路神魂
那是一条架在世界最高地上的神奇大道
它的建成改变了世界铁路史上的有关定论
那是一条人间通往天堂的幸福强盛之路
那是中华民族躯体上一条强力的骨筋

你的公路总里程更是飞速前行世界第一
六万多公里的高速公路远超世界历史车轮
五万多座桥梁连结五湖四海四面八方
跨沟、跨河、跨湖、跨江、跨海一路飞奔
飞奔出世界桥梁大国、桥梁强国
架起了中国大地山川间的历史千钧
座座隧道穿山过海凿穿多少艰难险阻
钻凿出你的大地山川间一道道历史幽深
几百万里公路筑成九百六十万平方公里的血脉
纵贯东西南北的公路使十三亿人更加密切亲近
铁路、公路载着你的远大理想和宏伟规划
载着中华民族的心愿向着现代化的目标一路前进

空中航线四通八达飞遍世界各地
万里长空中留下了多少飞行风尘
万里长空中中华民族得以俯瞰万千世界
高广的俯瞰中产生了更大的民族热忱
万里长空中留下长达万里的飞行遗憾
万里长空中制订了长空万里的飞行根本
三峡大坝铸筑着你强盛的综合国力
那是中华民族与大自然搏击的一道强劲
那是中国历史上最大的一座水利枢纽
那是让世界惊叹的一座辉煌历史金盾
南水北调那是一道巨大工程巨大的水利辉煌
那将给你干渴的北方大地多少哺育多少滋润

一座座港口迎接着四面八方来来往往
大河、大江、大海、大洋到处都是繁忙的航运
交通一年比一年通得更远通得更长
邮电一年比一年邮得更远邮得更加通顺
国外国内旅游的人一年比一年增多
生活上留下的是一年比一年多的赞美和歌吟
进出口贸易早已处在世界领先地位
国际市场上哪里没有你生产的产品
从物资贫乏凭票供应到商品丰富市场繁荣
这是一道让人多么欣喜的历史绿茵
社会消费品市场是一面历史镜子

它时刻照射着人民生活的富裕标准

金融、证券和保险繁忙地交流着社会财富
银行里堆积着城乡居民富裕的储存
每一张存单都记载着你六十年的发展变化
每一张存单都填写着你发展变化的新闻
每一顿餐饮都装盛着你每天不同的食谱
每一件衣装都缝制着你六十年的变化纷纭
国内生产总值年年都在快速地增长
历史的每一天都诉说着你昌盛的国运
外汇储备储备着你巨大的历史成就
储备着中华民族财源茂盛通达世界的财运
你的财源一年比一年扩大一年比一年增收
你的财力一年比一年雄厚一年比一年强劲

不久以前吃顿白面白米还是大多数人的一种奢望
只有到过年过节才能难得地吃上一顿
长年每餐都吃白面白米那是大多数人不敢想的奢望
可如今每餐吃白面白米早已成为过去历史旧闻
古代人民群众的生活水平到底如何已无从考察
但古代人民群众的生活水平恐怕也达不到如今
古代人民群众的生活水平何时有如今富足
古代人民群众的生活水平何时有这么丰盛的餐饮
今天许多人已不知道吃不饱是什么滋味
今天许多人完全不懂吃糠咽菜的艰辛

这是你给中华民族带来的富足生活
这是你给中华民族创造的幸福福荫

六十年来你的农业一直不断发展增长
六十年来的农业发展凝聚着你的热情关心
六十年来你的农村发生了多么深刻的历史变化
六十年来你给广大土地上留下了浓浓的绿荫
六十年来你那么地致力于工业的发展
六十年来的工业发展反映了你的壮志雄心
六十年来服务业从弱小成长为强大产业
使三大产业鼎盛起你的社会主义的伟大乾坤
你的第一产业、第二产业、第三产业业业兴旺
广阔的大地山川高奏着你六十年的历史强音
六十年来你的三个产业都取得了巨大成就
六十年来你的大地上铭记着一部部光辉的功勋

只有了解旧中国才能更加认识你
只有了解旧中国才能珍惜你的如今
只有了解旧中国才能知道你的美好
只有了解旧中国才能认识你的根本
只有了解旧中国才能知道你的幸福
只有了解旧中国才能看到你的强劲
只有了解旧中国才能知道你的地位
只有了解旧中国才能理解你的理论
只有了解旧中国才能认识你的优越

只有了解旧中国才能体会你的可亲
只有了解旧中国才能认识你的神圣
只有了解旧中国才能认识你的灵魂

从广袤的田野里认识了你的农业成就
坐在千家万户饭桌前会体会更深
从城市高楼大厦看到了你社会主义大厦
登上一座座摩天大楼更能看到你六十多年金樽
从四通八达的公路铁路水道航线丈量了你的交通
沿着通往拉萨的天路会为你感到振奋
从基础建设邮电通信看你的飞速发展
从旅游国内贸易对外经济看你的前进
在每一个行业都能看到你六十年的辉煌
每一页辉煌都那么令人鼓舞令人欢欣
每当看到这些就激动不已心潮奔放
总想为你六十年的伟大建设成就放声歌吟

十二

教育是新生一代成长和社会生活继承与发展的保障
中华民族的教育历史光辉灿烂源远流长
原始社会、奴隶社会、封建社会的教育是一条历史长河
你清除历史长河中的糟粕把优良的进行发扬

一九三四年毛泽东提出苏维埃文化教育的总方针[①]
一九五七年提出德、智、体全面发展的教育目的和方向
要教育青少年学习掌握现代科学文化知识
要教育青少年具有正确的思想政治方向
"在一个文盲充斥的国家内,是建成不了共产主义社会的"[②]
你深知这个道理便在全国大力开展普及教育和扫除文盲
速成班教育在全国范围内迅速成班迅速取得成效
速成教育和扫除文盲是你教育上取得的第一个辉煌

为了经济社会和人的全面发展你大力兴办教育
各类学校在全国各地有了大幅度的增长
六十年来你教育培养了一代又一代新人
至今已无法准确计算出你六十年教育成果历史大账
小学、中学远远超过旧中国的私塾学校
各类大学门类齐全远超旧中国的高等学堂
如今仅在校的研究生就达一百多万人
普通高等教育学校近两千万学子求知在知识的海洋
普通高中教育在校学生达到两千五百多万人
各类中等职业教育每年培养八百多万人彰显职业特长
普通初中教育已取得普及全国的巨大成就

---

① 毛泽东根据新民主主义革命斗争的需要,于1934年提出了苏维埃文化教育的总方针:"在于以共产主义的精神来教育广大的劳苦民众,在于使文化教育为革命斗争与阶级斗争服务,在于使教育与劳动联系起来,在于使广大中国民众都成为享受文明幸福的人。"这是毛泽东在《中华苏维埃共和国中央执行委员会与人民委员会对第二次全国苏维埃代表大会的报告》,引自《毛泽东论教育工作》第15页。

② 毛泽东《〈中国农村的社会主义高潮〉的按语》(《毛泽东选集》第五卷第255页)。

普通小学和幼儿教育的发展更加积极兴旺

学校教育制度随着经济社会的发展不断发展
在改革旧教育制度基础上又有了新的发扬
一九五一年就颁布了《关于改革学制的规定》
不断制定和完善了各种教育的教学大纲
形成了幼儿、初等、中等、高等四种教育体系
建立了对人民教师队伍的管理制度和培养
德育教育把学生培养成符合社会主义要求的新人
体育、卫生教育把学生身体培养得更加健康
美育教育把学生培养具有正确审美观和高尚情操
电化教育不断提高着教学效果和教育质量
九年义务教育更是超过孔圣先尊的“有教无类”
你的教育取得了中国历史上最大的成就和辉煌

你深知教育关系到一个国家的未来
你深知教育关系到一个国家的发展成长
为此你一直把教育作为国家发展的根本
为此你一直对教育事业进行精心的培养
再难也不能难孩子这是多么亲切的关爱
再难也要办好教育这是多火热的心肠
你不停地建设着一所又一所学校
你努力追逐着实现义务教育的美好理想
你心疼每一个孩子不让一个孩子辍学
你关注每一个公民不让一个公民成为文盲

设立教师节那不只是表示一天的尊重
反映的是全民族对教育的尊重和敬仰

六十年来你始终坚持正确的教育方针
六十年来你教育一代又一代青年的成长
六十年来你倾其财力一直大力兴办教育
六十年来你一直坚持德、智、体全面发展的教育方向
六十年来你取得了巨大的教育丰碑
六十年来你取得了灿烂的教育辉煌
六十年来你真正实现了“桃李满天下”
六十年来你的桃李布满大地山川和城乡
六十年来你是最辛勤最称职的园丁
六十年来你是最勤奋最受人尊敬的师长
历阅中华民族几千年以来的教育历史
哪朝哪代也没有取得你这样如此的辉煌

毛泽东《在延安文艺座谈会上的讲话》光辉闪耀
指引着你社会主义文化艺术不断发展成长
六十年来社会主义文化艺术取得了丰硕成果
六十年来文化艺术百花园里百花芬芳
你的大地山川成为最大的百花盛园
各种艺术表演团体遍及全国各地城乡
当年有谁知道广播电台、电视台是什么
如今广播电台、电视台台台都在为你放声歌唱
文化馆、图书馆馆馆都是丰富的文化艺术

博物馆、档案馆馆馆都是历史的珍藏
有线电视、数字电视早已走进城乡千家万户
你的电视综合人口覆盖率多么高远多么宽广

各类报纸、期刊、图书份份内容丰富
各种磁带、光盘、音像盘盘尽情高唱
电影、电视是你百花园里新生的花朵
在你的大地上各种电影、电视片片片尽显风光
每一部电影、电视片讲述多少历史和当今故事
每一部电影、电视片说透多少历史和当今人生炎凉
每一部电影、电视片说明了多少自然科学知识
每一部电影、电视片阐发了多少社会哲学思想
每一部电影、电视片流传了多少古老的历史文明
每一部电影、电视片传播了多少现代的文化光芒
六十年来你的电影、电视事业发展迅猛
已成为你的文化事业中一根新的脊梁

六十年来你的社会主义文学创作一片繁荣
大批优秀健康的文学作品满目琳琅
涌现了大批的社会主义文学艺术家
不断兴起社会主义文学运动和文学现象
十部“红色经典”小说影响广大深远①

① 指丁玲的《太阳照在桑干河上》、罗广斌、杨益言的《红岩》、吴强的《红日》、梁斌的《红旗谱》、柳青的《创业史》、周立波的《山乡巨变》、杨沫的《青春之歌》、杜鹏程的《保卫延安》、曲波的《林海雪原》、周而复的《上海的早晨》。

知青作家部落的崛起是你特有的文学现象
伤痕文学起源于那一段难以忘怀的伤痕
新生代的产生和新形式的探索那是历史的延续和流淌
都市文学、乡土文学、少数民族文学蓬勃发展
军事文学、纪实文学、历史叙事文学写作兴旺
女性作家、女性文学不让须眉发展成为半边天
形成了文学百花园里一道别具风采的美丽长廊

传统剧目推陈出新古为今用不断发展
现代革命样板京戏当年可是发挥了样板的榜样
六十年的戏剧舞台好戏连台台台好戏
丰富多彩的传统剧种放射出现代光芒
音乐创作为你新中国的成立谱写新曲
音乐演唱为你新中国的成立放声歌唱
传统音乐不断谱写出新的悠扬动听曲调
关于音乐的讨论掀起你新中国乐坛思潮碰撞
音乐教育成为音乐普及和音乐家成长的摇篮
“双百”方针哺育着文艺百花园百花齐放
歌剧《洪湖赤卫队》《江姐》掀起歌剧高潮
《长征组歌》大型史诗《东方红》留下长久历史回响

舞剧音乐、器乐、歌曲创作异彩纷呈
音乐创作中多元多样的主旋律一直在乐坛高扬
“新潮音乐”随着现代潮流掀起一股潮流
流行音乐形成的现代大潮汹涌奔腾势不可挡

舞蹈发扬优良传统舞进社会主义新时代
舞出了传统之美舞出了现代的各自专长
书法用传统和新笔书写着社会主义之路
绘画用传统手法和新创画满了社会主义画廊
你崭新的土壤上哺育成长着一代代社会主义文艺人才
留下一路社会主义文化艺术闪亮光彩的光芒
你不断用“德艺双馨”鼓舞教育着文艺大军队伍
用正确文艺路线指引着文艺大军队伍的前进方向

你总是辛勤地耕耘着你的每一片土地
你不断地用新的思想改良着每一寸土壤
你始终坚持社会主义文学艺术的根本
你始终坚持社会主义文学艺术的工作方向
你始终坚持用先进文化育导着全国人民
你总是在现实的土地上栽培未来美好的理想
你精心地培育着文学艺术百花园里的每一棵青苗
给予它们健康充足的水分和阳光
每一部好作品都凝聚着你的辛勤和汗水
每一件文化艺术都寄寓着你的情操和畅想
只要走进你百花盛开的文学艺术百花园
总能让人欣赏到那丰富多彩的百花芬芳

你深知每一件文学艺术对人的积极作用
你也深知每一件文学艺术对人的毒害和不良影响
这是历史和现实充分证明了的事实

这是文学艺术本身所固有本质生长
你确立马克思主义在国家政治生活中指导地位同时
用马克思主义指导着文学艺术工作的方向
社会主义文学艺术是人类社会以来最先进的文学艺术
总是在给人民美的同时给予美好的健康
社会主义文学艺术在育导和净化人思想灵魂的同时
总是在不断地育导着人性和伦理的高尚
为此你坚定不移地坚持文学艺术为社会服务
为此你坚定不移地坚持社会主义文艺方向

你制定了人民卫生事业一系列方针政策
你时刻关心着全国人民的身心健康
你迅速建立了社会主义合作医疗制度
采取有力措施不断把人民医生队伍培养
把爱国卫生运动和除“四害”、讲卫生结合起来
毛泽东亲自号召全国人民防治人畜疾病做到健康保障
“把医疗卫生工作的重点放到农村去”①
毛泽东著名的“六·二六”指示给农村送去一片阳光
各地医疗队去农村、去林区、去牧区巡回医疗
新生的赤脚医生受到广大农民的欢迎和赞扬
你一直坚持把社会主义卫生事业重点放在农村
你一直坚持预防为主的医疗卫生目标和方向

---

① 1965年6月26日，毛泽东对全国卫生工作作了重要指示，即新中国医疗卫生史上著名的“六·二六”指示，指示进一步强调要“把医疗卫生工作的重点放到农村去”。

你一直不停探索建立农村新型合作医疗制度
你一直坚持中西医结合深挖中华医学传统宝藏
你一直努力让人人享有基本医疗卫生服务
你一直努力构建医疗卫生“四大”体系的殿堂①
六十年来你的医院、卫生院院院全面建设发展
妇幼保健院、专科疾病防治院院院发展有长
疾病预防控制中心、卫生监督中心心心相印
医护人员队伍技术水平和力量越来越精湛和强壮
人民的健康水平和寿命得到大幅度提高
各种传染病被有力地控制和阻挡
医院的床位体现了医疗卫生服务力量和水平
你每年都在竭力地增设和扩大着医院的病床

六十年来医疗卫生事业一直是你的一块心病
因为医疗卫生事业关系到十几亿人的生命健康
六十年来你为此费尽了多少心血和财力
六十年来你为此寻求了多少医疗卫生配方
六十年来你为医疗卫生把了多少次脉搏
六十年来你开写了多少医疗卫生处方
六十年来你为医疗卫生采集了多少药材
六十年来你为医疗卫生制订了多少治疗大纲
六十年来你为医疗卫生制度的改革寻访了多少患者
六十年来你为医疗卫生制度的改革抒发了多少向往

① 即：公共卫生服务体系、医疗服务体系、医疗保障体系、药品供应保障体系。

可这件事太难最终还没有取得完美的成功
可这件事太难最终还没有完全达到人民的希望

这是一道很难很难的世界性的难题
这是一道很古老很古老的历史苍茫
这是一道很难解很难解的历史方程
这是一道很难如愿很难如愿的畅想
这是一道很艰难很艰难的生命课题
这是一道很复杂很复杂的人生祈望
面对这种局面你不怕困难没有退缩
面对这种艰难你没有犹豫没有彷徨
六十年来你一直那么精心地为人民寻医问药
六十年来你一直在不断寻求最好的良方
为此你不断拿出一个又一个医改方案
为此你不断得到人民的一次又一次的鼓掌

六十年来你的脉搏一直与人民一齐跳动
六十年来你一直关爱着每一个人的身体健康
六十年来你的心里始终装着全国人民的身体
六十年来你的心里始终装着全国人民的愿望
六十年来你使全国人民身体健康水平有了大大提高
六十年来你使全国人民的平均寿命大大延长
“人生七十古来稀”已成为过去的老人
现在有多少七十岁的老人是那么的身强气壮
各种传染病的防治取得巨大成就

爱国卫生运动使你的大地更加洁净和明亮
随着你的关爱和医疗技术水平的不断提高
全国人民一定会实现更多的生命憧憬和向往

那是中华民族历史上多么难忍的国耻
一个几亿人口的大国居然任意被外强侮辱和诽谤
那是中华民族历史上最大的一段伤痛
一个几亿人口的大国居然缺乏健康和强壮
那是中华民族历史上多么大的伤感
一个几亿人口的大国却走不进体育赛场
自从世界有了奥林匹克体育盛会
中华民族就梦想纵横驰骋那个赛场
可是多少年来中华民族的梦想总是落空
因为中华民族太贫弱了只能梦想
随着你的诞生中华民族就开始奋发努力
六十年来你一直在奋力追逐体育强国的梦想

你没有忘记旧中国积弱积贫的情景
对"东亚病夫"的侮辱你更是牢记不忘
你一直坚持发展体育运动增强人民体质
你一直坚持广泛开展群众性体育运动的方针方向
你一直关注着体育事业的全面健康发展
你一直努力培养着专业体育人才的不断成长
一九八四年洛杉矶奥运会你实现了金牌零的突破
二〇〇四年雅典奥运会你跨入了世界体育三强

从此中华体育健儿在世界体坛不断创造佳绩
二〇〇八年北京奥运会你创造了金牌世界第一的辉煌
你终于实现了世界体育大国强国的心愿
你终于实现了中华民族一百年的长久梦想

当年虽然只有一个人参加奥运会并黯然离开
虽然第一次申办奥运会失败黯然神伤
中华民族却坚韧不拔自强不息地追逐着体育强盛
历经一百年的漫长道路终于实现百年梦想
申办二〇〇八年奥运会取得成功举国欢腾
成功举办让全世界给予“无与伦比”的评价和赞扬
当你的五星红旗在奥运赛场一次又一次升起
当你的国歌在奥运赛场一次又一次奏响
整个中华民族都在无比激动地欢呼
每一个中华儿女都抑制不住热泪盈眶
现在你一年能获得一百多个世界冠军
群众性的体育运动在你广阔的大地上蓬勃高昂

你一定记住了北京奥运会的伟大盛典
你一定记住了经过一百年才实现的梦想
那次盛典是十三亿人的美好之梦
那次盛典是中华民族一百年的盼望
那是十三亿人的伟大骄傲和自豪
那是中华民族伟大的庄严和辉煌
燃烧的火炬燃烧着十三亿人民的热血

燃烧的火炬是中华民族意志放射的灵光
一个过去体弱的民族终于迎来了强大的盛典
一个过去沉睡的民族终于开始了强壮的飞翔
你把北京奥运会成功地镶嵌在世界长空
你把北京奥运会成功地植入中华民族的心脏

发展科技是中华民族的又一个长梦
科技兴国一直是你的又一个长久重大理想
自从一八四〇年中国开始进入半殖民地
中华民族有多少仁人志士就曾寻求科技救亡
当“五四”运动高高举起科学和民主的大旗
中华民族就深深知道了科技落后带来的忧伤
当外国列强使用先进的坚船利炮侵略中国
中华民族却仍然使用大刀长矛进行抵抗
当外国列强取得工业革命巨大工业成果之时
旧中国却仍沉睡在封建小农经济的美梦黄粱
当日本帝国主义依仗先进装备大举入侵中国之时
中国抗日军民却只能使用大刀长矛和小米加步枪

旧中国到处都是洋油、洋火、洋烟、洋枪、洋炮横行
黑暗的大地要靠那些洋油、洋火去照亮
落后了就要挨打这是古今中外历史的断言
旧中国所受一百多年的屈辱就是最现实的纲常
因此你从诞生就深深知道了这个真理
你深深知道只有科学发展了才能兴邦

你深深知道只有科学发展了才能走向强盛
你深知只有科学发展了才有整个国家发展的能量
为此你时刻坚持以旧中国的落后挨打为鉴
为此你时刻坚持为振兴科学而辛勤奔忙
六十年来你一直坚持用科学振兴中华
六十年来你一直坚持那个沉重而辉煌的理想

六十年来你一直坚持科教兴国的大政方针
六十年来你始终把科学技术当作第一生产力量
你制定了“科学十四条”指引着科学技术的发展
“科学大会”给中华大地洒下科学春天的阳光
你制定的“863”计划计划宏大取得累累硕果
“863”计划中有多少重大科研成果被成功开创
六十年的科学技术大道走出科技大国科技强国
六十年的科学技术成果题满了你的历史金榜
原子弹、氢弹、导弹打破列强的核垄断
东方红一号卫星发射成功打破了列强的狂妄
返回式卫星使你成为第三个掌握卫星回收技术的国家
气象卫星、资源卫星、通信卫星一星比一星闪亮

神舟飞船那是你科技战线上的又一巨大成功
神舟飞船那是中华民族的又一道科技灵光
早在明朝时期学者万户就理想试验飞上高天
那是一个多么超前大胆的科技畅想
神舟飞船穿透中国长天五千年的古老神话

神舟飞船穿过了中国五千年的古老天堂
终于把古老的黄土地的激情抛向太空
给制造陶器、青铜器、编钟的古老技术插上现代翅膀
把古老的畅想和现代的意志碰撞在一起
这是你谱写的多么美好灿烂的科技乐章
从此太空中有了你光荣闪耀的神圣领地
从此太空中寄托了你更宏大的意志和愿望

从东方红一号卫星到神州载人飞船
从嫦娥绕月工程到科学技术全面飞翔
从科研经费的增加到科技工程的规划设立
从科学院所的建设到科学技术队伍的发展成长
六十年来你沿着科学技术大道飞快前进
用科学技术为社会主义建设输送着无尽能量
各类工程研究中心、实验室、企业技术中心规模空前
每年受理专利申请、发明专利申请近百万项
国家检测中心、体系认证机构不断建立健全
法定计量技术机构已能达到科学检定计量
六十年来你的科学技术大踏步走向现代化
六十年来你的科学技术成果布满大地和天仓

六十年来你的教育事业一直不断发展
六十年来你教育培养了多少学生得以成长
六十年来你教育培养了多少社会主义人才
六十年来你兴建了多少大中小学学堂

对这一切全国人民家家户户都有记载
各条战线各行各业都张贴着文榜
你一直坚持社会主义文化建设方针
“双百”方针滋润着祖国大地百花齐放
电视事业突飞猛进促进了社会主义文艺繁荣发展
为全国人民的文化生活带来了多少欢畅
一支又一支美丽的歌唱出全国各族人民的心声
唱出心中的幸福甜美唱出心中的希望和梦想

你卫生事业的发展给全国人民带来福音
使你日益强壮使全国人民一年比一年健康
六十年来你费尽心血推动医疗工业制度改革
你每时每刻都把人民的冷暖挂在心上
你可以无愧地说已发展成为体育大国强国
在世界赛场看到你多少荣誉多少大奖
你科技事业的发展让中华民族感到骄傲自豪
实现了一个又一个长久的心愿长久的梦想
你可以自豪地说已发展成为科技大国
并展开强力翅膀向着科技强国向着太空飞翔
用教育与科技把你武装得更加先进强盛
在浩瀚太空在你的山川大地不断书写更多辉煌

十三

伴随着你的发展人民解放军日益强盛

六十年来伴随着你写下一路英勇和光荣
人民解放军是一支人民的英雄军队
是在那黑暗的腥风血雨岁月里诞生
没有一个人民的军队便没有人民的一切
人民军队的诞生是党伟大英明的决定
是党亲手缔造了为党为人民的军队
人民军队力量的源泉来自于人民群众
人民军队从诞生就坚决服从党的绝对领导
这个原则制定得是多么正确多么英明
因此使人民军队始终全心全意为人民服务
因此使人民军队一直攻无不克战无不胜

这支人民军队从深受压迫的工农群众中走来
身体里滋生流淌着工农阶级的基因和血型
党给这支人民军队哺育了无产阶级的政治思想
因此使这支人民军队获得了崭新的生命
这是一支从建制到思想都完全新型的人民军队
这是中国大地上新建的一座万里长城
为了你的诞生人民军队浴血奋战了二十二年
为了你的诞生人民军队付出了巨大的牺牲
长期的战火锻造使人民军队越来越强大
长期的血与火洗礼中人民军队越战越勇
在战争年代人民军队冒着枪林弹雨不断奋勇前进
在战争年代人民军队就已经成长为一支群体英雄

二十二年的战争使人民军队形成伟大的精神
二十二年的战争使人民军队形成优良传统作风
井冈山精神、长征精神、延安精神光辉闪耀
这都是党领导人民军队在战火中锻铸形成
随着你的建立人民军队的任务发生了重大变化
担负起了保卫你和人民生命财产安全的神圣使命
带着战争年代的精神走进社会主义新时代
迈着战争年代的步伐踏上和平的里程
六十年来人民军队始终肩负着党和人民的重托
六十年来人民军队忠实守卫着你的边塞、海疆和领空
六十年来人民军队一直沿着毛泽东思想的指引前进
六十年来人民军队始终用毛泽东思想指导成长的历程

靠着“三个精神”和小米加步枪打出一个新时代
靠着“三个精神”和小米加步枪打赢了二十二年的战争
靠着“三个精神”和小米加步枪打出你新中国的成立
靠着“三个精神”和小米加步枪快速走向强盛
用“三个精神”制造出先进的战机、战舰和大炮
用“三个精神”将一枚枚导弹射向万里长空
用“三个精神”凝聚成新的灵魂和意志
用“三个精神”把原子弹、氢弹爆炸成功
“三个精神”汇聚成“两弹一星精神”
“两弹一星精神”短短几年就创造出两弹一星
六十年来人民军队随着你的飞速发展而飞速发展
六十年来随着你的科学技术现代化国防建设在飞腾

大漠的寒风诉说着人民军队的强大
边关的冷月映照着人民军队的忠诚
冰雪高原哨所睁着人民军队警惕的双眼
万里长空跳动着人民军队的敏锐神经
天涯海角涌动着人民军队的坚强意志
万里海疆震荡着人民军队的威武雄风
六十年来人民军队大踏步迈向现代化
六十年来人民军队忠实地履行着神圣的使命
忠于党、忠于祖国、忠于人民是人民军队的灵魂
六十年来人民军队始终是那么忠心耿耿
从小米加步枪到现代化的各军兵种变化巨大
六十年来人民军队创造了一条辉煌的发展历程

那确实是举世无双的一条辉煌发展之路
读起来让全国人民是那么的骄傲和感动
人民军队是在血沃中的土地上开始孕育
人民军队是在南昌起义和秋收起义的战火中诞生
五次反“围剿”之战打得是多么英勇惨烈
二万五千里长征使人民军队从此举世闻名
十年的土地革命战争使人民军队越战越强大
八年的抗战使人民军队发展成为坚不可摧的万里长城
解放战争期间人民军队发展得是何等迅猛强大
面对几百万敌军势如破竹战无不胜
人民军队的发展强大终于打出一个新世界

从而使你在伟大的胜利中得以光荣诞生

帝国主义不甘心人民军队的伟大胜利
居然纠集十几个国家出兵发动了侵朝战争
面对强敌人民军队无所畏惧英勇迎击
为了正义英勇奋战打败强敌打出了威名
为了保卫你神圣的领土和人民利益不容侵犯
六十年来人民军队进行了多次的自卫战争
每次都把侵犯之敌迎头痛击赶出国门
人民军队有力地捍卫了你的安全和神圣
六十年来每当你遭受大的自然灾难之时
每一次都是人民军队奋不顾身最先冲锋
在巨大自然灾害面前人民军队显示出强大的战斗力
六十年来人民军队取得了多少巨大的胜利和成功

军民团结如一人试看天下谁能敌
这是从实践中得出的一条深刻史评
六十年来人民军队一直坚持人民军队为人民
六十年来人民军队一直坚持爱民拥政
六十年来人民军队一直与人民群众保持鱼水关系
六十年来人民军队在平凡中彰昭出多少伟大的雷锋
“毛主席的战士最听党的话，哪里需要哪里去”
这是多年来人民军队一直共同高吭的歌声
哪里有困难、哪里有灾难哪里就有人民军队
抗洪水、抗冰雪、抗地震是人民军队最先冲锋

这是只有在你的大地上才能发生的感人景况
打开人民军队六十年史册有多少让人感动的模范和英雄

你的成立让世界政治格局发生重大变化
社会主义国家在世界上形成了强劲的东风
帝国主义和国际上一切反动派不甘心失败
对新生的你实行严密的经济封锁和政治围攻
你把帝国主义和一切反动派都看作是纸老虎
以大无畏的革命精神独立自主地开展外交活动
成立之初就与社会主义国家和友好国家建立了外交关系
新生的你一开始就取得巨大的外交成功
你创立并始终坚持独立自主的外交方针
抗美援朝是你成立后在外交上取得的巨大成功
万隆会议你提出和平共处五项原则团结众多亚非国家
从此你在世界上赢得了普遍的赞扬和良好的名声

毛泽东“三个世界”的理论使你团结更多发展中国家
有效地遏制了帝国主义的强权政治和霸道横行
一九七一年恢复了你在联合国的合法席位
从此你在世界政治舞台上更加纵横驰骋
中美建交、中日建交是你外交的重大胜利
彰显了不可阻挡的世界潮流和你的强盛
一九七四年邓小平在联大发言小个子战胜大世界
香港、澳门回归祖国显示你外交原则是多么强硬
中非论坛成功举办是你外交上取得的丰硕成果

北京奥运会你让八十多个国家领导人一起拜访观看北京
你已成为名副其实的具有世界威望的世界大国
你的振兴和强大让整个中华民族多么自豪和激动

只有抚今追昔才能深刻认识外交的真谛
只有抚今追昔才能理解中华民族对待外交的心情
那一页历史每一次阅读都是那么难以忘怀
那一页历史已深深印在中华民族的心中
那一页历史至今仍然发出历史的真言
那一页历史至今仍在发出中华民族的强烈呼声
那一页历史至今仍让中华民族感到愤慨
那一页历史至今仍让中华民族感到心痛
一千多个不平等条约和协定那是多么大的屈辱
圆明园的大火烧得中华民族是多么的惨痛
这就是贫弱落后的旧中国近代一百多年的外交
在这一百多年的外交中谁又能够找出平等

要想有平等的外交就要有平等外交的力量
平等外交离不开公平正义和国家强盛
因为你深知不平等外交带来的巨大伤害
所以你在外交上始终坚持公平、正义、和平和平等
你在外交上始终坚持和平共处五项原则
你以强大的国防和国力作为外交的内应
你友好平等地与一切平等待你的国家民族友好交往
对强权政治进行有理有利有节地坚决斗争

从而使你赢得了世界绝大多数国家的友好往来
从而使你在世界上的声望不断大幅提升
如今你已成为国际上具有崇高威望的大国
这是你六十年来在外交上取得的巨大成功

因为有了党的领导才取得新民主主义革命伟大胜利
因为有了党的领导你才能得以光荣诞生
因为有了党的领导你才走上社会主义的康庄大道
因为有了党的领导你才取得社会主义事业伟大成功
党的领导是中国革命发展历史的正确选择
党的领导是中国历史发展的客观必然反映
没有共产党就没有新中国是革命实践检验的真理
没有共产党就没有新中国是革命历史的证明
中国共产党是领导中国革命事业的核心力量
马克思主义是指导中国革命事业的伟大纲领
党从诞生起就领导着中国的无产阶级英勇奋斗
党从诞生起就担负起中国革命的历史使命

在战争年代和社会主义建设中形成一代代领导核心
毛泽东作为伟大领袖和导师开创了中国革命
东方红,太阳升,中国出了个毛泽东是民族之福
他为人民谋幸福,他是人民大救星是民族大幸
作为伟大的马克思主义者他留下光辉的毛泽东思想
作为伟大的理论家他留下《毛泽东选集》全党传诵
作为伟大的无产阶级革命家他留下革命的伟大胜利

作为伟大的战略家他留下战略奇迹把世界震惊
作为中国各族人民的伟大领袖和导师缔造了党和军队
为中国革命开辟万里长征并完成他的胜利征程
毛泽东是党、军队、全中国人民的最伟大领袖
毛泽东在中国在世界历史上留下伟大杰出英名

中国共产党是由工人阶级先进分子所组成的伟大政党
在战争年代和社会主义建设中总是在前冲锋
在毛泽东旗帜下站立着一大批无产阶级革命家、军事家
诞生了一批又一批优秀领袖人物和模范、英雄
周恩来作为伟大的马克思主义者留下忠诚信仰
作为伟大的无产阶级革命家留下无限忠诚
作为党和国家的卓越领导人留下卓越历史功绩
他的忠诚和卓越给全国人民留下多少感动
刘少奇作为伟大的马克思主义者留下坚定不悔信仰
作为无产阶级革命家留下革命胜利大功
作为党和国家的卓越领导者留下卓越功绩冤屈
可喜的是历史最终给他恢复了伟大的英名

朱德作为伟大的马克思主义者留下坚定信仰
作为无产阶级革命家军事家留下辉煌革命军功
作为党和国家卓越领导人留下对党和人民的卓越忠厚
在全党全军和全国人民中总是那么亲切地叫着朱老总
任弼时十六岁参加革命十八岁加入中国共产党
当年中共中央书记处“五大书记”他最年轻

虽然年轻却在战争年代为中国革命立下巨大功绩
可惜刚迈进新中国征程就被疾病夺去四十六岁年轻生命
董必武一九二〇年就在湖北建立了共产主义小组
一九二一年出席中共一大最先开始了革命的征程
战争年代为中国革命的胜利作出重大贡献
在你新中国身居党和国家领导高位立下不朽新功

邓小平在党的第一代领导核心中就战功卓著
“刘邓大军”打出了威震天下的英名
在党的第二代领导核心中担当起总设计师大任
率领中国革命开始了第二次万里长征
改革开放中留下伟大成就和邓小平理论
东方小个子创造了东方巨人的历史丰功
陈云在战争年代就日夜奋战在各个战线
在党的第一代领导核心中发挥了重大的革命作用
关键的历史时刻协助邓小平开启改革开放历史大闸
为中国革命胜利和改革开放都承担了历史大鼎
王稼祥、张闻天二万五千里长征留下革命卓著
中国革命的胜利凝聚着他们的杰出贡献和光荣

李大钊是中国革命的开创者和卓越领导
他用鲜血和生命献出了对革命的无限忠诚
瞿秋白党的“八七”会议上为中国革命作出重大贡献
背着革命的重大贡献和沉重在敌人刑场就义牺牲
蔡和森为革命被帝国主义逮捕国民党反动派杀害

向警予为革命被捕在狱中进行了顽强斗争最终光荣牺牲
邓中夏为革命英勇就义留下《中国职工运动简史》
苏兆征为领导工人革命运动不怕牺牲英勇出征
彭湃领导农民运动领导得汹涌澎湃气势磅礴
陈延年在革命中同右倾投降主义进行了坚决的斗争
恽代英为革命冒死投身革命宣传被敌人杀害
张太雷在领导广州起义中冲锋陷阵英勇牺牲

方志敏为革命坚贞不屈把忠诚留给《可爱的中国》
刘志丹率领红军英勇奋战黄土高坡留下革命英灵
黄公略在革命苏区东西南北转战血洒革命战地
韦拔群在广西先后发动领导革命起义不幸牺牲
杨靖宇长期在东北大地坚持抗日游击战争捐躯北国
左权在华北大地为抗日战争献出宝贵的生命
鲁迅高高举起无产阶级革命文化的伟大旗帜
宋庆龄是中国二十世纪伟大杰出的女性
邹韬奋、郭沫若、茅盾、李四光战斗在科学文化战线
闻一多在国统区积极参加争取民主反对独裁的斗争
中国革命大道站立着一排又一排杰出的领导、将帅和志士
黄土地在一百多年间埋下了数不清的革命英灵

十大元帅哪一个不是驰骋疆场战功赫赫
每一位都为中国革命胜利立下卓著战功
毛泽东高赞谁敢横枪跃马，唯我彭大将军
刘伯承、罗荣桓、聂荣臻彰显了杰出的军事才能

叶剑英、陈毅战场高歌留下卓越战绩和诗篇
贺龙、徐向前在战场上打得是多么的机智和勇猛
林彪的历史战功和历史罪过均有历史记载
十员大将个个英勇善战个个留下勇将英名
五十多位上将和一大批中将少将各有光荣战史
革命历史上又有多少中华优秀儿女奉献了宝贵生命
人民英雄纪念碑是他们的光荣历史丰碑
中国大地上铭刻着他们不朽的历史丰功

党的八十八年历程和你六十年的历程光辉相照
共同验证了一个伟大灿烂辉煌的历史发展进程
党的八十八年历程和你六十年历程同铸千秋大业
共同验证了中国共产党的伟大英明和光荣
八十八年前中国共产党胸怀马列主义的坚定信仰
结合中国开始发热的大地得以孕育和光荣诞生
从上海点燃革命圣火从南湖扬起革命风帆
从此开始了伟大而又光荣的革命历史航程
从白色恐怖下开始用鲜血和生命播撒革命真理
从南昌起义、秋收起义播撒到井冈山和万里长征
从延安播撒到中国每一寸抗日的土地
从解放战争的战火中播撒到你光荣的诞生

那是腥风血雨战火纷飞的二十八年历史
中国共产党人流了多少鲜血丢了多少生命
二十八年的历程每一步都是用鲜血和生命开辟

你的建立是共产党人的鲜血和生命铸成
你六十年的历程洒满了共产党人的辛勤和汗水
洒满了共产党人探索追寻真理的艰辛和伤痛
从你在天安门城楼上诞生到你六十年庆典
共产党人经过了多少艰难曲折和国内外风云纷争
六十年来共产党人带领全国人民取得伟大成就
六十年来共产党人又取得六十年的历史丰功
二十八年和六十年的历程是最有力的历史检验
中国共产党八十八年的历程是多么的伟大光荣

中国共产党不愧是伟大光荣正确的党
始终把实现共产主义作为革命奋斗的最高纲领
全心全意为人民服务是党的根本宗旨
这宗旨充分体现了党的伟大和光荣
在革命战争年代和社会主义建设中创立了光明大道
党成为中华民族独立和解放的伟大救星
党在前进的道路上不断地总结着经验和教训
始终把握着每一个革命历史时期的正确航程
党始终坚持历史反思和不忘历朝历代的兴亡教训
党始终在探索如何保持清正廉洁和为人民更好执政
可这是一道古老、艰难、复杂的世界性的历史课题
衷心希望党能够彻底解开这道难题向着目标一路畅行

中华几千年的古老文明创造于广大人民群众双手
振兴中华需要广大人民群众团结一致齐心共同

社会主义事业是绝大多数人的伟大事业
社会主义事业必须动员广大人民群众积极参加才能成功
人民只有人民才是创造人类社会历史的动力
这是马克思主义历史唯物主义的深刻阐明
社会主义为广大人民群众提供了创造历史的条件
在社会主义事业中能够发挥更主动更伟大的作用
中华民族从五千年的古老文明中一路坚强地走来
创造和形成了一路历史文明和优良思想道德传统
优良传统在社会主义土壤孕育了社会主义核心价值体系
形成了为社会主义事业而奋斗的正确思想引领

马克思主义的指导是广大人民群众前进的灯塔
社会主义共同理想是广大人民群众的奋斗纲领
以爱国主义和集体主义为核心构成民族精神
以改革创新的时代精神和社会主义荣辱观为核心价值内容
社会主义核心价值体系是全国人民奋发向上的精神力量
六十年来在社会主义事业中发挥了伟大的历史作用
六十年来广大人民群众紧紧跟着和依靠着党齐心奋进
年年岁岁为社会主义事业奉献着勤劳和忠诚
在艰难困苦和灾难挫折面前总是那么坚强和大爱
在大是大非面前广大人民群众总是坚持正义和公平
六十年来广大人民群众创造出多少伟大的成就
六十年来涌现出多少可歌可泣的模范和英雄

从遥远遥远的古代走到现代走到当今

历史一再证明推动历史前进的是广大人民群众
从你六十年的历程到共产党人八十八年的历史
辉煌的历程中哪一步能离开广大的人民群众
从大革命和土地革命时期的工人运动到农民运动高潮
哪一个运动中也离不开广大的人民群众
从人民战争的汪洋大海到支前的滚滚千里洪流
那是广大人民群众伟大力量的最好象征
从一个螺丝钉一粒粮到社会的一切财富
哪一样财富不是从广大人民群众手中产生
对此你理解党理解广大人民群众也深深理解
从而使你和党及广大人民群众命运相连行动共同

共产党、解放军、人民群众紧密相联
这三者之间包含着多么深奥的道理和内容
领导我们事业的核心力量是中国共产党
没有共产党就没有新中国是历史铁证
没有一个人民的军队便没有人民的一切
枪杆子里面出政权这是真理的呼声
人民只有人民才是创造世界历史的动力
这是人类社会发展几千年的历史声明
你有一个伟大的党伟大的军队伟大的人民
你这是多么巨大的财富多么崇高的荣幸
真为你能有这么巨大财富感到骄傲自豪
真为你能有这么崇高荣幸感到由衷高兴

·

中国共产党是伟大光荣正确的党
从诞生起就一直领导全国人民闹革命
推翻三座大山建立新中国建设社会主义
取得一个又一个伟大胜利一个又一个历史丰功
中国人民解放军是伟大的军队英雄的军队
八十多年来英勇奋战不怕流血牺牲
打败帝国主义和反动派建立新中国
打下江山保卫江山立下多少历史战功
人民群众是党和军队力量的基础是汪洋大海
在你新型国家人民群众是社会主义主人翁
社会主义事业是广大人民群众的共同事业
为此把最美好的歌献给党献给你献给人民军队献给人民群众

跋

六十年的春夏秋冬六十年的生命华发
六十年的五彩朝晖六十年的缤纷晚霞
六十年的艰难曲折六十年的辛勤奋斗
六十年的成功前进六十年的大步飞跨
六十年的历史岁月六十年的日月星辰
六十年来你已成长为一个强盛的国家

今年是你成立六十周年我可爱的新中国
六十年来你取得了多么辉煌的伟大成果

每当你的生日全国人民总是那么激动
每当你的生日中华儿女都会为你纵情放歌
唱上一支心中的歌儿献给你伟大的生日
献上一颗忠心向你表达最热烈最诚挚的祝贺

祝贺你创建了伟大的社会主义事业
祝贺你创造了经济社会发展的一个又一个大捷
祝贺你取得了社会主义建设的巨大成就
祝贺你书写了卓著辉煌的社会主义史页
祝贺你给全国人民开创了崭新的前进道路
祝贺你给全国人民开创了新的思想文化科学

感谢你给全国人民带来安康和幸福
感谢你给全国人民带来光明的前途
感谢你医治了中国大地的累累创伤
感谢你全面振兴了伟大的中华民族
感谢你给全国各民族带来团结和友爱
感谢你带领全国人民始终坚持社会主义道路

六十年来你留下了深深的历史深思
六十年来你留下了辉煌的历史史诗
六十年来你积累了厚重的历史思想
六十年来你留下了深邃的历史课题
六十年来你积累下丰富的历史经验
六十年来你创造了惊人的历史奇迹

你坚决依靠中国共产党的领导和统帅
你对全国人民始终是那样至亲至爱
你是那样深深挚爱着你的大地山川
你为全国各族人民搭建了平等的舞台
你让全国人民主宰国家的最高权力
为此你得到了全国人民的赞扬和拥戴

每当你的生日全国人民都会为你歌唱为你赞美
每当你的生日全国人民都会为你劲舞为你陶醉
每当你的生日全国人民都会为你数计一年的成就
每当你的生日全国人民都会为你书写一年的光辉
每当你的生日全国人民都会为你充满激情和感动
每当你的生日全国人民都会为你树立一座新的丰碑

曾多少次放声高唱五星红旗我为你骄傲
曾多少次放声高唱五星红旗我为你自豪
曾多少次放声歌唱五星红旗我为你激动
曾多少次放声歌唱五星红旗我为你荣耀
每当此刻我都会为你激动不已而流下泪
每当此刻我都会为你感动得心潮滔滔

向你献上一杯最醇香最醇香的美酒
向你献上一揖最诚挚最诚挚的顿首
向你献上一个最美好最美好的祝愿

向你献上一尊最珍贵最珍贵的珍璆
向你献上一束最漂亮最漂亮的鲜花
向你献上一幅最壮美最壮美的锦绣

祝愿你的江山社稷更加稳定巩固吉祥平安
祝愿你的经济社会又好又快发展
祝愿你的思想文化更加丰富多彩
祝愿你的政治更加民主更加清廉
祝愿你的各民族更加团结友爱和谐统一
祝愿你的人民生活更加富裕幸福美满

祝愿你的大地山川更加雄伟壮丽光彩缤纷
祝愿你的前程更加光明灿烂繁花似锦
祝愿你的日月星辰更加光耀闪亮
祝愿你每年的四季更加风调雨顺
祝愿你伟大的社会主义事业更加兴旺发达
祝愿你伟大的历史生命永葆生机和青春

你的成功在于有一个领导核心伟大的中国共产党
你的成功在于有光辉思想理论指引前进的方向
你的成功在于有全国各族人民的大团结
你的成功在于全国各族人民有共同的理想
你的强大在于有一支英雄强大的人民军队
你的强大在于有广大人民群众的伟大力量

在此我想用对你的那一份信念和深情
陪伴你今后更加漫长伟大的历史行程
在此我想用对你的那一份忠诚和挚爱
为你铺筑前进道路上的更大成就和丰功
在此我想用我的有限的生命和满腔热血
书写你今后历史进程中更伟大的辉煌和光荣

第三卷

天地家园歌

序

谁也难以说清楚天到底有多么昊大
谁也难以说清楚天到底于何时生发
谁也难以说清楚天到底有多么高阔
谁也难以说清楚天到底有多少物华
谁也难以说清楚天到底有多么古老
谁也难以说清楚天的边际到底在哪

谁也难以说清楚天到底是什么
谁也难以说清楚天到底是什么颜色
天是那么深沉深沉得让人难以看透
天是那么神秘神秘得让人难以猜测
天是那么苍茫苍茫得让人难以看清
天是那么神奇神奇得让人不可琢磨

天也许从来就有白天也有黑夜
天也许从来就有温顺也有暴烈
天也许从来就有惊雷也有闪电
天也许从来就有风云也有雨雪
天也许从来就是那么自尊自大

天让那么多人尊称它为老天爷

天从古至今总有那么多的天图
天从古至今总有那么多的天书
天从古至今总有那么多的天义
天从古至今总有那么多的天路
天从古至今总有那么多的天象
天从古至今总有那么多的天枢

天还有那么多那么玄秘的天机
天还有那么多难以捕捉的天时
天还有谁也难以说清的天堂
天还有人类那么向往的天理
天还有难以读懂读透的天文
天还有谁也不能违背的天律

天还有那么多难以抗拒的天灾
天还有那么多必须执行的天裁
天还有那么多难以解释的天意
天还有那么多飘逸动听的天籁
天总是把天地间万物看作一统天下
天总是把天地间万物全部主宰

天还有那么多威严可怕的天威
天还有那么多不能冒犯的天规

天还有那么多严密有序的秩序
天还设立了那么多等级森严的天位
天还有旖旎变幻五彩缤纷的云霞
天还有永远闪照大地不灭的光辉

大地有广阔秀美多姿多彩的地表
大地有雄伟壮丽气象万千的地貌
大地有逶迤连绵精妙深厚的地理
大地的地景总是那么美丽娆饶
天经地义总是紧密联系在一起
天荒地老说明天和地是一同孕育生造

大地就是人类赖以生息的地球
大地就是广阔的世界四海五洲
中国的大地就是中国辽阔的国土
中国的大地就是古老的赤县神州
地支天干分为阴阳总是密切对应
从而形成了地球上的天长地久

人的诞生比天和地的诞生太晚太晚
但人的诞生却与天和地紧密相联
没有人的诞生怎有对天和地的认识称谓
自从人的诞生才开始有了天地人间
从而有了虚幻想象的天堂和地狱
从而有了实际存在的大地和人寰

自从天和地之间孕育诞生了人
天和地之间从此才有了生命根本
从此才产生了对天和地的认知
从此才能够命名宇宙和日月星辰
自从人的诞生就有了生存的人道
人在生存中逐渐形成了天伦和人伦

天上有那么神秘的星星和月亮
天上有地上万物依赖生存的神秘太阳
大地有那么深厚强大的地核热能
大地有孕育哺养万物生命的土壤
人有认识天地的思维意识和人文
从而认识和书写了天纲、地纲和人纲

天有天的运转行程地有地的运转行程
天和地的运转行程总是那么有序固定
人有人道人按照人道也在不停运转
天、地、人协同地运转在各自的行程
长期运转中科学排列出三百六十五天
长期运转中留下了丰富神秘的万古传诵

一

天生就那么神奇和昊大
天生就具有无尽的光华
天到底是什么谁也难以说清
为此从古至今才有那么多的解答
几乎每个人心中都有对天的认识
不同心念对天的认识有不同说法
天是日月星辰组成的宇宙
天是天文气象的万千变化
天是太阳、月亮和星星的汇聚
天是太阳、月亮和星星放射的光华
天是晴、阴、云、雾、虹的展现
天是风、霜、雨、雪、雷的倾下

中华民族的祖先很早就对天有了认识
远在原始社会就产生了对天文学的萌发
他们通过观天象、定方向积累天文知识
他们通过定季节、告农时对天进行观察
他们认为天就是实际存在的天文气象
远没有以后人们对天的认识那样复杂
他们最先发现太阳给大地以温暖
他们最先发现太阳给大地以光华
他们以太阳图案作为陶器上的纹饰

他们在陶器上画有日出山冈的图画
他们从日出日没中发现白天黑夜的循环
他们从昼夜交替中产生了对日的认识看法

中华民族的祖先们又发现月有圆缺
发现这是夜晚最明显的天象变化
从月圆到月圆差不多都是三十天
于是便产生了对月的认识和看法
同时发现寒来暑往草木枯荣的现象
于是有了对季和年周期的观察
发现农业的收成与此密切相关
发现动物的繁衍与此发生着变化
于是便产生了季和年的概念
于是便有了季和年的不同分划
颛顼时代有了“火正”的专门官职
尧立羲和之官对日月星辰进行多方观察

《尚书·尧典》有了对节气的观象
说明这时已经有了历法的萌芽
年、月、日概念的建立是历法产生的基础
从夏代开始便产生和使用了历法
殷商甲骨文已有十二个月的名称
殷商历法已显示出智慧的光华
殷商时期天气和物候的记录大量出现
揭示了中国大地古今气候的变化

利用物候现象来判断季节时令
对气象变化时刻注意进行观察
从而促进了对气象规律的认识
祖先们对天文气象的认识多么伟大

天文和气象在中国古代统称天文
祖先们最早把天文和气象看成一家
虽然天文和气象存在一些区别
最早总把天文气象放在一起观察
天文和气象构成中国最古老的一天
祖先们对天文和气象的认识不断深化
认为“夫风者天地之气、溥畅而至”①
认为云和雨的形成皆为大气的变化
认为雷电是阴阳冲突形成的现象
认为阴阳交争放出闪电的火花
古老的祖先对天的认识多么科学
这是对什么是天多么好的解答

在天文学从原始社会萌生的同时
人们对天的认识却越来越复杂
产生了对天和自然的原始宗教意识
从而人们的宗教意识开始萌芽
随着进入奴隶社会宗教意识的发展

① 宋玉《风赋》。

人们的自然观发生了很大的变化
这时人们的意识中产生了自然神
从此人们对自然神开始宗教和神化
对自然神的崇拜为奴隶主阶级利用
为此出现了对自然神的人格化
从而产生了人格化主宰一切的天神
从此出现了对天认识的种种神化

人世间的君主居然也是授命于天
天居然成为人世间君主的天下
人世间的君主成为天的化身
此时天的概念被人世间有意转嫁
奴隶主阶级为了统治的需要
从而开始把天转化为家天下
从此君权神授的天大谎言成为正理
在中国大地居然能够统治几千年国家
这是奴隶主阶级典型的天政合一
这是古老的中国第一个政治笑话
从此关于天的概念开始不断演变
从此对天的认识有了形形色色的变化

随着人们对天空现象的迷惘
人们对天的认识不断产生各种说法
特别是一些异常现象的出现
使人们对天的认识时常产生惊讶

从而使占星术得以产生和蔓延
使人们对天的认识产生了虚假
占星术还凭借异常天象的出现
对占星迷信不断进行虚假的神化
形成许多天象记录同占星迷信纠缠在一起
人们对天真实的认识被虚幻勾搭
从此人们对天的认识总是形形色色
从此人们对天的认识充满真实和幻化

随着人类阶级社会产生的不公
随着统治者对被统治者的重压
随着邪恶势力不断邪恶着社会
随着忠厚善良被奸佞邪恶践踏
随着社会不公有时泛滥成灾
随着公平正义有时被无端诛杀
随着道德人伦的丢失公损社会
随着善念善行总是受欺于恶霸
随着天灾人祸带来的严重伤害
随着疾患给人们带来的苦痛和惊怕
人们对天发出了多少公平的呼唤
人们对天寄托着能否主持正义的牵挂

天是天文气象天是太空宇宙
天是日月星辰的运转和变化
天是人们对公平正义的呼唤

天是人们对美好向往的抒发
天是人们对惩恶扬善的要求
天是人们对积德行善的报答
天是人们对幸福美满的追求
天是人们对平安健康的绘画
天是人们盼望万事如意的心愿
天是人们能升官发财的规划
天是人们一切美好愿望的憧憬
天是人们是否能如心愿的主拿

天是社会思想道德的汇编
天是社会法规汇聚的大法
天是社会公理的集中体现
天是人心向背的衡量砝码
天是社会公德的标准反映
天是社会风习铸成的大厦
天是社会准则的衡量尺度
天是社会意愿闪耀的光华
天是社会心声的公正呼唤
天是社会理想迸发的火花
天是人们盼望的公平裁决
天是人们期望的正义判罚

“天兵”是神话中天神的兵
多少年来这是人们对天赞美的佳话

“天道”本是自然界发展的客观规律
有人却认为天道是上帝意志的表达
“天公”是人间敕封的自然界主持者
天是由天公主宰着的一统天下
“天公地道”是对公平的美好向往
那是人们追求公平的心中梦化
“天宫”是多么雄伟华丽的宫殿
那是人们给天神建造的一座大厦
“天机”是一般人无法理解的天意
那是迷信的人对迷信的有意夸大

“天经地义”是不容置疑的道理
那是人们对正确道理普遍的看法
“天理”本来应该是天然的道理
“天理难容”是人们心怒的爆发
那是人类的弱者对正义的呼唤
那是人类的弱者心灵在反抗欺压
“天理”还被认为是封建道德伦理法则
理学家们总把天理作为客观存在的大法
天理、天理难容关键在于人的心念
人们不同的认识有不同的心理想法
“天伦”是人间父子、兄弟等的关系
不知为何却把它冠于天的伦理名下

“天命”又是迷信的人的上天意志

同时也是上天主宰人间命运的说法
“天怒人怨”只是人世间怒和怨的形容
谁又见过天何时发怒对作恶者惩罚
“天神”是神话传说中天上的神
从古至今留下多少天神的传说神话
“天书”是天上神仙写的书或信
可惜人间从来没有人能读过它
难认的文字难懂的文章为何称为天书
对此谁也难以给予明确的回答
古代帝王的诏书也被称作天书
这又是以天对大地人间居高临下

“天数”是不可抗拒的上天安排
这种不可解的迷信灾难是多么的可怕
“天堂”是善良的人灵魂居住的地方
不知人间又有多少人能有这种造化
人们总爱把幸福美好生活比喻天堂
可又有几人知道天堂到底是个啥
“天条”有人认为是玉皇大帝所定戒律
不论人和神对天条都是那么害怕
“天文”是日月星辰在宇宙运行的现象
“天文学”那是名副其实的科学文化
“天意”又是迷信中的上天意旨
天意不可违也许是现实也许是虚化

"天诛地灭"是人们对公平的呼喊
天诛地灭是人们对正义的心愿表达
"天理昭彰"总迷信天能主持公道
谁也说不清上天阻止了多少坏人的恶煞
"天子"是古代国王或皇帝的专称
天子是天的儿子在替天管理着天下
"天道无亲"是人们一种善良的期望
"天道好还"盼望作恶者受到恶的惩罚
"天高听卑"希望天能知其人间善恶
那又是人们善良心念的一种抒发
"天理良心"是善心要求的处事标准
"天网恢恢,疏而不漏"是天依法进行的处罚

"天人之辩"辩得是多么激烈
那是关于天和人相互关系的激烈辩答
那是中国哲学史上天和人关系的论争
那是唯物和唯心的一场理论争霸
唯心主义者主张"天人合一"
殷商时期就出现了天命论萌芽
认为天有意志可以主宰人的命运
为此孔子有了"畏天命"的提法
孟子随后认为"天人相通"
为此提出"知其性,则知天矣"说法
孟子认为人之心性受之于天
认为尽心知性亦知天从而通达

董仲舒提出“天人相类、人附天数”之说
认为天总是按照自己的模式而起驾
认为天不断创造人的形体和精神
提出天有人亦有人有天亦有说法
程颢认为天人本无二不必言合
程颐认为天地人只一道则通达
西周至春秋时就有人反对“天命论”
有了“天人之分”的唯物主义萌芽
荀子明确提出“明于天人之分”
从而提出了天即自然的唯物之法
认为“天有行常,不为尧存,不为桀亡”
主张“从天而颂之,孰于制天命而用之”天下

王充对“天人合一”进行过深刻批判
柳宗元是批判“天人合一”的唯物主义大家
围绕“天人合一”发生了多少天人之辩
唯物与唯心从产生以来就是对家
“天人感应”之说也是那么古老
那是关于天和人互相影响的一种说法
那是一种多么奇异神秘的观点
神秘地蒙上了那么神秘的面纱
殷周时期就有“天人之际”的观点
认为天能干预人的事把人事主拿
认为人的行为也能够感应上天

让上天从而改变对人事的命运谋划

战国时期阴阳家皆说“天人感应”
董仲舒对“天人感应”加以系统理论化
董仲舒居然认为“天人一也”
认为天按照自己的模式创造人类生发
人类的形体、精神都是天的复制品
就是人的道德品质也是天的复化
并就此举证天有五行、人有五脏
把天有四时、人有四肢对应配搭
把天有寒暑等同人有哀乐性情
认为天亦有喜怒之气、哀乐之心的表达
认为国家失道天会先出灾害以谴告
人的行为符合天意能感应上天得其保驾

还有阴阳之说的起源是那么古老
《周易》成为专门解说阴阳的首家
《周易》是以阴阳解说社会现象的专书
从而成为后世多少人的阴阳八卦
《周易》何时开签完卜尚难断定
从开篇到成书竟历经数百年日月年华
据考证《周易》不是一人一时之作
一人一时之作又怎能历经数百年年华
《周易》在古老的中国大地影响深远
直到现在仍有人还在推崇阴阳八卦

《周易》阴阳八卦卦不出准确阴阳
它只是中国古老大地上一种古老文化

阴阳之说兴起同时产生“五行”之说
阴阳与五行之说开始是为两家
阴阳与五行都是从观察自然现象而来
都具有朴素唯物主义的思想萌芽
但发展起来以后都变成唯心主义思想
成为唯心主义思想的高高旗靶
他们认为阴是云覆日阳是日出
从而引申为暗和明、寒和暖的转嫁
他们认为阴和阳是一切对立和相反事物
从而把自然界的事物进行了阴阳归纳
他们据此把自然界的天划归为阳
从而把自然界的地作为阴的归划

阴阳还把人类间的人事分为阴阳
从而也形成了明确的阴阳分划
他们把男人划为阳女人划为阴
把人的性情划为刚为阳柔为阴的归划
关于五行说的起源没有确切考证
在春秋前已有朴素的五元素说法
就是以水火金木土为五种基本元素
五种基本元素构成宇宙万物的物质大厦
春秋时有人在五种元素后又增加了谷

从而有了水火金木土谷“六府”提法
把此作为人民日常生活不可缺的财用
后来又有了正德、利用、厚生三事的随加

随着六府三事又有了五行的名称
从此五行开始盛称于中国天下
孟子是五行之说最早的创始者
从此水火木金土成为中国大地五色彩霞
阴阳与五行大约于春秋战国开始合流
阴阳与五行最终合流成新的一家
“邹子之徒论著终始五德之运”①
邹衍成为五行学派的代表和大家
因阴阳五行学说具有神秘因素
又被人为地披上了神秘的面纱
从而对邹衍也涂上了一层神话色彩
神秘色彩中透着令人难以置信的神化

邹衍的学说体系“闳大不经”
包括天论、地理学说和历史观三大构架
邹衍的天论被称颂为“谈天衍”②
“称引天地剖判以来”的自然历史变化③
一直往上推到天地没有产生之前
一直往上推到天地混沌状态的不可考察

①②③ 《史记·孟子荀卿列传》中句子。

邹衍的地理学说认为中国是大九洲一部
中国不过是大九洲八十分之一的天下
邹衍大九洲之说产生于他的推测
可能有关于他所在齐国商业交通的发达
他对世界地理的推测扩大了人们的眼界
在人类地理认识上体现了一个先进步伐

邹衍在历史观方面有《主运》一书
他的“主运”意义与“五行”是相当说法
邹衍以他的阴阳主运显要于诸侯
以五德始终论的基本思想传播华夏
这是他深观阴阳消息有得的理论
这是他显明于当时的学说主拿
五行说有相生和相胜两种说解
邹衍把“五行”改作“五德”的说法
邹衍五德始终说的理论依据是天命论
其“闳大不经”学说体系是唯心辩证之法
邹衍的学说到汉代演变为谶纬之学
成为中国两千多年来迷信思想的源发

当年我曾多少次深深向往着天
希望有一天我能够完全认识它
当年我曾多少次祈望着天
祈望它能够保佑我的人生顺达
当年我曾多少次默默拜求着天

拜求它能够赐予我事业勃发
当年我曾多少次大声呼唤着天
呼唤它能够公正地主宰人间天下
当年我曾多少次诚挚恳请过天
恳请它能够下界人间认真观察
当年我曾多少次强烈请乞过天
请乞它能够来人间对那些恶人惩罚

多少年过去了我一直在热切地等待
可是天一直没有给我任何回答
在盼望中等待在等待中一次又一次盼望
仍然一直没有任何信息没有一句话
于是我对天失望了彻底失望了
随着时间推移我对天的一切向往日渐丢下
随着命运对自己的不公开始产生不满
一种怨天的情绪在心底日益生发
随着自己对人世间现状的强烈不满
心底深处对天的怨愤日益增加
随着自己的梦想跟随科学遨游太空
对天的各种心愿便越来越淡化

二

董仲舒继承子思、孟子及邹衍学说
认为人的结构能与天地对应偶合

董仲舒的哲学基础是“天人感应”
他居然认为天有至高无上的人格
他认为天不仅创造了万物也创造了人
为此他认为天有意志有喜怒哀乐
“天人合一”是董仲舒的基本思想
“天人感应”是他的神学目的说
董仲舒认为天生万物各有其目的
为此精心构成了“天人感应”神学目的说
他还利用阴阳五行学说体现天的意志
从而推论出“三纲五常”道德哲学学说

董仲舒认为“道”是源出于天
提出“天不变道亦不变”的因果
董仲舒的认识论继承孟子内省途径
按照尽心、知性、知天的模式提出新说
他认为人的认识活动受命于天
他认为认识的目的是了解天意是什么
他认为必须通过对阴阳五行的观察
从而才能达到了解天意、天道的结果
他认为通过祭祀就能知道天地鬼神
为此使他的认识论达到神秘莫测
他的人性论异于性善也不同于性恶之论
在此基础上从而提出了性三品学说

秦汉时期天文学得到长足发展

初步形成中国传统天文学体系特色
其中尤为突出的是独具特色历法体系
把太初历统一实行在统一的中国
天文仪器系统也在秦汉时期形成
这时已能制造和使用仪器对天象观测
这个时期已经研究制造出浑象仪
这时已经有了计时的圭表和漏刻
这时有了关于宇宙结构的学说观点
有了关于宇宙生成和天体演化学说
有了天象记录、天文典籍和天文学家
这个时期的天文学取得重大成果

南北朝时代祖冲之是杰出天文学家
他的《大明历》是杰出的科学成果
此时范缜写出了著名的《神灭论》
对有神论批驳得是何等尖锐深刻
范缜提出“形神相即”的学说观点
提出“形即神也，神即形也”学说
他在“形神相即”、“不得相异”基础上
进一步提出了“形质神用”著名学说
辩证地认为物体变化有其内在规律性
无情揭露了佛教欺骗性和造成的恶果
《神灭论》的主要思想具有科学性
古老大地上留下他对有神论的深刻批驳

此时“神不灭”论者也进行激烈论争
他们与“神灭论”进行激烈的对戈
沈约竭尽全力维护“神不灭”论
写出多部著作围攻范缜“神灭论”学说
这是中国思想史上一次激烈的论争
“神灭论”与“神不灭”论论争得那么火热
这一个时期的天文学非常活跃
产生了一系列极为重要的新成果
这时形成了星官体系与全天星图
对太阳和五星视运动有了新的观测
同时发现岁差取得历法新的进步
此时提出“安天论”等三论关于宇宙论新说

隋唐时期大一统推动天文学继续发展
使中国天文学成效显著波光折射
研制出功能完善的新的大型天文仪器
写出许多新的著名天文学著典册
柳宗元的《天对》对得是那么自然
刘禹锡的《天论》论得是那么深刻
他们发展了朴素唯物主义宇宙论和自然观
对宇宙本源、生成和演化进行了新的探索
这时历法和星官体系进一步完善
大地测量创造和实行了新的举措
天文仪器的功能进一步完善加强
从而展现了古代天文学取得的成果

从原始社会人们对天的最早探索观察
祖先们在天文气象方面不断取得收获
祖先们对天文气象的认识透着科学
有些观察认识是那么广泛和深刻
从而使中国的天文学萌发和产生
成为中国古老文化的最早学科
但自从产生对天和自然的原始宗教意识
人们对天的认识开始复杂和繁多
随着古老的中国进入阶级社会
人们的自然观又不断发生变化分割
人们的自然观开始打上阶级的烙印
奴隶主和奴隶的观念意识有了隔阂

在人们的意识上首先产生了自然神
每一个自然神都具有神奇的功德
每一个自然神都有神奇的力量
每一个自然神的诞生都是那么神秘莫测
女娲用泥土创造人类是多么神奇
这是一项多么伟大的生命举措
女娲炼石补天还拯救了人类
这是多么伟大的神功和神德
后羿射日的神力是多么的神奇
神奇得让后人们不可想象和琢磨
人们的意识如何能产生如此神力之神

从而使后人们对此难以进行猜测

炎帝的出生居然是女登感神龙
祖先们把人和神龙进行了结合
黄帝的出生是因附宝感北斗
祖先们把人和日月星辰进行了结合
古老的传说中华民族是龙的传人
那可是几千年来一直不断的传说
传说中还有各式各样的龙氏族人
中华民族居然诞生于龙和神的结合
同时人们还把自然神都人格化
使他们大都具有人和神的共同美德
让他们亦神亦人地生活在天地间
让他们具有神的神力和人的职责

自从人们意识中产生了主宰一切的天神
从此人们的思想意识就开始受到压迫
从此神权就像是一座无形的大山
沉重地压着人们的肉体和魂魄
真不知天神为何有那么大的神力
居然能统治几千年人类历史长河
君权神授居然有那么多人相信
代代欢呼万岁代代唱着赞歌
自从天的概念被幻化成各种神天
各种幻化是那么的复杂繁多

关于天的解释几乎无所不有
冠以天字头的名称形形色色

苍天！上天！老天！黄天！青天
人们对天的尊称是那么的多
那往往是人们受苦受难时的呼喊
那往往是人们受屈受冤时的求索
祈求上天能够主持公平正义
祈求上天能够进行扬善惩恶
祈求上天能够洗清冤屈伸张正义
祈求上天能够进行公正判决发落
苍天！上天！老天！黄天！青天
几千年来人们这样的呼唤没有停止一刻
可是人们这样祈求呼唤了几千年
又能祈求呼唤到多少如愿的结果

“天道不公”、“天不公平”
这是人们多么悲伤的叫喝
人们总是向往天能主持正义
人们总是盼望天能扬善惩恶
可是几千年以来的事实却不是这样
人们又看到多少如愿的结果
人们有的总是认为天最公平
人们总认为天是至高无上的统治者
可又有谁看到天到底在哪里

可又有谁看到天的每天所为所作
可天上有那么多的天神天兵
可天上有那么多的天职天责

天兵天将既然那么英勇那么神武
可从来没看到他们保住一个灭亡之国
都说“天道”是上帝意志的表达
上帝之路为何还那么艰难曲折
“天公”总是一直主宰着天下
人世间怎么那么多的富贵和饥饿
“天公地道”本该天也公平地也公道
可人世间却有那么多天灾人祸
“天宫”那是多么的富丽堂皇
人世间几千年来不知又有几人参拜过
“天机”神秘得让人无法理解
大概只有迷信的人才知道包藏的是何

“天经地义”到底是谁制定
谁也说不清到底是什么内容原则
“天理”起码是人人都要讲的道理
可不知在人世间应该如何贯彻
不讲天理的人会被斥为“天理难容”
但最终人们对此往往是无可奈何
“天伦”其实就是人世间的“人伦”
不知人世间的快乐为何要称为天伦之乐

“天命”是难以违抗的上天意志
天命难违让多少人只得服从和沉默
借以天命给人世间带来多少不公
为此给人世间留下了多少过错

“天怒人怨”只是人世间的怨愤
天要怒了那么大的神力为何不去惩恶
“天神”又是天上的一位神尊
不知上天到底有多少位神座
天上有的人世间往往也都具有
人世间有的天上往往会更多
自有文字以来人世间有书信有著书
天上的神仙们居然也有书信和著作
几千年来人世间不知几人读过天书
人世间又有谁知道天书放在哪个书阁
神仙们到底住在哪又在哪里写书教书
不知神仙们又在哪里上课教课

“天数”是天对万物的一切安排
这是一项多么复杂繁重的工作
不知上天是用计算机还是神机妙算
不知天对此是如何安排和操作
“天堂”为什么就是最好的地方
让人世间那么多人向往得如饥似渴
让人世间那么多人向往得如痴如醉

以至于把能升入天堂作为一生的准则
不知人世间到底有多少人升入天堂
不知在天堂里过着什么样的生活
以至于把人世间的好地方也比喻天堂
把人死后升入天堂看作那么可喜可贺

“天意”当然是不可违的上天意旨
只要是天意的决定人力就不可制遏
自古以来天总是那么神力强大
自古以来人总是那么听命孱弱
天的意志绝不许人间进行违背
人世间必须按照天的意志去做
“天诛地灭”多少人呼喊了多少年
上天又有几次按照天规去宣判发落
“天理昭彰”这是人们的一直期望
可是自从有天以来又有几回几多
历史上的忠心天理昭彰得都有点太晚
总是让奸佞留下那么多沉重的宰割

“天道无亲”只是一厢情愿的公道
自有天以来又留下多少这样的楷模
“天道好还”自古以来又好还了多少
天道给人世间留下了太多的罪恶
“天高听卑”真的能听到卑微的声音
如听到了弱小就不该受到那么多压迫

“天理良心”只是一厢情愿的善念
这样的善念是多么的可敬可贺
可自古以来还是有那么多人不讲天理良心
不讲了不知上天对此又是如何
几千年来人们对天寄寓那么多期望
几千年来人们对天产生多少传说

几千年来人们为天产生多少争论
有神论和无神论的争论至今没有完全结果
有神论与无神论争论得波澜起伏
有神论与无神论之争贯满几千年历史长河
什么是天什么是地什么是人
几千年来一直都在论辩争驳
几千年来形成多少天的思想
几千年来形成多少天的学科
几千年来形成多少天的文化
几千年来形成多少天的学说
几千年来形成多少天的哲学
几千年来获得了多少天的成果

据考证天已经诞生了几十亿年
几十亿年天该积累多少年册
几十亿年天该积累多少厚重
几十亿年天该开辟多大广阔
几十亿年天该积累多少文翰

几十亿年天该积累多少生命之歌
几十亿年天该创造多少神奇
几十亿年天该创造多少杰作
几十亿年天该留下多少寒冷
几十亿年天该留下多少火热
几十亿年天该留下多少运转
几十亿年天该留下多少光核

几千年了天仍然还没有说透
几千年了天仍然还没有说破
几千年了天仍然还没有读完
几千年了对天还仍然没有完全斩获
几千年了对天仍然还不能完全读懂
几千年了对天还不能完全解说
几千年了对天还不能完全认识
几千年了对天还不能完全把握
天到底是多少亿年的神奇积累
天到底是多少亿年的神秘运作
天神奇神奇得让人很难读懂
天神秘神秘得让人很难完全解破

几千年来人们一直那么向往追索着天
人们都想追索出一个理想的结果
每人都按照自己的天道去追寻
每人都想按照自己的意愿取得收获

有的人追寻着科学的天文
有的人追寻着宇宙的因果
有的人追寻着日月星辰的变化
有的人追寻着气象的行动举措
有的人追寻着天有多么高大
有的人追寻着天有多么广阔
这些追寻才是一条正确的天道
这些追寻才是一条科学的探索

有的人一直在追寻着阴阳对应
企望能够找到更多的阴阳解说
有的人在追寻着水火金木土
企望能够找到五行的全部脉络
有的人在追寻着天干地支八卦
企望找到起源的天光和地核
有人始终在追寻着五德始终
企望能够找到更多的五德始终学说
有的人在追寻着玄秘的谶纬符瑞
企望能够寻找到人生的解脱
有的人不断追寻着天罡地煞
企望能够找到天师和仙魔

有的人在追寻着“天人合一”
渴望找到更多的“天人感应”结合
有的人追寻着天地万物的道途

希望能够找到万物生成的广博
有的人虔诚地追寻着佛的灵光
渴望凡人也能够身临佛的禅座
有的人在一直追寻着天的天道
渴望能够得到天的神妙的天策
有的人在追寻着天神的天宫
渴望能够升入天堂身成正果
有的人在追寻着不可违的天意
希望找到人生之路的方向把握

有的人追寻着神秘的“天机”
希望能够找到天方解除人间的困惑
更多的人是在追寻着“天堂”
不知天堂对人为何有那么大的诱惑
不知天堂为什么那么让人向往
不知天堂让人为何那么追索
也许是天堂太幸福太美满
也许是天堂没有天灾没有人祸
也许是天堂没有人间的苦痛
也许是天堂充满笑语欢歌
也许是天堂只有善良和友好
也许是天堂没有欺诈和凶恶

有的人为了能够升入天堂
一生都在善行和克己自我

但最终不知谁到底能升入天堂
最终谁又能体会天堂是什么样的生活
天道、道道、佛道、人道道道有其道
天道、道道、佛道、人道道道互相交错
道道都有人在认真地追寻真道
道道都有人在孜孜不倦地求索
不知道哪一条道才是光明大道
不知道哪一条道能够求得正果
不知道哪一条道才是科学之道
不知哪一条道能求得对天的真正斩获

曾经跟随诸多先人追寻着天
走进他们的思想里对天进行探索
“天人感应”我却难以感应出来
也许是我古代哲学的底子太薄
“天人合一”虽说是一种基本思想
很多现象却让我难以把天人结合
“天不变道亦不变”说得倒是有道理
很多时候这种因果让人很难捉摸
“神不灭”论论得很好我却不知神在哪里
于是“神灭论”起来与之一直对驳
“安天论”论出了宇宙许多新论
从而引发许多后人的研究和观测

《天对》《天论》对得好论得好

从而从玄秘的神天走进另一王国
曾经听到多少人呼喊“天道不公”
可从来没有看到天道改正这个错
也曾听到许多人不停诉说“天公地道”
却一直没有看到天公来人间惩恶
在不断的失望中逐渐失去了信念
只是时而把天的作为与人生命运结合
希望从中寻找出一些自我安慰
使怨天尤人的心绪得到一些着落
我深知清醒的意识永远追寻不到天堂
只是在梦中让灵魂去追寻或许能有斩获

三

因为有天而产生了丰富的天文学
因为有天堂而产生了神秘的神学
传说中国的天堂不同于西方的天堂
中国的天规不同于《圣经》新约旧约
传说中国的天堂是玉皇大帝主宰
传说玉皇大帝主宰着整个上天神界
西方的天堂最高主宰者是上帝
西方天堂的上帝播传的是西方的神学
传说中国的天堂有东西南北四大天门
传说中国的天堂也是九重天层层重叠
玉皇大帝主宰的上天也是等级森严

上天诸神的位次也是按等级尊卑排列

为此才有了传说中的天兵天将
为此才有了各种神位神职的排列
为此才有了天理、天命和天意
为此才有了天规、天条和天界
为此才有了天神、天使和天公
为此才有了天子替天统治着下界
一部《西游记》尽现上天天道
那是对上天多么神奇深刻的描写
一部《封神演义》封了多少神仙
各路神仙各有神妙各有神绝
各路神仙各有神位各有神职
各位神仙各有地盘各有等级排列

古老的中国大地产生了多少神话传说
古老的中国大地创造了多少神话描写
神话虽然是人们有意无意的幻想
神话虽然是人们有意无意的幻觉
但神话却是因为对天的不解而产生
神话反映的往往是神秘的神学
神话反映的是人们对天的各种认识
神话反映的是人们对天的各种感觉
神话有时候还和科学的天文结合
神话中还有诸多对天的真实描写

为此不但形成了丰富多彩的人间
为此更形成了一个神奇缥缈的神界

精卫填海反映的是人与自然的斗争
那种斗争的意志是多么的坚决
夸父逐日居然敢与烈日进行斗争
那种意志和壮举是多么坚强和壮烈
女娲炼五色石以补破损的苍天
居然补救了四极之废九州之裂
女娲抟黄土作人创造了人类万物
这种想象幻化多么让人叹嗟
后羿射日射去九个太阳只留下一个
从而消除了大地严重的热烤灾劫
这是一个多么壮烈的向往和传说
这该是多么巨大神奇的丰功伟业

鲧、禹父子两代治洪水立下神功
这是中国古代流传最广的神话情节
神话内容那么丰富曲折动人
寄托了对人和神的共同感谢
黄帝擒蚩尤是人战也是神战
黄帝与蚩尤决战于涿鹿之野
传说蚩尤是妖怪黄帝是降魔大将
那场战争是多么惊心动魄的描写
《述异记》谓盘古死后头为四岳

还有目为日月脂膏为江海的描写
还有盘古的毛发居然化为草木
这种描写反映盘古是多么的神杰

传说刑天与帝争神帝断其首
留下以乳为目以脐为口的情节
留下对绝对权威天帝的反抗
留下丰富多彩的神话故事描写
《诗经·商颂》记有玄鸟生商的神话
但在后人流传中却被改变曲解
《尸子》中记载说黄帝有四面
这是多么神奇的传说和描写
《柳毅传书》传的是人书神书
传出了委婉曲折丰富多彩的传阅
《张生煮海》煮得是翻江倒海
煮出了多少温情潺潺激情奔泻

古老的中国神话是一种创作
神话的创作基础是现实的历阅
神话的创作方法是浪漫的想象
那种新奇奔放的幻想是理想的倾泻
神话中的上天不同于迷信中的上天
神话中的天神异于迷信中天神的描写
神话中对上天的认识是一种象征
迷信中对上天的认识是一种认确

神话和后世的宗教迷信根本不同
这是对上天两种不同的认识涉猎
神话是现实生活斗争的深刻反映
宗教迷信是脱离现实的幻化感觉

古老的神话是那么丰富多彩
古老的神话想象是那么深切
古老的神话向往是那么浪漫
古老的神话激情是那么奔泻
古老的神话反映了对上天的一种认识
古老的神话记述了对上天的一种理解
古老的神话描述了对上天的美好想象
古老的神话述说了对上天的感觉
古老的神话讲述了神秘的天空
古老的神话记叙了古老的日月
中国古老的神话是一页古老的文化
中国古老的神话是一项古老的卓越

中国古老的大地也有地狱传说
地狱共有十八层之多层层重叠
地狱里面有阎王和众多的鬼判
地狱里也是等级森严按位排列
地狱主宰着人世间的生与死期
阎王爷主宰着地狱里的一切
阎王爷叫谁托生谁才能托生

阎王爷叫谁死就大笔一挥把命勾结
地狱里面和人世间有许多相同
地狱里面有忠厚也有奸邪
地狱里面有公理也有正义
地狱里也有行为善良和行为恶劣

地狱有的人又称叫它为阴曹地府
地狱与上天、人间共同组成三界
神、人、鬼分别生活在三界之中
共同构成一个完整的神奇世界
三界中人世间是最弱势的一方
一切都由上天主宰着人世间的世界
人世间的一切都要听从于天命
人世间必须绝对执行上天的规约
如若违背上天的意志就会遭到天谴
就会遭到地狱阎王的生命勾结
人世间没有丝毫的生存生活权利
都是上天主宰着人世间的生存和毁灭

这是一个多么神奇的幻想
这是一个多么神奇的三界
这是一个多么神奇的构成
这是一个多么神奇的罗列
这是一个多么神奇的幻化
这是一个多么神奇的感觉

这是一个多么不合理的创造
这是一个多么不公的理学
这是一个多么武断的欺压
这是一个多么武断的杀劫
人世间的一切为何都要听从天命
试问上天人世间的人权还有哪些

传说人世间有恶行的人死后要下地狱
传说这是上天对恶行之人的处罚惩戒
上天对人世间每个恶行之人都要惩罚
惩罚最重的是对那最重的罪孽
罪孽最重的人要被打入十八层地狱
并且永远不能再超生到人间阳界
这看起来上天是多么伸张正义
这看起来上天是多么公正的裁决
这看起来上天是多么的惩恶扬善
这看起来上天是多么公道的惩戒
可是恶行之人为何总是代代托生
那些恶行之人为何世世惩罚不绝

下地狱的惩罚惩罚着人们的灵魂
下地狱的惩罚给人世间留下广泛感觉
这也许能使诸多的人消除了恶念
这也许能使诸多的人减少了恶邪
这也许能使诸多的人能以此省身

这也许能使诸多的人能引以为戒
这也许能使诸多的人能心怀善念
这也许能使诸多的人能革除顽劣
要是真下地狱恐怕谁也不愿去下
谁的灵魂恐怕也不愿遭下地狱之劫
但人世间不知道有谁到地狱走过
人世间不知有谁有下过地狱的感觉

但丁的《神曲》是一部神秘的曲歌
《神曲》曲响在中世纪西方世界
《神曲》是一首极复杂的诗歌
《神曲》是一部艰深难懂的神学
《神曲》从地狱通过净界走向天堂
但丁终于神游到西方天堂的大街
西方的地狱与东方的地狱存在不同
西方的天堂与东方的天堂存有很大差别
西方的地狱与天堂间有一段圣地
西方到天堂的路上多了一段净界
《神曲》描述了一次伟大的神游
《神曲》构筑了西方神学的世界

《神曲》充满着象征的意义
《神曲》体现着激情的发泄
《神曲》饱含西方中世纪学问
《神曲》是西方中世纪学问的总结

《神曲》最后却向着不可知神游
《神曲》最后突进到不可解境界
《神曲》打开西方中世纪知识大门
《神曲》展现了不同于东方的神学
西方神学中的天不同于东方的天
西方的神学不同于东方的神学
西方的神学观不同于东方的神学观
西方人的意识与东方人的意识存在差别

天本应该是指天空中的天
对天的认识本应该是天文学
天本来应该是天气中的天
对天的认识本应该是气象学
天本来应该是太空是宇宙
天本应该是太阳月亮和星野
天本来应该是风云和雷电
天本来应该是雾霾和雨雪
天每天都在一刻不停地运转
天每天都会留下白天和黑夜
天每天都在不停地风云变幻
天每天都留下不同的阴晴圆缺

浩瀚的天空是多么的浩瀚
浩瀚得无法进行讲述和描写
无尽的天空中是无尽的神奇

拉开天幕是数不尽的日月星辰罗列
神奇的日月星辰是那么的神奇
神奇得让人时刻都梦想着开揭
每一天只要打开东方的晨幕
太阳便会给予一个光明的世界
地球上的万物生命要靠阳光孕育
地球上的万物生命生长要靠阳光陶冶
有了太阳才有了地球上的生命
有了太阳才有了地球上所有生物的一切

太阳是银河系里的恒星之一
太阳的生命激情是那样的深切
其表面的温度竟高达六千度
其内部温度约达一千五百万度热烈
其内部还经常不断地产生大量热能
日夜不停地把热能向太阳系倾泻
太阳的体积居然比地球大一百三十万倍
让九大行星及其卫星远远围绕排列
还拉着无数的小行星、彗星和流星
为太阳系运转着轰轰烈烈的伟大事业
太阳是太阳系中的中心天体
太阳的光芒将永远闪耀永恒不灭

太阳多么昊大太阳系多么昊大
却只是银河系中一个小天体系统排列

整个银河系太空昊大得无法形容
整个银河系太空昊大得无法描写
从古至今描写天空总要描写月亮
月亮的光泽总是那么温馨圣洁
月亮是围绕地球转动的卫星
月亮总是围绕地球转动永不停歇
月亮其实不亮是借太阳的光泽
因此它才那么静谧如琼浆玉液
月亮表面凹凸不平体积比地球要小
月亮总是和太阳地球紧密连接

多少年来月亮留下多少美丽传说
多少年来月亮吸引多少人思月和赏月
多少年来留下多少赏月的美好诗篇
多少年来留下多少的思念和愉悦
朔、上弦、望、下弦是多么美丽的月相
月华的彩色光环让多少人思情淋冽
月宫给多少人带来神秘的向往
月晕让多少人留恋不舍难以告别
月光如水让多少人思情绵绵
最有诗情的夜晚是多情的月夜
但愿人长久千里共婵娟已祝愿千年
长久的期盼千里的期盼多么深切

昊大的天空中有数不清的星星

它们总是按照星系的规程布座排列
星星、太阳、月亮和地球都是星体
人们观察天空时总爱把它们区别
于是日月星辰共同构成完整的天
在星河中共同运转得是那样和谐
天空中的星星到底有多少谁也说不清
传说每个星星与地上的人相应相协
八十八个星座各有各的美好传说
北斗七星是多么美好的布座排列
北极星布座北极正对着中心地轴
它时常在黑夜指导着人们把方向辨别

三垣、四象、二十八宿多么神奇壮观①
每个星座都显示着美好传说和天文科学
银河系内外的星云是多么神妙
那又该是多么遥远的灿烂光烨
在那无限遥远遥远的无边夜空
在那群星密集的星的河流星的大街
该有多少很小很小的星也在运转
太空中每天该有多少彗星陨落毁灭
宇宙间也许每天都有星球死亡
也许每天都会有新的星球孕生星界
首先死亡的也许是那些弱小的星球

① 三垣、四象、二十八宿是古人对星空的分析。

在太空恐怕也是生命的法则决定一切

从银河系到太阳系这是多么高的天
从太阳到地球这是多么长的界
从太阳到月球这是多么强的光
从月球到地球这是多么长的月
太阳、月亮、星星构成高天长空
地球以大地之称与天对应相协
这是多么神奇和难以解释的对应
这是多么神奇和难以解释的排列
大气层充当着天地之间的纽带和使者
书写着变化莫测气势磅礴的气象之学
风、云、雷、雾、雨、雪各显其能
上演着气象万千五彩缤纷的自然世界

大气层气压分布不均风就生动
狂暴时会把树吹倒房屋吹跌
风起云涌那是多么雄壮的气势
风驰电掣那是多么磅礴的迅捷
狂虐时会刮得天昏地暗飞沙走石
会刮得山呼海啸把江河之水撕裂
还会刮走太阳月亮更有行人
留下一路让人心悸的肆意狂虐
留下失态的大地山川和灵魂
留下一个疯狂的昏天和黑夜

众多的道路和树木呻吟着发出感叹
可是谁又能遏制风的这种恶劣

云是由水滴、水晶聚集形成
云是悬浮在天空中的一片片物体连接
云总是随着风不断行走飘动
云是长天五彩缤纷的衣箧
雨是云劳累和沉重的泪水
雨和云、风总是一起紧密连接
风起云涌、风雨交加说明它们的关系
它们经常会激情相拥着向大地宣泄
阴电和阳电相遇总是不和
双方都是火爆子脾气那么暴烈
阴电和阳电总是形成雷鸣和电闪
有时拉着风雨和冰雹狂暴撒野

雪是冬季一道美丽气象美丽风景
雪的舞姿那么优美心地那么纯洁
它总是冒着严寒给大地披上冬装
每次走时总给留下滋润大地的甘冽
霜、雾、霾反映着天的冷切沉重
霓、虹、霞反映着天的欢快愉悦
大气层中丰富的气象，气象万千
使天空成为五彩缤纷的亭台舞榭
天是奇妙的天神奇的天无穷的天

天写下了浩瀚精深的天文之学
天是无尽的天浩瀚的天无边的天
天谱写了雄伟壮丽神奇的曲阕

最早开始认识天是从爷爷的故事里
一个个神话故事把我幼小心灵带到天界
还有每年过年在奶奶供奉的神像前
跟着奶奶的讲述和神像走进天堂大街
后来在父母贫穷命运中阅读着天
在母亲接替奶奶的供奉中跟随感觉
父亲继续讲着爷爷讲过的故事
母亲继续讲述着奶奶讲述的天野
曾多少次询问天堂为何不让我们吃饱
白面馒头只有过年才有为何那么缺
每当询问时父母也难以给我解释
因而在我幼小心灵留下疑问不解

后来我从课本上阅读到天的知识
从此对天不断有了新的认识感觉
随着对太阳、月亮、星星的认识
对天又有了新的认识新的理解
随着对阴晴风云雨雪的不断阅读
又认识和了解了天文学气象学
从此知道了神学天天文天气象天
各种天的学问各种天的知识涉猎

还有在梦中所见那更加丰富多彩的天
对这些天不但有了认识还能进行区别
但每当思绪混乱并与命运搅在一起时
使我对各种天又难以认识和理解

四

中国大地是那么雄伟威武
中国大地是那么壮丽丰富
中国大地是那么广大辽阔
中国大地是那么坚强巩固
中国大地是那么深邃厚重
中国大地是那么勤劳辛苦
中国大地是那么神秘神圣
中国大地是那么灵秀深枢
中国大地是那么气象万千
中国大地是那么巍峨起伏
中国大地是那么地杰人灵
中国大地是那么智慧聪悟

世界大地就是运转的神奇地球
中国大地就是中国神圣的领土
中国大地九百六十万平方公里
那是一幅多么雄伟壮阔的版图
中国大地高低奔走气势磅礴

中国大地高山连绵大川密布
中国大地耸立着世界最高峰
四大高原齐力相托联手相矗
三大平原、四大盆地展拓四方
构成中国大地色彩斑斓的地谱
万里海疆汹涌澎湃波澜壮阔
雄伟壮丽河山让人醉出多少歌舞

中国大地地理形势呈西高东低之势
从东至西形如三级巨大阶梯升入天幕
青藏高原是著名的世界屋脊高原
它的平均海拔都在四千米以上高度
世界最高峰珠穆朗玛峰雄踞于此
它不愧是地球最高的顶天立柱
内蒙古、黄土、云贵高原构成第二阶梯
塔里木、准葛尔、四川盆地相依为伍
从大兴安岭山脉连绵到太行山脉
从川东巫山到云贵高原东缘广大东部
广大的平原和丘陵构成第三阶梯
从而形成东低西高南秀北雄的地图

大兴安岭、小兴安岭像两条巨龙
并驾奔腾逶迤连绵翻云吐雾
东北大地还有原始古老的尘封
原始大森林远连茫茫浩渺天幕

为东北大地群山增添了秀丽
使东北大地群山更加连绵起伏
在大兴安岭东南端辽西走廊之上
一座历史悠久的名山耸立高矗
医巫闾山主峰海拔虽不足千米
但它却耸峙于辽河平原望海远目
雄视辽阔东北大地和茫茫渤海
气势雄伟地为东北大地守着门户

北镇医巫闾山是五镇中的北镇
五镇与五岳在中国大地相应相伍
东镇沂山、南镇会稽山屹立山东、浙江
西镇吴山、中镇霍山在陕西、山西耸矗
历史上五镇虽不如五岳那样身居高位
但五镇在中国也曾引起历史的瞩目
历代帝王祭祀五岳有时也祭五镇
为此五镇也留下诸多古老的记录
五镇也各有各的奇石和千姿秀丽
具有石峰林立奇石巧叠大石突兀
更有留下的那么多历史祭祀和御碑
还有天然的水石奇观和参天古木

长白山连绵长长连着浩浩长天
主峰白头山高耸高天极目天楚
山下是无际的林海无尽的松涛

高立的天池碧水直下清流素布
千山又名积翠山、千朵莲花山
千层叠翠千朵莲花如涌浪令人醉目
千山耸立长白山脉南部秀出北国秀丽
外秀内奇之中隐含着教化之悟
龙泉寺、无量观虽不大却有佛有道
大安寺、香山寺为人指引迷途
凤凰山连绵千山东翼被誉辽东名山
高虽不足千米却气势险峻异石异突

中国大地高山林立巍峨连绵
中国大地丘陵毗连逶迤起伏
五岳雄踞大地东西南北中五方
五岳把五座高峰铸入高高天幕
东岳泰山屹立在中国大地东方
为中国大地守卫着东方门户
泰山崛起于平原凌驾于丘陵
因有通天拔地之势被视为顶天天柱
泰山满山苍松翠柏是那么壮美
因其高峙山的顶峰时常缠绕云雾
山顶山下气候垂直变化时常出云播雨
因而被认为是神灵所居的神秘天府

自秦始皇开天到泰山封禅祭祀
两千多年来有多少人前往拜神超度

曾有十三代帝王三十一次去封禅祭祀
从而使泰山享有五岳独尊的特殊
从而使泰山享有雄镇天下至高无上地位
从而使泰山成为中国历史的瞩目
其实祖先们对泰山的认识源远流长
《诗经》中有“泰山岩岩，鲁邦所瞻”颂著
两千多年来有多少大家和文人赞美泰山
从而使泰山的文翰更加灿烂丰富
泰山具有科学、美学和历史文化价值
为此它被光荣列入世界遗产名录

祖先们对西岳华山的认识那么悠久
早在《山海经》中就有对华山的描述
华山矗立黄河与渭河之滨北临平原
南接重重山峦耸峙关中照临西土
华山体势如立昂首天外险要无比
因而自古被誉“自古华山一条路”
北峰云台峰巨峰环立高擎天际
主峰三峰环抱瑶草琪花苍松连株
西峰摘星台手可摩天更能领略其险
群仙观、下棋亭奇构绝筑更是神图
李白留下“西岳峥嵘何壮哉”千年感叹
杜甫留下“西岳峻嶒竦处尊”千年描述

汉武帝敕封安徽天柱山为南岳

隋文帝改封湖南衡山为南岳之处
从此后人们大多称衡山为南岳
但后人们也没忘怀天柱山那南天一柱
没有忘怀天柱山主峰天柱峰古松奇峰
神奇巨石高大挺拔尘土不染全身石骨
崛起于众山之巅奇立高天奇观罕见
天柱山真不愧被称为南天一柱
南岳衡山耸立湘江之滨与江相映
独峙湘江平原独采南国云雾
衡山主峰祝融峰海拔一千二百九十米
勃然突起显露出外刚内柔铮铮铁骨

阔大的南岳恰如朱雀展翅凌云飞翔
恰应天上二十八宿南方朱雀星图
这是多么神妙的天地吻合对应
这是多么形象逼真的地貌和天图
从而产生了“南岳如飞”形象比喻
从而给衡山拉上了一层神秘天幕
祝融峰之高方广寺之深高深对应
藏经楼之秀水帘洞之奇秀奇一图
磨镜台之幽试心石之险幽险相通
大禹碑之古南岳庙之雄古雄会晤
以上八景真不愧被称为衡山八绝

著名的四寺一观曾留下多少教枢①

北岳恒山之称也存在历史之异
晚明以后才明确对恒山的北岳称呼
另一处北岳是河北曲阳县的常山
它景观雄伟耸立于太行山前版图
常山还毗临规模宏大的北岳庙
庙里沉积着丰厚的历史变迁缘故
北岳恒山主峰海拔两千多米
它是那么气势磅礴仪态楚楚
主峰西为翠屏山形成东西两峰对峙
中间被一条断层裂切成险要峡谷
浑河沿峡谷流淌流淌出金龙峡
成为古代山西高原与华北平原重要通路

北岳恒山自古为兵家必争之地
曾被誉为控关带水的绝寨名山天途
恒山作为通道绝寨已不再生绝义
历史变迁让多少险要关隘变为通途
恒山作为历史文化仍不失其光彩
悬空寺是光照千古的奇构建筑
悬空寺构筑于峡谷悬壁之上
坐落在金龙峡西崖峭壁之凹处

① 指衡山的福严寺、祝圣寺、南台寺、方广寺、黄庭观。

奇想奇构确非常人所能构想
竟在凹壁之上依岩作基就崖起屋
背负翠屏峰面对天峰岭造型奇特
栈道飞架楼阁悬空上载危崖下临绝谷

中岳嵩山耸立于河南中州大地
由东部太室山和西部少室山天成雄矗
两大主峰挺拔并立直插高天
相峙相对相瞰相望峻拔为伍
嵩山构造复杂断块垄起巍峨壁立
形成嵩高惟岳峻极于天的雄势威武
嵩山介于洛阳与开封两大古都之间
嵩山的地势必然使古代兵家在此用武
自周、秦、汉以来一直为兵家必争之地
同时也吸引了文人墨客游览歌咏的仰慕
嵩山风景区风景秀丽人文荟萃
嵩山著名的人文景观格外突出

中岳庙背依黄盖峰前屏玉案山
左右环山规模宏大实为风景佳例建筑
少林寺是中国禅宗祖寺少林武术之源
千百年来寺出了多少传奇多少神武
嵩阳书院为宋代全国四大书院之一
两株将军柏是罕见活的历史文物
传说汉武帝游嵩山见两柏高大

将其封为大将军二将军以振王图
多少年来围绕将军柏留下多少美谈
从而把丰富文化注入了古树名木
古代帝王唯有武则天封禅嵩山
封大室禅少室改嵩阳为登封留下千古

贺兰山高高耸立于内蒙古高原之上
拉着内蒙古和宁夏充当着北国门户
日夜阻挡着腾格里沙漠向东进击
用雄伟的躯体为绿色的草原进行卫护
阴山横亘于内蒙古自治区中间地带
它是我国内外流区分水岭的标注
六盘山耸立于宁夏南部黄土高原之上
盘绕着六盘黄土高原的黄土和云雾
北国的大山多耸立于二、三阶梯
在二、三阶梯交接处和华北平原周围分布
寒冷的北国使山势更显得严峻巍峨
从而使山势更显得坚韧和铮铮石骨

古老的古都北京东西北三面环山
三面大山守卫着古老北京的三大门户
北京西面是太行山脉北段的绵延
统称西山彰显着北国大山的风骨
北京东部和北部连绵着燕山山脉
军都山耸立其间是那么雄壮威武

八达岭是军都山的主峰高一千多米
八达岭山谷高深上势陡峭下盘深谷
长城犹如巨龙盘回于崇山峻岭
纵腾万里更使八达岭雄险惊目
西山重峦叠嶂红装素裹名胜古迹荟萃
翠微山和卢师山上八大古刹错落棋布

京郊十渡山水风光是那样的风光
罕见的石灰岩溶洞容积着远古
就在这山水洞壑之间尘封着远古辉煌
尘封着人类远古文化的生命记录
五十万年前周口店猿人就在这繁衍
两万年前山顶洞人在此生息居住
云居寺存着世界最古老最大石刻佛经
那可是石刻千年万余块共一千多部
盘山虽高不足千米却是京东第一山
古代曾被列为中国十五大名山之目
盘山有上盘、中盘、下盘三盘之胜
上盘松胜、中盘石胜、下盘水胜令人叹服

太行山耸立山西高原与河北平原之间
它东西长达六百多公里绵延起伏
东望是连绵起伏逐步和缓的丘陵山地
西望则是重峦叠嶂一路高升插向天幕
耸立太行山脉中段的苍岩山那么苍岩

它景色奇险优美是太行山一颗明珠
苍岩山由水平层理砂岩构成层理鲜明
尽现断壁悬崖古柏横空重林蔽谷
桥楼殿飞架于危岩绝壁之间
上接悬崖下临深渊完全在险中构筑
使它成为苍岩山人文景观中的一绝
大概只有神仙才能够居此殿府

嶂石岩是太行山脉中段一方绝胜
叠起的三层陡崖峰林地貌层层陡铸
陡层间缓坡平台成为天然栈道
天然次生林丹立翠横满台遍布
众泉绵绵不绝泉水自崖壁直泻
形成槐河不竭之源和槐泉飞瀑
槐泉寺、圆通寺沉积丰富人文景观
传说周穆王伐犬戎曾登临赞皇山途
太行山南部云台山平地崛起壁立苍穹
主峰茱萸峰气势雄浑博大奥幽峡谷
温盘谷、小寨沟、老潭沟山水盘回
满山清泉环流五步一潭十步一瀑

王屋山一峰擎天万峰环立筑拥
大有太行之脊的雄伟高大气度
王屋山高高耸立于太行山南端
主峰天坛顶达一千七百多米高度

王屋山高崖巨壑奇峰异洞尽显神奇
作为道教天下第一洞天让人仰慕
王屋山早在远古时代就已成为名山
山上沉积着中华民族祖先的典故
相传黄帝曾登天坛顶隆重祭天
大禹敕封的九山之中亦有王屋
人们谁不记得愚公移山的故事
古迹和文人墨客遗迹都诉说着王屋

五台山有五座高耸如平台的山峦
五座平台环围故称五台山标注
五台山位于山西素有华北屋脊之称
最高峰海拔三千多米是那样高突
五台山以佛教名山闻名中外
佛教在此传播已有近两千年记录
从而形成寺庙林立殿宇相瞰相望
留下不同时代不同形式寺庙建筑
五台山五台环抱五台清泉淙淙
环境优雅得让人颇感超凡脱俗
显通寺是规模最大历史最早的珍存
另有铜殿、铜塔和大铜钟等珍贵文物

南禅寺和佛光寺是中国建筑瑰宝
两座古寺木结构建筑让世界瞩目
佛光寺的唐塑、壁画、墨迹尽显佛光

与佛光寺建筑一起成为四绝绝妙标注
四绝建筑不仅在中国被称为四绝
就是在世界建筑史上也是那么卓著
还有一座小五台山耸立河北境内
小五台山不小具有两千八百多米高度
小五台山是耸立河北的最高山峰
它是华北平原上的一根擎天之柱
五老峰耸立山西为北方道教名山
近两千米高度奇峰险峻飞流双瀑

峄山坐落在山东邹县南端地界
海拔虽不高却有小泰山的称呼
它的成名在于诸多古名人曾登临
先后有孔子、孟子、秦始皇和汉高祖
传说秦始皇先立峄山碑后刻泰山碑
从而才使峄山那么的有名可读
山东梁山成名不在山高在于八百里水泊
更是在于《水浒传》这部历史名著
《水浒传》使梁山几乎家喻户晓
尤其是梁山好汉梁山水泊与武松打虎
鸡公山因形似雄鸡引颈报晓而得名
山势峭拔高耸为中原大地青分豫楚[1]

① 指鸡公山位于河南湖北两省交界处。

中国西部耸峙着一系列巨型山脉
每一座山脉都规模宏大高挺天楚
天山、昆仑山是名副其实天山昆仑
喀喇昆仑山巍峨连绵雄踞亚洲大陆
冈底斯山寺院林立朝圣者络绎不绝
喜马拉雅山是世界最雄伟的高度
天山东西绵延长达两千多公里
南北绵延横贯三百多公里的宽度
这是规模多么峻阔宏大的山系
这是多么高大雄伟峻奇的山庐
博格达冰峰雪水汇聚形成美丽天池
相传这是西王母的瑶池并在此居住

昆仑山和喀喇昆仑山联袂并出帕米尔高原
渐渐分道向东和东南方向绵延山途
昆仑山向东绵延两千五百多公里
从而成为中国最长的雄伟壮阔山图
昆仑山山势雄伟壮阔凌驾于青藏高原
横亘亚洲中部从而被誉称亚洲脊柱
巍巍昆仑高山壁立冰峰插入高天
雄伟壮阔的景观是那么崇高威武
昆仑山海拔七千米以上高峰众多
慕士塔格峰一直被誉为冰山之父
昆仑山在中国远古相传是天帝下界都城
许多神话传说那么形象那么让人叹服

昆仑山和喀喇昆仑山高插九霄
隐蕴着诸多天地联袂神秘天枢
传说是天帝下都广为人间所知
山上洞石花草树木都演绎神奇典故
相传山上有许多宫殿和西王母的瑶池
除西王母外还有众多神仙时常在此居住
从而更增加了昆仑山的神秘
但从古至今却从未揭开昆仑山的天幕
昆仑山向东延伸一路雄伟腾飞而去
经昆仑山口进入藏北高原就像大海巨龙形图
显露出雄伟腾跃的巨龙脊背
奔放出博大神圣神秘磅礴气度

昆仑山作为大地名山更是地首
天下的名山都从这里发脉源出
古代交通不便只说昆仑山在西北
一直以来没有人知道它的具体所处
至汉代汉武帝派人去西域勘察河源
从而才把于阗河上源之昆仑山查出
传说还把昆仑山与东海蓬莱三岛关联
把它们联袂成神话故事的渊薮
在中国历史文化上产生过重大影响
使昆仑山作为神山名称更加显著
巍巍昆仑巍巍名山名扬天下

巍巍昆仑神秘名山天地神都

五

喀喇昆仑山巍峨高耸于中印巴交界区
高峰林立绵延起伏长达五百多公里
海拔八千米以上的高峰就有四座
它是世界上第二条高大山脉雄势
喀喇昆仑山积雪深厚冰川厚重
雪山峥嵘冰峰峻拔景观是那么壮丽
喀喇昆仑山向东南延伸为冈底斯山
斜贯西藏西南部长达一千五百公里
冈底斯山与喜马拉雅山平行绵延
雅鲁藏布江流淌在两大山脉谷底
冈底斯山脉北支转延为横断山脉
大量雨水和河流形成阔大冰川之地

喜马拉雅山雄矗青藏高原南部
它是世界上最高大雄伟的山系
它绵亘于中、印和尼泊尔等多国之间
从东到西长达两千五百多公里
它的海拔平均高度六千米以上
它为世界上任何山系所不能比拟
它拥有八千米以上高峰十四座
四十多座七千米以上高峰哪个山系能及

珠穆朗玛峰海拔八千八百四十八米高度
它的海拔高度那可是世界第一
喜马拉雅山虽然高大却是年轻山脉
它的形成演化了沧海桑田的神奇

说起喜马拉雅山好像是一个神话
不过这神话又是那么的奇异
这是岁月年华演变的奇妙地理神话
这神话听起来那么让人惊奇
这是在时光隧道里捕捉到的地图
因地壳升降这里或为海水淹没或为陆地
二叠世时期这里是波涛滚滚海洋
在还是洪荒的地球上滔滔不息
一种巨大力量推动地壳板块开始运动
在强烈移动挤压中开始发生变异
一些板块向北运动后插入古洋壳下
巨大裂变中一些地区隆升为陆地

当永恒的时光运行到八千万年前
古老的印度板块继续向北漂移
又一次引起地球自身强烈构造运动
使地球构造运动又进入一个活跃期
七千万年前这里还是一片汪洋大海
三千万年前大陆板块相互碰出陆地
三百万年前生长到三千五百米高度

十万年前平均高度达到了六千米
据考证喜马拉雅山还在继续生长
它的出生和生长是多么的奇迹
大地已承认这里是地球最高的地方
人类已公认这里是世界的屋脊

一座座雄伟高峰相拥高插云霄
雄伟挺拔气势耸入高天的神秘壮丽
诸多高峰被高高地名列世界前列
凝聚着山的最高庄严和意志
世界最高峰珠穆朗玛峰在这里诞生了
从此地球上多了一个最高的奇迹
“珠穆朗玛”是藏语雪山女神
她站在地球之巅银装素裹亭亭玉立
她披绕着雪白的祥云俯视世界
时刻隐显出她的圣洁美丽和神秘
把太阳的光泽和纯洁的白雪洒向人间
作为地球最高峰是那么具有吸引力

秦岭横贯中国中部是又一著名山脉
绵延起伏一千五百公里横贯东西
八百里秦川是美丽富饶的渭河河谷
八百里秦川百川归渭群山环立
八百里秦川山水壮丽气候宜人
中华民族古老祖先曾在此繁衍生息

三千里秦岭连绵起伏巍峨雄伟
犹如一道巨大的天屏将温热带隔离
秦岭山脉主体平均海拔三千米高度
最高峰太白山海拔三千六百多米
秦岭山脉耸立着诸多古老名山
它环绕着八百里秦川连绵环立

华山、骊山、麦积山山山有名
终南山、天台山、太白山山山神奇
骊山因如一匹青色骊马而得名
它耸立在古都西安以东二十公里
这里的温泉两千多年前就被发现
著名温泉华清池留下多少历史记忆
麦积山是由丹霞地貌构成的名山
因其形状圆突如麦垛而得名麦积
麦积山耸立天水东南秦岭西南侧
它植被苍茂山峦叠翠群峰耸峙
麦积山石窟是一座瑰丽的艺术宝库
那是一道多么灿烂辉煌的文化沉积

终南山留下多少历史传说
终南山留下多少历史隐秘
终南山总是让人终难看清
终南山总是给人留下一道神奇
太白山留下诸多大自然奇观

登临太白会让人获得自然科学认识
这里展现着大自然的种种奇观
这里有古老文明的辉煌印记
天台山历来被誉为天台天下古
因为这里是中华民族先祖炎帝故里
天台山自然景观是那么翠秀幽深
炎帝寝殿、神农庙尘封着古老历史

巴颜喀拉山是昆仑山的支脉
主峰喀达坂峰高达六千八百多米
喀达坂峰为青海省的最高峰
屹立在青藏高原俯视四方高高耸立
著名的岷山耸立在甘肃四川之间
那里曾留下更喜岷山千里雪的奇迹
祁连山连绵起伏耸立在甘肃境内
祁连山的主峰高达五千五百多米
祁连山的主峰是甘肃省的最高峰
往东俯视着中国东西分界的地理
中条山、吕梁山是山西的名山
与太行山、北岳恒山相望相依

崆峒山坐落在甘肃省平凉市境内
它的海拔高度达到两千多米
留下上古仙人广成子修炼成仙传说
留下黄帝与广成子论道升天神话故事

为此历代帝王都慕名登临崆峒山
从而留下周穆王和秦皇汉武历史足迹
从此使崆峒山成为古代神山和仙山
成为一座古代神秘的神地和仙址
崆峒山壁陡顶平崖高谷深那么陡峭
奇峰异洞相望相接相映险要峻奇
苍松虬结宫观构筑悬崖如仙山琼阁
泾水与媚河夹切深谷潺潺更显神异

中国的四大海海岸线是那么曲折漫长①
从北到南长达一万八千多公里
中国四大海域分布着五千多个大小海岛
在碧海波涛中如珠似玉多彩多姿
中国的海岸纵跨三十七个纬度
包括温带、亚热带和热带三带三地
海岸分有平原、山地丘陵和生物海岸
高低错落形态万千曲折旖旎
秦代以前就传说渤海中有三座神山
分别是蓬莱、方丈、瀛洲三座神秘
秦始皇曾派徐福寻三神山求长生之药
从而留下了诸多的历史传说故事

海滨丹崖山和长岛被称为蓬莱神山

① 指我国的渤海、黄海、东海和南海四个内海。

海上看丹崖山绝壁拔海而起令人称奇
蓬莱海面时常出现海市蜃楼奇观
从而引出了种种传说的神秘
神秘传说诱使秦始皇登寻蓬莱
汉武帝紧随其后驾临蓬莱寻觅
唐宋以来又传说八仙在此过海
继而在丹崖山建造了八仙阁第
从此使丹崖山成为有名海上仙山
但却只留下抗倭名将戚继光的人迹
成山头也因秦始皇两度登临而显名
李斯所刻“天尽头”之碑留下历史悬疑

崂山是山东半岛的最高的山脉
它西连青岛东望大海山海城相拥相依
崂山是造型丰富的花岗岩山岳
它以山、海、林、泉切拥声名远驰
太清宫南向大海七峰三面环卫
太平宫西依重峦东望大海宫巧幽奇
古树名木耐冬仍存《香玉》美貌风韵[①]
成就大家蒲松龄一篇奇文旎丽
北九水那是多么奇观的自然山水
溪水九曲九曲内外九九清溪
崂山顶峰险峰耸峙超然霄天

① 指蒲松龄《聊斋志异》中《香玉》篇。《香玉》篇即取材于太清宫三官殿中的耐冬花。其《崂山道士》也写于此地。

登顶远眺山海奇观卓然一体

云台山山脉逶迤腾伏如龙跃大海
在淮海平原上绵延腾跃四十多公里
海拔虽只有六百多米却是江苏最高峰
郁郁葱葱的植被让云台山充满生机
云台山出名不在山高在于丰富人文
在于那部浪漫主义杰作《西游记》
普陀山是舟山群岛中一座岛山
它是中国古代四大佛教名山之一
据说普陀山是观世音菩萨的道场
从而成为闻名海内外的海天佛地
数十座寺庙茅棚掩映在古樟林中
构筑了以三大寺为中心的庙宇体系

嵊泗列岛是天台山脉延伸入海形成
在浩瀚海域上洒落着一片岛屿和礁石
钓鱼岛坚强地为祖国守着东方门户
临海拔起的悬崖绝壁为其联起神圣之力
台湾海拔三千米的山峰二百多座
最高峰玉山峰高度达三千九百多米
玉山为中国东半部最高的山峰
玉山峰常年积雪银装素裹亭亭玉立
阿里山高高耸立在台湾岛最西端
以云海、日出、神木和樱花四景称奇

阿里山万顷林涛岩壑之间回音振荡
三千多年的神木那是一首古老的史诗

台湾东海岸断层崖直逼大海
悬崖绝壁崖壁高达一千五百多米
清水断崖崖坡极陡为世界奇观
千仞绝壁万里波涛壮阔天际
太鲁阁大理石峡谷闻名世界
那里的景象是那么的恢宏险峻壮丽
高山、飞瀑、溪流多么让人惊叹
断崖、深峡、绝壁是那么的险奇
阳明山大屯火山群有十六座火山锥
那可是阳明山的一大自然奇异
七星山一千多米高峰上顶立七座小峰
恰如七仙女亭亭玉立神采飘逸

太姥山崛起耸立于福建东海之滨
传说东海诸仙每年都在此聚集
太姥山峰峰插霄汉面面青芙蓉
主峰摩霄峰巍峨壮观铮铮骨脊
太姥山山体雄伟宏大山石险怪
每当大雾弥漫时更富有仙意
高矗的万石山万石丛生万笏朝天
山岩之间幽壑流泉万石丛中万古莲寺
“闽海雄风”“与海争光”气壮山河

天界寺天界峰下长啸洞长啸天诗
鼙鼓数声雷乍发,舳舻百尺浪平铺
那是何等壮心抒怀豪放雄浑的诗句

海南岛千峰竞秀万壑通幽
三层环台地理结构相托相依
五指山是海南岛的最高山峰
被人们誉为是海南岛的屋脊
五指山凌驾于众丘陵之上拔地高耸
其形如卧狮雄视长空形如五指
尖峰岭是中国南方典型的热带雨林
那是多么热烈完整的热带生态体系
南海诸岛是中国南海的明珠
东沙、西沙、中沙和南沙四沙争奇
西沙群岛留下南朝人的青釉陶
甘泉岛上发掘出唐宋居民遗址

南方名山在于淋漓千岩竞秀的秀美
南方名山在于尽致万壑争流雅丽
南方名山秀在千山有草木蒙笼之珑
南方名山秀在万壑有碧水争流之碧
山清水秀是南方名山的主要特征
在那山清水秀之中隐蕴着无尽幽奥清丽
坐落在安徽滁县的琅琊山山不在高
在于它林壑优美蔚然而深幽的秀丽

欧阳修当年曾数语道尽琅琊山秀美
给后人留下脍炙人口的《醉翁亭记》
琅琊山古寺梵宇隐伏林壑清幽
山谷窈然而深藏山峰则耸然独立

会稽山是绍兴古城的镇山
会稽山是中国古代五镇之一
会稽山会积着古老的历史传说
大禹治水会诸侯于江南到过此地
传说大禹治水而崩葬于会稽山
在会稽山留下了禹陵、禹庙等古迹
传说秦始皇曾南巡会稽祭大禹庙
在那里留下《会稽铭文》石刻会稽
会稽山阴还留下了著名的兰亭
王羲之把不朽的《兰亭集序》留给后世
坐落金华的金华山又称作北山
山上著名的双龙洞留下古老历史印记

莫干山坐落在浙江德清县境内
那里铸造着一个古老壮烈的历史故事
春秋末年莫邪、干将夫妇在此铸剑
剑就身亡留下莫干夫妇的壮烈和隐秘
莫干山重山叠岭植被丰茂竹林更胜
翠文修竹茫茫不绝景观异常秀丽
主峰塔山高虽不足千米却云雾缭绕

楼阁在云雾中半遮半藏山色幽篁旖旎
天池、剑池池水清澈犹映着磨剑
飞瀑悬响诉说着莫干山之名的历史
括苍山耸立浙江东南部向东北延伸
留下雄奇壮观绝壁飞瀑姿态各异

浙江天台县境高高耸立着天台山
山的主峰华顶海拔一千一百多米
天台山在东晋南北朝就声名远扬
王羲之、顾恺之、谢灵运留有足迹
天台山以国清寺、石梁飞瀑最有名
它出名还在于是佛教天台宗的发源地
规模宏大的国清寺深藏古松茂林修竹
规模宏大的建筑幽隐得让人惊奇
雁荡山三雁坐落在浙江东南沿海
北雁、中雁、南雁都那么奇丽
雁荡山峰、嶂、洞、瀑四绝交相辉映
雁荡山四绝绝得是那样让人称奇

武夷山自古碧水丹山东南奇秀
武夷山连绵起伏茫茫望不到边际
九曲溪水潺潺九曲曲曲潺潺
秀不尽的清澈流淌不尽的碧丽
竹排仰望三十六峰森列长天
峰峰在茫茫淡淡中各显秀奇

大王峰雄峙傲视颇显大王仪威
玉女峰亭亭玉立尽现玉女飘逸
峥嵘深锁的溶洞深锁古老深幽
超绝尘寰的天游峰超绝天际
形象生动的九十九岩岩岩各有其彩
悬于悬崖绝壁“架壑船”悬架多少秘笈

武夷山连绵冠豸山合称北夷南冠
二山连绵于福建崇安连城两地
冠豸山深涧腾出拔起奇峰平地争雄
冠豸山前山雄旷后山谷幽涧深峰奇
山后石门湖碧水清澈水环山绕
三面群山绕湖湖映着三方峭壁
冠豸山冠有林则徐“江左风流”题匾
冠豸山留下毛泽东、朱德革命遗址
宋元时代被誉为“闽海蓬莱第一山”
清源山随泉州的兴起而出名兴起
自唐代以来儒、道、释三教竞相建宇
灵山上留下穆斯林先贤圣墓圣迹

黄山是一座天然的山水画模特
黄山是一幅最美的山水画卷景致
古往今来有多少人赞叹黄山之美
古往今来有多少人赞叹黄山之奇
徐霞客赞叹黄山是他生平奇览

多少古人赞美黄山矫激离奇不可思议
黄山之奇奇在峰、石、松、云奇妙
黄山之奇奇在宏大纤细对比巨细
黄山千米以上高峰多达七十二座
群峰峰峰陡峭直削无枝座座摩天劈地
峰峰雄伟峻险直插云天揽绕云雾
峰峰拔自绝壑峰峰幽奥险奇

黄山石石石峻细石石神巧
黄山松松松冠顶松松盘根虬枝
黄山云云云缠绕云云缥缈
黄山之云构绘了黄山奇美的景致
峰立云涌、石挺松鸣动静难分
潭瀑交融、泉溪拥依缠绵清丽
齐云山毗邻黄山又是一座名山
三十六座奇峰七十二处怪岩各有奇异
洞、涧、池、泉遍布群峰之间
各有各的洞天各有各的秀气
攀上绝壁巉岩上的天梯眺望四方
四面群峰竞秀四面长天茫茫迷迷

九华山屹立于皖南长江和青弋江平原
九华山九十九座峰峦拔地而起
九十九座峰峦推出最雄伟的九峰
九峰拔地盘空横耸天廓磅礴气势

因李白诗赞九华峰而改称九华山
从此吸引多少诗人、僧人和道士
后为佛教独占成为地藏菩萨道场
成为中国古代四大佛山之佛地
从此众多寺庙构成莲花佛国仙界
云雾中时隐时现四处游动飘逸
寺寺都袅袅萦绕着旺盛的香火
香火中不知展现着菩萨多少法力

三清山数十座高峰林立高耸入云
其玉京、玉华和玉虚三峰鼎峙
三峰犹如道教玉清、上清、太清列坐
从此三清山之名便被广泛立起
三清山峰、石、云、松可与黄山媲美
尤其峰和石的造型与黄山那么相似
龙虎山沿上清河两岸起伏绵延
山水相映碧水丹崖清幽秀丽
穹顶峭壁之上留有众多古代石刻
临水的悬岩陡壁又悬古葬之谜
上清宫是规模宏大又悠久的著名道观
这里曾是道教正一派的发祥之地

六

庐山上插苍穹穿透云雾直冲天台

下临长江和鄱阳湖的汹涌澎湃
“一山飞峙大江边，跃上葱茏四百旋”①
庐山充满大山大水的雄伟气概
重山叠嶂叠入重重天幕云雾
茫茫九派急流大地急流大海
“不识庐山真面目，只缘身在此山中”②
两千多年的诗文难以书尽庐山风采
从司马迁到毛泽东历代文人大家之笔
为庐山留下历代名文是那么多彩
泉、瀑、峰、谷、洞幽藏无尽深幽
庐山的山体和灵魂还需后人去求索博采

井冈山是一座古老雄伟的山
但在古代却很少有人认识这座山脉
自从井冈山上的黄洋界响起炮声
井冈山的英明便灌满大地和天台
井冈山点燃了中国革命的烈火
从井冈山开启了中国武装革命的时代
雄伟的群山铸筑着红军的意志
黄洋界红军的军号还回响在云海
一千三百多米高的崇山峻岭是多么雄伟
连绵五百里的群山是多么的气概
翡翠谷中的五瀑五潭是多么的清纯

---

① 引自毛泽东七律《登庐山》。
② 引自苏东坡《题西林壁》诗。

五指山的青竹绿波荡漾青翠如海

武当山高耸湖北十堰汉水南岸
主峰天柱峰高一千六百多米雄拔气派
群山拱拥形成朝大顶壮丽景观
七十二峰相拥相依互相争峰夺彩
在七十二峰中分立三十六岩二十四涧
十一洞三潭十池九井十石九台天工开采
二十二组建筑群构成庞大道教建筑体系
在一条长达七十公里的长道两边列排
构成雄壮威严神奇玄妙的道教名山
充分体现崇尚自然追求玄奇的道怀
武当山还以传统道教武术武当其山
与少林寺武术一样深蕴武术神秘异彩

襄樊的隆中相传是诸葛亮的故居之地
隆中山不高却清水常流群山叠翠拥戴
隆中山不高却留下“三顾茅庐”
“隆中对策”在此对得是多么豪迈
武侯祠仍在诉说鞠躬尽瘁的贤相
三顾门、三顾堂留下求贤的真诚胸怀
湖北随州的大洪山古代又称绿林山
它有楚北第一峰之称尽现峻拔气概
大洪山绵延百里峰峦叠翠古木参天
满山的溶洞、溪、潭、瀑相互争彩

屈家岭文化那是多么古老悠久的辉煌
曾侯乙墓、编钟那是多么辉煌的文脉

九宫山耸立于湖北通山境内
海拔一千六百多米的主峰直插云台
九宫山为湖北东部的最高峰
山上秀谷、幽溪、飞瀑各有其采
一代英雄领袖李自成殉难于此
闯王陵墓志着一代闯王的兴衰
神农架至今仍然是那么的神秘
主峰神农顶三千多米高度顶着满天云彩
每一架峰都是那么雄伟挺拔峻峭
连绵的峰峰架架都被神秘笼盖
荆山、巫山、桐柏山也连绵耸立鄂地
诸多的山峰是那么的多娇多彩

湘西武陵山脉坐落着五陵源
奇峰群集恰如一群物像奔跑开来
三千多座奇峰峰峰立地而起
形如千种物像尽显千般形态
千峰披翠构成千般自然秀丽
汇成武陵奇秀、奇险、奇奥三奇风采
相传舜帝曾偕妃子及大臣登顶韶山
因奏韶乐从此韶山之名便昭告后代
现代韶山因毛泽东更加闻名于世

韶山孕育的一位伟人让世界崇拜
韶山虽不高却群峰叠翠景色秀丽
韶峰下韶山冲冲出中华民族一代统帅

湘西石门壶瓶山海拔两千多米
留下多少山峦叠嶂多少云雾霞彩
雪峰山是中国第二、三阶梯的分界线
东去阔广丘陵山地西接青藏高台
“九嶷山上白云飞，帝子乘风下翠微”①
九嶷山是多么雄伟壮丽豪迈
幕阜山、武功山雄峙湘、赣江流
望江耸立是多么的挺拔多么气概
张家界那是一座神仙的仙山世界
张家界耸立多少神峰多少奇彩
群峰林列山峰叠嶂碧水溪潺
古树参天青翠层叠林涛如海

南岭耸立湖南、江西和两广四省区边境
那是从北东至南西方向的一系列山脉
南岭东西长达一千四百多公里
它是长江与珠江流域的分水地带
南岭北挡北方寒流南阻南来台风
它是中国一条重要的地理分界带

① 引自毛泽东七律《答友人》中诗句。

南岭山脉越城岭和雪峰山之间资江贯流
奇峰异石之间一江碧水乘势开来
留下一路滩一路湾和八角寨最高峰
从八角寨飞出八个犄角向八方飞彩
寨顶犹如云海中的仙山琼阁
寨下竹木郁葱云雾缠绕徘徊

丹霞山耸立于广东北部仁化县境
丹霞山的地貌为典型丹霞地带
丹霞山的方山与奇峰相依相望
赤壁、巨石和岩洞下临尘埃
特殊的方山奇峰拔地奇立山山陡峭
峰峰山山林木郁葱恰如翠盖
锦江及其支流绕山穿峰曲折清秀
长老旭日与锦岩洞天相映生彩
鼎湖山与七星岩联袂肇庆东北
常绿阔叶林生长得丰茂如海
列如北斗的七星岩伫立平静星湖
玲珑如玉的山石是那样玲珑可爱

西樵山与罗浮山坐落广东西南部
二山共同显示出南粤名山气派
西樵山山体外陡内平状如复合莲衣
山不高却有七十二峰竞相争彩
群峰托顶的山顶顶着三座火山天湖

恰如三片锦织彩缎锦光飘摆
罗列群峰中深藏洞府三十六座
幽深白云洞洞藏深幽满洞流溉
裂隙纵横交错清泉喷溢四流
满山的清泉泉水轻鸣飞瀑飞籁
西樵山还尘封着新、旧石器的文化
沉积着中华民族古老祖先的文脉

“蜀国多仙山，峨眉邈难匹”①
峨眉山是那么高大雄伟壮丽多彩
峨眉山平地突拔三千米更显雄伟
双峰画双眉画得是多么的神怪
峨眉山一山有寒、温、热三带气候
为此留下三个温带的不同风貌存在
峨眉山景观上旷、中险、下秀
复杂的生态环境各有各的奇怪
峨眉山东汉时代曾有道教活动
唐宋时期这里兴起建立了佛教禅台
峨眉山从而成为中国四大佛教名山
在全山先后建起七十多座庙台

峨眉山成为普贤菩萨的道场
传说时常有宝光神灯显现闪盖

---

① 引自李白《登峨眉山》中诗句。

多少年来铜、铁佛像总在坐禅
碑、顶、摩崖石刻总是诏告后代
寺庙建筑因山就势错落有致
叠翠中隐逸含蓄造型巧妙精彩
青城山因青翠状若城郭而得其名
其名概括了青城山的真实风貌气概
青城山树木郁葱丰茂四季青翠
众山峰环绕状若城郭确有其形态
青城山作为洞天确显清静幽深
确实不负“青城天下幽”的气派

九寨沟和黄龙沟沟沟奇美奇秀
九寨沟和黄龙沟沟沟天工神裁
两沟是岷山山脉中的两颗明珠
两沟是中国大地上的两条玉带
两沟是山与水巧妙结合的经典
两沟碧水与绿树真是天开神裁
两沟的动水静水皆水美天下
两沟的洁水彩水尽皆光彩
湖、泊、池水静如洁净明镜
泉、滩、瀑水动如优美舞态
最美丽奇妙的还是水的颜色
五彩缤纷之色色得是那么绝代

九寨沟的湖池深浅不同形状各异

大的如一片蓝天小的如月如盆巧态
黄龙沟居然缀洒三千多个湖池
具有红、黄、蓝、绿、青五色之彩
黄龙沟池盆梯叠如鳞晶莹透底
一条流泉串起一条彩练玉带
原始森林层林尽染静中有动
泉涌如吟溪流潺潺飞瀑飞溅
两沟有梯湖叠瀑的特有景致
两沟有优美动听的交响天籁
两沟的飞瀑、流泉、跌水千变万化
两沟的自然之美是那么妖饶多彩

杜甫感叹“窗含西岭千秋雪”①
这是他对西岭雪山真实的远睬
西岭雪山耸立成都大邑县境内
它是那么雄伟壮丽那么圣洁豪迈
主峰苗基岭海拔三千六百多米
它高耸天际雄伟挺拔直插云台
西岭雪山因其高终年积雪不化
洁白晶莹的雪峰在日光下大放异彩
金佛山多陡崖峡谷绝壁雄险
冷、温、烫三泉得天独厚独得三脉
物种繁多被称为天然植物王国

① 引自杜甫《绝句四首》(其三)中诗句。

金佛山“金山四绝”令人难以忘怀①

四姑娘山主峰海拔高达六千二百多米
另外三峰海拔皆为五千多米峰台
四姑娘山四峰雄伟峻拔多姿
四姑娘山四峰相拥相望连绵拥戴
这么雄伟峻拔的山为何叫四姑娘山
这其中不知有什么特别秘载
四姑娘山像四座玲珑壮美玉雕
四姑娘山终年白雪皑皑皑皑雪白
这种冰清玉洁大概像四位姑娘
为此有了四姑娘山的美丽称拜
四姑娘山湖泊星罗棋布晶如明镜
镶嵌在雪峰之间格外妖饶丰采

四姑娘山是横断山脉和邛崃山系最高峰
它具有雪山的雄伟壮丽圣洁的风采
巨大的冰川飞腾直泻气势磅礴
恰如银河落九天激情豪放天外
茂密的原始森林浓妆叠起林涛悠远
如毡的草甸绿茵素雅清丽淡如云霭
蜀南竹海郁郁葱葱连绵蔽日
绿波连绵起伏阳光下粼粼叆叇

① “金山四绝”指金佛山银杉、方竹、杜鹃王和大叶茶。

竹海分布在二十八座峰峦之上
三十多种竹子各有风韵各有节拍
竹径深幽深幽着碧清的流泉飞瀑
仙窝洞府高挂竹海绝壁崖台

李白感叹“蜀道之难难于上青天”①
难行的蜀道让多少古人感叹和无奈
古蜀道穿行巴山、秦岭和岷山之中
那是古代川陕之间的交通要塞
栈道修建在崇山峻岭陡峰绝壁之间
登峰爬壁钩崖悬吊险隘连着险隘
从陕西五丁关至四川剑门关一段奇险
头顶两岸悬崖绝壁下临波涛澎湃
钩山吊河蜿蜒曲折飞架绝岭危峦
恰如连营飞栈腾空六百里的天隘
剑门蜀道像一条奇丽奇险的山水天图
像一条苍龙逶迤腾跃飞向天台

剑门蜀道七十二峰横空排剑
苍松古柏顶天挺拔森列两排
蜀道关口古关楼高耸森严壁垒
更显示其雄关雄姿天险关隘
翠云廊长达数百公里绕崖越涧

① 引自李白《蜀道难》中诗句。

古柏参天枝枝交错翠云霭霭
诸葛亮相蜀开架从陕入川通路
为蜀国为后人留下一条历史豪迈
青藏高原向东绵延至川滇急转南下
形成崇山峻岭势如群龙飞跃腾摆
这雄伟的群山就是闻名于世的横断山脉
横断山脉那又是何等雄伟何等气概

贡嘎山是横断山脉的最高峰
它海拔七千五百多米欲与天公试比赛
贡嘎山与山脚大渡河高差达六千多米
从而拱托出贡嘎山的更加雄伟气派
贡嘎山四围二十多座六千米高峰列耸
其雄伟气势彰显着雄伟的横断山脉
贡嘎山是从无人类足迹的雪山之巅
直到一九五七年中国登山队把它征载
苍山高耸达四千一百多米之高
它是云岭山主峰横断山脉中段支脉
苍山是一座古名远扬的名山
它与碧波荡漾的洱海相互拥戴

与苍山遥遥相望耸立着鸡足山
鸡足山禅坐着著名的佛教教台
鸡足山山前列三峰后拖一岭
因形如鸡足鸡足山之名便由此而来

鸡足山主峰海拔三千四百多米
雄伟壮丽挺拔凸显大山气概
鸡足山峰峦叠翠千峰鸟语争鸣
鸡足山万壑松涛古树参天如海
徐霞客两次攀登写下四观颂诗
从此鸡足山又有了四观山的由来
东观日、西观海、南观云、北观雪
四观后会领略到鸡足山的无限风采

横断山脉向南绵延至海拔八百米地域
西双版纳就位于这一美丽的地带
西双版纳傣语之意是理想而神奇的乐土
西双版纳确实是那么神奇那么让人喜爱
高温高湿的热带山原性气候留下滋润
为西双版纳带来常年充足雨水浇溉
充足的雨水滋润着四千多种植物
从而使雨林雨中滴翠万花雨中张彩
板根树树根如树立的木板那么奇特
望天树伸着长颈仰望着高高天台
西双版纳是一座天然的植物园
那里有浓郁的民族风情和无限自然风采

玉龙雪山横立在金沙江畔
十三座雪峰一字排列各显其概
玉龙雪山主峰海拔五千五百多米

它像昂空的龙头腾立天外
十三座雪峰连绵如龙身腾跃逶迤
像一条银色的巨龙飞舞云海
玉龙雪山一山同天却有四季
不同地带的植物各有各的形态
腾冲火山群坐落横断山脉南段
它是新生带活火山群典型地带
这里热泉、气泉、热田、热海遍布
最高峰打鹰山顶部火山口暗藏火台

路南石林林立广阔起伏的高原
这里是典型的热带岩溶地带
路南石林莽莽苍苍排立如林
石石峥嵘突兀排空千姿百态
石石各异构成千姿百态的群体
石石高低错落疏密有致雕凿精彩
位于贵州的梵净山是武陵山脉主峰
它以海拔两千五百米顶起武陵山脉
层层叠叠的千枚片岩形成不同岩体
像书籍和纸张那样垒叠成山台
构成万卷书、千层纸罕见奇观
为梵净山留下了独特的一道风采

中国大地是一个多山的大地
高山林立是最突出的地理地带

青藏高原是名副其实的世界屋脊
那里有多少林立的高峰高耸天外
珠穆朗玛峰高度独霸雄踞世界
那是地球上最高的一座豪迈
中国大地到底有多少座山峰难以数计
时至今日恐怕还没有谁数得过来
中国大地大山和中山数不胜数
小山更是遍布中国大地难以查排
山构成中国大地的壮丽秀美
山构成中国大地的雄伟气概

地域广阔的中国大地群山林立
占据着大部面积连绵起伏一派雄阔气概
中国大地地势西高东低形如三级巨大阶梯
这是中国大地最明显的特征风采
最高一级是世界屋脊青藏高原
它的平均高度在海拔四千米开外
青藏高原北边和东边海拔两千至一千米
构成中国大地第二级阶梯形态
包括内蒙古高原、黄土高原、云贵高原
还有塔里木盆地、准葛尔盆地、四川盆地地脉
从大兴安岭、太行山、巫山及云贵高原东缘以东
这是海拔一千米以下第三级阶梯一直延伸到领海

沿海海域星罗棋布着五千多个岛屿

与沿海岸一线名山构成海上名山的气派
北方名山多分布在二三级阶梯交接处和华北平原周围
相对高差大对比强烈山势更显严峻巍峨风采
黄土高原上的名山以雄伟浑厚占优
东北大地上的名山则更显峻秀气派
南方名山秀丽多姿千岩竞秀若云兴霞蔚
由于气候和地形差异各山又各独具风采
横空出世的西部极高山构成地球上伟大奇观
雪山排空气势磅礴冰峰林立摩天插云如巨龙腾跃天台
空灵缥缈的海上名山如珠似玉撒落在碧海波涛中
形态万千格外妖娆飘逸着种种神秘色彩

中国大地的山是那么雄伟
中国大地的山是那么气概
中国大地的山是那么秀丽
中国大地的山是那么险隘
中国大地的山是那么深幽
中国大地的山是那么高拍
中国大地的山是那么阔旷
中国大地的山是那么俏乖
雄、奇、秀、险是山的灵魂
幽、奥、旷、俏是山的风采
中国大地的山既有山的灵魂
中国大地的山又有山的雄伟壮丽形态

七

中国大地的山确实是高峻雄伟
中国大地的山确实是神奇秀美
中国大地的山和川总是紧密相连
大好的山河总是有山又要有水
大地山川说明山川离不开大地
大地山川说明山川大地紧密相随
有山有水才能是壮丽的山河
有山有水的大地才能够完美
中国的大川总是与大山紧密相依
中国的大川总是与大山巧妙搭配
中国的大川与大山一样闻名于世
中国的大川有大川的壮丽雄威

多少万年来长江一直是那么奔腾不息
多少万年来长江一直是那么雄威
多少万年来长江一直是那么壮丽
多少万年来长江一直是那么秀美
多少万年来长江一直是那么广阔
多少万年来长江一直是那么丰沛
多少万年来长江一直是那么神奇
多少万年来长江一直是那么智慧
多少万年来长江一直那么勇往直前

多少万年来长江一直是那么勇敢无畏
多少万年来长江一直是那么让人向往
多少万年来长江一直是那么让人陶醉

长江是中华民族的脊梁
长江是中华民族的生命之水
长江是中华民族的骄傲
长江是中华民族的壮美
长江是中国大地的血液
长江是中国大地的骨髓
长江是中国大地的巨著
长江是中国大地的丰碑
长江是中国大地的闪电
长江是中国大地的惊雷
长江是中国大地的粮道
长江是中国大地的堡垒

长江是中国大地的一条历史沉重
长江是中国大地的一条历史伤悲
长江给中华民族带来长久福荫
长江也给中华民族带来沉重劳累
望长江让人心潮奔涌波澜起伏
望长江让人无尽感叹无尽赞美
长江长达六千三百八十公里
长江是中国大地江河长度之最

长江发源于青海唐古拉山脉
主峰格拉丹冬雪山是它的起源之水
长江从这奇异神秘之地出发
开始了它万里之行的伟大作为

长江不远万里流经十个省市自治区
注入东海流向太平洋再不回归
长江是中国第一大河世界第三大河
长江接纳了七百多条支流之水
支流中又分支流犹如日夜跳动的脉络
牵动着群山大地上的生命芽胚
长江孕育一百八十万平方公里流域
它供养着三分之一中国人的嘴
长江怀抱里蕴藏着极为丰富的资源
为流域提供了生机勃勃的生命朝晖
一百七十万年前元谋人就繁衍金沙江畔
数千年来炎黄子孙留下多少生命壮美

长江源流那一段水段称沱沱河
沱沱河与当曲河汇合后称通天河水
流淌于唐古拉与巴颜喀拉山脉之间
在海拔四千五百米广阔平缓高原流飞
曲流发育成纷繁水系如群龙悠游
一路潇洒飘逸一路欢歌游追
从青海玉树开始地势急剧下降

河流进入横断山脉变为湍急之水
湍急之水穿山劈谷奔腾咆哮
势不可挡地汇成金沙江之水
与金沙江并进的还有澜沧江和怒江
为此中国地理上有了三江并流称谓

金沙江穿过云南石鼓奔入虎跳峡
成为玉龙雪山与哈巴雪山深峡陡谷之水
虎跳峡谷深居然深达近三千米
两岸悬崖陡壁犹如刀削惊显雄威
此时金沙江咆哮奔腾声震群山
高山深谷水击云崖真是奇观壮美
金沙江绕过玉龙雪山南下受阻转东
在云贵高原崇山峻岭中曲折迂回
然后汹涌奔腾到宜宾与岷江汇合
汇入浩浩荡荡的万里长江之水
岷江是长江上游水量最大的支流
岷江岷山口都江堰成为一道历史光辉

长江三峡那是一道壮丽的山水美景
二百公里江水与两岸群山相依相随
瞿塘峡、巫峡和西陵峡乃山水绝景
山水结合留下宏大秀丽的世界壮美
三峡给中国大地留下多少美的感叹
三峡给中国大地留下多少美的赞美

李白《早发白帝城》猿声至今啼不住
美景美文至今让后人们能颂会背
夔门峰接天关舟行地窟何等雄险
江涛翻滚令人惊心动魄令人深危
白帝城上倚绝壁下临断岩其势极险
“刘备托孤”更留下忠信历史之垂

巫峡“石出疑无路,云升别有天”
巫峡十二峰和峡中峡奇景令人陶醉
神女峰的传说是那么神秘美妙
给人带来多少遐想多少回味
宋玉《神女赋》《高唐赋》赋得神奇
刘禹锡神女峰之咏咏得何等秀美
西陵峡是长江的最后一段峡谷
其中兵书宝剑峡、牛肝马肺峡相接相陪
两岸留下黄陵庙、三游洞、陆游泉
峡中留下一路险滩一江秀媚
西陵峡一段两岸为岩溶化山地
险滩急流、十丈悬流已成历史之水

长江流过宜宾开始中游流程
由峡进入无阻挡的平原便自由荡回
由此形成九曲回肠的荆州江段
连接上烟波浩淼的八百里洞庭之水
洞庭湖集湘、资、沅、澧四大水系

然后汇入长江助长江之流更加雄威
岳阳楼坐落洞庭湖畔衔远山吞长江
观到的是何等旷阔的山水壮美
岳阳楼因《岳阳楼记》名扬天下
洞庭湖之景与范仲淹之文相映生辉
岳阳天下楼楼出无尽的天下景致
洞庭天下水水出无穷的天下秀美

登黄鹤楼观长江那又是一绝
那奔腾流动的景致那么让人陶醉
李白留下“唯见长江天际流”千古绝唱
毛泽东《黄鹤楼》词留下千年朝晖
鄱阳湖把浩瀚之水汇入长江
随着江流奔流东去永不再回
江湖合流以下便是长江下游
长江下游江域平缓任流放归
穿过大门、南京、镇江三山
从而留下长江三角洲恢宏壮美
同时留下黄浦江最后一条支流
留下万里壮丽万里传说万里陶醉

多少万年来黄河一直是那么奔腾咆哮
多少万年来黄河一直是那么放纵神威
多少万年来黄河一直是那么雄浑
多少万年来黄河一直是那么壮美

多少万年来黄河一直是那么神秘
多少万年来黄河一直是那么魑魅
多少万年来黄河一直是那么沉重
多少万年来黄河一直是那么劳累
多少万年来黄河一直是那么坚强
多少万年来黄河一直是那么深邃
多少万年来黄河一直是那么让人感叹
多少万年来黄河一直是那么让人寻追

黄河是中华民族的摇篮
黄河是中华民族的命运光辉
黄河是中华民族的命脉
黄河是中华民族的智慧
黄河是中国大地的脉络
黄河是中国大地的心肺
黄河是中国大地的史诗
黄河是中国大地的沉醉
黄河是中国大地的地支
黄河是中国大地的天癸
黄河是中国大地的呐喊
黄河是中国大地的军卫

黄河是中国大地的一道历史矛盾
黄河是中国大地的一道历史劳瘁
黄河给中华民族带来无尽福祉

黄河给中华民族也带来许多伤悲
望黄河让人感慨万千心潮难平
望黄河让人激情难抑心境难寐
黄河长达五千四百六十四公里
黄河是中国大地江河第二条壮美
黄河发源于巴颜喀拉山约古宗列盆地
约古宗列盆地里泉涌着它的起源之水
黄河从这神奇的高原和盆地内起步
从此开始了它万里之行的杰出行为

李白赞叹“黄河之水天上来”①
黄河源头确实是那么神秘难以溯追
黄河不远万里流经九个省区
最终全部注入渤海永不再流回
黄河不愧是中国大地第二条大河
它吸引了来自山山岭岭千百条之水
每一条水都连着中国大地的脉络
每一条水都涌动着黄土地上生命之胚
黄河孕育着七十五万多平方公里流域
它养育着亿万炎黄子孙的生命蓓蕾
它孕育了中华民族的古老文明
它孕育了中华民族的生命思维

---

① 引自李白《将进酒》中诗句。

黄河之水从天上开始那万里之行
先穿星宿海、扎陵湖、鄂陵湖水围
弯弯曲曲流淌在平坦开阔的黄土高原
在高原草甸和湖沼之间向前缓推
在绿草如茵的草地留下曲曲河道
在此留下黄河第一弯的壮丽秀美
黄河穿过草地之后开始了大拐弯
开始从第一级大阶梯向下倾泻腾飞
从而出现了一系列著名峡谷
进入第二大阶梯的兰州城围
黄河峡谷蕴藏着丰富的水力资源
龙羊峡、刘家峡闪起电的光辉

黄河进入宁夏、内蒙古地段又变平缓
从而留下了“三套”的壮丽肥美①
西套宁夏成为西北的一个大粮仓
后套平原享誉“塞外明珠”之美
前套土默川平原为古老富饶之地
古代《敕勒歌》就描写了这里的优美
黄河流过前套托克托进入中游
它受阻于吕梁山急转向南流飞
它切开黄土高原直落到中原大地
在七百多公里晋陕峡谷留下奇险壮美

① 三套指黄河流经的西套宁夏、内蒙古后套平原和前套平原。

峡道上险滩、急流和漩涡层出不穷
狮子拐、壶口、龙门是多么奇险雄威

壶口骤然收束滔滔黄河之水于一壶
突然高倾壶口变向断崖跌落流水
形成奔腾喧嚣轰雷惊谷的奇观
形成金涛赤浪铜雾浓茫的壮美
瀑布下游孟门处因石岛河水分流
从而形成了“卧镇狂流”的水溃
出孟门入龙门河水分三股急流狂涛
穿断崖绝壁怒击礁石势不可摧
黄河在此充分显示了它的咆哮汹涌
充分展现了它的狂荡纵腾的雄威
传说大禹先凿壶口次开孟门再劈龙门
为导黄河水下泄创立了历史雄伟

黄河出龙门之后纳汾河纳渭河
南下受阻华山急转东向豫西流溃
冲过潼关、函谷关到达三门峡
挤过鬼岛、神岛分成三股夺门流飞
因而豫西峡谷最后一峡称三门峡
黄河在三门峡又留下它的壮美
随后狂涛怒浪中屹立起“中流砥柱”
狂涛怒浪中“中流砥柱”那么坚定无畏
从而成为激励人心志的特有奇观

把“中流砥柱”注入冠上人性之美
黄河出桃花峪奔涌着冲入大平原
抛下金光滔滔浩浩淼淼壮阔之美

黄河在平原方显出博大气度
《大河赋》描述了它的博大壮美
黄河起源本是一条清净的河流
进入黄土高原后变为浑浊黄水
每年有十二亿吨泥沙送出河口
每年有四亿吨泥沙在河床积堆
从而形成河床高于地面的怪象
从而使黄河养成狂虐放纵行为
从它诞生以来已无从考证计算
自有文字记载以来它又放纵了多少回
仅两千多年来大型迁徙改道七次
决溢一千五百九十次大改道二十六回

黄河每年填海造陆二十多平方公里
这到底是功还是过很难进行类推
据考证黄河填海造陆已三百万年
中原大地和华北平原形成是其主要发挥
该怎样认识黄河这一古老自然作用
该怎样评说黄河这一古老自然行为
还有黄河给中国大地带来的沉重
还有黄河给中国大地带来的劳累

还有黄河给中国大地带来的伤痛
还有黄河给中国大地带来的累赘
这一切古老的复杂谁也难以说清
对此中国大地也不敢贸然也不敢冒昧

历来都说黄河有九十九道弯
每个弯里都湾着厚重和深邃
每个弯里都湾着神秘的传说
每个弯里都湾着神奇的物类
每个弯里都湾着古老的历史
每个弯里都湾着悠久的积累
每个弯里都湾着雄险和咆哮
每个弯里都湾着深重的壮美
历来都说万里黄河古道是那么神奇
神奇的万里黄河古道让人难以追随
古道上到处是古老的历史尘封
古道上到处是古老的历史沉醉

黄河流域八十万年前有了猿人足迹
蓝田猿人在此留下了生命的光辉
丁村人就繁衍生息在这块富饶土地
河套人更取得了人类发展进化之美
他们创造了中国古老的旧石器文化
他们开创了中国人类的原始社会
众多原始村落遗址标志新石器时代

古老祖先开始定居过上农业生活之美
黄河不愧是中华民族的摇篮
它哺育了中华民族的生命壮美
黄河是中华民族的伟大母亲
它创造了中华民族的生命朝晖

黑龙江流经中、俄、蒙三国
因流经黑土地带呈黝黑色河水
黑龙江蜿蜒似龙故得名黑龙江
它的名称是那么神像又充满神威
黑龙江全长四千三百七十公里
在中国的江河中排列在第三位
它流域面积达一百八十多万平方公里
它是一条国际性的江河长水
黑龙江北源是蒙古国石勒喀河
黑龙江南源是中国海拉尔河之水
黑龙江与松花江、乌苏里江形成三江
它们共同汇出三江平原的富饶壮美

黑龙江最壮丽的是它的冬天景致
冰封的大江闪耀着一道银辉
黑龙江流域气候寒冷约有半年冰冻期
冰冻时期的黑龙江像一条银龙腾飞
黑龙江畔的漠河素有北极村之称
夏至前后直至午夜才现出晚霞霞蔚

此时的曙光居然也开始吐露
可以欣赏奇观景象晚霞与曙光同辉
如果有幸还可以看到难得一见的北极光
这种奇异自然景象为黑龙江增添了神韵光辉
恰如它蜿蜒似龙得名黑龙江之名
在奇异的夜景光晕中透着一种神威

松花江之水起源于长白山天池
形成飞流直下的天上来水
高高的长白瀑布穿林海汇集松花江
留下一道北国的风光和壮美
松花江上松花湖碧波如镜
奇峰峻壁郁葱树木林列周围
松花江支流牡丹江坐落镜泊湖
因湖水清澈平静如镜得其称谓
镜泊湖北口将数十米高瀑布倾泻深潭
从而形成狂涛翻卷声如雷鸣的壮美
镜泊湖曲岸多姿四面青山相牵
湖中大孤山小孤山相望相依争相吐翠

湖中珍珠门道士山珠门深幽山秀
相依相偕为湖光增添秀色俊美
北国冬天江河银装素裹玉树琼花
冰雪世界给人独具魅力的沉醉
树挂、冰雕、雪撬、冰帆都是冰色

只有此时才知道什么叫做冷美
树挂是松花江上游特有自然景观
千树万树梨花开的美好让人陶醉
松花江流域流经东北北部大地
流域森林植被良好水土流失甚微
嫩江是东北大地又一著名江河
其流域多沼泽草地候鸟水禽纷飞

扎龙沼泽广阔水草丛生湖水清澈
更有遮天蔽日连绵无际的芦苇
这里是珍贵水禽繁衍生息的天然场所
有百余种珍禽故有百鸟园之称谓
东北大地还有一条著名的江河
因其古老而神秘色彩令人赞美
乌苏里江是一条古老神秘的江
它的古老神秘那么让人向往和回味
一首《乌苏里船歌》让多少人向往
一首船歌居然回响中国大地东西南北
那古老神秘的乌苏里江令人多么向往
那古老而又美丽的传说让多少人寻追

八

珠江流淌历经两千多公里之遥
把一江滔滔珠水注入南海波涛

珠江由西江、北江和东江三江汇成
在南海入海时形成八条水道
珠江流域面积四十五万多平方公里
它是中国排列第四位江河水道
珠江流域大部分处在中国热带亚热带
是季风多雨区水量丰富植被良好
滔滔珠江之水主要来源于西江
主要是西江之水组成珠江奔腾波涛
西江许多支流发育在石灰岩地区
从而形成许多奇秀的岩溶景貌

西江之水上源源自北盘江
深切的河谷形成岩石溶槽
从而积下许多暗河和跌水
黄果树瀑布就形成于支流打邦河槽
漓江是西江上游桂江的一条支流
它形成了山水甲天下的漓江风貌
漓江两岸山清水秀石美洞奇
其四绝绝得是那样神奇绝妙
簪山、带水、幽洞和奇石称为四绝
四绝各有各的奇特各有各的绝妙
桂林山水之美更在于四绝的有机结合
最绝妙之美还要数烟雨漓影景貌

漓江岸畔早就有了人类生活的足迹

八千年前人类就在岩洞中留下身貌
秦始皇时代又一项大业开凿了灵渠
从此开辟了湘江与漓江的航道
灵渠是中华民族一道古老的光辉
灵渠是中国大地一条辉煌的古道
还造出大量摩崖石刻、造像、古建筑
在山、水、洞、石之间构筑那么巧妙
为此历代曾留下数千首赞美诗词
使仙境般自然山水渗透人文精妙
从而形成独具特色桂林山水文化
留下一江如画山水一江人文精道

左江为西江上游一个小小的支流
它曲折迂回在孤峰和峰丛中奔跑
它曲折多姿如带似练的江水如画
留下一江滔滔碧水一江秀美丽俏
左江两岸常绿阔叶林青翠欲滴
构成南国郁葱奇秀的独特景貌
左江之秀主要秀在它的绿山清水
左江之奇奇在千姿百态岩溶地貌
左江那许多的壁画令人迷惑不解
总是让人感到那么迷惑和神妙
画山、仙影山、人影山山山神秘
左江神秘的崖画神秘得那么缥缈

马岭河起源乌蒙山流入南盘江
它的流域不大均为岩溶地貌
河谷深切切开一条长长峡谷
两岸草木蒙笼悬崖陡壁飞瀑洒飘
构成一条数十公里天然画廊
那是一条数十公里的天然秀俏
天星画廊峡十多条瀑布形态各异
飞瀑、悬瀑、叠瀑各展风姿妖饶
瀑布飘洒的烟云阳光下折成满谷彩虹
形成一江霞光一派虚幻神奇缥缈
马岭河中的岩溶石时起时伏
河滨生长着翠竹、芭蕉和绿草

马岭河上游两岸各有一处温泉
分称姑娘泉、儿子泉称得奇巧
自古以来男女对河各自沐浴
那真是一副自然天趣风俗奇妙
樟江是西江北支流中的小支流
其流域是发育典型的岩溶地貌
樟江的秀美在于山、石、水、树
它们互构互结构出那么多奇貌
那一片奇特的水上森林就是奇特
绿荫下黑石、青苔、树根相映相照
与清流白浪构成水上森林景观
从而给人们留下多少乐趣多少逍遥

淮河穿过中原大地与黄河下游毗连
淮河也是一条古老悠久的河道
淮河位于兵家必争的中原大地
它的不少支流发源于黄河河道
它多次被黄河袭夺水系注入黄海
说不清它与黄河打过多少交道
淮河也渗透着中华民族灿烂文化
不知它与黄河是否一样悠久古老
淮河发源于中原大地河南桐柏山
它是我国南北方地理界线分导
淮河历史上曾留下数不清的水患
毛泽东曾号召“一定要把淮河修好”

钱塘江发源于皖南休宁板仓
钱塘江在古代被称作浙江名号
浙江省的名称就是来源于此
钱塘江的江流比名称还要古老
钱塘江全长虽然不足五百公里
从景观上它却是一条有名的名江河道
钱塘江一路奔腾从杭州湾流入东海
入海前留下闻名于世的钱塘江大潮
钱塘江上游那一段称作新安江
中游称富春江下游才是钱塘江称号
钱塘江地处常绿阔叶林地带

它的流域地带雨量充沛植被良好

上游新安江锦峰秀岭山水清丽
它是以山青水碧而闻名的河道
当年李白游新安江曾赞叹不已
为此写下美好诗篇赞美新安江景貌
新安江穿行于茫茫群山重岭之间
在丘陵盆地之中一路迂回流跑
新安江水库一坝挡碧水高峡出平湖
一湖碧水波光粼粼烟波浩淼
湖中一千多个岛屿如绿珠点缀
湖的周围群山林立绵延环抱
湖中因有一千多个岛屿又叫千岛湖
千岛树木蓊郁洞石奇幽一派仙境景貌

富春江一江山水充满诗情画意
那是一条秀美壮丽的景观大道
近观富春江江面舒展近山如黛
远观远岭淡抹白帆、白云、鸥鸟争蹈
春天的富春江桃花满坞飘彩
夏天的富春江绿荫青山叠翠水飘
秋天的富春江秋柏染红碧水蓝天
冬天的富春江绿竹丛中白梅争俏
七里泷峡谷又被誉为山水甲天下
高耸的钓台留下严子陵高洁的光耀

富春江流过闻家堰就称钱塘江
江面壮阔浩浩荡荡一川北阔风貌

大河东流是中国西高东低地形大势决定
这是中国自然江河必然的自然流道
东西向河流不能给南北交通提供便利
开凿南北大运河解决南北交通非常需要
这宏图大业成为中国古代历代统治者的愿望
早在春秋时代就有了人工河流的开凿
吴王夫差为争霸黄河流域开凿了邗沟
这是南北大运河最早开端最古老的先导
邗沟是沟通长江与淮河的运河
从而完成中国古代最早的人工河槽
在不断开凿南北之间地区人工河基础上
隋炀帝完成了开通南北大运河的河道

隋代统一中国南方展现鱼盐杞梓充轫八方
丝绵布帛饶覆天下格外富庶景貌
隋炀帝要享受江南的繁华和富足
以满足京都和军队粮食布帛大量需要
他于公元六零五年兴百万之众先后用六年时间
开始了古代中国又一项伟大创造
在各段旧运河基础上开凿了通济渠
先后凿通了山阳渎和穿连江南运河河道
最后凿通永济渠到达北京附近涿郡

至此一条纵横南北五大东西水系大运河成功宣告
形成了以洛阳为中心的全国水运网
出现了舳舻二百余里空前水运繁华写照

京杭大运河是中国大地的一道辉煌
京杭大运河是中华民族的一条自豪
京杭大运河全长约一千七百五十公里
它是中国大地南北水陆交通大道
它是世界上开凿最早的人工运河
它是航线最长工程量最大的创造
它可以与伟大的万里长城媲美
它是中国大地一条宏大的河道
这一辉煌工程充分体现民族的智慧
这一辉煌工程充分反映了民族的勤劳
京杭大运河纵贯南北五大东西水系
从而成为中国古代的交通枢纽干道

在新疆和西藏流淌着诸多著名江河
还有著名的湖泊与江河相入相导
新疆的塔里木河是中国最长内流河
在中国江河中是排列第五位的河道
塔里木河全长两千一百七十九公里
它是新疆自治区最长的一条河道
它开源于新疆南部塔里木盆地
蜿蜒于塔克拉玛干大沙漠开辟水道

塔里木盆地是中国最干旱地区
自古素有中国“干极”的称号
干极之地却开源一条长长的河流
干极之地却流淌出一条长水滔滔

塔里木河水来自千里之外的山地
主要来源于三个源头的水滔
一是发源于天山的阿克苏河
它的流量很大是常年不竭主要源道
二是源于喀喇昆仑山叶尔羌河
它只有洪水期才给塔里木河源导
三是源于喀喇昆仑山的和田河
它是注入塔里木河的第二水源河道
上源山地降水和冰雪融化形成水源
从而不断给塔里木河送去源水滔滔
塔里木河的特点是游荡于沙漠之中
河水渗漏、蒸发、汊流犹如在劫难逃

塔里木河素有水上迷宫之称
迷得让人不知它要向哪流切河道
塔里木河的河道自古迁徙不定
它犹如无缰放纵野马任改河道
它的西岸生长林列千里胡杨林
那是沙漠中一条秀丽绿翠的通道
沿着塔里木河深入走到它的腹地

那里有更加神奇的一片壮美闪耀
居然有那么神奇美丽的原始森林
在沙漠中居然生长得那么强壮和丰茂
为此胡杨被誉为“托克拉克”①
其“沙漠英雄树”性格令人骄傲

额尔齐斯河是一条珍贵的河流
它是中国唯一北冰洋水系的河道
它起源于新疆阿尔泰山的南麓
在中国流经一段六百多里水道
阿尔泰山面迎大西洋寒湿气流
因此雨雪充沛森林密布草原丰茂
从而为额尔齐斯河提供了源水
成为亚洲大陆中心极干旱区荒漠湿岛
这里是古代北方各民族迁徙聚居之地
这里有大漠中难得的宝贵壮丽景貌
阿尔泰山崖壁上留下众多的岩画
成为研究古代东西文化交流珍贵史料

雅鲁藏布江发源于喜马拉雅山北坡
它是世界上海拔最高的一条河道
它藏语之意是从最高峰流下来的水
雅鲁藏布江名字本身就充满奇妙

① 维吾尔族语，意为最美丽的树。

它在中国境内全长两千零九十一公里
它是闻名于世的一条宏大河道
雅鲁藏布江自西向东横贯西藏南部
沿喜马拉雅山和冈底斯山之间谷地穿导
它两岸耸立着海拔七千米以上的高峰
垂直高差七千米下是雅鲁藏布江江槽
从而形成了世界上最高最深的峡谷
成为世界上罕见的高峰深峡景貌

中国大地湖泊星罗棋布布满大地
中国大地江河纵横交错四方环绕
中国大地江河湖泊是那么的众多
各个江河湖泊各有各的景致和风貌
鸭绿江、图们江、嫩江流淌东北大地
辽河、大凌河是东北大地著名河道
松花湖、长白山天池坐落东北大地
兴凯湖、五大莲池尽现北方景貌
洪泽湖、太湖、高邮湖是秀丽水乡
秦淮河历代流出多少桨声多少美好
瓯江虽不长却是满江的山清水秀
杭州西湖、嘉兴南湖景致是多么美妙

安徽巢湖是中国五大淡水湖之一
闽江、九龙江、晋江在福建大地环绕
鄱阳湖是中国大地最大的淡水湖

赣江拥托滕王阁留下多少历史美妙
小清河是山东比较大的一条河流
微山湖、东平湖留下现代和历史风潮
汉江是长江的一支重要水系
洪湖水景清澈秀丽更有动听歌谣
八百里洞庭湖一马平川烟波茫茫
湘江、资水、沅江、澧水水系丰饶
韩江、鉴江、莫阳江奔流华南大地
惠州西湖、潼湖尽显南国湖水浩淼

南渡江、万泉河尽现南国风情
金沙江、赤水河彰显云贵高原风貌
元江、澜沧江、南盘江景色各异
滇池、洱海、抚仙湖风景奇妙
西藏高峰群山间镶嵌着高原明珠
纳木错、色林错、羊卓雍错三湖争俏
疏勒河、石羊河述说着黄土高坡
青海湖蕴涵着多少神秘和深奥
新疆博斯腾湖是中国最大内陆淡水湖
伊犁河流淌不尽北疆万千风貌
罗布泊多少年来一直是那么神秘
高屏溪、日月潭是那么秀丽妖饶

青藏高原是世界上最高的高原
青藏高原是那么雄伟庄严奇妙

青藏高原是世界第一高原
青藏高原是地球的地理之骄
那一座座高山让人难以忘怀
那蓝蓝的天让人感到身临云霄
青藏高原给人多少梦幻和遐想
青藏高原让人知道什么是壮阔和崇高
青藏高原最高可是最年轻的高原
青藏高原是地球最新的一次伟大创造
居然把汪洋大海变化为地球最高峰
这种变化该是多么神秘多么奇妙

壮阔的黄土高原耸峙在中国西北方
山、塬、川是黄土高原典型地貌
关于黄土高原如何形成众说纷纭
至今难以定论是如何形成如何创造
那深厚的黄土川那高高的黄土高坡
沉积着多少古老辉煌多少光耀
那古老的东西南北风那古老的歌
也难以表达那古老苍凉的黄土风貌
古老的祖先古老的窑洞古老的牛车
也难以见证黄土高原有多么古老
厚重的黄土高原孕育了炎黄族群
为中国大地留下了古老伟大的创造

开阔坦荡地面起伏和缓的内蒙古高原

像浩瀚茫茫的大海一样烟波浩淼
高原上既有碧野千里的茫茫草原
也有一望无际金浪滚滚的千里沙涛
内蒙古高原是中国的第二大高原
在那里天然牧场和沙漠各展其貌
那里既有古老悠久的沉重和艰难
那里也有古老悠久的肥沃和丰茂
一千五百年前的《敕勒歌》仍脍炙人口
它留给后人的是多么苍茫壮丽的景貌
内蒙古高原也是一个神奇的高原
内蒙古高原的形成也是那么遥远古老

云贵高原位于中国大地西南部
它富有奇特的风格奇特的地貌
它由云南高原与贵州高原相连一起
两个高原因相连紧密分界不明而合叫
云贵高原最大特色是被浴蚀的高原
从而形成了云贵高原特有的地貌
落水洞、漏斗、圆洼地各有其特色
伏流、岩洞、峡谷、天生桥各有其貌
云贵高原上那层固结的红色土层
充分表明了地面久经风化的古老
云贵高原也是一个神秘古老的高原
古老的元谋猿人就在那里孕育创造

塔里木盆地是多么广大的盆地
塔里木盆地装盛着满盆的深奥
它是中国也是世界最大的内陆盆地
五十三万平方公里的面积多么广昊
塔里木河为何是一匹“无缰之马”①
也许是广大的盆地可任意它奔跑
准葛尔盆地位于新疆北部那么辽阔
那里满盛着北疆特有的景色和风貌
它一直装盛着中国的第二大沙漠
同时也装盛着南缘冲积扇平原的丰茂
它张开西端阿拉山口和额尔齐斯河谷
为北疆收进大量大西洋的海潮

柴达木盆地是满盆的“盐泽”②
阿尔金山、祁连山和昆仑山四周环绕
柴达木盆地位于青海省西北部
它的盆底居然海拔近三千米之高
柴达木盆地如今被誉为“聚宝盆”
它的石油和各种金属矿藏是那么富饶
四川盆地位于四川省东部地形封闭
被巫山和大巴山山脉四面包围拥抱
四川盆地内岩石和土壤呈现着紫色
因此它被冠以“紫色盆地”的称号

---

① 指塔里木河道迁徙不定,有如无缰的野马。
② 柴达木是维吾尔语,意为“盐泽”。

四川盆地雨量充沛土壤肥沃矿产丰富
从而使它获得了“天府之国”的荣耀

长江中下游平原是中国第一大平原
它是名副其实的鱼米之乡和富饶
华北平原是中国的第二大平原
自古就是那么的深厚那么的丰茂
东北平原是中国丰满的大粮仓
东北平原是那么的肥沃那么的广袤
还有那丘陵、山地、森林和草原
这些都是中国大地壮丽美好的写照
还有那滩涂、湿地、戈壁和沙漠
这些都是中国大地的神圣之宝
中国大地山川是多么壮丽的大地山川
中国大地是多么的厚重、丰满和深奥

九

自从有了宇宙有了天空有了地球
后来又有了人类有了赤县神州
后来又有了不同氏族有了不同民族
后来又有了国家有了家庭有了族首
从此天、地、人开始有机运转
天、地、人开始共同谱写历史春秋
什么是人可能很好回答也不好回答

什么是人也许很难给予说清说透
人是能制造和使用工具的高等动物
这也许是一个最简单的说明理由
其实什么是人是一个很复杂的问题
需要从诸多的方面去探索和研究

有了第一个人就开始有了人类
人类不可能由一个人孕育传流
人类学家们至今还在研究人类的起源
还在考证人种和民族分类的缘由
自从有了人类从而就有了人间
从此有了人权和人本主义的要求
自从有了人类就有了人格、人性
从此有了人道和人道主义的探求
自从有了人类就有了人生、人伦
从而有了人生观和人文主义的研究
自从有了人类就有了不同的人种
从此开始有了家庭和民族的范畴

人间是人类生存生活的时间和空间
人间是人类生存生活所在的地球
人权是人生存生活的各种权利
人权是人生存生活中应享有的自由
人本主义把人放在一切社会活动本位
人本主义是一种哲学思想的理由

人格是人的性格、气质和能力总和
人格是一个人的道德品质标准要求
人格是人作为权利、义务主体的资格
人格具有难以读透的复杂和深厚
人性更是一个十分复杂古老的问题
从古至今各种观点各有说解理由

人性是在一定社会制度和历史条件下
从而形成的复杂人的本性所有
人性还指人所具有的正常感性和理性
这种人性之解是人性认识的主流
关于人性还有各种各样的不同解说
在人类历史上已经争论了很久很久
人性是先天还是后天还是性善或性恶
在人类历史上一直长期争论不休
人道那么尊重人的生命、人格和权利
人道还是封建礼教对人的规定要求
为此产生了人道主义的世界观
从而形成了一种强大的社会潮流

人生多么简单就是生存和生活
可却有永远解不完的事和忧愁
人生多么简单就靠双手和大脑
可却有永远完不成的目标索求
人生观当然是对人生的看法和观点

它是对人类生存价值意义的认识理由
唯物主义认为人生观由世界观所决定
不同阶级、不同人的世界观各自具有
人伦是所规定的人与人之间的关系
可不同社会有不同的规定标准要求
从来没有过人类社会共同的人伦
但不知到什么时候才能具有这种共有

人文主义肯定人是世界的中心
它是随资本主义产生的一种思想潮流
人文主义具有历史先进性和局限性
人文主义是一个历史时期的思想潮流
人种是具有共同起源和遗传特征人群
人类从起源大概就有不同人种源头
从而才产生了不同的人种和民族
领地、国家和民族从此开始造就
民族是历史上形成的各种人的共同体
民族是处于不同社会发展阶段人的变流
民族还指具有共同语言共同地域人群
还有共同经济生活共同文化心理要求

中华民族是中国各民族的总称
中华民族的诞生和形成那么悠久
龙是中华民族发祥和文化肇端的象征
龙在中国大地何时产生已难以考究

从古代龙就和中华民族生活在一起
中华民族的诞生就来自于龙的缘由
从那时起中国人就被称为龙的传人
中国大地被称为龙的土地龙的神州
从龙的造型中揣摩中华民族形成的过程
也许能够找到那神奇古老的传说缘由
龙从古至今一直是中华民族的象征
这也许是历史上中华民族团结的大轴

团结是中华民族的生命所在
团结才使中华民族的生命那么悠久
团结是中华民族的力量所在
团结才使中华民族的力量那么雄厚
团结是中华民族的希望所在
团结才能使中华民族前程辉煌锦绣
平等是中华民族团结的坚实基础
互助和谐是中华民族团结的缘由
中国五十六个民族统称中华民族
当今世界各国各民族有谁有此具有
这是一个多么伟大的民族神话
这是一个多么伟大的民族成就

当今世界国家民族冲突不断
民族主义时常掀起股股逆流
苏东剧变造成族际冲突或兵戎相见

各种形式的国家裂变波及全球
面对纷扰中国始终保持着稳定
中华民族却团结一致齐心奋斗
五十六个民族和睦相处和衷共济
心连心和谐发展手拉手齐步前走
这是多么喜人的民族团结局面
这是多么让人自豪的民族团结成就
这种团结局面让多少人佩服羡慕
这种团结成就让多少人赞美歌讴

揭开中国大地厚厚的历史尘封
走进中华民族古老的历史深幽
总会读到中华民族团结的基础
总能找到中华民族团结的缘由
自成一体的地理单元使中国相对封闭
影响了中国与地理区域外的交流
从而使中华民族加强了区域内的交往
各民族在区域内有了密切来往交流
迁徙、贸易、婚嫁使各民族不断杂居
就是碰撞、冲突之后也要杂居和交流
各民族同顶一片天同住一块地
共同互补着相连着向前发展行走

大一统政治理念使中华民族向往一统
从而形成了中华民族保持统一的理由

先秦时期中华民族就产生了大一统观念
从此大一统天下理念得以代代传流
不论是历代统治者还是普通庶民
大一统成为中华民族心灵归宿和所求
不论是汉族还是少数民族统治者
往往都以统一中国为己任奋斗不休
都把建立的王朝作为中国的正统
往往都要找到天授其大一统的根由
从而使大一统理念在中国大地常青
形成的凝聚力和向心力一直永垂不朽

多元一体中国文化使生命力不断强盛
在兼收并蓄博采众长中促其更加优秀
中原文化不断向周边辐射传递
各少数民族文化向中原不断传递交流
从而造就了中国文化的博大精深
为此有了统一性和多样性的融柔
不以血缘论夷夏成为各民族共识
成为中国各民族关系史上的枢纽
相互依赖的经济关系使各民族互济互补
形成了民族间密切的经济来往交流
各民族这种不可转移的密切经济联系
从而为政治和文化认同提供了基轴

救亡图存共同使命使其认识匹夫有责

各民族认识到保卫祖国必须团结奋斗
面对亡国灭种的严峻形势产生共识
认识到救亡图存必须敌忾同仇
各民族必须爱国一家共御外侮
投身争取民族独立和解放革命洪流
从而使各民族铸成新的万里长城
连接成生死相依不可分割的九州
古老的中国文明之所以连绵不断
古老的中国之所以统一历史悠久
中华民族之所以历经磨难不倒又不断振兴
其根本在于各民族平等团结共写春秋

民族的存在不能脱离国家这个实体
脱离了就会变得软软绵绵歪歪扭扭
多民族的国家要有牢固的身份意识
没有强烈的国家认同就会纷乱争斗
新中国成立是中华民族发展史上里程碑
从此各民族团结一致共写辉煌春秋
多民族国家民族问题是个重大问题
处理不好就会变成国家的重大忧愁
中华民族五十六个民族“和而不同”
在中华民族旗帜下各有各的民族自由
在民族团结价值取向下筑牢认同屋顶
树立了民族平等、团结的民族政策大轴

渴望和睦生活在一个统一的国家
这是中华民族各民族的意愿和追求
这始终是中华民族的文化基因
这是千百年来中华民族的不懈追求
这是千百年来中华民族的最高政治理想
这是千百年来中华民族最高道德情酬
昨天的历史和今天的现实都充分表明
各民族大团结是中华民族的生命方舟
历史长河中留下多少民族团结佳话
历史长河中写下多少民族团结春秋
世界上哪一个民族能如此“和而不同”
有谁能够取得中华民族这么伟大的成就

中国是一个统一的多民族国家
作为一个多民族国家民族历史悠久
中国的历史是全国各民族共同创造的历史
也包含在这片土地上生存繁衍现在已消失民族的历史锦绣
在中国古老大地那遥远的远古时代
曾经在不同地区发展着不同系统文化支流
先秦诸多古籍都在民族方面有所反映
有些史诗性的篇章写得是那么优秀
《生民》歌咏了周人始祖姜嫄及其子后稷的故事
《緜》歌咏了古公亶父在周创业的经历缘由
《大明》歌咏了殷商关系的变化
《商颂》颂商史事也是从其始祖有娀氏降而生商开头

《春秋》《左传》《公羊传》等记载大量民族史料
是中国古代民族史撰述的正式书写开修
《春秋》经传记载了周王室和一百四十九国史事
记载了他们之间的朝聘会盟婚好和战争所有
他们中有姬、姜、子、姒、妫、风、姞、熊、偃、己、祁等姓
从他们的姓可以看出分别属于古代民族不同族流
属于周族、殷族、夏族还有戎、蛮、狄、夷等民族
这些民族经过春秋战国历史陶冶融合为民族开首
其中大量融合为汉族有的成为秦汉以后少数民族
这是中国古代民族古老的历史春秋
《史记》《汉书》《后汉书》对民族史有杰出撰述
留下一幅极为广阔又井然有序的民族史画轴

《史记》按地区写出六个地区的民族历史
六个专篇构成一部相当完整的民族史籀
其中有些记载超越当时和今日国境范围
这是一项多么令人赞叹的历史成就
《史记》记述了不同民族的社会发展状况
在对待少数民族态度上没有狭隘民族思想之谬
这是多么明智公正的历史和民族胸怀
司马迁为中国民族史研究和撰写树立了垂旒
三国两晋南北朝隋唐时期是民族重新组合时期
对各个民族最终形成是重要历史步骤
五代辽宋夏金元时期是民族重新组合的又一时期

各个民族在重新组合中共同生息繁衍在大地九州

孙中山提倡三民主义民族主义即是其中之一
他提出各族地为一国各族为一人的大政方猷
他主张对内要国内各民族一律平等
对外要联合以平等待我之民族共同奋斗
新中国使少数民族政治法律地位发生根本性变化
使国内民族关系发生根本性变化跨上历史新舟
中国大地各民族均有平等权利和义务
各民族一律平等享有平等和民主自由
各民族实行团结互助一致对外大政方针
各民族友爱合作为建设国家共同奋斗
少数民族均有使用发展本民族语言文字的权利
均有保持或改革其风俗习惯及宗教信仰自由

中国作为多民族国家的形成经过漫长过程
历经漫长的朝朝代代历史古老悠久
曾出现过各形式的多民族的统一
也曾经有过多次分裂的历史忧愁
但即使在分裂时期也还是有统一
始终保持了中华古老文明的连续持久
中国历史上经历的统一形式也不相同
中国古老历史文明在不同形式下始终深厚
有单一民族内部的统一和多民族的统一
其中后者又包含区域性的多民族的统一范畴

还包含有全国性的多民族的统一
还有社会主义的全国性多民族的统一千秋

在漫长的演变发展过程中历经合分分合
在不断融合和分裂中始终保持往前行走
新中国各民族已团结成为一个平等的民族大家庭
六十多年来齐心协力共同创造辉煌锦绣
在漫长的历史时期共同创造了灿烂文化
并把优良的光荣传统谱写在大地九州
单一民族内部统一主要是氏族部落或部落联盟发展而来
多民族的统一比单一民族内部统一更优
社会主义统一的多民族国家是历史上统一的继承
而在本质上跟历史上的统一又有根本区别界沟
合分分合每经一次曲折统一规模就更为盛大恢廓
中国历史上的多民族统一就是这种发展形式步骤

在思想上中国统一的想法起源那么久远
在行动上也是很早就取得统一的伟大历史成就
《诗经·小雅·北山》就反映了统一的思想
述说得是那么明朗那么的深透
“普天之下,莫非王土。率土之滨,莫非王臣”
这所谓“天下”究竟是指多大地方无从考究
但在其作者心目中是很广大的地方
表明了天下统一的思想已深入在心头

孔子说“天下有道,则礼乐征伐自天子出”①
“禹稷躬稼,而有天下”这所谓天下意味着统一思谋②
历史分裂年代割据势力往往把自己说成是皇朝正统
总是始终把统一作为政治方向而奋斗

中国多民族的发展演变历史漫长
中国多民族的统一历史古老悠久
中国多民族的历史发展始终连绵不断
中国多民族统一的历史写下光辉春秋
新中国成立后对民族进行了认真细致识别和确认
最终确认为共有五十六个民族屹立大地神州
汉族和五十五个少数民族组成中华民族大家庭
繁衍生息在中国神圣大地千秋万代传流
居住生活学习工作在祖国四面八方
为了把美好家园建设更加美好一代一代不断奋斗
胸怀共同理想精诚团结屹立世界民族之林
用聪明智慧忠诚勤劳谱写中华民族光辉春秋

五十六个民族五十六朵红花
五十六个民族五十六支锦绣
五十六个民族五十六支壮歌
五十六个民族五十六道深幽
五十六个民族五十六首诗篇

① 见《论语·季氏》。
② 见《论语·宪问》。

五十六个民族五十六座金鎏
五十六个民族五十六部史书
五十六个民族五十六部春秋
五十六个民族五十六颗明珠
五十六个民族五十六匹骏骝
五十六个民族五十六支力量
五十六个民族五十六位朋友

阿昌族的族称在古代称“峨昌”
阿昌族人口不多却是那么悠久
阿昌族最早出现在《元史·地理志》中
当时以“峨昌”之称向后世传流
新中国成立后定族名为阿昌族
从此阿昌族站立在中国大地神州
阿昌族大部分聚居云南陇川、潞西
其余分布在盈江、龙陵居留
一九五〇年阿昌族人民获得解放
从此在新中国大地谱写阿昌族新的春秋
先后在阿昌族聚居地建立了民族乡
从此使阿昌族有了新的民族聚首

阿昌族本民族语言属汉藏语系藏缅语族
阿昌族信仰小乘佛教代代颂经传授
阿昌族主要从事农业以种植水稻闻名
他们的水稻品种和质量是那么优秀

“毫安公”品种曾号称“水稻之王”
给阿昌族世世代代留下香米珍馐
阿昌族制造的铁器极负盛名
“户撒刀”著称于世留下一道铁鎏
阿昌族还有会街节、窝罗节、泼水节
每一个节日都蕴涵着风俗文化的深厚
阿昌族禁止正月初一杀家畜伤害动物
这风俗习惯密藏着阿昌族的古幽

白族自称白玉、白史、白尼、白人
他们为什么叫白族传说有众多缘由
一说古代把他们称为“白蛮”
一说因其崇尚白色以白为贵为由
白族主要聚居在云南西部大理
少数分散居在四川、湖南、贵州
新中国成立后正式命名为白族
白族有自己本民族的语言进行交流
语言属汉藏语系藏缅语族白语支
大多数白族通晓汉语并用其对外交流
白族有本民族光辉灿烂的科学文化
白族的历史是那么古老而又悠久

白族在天文、历法、气象有许多发明
白族在医学和文学领域也留下诸多优秀
酿酒是白族家庭一项重要副业

白族人有个特点大都喜欢饮酒
白族常用多种草药制成酒曲
他们掌握着很多种类的酿酒
其中以窑酒和干酒为传统佳酿
白族能制造各种风味的白酒
饮茶是白族人的另一个嗜好
每天清晨和中午两次茶必须具有
清醒茶、休息茶、解渴茶茶茶美味
烤茶内放米花如乳扇大有讲究

十

保安族原聚居在青海省同仁地区家园
保安族历史也是那么古老悠远
明万历年间在同仁设立保安营
同时还修建了保安城用以保卫安全
保安族便由此而得名保安族
从此便留下一代一代优秀保安
保安是保安本民族自己的称呼
历史上还有被称回回、保安回因缘
保安族主要聚居在甘肃积石山
他们全民族人只有一万两千
保安族也是新中国成立后定名保安族
为此保安族在新中国也留下辉煌灿烂

保安族有本民族语言却无文字
保安语属阿尔泰语系蒙古语族源
保安族大多数人能够通晓汉语
他们诸多的交往交流都使用汉语语言
保安族基本上都信仰伊斯兰教
其生活习俗留在社会等各个方面
保安族祖祖辈辈主要从事农业
他们对牧业和手工业也兼营生产
保安族从很早就掌握了冶铁技术
他们高超的制刀技艺留下一刀辉煌灿烂
他们制作的腰刀锋利耐用美观精致
“保安刀”的盛名在当地一直流传

布朗族的渊源与古代濮人部落有联系
他们也许就是来自于濮人的支源
布朗之意一般是指住在山上的人
布朗族原来大概一直聚居生活在山间
布朗族主要聚居云南西双版纳山区
这成了他们是山上的人的考证观点
布朗族还有的散居在临沧、思茅等地
他们许多族人也在那里聚居和生产
据考证布朗族是古代濮人的后代
他们是古老濮人的后代流传
唐代时布朗族被称为朴子蛮人
元、明、清时代称他们为蒲蛮

由于居住地各异布朗族有不同自称
这些自称大概各有各的说法和习惯
新中国成立后统一称为布朗族
使他们有了统一的族称统一的嗣传
布朗族本民族语言属南亚语系孟高棉语族
布朗族忌讳从坐着的人腿上而跨穿
忌讳任何人背靠院里的中柱
也不能在院中柱上拴马逗留其间
布朗族习俗进佛寺需要脱鞋
不能用手抚摸佛爷或和尚的肩膀和头脸
布朗族还有进寺后不能吸烟的习俗
这其中肯定有本民族的说法和风俗习惯

布依族的起源也是那么古老悠久
布依族与古代僚、百越、百濮有渊源
唐代古书称布依族为西南蛮人
宋元明清称他们为番、仲家蛮、仲蛮
解放前还称水户、土边、本地、绕家
其称呼不知为何有那么多名唤
新中国成立后统一称为布依族
从此有了统一族称和统一名传
布依族主要聚居在贵州黔南黔西
云南、四川部分地区也住有部分人员
布依族大都喜欢依山傍水聚族而居

他们的这种选择是那么聪明和有远见

布依族一般十几户或几十户为一寨
上百或百户以上的聚居寨也很普遍
住房有干栏式楼房、平房和石板房
最具特色的还是石板房的实用和美观
布依族大部分人信奉天主教和基督教
同时他们也很崇拜自己的祖先
布依族有本民族语言和古老的文化艺术
传统舞蹈、地戏和花灯剧辉煌灿烂
布依族以农业为主多种植水稻
纺织的布依土布赛过丝织锦缎
布依族民族工艺服装更是优良
布依织锦、蜡染布远销国外市场高端

朝鲜开始之意即朝日鲜明的意思
朝鲜族是来源于古朝鲜国名称的体现
十四世纪末李成桂建立朝鲜王朝
于是朝鲜族的名称就确立了朝鲜
朝鲜族人十九世纪中叶陆续迁入中国
在中国东北一些地方安下家园
朝鲜族主要分布在黑龙江和辽宁
在内蒙古和内地一些城市有散居家园
朝鲜族有自己本民族的语言和文字
朝鲜语的系属在中国学术界尚未定板

朝鲜族以能歌善舞而著称于世
爱歌爱舞是朝鲜族的特长和习惯

朝鲜族男子那么喜欢摔跤和踢足球
朝鲜族女子那么喜欢跳板和荡秋千
朝鲜族舞蹈那么优美和丰富多彩
长鼓舞、刀舞、扇舞舞舞翩跹
朝鲜族特别忌讳人称他们为鲜族
晚辈不能在长辈面前喝酒、吸烟
年轻人与长者同行要走在其后
途中遇有长者近面走来要站立问安
吃饭时要先给老人盛并为其摆单桌
要等老人举匙后其他人才能就餐
朝鲜族人特别注重尊老爱幼
老人节、儿童节对老幼要有表示奉献

达斡尔族最早见于元末明初
达斡尔族之意有诸多释言
开拓者、耕耘者之意都有
不论开拓还是耕耘之意都值得赞叹
达斡尔族主要聚居中国东北地区
他们生活在美丽富饶的嫩江两岸
达斡尔族主要以从事农业为主
他们还兼事畜牧业和渔猎业发展
达斡尔族没有自己本民族的文字

但他们却有自己本民族的语言
达斡尔族语言属阿尔泰语系蒙古语族
清朝通用满文后普遍开始使用汉语言

达斡尔族喜欢的活动是曲棍球
传统的曲棍球近年有很快发展
达斡尔族人大部分信仰萨满教
少数人信仰喇嘛教并以其为教典
达斡尔族以敬老、互助和好客为佳风
儿女外出归来必须要先给老人请安
出入房门或在路上年轻人都要让老者
好吃的食品首先要向老人敬献
客人来访主人递烟、敬酒还要端出奶制品
以此表达他们对客人的亲热情感
若是贵客还要增加“瓦奇”和手把肉①
以此作为美味佳肴招待客人表示情感

傣族有傣勒、傣那、傣雅、傣绷自称
各种不同自称有各自不同的因缘
傣的意思为酷爱自由和平的人
爱自由和平那是傣族人的最大特点
新中国成立后根据傣族意愿定名傣族
从此傣族以傣族之名建立自己的家园

① 即羊肘子。

傣语属汉藏语系壮侗语族壮傣语支
傣文则是从印度字母脱化而来的演变
长期以来聪明智慧的傣族用此文字
记载着傣族的文化历史深厚和渊源
傣族主要聚居在云南西部边境一带
美丽的西双版纳有他们美丽的家园

傣族有旱傣、水傣、花腰傣之分
不同装饰代表着其支系服饰文化显现
男子上着无领对襟短衣下着长管裤
冬季天冷之时男子则普遍披着毛毡
男子还大都用白布或青布包头
普遍有纹身习俗和嚼槟榔的习惯
傣族女子服饰也表示不同的服饰文化
也充分显现着傣族的服饰特点
傣族村寨大多建于平坝近水之地
周围一般要有竹林掩映溪水绕环
傣族一般住土墙茅顶平房的四合院落
上下两层干栏式建筑是傣族住房特点

德昂族是由居住的地区得名
其德昂所表示的意思是石岩
德昂族曾一度被称为崩龙族
但这种称谓不符合德昂族本族意愿
于是一九五八年正式改为德昂族

从而使德昂族有了又古老又年轻名唤
德昂族散居在云南潞西和临沧地区
德昂族的家园坐落大都比较分散
德昂族是西南边疆最古老民族之一
德昂族来自于古代濮人渊源
史书记载茫蛮部落是德昂族的先民
德昂族的渊源是那么古老久远

德昂族无本民族文字通用汉、傣语文
但德昂族却有本民族自己的语言
德昂族语言属南亚语系孟高棉语族
这反映了德昂族与邻族的关联
德昂族笃信小乘佛教中的润教派
这种信仰一定有他们自己的因缘
德昂族的宗教信仰基本与傣族相同
他们与傣族还有基本相同的风俗习惯
德昂族从古至今一直主要从事农业
他们一直以来主要擅长农业发展
主要种植薯类、水稻、玉米和荞子
一直以来他们还擅长茶叶的生产

东乡族因在河川东乡地区居住而得名[①]
现半数以上居住在甘肃东乡族自治县

---

① 河川今为甘肃省临夏地区。

还有少数散居青海、宁夏和新疆等地
东乡族的居住地拉得那么的遥远
东乡族历史上称东乡回回、东乡蒙古
反映了东乡族与回族和蒙古族的关联
东乡族是新中国成立后定名的东乡族
对东乡族这是一个重要的历史分段
东乡族有本民族语言但没有文字
东乡族语基本上与蒙古语相通连
东乡族大多数人兼通汉语言文字
在文学创作中则使用汉文字语言

东乡族有丰富的民间口头文学创作
赛马、摔跤等竞技活动广泛开展
花儿是东乡族喜爱的歌舞形式
四弦、笛子和泥制吹器都有精彩表演
东乡族一直以来都是以农业为主
畜牧业特别是养羊也是其生产重点
东乡族人在进餐时很讲究礼仪
每餐必须长辈动筷后全家才能进餐
东乡族每日三餐全都习惯在炕上
全家人盘膝围绕炕桌而坐团团圆圆
东乡族忌食猪肉、狗肉等肉类
禁带污浊之物进入墓地和清真寺院

侗族在宋代时期被称为仡伶

后又有峒蛮、峒苗、峒人、峒家名称出现
新中国成立后统一称为侗族
秦汉时期的骆越是侗族的渊源
侗族主要住在贵州、湖南和广西一些地区
侗族现有人口二百五十多万
侗族原无本民族文字后创制了侗文
侗族却有本民族自己的语言
侗族语言属汉藏语系壮侗语侗水语支
现在侗族人大部分通用汉文字语言
侗族信仰多神、崇拜自然物
他们的信仰和崇拜起源久远

侗族主要从事农业以种植水稻为主
香禾糯是侗族最享盛名的特产
侗族还善于利用稻田进行养鱼
还兼营林木特别是杉木的生产
侗族的箫和笛是中国传统乐器
在建筑艺术上具有十分见长的体现
每个寨子都有造型别致的建筑
其木结构建筑具有中国古亭阁建筑风范
侗族传统节日各地日期不一
其节日饮食常与宴客活动紧密相联
特别是生诞婚丧之日都要宴客
侗族民间有用鸡头、鸭头敬客习惯

独龙族因居住在独龙河畔而得名
主要聚居在云南西北部独龙河两岸
独龙族现有人口大约还不到六千人
他们的人口少得是那么的稀罕
过去独龙族没有统一的族称
往往以居住地或河流作为族称相传
如独龙族先后称为独龙、迪麻
新中国成立后正式定名为独龙族族衔
千百年来独龙河谷与外界处于半隔绝状态
使其成为一个封闭状态的古老家园
古老得还保留着浓厚原始社会末期特征
古老得仍然保留着浓厚的古老风范

独龙族从事比较原始的粗放农业
他们还使用刀耕火种进行农业生产
他们还保留着刀耕火种的生活方式
他们还保留着刀耕火种的风俗习惯
独龙族至今仍然进行采集和狩猎
采集和狩猎是他们重要的生产
采集和狩猎在家庭副业中比重很大
古老的生活方式会带来沉重的负担
独龙族人口少没有本民族自己的文字
但人口虽少却有本民族自己的语言
语言属汉藏语系藏缅语族独立语支
部分独龙族人能够通晓汉文字语言

鄂伦春族是本民族自己的称谓
他们的族名含有两种解释的因缘
意为住在山顶上的人和使用驯鹿的人
两种解释之意都透着狂放和强悍
新中国成立后统一称为鄂伦春族
鄂伦春族成为中国五十六个民族成员
鄂伦春族主要分布在内蒙古东北部等地
在黑龙江等地也有鄂伦春生活家园
鄂伦春族人信奉的是萨满教
他们也有崇拜自然物的意识观念
鄂伦春族一般通用汉语言文字
但鄂伦春族却有自己本民族的语言

鄂伦春族语言属阿尔泰语系
满通古斯语族通古斯语支语言
当年有一首歌专唱鄂伦春民族生活
其中有鄂伦春本是受苦的人这句语言
那首歌唱的是鄂伦春族的真实生活
唱的是鄂伦春族在新中国成立之前
鄂伦春族那时还处于原始社会
社会内部的社会分工还未出现
男女老少以采集和捕鱼为生
他们以集体狩猎为主要社会生产
新中国成立后鄂伦春族大步跨出原始

在他们原始的土地上建立起现代家园

中国俄罗斯族是沙皇俄国时代迁来
从十八世纪到十九世纪那一历史期间
他们迁移到新疆和黑龙江等地居住安家
在那里建起了俄罗斯族的家园
那时他们居住的村庄被称归化村
其居民则被称为归化人的名衔
新中国成立后他们被命名俄罗斯族
俄罗斯族成为中国五十六个民族成员
俄罗斯族大多数人信仰东正教
使用俄语和维、哈文等文字语言
中国俄罗斯族与俄罗斯俄罗斯族相同
他们保持着基本相同的风俗习惯

俄罗斯族具有传统的民族服饰
宽松和长衣是他们服饰的特点
俄罗斯族现在大都喜欢穿现代服饰
服饰文化随着现代生活而演变
俄罗斯族人特别讲究礼仪礼节
在日常来往社交方面处处展现
如妇女在长辈或客人面前必须戴头巾
迎接客人最隆重礼节是用面包和盐
俄罗斯族主要从事农、牧、园艺
还从事各种修理业和运输业生产

俄罗斯族的生产技术普遍较高
他们的经济文化是那么的发展

鄂温克是鄂温克族自己的称叫
鄂温克族称来自于居住地理环境渊源
鄂温克意为住在大山林中的人们
鄂温克族确实是在大山中建立的家园
鄂温克族主要聚居在内蒙古丘陵山区
他们聚居地处于大兴安岭支脉的连绵
鄂温克族确实是住在大山林中的人们
从中可以看出鄂温克族的坚强和勇敢
他们过去因居住地不同族称不同
索伦、通古斯、雅库特都是他们的族衔
新中国成立后统一称为鄂温克族
这充分反映了鄂温克族本民族的意愿

鄂温克族大多数人信奉萨满教
牧区族人同时信奉藏传佛教教典
鄂温克族没有本民族的文字
他们却有自己本民族的语言
语言属阿尔泰语系满通古斯语族
通古斯语支是他们的语言主干
牧区鄂温克族人通用蒙古文
农区和山区鄂温克族人通用汉语言
鄂温克族大部分人以放牧为主

其余的人主要从事一些农耕生产
农区和山区鄂温克族人存在区别
生活地域给他们留下不同风俗习惯

高山族是台湾省内少数民族通称
高山族来源既古老又那么多源
但主要是来自于中国大陆古越人一支
这是古老的高山族最早的起源
自汉族移居台湾后原住居民发生分化
分化为两个部分并有不同演变
一部分定居平原的与汉族融合
仍定居山区的至今保留原住民族特点
高山族族称多解释为山地居民
其意即这一民族多居住在高山
一九五八年台湾少数民族定为高山族
其居住地成为高山族族称的因缘

高山族四十万人口主要住在台湾省
散居大陆的在福建、浙江等地建立家园
高山族本民族分布着诸多支系
主要包括阿美人、布农人等九个支干
高山语属南岛语系印度尼西亚语族
高山族没有本民族文字只有语言
高山族具有自己独特的文化艺术
神话、传说和民歌缤纷灿烂

高山族有少数人捕鱼和狩猎
大多数人则主要从事农业生产
高山族还会雕刻和编织工艺
至今还在一代一代往下流传

十一

仡佬族主要居住在贵州务川、道真
仡佬族与古代贵州僚人渊源很深
唐代以后出现葛僚、仡僚、结僚族称
仡佬族名称最早在南宋时期就有所闻
仡佬族的历史也是那么古老悠久
商周至西汉时期百濮与其有缘亲
东汉至南北朝时代也与濮僚有联系
那时的濮僚也与仡佬族祖先有源姻
新中国成立后正式定名为仡佬族
从此仡佬族有了固定的族名确认
仡佬族没有自己本民族的文字
仡佬族具有自己本民族的语言保存

仡佬族语言虽然已明确属汉藏语系
其语族语支的归属至今尚未确认
仡佬族目前只有少数老年人通仡佬语
其中使用汉文字语言的人占大部分
仡佬族一直以从事农业为主

世世代代都为农业生产辛勤耕耘
他们的山区旱地大多种植杂粮
平坦地区水田大都以种植水稻为本
仡佬族属稻作农耕经济文化类型
一代一代一年一年在土地上不断耕耘
仡佬族禁忌平时站立或坐在家门口
家有分娩丧事别人不得进入家门

哈尼族名称反映了图腾崇拜的母系社会
其族名源于民族风俗文化的演进
哈字在哈尼语中有强悍勇猛之意
尼还具有女性含义和人的概念隐蕴
哈尼族绝大部分聚居云南西南部
他们现有人口已达一百二十多万人
哈尼族一直以来自称的名称很多
哈尼、卡多、豪尼等族称各有原因
新中国成立后统一称为哈尼族
为配用哈尼族语言并创制了一套拼音
哈尼族原来只有语言没有文字
其语言有三种方言相互间差异很深

哈尼族还有本民族的六月节和十月节
另外还有栽秧节栽秧、尝新节尝新
禁止砍伐龙树及将污秽扔在龙树下
哈尼族崇拜祖先和信仰多神

他们禁用火塘上的三角架烤鞋
任何人在村里不能披着衣服走动串邻
哈尼族村寨大多建在山区和半山区
平顶及各种斜面房顶构成美观山村
哈尼族一直以来主要从事农业种植
他们还很善于茶的种植和生产耕耘
哈尼族种植茶叶的历史那么悠久
他们的茶叶产量质量在当地都被公认

汉族的起源是那么古老而神奇
汉族的族称源于古老政权乾坤
汉族是一个从未中断过的民族
汉族是一个历史悠久古老的族群
汉族的起源充满着多元因素
汉族的起源笼罩着古老的神晕
炎黄集团是汉族的一个主源
围绕炎黄集团留下多少历史纷纭
在中国古老的原始社会末期
在黄河两岸地区崛起炎黄部落群
为了争夺部落首领酿成“阪泉之战”
黄帝取得决定性胜利壮大了族群

从此黄帝部落开始称雄于中原大地
从此中原大地有了炎黄世胄、黄帝子孙
炎黄子孙追本溯源其源盖出于此

从此中华民族逐渐统称炎黄子孙
其后在中国出现第一个民族夏族
从而夏民族与黄帝部落形成源亲
《史记·夏本记》对此有明言记载
司马迁对此作了肯定性的述论
后崛起的周民族与炎黄部落也有源系
周民族与炎帝之间也具有族亲
《史记·周本记》明确告诉后代
周民族祖父世系就是黄帝部落族群

汉族世代尊黄帝为鼻祖称人文初祖
至今在陕西黄土地上留有黄帝陵寝
在数万株千年古柏簇拥中耸立桥山
从此把其作为汉族起源的历史古尊
汉族成为中国大地的主体民族
人口众多居然已发展为十几亿人
汉族先民历经夏商周三代长期发展
至春秋战国已形成华夏单称连称族群
秦始皇统一中国又出现秦人族称
汉代时周边民族即以汉人称中原人
以后汉逐渐演变成为民族的族称
从此汉族成为中国大地主体族群

汉族在中国五十六个民族中人口最多
汉族也是世界上人口最多的族群

汉语属汉藏语系汉语族并有七大方言
现以北方方言为基础北京语音为标准
汉字是世界上最古老的文字之一
至今已有六千年古老辉煌灿烂字韵
甲骨文、金文演变成今天的方块字
这是世界语言文字的宏伟历史千钧
六事造字滋生造词之法多么智慧神妙
世界上没有哪一种语言文字如此精深
汉族没有产生全民族必须信仰的宗教
道教、佛教、天主教、基督教各有其人

据民间传说哈萨克之意为战士
另意为草原上自由勇敢的人们
还有一种意为避难者、脱离者
还其意为美丽的姑娘和白天鹅之论
还认为哈萨克是中国古代曷萨异名
有人认为是阿萨或可萨的异名近音
哈萨克族有着古老悠久的历史
往上可追溯到西汉时期的乌孙
哈萨克族这一族称最早见于十五世纪
它是从金帐汗国分裂出来的一部分
这一部分是操突厥语的一些游牧部落
从此哈萨克族这一族称一直沿用至今

哈萨克族普遍信仰伊斯兰教

他们有本民族的语言和哈文
主要节日有古尔邦节和肉孜节
那吾热孜节至今也一直传存
哈萨克族一直有敬老的美德
喝茶、吃饭、最好的肉都要先敬老人
哈萨克族生活中有许多禁忌
每一种禁忌大概都有一种秘隐
哈萨克族民间流传许多文学创作
《萨里海与萨曼》就是著名史诗作品
哈萨克族大部分从事畜牧业
绝大多数牧民过着按季节逐水草的光阴

赫哲族族称源于居住的地理环境
赫哲意为居住在东方及江下游的人
赫哲族自古在黑龙江三江流域生息
他们确实是居住东方和江下游的人
赫哲族历史上曾称叫奇楞、黑哲
还称他们为黑斤、黑真、赫真
每一种族称都有一种历史传说
每一种族称都有一段历史追寻
新中国成立后统一族称为赫哲
在中国大地上开始留下赫哲人的声音
赫哲族是中国少数民族人口较少的民族
五十六个民族排五十五位只有四千多人

赫哲族没有本民族的文字只有语言
语言属阿尔泰语系满通古斯语族音
他们的语言中有不少语汇与满语相同
赫哲族现在全族通用汉语汉文
赫哲族是依靠渔猎为生的民族
乌苏里江流淌着赫哲人渔猎的艰辛
一首《乌苏里船歌》歌满中国大地
那是一曲赫哲族美好幸福的生活之音
赫哲族人口虽少却有很多风俗习惯
厚重的风俗习惯中透着美好的精神
世代渔猎的赫哲族做鱼技艺高超
丰富的鱼食品透着赫哲族历史深蕴

中国的回族是回回民族的简称
他们的先民是唐代大食和波斯移民
那时大批大食和波斯商人到中国定居
从而在中国繁衍生息了一个回族族群
在元代就逐渐形成一个新的民族
从而成为中国大地一个新的族群
那时称为回回番额或南番回回
从此在中国大地留下一道历史绿荫
回族主要分布在宁夏回族自治区
另外在十多个省市自治区也居有回族人
回族人口在中国少数民族中列第三位
现在其人口已达到八百六十多万人

回族以汉语作为本民族的语言
回族使用的文字也一直是汉文
其语言中保留一些阿拉伯和波斯语词汇
那是回族祖先留下的历史余音
回族的风俗礼仪非常丰富和讲究
风俗中透着深厚的历史文化底蕴
回族日常生活中有诸多的禁忌
诸多的禁忌反映了良苦的用心
禁忌中蕴涵着一种深幽的教化
一代一代不断教化着回族的人心
回族民间歌曲花儿是一曲锦绣
每年规模盛大的花儿盛会五彩缤纷

基诺族族称源于民族的风俗文化
为此留下了一道有意义的文化足痕
基诺族族称包含的是一种亲情
基指的是舅舅,诺是后边、后人
基诺的意思即是跟在舅舅后边
另一种意思基诺或是舅舅家的人
引申为基诺是一个尊崇舅舅的民族
这是一道别具一格的古老绿荫
一九七九年经确认成为一个独立民族
使其成为中国第五十六个民族之林
基诺族主要聚居在云南西双版纳

全民族现有人口只有一万八千多人

基诺族信仰原始宗教崇拜自然
并崇拜祖先和相信万物有灵魂
基诺族有本民族语言属汉藏语系
无文字靠刻竹木记事记载时间光阴
典型民族服饰是砍刀布和尖顶帽
那是基诺族一道古老的光彩承存
基诺族社会发展过去一直较为迟缓
五十年代还处在原始社会末期乾坤
刀耕火种是其传统的耕作方式
他们所食用的肉类多依靠狩猎获存
基诺族仍保留丰富古老的习俗
习俗中留存着人类古老的历史风韵

景颇族的来源是那么古老久远
传说源于青藏高原上古代氐羌人
为此先后出现峨昌、遮些、寻传蛮之称
过去还曾被称为高黎贡人、野人
新中国成立后被正式确认为景颇族
从此新中国大家庭中有了景颇族人
景颇族主要分布在云南一些州县
那里留下了景颇族祖祖辈辈的脚印
留下属于汉藏语系的景颇族语言
留下创制不久的景颇族文的拼音

景颇族过去一直虔诚信仰鬼灵
驱恶扬善的目瑙纵歌威震鬼魂

景颇族一部分人信仰基督教
大部分人普遍崇信原始多神
景颇族每年八月龙日要过吃新谷节
新米老米混吃中寄托向往富足之心
景颇族有丰富优美的口头文学流传
那是景颇族一道古老历史文化传存
诸多神话、故事、寓言精彩奇妙
流传的景颇族起源、迁徙历史充满神晕
景颇族世代主要从事农业生产
还盛产着木材和药材诸多珍品
景颇族还种植橡胶、油桐、茶叶
为此年年月月进行着辛勤的耕耘

京族的族源源于历史的沿革
京族是在历史迁徙中形成的族群
京族的祖先古代生活在越南深山
十六世纪迁徙中国广西防城生活生存
京族主要居住在广西沿海一些岛屿
为此京族成为从事海洋捕捞的渔民
从那时起京族以海洋捕捞业为主
祖祖辈辈为海洋捕捞付出辛勤
京族迁徙中国定居已有四百年历史

四百年时间形成了一个京族族群
京族因海洋捕捞享有海洋民族之称
他们与大海为伴度过四百年光阴

京族还以农业作为其辅助产业
他们在沿海岛屿土地上辛勤耕耘
京族属渔业和农耕混合经济文化类型
大海和土地上都留有他们的勤奋
京族过去曾一直被称为越族
这大概是因为他们是来自越南的人
新中国成立后正式定名为京族
从此以京族之称进入中华民族之林
京族一直有自己本民族的语言
但他们在日常生活中却通用汉语文
京族信仰天主教也信仰道教
道教的信仰大概是迁居中国的原因

柯尔克孜族的族称是那么别致
其实柯尔克孜族是突厥语的读音
柯尔克孜含义有多种多样的解释
每一种解释都是历史文化追寻
第一种解释为四十个部落
又一种解释为山里放牧人
再一种解释为四十个姑娘
还有一种把其解释为草原人

四十个部落让人有些难以理解
四十个姑娘让人有些难以辨认
这其中有着美好的历史传说
这其中有着古老的部落秘隐

清代准葛尔语称柯尔克孜族为布鲁特
布鲁特其意为高山上的居民
新中国成立后定名为柯尔克孜族
从此屹立中国五十六个民族之林
柯尔克孜族有自己本民族的语言
属阿尔泰语系突厥语族之音
自历史上全民族信仰伊斯兰教之后
曾创制以阿拉伯字母为基础的拼音
在各民族日益密切交往的今天
许多人已兼通维吾尔和哈萨克语文
柯尔克孜族也有一部分人信仰喇嘛教
使他们的宗教信仰又多了一种留存

拉祜族族称源于社会生产和生活
为此留下拉祜族族称的起因
拉祜族过去把老虎称为拉
这大概是拉祜族的习惯确认
把肉烤出香味程度称为祜
这种称谓更有其民族起因
拉祜之意为用火烤吃虎肉

拉祜族即为烤虎肉吃之人
这族称说明拉祜族曾是猎虎民族
这族称说明拉祜族的勇猛和强劲
拉祜族源于古代氐羌系统
清代时期他们曾被称为倮黑人

新中国成立后拉祜族被正式定名
从此拉祜族登上中华民族历史乾坤
拉祜族有自己的语言属汉藏语系
他们同时还兼通汉语、傣语语文
拉祜族信仰大乘佛教和基督教
两教信仰中寄托着拉祜族的笃信
拉祜族的民间文学极为丰富
过去留下诸多的优秀传统作品
传统乐器芦笙和三弦那么精美
为拉祜族留下了动听的历史曲音
拉祜族除种植粮食还有大量经济作物
炼铁、农机、采矿留下一片现代绿茵

珞巴族的族称源于居住地地名
珞巴一词为藏语意为南方人
珞巴是对居住在西藏南方人的称呼
是指居住在喜马拉雅山地区的居民
珞巴族主要是藏族对珞巴族的称呼
别的民族大概很少知晓这些南方人

喜马拉雅山一直是座神奇的山
居住在这里的珞巴族也是神秘的人
珞巴族主要分布在西藏珞瑜地区
那里到处充满着高原大山的神魂
那里有远古的呼唤和千年的祈盼
那里有令人向往的眷恋和幽深

新中国成立后正式定名为珞巴族
从此在喜马拉雅山扎下珞巴族根
珞巴族有自己本民族的语言
语言属汉藏语系藏缅语族语音
珞巴族没有自己本民族的文字
他们有少数族人通晓藏语藏文
珞巴族多数人交流靠本民族语言
但却无法使用文字留下史存
因此长期以来还保留着原始方法
保留着刻木结绳记数记事的方寸
那也许是一段难以忘怀的眷恋
那也许是一段难以忘却的日月星辰

傈傈族是一个古老悠久的民族
傈傈族的先祖是古老的古羌人
傈傈族唐代时期曾称为栗粟
以后写作傈傈多了两个亻
从而傈傈成为傈傈族的专用字

从此以后栗粟有了栽培种植的人
栗粟虽好却需要人的栽培种植
傈僳的根本也许在于人是根本
这是一个多么有意思的族称
不知傈僳族族称有没有这种起因
傈僳族最早生活在川滇交界金沙江流域
迁徙到现在居地主要是战争原因

傈僳族现在主要聚居在云南怒江地区
也有散居在云南其他各地的族人
傈僳族妇女的服饰美丽大方
大都上穿右衽短衣下着衣裙
头戴红色料珠和贝壳穿成的饰物
颈上佩戴的彩色料珠项圈五彩缤纷
傈僳族男子着装像古代勇士
佩挂的砍刀和箭袋彰显着古老的风韵
傈僳族本民族语言属汉藏语系缅语族
傈僳族风习中仍然透着历史的古老风尘
傈僳族也有多种多样的禁忌
每一种禁忌都有其讲究和起因

十二

黎族名称起源于族称的同音转译想象
一般认为黎是俚的转化同音基本一样

远在秦汉以前黎族的先民是骆越
骆越一支从大陆渡海到海南岛扎根为乡
隋代时期称海南岛居民为俚僚
约在宋代以后他们被称黎族族邦
历史上黎族还有杞、本地、赛等自称
名称的不同大概各有各的历史沧桑
黎族主要聚居在海南岛中部地区
那里一年四季常青的热带气温充满热望
黎族有本民族语言属汉藏语系壮侗语族
黎族没有本民族文字建国后通用汉字为常

黎族一直以从事农业生产为主
属稻作犁耕农业文化类型标准族邦
兼有狩猎、捕鱼、采集和林业
黎族人生活收入基本依靠这些行当
黎族传统住房有船形屋和金字型屋
两种类型建筑设计是那么精心优良
黎族人热情性格豪爽能歌善舞
黎族歌舞具有独特的魅力风尚
竹竿舞已成为海南出色舞蹈表演
已成为传统舞蹈的艺术精品和特长
黎族过去曾盛行对祖先的崇拜
忌讳别人当面提及自己先辈名尚

满族的历史那么古老悠久

满族曾创造一段历史辉煌
满族的古老祖先是肃慎人
肃慎人的祖源是那么源远流长
汉代时期称肃慎人为挹娄
南北朝时期又以勿吉记在文档
唐宋元明时代曾称作女真
历史上几个朝代的称叫总是不一样
十六世纪后期努尔哈赤崛起
从而开创了女真人的历史辉煌
以女真人为主体融合部分汉、蒙、朝人
形成新的共同体满族的诞生生长

一六三五年皇太极改女真为满州
一九一一年后以满族写上民族之榜
满族主要分布居住在东北三省
那里是他们历代生活的地方
满族有自己本民族的语言文字
大量入关后普遍习用汉语言文字交往
满族古代歌舞由狩猎、战斗演化而来
所形成的歌舞是那么粗犷豪放
旗袍是满族典型服饰现代仍然流行
在国际上也受到很高的盛誉和赞赏
满族形成诸多的良好风俗习惯很有讲究
春节除夕和初一拜两次年风习还在发扬

毛南族的族称源于居住地地名
毛南族主要分布居住在广西环江
聚居地史称茆南、茅南、冒南和毛南
毛南族族称便由此而确定并叫响
毛南族过去曾自称其本民族为阿南
阿南其基本的意思作为当地人讲
这说明毛南族是该地区土著居民
祖祖辈辈在他们的聚居地土生土长
毛南族世代以从事农业为主
毛南族的农作物主要是种植杂粮
在少数地区也种植一些水稻
同时以副业为辅从事家畜饲养

毛南族有自己本民族的语言
以前曾用本民族语言交流交往
毛南族语言属汉藏语系壮侗语族
这说明他们与壮侗语族的密切来往
毛南族没有自己本民族文字
他们曾用汉字音义进行试创
曾用汉字音义拼记过毛南族民歌
利用创制的“土俗字”进行歌唱
毛南族现在多通用壮语及汉语
普遍使用汉文进行学习交流交往
毛南族也有诸多的风俗禁忌
那是他们在生活中形成的古老纲常

门巴族主要分布在西藏门隅地区
那是他们一代代土生土长的地方
门巴一直是藏族对他们的称呼
居住地门隅是他们古老的家乡
门巴其意就是指住在门隅的人
于是称他们门巴就习以为常
新中国成立后定名为门巴族
因而门巴族称就源于他们居住的地方
门巴族很早就聚居在喜马拉雅山东南
十三世纪作为西藏的一部分划入西藏
为此门巴族与藏族有着密切联系
多年来他们一直有着密切的来往

门巴族长期使用藏刀藏币
生活风俗习惯也与藏族相仿
门巴族有自己本民族的语言
语言属汉藏语系藏缅语族藏语支旁
门巴族没有自己本民族的文字
他们通用藏语藏文交流交往
门巴族人普遍信仰藏传佛教
他们与藏族有着同样的宗教信仰
门巴族祖祖辈辈生活在西藏高原
那里可是喜马拉雅山的山冈
那里充满着高原大山的神秘

门巴族就聚居在那神秘的地方

蒙古最初是一个部落的名称
蒙古部落生活在中国的北方
一二〇六年铁木真统一蒙古各部落
在中国北方建立了蒙古政权朝纲
从而逐渐形成一个新的民族共同体
这个民族共同体不断生长发扬
蒙古也就由部落名称变成民族名称
蒙古族的历史也就由此而开创
蒙古族主要聚居在内蒙古自治区
其余分布在东北、西北诸多地方
蒙古其基本意思为永恒之火
蒙古族享有马背民族、草原骄子的赞扬

蒙古族有自己本民族的语言文字
新中国成立后不断得到继承和发扬
用蒙古语言文字的出版物有很大发展
蒙古语广播、戏剧、电影业也很兴旺
《蒙古秘史》史典被列为卓著
英雄史诗《江格尔》艺术辉煌
蒙古族是一个富于传奇色彩的民族
他们的歌舞、民歌长短调粗犷豪放
畜牧业是蒙古族长期的主导产业
加工业、农业和工业也得以产生发扬

蒙古族人现在普遍信仰喇嘛教
蒙古族的习俗文明醇厚热情奔放

苗族先祖可追溯到原始社会蚩尤部落
以九黎部落住在黄河中下游一带地方
后迁徙至长江中下游形成三苗部落
从此在那里繁衍生息不断得以发扬
按其服饰、居住地不同冠于不同名称
苗族自称牡、蒙、摸、毛各种各样
新中国建立后统一称作为苗族
从此各种各样称叫统称苗族一样
苗族主要分布在贵州东南地区
也有分居在湖南、云南、广西等地方
苗族一直有自己本民族的语言
列属汉藏语系苗瑶语族苗语支旁

苗族原先没有自己本民族文字
上世纪五十年代曾进行试创
现今苗族大部分人通用汉文
学习、工作和生活均使用汉文交往
苗族地区以农业为主以狩猎为辅
挑花、刺绣、织锦、剪纸工艺精良
苗族的手饰制作、蜡染驰名中外
一百三十多种苗族服饰受到世界赞扬
苗族是一个能歌善舞的古老民族

情歌、酒歌、芦笙等都是艺术辉煌
苗族过去盛行对自然和祖先的崇拜
其古老的习俗丰富多彩令人赞赏

仫佬一词在仫佬族语言中是母亲
仫佬之意肯定包含对母亲的赞扬
仫佬族名称源于民族风俗文化
这里边该包含多少古老的情深意长
仫佬族过去多自称木冷、姆姥
历史上的称叫也是不大一样
新中国建立后统一称为仫佬族
从此以仫佬族族称屹立中华民族殿堂
仫佬族具有自己本民族的语言
其语言与毛南族和侗语非常相近相仿
仫佬族语属汉藏语系壮侗语族
仫佬族没有本民族文字用汉文交往

仫佬族与汉族、壮族交往密切
仫佬族语中吸收不少汉壮语词汇优长
仫佬族主要分布在广西北部山区
那里是一个景色迷人的山水画廊
仫佬族过去一直普遍崇信多神
以后道教、佛教成为他们的信仰
仫佬族的节日较多几乎每月都有
三年一次的依饭节过得隆重激昂

仫佬族一直主要以从事农业为主
种植的水稻、玉米是他们的主粮
采煤已成为仫佬族的重要产业
仫佬族所居山乡也是著名的煤乡

纳西族源于古代西北羌人一个部落
大约在公元三世纪迁徙到云南丽江
在不同地区纳西族有不同自称
对纳西族的称叫也是各种各样
纳、纳汝、纳恒、摩沙、摩梭等诸多
其各种称叫含义基本相同相仿
纳含有大或尊贵之意、西意为人
这含义含有美好的向往和崇尚
新中国成立后统一定名为纳西族
他们主要聚居在美丽的云南丽江
其余散居于云南其他一些地区
在那里不断繁衍生息不断发扬

一千多年前纳西族创造了东巴象形文字
那是纳西族一道古老的文化辉煌
纳西族还另有一种音节文字叫哥巴文
只是使用的范围很小也不经常
纳西族语言属汉藏语系藏缅语族
自元明代以后纳西族使用汉语文交往
纳西族主要从事农业和畜牧、手工业

他们的丽江马闻名全国很受赞赏
他们祭天堂、祖先和战神时忌外人观看
纳西族的忌讳也是多种多样
纳西族保留着古老的良好风习
东巴教、喇嘛教是他们的宗教信仰

怒族是居住云南古老的民族之一
他们在怒江流域生活那么久长
怒族因居住在怒江流域而得名
怒族名称源于地名文化的发扬
怒族自称怒苏、阿怒和阿龙
对怒族的称叫也曾是多种多样
怒族主要分布在云南怒江流域一带
那里是怒族古老而又美丽的故乡
怒族有自己本民族的语言
其语言属汉藏语系藏缅语族支旁
怒族没有自己本民族的文字
新中国成立后他们使用汉语交往

怒族与傈僳族长期共生共处
怒族大多数人对傈僳语普遍会讲
这说明中国少数民族之间互有关联
说明中国各民族之间的友好来往
怒族一直具有自己本民族的图腾
那是怒族一种古老的心愿和向往

怒族大部分人笃信世间万物有灵
从而产生对本民族的美好崇尚
怒族还有一部分人信仰宗教
喇嘛教或天主教是他们的宗教信仰
怒族主要从事农业赖以生存生活
其手工业和商业也随着现代生活得以发扬

普米族的普米之意是为白人
普米族的名称源于民族风俗文化张扬
普米族自称普英米、普日米或白米
对其名称的叫法也是多种多样
但对普米族几种称叫都是白人之意
从中反映了普米族的心愿和理想
新中国成立后被定名为普米族
从此以普米族之称生活在云南高原之上
普米族主要居住在云南西北部高原
老君山、牦牛山麓是他们的故乡
还有少数人分布在云南其他各地
他们与当地居民杂居保持密切来往

普米族有自己本民族的语言
还有兼通汉、白、纳西和藏语之长
解放前曾使用一种藏文拼音文字
只是使用时间不长流传不广
普米族语属汉藏语系藏缅语族
普米族现大都使用汉语文交往
普米族崇拜自然和祖先、信仰多神

道教和藏传佛教是少数人的宗教信仰
普米族主要从事农牧业生产
兼营家庭手工业并发展了铅矿
普米族习俗中有诸多讲究禁忌
那是普米族美好心愿的寄托和发扬

羌族的羌字早在甲骨文中就已出现
羌族作为一个民族更为古老久长
甲骨文中有唯一一个关于民族称号字
就是古老汉字中那个古老的文字羌
这是中国人类族号最早的记载
这说明中国人类族群的古老久长
《说文解字》解释羌为西戎牧羊人
明确解释说明了羌字从戎从羊
这说明古老的羌族从事畜牧业生产
其聚居地应该是逐水而居的牧场
古老的羌族现主要聚居四川阿坝
他们生活在青藏高原东部边缘之上

羌族村寨一般选址建在高山
故而获称“云朵中的民族”赞赏
古老的羌族现在以农业为主
畜牧业、狩猎和多种副业也很见长
羌族没有本民族文字通用汉文
但羌族有本民族语言并且古老悠长

羌族仍然“白石莹莹象征神”①
他们还保留多种崇拜的原始宗教信仰
羌族仍然保留不少淳朴厚重古代遗风
古代诗歌和神话对羌族有巨大影响
羌族能歌善舞没歌不行没舞亦不行
著名的羌笛奏出多少悠扬抒情哀怨悲壮

撒拉族源于历史沿革民族融合
撒拉族名称来源于撒玛尔罕人传长
撒拉族的先人就是撒玛尔罕人
元代从西突厥迁徙青海东部安帐
后逐渐与汉、藏、回等民族融合
从而形成新的族群把撒拉族开创
撒拉族本民族过去自称撒拉尔
汉族称撒喇儿、撒拉回和沙喇多种多样
这些称叫都是撒拉族自称的不同音译
各种称叫含义基本上都是一样
新中国成立后正式定名为撒拉族
青海东部地区成为撒拉族的家乡

撒拉族有自己本民族的语言
属阿尔泰语系突厥语族支旁
撒拉族的习俗也是很有讲究

① 羌族自然崇拜主要表现为对白石的崇拜，所谓白石莹莹象征神。羌族一般在石雕房和雕楼顶上供奉着五块白石，象征天神、地神、山神、山神娘娘和树神。

诸多的禁忌与回族大体一样
忌食猪肉、狗肉、驴肉和骡肉
死亡的畜禽肉及动物血禁忌食尝
严禁在清真寺内及附近地方吐痰
进入清真寺任何污浊之物严禁带在身上
做礼拜时他人不得从面前走过
洗涤衣物不准在水井和水塘之旁
与人谈话时忌讳咳嗽和擤鼻涕
在老人面前不能有任何失礼之状

古代畲族人一直搭棚山居
他们在刀耕火种中生存生长
畲意为在山里搭棚而住的人
因而畲族成为搭棚山居的形象
畲族名称源于民族社会生产和生活
这名称的比喻和含义是那么的形象
这是一个非常形象的民族名称
就这样在社会生活中产生并传扬
畲族过去还自称山哈或山达
两种自称均为山里客人之讲
新中国成立后统一称为畲族
畲族确实是名副其实地住在山上

畲族主要居住在福建和浙江广大山区
其余分居在江西、广东和安徽一些山乡

畲族居住点多为数十户人家聚居一起
自然组成一个个不大的山寨村庄
因而形成典型的散居与杂居
小小的村寨显现着山乡的风光
畲族有本民族语言属汉藏语系
大部分人在讲当地方言中生长
畲族没有自己本民族的文字
他们通用汉语言文字交流交往
畲族至今仍保留着淳厚古老的习俗
他们招待客人用茶的习俗令人赞赏

水族过去一直自称本民族为海水
他们认为其意为水作为水人之讲
水族过去还自称本民族为虽
汉称音译为水主要音译不一样
这说明水族是与水有关的民族
同时也有同音转译时字的转让
水族起源于东南沿海古老的部落
早在秦汉以前就开始生发成长
那时岭南和东南沿海居住许多部落
这些部落不断得以发展兴旺
水族本民族语言属汉藏语系壮侗语族
水族发源于越落部落并形成新的族群专长

清代时称水族为水家苗、水家

两种称谓都带有水字相旁
因而水族应该与水字有关
大概因为他们原来家乡在大海之旁
新中国成立后正式定名为水族
从此水族站立在中华民族殿堂
水族现在主要聚居在贵州三都
海水之人居然远离海水而居山乡
在贵州其他地区和广西也有分布
三十多万人口分布得是那么宽广
长期以来水族也形成许多的忌讳
如不能在家里吹口哨和跨火塘

十三

塔吉克是塔吉克民族的自称
其意为王冠用作冠以民族之名
以此寄托塔吉克人的美好心愿
以此表示塔吉克族的深深钟情
公元前操伊朗语部落迁至塔什库尔干
与塔什库尔干一带塔吉克人共存共生
从而形成一个新的塔吉克族族体
从此塔吉克族就在塔什库尔干形成
塔吉克族主要聚居在新疆塔什库尔干
少数散居在皮山、泽普、沙东和叶城
塔吉克族有自己本民族的语言

他们使用的文字则以维吾尔文通用

一九五四年建立塔吉克自治县
从此塔吉克族有了明确的族称
塔吉克族一直主要从事畜牧业
在广阔的牧场上过着游牧人生
塔吉克族也兼营着农业生产
商业和手工业也已经开始兼营
塔吉克族是一个古老的游牧民族
从而使他们形成以善骑而著称
叼羊、挂波齐等马上游戏竞技高超
这些都是塔吉克族非常喜爱的活动
塔吉克族非常重礼节、热情好客
他们传承了淳朴厚实的古代遗风

塔塔尔族具有古老悠久的历史
《阙特勤碑》突厥碑文中有其名称
唐代文献中称塔塔尔族为达旦
之后又有达达、鞑靼、达怛不同名称
十五世纪中叶鞑靼建立喀山汗国
在居处伏尔加河、卡马河一带享有名声
喀山汗国居有阿耳人和突厥化蒙古人
塔塔尔族大约在这个时期开始形成
二十世纪初该族部分人迁入新疆
在新疆把中国塔塔尔族逐渐形成

塔塔尔族现有人口只有四千多人
在我国少数民族人口中是最少的一名

塔塔尔族现主要居住在新疆
主要分布在伊宁、乌鲁木齐和塔城
塔塔尔族有自己本民族语言文字
这反映了他们古老的创造和发明
由于长期与维吾尔和哈萨克族共处
他们两个民族语言文字塔塔尔族也通用
塔塔尔族一直虔诚地信仰伊斯兰教
其教徒必须按规定进行宗教活动
历史上塔塔尔族多居城镇从事商业
塔塔尔族烤饼和糕点在新疆久负盛名
塔塔尔族酷爱戏剧、音乐和舞蹈
塔塔尔族重礼仪敬长者具有淳朴族风

土家族自称毕滋卡意为本地人
土家族的名称的确起源于地名
土家族也是中国一个古老的民族
两千多年前就在湘西、鄂西生成
宋代时期土家族被称为土丁、土民
随着汉族居民迁入开始出现了土家族称
土家族有自己本民族语言但没有文字
汉语言文字他们大多数人能懂会用
目前只有几个聚居区还保留土家语

那是一道土生土长人的古老遗风[①]
土家族绝大部分居住在湖南各地
湖北和四川一些地方也分布着土家人丁

土家族世代主要从事农业生产
世世代代主要依靠农业为生
织绣艺术是土家族妇女传统工艺
其雕刻、绘画、剪纸也很有名
土家族的织锦又称西兰卡普
它是中国三大名锦享有盛名
土家族一直崇拜祖先信仰多神
他们具有古老朴实醇厚的民风
土家族一直特别喜爱唱山歌
情歌、哭嫁歌、摆手歌等歌歌动听
土家族还喜爱舞蹈和打奏乐
摆手舞、八宝铜铃舞及歌舞舞出传统

土族是青海省特有的少数民族
他们的居住地一直特别集中
土族集中住在互助土族自治县
这是全国唯一以土族为主体的地境
一般人认为土族之乡便是互助县
实际上互助县就是土族的代称

① 土家族自称毕滋卡，其意为本地人，也有说土生土长的人。

中华之歌

关于土族先祖大多数倾向于吐谷浑说
只不过学术界至今还没有最后论定
历史上的吐谷浑是辽东鲜卑族
于公元四世纪迁牧青海和甘肃南境
后由于历史变迁迁徙现在互助县一带
经与其他民族融合在元末把土族形成

诸多的史书上曾称土族为土人
蒙古尔、察汗蒙古尔是土族的自称
土族原来大多信奉多神教和道教
元明代以后喇嘛教成为他们的信奉
过去土族只有本民族语言没有文字
制定的《土文方案(草案)》正在试行
土族过去主要从事畜牧业和农业
尤其精于养羊从而把羊养得出名
土族能歌善舞民间文学艺术丰富
他们的民间文学全部为口头传诵
土族的服饰具有独特的民族风格
土族风习淳朴节庆多而且隆重

佤族渊源也与古代濮人部落有关
其族称含义与布朗族基本相同
族称含义也是指住在山上的人
佤族是周秦时代百濮人的传承
佤族过去一直自称本民族为阿佤

自称中带有深厚亲切的热爱感情
清代有嘎喇、哈瓦、卡佤等不同称叫
新中国建立后统一定为佤族名称
当年有一首歌叫《阿佤人民唱新歌》
歌中充分反映了佤族翻身解放的高兴
佤族有自己本民族的语言属南亚语系
二十世纪五十年代创造了佤族文字使用

佤族是一个住在大山里的民族
从而造成发展缓慢的封闭环境
过去长期使用木刻和实物记事
还有许多原始和奴隶社会的缩影
解放后使佤族一步跨入社会主义
这怎能不激发他们唱新歌的高兴
木鼓是佤族寨子代表性的标志
木鼓是佤族寨子的神圣象征
佤族人豪爽好客迎接客人以酒当先
认为无酒不成礼总要以酒示敬
佤族不分男女老少都能歌善舞
他们的圆圈舞舞得热烈舞得激情

维吾尔是维吾尔族的自我称叫
其意与团结或联合之意相通
唐代称维吾尔为回纥、回鹘
元明时代则以畏兀尔之名相称

以后不知为何逐渐写成了维吾尔
从此以维吾尔之名屹立中华民族大家庭
维吾尔族基本上都聚居在新疆
少数人居住在湖南桃源和常德地境
维吾尔族全民族使用维吾尔语
维吾尔文字在全民族普遍使用
关于维吾尔族的族源说法不一
但维吾尔族在很早就已经形成

维吾尔族现多数信仰伊斯兰教
他们对宗教的信仰是那么虔诚
在白雪皑皑的天山脚下繁衍生息
那里回荡着维吾尔族的生活激情
维吾尔族一直是那么能歌善舞
长期生活中积存了淳厚的古老文明
维吾尔族待客和作客都很有讲究
他们是那么的有礼豪爽和热情
维吾尔传统服装极其富有特色
花帽是维吾尔族服饰特色典型
木卡姆、器乐、民歌各有其美妙
传统刀郎艺术灿烂辉煌久负盛名

乌孜别克的意思是自己的领袖
乌孜别克族源于古代部落政权名称
乌孜别克族源于十四世纪蒙古金帐汗国
金帐汗国在乌孜别克汗统治下逐渐强盛
因此该国被称为乌孜别克汗国
其军民则冠于乌孜别克人之称
十五世纪乌孜别克金帐汗国解体
一部分乌孜别克商人来到新疆经营
其中一部分在新疆定居繁衍生息
从而使中国的乌孜别克族逐渐形成
乌孜别克族分散居住新疆北部和南部
全民族现有人口大约一万两千多名

乌孜别克族有本民族语言属阿尔泰语系
他们有自己本民族的乌孜别克文字使用
他们还通晓维吾尔文和哈萨克文
伊斯兰教是乌孜别克族的宗教信奉
他们绝大多数人从事商业和手工业
只有少数人还仍然以畜牧业谋生
乌孜别克族的民间文学极为丰富
叙事长诗《帕尔哈德与希琳》广泛传诵
乌孜别克族的舞蹈那么轻快优美
诸多的节日过得既热烈又隆重
奶茶是日常生活中不可缺少的饮料
乌孜别克族待客诚恳而又热情

清代将海拉尔以南室韦山一带称锡伯
居住在这一带的人便由此而得名
锡伯族过去就一直居住在这一地带
锡伯族的名称又是来源于地名
锡伯族是古代鲜卑人的后裔
十六世纪曾被编入蒙古八旗之中
从此其社会组织发生急剧变化
生产上转入对农业的稳定事从
十八世纪中叶清政府为巩固西北边防
从而将部分锡伯族人迁往新疆边境
尔后这些锡伯族在伊犁河谷屯田定居
从而开创了锡伯族第二个生活环境

锡伯族有自己本民族语言文字
汉语、维吾尔语、哈萨克语兼用
早期的锡伯族人以狩猎、捕鱼为业
也有的以种水稻为主要农业经营
锡伯族信仰多神重视祭祖扫墓
也有一部分人对喇嘛教进行信奉
锡伯族人非常喜爱骑马射箭
因而享有“射箭民族”美称
锡伯族忌食狗肉忌穿狗皮制品
若大门挂红布条或一束草外人不能入行
锡伯族的忌讳诸多各有讲究说法

他们接待客人周到有礼大方热情

瑶族先民是南北朝至隋唐时期的莫徭徭
宋代时期对他们以徭人、蛮徭之称
因生产方式、居住和服饰存有差异
对瑶族还有多种自称和他称
如称盘瑶、茶山瑶、山子瑶、坳瑶
还有花篮瑶、白裤瑶和红头瑶等名称
瑶族的支系众多竟多达二十多个
新中国成立后瑶族成了他们的统称
瑶族有本民族语言属汉藏语系瑶语族
但瑶族语言内却有不同语支和语言不同
瑶族一直没有自己本民族的文字
他们熟悉汉语言能够普遍使用

瑶族主要分布广西、湖南等六省区
居住地一般比较偏僻不利于交通
由于受地域限制一些地区发展迟缓
多数瑶族人还保留原始狩猎、捕鱼和农耕
瑶族过去一直精于织染和刺绣
其产品富有鲜明民族特色享有盛名
瑶族流传的口头文学极为丰富
留下诸多的民间优秀文化传承
瑶族待客慷慨大方彬彬有礼
瑶族对自己的祖先特别尊敬

瑶族的服饰多种多样丰富多彩
瑶族的传统节庆诸多热烈而隆重

彝族也是中国一个古老悠久的民族
其先民在先秦两汉时期称作昆明
彝族在两晋时期被称作叟或叟夷
南北朝至唐初称作爨的名称
唐宋时期称作乌蛮或东爨乌蛮
元代时期又被称作卢罗之称
明清时期被称为卢罗或夷人
新中国成立后统一定为彝族名称
彝族主要分布在中国西南地区
形成大分散小聚居的分布特征
彝族具有繁多的各个不同支系
各个不同支系各有不同的特征

彝族具有自己本民族的语言
有一九五七年规范的彝族文字使用
彝族主要从事畜牧业和农业
他们的手工业生产也相当发达兴盛
彝族过去崇拜万物有灵和崇拜祖先
彝族具有古老悠久的民族图腾
彝族文化艺术源远流长富有特色
用彝文记载的各种著作享有盛名
彝族的雕刻、绘画具有鲜明的特色

漆绘、刺绣、银饰制品异彩纷呈
花包头那是彝族的典型服饰
火把节是彝族最隆重的节庆

裕固族早先一直自称尧呼尔
一九五三年以音相近裕固作为族称
裕固还兼取汉语富裕巩固之意
这反映了裕固族向往富裕美好的心情
裕固族源于唐代游牧鄂尔浑河的回纥
那时的回纥人主要依靠放牧谋生
九世纪中叶其中一支迁徙到河西走廊
游牧在敦煌、张掖和武威一带地境
他们与临近各族相处逐渐形成新族体
从而使一个单一的新民族开始产生
裕固族主要聚居在甘肃肃南地区
其余的选择在酒泉黄泥堡一带居定

裕固族虽然只有一万多人口
全民族却有三种语言使用
三种语言属阿尔泰语系三个语族分支
相互之间存在着很大的不同
裕固族没有自己本民族的文字
汉语言文字裕固族能够普遍使用
裕固族一直主要信奉喇嘛教
其风俗习惯与藏族大体相同

裕固族主要是以畜牧业为主
衣服、鞋袜和住的帐篷都是毛皮制作
生产和生活大部分用具也是毛皮制作
不过现在已有一部分人改从农业为生

藏族是中国一个古老的民族
在古代藏族一直以博巴自称
博巴按藏语之意为农业人群
这说明藏族最早以从事农业为生
唐宋时期普遍称西藏为吐番
乌思藏是元代时期对西藏的叫称
乌思藏还有中央和圣洁之意
那是一种美好的向往和憧憬
直到清康熙年间才普遍称作西藏
藏族便由此而得其现在名称
藏族普遍信奉藏传佛教又称喇嘛教
藏族对喇嘛教的信仰是那么虔诚

美丽神奇的西藏是藏族的主要聚居地
美丽神奇的西藏孕育了美丽神奇的风情
美丽神奇的西藏孕育了古老神奇的藏族
美丽神奇的西藏寄托着藏族的无限深情
藏戏那是独具艺术特色的一种戏剧
歌曲和舞蹈充分体现了藏族的风情
藏刀的制造、建筑、雕刻技艺高超

藏式建筑绘画和雕塑艺术享有盛名
藏医药学是中国传统医药学瑰宝
为此留下一道那么深厚优良的传统
藏族本民族的语言十分兴盛发达
每句藏语每个藏字都蕴藉着智慧聪明

壮族是中国少数民族人口最多的民族
壮族人口虽多其聚居地却比较集中
主要聚居在广西和云南文山地带
只有一部分居住在广东和贵州两省
壮族先祖春秋战国时曾是越的一支
壮族在古代就已形成并不断传承
壮族在宋代史籍中称为撞或僮
新中国成立后也曾一度以僮相称
一九五六年批准正式改名为壮族
从此壮族以壮族之名屹立中华民族之中
壮族一直就有自己本民族的语言
其古文字是模仿汉字六书造字法创成

壮族一直以来以从事农业生产为主
驰名中外的三七一直素负盛名
蛤蚧和茴油那也是有名的特产
甘蔗产量居全国前列发展兴盛
本民族文学、音乐、舞蹈丰富多彩
壮戏、铜鼓具有浓郁壮族特色风情

壮族一直虔诚地信仰原始宗教
自古以来一直祭祀祖先以表示敬重
壮族也积聚形成了许多民族习俗
如农历正月初一这一天忌讳杀牲
三月三是一年一度著名的歌节
壮族的歌节是那么热烈欢快富有激情

五十六个民族的族源悠远幽深
充分展现了生生不息的古老生命
繁衍生息中显示着顽强生命力
一代一代相传着走在民族发展演变历程
兴兴衰衰中经历了严重的历史磨难
分分合合里饱含着分不开的联动
族群大小都有所长都酷爱着中华大地
相依相背时都有难以割舍的深情
东西南北中相隔遥远都姓中华民族
五十六个兄弟姐妹组成团结和睦大家庭
每一个历史步伐都留下各自不同奉献
每一张民族史页都书写着血浓于水的亲情

五十六个民族的族称千奇百态
展现了各个民族的古老信仰和图腾
五十六个民族所从事的主业各有选择
展现了各个民族不同生活地域和历程
五十六个民族的风俗习惯丰富多彩

展现了各个民族的不同观念和心性
五十六个民族文化艺术光辉灿烂
展现了各个民族不同的思想文化内容特征
五十六支歌汇成中华民族大合唱
五十六支舞舞出中华民族无限风情
五十六枝花组成中华大地百花园
五十六颗心愿铸成伟大祖国万里长城

跋

再读也读不完天的广袤昊大
再写也写不尽中国大地的风貌物华
再唱也唱不尽中华民族的深邃
天、地、人之间留下多少古老神话
中国的天、中国的地、中国的人
合成古老、深邃、神秘的中国天下

天自古以来留下多少难解的传说
地自古以来留下多少壮丽的山河
人自古以来留下多少古老的文明
天、地、人留下不同的生命脉络
天有天道、地有地道、人有人道
天和、地和、人和天地人才能协和

天是日月星辰和气象组成的自然界

所有天的神说那都是人的感觉
地是地球赐予的壮阔大地山川
地是一部古老厚重深奥的科学
人其实才是天地人的真正主宰
人和谐天地人之间才能共同和谐

天自古以来就有无穷无尽的天图
天自古以来就有无穷无尽的密枢
地自古以来就有不同的地理风貌
地自古以来就有不同的山川水土
中国五十六个民族具有不同语言文字
不同语言文字汇聚成一个中华民族

五十六个民族五十六部厚重历史
五十六个民族五十六篇光辉史诗
五十六个民族五十六支历史长歌
五十六个民族五十六部醇厚风习
五十六个民族五十六幅美丽绘画
五十六个民族五十六道光辉足迹

五十六个民族是那么英雄豪迈
五十六个民族是那么团结友爱
五十六个民族是那么平等和谐
五十六个民族是那么豪情满怀
五十六个民族是那么生生不息

五十六个民族携手走在新时代

中国的大地山川是那么壮阔雄伟
中国的大地山川是那么秀丽壮美
中国的大地山川是那么古老悠久
中国的大地山川是那么厚重深邃
中国的大地山川尘封着古老的日月
中国的大地山川闪耀着现代的光辉

中国的天自古以来有中国的天道
中国的地自古以来有中国的地道
中国的人自古以来有中国的人文
从而形成中国的天道、地道和人道
这就是中国古老辉煌的五千年文明
它让中华民族感到是那么的自豪

宇宙一直是那么神秘的宇宙
地球一直是那么神奇的地球
人类一直是那么复杂的人类
这一切都需要人的思维去探求
天、地、人共同构成了神秘生命图案
这图案需要认真地去探索和研究

天运转、地运转、人运转每天都在运转
每年运转一个轮回三百六十五天的方圆

天在运转中献出日月星辰献出阳光雨露
地在运转中献出大地山川献出五谷丰满
人在运转中献出思维、感知和语言文字
天、地、人成就了自然界浩瀚伟大法典

中华民族坚强地屹立在世界民族之林
五十六个民族组成中华民族伟大族群
五十六个民族是五十六群飞翔和平鸽
共同飞翔在中华人民共和国伟大乾坤
五十六个民族是五十六匹奔腾的骏马
在中国辽阔大地山川上向前驰骋飞奔

中国的天空飘荡着美满幸福吉祥
中国的大地充满着温暖灿烂阳光
中华民族各民族豪情满怀意气风发
这种和谐景象多么让人振奋激昂
天合地、地合天、人合着天地
这一切也许能构筑一座真正的天堂

天有情、地有情、人有情情情连情
天歌颂、地歌颂、人歌颂颂颂连颂
天、地、人共同合奏了一阕交响曲
站立大地把内心所有高歌送向苍穹
把古老的天说、地说、人说留给历史
大力开写新的天说、地说、人说新课程

图书在版编目（CIP）数据

中华之歌/华文峰著. －北京：作家出版社，2012.12
（中华史诗：1）
ISBN 978－7－5063－6809－4

Ⅰ.①中… Ⅱ.①华… Ⅲ.①史诗－诗集－中国－当代
Ⅳ.①I227.3

中国版本图书馆 CIP 数据核字（2012）第 314690 号

中华之歌

作　　者：华文峰
责任编辑：贺平　王征
装帧设计：四色土设计
出版发行：作家出版社
社　　址：北京农展馆南里 10 号　**邮编**：100125
电话传真：86－10－65930756（出版发行部）
86－10－65004079（总编室）
86－10－65015116（邮购部）
E－mail：**zuojia@ zuojia. net. cn**
http://www. haozuojia. com（作家在线）
印　　刷：北京中科印刷有限公司
成品尺寸：170×240
字　　数：500 千
印　　张：40.5
版　　次：2012 年 12 月第 1 版
印　　次：2012 年 12 月第 1 次印刷
ISBN　978－7－5063－6809－4
总 定 价：168.00 元（全三册）

中华史诗

第二部

中国人歌

华文峰 著

作家出版社

华文峰，笔名华声，男，山东微山人，汉语言大专、法律大本、经济学在职研究生，青岛市政协第十届、第十一届常委，副秘书长。长期坚持政治、经济、文学等专业的学习研究和写作，发表过散文、报告文学、电影文学剧本、长短篇小说等，创作以诗歌为主，先后在《人民日报》《中国作家》《诗刊》《人民政协报》《中国文学》《联合日报》《三峡晚报》《青岛日报》《青岛文学》等全国和地方报刊发表大量诗作，其中有长篇史诗《中华之歌》《新中国之歌》《天地家园歌》《天道八问》《高原》。出版诗集《人生旅途》《梦之歌》《古道》《人生之歌》等。政治、经济学研究成果显著，在《求是》杂志等全国和省市报刊发表大量论文，多篇荣获全国和省市优秀论文奖；先后出版了《党建问题新探》《社会主义命运浅论》《新中国的回顾与展望》《企业管理论丛》《社会主义再考察与再思辨》等5部100万字的政治、经济专著，其中3部分别荣获全国评比一等奖。2010年被评为感动中国文化人物。现为中国作家协会会员、全国党风科学研究会特约研究员、中国当代艺术协会名誉主席、中国文化学会艺委会主

席、国际知名文艺家联合会主席团副主席、中国国际国学院名誉院长和终身高级院士、中国民族文化研究会诗书画艺术委员会终身名誉主席、青岛科技大学客座教授。研究和写作涉及众多领域，作品形式多种多样，研究成果及作品颇丰。尤其是在诗歌创作上有自己明显的风格，取得了突出的成就。

前　言

《中国人歌》是中华史诗的第二部。全诗共写了中国历史上各类名家400人，分为传说中的三皇五帝及夏朝夏禹、夏启，商朝商汤，周朝周武王，共12位远古圣贤。其中五帝之一的颛顼与帝喾是作为五帝中的一帝来写的，不然五帝不好确立，如果分开写则成为六帝。然后分为：政治家（51位）、思想家（31位）、军事家（22位）、农民革命家（20位）、外交家（5位）、教育家（29位，其中程颢、程颐是放在一起作为一位来写的）、科学家（23位）、工技家（12位）、医学家（17位）、历史学家（24位）、文献学家（31位）、地理学家（11位）、语言文字学家（14位）、文学家（54位）、书法家（15位）、绘画家（15位）、戏剧音乐家（3位）、宗教家（7位）、货殖家（4位），最后一章新世新星只概括写了三小段没有具体到人，全书共二十一章。

选择历史人物的时间从远古至清朝灭亡时期。对历史上各个领域的名家是根据历代的大体评价来确定选取的。对有些在两个或几个领域都是名家的就选取其中主要一个，如孔子，既是思想家又是教育家，就选取他为教育家来写，思想家就不再选取；如王安石既是政治家又是文学家，就选取他作为政治家来写，文学家就不再选取。在描写上，基本尊重史实以及人物最突出的特点进行高度概括；在历史评价上，力争坚持客观公正。在体例上按章依次排列下来，没有分卷。前300位名家每一位描写了三小段，每一小段12行共36行，一人一韵。从303至400位名家每人两小段，每一小段12行共24行，也是一人一韵。每一章的人物则是按照汉语写诗的十三韵从发花、梭波、乜斜、姑苏、衣期、怀来、灰堆、遥迢、由求、言前、人辰、江阳、中东来排列的，凡多于十三人的章节再从发花韵轮流，不足十三人的章节排列到第几韵就到第几韵为止。每换一韵开始的第一句也用韵，均用了起韵。除正文外还有序和跋，序和跋分别为十三小段，每一小段 12 行，每一小段一韵。《中国人歌》全诗共 13572 行。

华文峰

2012 年 12 月 12 日

目录

中国人歌

第十二章 文献学家 … 415

第十三章 地理学家 … 467

第十四章 语言文字学家 …………… 486

序

神圣的中华大地是那么的古老广大
神圣的中华大地是那么的厚重挺拔
古老的中华大地古老得与日月同辉
古老的中华大地古老得难以计算其岁月年华
漫长岁月里古老中华大地不断积聚着大地灵气
在与日月同辉之中积聚下日月精华
终于有一天古老的中华大地上有了生机
终于滋生出万千气象的生命光华
古老的中华大地上从此诞生了生命
从此有了万木葱茏和奇异的百花
终于有一天孕育了人类的原始祖先
从此古老大地上中华民族的先人得以生发

那是一条古老漫长的历史发展长河
那是一支古老艰难的生命进化之歌
终于有一天古老的中华大地上有了西侯度文化
随后古老的中华大地上有了元谋人生活
继而还有了阳原小长梁古老的石器
有了蓝田人的足迹尘封在蓝田陈家窝

随后古老的中华大地上又有了匼河文化
在北京周口店有了北京人家的穴舍
在古老的中华大地上还有了黔西观音洞石器
有了和县人、沂源人、南召人众多的来者
还有郧县人、郧西人相继来到古老中华大地
众多的猿人在古老的中华大地上向前进化着

终于有一天古老的猿人有了智人的思维感觉
古老的中华大地上猿人过渡到早期智人生命环节
金牛山人、大荔人和许家窑人有了智人体质特征
随后还有马坝人、长阳人、山顶洞人先后相列
柳江人、资阳人、河套人和新泰人大步走来
丽江人、下草湾人、穿洞人和左镇人络绎不绝
北辛文化、磁山文化、裴李岗文化放出光彩
老官台文化、河姆渡文化、仰韶文化闪耀连接
半坡文化、后岗文化、大汶口文化不断进化
龙山文化、良渚文化、齐家文化不断飞跃
智人文化遍及古老中华大地东西南北中
古老的中华大地真正开始了人的年华岁月

古老的中华大地开始进入原始社会制度
随着不断进化发展产生了部落和氏族
古老的中华大地开始有了神话和传说
这些神话和传说显现出中华民族祖先的发展图谱

原始社会末期中原地区氏族部落林立
各个氏族部落形成了相对稳定的一族
传说形成了炎黄族属集团、东夷族属集团
还有苗蛮族属集团、百越族属集团四大族属
古老的中华大地开始有了三皇的传说
开始有了关于五帝等一系列始祖人物
从此古老的中华大地进入传说和神话之中
在诸多传说和神话中迈开向前发展大步

在传说和神话中有了龙的发祥和文化肇始
古老的中华大地逐渐被称为龙的土地
关于龙的传说在古老的中华大地历史久远
从殷墟甲骨文就出现结构完备的“龙”字
而出现龙的图案和传说还要更加久远
可以一直上溯到遥远的史前文化时期
相传在那遥远的“感天而生”的上古时代
炎帝、黄帝、尧帝都与龙有着奇异的故事
有了神龙氏、赤龙氏、长龙氏、居龙氏、降龙氏之龙
还有潜龙氏、上龙氏、水龙氏、青龙氏、白龙氏
在古老的中华大地各种龙氏传说那么形象
从而中国人被普遍尊称为龙的传人、龙的后裔

传说和神话在古老的中华大地开辟龙的时代
展现了远古时代中华民族的族徽图腾气派

龙体现着华夏各氏族和部落大融合大团结
龙的形象不断越过历史门限传流一代又一代
终于有一天古老的中华大地上有了国家
古老的中华历史上有了第一个朝代夏代
作为中华历史上第一个朝代不只是一种传说
这在周人的文献和商代有关追述中有明确记载
这时的夏代正处于原始社会向奴隶社会转变时期
古老的中华大地从此开辟了国家的形态
这是古老中华发展史上一个重要的转折点
从此古老中华的历史朝朝代代大步走来

夏代推进古老中华从原始社会走向奴隶社会
从此古老的中华大地发展进化大步前推
从夏代进入商代进入周代又进入春秋战国
秦始皇把古老的中华大地推进封建社会
从此古老中华进入漫长的封建社会历史时期
抒写了古老中华两千多年封建社会历史光辉
从西周后期共和元年开始古老中华有了可靠纪年
历史从神话和传说时期迈进年代之轨
古老中华进入有文字记载可证的信史时期
从此历史年代尺度有了明确的标注和经纬
古老中华有了明确的天地、明确的时间
从此有了明确的历史记载和历史描绘

一定的历史活动总要有一定的历史之道
一定的历史活动总要在一定地域留下写照
人类历史的发展离不开相关的地理条件
地域及物产地域特点对人类社会也有其蹈
古老的中华大地位于欧亚大陆的东方
西部地域有帕米尔高原世界屋脊之高
西南地域有青藏高原和喜马拉雅山
西北高高耸立着阿尔泰山的雄伟峻峭
北部地域有蒙古戈壁沙漠辽阔荒远
东边和东南地域为茫茫的海洋所环绕
东北地域有连绵起伏的兴安岭和长白山
形成一个相对独立的地理单元幅员广袤

俗话说一方水土养一方人也许不要什么理由
神圣的黄土地上生命孕育的是那么古老悠久
黄土黄水成为中华民族生命的摇篮
孕育了黄色人种龙氏族群生命传流
厚重的黄土地深幽着深厚的黄土地脉
古老深厚的黄土地灵气积聚成大地神州
孕育了一个伟大的民族生命中华民族
孕育了漫漫五千年的文明灿烂锦绣
从而使古老的大地享有人杰地灵盛誉
使中华大地古代文明一直走在世界前头
上下五千年路漫漫走来一代又一代人杰

在古老的黄土地上写下永不磨灭的历史春秋

中华民族的生命之始已经太久远太久远
已难以追溯到那久远年代的那些先贤
三皇五帝开创中华民族的远古辉煌
他们的伟大功绩得以神话般地流传
传说他们都是分别感神龙所生
中华民族的诞生来自于神灵龙的渊源
龙成为中华文化奋发向上的精神象征
龙代表了中华民族向往兴盛发达吉祥幸运的心愿
对三皇五帝的赞美虽然大多出于神话
但他们肯定是远古时期中华民族的先贤
他们应该是在夏王朝出现以前的几位帝王
应都是部落首领对社会发展作出重要贡献

三皇五帝为中华民族做出神话般的伟大功勋
从此鼓舞育导着一代又一代炎黄子孙
夏禹继承三皇五帝伟大功绩开创夏王朝
开启了古老中华第一个朝代的历史乾坤
夏启继承夏禹意志不断兴盛夏王朝大业
不断把中华大地奴隶社会推向前进
商汤开创了商王朝六百多年宏伟大业
在古老的中华大地上书写了奴隶社会的千钧
周武王伐商得天下开创周王朝江山

充分显示了作为一代有道帝王的才华和人品
春秋战国是中华大地人才辈出的时期
此时古老中华大地上的各路名家灿若星辰

一代又一代政治家远见卓识灿烂辉煌
一批又一批思想家不断闪烁思想之光
一朝又一朝军事家留下了高超战略战术
一场又一场农民革命家大放革命光芒
一位又一位外交家把古老中华推向世界
一个又一个教育家把一代一代炎黄子孙培养
一名又一名科学家的科学发明闪耀光辉
一位又一位工技家工技之精堪称神工巨匠
一代又一代医学家医术高明堪称神医圣手
一批又一批历史学家写下多少光辉历史华章
一朝又一朝历史文献学家闻名古老中华
一代又一代地理学家不断丈量着中华大地四面八方

一批又一批语言文字学家辛勤谱写着民族之声
一代又一代文学家在古代中华文坛留下盛名
一位又一位书法家书写了汉字的特有艺术
一个又一个绘画家为中华大地留下美丽风景
一位又一位戏剧音乐家为中华大地谱写了美妙戏剧和旋律
一代又一代宗教家创造了别样的文化和心灵途径

一位又一位货殖家为古老中华大地留下经营之道
新世新星为中华发展创立了更伟大的历史丰功
各路名家发挥其长为古老中华创出重要贡献
一代一代名家在古老中华大地上驰骋纵横
他们不愧是中华民族历代的中坚和脊梁
为古老的中华大地留下永垂不朽的历史文明

第一章 远古圣贤

1. 有巢氏

他古老古老得至今不知他的岁月年华
他神秘神秘得一直蒙着神秘面纱
他是中华上古时代传说中的伟大人物
他是中华上古时代的一部传奇神话
一代一代炎黄子孙一直称他为有巢氏
还有大巢氏、有巢、巢皇等称呼和赞夸
史传他是人类原始巢居的发明者、开拓者
从此他开拓的巢居文明在中华大地生根开花
他率领着原始人走出洞穴开始构木为巢
为此后人对他有了“中华第一人文圣祖”的说法
上古之世人民少而禽兽众不胜禽兽虫蛇
他带领人们构木为巢以避群害而民悦之使王天下

人们非常感激他这位发明巢居的伟大人物
从此古老中华大地上广泛传播赞扬着他
推选他为当地的部落酋长尊称他为有巢氏

从此古老的中华大地上留下他的传说和神话
有巢氏被推选为部落酋长后做了许多好事
他的美好名声很快就传遍整个古老中华
各部落的人都认为他德高望重有圣王才能
一致推选他为总首领尊称他为巢皇统领天下
传说有巢氏执政后迁居北方圣地石楼山
他命人在山上挖了个洞把山洞作为居家
他就居住在山洞里处理各部落的政务
从此他的威名盛传在蒙昧时期的华夏

有巢氏的伟大功绩反映了由穴居进入巢居文明
印记了人类祖先从猿人到智人再到现代人的进化
有关研究认为有巢氏是安徽巢湖人
还有一种他出生在九嶷山以南苍梧的说法
有巢氏是中华上古时期杰出的首领代表
不论是有关传说记载还是神话都说他那么伟大
《楚辞》关于西皇、东皇、上皇都未说明是谁
《史记》关于天皇、地皇、秦皇是谁也未明确解答
虽然众说纷纭但有巢氏可认为三皇之一
他与燧皇、羲皇一起荣得后人“三皇”的评价
巢皇、燧皇、羲皇分别代表蒙昧时期历史进程
代表低级、中级、高级三个发展阶段的步伐

2. 燧人氏

燧人氏又称燧人是人工取火的发明者

诸多传说和神话都说他发明了钻木取火
据记载远古时代人们吃生食茹毛饮血
那时的人们还过着一种吃生食的生活
后来人们食用雷电之火烤熟的食物味美又易消化
但人们很难得到并保留这种雷击引起的自然火
燧人氏从鸟啄燧木出现火花受到启示
他经过反复思索就折下燧木枝钻木取火
于是他的一个伟大发明就这样产生了
他把这种方法教给人们从此便学会人工取火
用火烤制食物、照明、取暖、冶炼等项
从此火给人类的进化发展取得更大成果

有了火人类生活进入一个新的阶段
从此人们的生活才真正有了壳、有了核
因而他被人们称为圣人称为燧人氏
被奉为三皇之一人们一直为他歌功颂德
并被尊奉为“燧皇”一代一代不断流传
还称他为燧人其意思就是取火者
他是古老中华大地上一个美好的神话
他是古老中华大地上一个神奇的传说
他是人类社会发展历程上的一座里程碑
他是人类社会进化发展的一支历史大歌
他开辟了人类社会进化发展的新路程
他创造了人类社会进化发展的历史磅礴

关于燧人氏取火故事商丘还有另一种说法
这种说法从古至今也得以广泛的传播
传说远古时商丘一带是一片很大的山林
燧人氏就在这片山林里居住生活
他在捕食野兽时所用石头与山石相撞发出火花
他从这里受到启发就以石击石引燃出火
这种取火办法在古老中华大地一直沿用
这是人类社会发展中又一重大发明举措
不管是钻木取火还是以石击石取火
都是燧人氏聪明智慧取得的伟大成果
他被尊奉为三皇之一应是当之无愧
如果没有火人类社会的进化发展又该如何

3. 伏羲氏

史记记载伏羲是一个人他教人们捕鱼打猎
还有他教人们饲养牲畜、烤煮食物和书写
传说他初创了婚姻制度使人类生活发生重大变化
他创造了历法从此使人们生活有了年月
关于他创立的八卦被传说得神乎其神
至今还被许多人推崇为一种神秘的科学
传说他有一天来到卦台上进行卜卦
突然听到一声奇怪的吼声震荡山野
只见卦台的对面山洞里跃出一匹龙马
这匹龙马身上花纹图案那么奇异特别

龙马一跃就跃到卦台山下渭水河中一块大石上
这块大石形如太极与龙马身上花纹那么相谐

伏羲顿时有所了悟于是便画出了八卦
从此一个奇异的创举对后人影响那么深切
关于伏羲创造八卦还反映出他的聪明智慧
充分显现了他的勤奋敏锐的思维感觉
在他生活的那远古年代人们对自然知之甚少
一旦下雨刮风雷鸣电闪人们又害怕又困惑不解
天生聪慧的伏羲希望把这一切搞清楚
于是他经常在卦台上仰视天上星辰日月
俯察周围地形方位和飞禽走兽的脚印及身上花纹
他的八卦完全来自于一种勤奋思考和好学
在古籍中伏羲又叫做包牺氏、庖牺氏
在古代传说中他为华夏文明写下光辉一页

由丁伏羲对人类社会发展作出诸多贡献
后人们一直把他尊奉为古代中华三皇之列
许多地方还把他尊奉为三皇之首
尊奉他为中华民族的先祖至今年年拜谒
每年农历二月二到三月三都在太昊陵举行庙会
太昊陵成为中华民族心中的一片圣洁
神话传说伏羲是一位法力强大的元神
他的居住生活活动主要在九天天界
神话传说他人首龙身生得奇异不凡

他与另一位大神女娲娘娘连理相结
他们作为法力强大的元神为建立天界作出贡献
伏羲作为神话中的大神也留下光辉一页

4.炎　帝

炎帝是中华民族的又一位伟大的始祖
但对他的详细情况后人却很难说清楚
他生于宝鸡天台山蒙山峪沟、长于姜水
作为中华民族人文始祖是传说时代的人物
因以火德王故名炎帝号神农氏
母曰女登游于华阳有感神龙而将炎帝生出
他天资聪颖后来做了姜氏部落的首领
从此他发挥其聪明才智不断为人们造福
他教民制陶始作耒耜都是重大创造
降牛犁田、教民耕穑为人们造福功高劳苦
他使原始时代由采集狩猎进步到农业
这是远古时期一个多么伟大的进步

由于他开原始农业先河人们尊其为“农业之神”
后首创”日中为市”又迈出伟大脚步
为此他又被人们尊称为”太阳之神”
为后来的贸易打下了原始的基础
他为了人们的医患遍尝百草研制医药
广泛传说他为此一日曾遭遇七十毒

一百四十岁时上天台山采药误尝断肠草
不幸为民捐躯为后人开辟出一条医途
后人为此而整理出《神农百草经》
他为此而被后人尊称为医药圣祖
他的部落以宝鸡为中心沿渭河向四周扩展
向东曾发展到中原大地并在陈建都

这时炎帝部落原始农业得到长足发展
后来把在陈所建之都迁往鲁建都曲阜
后来炎帝部落与南方蚩尤发生激烈战争
他求助于黄帝部落在涿鹿让蚩尤败负
以后炎黄两部落联盟形成华夏民族主体
后来炎帝部落一部分南迁足迹遍布两湖
一部分仍留于黄河流域融合其他氏族之中
但后来他们一直仍然尊奉炎帝为始祖
还有一种传说一支母系氏族的有蚶氏
传说她后来产生炎帝和黄帝双胞族
他们分别生活在宝鸡一带与渭河下游
这也许是中华民族为何说炎黄子孙最有力的出处

5. 黄　帝

中华民族又一位伟大的始祖黄帝
他的出生及其一生更是那么的神奇
附宝感北斗生黄帝之说广泛流传

更有神话传说他是大神女娲的儿子
传说黄帝是轩辕氏部落的首领
在与九黎族首领蚩尤涿鹿大战中取得胜利
并与炎帝为首领的部落逐渐融合
从而形成了汉族的前身华夏族的创始
这也许又是中华民族称为炎黄子孙的由来
中华民族在最初形成中有那么多神奇故事
黄帝部落有很多发明遍及社会生活各个方面
他的一生为古老中华创造了巨大的丰功伟绩

传说文字的发明者是仓颉或是沮诵
他们都是黄帝的史臣按黄帝之意而创立
冠冕的发明者传说是黄帝本人
衣裳的发明者为胡曹又是黄帝的臣子
那时的衣冠不只是为了抵御寒暑
更对当时的人类社会发展有文明教化意义
据传说黄帝取合己者四人使治四方
传说他设立三公、四史、六相、七辅、百官管理政事
一直传说他能成命百物以明民共财
他的这种做法具有建立财产制度的意义
他的这些设官治民举措促进了社会发展
他的这些举措是古老中华行政制度的肇始

传说黄帝的妻子缧祖亲自参加劳动
是她发明并教会了妇女养蚕、缫丝、织帛之举

黄帝战蚩尤神奇故事几千年来盛传不衰
许多的神话或传说充满着古老的神奇
据传说黄帝活了一百一十八岁归天
他的归天之说更是充满丰富想象和神秘
在他东巡期间晴天一声霹雳一条黄龙自天而降
龙对黄帝说他的使命完成驮着他飞上天际
当黄龙飞越桥山时黄帝请求下驾安抚臣民
黎民百姓闻讯从四面八方赶来个个痛哭流涕
黄帝以首次统一中华民族的伟绩载入史册
推崇他为中华民族始祖以黄帝陵寄托千古追思

6. 颛顼、帝喾

传说颛顼帝为五帝之一继往开来
他与帝喾又开创了古老中华民族进化的豪迈
五帝究竟是哪五位几千年来众说不一
这个千古之谜至今仍然难以统一、难以解开
颛顼帝与帝喾帝业已紧密联系在一起
他们俩作为五帝之一应该作为一代
这样五帝应是炎、黄、颛顼和帝喾、尧、舜
这样关于五帝人选千古之谜之争就可以解开
这种解释颛顼帝喾陵可以作为一种考证
还有他们为帝年限、为帝业绩都紧密连在一块
颛顼帝本姓姬又名颛畜、玄帝、黑帝、北方之帝
他是轩辕黄帝的孙子对黄帝大业继往开来

颛顼帝在位七十八年终年九十八岁
他在位期间也留下为后世传说的豪迈
因最初建侯国于河南杞县高阳故号高阳氏
他二十岁继帝位迁都于帝丘延续帝脉
他开始以分管民事的性质命名官职
绝地通天开启了以民事纪官的新时代
他通过整顿人神社会秩序整顿祭祀、划一政教
加强社会安定实行政教权力高度集中主宰
从而加强了联盟政权的王族地位
不断增强了联盟各族间凝聚力形态
他创制九州使古老中华首次有了版图和行政区划
实现了华夏部族与蚩尤后裔九黎真正统一族台

在宗教领域他大力改革了巫术与祭祀
下令禁止巫术占卜和祭祀泛滥为害
他下力改革甲历始以建寅月为历元
从此有了历元、正朔、五星、营室等概念形态
他创作了九州中国的第一首国歌
《承云》之歌融汇中国八个区域流行乐曲风牌
他静渊有谋、疏通知事、养材任地、载时象天
依鬼神以治义治气以教化洁诚以祭祀彰显豪迈
他崇尚玄色故后人推戴他为玄帝
作为五帝之一与帝喾充分显现了为帝的气概
他还生下了舜的祖父穷蝉和大禹的父亲伯鲧

为传承帝业而孕育培养了一代血脉

7. 尧 帝

帝尧姓伊名放勋受封于陶辅佐帝挚帝位年十三岁
十五岁又受封于唐为唐侯十六岁继天子位
尧是中华古代传说中的又一位伟大圣王
他被后人称为千古圣君受到千古赞美
尧的部族最初活动于今河北唐县至望都一带
后因水患和东夷部落威胁迁都平阳周围
传说在尧帝时代首次制定了历法
其历法奠定了中华古代农历的基础之轨
他不仅举荐本族那些德才兼备者当官
而且还考察百官的政绩以区分善恶之类
同时注意协调各个氏族之间的关系
竭力教育百姓和睦相处相依相随

在尧为帝期间政治清明世风祥和
为求贤问道选用贤才经常在穷乡僻壤山野之间巡回
帝尧勤俭朴素办事公正体恤人民
几千年来被当作仁君的典范广受赞美
尧帝其仁如天其智如神就之如日望之如云
人们形容接近他如太阳远望他如云霞一样光辉
他富有而不骄横高贵而不傲慢
用人重视德才注意考查使才适其位

他能明训德以亲九族彰显其仁德之政
为治理汤汤洪水之灾先后用鲧禹治水
他测定推求历法为百姓颁授农耕时令
从此有了春分、夏至、秋分、冬至四季分配

尧帝在位期间天下太平风调雨顺
百姓安居乐业成为远古理想的社会
为了联盟的利益晚年大义灭亲禅位于舜
开创了帝王禅让之先河立下历史丰碑
尧帝极受黎民的爱戴为此被称为千古圣君
人们常把“尧天”、“尧年”比作太平盛世之美
尧在位七十年让位二十八年后病逝阳城
对于他的死百姓像失去父母一样痛哭流泪
送葬之日人们从四面八方为陵丘捧上一把土
竟然积成像一座山一样的高大土堆
成为三皇五帝中最高大的一座陵丘
正如他的功德如高山那么高大雄伟

8.舜　帝

舜帝继往开来又创造了古老帝业的显要
为远古中华人类社会发展立下卓著功劳
舜帝姓姚名重华因其祖先曾封于虞故史称虞舜
后人对他最为赞美的是他以德报怨的大孝
舜是中国氏族社会后期部落联盟的领袖

因其德才在尧帝禅让中登上帝位大宝
传说舜年幼丧母经常受后母虐待和父亲棒打
但他却以德报怨对父母仍然竭力尽孝
他的孝悌名闻天下被后人树为孝悌楷模
在中华古代二十四孝图例中被列为先导
关于他的孝悌故事被传播得带有神话色彩
几千年来一直在古老中华大地光辉闪耀

后受四岳推举舜得以摄政尧帝
舜举贤任能举荐八恺八元等十六人辅佐尧
忠心竭力辅佐尧除去诸多恶势力
使天下得以大治显现出太平和富饶
尧帝去世后舜曾想把自己王位让给尧的儿子
但舜得到天下人的信任一致推举其继位尧
舜帝执政以后进行了一系列重大政治行动
天下显现出一派励精图治的气象风貌
他重新修订历法举行各种祭祀大典
让政权的地位影响在人们心目中越来越高
为加强对地方管理把诸侯信圭收集起来
再举行隆重典礼重新发放以此诏告

舜帝规定每五年对各诸侯巡守一次
以此对各诸侯的政绩进行评定查考
传说他的治国方略还有一项“象以典刑,流宥五刑”
即在五种器物上画出五种刑罚的形貌

以此对各诸侯和官员起到警戒作用
对于那些违犯者坚持做到严罚不饶
同时舜帝还制定明确了百官职责
以此促进百官为民办事责任心和效率提高
舜帝效仿尧帝把王位不传儿子禅让给禹
充分显现了有德之君的光辉典范风貌
不仅继承禅让传统而且保证了社会稳定和发展
他的贤德获得后人尊敬成为流芳千年的闪耀光照

9. 大　禹

大禹治水的故事一直盛传大地九州
几千年来一直广泛传播在炎黄儿女心头
尧舜时代洪水泛滥成灾人民深受其害
水患给人们生命财产和生活带来灾难和忧愁
大禹受命治水后亲自到现场测看
翻山越岭蹚河过川测度地形和水流
他改变了鲧治水失败的老一套办法
规划水道变堵截洪水为疏导疏流
根据规划标杆逢山开山遇洼筑堤
疏通水道引洪水入海终于取得成就
大禹受命治水苦心劳身功高盖世
为治洪水千辛万苦长达十三年之久

治水十三年中他与老百姓一起劳动

带头挖土挑土身先士卒重担肩头
治水十三年中他三过家门而不入
即使听到儿子的哭声也坚持迈步而走
大禹新婚第四天便离家治水而去
他婚后离家十三年三过家门都是不入而走
这种吃苦耐劳克己奉公精神多么可贵
这种舍小家顾大家的忘我精神是多么的优秀
这种精神为中华民族精神的重要组成部分
成为中华民族吃苦耐劳克己奉公精神的源头
大禹治水十三年终于治平洪水取得成功
他继而大会诸侯于会稽论功封赏诸侯

大禹不仅是上古时代一位伟大治水英雄
他的伟大开国之功更是流芳千古不朽
大禹是中华第一个王朝夏朝的开国之君
他在古老中华大地开创了国家历史千秋
大禹建立夏朝使中华大地真正有了国家形态
为此他被后人尊为“立国之祖”载入史籀
《史记·封禅书》记载“禹封泰山,禅会稽”
这是大禹一项多么聪明智慧的政治之谋
大禹的目的是通过召集诸侯共同祭祀
从而达到建立统一的国家政权的历史大轴
这种政治结盟形式实为春秋战国诸侯会盟之先河
大禹的这种天才的政治发明留下历史锦绣

10. 夏　启

夏朝的名称可能与夏族的名称有关
夏族的形成传说又与夏部落有渊源
传说夏部落包括夏氏族在内十多个氏族
他们联合发展而成与其他部族形成交错局面
大禹年老之后也效仿尧舜禅让传统
就选定皋陶作为他的继任准备接班
但是皋陶没有继位就不幸患病而亡
后来伯益又被推举为禅位的继承人选
大禹的儿子夏启也很有治国的才能
而且夏启还很受各部落的信任和拥荐
大禹死后夏启就自行夺取了王位
并且得到多数部族首领拥护相援

伯益不甘心丧失王位召集东夷部族进攻夏启
经过激战夏启打败了伯益巩固了政权
夏启公开宣布自己是夏朝第二代国君
正式确立自己的统治地位得以实现
各地诸侯都纷纷来贺只有有扈氏反对
于是夏启又发兵向有扈氏大举开战
双方军队大战于甘有扈氏被打败
经过这次征伐夏启进一步巩固了统治王权
也就是从此家天下取代了公天下

古代的禅让制成为历史的一缕彩色云烟
王位世袭制的形成表明社会一种重大变化
表明原始社会氏族公社制度彻底瓦解绝断

表明国家真正形成古代中华进入阶级社会
这是历史的一种进步是生产力的一种发展
夏启在位时在政治上坚持选贤任能
在生活上严格要求自己十分注意节俭
坚持与民同乐与民同食融入民众之中
因而他受到老百姓的广泛欢迎和称赞
在他的治理下夏朝社会稳定国家更加强盛
使夏启的威名四面八方广为流传
夏启执政的晚年生活却开始日益腐化
一代有作为的君王开始发生蜕变
他开始逐渐不理朝政并好饮酒打猎
最后因荒淫无度而病死晚节不能保全

11. 商 汤

商汤王姓子名履是契的第十四代子孙
他又称成汤是商朝的开国帝君
商汤不但是一位很有才干的君主
而且他的本性仁慈十分爱惜子民
就是对飞禽走兽也一样爱护有加
于野外见猎人张起四面罗网捕捉禽兽而不忍

他居然为禽兽除去三面罗网并生祝愿
愿禽兽免遭罗网随意而去成为自由之身
四方诸侯听到这个消息都很欢喜
赞扬他圣德敦厚纷纷自愿来归顺
人们赞扬他克己复礼天下归仁之志
赞扬他能够坚持去邪存正敬事鬼神

赞扬他网开三面德化万民的圣德
赞扬他在盆自刻铭文:苟日新、日日新、又日新
化行俗美教大兴坚持万方有罪在朕躬
人溺己溺求诸己民苦予苦置腹心
仁义为怀法天地慈悲矢志救众生
商汤圣君重万世模范东西南北四方人
他任用伊尹为相励精图治积蓄力量
积极准备推翻无道夏桀建立新乾坤
商汤灭夏主要采取两个方面的策略
他的两大策略成为消灭夏朝的根本
他团结各地诸侯建立广大的反夏联盟
继续加强宣传即假借天命大造舆论

商汤利用葛伯的放纵无道一举消灭葛伯
首先拔除了夏王朝设置在他身边的亲信
利用得胜士气先后灭掉夏桀最有实力的三个盟国
从而扫清了消灭夏王朝障碍得以前进
最后商汤乘胜率军征讨夏桀与其决战

决战前夕发布了著名的《汤誓》讨桀檄文
数次激战之后夏王朝的军队被彻底击溃
天下诸侯齐来朝拜商汤从此建立商朝乾坤
商汤的德政使他的子孙享有六百多年朝代
他在位十三年还留下著名的甲骨文
甲骨文是中华用文字记载历史的开始
商朝以后的历史称为“信史”从此历史有了可信度

12. 周武王

西周世祖武王大周的创建者华夏杰出君王
姬姓名发谥号武王庙号世祖千年流芳
他是帝喾的后人周文王的次子继承王位
西周时代青铜器铭文常称其为珷王
周武王继承父亲周文王灭商大业
推翻商朝统治成为西周王朝开国君王
周武王继位后任姜尚为军师负责军事
任命其弟周公旦为辅佐负责政纲
任命召公、毕公等人为其主要助手
继承周文王未尽事业时刻准备灭商
他将都城扩至沣水以东的镐京之地
两年后在孟津召集八百诸侯会师盟誓协商

他继续整顿内政扩充兵力观望时局
时机成熟兵出潼关联合诸侯挥师东向

周武王征讨纣的大军士气十分旺盛
一路上过关夺隘声势浩大勇不可挡
不久他的征商大军就到达朝歌的门户牧野
在牧野声势浩大的阅兵式使士气更旺
阅兵式上周武王历数了商纣王的荒淫残暴
要求大家齐心协力替天行道除暴安良
结果使商纣王的大批军队临阵倒戈
商军大败商纣王不得不仓惶逃亡
商纣王逃回朝歌后见大势已去
最后选择自焚落个朝亡人死下场

周武王灭商建周后委贤任能因才录用
让大批贤臣良将各当其位发挥其长
对统治阶级上层权力进行合理分配
对在灭商大业中作出贡献的人论功行赏
对商遗民分而治之实施三监
进行安抚以稳定天下局势巩固久长
周武王一生严谨稳重具有卓越政治军事才能
他灭商和建立西周在位七年政绩辉煌
周朝是中华历史上第三个奴隶制王朝
是历代王朝执掌朝政时间最长的一个朝堂
但他也有车甲衅而藏之府库的失误
由此引起他去世后武庚叛乱的一场动荡

第二章 政治家

13. 管 仲

古老的中华不断向前发展进化
中华民族不停地迈着前进的步伐
夏商周三代上演了漫长的历史
只可惜那时的语言文字还不够发达
夏商周三代没有留下详细历史记载
更可惜那时还没有历史和文献学家
只能靠传说和零星的记载追寻那一段历史
只能靠遗存的有关物证考证那一段文化
周朝的消亡使中华进入春秋战国时期
中华历史从此开始使用文字将其记下
使后人可以从此开始详细阅读中华历史
可以从此阅读中华历史上历代政治名家

春秋时期社会动荡大地气象万千
古老的大地上各种思想不断生发
列国卿大夫之中不乏贤能名士

他们因时乘势显名当世成为名家
管仲就是当时政治家中影响较大的人物
他是中华有文字记载的最早政治名家
管仲名夷吾生年不详卒于公元前六四五年
他是颍上人相传他是姬姓后人之家
管仲曾做过三次小官却都被辞退
鲍叔牙推荐他为相从此开始施展才华
管仲相齐桓公四十年促成齐的霸业
使齐桓公春秋时期第一个称霸

管仲相齐桓公成齐的霸业历史功绩显赫
在于促进齐之富强在于“尊王攘夷”高超谋划
管仲把仓廪实和衣食足放在首位
同时也主张君王要遵法度带头守法
他认为道德教育是维护国家生存的重要支柱
主张政令必须坚决贯彻下令如流水之源而下
他提倡俗之所欲因而予之俗之所否因而去之
为定民之居成民之业制定推行了设乡规划
管仲还制定了“尊王攘夷”的策略
使齐桓公并国三十启地三千里国土增大
管仲以“鹿之谋”征楚故事至今流传
他的诸多名言至今在《管子》书中闪耀光华

14. 子　产

子产子国之子名侨子产是其字出身于郑国

他的生卒具体年代不详只能推测
子产应生于公元前五八四年卒于公元前五二二年
他作为政治名家闪耀在中华历史长河
子产二十二岁时勇敢地组织国人抵抗暴徒侵袭
帮助郑国国君子孔平定叛乱稳定了郑国
子产从政后首先做了几件漂亮外交活动
凭着他正确估计形势从容进退而收到良好效果
子产执政期间内政外交均受到好评
他在政治上最大的成就是其三项改革
第一项是关于田制的整理改革方针
他的这项方针是一项重大的改革举措

他的改革使生产得以发展土地不均现象停止
从而改变和改善了老百姓的生产和生活
子产的第二项改革是“作丘赋”之改
虽遭到一些人反对子产始终坚持改革之策
这种坚定意志春秋时期政治家少有
这也是他所以能够取得成功的原因之所
子产推行的第三项改革是铸刑书
这项改革又是一项伟大的开拓
这项改革对平民比较有利引起一些贵族反对
但子产却能坚持这一重大改革
子产的三项改革虽然有其抑制贵族的一面
但他对贵族也有曲意回护的一些做法

作为政治家子产的改革取得重要成就
坚定的意志使他的各项改革取得明显成果
子产不仅是政治家而且还是思想家
他的政治活动可以说只属于郑国
而他的思想不只影响于春秋时期
而且影响于后代流入中华历史长河
“不毁乡校”表现了子产贵族民主精神
他不但尊礼知礼而且是一个礼的学者
在礼法问题上他认为礼第一不得已才用法
在天道观方面超出同辈其思想锋芒四射
其名言“天道远,人道迩,非所及也”
为后人所熟知的这句名言讲得多么深刻

15. 邓 析

他是春秋末期郑国的大夫名震朝野
他是名家学派的先驱人物倡始名辩之学
他是代表新兴地主阶级的革新派
他创建了诸子百家中名家学派派别
因而使他成为名家学派的创始人
成为春秋末期诸子百家中的名杰
他是春秋末期一位著名的政治家
为治理郑国留下成功的历史一页
他第一个提出反对“礼治”思想
提出了一系列治理国家的大政方略

他主要思想倾向是“不法先王,不是礼义”
他用聪明智慧辅佐郑国的治国大业

他的法律思想留下深远的影响
为中华历史留下“竹刑”法律刑学
他不但反对旧的奴隶主贵族
也反对子产为代表的继承周礼朝阙
他不满子产所铸刑书私自编了一部成文法
这是一部代表地主阶级要求的成文法臬
他把这部成文法写在竹简上叫做“竹刑”
传说他还招收门徒传授法律聚众讲学
他对子产推行的一些政策表示不满
曾经“数难子产之政”对其表示不满轻蔑
他主张改变郑国的旧制既不效法先王
也不接受当时郑国国君的命令规约

邓析作竹刑公之于世是一种重大举措
这是对礼不下庶人刑不上大夫的奴隶制的一种否决
与此同时他还提出“治国治刑不隐于亲”
同罪同罚法律平等公正的执法原则方略
所有这些都成为后世法家思想重要来源
同时也成为后来依法治国的思想传接
邓析还有一个重要思想“两可说”
在正统观点看来这是一种诡辩论的辩解
简单说就是模棱两可混淆是非的理论

后来邓析被杀就是因为这种理论引来灾劫
邓析作为中华历史上早期政治家功不可没
他对中华后来历史的影响不应磨灭

16. 申不害

申不害亦称申子战国时期法家著名人物
作为法家人物他以“术”著称擅长法术
他是战国时期韩国著名政治家思想家
他的治国之道和法术思想在《申子》一书
郑国灭国时申不害年约二三十岁之间
作为一个亡国贱臣他少年从学黄老之术
以为“人法天、地法天、天法道、道法自然”
他对此道十分推崇达到深研熟读程度
他主张国君要依法治国实行严刑峻法
要以术驾驭群臣操生杀之权才能驯服
韩国东邻魏国西与秦国为邻两面受敌
在当时七国中最为弱小而且政局混乱不固

正是为了改变这种局面韩昭侯任申不害为相
决心进行改革以改变这弱小混乱国度
申不害本是郑国人本于黄老而主刑名
作为法家著名人物擅长黄老刑名之术
主张将法家的法治与道家之术结合起来
他是法家中主张“术”治的一派代表人物

他在韩国的改革主要是“修术行道”
内修政教即整顿吏治集权于君主
他提出君必有明法正义“正名责实”理论
即把名分按实际规定下来然后任命听取意见检查监督
申不害的“名”主要是政治和法的等值概念
这是为人君制定的治国工具效国之术

所谓实就是君主给臣下定的责权及规范
他还吸收道家学说继承了道家驾驭大臣之权术
以此来加强法家当时所主张的君主中央集权制
同时还提出了“阴阳”二术并用兼顾
他强调明君是身体君主要掌握权柄
大臣是双手去做具体工作要臣服
申不害在韩国实行以“术”为主的法制
经过十五年改革治理使韩国逐渐国强民富
但实行这种政策也产生了另一个后果
不能从根本上解决国家的治国之路
即一言正而天下定取决于君主本人才能
反之就不能使国家长治久安长期巩固

17. 李　悝

战国是继春秋之后社会变化更大的时期
社会思想活跃各种名家四方兴起
有眼光的政治家觉察到这种变化动向

要求从政治上推动这种变化大力兴举
从而在一些诸侯国里出现了改革和变法运动
魏文侯年间李悝的变法就是突出一例
李悝魏国人被魏文侯任命为相
对魏国政治经济和军事实行了改革大计
相传李悝是子夏的弟子列为法家之首
李悝撰次诸国法编成一部《法经》闻名于世
《法经》是中华历史上第一部比较系统的法典
内容分为六篇只可惜这部《法经》已经佚失

"以为王者之政,莫急于盗贼,故其律始于盗贼"①
李悝对什么是盗、贼进行了明确分析
他把《盗法》《贼法》列为《法经》头两篇
六篇法的内容把各种犯法行为讲得十分细致
《法经》的侧重点在于镇压和防止民众反抗斗争
是为了保护统治阶级的私有财产和利益
李悝在相期间进行了卓有成效的变法
在政治上采取了有利于新兴势力政策措施
他实行了"食有劳而禄有功"的办法
夺淫民之禄以来四方之士废除世卿世禄制
根据对国家贡献大小授予职位和爵禄
用新的爵禄招来四方所需要的人士

① 引自《晋书·刑法志》。

李悝变法的又一项主张是“尽地利之教”
就是为了发展农业生产尽力开辟土地
他在财政上的另一项办法是平籴之法
这种办法可以有效解决农民的粮食问题
年成好的时候可以收买农民的余粮
饥荒年再以公平价格卖到农民手里
李悝的尽地利之法鼓励了农民开荒积极性
尽地利之法有力地提高了农民生产兴趣
他的平籴之法是调剂粮价的手段
具有预防饥荒稳定社会秩序的积极作用意义
从他的办法中反映出战国初期魏国发展趋向
他的变法使魏国得以有效发展和治理

18. 西门豹

当年从小学课本上就领略到他的风采
从广泛流传的故事中看到他的气概
他以家为家以乡为乡以国为国
他更以天下为天下作为从政为民胸怀
西门豹战国初期魏国人生卒年月不详
在魏国魏文侯时期坐任邺县令台
他为官期间积极引导民众发展农业生产
积极引导民众大力开展水利建设用以灌溉
为官期间他更是大胆地破除传统恶俗
他破除传统恶俗故事那么丰富多彩

他是一位胆识超群干练明达的政治家
他为官一生深受当地老百姓的赞美和拥戴

邺县靠近漳河毗邻赵国是魏国军事战略要地
但是漳河之水却连年泛滥造成严重灾害
当地官吏不想办法根除水患反而横征暴敛
弄得老百姓犹如雪上加霜双重受害
当时的西门豹已积极参与魏国改革运动
他因胆识超群明达干练深受魏文侯信赖
经大臣推荐魏文侯任命西门豹为邺县令
于是西门豹在邺县展现了他政治家的气派
他经过深入查访了解到当地民间流行一种恶俗
邺县三老和廷掾居然不择手段搜刮钱财
他们以“为河伯娶妻”恶俗残害人命
不堪其苦的百姓纷纷逃离造成邺城一片衰败

西门豹以谋略戳穿“为河伯娶妻”鬼把戏
以惊人胆识以其人之道还治其人之身进行制裁
由此为古老中华大地写下一段丰富多彩故事
几千年来在民间一直盛传不衰
西门豹又决定率领民众开渠筑堤引漳水灌田
他认为邺县要彻底改变还要消除水害
他带领邺县民众完成影响很大的灌溉工程
他的“引漳灌渠”一直使用到汉代
尽管西门豹官职不大功绩却名垂史册

司马迁《史记》班固《汉书》都有专门记载
两千多年来民间一直传扬着西门豹
西门豹为邺令名闻天下泽被后世可谓贤大夫哉

19. 赵武灵王

他在春秋战国时期创下一段历史雄威
他为赵国留下一段闪耀的历史光辉
他是春秋战国时期一位杰出的改革家
作为政治家为治国立下历史的丰碑
胡服骑射改变了中华古代军队作战方式
在中华军事史上也占有开创的历史地位
赵武灵王名雍是赵国的第六代诸侯
他在赵国即位时面临着严峻的秦国强威
他根据国情和需要大胆地进行改革
他认为只有改革赵国才有发展强盛的机会
于是他进行历史上著名的胡服骑射改革
发挥治国雄才大略把赵国发展大力前推

他实行胡服骑射适应了国家军事斗争需要
同时解决了两种文化两种势力的分裂相背
他是赵国历史上唯一游遍赵国全境的国君
胡服骑射的强兵效果提高了赵国国威
胡服骑射对赵国经济文化产生了重大影响
使赵国的发展更趋于游牧经济社会

同时胡服骑射还改变了赵国的权力结构
胡人文化的升扬稳固了其在赵国的地位
胡人吃苦耐劳重义尚武也产生重大影响
对赵国国民的心理也产生深刻变化荟萃
赵武灵王为了能够强军雄霸中原
先后收编大量楼烦骑士加入他的军队

赵武灵王是一位有政治才干有作为的国君
在年轻刚即位之时就镇定退走五国军队
他的政治军事经济文化改革收到显著成效
为赵国的发展强盛立下历史丰碑
消灭了长期为赵国心腹之患的中山国
从而消除了赵国一直面临的分裂之危
他赶走了林胡收编了楼烦获得大片牧场
从而使他树立起北方草原霸主雄威
他在位期间建立起高度中央集权体制
牢固地保卫了王权对整个国家的控制支配
只可惜他在处理继承人上出了问题
最后使他死于非命留下一代政治家的后悔

20. 商　鞅

他是战国时期的政治家声名显要
他的变法在中华大地留下历史光照
商鞅姬姓卫国公族故又称卫鞅公孙鞅

后在秦受封商邑因此被称商鞅名号
他是战国时期法家中的著名人物
作为政治家他深谙富国强兵之道
商鞅先在魏不被用于秦孝公元年入秦
三年变法五年为左庶长十年为大良造
秦孝公二十二年商鞅被封为商君
秦孝公二十四年死后他惨被车裂残暴
留下《商君书》一直诉说着他的一生
两千多年来他一直挺立在中华历史大道

商鞅年轻时就爱好刑名之学并十分精通
为他以后的变法起到了重要的先导
商鞅到秦国后头两次见秦孝公就发表政见
劝秦孝公学尧舜禹汤的仁义行帝王之道
他历经反复劝说论争终于说服秦孝公
使秦孝公坚定了变法决心开始变法改朝
商鞅被任命为左庶长实行第一次变法
在秦国掀起了第一次变法的汹涌浪潮
编制民户加强刑赏以五家为一伍十家为一什
什伍内各家互相纠察一家犯法别家须告
鼓励小农生产崇本抑末规定分家立户标准
这是对封建生产力和生产关系的有力引导

奖励军功按军功重新规定给予名位的标准
这种新规使秦在对外战争中取得明显成效

公元前三五〇年商鞅进行了第二次变法
进一步从经济和政治上掀起了改革高潮
废除井田制开阡陌封疆实行新的法规
推行县制建立君主专制统一的政体政道
迁都咸阳修建宫殿图谋向东发展势力
统一度量衡对秦国统一赋税俸禄作用良好
革除残留的戎狄风俗促进秦国富强
商鞅的两次改革变法在秦家喻户晓
他的新法民众欢迎却遭到旧贵族顽强反抗
最终惨遭车裂之殃为他变法画上悲惨句号

21. 范　睢

他作为政治名家助秦取得重大成就
在古老的中华大地写下一片辉煌锦绣
他强化君权远交近攻的献策加速了秦灭六国进程
使秦消灭六国完成统一天下九州
他作为战国时期政治家名垂青史
作为助秦完成统一大业理应彪炳千秋
范睢一作范且魏国人生卒年不详
他游说诸侯欲事魏王竟家贫无以为筹
他在魏国为出仕经过生死磨难
最终差一点丢掉性命也未能出头
历经磨难他终于到达秦国得以生还
得见秦昭襄王大展胸中政治筹谋

向秦昭襄王提出远交近攻兼并策略
提出了“毋独攻其地，而攻其人”的上策理由
秦昭襄王很赞成范雎的政治主张
封他为客卿常一起议论国家大事运筹
范雎日益得到秦昭襄王好感和信任
随后他又向秦昭襄王献出强化君权新猷
终于使秦昭襄王将专权的四位大臣免除
下决心废掉了大权在握干预朝政的太后
范雎从此得到秦昭襄王的重用
任命范雎为相主持国政并封为应侯
秦国从此大力实行远交近攻的策略
实施了先从韩魏二国开始逐步兼并六国步骤

公元前二八八年秦国派五大夫率兵伐魏
公元前二六六年又攻取魏的邢丘
公元前二六五年秦发兵攻韩国少曲高平
公元前二六四年秦又发兵攻韩凯歌高奏
公元前二六〇年秦国攻赵国在长平大战
这是秦兼并六国的一次经典的战斗
结果赵国大将赵括被射死损失军队四十万
而秦国在长平之战中取得辉煌成就
范雎强化君权远交近攻之策使秦日益强盛
成为秦最终兼并六国的政治军事之轴
一代政治名家最终却难以完成夙愿

不得不自称病重退位让贤留下心诟

22. 秦始皇

他的历史名声曾那么的让人震撼
他开创的千古帝业影响广大深远
他修建的万里长城铸就历史辉煌
他完成古老中华真正统一开创历史灿烂
他访求神仙不死之药留下历史笑话
他的残暴政治迫使农民揭竿造反
他的历史功绩史无前例名垂千古
他的暴虐也长久地留在大地人间
他是中华历史上当之无愧的政治家
他的历史功绩是中华历史上最为辉煌的一篇
两千多年来对他的评论总是众说纷纭
功也是他过也是他有长有短有褒有贬

秦始皇姓嬴名政公元前二五九年出生
十三岁即王位从此开写他辉煌人生史传
在他步入青年时期恰逢七雄进入决战时期
他凭借谋略和先辈创建的雄厚基业平定叛乱
依仗雄才大略和在七雄对峙中的有利地位
抓住战机开始对六国的吞并之战
他采纳李斯的建议制定吞并统一谋略
短短十年间他翦灭六国结束战国几百年之战

结束了战国时期征战几百年的分裂状态
建立了规模空前统一的封建皇朝政权
他顺应了经济发展的需要统一了六国
他更顺应了社会历史发展的一种必然

他在统一六国过程中表现出雄才大略
为古代中华实现统一做出巨大贡献
他除掉吕不韦、嫪毐集团有利于政令统一
他注重网络人才为富国强兵得以实现
军事上采取远交近攻政策逐步瓦解兼并六国
这一切都充分显现了他作为政治家的才干
他创立皇帝尊号成为中华始皇帝
为此使他荣获千古第一帝的千古美赞
他建立了中华历史上第一个空前统一大帝国
使中华大地实现了进入封建社会历史宏愿
他实行郡县制、确立土地私有、统一度量衡和文字
他创建的封建制度被封建社会沿用两千多年

23. 李　斯

李斯约生于公元前二八一年楚上蔡人
年少时作为一名小吏效力于一个小郡
继从荀卿学帝王之术并终有所成
于公元前二四七年为求仕西行入秦
吕不韦看中了他的才华任他为郎

李斯得以成为秦相吕不韦的舍人
由此李斯有了得见秦王献策的机会
从此在秦国入仕为官并扎下了根
他见秦王献利用时机灭诸侯以成帝业之策
秦王听了他离间各国君臣之计对他开始信任
秦王先后拜李斯为长史和客卿
随之李斯官至廷尉后又担当秦国丞相重任

他是战国时期有名的政治家
为秦国统一六国建立帝业立下历史功勋
他是中华历史上政绩卓著的名相
尤其他在文字改革方面功若千钧
他的《谏逐客书》闪耀着文学光彩
又是一篇深刻犀利的光辉政论名文
为此秦王取消了逐客令恢复了李斯的官职
二十余年后使秦竟并天下成就帝业乾坤
分封制与郡县制在秦国发生两次论争
作为深刻了解社会的李斯能深刻认识问题根本
废分封置郡县是秦代政治体制上的重大变革
作为政治家的李斯为此应该荣获金樽

郡县制成为中华封建社会政治体制主要形式
它在中华历史上影响长远影响极深
李斯申论是古非今之不利于治国
他极力主张废除是古非今之禁

李斯对秦立下重大功绩司马迁为他立传
赞扬他的历史功绩对他给以高度评论
鲁迅推崇李斯在文字改革方面的重大贡献
在《汉文学史纲要》中说李斯“于文字，则有殊勋”
李斯的权势在秦始皇那样专制形势下绝无仅有
这难免为他复杂的权力之争埋下祸根
秦始皇死后李斯为个人得失中了赵高的圈套
无奈一代政治名家被赵高腰斩留下历史遗恨

24. 刘　邦

汉高祖刘邦字季生于沛丰邑中阳里之乡
为人豁达大度不拘小节初为泗水亭长
他好酒及色常到酒铺赊酒喝得酩酊大醉
到年终他也不还酒账酒铺常自毁赊账
这就是当年的汉高祖在乡里所为
这就是年轻时期的汉高祖刘邦
就是他喟然叹息嗟乎大丈夫当如此也
他此时的心中居然就妄想当皇上
胸怀大志这就是政治家应有的胸怀
为此而奋斗这是政治家特有的狂想
他从沛县率几等人众起义反对强秦
居然从一个小沛公一直胜利入主咸阳

他是中华历史上第一个布衣出身的皇帝

他的成功在于他政治家的才干能量
起义不久刘邦攻杀泗川守壮开始入关破秦
在胜胜败败中不断发展壮大成长
入秦后刘邦约法三章使秦民众大喜
刘邦拒收百姓食物使其更加拥戴崇尚
刘邦以摧枯拉朽之势夺得三秦占据关中
颁布了一系列深得民心的措施政纲
刘邦把关中建成与项羽争天下的基地
使他取得与楚争天下的第一步辉煌
楚汉战争中虽然刘邦总吃败仗但他败而不馁
他败而复振与项羽相争五年终于使其兵败自刎乌江

刘邦转弱为强夺得天下原因固然很多
但最重要的是他会用人善将兵和善将将
逐鹿中原最终取胜得以建立大汉王朝
论功封赏给仇人封爵并大封同姓王
他在诸多方面的开国规模是前所未有
对其后世王朝产生了深远的历史影响
善纳群言强本弱末或称强干弱枝
这充分体现了他在政治实践上的战略思想
强本弱末是巩固封建专制主义必要措施
但他剪除异姓王留下多少历史感伤
刘邦自汉五年称帝政治局势趋向稳定
他泣歌"大风起兮云飞扬,安得猛士兮守四方"

25. 萧　何

他为汉朝的建立创下第一丰功
他在中华历史上留下响亮的名声
他月下追韩信的故事几乎家喻户晓
充分显现了他对汉家的赤胆忠诚
展现了他作为政治家识人的敏锐眼光
展现了他作为政治家的智慧和聪明
汉初的许多重要决策都出自他的手
他辅佐刘邦取得天下的胜利成功
刘邦之所以从一个区区亭长一步步强大起来
最终战胜强大的项羽取得楚汉相争大胜
汉初三杰可谓居功至伟作用巨大十分关键
而他正是汉初三杰之一发挥了卓越政治才能

萧何沛丰人秦时为沛主吏掾常帮刘邦
沛县吏民起义萧何等拥立刘邦为沛公
刘邦入咸阳诸将走金银财宝之库
只有他独收秦丞相所藏的御史律令
刘邦所以知天下抑扬顿挫扼塞、户口多少强弱之处
全赖萧何所得秦之律令图书提供
项羽负约封刘邦为汉王刘邦大怒欲反
唯独他目光远大奉劝刘邦屈居汉中
假如刘邦不听萧何之劝即与项羽相抗

当时历史也许就会发展为另一种情形
萧何数次向刘邦推荐韩信实乃大家之举
假如没有他月下追韩信历史也许又会更动

楚汉相争长达五年萧何治理关中井井有条
从而使刘邦在外征战得到强大后方保证
萧何以关中的人力物力源源输往前线
使刘邦得以重整旗鼓继续战斗最终取胜
他留守关中治理有效理应功居第一
楚汉战争结束论功行赏刘邦给萧何记了头功
他根据汉朝需要捃摭秦法取其宜于时者
作律九章对汉律令进行了基础性制定
萧何虽有先斩后奏的权力但他仍然十分谨慎
一生小心谨慎恭谨自持曾家财佐军并让封
他为相多年在百姓中有相当大的影响
没有为后代留下丰厚遗产却留下政治家名声

26. 曹　参

他虽然战功最多却还是一位政治家
他以自己的战功辅佐刘邦赢取天下
战争结束后他先后又任齐相和汉相国
无论武将还是文相之任他的成就居然都很大
曹参字敬伯沛人秦时为沛狱掾
沛县吏民起义他跟随刘邦从此开始政治生涯

他一生经历的战事甚多多到无法详举
为此他的战功最多多到难以评价
刘邦初起他将兵击胡陵、方与、薛等地
破秦监平、司马巨及章邯杀李由战果甚佳
为此他晋升为执帛号建成君迁为戚县公
这是他起义后第一阶段的战争生涯

后来随刘邦进兵关中击成武、杞里和开封
破秦东郡尉之军虏南阳守齮及御史司马
他胜利进军咸阳荣得灭秦大胜
他晋爵为执珪这是他第二阶段战争生涯
他被刘邦封为建成侯至汉中晋升为将军
随刘邦还定三秦将辩、故道、雍等地一举击下
刘邦彭城败后有多将反叛被曹参一一击破
然后归荥阳这是他第三阶段战争生涯
汉三年刘邦拜他为假左丞相屯兵关中
后渡河击魏人破魏军将魏地尽皆拿下
他乘胜击代又东击齐定齐地被拜为右丞相
并留齐击未服者此为他第四阶段战争生涯

曹参戎马一生身被七十创攻城略地功最多
凡下二国、县一百二十二夺得地域那么广大
《史记》《汉书》对曹参战功记述颇多
后人对他的卓著战功也给予很高评价
汉朝建立后曹参先后被拜为齐相国汉相国

作为战后治国他充分显现出政治家才华
曹参治齐根据时代需要采用黄老之术
他相齐九年使齐国祥和被百姓广为赞夸
萧何死后他为汉相国仍以黄老之术治汉
施政办事全尊萧何原定约束无所变化
他任相国三年使西汉政治稳定经济社会继续发展
上演了“萧规曹随”无为而治的历史典故佳话

27. 刘　恒

他以宽厚的政治和恭俭的作风治国
他谱写了“文景之治”的汉代历史大歌
他仁孝宽厚以其仁孝闻名于天下
他的仁孝在古老中华大地广为传播
汉文帝刘恒是汉高祖刘邦中子
他不仅仁孝还具有政治家的才华气魄
汉高祖十一年春他被立为代王
出身帝王之家一直享有着王的待遇生活
由于他的仁孝被大臣拥立坐上帝位
在此之前他大概从来没有想到过
拥立他为皇帝他却谦逊说自己不足当此重任
在群臣坚决请求下他才入未央宫登上皇帝宝座

这种做法反映了他没有野心不贪恋皇权
同时也充分展现了他仁孝宽厚的品格

刘恒即位后封赏了诛吕有功的将相大臣
以此表明了他对历史是非功过态度如何
他颁布了《议赈贷诏》《养老诏》等诏令
以赈救抚养贫困年老百姓的生活
他因长期生活在代地对下层社会多有体恤
制定奉行了一条让民休养生息的政策
他还下诏明确了以农立国的思想
并举行亲耕仪式为务农带头耕作
此后他又多次下诏书申劝务农之旨
并下诏求言解决农民饥馑佐百姓之策

他还下诏务省徭费以便民并裁减卫队人马
劝民力农减轻租税和赋役取得良好效果
他慎于用法强调法用得正才能服民
主张禁暴导善反对以株连全家的做法惩恶
他十分重视有识之士听取他们对朝廷有利建议
农业是立国之本、重农抑商建议他都采纳贯彻
他听取贾谊建议削弱诸侯王的分封势力
有效加强了中央集权的权力建设
他常衣绨衣在生活上素有恭俭作风
两千多年来史家一直称颂他的这种俭朴美德
他对匈奴采取了亦战亦和的政治军事措施
移民边塞屯田务农加强防守保证了边境安宁平和

28. 刘　启

他继承了父亲汉文帝的光辉帝业
取得了“文景之治”的历史辉煌连结
他出身帝王之家是汉文帝刘恒之中子
于公元前一五七年登皇位继承帝业
他即位时已不是其父文帝登位时形势
这时汉朝经济社会日趋安定和谐
他即位后继续奉行了“与民休息”政策
因此与汉文帝之治有了良好的连接
从而取得“文景之治”的历史辉煌
与汉文帝共同抒写了“文景之治”史页
他体恤民情关心下层民众的疾苦
闻民多乏食夭绝天年他深感痛切

他准许百姓从贫瘠地区迁往土地肥沃地区
民欲徙广大地者听之以利发展农业
他下诏令将农民的田租税减去一半
重本抑末减轻赋税之举使民众心悦
在对待匈奴的关系上继承文帝之举
采取了争取和亲及积极防御方略
使匈奴只是时时小入盗边无大寇
保持了相对安宁稳定的与匈奴间的疆界
他采取与匈奴通关市把来降匈奴封为列侯

对匈奴起到友好作用还又可以对其瓦解
他在刑法上也很慎重下诏减免了一些刑法
制定了惩处官吏犯罪办法给以惩戒

他的这些做法在一定程度上缓和了社会矛盾
历史证明他的这一系列做法恰当正确
他的重要政绩在于“削藩策”的推行
显示出他作为政治家的正确判断取决
他即位后诸侯王的封地和权力仍然强大
并且经济力量不断发展对皇朝形成很大威胁
他采纳削藩建议逐步剥夺诸侯王国土地
诸侯王不甘心其权势被削弱于是举兵作孽
于是爆发了七国联合反对朝廷的叛乱
当他发觉上当后立即采取积极措施进行剿灭
随后他通过一系列办法打击了分封势力
加强了君主专制彰显了政治家的治国方略

29. 刘　彻

他建立了封建专制主义多方面制度
他是中华历史上一位杰出的人物
他是两汉时期一位雄才大略的皇帝
历史上往往以他与秦始皇并举称为“秦皇汉武”
他创造了让中华民族振奋的历史
他让世界认识了什么是中华民族

他创造的辉煌至今让中华民族引为骄傲
为此他获誉汉武大帝的称呼
他是中华历史上有作为的政治家
他开创了古老中华大地强盛的版图
晚年对自己的失误勇于下罪己诏
充分显示了作为一个政治家的非凡气度

是他真正建立起封建专制主义的体制
始终坚持了强干弱枝封建专制主义思想基础
他采纳主父偃建议颁布了“推恩令”
削弱了诸侯王的势力使中央集权得以巩固
同时又颁行“左官律”和“附益之法”
加强封建专制主义的多种大政相继而出
经济方面削弱地方割据势力和富商大贾势力
他为此建立了相应的一系列重要制度
加强朝廷对全国经济命脉的管理控制
采取有效措施不断增加朝廷的财政收入
推行了盐铁官营、铸币和均输、平准的诏令
把富商大贾掌握物资操纵物价权力收归朝廷掌处

在思想文化方面树立了儒学的统治权
诏令立五经博士罢黜百家独尊儒术
他重视人才推行察举制、征召制、选用博士子弟
选拔了大批具有真才实学的人使其人才辈出
体制建树和人才的登用是治国两件大事

汉武帝在这两方面成就是他雄才大略的标注
断绝与匈奴和亲多次征讨匈奴将其主力歼灭
漠南、河西、漠北三大战役打出了汉朝威武
派使通西域开始与西域各国建立联系
平定东南地区加强了与西南夷的通途
他一生也有诸多失误尤其奢侈之过
但这不能掩盖他政治名家一生的卓著

30. 主父偃

他是西汉时期的政治家、纵横家、辩士
他以强辩之才纵横捭阖指点江山一言以决生死
主父偃齐临淄人出身贫寒早年学纵横之术
后改学《周易》《春秋》和百家学识
或因雄辩善言高谈阔论违道之言出名
因此在齐时一直不被用受到儒生排挤
于是他北游燕赵中山等诸侯王国
但都没有得到重视没有受到礼遇
后到长安拜见卫青得以向汉武帝推荐
但也无结果后直接上书汉武帝得到重视
便由一潦倒布衣平步青云一年四次升迁
从而得以施展他政治家的治国之志

他认为诸侯连城数十地有千里之广
缓则骄奢而为淫乱急则合纵对朝廷反之

这种状况对西汉皇权形成了严重威胁
对加强中央政令的推行十分不利
为此他向汉武帝建议推恩诸侯分封子弟为侯
这样王国自析诸侯王权力削弱便于中央之治
他还提出徙天下豪杰兼并之家于茂陵
以省内地转输戍漕加强对匈奴防御
这些建议迎合了汉武帝专制主义中央集权需要
因此多被汉武帝采纳并大力实施
他又上章拥立卫皇后以报答卫青的知遇之恩
从而使他又得到皇帝的恩宠更加得志

他一生先抑后扬再抑可谓坎坷异常
以起初的不为所容穷困潦倒到显贵官职
然而他未能善始善终最后凄惨被杀
众多宾客中却只剩下一人为他收尸
他实乃应该顺境中保持逆境中的精神
不应该目中无人骄傲自大任意胡为忘乎所以
他曾辅助汉武帝成就一番强汉事业
也曾做出许多报复以消过去所受怨气
他曾发出那流传千古充满悲愤和怨恨的感叹
那种义无反顾的决绝选择居然不顾倒行逆施
主父偃一个忧愤千古的伤心人
留下了众说纷纭留下是是非非非非是是

31. 张　汤

张汤是武帝时期名臣具有政治家之才
也称酷吏为此为官显现出一段酷吏风采
他是西汉京兆杜陵县人为武帝时期名臣
他精通刑律少年时就显现出狱吏之才
他的狱吏之才开始于一个有趣故事
他的狱吏之才在故事中充分显现出来
幼年时其父为县丞因事外出命汤守家
回家后发现肉被鼠盗食大怒将汤责打责怪
张汤居然挖掘鼠洞捕得盗肉鼠和吃剩的肉
他把鼠放置在堂案就开始审问起来
他像审问囚犯那样对老鼠加以审讯
审讯程序从传讯到定案均完备安排

审讯后张汤取鼠肉进行结案定罪
按刑律将鼠处以磔刑并押上刑台
他父亲把判决书取来观看文辞非常周详准确
同老狱吏一样使他父亲十分惊骇
以其有狱吏之才命他学习刑律
其父死后张汤为长安县吏正中下怀
后升为内史掾丞相史侍御史办理案件
后汉武帝以其能干迁升为太中大夫显现气派
他与赵禹共定律令条文非常严苛

特别是对现职官吏尤为严惩不贷
汉武帝以张汤明法令擢其为掌管全国刑狱廷尉
从此他成为朝廷上执法的主宰

张汤当大官后十分注意修身之道
对于故人子弟做官吏及贫穷亲族照顾厚待
由于汉武帝推行外儒内法的治术
需要依靠张汤一类人物办理和承载
张汤虽然执法深苛也能迎合汉武帝旨意
由于能干他升为御史大夫从小吏升至三公高台
他建议兴利提出一套财政改革办法
统一币制、笼天下盐铁、出告缗令为朝廷敛财
当时的丞相碌碌无能天下事皆决于张汤
于是显现出他的才能和他的气概
他因怨致祸最后遭人谋陷而自杀
他一生居官廉洁却被污而死令人悲哀

32. 汲　黯

汉初诸帝奉行实施的黄老治国之道逐渐隐退
“以言乱政”的儒家一跃主治两千多年封建社会
在这此消彼长的历史时期之中
作为黄老传人汲黯最后坚守着以道治国岗位
他以自己整个一生向诸儒更包括皇帝
展示了道家以道治世的精华和光辉

黄老学说一向被认为是消极避世哲学
后世逐渐将其发展演化为修道养生宗教一类
这样就很难完全以之用于治国安民
汉初崇黄老用治世已是修正了的黄老之道所为
黄老思想一旦作为治国之术便有其特定内涵
也会取得治国安邦成效显示其美

汲黯濮阳人出身于官宦世家西汉政治家
他性情沉刻严肃常面析人短不能容人之罪
他是一个比较典型的斗士型人物
具有一位政治家的雄才大略和聪明智慧
他生活在儒学风靡日盛的汉武帝时期
思想上的重大冲突必然表现行动上对立行为
这几乎很难将“不争”的黄老门徒与斗士汲黯相联系
但他却是一个彻头彻尾的黄老门徒一类
他正是在儒道激烈对抗中产生的特殊历史人物
他初为谒者令视察东越族人纷争就表现不同作为
视察河内郡火灾他却开仓济贫民
没有把朝廷权威和有关礼法考虑在内

他任东海太守以清静为务治官理民
择其大者而治之其小处则任民自择自为
他多病经常高卧不起闭门养病实行卧而治之
一年多时间东海大治上下皆称颂赞美
他后又任淮阳太守依法炮制淮阳大治

说起来简直就是奇迹着实让人思考回味
汉初薄赋轻徭于民休息居然可得“文景之治”
这与汲黯的所为如出一辙更让人深思回味
汲黯敢于犯颜直谏包含两种不同治世流派之争
他的刚直之风时常把汉武帝及众儒生惹恼得罪
汲黯也许是坚持黄老治国之术的最后仅存者
作为一位特别的政治家留下特别的历史芳菲

33. 桑弘羊

桑弘羊出身于洛阳商人深谙理财之道
他为汉武帝理财理出显著的成效
公元前一二〇年他被任命主持全国财政经济
作为理财名臣和政治家留下历史光照
他从幼年时代就开始接触工商业
能“以心计”而不用筹码进行运算十分精到
他十三岁被召入宫廷任侍中之职
以商人子弟得膺此职说明他的显要
桑弘羊是具有法家思想的理财家
主张设法禁奸强调厉行法制的重要
他推崇法制的同时也常引儒书饰以儒术
认为仁与刑并非对立而是交相互用为好

春夏生长利以行仁，秋冬杀藏利以施刑
他用四时代谢说明仁与刑关系十分精妙

他具有兴功利思想肯定商业活动
认为要使国家富强必须本末并重不可缺少
他认为封建国家必须干预经济事务
有关国计民生工商业部门必须由国家掌牢
他主持财政经济后实行了一系列改革措施
其中颁发的算缗告缗令收到显著成效
算缗告缗令使豪商大贾受到沉重的打击
而使朝廷由此获得了一大笔巨额财钞
他推行盐铁官营清除积弊扩大盐铁官营建制
这是他所推行经济改革中最重要的一条

他推行酒类专卖改革币制发行新币
整顿货币市场废除一切旧钱货币由国家统一铸造
实行均输和平准打击了富商投机倒把活动
安定了人民生活开辟了财源稳定了物价商贸
有效解决了财政困难保证了对匈战争和边疆经营
基本解决了豪商大贾和地方割据势力隐患叛道
盐铁官营、均输、平准和边疆屯田不仅有利民生
而且对后来中华封建社会发展起到先导
桑弘羊是辅佐汉武帝建功立业的能臣
是中华封建社会杰出理财家理财高超
在古代中华经济思想史上独树一帜具有卓识
为汉武帝巩固统一汉皇朝加强集权立下汗马功劳

34. 刘　秀

汉光武帝刘秀为西汉汉景帝之后
他作为东汉创业之主写下一段历史锦绣
他早年是从参加绿林军而起家
参加起义军便心怀复高祖之业定万世之秋
昆阳之战刘秀身先士卒取得大胜
刘秀在此战中显示出的军事才能那么优秀
昆阳之战大大提高了他的声望和地位
为他的光复汉朝大业开了个好头
经过昆阳之战王莽的主力被歼
刘秀势力的发展显示出强盛的势头
他于更始元年十月持节渡孟津镇抚河北
所至之处安集百姓以复汉室名招抚郡州

更始政权瓦解后割据势力纷纷拥兵自立
各割据势力或称王或称帝纷乱悠悠
刘秀采取各个击破策略向河北各起义军进攻
各义军主力被刘秀消灭殆尽河北尽归其所有
此时的刘秀跨州据土带甲百万势力大增
遂于建武元年六月在鄗称帝建立东汉朝楼
东汉政权建立后立即出动大军渡河南征
首先扫荡更始政权在各地势力残留
然后他集中主力开始镇压赤眉军

随后攻取洛阳遂定都于此开写东汉春秋
镇压农民起义后又各个击破各地封建割据势力
东汉政权统一全国东汉王朝开始屹立大地九州

为了巩固新建的东汉封建王朝政权
他先后采取一系列加强皇权缓和阶级矛盾新政猷
他把一切行政大权归之于由皇帝直接指挥的尚书台
下诏令大量裁减冗员简化各级机构
提倡儒学表彰气节兴建太学传授诸经
注意民生与民休息释放奴婢刑徒以自由
整顿吏治提倡节俭薄赋敛省刑法偃武修文
抑制豪强势力实行度田等一系列运筹
他才兼文武是中华历史上著名的封建皇帝
具有敏锐政治眼光讲求策略勤于政事堪称优秀
他既是地主阶级的代表自然是农民起义军的死敌
但他完成国家统一大业代表着社会共同要求

35.曹 操

曹操又名吉利字孟德小字阿瞒
沛国谯人出身于一家显赫的宦官
他少机警善权术自幼博览群书
精诗词通古学还有过人的武艺超群非凡
他年轻时任侠放荡不治行业时人不重
但得名士“治世之能臣乱世之奸雄”称赞

从此曹操渐渐有了影响知名于世
公元一七四年二十岁的他被举为孝廉
黄巾起义爆发他被拜为骑都尉镇压起义军
随之迁为济南相大力整饬吏治大显才能威严
后不肯迎合权贵遂托病回归乡里
春夏读书秋冬弋猎暂时隐居乡间

后他散家财合义兵组织五千人之军讨董卓
大败黄巾起义军收编其精锐从此有了军队本钱
挟持汉献帝迁都许昌取得挟天子以令诸侯优势
这是曹操前期政治生涯的辉煌灿烂
他采取各种措施募民屯田扶植自耕农经济
使他的统治区内农业生产迅速恢复发展
建安二年开始他剪灭群雄统一北方战争
先后开始征徐州、战官渡、征乌桓历次大战
历次大战之后肃清袁氏及各方势力占据北方
逐渐巩固稳定北方呈现日益强盛局面
赤壁之战使他大败而归不得不另取新举
不拘品行唯才是举尽量把人才收罗到身边

一部《三国演义》把他完全演义成反面人物
挟天子以令诸侯令民间长久表示不满
汉是正统他为反逆为此成为一代奸雄
在《三国演义》里把他演义得活灵活现
为此他在古老中华大地留下诸多恶名

不论历史演义故事还是民间传说都留下诟言
他不但是中华历史上一位杰出政治家军事家
还是一位杰出文学家留下建安文学灿烂
他的《薤露》《短歌行》都是不朽之作
《苦寒行》《碣石篇》令多少人为之感叹
又恨又喜可能是后人对他矛盾的心情
一代奸雄和阿瞒之称隐蕴着复杂的情感

36. 诸葛亮

他一代政治名家一代名相贤臣
他为蜀汉的建立立下不朽功勋
两千年来他在中华大地家喻户晓
他一生鞠躬尽瘁一直感动着后人
他祖孙三代三世忠贞广为传扬
出师未捷身先死使多少后人泪洒衣襟
他是中华民族聪明智慧的象征
赤壁大战借东风、空城计他简直如神
三顾茅庐演绎一个美好的历史故事
隆中对策舌战群儒上演得五彩缤纷
《出师表》不但闪耀着他才华光照
更彪炳着他忠贞为国的一颗赤胆忠心

诸葛亮字孔明琅玡阳都人氏
年轻时代曾隐居襄阳西北隆中辛勤耕耘

一座院落几间草屋一边种地一边读书
他很想干一番大事业志向远大以天下为已任
他读书不拘泥于一章一句而是观其大略
通过潜心钻研精通战术兵法熟知地理天文
他十分注意观察和分析当时的社会
积累下大量治国用兵知识那么丰富精深
他恰如卧龙岗的卧龙随时准备腾飞
熟悉他的人都认为他是一个了不起的人
因而《三国演义》书写了三顾茅庐故事
同时也使他成为中华民族聪明智慧的象征源本

辅佐刘备赤壁之战立足荆州西取益州奠定基业
平定南中辅佐刘备称帝蜀汉立下千钧
他先后五次北伐中原五次出师未捷
五次北伐中原充分显现他的意志和忠心
五次北伐中原使他留下终生遗憾
但留下的鞠躬尽瘁精神一直感动着后人
他作为丞相能安抚百姓建立法规整顿官吏
遵循权制开诚布公处理政事精练公允
赏罚分明举国之人对他既畏惧又尊敬
可称得上深谙治国之道的名家贤臣
表现了政治军事和外交上卓越见识和才能
无奈那扶不起来的阿斗难辅只能遗憾终身

37. 谢　安

谢安字安石出身名门世家从小受家庭影响
在德行学问风度等方面具有良好修养
青少年时代就在上层社会享有较高声誉
当时的社会名流对他都有很高评价赞赏
他早年无意仕宦朝廷屡召都被其婉拒
充分显示了他与众不同的品格和风尚
他高居会稽东山常与王羲之等人吟诗咏文
过着逸士一般悠闲生活甚是自得欢畅
其实他十分关心国家大事对政局有明智见解
隐居期间时常协助兄弟从政出些主张
他的名声愈来愈大根据家族情况毅然出仕
出仕时年已四十最初官职不高却颇有声望

公元三七六年谢安进位中书监、录尚书事
督五州军事又加司徒、卫将军和三司荣光
淝水之战他以博弈游玩托情却暗中运筹帷幄
操胜负于谈笑间取得淝水大捷胜利辉煌
他执政期间一直注意各大族之间势力平衡
对其既不过分削弱也不让其过分膨胀
使政局比较稳定国力得以较快发展
南北对峙局面也正是在这一时期相得益彰
他不仅是东晋一位名臣杰出的政治家

而且博学多才为东晋名士之冠风流学养
他精于当时在社会生活中占重要地位的玄学
在二十多岁讲玄学叙致精丽才藻奇拔大受赞赏

他亦精通儒家经典在宫廷侍读时常解答疑难
能诗善文才学华丽在文学方面有很深修养
他性好音乐精通乐理时常与人谈论琴书
他还工书善画行书隶书都很擅长
他善于礼接士庶虽为大家却不恃傲
对当时森严的门第阀阅并不赞同和提倡
他在对子弟教育上也主张德政
重视言传身教身体力行教子有方
故其谢家子弟大都教育成为有用人才
戎装名将文坛彦秀谢氏一门人才济济满堂
他不仅有卓越军政才能多才多艺还向有弘远之志
从而世间留下“大才亹亹谢安”美名传扬

38. 王　猛

王猛字景略北海剧县人后移家魏郡贫寒家境
出身贫寒的他小时候以贩畚为业谋生
长大后博学好兵书谨重严毅气度雄远
一帮庸俗士族子弟瞧不起他他也不屑与其相争
桓温入关时他披着一件破旧短衣去求见
居然一边捉虱子一边纵谈天下大事情

他旁若无人并不因自己穷相而有愧色
其表现让人不解确实与众不同
他的见解确实显现出高屋建瓴的才识
桓温收留他并授以职位对他采用
他知道东晋容不下自己这样的寒士
拒绝桓温三年之后得到苻坚赏识重用

从此王猛入仕苻坚的前秦朝纲
开始表现出他一生的政治军事才能
他初任中书侍郎即被委以机密重任
他被派到氐族逞强的始平县任县令
王猛到任后不畏强暴执法严明严打豪强
被诬告遭押解还京差一点丢掉性命
醒悟的苻坚终于认识到王猛的才干
从此使王猛日益受到信任和重用
他在领京兆尹数旬之内诛杀贵戚豪强二十多人
使百僚震肃豪右屏气有效整饬了社会不良之风
他辅佐前秦先后平定外患内乱
使前秦历史进入一个新的阶段政局日趋稳定

不失时机发动统一战争完成统一北方大业
在统一北方大业中王猛立下历史丰功
他治军严明军纪整肃而且法简政宽
社会秩序井然老百姓各安其业生活裕丰
灭燕后王猛受命全权处理关东六州事务

由其自行选任六州太守和县令任命
公元三七二年王猛被征入辅大政任以丞相
还委以中书监、尚书令、太子太傅、司隶校尉等
在他执政期间军国内外之事无不由之
他刚明清肃善恶著白放黜尸素劝课桑农
孜孜不倦操劳国家大事使前秦得以大治
他病逝后苻坚失声痛哭三次亲临吊唁他王猛

39. 北魏冯太后

她具有封建社会女人少有的政治才华
她是北魏历史上一位承前启后杰出女政治家
北魏文明太后冯氏长乐信都人生于长安
她出身华贵是一个几代官宦世家
在她还是一个天真烂漫的小姑娘之时
家庭突遭大难她的父亲罹难被杀
顿时家破人亡她被没入平城皇宫
幸有她在宫中的姑母对她关爱有加
照顾着她得以在宫中一天天成长
她聪明好学在姑母抚养教育下不断长大
不仅精通文字而且各种见识日益长进
从而使她具有了丰富知识和智慧才华

公元四五二年文成帝即位她被选为贵人
当时她只有十四岁四年后立皇后又选上她

文成帝二十六岁就早早死去她痛不欲生
悲痛的她居然跳入火中欲想自杀
被救后献文帝即位她被尊为皇太后
从此开始了她作为政治家的生涯
她精明果敢干练宫廷政治生活使她更加敏锐机智
她没有沉没在悲哀中不动声色注视着周围变化
当她察觉朝权独揽的乙浑心术不正危及帝业之时
便密定大计突然以谋反罪把乙浑诛杀
然后宣布她亲自临朝听政控制北魏大权
在其后统治阶级内部夺权斗争中她又成为赢家

在她主持下北魏进行了一系列具有重大意义的改革
北魏的历史在她手下写下新的历史光华
首先实行均田制劝课农桑建立富民根本
实行三长制和新租调制使海内安之显示其佳
实行俸禄制打击贪官污吏整饬吏治
重视儒家教育主持制定相关政策促进汉化
她治事苛严对孝文帝管教都很严格
对可能动摇其地位的人严厉制裁惩罚
她厉行节俭一生朴素不喜欢金银饰物
穿衣吃饭日常生活简单反对铺张复杂
她不愧是北魏历史上承前启后的杰出人物
她里程碑式的改革对中国封建社会影响深远广大

40. 拓跋弘

他用短暂的政治生涯上演了一段历史磅礴
他用只有二十三岁的生命唱了一首政治之歌
献文帝拓跋弘为北魏第六位皇帝
他崇文重教兴学轻赋特别尊玄好佛
由于杀了嫡母冯太后宠爱的大臣被对方毒死
从此结束了年仅二十三岁的帝王生活
拓跋弘是北魏王朝一个特殊皇帝
在其短暂的政治生涯中留下诸多传说
在他的二十三岁生命中既富有喜剧色彩
又充满着悲剧的情调留下生命悲歌
他十二岁即位即显露出超人的才能和魄力
因亲自组织指挥了著名女水之战而名著史册

他整顿吏治增强国力四方征战致力统一
俨然富有一副英明君主大有作为的气魄
但在他亲政五年之后正当其统治事业进展顺利之时
却突然将皇位让给只有五岁的太子元宏坐
他的这种异常举动留下难解历史之谜
留下了众说纷纭的后人猜想和传说
拓跋弘虽好老庄佛图但并不厌世
他聪睿机语从小就有君临天下的才德
他文武全才十二岁亲政后拔清节黜贪污

大力整饬吏治赏罚严明勤于治国
他根据中原的情况大力改革赋税制度
他用赏罚和黜陟的办法解决贪污受贿收到明显效果

拓跋弘即位以来在军事上也取得很大胜利
他亲自率四路大军征讨柔然取得胜利战果
从而使北魏北边国境得以安宁稳定
对北魏南境采取策略使其南境顺利开拓
他虽然年轻却具有政治家的刚严素质
他虽然尊玄图佛却不受老庄佛图理论束扯
为进一步整治贪污之风制定了强硬严厉法律
吏受所临羊一口酒一斛者死与者以从坐
还规定有能纠告尚书已下罪状者随所纠官轻重授之
充分体现了他整顿吏治的坚定决心和严厉举措
他是一个文能武练既有雄心又有胆略的皇帝
在他即位期间取得了内政外交重大成果

41.杨　坚

他开创了隋朝统一的伟大事业
他把短暂的隋皇朝历史书写得轰轰烈烈
秦始皇创秦制为汉以后各朝所沿袭
隋文帝创隋制为唐以后各朝遵循承学
秦隋两朝对封建社会都有巨大贡献
绝不能因为它们历年短促而轻蔑

他们的王朝虽然历年短暂却留下丰富遗产
王朝历年虽短却书写了光辉的一页
他们历年虽短却不能忽视历史作用
他们历年虽短却留下重大的历史参阅
隋文帝是中华历史上一个有作为皇帝
他作为一位政治名家应排在杰出之列

他姓杨名坚弘农郡华阴县人出身官宦世家
凭借父亲的地位和自己才能登上高高官阶
随后为上柱国、大司马不久又迁升大前疑
他位望日隆在北周的官阶一再不断升跃
为此结纳的人越来越多形成一个有力政治集团
迅速掌握了北周军政大权成为朝中豪杰
公元五八一年二月杨坚晋封隋王位在诸侯王之上
这时杨坚改朝换代计划已没有阻碍和威胁
经过一番禅让之后便正式做了皇帝
定国号隋改元开皇定国都长安城阙
从此隋文帝便以汉人天子取代胡人政权
结束了长期统治中国北方的胡人朝阙

他做皇帝后勤于为治每临朝引坐论事常传餐而食
大崇惠政法令清简躬履节俭天下甚悦
在政治经济方面采取许多革新措施
以一个政治家之巨手把隋王朝历史开写
他首先改革行政制度以加强朝廷的权力

在整顿吏治方面他妙简良能出为牧宰之缺
修订刑律、改革府兵制、对选举制度也给以重大改革
特别是考试选士的科举制度从此开揭
对周边各族采取军事上防御和政治上招抚
平定南方使长期分裂局面重新获得统一疆界
推行均田制、大索貌阅发展经济使社会空前繁荣
开创了“开皇之治”的辉煌历史岁月

42. 李世民

是他开拓了强盛的大唐疆域版图
是他创造了大唐天子威震四方的威武
是他让周边诸多国家前来朝贡大唐
是他与诸多国家开展了友好往来并和睦相处
是他让诸多国家遣使大唐来学习大唐
是他让大唐文化四方交流八方传布
是他创建了“贞观之治”的历史辉煌
是他把中华封建社会推向顶峰高度
他是中华历史上一位杰出的政治家
他是中华历史上一位罕有皇帝圣明君主
他在中华历史上书写了盛唐的光辉诗篇
他在中华大地上留下盛唐的疆土

唐太宗李世民是唐高祖李渊的次子
出生在军事贵族家庭从小就骑马射箭娴艺习武

他所用的箭比通常的箭要大一倍
其箭法具有射洞门阖百步穿杨的功夫
他也十分喜爱读书并且写得一手好字
临机果断不拘小节为人豪爽有识见尤为大度
进军关中他统军作战发挥着重要作用
文武双全以武功见称的他战功卓著
复杂激烈皇位继承权之争导致玄武门之变
他得继皇位改元贞观从此开始唐太宗政途
他励精图治政治清明使社会安定经济发展文化繁荣
国势极为强盛出现历史艳称的“贞观之治”大业雄图

在政治方面他沿用隋制而略有改革
在经济方面继续推行均田制发展农业之路
在文化方面尊崇儒学唯尧舜周孔之道
重视历史对政治的作用留下以古为镜典故
他善于求贤和纳谏注重发挥人才的作用
军事力量与和亲政策兼用统一边疆使其安定和睦
他作为一个历史巨人杰出政治家军事家光照简册
他少娴军事能征善战自晋阳起兵战功卓著
他北剪刘武周西平薛举东擒窦建德王世充
轻扫刘黑闼等四方群雄奠定了全国统一基础
即位后励精图治明于知人善于纳谏厘改政治之制
创造了“贞观之治”中华封建社会最强盛标注

43. 魏　徵

他少年时父即去世家道中衰陷入贫困境地
但他落拓有大志不事生业曾出家做过道士
魏徵字玄成巨鹿曲城人从小爱好读书多所涉猎
他被起义的李密召用成为起义军一员踏上从仕之举
他备经丧乱仕途坎坷阅历丰富
因而造就了他经国治世之才和敏锐洞察力
他为人耿直不阿遇事无所屈挠敢于直谏
他深得唐太宗所器重喜逢知己之主思竭其用之
他一代诤臣诤言直谏一生谏诤多达数十万言
其次数之多言辞之激烈态度之坚定无人能比
他谏诤涉及面很广朝廷军国大事为主要内容
除军国大事外对其他不合义理做法他也谏及

他规谏唐太宗要兼听广纳防止贵臣壅蔽
要接受历史教训居安思危力戒骄奢淫逸
他敢于犯颜直谏曾让唐太宗感叹把他比做良匠
他对朝政失误的批评对贞观政治纠谬补缺多所裨益
他力劝偃革兴文实行有利于国计民生休养生息政策
表现了他政治上“致化”思想的深刻认识
他还提出以静为本思想主张社会有个安定环境
停止周边诸国朝贡和较大规模活动防止民众劳役
他主张兼听广纳君臣共理以克服君主的主观片面性

以发挥臣下聪明才智使君臣协力共治天下思想实施
他规谏要知人善任惩恶劝善赏罚分明不徇私情
坚持扬长避短是他主张用人的一个卓越思想标志

他认为要使国家长治久安最重要的就是居安思危
规谏唐太宗要守成帝业要善始慎终孜孜求治
在贞观后期他上疏了著名的《十渐不克终疏》
充分反映了他一代诤臣的坚强意志和治国才智
他喜逢知己之主竭尽股肱之力辅助太宗理政
助成“贞观之治”名垂后世留下光辉历史
他病重唐太宗几次探望他病逝唐太宗痛哭失声
唐太宗亲自为他撰写碑文留下以人为镜历史铭记
他不愧唐初卓越政治家一生刚正不阿
有胆有识辅弼唐太宗拨乱反正成就贞观之治
他身正而心劲上不负时主下不阿权幸中不移亲族
外不为朋党不以逢时改节不以图位卖忠垂于青史

44. 松赞干布

他依靠自己的武勇和智慧继往开来
用自己短暂的生命书写了一段历史豪迈
松赞干布中华历史上杰出的少数民族政治家
唐王朝时期他在西藏开创了统一时代
他的一生不仅结束了藏族各部落分散落后的局面
还促进西藏经济文化得以发展大步前迈

而且对加强汉藏两族联系作出很大贡献
显示出他作为一个政治家的远见卓识气派
他出生之时吐蕃王朝的都城还在泽当
在雅鲁藏布江南岸地域还比较狭窄
正是雄才大略的松赞干布长大后南征北战
统一了高原上各个部落并建新都拉萨城塞

是他带领雅隆部落走向更为辽阔的天地
开辟了藏族历史的新纪元新的历史豪迈
由于他对藏族历史作出巨大贡献
他被后人尊称为松赞干布来爱戴
松赞干布意为深沉宽厚杰出能干的男子
他的雄才大略更显示出了其英雄气概
他从小受到良好的教育和严格的训练
成为精通骑射角力击剑武艺出众的将才
他又是那么爱好文化和民歌善于吟诗
从而造就了他使他成为一个文武全才
他十三岁时国王朗日松赞被人毒死
他在内困外扰严重局势下继承王位为吐蕃第三十二代

他即位后沉稳果敢以强硬手段应付叛乱
经过三年征战终于稳定局势再次恢复吐蕃统一朝台
松赞干布率部众渡过雅鲁藏布江
把都城迁到在拉萨河畔新建的拉萨城塞
迁都后他制定了一系列兼并周边各族战略方针

为实现他统一高原的远见目标书写了历史光彩
松赞干布除了武功文治也取得重要成就
他领导下创制的藏文拼音文字传流后代
他二十五岁迎娶文成公主入藏是重大之举
为此留下一段历史佳话留下汉藏之爱
他与唐太宗共举“汉藏同为一家”旗帜
积极倡导藏民学习汉族先进文化并融入藏族社会形态

45. 武则天

她为中华历史留下难以评论的是是非非
她受到后人的责怪也得到后人赞美
她上承“贞观之治”下启“开元之治”
她为中华历史也留下一段闪耀光辉
她是把唐朝推向极盛历史过程中重要人物
她在这一历史发展过程中显现出重要作为
她是中华封建社会时期唯一的一位女皇
新旧《唐书》则把她称帝视为“僭位”
但同时历史不得不承认她僭于上而治于下
由此在中华历史上留下对她的是是非非
历史无法否认她在执政时期的重大政绩
但她一生中的缺点和错误也受到历史责备

晚年时期她逐渐走向奢侈腐化大修宫殿和佛寺
日役万人采木江岭数年府藏为之耗尽所费

她宠信张易之、张宗昌和武三思等一帮小人
使他们在朝廷上败坏朝纲任意胡为
在镇压反对势力过程中信用贪赃枉法酷吏
大肆罗织株连滥杀使一些无辜臣民受到连累
尽管如此同她的主要政绩相比还是功大于过
作为政治家在中华历史上留下一片芳菲
她自幼聪慧有才智十四岁选入后宫当才人
从此为她带来了攀上历史政治顶峰的机会
她用自己的心计和智慧战胜整个后宫
从一个小小的才人升迁到皇后的高位

她素多智计兼涉文史由干预政事到垂帘听政
进而宣布革命改唐为周自称圣神皇帝坐上帝位
从此开始中华历史上第一个女皇帝的执政
开始了她作为一个政治家的历史作为
她重视发展农业继续推行轻徭薄赋与民休息政策
广开言路注意纳谏上疏即使冒犯也不治罪
注意整顿吏治严惩贪吏拔擢贤才
明察善断有知人之明坚持赏罚严明权威
坚决镇压反对势力打击旧门阀士族
扶植庶族地主出身官僚把科举制度前推
注意开发边疆巩固边防维护多民族封建国家统一
各项政策措施为她在执政时期留下美好历史描绘

46. 柴　荣

他出生在五代十国乱悠悠的世道
他曾即位于短暂的帝位后周王朝
他本想为君三十年实现治天下心愿
无奈三十九岁病逝治理天下心愿只能了了
以十年开拓天下十年养百姓十年致太平
他为自己制定了为君三十年的奋斗目标
他的愿望未能实现留下历史遗憾
然而他在帝位五年半的文治武功彰显高超
他为结束割据开创新局面奠定了基础
为此史评对他的历史评价却是很高
史评他“神武雄略，乃一代之英主”①
这评价概括说明了他的历史政绩功劳

他确实是一位五代时期最为杰出的政治家
在短暂的为政期间留下光辉的写照
他邢州龙岗人本是郭威内侄后收为养子
关于郭威与他姑姑曾留下一段至爱美好
成年以前他就生活在姑父郭威家里
他悉心经度补贴家用办事谨慎为人厚道
年轻时有机会深入社会下层深知民间疾苦地方利弊

① 引自《旧五代史》卷119《周世宗纪》六。

这对他日后的发展和为政极其重要
他跟随郭威走上仕途不断创立业绩
郭威即位为帝他被任为澶州节度使检校太保
他为政清肃盗不犯境为民办事得到好评
随着政绩不断发展他的威望也在逐渐提高

郭威病逝他即帝位是为世宗后周皇帝
从此在后周皇位上开始他的为君之道
他亲征高平自率亲骑临阵督战取得大胜
为振兴百业减轻民众负担把税赋下调
他关心民间疾苦采取一系列恢复和发展经济措施
在漕运和铸钱方面的改革大见成效
为民众减轻了负担促进了经济的发展
为结束割据局面奠定了基础发挥了先导
他虚心求谏也很有名受到广泛称颂
为虚心求谏他先后两次专门下诏
他二次南征震慑了南方各割据势力扫除北伐之忧
只可惜北伐胜利中因病中止未能完成统一全国目标

47. 赵匡胤

他“陈桥兵变”夺取后周皇位灭了后周
从此在中华历史上开写大宋历史春秋
自编自导了一出“陈桥兵变,黄袍加身”闹剧
这闹剧居然能取得夺取一代皇朝的历史成就

无奈周世宗英年早逝孤儿寡母"主少国疑"
引起了赵匡胤篡夺后周政权野心渴求
历史有时简单得一场闹剧就能夺取皇权
历史有时复杂得几千年让人捉摸不透
"杯酒释兵权"的历史故事也很简单
只是一杯酒就把掌握重兵的大权夺走
这看起来更像是一个简单的戏说故事
但实际上却是一场严重的权力争斗

两个简单的历史故事显示出他的政治才能
两次严重的权力争斗彰显了他的政治之谋
他的确具有作为政治家的聪明智慧
也的确具有作为政治家的谋略和运筹
他宋太祖赵匡胤宋朝的开国皇帝
从他开始历史为宋朝写下三百多年春秋
他二十二岁那年应募投郭威帐下从军
从此开始他的军旅生涯四方战斗
在后周与北汉的高平之战中他奋勇杀敌大胜
他的勇敢与军事才能都表现十分优秀
在进军南唐征战中他先后大败南唐军
不仅屡立战功而且更显示了他的军事才能深厚

为此他升任殿前都指挥使还兼领节度使
时年三十岁的他只经过八九年时间就取得辉煌成就
就由无名小卒升为高级将领获得武官最高衔

随之他的名望迅速提高势如星斗
在随后的征战中他不断取得胜利战绩
十二年军旅生涯显示出他强劲的发展势头
宋朝建立后为加强皇权他亲征平乱
杯酒谈笑间把兵权收归自己之手
然后扫平荆、湘、后蜀、南汉、南唐亲征北汉
为加强皇权改革军政制度实施治国新猷
正当他踌躇满志进行统一战略部署之时
可怜的政治家没想到会死在其弟赵匡义之手

48. 范仲淹

范仲淹一个响亮的名字流传千年
“先天下之忧而忧”一句话千年来被奉为经典
一篇气势非凡的《岳阳楼记》至今让人争相诵读
一项“庆历新政”改革让人一直惋惜赞叹
他的一生一直是先天下之忧而忧
他为官刚正不阿敢于上书直谏
他不仅是一位很有思想的政治家和教育家
而且作为一位文学家留下光辉诗篇
他是北宋中期诗文革新的倡导者之一
主张诗文创作要“文以载道”与社会现实密切相联
他的诗文充满积极进取的奋斗精神
《范文正公集》佳作脍炙人口寄寓深远

范仲淹字希文苏州吴县人两岁丧父母带他改嫁
他幼年的生活十分贫困历经磨难
长大后知道自己身世发愤自强赴应天书院求学
昼夜苦学冬月惫甚以水沃面食不给糜粥继之人不堪
工夫不负有心人他于公元一〇一五年考中进士
出任广德军司理参军从此出仕为官
他所为官的时代正处在宋朝由盛转衰时期
政治腐败财政危机使农民与士兵普遍不满
范仲淹深切了解官僚政治的腐败和下层百姓疾苦
年轻的他希望革新政治富国强兵为此不断上谏
不断上谏不断被贬但他仍然坚持刚正不阿
始终以天下为己任心怀先天下之忧而忧情感

在各地做官期间同情百姓困苦施政为民
兴修水利以养民为先大力发展生产
在任边防官职期间坚持攻守结合正确战略
居边三年与士卒同甘共苦抗击西夏稳定了边关
锐意改革推行庆历新政渴望挽救宋朝危机
无奈政治形势险恶改革失败留下历史悲叹
他一生在政治舞台近四十年成为一世之师
先后在许多地方为官其业绩斐然
他所到之处大力兴办教育培育人才
对宋代学术文化事业作出了卓越的贡献
“先天下之忧而忧,后天下之乐而乐”
这是他一生真实写照是他对国家的高度责任感

49. 包　拯

他是中华历史上具有广泛影响的名臣
他是中华大地上家喻户晓的历史名人
一千多年来他在社会上享有崇高盛誉
因而在民众间广泛传诵着他的功勋
并加以理想化和艺术化创作出一个更伟大形象
形成了诸多丰富多彩的故事戏剧作品
衍生出许多轶闻传说广传在人间
传说的栩栩如生活灵活现充满浪漫神韵
南宋时就有以他为主题的故事和戏曲
这些故事和戏曲写得熠熠传神
元杂剧中更有大量包公戏如《陈州粜米》
这些戏更是家喻户晓深入人心

一出《铡美案》或《秦香莲》震撼整个民族
剧中的是非标准成为一个民族的是非标准
陈世美成为一个无情无义喜新厌旧的代名词
包龙图包青天成为中华历史的法律公允
小说《包公案》流行更使他成为人人皆知的传奇人物
中华历史上又有几人能这样广泛影响人心
轶闻传说和文艺作品反映了人心所向
但历史上真实的他真实地屹立在中华历史乾坤
他是北宋中期著名的政治家以廉洁著称

他执法严峻不畏权贵坚持法律尊严和公允
他年幼即勤于学成年后以孝行闻于乡里
曾为孝行而辞官归居乡里侍养双亲

出仕为官后善于体察民情兴利除弊颇有政绩
他主张改革严格选拔官员秉公力荐有德才之人
他整顿吏风改革诉讼制度疏通惠民河
勤于施政严于律己清正廉洁一心为民
尤为称道的是他断讼执法明敏正直
疑难案子到他手中也能做到清断明审
对皇亲国戚达官显贵刚正不阿严格执法
他立朝刚毅执法严峻不徇私情威名远震
弹劾贪官污吏朝廷大员他不畏权贵
即使皇亲国戚皇帝的亲信也强弹不忍
他连续七次弹劾贪官王逵最后一次直接指责皇帝
从而使社会上出现“包弹”谚语并遂布天下人臣

50. 王安石

他的诗作文章在中华文坛上闪耀光芒
他的变法改革在中华历史上留下深远影响
王安石字介甫江西临川人生于公元一〇二一年
他出身于中下层官僚家庭在较好环境中成长
他在十七八岁时即胸怀大志以天下为己任
二十二岁中进士先后任各地方官从此仕入官场

在各地任地方官期间留心民生疾苦
并多次上书上级官吏建议兴利除弊以舒民殃
上书了有名的《上仁宗皇帝言事书》即万言书
提出宋王朝要效法“先王之政”的主张
建议宋王朝对现实政治要有所“改易更革”
在任参知政事期间积极推行新法政纲

为推行新法他遭到旧党的强烈反对
遭到屡次罢相屡次被起用的政治震荡
后退休江宁仍心系着新法的推行
旧党司马光为相全部废除新法使他倍感忧伤
他忧愤成疾而病卒一颗巨星陨落
虽然他已故去但在中华历史上一直闪耀着光芒
他一生为实现自己的政治理想而奋力斗争
为推行新法治国他始终不渝坚持立场
他急风暴雨般地不断推出改革的新法
因此遭到大地主大商人以及既得利益集团广泛反抗
这就注定了他一生难免遭受政治风险
使他的政治命运必然要经受起伏跌宕

作为政治家他留下轰轰烈烈改革浪潮
作为诗人文学家他留下光辉诗篇文章
他把文学创作与政治活动密切联系起来
反对以其文词染当世粉墨青朱颠错丛庞
他的散文以政论性的为多大都针砭时弊

根据深刻分析提出明确主张具有极强说服力量
如《本朝百年无事札子》通过对北宋百年政治分析
表现了他对现实的关心和刚毅果断政治家风尚
他的诗和散文也具有充实的政治内容
充分表现了对社会前途的忧虑及传统思想的反抗
他对北宋在辽和西夏威胁面前麻痹苟安深恶痛绝
许多诗篇都反映了他对北宋统治者怨愤不满思想

51. 成吉思汗

至今世界上都广泛知道他的威名
他在中华历史上更是大名鼎鼎
他一代天骄成吉思汗威震世界
至今提起他的大名仍让世界震惊
他是中华历史上杰出的政治家
他的政绩卓著立下伟大的历史丰功
他是最杰出的军事家被誉称战神
古今中外没有人超过他的战功
他在中华历史上建立起强盛的王朝
他的王朝疆域广达欧亚那么广阔强盛
他是中华历史上一位杰出伟大的人物
尤其是他战神般的军事才能至今广为称诵

成吉思汗名铁木真孛儿只斤氏
出生于蒙古乞颜部贵族世家家庭

他九岁时父亲被塔塔儿人毒死所属部众离散
他随寡母艰难度日历经危难贫穷
他曾被其他部落捉获险些遇害
幸凭他自己的机敏智慧才得以死里逃生
艰难困苦的生活造就了他刚毅忍辱的性格
同时也造就了他成为一个英雄的品格特性
长大后他投奔父亲生前盟友部得以收拢父亲旧部
逐渐恢复实力从此开始他的仕途人生
开始他作为政治家军事家的四方征战
开始他叱咤风云生与死的一次又一次战争

公元一二〇六年草原上诸部林立群雄角逐局面结束
他完成整个蒙古草原的统一取得大胜
他在斡难河源头召开大会建立大蒙古国
从此他被加尊号称成吉思汗历史大名
他制定推行了千户、百户制度和怯薛制度
制定实施了《大扎撒》和“忽里台”法律和规定
他推行萨满教从而把他提高到神的地位
人们不仅称他大汗还把他作为神一样神圣
他还在全国推行全真教令丘处机掌管天下出家人
全真教在蒙古国的前期声势达到鼎盛
他先后三次进行西征横扫欧亚大陆
从而谱写了他辉煌的人生辉煌的战绩让世界震惊

52. 忽必烈

忽必烈依靠武力夺得汗位又建元朝天下
即位前他作战有勇有谋四面征伐
公元一二六〇年他先发制人在开平城即大汗位
其弟阿里不哥同时也即大汗位与其争夺天下
后双方在戈壁边境展开多次激烈争战
最终忽必烈获胜确立了大汗之位成为赢家
他随后迁都燕京改国号为元从此元朝建立
从此中华历史进入元朝统治的岁月年华
他称元世祖名忽必烈又称薛禅皇帝
他是中华历史上一位有名的政治家
他创建了中华历史上疆域最为广阔的朝代
元朝的疆域比汉、唐的幅员还要广大

他大举灭宋后使全国真正实现统一
从此开始推行他治理国家的雄心规划
他在位期间强力确立中央集权政治
制定各项政治制度罢诸侯世守实行军民分而治化
在全国设置行中书省枢密院和御史台
在地方一级设立了宣抚司和提刑按察
地方最高行政机构是行省下辖路、府、州、县四级
在地方官员的选任上他基本采用了汉化
在经济上他放弃了蒙古人传统游牧经济

专门设立司农司、营田司管理农业耕稼
把大量牧场恢复为农田招募农民种田
鼓励蒙古人从事农业生产耕作和开发

他下令把一部分土地退还给了农民
明令禁止抢掠人口贩卖为奴的做法
恢复了一批奴仆的平民身份给以自由
在诸多方面他都大力推行实施汉化
他大规模推行屯田兴修农田水利
统一货币疏浚河流设置驿站和海运的开发
在文化上他设立了国子学在大都建了孔庙
承认并提倡汉族的儒学和传统文化
他还让蒙古族子弟接受汉文化教育
在一系列变革中策略性地推行汉制汉法
他使元朝成为中华历史上民族大融合时期
充分显现了他作为杰出政治家的气度和才华

53. 朱元璋

他由一个流浪儿行僧登上皇帝宝座
从而谱写了大明王朝近三百年历史长歌
他出生于贫苦农民家庭祖上数代都是庄稼汉
因忍受不了官府横征暴敛几度流浪迁徙奔波
直到他父亲这辈才落户到亳州找到落脚地
他父亲一辈子做佃客一家过着十分贫困的生活

就是这个布衣黔首之家日后却出了个大明天子
上演了一段颇具传奇色彩的历史磅礴
他幼年时中华大地到处呈现出凄凉惨淡的景象
更不幸的是灾难接连不断在他家降临
他父亲病逝接着长兄和母亲相继身亡
不到半个月他那贫穷和睦的家庭人亡家破

他变得孤苦伶仃无依无靠只得剃度为僧
为僧也难以为生只得开始流浪乞讨漂泊
三年的流浪走遍广大地域见了世面开阔了眼界
丰富了阅历饱尝了颠沛流离的艰辛痛苦生活
这种生活造就了他坚强毅力和残忍猜忌
这段生活阅历对他以后事业成功影响深刻
轰轰烈烈的农民起义使他心情难以平静
二十五岁那年他投奔农民起义红巾军当了卒啰
由于他打仗勇敢精通文墨几年就由普通士卒升任元帅
在他通向皇帝的路上迈出坚实一步得到重大斩获
随后他南征北伐节节胜利势不可挡
公元一三六八年四十岁的他居然登上皇帝宝座

十六年戎马生涯使他由一个小牧童行僧成开国皇帝
历史成就了他一位政治家的历史成果
他掌握皇权后大力革旧鼎新整肃吏治
在政治军事经济方面进行了一系列改革
他对官吏的贪污处以枭首示众和剥皮实草之刑

执法严厉带头执行对他的女婿驸马都不放过
斩除荆棘专制统治用兵漠北分封诸王
大力发展经济对周边地区和国家采取相应政策
他作为一介贫民角逐于群雄之间最终取得天下
明皇朝建立后对官僚机构和军队组织进行改造改革
他励精图治勤奋好学又建特务网兴党狱
忧危积心日勤不怠写下明朝壮歌留下历史评说

54. 张居正

他一生辅政勤勤恳恳兢兢业业
他的治国才能理应列为政治家之列
他一生的政绩也是那么显要
对他一生也有不同的评论和说解
张居正字叔大号太岳湖广江陵人
少年时代颖敏绝伦被誉为神童之杰
十二岁写过一首诗反映他的抱负不同凡响
不寻常的梦兆之说让人对他更有不寻常感觉
后来他果然成为明朝中期著名政治家
他的一生成就了一位政治家的壮丽事业
如果要用一句话来评价张居正一生是与非
他“宁有瑕而为玉,毋似玉而为石”这句话很准确

张居正出仕后由于政绩突出一直升迁至高官
神宗在位期间一切军政大事均由他裁决

他也正是利用这个机会开始推行新法
从此他的声名威震大明王朝朝野
他推行官吏考核制度逐级定期考核
通过考评结果对官员进行奖赏和惩戒
这些措施收到很好成效使贪官污吏大为收敛
使清官为民办事更加勤勉兢兢业业
他为挽救当时财政危机下令清查全国田亩
此举一定程度地抑制了豪强地主隐瞒土地之劣
改革财政的最重要一条措施是推行“一条鞭法”
他把这项赋税制度推行得轰轰烈烈

一条鞭法的推行统一了全国的赋税
在一定程度上抑制了豪强地主偷漏税的顽劣
同时有利于减轻农民的一定负担
使农民部分地摆脱了封建国家劳役制约
对封建国家的人身依附关系有所松弛
同时也促进了商品经济发展与历史发展潮流相谐
他制定实行了“外事羁縻,内修战守”方针
使边防得以整饬民族关系改善趋向和谐
最终使鞑靼与明朝之间停战议和
并双方互市结束了双方多年的战争之劫
他的改革整顿使明朝社会经济得以恢复发展
府库钱粮充实边防力量加强促进了富国强兵大业

55. 郑成功

他一直坚持反清复明的道路
他把台湾收复到祖国的版图
郑成功一六二四年生于日本平户港千里滨
幼名福松名森字明俨属郑氏家族
他读书颖敏最喜《春秋》《孙子兵法》
制义之外即舞剑驰射不以章句为主
清初南明唐王朱聿键称帝福州
郑成功随父一直对朱聿键侍奉辅助
为此号称隆武帝的朱聿键赐郑成功国姓朱
于是他更名成功故又有郑国姓及国姓爷称呼
他是中华历史上明清之际的民族英雄
是他驱逐了荷兰殖民统治把台湾收复

他是中华历史上有名的军事家政治家
他少年时即丰采掩映志意不凡不染尘俗
他一直在福建一带坚持反清斗争
公元一六五九年攻打南京失败后返故
为建立一个反清根据地他决定前往台湾
他深深知道台湾自古就是中国的领土
公元一六二四年荷兰人强占了台湾
在台湾修建了两大防御要塞都很坚固
他带领军队由鹿耳门海道进入台江内海

于公元一六六一年四月三十日由禾寮港登陆
强攻失利后他改为长期包围战略
此时他的军力不到三千打得顽强勇武

他抓住天气的有利时机向荷军开战
于台江内海与荷军展开激烈海上角逐
郑成功率军大获全胜逼使荷同意和谈
几经谈判荷兰人终于无奈从台湾退出
他从荷兰侵略者手中收复中国神圣领土台湾
展现了一位杰出民族英雄的才能和勇武
他完成收复台湾大业为此心力交瘁
清朝的猛烈瓦解严重威胁他力量的稳固
对他刺激最大的还是他那纷杂的家事
在这一切袭扰下他心境悲怆哀愤满腹
他深受儒家正统思想熏陶齐家治国一向严明
难经国事家事之变大病而亡一代英雄性命结束

56. 海　瑞

他以“海青天”之美誉名垂青史
他为官期间受到老百姓广泛赞誉
“海青天”这是老百姓发自内心的称赞
中华历史上又有几人享有“青天”之美誉
他是大明王朝时期一位著名的政治家
多少年来他以“海青天”之美活在老百姓心里

海瑞字汝贤自号刚峰海南琼山人
明世宗嘉靖二十八年他应试中举
从此他踏上大明王朝仕途之路
在他为政期间取得显著的政绩
他在地方为官近十年的时间
后任吏部右侍郎南京右佥都御史

他自幼攻读诗书勤学博学多才
具有为政的才能和多方面知识
他是中华历史上著名的清官
秉公持正刚正不阿打击贪官污吏
他积极推行清丈、平赋税深得民心
他屡平冤假错案打击豪强秉持正义
他曾买棺材、别妻子、散童仆以死上疏
劝说世宗皇帝不要相信一班骗人方士
劝说世宗皇帝应振理朝纲勤于治国
为此激怒世宗皇帝他被捕入狱
直到世宗皇帝驾崩穆宗皇帝即位他才得释放
这种冒死上谏的精神真是感天动地

他调升右佥都御史后仍一如既往
惩治贪官打击豪强竭心吏治
他疏浚河道兴修水利并推行“一条鞭法”
强令贪官污吏退田还民为民谋利
后被排挤革职闲居达十六年之久

后被重新起用仍坚持惩治贪官污吏
这时他已经七十三岁仍明言直谏
其忠心为国的志向可谓至死不渝
他一生清廉刚正深受人民爱戴敬佩
病逝后家中只有旧帏帐和破烂竹器
他没有儿子为他办丧事官员感动泪下
南京的百姓闻知他死讯后为此而罢市

57. 努尔哈赤

爱新觉罗·努尔哈赤书写了历史豪迈
他一生为历史上演了一段汹涌澎湃
他征战四十余年统一女真各部
表现了他英勇善战威猛顽强的英雄气概
他反抗明皇朝的压迫保护了满族的生存
为满族的形成和发展留下历史光彩
对东北地区的统一起了重要促进作用
对多民族祖国的壮大留下了他的豪迈
他是中华历史上杰出的政治家和军事家之一
他为清王朝的建立书写了历史光彩
他以祖父、父亲遗甲十三副起兵
一举攻克图伦城显现出他的英雄气概

他从此开始统一女真各部的战争
从此东北的历史开始进入努尔哈赤时代

他起兵后由于指挥有方进展神速
攻克图伦城把建州女真部落打败
随后他的声势越来越大势不可挡
引起女真族其他两部恐慌联合起来
叶赫部联合女真和蒙古几个部落进攻努尔哈赤
神勇的他又把敌方的联合进攻打败
从而努尔哈赤基本统一了女真族各部
随后又征服其他各部北上东进攻城夺塞
后来在八旗贵族拥护下建立后金国
这一切充分显现了努尔哈赤政治军事奇才

他以“七大恨”呈告皇天声讨明朝之过誓师伐明
著名的萨尔浒之战使他成为无敌统帅
力克辽沈、轻取广宁成为威风凛凛辽东王
他所向披靡把明朝各地守军打得大败
他行新制用汉官争取蒙古用以强国
沿袭明朝政府有关制度并作了必要修改
聪睿英勇的开国君主晚年却屡犯错误
使社会混乱百业凋蔽生产受到严重破坏
宁远之战失利后他忧愤交加含恨而逝
这位叱咤风云威震四方的常胜汗命落尘埃
他身经百战驰骋疆场四十二年终于结束
历史留下他的丰功伟绩也留下他的失误失败

58. 皇太极

努尔哈赤死后皇太极于十月即汗位
他是努尔哈赤第八子时年三十四岁
他即位后对外相继征服了蒙古和朝鲜
并多次带兵侵略明朝乱明之北
将西部边界扩张至锦州宁远一线
日益显示出他的扩张野心和雄威
他在不断对外扩张的同时不断对内进行改革
极力想解决处境孤立内部矛盾日益严重之危
为了加强集权他仿照明制制定一系列制度
逐步建立国家统治机构以取代八旗制度之规
他建立了由满汉文人组成的“文馆”
为他在全国大力推行汉化运筹帷帷

他设立了吏户礼兵刑工六部分掌国家行政事务
又设立都察院改蒙古衙门为理藩院称谓
他通过这套政治机构把权力集中到自己手中
为了皇权也是为他自己能有所作为
在经济上为缓和社会矛盾他采取先安民方针
经过几年努力粮食基本上能够自给
农业有了较大发展社会矛盾得到缓和
从而进一步巩固了他的皇权地位
他十分重视汉族知识分子和明朝降官作用

注意选拔人才改革机构为他们提供机会
他通过一系列对内改革和对外扩张
随之宣布废除女真称号而定族名为满洲称谓

与此同时他又改国号大金为大清
从此正式建立清朝他为清朝立下丰碑
他着力缓和满汉尖锐的对立矛盾
对努尔哈赤晚年苛待汉人政策大胆纠正偏废
下令对汉人防范政策由严厉改变为宽松
对国内汉官汉民逃跑之限不再追究问罪
下令取消强迫汉人充当满人之奴做法
使相当一部分为奴汉人得以解救自由回归
他命人重新修订了《离主条例》
为许多受奴役汉人得到保护减轻役累
皇太极一生经历最大转折是从后金汗到大清帝
他是第一位大清皇帝为大清开创留下历史光辉

59. 康　熙

他继往开来开创了大清历史高潮
他在帝位期间取得了历史的骄傲
他开建了大清王朝的“康乾盛世”
他完成了统一全国的大清历史显要
他以其天资英武雄才大略成就一代伟业
他是亘古少见的英明君主封建帝豪

他自幼聪颖勤学如饥似渴学习文化军事
八岁即登帝位从此清朝进入康熙年号
他以令人难以置信的智慧擒拿鳌拜
铲除了对他帝位最大威胁避免了篡朝
从此他开始亲理朝政自主治理国家
施展他治国雄才大略和治国高韬

他以令人难以置信的气魄平定“三藩”
使整个大陆重新统一在大清王朝
他以伟大的气魄和勇气反击沙俄的侵略
不畏强悍收复失地将“罗刹”赶跑
他以长远的战略眼光抚蒙古安定北疆
同时对“其志不小”的葛尔丹亲自率军征讨
他先后三次统帅大军出塞消灭侵扰边境乱军
尤其在处理复杂蒙古问题过程中富有胆识远见高超
他善理财政为盛世确立了稳固坚实物质基础
把封建经济推向全面发展的高潮
他重视文化倡导并率先学习各种知识
把自己精心学到的儒家理论应用于治国之道

在治国中他坚持为政以宽的指导思想
停止圈地、实行更名田、兴修水利治理河道
实施奖励垦荒、地丁合一、废除匠籍等措施
从而使经济得到恢复和发展国家开始富饶
通过开博学鸿儒科、亲近汉族大臣

提倡程朱理学等措施缓解了满汉矛盾之扰
提高了百姓的道德修养社会出现清明之局
彰显了他在治国上所取得的卓著成效
从安邦的贡献来看他功绩是那么卓著
平三藩、统一台湾和漠北抵制沙俄都是安邦显要
还有三次亲征平定葛尔丹都是统一清王朝重大举措
从而为他留下圣明君主杰出政治家的历史光耀

60. 雍　正

有些历史的传说可能有其历史缘由
有些历史传说往往存在着一些荒谬
他作为康熙帝第四子在储位斗争中继承皇位
从而使他继位之说留下那么多历史传流
众说纷纭的流传大多都含着贬义
由此看来历史的舆论还真让人担忧
历史的传说有时可以把好的说成坏的
有时候坏的又说成好的并能广泛传流
他在储位斗争中继承皇位让失去者愤愤不平
他在大力改革中又树立了那么多对手
自他继位以来历史舆论一直对他不利
其实只要认真分析就很容易将其中原因看透

历史上为争夺皇位又有几人表现高尚
各种评论传说不应该对胤禛那么强求

即使康熙指定继位人不论是谁上台也有谋夺成分
都有可指责之处因为都参与了争位之斗
但以往较多评论赞允禵贬胤禛同情允禩未必公允
有些流传评论传说经不住认真推敲考究
他富有政治理想、才能和坚毅的性格
即位后大力推行改革写下历史锦绣
他的政治才能表现在他了解下情也了解自己
有坚定的改革抱负对治国孜孜以求
他主张为政务实从实际出发踏实办事
他的思想灵魂与处理政事实际能力紧紧相扣

在政治方面他整顿吏治设立军机处
同时将密折和军机处合在一起合奏
在经济方面实行摊丁入亩废除贱籍火耗归公
保证了廉政推行推动了社会进步潮流
在民族政策上废除西南少数民族土司制
改土归流加强对少数民族统治及同化之谋
在海禁问题上考虑百姓生计适当开禁
改善秘密选储制度使皇帝继承法制度明透
他是奋发有为对历史发展作出贡献的君主
他及他的政治改革事业更多的是优秀
他是历史上为数不多的比较杰出的帝王之一
“康乾盛世”的灿烂辉煌他的作用不可抛丢

61. 乾 隆

他完成了“康乾盛世”的历史大典
他临御天下六十年取得历史辉煌灿烂
他的“十全武功”留下历史辉煌
他六下江南留下众说纷纭的流传
他在晚年留下吏治腐败留下没落
留下挥霍浪费之风留下和珅专权
他还留下惊恐而又焦虑的心情
作为杰出帝王留下辉煌也留下遗憾
雍正皇帝驾崩二十五岁的他即位改年号乾隆
作为大清王朝第四位皇帝坐上金銮殿
他勤朝政每日早朝必在五点准时开始
据说临朝六十年间从不误朝误时晚点

他勤于治国凡是亲力亲为以身作则
在位六十年在文治武功方面政绩斐然
即位初期他矫其祖宽父严之弊
实行宽严相济的政策不倚不偏
同时他又大力整治吏治优待士人
安抚雍正朝受打击宗室的受牵连人员
改土归流、摊丁入亩、火耗归公推行彻底
大力奖励垦荒、兴修水利和发展生产
使全国形成一片繁荣昌盛的大好形势

形成了广受赞誉的"康乾盛世"大好局面
在军事上进一步巩固了边疆的统一
统一了新疆设立伊犁将军实行了有效管辖权

解决了廓尔喀入侵西藏将其赶了出去
对西藏实行了制度化的有效管辖权限
有力地促进了西藏的经济文化和贸易昌盛
显现了中华多民族大一统的良好局面
从而奠定了中国今天的疆域版图
可以说这是"康乾盛世"作出的历史贡献
在文化建设方面他不仅主持兴修皇家园林
还主持编修《四库全书》巨大文化建设大全
这是中华文化的一个重要的宝藏
对保存整理文化古籍作出了重要贡献
他"修其教而不易其俗,齐其政而不易其宜"
使中华民族各民族团结和睦和而不同基本实现

62. 林则徐

他是清朝后期政治家、思想家和诗人
他是嘉庆进士从仕后历任清朝重臣
他是主张禁烟的著名代表人物
他为禁烟立下了不朽的历史功勋
他在两湖地区厉行禁烟成绩斐然
他为禁烟历经磨难曲折交瘁身心

他四岁开始读书七岁作文十三岁获府试第一
十四岁便考取秀才二十岁考中举人
他悉心研究舆地、象纬及经世致用之学
他胸怀一颗济世匡时报国的雄心
他出仕为官得以实现济世匡时的志愿
从此在他的为官之道上留下一道历史绿茵

为禁烟他广泛深入调查采取有效措施
为禁烟他辛勤操劳态度坚决意志坚韧
为禁烟他组织各方面人才积极了解资本主义世界
积极加紧战备整顿加强防务训练水军
他招募水勇号召民众组织起来抵御外来侵略
率领水师和民众坚决痛击前来挑衅的英军
他主持了虎门硝烟的历史壮举
他的禁烟作为鼓舞感动中华民族之心
他有敏锐的政治头脑和政治眼光
他是中华近代主张睁眼看世界的第一人
强烈的爱国心和责任感竟受到无端责备
他忠心为国禁烟竟受到革职查办的处分

他的禁烟之举得到广大民众高度赞颂
他奉旨革职的消息传开后民众涌满巷门
他虽然不为皇帝所喜却受到人民的爱戴
这反映了人民对他的评价公道自在人心
他怀着报国无门的极度悲愤心情踏上戍途

一路上他写下大量诗篇抒发爱国忧时情怀感人至深
他深切关注着东南沿海抗英战争情况
条条战讯字字句句都牵动着他的心
他把自己所遭受不公正待遇埋在心底
随着西行他忧国的情思也越来越强烈难忍
"苟利国家生死以,岂因祸福趋避之"
身遭放逐爱国之心不已他发出一个政治家的高吟

63.秋　瑾

她在中国大地上的声名是那么响亮
她用短暂的生命谱写了一曲英雄的歌唱
她是中华近代革命志士中少有的政治家
她为中华近代民主革命树立了光辉榜样
她,秋瑾中华近代杰出的革命志士
为近代民主革命她英勇就义封建王朝刑场
她一直蔑视封建礼法提倡男女平等
她一直怀有民主革命的坚定理想
她性豪侠习文练武自费东渡日本留学
积极投身革命其革命意志是那么坚强
她先后参加了三合会、光复会、同盟会等革命组织
积极宣传民主革命的政治主张

她在上海创办《白话报》揭露清政府腐败
提倡宣传男女平等大力倡导妇女解放

她幼年即随兄读书家塾好文史能诗词
十五岁学会骑马击剑时刻准备冲上杀场
年轻的她时常与其他革命志士集聚一起
或饮酒赋诗或对月抚琴或畅谈革命理想
她曾被誉为“鉴湖女侠”、“潇湘三女杰”之一
其英名深深镌刻在广阔的中华大地之上
她与蔡元培、徐锡麟、孙中山曾一同参加革命活动
作为同盟会浙江主盟人展露出其政治锋芒
她创办了《中国女报》积极宣传革命
她曾为武装起义试制炸弹不幸被炸伤

她以大通学堂为立足点往返沪杭运动于军学两界
她曾主持浙江军事准备举起武装起义刀枪
只可惜武装起义事泄她不幸被逮捕
面对敌人的威逼利诱拷打她志坚如钢
写下“秋风秋雨愁煞人”从容就义于绍兴古轩亭口
用一腔热血谱写了她短暂革命一生的豪放悲壮
她为推翻清王朝帝制创立民国而英勇献身
她的民主革命精神在中华大地广为传扬
留下大义凛然、气势豪迈、感情深沉的《秋瑾集》
每一首诗词都是文词朗丽高亢那么气势豪放
中华大地留下她政治家的民主革命足迹
留下“秋风秋雨愁煞人”那深沉的千古绝唱

第三章　思想家

64. 老　聃

他是中华历史上古老的著名思想家
他的思想在古老中华大地放出灿烂光华
战国时期社会大变动引起不同学派争鸣
由此在古老的中华大地上产生了诸子百家
道家比儒墨学派晚起并作为其对立面出现
是对抗儒墨有一定实力的学派大家
老聃或曰老子是道家学派的创始人
今存《老子》一书可能包含老子思想名扬天下
老子究竟是谁一直存在“世莫知其然否”的疑问
传说他著书上下篇言道德之意五千余言后不知去哪
老子后来被奉为道教的教主称为太上老君
其在中华民间的影响那么深远悠久广大

《老子》政治思想反映了当时社会上层人物没落情绪
这在其书中的许多方面都有明确充分表达
《老子》揭示诅咒阶级分化而造成的社会矛盾及斗争

《老子》反对战争指责当时人道背离天道的做法
《老子》对逼迫人民走向死途情形提出沉痛抗议
《老子》把这一切归咎于当时所实施的严刑峻法
《老子》对高压政治提出警告说大祸就要发生
《老子》对社会发展中出现的新事物持反感而不接纳
《老子》主张无为而治对社会发展前景丧失信心
《老子》认为消解矛盾使民无知无欲才是正确做法
《老子》所表达的唯心主义思想体系的核心是道
《老子》提出了道是世界万物本源的说法

《老子》所说的道没有形状声音看不见摸不着
不是物体是不可认识的精神性的一种大厦
《老子》的唯心主义还展现在把道说成无
从而提出了天道自然无为的思想说法
《老子》思想虽是唯心但却包含辩证法思想
系统地揭示了事物的存在是相互依存的说法
《老子》主张贵柔守雌反对刚强和进取
认为幼小东西虽柔弱但却能从柔弱中壮大
《老子》主张制造一些不利于敌人的条件
《老子》对事物转化有所认识但却不知怎样转化
《老子》的辩证法与它的形而上学思想存在矛盾
从而使其形而上学的思想窒息了它的辩证法

65. 庄　周

他的思想是那么深邃富有特色

他的思想是那么自由潇洒深刻
他的思想是那么特别和新颖
他的思想是那么消极没落
他叫庄子名周战国时期著名思想家
他在中华历史上吟唱了一曲思想名歌
他家境贫困住在狭窄的小巷里
只能靠编草鞋度日还要时常挨饿
有时不得不向人家借米以解无米之炊
穿着打补丁粗布衣破鞋子用麻绳系着
可他却放弃走上仕途机会不愿做官
不愿受国君和社会约束想永远自由快乐

他对当时各学派都有分析研究批判
他的学问是那么高深精湛和渊博
他留下《庄子》一书闪耀着灿烂思想
他与《老子》的思想有着紧密联系结合
因而历史上人们有了老庄思想的称谓
老庄思想成为中华历史上一条思想大河
他主观唯心主义思想体系核心也是道
他的道是超越空间的感觉看不见摸不着
在世界观方面庄子和《老子》一样
他也以道作为天地万物的本源之说
他发展了《老子》思想的消极部分
由客观唯心主义变为主观唯心主义原则

庄子认为一切客观存在不过是梦幻
道即我我即道世界是我的主观产物之说
庄子认为只有道是绝对的其他事物都是相对的
成为认识论上的相对主义和虚无主义学说
庄子反对社会进步否定文化知识
痛恨仁义礼乐主张愚昧的生活
庄子反对人为所理想的社会是至德之世
他幻想取消人为和阶级反映了思想的没落
“蔽于天而不知人”是庄子的思想要点
在自然和社会方面提出肯定自然而否定社会之说
在社会史观上他肯定人的自然本性反对社会属性
在认识论和人生观方面他的思想都那么独特

66. 墨　翟

墨子名翟开创了《墨子》和墨家之学
墨子的思想闪耀着古老的历史光烨
墨子的出身不可考《史记》没有为他立传
这也许因为太古老历史没有为他留下书写
但中华历史上留下了他的思想和学派
在中华古代思想史上写下重要一页
墨子的生活俭朴量腹而食度身而衣
这从中能够看到他思想的高洁
他的思想反映了平民群众的利益
为了推行政治主张他还曾游历各国说解

他是一位富有实践精神的思想家
他的思想往往与社会现实紧密连结

他创立了具有政治性质有组织纪律的墨家学派
《墨子》一书留下他思想的书写
“欲求兴天下之利,除天下之害”
他的社会政治中心思想那么远大高洁
他主张节用、节葬、非乐、非命
反对繁文缛礼、厚葬久丧的儒家礼节
他反对命定论反对听天由命无所作为的怠惰思想
他认为“执有命者,此天下之厚害也”
兼爱是他社会政治思想的总原则
是针对孔子仁的学说提出的思想对决
非攻是他为解决当时各国兼并问题发表的主张
反映了他企望安定生活反对破坏生产愿望的流泻

尚贤是墨子选用政治人才的主张
尚同是他构思政权组织集中统一的指导思想方略
尚同以尚贤为条件并把二者根据都推到天上
他把二者之间的关系论述得那么明确
他把以尊天事鬼作为尚同的根据
并发表了只有天鬼最公正无私的说解
他的天志说是为建立一个新的统治秩序
他的明鬼认为借助鬼神作用可以完成理想社会事业
墨子的世界观是宗教的唯心论的世界观

但在认识论上却有唯物主义倾向贴列
他提出认识事物要以三表作为判断是非真假标准
他的三表说轻视理性重视人的幻觉和感觉

67. 慎　到

慎到之道为后人留下古老的感悟
慎到之道为后人留下古老的思想学术
慎到是战国时期赵国人原来学习道家思想
他是从道家分出来的法家代表人物
齐宣王时期他曾长期在稷下讲学享有盛名
他对于法家思想在齐国传播贡献突出
他著有《慎子》一书汇集了他的思想
为后人留下了长期的影响和解读
《慎子》一书不仅讲“势”而且讲“法”
书中虽未提出“术”的概念但有“术”的论述
法家思想法术势在他手里初具规模
后期法家思想是从他的思想源出

庄子在《天下》篇中把慎到作为道家看待
司马迁也认为慎到是“学黄老道德之术”
其实慎到还继承了法家崇尚自然的传统
他把天地造化作为世界运行的完美蓝图
他在论述社会治理时要求效法自然
其许多论点又属于道家思想范畴论述

庄子认为慎到的思想学说是道家表示赞扬
荀子认为慎到思想学说散乱没有主骨
客观说慎到的思想学说存在着矛盾
存在着重法与顺其自然两者难以统一的矛盾冲突
但他避免了老庄道学与法家主张两个极端
对稍后的法家具有启蒙意义为法家开了先路

中华哲学史上的道家体系从慎到开始有变
从慎到开始走上了积极干预社会的道路
他把法家主张的法与道家主张的道等同起来
从而在他思想学说上形成了一个结合物
慎到主张“民一于君事断于法”
他认为法治比人治是更优越的治国之路
慎到提倡重“势”和“无为而治”
反对儒家主张德治的治国治民之路
慎到一方面主张因循自然清静而治
同时他又主张“抢法处势”的治国之术
表面看因循自然而治与以法治国矛盾
实际反映慎到思想是老庄道学与法家的结合物

68.荀　况

荀子是战国晚期的一位儒家大师
他的一生跟孔子和孟子都有些相似
他曾游说各国教出了许多有名的学生

像秦代的政治家李斯就是其中之一
留下《荀子》一书表述了他的思想
从此他的思想在中华历史上树起旗帜
荀子名况赵国人时人尊称为荀卿
他曾先后到齐、秦、楚、赵各国游历
在游说各国时发表了他的政治思想观点
把他的政治思想观点撒在古老中华大地
他的思想发展了春秋战国以来朴素唯物主义和无神论
他在《天论》中详细论述了天人的关系

荀子所说的天、神即是自然否认鬼神的存在
自然界及其规律的存在不以人的意志为转移
人的贫与富、疾病与健康、凶与吉都是人事决定
人类社会的治乱与天没有任何关系
他在人性问题上主张性恶论跟孟子性善论相抵牾
在自然观和人性论方面强调“天人之分”“性伪之分”认识
“明分使群”是荀子关于社会构成的基本观点
他的这种观点在先秦诸子中独树一帜
他认为人类社会有社会地位分工的差别是必然
他认为“明分使群”要靠礼仪规范实施
“法后王”是荀子关于历史运动趋向的观点
认为古今一致无所谓进化导致出他“以近知远”认识

在政治上他认为尚礼尊贤可以统一天下
重视法而爱民可以在诸侯中完成霸业之举

他认为礼是“道德之极”礼重于法
同时他把礼的内涵扩大几乎变成法的同义语
在政治上他的平政爱民思想十分可贵
表现在经济方面就是富民的思想含义
他认为国君就应“尊无上”和“一天下”
这种认识在他思想中占有重要位置
他认为国家跟家庭一样只有尊重一个权威才能安定
因而他极力主张君权集中和思想统一
荀子是战国末年富有批判精神的思想家
他批判了当时流行重要学派继承发展了儒家思想体系

69. 韩　非

他代表了战国时期重要的法家学派
他书写了法家思想的历史光彩
他是战国末年法家思想集大成者
为中华历史上法家思想奠基又开创未来
他是中华古代一位卓越思想家
他的思想一直高立中华思想历史舞台
他积极倡导的专制主义理论彰显历史成效
为秦的统一提供了理论基础成就一个时代
对中华以后两千多年政治发生深远影响
影响了中华历史两千多年的封建社会
他思想中具有进步性也有反人民性
在他具有矛盾的思想体系中一并存在

《韩非子》一书反映了他的思想
可惜他被迫自杀于狱中让历史伤怀
他的历史进化的观点符合历史发展规律
他看到了历史向前发展的客观存在
他把历史看作分阶段向前进化
同时分析了历史变化进化的根源所在
他用矛盾的观点批判孔墨显学说明法家思想正确
关于"矛盾"一词是他最早提出来
他政治思想体系是"以法为本"的法、术、势结合
其出发点是历史进化观和社会矛盾观之所在
他把法、术、势三个要素构成一个政治思想体系
是他把这三个要素紧密地结合在一块

因而使他成为法家的集大成者
创造了中华古代法家思想亮丽丰采
他的法制在具体政治经济措施上主要是提倡"耕战"
他认为"耕战"的政策是国富兵强的根本所在
他是一个君权至上论者提倡尊君君主集权专制
因而他的法制思想特别适用封建社会朝台
他继承和发展了荀况思想改造了《老子》若干观点
他的世界观与认识论具有唯物主义形态
他认为构成世界万物的是"道"
他的"道"不是精神性的东西而是物质性自然本身所在
同时他又把"道"说成是自然万物的总规律

他强调只有认识事物规律性才能求得幸福免除祸害

70. 公孙龙

公孙龙的善思辩思想是那么奇诡
他作为战国时期思想家留下历史芳菲
他的“离坚白”之说留下古老的影响
让许多人难以分辨其中的错和对
他的生平事迹已经无从详知
只知他是赵国人其思想出类拔萃
公孙龙曾从赵国带领弟子到燕国
“偃兵”之说把燕王说得无言以对
他在赵国也曾与赵惠文王论“偃兵”
充分显现了他的认识深刻思想敏锐
历史记载他曾为秦攻赵出谋思辩
他曾与公子牟论学也曾游说到魏

他的主要思想保存在《公孙龙子》一书
其中的《白马论》深受后人的赞美
公孙龙提出了有名的“离坚白”说
其主要论说记载于《公孙龙子》书内
“坚白石二”使公孙龙得到“离坚白”学派别名
他的“离坚白”之说辩说得极端奇诡
他的“离坚白”说从“坚白石”分析开始
论说了用眼观和用手摸只能各得其类

他认为白色和坚硬并不是结合在石头里面
而是脱离石头独立存在的不同两类
这就是他“离坚白”说的主要论点
也是他关于“白马论”主要观点认为

他的“白马论”系论辩“白马非马”
这是公孙龙得以成名的命题所归
他认为“白”是颜色“马”是形状
“白马”包括了“白”与“马”两个概念分类
他认为“白马”所指既非“马”又非“白”
所以他得出“白马”就不是“马”的结论之诡
公孙龙的离异观点陷入另一极端谬误
他的这种观点与辩证法显然违背
他否认认识的辩证法犯了绝对主义的诡辩论
但他发现了在习焉不察判断中个别与一般的差异相悖
这对古代逻辑思维的发展具有贡献
因而使他的《白马论》闪耀出特别光辉

71.陆　贾

陆贾为西汉政治家思想家善辩论口才好
为刘邦经常出使诸侯各国立下功劳
两次出使南越对经济文化交流起到良好作用
他能够劝说自行称帝的赵佗废去帝号
他建议西汉初重视儒学行仁义法先圣

提出“逆取顺守，文武并用”治国政招
在哲学上提出“天地相承，气感相应而成者”
反对神仙迷信也有“承天诛恶”和天人感应神秘思潮
后人称他的《新语》开启贾谊、董仲舒思想
成为汉代确立儒家思想统治地位的先导
他联络大臣和王侯对诛杀诸吕起到很大作用
著有《楚汉春秋》《新语》彰显思想之道

他所写十二篇政治论文曾在宫廷中宣读
每读一篇都得到刘邦的喝彩叫好
从那时起陆贾主义即成为汉初国家哲学
陆贾主义的核心是老庄的自然无为原则作为主导
令人惊奇的是他居然还有一个带儒家色彩的理想
这种理想与老子的腔调居然融合一道
他还主张政府不干涉理论可称东方自由主义
与两千年后亚当·斯密自由放任主义有异曲同工之妙
他继承先秦儒家关于德化的理论体系
主张行仁义轻刑罚闭利门尚德义锄奸求贤王道
陆贾认为极武尚刑是秦王朝骤亡的第一个原因
横征暴敛骄奢靡丽是第二个原因写照

他认为秦亡还有一个原因是不能选贤任能而重用奸佞
他对秦骤亡的原因分析深刻而中其要
他是汉初提出以行仁义作为立国之本的思想家
在坚持儒家基本思想倾向同时吸收道及各家思想精要

他为儒学在汉代的发展指出了方向
为儒学在汉初的复兴立下汗马功劳
他在思想上的卓越贡献为汉初开创了和平发展期
“文景之治”就是汉在黄老思想指导下创盛的写照
思想突出政绩也很突出诛吕立下大功
这是作为一个思想家难得的政绩成效
他两次出使南越都取得巨大成功
他劝说刘邦明白“逆取顺守”文武并用之道

72. 贾　谊

他的思想是那么的敏锐那么的深幽
他的名字一直响亮地在中华大地广泛传流
贾宜时称贾生洛阳人西汉著名政论家
年轻时就显示出杰出才华和优秀
十八岁时以能诵读《诗》《书》颇受称誉
善写文章更为当地所知赞不绝口
为别人推荐被汉文帝召为博士
在朝廷官员中最为年少只有二十出头
年轻敢为思想敏锐每诏令议他都对答
还尽如人意于是被公认才能出众年轻优秀
于是他被破格提拔为太中大夫
从此他的政论思想如开闸洪流

他的政论思想因得罪阁老权贵而受责

因而使他被疏远外放到长沙屈就
他把自己的遭遇与屈原命运联系起来
同时对老庄思想祸福所倚之说也有接受
他不放弃自己的见解仍抱着一定信心
决心发扬屈原精神坚决与庸人旧势力相斗
后回京因梁王刘胜坠马而死而自责有过
他忧郁感伤去世时生命仅三十三个春秋
他虽然生命短暂却留下著名的政论
在中华历史上留下一片思想锦绣
留下《过秦论》《治安策》具有重要意义的政论
这些政论显示出他杰出才华及思想的深厚

他在短暂的政治生活中非常关心国家大事
观察分析社会严重矛盾政治过失的缘由
他反复思考国家长治久安之计
或著书立说或上书建议提出治国方略新猷
发表了一些具有重要意义的政论
其中著名的《过秦论》《治安策》最为优秀
他的《过秦论》主要论旨是如何安民问题
他从秦朝兴亡教训中为汉初政治改革政谋
《治安策》是根据汉朝实际提出的治国安民的方案
因此《治安策》政论性更突出论旨更深厚
“自古至于今，与民为仇者，有迟有速，而民必胜之”
他的这句政论名言一直震响在中华大地而不朽

73. 晁　错

他的“削藩策”是为了巩固汉朝皇权
他的《举贤良对策》是为汉朝举良选贤
他的《言兵马疏》是为了加强汉朝边防
他的《论贵粟疏》是为发展农业和粮食生产
他的所有上书政论都显现着治国方略
他的所有上书政论都是为建立一个强汉
但他的上书政论触及统治者的利益
他居然被骗巡行穿着朝服于东市被斩
他的死是汉朝的重大损失重大过错
一代明君汉景帝后悔莫及只能喟然长叹
他因通晓文献典故走上了仕途
他因忠心为国为治国而把命断

可怜一代著名政论家壮志难酬身先死
为此留下了漫长的历史遗憾和感叹
所幸也留下了他的诸多治国深论
留下汇集他一生中聪明才智的著作二十篇
他的政治言论和活动对汉的国家统一具有重要作用
对西汉时期“文景之治”作出积极贡献
他的政论为加强封建专制提供了思想武器
为朝廷打击分权和分割势力得以实现
他系统地论述了选拔人才的意义和标准

还阐述了对制定行政“要本于人情”的政见
他强调君主要知“术数”讲究政治方法
在经济方面他主张重农贵粟防荒备战

他在《论贵粟疏》中对“开其资财之道”讲得深刻
重点提出了发展农业和搞好粮食生产
他尖锐指出对私人冶铁、煮盐、铸钱的失误
对农田大片荒芜“耕者不能过半”状况极为不满
在军事思想方面他主张守备边塞抵御侵扰
提出了守边备塞的方针政策及抵御匈奴的政案
他强调募民徙边一定要“本于人情”
要求官府要为他们安排好生活与生产
他详细论述了武器、地形与士兵三者间关系
认为搞好三者间关系是克敌制胜重要条件
他在政治军事经济等方面论述都那么深刻
充分显现了他政论家敏锐深厚杰出的才干

74. 桓　谭

桓谭是东汉前期在学术上有成就的人
他多才多艺擅长音乐善于弹琴
宫廷举行宴会皇帝往往命他操琴助兴
他博学通达遍习《五经》很有学问
他能文章尤其喜欢古学善于辨析疑异
对古文皆训诂大义不为章句造诣很深

他穿着简易不修威仪不拘泥于小节
他对俗儒轻视讥笑因此多受他们排挤议论
他在西汉末年官位不高仅仅是个郎官
东汉初期受人推荐他又入朝为臣
不久他就呈上《陈时政疏》论说时政
但此书呈上去没有受到光武帝重视认肯

他认为国之废兴在于政事首先要选贤任能
主张设法禁奸申明法令严惩违法者争取社会安稳
他主张重农抑商劝导百姓务农多生产粮食
还强调统一法度使吏民有法可依约束吏民
他所著《新论》的旨趣在于兴治
主张把民生放在首位注意巩固政权防止政治腐败为本
针对汉光武帝谶纬迷信他上《抑谶重赏疏》
劝谏光武帝听取意见不要谶纬迷信
他的《新论·形神篇》专论形神关系
严肃批判了战国以来社会上流行的神仙方术迷信
他明智的形神论坚持唯物主义的观点
批判了精神可以脱离形体单独存在的唯心论

他反对方士的长生说带有反对一般宗教迷信意义
对随后的思想大家王充影响很深
尽管他的形神论有一定的局限性
但其在中国思想史上的重要贡献必须认肯
后因上书指出光武帝听纳谏记错惹其发怒

下令将他迁出京城贬放六安郡
他受此打击忧郁成疾赴任六安路上病逝
他求知求实不惟命是从不怕打击迫害精神感动后人
他留下的论著很受时人和后世学者重视
对他所著《新论》给以很高的评论
对于他坚持明智的学术观点深表赞赏
感叹他坚持己说而终的治学精神

75. 王　充

他的名著《论衡》至今闪耀历史光芒
他的思想两千年来一直受到后人的崇尚
王充字仲任会稽上虞人定居魏郡元城
他的家族具有世代任侠传统风尚
他家境贫寒困难环境使他很早成熟
儿童时就有“恭愿仁顺，礼敬具备”之长
他六岁开始习字八岁出入书馆书海为勤
稍长开始学习《论语》《尚书》背诵文章
刚刚成年的他就承担起养家重任
以教书为业也做过小官吏三十岁之后辞官居乡
潜心著述作《讥俗》《节义》十二篇
著述了著名《论衡》八十篇光辉文章

王充晚年贫病交困写下最后著作《养性》十篇
一代思想名家在贫困中病逝令人感伤

他可贵地继承了唯物主义思想传统
对天地的性质作了唯物主义的说明宣扬
他从天地物质属性出发阐发天地自然无为理论
他的这种天道自然无为思想具有鲜明战斗锋芒
对当时盛行的君权神授作了有力驳斥
对谶纬符命的种种神异传说深揭其谎
对天人感应论的核心谴告说进行重点批驳
还追究了谴告说产生的原因及其实质的荒唐
鬼神论是儒家祖先崇拜的立足点
他针锋相对提出“死人不为鬼”之无鬼论主张

王充用生理和心理原因说明鬼神怪念的产生
还把无鬼论列入薄葬说反对儒家的厚葬
他用有生必有死否定了成仙得道长生不死等迷信
充分显现了他有始有终的朴素辩证思想
对于知识的来源他否认生而知之的观点
认为感觉是认识的基础知识来源于后天学习增长
他认为正确知识须经过逻辑推理和思维判断过程
用“以心原物”方法对儒家经传虚妄失实投以笔枪
他明确说出了《论衡》一书的写作旨意和灵魂
“《论衡》篇以十数,亦一言也,曰‘疾虚妄’”
王充的思想也有无法克服的局限性和明显的内在矛盾
但不能因此否定他那么多至今还闪耀光芒的宝贵思想

76.阮　籍

阮籍在中华历史文坛上留下响亮名声
他的思想也同时反映在他不朽作品之中
他是魏晋文士中放达派的代表
他一向怪僻的言谈行为曾引起当时热议之声
他行为怪僻服葬时居然饮酒食肉
这在当时社会被看作是另类人所行
他“能为青白眼,见礼俗之士,以白眼对之”
嗜酒能啸善弹琴当其得意忽忘骸形
时率意独驾不由径路车迹所穷辄痛哭而返
他这一切所为都令人捉摸不透难以看懂
因而使许多人对他作出错误的判断
认为他是一种疯疯癫癫的痴人行径

而礼法之士则责备他不遵守名教
但这些看法都是皮相之谈没有看到本质内行
他这些怪僻行径只是一种烟幕或保护色
是他自己有意制造的用以保护自己的心功
他曾以一醉六十日逃避司马昭、锺会之心
这说明酒在阮籍的政治生活中的作用
他在为东平相期间使内外有望法令清简
这一段短短经历可看出他大刀阔斧改革之明
魏晋玄学是道家思想的新的流派

阮籍对于《老子》《庄子》《周易》都下过苦功
他为此而写的三书之论就是这方面的著作
可惜断烂不能反映他的全部思想内容

他肯定道法自然认为人的形体和精神都是自然产物
他的思想显现出摆脱汉代思想家的束缚特征
在政治思想上他同情人民反对君主专制
强烈谴责统治阶级的强取豪夺罪恶行径
他认为名教礼法都是压迫人民的工具
这种深刻的思想认识具有一定革命性
他从来不仅不承认有什么圣君贤相
而且把他们看成具有两面派的行径
表现在社会思想上他的一些行动也开风气先河
从他诸多言行中看出他主张男女平等
他文学成就巨大《咏怀诗》八十二首是其不朽之作
高吭咏叹了他关注国家命运的强烈心声和爱憎分明

77. 嵇　康

他是著名的思想家、音乐家、文学家
他是正始时期著名的竹林之贤达
他与阮籍等竹林名士共倡玄学新风
作为“竹林七贤”精神领袖名闻天下
他主张越名教而任自然牢贵贱而退物情
从而使他成为魏晋时期著名思想家

稽康官至曹魏中散大夫世称稽中散
后为锺会构陷被司马昭处死结束生命年华
临刑前三千名太学生联名上书为他请求赦免未获准
他从容弹奏《广陵散》从容赴死一代大家倒下
赴死时他时年四十正如日中天
一场人祸的构陷居然处死了他

他崇尚老庄喜读道家著作并博览群书
他赞美向往出世的生活不愿做官家
但最终还是走上仕途并中途遭此命劫
变幻莫测的仕途命运令人感叹惊讶
他接受老庄之学后使荣进之心日颓
在懒散与自由里孕育着他的狂放和旷达
他鄙视权贵并因此得罪了锺会与司马昭
也许正是如此导致了他被二人构陷而杀
他超然物外的自在不为世俗所拘
他“远迈不群”和鄙视世俗隐竹林度生涯
他通晓音律尤爱弹琴著有音乐理论著作
工于草书其墨迹精光照人气凌云霞

他的文学创作成就辉煌于正始文坛
其诗尚存五十首彰显出他文学创作精华
他著有为唐人作著录十三卷
他那不同流俗的思想在书中得以勃发
他还继承了老庄的养生思想并进行实践

留下的《养生论》之作对后世影响很大
《嵇康集》十卷书中篇篇谈养生之理
提出了有名的"越名教而任自然"的养生看法
他绝交山涛仗义执言留下历史名声
他临时托孤广陵绝响留下历史佳话
崇尚自然无为薄名教的思想家短暂一生独立特行
可惜讲求养生之道的他却难逃命运的残杀

78. 鲍敬言

"帝力于我何有哉"这是他心中的浩歌
说这话的人又该具有多么大无畏的气魄
要知道那是在一千六百多年前君主专制时代
这句话说得是多么豪壮多么气势磅礴
他的思想在那个时代肯定是"大逆不道"
属于那个时代的异议人士属于一种罪祸
他的思想肯定被统治者视为异端邪说
被视为一种严重的异端思想蛊惑
鲍敬言一千六百多年前说出这句震响的话
对君主专制制度提出了严厉的批驳
因而使他成为反君主的著名思想家
他的名字和思想作为异议留在历史长河

鲍敬言好老庄之书治剧辩之言
从而可以推断他受当时影响深刻

他与竹林七贤都是同时代名人
可以说他们同为魏晋玄学的学者
但他与竹林七贤隐逸消极截然不同
他对君主专制及儒家提出猛烈抨击批驳
他猛烈抨击儒家的“天生民而树之君”观点
尖锐指出上天没有设立帝王治民而是统治者假托
他以玄学的观点论证天地万物本无尊卑
进一步否认了儒家的尊卑观念学说
他认为在远古社会人间没有高低贵贱
人们凿井而饮耕田而食日出而作日入而息社会一片祥和

他认为后来人类有了强弱智愚之分出现以强凌弱现象
于是君臣之道起这是违背天意人道之做
认为有了君主专制之后社会出现了社会地位不平等
更造成了社会动乱长期征战以强凌弱
他认为这一切问题都是皆有君之所致
为此他对君王专制提出了否定的观点学说
他认为人类社会应该回归远古社会
建立还像远古那样的社会没有不平等没有掠夺
不过这只是他一厢情愿的一种幻想
历史列车已无法倒回那古老的历史长河
鲍敬言的勇气和见识值得称道
他的幻想难以扭转历史进化发展的大舵

79. 范 缜

他的一生大多是贫寒坎坷的岁月
他的思想是那么的超群卓越
杰出的无神论者留下杰出的《神灭论》
为中华古代思想留下光辉的史页
他是南北朝时期著名的唯物主义思想家
杰出的《神灭论》把神彻底论灭
这在封建迷信盛行的南北朝是多么难得
他的思想一直闪耀着唯物主义光烨
范缜自幼家境贫寒与母亲相依为命
幼年的他即以孝谨闻名于街邻乡野
他不仅孝谨闻名刻苦学习更为有名
他天资聪明一直坚持刻苦勤学

他十几岁时就离家投名师门下
他学业优异卓尔不群孜孜不竭
他上下学都是步行不因贫寒而自卑自愧
在从学的数年中经常穿布衣草鞋
他生性倔犟耿直不肯向权贵低头
敢于发表危言高论同窗士友都对他畏怯
成人后博通经术对《三礼》有特殊造诣
他的聪明才智和满腹经纶令人叹嗟
怀才不遇的痛苦时刻煎熬着他

使他未老先衰二十九岁就已白发皤然如雪
遂写下《伤暮诗》《白发咏》抒发心愤
用以寄托他不屈服厄运的志向和气节

范缜生活的时代是佛教兴盛的时代
灵魂不死轮回报应宗教迷信毒雾弥漫朝野
于是他写出了著名的《神灭论》
一部不朽的杰作是那么的卓越
由此引发了一场广泛的大论战
这场大论战居然波及整个朝野
居然由皇帝组织众多大人物对范缜围攻
范缜对此毫不示弱坚持真理绝不妥协
他沉着应战据理驳斥史称“辩摧众口，日服千人”
在主场论战中范缜最终取得大捷
他始终以大无畏气概对唯心主义宗教神学批驳
留下《神灭论》这部具有划时代意义的思想抒写

80. 傅　奕

傅奕相州邺人从小就博览群书
他聪敏善辩谈吐流畅不随流俗
他素不信佛轻视僧尼并极力反对
别人崇拜佛像他却认为乃砖瓦之用途
唐高祖李渊任扶风太守时曾以礼相待他
李渊即帝位后他被任太史承辅佐高祖

他在政治上不因循守旧富有革新精神
唐初多因袭隋代旧制他遂上《请革隋制疏》
鉴于当时弊政还具体提出两项改革方案
主张裁减官员以减少国家开支和民负
主张以历史上的重罚为戒减轻刑罚
他的这些改革主张富有革新思路

根据历史上留下的佛教盛行寺庙遍地之状
他请求废除佛教又呈《请废佛法表》奏疏
奏疏中竭力捍卫儒家思想及老子道家学说
其目的以维护封建政权的利益和前途
与此同时他还上奏了益国利民十一条
内容大都反映了他的反佛思想和革新思路
同时也表达了他经国治世的政治见解
鲜明反映了他作为一个思想家的思想标注
后来他又再次上疏主张禁断佛教
提出了“生死寿夭由于自然”的唯物论述
有力批判了佛教所宣扬的因果报应的虚妄
充分显现了他的反佛思想是多么突出

在教权与皇权斗争中他站在皇权一方
进一步陈述了他反佛的思想态度
他把国家的兴衰治乱统统归之于佛教
这清楚地显现他的观点有偏向之处
因为他只看到佛教乱儒教化的一面

对封建统治者利用佛教维护其统治却熟视无睹
他一生崇尚儒学和道家学说反对佛教
曾撰写了《老子》二卷及《音义》之书
并搜集了魏晋以来驳斥佛教的言论
精心撰写了《高僧传》十卷传著
他为人一向谨慎既职占候杜绝交游
可惜他的文稿悉数焚毁故未留下任何著述

81.吕　才

他年轻时对音律即有较深的造诣
虽然出身于寒门却闻名于公卿名士
在公卿大臣的大力举荐下被唐太宗征用
从此走上仕途不断展现他的聪明才智
无人知晓的《三局象经》经他图解起死回生
他由此蜚声乐坛更加有了名气
唐太宗吟诗作赋吕才和以管弦之乐
由此成就《功成庆善乐》《九功舞》闻名于世
他又将《秦王破阵乐》制成舞图
教练而成《七德舞》抑扬蹈历令人叹为观止
他教练而成的《九功舞》《七德舞》获得成功
充分显现了他的精湛技艺与卓越才识

唐太宗亲征高丽特命吕才造《方域图》《教飞骑战图》
吕才所绘地图及阵法图“皆称旨”

不久吕才以渊博音律知识对《白雪》琴曲改造
终于修改完成又成就了一部著名乐曲
他还参与编修了《文思博要》一千二百卷
他还精通史学自撰《隋记》二十卷流传当世
最难能可贵的是他的无神论思想
这一思想集中反映在他刊正削存的阴阳书里
他持议儒而不俚以经谊推处其验术
用儒家思想创立了一种无神论体系
他的无神论思想属于儒家思想范畴
但他在批驳阴阳书创立无神论时又不拘泥

只可惜吕才的著述大部分已经佚失不存
仅有《叙宅经》《叙禄命》《叙葬书》残文传流后世
在《叙宅经》中他重点揭露与批判了五姓之说的虚妄
明确指出“五姓之说”违背了逻辑规律
在《叙禄命》中他首先考察了禄命之说的源流
从而揭穿了禄命说完全是虚伪与骗人的把戏
在《叙葬书》中揭穿了丧葬中的吉凶、禁忌等迷信
此举均为无识者的愚昧巫者的狡诈诡骗而已
他深刻分析揭露了宅经、禄命、葬书的荒诞虚伪
充分显示了他无神论思想的价值
他的无神论思想尽管存有时代局限性
但其唯物论思想光辉仍然闪耀熠熠

82. 陈　亮

陈亮青少年时代就不同凡响显出其才
他喜谈兵论议风生为人才气超迈
下笔数千言立就篇篇优秀文章
句句显示其才华句句展露政治心怀
十八九岁面对南北对峙山河破碎现实
他苦读史书并为此生出无限感慨
写出了《酌古论》表达自己的经略四方之志
对历史和时局的见解受到名家赞赏青睐
他参加乡试列榜首为此入太学学习
次年参加礼部试未中于是退而修学于家宅
他考古今沿革之变上奏《中兴五论》却书入不报
于是他在乡里力学著书近十年写下一段光辉文采

十年后他复诣阙上书极论时事
又十年后他第三次上书痴志不改
从作《酌古论》《中兴五论》到多次上书皇帝
标志他的政治思想与学术思想志向成熟时代
他的《酌古论》以史为鉴寄寓自己兴邦之志
《中兴五论》重在言今由史而求中兴之豪迈
他几次上疏皇帝为的是复开数百年太平之基
以改变时局开创大宋王朝美好未来
“吾欲为社稷开数百年之基，宁用以博一官乎”

他对要授予他官职的皇帝说得多么气概
他一生遭遇坎坷自幼家境窘困
曾遭三次下狱死不为谋官把志向出卖

他从上《中兴五论》到先后五次上书皇帝震动朝野
但在因循苟且的政坛上他的志向难以使其更改
他先后两次参加礼部试后一次中了状元
时年五十一岁的他未及施展抱负于次年就病卒尘埃
他的一生没有显赫的仕宦履历却三次入狱
一生提倡功利之学力主抗金在理学界独树一派
他与朱熹进行了长时间“皇帝王霸”之辩
可贵的是两人持以保留自己见解又相互谅解心怀
陈亮言事功主王霸杂用在当时朝廷中是一股新风
他认为天欲与人欲不能分开观点更有光彩
他在诗词上也有很高的造诣显示了政治抱负
词作“壮士泪,肺肝裂”感情激越风格豪放澎湃

83.叶　适

他在宋代学术史上具有重要的地位
他的主要著作《叶适集》是他的思想荟萃
叶适字正则温州永嘉人后居永嘉水心村
故而世上普遍对他有水心先生称谓
他的少年时代家境贫困居无定所
十一岁那年得以跟名儒大家学习的机会

十三岁跟随父亲迁到永嘉学诗学时文
他勤奋好学为文藻思英发读书聪慧
这些对他一生学术产生深远的影响
以至使他成为宋代的水心之学名辈
从十九岁开始在婺州游学十年并多次上书
纵论天下大势指出政治经济军事之为

叶适提出的中兴大略关键在于为政要诚
指出为政关键在于赏与罚并举公推
后得周必大保荐中举中进士自此踏入仕途
他志存恢复从此有了论政从政机会
他在廷对中对朝政提出严厉批评
提出不可因循守旧要革除弊政之危
此后他先后在各地和朝中任多种官职
在任宝文阁侍制兼江淮制置使期间颇有作为
他在长江以北积极屯田设置堡坞
坚持一面屯垦一面积极战备
他的这些做法虽然收到很大成效
但却因此遭人弹劾受到革职之罪

叶适被革职后回乡专心著述讲学
于十六年之后他又回到仕途官位
他对历代儒家的经籍和道统都有批判
所写的《习学记言序目》文笔犀利尖锐
他的经制之学重典章、重经济、重致用

积极倡导改革又讲义理受人赞赏敬佩
南宋乾道、淳熙之际文化又出现一个高潮
朱熹、吕祖谦、陆九渊三家之学成鼎足地位
或说朱熹、吕祖谦、陆九渊与张栻是南宋三大学派
张栻、吕祖谦逝世后叶适成为大宗遂成鼎足地位
水心之学卓然一家根柢《六经》折衷诸子
他的诸多论断都显现出思想批判的光辉

84. 邓　牧

他的思想是那么“异端”独到
他的行为是那么桀骜不驯狂荡壮豪
邓牧字牧心浙江钱塘人生于宋理宗时代
关于他的身世记载至今难以找到
他是宋元时代一个“异端”思想家
“异端”是别人送他的评价称号
据说他少年时喜读庄子善悟文法
下笔追古作并且追得那么精到
他成年后视名利薄之遍游方外历览名山
历览得是那么的自由狂放逍遥
逢寓止辄杜门危坐昼夜唯一食
他自己在逆旅壁记中对此曾有写照

在邓牧三十二岁那年宋亡于元
在那样情势下他决心不仕元朝

他怀着悲愤的心情到名山大川之间漫游
后来隐居余杭大涤山中的洞霄
当元朝命令请他出山做官时被其拒绝
于是他在大涤山开始著述论道
他的一部具有思想性的代表作是《伯牙琴》
这部作品里显现出他“异端”社会思想光照
他隐居所写作品并非完全流连山水之乐
其中包含对现实政治的批判贯穿着现实人道
他在《伯牙琴》中表示了其隐忧的心情
运用寓言式的讽刺小品批判统治王朝

在他的政论文章中尖锐抨击暴君与酷吏
揭露了统治者对人民的掠夺和残暴
他指出暴君与酷吏压迫下人民无法生活下去
起来斗争是合理的必然的更是必要
他对古代作了一番空想性的描述
刻画出一个幸福美好的乌托邦社会写照
在他所设想的乌托邦社会里也有皇帝
但皇帝是推选出来为老百姓办事的不是天子显要
他所设想的社会里也有官吏只是帮皇帝办事
他所设想的“异端”乌托邦是那么平等美好
他的思想表示出对旧制度的不妥协和飘渺幻想
这种幻想不能解决现实问题只能使他堕入避世之道

85. 李 贽

他的大名一直流传在中华大地九州
他的著述一直光辉闪耀而不朽
他是明代著名的一位回族思想家
他一生坎坷备受磨难却取得重要思想成就
五十四岁以后他弃官为民专事著述
成为反封建专制主义启蒙运动先驱主张个性解放自由
李贽从小就有个性六岁丧母便能自立
七岁随父读诗书习礼仪十二岁作文就很优秀
十四岁读完《易》《礼》改攻《尚书》
二十岁离开家乡糊口四方靡日不逐时事奔走
二十六岁中举人听候朝廷选派从政就禄
在他三十而立之年开始在仕途奔波奋斗

正直的思想性格使他处处与上级官僚发生冲突
这就决定了他在官场难以避免遭受磨难之忧
他在泉州任职时曾带领家人进行抗倭斗争
通过抗倭斗争使他看到明王朝的无能腐朽
家庭接连不断的不幸遭遇使他深受打击
奔走十余年的官场磨难倍感苦恼忧愁
以后的经历磨难使他对社会的认识越来越深刻
他辞去姚安知府退出官场开始著书立说研究
撰《老马解》二卷显示出他对事物转变的辩证认识

《答耿司寇》反映了他反封建专制的强烈要求
《初潭集》给封建理学家以无情讽刺和痛斥
借剃发为僧为学引来一系列“异端”争斗

李贽毫不畏惧地站在“异端”的立场上
以英雄气概以哲学和历史为阵地同封建专制主义战斗
《焚书》六卷是他一生所寄之的诗文集
《读书乐》《豫约》强烈表现他叛逆精神所求
成就《藏书》六十八卷是他一生精神所寄
在中华古代思想史上留下一部光辉锦绣
他阅识广泛学问渊博著作弘富
所提出的疑经、非儒、反孔等观点合乎历史潮流
他一生坚持反对封建专制主义提倡个性解放
无疑是明代历史上一位有代表性的人物泰斗
他一生毫不妥协视死如归受迫害自刎狱中
用生命控诉了封建统治阶级迫害他的大恨深仇

86. 王夫之

他一生著作甚丰并得以广泛流传
他始终坚持抗清斗争毫不妥协令人赞叹
他是中华近代朴素唯物主义集大成者
其代表作《读通鉴论》《宋论》光辉闪闪
王夫之又称王船山湖南衡阳人
晚年居南岳衡山下石船山著书立说故世称船山

他一生主张经世致用坚决反对程朱理学
自谓“六经责我开生面，七尺从天乞活埋”之言
在本体论方面他发展张载“知太虚即气则无”思想
给以新的哲学规定及明确唯物主义解释论断
体现了他“太虚一实”的唯物论思想
明确坚持了唯物主义的气本论观点

他坚持“无其器则无其道”、“尽器则道在其中”
系统地驳斥了割裂、颠倒道器关系的观点
他给传统道与器范畴以新的解释
充分显示了他唯物主义的道器观
他把中华古代唯物主义思想推向顶峰
为唯物主义认识论开写了他的新篇
在发展观方面他综合以往丰富的认识成果
对中华古代辩证法理论发展作出重要贡献
展现了他“太虚本动天地日新”的辩证思想
深刻阐述了动静两者辩证关系及矛盾论观点
他的辩证发展观尤其矛盾学说具有重要理论价值
但过于强调矛盾同一性则是时代给予他的局限

他坚持因所以发能、能必副其所的唯物主义认识论
对认识活动中主体客体能明确分析判断
在知行关系上他力图全面清算“离行以为知”的认识
得出了“行可兼知而知不可兼行”重要论断
在此问题上展现了他认识论上的精华

这是他富有进取精神朴素实践观的体现
在历史观方面他系统批判神学史观和复古谬论
大胆打破美化三代古史迷信驳斥了“泥古薄今”观点
提出了即民见天的历史观和社会政治思想
为强调畏民、重民而提出了“即民以见天”
他的伦理思想包含启蒙思想因素和爱国主义精神
他的美学思想对传统美学也有新的阐述和发展

87. 廖　燕

廖燕初名燕生字柴舟曲江人
因一介布衣既无显赫身世又乏贤达奥援故无后尘
但他是清初具有异端色彩的思想家、文学家
他一生潦倒在文学上却留下一缕闪耀光晕
十九岁时补为秀才隐居不仕潜心经史攻古文词
他著述颇丰《二十七松堂集》十卷传流后人
包括论、辩、说、记、序、文、尺牍、传
还有墓志铭、杂著、疏、诗词近千篇诗文
他多才多艺善著书其代表作是《金圣叹先生传》
他的散文充满了强烈的批判社会精神
对程朱理学和科举制度也持批判态度
他认为以上这些是为统治阶级钳制思想言论

他呼吁文章用世提出布衣与人主平等
这在当时无疑是非常可贵的理想精神

他对自己文章与统治者的矛盾有充分认识
并看到这才是他所追求的价值核心
近代以来廖燕文章思想内涵愈来愈受到重视
他的人物传记往往都能写出传主的气质精神
他使清代岭南散文进入更高境界
其中《诉琵琶》是廖燕传奇中思想性艺术性最高作品
廖燕虽然后人知之甚少但也影响深远
他的《二十七松堂集》在同治年间曾流传到日本
引起日本汉学家的极大兴趣为之刻刊
并在刻刊序中赞其文为明代文坛大殿军

日本还把廖燕列为中国明清文坛八大家
赞其文章有奇气雄瞻杰出大势吞云
廖燕的文集曾为中日交流作出过贡献
其遗诗入选清朝国诗被列为广东精品
有今人评廖燕“匕首寸铁刺人尤透”
他虽少有人步后尘却有其深刻评论
袁行霈在《中国文学史》中对他写有很高评价
高度评价了廖燕的史论文论得精深
对《汤武论》等史论文给以高度赞扬
评价他的史论文具有推翻陈说无所蹈袭之新
也许正因为如此他成为具有异端色彩思想家、文学家
也许正因如此他不愿为官不愿仕清为臣

88.唐　甄

他的思想闪耀着批判封建专制君主锋芒
他提出经世致用社会平等的主张
他是明末清初的思想家和政论家
他在代表作《潜书》中留下他的思想
他虽然出身官僚地主阶级家庭
却具有可贵的批判封建专制提倡平等的进步思想
他曾中过举人并任过十个月的知县
因与上司意见不和被革职他由此经商
由此可以看出他的性格特点和情操
看出他不同流俗的志趣和向往
他的一生困于远游厄于人事
他的思想对后世产生深远影响

唐甄生活贫困潦倒仍专心究治天下之法
他的一生志在经世致用圣人之道彰扬
他刻苦研究三十年取得重大成就著成《潜书》
书中集中反映了他的社会政治启蒙思想
《潜书》共九十七篇弘文分为上下两篇
上篇论学术心性之学下篇论述治世主张
《潜书》上观天道下察人事远正古迹近度今宜
彰显了根于心而致之行如在其位而谋其政思想
《潜书》奠定了唐甄在清初启蒙思潮中历史地位

对当时儒学的发展也产生了深远影响
他的社会启蒙思想主要表现在对封建专制深刻批判
提出救治社会弊端措施及初步民主意识主张

他猛烈抨击了封建专制制度下残暴罪行
提出抑君权势倡导社会人人平等政治主张
深刻揭露了封建统治下民不聊生的事实
彻底否定了君权神授的传统观念思想
他对封建伦理提出大胆怀疑和否定
提出要破除危害社会关系的三纲五常
他主张实治实功倡导富民立国
从多方面提出了富民立国的政治之纲
他的财政观、生产观、交换观、货币观均有新意
都闪耀着他社会启蒙思想的光芒
在他思想深处仍把国泰民安希望寄托贤明君主
他提出的为君之道仍没有跳出儒家思想纲常

89. 戴 震

他很特别十岁方能言这让人十分吃惊
他一说话就要读书日读数千言不休也让人吃惊
他二十九岁才考上秀才四十岁才考上举人
五十二岁参加殿试赐进士五十五岁死于北京
作为清代杰出思想家却仕途难进
才华横溢却难被录用更让人吃惊

他学识渊博著作非常丰富广为流传
他有数学家、史学家、天文学家、文物学家之盛名
在学术思想上造诣最深影响最大的是他的考据和哲学
在这两个方面他留下的巨大成就也更让人吃惊
校勘一部《水经注》留下惊人之删改
他不愧是乾嘉学派皖派创始人一代考据大师之名

在哲学方面尖锐批判程朱理学抨击封建主义
为中华古代文化史发展立下历史之功
中华古代文化史上闪耀着他不可磨灭的思想光芒
他的光辉哲学著作至今仍为后人借鉴所用
在伦理观方面戴震肯定“理存乎欲”
坚决反对“存天理灭人欲”思想言行
明确提出“体民之情,遂民之欲”社会理论
故他的哲学一问世可谓是石破天惊
作为中华古代一位杰出唯物主义思想家
他反抗黑暗、追求真理的探索精神和勇气令人吃惊
他对天文、数学、历史、地理均有深入研究
他治学严谨知识渊博对音韵、训诂学尤其精通

他从分析《广韵》入手创古韵二十五部之说
创阳、阴、人对转理论对经学、语言学立下丰功
他治学必重证据而不轻信坚持实事求是
在诸多领域留下著名论著生平著述颇丰
于考据学他卓然成为一代大师

充分显示了他渊博的知识及卓越才能
他还研究过机械并留下专门论著
真可谓是文理兼收绝顶智慧聪明
为此纪昀推荐他为《四库全书》纂修官
他以杰出才能和智慧为此发挥了积极作用
他把自己一生贡献给中华古代文化事业
从此中华历史记下戴震饱学之士大师之名

90. 龚自珍

他所在的中国社会急剧地发生着变化
他的心时刻系着古老的大地中华
作为中国封建社会末世向近代社会转变时期代表人物
龚自珍充分显现了他光辉的思想光华
他猛烈地抨击封建末世的黑暗
主张改革提倡“经世致用”治国之法
他对旧的社会现象进行了尖锐的揭露批判
其锋芒直指封建王朝政治大厦
他出身于一个仕宦的书香门第
从小受到经学和举业的熏陶冶化
他随父升迁调任目睹吏治黑暗腐败
为此他对当时社会有了深刻的观察

他曾五次参加会试考选进士都落榜不第
怀才不遇悒郁心情屡屡撞击迸发出改革弊政思想火花

于是他撰成著名的《明良论》对君权抨击
第一次明快地把自己政治见解抒发
在他任京官二十年中虽困厄闲曹仍屡屡上书
指斥时弊主张改革弊政但均未被采纳
由于他屡屡揭露时弊触动时忌
因而不断遭到权贵的打击和挤压
百感交集的他为此写下许多激扬深情忧国忧民诗文
于是著名的三百多首《己亥杂诗》流传天下
他在政治、学术、经济、文学方面都有深论
他的思想振聋发聩开启了一代闪耀风华

其中尤以猛烈批判封建黑暗的政治思想最为激奋
还有他对混浊士林风气的猛烈激奋的鞭挞
他以锋利的笔触挑破了其欺人外皮
把矛头触及封建君主专制制度王法
面对“外夷”时势他产生了抵御外侮的爱国主义思想
提出了在新疆设省开垦移民防止外侵的想法
他的学术思想主要体现在利用“今文经学”
与儒家一贯倡导的“经世致用”相容纳
学术思想上他对汉代以来旧的今文经学进行了改造和批判
在经济思想上他不断思索衰世之源和救世之法
在文学上他以新的内容和风格在封建末世独放异彩
成为晚清现实主义诗歌的开创者影响巨大

91.魏　源

他与龚自珍同时对封建末世给予揭露批驳
他与龚自珍都主张“经世致用”进行社会改革
龚自珍逝世后他高举发展改革思想旗帜
在鸦片战争硝烟中高唱他的思想之歌
他以“师夷长技以制夷”的响亮口号
开写出反抗外国侵略学习西方文明之策
他积极参与了盐务、漕运、治河的改革大计
积极参与了鸦片战争抗英保卫祖国
发愤撰写的《圣武记》反映出他强烈爱国主义热情
他编撰的《海国图志》提出了抵御外侮的思索
在他抵御外侮新思想中朦胧闪现一种思想光芒
那就是代表近代资本主义要求的一种探索

魏源提出的建立新式军事工业的主张显露卓识
包含了建立近代民族资本主义工业因素光灼
如果说龚自珍是诅咒和鞭挞封建专制的勇士
魏源则是改革弊政富国强兵积极追求者
他对中华民族战胜侵略者充满信心
认为中华民族的才智并不比西方愚弱
只要能人争效力风气日开智慧日出
就能够战胜西方取得最终胜利结果
外国资本主义对中国的入侵使中国社会矛盾发生变化

代表地主阶级改革派的魏源对此认识深刻
其思想在一定时期与人民利益表现了一致性
他的这种思想十分可贵可喜可贺

魏源的思想达到了他那个时代所能达到的顶峰
作为清代的一位思想家是那么的难得
他晚年辗转于清军与太平军激烈角逐地区
在角逐地区之间他参与抵抗太平军疲于奔波
从中看出他抵抗太平军的态度不积极
为此还留下了诸多关于他的传说
魏源与龚自珍有很深的交谊常促膝之谈
两人曾约定“孰后死孰为定集”遗作
实际上这两位齐名于世的密友性格迥然
两位齐名思想家具有不同的性格
他们以清新思想共同追求和不同格调
在中国社会大变革时期奏出改革历史高歌

92. 姚　莹

他在中华古代思想史上留下自己的书写
他在鸦片战争中书写了光辉的一页
姚莹字石甫号明叔晚号展和
安徽桐城人桐城派代表人物之列
清代著名思想家、文学家、军事家
是一位能文能武的安徽桐城人杰

他是清代最早睁眼看世界的知识分子之一
他的思想洞察力使他早早洞察着世界
一八〇七年他中举次年又中进士
他从小刻苦勤奋好学取得优异学业
他先后在福建多个县任知县后任台湾兵备道
在随后爆发的鸦片战争中他打得勇猛激烈

他与台湾总兵一起领导了台湾的抗英斗争
他们不畏强敌英勇抗英写下光辉一页
他在文学上亦有成就偏好散文长于议论
主张文章必须“明道”“言事”文与实俱写
他为桐城派古文家文章关世道而不害人心
他善持论指陈时事利弊慷慨深切
于论政议事中渗透着自身遭遇感慨和忧愤
激昂跌宕文笔犀利而富于感情倾泻
他对书无所不窥往往博证精究议论宏伟
他关注国计民生时政利病讲究经世之学
在任期间兴利除弊办事干练除奸抑暴
民情利弊无不悉心讲求词讼听断秉公以决

他宗法桐城派论文被称桐城派八大家之一
他负经济之学尤长用兵崇尚程朱理学
他的著作辑为《中复堂全集》十三种九十八卷
其中许多著作均以维护国家利益和民族尊严有感而写
内容涉及政治军事历史宗教天文地理诸多方面

博而不杂中心突出对各方面各个领域都有涉猎
他的文章笃实有力文采斐然足称载道之文
耽性理兼怀济世文中表达出独到政治见解
表现出强烈的社会使命感和责任感
以及他那献身于国家民族的可贵品质和志节
更可贵的是他因功罹祸仍不改赤子之心
即便遭下狱他的抗英报国之志也坚持不懈

93. 康有为

他发起组织了著名的公车上书
他上书光绪皇帝开启戊戌变法之路
他从小聪慧五岁能诵唐诗数百首
六岁时《大学》《中庸》《论语》都能诵读
十一岁跟随祖父接受严格封建正统教育
十六岁见《瀛寰志略》地球图知万国之故
随后他开始攻读《周礼》《仪礼》《尔雅》
勤学的知识与国家危亡现实刺激让他苦闷感悟
为此使他对传统的文化学术产生怀疑
从此他开始了向西方寻找真理的路
中法战争爆发他感国难哀民生所悟日深
俯读仰思日日以救世为心刻刻以救世为务

他由一个封建知识分子走向资产阶级改良派历程
他忧患人生向往平等有了“大同境界”的感悟

他从崇古文经学到尊今文经学到上书变法
可惜他第一次上书建议被顽固派所阻
后在广州长兴讲学并撰《伪经考》《改制考》
这是他冲击封建势力提出变法的理论专著
中日战争爆发中国再一次惨败签订丧权辱国条约
忍无可忍的康有为联名发动了公车上书
提出变法成天下之治的改良派救国纲领
以后他又上第三书第四书不断上书
终于建议光绪皇帝下“定国是诏”宣布变法
可恨顽固势力太顽固发动政变把变法维新剪除

推进戊戌变法的康有为不得不流亡海外
他的思想也在流亡中不断发生变故
开始他发出《奉诏求救文》首数慈禧太后十条大罪
继言光绪皇帝勤政爱民大开言路乃圣明君主
后他又流亡加拿大并在加创设保皇会
翌年他由香港抵达新加坡正式接受英国政府保护
随着推翻清朝封建统治逐渐成为主流
康有为对革命形势的发展深感焦虑而看不清楚
进而反对民主革命成立帝国宪政会开展立宪运动
居然鼓吹尊孔拥护溥仪复辟封建君主
历史留下他社会思想发展变化的历程
同时历史也留下他齐身的各种学术及思想著述

94. 谭嗣同

他是中华近代民主革命的一面旗帜
他作为“戊戌六君子”之一名扬中华大地
他谭嗣同是中华近代资产阶级著名政治家
更是一位杰出的思想家和维新志士
“去留肝胆两昆仑”是他临刑前的绝唱
他生为变法而生死为变法而死
他一生一死是一副忠肝义胆像昆仑那样高耸
他生如昆仑死如昆仑在刑场大义凛然从容就义
他从小就爱读书并务求广博好讲经世济民学问
他从小就受到了爱国主义的启蒙教育
年幼时的他对那些锄强济弱草莽英雄十分仰慕
他反对八股文对王夫之的思想发生浓厚兴趣

十二岁的他在浏阳与唐才常订交
同时又拜师从事算学和自然科学学习
十九岁时他离家出走开始了他游历考察历程
大半个中国的游历使他开阔了视野结交了名士
劳动人民的反封建斗争精神深深濡染了他
从此使他的思想富于斗争性和民主及唯物主义
深重的民族灾难时刻焦灼着他的心
对帝国主义和腐败无能的清政府他看透了本质
他认为大化之所趋风气之所溺非守文因旧所能挽回

要救亡图存必须彻底改革腐朽的封建专制
他的重要著作《仁学》是维新派的第一部哲学著作
他认为万物变化的根源在于事物的异同生克、好恶攻取

在书中他愤怒地抨击了封建君主专制的“惨祸烈毒”
指出封建纲常礼义完全是独夫民贼用作统治的工具
他曾经在湖南协助举办新政发展维新派力量
他曾经协助梁启超在教学中大力宣传变法革新之理
他曾与唐才常等人创建了维新团体南学会
讲求爱国之理和救亡之法“演学万国大势及政学原理”
为加强变法理论的宣传他还创办了《湘报》
他以“新政人才”而得以辅助光绪皇帝
面对维新变法失败他决心以死来殉变法事业
用自己的牺牲向封建顽固势力作最后一次反击
他被捕后从容就义充分表现了舍身报国英雄气概
作为思想家他一峦挺秀片石苍茫立天地

第四章　军事家

95.廉　颇

他是战国时期的有名军事家
在中华古老的战场上留下他的光华
中华历史上还留下他将相和大戏
留下了他负荆请罪的历史佳话
他身经百战几十年为赵国留下胜利
把一次又一次胜利写在他的军事生涯
因为历史太久远他的生卒年已不详
他作战的胜利战绩有些也难以考查
他是中华历史有文字记载以来最早的军事将领
他是中华历史上最早期的军事家
他的胜利为赵国带来了强盛和辉煌
他的胜利曾使赵国变得兴盛强大

廉颇是战国时期赵国的著名将领
他为赵国立下的战功卓著而巨大
公元前二八三年他率赵军大败齐军

攻取阳晋从此威名扬于诸侯和天下
他与蔺相如的将相和增加了赵国国力
不断攻取齐魏两国土地而称霸
而且还能使赵国抗拒强秦的侵犯
为此给赵国留下一段强盛历史年华
就在将相和这一年他又攻克齐国几邑
又领兵攻占魏国的几邑捷报频发
他领兵攻占了魏国的房子、安阳
并在房子修筑了城寨为赵国管辖

秦国攻魏时廉颇率军救几邑大败秦军
这次战役又一次显现了他的军事才华
秦赵长平之战本来是他采取正确战略战术
只可惜赵国中秦计最终赵军被打垮
燕国攻赵时赵国又使廉颇为主将
在鄗大破燕军杀栗腹把燕军打垮
他率军追逐燕军五百多里围下燕国都城
最终赵军取得大胜廉颇功劳卓著巨大
他因功得封邑尉文号信平君为假相国
从而写下了他一生中最辉煌的战争生涯
可惜一代军事名家最后被逼四处奔走
最后在楚国的都城寿春结束生命年华

96. 孙　武

他为古老的中华写下最古老的战歌

他为古老的中华写下最古老的军事著作
他是古老的中华最古老的军事家
他是古老的中华最古老的兵法开创者
春秋时期战争频仍时势造英雄
无数次的战争怎能不催生战争之策
无数次的胜利和失败的战争经验反复出现
使人们不得不去研究不得不去探索
杰出的孙武最早认识了战争的规律特点
他为此对战争研究得是那么深刻
于是他成就了一部伟大的《孙子兵法》
成就了世界上最古老的一部军事杰作

孙武字长卿齐国安乐人齐国陈氏后裔
其祖因伐莒有功赐姓孙姓由此而得
齐国四族为乱时孙武奔吴为将军
从此他在吴上演了古老战争的磅礴
经伍员推荐他得以见吴王阖闾
在初为阖闾试列阵时就留下惊人所作
大为惊骇的阖闾从此知道孙武能用兵
随之以孙武为将伐楚取得五战五胜战果
西破强楚入郢北威齐晋显名诸侯
孙武用他的军事才能写下胜利战歌
传流千古的《孙子兵法》表述了孙武的军事思想
成为中华现存最古老的军事杰作

孙武是一个为吴王服务的职业军事家
他重视战争对社会的影响及给民众带来的后果
他重视战争规律的研究战略思想相当丰富
他研究提出的军事思想那么全面那么深刻
他认为解决敌对势力间矛盾战争不是最好办法
“不战而屈人之兵”才是最高之策
他的战略思想是那么的丰富和高超
从政治环境、将帅素质、军情及后勤他都把握
他留下“知己知彼”千古不朽的历史名言
他的战略思想闪耀着辩证法的光泽
《孙子兵法》在中外军事学术史上占有显著地位
从七世纪开始就在世界范围广为传播

97. 吴　起

真不知对他这个中华历史名人如何评介
他的前期行为确实让人无法埋解
散尽家累万金为了政治发展尚可原谅
为此弄得倾家荡产让人有了过分感觉
因此遭到邻里乡人讥笑诽谤在所难免
不该为此杀了三十多人作为报复发泄
为了自己前途也不能不为母亲奔丧守孝
由此被曾申逐出师门也是应该的惩戒
为了取得鲁君的信任他不应该杀妻
这种事他做得太无情太过分太恶绝

可怜他打败了齐仍遭到鲁国贵族的排挤
最后只好离鲁投奔魏国谋求事业

幸得魏文侯起用为将让他率兵攻打秦国
吴起连拔五城获得夺取西河之地大捷
后又和西门豹奉令相助一齐灭亡了中山国
为此使吴起在魏国开创了一番辉煌事业
他的前期这些行为让人难以给以褒奖
恐怕很难有人对他的这种行为给以认确
但他的军事思想和治军带军打仗确实显著
为此他在中华古老历史上写下光辉一页
他治兵跟一般将领不同他关心士卒
衣食住行同士卒完全一样没有一点特别
他甚至为小卒的病疽用口为其吸脓
为此留下多少历史传说演义和批阅

他总结自己的实战经验写成《吴起兵法》
这是他一生中战争经验教训的总结
未曾想他的《吴起兵法》是那么杰出
居然同《孙子兵法》具有同等重要地位并列
藏孙吴之书者家有之凡是谈兵的人没人不读
只可惜《吴起兵法》后来失散难以再阅
虽然今天仍能看到《吴子》六篇
但所反映的吴起的军事思想已不是原来思想方略
吴起在西河郡任内政绩卓著万民亲百官治

特别是他的变法的成效和影响都很卓越
只可惜悼王死后他受到贵族们的迫害
即使逃到悼王尸体旁也难逃被杀劫

98.孙 膑

战国时期战争日亟各国都诉之以武
各国都想通过武力称霸诸侯成为霸主
这时谁能料敌制胜取得战争胜利成为关键
因此军事家在当时的地位特别重要突出
他是改变战国间关系显名当时垂名后世的军事家
他在当时的表现和军事思想特别卓著
孙膑齐国人是著名军事家孙武的后裔
正所谓将门出虎子他出身于显赫的军事家族
谁曾想他与庞涓一起学习兵法招来祸害
他的军事才华引起了庞涓的嫉妒
庞涓居然使计暗中派人邀孙膑至魏
庞涓丑恶面目显现惨害孙膑去了膝盖骨

幸得齐国使臣帮助孙膑秘密逃回齐国
从此他的军事才能得以施展显露
他帮田忌赛马彰显了其杰出的聪明智慧
从此他在齐国的一系列表现令举国上下佩服
齐威王问孙膑以兵法并任为军师
孙膑在任军师期间辅助田忌展现雄图

随后在古老中华历史上创下经典战例
著名的“围魏救赵”之战使孙膑声名卓著
更可叹他创造了马陵之战的历史辉煌
他智取庞涓使其一代名将一命呜呼
庞涓临死之前满怀嫉恨说出历史感叹
“遂成竖子之名”之叹一直感叹千古

孙膑以此更名显于天下世传其兵法
使多少后来从军将帅士卒学习追慕
孙膑受膑刑后以为断足终不可用
他退论书策以杼其愤写下军事名著
《孙膑兵法》与《孙子兵法》具有同等历史地位
在中华历史上都是深受推崇的军事著述
但《孙膑兵法》失传并引起是否有此书的争论
可喜一九七二年四月在山东临沂两部兵法同时出土
从而顺利解决了长久的历史悬案和争论
使著名的两部兵法显现辉煌历史面目
孙膑在中华军事史上有相当深远的影响
直到如今中外治军之人还捧读他的兵书

99. 李　牧

李牧为赵国的良将生活在战国末年时期
作为一代良将他为赵国立下显著战绩
作为赵国良将他曾久居赵国北境

在代和雁门一线防备匈奴的侵袭
他的权力很大有自行置吏的方便
军市的税收都归幕府为士卒费用开支
他每天让杀几头牛飨战士练习骑马射箭
谨慎使用观察烽火多使间谍了解监看来敌
他对战士的待遇优厚同时约束严格
对侵袭抢掠的匈奴不战但防守严密
从而使匈奴每次入侵皆因防守严密而不敢战
这样连续几年使赵国没有受到损失

匈奴却以为李牧怯懦就是赵国边兵也这样认为
赵王责备他还是照旧恼怒的赵王把他调离
在李牧离开一年多的期间守军多次出战
屡次出战皆不利伤亡很多受到很大损失
于是赵王不得不再调李牧北境为将
李牧至边地重申旧约仍然采用旧计
终于等来战机李牧率军大败匈奴
灭襜褴破东胡降林胡杀匈奴十余万骑
使此后十多年匈奴不敢接近赵国边境
此次大胜充分显现了李牧的军事才智
后李牧为将攻燕连取武遂、方城
作为大将军在率军反击秦军进攻时取得重大胜利

李牧因战功卓著被封为武安君
由此他的军事才能也闻名于世

公元前二三二年李牧又击败入侵秦军
同时南拒韩魏写下他一生光辉战史
可叹赵王听信宠臣郭开的造谣中伤
使李牧蒙冤惨遭杀害的冤屈
可怜一代名将军事家死在内部奸臣之手
赵国从此也开始走向灭亡的境地
司马迁对李牧的冤死表示极大的愤慨
他在《赵世家》一文中对赵王给予了痛斥
李牧是一位对后世产生深远影响的人物
汉文帝曾为得不到李牧那样大将制匈奴而叹惜

100. 白　起

他是战国末期秦国杰出的军事将帅
他是战国末期杰出的军事人才
他用百战百胜书写了光辉战史
他用百战百胜书写了一生的豪迈
白起作为战国末年的著名军事家
在他的战争史上从来没有写过失败
公元前二九四年他在秦为左庶长
为将攻打韩国的新城他得胜奏凯
公元前二九三年白起为秦左更
于伊阙把韩魏联军一举击垮打败
斩首二十四万虏魏将公孙喜拔五城
起迁为国尉涉河取韩安邑以东到乾河一带

公元前二九二年白起为秦大良造
攻魏取城大小六十一座获得胜利豪迈
公元前二八〇年白起率军攻打赵国
取得攻占赵国光狼城的大捷光彩
公元前二七九年白起率军向楚进攻
拔取楚的鄢、邓、西陵三座城塞
公元二七八年白起又乘胜攻楚
攻取安陆并攻下楚都郢要塞
白起又进兵至洞庭湖一带楚国腹地
迫使楚国仓皇迁都于陈地带
从此秦国以郢为南郡作其南疆
封白起为武安君使他倍显英雄气派

他作为秦的上将军展开著名秦赵长平大战
从而书写了他灿烂辉煌的战争光彩
为秦胜利完成了这次史无前例的大歼灭战
他在长平之战中立下彪炳千秋的豪迈
但他在政治上犯下一个极大的错误
他诈而尽坑杀赵降卒四十万实在不应该
具有杰出军事才能的他主张乘胜灭赵
但他的正确战略却受到秦王等人阻碍
一代战功卓著名将最终被秦王所逼自杀
历史又为秦王写下一页历史的不应该
临死前的白起忏悔地说出内心的忏悔

他杀赵卒降者数十万人实在是不应该

101.蒙　恬

他作为著名将领军事家一生战功累累
他作为勇士其勇敢精神令人敬佩
他蒙恬是秦始皇时期的著名将领、军事家
他用卓著的战功为自己书写了历史的光辉
他有军事家的才能和军人的勇敢精神
为此他被誉为“中华第一勇士”这一称谓
传说他是中国古代开发宁夏第一人
是他最早开发了古代中国的西北
他少年时习刑狱法任过审理讼诉文书
传说他改良过毛笔这反映了他的聪睿
他出身于一个世代名将之家
祖父蒙骜、父蒙武都是秦国名将

公元前二二一年蒙恬被封为将军
因攻破齐国有功被封为内史官位
他的弟弟蒙毅也很显要官至上卿
蒙氏弟兄深得秦始皇尊宠敬佩
公元前二一五年蒙恬率军三十万北击匈奴
在黄河之滨以步兵与匈奴骑兵展开对垒
这是秦军与匈奴骑兵展开的一场生死大战
蒙恬率领的军队以锐不可挡之势把匈奴大军击溃

击败匈奴各部大军迫使匈奴望风而逃
远去大漠以北七百里溃不成军望风败退
使匈奴不敢南下牧马几十年不敢进汉地
汉代贾谊对这次大战曾给以高度赞美

蒙恬坐镇上郡在河套以北修亭障筑城堡
为河套地区开发创造了条件加强了防备
蒙恬勇敢作战出奇制胜取得一生中最大战绩
为此他获誉“中华第一勇士”的赞美
随后蒙恬建立治理边防的行政机构修筑长城
修筑道路、垦殖、发展经济、加强军备
他把战国时秦、赵、燕三国北边防护城墙连接起来
从而形成了中华万里长城的辉煌雄伟
蒙恬根据用险制塞以城墙制骑兵的战术
以整修和加固万里长城历史之举开发和守卫边陲
名将世家战功卓著的蒙恬最终竟被逼自杀让人感叹
他之于秦朝的赫赫战功之于长城的丰功伟绩让历史敬佩

102. 韩　信

他战功卓著为刘邦打下天下建立汉朝
作为杰出军事家他彰显了用兵打仗精妙
作为西汉名将汉初三杰留下著名战役和策略
他为此为汉王朝建立立下汗马功劳
为此他得封大将军、左丞相、齐王、楚王、淮阴侯等

显赫的爵位彰显了他的功劳盖世天高
同时却也因功高盖主引起主子的猜忌
被吕后萧何诱骗入长乐宫惨被杀掉
为此留下“成也萧何败也萧何”历史之说
留下“狡兔死，良狗烹，高鸟尽，良弓藏，敌国破，谋臣亡”历史说教
留下京索、安邑、井陉、潍水、垓下经典之战
让多少后人一直拜读研究他这些经典之战的战略战术精奥

他年少时贫穷贫穷得母死无钱埋葬
贫穷得蹭饭吃遭人白眼只好流浪乞讨
贫穷的他既不能推举为吏更无钱经商
贫穷的他忍受胯下之辱留下历史说笑
同时留下“大丈夫能屈能伸”的历史赞誉
同时胯下之辱促成他开创了人生自豪
贫穷的他城下垂钓得到漂母的同情救济
他做楚王后召漂母馈赠千金以回报
他居然又召逼他钻胯的少年拜为中尉
对他的此种举措让别人也许想不到
对不愿救济他饭吃的乡亭长仅给百钱
他如此处理微贱时的恩恩怨怨反映了他的为人和喜好

流传多少赞美的精妙语言是对他的高度赞美
作为杰出战术家他为后世留下多少典故精妙
“韩信用兵多多益善”一直广泛流传

"明修栈道,暗度陈仓"成为后人用兵之道
"临晋设疑,夏阳偷渡"成为历史之渡
"木罂渡军、背水为营"成为背水一战先导
"拔帜易帜、传檄而定、沉沙决水、半渡而击"
最后取得"四面楚歌、十面埋伏"历史精妙
他的井陉之战、潍水之战都是战争史上的杰作
出陈仓、定三秦、擒魏、破代、灭赵、降燕、伐齐用兵高超
直到垓下全歼楚军他无一败绩天下莫敢与之相争
作为军事理论家著兵法三篇留下军事理论高韬

103. 卫　青

他作为汉代著名军事家闻名古老九州
他作为抗击匈奴名将威震匈奴兵酋
他开启了汉对匈奴战争反败为胜新篇章
打破自汉初以来匈奴不败的神话魔咒
他以武钢车阵大破匈奴伊稚斜单于主力
为汉代取得七战七胜的历史辉煌锦绣
为汉代北部疆域的开拓作出重大贡献
取得了他作为一个军事家的杰出军事成就
他七战七捷无一败绩为历史兵家所敬仰
关于他抗击匈奴故事在历史上广为传流
他是历史上出身最低功劳最大官位最高的代表人物
他官至大司马收复河朔时即被封为长平侯

他为河东郡平阳人是私生子家庭出身低微
曾遭馆陶长公主之害幸得好友公孙敖相救
武帝闻知此事召见卫青及其家属厚加赏赐
以卫青为建章侍中从此走上仕途不断取得成就
卫青善于以战养战用兵敢于深入奇正兼擅
他为将一直号令严明与士卒同甘共苦
从而使他在朝野得以很高的威信位极人臣
但他从不养士有功安民以武立功死后谥号烈侯
卫氏一门显赫后卫青秉职尊业谦和大度
位极人臣和尘同光不养士结党淮南寝谋
两汉时外戚虽大多是靠裙带关系窃居高位
卫青则靠出生入死浴血奋战不像所说全依卫皇后

龙城大捷卫青开始一生戎马生涯
他首次出征就取得具有划时代意义的成就
打破自汉代以来“匈奴不可战胜”神话
成为汉匈战争转折点从此开写抗匈新斗
收复河朔之战卫青取得卓著战功
从此建立起进一步反击匈奴的前方基地桥头
他率三万骑兵出高阙急行军包围匈奴营帐
使匈奴将领惊慌失措大败向北逃走
他先后两次率十万骑兵扫荡漠南匈奴大本营
取得二出定襄大败匈奴一系列胜利成就
漠北大战被列为中华历史上十大战役
卫青以弱胜强正奇兼擅写下他代表之作的辉煌锦绣

104.霍去病

作为西汉名将他多次率军与匈奴作战
作为西汉军事家他写下作战光辉诗篇
霍去病西汉名将优秀的军事家
他很年轻就出任为将号称军冠
他是卫青的外甥善骑射深受汉武帝信任
他十九岁就居然令匈奴人闻风丧胆
他只有二十四岁短暂的生涯留下经典之作
河西战役、决战漠北是他的经典之作
他在这两战中写下他军事杰作辉煌
他在这两战中留下他人生的辉煌灿烂
匈奴未灭,何以家为刻在历朝历代保家卫国将士们心里
这是他霍去病留下的抗匈保汉的经典名言

年轻的霍去病居然有这样的卫国之志
年轻的霍去病留下的不仅是一句话更是历史的震撼
公元前一二一年他独自率领一万精兵出征匈奴
这就是他为此写下卓著战功的河西大战
只有十九岁的统帅霍去病果然不负众望
在千里大漠长途奔袭犹如一道闪电
六天之中他转战匈奴五个部落
打了一场那么漂亮的大迂回战
他率军一路英勇猛进屡袭匈奴强敌

在皋兰山打了一场硬碰硬的生死战
在此战中霍去病惨胜一万精兵仅余三千人
而匈奴两王战死王子及相国都尉被俘近九千人被歼

曾经为所欲为的匈奴终于也唱出了哀歌
匈奴王投降汉朝中国历史上有了第一次外虏降汉
为了彻底消灭匈奴尚存的主力
汉武帝发起了空前绝后的漠北大战
霍去病已毫无争议地成为汉军王牌
漠北大战是霍去病巅峰之作的显现
他率军深入茫茫沙漠奔袭两千多里
以一万五千人的损失获得歼敌七万
他乘胜追击祭天封礼于狼居胥山留下历史盛举
从此成为中华历代兵家人生最高追求终生奋斗宣言
在完成这样不世之功也登上了他人生的顶峰
如果他不骄奢不早逝又该写下多少光辉历史诗篇

105. 班　超

一代人杰班超字仲升是扶风安陵人
他是东汉早期立功边疆的名臣
他少有大志略广涉书传博学多识
他不耻劳辱善辩不修细节孝谨
他是东汉著名的军事家和外交家
其父班彪其兄班固其妹班昭皆是杰出名人

他曾先后出使西域并平定西域
为促进民族融合立下卓著功勋
班超年轻时曾为官家抄书维持生计
少有大志胸怀才华的他抄书为业怎能甘心
后来他投笔从戎随窦固出酒泉扫荡车师匈奴
班超以假司马率偏师担当击伊吾之任

他率军与匈奴大战于蒲类海斩获甚众
他首战告捷崭露头角受到窦固器重荣肯
窦固很赏识他的军事才能便派他出使西域
从此开始展现他的壮士之志报国之心
他一行想先开通南道行间突遇敌情
班超机智果敢决定率部大胆前进
“不入虎穴焉得虎子”说得多有英雄气概
夜闯匈奴驻地顺风纵火使匈奴逃遁
班超将所杀匈奴首级献给鄯善王使其震惊
当即同意把王子送汉朝作质了愿意归顺
班超完成第一次出使西域使命胜利回都
他得到皇帝的赏识认为他是难得的人

班超第二次出使西域先后至于阗、疏勒
他凭借军事和外交才能智慧赢得两国国王臣民
他两次出使西域使三个王国恢复与汉朝友好关系
为汉朝边疆和平稳定立下重大功勋
开通稳定南道后他又奉命开通北道

此时的月氏为进攻班超发动七万大军
班超兵马不多大多兵士为此感到惊恐
班超却镇静自若巧用设伏之计把月氏大军一网打尽
班超又发龟兹、鄯善等八个王国兵七万讨鄯耆
历经征战征服鄯耆使西域北道安定通顺
班超一生专功西遐鞠躬尽瘁长达二十二年
直到"衰老被病"才归故土落叶归根

106. 祖 逖

他是晋初有志于恢复中原而致力于北伐的大将
他矢志北伐艰难曲折地书写了一段历史辉煌
他少年即孤性格活泼不拘小节
十四五岁时还不知用心读书学习文章
但他富于同情心时常散发谷帛接济穷苦乡亲
因此他博得宗族乡里的敬重崇尚
后来他发愤学习博览群书深涉古今
于是渐渐有了名气人们称赞他有政治之长
他果然素怀大志对每况愈下的时局充满忧虑
经常与他的好友刘琨拥被起坐畅谈志向
他与刘琨两人志趣相投共被同寝关系融洽
"闻鸡起舞"的佳话就是因他二人所为开创

西晋宗室诸王为争夺帝位疯狂地争斗
致使中原化作一片焦土生灵涂炭一派凄惨景象

刘曜率军攻陷洛阳使中原一片大乱
北方人民为避战乱纷纷逃往南方
祖逖也被迫带着亲族宗党几百家南下
一致推举他为人流队伍“人主”他为此而奔忙
他时刻心怀拯救中原同胞于水火的强烈要求
心怀统一中原进行北伐的爱国愿望
他得以司马睿任他为奋威将军徐州刺史
在他强烈要求下得以实现北伐的向往
但却只给他一千人的粮食和三千匹布为北伐物资
不给一兵一卒让其自募兵士自造兵器实在是荒唐

但他不畏艰难率随南下百余家北渡长江中流击楫
宣誓“祖逖不能清中原而复济者,有如大江”
他一面冶铸兵器一面招募流散人进屯雍丘
从此开始实践他矢志北伐的爱国愿望
凭着他的两千多人及他的军事才能智慧
经一年多苦战终于在豫州站稳脚跟开出一片战场
他军纪严明自奉节俭不蓄资产督劝农桑发展生产
他深得百姓爱戴使北伐势力越来越强壮
历经几年英勇战斗收复黄河以南大部土地
因时事变故祖逖北伐难成忧愤命丧
他去世豫州人民痛哭流涕谯梁百姓为其修建堂祠
纪念这位爱国爱民不畏强敌百折不挠的名将

107. 檀道济

檀道济作为晋代一代名将留下大名
作为一位军事家取得了卓越的军功
他自幼父母双亡与兄弟流寓京口
初随刘裕镇压孙恩、将桓玄之乱平定
以军功先后封吴兴县五等侯等职位
从此开始了他带兵打仗的军旅历程
刘裕北伐后秦檀道济为冠军将军
引军沿淮水、淝水向许昌、洛阳出征
檀道济率军先到项城后秦守将姚掌不战而降
在进攻新蔡时遭遇顽强抵抗他督军猛攻破其城
继而他又率军攻克许昌擒获后秦守将
这一连串的胜利显现了他杰出的军事才能

他趁军威大振之机率军乘胜前进
先后胜利拔阳城、克荥阳直抵成皋城
城皋守军急忙向关中乞求救援
可援军尚未到檀道济已攻下成皋城
然后他又会同其他军队四面环攻洛阳
洛阳孤军难守率领四千兵卒出降献城
晋将纷纷主张杀掉这些出降兵卒以壮大军威
檀道济却下令尽数释放俘虏让他们踏上回乡路程
并申明晋军入城后应严明纪律不得扰民

此举显现出檀道济治军征战的心胸
随后刘裕令檀道济率师继续西进
经过一番征战最后取得灭亡后秦之胜

刘裕东归后任檀道济为征虏将军、琅琊内史
刘裕建立宋后檀道济以佐命之功迁升
后又奉命为镇北将军、南兖州刺史
镇守广陵监淮南诸军威名愈来愈重
北魏借宋值新丧之机以数路大军大举进攻宋地
檀道济又率军与北魏进犯之军展开激烈交锋
有力地阻止了魏军南进的强劲势头
为解除北魏对宋的威胁檀道济又奉命北征
此次北伐又充分显现了檀道济的军事才智
檀道济为宋南征北战立下赫赫战功
檀道济立功数朝威名日重引起朝廷猜忌
可叹在他身上又上演了一幕狡兔死良狗烹

108.李　靖

他是隋末唐初杰出的军事家
他南征北战西打辅佐唐朝夺得天下
唐太宗把他的坟墓如同卫青、霍去病故事而筑
唐肃宗把他列为历史上十大名将大家
他从小就有文武才略又颇有进取之心
他在隋虽官位卑微但其才干在公卿中名声很大

李渊太原起兵迅速攻占长安时他被俘获
临刑前他的言谈举止让李渊释放了他
不久他被李世民召入幕府后随其东进
在平定洛阳王世充时他崭露军事才华
一代军事名将终于有了施展才华的战场
庆幸的是他在刑场因其才没有被杀

他,杰出军事家李靖从此其势势不可挡
东西南北四方征战其军事才能得以勃发
他为庐江王出谋划策一举击败了蛮兵
平定江南的征途上他书写了一个又一个胜利佳话
他率八百士卒大破叛唐的肇则蛮兵营垒
又在险要处布下伏兵一战胜利剿杀
他的精诚至忠博得李渊信用从而改变对他的成见
李渊亲笔写敕对他赞赏有加
不失时机率军把文士弘军队打得落花流水
攻下夷陵他马不停蹄又迅即把江陵拿下
佐助李孝恭仅用两个月即消灭江南最大割据势力
攻取江陵的战斗历程表现出他杰出军事才华

在平定江南中功勋卓著的他又被调到北方以反击突厥
经多次激烈之战他彻底把东突厥消灭打垮
他消灭东突厥不仅解除了唐朝西北边境祸患
同时对唐高祖与太宗向东突厥的屈尊耻辱给以洗刷
他勇猛善战叱咤风云却性情沉厚

他锐意进取又深惧盈满知足而退还家
当吐谷浑进犯凉州他又请缨西征吐谷浑
在这场大规模反击吐谷浑战争中他又胜利征伐
在他戎马生涯中指挥了几次大战役都取得重大胜利
他不但是杰出军事家还是卓越军事理论家
他军功卓著治军和作战都积累了一套成功经验
进一步丰富和发展了中华古代军事思想理论光华

109. 李　勣

他具有一位军事家的才略和气魄
他具有一位名将的果敢勇猛和智慧谋策
李勣他本姓徐名世勣唐高祖赐姓李
因避太宗讳遂单名勣载入名册
他出身土豪家多童仆积粟数千钟
可以看得出他的家境很充裕富奢
他与其父为人慷慨仗义疏财皆好惠施
拯济贫乏不问亲疏秉行向善举措
他十七岁那年参加了翟让在瓦岗的起义军
从此他走上戎马生涯创造了人生的磅礴
他崇尚义气上表请准其为李密收葬
并备君臣之礼他的这种事君以忠举动受到人们称贺

李勣归唐后随李世民平定刘武周大获全胜
接着他又参加平定王世充的战斗又奏凯歌

在这次东征中李勣以骁勇善战位居诸将之首
与李世民同披黄金甲乘戎辂向太庙告贺
他率兵征战刘黑闼攻破其营取得大胜
随后又率兵进击徐圆朗取得胜利战果
他率兵一万讨伐辅公祏一举攻占寿阳
随之又乘胜前进把敌水陆营垒攻破
辅公祏全线崩溃遂弃丹阳城连夜逃走
李勣纵骑追之于武康江南平定胜利占夺
唐太宗即位后李勣被拜为并州都督
从此他镇守并州并总管所有工作

李勣镇守并州十六年令行禁止四夷宾服
其间抗击突厥的入侵取得胜利战果
李勣被升迁为兵部尚书封英国公
他尚未进京赴任又奉命率兵迎击薛延陀
他反击薛延陀取得大胜上任兵部尚书
不久他又率兵随唐太宗征战高丽王国
公元六六六年李勣率水陆两军再次征战高丽
这位年逾古稀的名将风采不减当年军至胜锁
他在戎马生涯中能谋善断有杰出的军事才干
每次行军作战用师筹算临敌应变灵活把握
攻灭东突厥、平定薛延陀、征服高丽重大战役取胜
威名重臣七十六岁善终得以陪葬昭陵之侧

110. 李　纲

他是中华历史上一位著名的爱国英杰
他是中华历史上第一个上书用血书写
他是大宋王朝的一名文武全才重臣
他的军事才干使其荣登于中华古代军事家之列
他为北宋王朝保卫东京作出卓越贡献
没有了他金就能把北宋王朝消灭
正是在北宋王朝最黑暗的时期
他上书皇帝宋徽宗改革心情是那么深切
他上书要求改革弊政停止暴敛整治军备
加强边防以防止外敌对宋朝的侵略
他的上书不但不被接纳还为此遭贬
他竟然被贬到一个偏远的县任税监官阶

于是有了金兵的大举南侵一路势如破竹
进逼宋朝都城汴京使其面临灭亡威胁
这时刚回京又任职的李纲不顾个人身家性命安危
坚决主战上书宋徽宗提出抵御金的侵略
同时他又给宋徽宗上血书要求禅位给太子
用血写的字字句句上书是那么的恳切
宋徽宗不得不禅位然后匆匆出逃
太子即位后为宋钦宗也为金的入侵胆怯
李纲临危受命担负起保卫京城的重任战斗在最前线

在他的领导下金兵灭亡北宋的企图破灭
他又用智慧消除太上皇宋徽宗与皇上宋钦宗之间矛盾
从而避免了北宋内部面临的严重分裂

李纲功绩卓著不但不褒奖反而被贬到临江
金国得知李纲被贬又开始对宋大举侵略
宋钦宗赶忙诏令李纲回京北上解围
无奈路途遥远未等李纲赶到京城被金所灭
宋徽宗宋钦宗父子被金兵掳走北宋灭亡
在中华古代历史上为宋朝写下耻辱一页
北宋灭亡南宋建立皇帝根据需要任李纲为相
李纲上任后提出抗金救国的十大方略
具有卓越政治军事才能的李纲励精图治
带领军民誓要完成收复失地的大业
可恨宋高宗为一己之利又罢免了李纲
可叹一代军事家从此再也无法完成收复失地大业

111.岳　飞

他作为著名民族英雄一直感动着中华民族
他作为南宋杰出军事家才高雄武
他精忠报国的精神深受中华各族人民敬佩
他的千古绝唱《满江红》至今感人肺腑
他是一个真实的人、著名军事家
岳飞，字鹏举、谥武穆、后改谥忠武

他是一个民族英雄、抗金名将
他的英雄抗金故事那么精彩丰富
他是一个神，精忠报国的神
在中华民族全民族心里都把他供祝
他是一座丰碑一座中华民族的丰碑
他永远屹立在中华民族全民族心目

岳飞，一个伟大杰出的名字
深深镌刻在中华古老大地的厚重黄土
岳飞，一个精忠报国的民族楷模
高高镌刻在高高苍穹天日昭昭天幕
岳飞，一个惨遭"莫须有"的冤魂
一直让中华民族心里感到痛楚
岳飞，一位雄才大略杰出的军事家
把他的军事才华书写在《武穆遗书》
岳飞，一个千古绝唱的英雄名字
《满江红》壮志未酬的悲愤撼人心骨
岳飞，一支勇猛善战英雄军队的名字
让中华民族至今听起来仍是那样鼓舞

"撼山易，撼岳家军难"这是金军留下的历史哀叹
十二道金牌急令岳飞班师是宋王朝历史罪恶错误
"十年之功，废于一旦！所得诸郡，一朝全休！"
"社稷江山，难以中兴！乾坤世界，无由再复！"
这是中华历史留下的千年遗恨愤慨

这是一个民族英雄留下的愤怒控诉
他虽然被杀害了但他的精忠报国业绩不可磨灭
他崇高的民族气节一直激励着中华民族
在处境危难的情况下他坚持抗金斗争
联合抗金军民一道保住了南宋半壁河山疆土
保住了中华高度发展的封建经济文化
精忠报国他践行得是那么精忠杰出

112. 文天祥

他,文天祥又是中华历史上一个响亮的名字
他是卷古谊若龟鉴忠肝如铁石的进士
他出生在吉州庐陵一个书香门第之家
但却是南宋极度腐败内忧外患的时期
他的父亲读书勤敏学识渊博而闻名
但他父亲不愿做官以教书惠民乡里
他不仅跟父亲学会了读书而且也学会了做人
他到临安参加进士考试却是切陈时弊
他以“法天不息”为题洋洋万言一挥而就
切陈时弊毫无顾忌上自皇帝下至贪官污吏
痛斥之后笔锋一转向皇帝提出殷切希望
彻底改变理政浸息现状“法天不息”励精图治

他应该说是幸运遇到了一个好主考官
经主考官极力推荐又有幸被宋理宗钦点为第一

他有幸成为御题状元却没带来天之祥瑞
作为文科状元却一直是带兵抗击入侵之敌
也许正因为如此使他成为军事家
但刚刚入仕的他就因迁都之事碰壁弃官回到乡里
后来他能一路青云直上完全是时势使然
犹如他军事家、民族英雄也许是时势而造之
元军大举攻宋临近京城地方官员都按兵不动
文天祥在江西第一个举起勤王义旗
组建了一支万余人的军队开赴临安
无偿捐献出家中祖产作为军费开支

他由此完成了一个文官向武将的转变
可是他开始连吃败仗因为他的对手是强敌
更因为南宋王朝腐败无能难以辅佐
文天祥才能再大此时也已是回天无力
他曾欲请两淮之兵合纵抗战但不为所用
他只能转战各地终因力单势孤被俘英勇就义
这期间包括南宋亡后他始终不屈不挠坚持抗元斗争
领导南宋遗民与元军展开了殊死的搏击
他的死感动了所有在场的人包括元朝最高统治者
正所谓天地不容兴社稷邦家无主失大旗
留下《过零丁洋》《正气歌》千古传诵
传诵他崇高的民族气节传流着他千古不朽正气

113. 于　谦

他是明代一位杰出政治军事人才
他挺身于危难之中保住了大明朝台
他是明代一位杰出的英雄人物
他在政治军事方面都书写了豪迈
他少年时习读八股制艺努力研讨治国之道
他十分仰慕文天祥对其一直很崇拜
他曾以《咏石灰》作诗表示自己志向
他光明磊落的一生名垂千古受人爱戴
他官至三品巡抚河南山西二省期间声震朝野
巡抚九年威惠流行百姓对他如父母般拥戴
老百姓呼他为“于龙图”并创歌谣赞美他
贪官污吏盗贼响马对他是远远躲开

他创行平粜条例、义仓、平准仓、惠民药局
无偿贷给贫民粮食加筑黄河堤塞
允许百姓到巡抚衙门申诉冤屈
对贪官污吏豪强恶霸严惩不贷
为加强边防他建议加设御史巡按大同
并将被军官霸占的官府闲置土地夺回开采
当瓦剌俘英宗进逼北京明王朝危难之时
他挺身危难之中担负起保卫京城的将帅
他面对强敌毫无畏惧沉着冷静指挥若定

充分显现了他作为军事家的军事干才
他有勇有谋率军与敌军激战五昼夜
终于把进攻到北京城外的瓦剌打败

他从战略高度加强京师防卫操练京军
用计谋擒住诱斩叛贼喜宁和小田儿阳和城外
从容镇定运筹帷幄多次击败敌军袭扰
把敌引诱、胁和、反间计种种阴谋一一挫败
终于使明王朝转危为安解除了国难
迫使瓦剌遣使者来议和对明王朝和好相待
他采取一系列措施不断加强国防改革军制
更主要的是他对明军主力京军作了重大军改
经过数年整顿使明朝国防力量大大加强
随后胜利击退瓦剌的侵扰迫使退居塞外
为明王朝立下盖世之功的于谦竟被冤杀
历史留下他“一腔热血竟洒何地”的无奈

114. 戚继光

他是中华明代历史上又一座丰碑
他为中华明代历史书写了一页光辉
戚继光，明朝杰出的将领、军事家
还荣誉华夏杰出志士、民族英雄称谓
他初任登州卫指挥佥后调往浙江
招募新军进行训练以加强海防守卫

他创建了攻防兼宜的鸳鸯阵法
初步显露了他的军事才能智慧
公元一五六二年他受命入闽剿倭寇
从而在东南沿海显现他民族英雄的雄威
他始终以捍卫祖国边疆为己任
屡克强敌战功卓著书写了一曲英雄壮美

他先荡平宁德城外的横屿倭巢
随后又把福建福清、牛田倭巢摧毁
他先后取得台州、横屿抗倭战役的胜利
又在平海卫、仙游等抗倭战役中把敌彻底击溃
基本上荡平了祖国东南沿海一线倭患
为扫除东南沿海倭患贡献卓伟
他后来调往蓟州又致力于加强疆防建设
采取一系列措施加强了疆防的战备
他加厚加高长城修建空心观敌台
创立了步骑、车、辎重诸营的战斗营垒
他著有《纪效新书》《练兵实际》《止止堂集》传世
他的惊人战绩更留下历史的赞美

林墩之战消灭倭寇三千多名明军仅伤亡九十人
平海卫之战消灭倭寇二千六百多人明军只伤十六位
仙游之战击溃倭寇一万多杀死千余明军伤亡二十四人
蔡丕岭之战击溃倭寇七千杀死千余明军伤亡三十一位
王仓坪之战击溃倭寇万名杀死一七七人明军无一伤亡

这些惊人的战绩那么令人感叹令人赞美
在辽东图们戚继光采取积极的防御政策
先后多次将北境朵颜部的侵犯击退
戚继光不仅身经百战而且有谋略多奇计
他不愧是一位军事家民族英雄的称谓
他功大赏薄晚年罢归回到蓬莱故居
他英雄一世战功卓著晚年却孤苦凄凉令人伤悲

115. 史可法

史可法,他的英雄壮举那么令人称道
史可法,他的民族气节那么的崇高
他完全是一个文天祥式的英雄人物
一个人的壮志岂能挽救一个腐败王朝
他的事业悲剧无法避免不可避免
因为一个人的才能再大也难以抵抗历史大潮
他的人生悲剧也是无法避免难以避免
因为一个腐败的社会难以容立高尚情操
正是在这种环境下他书写了感天动地的壮志
为此更让人感动更让人为他鼓掌叫好
正是在这种环境下才能显示出他的才智
才能显示出他高尚的民族气节高尚的情操

以胜败论英雄不应作为评价历史唯一标准
也不应该作为评价一个人的唯一信条

哪一个英雄壮士能挽救南宋的灭亡
哪一个将帅名臣能挽救衰败的大明王朝
身处时局之中能有几人对时局发展作出准确判断
后人对当年历史现状的评价都是马后炮
史可法,明朝灭亡时一个悲壮的重臣
他的报国壮志无法挽救衰败的明王朝
史可法,明朝灭亡时一个悲壮的军事家
他的军事才能无论怎样施展也难保住明王朝
赞叹吧,赞叹他留下那段感人的悲壮历史
赞叹吧,赞叹他留下的崇高民族气节情操

他的少年时期就是一段令人感动的故事
那段故事对他成长对他的气节都很重要
他少年时家境清寒冬日短衣无火寒涕交颐
但他很有抱负苦学不懈风雪夜疲困伏案而睡古庙
督学左光斗进庙避风雪嘉许他的苦学精神和志略
脱下貂裘给熟睡的史可法披上然后掩门轻逍
史可法的苦学精神和志略感动了左光斗
左光斗的忠孝节义思想给了史可法言传身教
这个故事成就了史可法一生的为官为人
为此在他为官和带兵抗敌期间留下光辉写照
史可法壮烈的抗清义举成为一个民族的英雄
他慷慨就义的气节成为一个民族精神的光照

116. 关天培

关天培,他永远在虎门炮台激烈战斗
关天培,他永远在虎门炮台英勇坚守
关天培,他永远在虎门炮台燃放大炮
关天培,他永远在虎门炮台站岗巡游
关天培,他永远在虎门炮台持刀拼杀
关天培,他永远在虎门炮台抵御英酋
关天培,他永远在虎门炮台守卫着祖国
关天培,他永远在虎门炮台遥望大地九州
关天培,他把生命永远寄付于虎门炮台
关天培,他的鲜血一直在虎门炮台喷流
关天培,他把军事才能融进虎门炮台
关天培,他把民族英雄壮志凝聚在虎门炮台炮口

中华民族有幸他来广东任水师提督
中国海防有幸他来虎门炮台率军坚守
为专心致志搞好海防他让妻子奉老母归故里
他自己只带着三个家丁赴任广州
就任后他不辞辛劳亲历重洋遍观扼塞
根据虎门的险要形势严密设置防守
他设置了三重门户加筑石基增设月台改变炮位
以三重门户也就是三道防线紧紧把守住珠江口
在适当地段设置大铁链和木排以阻挡敌舰闯入内洋

他亲自督造大炮数百尊分置各炮台头
他加紧训练水师部队亲自在虎门督军操练
他汇集虎门有关资料编成《筹海初集》用以参谋

他积极配合两广总督侦缉打击走私鸦片
有效地扼制了沿海鸦片走私泛滥势头
他竭尽全力支持林则徐的禁烟运动
协助取得了虎门销烟的重大胜利成就
他想方设法千方百计购进洋炮二百多尊
招募兵勇改革编制进行了一系列精心筹谋
他亲自督阵奋不顾身执刀屹立炮台指挥
数次击退英军的挑衅侵袭使其狼狈逃走
可恨琦善不久以钦差大臣和两广总督身份到来
他撤海防遣兵勇使关天培心血付之东流
在这种情况下关天培又如何迎战英国侵略军
即使流血拼杀亲燃大炮壮烈捐躯也壮志难酬

第五章　农民革命家

117. 陈　胜

他是中华历史上第一位农民革命家
他点燃中华历史上农民起义第一个火把
他发动了中华历史上第一次农民运动
他开启了中华历史上农民起义的历史大闸
他是中华历史上第一个农民起义领袖
他建立了中华历史上第一个农民政权大厦
他第一个提出“王侯将相宁有种乎”
他导引了中华历史上农民起义不断生发
他是中华历史上具有划时代意义的人物
他促使中华历史又以一种新形式发生变化
他开创了中华历史上诸多第一的先例
他当之无愧中华历史上第一位农民革命家

他少年时为人佣耕是一个穷苦的佣农
虽然耕于垄上但其志向却是那么宏大
他有一个燕雀不知道的鸿鹄之志

他有“王侯将相宁有种乎”思想认识光华
这是他能成为中华历史上第一位农民革命家的基础
这是他能开启中华历史上第一次农民运动的钥卡
当古老的大地被无道暴秦逼得满地怒火之时
他作为一颗火种知道适时把其引燃点发
他清楚知道今逃亡是死举大计也是死
反正都是个死他采取了举大计的死法
他有深刻的思想认识基础和认识能力
他认识到即使举大计死也是轰轰烈烈的一种死法

他聪明智慧以丹写“陈胜王”于帛上塞进鱼腹
神祠点火学狐叫也是适应当时人们心理的聪明做法
诈称扶苏、项燕称大楚设坛盟誓更是智慧之举
于是中华历史上第一次农民大起义爆发
这次农民起义如烈火爆燃掀起熊熊燎原冲天之势
起义取得重大胜利势力发展迅猛巨大
可这次农民起义由于陈胜的原因使起义失败
他用人不当赏罚不明骄傲自大还把穷伙伴滥杀
使诸陈王故人皆自引去由是无亲陈王者
从而导致中华历史上第一次大规模农民起义失败倒下
但由他掀起的起义反秦浪潮却以更大波涛冲击着秦政权
使刘邦借用其势最终战胜项羽建立汉家天下

118. 王　匡

他掀起一场汹涌澎湃的农民起义大潮涛波

他书写了一支波澜壮阔的历史大歌
他领导了中华历史上第二次大规模农民起义
他领导的这次农民起义取得重大胜利成果
王莽篡权乱政社会矛盾尖锐天灾严重不断
民不聊生有的地方甚至出现“人相食”恶果
于是引发了各地饥民纷纷举行起义
起义很快汇成一场声势浩大的历史大波
这场席卷长江、黄河流域的全国农民大起义声势浩大
取得了推翻王莽暴政政权的历史成果
这场大规模的农民起义战争长达十年之久
这场大规模的农民起义那么波澜壮阔

就是他王匡领导了这次大规模农民起义
还有他的弟弟王凤也是这次农民起义的领导者
南方饥馑人庶群入野泽掘凫茈而食之
因相侵遂推王匡、王凤为渠帅而评说
于是他们经过共同商议共攻离乡聚藏于绿林
只有短短数月时间他们就发展到七八千人之多
荆州牧奉王莽命围剿王匡起义军
王匡立即带领农民起义军迎击把官军击破
王匡起义军击败荆州牧围剿后乘胜攻破竟陵
再转攻六杜、安陆等地均取得胜利成果
这时王匡领导的农民起义军已发展到五万人
其力量迅速壮大其声势越来越气势磅礴

王匡率领农民起义军兵分两路下江北上
攻城夺地不断取得胜利使起义形成巨大规模
农民起义军夜袭蓝乡进攻泚水得大批物资
农民起义军与王莽军在淯阳大战把王莽军大破
此时起义军在宛城拥立汉室宗室刘玄即帝位
此时王匡领导的农民起义军已拥有数十万之多
随后起义军攻占昆阳、定陵和郾县等地
又攻克洛阳取得推翻王莽政权的胜利成果
可叹一代农民革命家后被刘秀宗广部所杀
从而结束了他一生的壮烈和波澜壮阔
他发起的这次农民大起义历时十年之久
席卷全国推翻王莽政权写下彪炳史册历史高歌

119. 樊　崇

他的一生是那么的轰轰烈烈
他的一生也是那么令人悲切
他领导了轰轰烈烈的赤眉军起义
他的所作所为应列入农民革命家行列
在王匡领导绿林军起义的第二年
他领导饥民举起了起义的枪械
他，樊崇，山东琅玡人被推举为起义首领
从此一支农民起义队伍在他领导下集结
他领导的起义军为避免作战时与敌军相混
便以矿物把眉毛染成红色以便区别

由此他领导的这支农民起义军队伍得名赤眉军
从此这支赤眉军开创了一番轰轰烈烈事业

樊崇率赤眉军以泰山为根据地辗转作战
赤眉军队伍发展很快不到一年就有万人之列
这时不断有人率部参加赤眉军的队伍
他们进攻莒县打败四万人征剿队伍取得大捷
赤眉起义军起初并没有明确的战略目标
组织也很简单无文书、旌旗主要以言辞为约
其中最尊者为三老次从事次卒吏相称曰臣人
当时大多数起义军都与此相似没有大的区别
王莽派十万大军征讨樊崇领导的赤眉军
赤眉军与官军在成昌展开激战取得大捷
一直把官军追杀到无盐斩敌万余杀死官军统帅
这时赤眉军已发展到十余万人转战各地轰轰烈烈

樊崇领导的赤眉军与绿林起义军各立了皇帝
他们双方之间又有联合又互相杀劫
此时绿林军建立的更始政权内部分崩离析
王匡率领绿林起义军一部投入赤眉军行列
樊崇率赤眉起义军攻下更始政权先期占领的长安
取得赤眉起义军最后的一次胜利大捷
绿林起义军用双手建起的政权葬送在自己手里
可叹他们完成推翻王莽政权使命把自己消灭
赤眉起义军占领长安后重蹈绿林军的覆辙

占领长安不久退出长安转战求食最后被刘秀消灭
赤眉起义军从起义到消亡走过九年悲壮历程
用血与火埋葬了旧封建王朝为新封建王朝开辟了基业

120. 破六韩拔陵

破六韩拔陵,看他的名字就知道他是少数民族
他出生北魏末年时期平民之家生活贫苦
他是北魏末年关外六镇各族人民大起义领袖
他在大起义中首举义旗取得人民的信任拥护
他是中华历史上又一位农民革命家
他在中华历史上书写了一段壮烈英武
六镇是沃野、怀朔、武川、抚冥、柔玄、怀荒
六镇之外又有御夷等镇大都位于北魏北部
六镇是北魏的军事要塞历史上曾一度占有重要位置
北魏迁都洛阳后六镇失去军事上的显著
原来在六镇优越的官兵地位也一落千丈
随着历史的变迁六镇不断发生着变故

公元五二三年柔然入侵六镇怀荒镇民请求开仓取粮
武卫将军于景无理拒绝引起镇民忿恨不服
加上早已不满北魏的统治遂杀死了于景起义造反
破六韩拔陵在沃野镇聚众举旗大阖
他们杀死镇将建号“真王”发出反魏口号
一场声势浩大的六镇起义拉开了序幕

破六韩拔陵占领沃野镇后向东进军
从此开始了起义军征战的壮烈征途
起义军经过艰难英勇奋战攻下武川镇
随后经过激战又很快攻取六镇之一怀朔
起义军杀死了守怀朔的北魏守将
贺度拔、贺拔胜父子成为起义军的俘虏

破六韩拔陵的起义军与北魏军在五原激战
北魏军前锋失利二将折命兵士挫衄首战告负
破六韩拔陵起义军大胜又进军白道
在白道经过激烈战斗北魏军几乎全军覆没
破六韩拔陵的起义军节节胜利震撼着北魏王朝
北魏又派大军征讨双方又在五原激战难分胜负
破六韩拔陵起义军此时已全部攻占六镇
这胜利对各族人民的反对北魏斗争给以极大鼓舞
北魏统治者最后勾结柔然打败破六韩拔陵起义军
起义最终失败的破六韩拔陵从此下落不知何处
但中华历史知道他留下他这一段壮烈的历史
留下他一个农民革命家的英勇顽强闪光的脚步

121. 葛　荣

他作为一位农民起义领袖留下壮烈历史
他作为一位农民革命家留下一段生命业绩
葛荣,鲜卑族人北魏时河北农民起义军首领

开始参与鲜于修礼在定州左人城领导的起义
鲜于修礼被杀葛荣自立继续领导起义军
不久他北取瀛州于白牛逻袭斩魏章武王取得胜利
取胜后于是他便在此自称天子称齐国号
不久他又率起义军把魏广阳王与骠骑大将军擒斩之
次年正月他又率领起义军攻陷殷州
他率领起义军接连取得了几次胜利
杀刺史崔楷后紧接着他又率军向冀州进攻
于当年十一月攻陷冀州俘获刺史元孚再取胜利

北魏以都督源子邕为冀州刺史讨伐葛荣
十二月葛荣率十万起义军在阳平与北魏军抗击
葛荣在阳平东北漳水曲大败北魏军
击杀源子邕等北魏将领又取得重大胜利
不久他率起义军击杀另一支起义军首领杜洛周
他收编了杜洛周部众进一步扩大实力
随后攻克北魏的沧州擒获刺史等众
葛荣率领起义军接连不断地取得胜利
随后他又率领起义军包围了北魏的邺城
这时他的起义军已号称百万之众游兵遍地
不久北魏大将军尔朱荣率精骑攻击起义军
两军在滏口展开了智勇的较量和搏击

葛荣因恃众轻敌兵力分散被尔朱荣出奇兵击败
葛荣被俘遭惨杀起义最终以失败结局

尔朱荣的精骑一说七千一说七万双方兵力悬殊
如果不是葛荣恃众轻敌怎能得到如此败绩
葛荣声势浩大但并无逐鹿天下的大志向
其兵士毫无纪律专事屠杀抢掠流亡作战没有基地
数年间空拥百万之众只不过在华北大地四处就食游荡
数年战乱民穷财尽的河北如何能养活百万之兵衣食
但他敢于在乱世中率众起义反抗统治者压迫
也称得上是一位乱世豪杰英雄壮士
起义作为他人生最辉煌的阶段也只持续三年多
但他作为一位农民革命家也为历史所记

122. 翟　让

他，翟让，犯法亡命至瓦岗寨
他，翟让，率众起义毅然举起义旗来
从而演绎了一部精彩的瓦岗寨故事
从此瓦岗寨的名声在中华大地响起来
他在瓦岗寨上演了一段难忘历史
他创建的瓦岗军书写了一段历史光彩
他领导的瓦岗军控制中原达三年之久
他在瓦岗寨三年期间的战绩是那么豪迈
三年时间使他成就一名农民革命家
作为一位农民革命家他有成功也有失败
他率领瓦岗军歼灭和牵制了隋王朝大部军队
在推翻隋王朝的斗争中功著历史榜台

他本来是个小吏因事得罪了上司
便被打入监牢判了死罪等待押上刑台
幸遇侠士狱吏冒险偷偷将他放走
他逃出监牢拉起队伍落草瓦岗寨
他的起义队伍逐渐壮大不久发展到一万多人
从此他开始向外出击攻城拔寨
他率兵先后攻克郑州、商丘等郡县
获得大批军械物资控制水道势力发展很快
瓦岗军的胜利震动隋朝立即派兵征讨
在这次反征讨对阵中瓦岗军却连续失败
后来他率起义军攻取荥阳并大败征讨的官军
这次胜利彻底消灭了隋王朝一支王牌

他又率瓦岗起义军攻取了兴洛仓并开仓济贫
从而把大量贫苦农民吸收到起义军里来
随后隋王朝又派官军前往镇压
这次他率瓦岗起义军又把征讨官军打败
瓦岗起义军乘胜逼近东都城郊
先后攻取回洛仓、黎阳仓气势豪迈
这时瓦岗起义军已有数十万之众
控制中原广大地区达到鼎盛时代
明确表示推翻隋炀帝政权是他的大志向
禅位李密最能显现他农民革命家胸怀
他的失败也许在于不该收留李密并禅位

为此最后惨遭李密谋杀岂不令人叹哉

123. 窦建德

他,窦建德也应冠以农民革命家的名讳
他在隋末农民起义队伍中属于一支强队
他自起兵至败亡首尾共历十一年
在这十一年期间他的这支起义队伍战果累累
他具有比较高的政治才能和军事谋略
他作战勇猛顽强也充满聪明智慧
他会带兵治军也有很大的志向
他在十一年期间所作所为显现了他的作为
他义伏乡闾盗据河朔抚驭士卒
他招集贤良中绝世充终斩化及彰显其威
他不杀徐盖生还神通沉机英断靡不有初
及宋正本、王伏宝被谗见害难说错对

凌敬、曹氏陈谋不行遂之亡灭鲜克有终
旧史评价窦建德的失败在于"愎谏"之毁
这也许是他失败的一个重要历史教训
但联系分析当时的历史又不是那么全对
他最后的对手李世民太强大他无法抗衡
无论比政治军事才干实力还是机遇他都难匹配
就像周瑜感叹"既生瑜何生亮"一样
有了诸葛亮又怎能显现出周瑜的智慧

窦建德是值得令人感叹的一位农民革命家
他在中华历史上留下了一段闪亮的光辉
他的遗爱仍长期留存在当地人民中间
这充分印证了他当年留下的社会历史之美

他是清河漳南人世代务农曾当过里长
他有胆识有勇力慷慨不吝在乡里很受敬佩
他的父亲亡故乡里送葬的有一千多人
人们给他赠送的财礼他一概退回
各地义军蜂起所有起义军都不侵犯他的家乡
为此他遭官府怀疑全家被杀唯他参加起义军队
他起义后率军取得了一个又一个胜利
于是他建立了夏国占据了几乎整个河北
他与士卒均执勤苦每获士人必加恩遇
对俘获的隋朝官员加以任用委以相应地位
他自奉节俭兴修水利发展生产皆图志之举
但他最终还是难逃失败厄运又怎能说清其中是非

124. 陈硕贞

她,陈硕贞又名陈硕真女中英豪
在很短的时间组织几万人掀起起义高潮
她于公元六五三年十月初宣布正式起义
并仿照唐朝官制建立了朝官政道
而对她自己则称为“文佳皇帝”

也许由于她起义时间太短还未来得及定国号
在中华历史上参加起义的妇女虽然很多
但做头领或领袖的寥若晨星没有多少
而做领袖又称皇帝的妇女则只有陈硕贞一人
从这一点上充分显现她具备文功武韬
她作为农民起义领袖无疑是最具魄力的一个
她作为一个女农民革命家其更具独到

她自幼父母双亡和一个妹妹相依为命
姐妹俩历经世间风霜雨雪苦难煎熬
她只有到一乡宦人家帮工才能吃顿饱饭
同时她看到像她这样的穷苦人还真不少
各种赋税和百年不遇洪灾导致百姓更加困苦
出现了卖儿鬻女流离失舍饿殍载道
她看不下去偷偷打开东家粮仓救济灾民
为此使她历经生死磨难差点把命丢掉
也许正是她的同情之心和普济贫苦之心
促使她举行起义来改变这个不平和苦难的世道
这些也许是她要举行起义的思想基础
作为一个农民革命家这一点很重要也很必要

她还具有一个农民革命家的政治谋略
她懂得做民众工作更知道宣传的引导
她利用宗教和天道之说广为宣传民众
这些为她尽快组织起义收到很大成效

短短一个多月的时间参加起义的达几万人众
在这么短的时间里就掀起那么大的起义高潮
这充分显现了她作为一个农民革命家的才能
在中华历史上虽是昙花一现却是那么闪耀
她领导的起义经过了一个多月的惨烈征战
虽然取得了很大胜利但最终还是失败被杀掉
留下她短暂的令人可歌可泣的英雄壮举
留下了让人永远难以说清的人生和历史命运的深奥

125.黄　巢

黄巢,又一位领导农民大起义的领袖
黄巢,又一个掀起农民大起义的高手
他领导的唐末农民大起义取得巨大战绩
他领导的唐末农民大起义影响广泛长久
他领导起义军转战南北纵横全国十二省
他从揭竿而起至失败身亡历时十年之久
他领导的农民起义沉重打击了唐末的腐朽统治
有力推动了各地农民斗争历史潮流
他打着“天补平均大将军”的旗帜
表明了农民朴素的平均主义思想要求
这对后世的农民战争具有深远的影响
成为后世农民战争的主要思想要求

他小时候曾读过一些经典与传述之书

他的《题菊花》诗反映他从小就有变革现状要求
同时还表现了他豪迈倔犟的性格
表现了他能言善辩的思敏和利口
他一身武功善于骑射仗义好打抱不平
应试进士不进所写《不第后赋菊》气势雄赳
公元八七五年六月他聚数千人响应王仙芝起义
数月之间众至数万掀起了强大的起义洪流
王仙芝死后他号称“冲天大将军”改元王霸
并设官分职初步设立了农民军政权机构
他率起义军转战南北纵横十二个省
留下难以数计的胜利和失败留下遍地惨烈血流

经过艰苦征战他率起义军胜利进入长安
取得了他举行起义以来最辉煌的成就
终于实现“冲天香阵透长安,满城尽带黄金甲”的夙愿
黄巢即皇帝位国号大齐书写了他人生的辉煌绵绣
大齐政权的建立标志着黄巢起义的鼎盛
使唐皇朝受到沉重打击皇帝从长安仓惶逃走
黄巢虽然建立了农民政权却没有什么治国措施
也没有乘胜消灭唐朝有生力量最终导致败走
他先后两次胜利进入又两次败走长安
充分反映了他建立大齐政权后缺乏政治谋筹
以致最终败逃狼虎谷被他的外甥所杀
一代农民革命家的英雄事业随风飘流

126. 王小波

王小波,这个名字曾让北宋四川百姓震撼
王小波,这个名字曾让北宋朝廷胆寒
他开创了一番轰轰烈烈的事业
他的壮烈之举对后世影响深远
他是永康郡青城县人出身茶农
他聪明智慧吃苦耐劳坚毅勇敢
他是一位杰出的农民起义领袖
他具有一位农民革命家的胆略才干
他在中国农民起义战争上首次提出“均贫富”
这一革命主张是他政治思想的深刻体现
他领导发动的农民起义沉重打击了封建势力
他的起义足迹至今还深深印在川陕

公元九九三年二月他率众在青城县揭竿起义
高喊“吾疾贫富不均,今为汝均之”誓言
明确提出“均贫富”农民革命主张
号召农众团结反抗消灭封建统治政权
王小波率起义军攻占青城县城取得胜利
稍加休整后便兵分两路向外征战
一路沿羊马河顺流而下控制江源郊区
另一路沿味江下文井江沿路地段
从而形成对蜀州的夹击之势

但他从战略考虑却不急于攻占
着重向农村发展势力以壮大队伍
这些做法反映了他具有农民革命家的远见

为了广树军威他率领起义军奇袭彭山县城
处死贪暴的知县向贫民发战利财产
并乘胜转战于邛州、蜀州等地乡镇农村
俟至年底时机成熟他才决定攻打江源
他的这些决策都带有政治战略性
为此他作为农民革命家完全具备条件
攻打江源城他一箭射死西川都巡检使
但他也不幸中箭受重伤不治而命断
但起义军在新首领李顺领导下转战南北
不断取得胜利并攻克成都建立大蜀农民政权
这次起义历时三年起义军最多时达十几万人
地域波及川陕地区至今留有遗址及“应运元宝”铜钱

127. 方　腊

方腊又名方十三歙州人一说睦州青溪人
相传他行侠仗义性格豪爽深得人心
加上有较强的组织才能又出身贫苦
所以他能够号召起很多生活困苦的农民
他于公元一二二〇年十月率众在歙县七贤村起义
遍及四省六州五十二县威震北宋王朝乾坤

在四省六州广大地区建立了农民政权
在当时及对后世的影响很大很深
起义持续一年失败方腊被俘被朝廷处死
但他的英雄壮举业绩影响一直至今
当地人一直很敬重这位农民起义领袖
以他名字命名的许多地名至今仍然保存

方腊揭竿起义旗帜鲜明主张实现真正平等
决心彻底推翻宋王朝解救天下受苦人
从根本上动摇了北宋王朝的统治
威震东南半壁山河使宋王朝从此一蹶不振
他的起义有思想有旗帜有主张
而且他起义的中心目标是解救贫苦人民
他领导的起义军烧孔庙毁神像杀贪官污吏
揭露佛教教义“法平等无有高下”骗人之论
因此他不愧是一位农民革命家
不愧是杰出农民起义领袖一位杰人
他的革命主张在攻占的大片地区开始推行
只可惜壮志未酬身先死常使英雄泪沾襟

历史演义有时候演义得令人眼花缭乱
有时演义得让人真假善恶难辨难分
有些历史演义的声势掩盖了历史真实
有些历史演义让人们难以看清历史原本
一部《水浒传》传得中华大地家喻户晓

梁山好汉被演义描绘得神乎其神
宋江历史上也确有此人但影响甚微
他所推行的投降招安路线却作为正统思想理论
方腊在《水浒传》中作为反面角色登场
历史演义把宋江说成英雄正义的化身
历史演义宋江招安后带兵去打方腊
只可惜他们这种对阵拼杀却让人于心不忍

128. 刘福通

他刘福通掀起元末农民起义的风浪
举起红巾军大旗与元朝统治者对抗
他是元末北方红巾军的杰出首领
他率领红巾军取得重大胜利辉煌
又是权臣专权官贪吏污引发尖锐社会矛盾
引起社会不平人民生活困苦社会动荡
黄河暴溢更给老百姓带来深重苦难
大涝大饥又遇大疫百姓罹此大困田畴尽荒
刘福通抓住这一时机发动农民起义
高高举起了起义的大旗举起了刀枪
由于起义军头裹红布为标志故称红巾军
从此红巾军的名声传遍四面八方

刘福通率领起义军攻占颍州犹如平地春雷
在中原大地引起强烈的反响和震荡

此时天下法度宽纵社会严重贫富不均
强烈的震荡引起强烈的共鸣反响
不出一月响应起义的人众达数万之多
参加起义的人四方涌起浩浩荡荡
震惊的元朝朝廷急忙派兵镇压
但却被刘福通的红巾军杀得大败逃亡
刘福通率红巾军乘胜占据朱皋攻破罗山等地
起义仅四五个月就占据中原大片城乡
还先后击溃了朝廷派来的两次征讨
起义军数量发展到十万人势力迅猛增长

北方红巾军首义成功并抗击了元军的围剿
为全国各地不满元朝统治的劳苦大众树立了榜样
全国各地不断举起一面又一面起义大旗
声势浩大的元末农民大起义全面打响
刘福通利用战场上的有利形势大举前进
于公元一三五五年二月在亳州正式建宋朝堂
他利用宋政权的名义纳属各支起义军
并在占据地建立地方政权以管理地方
随后分成西路、东路、中路三路大军北伐
刘福通取得了起义以来的鼎盛辉煌
他最终败退后求寄朱元璋门下后来被溺死
可叹一代农民革命家最终又落下一个惨死下场

129. 徐寿辉

他的一生也是一位农民革命家的一生
他的一生中也有一段壮烈光辉的历程
他是元末农民起义中南方红巾军的领袖
他率南方红巾军起义与刘福通基本相同
不同的是他的起义得益于一个奇妙故事
邹善胜在准备起义时准备利用神灵启动
以应他们炮制的“弥勒佛下生”之偈言
这样就需要一位体态雄伟的人物以应佛的下生
体貌伟岸的徐寿辉正好符合这一要求
更奇妙的是徐寿辉携铁之为更符合邹善胜所梦
奇妙的故事引发了轰轰烈烈一场起义
南方红巾军起义首发便获得大胜

于是徐寿辉的天完政权建立行政机构仿元制
标志着南方起义的红巾军有了政治中心和都城
原来以宗教为纽带联系南方白莲教徒状况改变
逐渐被政治关系所替代以政治联承
天完政权建立后南方各地起义形势迅猛发展
天完红巾军分兵出征各地群众奋起响应
回看天完红巾军在第一阶段三年间发展速猛异常
但同时由于天完红巾军发展过快而问题丛生
士兵缺少训练组织松散各部流寇式作战

没有稳固根据地及明显的作战部署规定
因此当元朝军队大举反扑时天完军便节节败退
天完军由盛而衰徐寿辉等人遁入黄梅山及沔阳湖中

高邮之战为天完红巾军再起提供了机会
他们得以重新出击壮大队伍进入反元第二阶段斗争
倪文俊攻克沔阳揭开了天完军第二阶段斗争序幕
倪文俊重建天完政权于汉阳并迎徐寿辉入城
倪文俊在重建天完政权中立下巨大功劳
但他经不住敌人的引诱野心日益滋生
最后图谋杀害徐寿辉因败露被陈友谅所杀
天完军内部的争斗最终断送徐寿辉性命
徐寿辉作为一个起义军领袖确实存在不足
但他在天完政权近十年历程中留下不可磨灭丰功
他是蕲黄起义的发动者和天完政权建设者之一
他具有一个农民革命家的品质可叹以惨死告终

130. 唐赛儿

说起来她领导的农民起义像一个神话
她从始至终一直蒙着一层神秘的面纱
她从开始就是一个谜到最后更是一个谜
几百年来始终没有人知道她到底去了哪
唐赛儿,说起来她多像一个神教教主
唐赛儿,说起来她又像一个农民革命家

唐赛儿，说起来她又像是一个有道高人
唐赛儿，说起来她更像是一个慈善家
但她自己认为她是救民于困厄的“佛母”
其实她在普通民众中始终蒙着神秘面纱
当时也许有人认为她是一位真正的“佛母”
实际上她是一位具有传奇色彩的英雄之花

她从小生活在民间宗教传播环境中
自幼便开始诵读佛经秘密传播教法
她传教的范围不仅仅是在浦台之地
到她起义前夕传教范围已经十分广大
一个关于她的传奇色彩极浓的故事广为流传
传说在山麓中她得到天书、宝剑和佛法
说她从此便通晓法术运用神剑剪纸人马作战
完全成了一个上天下凡的“佛母”在使佛法
显而易见这是唐赛儿为传教的一种宣传
实际上她之所以得到民众支持是她的组织才华
因为她能够真正有助于那些失去生计的贫民
利用宗教信仰和迷信也不失为一种很好的组织办法

也许正是基于这一点看出唐赛儿的政治才能
从这一点评价她应该是一个农民革命家
沉重的赋役和连年的灾荒为她提供了更有利条件
寻找生路的农民把希望寄托在宗教的光华
为此使唐赛儿的教众很快便多达数万人

这是隐蕴着圣火的雄伟火山只要点燃立即就会爆发
所以当起义一爆发便形成浩大声势
在短时间内即把莒州、即墨轻举拿下
攻打安丘是这场农民起义的高潮
只可惜这场起义不到一个月就被镇压
这不能不引起人们的深入反复思考
同时留下一个难解的谜和谜一般的她

131. 邓茂七

他领导的那次农民起义波澜壮阔
他领导的那次农民起义曾震撼全国
那是公元一四四八年在福建爆发的农民起义
他,邓茂七是这次农民起义的领导者
这是一场震撼全国的农民大起义
他的起义军在数天内发展到数万人之多
邓茂七原名邓云江江西建昌人逃亡福建
在福建沙县过着以佃耕为生的生活
邓茂七年青时勇悍有智不畏豪强
具有乡邻朋友所信服的豪爽性格
他在年青时因在家乡愤杀了豪强
便与其弟一起避匿福建改名躲祸

邓茂七联络众佃农拒绝向地主送“冬牲”
试想把佃户给地主送租谷的旧例打破

邓茂七为此被告发遭到官府派军前来拘捕
他拒捕并杀死官兵决定举行起义反抗压迫
于是在陈山寨杀白马祭天宣告正式起义
他被拥戴为领袖成为起义的领导者
邓茂七的农民起义军以铲平封建剥削为目标
斗争锋芒直指地主豪绅的封建剥削和压迫
他们把反对地租剥削作为斗争重点
反抗官府对贫苦农民的苛捐杂税勒索
“他具游民皆举金鼓、器械应之”
起义军的行为使贫苦农民如潮水般前来参加入伙

十天之内起义军人数就发展到几万人
起义的声势那么浩大那么汹涌蓬勃
邓茂七自号铲平王并建立了组织机构
使这次农民起义在短时间内即红红火火
邓茂七领导的农民起义迅速攻占沙县
并在占据地进行农民基层政权建设
随后邓茂七率领农民起义军攻占杉关
连下光泽、邵武、顺昌等县城二十多座
只可惜邓茂七此时犯下一个战略错误
他竟然拒绝与其他起义军联手合作
更可惜他听信内奸谗言进攻延平中官军埋伏
邓茂七中箭身亡农民起义军惨遭官军击破

132. 李自成

他李自成的一生是那么轰轰烈烈
他把历经二百七十六年的明王朝终结
民间广泛流传着一个李闯王
历史为他留下一段波澜壮阔史页
他率领农民起义推翻大明皇朝
他让历史从此开始新的书写
他李自成陕西米脂一个农民的儿子
他家祖辈世代务农长期深受着剥削
生活困苦无依无靠的他应募当了驿卒
他因无力偿还豪绅的债而遭受枷械
他杀死豪绅逃往甘肃充当了边兵
他投奔义军闯王高迎祥加入起义军行列

他从小就练就了一身超群的武艺
他膂力过人善于骑射意志坚强如铁
在起义军中他的军事才能最为突出
他机智勇敢处事果断又有谋略
他深得老闯王高迎祥的信任成为一名闯将
在起义军中他闯出一番受人称赞的功业
老闯王高迎祥被俘获英勇就义他被拥戴为闯王
他接过绣着“闯”字的战旗继承大业
他率领七万多名起义军继续战斗

不幸的是各路起义军被官军各个剿灭
陕西潼关一战他的起义军遭受惨败
他只带十八骑冲出重围隐伏商洛山野

翌年夏他在商雒山重新举起闯王大旗
胜利中提出了“均田免粮”的政治谋略
“均田免粮”的口号产生了巨大的力量
广大农民参加起义军像潮水一样涌跃
几十天就使他的队伍发展到几十万人
同时提出了明确的斗争目标和正确策略
为此使他取得攻占北京的伟大胜利
取得推翻明王朝建立大顺政权历史大捷
作为一位农民革命家他取得历史性胜利
作为一位农民起义军领袖他是那么英雄豪杰
只可惜胜利后犯历史性错误留下历史性失败
留下禅隐夹山和九宫山被击毙两种历史传写

133. 王聪儿

她虽是女流却是那么勇猛英武
她一生的壮举一直深受后人敬慕
她是清代白莲教大起义的重要领袖
她具有一位农民革命家的才干和抱负
她领导的起义队伍英勇战斗了两年多
在中华农民战争史上留下光辉记述

她领导的这次起义给清朝统治者以沉重打击
给被压迫的贫苦民众以极大的鼓舞
她,王聪儿湖北襄阳人一介女流
她自幼丧父随母走街卖艺受尽凌辱
她从小经历了社会最底层的悲惨生活
尝遍了人间的颠沛艰辛社会的冷酷

悲惨的生活在幼小心灵埋下对统治者仇恨种子
同时也使她坚强不屈性格得以锻铸
大起义时她的年龄大约只有二十岁
她的丈夫为头领她被称为“二师父”
起义失败她丈夫被斩立决她削发为尼
隐藏在襄阳城郊一座尼姑庵中做尼姑
不久她与姚之富组织发动了襄阳起义
再次率领她的起义军走上起义反抗道路
她非常注意军纪的整顿和赏罚分明
为起义军发展壮大奠定了良好的基础
她带领起义军在湖北、河南一带纵横驰骋
实行了大规模流动作战的战略战术

她率领起义军惟数百为群忽分忽合忽南忽北
她总是亲临前线指挥勇敢善战身先士卒
她在战斗中负伤仍然进行英勇战斗
尤其率领数百名女兵勇猛善斗为起义军敬服
她曾率起义军取得渡汉水之捷向四川进军

在川会合其他起义军形成声势浩大队伍
她采用广布疑阵迷敌耳目战术取得重大成就
显示出她的军事指挥才能是那么的突出
她率领起义军转战陕西时不断取得胜利
在鄂、川、陕、豫等地转战两年多战绩卓著
最后失败也至死不屈跳崖壮烈牺牲
为此她的英雄气概深受人们颂扬佩服

134. 洪秀全

他书写了太平天国长达十四年的历史
他取得与清廷对抗的太平天国之治
他一八五一年一月十一日起义于广西金田
从此他开写了太平天国十四年的历史
在发动领导太平天国起义中显露他的才能
他领导太平天国曾取得重大胜利
他应该作为一位农民革命家载入史册
但他的革命行为一直引起历史的热议
他从应试科举屡败中拜倒在上帝面前
从此他对上帝的崇拜日益加深不能停止
他不是一般信仰上帝而自认为负有特殊使命
负有宣传拜上帝、斥偶像以拯救世界之职

于是他以极大的热忱离开本乡去外地传教
从此开始他以传教来反对清朝的统治

太平天国起义一开始就以推翻清王朝统治为目标
具有明确的社会政治经济文化思想和目的
他在金田首举起义就建立太平天国国号
两年后取得攻占及建都南京的太平天国胜利
他从信仰上帝转变为造反起义的太平天国天王
这两种完全不同的历史角色实在难以解释
但他自己在两者之间却有一以贯之的思想
这就是他始终以恢复上帝纲常为旗帜
一个以信奉西方上帝为旗帜的纲常
却领导东方封建思想统治下起义的胜利

洪秀全的大同世界描绘体现在天朝田亩制度
这个平均的、自给自足的、公有的小农社会思想值得深思
太平天国建都南京后军事上继续发展
他的版图不断纳入长江中下游两岸地区
他“天下一家”理论颇具最后胜利希望
只可惜一场内讧导致了他最终的败局
内部大动乱使太平天国受到极大的打击和损伤
即使重建领导也难以挽回太平天国的颓势
洪秀全的腐化和猜忌外姓更导致其最终失败
他在鸦片战争中站在英方一边更是不得人心之举
英法军队对太平天国炮轰轰破洪秀全的幻想
他最终只好带着后期的政策和失败去见上帝

135. 张德成

他张德成创建的天下第一团震惊中外
他领导的义和团斗争写下历史豪迈
他是义和团著名首领农民革命家
他的一生留下诸多争议也留下诸多光彩
一九〇〇年五月他设立“义和神团天下第一坛”
他亲自任第一坛坛主高居坛台
由于他往来江湖广结社交远近百姓纷纷归附
从而显示出他具有很强的组织领导干才
不久他就组织了五千多人的力量
继而又在杨柳青天津西郊不断设立坛台
使他的总人数迅速扩充到两万多人
他的“天下第一团”成为义和团实力最强一派

俄兵开枪击伤中国儿童他怒不可遏
亲率“天下第一团”围击俄兵大显英雄气概
当八国联军侵占天津他高举“扶清灭洋”大旗
率“天下第一团”开进天津打得八国联军心惊胆骇
他巧妙地使用火牛阵打先锋攻击八国联军
不仅追杀了许多敌人还捣毁外方洋行买卖
八国联军进攻天津他在南门参加保卫战
他率领义和团团民多次将敌人击败
可惜在他率团民向地主富商筹集粮饷时被袭杀

张德成虽然奋力拼杀仍命丧泉台
义和团运动虽然被八国联军镇压下去
但其爱国反侵略精神却长期存在

义和团的爱国反侵略精神永远激励中国人民
其英雄气概一直受到中国人民称颂拥戴
张德成率义和团攻打紫竹林为人熟知
为此他在民间留下传奇和神秘丰采
关于张德成的死因一直以来都是一个谜
诸多的传说他是被地主豪绅武装杀害
八国联军追杀他率义和团撤退到王家口镇
在筹粮饷时遭到地主豪绅武装偷袭被杀害
一代英雄豪杰没想到会遭人暗算
义和团的杰出首领就这样死得不明不白
为此还留下一个个谜团一个个不同传说
英雄一场却没有留下英雄的历史记载

136. 白　朗

作为农民革命家他白朗是那么的英勇无畏
在家乡组织几十人就掀起起义风雷
他以杀富济贫为号召组织民众起义
充分显现了一个农民革命家的才干智慧
他领导的起义沉重打击了封建势力
有力冲击了袁世凯反动统治的堡垒

辛亥革命爆发他在家乡组织农民起义
不久就发展到有五百多人的军队
他率部在豫西地区往来游击打击敌人
总是采取出其不意的战术把敌人击溃
他率起义军先后攻破县城四十余座
并多次重创前去围剿的倪嗣冲军队

一九一三年二次革命爆发他得到南方革命党人支持
他对卖国求荣的袁世凯政权公开反对
袁世凯调集鄂豫陕三省联军进行围剿
白朗巧妙指挥突破了袁世凯联军包围
他还使陕西围剿的联军一部阵前起义
使自己的军队扩大了力量并获得了大量装备
白朗遂自称中华民国扶汉讨袁司令大都督
显示了他率领的起义军的强大声势和雄威
他突破联军围剿后继续英勇转战
连克河南光山商城等地进入安徽
他率领农民起义军如狂风暴雨横扫中原大地
使北洋政府军疲于奔命难以围追

袁世凯又派段祺瑞为总司令率精锐之师追剿白朗
并派出四架飞机对白朗起义军侦察尾随
这是中华战争史上首次将空军投入实战
白朗率起义军转移离开安徽进击湖北
随后他率起义军在湖北攻占了老河口

这时白朗的起义军已发展壮大为两万多人的军队
此后白朗率起义军转战陕西和甘肃等地
后成功突破袁军三道防线艰难返回
由于途中损失惨重只得分散开展游击战
最后被袁军各个击破白朗壮烈牺牲时年四十二岁
白朗从起义到失败历时三年转战五省征程数千里
虽然最终失败但却留下一段闪耀的历史光辉

第六章　外交家

137. 苏　秦

春秋战国时期古老中华大地出现诸子百家
诸子百家相互争鸣各显其思想才华
战国中期以后秦的国势日益强盛
秦与东方各国的关系早已不再融洽
面对这种形势有人主张联合东方各国共同对秦
也有人想分散东方各国使其自顾不暇
前者是企图进行东方各国南北向联合
故而被称为合纵为此有了合纵的说法
后者是企图东方各国分别与秦东西向联合
故而被称为是连横思想的一种谋划
在战国时从事合纵连横人物成为一个学派
从而使他们成为诸子百家中的纵横家

苏秦是纵横家中的主要代表人物之一
用今天的话说他就是著名的外交家
苏秦字季子东周洛阳乘轩里人

《史记》有《苏秦列传》记载了他的外交生涯
相传苏秦曾到齐国跟鬼谷先生学习
后出外游说几年遭受困难挫折只得回家
回家后受到兄弟嫂妹妻妾的嘲笑
为此感到惭愧的苏秦于是发愤读书以治家
过了一年他揣摩出当时各国国君们的心态
便又到秦国以连横之策游说开始外交生涯
开始他自然还是到处碰壁得不到重视重用
一直到去燕国与赵国才游说成合纵之法

苏秦终于游说成功使燕赵等六国定下合纵盟约
他被任为纵约长佩六国相印得以发达
他的家人对他再也不敢傲慢而对其表现恭顺
他也不计前嫌施散千金对同族和朋友给以报答
苏秦回到赵国被封为武安君送约纵书给秦
使秦兵不敢出函谷关不敢对纵约国征伐
后来秦国欺骗齐、魏要联合进攻赵国
赵国责备苏秦使其离开赵国随后合纵便垮
齐宣王乘燕国丧伐燕攻取燕的十个城池
苏秦说齐归还所占燕的十城齐王居然采纳
这是苏秦外交生涯中又一项重大外交成就
作为外交名家他受到后人各种不同的评价

138. 张　仪

张仪从事游说的路开始艰难坎坷

但最终也取得了重大的历史成果
他与苏秦都是纵横家的代表人物
他一生游说上演了一曲连横之歌
相传张仪跟苏秦曾事于鬼谷先生
但两人所从事的是不同的外交战略之策
苏秦成就了战国时的合纵重大历史之举
张仪则取得了连横的重大外交成果
他们二位是中华历史上最早的外交名英
他们为古老的中华最先开启外交先河
他们理应归入中华历史上外交家名列
他们的一生都分别取得了重大的外交成果

张仪游说诸侯曾经从楚相饮酒
楚相丢了璧张仪为此而深受其恶
楚相门人说张仪“贫无行”诬赖他偷了璧
从而使张仪受辱又遭受拷打折磨
张仪回家后妻子取笑他不读书去游说
从而无端遭受诬赖和污辱之祸
张仪居然张开嘴让妻子看其舌头还在不在
当妻子告诉舌头还在他却感到庆贺
苏秦深知张仪是天下贤能之人
能够得到秦国权柄的人唯有张仪使得
苏秦担心张仪乐小利而不上进
便采取一些办法激励张仪坚定游说之策

张仪知晓苏秦所为感叹自己不如苏秦
便决定苏秦在位时期他不去破坏纵约之策
张仪于公元前三二九年来到秦国次年即为秦相
从此开始不断游说他的连横思想之说
张仪后又离秦至魏并代替惠施为魏相
为游说连横不辞辛劳四处奔波
张仪先后两次去楚国显示出杰出外交才能
更彰显了他作为杰出外交家的胆识和气魄
张仪游说楚国、韩国跟秦国连横
后又取得游说齐、赵、燕跟秦连横重大外交成果
因此秦惠文王便封张仪五邑号武信君
秦惠文王死后张仪被迫离秦去魏为相一年卒于魏国

139.张　骞

他开创了古老中华对外交往事业
他开通了西汉时期的西域世界
汉朝为截断匈奴右臂必须联络西域诸国
于是张骞应募承担了这一开创性的事业
汉代所说的西域有广狭二义之说
广义西域指中亚、南亚、西亚、欧洲及非洲广大疆野
狭义西域指中国天山南北葱岭以东
以及玉门关和阳关以西的广大地界
这一地区当时小国林立号称三十六国
后来又分为五十余国更是一片小国林立地界

西域三十六国人烟稀少最大的龟兹有八万居民
最小的小国人口只有数百人口稀缺

张骞通使西域前西域三十六国受匈奴役属
深受匈奴的武力统治和繁重经济剥削
在西域各国与匈奴矛盾日益尖锐之时张骞出使西域
这无形之中使张骞出使西域难以相谐
张骞偕甘父及随从一百余人从长安出发
取道陇西郡进入匈奴境内即被捕获拦截
张骞一行被匈奴扣留十余年不忘使命
历经艰难困苦的长期折磨和各种欺虐
但他们一行终于设法逃出匈奴继续西行
在返回时又遭匈奴扣留一年多之难劫
张骞西域之行历经十五年之久终于返回长安
虽未达到目的但却增进了汉朝对西域的了解

他以熟悉匈奴情况随卫青出征匈奴
协助卫青取得征战匈奴的胜利大捷
张骞二次出使西域历经六年之久
虽未达到目的但促进了汉朝与西域关系和谐
各国使臣随同纷纷前来与汉朝建立联系
于是使汉朝与西北诸国关系不断密切
这时张骞虽然已病逝但其声名卓著
从此使西域到长安的使者来往不绝
张骞出使西域前后达十九年之久行程数万里

途中历尽艰辛磨难和敌人的扣留追截
但他以坚韧不拔勇气和毅力克服重重困难
终于完成出使任务为中西交流书写了光辉一页

140.苏　武

苏武,一个光辉的名字闪耀在中华史书
苏武,一个高大的形象屹立在中华民族
他是中华历史上杰出的外交家
他是中华古代杰出的使臣名流千古
他那坚贞不屈的气节令人感动
他那忠贞为国的精神令人敬慕
苏武牧羊是一个千古传唱的历史大歌
在那茫茫草原他一直手持汉节在放牧
北方的寒风使汉节上的旄毛脱落殆尽
漫漫大雪挡不住他一心向国的心路
苏武,一个历经两千多年岁月古老的名字
如今读起来仍然那么震动人的肺腑

他作为汉朝的使节出使匈奴
但却被匈奴无理地羁押扣住
并派汉朝降臣卫律胁迫苏武投降
苏武乃引佩刀自刎以抗其辱
他决不屈节辱命的精神震惊匈奴
受重伤的苏武被抬到营中救治得以痊愈复苏

随其后匈奴又派人进行威胁利诱
面对敌人威胁利诱苏武没有屈服
匈奴将苏武幽禁在地窖中不给饮食
妄想迫使苏武投降使其屈服
幸得雨雪天苏武饥则吞毡渴则饮雪
坚强的苏武数日不死令匈奴人深感神奇叹服

匈奴人把苏武迁徙到北海让其牧羝羊
并告诉说等羝羊产乳才能放他返途
苏武深知羝羊到什么时候也不会产奶
但他仍大义凛然坚忍不屈志如铁铸
他在北海牧羊无人给他任何吃食
只能以挖掘野鼠所藏草实为食物
直到后来汉与匈奴和亲苏武终于等到回国时机
公元前八十一年苏武终于回到长安故土
苏武被扣匈奴十九年历尽生死磨难
始终不辱使命坚贞不屈志不可辱
他为人廉洁所得赏赐皆施于贫困人
一生杖节不亏完节归汉名垂千古

141. 郑　和

他经事明朝成祖、仁宗、宣宗三朝皇帝
他七次奉命远航行程十万余里
历经南海及印度洋沿岸三十多个国家

历时三十年日日夜夜星转斗移
他率领舰队前后七次出使西洋
航程最远时到达非洲东岸之地
他率领船队的一支小队远至红海和麦加
把中华古老文明播撒到遥远天际
为明朝与海外各国通商和友好往来作出重大贡献
完成了一部世界上最早的航海史记
他下西洋绘制的航海图是世界最早的远洋航海图
为后世航行西洋提供了重要依据

郑和云南昆阳人原姓马小名三保人称三保太监
他出身哈只世家故有“哈只”之称乡里
他十二岁时父亲病故投靠燕王朱棣做宦官
他的聪明和才干很受朱棣的赏识
公元一四〇四年正月初一被赐姓郑
从此郑和的名字渐渐响起留在历史记忆
记忆他一四〇五年开始奉命出使西洋
率领一支六十二艘船只两万七千多人出使
此次出航所历之地远至印度西岸
返回时南洋各邦国使者随同前来朝见大明皇帝
记忆他一四〇七年复奉命出使西洋
他率领二百四十九艘的船队是那么豪气

记忆他一四〇九年奉命第三次出航西洋
此次出航为巩固明朝同南洋已通好的国家关系

一四一一年船队返京随同前来朝贺者有十九国
使当时的明朝朝廷显现出“万使云集”
记忆他公元一四一三年冬又奉命开始第四次远航
记忆他公元一四一七年三月第五次远航又有新开辟
记忆他公元一四二〇年春率船队第六次远航
据记载此次远航曾到达非洲东岸之地
记忆他公元一四三一年最后一次远航
前后七次出使西洋加强了明朝与西洋各国关系
七次出使西洋采取恩威并施的招抚政策
使明朝威震海外开辟了中华对外交往新世纪

第七章　教育家

142. 孔　子

他是中华历史上伟大的思想家、教育家
他在中华历史上留下闪耀的灿烂光华
他的思想被作为封建社会的统治思想
被当作两千多年封建社会的思想宝塔
他的思想给古老中华大地带来思想光辉
他的思想对整个世界的影响也很大
他的教育思想一直影响着后世教育
他的弟子不止三千而是桃李满天下
他作为思想家、教育家都是杰出代表
作为最应称颂的还是杰出教育大家
在他三十岁左右时有了第一批弟子
他的“三十而立”之说大概就是指此说法

春秋战国之际的社会是大动荡的社会
动荡引起了文化学术领域里的重大变化
原来藏在官府的《诗》《书》散在民间

原来只能由供职官府的人传习知识的规定有了变化
私人间也可以传习知识并成为主要形式
因此私人讲学成为历史的风尚广为人接纳
他从三十岁开始招收弟子致力于讲学
他也曾周游列国十四年也想从仕发达

他是私人讲学的重要倡导者从而名扬中华历史
直至历代统治者把他尊奉为人圣并加以神化
他在政治上有抱负有见解却没得到实践机会
他的一部《论语》却让封建社会用之治了两千年天下

他出身没落贵族幼年丧父跟随母亲生活家境贫困
二十岁左右做过季氏的委吏却十分博学有文化
他从三十岁开始讲学周游列国归鲁后专事文化教育
他一生学而不厌诲人不倦彰显了教育思想光华
“性相近也,习相远也”是他教育思想出发点
“循循然善诱人”是他一直坚持的教育方法
“有教无类”“诲人不倦”是他的教育态度
“学而时习之”是他教导学生的学习方法
他把传统《诗》《书》《礼》《乐》加以整理作为教材
他一生在教育上的功绩是那么的伟大
同时他的思想对古老中华大地也产生深远的消极影响
他的思想在古老中华大地的影响是那么的复杂

143. 孟　子

他崇拜遵循孔子完成孔孟学说
他在中华历史上上演了一曲亚圣之歌
孔子在中华历史上一直被尊称为圣人
他孟子在中华历史上享有亚圣之说
他是中华历史上一位杰出的思想家
同时作为杰出教育家屹立中华历史长河
孟子名轲是鲁国贵族孟孙氏的后裔
作为亚圣他的一生经历跟孔子差不多
他对孔子备极尊崇“自生民以来,未有盛于孔子也”
“乃所愿,则学孔子也”他前后二十年游历各国
他一生也始终为政治抱负而不辞劳苦
《孟子》一书记载了他政治活动和思想学说

孟子的政治主张的核心是仁政论
仁政论在经济方面的内容是“井田制”之策
“政在得民”与“民贵君轻”是仁政论重要内容
他的这种政治经济主张具有村公社授田制特色
孟子仁政论的理论基础是性善论
他认为人有四种“善端”也就是四种品质道德
他还把人性论引向神秘主义“天人相应论”
最终导致钻进神秘主义死胡同的结果
孟子仁政论的历史根据是“先王之道”

他所说“先王之道”是指“先王”的政治所作
他的“先王”是指尧舜禹汤文武又以尧舜为代表
以致形成他“言必称尧舜”的结果

他的思想具有进步意义但却未能践行
他周游列国也未能让各国采纳他的治国之策
于是他的一生经历完全犹如孔子
只能过着长期私人讲学的生活
中年以后怀着政治抱负和极大热忱
带领着他的众多学生周游列国
随从的学生最盛时后车数十乘从者数百人
受到当权者的款待也同时受到冷落
他的政治主张没有得到各国的接受
晚年回到故乡仍从事教育和著述工作
“得天下英才而教育之”成为他最快乐的事
使他成为一位伟大的教育家而名垂史册

144. 董仲舒

他应排在中华历史上著名思想家之列
他也应排在中华历史上杰出教育家之列
他是汉武帝时期一位有名的大儒
他建立了适应封建统治的新的儒学
新儒学对当时及后世封建主义思想统治有重要影响
为此在中华历史上留下了不同的历史批阅

他少年时代治《公羊春秋》被立为博士
作为教育家他授徒著书用功力竭
因为他治学认真在学术上造诣很高
“三年不窥园”之说对他评价十分贴切
传《春秋》公羊学的学者中他水平最高
称得上是西汉时期儒者中一代宗师名杰

汉武帝即位之后举文学贤良之士
他以“天人三策”上书汉武帝对接
“天人三策”以《春秋》公羊学为理论基础
他从“天人相与”出发论证“大一统”论得深切
他提出罢黜百家独尊儒术的主张
同时又提倡“礼乐教化”主张办太学
主张求贤养士实行量材而授官
建议“州郡举茂才孝廉”用人方略
他还有灾异学说写成《灾异之记》为此带来牢狱之灾
为此使他再也不敢谈论灾异之学
他一生著书十余万言在《春秋繁露》一书
他一生中勤奋授徒始终坚持不懈

他提出“天人感应”的神学目的说
他的这种学说说得那么形象那么明确
他还利用阴阳五行学说来体现天的意志
从而推论出“三纲五常”的道德哲学
他的认识继承了孟子的思想衣钵

他神秘的认识论与性三品说论说简约
董仲舒的思想是西汉皇朝总结历史经验
经历几十年选择而定下来的官方哲学
对巩固统治秩序维护大一统起了积极作用
对历史发展带来的不良影响也很深切
但作为教育家他留下显著的历史成果
他数以百计的弟子大都取得优异学业

145. 马 融

他是一位博学多才的著名人物
他的一生对教育的贡献尤为突出
他是中华古代著名文学家、古文经学家
他作为教育家也一直为后人敬慕
他,马融字季长东汉时期扶风茂陵人
年轻时就十分好学贯通儒家经典成为名儒
由于他俊才善文先后被任为郎中、太守等职
他性格耿直经常上书言事却都被阻
于是他把才华寄情文学创作和教育之中
在他做荆州太守时还留下绛帐台典故
他因为正直曾得罪权贵被罢官流放边疆
大赦回来任议郎重回东观从事著述

因生病告老还乡继续从事教育
在教育上他取得的成果是那么显著

他是一位博通儒家经典的大学问家
慕名前来学习的人很多他都收以为徒
他是一位诲人不倦广受尊敬的老师
他一生教过的学生很多难以计数
他达生任性不拘儒者之节教学风格很有特色
他常坐高堂施绛纱帐后到女乐前授生徒
他懂音律善鼓琴吹笛注重对学生艺术熏陶
时常用音乐开启学生的智慧使其感悟
他的教育对象非常广泛来自四面八方
他还打破成见招收了一批女弟子令人佩服

为了扩大受教育的人数和范围
他创设了弟子依次相传助教制度
他的一生在教育上作出了重大贡献
在他所教授的学生中人才辈出
“施绛纱帐”讲学授徒故事广为流传
由此而形成许多相协的成语典故
人们用“绛帐待坐”比喻学生受业
用“绛帐授徒”“绛纱坐帐”比喻老师讲座授徒
这些成语典故反映了人们对他的尊崇
同时也说明了马融在教育上影响卓著
另外马融在学术上也作出了重要贡献
他的注经成就使古文经学达到成熟

146. 颜之推

颜之推一代教育名家名垂青史
他的教育思想一直传流在中华大地
他还是南北朝时期的一位文学家
他的一生具有“三为亡国之人”身世
他原籍琅玡世居建康出身士族官僚家庭
他早传家业十二岁对老庄之学开始学习
因虚谈非其所好他还习《礼》《传》
他好饮酒不修边幅多任纵自己
他博览群书才华横溢为文辞情并茂
很受梁湘王赏识十九岁被任为国左常侍
后来他投奔齐历二十年官至黄门侍郎
公元五七七年北齐为周所灭他被征为御史上士

公元五八一年隋代北周他又成为隋人
于隋文帝开皇年间他又被召为学士
他自叙“予一生而三化,备荼苦而蓼辛”
为此他叹息自己“三为亡国之人”士
他留下《颜氏家训》共二十篇
反映了他的教育思想及经验学识
《颜氏家训》是一部系统完整的家庭教育教科书
以保持自己家庭的传统与地位为目的
是为了用儒家思想教育他的后世子孙

对古代家庭教育具有重要作用和意义
这是他立身、治家、处事、为学的经验总结
是从他一生士大夫的角度所谈的深刻认识

《颜氏家训》反映了他重要的教育思想
在封建家庭教育发展史上一直影响后世
后世称《颜氏家训》为家教规范
在中华古代家庭教育上是一面旗帜
颜之推宣扬性三品说把人性分为三等
即上智、下愚和中庸三个等级
他认为上智无须教下智教无益重在教中庸之人
教育的作用在于教中庸之人完善德性增长知识
他认为教育的目的在于行道以利世修身以求进
为国家培养出有实际效用的各方面有用之士
他这种观点冲破了儒家抽象培养圣人、君子教育目标
而以各种实用人才培养作为教育的目的

147. 王　通

他以一代教育名家流传于后代
他的家乡至今留有他的历史光彩
他是中华古代著名的教育家
同时他还具有一位政治家的干才
他王通号文中子从小就有通天下大志之意
他从小就聪明好学很有文才

他出身于一个儒学仕宦的家庭
从小便天资过人博闻强记继祖文脉
受家学熏陶他精习五经造诣很深
十五岁他便开始从事教学登上教台
十八岁又告别父母开始负笈求学
外出走访各地名士贤达人才

王通信奉孔孟儒学并精心研读
同时又把道家、墨家部分思想与儒融在一块
他也不排斥佛教并对其也有涉猎
他认为儒、佛、道可以“三教归一”形态
他认为这样可以通其便而使民不倦
这样可让人们有更多信仰选择撷采
他主张社会多元化和文化多元化
让所有人都心有所归情有所依赖
以此达到整个社会的和谐与稳定
这充分显现了王通的一种思想情怀
他著《太平十二策》治国方略面陈隋文帝
因受嫉贤妒能的朝臣排挤而未被纳采

他从此诀别仕途隐居黄颊山专一读经授徒
于是成就他教育名家的美名豪迈
他的教育思想在中华古代独树一帜
他以昌明王道振兴儒学作为教育根本所在
他认为人才的造就必须经过培养教育

一个国家的兴盛需要依靠各种人才
有了各种人才王道才能昌明儒学才能振兴
他认为人性本善通过教育都可以成为人才
他的教育思想和方法吸引众多学子拜在门下
为此他培养了众多名臣名人和大批有用人才
只可惜他志未竟身先亡只活了三十八岁
只留下《文中子说》传于他的弟子和后代

148. 胡　瑗

他的一生留下一片绿荫芳菲
他的一生留下一片称颂赞美
他的一生留下满天下的桃李
他的一生留下一片辛勤和汗水
他，胡瑗字翼之北宋初期著名教育家
在中华古代理学发展和教育史上占有重要地位
他把自己的一生都献给了教育
他为教育付出自己一生才能和智慧
他提倡“明体达用”的教学目的
他能深刻地认识到教育的作用和地位
“致天下之治者在人才，成天下之才者在教化”
他对教育的认识是那么的明确和深邃

他还认为“教化之所本者在学校”
他对教育重要作用的认识那么宝贵

他讲究教学艺术积累了丰富的教学经验
他在教学中认真备课以身作则广受赞美
他教人有法科条纤细具备以身先之
虽盛署必公服坐堂严师弟子之礼规
他十分热爱学生坚持因材施教
他首创的著名“苏湖教法”细致完备
这种教法其实质近乎于现代的分科教育
这种教法后被朝廷大学采用成时尚之推
他的教学原则和方法具有创新精神
有利于人才的培养是他匠心所为

他视诸生如其子弟诸生亦信爱如其父兄
这种师生间的相互敬爱精神多么可贵
他还注意直观教学注意讲清要点
在对儒家经典解读上重在把握六经义理精髓
他的教学方法转变了当时学术界的学风
在中华古代教育上开启了一代新柱
他在教学中还十分注意联系实际
在讲《易》经时常引当世之事以明是非
他在对儒家经典解读中思考当代问题
这样使学生在学习中能得以贯通领会
他注重实地考察游于四方尽见人情物志
他的这些教育思想和方法至今令人深思回味

149. 周敦颐

周敦颐为官广为人们赞颂称道
他做学问为教更留下历史光照
他在宋代理学史上的地位虽存有争议
但从理学发生发展上看他更是一位先导
周敦颐字茂叔号濂溪道州营道人
作为北宋时期学问和教育大家令人自豪
他为官尽心于政事断案公正清明
在分宁县期间因清理积案而为人称道
转运使王逵断案失实因畏其权势无人提出异议
周敦颐敢于力争使王逵折服使错案明昭
他为官清廉尽职于事一直为当地老百姓所怀念
在潘兴嗣为他所写墓志铭里有事实所描

周敦颐为时人所敬重还有他的为教为文
他在各地任职时都尽力大办学校
并大开讲学之风广收弟子精心授学
辛勤耕耘为中华古代教育立下功劳
在南康军任上时程颢、程颐曾前往受学
他培养教育的学子诸多成为名家显要
他的为学途径出入释老而后反求诸“六经”
但他的讲学又更多带上道家修养色调
他为官三十多年志在求道不为求仕

他的讲学之道更反映了他的品德情操
从学术体系上他明显接受了道家的影响
接受之后又对其作了根本性的改造

他把改造后的学术体系和以诚为本的思想结合起来
于是构成一种新的观点成为他的一种创造
他的哲学著作主要有《太极图说》与《通书》
他通过《太极图》解说了自己的哲学纲要
他以太极为本体提出他的宇宙观、世界观
由阴阳刚柔的变化说明万事万物与人类产生之道
进而他提出了形、神等的范畴概念
以及性、欲、善、恶、仁、义、道等的范畴、概念之要
他的《通书》则以诚为本皆错综以阐太极之蕴
然其义各有攸当《太极图》得《通书》而始明了
周敦颐在学理上构造出一个理论框架
在理学发展史上作为一个发端开启了高蹈

150. 张　载

张载，北宋时期的一代名流
他少年时喜言兵对诸学都有渴求
张载所创的学术又称为横渠之学
他开创的学派被称为关学传流
他的思想在北宋时期理学中具有自己特色
在理学形成过程中显示出独特之秀

少年时代的张载兴趣广泛无所不学
他是一个有志向的人对治国十分渴求
他十分关心国事尤其喜欢谈论兵事
他的《边议》九条就是为解北宋边塞之忧
他曾上书谒见范仲淹呈述《边议》
范仲淹鼓励他馆于府第以作出更大成就

张载一直到晚年仍然关心国事还在言兵
作为一个教育家时刻把国事放在心头
他读《中庸》并不满足又研读释、老之书
但没有收获于是又反过来从“六经”中探求
他求道俯读仰思求之于“六经”而后得
他苦思冥想为求道而孜孜刻苦研究
他研究“六经”曾同程颢在兴国寺讲论终日
为当时一时盛事广为人们称赞传流
张载不是坐而论道读“六经”以求治人之道
他在地方任职期间兴教育风俗政声颇优
他不愿在京师为官先后两次辞官回乡
此后在横渠镇六年多时间孜孜以求

他终日危坐一室左右简编俯而读仰而思
为天地立心为生民立命为往圣断绝学为万世开太平而求
他的执著追求探索精神是那么的感人
闻者莫不动心于是一大批学人紧随身后
他们师事张载从而形成一个学术群体

先后俱列门墙关学兴盛取得重大学术成就
张载创立关学著述很多但许多没有流传下来
他的思想是万物万事为一其理深厚
他的气本体思想在宋代理学家中显示了他的特点
显示了他在思想理论上的光彩锦绣
可叹一代名家一生清苦死后的棺木也是门人凑钱所买
这怎能不让他的门人及程颢恸哭子厚

151. 程颢、程颐

程颢、程颐共同研究理学作出贡献
从此二程兄弟大名并列一同流传
洛学在宋代理学各派中是最主要一支
洛学学派就是由他程氏兄弟共同创建
程颢辞世后是程颐奠定了理学的基础
两人思想不完全一样但从大的方面是相同观点
因此后人研究宋代理学通常二程并称
他们一起为宋代理学为教育作出贡献
程颢字伯淳学者称其为明道先生
程颐字正叔学者称伊川先生名唤
两个相差一岁世称颢为大程颐为小程
从此兄弟二人总是以二程并称相连

程颢十岁能诗十二三岁进学如老成人
程颐几岁就能诵《诗》《书》言语不凡

大约是家庭环境造成他们这样一种气质
后来他们受业于周敦颐又一起相伴
程颢为地方官时推行均田法颇有成效
兴学校教民知孝悌移陋俗理财以富民广受称赞
程颢多次上疏治国之道不被采用
后来他罢归返回洛阳从此不再为官
他遂与程颐讲学洛阳开始治学为教
有不远千里而至者士之从学者不绝于馆
程颢在此讲学十余年死后门人转师程颐洛学大盛
二程在洛阳讲学为洛学形成准备了条件

程颢为洛学的建立作了发端之作
程颐在程颢之后完成了理学体系的构建
程颐四十岁以前读诵五十岁以前研究其义
六十岁以前反复紬绎六十岁以后著书立传
程颐的主要著作《易传》标志洛学体系形成
二程的著作颇丰主要在《二程集》中汇编
程颢的思想主要集中在《识仁篇》中
《易传》是程颐理学作品的经典
程颐认为“万物皆只是一个天理”
认为天下只一个理而理是万物的本原
二程所奠定的理学是一个丰富的思想体系
包括哲学和历史观、认识论及伦理社会变革各个方面

152. 张　栻

他生活于南宋时期是汉州绵竹人
他为中华古代教育事业立下历史功勋
张栻字敬夫一字钦夫又字乐斋号南轩
他秉承家学后承南岳衡山胡宏师门
潜心理学曾以古圣贤自期作《希颜录》以见志
深受胡宏赏识称赞其“圣门有人”
受湖南安抚使之聘主管岳麓书院教事
他在岳麓书院苦心经营三年使其名声大震
初步奠定了湖湘学派规模成为一代学宗
使岳麓书院闻名遐迩从学者达数千人
张栻其学自成一派与朱熹、吕祖谦齐名
被时称“东南三贤”其名声天下而闻

他的著作有后人合刊《张南轩公全集》
并有题作刻碑嵌于合江亭壁传世后人
学术上虽承二程但有别于程朱又异于陆学
他在政治上誓不与秦桧为伍力主抗金
朱熹称其“学之所就，足以名于一世”
朱熹述说他自己一生所学受张栻影响很深
在教育上张栻写有大量学记提出办学主张
阐述了他一生有关办好教育的思想理论
他反对学校成为科举制度的附庸

主张以儒家的政治伦理教育培养人
在教育方法上提出为之则有其序学之则有方
主张先使之从事于小学习乎六艺之节为本

他极力反对在学习上的好高骛远
认为学习必须扎扎实实循序渐进
“使学者知夫儒学之真,求之有道,进之有序”
千万不能走捷径钻异端别类之门
在办学指导思想上主张以成就人才传道济民为主
在学与思的问题上主张“学思并进”
在教学内容方面强调以儒家经典为教材
在教学程序方面主张由低到高由浅入深
在知与行的关系方面主张“知行并发”
把二者的结合作为教学必须贯彻的原则和方针
他在岳麓书院培养了一大批弟子为有用人才
培养诸多“岳麓巨子”传道济民名人

153.朱　熹

朱熹自幼在以理学为主的家学氛围中成长
其父的学术与操行对他的成长产生了影响
他在南宋社会动荡不安中度过青少年时代
十四岁以前主要受教于传统的儒家思想
他能在辛苦的读书中找到自己的兴味
在读儒家经籍中立下成“圣人”之志理想

十四岁后从师事三位理学造诣很深的先生
但三位先生对他所传又夹杂释老风尚
为此使朱熹所学相当博杂出入佛老
广博知识基础融会释老儒使他思想更加发扬
他先后四次拜见李侗终于体会其思想教义
从而使朱熹完成“逃禅归儒”转变了方向

朱熹因李侗而得二程理学的正传
而二程理学也因朱熹的发展而臻于完备发扬
朱熹中举后在同安任内开始了讲学活动
一代教育大家把其才华奉献在学堂
朱熹是中华历史上集理学之大成者
他的一生学术生涯可分三个阶段发展成长
三十四至四十八岁是他学术体系的初步形成时期
他一方面继续辟佛一方面编辑理学家文章
同时把理学精神糅进儒家的经籍
基本上完成《四书》的纂修更纲
四十九至六十五岁是他学术进一步发展时期
主要通过讲学和与其他学派辩论扩大学派学术影响

另一方面朱熹继续使学术的各个方面理学化
对儒家经籍以理学教条重新解说构筑理学体系殿堂
从六十六岁至朱熹去世是朱学进一步完善时期
同时朱学内又孕育嬗变的因素之光
庆元六年三月初九这位学术大师在凄凉中辞世

直到临终前他还在修改《大学·诚意章》
他力图使经学、史学、子学及文学融入理学中
而且也确定建立了一个宏大的学术体系殿堂
朱熹是理学的集大成者随后终于上升到统治地位
《朱子语类》《朱文公文集》闪耀着他一生辉煌
朱熹还继承和发展了程颐的天理论
并且构成一个完整的唯心主义哲学体系学纲

154. 陆九渊

陆九渊字子静自号象山翁称为象山先生
他兄弟六人皆有所学以做学问而闻名
陆九渊为南宋心学理论体系的创建人
他们兄弟自相师友讲学授徒受业者达数千之众
他四哥子美五哥九龄对心学形成都有贡献
陆九渊成就最大是他把心学体系最终完成
他读书有觉七岁读书九岁能文十三岁志古人之学
就是这一年他思考出人与天地万物皆在无穷之中
进而体悟出宇宙便是吾心等一系列认识
这对他心学体系形成也许是重要内在作用
陆九渊自小不爱嬉戏静重如成人
他的求学一个重要特点是“读书有觉”的感应

其实这种感应是陆九渊的一种求知探索精神
他遇不明白的事总要问个原委究竟

他对前人的学术和社会问题都有自己独到的认识
主张为学当先发明本心不应脱离社会现实而凭空
在他二十四岁至五十四岁近三十年时间里
建立心学体系传播心学理论是他的主要活动
从而形成有自身特点的一个重要学派
使他最终能够把心学体系集于大成
在政治舞台上他做过地方官也有政绩
他颇想有一番作为改革一些弊政
在荆门军任上严边防筑城池整顿军队
在经济上采取措施救灾度荒很有政声

他在教育上修郡学亲为诸生讲学
三十年间聚众讲学对他心学形成具有重要作用
尤其在象山讲学对他心学的发展至关重要
结庐象山学徒复大集居山五年来见者数千之众
他通过讲学聚集了人数众多的信仰者形成一个学派
以心学成为南宋学术思想中三足之鼎
他的心学理论认定“心”与“理”不能分二
其根本是“心”这是他心学的实质内容
他的心学理论没有脱离“理”的教条
他也认为“理”充塞于天地之中
在认识论上他的发明本心与心本体说论一致
他的学术思想后来为明代王守仁所继承

155. 许　衡

他是元朝初年的著名教育家
他为倡鸣程朱理学于北方贡献很大
他一生虽为过高官却不得志
因为他的治国理念忽必烈不能采纳
他一生在各个方面都有诸多创见和卓越建树
他是元代一位学术大师从而形成许衡文化
他在思想、政治、教育、历法、哲学诸方面都有造诣
在文学、医学、历史、经济、民俗方面造诣颇佳
他是元代百科全书式的学术大师
他在诸多方面都显现出他的才华
尤其他在教育和天文历法方面建树卓越
他是一位著名教育家也是天文历法学家

他说服元朝统治者实施立国的根本
主张在思想政治上立国“必行汉法”
他致力于教育为元朝创建了国子学
形成元朝国学教育体系的一系列教育文化
他不遗余力地推广和实践程朱理学
使朱学在元朝被定为一尊的哲学理学文化
他明历之理编撰了著名的《授时历》
使元朝有了正确可用的天文历法
推行以蒙古生习学算术的历史数学

还推行并形成了经济、道德修养、民俗文化
他最重要的业绩是传承程朱理学于中国北方
经他极力阐扬使北方的学术风气得以转化

他，许衡，八岁入私塾勤敏好学
因家贫无钱购书经常跋涉百里抄书借书学习文化
他天资聪颖思维敏锐勤思好问
有时他提出的许多问题老师都难以回答
他见民生困苦遂不愿为吏决心求学
曾隐居徂徕山昼诵夜思刻苦学习文化
后迁居泰安东馆镇再迁大名皆以教学为生
因得程颐《易传》朱熹《论孟集注》等书转变教授方法
他让学生不论大小都从《小学》入门
彻底以程朱理学作为自己进修和教学的计划
他成为程朱理学在北方最专诚、最有力拥护推行者
即从此开始他的学术思想和治学道路发生重大变化

156. 吴与弼

他致力于理学的继承与传播
他是明代崇仁学派的创立者
他是明代著名的理学家、教育家
他还是明代的一位著名诗人和学者
他，吴与弼，明代崇仁县莲唐小陂人
一生守义不仕讲学家乡令人可敬可歌

他六岁入学七岁学对句八九岁即崭露头角
对文学、天文、律历、医卜均有所涉
十六岁学诗赋十八岁学习以科举之业
十九岁进京侍奉父亲闭门学习生活
他谢绝与人交往独处家中二年
潜心攻读《四书》《五经》使其大有收获

同时潜心研究洛学和闽学无意进入仕途
决心以传播程朱理学为己任讲学授课
成人后他告别在京父母返乡完婚讲学
中年以后家境日贫他亲自下田耕作
对不义之举一概不为不义之财一概不取
因此到他这求学者络绎不绝办学红火
他在讲学中坚持有教无类诲人不倦
对困难弟子他还帮助解决食宿生活
他坚持守义不仕多次推辞举荐征召
一次难辞征召在京任职只有一年多
在辞职谢表中他力陈十事词语恳切
他所陈十事获明英宗嘉许为治国之策

吴与弼的学术思想无所传自学自得身体力行
主要体现在天道观、性善观、践行观、苦乐观之说
他是第一个提出劳动与读书相结合的人
他始终坚持教育不能脱离实际生活
他主张言传身教因材施教启发引导

更把为人师表、天理、居敬、践行作为施教原则
他勇于创新教学方法也与众不同
教学中他与学生一起劳动一起生活
在劳动中讲学在劳动中传授在劳动中悟道
他一生讲学乡间躬耕食力粗衣敝履饭粝蔬豆而乐
将生活性、实践性、道德融为一体
从学者数百人不少弟子成为后来的名人学者

157. 王守仁

他一生为官却热衷于教育事业
他心忧天下“格物穷理”创立心学
他青少年时期兴趣广泛思想变化不定
在他中举人之前已十分仰慕“圣学”
二十一岁中举人之后他的治学理念发生变化
开始在北京探求朱熹“格物穷理”之学
然后他从早“格”到晚一直坚持七天未得其“理”
反而害了一场大病此后放弃朱熹“格物”之学
随世俗习辞章以文会友研讨诗赋古文
又好言兵善骑射处处留心武事方略
凡兵家秘籍无不精究得以用兵之道
又同道士谈养生向和尚问禅机攻佛老之学

他，王守仁字伯安绍兴余姚人
他一生为官为学都倾注全部心血

他谪居龙场两年彻悟“理在心中”
流徒生活遭遇使他对政治有了更深感觉
但他仍然为朝廷竭力镇压农民起义
尽力平定宁王之乱无功反遭妒嫉诬蔑
于是为建书院致良知之教作出贡献
在学术上取得重大成就成为一代名杰
他一生中被统治阶级树为楷模主要两件事
一是他的武功把几起农民起义镇压剿灭
二是他的文治创立了著名阳明学说
即他提出的以“去人欲”“存天理”为核心的心学

在政治上王守仁的作为并不值得称道
在学术上他却留下重要的历史书写
他是集历代主观唯心论之大成者
他创立了自成体系的著名的心学
他打破了程朱理学僵化教条活跃了人们思想
尤其他第一次提出“知行合一”贡献卓越
特别是他讲学授徒前后长达二十多年
他每到一处任职都修建书院倡办社学
建龙岗书院主讲贵阳书院办南宁学校等众多书院
退职回乡期间竭力办学讲学建树更是卓越
他作为政治家、哲学家和教育家于一身
作为教育家他书写了更光辉的一页

158. 顾宪成

他小的时候家境十分贫穷清苦
因家庭人口多生活常常入不敷出
他家的房子很破旧不蔽风雨
艰苦的环境反而激发他奋发读书
更激发他进取向上和报国志向
艰苦的环境使他更怀有远大的抱负
“读得孔书才是乐,纵居颜巷不为贫”
这是他在自己所居陋室的题书
他六岁进私塾读书就开始刻苦勤学
他视野开阔涉猎百家博览群书
读书中他善于掌握全书的主旨大意
不沉溺于训诂章句之类不读死书

他在读书中非常仰慕前贤先哲的为人
他曾经带着强烈政治热情走上仕途
他为人耿直很有主见不肯委曲求全
他刚正不阿不事权贵的性格令人佩服
他的这种性格决定他的仕途充满坎坷曲折
使他在腐败黑暗的官场难以施展抱负
持正为官反遭削职于是回归乡里
从而便把精力集中到办学讲学授徒
于是他一生最辉煌的事业就此展开

他选择了另外一条参与政治的道路
即通过著书办学来传播自己的主张
抨击时政以社会舆论力量促使朝政进步

他在政界学界都有很高的声望
所以使很多人慕名前来跟随受学读书
一大批抱道迕时、退处林野的有道之士纷纷前来
一面研习程朱理学一面讨论救国济世之术
对当时的吏风、士风不断提出尖锐批评
他们的讨论总是以关注现实社会为主
他们不空谈性命并且敢于抨击朝政訾议权贵
在社会上影响越来越大使在朝一些正直官吏也纷纷加入
逐渐汇聚成一股影响社会舆论的政治势力
他们讲学的东林书院被谓之“东林党”称呼
顾宪成所创东林书院在社会上声望越来越高
作为一代教育名家他的贡献非常卓著

159. 高攀龙

高攀龙，字云从，改存之，别号景逸
他是明代著名教育家“东林党”名士
高攀龙生活时代王守仁的心学颇受知识分子推崇
但高攀龙并未追逐潮流而附和之
他不尚空谈尊崇程朱理学反对心学
常怀着维护正教铲辟邪说责任心而守持

当时新科进士向来以任行人职为荣
他以进士初入仕途即居津要可谓出师大利
可他在其后的仕宦生涯却是坎坷曲折
不久即因上疏得罪朝廷被远放贬谪
他二十五岁时曾从顾宪成一道讲学
遭贬谪远放后从此始志于学理

他终生以宣讲程朱理学为己任
被贬出朝去广东路上所至讲学不止
他远放广东揭阳县供职七个月即辞职回乡
在家隐居近三十年讲学不辍没有出仕
他在学术上主静坚凝持正气正心
认为为人终不可无端居静定之力
他认为各人病痛不同大圣贤必有大精神
其主静只在寻常日用中予以坚持
顾宪成免官后一直闲居在家潜心研究程朱理学
他也免官在家二人志同道合便密切来往联系
他们二人虽都推崇程朱但并非一味空谈心性
而是主张躬行实践主张经世致用之

有着强烈经世致用意识的东林名士们
不是为了讲学而讲学而是要过问政治
所以他们在讲学之余往往讽议朝政
救世济民是他们崇高理想的最终目的
顾宪成病逝后高攀龙为东林书院主讲

他的声望日重俨然已成为东林党首之势
高攀龙讲学志在经世但家居三十年不为朝廷所用
也萌生了隐居化外生出一些避世的消极
苦等三十年使他又得以入朝为官
可惜没有把握好时局导致赴水而死
一代教育名家视死如归从容安排好后事昂然赴水
把他一生讲学的贡献和著述留给后世

160. 孙奇逢

他一生坎坷却在坎坷中闪耀出光彩
他一生清贫却在清贫中书写下豪迈
他一介布衣却甘两袖清风不媚权贵
他一村野老叟却名扬中华历史教台
他,孙奇逢字启泰号钟元晚年自号岁寒老人
原籍直隶容城迁徙河南夏峰村而宅
所以众多世人和学者又称他为夏峰先生
他虽居乡野却像一座山峰那样气派
他是明末清初著名理学家、哲学家和教育家
他就像一座奇异的山峰披着奇异光彩
他一生留下《理学宗传》《读易大旨》等著述
作为教育家他更为当时和后世留下人才

他明清两代数次征召而不去从仕
他无锦绣华屋四方之士却纷纷前来

他清贫如洗没有家私却门徒遍地
他没有高官权贵荣耀却深得民众爱戴
他被当时北方学者奉为泰山北斗
他一生躬耕讲学辛勤耕耘教台
他高洁义勇早年间斗阉党、救义士、抗清军
后来他面对家国破故园废痴性不改
愈是命运坎坷愈不弯腰愈是义勇可嘉
拒清廷战病疴夜挑灯为中华未来
他超凡不俗卓尔不群还在于其倡导耕读并行
他寓学于劳动中充分显现他为教的心怀

他教育弟子和家人一边读书一边耕种
教育大家不可小视学稼要重视农栽
他始终坚持有教无类教学理念着重现实行为教化
即使对以前做过不光彩事的人也能正确对待
他以一颗博大宽宏之心广纳四方从学者
故使仰慕追随而学者从四面八方而来
他在教学中还坚持游学搜集素材了解民风
以使弟子在学习中能扩大眼界开阔胸怀
他经常劝谕弟子中为官者洁己奉公爱民礼士
荣辱不惊要忠心治国克己而对民爱
他用自己一身清素淡雅之馨香陶冶门人弟子
他用自己一生高洁德操教育门人弟子及后代

161. 朱之瑜

朱之瑜，字楚屿又作鲁屿号舜水
作为明清之际学者和教育家留下光辉
明末和南明两次奉诏特征未就人称征君
清兵入关后参加抗清复明活动流之颠沛
南明王朝灭亡之后他东渡定居日本
在长崎、江户授徒讲学不辞劳累
传播儒家思想很受日本朝野人士推崇
深受广大门人弟子的尊重和赞美
他提倡“实理实学、学以致用”
认为学问之道贵在实行圣贤之学俱在践履实推
他的思想在日本产生一定的影响
在明末清初享有中国五大学者地位

公元一六三八年他以文武全才第一荐于礼部
而他不愿置身于世道日坏国是日非
他难容官为钱得政以贿成朝政紊乱
就毅然放弃仕途专注于学问之内
他自揣浅衷激烈不能隐忍含弘故绝志上进
不求功名利禄而热衷于关注民生和社会
他曾一年内三次拒绝征召遂遭奸臣嫉恨
随后以“不受朝命，无人臣礼”罪被缉追
他曾三赴日本筹饷寻求支持帮助挽救明朝

不料最后被清兵发现他誓死不降视死如归
他从日本回国不料被羁押安南五十余日
安南国王知他才华欲迫留为臣他直立不跪

他的学术博采众家所长博通经史
道德上主张忠君爱国推崇苏武、文天祥贵伟
他不尚虚华扎实严谨以刚直崇高人格治学
他的学术在日本发扬光大广为传颂深受敬佩
他的学生遍布日本培养出一批名家
他的著述几乎全在日本所撰流传国内
在教育方面上他视中外为一体
以得天下英才而教育之为乐为美
他自幼食贫、多能鄙事传艺传道诲人不倦
常以“开物成务,经邦弘化”对弟子以勉慰
对于读书之法他认为读史应先于读经
这些都表现了他重实功、实用的教学精髓

162. 张履祥

清兵入关后他长期隐居从教
教学之余他也亲自下田从事农劳
他是理学家、农学家更是教育家
他一生从事教育为此留下历史光照
他,张履祥字念夫一字考夫号念芝
他的一生历经明清两代王朝

他是乌镇近郊炉头人居杨园里
为此时人及后人又称其杨园先生名号
他七岁时父亲即去世留下母子相依为命
他从小就立志读书其母便授以教
是他母亲授其读《论语》和《孟子》儒籍
并用孔孟两家也是早失父的家境对其教导

他十五岁即补县诸生做了秀才
后虽屡试举人但终以落第而不再考
他落第作罢后遂在乡间教书
崇祯末年他拜刘宗周为师才学得以高蹈
清军占据北京刘宗周被俘不屈被杀
张履祥闻知痛哭反清复明不成便隐居从教
隐居教书期间得到一本《沈氏农书》
经细心研读在此基础上撰写了《补农书》书稿
他一生穷困著作很多生前刻印不多
经后人编辑成《杨园先生全集》五十四卷书稿
在教育上他十分重视家庭教育
主张读书砥砺德行以达修齐治平目标

他认为幼年是个体道德形成的关键时期
为此他极力主张要抓好幼教
他认为人幼而知学则可终身不蹈于悔耻
幼教不仅是家教的起点也是家庭重点之教
他认为严教与否是贤与不肖子弟产生的关键

因此他主张自幼就必须实施严教
他提出无论为农为士者均须耕读相兼
虽肆《诗》《书》不可不令知稼穑之事要
他认为懂稼穑与劳动的辛苦有利于培养子弟勤俭作风
有助于锻炼身体促进身体健康意志坚牢
他还十分重视提高教育者自身素质
身体力行运用正确的方法对受教者给以引导

163. 陆世仪

他作为明末清初理学家、文学家留下锦绣
他作为一代教育名家闻名大地九州
当时他被誉为江南一代大儒之名
他与陆陇其被称为“二陆”传流
他，陆世仪字道威号刚斋晚号桴亭
明朝灭亡后他隐居讲学取得重大成就
他一生为学不立门户志存经世
博及天文地理、河渠、兵法、井田无所不有
他在理学学术上以经世为其特色
以经世为宗旨进行了长期潜心研究
这既是他对晚明理学空疏学风的批判
也适应了明清之际社会变革的需求

他著有《思辨录》《论学酬答》
还有《性善图说》及诗文杂著等四十余种传流

他学问广博天文地理、礼乐农桑无所不通
河渠贡赋、战阵刑法无所不究
他还曾拜名师学习枪技研习兵法
作《八阵发明》图说彰显功力深厚
他目睹娄江水患后又钻研水利
撰写出《淘河议》《决排脱》用以治水排流
在学术上他宗程朱理学反对王守仁心学
他的学说以“居敬穷理”为主轴
提倡着重内心修养读书要讲求实用
认为除六艺外天文地理兵法等都是安邦定国知识需求

他主张朝廷用人要大破成格不拘资地
倡导鼓励青年要有“体用具备,文武兼资”之优
他的实学思想影响了一代学人
其中对西方科技持开放态度又显启蒙思谋
因此他的学术主张具有近代名家意义
对学人对后世的影响深远长久
他在教子上认为第一在起家第二在择师
“宽收严试,久任超迁”是他主张用人之良谋
他认为悟处皆出于思不思无由得悟
思处皆缘于学不学则无可思谋
一代教育名家一生不应科举隐居著述讲学
在桴亭书院书写了他人生的光辉成就

164. 陆陇其

陆陇其以清代理学家教育家载入史传
矢志一生讲学对教育作出积极贡献
原名龙其因避讳改名陇其字稼书
浙江平湖人被学者称为当湖先生名唤
康熙九年进士曾在地方多地任职
任地方官期间颇有政绩广受称赞
在学术上他专宗朱熹排斥陆王
得清廷誉为“本朝理学儒臣第一”称赞
他与陆世仪当时并称为“二陆”
著有《困勉录》《读书志疑》《渔堂文集》流传
为官时因上疏言民情时弊与权臣冲突
弃官归里乡居讲学于东洞庭山

他后又建尔安书院在此专心讲学著书
广收四方学者群聚门下盛况空前
他是清初尊崇朱熹理学力辟王守仁心学代表人物
享有“醇儒第一”“传道重镇”的盛赞
他一生除居官尽职、开馆授课之外
一以昌明学术、端正人心为重任承担
他认为学术的正误盛衰具有重要社会作用
关系着国家社会兴衰存亡的变迁
他认为明朝的覆灭皆因于阳明心学兴盛

是因为程朱理学的沉沦衰微因缘
他主张重倡儒学思想的道统正脉
强调朱熹之学实是孔子之学不宗朱学即为异端

他认为朱学即为正学为此大力彰扬朱学
在彰扬朱学中又揭斥王学的空疏弊端
他极力主张学术必须致力于实用
认为实用的学术实行则须始于实学为先
他还详辨了汉、宋之儒的学术轻重得失
更使他坚定了推崇朱学的学术理念
章太炎对他有过中肯客观的评价
他的这种学术观点在后世也广为流传
他的著述颇丰后人汇编为《陆子全书》
他的《困勉录》之言至今还可困勉
他一生为官为学留下许多典故趣事
作为一代教育名家清史为其书立了史篇

165. 颜　元

颜元原字易直更字浑然号习斋直隶博野人
他是清初思想家、教育家颜李学派创始人
一生以行医、教学为业并取得重要成就
无论行医还是教学都竭力造福于民
他继承和发扬了孔子的教育思想
以习动、实学、习行、致用立论

他积极主张德、智、体三者并重
主张培养文武兼备、经世致用之人
猛烈抨击宋明理学家穷理居敬、静坐冥想主张
形成了自己的学派及思想理论
他的主要著述为《四存编》《习斋记余》
著述中充分显现了他的思想学术理论

他从八岁发蒙从小所受教育与众不同
后所从师以实为生活准则对他影响很深
二十二岁学医二十三岁学兵法常彻夜不寐
二十四岁开私塾教书此后并开药铺医诊
他的学术思想有一个变化发展过程
开始时深喜陆王后又知程朱理学之本
后来他力主恢复尧舜周孔之道
猛烈抨击程朱理学和陆王学说理论
从原来笃信理学变成批判理学的杰出代表
其学术思想发生了根本性的转变另立学门
从而在学术上形成一个颜李学派
他为此则成为颜李学派的创始人

颜元毕生从事教育活动形成自己教育主张
他主张以六德、六行、六艺和孔子的四教育人
在他开设的课堂上安放着琴、竽、弓管等乐器
每日带领学生从事礼、乐、射、书和数的学问
他不仅教育学生习动而且身体力行

他武艺出众五十七岁仍显示武功的强劲
在主持漳南书院时他亲自规划书院规模
制定了“宁粗而实,勿妄而虚”办学宗旨根本
这比较集中地反映了他的教育主张
为此他也培养了一大批有实学的人
其高足李塨继承和发展了颜元的学说
从而形成当时著名学派颜李学派留在史存

166. 李　塨

李塨继续发展老师的学术思想
他不愧是颜元的高足又学有所长
使他成为颜元学说最得力继承者
最终形成了颜李学派的学术思想主张
他继续传播和发展老师颜元的学说
使他最终成为颜元之学派的中心力量
他在教育方面取得了很大的成就
作为清初哲学家也形成自己的哲学思想
李塨出身于“以敬为枢”的儒学世家
他从四岁起就由其父口授学习文章
父亲口授他《孝经》、古诗、《内则》、《少仪》等
祖父为他制作小弓引导他习射弄枪

李塨八岁入小学开始学幼仪读经书
十九岁参加科考进县学生员第一名榜

后随颜元学习六艺为是遂却八比专正学
颜元的为学思想对他产生深刻影响
他与老师颜元之间友谊甚笃责善规过亦严
在颜元的师教下他学德得以大长
他除受教颜元外还先后从名师学琴、学射、学书
还学习兵法、学乐、数学、学习韬钤等多样
后因力田不足养亲便兼习医、卖药并开馆授徒
二十五岁后他政治及学术思想日趋成熟开始著述宣扬
六十四岁以后大部分时间在乡间从事著述
在政治、哲学、史学和教育等方面都留下著述和思想

仕与学合、文与武合、官与吏合、兵与民合
反对科举制度这是他在政治方面的主张
他主张实行井田或者实行均田、限田
在哲学方面他坚持发展了颜元一元论唯物主义思想
在教育上他严厉批判理学的习静教育和书本教育
主张教育应以培养明德亲民、经邦济世人才为纲
他极力主张教育要仕与学合、学用合一
由此还详细提出了学制和选士制度理想
主张儿童应以八岁至十四岁学习礼、书、数、乐四类课程
在他的著述《小学稽业》一书中阐述了这种主张
他继承发展了“以义为利”为其德育观的理论基础
为此与老师颜元共同形成了颜李学派的学术思想

167. 江　永

他在中华古代教育史上留下大名
他就是清代著名教育家江永
江永字慎修又字慎斋安徽婺源人
他还以皖派经学创始人留下名声
他生于寒儒世家六岁能写下数千言日记
读私塾时遍求当地藏书之家借用
少年时即诵读了十三经的正文和注疏
他学习刻苦学而不厌天资聪慧过目能诵
他二十一岁考取秀才之后便再无心应试
二十七开始以教书为业贡献所能
先后在婺源大畈、江湾、七里亭等地教书
后在安徽歙县紫阳学院开设学馆招收门生

中年的江永曾连遭两次不幸打击
一是其儿因病无钱医治夭折一是其妻忧郁而亡命
悲痛中的他提督学政召其入太学也被坚辞
仍然坚持以教书为业以教书为生
步入中年后的江永开始厚积薄发
进行治学著书立说承载起新的使命
先后完成《礼书纲目》《四书典林》
六十岁之后他的著书立说进入高峰
他将宇宙万物比作一个丸他要“弄丸”

他要研究探索天地间万事万物自然规程
因而他把其书房取名为“弄丸斋”
自号“弄丸主人”专意编辑书籍而“弄”

他绝意仕进终身都未踏入仕途
他在请游京师讲学时深受高位之人敬重
在京师讲学时有许多人推荐他为官
但他不受名利蛊惑力辞而不答应
一年后毅然返乡又多次被荐他都坚辞不就
全身心投入他的学术研究著述之中
晚年他渐渐从礼学转向小学、天文和历算研究
学术思想日臻成熟不断取得成功
他的许多著作都是完成在这一时期
于是在徽州在他周围皖派朴学开始形成
他八十一岁因心力交瘁病逝于家乡江湾村
得到当时诸多大家为他撰传和撰写墓志铭

168. 姚　鼐

姚鼐，他是一位清代著名的教育家
同时他也是清代一位著名的散文家
他与方苞、刘大魁并称为“桐城三祖”
这称谓该蕴含着他多少学问和才华
室名惜抱轩世称他惜抱先生姚惜抱
安徽桐城人故有“桐城三祖”的说法

他中进士后任礼部主事、四库全书纂修官等职
年四十时告别仕途辞官南归回家
先后主讲扬州梅花、江南紫阳、南京钟山等地书院
四十多年的讲学使他成为一名著名教育家
他的著述主要有《惜抱轩全集》等
曾编选《古文辞类纂》讲授辞法

他的家族是显赫的吴兴姚氏后裔
他出生于桐城南门一个官宦书香人家
不过到姚鼐出生时家境已经衰落
有幸他能跟伯父受经学跟刘大魁学文法
姚鼐幼时嗜学伯父经文刘大魁古文
刘大魁对姚鼐特别器重时常夸奖他
可惜他二十岁考中举人后五次礼部会试均名落孙山
直到第六次应礼部试才中进士得以擢拔
编纂完《四库全书》后他乞养归里
从此再没有入仕途正值四十四岁年华
朝中先后以高官厚禄聘请均被辞却
从此他远离仕途将其道济于众的教化

辞官后他先在扬州梅花书院等四家书院讲学
致力教育四十余年可谓桃李满天下
他的弟子遍及南方各省为官为士皆有
培养出一批十分有名的志士贤达
他的学生都是笃守师说遵桐城家法的文人

因而对桐城派的传播作用甚大
桐城派古文之传自方苞以文章称海内
传至姚鼐则由其集大成成为桐城大家
桐城派古文到姚鼐形成完整理论体系
他的另一重大贡献是提出创建性“阴阳刚柔说”法
他用阴阳刚柔这个哲学概念来解释文章风格特点
其中包含了朴素唯物论和辩证法思想光华

169. 张之洞

张之洞历史已经给予他公正评说
他作为一个历史人物有功绩也有罪过
他作为清流派的首领富有才学
他作为山西巡抚曾致力治吏兴国
当时山西吏治腐败人民生活困苦
更为严重的是鸦片流毒严重为恶
他 到山西上任便整顿吏治振作革弊
奖励好的官吏对贪纵害民的县官予以罢劾
严禁鸦片清查仓库肞举人才编练军队
此时的他在山西之为还是有声有色
法国侵略越南边疆告急他上疏建议战守
为此他被任命署理两广总督筹划抗法举措

这时期他在广东开设水陆学堂创设枪弹厂
疏请实施大治水师、购兵舰、设缫丝局等重大举措

还在广州创办广雅书局和广雅书院
开修建芦汉铁路、汉阳铁厂、湖北织布局等建设
还创办了制砖、制革、造纸、印刷等工厂
还有湖北枪炮厂还在湖北兴修水利治河
他在积极兴办洋务企业取得成效的同时
犯下残酷镇压人民群众反洋教斗争和农民起义严重罪过
他逮捕并杀害了自立军首领唐才常等二十余人
他完全站在保护帝国主义立场更是重大罪过
他同维新派之间既有联系又有分歧
对维新变法有支持之对也有反对之错

他从小读书用功才思敏捷受过严格儒家教育
他的《輶轩语》《书目答问》著述也很深刻
此后实际上他成为清流派的首领颇有声望
他与刘坤一上疏的著名《江楚三折》更令人称贺
《江楚三折》是他“中学为体,西学为用”思想具体化
这种思想虽有局限性却有利资本主义发展和新文化传播
他还提出兴办各类学堂大力发展教育事业
奏请废除科举度实行“癸卯学制”国策
在他的奏请下所有乡试、会试及各省岁考一律停止
延续一千三百多年的科举制度彻底被破
废科举兴学校是中华近代教育史上一件大事
张之洞在这方面的提倡和努力值得称贺

170. 容 闳

他十九岁那年开始走向西方世界
从此开阔了他观察社会和世界的视野
他是中华近代出国留学的第一人
中华近代留学生史从他开始书写
一八四七年一月四日他从广州黄埔港上船去美国
从此开始了他走向西方世界的留学
他是中国第一批进入洋学堂学习的学生
因为家里太穷被父母送澳门马礼逊学堂上学
马礼逊学堂是西方传教士在中国开办的第一所洋学堂
因为学费全免贫穷的他才得以到这里上学
他也是马礼逊学堂的第一批学生
他在这里读了六年书完成了小学学业

他,容闳中国近代史上首位留学生
为发展中国教育事业留下历史一页
他是中国留学事业的先驱近代早期改良主义者
他为了中国教育事业发展而努力不懈
他留学归国后先后在广州、上海、香港等地任职
后投入师夷自强的洋务运动行列
出于对太平天国的同情曾建议其组织良好军队
建议太平天国设立武备学校及海军学校兴办武学
同时还建议太平天国颁定教育制度

向清政府提出选派幼童出洋留学
他曾率三十人赴美留学并任学生监督
从此他把“中国幼童留美运动”开揭

他曾向清政府提出购舰以长期对日作战
戊戌变法时期他与维新派联系往来密切
唐才常的自立会在上海改称中国国会他被推举为会长
自立军起义被镇压他遭通缉只好流亡逃却
后来他支持孙中山所进行的革命活动
他的一生都在为祖国的发展和教育事业
他从头到脚每一根神经都是爱国的神经
这是西方报纸对他的评价和概括总结
他是中国第一位勤工俭学的留学生
他在中国留学生中第一位完成留学学业
同时他还是中国第一位公派留学倡导人
至今在美曼哈顿还有以容闳命名的一所小学

第八章　科学家

171.张　衡

张衡,中国历史上著名的文学家
他更是卓越的数学家、天文学家、地理学家
他年轻时家境不好但也受到教育
他兴趣广泛自学了《五经》贯通了六艺精华
他还研究算学、天文、地理和机械制造
勤奋和聪明才智使他成为卓越科学家
他在南阳时期写成《二京赋》《南都赋》
充分显现了他在汉赋创作上的才华
他两任太史令又作《思玄赋》《四愁诗》《归田赋》
这时的他显然已成为一位作赋的大家
他的文学创作反映了他生活中的曲折和坎坷
他优秀的辞赋、诗歌和散文都有独创性的表达

他的一生最卓越的表现在科学上的贡献
他是中华历史上一位卓越的科学家
他任太史令六年做了几件重大科学工作

发明了浑天仪、著《灵宪》《算罔论》闻名天下
他的《灵宪》是一部杰出的天文学著作
从理论高度对当时天文学知识作了精要概括和解答
他认真观察天体及日月星辰行踪规律
对日、月、五星提出了科学的认识看法
关于恒星他也发表了自己的认识和见解
对此他也进行过长期认真研究和观察
同时他在文学上也做出了重要的成就
尤其在科学方面他的贡献是那么重大

他所作的浑天仪是一种演示浑天说的仪器
至今在中华大地还闪动着古老的科学光霞
刻漏是中国古代最重要的守时和计时仪器
刻漏技术上凝聚着张衡科学的笔画
他的《算罔论》虽然算的数值比较粗略
但在科学上却迈出了进步的重要步伐
在修改历法活动中他提出定塑概念是历法史上一大进步
由此看出张衡的科学见解那么高明伟大
在再任太史令七年间他作出一件震烁古今的伟大发明
世界上最早的候风地动仪仪动在古老中华
他还发明多种机巧器械和世界上第一个机械飞行器
他作为中华古代一位科学家是那么的伟大

172.马　钧

他,马钧因为口吃所以不善言说

但他用巧思唱出了一曲精妙的歌
他是中华古代最负盛名的机械发明家之一
他在中华古代科技史上写下自己的杰作
他年幼时家境贫寒故而发愤读书学习
虽然他口吃不擅言谈却勤于思索
后来他在魏国担任官职时就勤于发明
他曾经发明制作了古老的指南车
后又奉诏制作木偶百戏也称水转百戏
接着他又改造了织绫机使工效提高四五倍之多
他还改制了诸葛亮关于木车的制造技术
研制了用于农业灌溉的工具龙骨水车

他是中华古代的机械发明制造大师
特别精于机械的研究发明和制作
他的很多发明创造促进了当时生产力发展
由于长年在乡间特别关心生产工具的改革
他在传动机械方面有很深的造诣
一生中在机械方面具有诸多发明制作
人们对他评价很高称他为“天下之名巧”
所以这位科学家的名声得以广泛传播
新式织绫机的诞生聚积着他的智慧
这是他一生中最早的一项发明制作
他大大加快了中华古代丝织工业的发展速度
并为家庭手工业织布机奠定了基础工作

指南车传说黄帝战蚩尤时就已经使用可惜已失传
马钧经过苦钻苦研反复实践终于又制造出指南车
不管战车如何转动车上木人手指始终指南
这项发明制作受到当时朝野的广泛赞美称贺
发明创造的龙骨水车已使用近两千年
直到二十世纪末还在高放着古老的水歌
“水转百戏”的研制成功是一项卓越创造
虽是一种娱乐道具却是机械发明的重大成果
在兵器制造方面他也有许多发明创造
有关军事机械的发明都称得上是科技杰作
他把自己的一生都献给机械发明制造
在中华古代科技史上谱写了一曲古老长歌

173. 葛　洪

他的一生是那么的勤奋而博学
他对众多的知识门类都有涉猎
他是东晋时期著名的道教大家
他又是著名的炼丹家并精通医药学
他内擅丹道外习医术内外皆优
精研道儒学贯百家满腹经纶科学
他思想渊深著作弘富研读宽阔
尤其对道教理论的发展贡献卓越
他学兼内外于治术、医学、文学等方面亦多成就
晚年炼丹、采药隐居在广东罗浮山野

他二十岁开始撰写卓著《抱朴子》
这部卓著反映了他一生的勤奋和博学

他,葛洪字稚川号抱朴子人称葛仙翁
年轻时家境的变迁使他从此发愤而学
他常以砍柴所得换取纸笔日间劳动夜晚抄读
由于家贫每得一张纸都备加珍惜正反两面反复抄写
为了寻书问义他甚至不远千里崎岖跋涉
为了解决无书可读他常背着书箱四方求借
经过勤学苦练十五六岁时已博览群书
但他自知“才非政事”无意仕途于是立志立学
他曾拜道教名家郑隐为师得传道教秘籍
他曾拜鲍靓为师学习神仙方术炼丹之学
他的卓著《抱朴子》是道教理论经典之作
同时又是一部精深的医学和化学

他隐居罗浮山不只炼丹采药隐逸求仙
而还有一项重要成就往往被人们所忽略
其实他是中华古代一位鼎鼎有名的科学家
完全有理由把他排在中华古代科学家之列
他在医学和制药化学上有许多重要发现和制造
在《抱朴子》中提出了深刻的理论和见解
他的科学工作除化学和医学外还有其他学科
对别的领域他也有很多和很深的涉猎
他研究过天文学支持浑天学派并著《浑天论》

他还探讨过潮汐涨落的问题留下《潮说》撰写
在《抱朴子》中还记载了叫做飞车的飞行器
他的一生最卓越的成就应是科学事业

174. 祖冲之

祖冲之作为中华古代杰出数学家贡献卓著
他作为南北朝时期天文学家有卓越建树
同时他还是一位优秀的机械发明家
他作为集数家于一身的科学家是那么杰出
他自幼受到科学气氛熏陶和良好家庭教育
自幼曾专门从事学术研究后来才步入仕途
任官职期间曾写过《安边论》政论文章
他还精通音律还有小说《述异记》文著
他从很小时候起便对数学和天文学产生浓厚兴趣
他“专功数术，搜炼古今”进行认真研读
他还“亲量圭尺，躬察仪漏，目尽毫厘，心穷筹策”
在公余之暇坚持进行天文观测和数学算术

经过长期深入研究终于取得重大科学成果
在数学、天文学、机械制造、交通工具领域卓有建树
获得许多极有价值的科学研究新成果
攀登上他那个时代的科学技术最高度
他在数学方面突出的贡献是圆周率的计算
是他最先确立了相当精确的圆周率值数

精确到小数七位是当时世界最先进成果
直到一千年后才有中亚数学家又取得新进步
他另一项重要数学成就是关于球的体积公式及其证明
这项成就也是一千年后才被意大利数学家提出
他对天文历法的研究青少年时代就已开始
经过研究他发现《元嘉历》与实际天象不符

经过反复研究观测运算他研制出《大明历》
《大明历》的重要贡献在于岁差和闰周的解注
《大明历》中有很多创造性的贡献
那是当时最优秀的一部历法著述
祖冲之是一位博学多才的科学家
对于各种机械也有研究和科学表述
他曾经设计制造过水碓磨和铜制机用指南车
还有一天能走百里的“千里船”也已造出
还发明造出类似于木牛流马的陆上运输工具
还设计制造了巧妙的欹器和漏壶
他作为世界著名科学家雕像屹立各地
他作为科学之星在月球背面环形山上有他的名字标注

175. 贾思勰

他是一位伟大科学家史载却缺少他生平事迹
后人只能从他的《齐民要术》中对他了解认识
他是中华古代历史上一位杰出的农学家

他出身于一个世代务农的书香门第
他的家境虽然不富裕但却有大量藏书
使他从小就有机会博览群书汲取各方面知识
为他以后撰写《齐民要术》打下良好基础
为他成为一位杰出农学家打下知识功底
成年后他开始走上仕途曾在多地做过官
每到一地他都非常重视农业生产并注意研究学习
中年以后离开仕途回到故乡开始经营农牧业
用长年积累写成农业科学技术巨著《齐民要术》传世

《齐民要术》全书共九十二篇还有自序和杂说各一篇
正文七万多字注释四万多字全书共十一万多字
全书几乎对所有农业生产活动都有比较详细论述
这部巨著在农学方面具有重大意义
该书对北方抗旱保墒进行了深入探讨
从理论上说明了有关措施技术的意义
该书对选用良种重要作用作了详细表述
直到今天还对农业生产具有指导借鉴意义
该书描述了生物遗传和变异的关系问题
初步揭示了生物和环境的相互联系
《齐民要术》是中华古代一部农业百科全书
从而比较系统地建立了农业科学体系

他的科学贡献在于对农学类目作出合理划分
从此为中华建立了较为完整的农学体系

精辟透彻地揭示了北方农业技术关键所在
提出和规范了有关耕作的基本措施
推进了家禽家畜的养殖技术发展进步
对农产品加工也提出了重要的措施
记载了许多精细植物生长发育技术
对农业、科技和经济进行了综合分析
《齐民要术》顺应自然规律又发挥主观能动性
提出了以粮食生产为中心多种经营重要认识
书中也收录了一些荒诞迷信的无稽之谈
但瑕不掩瑜《齐民要术》仍闪耀在世界农学历史

176. 张　遂

张遂，法名一行，生活在唐朝时代
用一生四十五个年华书写了一段科学光彩
他少年时就凸显聪敏博闻强记特长
年轻时博览经史闻名于长安城内外
他成为当时长安城里知名的学者
彰显出年轻有为才华横溢的气派
时值武则天之侄梁王武三思任官尚书
此时正是他得权得势之时就是没有才
无才的武三思却很想与张遂结交
但张遂却不愿与武三思结交往来
他为躲避武三思的纠缠到嵩山出家当了和尚
这事听起来令人不解也感觉奇怪

张遂果真是出家当了和尚取法名一行
从此历史对他的活动都是以一行记载
他不仅道学功底深厚也刻苦钻研天文学和数学
曾到天台山国清寺投师学算庙台
公元七一七年他被唐王朝强征回京
由于他不愿做官唐王朝对他也是无奈
把他安置在长安城内华严寺编译佛经
这对他来说也正好得此机会施展其才
几年后唐玄宗诏令他负责主持制定新历
这项工作更使他得以机会发挥其天文之才
他全力以赴投入到制定新历工作之中
从此书写了他一位科学家的成就和豪迈

在他的带领下历经七年编制出《大衍历》
就在《大衍历》草成之年四十五岁的他却命断泉台
一位杰出科学家英年早逝令人痛惜
不然他又该书写多少科学成果和光彩
他在科学方面的贡献主要在天文仪器制造
还有大地测量和编制《大衍历》三大光彩
天文学的发展离不开天文观测的新成果
他在仪器制造及天文观测方面把成就书写天台
他组织发起了一次大规模的大地测量
提供了相当精确的地球子午线形态
他的正切函数表是世界上最早的正切函数表

在插值法方面的贡献备受中外天算史研究者青睐

177.沈　括

沈括,宋代名家一生为官为学都那么有作为
他的一生受到后人的广泛传颂赞美
他为官一生留下广受好评的斐然政绩
他为学一生留下闪耀的科学光辉
他从小就接受了系统的儒学教育
又随父宦游四方见识了各地物理风俗情味
在各地任职时取得令人称赞的政绩
出使辽邦商谈边界获得成功胜利而归
他积极参加了一系列推行新法的活动
在担任军职与西夏对抗中屡立战功彰显勇威
他费时十二年精心编制成《天下州县图》
作为中华古代一本地理图典是那么的宝贵

公元一〇九〇年他迁润州梦溪园定居
从此闭门谢客潜心著述留下科学金杯
他一生虽大部分时间从事政治活动
但他刻苦治学博闻强记博学而荟萃
于天文、方志、律历、音乐、医药、卜算无所不通
皆有所论著各种论著达四十种十七大类
今存仅《梦溪笔谈》《补笔谈》等五种
著述中充分显现了他的知识才华聪明智慧

其中《梦溪笔谈》是一部不朽的著作
是他一生所见所闻和研究心得以笔记文学体裁的荟萃
《梦溪笔谈》不仅是一部史料价值很高的历史典籍
而且是一部科技史资料汇编闪耀科学光辉

《梦溪笔谈》在中华科学技术史上占有重要位置
被外国科学家称为中国科学史上的里程碑
在天文学方面他对天文仪器的改革取得成就
他的数学成就在数学史上占有重要地位
他被称为中国算学模范人物或理想人物
他另一项数学成就创立的会圆术广受敬佩
他在物理学的光学、磁学、声学研究上有卓越成就
他在地理学领域许多独到见解是那么宝贵
在临床医学、基础医学、药物学方面有不少重要成果
在社会科学和天文科学方面有很多贡献成果累累
他对政治、经济、社会历史还有考古学都有重大贡献
作为自然科学家、社会学家他都占有重要地位

178. 苏　颂

苏颂，一代名家和学究历仕五朝
他在为官期间担任过科技工作领导
他是宋代著名天文学家、天文机械制造家、药物学家
他官至刑部尚书、吏部尚书、晚年拜相为官五朝
在担任地方官时尽其所能为民造福

关心民瘼体恤百姓皇帝百姓皆说其好
在朝廷任职期间他校正编撰古籍广为称颂
由此他广泛接触了有关文献资料
为他成为一个渊博的学者创造了条件
同时也为他成为一位科学家开了先导
他为“李定事件”坚持原则不惜得罪皇帝
为坚持公道他三次拒绝为皇帝草诏

他在朝中任职期间第三件事是参与改革
他在朝中任职所做三件大事令人称道
他在朝中为官不立党援不入派系坚定稳健
表现了一个成熟政治家的气质风貌
公元一〇五七年他第一次领导科技工作
就为纠正药物混乱和错讹而不辞辛劳
他不但指导全局而且亲自动手不惮繁巨不畏劳苦
深入钻研业务对研制工作慎之又慎力求精到
他两次出使辽邦写下《前使辽诗》《后使辽诗》
在所编《鲁信卫录》中保存了大量宋辽间交往史料
他为官一生在科技方面作出重大贡献
一些重大科学成果至今还闪耀着科学光耀

他历尽艰辛研制成功了水运仪象台
不仅在国内是前无古人成就而且在世界也是首先创造
他经过四年的艰苦努力编撰完成了《图经本草》医著
此书在药物学上具有重大价值至今仍然重要

《图经本草》在生物学上也有较大贡献
在矿物学与冶金技术方面也是重要参考
《新仪象法要》所绘机械图纸世界领先
他在星图绘制上的贡献也是那么显要
他在科研中善于集中群众的智慧集体攻关
善于发现人才勇于实践大胆进行创造
他是中华历史上一位杰出的科学家
他在科学上的成就至今闪耀在历史大道

179. 李　诚

他把那么多的精美建筑建在大地九州
他一生建筑了那么多殿堂和宫楼
他,李诚是北宋时期著名建筑家
他在中华古代建筑方面取得重要成就
他把一生辉煌建筑在中华古老大地
把《营造法式》卓著建筑在大地九州
他初为官即练卒除器明赏罚广方略
使当地治安得到根本改善取得成就
此后他长期在将作监任职"匠作监"
这是一个专门负责朝廷建筑的官府机构
他最后升任将作监这一机构最高长官"匠作监"
从此他的大名建筑在一座座殿堂和宫楼

他主持完成了许多宫廷和官府的建筑工程

五王邸、龙德宫、朱雀门、九成殿都是他的成就
棣华宅、太庙、钦慈太后佛寺是他的杰作
辟雍、尚书省、开封府廨等皆出自他手
由于他在建筑上的业绩十分突出因而官阶屡升
取得连续升迁十六级的政绩理由
他在建筑技术和工程管理方面积累了丰富经验
他有关建筑学的知识技术是那么深厚
其考工民事必究利害,坚窳之制、堂构之方与绳墨之运
他都能够做到皆了然于自己的心头
他博学多艺精于书法篆籀草隶等书体
家藏几万卷书墨经他亲笔抄成的就有几千卷籀

他还善于绘画颇得古代名家笔意
所绘《五马图》充分显现画技之优秀
他一生最大的贡献是编写《营造法式》
那是一部建筑学卓著是他重大的成就
这部建筑名著被作为官定建筑规范
小字刻版颁行全国名扬大地九州
《营造法式》是一部具有科学意义的名著
作为一部具有实用价值的建筑专著广泛传流
这一杰作为北宋朝廷正式颁行的建筑规范
对后世元、明、清影响重大而又长久
直到今天仍是研究中华古代建筑的珍贵文献
这就是一代名家李诫留给后世的科学成就

180. 郭守敬

郭守敬,这个名字命名在月球北面一座环形山
郭守敬,这个名字在小行星号上光芒闪闪
他是中华历史上一位有多方面杰出成就的科学家
他是元代杰出的天文学家为天文学作出重大贡献
他同时还是元代一位杰出的数学家
在天文观测和水利工程中他作了多少运算
他还是元代一位杰出的水利工程专家
通惠河至今流淌着他的重大历史贡献
溯滔滔黄河而上还能看到他的历史足迹
为治黄河之水他在探寻黄河的发源
他是科学考察专程探求黄河河源的先驱者
只可惜他的探察结果没有得以记载流传

他从小就勤奋好学并养成很强的动手能力
他的科学天赋在少年时就有突出显现
当他第一次承担开挖河道工程规划设计之时
就依仗家传绝学和认真调查勘测取得圆满
他修复了黄河中上游许多破坏了的渠道
当地人民曾在渠头上为他建立生祠立传
在改革历法中他发挥了惊人的创造力
把中华光耀的天文仪器制造传统推向新阶段
他亲自进行了大量的天文观测

为新历法的制定提供了坚实的观测运算
他是《授时历》的最后整理定稿者
他对《授时历》的成功完成作出重大贡献

他生平的第二项辉煌事业是水利工程
修复西夏水利和开凿通惠河成就卓然
他对开凿河流的地形观测技术是那么的高超
让当代许多地理学家对他的成就都交口称赞
他是一位多才多艺的杰出科学家
在许多领域都有他的创造性贡献
他曾提出以海平面为基础比较大都和汴梁地形高差
这是地理学上的一个重要概念海拔的开端
他创作的大明殿灯漏是第一架独立计时器
在中华钟表发展史上开启了前端
他在景符、仰仪等仪器中反复运用了针孔成像原理
这在中华光学史上也是一项突出的贡献

181. 王　祯

王祯，元代杰出农学家山东东平县人
他一生为中华古代农学发展立下功勋
他生活的时代正是元朝初期至中期
这时正是元朝重视农业生产首诏天下以农桑为本
随着全国农业的恢复和发展迫切需要一部农书
他的《农书》正是在这一历史背景下生而应运

他做过地方官在任期间生活俭朴
曾捐出俸禄用于当地公益事业显现爱心
他捐修学校、道路桥梁教农民种植园艺
施舍医药给有病看不起的穷苦人
由于他为老百姓做了不少好事所以颇有好评
这也充分显现了一位农学家的人品

他自称愚尝客居江淮尝见于江浙农家
又见江南春夏之间用此挟贮泥粪
这均反映了他对当时江南农业生产非常熟悉
更反映了他对广大农民的同情关心
从《农书》的字里行间可以看出他的思想
从《农书》字里行间可以看出他的人品
《农书》继承了中华传统的农本思想
他遵循这种农本思想身体力行不揆愚陋搜集旧闻
《农书》重视和推行新的生产技术和农器
重视对农器和生产技术搜集并表现出了高度热忱
《农书》反对徒具虚文的做法重切实致用
他认为劝农工作必须加实意、行实惠、实事为民

《农书》强烈反对统治者无止境的剥削
反对高利贷残酷地剥削十分同情农民
从《农书》中不仅看出他是一位杰出农学家
也是一位具有正义感又体恤民情的贤臣
《农书》对中华传统农学有重大贡献

对中华传统农学的发展提出了指导方针
《农书》在中华农学遗产中占有重要地位
是中华古代农学体系形成的标志根本
他多才多艺还是一位出色的工艺学家
在机械学等方面也颇有发明造诣很深
他创制木活字和转轮排字盘是对印刷技术一大贡献
他在文学上也有较高素养《农书》还蕴涵诗品

182. 鲁明善

鲁明善,以父字为姓名铁柱字名善祖籍高昌
他生活在元代后期生卒年不详
他是维吾尔族人父亲名伽鲁纳答思
其父是元代著名翻译家、外交家和学者一生辉煌
鲁明善跟父亲长期居住在汉族地区
从小他就深受汉文化的熏陶和影响
他读过曾子、子思的书治过圣贤之学
取鲁明善为姓名足见受儒家文化影响
其所著《农桑衣食撮要》是一部重要农书
从中可以看出他具有很高的汉族文化素养
他受父辈恩荫曾为皇帝主持文史工作
后来他又到过许多地方任职受到普遍赞扬

他一生历任很多官职曾在朝廷也曾在各地
每次任期不长但都政绩显赫声震朝野广受赞扬

当地人们对他深表怀念为其树碑立传
他在民众中一直具有很高的威望
他重视农业生产每到一处都讲学劝农
或修农书亲劝耕稼为发展农业而奔忙
在《农书》成书第二年他编印了《农桑衣食撮要》
其目的就在于庶牧民者知所劝以农桑
重农是中华历朝历代的一贯政策
鲁明善继承了周秦以来的重农思想
《农桑衣食撮要》继承了《齐民要术》传统
也是一部百科性综合性的农业生产生活纲常

《农桑衣食撮要》采用了古已有之的"月令"本
在内容上他在继承的基础上又加以发扬
鲁明善作为一位维吾尔族的农学家造诣很深
在书中还介绍了一些少数民族的生产技术和经验特长
如收羊种防治羊的疥疮、茧蹄等病症
还有种葡萄技术、制造酥油、干酪方法的宣扬
他对浸稻种和插稻秧作了细致总结描写
标志着传统水稻栽培技术已经成熟为纲
《农桑衣食撮要》全书内容精炼集中
充分体现了他农桑衣食之本的重要思想
《农桑衣食撮要》在农学史上享有重要地位
从而留下鲁明善这位维吾尔族农学家的辉煌

183. 徐光启

明朝中叶以后中国资本主义萌牙开始产生
使与生产发展密切相关的科学技术兴行
出现了一批卓有成就的科技人物
其中取得杰出科学成就的徐光启最为著名
徐光启字子先号玄扈南直隶松江府上海县人
出身于商人兼小土地所有者家庭
遭倭燹又发生灾荒使他家生活窘困
为了生活而从事农业、手工业的生产劳动
在这样的家庭环境中他接触到具体生产知识
同时也培养了他以后富国强兵思想及勤劳俭朴作风
他二十岁时考中了秀才在家乡教书
为了生计并经常参加一些农业生产劳动

后来他走入仕途并结识意大利传教士利玛窦
于是他加入天主教开始学习西方科技知识和文明
金兵破抚顺他积极上疏建议加强国防建设
受命管练兵事务却因各方掣肘使练兵无法完成
于是他回到家乡进行编撰《农政全书》
后来他又以原官起任升至宰相直至命终
徐光启一生主要是中年以后担任过不少重要官职
他的政治倾向比较鲜明十分关心国计民生
他从青年时代就以天下为己任为此学习兵书

鉴于历年农业水旱灾害他又对农田水利倾情
在科学上他虽然取得多方面的重大成就
但主要是以农业科学贯穿一切最为闻名

他几乎寄一生精力于农业试验和经验总结
为了强国稳定人民生活他特别重视“荒政”
他的卓著《农政全书》强烈反映了“荒政”思想
这是他的主要代表作是他几十年心血的结晶
《农政全书》是中华古代农学之大成的著作
《农政全书》写作的出发点在于农政
徐光启不愧是中国近代科学的先驱
他的科学技术成就在多方面都有大成
在数学上最大一项贡献是翻译《几何原本》
在天文学方面他作为明代重要代表而闻名
他重视科学实验重视实践热心追求新事物
为此使他荣誉中国近代科学先驱之美名

184. 宋应星

宋应星，他才大学博勤于著述不愧一代名家
他在自然科学和人文科学两大领域涉猎广大
他青年时代就已熟读经史及百家之书
对程朱理学有较深研究又能独立思考而生发
他推重张载的关学从中接受唯物主义自然观
同时他对自然科学及技术兴趣很大

他熟读过李时珍的《本草纲目》等医书
同时他还很喜欢音乐和美术绘画
他对政治特别关心怀有济国济民思想
时常与同学好友敞怀纵谈天下
在为地方官吏时取得优良教育成绩
使当地士风丕振被民众传为佳话

他生活在明末清初官场黑暗使他与仕途决裂
在清代一直过着隐居生活晚年贫困悲愤有加
宋应星生前教导子孙一不要科举二不要做官
他的子孙皆能奉此遗训安心耕读在家
这样的遗训反映他对科举及官场多么的怨愤
又令多少人深有同感从而悲愤生发
他转向实学后着重研究农业和手工业生产技术
为此作了多年考察和广泛的社会调查
这一切都为他日后撰写《天工开物》等作了准备
他虽历尽艰辛却未得一进士而得科技知识思想更为激化
从而使他成为对旧学术持批判态度的启蒙思潮代表
才大学博又勤于著述使他成为一位百科全书式科学家

一类属于自然科学和技术科学的有《天工开物》等
二类有《野议》等反映人文科学的思想光华
三类是介于前两者之间的《原耗》《卮言十种》等
四类有《思怜诗》《美利笺》属于文学创作之佳
《天工开物》是宋应星的主要代表作

在世界科技史上具有重要地位影响广大
其内容几乎包括了社会全部生产领域
体例上首开先例展示了他具有普遍意义的科学思想光华
他的政论集《野议》集中反映了他的政治及经济思想
体现了他关心国家民族命运的爱国思想是那么伟大
《论气》专论自然哲学反映了他唯物主义自然观
《思怜诗》思怜得让多少人不由潸然泪下

185.明安图

他明安图是一匹骏马在科学领域飞驰奔波
他是一首歌一首雄壮的科学之歌
他是清代蒙古族杰出的数学家、天文学家
他是一位难得的博学多才的蒙古族学者
他因刻苦学习被选入钦天监学习天文、历象和数学
因才华出众成为得宠的官学生在皇宫听课
听西方传教士讲授测量、天文、数学
他初入仕途任职在钦天监时宪科
后来他得以升任为钦天监监正之职
从此开始他执掌钦天监的主要工作
通过长期科学实践成为杰出科学家
在天文、数学和地理测绘领域取得重大成果

他两次参加对新疆西北地区地理测量
获得大量科学资料和绘制图志重大成果

在天文学方面他也取得卓著的成绩
对天文、历法、气象进行了大量研究和观测
他每年将汉文本的《时宪书》译成蒙文供蒙古使用
所编《历象考成后编》反映了中西天文历象科学新成果
同时成为清代编制历法的重要依据
他还参加了《仪象考成》一书的推算工作
他成功解析了九个求圆周率的公式
以中国传统数学与西方数学相结合取得成果
他所著《割圆密率捷法》在中国数学史上占重要地位
为此在清代数学界被誉为“明氏新法”则

他在研究工作中思路清晰方法严谨
在中国古代数学史上是一位罕见的工作者
在钦天监学习期间他能够勤学苦练
从而使他取得优异的天文学成果
他以强烈的求知欲望和坚忍不拔的毅力刻苦学习
并坚持把书本知识与对天象的实际观测相结合
他在钦天监任职长达五十一年之久
兢兢业业勤于本职始终热心于本职工作
勤奋学习研究使他科学技术水平与日俱增
在天文历法实践和理论研究上都有重大突破
他精心编制历法、绘制地图、创割圆术
作为一位蒙古族科学家一生大放异彩光泽

186. 王锡阐

他是一位科学家也是一位忠义豪杰
他的忠义之举竟然是那么的壮烈
王锡阐十七岁那年时值清军南下
苟延一隅的南明弘光政权覆灭
与此同时江南各地纷纷起来抗清
他以投河自尽表示对明朝的忠节
遇救之后他又坚持绝食以示抗清
后来因父母强迫不得而已复食不再自绝
但他从此放弃科举隐居乡间
只能怀着悲愤的心情以教书为业
一六五〇年吴江一带文人成立了惊隐诗社
诗社有众多名流王锡阐也加入成员之列

不久清政府兴文字狱诗社两位重要成员被处死
两人的妻子也在流徙途中自尽诀别
这件事对王锡阐影响至深作挽诗哀思
此事更促使他怀着悲愤投身为学
他对天文历算的嗜好始于青少年时代
对原理深奥的中西历法无师自通其学
他与人相见终日缄默然与论古今纵横不穷
家贫不能多得书得读间有会意大喜雀跃
每言坐卧尝若有一浑天在前日月五星横其上

从中看出他对天文学的关注是多么深切
由于他的遗稿人多不能识所以颇多散失
但从其遗稿中足以看出他的科学思想光烨

他对中西历法进行了认真深入的研究
在他的天文学著作中表明了他的科学见解
他认为大统历年久未修积弊甚多需要改革
许多批评显示了他的功力有些也很正确
他兼采中西去其疵类参以己意著历法六篇
这就是他最重要代表作《晓庵新法》《圆解》
《五星行度解》是他讨论行星运动理论著作
由此他导出了一组计算五星视行度的公式分解
他一向重视以天文观测验证步历理论
他述说自己毕生的观测心得见解卓越
他的研究成果在明清天文学史中占有一席重要位置
他与众不同的方式也引起现代研究者广泛关切

187. 梅文鼎

梅文鼎,他一生始终没有走入仕途
他的一生都在致力于科学研究和著述
他是被誉为清初第一名家的民间天文、数学家
他的一生在天文、数学研究上成效突出
他毕生致力于发扬传统科学的精华
并会通西学其思想影响整个清代学术

他的先祖可追溯到北宋名儒梅尧臣
先祖大多为明朝官吏其父明朝亡后隐居耕读
少年时代的他就获知很多天文知识
十九岁时撰成《历学骈枝》第一部科学著述
他曾数度赴金陵乡试却屡试不第
也许正是因为这种原因使他没有走上仕途

后来开始系统地研究传入的西方天文、数学知识
再后来他又曾到北京一边教书一边著述
他曾经在康熙南巡御舟中连续三日谈天文、数学
深得康熙赞赏得以“绩学参微”御书
表彰他在科学研究工作中的成就
但令人不解的是他还是没有走上仕途
四方慕其名者很多亲赴他家向其问学
为此他的晚年主要在家著书授徒
他的天文和数学研究具有强烈启蒙色彩
在中国科学史上他是一个承前启后的人物
他平生著述务在显明不辞劳拙以平易之理解极难之法
留下《梅氏历算全书》《梅氏丛书辑要》丛书

他对中国古代天文学研究作出重要贡献
在对中国数学研究方面贡献也很突出
他对清代学术界产生了很大的影响
他又是位个人经历和心理状态比较复杂的历史人物
他生于明代官宦家庭又受教于明朝遗老

后来却蒙受清朝皇帝恩宠并荣亲笔御书
他潜心钻研西学却又有奉耶稣弃儒先之虞
这种矛盾心境促成他积极鼓吹“西学中源”之路
在天文学、数学领域“西学中源”曾广为流传
于是造成了与他卓越学识不和谐的错误
他在清代学术演变中扮演了一个十分关键角色
在中西文化由尖锐对立到开始交融中他作用特殊

188.戴　煦

他的行为曾被人们广泛赞誉有骨气
他是晚清时期一位杰出的名士
《重差图说》一书在他眼里很重要
但在他眼里更重要的是民族骨气
他,戴煦字鄂士号鹤墅又号仲乙钱塘人
晚清时期数学家一代杰出名士
他在青年时期就写成了《重差图说》一书
文字深入浅出内容通俗易懂说得有理
他在研究国外传入新运算法对数中取得成果
发明了重要的“图表法”这一简易术理
这一方法不仅使运算的数据正确
而且也要比一般的算法更为方便简易

其后他又在研究无穷级数时有了新发现
发现了“开方求对数”的简便方法道理

并在此基础上补充了“定理级对数”
另外还有“自然对数级数术”定理
这比当时世界上先进算法要简单实用
这些都是他在数学研究中的重要业绩
他的一生论著颇多都是重要数学论著
充分显示了他在数学领域领先优异
当时有英国专家曾专程来拜访求见他
因为鸦片战争之恨他对其拒见不理
一个数学家不仅会计算《对数简法》
他更会计算民族之恨和民族的骨气

他与项名达同时研究数学上的难点
三角函数的幂级数展开式和椭圆求周等问题
他们的研究最终取得重要的成果
使他成为一名数学家屹立中国数学史
他的代表作有《对数减法》等四种九卷
最后合成《求表捷术》留传后世
他得出指数为任意实数的二项展开式成果
得出对数展开式及三角函数对数展开式
他一生为中国数学研究作出积极贡献
是他与项名达共同发现了指数为有理数的二项式定理
他还为项名达完成了遗著的续成
作为一位数学家把一生献给了数学领域

189. 李善兰

他从中国微积分学中书写出壮阔豪迈
他从中国近代科学之路率先迈向未来
他，李善兰是中国微积分学的先驱
他，李善兰是中国近代科学的先行一代
他是中国晚清时期的著名科学家
他用精密的计算书写下他人生光彩
他自幼就读于私塾开始习读经书
他资禀颖异勤奋好学天生文脉
他九岁那年从父亲书架突然发现了《九章算术》
打开一看令他感到新奇有趣眼睛大开
他从来没见过数学书一见便爱不释手
从此他便迷上数学对其是那么钟爱

十四岁时他靠自学读懂了欧几里得《几何原本》
这使他的数学造诣日趋精深日益加快
得读《测圆海镜》《勾股割圆记》使他如虎添翼
使他的数学知识水平登上新的高台
众流汇一壑雅志说算术心志穷专一
从此他钻入数学之城再也没有出塞
鸦片战争爆发帝国主义的鸦片和大炮打开中国大门
朝廷养兵本卫民临敌不战为何哉
他痛斥那些贪生怕死卖国求荣的民族败类

他对人民英勇抗击英军表示欢欣鼓舞拍手称快
鸦片战争激发了他忧国忧民和科学救国思想
为了国家强盛他希望人人习算制器日精以威海外

从此他便身体力行在家乡刻苦从事数学研究
他步算中西独辟蹊径通过刻苦钻研取得尖锥术大凯
这在数学上是一项非常重大的成就
他在中国传统数学基础上书写出新的光彩
他朝译几何暮译重学翻译出版大量数学和力学著作
他仔细思考反复斟酌创译一大批科学用词形态
他积极参与洋务新政中的学术活动
试图以此实施他科学救国的理想心怀
他合中西之各术绍古圣之心传发扬中国数学传统
将之纳入当时世界通行的近代数学体系新时代
他学问量天测地赅诗文余事亦恢恢
他仰承汉唐荟萃中外业余用诗文抒发爱国爱民情怀

190. 华衡芳

他作为机械工程专家占有重要地位
他作为一位数学家深受人们敬佩
他,华衡芳机械工程专家和数学家
在中国科学史上留下一缕闪耀光辉
他少年时酷爱数学遍览当时各种数学书籍
青年时游学上海与著名数学家李善兰相会

他们认识交往后李善兰给他以指导
向他推荐西方数学和微积分使其心遂
他是中国早期掌握和传播近代科技的代表人物之一
他与徐寿等人在机械制造方面都有作为
试制成中国第一艘实用的以蒸汽机为动力的轮船
从此使轮船在中国江河驰骋东西南北

他们还主持制成了硝酸和氢气球
这在当时是一项重大的科学研究作为
在数学研究领域也取得重要科研成就
在开方术、积较术、数根术方面成果累累
他还翻译了多种近代以来的科技书籍
较早地将近代矿物学、生物进化论介绍国内
为中国科技近代化作出积极贡献
从而使他占有机械工程专家、数学家重要地位
他协助清王朝筹办了安庆军械所
创办江南制造总局有他的才能和智慧
此后他把自己的主要精力倾注于译书
同时把数学等方面的研究大力前推

格致书院成立后他前往执教十余年
天津武备学堂创建他又前往执教武备
他还到武昌两湖书院、自强学堂讲授数学
后又回到家乡在无锡学堂任教发挥
他毕生致力于研究、著述、译书、授徒

在各个方面他都是成就卓然硕果累累
他工作勤奋敝衣粗食淡泊名利不涉仕途
具有一位优秀科学家的才能和品质之美
他与外国学者合译出版了十二种近代科技著作
他在数学方面留下的著述颇丰成果累累
他把自己的一生都献给了科技事业
为此他在中国科技史上获得应有的地位

191. 郑复光

郑复光,他精通数学、物理与机械制造
他把自己的一生凝聚在光学的光照
他是中华清代一位著名科学家
他集当时中西光学知识大成使其更加闪耀
他的《镜镜诊痴》是一部光学知识卓著
他在卓著中开启了中华光学的大道
他制造了中国最早的一台望远镜
作为一位科学家留下了发明和创造
他少年时代爱好就很广泛博览群书
尤其倾心探索自然物理和机械制造的奥妙
考取监生后对读书入仕渐渐显得淡漠
开始热衷漫游收搜物理研究素材资料

他把日常观察和闻听的各种自然异象进行排比
用热学和光学原理加以阐释其中之奥

在此基础上撰写了《费隐与知录》一书
使他的探索愈来愈深刻愈来愈精到
晚年他对国外蒸汽机动力理论发生兴趣
曾致力于战船的设计和模型制造
他善于融会贯通中西算术、常论天算
他最大的科学成就闪耀在光学光照
他提出了“罗针偏东由于地脉”的地脉说
这种解释地磁偏角现象思想非常重要
他明确赋予地脉以确切力学作用
指出地脉能够对磁针施予力的作用之导

他将地脉抽象为无数曲线组成的曲线族
他的这种地脉说思想更为独特更为精到
他的地脉说是中华古代地磁场论的最高成就
他比国外同等学说更为透彻简要
他的光学学说有许多与现在光学大异其趣之处
最显著是他独创“顺三限”“侧三限”的理论高超
他不只在学理上推论自己的光学理论
还依靠自己的实验验证所建构的光学理论之要
他在光学理论中的许多独创性深得人们敬佩
《镜镜诊痴》在中国光学上确实有其独到
作为一位科学家对科学的痴心使他获得成就
在中华古代科学大道上留下他闪闪的光学之照

192. 徐　寿

他是晚清时期大名鼎鼎的科学家徐寿
他的一生在科学的诸多方面取得成就
他青少年时期学过经史研究过诸子百家
然而在参加秀才资格考试中却难以成就
于是毅然放弃科举求仕做官的打算
步入天文、历法、算学之中寻求
他出生在无锡郊外一个没落的地主家庭
五岁时父亲病故为此给他带来生活忧愁
他靠母亲养大于十七岁时母亲又去世
使他原本贫苦忧愁的生活更加忧愁
但清贫的生活使他养成吃苦耐劳品质
他赋性狷朴耐勤苦心怀志向孜孜以求

那时中国还没有进行科学教育的学校
也无专门从事科学研究的机构
他学习近代科学知识唯一方法是自学
自学艰难但他有坚强毅力有真挚的追求
他以坚忍不拔的毅力坚持着刻苦自学
终于使他学有所成遂愿取得重大科学成就
使他跻身晚清时期科学家的行列
为他的人生之路书写了科学的光辉锦绣
他先后译著化学和工艺书籍达十三部

系统介绍了西方在化学上的最新的成就
他译著的这些欧洲工业技术书籍被公认最好
使西方近代化学在中国得以广泛学习传流

他克服困难采取巧妙造新字之法命名
他的这种命名方法后来被化学界所接受
这是徐寿在系统介绍近代化学知识上的重要贡献
他作为中国近代化学的启蒙者而历史名留
为传播科学技术知识他与人共同创办格致书院
充分显现了一位科学家的长远筹谋
这是中国第一所教授科学技术知识的场所
为中国兴办科技教育起到良好示范带了好头
他设计制造了中国第一艘机动轮船
中国近代的造船工业正是从这里启航行走
他一生不图科举功名不求显官厚禄
勤勤恳恳为中国科技事业书写了一页锦绣

193. 王贞仪

王贞仪,一代数学名家为数学而孜孜不倦
她作为清代一位数学家作出重要贡献
在中国古代女科学家可谓少之又少
她作为一位女数学家让人深感稀罕
她作为一位女数学家让人深为佩服
她作为一位女数学家令人赞叹

她十六七岁时随父宦历楚粤出塞省视
曾从蒙古人学骑射她还通星象精历算
她博学多才多艺工诗文通医理
她的诗作质朴无华富有真挚情感
她于书无所不窥工诗古人辞尤精天算贯通中西
她兼资文武六艺旁通博而精湛

她的知识才华得到当时人们广为赞美
诸多名家也为她的知识才华深为称赞
她短暂的一生却取得重要科学成就
留下的诸多数学专著是她的重要贡献
少年时代的她就表现出百折不挠坚强性格
随父宦游使她见多识广增长了许多才干
她一直孜孜不倦地刻苦学习钻研数学
使她成为梅文鼎数学派的骨干成员
她在数学研究中注意吸收中西算法之长
不受旧方法约束改进概括化繁为简
她对探索宇宙星辰奥秘有着相当浓厚兴趣
不仅阅读大量中外天文著作而且坚持长期夜观

她是一位从事天文和筹算研究的数学家
其知识才干在她遗著中得以充分展现
她以极大热情积极探索广阔无垠的宇宙
在研究天文学方面取得可贵成就作出贡献
她还精通地理、医学和诗文绘画

另外她也懂气象“言晴雨丰歉辄验”
她的文章“皆质实说理,为不藻采”
她酷爱科学经常废寝忘食搞试验
她更要同封建迷信和封建伦理作斗争
在这场斗争中她表现得是那么坚定那么勇敢
她是中华科学发展史上女科学家的代表人物
可惜她短暂一生只有二十九年令人感叹

第九章　工技家

194.鲁　班

他是中华古代一位工技巨匠工技大家
他是中华古代一位杰出的发明家
他,鲁班姓公输名般鲁国人
因般与班同音又是鲁国人故形成鲁班叫法
他生活在春秋末期战国初期
出身于一个几代为工匠的世家
他从小就跟家里人参加许多土木建筑工程劳动
逐渐掌握了土木工艺劳动的技能和技法
从而积累了丰富的工技技术和经验
最终使他成为一位杰出的发明家
两千多年来他的名字和故事一直在广大群众中流传
在许多地方的长期流传中还把他神化

他是中华古代一位杰出的土木工匠
他在中华古代民间的影响特别广大
两千多年来历代土木工匠都拜他为祖师

有许多地方还建有祠庙供奉着他
他在机械、土木、手工工艺等方面都有所发明
锯、钻、刨子、铲子都出自他的手下
还有画线用的墨斗也出自他手
而每一件工具的发明都是他在生产实践中得到启发
在生产实践中经过反复研究试验制出
为此他在民间和广大人民群众中影响特别大
也许是他的发明与人民群众生产生活关系密切
从而在民间流传许多关于他的故事和神话

他曾从鲁国到楚国帮助制造兵器
曾创制云梯准备攻宋国被墨子制止作罢
墨子主张制造实用的生产工具反对制造战争武器
鲁班接受了墨子的思想并受到教育启发
关于鲁班与墨子的故事在民间流传很广
从此历史上留下他们二人的一段佳话
他一生十分注意对客观事物观察研究
致力于发明创造为此而成为杰出工技大家
他一生注重实践善于动脑心灵手巧
在建筑、机械、兵器、生产生活等方面发明贡献巨大
他的名字已成为古代劳动人民勤劳智慧的象征
他作为木工匠的开山鼻祖一直屹立大地中华

195. 李　冰

他手握一杆长锸制服了滔滔江河

他用聪明智慧谱写了一曲雄壮的历史大歌
在巴蜀大地众多江河中有一条古老的大江
那就是发源于松潘高原岷山南的岷江江河
这条古老的江河穿过千山万岭千回百转一路前奔
从灌县城西进入成都平原后江面骤然开阔
河床坡度锐减流速渐缓大量卵石泥沙逐年沉积淤塞河床
每逢汛期山洪爆发咆哮奔腾把田舍席卷冲破
生息于两岸的人民深受其害不知有多少年代
可惜的是远古时代的治水英雄大禹没有来过
公元前二七七年他来了受命于秦昭王治水重任
从此任蜀郡太守的李冰屹立巴蜀大地岷江江河

李冰,一个古老的名字杰出的治水专家
在滔滔岷江之上谱写下历史的波澜壮阔
他不辞辛劳迈开步伐去察看岷江地势
从而掌握了岷江出高山峡谷后因何为恶
他走访听取了岷江两岸人民与洪水斗争的经验
用他的聪明智慧整合成一个伟大的治水举措
从此他带领岷江两岸人民开始铸筑古老历史辉煌
用他责任之心勤劳之手智慧之脑创造一个伟大成果
铸筑了一座闻名于世界的古老历史金盾
开创出一道流传千古的古老历史磅礴
从此都江堰古老的堰辉煌的堰屹立天府
从此都江堰雄壮的堰福荫的堰光辉永射

他在任蜀守期间作出许多重要贡献
创造了凿井汲卤煮盐法煮出更大成果
还开通渠道使岷山梓柏大竹颓随水流
修建了诸多的桥更留下千古赞颂传说
他导洛通山使洛水或出瀑布或穿溪于江南
又通笮汶井江经临邛与蒙溪分水白木江河
这些水利工程虽史籍无专门记载古老难考
但在巴蜀大地一直留有古老不息的传说
沧桑有变古堰永存水旱无常长流不息
都江堰一道举世闻名的堰永远放歌
他在巴蜀大地作出了不可磨灭的贡献
滔滔奔流不息的岷江将永远歌颂他的功德

196. 赵　过

他一生的功绩主要是发展了农业
他的一生为历史留下光辉一页
他是西汉时期著名的农业技术改革家
他是中华历史上一位古老的人杰
他，赵过其籍贯和生平已无资料可考
但历史记载他曾担任搜粟都尉主管农业
他在关中地区推行了代田法耕作新技术
使当时关中地区的农业生产得以发展飞跃
他发明了耦犁和三角楼两种先进工具
这两种生产工具是那么的先进那么的科学

从而使他成为中华古代工技大家
为发展西汉时期农业生产贡献卓越

西汉时期关中地区社会稳定人口增加生产发展
但耕作技术成为农业生产发展的一种制约
于是赵过在总结实践经验基础上创立代田法
这种耕作方法是把土地整理成甽垄形阶
每年相间甽垄轮换种植使土地得以局部休耕
既可充分利用土地又可使地力恢复相得相协
这种耕作法使粮食产量有了大幅度增加
大大促进了农业生产充分显示了其耕作法的优越
他发明的耦犁由犁柄、犁辕、犁床、犁件等件构成
每一部件的构成都是件件相扣环环相接
环环件件都显示出他的聪明和技巧
作为古老的一种农业生产工具可谓完美无缺

赵过还发明了一种播种机具三角耧
这种耧能同时播种三行令人称绝
比原来一角耧的播种效率大大提高
因此作为一种农业生产工具又是一次飞跃
这种凝聚赵过聪明智慧的三角耧一直使用
沿用两千多年一直到现代还没完全告别
汉武帝很重视赵过的发明下诏大力推广
从而大大促进了发展西汉时期的农业
赵过在关中改进耕作方法改革耕种机具收效巨大

在古代的中华大地播种下历史的光烨
使古老深厚的黄土地更加生机盎然更加富饶
历史一直没有忘记对这位工技巨匠表示感谢

197. 蔡　伦

蔡伦，后世广传是他发明了造纸术
许多民间传说和历史也是这样传述
据考古发现西汉时期已经有纸
据此可见蔡伦只是完善了造纸技术
如果考证属实他也是一位工技大家
他的发明成就也是那么优秀突出
蔡伦字敬仲桂阳人生活在东汉时期
永平末年开始在宫廷做事出入宫府
到建初年间他任小黄门仍在宫廷
至和帝时任中常侍参与宫廷谋议事务
后来他任主管制造御用器物的尚方令
也许正是这一职务使他得以有机会改进造纸术

他有才学敢于谏诤又勤于思考
每当假日他往往是闭门不接宾客或外出
在任尚方令期间曾监制秘剑及各种器械
都做得精工坚密为后世效法其技术
他认真总结西汉以来的造纸经验
经过反复思考研究钻研出造纸新工艺技术

他用树肤、麻头及敝布、鱼网为原料制造了纸
从而提高了纸的质量改进了造纸原料和技术
后来将此事奏报朝廷使他得到皇帝的称赞
自此从发明到推广应用有了更大的进步
当时他造的纸名声很响被誉称为蔡侯纸
从此可以看出他对造纸的贡献肯定突出

自古以来一直传说蔡伦是造纸术的发明人
在考古发现前传说和历史记载都是这样记述
这也许是因为他对造纸术的发明贡献巨大
也许是后世对纸何时造出不那么清楚
总之蔡伦作为一个工技家当之无愧
他在其他方面的发明制造也很突出
这反映了后世对他的尊崇和敬仰
而不应该把这作为一个历史的失误
他后来因长期宿卫宫廷有功封为龙亭侯
后又为长乐太仆掌管长乐宫府
只可惜受窦后旨意陷害人犯下罪过
最终导致他饮药而死把自己一生结束

198. 李　春

人们可能熟悉又不熟悉李春这个名字
熟悉是因为有太多的人叫李春这个名字
不熟悉是因为所说这个李春是隋代人

因为时代久远史书缺乏记载使人们不熟悉
他是中华隋代一位著名的桥梁工匠
他建造的举世闻名的赵州桥闻名于世
说起赵州桥人们就知道了那个隋代的李春
他作为建造赵州桥工技巨匠名垂青史
他开创了中华古代桥梁建造的崭新局面
为中华古代桥梁技术发展建筑了重大伟绩
后人是从唐代张嘉贞为赵州桥所写铭文中发现李春
铭文中有关于赵州桥的建造是隋匠李春之记

赵州桥是安济桥的俗称位于河北赵县城南五里河上
横跨河的南北两岸铭记着古老沧桑的历史
赵州桥是中华现存最早的大型石拱桥
因此使它在中华古老大地特别有名气
赵州桥是世界上现存最古老的石拱桥
因此使中国造桥光辉历史为全世界熟知
赵州桥的闻名不仅仅是因为其古老
还因为它跨度最长敞肩圆孤拱桥高超技艺
赵州桥全长五十点八三米宽九米在古代为大桥
著名的是桥的主孔净跨度为三十七点〇二米
全桥全部用石块建成共用石一千多块
每个石块重达一吨多整座桥雄伟壮丽

赵州桥首创敞肩拱结构形式建造
精美的建筑工艺和施工技巧均是世界之奇

建造赵州桥的杰出成就在中华桥梁史上令人瞩目
充分代表了中华古代在桥梁建造方面的高超才智
李春作为工技家受命负责桥的设计和施工
他借鉴前人经验结合实际提出独具匠心的设计
按照设计方案精心细致施工出色完成建桥任务
在设计和施工中创下许多技术成就奇迹
把中华古代建筑技术提高到一个全新水平
圆弧拱形式、敞肩、单孔、砌置方法都令人称奇
李春作为一代工技大家不应被历史遗忘
他将与赵州桥一起永远屹立中华古老大地

199. 宇文恺

隋唐时期的长安及东都洛阳蜚声中外
当时这两座都城都是那么的雄伟气派
这两座著名的都城实际上都是隋代建造
创建这两座历史名城的第一功臣是宇文恺
宇文恺字安乐鲜卑人出生在北朝后期一个显赫豪门
他两岁就被赠爵双泉县伯六岁袭爵安平郡公台
身在将门的宇文恺却不好弓马而喜好读书
他少有器局家世武将诸兄并以弓马自达独恺好学文采
年轻的他走上仕途即在建筑和工程管理方面崭露锋芒
显露出他作为一代工技大家巨匠的气概
不久他为隋文帝负责宗庙的兴修事务
这是他作为工技巨匠第一个作品所在

随后他投入了隋代都城大兴城的营建工程
他以有巧思任副监开始书写历史豪迈
隋文帝在北周时曾被封为大兴公故新都命名大兴城
大兴城是按周密规划兴建的一座崭新的城塞
中华古代都市的规划之大在世界上无与伦比
而大兴城更是位列榜首堪称世界第一城的雄伟气派
全城由宫城、皇城和新城组成规划宏大
面积达八十四点一平方公里为当时世界第一城塞
从开建到竣工正式迁入使用前后仅九个月时间
其建设速度之快实在令人赞叹惊骇
整个工程规划、设计、人力、物力组织管理精细严谨
标志着当时中国经济和科技水平是多么豪迈

营建东都是宇文恺在城市建设方面另一重大成就
他作为工技巨匠又书写了辉煌的历史光彩
随后宇文恺又受命负责开凿广通渠工程
成就大兴城至潼关三百里水利工程一直福荫着后代
隋文帝皇后独孤氏卒宇文恺受命营造皇陵
从而在中华古老大地上创建了一个有名的陵台
在隋炀帝北巡期间宇文恺又奉命修筑长城
率丁百万把一道历史辉煌修筑在北疆边塞
这期间他还创制了三项活动性建筑物
大帐、观风行殿、行城每一项都显示他的智才
反映了他在机械制造方面也有很深的造诣

这在他《东都图记》等建筑学著述中显现出来

200. 毕 昇

他用手中的胶泥雕刻了一座历史丰碑
他用小小的泥活字印刷了历史的光辉
他，毕昇一介布衣却创造一个伟大发明
创造了一个影响世界的历史之最
活字印刷术的发明是印刷史上一项伟大技术革命
让整个世界的印刷术得以大力前推
只可惜历史对于毕昇的生平事迹没有记载
只是从沈括《梦溪笔谈》中得见却是甚微
历史上凡是讲到毕昇的都是重复沈括所记
而沈括却没有交代清楚许多事都是后人揣推
不过《梦溪笔谈》对毕昇胶泥刻字叙述详细
沈括的记载作为历史记载是那么宝贵

毕昇是生活在北宋时期的一个平民
他发明的活字印刷足显了他的聪明智慧
为此他应列在中华历史上工技家行列
他作为一代工技巨匠应是当之无愧
他用胶泥刻字一个字一个印用火烧硬
预先放一块铁板上面放上松香、蜡和纸灰
铁板四周围着一个铁框内摆满字印一框为一板
拿到火上加热药就熔化用一平板把字压平往复来回

他的方法虽然原始简单但与现代铅字排印原理相同
在当时这种印刷技术该是多么的先进宝贵
他作为一个平民居然能发明这样的科学技术
从而使他高高屹立在中华古代工技家的地位

毕昇的胶泥活字是经过苦心设计而成
因为这牵扯到刻字、排版、印刷工序轮回
每一道工序都会有技术操作的实际问题
因此这需要精心地思考设计和聪明智慧
元代王祯沿用毕昇的泥活字制成木活字
元明两代又有人利用金属材料铸成活字更为优美
毕昇的泥活字传到朝鲜称为陶活字
朝鲜人利用毕昇活字印刷原理又往前推
活字印刷术后来由朝鲜传到日本
越南不久也把印刷术迅速推广国内
毕昇发明的这项技术不仅直接传到亚洲各国
并且影向了整个世界印出了人类文化的灿烂光辉

201. 怀　丙

不知为什么历史对他记载那么少
在漫漫五千年历史上很难把他找到
他也许是因为没有光辉的业绩
他也许是因为是一个普通的人太渺小
不过他作为一个平常人也留下传说故事

他作为中华历史上一位工技家也留下一缕光照
沿着这缕光照也能够找到他的贡献
寻找到他那精湛的工技也令人自豪
他,怀丙北宋时期真定一位僧人
在建筑工程技术上他造诣精深技术精巧
关于他的生卒年不详《宋史·方伎》却是有传
作为中华历史上一位工技家还是留下他的风貌

当时真定凌霄木塔因久而失修倾斜
而使其中级大柱朽坏欲向西北倾倒
面对这种情况许多工匠却无力修复
有幸的是这时怀丙得以机会来到
他“度短长别作柱命众工维而上
已而却众工以一介自从闭户良久易柱下不闻斧凿声敲”
这段记述没有描写怀丙换柱的具体方法
在换柱的整个过程中技术也难以让人看到
但可以看出怀丙观察力敏锐技术精湛
他先度量尺寸以一根新柱换下已坏旧柱手法精巧
众多工匠无力修复的木塔他手到告成
表现出他严谨的科学态度及施工技术的高超

还有安济桥由于很多盗凿铁损坏了桥上许多铁榫
从而使安济桥计千夫不能正桥遂攲倒
又是怀丙这位僧人工匠用精好技术
采用铁嵌合石块迅速修复了安济桥

另外河中府有座浮桥原用八尊巨大铁牛牵引固定
后因水暴涨绝梁使数万斤铁牛没于河不能捞
又是怀丙以二大舟实土夹牛围之
徐去浮土舟浮铁牛出其方法是那么精妙
怀丙妙就妙在他巧妙利用浮力原理
靠两只大船去土以后上浮力把铁牛打捞
只从这几件事就充分显现怀丙的聪明智慧
充分展现出他作为一位工技家技艺的高超

202. 燕　肃

他一生在仕途上取得很大成就
从而使他在中华历史上得以记载传流
他,燕肃字穆之北宋时期的大臣
他为官一生表现得是那么优秀
他在多地做过地方官为官勤勉廉明
王安石称他是“仁人志士”欧阳修赞他“为人宽厚”
他在掌管刑院期间处事明审公断
恢复死刑可以上诉中央这一制度让人赞不绝口
他幼年家境贫寒刻苦好学以至学识渊博
中进士后开始走上仕途一直努力奋斗
他为官却又成为北宋时期机械制造专家
作为一位工技家他的表现也是那么优秀

他精于机械仪器制造并且硕果累累

他学识渊博精通天文地理对诗书画皆有研究
他创制的莲花漏是一种多级漏壶
在中间一级壶的上方开分水孔口
使上面来的过量的水自动从分水孔溢出
让漏壶中的水位始终保持恒定依旧
这种漏壶因制造简便计时准确曾风行各地
在当时得以普遍使用和广泛传流
漏刻献上朝廷后被颁行全国通用
因漏刻顶端是一朵莲花故称莲花漏
他复制制造的指南车其齿轮既简单又能自动离合
成为中华古代有名的自动化机械之尤

他还是一位研究海潮规律的专家
曾在沿海实地认真观察试验研究十年之久
他著有《海潮论》并绘有海潮图
可惜海图已失传唯《海潮论》得以传流
他还精通音律宋仁宗时期他曾掌礼乐之事
曾将当时朝廷钟磬全部刷新以合律准去谬
他还工诗善画以诗入画意境高超
诗画浑然天成笔法老道功力深厚
画坛行家说他澄怀味象无会神通
国外也有他的画迹至今有诸多画作传流
他的一生博学多能格物致知创新发明
在诸多领域他都取得显著成就

203. 黄道婆

黄道婆对元代以后棉纺织业发展作出贡献
是她有力地促进了当时棉纺业的发展
她作为一代工技大家本应列入史册
但对她的“本事”各种官方史书均无载传
只在元代以后私家笔记、诗文杂著中略有提及
但所提及的内容十分零散而不全
致使她的生卒年月及名字都无从查考
这事说起来真让后世人感到遗憾
“道婆”之称无疑是后人对她的尊称
但不知为什么没有留下她的真实名唤
最早提及黄道婆的事是《辍耕录》
从中可以得到她是元代前期上海县乌泥泾人的推断

《黄道婆祠并序》中也有她的记载
但也未提及她的名字和她年轻时为何漂泊海南
黄道婆在海南崖州从事植绵和棉纺织劳动
而且她在那里住了很长一段时间
说她掌握了一套出色的棉纺织技术
待至中年方才返回家乡教人们植棉纺棉
她的家乡乌泥泾毗邻东海离乡前农业极不发达
棉纺织技术更是落后没有什么发展
黄道婆回到家乡后把这一切看在眼里记在心上

她下决心要改变家乡棉纺织落后的局面
她陆续采取不少措施向家乡人传授棉纺织技术
结合内地传统纺织工艺进行改革发展

她创造了一套棉纺织新技术进行传授推广
她这一套新技术革新包括五个重要方面
她改良棉种培育出适宜当地的新棉种
改良捍棉机具用双把手摇轧棉机搅车把旧机具替换
改良弹弓用檀木椎大弹弓代替原来小弓
改良纺车用新制脚踏三锭纺车纺棉
改良织造工艺创造了具有江南特色的珍贵品种
她这一系列措施使家乡的棉纺织业发生巨变
并迅速普及推广使家乡成为全国植棉业中心
她创造的棉纺织新工艺在全国得到长期流传
后人无不衷心感谢这位工技巨匠的功德
民间编歌谣盖祠塑像表示对她的赞颂和纪念

204. 潘季驯

生活于明代的一代工技大家潘季驯
数次治理黄河水患立下历史功勋
他中进士后走入仕途初授九江推官
后升御史巡视广东行均平里甲法斥抑豪强名声大震
后总理河道开始了他的治黄生涯
次年以接浚留城旧河成功再升迁任

公元一五七〇年河决邳州、睢宁起故官
再任总河塞决口次年报河工成却遭罢官厄运
后再起官巡抚江西次年召为刑部右侍郎
两年后以右都御史兼工部左侍郎总理河漕之任
当年九月兴两河大工次年工竣使黄河下游数年无恙
他为治理黄河水患又立下新的功勋

后加太子太保进工部尚书又迁南京兵部尚书
却因为张居正受害打抱不平落职为民
黄河又发大患经别人推荐复官右都御史
再一次总督河道担当治理黄河的重任
他在仕途数次被削职数次复职数次总理河道
从中可以充分显现出他的治河方略和他的为人
潘季驯一生中先后四次受命治河历时近十年
一次又一次的治河实践使他治河技术得以长进
使他从开始对黄河和河工技术一无所知
逐步磨练成一位治河专家技术精深之人
如果说他首任总理河漕初识水性
二任治河官员时对堤防的重要性已深记其心

三任总理河道时他形成以河治河以水攻沙方略
这时他对黄河的了解及河工技术已成熟于心
四任治河官员他认真总结前人经验及自己的实践
在此基础上形成了他自己的治河思想理论
他习知地形险易主张综合治理黄河下游

认为黄河运河相通治理了黄河也保护了运河之运
黄河与淮河相汇治淮也就是治理黄河
找出了黄河水漫沙壅下游善徙的根本原因
提出修筑束水归漕的缕堤及缕堤外的遥堤
以及二堤之间的格堤共三堤构成三道防洪之盾
潘季驯终于成为一代治水专家工技巨匠
他的治河思想理论对后世影响很深

205. 翟金生

他幼年时也曾怀有远大的志向
可他考中了秀才之后却屡屡失意科场
因科场失意中年便倦于进取绝意仕途
从此在乡里垂教后学专以经述文章
他出身于世儒书香人家皖南名族
书香传家形成了翟家历代的传统风尚
他自称自己是下里寒儒乡贤后裔
他有很高的艺术才能有精诗善画之长
他一生在乡里教书为业著述甚丰
可贵的是他一生有一个矢志不渝的向往
他翟金生一生刻苦钻研泥活字印刷术
他效仿毕昇用泥活字印刷出他人生光芒

在中国古代封建社会不重视科学实验
从事科学研究或技术创造往往被人说短道长

往往被诬为玩物丧志或不务正业
翟金生却顶住各种压力坚定自己的立场
他平时最喜欢读的书是沈括的《梦溪笔谈》
发扬光大毕昇发明的印刷术是他的向往
他从小就非常喜欢钻研科学技术
还显露出他在工技方面具有一定特长
他认为印刷术是中国古代四大发明之一
但印刷术在后来的发展却不理想
于是他就下决心刻苦钻研活字印刷术
从此他便刻苦钻研为制作而四处奔忙

他带领四个儿子首先用黏土做成坯
待字坯晾干后再把各种型号字刻上
为了掌握烧烤工艺他步行跋山涉水数百里
专程前往景德镇投师学艺窑场
回来后便按照烧制工艺进行了七天七夜烧烤
终于使他的黏土字模发出陶制品之光
他将自制的泥活字首先印刷自己的诗文
从而宣布了他的泥活字创制成功开始推广
他制作的泥活字可以有各种大小型号
根据需要可以印刷各种著述文章
他用自己创制的泥活字印刷了一生
把一个工技家的名字印刷在中华历史之榜

第十章　医学家

206. 扁　鹊

先秦时期的中国已产生许多著名医学家
他们的名字都名列在古老大地中华
岐伯、雷公、医和、医缓等都列其中
尤以扁鹊最享盛名他的名声最大
扁鹊本姓秦名越人勃海莫州人
他当时的医学名声名扬天下
他大约生活在公元前五世纪时期
他以长桑君为师尽得其师传授的医法
他的足迹遍布冀、鲁、豫、秦
游医间随风顺俗诊治众疾医效颇佳
从而使他在民众中享有极高的声誉
成为广为人们赞颂的医学圣手医学大家

他游医赵国邯郸当地风俗尊重妇人
他便做“带下医”成为医治妇女疾患专家
他游医到周的都城洛阳当地习俗尊敬老人

他即为"耳、目、痹医"成为治疗老年病专家
他游医到秦都咸阳当地习俗喜爱小儿
他即做小儿医成为治疗儿科疾病专家
他诊疗疾病擅长望色、闻味、问疾和切脉
尤以切脉诊断最为精良是他医术大拿
因而故有"今天下之言脉者由扁鹊也"之誉
由此可见他的医术名声在当时影响之大
他善于综合运用药物、针灸等外法治疗疑难杂症
他曾抢救虢太子"尸蹷"使之复活生涯

为此人们盛赞他有起死回生之医术
他却谦虚地实事求是地给以科学解答
说"越人非能生死人也,此自当生者,越人能使之起耳"
从这回答中可以显见他的医德人品的高雅
他诊疗疾病常给以巫医或淫逸酒色之徒以砭斥
司马迁论述扁鹊事迹时对此有很高评价
扁鹊一生行医有"六不治"的品德
其中尤以"信巫不信医"不治影响最大
在巫医盛行的时代有此思想实在可贵
他不愧是医德超群医德高尚的医学圣手大家
可惜一代医学家为秦太医令所嫉竟遭杀害
留下内经、外经、难经著述却难以确认是否撰于他

207. 淳于意

他具有实事求是光明磊落的医德

他具有不媚权贵坚贞不屈的品德
他为治病遭诬告险些丢掉性命
他襟怀坦荡承担行医中的失误过错
他作为医药圣手医学大家值得歌颂
更应该为他的高尚医德而放声高歌
他,淳于意姓淳于名意齐临淄人
大约生活在公元前二世纪初期的齐国
他是西汉时期著名医学家曾任齐国太仓长
故《史记》把他立为仓公立传而评说
淳于意从幼年起就十分喜好医学方术
他先后以公乘阳庆、公孙光为师者

他学习黄帝、扁鹊的脉书五色诊病
并得师授禁方从而使其医术更加精湛独特
他的医疗经验丰富治病效果显著
但因未能满足某些官吏欲望而遭其恶
他被诬告逮捕解送京都长安
为此上演了一段留传后世的感人传说
淳于意只生五女因无男儿为己冤案奔走而苦恼
此时他的小女却表现出惊人的气魄
小女缇萦直接上书汉文帝为父鸣不平
表示愿“身为官婢以赎父罪”之所谓罪过
汉文帝为其胆识所感动便亲自过问这一案件
淳于意一一回答了经他诊治病人的经过

他所诊治的二十五例病人所患二十余种疾病
二十余种疾病多为消化系统疾病多为内科
从所论述可知淳于意诊断疾病精于切脉
分析病因重视酒色过度治疗多以药物举措
他强调切脉审疾以起度量主规矩称权衡
同时合色脉辨表里调理阴阳之和
别有余不足、顺逆之法参其动静
与息相应乃可以论出疾病及治疗结果
他在叙述自己诊治的二十五例病人中实事求是
对治愈和死亡的都分析得那么深刻
他的这些系统记录史称为《诊籍》
成为中华医学史上最早的病历记录成果

208. 张仲景

他对当时的历史背景感受是那么深切
为此他把自己的一生致力于攻读医学
他，张仲景名机南郡涅阳人生活在东汉末期
著名医学家被后人尊为医圣医术卓越
他为扁鹊的高超医术慨然叹其才秀
他对自己生活的那个时代背景有全面历阅
他对当今居世之士，曾不留神医药，精究方术……
竞逐荣势，企钟权豪，孜孜汲汲，为名利是务深感痛切
对建安纪年以来犹未十稔其死亡者三分有二而伤感
对伤寒十居其七伤横夭之莫救更为痛切

于是他勤求古训博采众方成《伤寒杂病论》
成为中华医学史上一部古老的卓著医学

张仲景正是在这样的历史条件下从医
他拜同郡张伯祖为师刻苦攻读医学
经过多年刻苦钻研使他成为著名医学家
成为医术精良医德高尚的医圣而闻名世界
他反对墨守成规不念思求经旨行为
主张不断演其所知各有其医术所学
他的《伤寒杂病论》是一部中医学名著
他的许多认识主张和医术都是那么卓绝
《伤寒杂病论》对中医学的发展产生了巨大深远影响
从而在中华古代医学史上写下光辉一页
一千多年来一直为中外广大学者所推崇
其理论、经验、医方等仍被奉为经典医学

《伤寒杂病论》仍是治疗传染病、内科病的准绳
一千多年来为从医者所必读的医书之列
《伤寒杂病论》经晋代名医王叔和整理分为两部
析为两部医学名著《伤寒论》与《金匮要略》
《伤寒论》专门论治各种传染病和热病
《金匮要略》专门论述内科、妇科和外科之学
自宋至今注解、阐述、发挥其书者达数百家
后世历代名医无不尊崇张仲景之医学
张仲景对病因提出“千般灾难不越三条”说

在疾病诊断上他强调望、闻、问、切
他使中医学辨症施治的法则趋于完善
作为医圣一代医学大家留下他医学的卓绝

209. 涪 翁

也许因为时间久远后人没有把他名字记住
也许因为他淡泊名利对留不留名毫不在乎
他神几乎神得像一位神仙下凡人间
他高几乎高得无人可认识他的面目
他垂钓于涪水完全像姜子牙所为
但后人知道姜子牙的来历而不知他的来处
涪翁,令人遗憾的是不知他的真实姓名
因经常垂钓于四川涪水人称之为涪翁称呼
但后人却知道他生活在后汉时期
也知道他精湛高超的针灸治病医术
他是中华古代一位杰出的医学大家
可喜的是《后汉书·方术列传》对他稍有记述

使后人能够从书中对他有所简单了解
能够从中认识他并看到他的医术
有谓其“乞食人间,见有疾者,时下针石,辄应时而效
乃著《针经》、《诊脉法》传于世”的记述
这段记载说明涪翁是一位颇有名望的民间针灸医师
他具有精湛高超熟练的针灸医术

而且有丰富的临床经验和理论知识
可惜的是他的针灸著作早已失传不得目睹
但可喜的是他的医疗技术已传授给学生程高
程高十分崇敬老师而涪翁对程高尽心悉授照顾
程高学成后尊师教导隐迹不仕以为群众治病为愿
其后程高又收郭玉为徒传其针灸医术

郭玉乃广汉郡雒人亦以针灸、切脉诊断为长
秉承先师遗志热心民间医疗不论贵贱穷富
坚持“虽贫贱厮养,必尽其心力”原则
他的这种医德医风深得民众的敬慕
并以精深高明的医术闻名于当时
切实继承了其先师涪翁的医德医术
汉和帝时郭玉曾任太医丞为皇家看病
但其治疗效果不知为何不如为百姓治病效果突出
汉文帝询问其所以然他回答得颇富哲理
他的回答不但说明心理作用也透着医术
涪翁,一代医学大家终于可以含笑九泉
他的一代代徒弟继承其志传流下他的医术

210. 华　佗

他作为一代杰出的医学大家名留历史
他作为一位神医在民间留下传奇故事
他,华佗一名旉字元化后汉三国间沛国谯人

约生活在公元一四一年至二〇八年时期
关于他的神奇故事在民间广为流传
一直把他尊奉为带有神奇色彩的神医
传说他世间没有不能医治的疾病
传说他的医术具有神仙般的神奇
传说中对他充满了无限的敬慕
他在人们的传说中总是充满着神秘
人们在传说中总是把华佗作为神医敬仰
在形容医生的医术高明时总会说是华佗再世

华佗是一位神医而不是什么神仙
他的医术高明被人们尊称为神医
他一生游学于安徽、江苏、河南一带
兼通数经尤以外科、麻醉最为精通其技
他一直以来被尊奉为外科鼻祖
他在外科、麻醉方面医术高明堪称奇迹
他还精晓养性导引之术其造诣很深
他有关这方面的论述具有深刻的道理
《后汉书·华佗传》对他治病留下记载
《三国志·华佗传》对他的医术也有传记
两传对他外科、麻醉医术都有描述
从其描述中可以看出他不愧为一位神医

他那时能用酒服麻沸散进行全身麻醉
能为病人进行全身各部外科手术是多么了不起

他关于养生导引之术的论述是那么科学
充分显现出他养生导引之术也很精辟
他的五禽戏源于春秋战国时的六禽戏
他继承了“流水不腐,户枢不蠹”的思想道理
发展了古代在养生长寿问题上的唯物论思想
对服五石之服食派予以批判驳斥
他不媚权贵不畏奸邪具有高洁品德
刚正不阿至死他也不做曹操的侍医
曹操无端杀害他遭受到民族之恨历史之怨
历史至今仍为一代神医惨遭杀害而痛惜

211. 王叔和

他在中华古代中医学史上继往开来
他把一生辛劳成果传流给后代
他,王叔和名熙生活在三国晋初时期
他用自己辛勤和医学知识书写了一道医学光彩
他是魏晋之际著名的医学家和医书编纂家
把一生所获丰富的医学财富书写给后代
在中医学发展史上他作出两大重要贡献
两大重要贡献凝聚着他的心血和医学之才
他把《伤寒杂病论》析为《伤寒论》与《金匮要略》
使张仲景的综合卓著得以细致分开
他所著《脉经》发展了西晋以前的脉学经验
成为中华古代第一部完整而系统的医脉

王叔和从小就养成了勤奋好学谦虚沉静性格
读了许多古代医学典籍对医学特别喜爱
他渐渐学会了诊脉治病的医术
从此他便投身医学事业开始坐上医台
因为家境贫穷衣衫破旧人们瞧不起他
于是他便开始四处行医常年奔波在外
由于他对脉学很有研究慢慢治好了许多疑难病症
请他看病的人也就慢慢随之多了起来
他的名声愈来愈大逐渐传遍洛阳城
三十二岁那年被选为魏国少府太医令坐上官府医台
他在这期间得以阅读大量历代著名医书
为他攀登医学高峰提供了有利条件使其医术进步更快

后来他经过几十年的精心研究取得重要成果
在吸收历代名医脉诊基础上形成自己的医脉
结合实践经验完成了他的卓著《脉经》
为中华古代医学史又添了一缕光彩
使脉学正式成为中医诊断疾病的一门科学
从而书写了他人生中的成就和豪迈
在医学上他能寻求古训博通经方深究病源
遵古而不泥古并虚心向有经验名医取长博采
这是他能成为一代医学大家的坚实基础
也是他能够取得重大医学成就之所在
在民间至今还流传着他的诸多故事

传说他曾在出殡棺材中把一个将死女人救出来

212.陶弘景

他在中华医学史上具有重要的地位
他在化学、医药学上的成就出类拔萃
他,陶弘景字通明自号华阳隐居世称陶隐居
他后半生几乎都在隐居中至死未回
他十岁那年得知葛洪《神仙传》便昼夜研读
对葛洪的神仙、炼丹之术是那么的迷醉
他少年即怀有养生之志有从医向往
在他年幼的思想上就想把葛洪追随
成人后读书万余卷善琴棋工草隶
二十岁得南齐高帝器重引为诸王侍读伴陪
他虽在朱门,闭影不交外物唯以披阅为务
其专心刻苦钻研学问精神是多么可贵

后来他辞官于句容之句曲山隐居
从孙游岳受符图经法使其如愿心遂
在此期间他遍历名山寻访仙药
使他的化学、医药学知识得以大量积累
后于隐居处建楼三层宾客至其下弟子居其中间
他自居其上只让家童在他身边相陪
但他好著述尚奇异惜光景老而弥笃
对阴阳五行风角星算方图产物医术本草等尤为迷醉

他从小就迷恋于葛洪的神仙、炼丹之术
其前半生从事古书诠释及天文历算之类
而后半生即隐居后则更重于医药学研究
还有炼丹以及导引养生等为主要学类

陶弘景在科学技术方面的突出成绩也多在后半生
主要体现在化学、医药学两大门类
他最突出的成就表现在医药学研究上
主要有药物研究、老年保健及医疗方剂整理三类
他编著了《本草经集注》《补阙肘后百一方》
这两种卓著是化学、医药学知识的荟萃
《养性延命录》是他论述养生养性以求健康长寿之专著
是总结延年益寿丰富经验的一部集汇
他虽是一位虔诚的道教信徒终生追求神仙之术
但在炼丹及医药学研究上的贡献却是那么宝贵
他促进了中华科学技术和医药科学的发展进步
他作为中华历史上一位著名医学家应当之无愧

213. 孙思邈

他是著名医学家、被誉为药王的孙思邈
一千多年来人们纪念他的香火仍然缭绕
他“功在生民，则民祀之”人们尊其为药王
将他晚年隐居的五台山称为药王山名号
“箫鼓年年拜药王”已成为他家乡人民千百年习俗

人们纪念他为这位活了一百〇二岁的药王自豪
《千金要方》《千金翼方》是他的著名医著
他终生精勤不倦一百〇二岁还在辛劳
他自幼天资聪慧七岁就学日诵千余言
还在弱冠之年就已对诸子百家通晓
那么年轻就博学多才曾被人誉称为神童
他尤善谈老子、庄子并且还喜好钻研佛教

他亲眼目睹了民众缺医少药带来的苦难
更知自己幼时遭风疾屡造医门为治病倾尽家产的苦恼
遂放弃仕途立志学做一名“苍生大医”
从此他以历代名医为榜样刻苦钻研医道
对诊病、采药制药之法及养生之术他不远千里服膺取诀
在他二十岁左右医学基础就比较牢靠
因避战乱他曾先后隐居太白山和终南山
在与道宣结交中得学印度医学的“四大学说”之要
唐太宗召他进京使他得以阅览各类医药书籍
后在历经关中、四川采药、炼丹和沿途施诊中大长医道
长期的医疗实践使他有感于医方本草部帙浩繁
于是他结合个人的学术经验著出《千金要方》精妙

唐高祖、唐太宗召他为官都被其辞谢
唐高宗召令辞谢不掉去京师十多年侍朝
他晚年回到故乡住在磬玉山继续从事医药研究和著述
于去世前又撰成了《千金翼方》精妙

他对医药学的研究取得多方面的成就
他继承前代名家学派发扬光大创出新的学术精要
他在两部医著中将妇科列于各科之首
医著从排列体例上体现了先妇人小儿而后丈夫耆老
在内科病的防治方面按脏腑病症逐一论述
这是孙思邈对内科学的贡献之要
他对骨伤科、五官科、针灸都有精辟论述
对临床各科病症的诊断他的见解更为精到

214. 李时珍

他的一生都致力于中医学的研究
他的一生取得了伟大的医学技术成就
他的一生在医学上作出伟大的贡献
他的事迹在世界各国科学界传流
他,李时珍受到世界各国科学界的尊敬
他是中华医学史上的一座高山一位泰斗
他成就了登峰造极的《本草纲目》
毫无疑问那是明朝最伟大的科学成就
他被世界称为中国最伟大的博物学家
他被世界评价为同伽利略同样优秀
他被世界称为中国博物学家中的无冕之王
他用《本草纲目》书写了一部辉煌锦绣

他出身在世医之家从小就受到家学的熏陶

父亲督促他认真读书有志培养他在仕途上取得成就
他除了儒家经典必读之外还有小说传奇诗词歌赋
这为他后来从事医药学研究打下基础开了好头
他十三岁那年中了秀才显示了其才学
但随后的三次乡试却屡屡失利一无所收
于是他放弃了科举随父亲诊病济穷
他的志向不在科举而在对中医本草的研究
同时专心致志于医药和博物学研究学习
后因医好楚王之子暴厥症而声名高奏
为此他一度赴京供职在太医院
但不久他就托病回家从事医药学研究

他有感于历代《本草》多有讹误立志重新修订
他不辞艰辛跋涉远近寻采草药四处访求
积三十多年之功三易其稿终于完成《本草纲目》
一部医药学巨著从此诞生古老大地九州
《本草纲目》是中国药物学巨著
在医药学方面具有很高的成就
《本草纲目》在医学方面有许多新的创造和发明
在自然科学方面也具有相当高的成就
他坚持自然科学唯物论的原则和方法
他变革自然改造自然的积极思想那么优秀
他与他的《本草纲目》对后世产生了深远的影响
作为古代中国百科全书在世界各国传流

215. 徐大椿

徐大椿作为清代医学家作出重要贡献
他的《徐灵胎医学全书》一直广为流传
他自幼习儒旁及百家聪明过人
他年近三十因家人多病始致力于医学钻研
他攻研历代名医之书速成深邃
悬壶济世洞明药性为人医治疾患
虽至重之病疾他也能手到病除
为此他受到病人及民众的广为称赞
他精勤于学平生著述甚丰皆其所评论阐发
治学严谨另树一帜所发评论一扫成见
他是中医史上少有的医学评论大家
他的医学理论著述流传广泛影响深远

他一生淡泊名利不屑八股文
于是便选择了一条学医济世的道路以遂心愿
他家人多病三弟患痞病曾遍求名医诊治
他趁此机会便与名医们讲论来往不断
不久家中四弟、五弟相继病死其父悲伤得病
家中的变故让他受到了很大的震撼
让他深深感到了医学的重要性
于是他的从医道路在一种责任中开端
在他从医的五十年中博览了大量医书

批阅医书千余卷泛览医书万余卷
他穷经探《易经》好黄老与阴符家
他读书坚持从源到流下治汉唐支派上追灵素根源

他把书本知识与临床实践联系起来
在读书中不落入窠臼不步入偏见
他读书还坚持撷其精华摘其谬误原则
把读过的书重加整理注释取其要点
他一生撰写了十多部很有价值的医学著作
他写书的态度更加严谨有的书研磨十几年
他一生医治了数不清的病人得到人们信赖
他也曾多次应召进京诊病太医院
最后一次进京他已经七十九岁正卧病在床
在他到达京城第三天就不幸命断
他一生为了医学事业可谓呕心沥血死而后已
作为一代医学家把医术敬业精神留在人间

216. 陈念祖

陈念祖，字良友、修园号慎修长乐县人
他生于医学世家一生以医学为本
他一生著述甚丰留下医书三十余种
作为清代一位医学家留下宝贵医珍
早年他曾就读于福州鳌峰书院苦攻经史
但他对医学怀有兴趣刻苦钻研医学理论

他中举后会试不第便寄寓京师
在京师从事医学学习研究也到处行诊
适值光禄寺卿伊朝栋患大疾汤水不入群医束手
是他诊断后投以大剂使其愈从此名声大震
后回故乡长乐县在吴航书院任职
后又到泉州在泉州清源书院以教为本

后再入京师会试不第参加大挑成绩甲等
他便以知县分发直隶保阳候任
时值盛夏瘟病流行他便教医按法施治
救活众多患病疫者他深得民众赞扬信任
直隶总督得重疾他应请前去医治
使总督得愈从此他的声名远近而闻
其间他还为当地妇女医治诸多疑难杂症
使他在当地的名声影响愈来愈深
吏部郎谢在田患头项重疾又是他给医好
为此他在朝廷上下名声更是大震
后来他又先后到磁州、惠强任职
又擢代理正定知府为官之际始终坚持医诊

他还曾为琉球国国王治愈了风症
从他治愈的众多病例中显示出他医学精深
他公务繁剧仍为人治病撰写医术
后以年老请休在福州石井巷井上草堂又从教任
他在福州石井巷井上草堂辛勤讲学

一边培养学生一边继续刻苦钻研医学理论
他吸收古代医学精华结合自己临床经验
加以应用补充形成新的医学技术理论
他对医学通俗化、大众化作出重要贡献
林则徐在《金匮要略注序》中对他有很高评品
他作为一位医学家名列中华古代医学历史
他把自己一生奉献给了医学、病人和后人

217. 王惟一

他用小小医针使人祛病得以健康
他用小小医针针出一道医学之光
他,王惟一北宋时期著名医学家
对针灸学很有研究针灸是他医学专长
他集宋代以前中国针灸学之大成
撰写的《铜人腧学针灸图经》闪耀医学光芒
他在宋仁宗时期曾当过尚药御
他曾经奉旨铸造了针灸所用两座铜人像
他为中华古代著名针灸学家之一
他对针灸学有重要贡献和深远影响
他一生主要成就在于编著《铜人腧穴针灸图经》
从而在中华医学史上书写了一页辉煌

北宋时期针灸学非常盛行很受推崇
但有关针灸学古籍脱简错讹甚多难以临床

用以临床时往往出现不应有事故
根据这一实际王惟一产生了统一针灸学的设想
他多次上疏皇帝请求编绘规范的针灸图谱
铸造标有十二经略循行路线及穴位铜人像
以便统一当时针灸诸家之理论学说
幸运的是皇上批准了他的这一建议主张
他接旨后便亲自设计铜人模型
亲自监制制坯、制模及制造的全部过程及式样
他和工匠们生活在一起工作在一起
攻克了无数技术难关终于如愿以偿

他终于在公元一〇二七年铸成了两座针灸铜人
为此他受到人们的好评和皇帝的赞赏
铜人像在医学上具有重要的医学价值
宋仁宗还把铜人像当作精湛艺术品放在宫里鉴赏
其中一座铜人放在医官院用以教学
并让史官把这件事作为一件史事写入史册之上
从此铜人像与《铜人腧穴针灸图经》载入史册
从而在中华医学史上一直得到传扬
铜人像和图经在教学和医官考试中发挥了重要作用
为统一和发展中华针灸学作出贡献产生深远影响
他作为杰出的针灸学家推动了针灸学的发展
从此他的医针和铜人在后世广为传扬

218. 宋 慈

宋慈，字惠父建阳人生活年代在南宋
他作为南宋法医学家在历史上闻名
他是中华古代杰出的法医学家
他被普遍誉为“法医学之父”之称
西方普遍认为宋慈开创了法医鉴定学
正是宋慈于公元一二三五年开启了法医鉴定学之名
宋慈幼年习儒入仕后经历十余任地方官
多负刑狱之责因此使他深为了解其情
他一生办案数不胜数深知刑狱之事
逝世前两年他的卓著《洗冤集录》撰成
此书不仅是中国也是世界第一部法医学专著
《洗冤集录》是他一生经验及思想的结晶

此书比意大利人同类著作早三百五十多年
他作为“法医学之父”可谓在世界无争
他把中医药学应用于刑狱检验
使居于领先地位的中医学在刑狱中发挥了重要作用
并对先秦以来历代官府刑狱检验实际经验给以总结
使之条理化、系统化、理论化以更加适用
因而此书一经问世便声名大震
受到当时刑狱官员的普遍欢迎
成为当时及后世刑狱官员的必备之书

几乎被奉为金科玉律作为其座右铭
其权威性甚至超过朝廷颁布的有关法律
作为历史上第一部法医学专著享有盛名

七百多年来此书先后被译成多种文字
在全世界诸多的国家传播发行使用
在中外医药学史上产生了重大深远的影响
此书中贯穿的求真求实科学精神受到广泛赞颂
《洗冤集录》至今仍然熠熠闪光于世
作为一位杰出法医学家他立下历史之功
他写作此书的动机与目的序言中说得明确
从中清楚地看到他那难得可贵的心性
他反复强调对于狱案要"审之又审"
他再三教诫审案人员要认真细致精诚
他的这种思想是多么的难能可贵
在他的心里始终把人的生命看得最重

219. 刘完素

他是金元四家之一、金代著名医学家
著述《素问玄机原病式》《宣明论方》闪耀医学光华
他,刘完素字守真河间人世称刘河间
他的有关瘟病学论对后世影响很大
他创制了许多治疗伤寒病的方剂
为中医学各学派的建立影响广大

他自幼聪慧刻苦好学耽嗜医书
具有成长为一代医学家的精神和才华
因其母病三次延医不至不幸病逝
遂使他立志学医将来以悬壶天下
他幼年丧父家境贫寒随母逃水灾定居河间
他是在贫困的家境及逃难迁徙中长大

他二十五岁即开始研习《黄帝内经》
刻意攻读终有所悟受到深刻启发
他对《黄帝内经》有独到的体会
提出人身之气皆随五运六气而兴衰变化
指出运气常变应当掌握其规律
对《黄帝内经》病机结合自己体会给以阐发
他认为人体致病皆为火热之因
为此他提出治病需要采用寒凉之法
主张以降心火、益肾水为第一要旨
反对套用古方滥用燥热之剂的办法
因他善用寒凉后世称其为寒凉派
使他成为金元四大家代表人物之一大家

他是金元四大家之首寒凉派代表人物
学术上以倡言“火热论”著称对后世影响很大
著名的《宣明论方》解释病源具有独特之处
他独创的方剂“防风通圣散”药效极佳
直到目前临床上还在继续使用他的方剂

几百年的实践是对他医术的最好回答
他认为处方药要因人而异有所区别
应根据病的实际情况选择治疗方法
他的家门前总是挤满远道而来的发热患者
这充分显现出人们是多么信任他
朝廷请他去朝中做官被他辞拒
因此便以“高尚先生”的名号赐于他

220. 傅　山

傅山，又名傅青主明末清初著名学者
他的学问和气节都是那么的出色
他书法、绘画、金石、武术、考据无所不通
还有造诣很深的哲学、医学、儒学、佛学、诗歌
他先世居山西大同后徙于山西忻州
他的人生道路也是历经磨难曲折
他被认为是明末清初保持民族气节的典范人物
一生保持高洁气节和无所畏惧的气魄
他被世人称之为“清初六大师”之一
他博学多才无所不通知识渊博
他在医学上颇有成就在当时有“医圣”之称
著有《傅青主女科》《傅青主男科》等传世之作

他六岁时喜欢吃黄精而不吃饭
让他吃饭时常需要家人对其强迫

十五岁时从童子试中脱颖而出
二十七岁入山西最高学府三立书院授课
山西提学被诬告他组织学生进京告状
终于使被诬告的案件得以纠错
清军入关后他参与了民间的抵抗运动
为此被逮捕入狱遭严刑而不屈彰显英雄气魄
他的民族气节至性至情的品德受到广泛赞颂
他的一生就是一曲至性至情之歌
现代人认识傅山可能从电影《七剑》而知
他作为一个武侠道士是何等气魄

但傅山更是一位著名的医学家
他不但医术高明还留下医学名作
传说他不管多么复杂疑难疾病都能手到病除
他“贵贱一视之”来找他看病的人非常多
他当时曾被誉“仙医”“医圣”美名
他把出色的医术留在《傅青主女科》
书中方剂大多由他自己研究创制
那是一部颇有建树的妇科专著名作
他集医学家、文学家、书画家于一身
但他自己最看重的还是医学上的成果
书法、绘画、哲学、武学他都留下作品
他不愧是一位医学家一位博才多学的学者

221.叶 桂

叶桂又名叶天士其名声闻名当时医界
作为清代医学家名震于城镇乡野
他出身从医世家祖父与父亲都是当地名医
他从幼年时便跟随父亲学习医学
十四岁那年他父亲去世又从师学习
他勤奋好学聪颖过人医术进步飞跃
他是中华中医学史上温病学派创始人
其声望地位可与金元四大家并列
他的声名当时也是名贯大江南北
其著作《温热论》至今仍被临床医家所学
他一生酷爱医学性格谦虚温良
凡听说高明的医生他都不远千里前往求学

曾有一位患者命在旦夕他认为已无可救治
但过了一年却看到这个病人仍健康强跃
问后得知原来是一位老和尚为其治好了病
随即他便赶往老和尚处虚心求学
他隐姓埋名从学徒做起刻苦学习
过了几年老和尚告知他学到了其所有所学
让他下山以其医术完全可以单独行医
并说他的医术已经可以与江南名医叶桂并列
叶桂闻言赶忙叩首告诉老和尚真实身份

老和尚为他这种求学精神深为叹嗟
叶桂学医先后一共拜了十七位老师
他谦虚诚恳刻苦好学终使医术卓越

叶桂的医著《温热论》是一部医学专著
是对治疗温热病经验的高度概括和总结
著作虽然不长却是温病学派开山之作
他对常见温热病的病状和传染规律分析精确
成为后世诊断热性疾病的重要依据
直至现代仍为中医学界临床诊断所借
他在中医学辩证法方面作出重大贡献
他将“六经辨症”发展为“卫、气、营、血”
将使用千余年外感病诊断方法发展为四个层次为主体
这种由表及里的辨症方法使诊病更为明确
这是对六经辨症的高水平应用和发展
标志着他的中医学辨症水平更为卓越

222. 王清任

清代医学家王清任为人性情磊落精于医术
他在医学解剖学上贡献尤为突出
他从青年时期起就往来京师从医活动
曾在滦州、奉天等地留下历游行医脚步
后定居北京行医并开设一家药铺店
取店名“知一堂”颇享医名令人敬慕

中晚年与四额驸那引成交好结为义兄弟
从此长达数十年他一直居住在四额驸府
一生留下著名的《医林改错》传于后世
那是他一生的心血一部医学有名著述
他一生具有强烈的事业心和求知欲
富有可贵的改革创新精神和高超的医术

他崇尚实践敢于冲破封建传统观念
不顾顽固守旧分子的攻击责难拦阻
想方设法对人的尸体进行直接观察
并在自己医疗实践中注意多方求访医术
经过四十多年的艰难探索与不懈努力
他终于撰成了《医林改错》卓著医书
在解剖学及临床医学方面提出一些独到见解
并精心绘制了二十五幅人体脏腑图
为中华古代解剖学作出了杰出的贡献
他作为一位杰出医学家留下历史标注
他早年阅读古医书发现古人关于脏腑论述含糊不清
他不甘人云亦云由此立志要搞清楚

他长期坚持对人体脏器进行实际观察
因而对人体脏腑的认识比前人有了很大进步
使自己积累了比较符合实际的经验
从而使他认识到了前人对人脏腑认识上的一些错误
心血管系统是他在中国解剖学史上空前的发现

此外他的关于脑髓说也是那么的杰出
他最突出的成就就是提倡气血学说
在前人的理论基础上又向前推了一大步
最可贵的是他作为医学家敢于不囿旧说
勇于大胆探索创新的精神特别显著
他恒心之持久追求之执著是那么的感人
艰苦顽强不折不挠历经四十二年成就《医林改错》卓著

第十一章 历史学家

223. 司马迁

他是中华历史上伟大的文学家
他是中华历史上伟大的历史学家
他一生在天文学上也作出重大贡献
他是中华历史上一位著名天文学家
他就是中华历史上伟大的司马迁
他的一生重如泰山是那么的伟大
他“隐忍苟活”完成一个伟大宏愿
于是有了《史记》这部伟大著作屹立中华
《史记》是中华历史学上一个划时代的标志
它在古老中华大地一直闪耀着历史光华
是“究天人之际,通古今之变,成一家之言”伟大著作
是中华民族特别是历史学方面宝贵的文化

他因认为李陵不会投降而得罪汉武帝
致使他遭受腐刑不得不忍辱生涯
他从先圣先贤的遭遇中寻找到自己的出路

"就极刑而无愠色"只为那伟大宏愿勃发
被污辱的记忆使他"每念斯耻,汗未尝不发背沾衣"
但他的著作事业却从这里得到更大激发
《史记》开创了中国记传体史学先河
同时也开启了中国传记文学的历史门阀
《史记》是具有强烈人民性和战斗性传记文学名著
两千多年来一直高高屹立在古老大地中华
《史记》作为历史学及文学名著起着承前启后作用
对后世史学及文学创作的影响是那么深远广大

在文学上留下著名的《悲士不遇赋》《报任安书》
《报任安书》的悲愤心情总是催人泪下
在史学、文学之外司马迁对天文学也有杰出贡献
《史记》对天文学特别关注司马迁还主持改革了历法
他一破月食不可预测成见首次提出交食周期
分析先人行星观测记录发现发明了行星的规律和变化
《天官书》传下了第一个全天星官体系
那是中国第一部记述恒星颜色可靠书札
他经过观测提出了恒星亮度概念的雏形
介绍记录了奇异天象及变星的不断变化
他"究天人之际"在天文学思想方面作出贡献
他是寻找天文学规律道路上的一位杰出大家

224. 班　固

他继承和发展前人史学事业向前跋涉

以卓越的才华和辛劳谱写又一部史歌
从而使他成为东汉时期的史学大家
同时他作为一位文学家也留下光辉著作
他，班固一代大家幼年就聪慧好学
九岁能属文诵诗书显示出慧不可测
他十六岁入洛阳太学博览群经九流百家之言
“所学无常师，不为章句，举大义而已”广览通博
他“性宽和容众，不以才能高人”
因此他颇为当时儒者所钦佩称贺
二十三岁时他继承父志开始私撰《汉书》
后遭人陷害他被捕入狱而罹祸

幸其弟班超上书解释使他因祸得福
汉明帝对他十分赞许得以继续编著工作
经过二十余年努力使《汉书》基本完成
正值成功在望之时他又一次遭受牢狱之祸
他因与窦宪关系密切被罢官并再次入狱
这一次的人生遭劫使他最终没能躲过
可惜一代大家死于狱中年六十一岁
可惜《汉书》功亏一篑尚未成成功之果
幸得其妹班昭就东观藏书阁续成八表
又由马续奉诏完成其中《天文志》的写作
经由班彪、班固、班昭、马续四人之力
终于完成《汉书》这部伟大传世史学著作

《汉书》主要是班固二十余年心血结晶
他对《汉书》编著的杰出贡献功不可没
班固的学术成就主要体现在史学方面
他所著《汉书》是一部杰出的历史著作
《汉书》是中国第一部纪传体断代史
对后世史学的影响是那么广泛深刻
《汉书》为断代体“正史”定下了格局
后来的大量史学之著都是沿用《汉书》体例而作
《汉书》因在史学上的地位和意义深为后世重视
从而引来了一代又一代研究它的大批学者
作为文学家班固也取得重要成就
他的《两都赋》气势磅礴是文学名作

225. 班　昭

班昭，班固之妹女中少有的才杰
班固去世后她完成了其兄未竟的事业
她博学高才嫁周郡曹寿可惜早寡
一代才女“节行法度”获誉贞节
兄班固去世《汉书》中表及天文志遗稿散乱
她继承其兄遗志成就《汉书》大业
从而使她成为东汉时期的史学家
成为中华史学上少有的一位女杰
班昭聪颖家学渊源尤其擅长文采
经常被召入皇宫教授皇后诸贵人经史之学

所以宫中尊称她为师称她作“大家”
后来邓太后临朝有事总要找班昭议论商榷

班昭的文采首先表现帮助其兄修《汉书》
这部著名史书也凝聚了班昭的才华和心血
好在她在班固活着时候曾参与《汉书》纂写工作
以致其兄死后她能顺利接手续写
加上她的知识和才华足可以担此重任
在她四十岁那年终于完成了《汉书》的编写
她续写的部分仍然谦逊地写上其兄的名字
而没有把她的名字署上与其兄并列
她博学多才又是品德俱优的中华古代女性
她去世后皇太后为她着素服深表哀戚
她作为史学家、文学家书写了光辉一生
她的名字被命名在金星上在其上面闪耀着光烨

她精深的学问曾得到当时大学者马融的崇尚
他请求班昭指导在东观藏书阁外聆听她讲解
她除续编《汉书》外还有诸多作品
赋、颂、铭、诔、哀辞、书、论都有涉猎
原有集三卷只可惜年代久远大都失传
庆幸她的《东征赋》被萧统收入《文选》编写
《东征赋》是班昭随同儿子赴任时所作
主要是对她自己一生经历的描写
还留下《女诫》七篇为后世流传甚广

成为封建社会对妇女施教的规范之诫
后人赞颂她“东观续史,赋颂并娴”
她不愧是一代史学家、文学家女中才杰

226.荀　悦

他作为东汉末期史学家留下《汉纪》史书
他作为东汉末期政论家留下诸多著述
他,荀悦一代名家幼时聪颖好学
可怜他因为家境贫寒却无书可读
因此他只能靠借读阅读时多用强记
他竟然能过目不忘从而使他知识增长显著
十二岁时他便能够讲解《春秋》
时值汉灵帝时期宦官专权他便隐居不出
后应曹操之召任黄门侍郎累迁秘书监、侍中
从此他日夕在汉献帝左右专门侍读
汉献帝以《汉书》文繁难懂命荀悦用编年体改写
于是荀悦便撰成了《汉纪》三十篇著述

《汉纪》三十篇乃依《左传》体裁写成
时人称其“辞约事详,论辩多美”之著
他另著有《申鉴》五篇抨击谶纬符瑞
反对土地兼并主张政者要审好恶以正其俗
主张宣文教以章其化立武备以秉其威
兴农桑以养其性明赏罚以统其法度

明确地表现了他的社会政治思想
作为一位政论家他的政治思想显著
另外他还有《宗德》《正论》及诸论数十篇
这些都是反映他社会政治思想的论述
其中他对现实政治的评论切中时弊
对谶纬符瑞的抨击讽刺颇有深度

他的政治论文是西汉政论文传统的继承和发展
从中可以窥出荀悦文章风格特点之处
刘知几把《汉纪》与《汉书》相提并论
说明《汉纪》在史学上地位也很突出
《汉纪》的价值即在开一新体裁
以补《史记》《汉书》等纪传体的不足
从而创立了以年月纪事的编年史书体例
自《汉纪》成书以后陆续有人学以其体著书
以后历代史学者几乎都有撰其体裁者
这说明荀悦之功在于开创了基础
他认为"政之大经"是治国治民的基本手段
同时他在法律方面有关论述也很杰出

227. 常　璩

也许很少有人知道常璩这个名字
也许更少有人知道《华阳国志》
他，常璩字道将东晋蜀郡江原人

作为东晋时期历史学家名列历史
他入晋后居住东晋都城建康城内
因受到轻视他作史记宣扬蜀地
东晋朝廷重中原故族轻视蜀人
这时的常璩已老故更受朝廷轻视
于是他怀着愤愤不平之心裒削旧作
从而改写成著名的《华阳国志》
旨在反抗建康士流对蜀人的轻蔑
以宣扬和赞誉巴蜀文化悠远人才济济

常璩出生于蜀郡江原小亭乡常家大族
他从青少年时期就广读经史等典籍
使他学习掌握了各方面知识才学
从而为他成为一个史学家打下文化知识功底
李雄在四川建立政权后注意网罗旧家大族
于是常璩得以被任命为散骑常侍
这是个咨询性质的职务成天要追随在皇帝左右
要准备随时回答皇帝提出的各种问题
东晋大将桓温代蜀将成汉政权灭亡
桓温在蜀停留期间招贤才授常璩参军之职
于是常璩便迁居东晋都城建康居住
因而就有了他受轻藐裒削旧作改史之事

《华阳国志》因资料新颖可靠文辞典雅而出众
成为名闻中外影响深远的巨著史记

是研究中国西南山川、历史、人物、民俗重要史料
成为现存最早的以志为名的专著地方志
《华阳国志》内容和体例都很完备
被后来许多史学家所借鉴而作史
从前目录书或者把《华阳国志》列为霸史之作
或者把其列为伪史也有的归入杂史
但从来没有人把《华阳国志》列为地方志书
根据它叙述的历史地理情况作为地方志比较合理
《华阳国志》其文字典雅古朴属于史志类著作
它是宋以前流传至今的最古老的地方志

228. 陈 寿

《三国演义》演义了一部名作的文学之才
《三国志》则志出了一部著名史作的气概
也许没有《三国志》难以演义出《三国演义》
可以说《三国志》为《三国演义》提供了演义素材
陈寿作为西晋时期杰出史学家作出杰出贡献
他的《三国志》史学名著闪耀着史学光彩
陈寿出生在三国鼎立时期的蜀国
少年时期得经史大师谯周授学抬爱
在谯周的熏陶和教育下自幼精读史书
曾深入研究过史书的编纂方法和体裁
幼时的努力为他以后取得史学成就准备了条件
博闻强记文思敏捷使他具备先天之才

当时蜀地的许多学者重视地方志的编撰
陈寿受这一传统影响更是继往开来
他开始写史也是先从地方志做起
他不满先辈的局限而大大扩充了史台
于是他撰写了《益部耆旧传》十篇
还写过《古国志》五十篇其范围大大广开
非常可惜的是这两部书都先后亡佚
不然他这两部史著也会列入史学之台
他性格偏质直不拘小节对人不会曲意附和
更不媚权贵为此使他不可避免会有才高命蹇之害
但他不随流俗不愿受世俗藩篱的约束
仍然坚持不屈秉性专心史著痴心不改

陈寿四十八岁那年终于完成《三国志》编著
从此又一部杰出史学名著高立史学之台
《三国志》被誉为古代纪传体史书代表作
有人把它与《史记》《后汉书》相列并排
《三国志》的成就开创了一种新的史书体例
结构清晰全书前后贯穿事无重复埋汰
通体简约爽洁无繁冗芜杂的弊病
叙事简要取材精审而且议论有见地又实在
《三国志》引起后人是是非非的评议
但是谁能够理解他写作的处境和心怀
裴松之为补救《三国志》缺陷特地为之作注

遂使《三国志》一书更加完善地屹立史台

229. 裴松之

他让《三国志》史著更加完善完美
从而使他位列中华历史学家地位
他，裴松之东晋刘宋之际的史学家
他的史著《三国志注》使《三国志》更加光辉
裴松之出身于士族官僚家庭
他从小就喜欢读书勤奋好学又聪慧
八岁时已熟知《论语》《诗经》诸书
长大后博览各种典籍学识日菲
时值朝廷选拔一批名门士族入宫
由于门第和本人学识裴松之被选中入宫侍卫
后又到地方任职在故鄣县政绩突出
此后他不断得以升迁直至大中正并赐西乡侯之位

他受宋文帝之命为《三国志》作注
随后他便广采三国各类史籍勤谨而为
他上搜旧闻傍摭遗逸精心撰作
经过三年刻苦努力终于如愿心遂
宋文帝看后称赞他做成了一件不朽事业
这一年的裴松之已经五十八岁
裴松之随注书呈给宋文帝《上三国志注表》
陈述了自己作注的指导思想以及所为

他把注文概括为补阙、备异、惩妄、论辩四种类型
并将注文这四种类型分析解说细微
补阙是裴松之《三国志注》的重点
凡原书所不记载又有价值史料注书全部补回

他对原书过于简略处广征博引悉心增补
对原书遗漏之处搜集资料给以补缀
对那些不易判断谁是谁非的材料一律收入
留待读者或后人去分析判断这就是备异之谓
所谓惩妄是对书中明显错误进行纠谬
举书前后乖舛之处引用其他史家著述辨别书中谬类
论辩包括对某些史实及书中诸家史的考辨和评论
即在补充史实同时对历史人物事件评论是非
除了补阙、备异、惩妄、论辩还包括一般注书内容
如文学的训诂、名物的诠释等注文之类
《三国志注》的不朽成就在于开创了史注新法
为此《三国志注》在中华史学上具有特殊地位

230. 范　晔

他的人生正如他的名字闪射出光耀
他的性情导致他的命运劫数难逃
他，范晔字蔚宗祖籍顺阳后移居山阴
作为杰出史学家留下历史光照
他是史学名著《后汉书》的作者

他的一生也是历经了一条不平的人生之道
他出生于晋代一个著名的士族家庭
但他却因是妾生庶子而备受煎熬
他从小好学天资聪慧未成年便博涉经史
以善写文章而负盛名为世人广为知晓
他十七岁那年州刺史征辟他为主簿
从此他走上沉沉浮浮是是非非的宦海之道

范晔具有多方面的才能学识渊博善于为文
另外他还精通音乐长于书法识广才高
但他为人傲岸不羁不肯迎合权贵
这样就使他在人生路上的磨难挫折难以躲掉
不久他就遭贬去宣城任职这对他是一次很大刺激
仕途上的坎坷更勾起他幼年生活的屈辱苦恼
在宣城任上他开始从事后汉史的编纂工作
企图以此来排解心中的隐痛和苦恼
对史事的研究大大打开了他的眼界
现实的问题在同历史经验对照后使他少安毋躁
于是他凭着个人对历史问题的理解
开始了他的历史名著《后汉书》的起草

他明确提出编纂《后汉书》是为政治服务
在历史上他是第一个提出这种观点和口号
把史论作为重心是《后汉书》一个显著特点
在体例上虽大部分沿袭《史记》《汉书》则又有创造

他在帝纪之后添置了皇后纪和七个类传
突出了“论”“赞”地位使其在书中成为高韬
《后汉书》结构严谨编排有序文辞优美
勇于抨击佛教虚妄暴露黑暗政治同情和歌颂正义之道
可惜他终因不慎招来杀身之祸令人可叹
更可叹他遭害时《后汉书》尚未彻底完稿
他临刑前仍坚持无神论主张进行不妥协斗争
愤而疾呼“天下决无佛鬼。若有灵,自当相报”

231. 李延寿

他的《南史》《北史》并排屹立古老九州
这是他作为历史学家一生最大的成就
他留下著名史著但历史对他生平记载却很少
后人是从他的自撰中了解了他李延寿
李延寿之所以走上治史道路与家学渊源关联
他的曾祖、祖父、父都是博涉经史代代传流
他的父亲少有著述之志勤奋好学知识广博
早有编辑南北史志向并一直努力寻求
不幸的是李延寿之父不久病逝心愿难遂
李延寿便承继家学及父亲遗志投入运筹
在他父亲去世后的第二年他成为一名史官
从此他一生中绝大多数时间从事史的编修

他先后参加了《五代史志》《晋书》的编纂

还撰写了《太宗政典》三十卷的编修
《太宗政典》开创了政书的编撰
在政书编纂方面实际上由李延寿带了头
他一生在仕途上还是比较平稳
既没有飞黄腾达也未有遭贬斥放流
他一生专注于史学似乎对做官没有多大兴趣
尽管官职屡有变动却始终没有高就
以致《南史》《北史》因他地位不高有人不甚称其书
历代社会都难免存在这样一种缘由
他一生中最大的成就是独立完成两部正史
他的史学名著《南史》《北史》是那么的优秀

他从任史官之始就着手搜集资料
决心完成父亲的遗愿创出史学成就
除去完成官方的编史任务外编辑之暇昼夜抄录
利用自己编史有利条件全面搜求
他对父亲的旧稿内容加以完备
对巨大数量的史书全面抄录和勘究
终于使他完成《南史》《北史》一百八十卷
从开始编辑到完成一共长达三十年之久
南北二史编次别代共为部帙鸠聚遗逸以广异闻
除其冗长捃其菁华与八史相辅相成各有千秋
他修史的思想核心即是“以史为鉴”
南北二史在普及历史知识上也颇有成就

232. 刘知几

刘知几从小就好史学十二岁读完《左传》
他年轻时对史学很有研究很有创见
他学习了众多史学名著仍感不足
他更喜好探究古今沿革状况和历史发展
从此他读史的范围逐步扩大越来越博
到十七岁时已广泛涉猎汉代以来各种史传
勤奋苦读使他不但获得大量历史知识
而且了解了各种史书的思想内容及全部特点
在钻研史书过程中他一有创见就随手写成札记
日子久了他的学问越来越精深和全面
他二十岁那年中进士被任命为获嘉县主簿
从此他以文知名步入仕途而面临抉断

他可以声名继续词章之学以利仕途进步
也可钻研历代史书但此不为时人所重影响升迁
但他选择了重新钻研历代史书把精力投向史学
虽然他对史学异常执著但也关心社会政治的发展
他在获嘉县任职期间多次上书皇帝
以敏锐的政治眼光提出革新政治的意见
当时正值武则天执政几次上书均未采用
但武则天由此很赞赏他的直率敢言
他也正是性情耿直不善官场周旋逢迎不得上司欢心

任获嘉县主簿一连十九年不能升迁
后来终于调任并参加了大型类书的编写
四十二岁那年终于正式成为国家的一名史官

从他四十二岁到去世二十年间虽然也有调任
但其间他三次被任为史臣三入东观
他先后多次参加集体编修唐朝史书
但他发现在史馆修史很难发挥自己的创见
于是他"故退而私撰《史通》,以见其志"
历经勤苦终于使他的史学名著《史通》得以创建
他一生虽抑郁不得志但《史通》为他树起一座永远丰碑
使他以见其志终生的志向得以实现
《史通》是集前代史学批评之大成
标志中国古代史学批评全面理论系统创建
表明史学家已能够对史学研究进行整体审视
使后代史家从《史通》中受到教益和借鉴

233. 杜　佑

历史学家杜佑,字君卿京兆万年人
出身于仕宦世家一生为朝廷重臣
他幼年读书勤奋经传之外尤重历史典籍学习
十八岁那年以父荫为济南郡参军
他曾长期跟随刺史韦元甫辗转多地
一直在韦元甫幕府任职深得信任

唐德宗即位征杜佑入朝为工部郎中
从此他不断得以升迁一直做到重臣
他在地方为官期间革除苛捐杂税安定社会
兴修水利发展农业生产颇有政绩深得民心
他生平好学手不释卷公事之余勤于著述
创撰重要历史著作《通典》立下历史功勋

《通典》是顺应时代潮流而产生的一部历史名著
作为有识之士的杜佑为此付出心血辛勤
当时显赫一时的唐帝国衰落到惶惶不可终日
这使得统治阶级中的有识之士不能不为此苦思焦心
生活在这种形势下的杜佑也想极力挽救唐皇朝
极意讲求经世致用之学和如何富国安民
他虽位极将相而好学不倦为学不重术数不尚章句
以为诸经率多记言而罕存法制之认
使他故究心于历代典章制度的沿革得失
意图总结历史上的经验教训以为施政张本
这就是他编纂《通典》史书的动机
很明显他著书的目的在于“经世”“政治”之心

所以他论田制则深慨兼并之弊端
论军事则力主强干弱枝以避拥兵作乱纷纷
论边防则极诫穷兵黩武滥用武力
凡此之类无不反映他对现实政治的主张和究心
他的《通典》创立了史书编纂的新体制

为史书编纂开辟了新的途径新的史学大门
《通典》综合历代史志中有关典章制度的资料
分门别类竟委穷源可以收会通之真
《通典》发展了史书自注的方法特别注意自注
表现了他进步的史学思想和唯物史论
《通典》是一部属于文化史性质的专著
是一部具有创造性具有深远影响的史著名品

234. 司马光

他因出生于光州故名曰司马光
他孜孜求学手不释书编修一部历史辉煌
他六岁开始读书七岁闻讲《左氏春秋》爱不释手
自此手不释书至不知饮渴寒暑其学问快速见长
他二十岁时中进士甲科从此走上仕途
至四十五岁时形成了他的政治及史学思想
他中进士后以奉礼部郎为华州推官
不久他母亲父亲相继去世他回家服丧
在服丧五年期间他写下大量著述
这些著述内容在以后《资治通鉴》中得以发扬
为官时表现出他是位为维护名分礼教敢于极言之臣
在他的政治史论中充分反映了他的政治思想

论政见司马光是守旧型的历史人物
他反对王安石变法的态度几乎达到疯狂

宋神宗病逝后他与皇太后高氏“元祐复辟”
司马光复出为相尽废新法尽复旧法政治主张
复辟的结果也没逃脱惩罚终被夺谥追贬
落得个名字刻在“元祐奸党碑”上的下场
但他的政治主张也有一些可取之处
特别关于边事方面意见有值得肯定地方
其著作甚丰留下《温国文正公文集》
更取得史学成就《资治通鉴》的辉煌
他主持与刘恕、刘攽、范祖禹共同完成史学卓著
从而使他成为一代史学大家司马光

在推行新法进入高潮时他退居洛阳修史志
与一批反对新法人士聚集洛阳相互和唱
一面集中力量编修《资治通鉴》
一面静观时局变化成为在野宰相
《资治通鉴》虽是众手所修但体现司马光一家之言
维系礼教纪纲名分保国治安是他史学思想
同时也是他政治思想的根本点
他的史论与政论融合在一起寓志于修史之上
他对易学等经学及对老子研究方面颇有成就
其所撰《稽古录》二十卷也广受赞扬
两宋政坛上风波迭起使他受到牵连
一代史学大家一代重臣落得一个可叹下场

235. 郑 樵

郑樵，字渔仲自号溪西遗民学者称为夹漈先生
他励志苦读通百家之学令人起敬
提起郑樵仿佛又看到他风晨雪夜执笔不休
仿佛又看到他厨无烟火而不绝讽诵
他家境贫寒但在学习上却是寸阴未尝虚度
家中没有书便向当地藏书丰富人家借书而诵
立志欲读古今之书欲通百家之学
欲讨六艺之文而为羽翼如此则无恨一生
在治学上他兴趣广泛对经史各学广为博览
对各个门类的学问都加以探索并能精通
他注意把书本知识与实际观察融通起来
他认为农人与儒生必须结合起来才能相行相通

为学习天文知识他一面读《步天歌》一面观察星象
时素秋无月清天如水他长诵一句凝目一星
为了认识动植草木了解草木虫鱼
与农夫野老往来与夜鹤晓猿杂处伴同
在治学上他主张要有独断之学精神
要有自己的见解不能一味因袭前人如“胸无伦类”儒生
他的“六书”说在文字学史上是一家之言
他写的《尔雅注》受到历代学者好评
在等韵学上他的《韵图》是今天可考的最早韵图

他关于文献校雠类例主张一直受到学人推崇
在目录学上他著述丰富在目录学史上占有重要地位
在动植草木等方面他的认识被世界科学史研究者看重

他在许多学术领域都取得相当重大的成就
对这些学科作出了贡献受到广泛好评
朝廷诏献书他风尘仆仆千里将自己著述献上
朝廷几次引荐均被他婉拒而不应
他一生居山林三十年著书千余卷
虽大部分散失但多数内容收在《通志》之中
他的《通志》二百卷是司马迁之后又一部纪传体通史
史学名著《通志》为他留下史学大家之名
他的史学思想多数通过史学批评表述出来
会通思想反对用天命观曲解历史主张治学实用
他的史学思想在中华古代学术史上占有重要地位
正如梁启超所评史界之有樵若光芒竟天之一彗星

236. 李　焘

李焘,南宋时期著名历史学家
《宋史·李焘传》中给他很高的评价
他性刚大特立独行早著书秦桧当路
一直到秦桧死他才始闻于朝名声勃发
他如雪松雪柏无嗜好无姬侍不殖产平生生死文字间
这是当时众多的士人对李焘的评价

这一评价概括了李焘的志趣人品
为此他不论为官为吏都受到人们的赞夸
他二十四岁中进士调成都府华阳县主簿
但他没有赴任而是在龙鹤山巽岩继续读书生涯
四年后他赴华阳主簿任但仕途不畅
其中原因是因他恶秦桧误国擅权奸诈

他三十六岁那年再任雅州军事推官
在雅州任上他反对郡守一类用私情背公法
他总领财赋反对增加百姓负担
受到百姓们的赞颂和士人良好的评价
他任职成都府双流县勤于政事颇有政绩
在荣州任职时治水有效留下佳话
在潼川任职时他弹劾有劣迹的守令
极力反对当地州县横征暴敛的做法
他向宋孝宗上进《四系录》希望宋孝宗不要忘记边患
又上奏议劝宋孝宗能够力行振兴国家
他长于吏治关心民情但终未获大用
去世前还口授遗言上表劝宋孝宗要像先祖那样治理国家

他一生虽然仕途不畅但著述弘富
其代表作《续资治通鉴长编》更是闪耀史学光华
这是他四十岁前后在双流县任上所作
在公务之外日翻史册汇次国朝事实而抒发
他遍求正史实录傍采家集野史增广门类

并在以后不断地修订重编使长编不断升华
他著长编最初动机是要整理北宋九朝史事
他尽力史学于本朝故事发愤讨论使众说咸会于一家
他以四十年之精力撰成近千卷当代史为宋史要籍
长编宁失于繁无失于略行文简洁颇有章法
叙事中有识断材料增删中足见其精心
因此使《续资治通鉴长编》成为史林之精华

237. 袁　枢

他在中华古代史学上谱写一曲新歌
开创以“事”为纲的本末体史书之作
他就是著名的南宋史学家袁枢
史学名著《通鉴纪事本末》的作者
他幼年就能赋诗在故乡南桥上曾题诗
小小年纪很有抱负四句题诗气势磅礴
他十七岁进杭州太学二十岁参加国子监考试
后又参加礼部考试列词赋科第一榜册
后中进士初任温州判官兴化军教授
先后在朝廷及地方任过的官职颇多
他还兼任过朝廷国史院的编修官
撰写了《通鉴纪事本末》史著名作

他喜欢读史尤其喜读《资治通鉴》
但他认为《资治通鉴》浩大苦其浩博

于是便撰写了《通鉴纪事本末》四十二卷
成为中华第一部纪事本末体史学著作
其著总括二百三十九事附录六十六事独立成篇起讫了然
开创了纪事本末这一新的写史体例先河
使漫漫数千年历史大事经纬明晰
给读史者带来方便使其更利于广泛传播
《通鉴纪事本末》还兼有纪传、编年二者优点
因而其作对后世影响极大明清两代多有仿作
他任国史院编修期间负责《宋史》列传部分编修
坚持实事求是以史实为依据公道磊落

有人曾请他在有关人的传记中多加文饰
他书法不隐不负天下后世公议对其给予驳责
他的《通鉴纪事本末》始于“三家分晋”
终于“周世宗之征淮南”这一历史段落
他取《资治通鉴》所记之事区别门目分类编排
专以记事为主自为标题每一事详书始末
对现实政治不满是他编撰《通鉴纪事本末》原因之一
他想借此给内外交困的南宋提供安邦定国之策
另一原因是为解决阅读《资治通鉴》的困难
他始终恪守专取有关国家兴衰关系民生休戚原则
对于灾异、符瑞、图谶、占卜、鬼怪绝少采用
这种反对天命论而重视社会现实的史观值得称贺

238. 马端临

他的史学巨著《文献通考》是那么的卓越
三百四十八卷卷帙浩大卷卷连结
二十四考考尽漫漫几千年纵横史事
其中每一考都考得是那么的确切
他就是宋元时期历史学家马端临
在他一生中历经了宋元两朝的换代更迭
马端临家学渊源深厚深受其父影响
其父幼年时家境贫寒家徒四壁甘贫力学
其父正直清正不趋权贵的品质对马端临影响更大
还有其父一生著作颇多并留下所著史学
马端临深受其父的熏陶从事史学著述
“业绍箕裘”“趋庭答问”努力继续父亲的事业

他的《文献通考》中还保存了其父对历史的评论
对其父的学术风格他也有所承继所学
南宋灭亡时马端临年仅二十三岁
年轻的他在历史大变动之际对时局震荡感受深切
二十八岁那年他虽漕试第一但决心不仕
立志以变通的思想对历史进行总结
他一生中做过慈湖、柯山二书院的山长
还在台州路儒学以教授学生为业
《文献通考》以杜佑《通典》为蓝本贯穿古今

会同历代典章制度博加考察而撰写
二十四考通考了自上古到宋宁宗时的典章制度沿革
尤其统考首列《田赋考》体现出他见识卓越

《文献通考》把历史划出不同阶段却形成一个整体看法
对宋朝以前的历史做了全面的总结
各考一以贯之地体现出他的史学思想
他对历史的认识所具有的通变思想十分明确
他认识到“返古实难”应当“知时适变”
这是他从通考历史中得出的深刻认识感觉
由于马端临亲身经受了宋朝灭亡的痛楚
所以他对南宋统治者的愤慨批评激烈
《文献通考》在编纂学方面很有特色
全书有“文”有“献”有“考”相辅相协
对历史的见解通过材料编排和自己议论贯穿全书
使《文献通考》在内容和形式各方面都是完美巨制史学

239. 胡三省

他为史学名著《资治通鉴》音注
他为史学名著《资治通鉴》训诂
他为史学名著《资治通鉴》拾遗
他为史学名著《资治通鉴》辨误
他为史学名著《资治通鉴》布道
为此他完成史学名著《资治通鉴音注》

他，胡三省宋元之际著名历史学家
作为一代历史学家留下他的史学名著
他自幼好学受其父影响功课之余攻读《资治通鉴》
其父去世时留下期托勘误《资治通鉴》遗嘱
那年他只有十五岁却牢记其父遗愿益加勤奋
虽然家境艰难却更加刻苦用功读书

他中进士后历任县令、府学教授等职
后来应贾似道之召从军至芜湖
由于他刚正不阿不事谄媚敢于建言
对专横奸佞的贾似道决不趋附
贾似道专横不用他随之隐居不仕
便开始专心著述《资治通鉴音注》
可惜手稿完成后临安失陷他在流亡途中手稿遗失
南宋灭亡后他不得不重新撰写著述
经多年努力终于完成《资治通鉴音注》二百九十四卷
重新撰写他该付出多少心血和辛苦
《资治通鉴音注》并对史事有所评论
注文中多处联系南宋灭亡事实发表感慨痛楚

他的《资治通鉴音注》对原著进行了详细注释
对有关典章制度、音韵训诂都有详注
特别是对音训、地理诸项考证尤为精详
认真细致地订正了原著存在的谬误
古代对于《资治通鉴》的注释卷帙浩繁

历来以他的《资治通鉴音注》为最好著述
是目前研究《资治通鉴》最完整的参考资料
为此他在思想文化领域贡献比较突出
为阅读《资治通鉴》扫除了文字障碍
为读者打开了阅读《资治通鉴》的方便之路
以史布道古今公论他阐发了以史为鉴思想
为此他完成了一个史学家的史学任务

240. 谈　迁

他一生虽家境贫寒却终生不仕
他一生喜好博综子史百家无不致力
他,谈迁,原名以训字仲号射文
明朝之后改名为迁寄托了对历史一种心迹
也许还有追寻司马迁脚步之心
更多的可能是隐藏着自己的一种境遇
他自幼刻苦好学博览群书知识渊博
一生靠缮写代笔或作记室维持生计
他是一位有使命感和责任感的历史学家
虽然贫寒一生却是那么有志节骨气
南明弘光政权曾召他任职以图复明
他感到不足于有为坚辞在家隐居

他善诸子百家精研历史尤其对明史精透
立志撰写一部翔实可信的明史

从他二十七岁那年开始便着手撰写
历时二十余年辛苦撰写四百万字
六易其稿汇至百卷浩大一部史著
他终于完成一部编年体的明史
可叹的是二十余年心血却被窃走
对时年五十三岁的他是一个多么沉重打击
但他很快从痛苦中挣脱出来发愤重写
经过四年多的努力终于完成新稿明史
史著取名《国権》署名“江左遗民”
一部卓越的史著寄托他多少历史深思

时年六十岁的他携书稿远涉北京
在北京两年半搜集明朝遗闻及有关史实
走访明朝遗臣故旧及知情人
并实地考察明朝的有关旧地遗迹
终于使他的《国権》这部史学巨著完成
使其高高屹立在中华古代史学阵地
《国権》以《明实录》为本并参阅诸家史书
取材广博选择谨严论辩深邃说理明晰
书中对满清颇多贬责因此当时无法流传
直到现代才得以重新整理出版问世
《国権》是一部具有重要史料价值的史著
它为研究明朝历史提供了重要依据

241. 查继佐

查继佐一生是那么的英雄豪迈
为学为武都显示出英雄气概
他在南明鲁王时曾任过军职
他积极抗清在赭山曾把清军打败
他曾参加过保卫钱塘江的武装斗争
也曾跟从御史黄宗羲出师渡海
明朝灭亡后归乡辟敬修堂聚众讲学
他不屈不挠的气节深得大家爱戴
他曾因一件明史案牵连而被捕入狱
幸得粤提督吴六奇奏辩才把他救出来
他出狱后改名左尹号非人氏
隐居于硖石东山仍聚众讲学寄托情怀

他五岁时就开始跟随父亲读四书
七岁时跟随其母学诗勤奋不怠
他学习十分刻苦十二岁就外出求学
十五岁就文誉四起显露出其才
二十岁时值他家道中落开始做塾师
他一面教书一边仍然刻苦勤学不怠
三十三岁中举人后寄居西湖南屏读书讲学
明朝灭亡他回家乡是那么痛楚和无奈
他不仅学问渊博在史学上也很有研究

作为一个抗清志士更有其英雄气概
在抗击清军的经历中他多有所获
为了西征他费尽心血英勇战斗血染风采

可惜南明灭亡的命运无法挽回
他只能空怀一腔热血一腔愤慨
兵败后他只能回到家乡发愤著书立说
实现他作为一个史学家的愿望情怀
他一生著述颇丰其中多为史书
只可惜大部分已散失只有几种流传下来
最著名的是纪传体明史《罪惟录》
该书详尽地反映了明王朝的兴衰
该书在极其险恶的环境中写成
历时二十九年修改数十次终于屹立史台
《罪惟录》是一部很有价值的史著
查继佐留下他的气节留下了他人生的光彩

242. 屈大钧

他至死不屈的民族气节令人敬佩
他为诗为史的学识令人赞美
他是明末清初的著名学者、诗人
作为史学家他也占有重要地位
他曾进行过坚决的反清活动
矢志不渝至死将大明王朝追随

抗清失败后为避祸于番禺海云寺削发为僧
他一生著述颇丰只是大部分被焚毁
他誓死不为清廷所用坚定反清
他的忠贞侠义思想是那么的可贵
为僧后以化缘为名开始云游四海
奔走中华大地暗图复明大业之为

登北京景山哭拜崇祯显示其心怀
暗图复明大业只是心愿难遂
吴三桂昆明起兵他曾赴桂上书纵论兵事
他看出吴三桂难举大事遂托病而回
晚年由南京携家归番禺终不复出
著书讲学移志于广东文献文物掌故之内
他具有多方面的文学才能其中以诗成就最高
可惜他的诗作曾被三次严令焚毁
抗清复明弘扬民族气节是他诗作主旋律
更有体恤民生情愫更加关注社会
他的诗文以爱国诗人屈原为楷模
并具有璀璨瑰丽情感沉烈恢弘意境雄博之美

他在史学方面造诣极高贡献很大
其史著《皇明四朝成仁录》闪耀文学光辉
史著记载了崇祯、弘光、隆武、永历四朝死节之士
作为研究南明史资料十分珍贵
另一部史著名作《广东新语》是传世之作

内容丰富具有极高的史料价值和学术地位
历来评价极高被当代学者誉为“广东大百科”
更具开创性的是他树立了“以诗为史”之美
树立了以社会经济生活为中心的经世致用史学
成为封建传统史学向近代史学过渡的春雷
他作为一代史学家在过渡中起到先驱作用
因此在中华史学上他具有史学家重要地位

243. 黄宗羲

他，黄宗羲作为著名史学家著述是那么显要
他作为一代大师学术成就令人自豪
他高洁的人品和气节更令人肃然起敬
他起兵抗清濒于十死的精神光辉闪耀
他为父申冤赴京上疏轰动京城传遍朝野
年纪轻轻的他是那么的勇敢那么的孝道
连崇祯皇帝也不由叹息“忠臣孤子，甚恻朕怀”
姚江黄孝子之名名震天下几乎家喻户晓
他带头发布声讨阉党余孽阮大铖檄文
为国除奸不惜以身贾祸的凛然正气那么壮豪
为父申冤后他先后讲学于各著名学院
其学以“慎独”为宗旨走上他的为学之道

此后他曾四处交游往来于南京、苏州各地
并加入复社从此他开始广泛政治社交

他还同时在南京参加了科举考试
可惜的是科举考试结果落第只好还乡习学从教
于是他重温父亲“学者不可不通知史事”遗训
发愤攻读经史著作从二十一史到明十三朝
“每日丹铅一本,迟明而起,鸡鸣方已,两年而毕”
此外还广泛阅读了诸子百家的各类学问之要
由此使他名声大振闻名于浙东大地
更值称颂的是他多次起兵抗击大清王朝
他曾经因抗击清朝多次被捕入狱濒于十死
几年的颠沛流离生活使他家祸殃累遭

当复明事业无望之时他只好告别颠沛流离生活
从此致力于讲学、著述事业一直到老
他从事讲学十七载创立浙东学派取得重大成就
停止讲学全力从事著书所取成就更为显要
写下第一部重要政治思想著作《留书》
编定了规模宏大的《明文案》史著精要
编撰了学术巨著《明儒学案》并创新的史书体裁学案体
他博学多才著述宏富在众多学科留下名作精要
他一生著作总数达一百多种一千三百多卷两千多万字
这需要多少学识需要付出多少心血和辛劳
他作为一个思想家、史学家确实是“不下古之名家”
他那宏富的名著将永远在中华大地光辉闪耀

244. 万斯同

万斯同，作为清初史学家取得重大成就
他留下的诸多史学名著屹立大地九州
他精史学以布衣参与编修明史
不署衔不受俸前后长达十九年之久
著有《历代史表》《纪元纪考》等众多史著诗作
《明史稿》五百卷皆定稿其手
他生而异敏聪慧读书过目不忘
八岁时背诵《扬子法言》居然一字也不错漏
十四五岁便读遍了家中所藏书籍
以后他专攻二十一史精心进行研究
他曾受业于浙东著名史学家黄宗羲
其后又博览天一阁藏书使学识日益深厚

他博通诸史尤为熟悉明代的掌故
在史学上他成为闻名当时的名流
他如同他的老师黄宗羲很有民族气节
他不但不仕清廷也不愿随波逐流
因清廷诏黄宗羲修明史被拒转而诏他
他像他的老师一样仍是坚辞不就
后黄宗羲觉得修明史事关忠奸评判和子孙后世
有万斯同参加可放心于是劝他前去参加编修
他“四方身价归明水，一代奸贤托布衣”

他居然不署衔不受俸以布衣入局编修
他寓居友家修《明史》长达十九年
十九年的布衣修史艰辛他该如何忍受

他年轻时候曾是那么的喜欢古文诗歌
以后由经入史专攻史学有志做一代史籍高手
他修史态度非常严谨坚持“事信而言文”
以实录作为指针直载其事以实录为证求
他还参与了重要史书《二十四史》的编撰
他还有《读礼通考》等诸多史著传流
他一生不慕名利惟以读书励名节相切磋
态度谦恭淡泊名利志节高洁品德优秀
经过长期勤学苦练终于成为学识渊博学者
成为史学上一位著名史学家修史高手
他晚年双目失明口授别人操笔写成《南疆逸史》
用一生中最后的生命又书写了一部史学成就

245. 章学诚

他，章学诚一生未入仕途家中没有田产
他，一代大师如此贫困窘迫颠沛流离极为罕见
他几十年四处奔波寄人篱下令人同情
他在如此艰难条件下始终治学不辍令人赞叹
他一生虽然贫穷得几乎一无所有
但他为中华古代史学史留下宝贵遗产

他坎坷潦倒之中几无人生之趣然退而求所好
但他却对中华史学理论作出重大贡献
他的重要著述《文史通义》通达几千年之路
但他却一直靠充当幕僚、主讲书院、编书修志谋生吃饭
他的巨著《史籍考》是多么巨大的成就
基本完成却没能得以流传着实令人遗憾

他从小就不肯习作应举之文而喜泛览群书
兴趣趋近于史学小小年纪就想作史传
其家境因贫穷不能归乡寄望他能争取功名
随着年龄的增长他了解了人生的艰难
他不得不走科举考试这条读书人的进身之阶
可是他先后几次应试其结果都是名落孙山
他在京师大学堂读书时考试成绩仍是不佳
但是他此时在学术上已有了独到之见
他认为志乃史体所以“体裁宜得史法”
方志应以国史取材编写方志应有独特志观
他二十多岁时产生了史书应当立史官传的设想
他的这种研究史学史的思想萌芽是可贵的创见

他在宣武书院讲学期间编著了《校雠通义》
这是一部与他《文史通义》并称的重要名篇
这时他在顺天府乡试中举次年中进士
在科举考场上真可谓他时来运转
但他自认迂疏不具备做官的素质

因此他始终未敢入仕使其一生未能为官
他的哲学思想主要表现在对“道”“器”关系论述
但其哲学思想核心还未完全摆脱唯心观点
随后《答客问》等著作标志他史学理论体系形成
提出了将史籍分为“著述”和“比类”的论断
还提出史意标举、改进史书体例的设想
从此作为一代大师形成了他史学理论总体观念

246. 崔　述

崔述，字武承号东壁直隶大名府魏县人
他是清代乾隆二十八年的举人
他是清朝著名的辨伪学者史学家
可是在当时他却没有得到公认
他的著作由门人汇刻为《东壁遗书》
其中《考信录》三十二卷是他的精品
他发愤自幼专心撰写《考信录》
可遗憾的是他没有看到自己全集付印
他所著《考信录》主要包括《考古提要》
还有《夏考信录》等一共六部作品
除以上考经辨史著作外还有《天闻集》
还有《知非集》《小草集》等文集十六卷作品

他的著作具有非常重要的学术价值
但由于无裨于科举而被埋没封尘

居然埋没长达百年之久不为史传
直到二十世纪中期其著作出手于日本人
日本人将《考信录》加上标点排印出来
使崔述的学术思想首先影响了日本
崔述的学术思想在日本产生重大影响
由此才引起中国学者的注意和关心
胡适从日本回来倡导新文化运动
问世了长传《科学的考古家崔述》作品
与此同时引起钱玄同等学者的关注
于是将崔述的著作重新编校刊印

崔述的著作从此才得以昌明于世
作为一代史学家终于闪现出光晕
这是后世为什么迟迟不认识崔述的缘故
这是他的著名学术思想不得昌明的原因
他的《考信录》虽非为辨伪而作
但他对先秦的书除四经外几乎都有疑问
即使两千多年来被奉为经典的《论语》
对其中有一部分内容他也不大相信
显现了一个辨伪家令人佩服的勇气
所以他的《考信录》问世后影响很深
他作为古代史学上疑古派的一个代表人物
在后世学术界留下了深刻影响和不同的评论

第十二章　文献学家

247. 刘　向

他是中华历史上最早的文献学家
他在中华历史上最先书写了文献学光华
他，刘向字子政本名更生成帝时更名向
他出生于西汉末年的刘氏帝王之家
他是西汉末年时期著名的笃学之士
同时他也是西汉时期的一位神学家
他的一生却深受神秘思想的影响
早年受《枕中鸿宝苑秘书》影响很大
后又参与五经讲论濡染于今文经学活动
使他的神学思想又有了经学的掺杂
后来他论历代兴革、国政得失又拿出今文学者派头
以阴阳五行、天人感应为依据论证天下

他论舜及文武周公时祥瑞和幽厉以后灾异
把其归结于灾异的变化为天的变化
论述宗周以来大臣操持国柄之危国

借当时时事申言事势不能并立不能两大
这表明他的历史观是神学的历史观
这是他对当时大权旁落、皇族失势的悲观情绪表达
《汉书 · 五行志》保存了他论灾异的诸多论述
这是他利用阴阳五行学说作为政治斗争工具的一种想法
他在校订皇家藏书时却很少运用这种神学历史观
而在很大程度上显现人文主义态度的表达
他在政治上屡劾权宦为此曾二度入狱
他上书《封事》用大量史实申说外戚危害之大

刘向一生在政治上虽很有政见却一直没有得势
据说皇帝多次欲重用因外戚反对得不到提拔
但他一生在学术上却很有建树取得成就
尤其在古今典籍校雠方面贡献巨大
他奉命校古今典籍负责经传、诸子、诗赋三类
他从事这项工作长达二十年的生涯
他在思想上发展了学术分类的概念
对典籍进行了比较实用的分类细化
注意学术源流及政治背景对各家各派作出的评述
对各种学术各个学派的短长都有所表达
他创造了大规模校雠、缮写定本等范例
他的这一切所为对后世文献学的编集影响很大

248. 刘　歆

刘歆也是西汉末年一位笃学学者

他继承了其父刘向文献学的衣钵
他继承了其父刘向在学术上的事业
与其父共同开创了中华文献学先河
刘歆也是中华历史上最早的文献学家
在文献学方面取得重大的历史成果
刘歆在政治上与其父刘向存有异趣
他与其父具有不同的政治思想风格
他年轻时通《诗》《书》能属文
深得汉成帝赏识欲任常侍因王凤反对未果
刘向去世后刘歆复为中垒校尉
他后来得到王莽重视而位居显赫

他为了与王莽拉关系与其结成了儿女亲家
参与了为王莽的一些阴谋成为了王莽的同伙
但随着社会矛盾激化反对王莽者四起他开始三心二意
因为他看到了王莽篡权后带来的后果
后来他怨恨王莽杀了其子准备劫持王莽起事
正待起事被人告密他以谋反遭杀身之祸
他一生在政治上的所为不为人赞许
但他在学术活动中却是那么的出色
《汉书·五行志》也保存了刘歆论《洪范五行传》材料
但没有一条具体论述与其父刘向完全吻合
这也是由于刘歆政治态度与其父不同
在学术上也就反映出了不同的思想及特色

在经学上刘向治《春秋谷梁传》参与石渠阁讲论
刘歆治《左传》坚持立《左传》于学官之说
《春秋谷梁传》属今文经学《左传》属古文经学
从经学派别来看父子二人又是对立者
在古今典籍校雠上刘歆奉命完成了其父未竟事业
把刘向的叙录按照典籍进行分类概括
分别概括为六艺略、诸子略、诗赋略、兵书略
还有术数略、方技略另加辑略共七略之作
刘歆把概括的七略编成《七略》一书
把刘向的叙录后来别辑成《七略别录》书作
《七略》在相当长时间内成为学术史的主要表达形式
刘歆与其父刘向为中华文献学开了先河

249. 郑　玄

他作为承前启后杰出经学家精通经学
他作为中华古代文献学家是那么的卓越
他还是汉代一位十分著名的思想家
他在教育上的成就又可位于教育家之列
他，郑玄字康成东汉经学大师、大司农
曾入太学攻《京氏易》《公羊春秋》之学
又学《古文尚书》《周礼》《左传》等
最后他又师从马融攻读古文经学
游学归里之后复客耕东莱聚众授课
弟子最多时居然达数千人听他授学

他家境贫寒刻苦好学终于成为一代大儒
党锢之祸起遭禁锢杜门著疏潜心著述之业

他以古文经学为主兼采今文经说遍注众经
著有《天文七政论》《中侯》等书世称“郑学”
他遍注儒家经典为汉代经学的集大成者
使经学进入一个“小统一时代”时节
他以毕生精力整理古代文化遗产
作为杰出文献学家他的贡献卓越
他十二三岁时就能诵读和讲述儒家五经
同时他还特别喜欢学习钻研天文学
他从小就确立了学习经学志向孜孜以求
终日沉湎于书卷之中专心致志一心向学
十六岁时不但精通儒家经典详述古代典制
而且写得一手好文章并通晓谶纬方术之学

他四十五岁那年遭禁锢绝了仕途之路
于是便闭门不出集中精力遍注众经隐修经业
他毕生隐居不仕以整理古籍为职志
对此前的儒家全部重要经典进行整理和搜阅
从而使他成为一位卓越的文献学家
为整理古籍付出了毕生的精力和心血
他以古文经学为主兼采今文经学之长
并把古文经学与今文经学融会为一形成郑学
郑学盛行是经学史上承先启后具有划时代意义的大事

他一生注释儒家经典著述有六十种林列
他整理古籍涉及校雠学各个方面后人皆以他为楷式
他对训诂学、古音韵学及古词汇学贡献卓越

250. 陆德明

他的学识文采是那么的优秀突出
他作为一代文献学家留下颇多著述
他作为杰出名士历仕陈、隋、唐三代
他二十岁时其学识就声名远扬卓著
他，陆德明是又一位著名的文献学家
约生于梁末陈初而历陈、隋、唐三代仕途
他青年时代即学识很深善谈老、庄和《周易》
在皇宫儒家经学讨论会上格外令人瞩目
他当时只有二十岁却敢于向权威大儒争辩
深中要害博得满堂赞美表现不俗
从此他名声大震步入陈朝名士之林
从此他也以名士之名开始踏上仕途

陈朝灭亡后他回到了故乡苏州吴县
隋炀帝即位后他作为名士又被召入仕途
他被任命为秘书省学士在长安讲学
群儒会集长安讲授经义互辩诘难他又胜出
群儒谁也没有辩论过他从而使其加授国子助教
从此他的学识名声更为响亮和卓著

宇文化及与王世元篡政后也诏请陆德明讲学
但陆德明以养病为名移居成皋闭门不出
唐秦王李世民攻克洛阳诏陆德明到长安
在唐高祖召集的经义讲习会上又声名卓著
他难住参加讲习会的儒、佛、道三家名流
最后还是由他把问题一一解说清楚

唐高祖赞叹他是一位学术精深的贤才
对陆德明大加赞美赏赐他大批财物
唐太宗即位后任命他为国子博士封吴县男
可是不久一代学术精深的他不幸病故
作为一代杰出文献大家生平著作颇多
《经典释文》三十卷那是有名的著述
唐太宗阅读他的《经典释文》大加赞赏
对陆德明的学识渊博善辩甚为佩服
他的《老子疏》十五卷对后世也影响很大
还有他的《易疏》二十卷也是一部名著
他的这些著作都流传当代影响深远
作为中华历史上一代文献学家表现突出

251. 颜师古

颜师古，他是名儒颜子推的孙子
他生活在隋末唐初两朝更替时期
他受家学熏陶博览群书精训诂之学善作文章

在隋仁寿年间经人推荐授安养尉之职
后因失职罢归长安十年未调任新职务
迫于生活他便以讲学授徒为生计
他学问通博还是研究《汉书》的专家
对两汉以来的经学史十分了解熟悉
他是唐初儒学家、经学家、语言文字学家
作为一代文献学家取得重大业绩
唐朝初期他被拜为敦煌公府文学
后迁中书舍人专门掌管机密事宜

由于他办事机敏熟谙国家政事方略
又正逢唐初军国事务尤为繁多之时
因此他备受重用太宗即位拜为中书侍郎
诏令一概出自他手所写册奏无人能及
后来他被任命为秘书少监专管校订古书工作
每遇疑惑不解的奇文难字他都能一一辨析
他曾奉诏与博士撰写成《五礼》著述
后又奉太子李承乾之命为《汉书》注释
《汉书注》是颜师古晚年的一部力作
在审定音读、诠释字义方面都取得突出成绩
《汉书注》解释详明深为当代学者所重
为此他的《汉书注》受到广泛的赞誉

他明确反对借注《汉书》攻击《汉书》
主张依照《汉书》原文客观地对《汉书》注释

他首先订正《汉书》在流传中产生的讹误脱漏
同时考虑到《汉书》在时代推移中产生的新问题
《汉书注》不仅保持了《汉书》的原貌
而且为以后的校勘树立了典范之例
《汉书注》是一部《汉书》的新注
所作新注不仅内容丰富而且引据确凿有很强说服力
《匡谬正俗》是颜师古另一部重要著作
主要论诸经训诂音释及诸书字义、字音与俗语之异
他从诸多谬误原因中总结出深刻经验教训
成为整理古代文献的千古不易箴言和道理

252. 孔颖达

孔颖达年轻时就显露出文献学家之才
还是小小后生时就显现出大家气概
他八岁入学非常勤奋每天能背诵书一千余言
成年以后遂贯通经史学识精深博学多才
尤其对历代名家所注经书有精深研究
并擅长文学和通晓算术历法之脉
隋炀帝下诏推举通晓经书的贤良文士
孔颖达被本州推举从此走上朝廷官台
在一次诸多名士讨论经义时他崭露头角
居然让以著名学者自居者感到惊骇
他们因为被孔颖达驳倒而感到羞惭
更因为孔颖达一举成名而妒忌于怀

竟然有人不择手段雇刺客去刺杀他
这事让孔颖达及众多的人都感到意外
幸而有礼部尚书杨玄感得信把他藏在家中
才使孔颖达得免于难躲过一场祸灾
不久孔颖达补授太学助教但时值天下大乱
他便躲避战乱迁居武牢隐居起来
唐太宗即位后广泛搜罗文学之士
授孔颖达为秦王府文学馆学士他再入官台
后他又得封为曲阜县男调任给事中
他屡次进忠言规谏深得唐太宗赞赏青睐
唐太宗曾询问他《论语》中有关语论之意
他精辟的讲解深得唐太宗的欣赏喜爱

他参与《隋史》的编撰因功加授散骑常侍
奉命参与修订《五礼》遇有疑难由他决裁
他在东宫为太子讲学屡次进谏规劝太子
太子李承乾不遵守法令制度他更多次进谏其改
进谏次数之多言辞之恳切足见其忠心
但李承乾庶子难教最终被废黜为庶民让他无奈
孔颖达是唐代著名儒家大师之一声望很高
他奉命参加了《五经正义》的注释编排
因他的才学成为主要撰稿人和纂稿人
所以《五经正义》包括的五部正义书都署孔颖达编排
《五经正义》在经学研究上占有重要地位

孔颖达作为一代文献学家留下历史光彩

253. 李　善

李善注《文选》注得是那么深刻优美
李善注《文选》为后世留下一份珍贵
他第一次将征引式注释应用于大规模集部注释
为后世诗文注释提供了一份宝贵的经验积累
为后世诗文注释提供了可借鉴的模式
作为一代文献学家留下一缕文献之美
李善是唐高宗时期扬州江都人
他的勤奋好学和学识令人敬佩
他的《文选》注本是《文选》最重要注本
流传极广引来众多后来学者追随
一千多年来《文选》与李善《文选》注相互依存
相辅相成相传一代又一代一辈又一辈

李善《文选》注以《文选》而广传
《文选》因李善《文选》注而更优美
《文选》与李善《文选》注使一代又一代人受益
因此李善《文选》注在文献学上有重要地位
李善《文选》注的最大特点是采用征引式注释方式
这是李善在文注上所表现出的聪明智慧
他通过征引大量古籍古文训指出文句出处
并详细解释词语意义以方便读者领会

李善《文选》注引经部共二百一十五种
还有史部、子部、集部近八万种十分详备
按李善《文选》注征引内容来源可分旧文旧注
他把《文选》前后文注同时征引荟萃

李善征引《文选》以前典籍诸引文证
他举前以明后以示作者必有所祖述于内
李善征引《文选》以后之典籍诸释义
主要引后文之意以明前以深领前文之美
李善征引《文选》同时代典籍转以相明
用同时代的有关训解引来作为证释相随
李善《文选》注引用旧注一般是为释词
他在作注时有选择地加以征引选类
他征引这类旧注有二十九种之多
还有他征引文献的方式也有创意发挥
李善《文选》注为文献学作出重要贡献
作为著名文献学家留下他学识的精髓

254. 赵明诚

说起赵明诚人们就想起李清照
他们夫妻早年的生活是那么美好
他们是男才女貌绝配的一对夫妇
他们两个女才男貌更让人叫好
李清照作为著名词人文学家才貌双全

赵明诚为金石学家、文物收藏家有才有貌
赵明诚作为文献学家留下《金石录》
《金石录》还凝聚着李清照的辛劳
《金石录》是他们夫妇美好生活的结晶
《金石录》是他们夫妇学识才华的共同写照
他们素贫俭每朔望谒告出质衣取半千钱
步入相国寺市碑文果实归相对展玩咀嚼其妙

这是他们夫妇新婚生活的美好情景
这是他们贫困的新婚生活和搜求书画的写照
赵明诚出仕后生活好转夫妇二人仍节衣缩食
有穷遐方绝域尽天下古文奇字之志好
得书画彝鼎亦摩玩舒卷指摘疵病
每获一书夫妇即整集签题共同勘校
他们一起收集金石书画一起研究鉴赏
其乐融融令人神往生活是那么的美好
不幸的是北宋末年金人侵占到中原
他们夫妇无奈何只能前往江南避逃
所藏金石书画在辗转过程中损失殆尽
赵明诚在流亡中不幸病故抛下李清照

他们二人作为夫妇有过难以忘怀的幸福
他们二人作为一代名家有过令人艳羡的才豪
他们二人作为宋代的臣民有过亡国之痛
他们二人作为一个家庭有过家羞的苦恼

赵明诚作为知府辖地发生叛乱不该用绳子缩城逃走
作为一代名家男子汉大丈夫更不该临阵脱逃
他大义大节不慎丢失却留下《金石录》之金贵
《金石录》是中华古代金石目录和研究专著先导
着录了所见从上古三代至隋唐五代钟鼎彝器铭文款识
以及诸多的碑铭墓志等石刻文字之精妙
全书共三十卷考订精美评论独具卓识
李清照的千古奇文《金石录后序》更是光辉闪耀

255. 王应麟

他一生在文献学方面做出重要成就
他一生在仕途上也曾得以高位高就
他作为南宋的高官留下亡宋之痛
他作为浚仪遗民留下深切亡国之忧
他生活于宋元时期是庆元府鄞县人
他，王应麟字伯厚一字厚斋又字仪甫自号深宁叟
王应麟门生很多家学文献从而形成深宁学派
他一直自认为是元初东南遗民之首
王应麟一生为官清廉能体恤民间疾苦
多次上疏提出改革弊政及抗元的请求
但无奈南宋王朝已到了穷途末路之时
王应麟无论如何上疏也难把南宋拯救

南宋朝廷只图苟安享乐毫无励精图治之意

朝政被一些贪婪无能权臣掌控在手
对于改革弊政力图振兴建议不但不采纳
还对上疏者百般压制迫害或贬官或遭狱囚
王应麟历次被贬皆因权臣嫉恨所致
但王应麟仍力主朝政改革坚持抗元而决不低头
他历仕三朝无愧是一位忠肝义胆直臣
仍然愤慨上疏指斥奸佞一奏再奏
南宋灭亡后他隐居乡里杜门不出著书立说
从而使他在著述上取得重要成就
他家居十二年所有著述只写甲子不写年号
以示不向元朝称臣足显其志节操守

王应麟好古敏求学问广博长于考据
通经史百家精天文地理学识深厚
他一生著作十分丰富尤其晚年著述颇丰
其著作在《宋史》本传及《宋史·艺文志》存留
《宋史》本传著录他的著作有二十三种
《宋史·艺文志》中有他十五种著录存留
所著《汉艺文志考证》开考补《汉志》研究之先河
逐渐形成了专题派的《汉志》研究
在校勘学、辑佚学、辨伪学方面都作出贡献
还在编撰蒙书于中华蒙学发展上做出重要成就
他致趣于斯关于蒙学方面的著述颇多
其用功之勤建树之隆贡献之大实在少有

256. 顾炎武

他作为遗民孤忠无仕异朝令人震撼
他人格的伟大和思想的光辉令人赞叹
他的政治思想在历史上产生了深远影响
他的学术成就为中华学术思想作出重大贡献
他不但开创了清朝一代良好的学风
而且对中国近代变革也使其得以发展
他始终坚定不移不与清政权合作
他始终恪守嗣母留下的的遗恨遗言
后世评价他这种恪守对也罢不对也罢
但作为他的忠节行为着实应当大加称赞
他一生六谒孝陵、思陵充分表现了他的遗民孤忠之心
忠孝观念是他不与清廷合作的思想关键

他,就是一代著名学者大家顾炎武
他,一生的壮举可称得上忠肝义胆
他本是“江东望族”无奈家道中落
但嗣母良好的家教堪称家教典范
家教对顾炎武产生了极其深刻的影响
更有嗣母那满怀国恨家仇的遗言
这一切铸就了顾炎武遗民孤忠之心
铸成了他深刻的思想和伟大的情感
他十四岁正式入学性情耿介志向远大

十四年寒窗虽然在科举没有成就学识却是丰满
他坚持了可歌可泣的英勇抗清斗争
为了反清复明他历经多少生死磨难

当南明政权灭亡抗清斗争转入低潮形势不能骤革之时
他仍笃志经史勤勉著述以待后王以待来学之年
积三十余年研究成果编著了《音学五书》《日知录》
编撰《初刻日知录自序》抒发政治情感
他不愧明清之际贡献卓著的伟大学者
作为伟大学者他著作宏富影响深远
他在经史学、音韵、地理学、文学等领域都有重要建树
在政治思想方面也提出许多积极进步之言
他把治学和培养道德情操联系起来
他在宇宙观上具有可贵的唯物主义倾向观点
他积极发挥先秦儒家优良的民本思想
对封建君主专制及科举制度进行了深刻批判

257. 朱彝尊

他，一代文献学大家朱彝尊
其学识渊博通经史能诗词古文
他于清康熙十八年举科博学鸿词
以布衣授翰林院检讨而为臣
并入南书房曾参加编修《明史》
曾出典江南省试后因疾未及便归隐

在词作上他特别推崇姜夔的词作
另外他还是浙西词派的创始人
他的诗与王士祯齐名时称“南朱北王”
在文献学上他学识广博造诣精深
他一生著述甚丰种类很多广为流传
其《经义考》《曝书亭集》影响很深

他的《曝书亭集》不但有很高文学价值
从文献学角度也是一部优秀作品
《曝书亭集》具有很高的文献学价值
它的价值首要在于保存了他人作品
别人许多著名的诗作他都收录其中
均在《曝书亭集》中附载了别人的作品
他《曝书亭集》不仅保存了他人之作
对其他人的有关重要资料也得以保存
《曝书亭集》还提供了朱彝尊的藏书资料
对于研究朱彝尊藏书情况提供了索引
《曝书亭集》还反映了《明史》的纂修情况
对古代文化知识、金石学资料也有介绍收存

他的《经义考》首列御注、敕撰诸书
次经诸经分类后附毖纬、拟经、承师、自叙等十类门
搜集历代解释儒家经典的大量书籍
注明存佚、卷数、撰人姓名及诸儒所论
是研究中华古代经学派别、经义和版本目录重要参考书

为此使《经义考》成为文献学重要作品
《日下旧闻》记载了北京掌故史迹
上至远古下至明末内容分十三门广泛搜寻
并以石鼓考列后皆征引前人著作逐条排比
所引经、史、小说、文集及金石文采辑渊深
他的《明诗综》《词综》都是文献学名著
为此他作为著名文献学家对后世影响很深

258. 全祖望

他，全祖望为后世留下不朽的历史声望
他作为著名文学家、文献学家留下深远影响
他是清代浙东学派的代表人物
他的名声在大江南北都是那么响亮
他博学才俊中进士后入翰林院庶吉士
因不附权贵于次年辞官回归家乡
专心致力于学术并从事教育相继讲学
足迹遍布大江南北曾在绍兴蕺山书院主讲
从者云集后又应邀主讲广东端溪书院
从而使南粤学风受到很大的影响
在学术上他推崇黄宗羲自称梨洲私淑弟子
又受万斯同影响专研宋和南明史纲

注重乡邦文献尤好搜罗古典文献及金石旧拓
曾编成《天一阁碑目》著名文献文章

他一生著作颇丰撰有《鲒琦亭集》及《外编》
还有《古今通史年表》《汉书地理志稽疑》等众多史章
七校《水经注》三笺王应麟《困学纪闻》
为中华文化宝库增添了新的辉煌
他一生在诸多学术领域作出重要贡献
他的学术思想对后世产生了深远的影响
他留下表彰民族气节的珍贵文献
深刻揭示了清初学术精髓使之大放光芒
他续补完善了《宋元学案》重要著述
他为清代浙东学派继往开来提高了声望

他搜集史料注意博采、慎择、精考治学方法
始终坚持贯彻了他去短集长的学术史思想
他对经学的贡献主要表现在他的《经史问答》
在本体、理念、知行上显示了他的理学思想
他的历史观具有民本主义和人民性
具有不以成败论英雄的历史眼光
他以史教忠、崇尚气节、以文明道
从事于表彰忠义工作有极强的经世致用思想
他所作南明人物传表彰气节极具感染力
鼓舞民族意识勃发民族思想极强
他的书院教育、去短集长、褒奖气节等学术观点
对后世都产生了不同的很大的反晌

259. 卢文弨

卢文弨灵前焚帖的故事那么让人感动
焚帖的火中燃烧着他那份真挚的感情
他有一幅珍贵的汉代《张迁碑》拓帖
拓技甚精他一直作为珍贵之物收藏家中
他的好友秦涧泉也深爱此碑帖
秦涧泉多少次乞要他都舍不得相送
有一天秦涧泉趁卢文弨外出入其舍攫取而去
卢文弨回家知道后追至秦家又夺回手中
未承想不到半个月时间秦涧泉突然暴亡
卢文弨前往秦的灵前祭奠甚感后悔悲痛
他一面痛哭一边取出《张迁碑》帖焚之
那份真挚的感情令所有在场人动容

卢文弨生活在清康熙至乾隆年间
在仕途为官度过了他的大半人生
乞养故里后先后在江浙等地书院主讲经义二十多年
以其精深的学识经术名士而远近闻名
他一生好学潜心文字以校勘古籍称名于世
他对经义注疏有独到见解颇显其精
校勘的古籍多达二百一十多个种类
并镂版刊印汇成《抱经堂丛书》十五种
又苦刻版不易合经史子集三十八种摘字注之

最后定名为《群书拾补》而卓有声名
他所作的注释都能使学者领正揭非蓄疑涣释
他又广收博采搜罗珍异版本藏于抱经堂中

卢文弨是清代训诂学家和校勘大家
他的校雠经籍之功是近世儒林少有的精通
他还是清代著名的目录学家并有颇多著述
他的这些学识都是来自于丰富小学知识之中
来自于他精湛的训诂学本领之上
因此卢文弨还以训诂学家而闻名
卢文弨把丰富的训诂方法运用于校勘工作
他因声求义的训诂方法运用娴熟而融通
他是清代融训诂与校勘之集大成者
他在训诂学方面的成就在当时相当出名
卢文弨不愧是清代著名的文献学家
他在那宏富的著述中倾注了自己的一生

260. 王念孙

他,王念孙清代著名文献学家
自幼的聪慧和勤奋使他成为一位名家
他从小就生而清羸故自号石臞
他从小就显示出自己的聪慧勃发
他八岁就读完十三经并旁涉史鉴
二十九岁中进士后开始了他为官生涯

他先后在朝廷及地方多地任职
分别留下他的政绩他的学识他的才华
他平生笃守经训个性正直而不阿
好古精审剖析入微显示出其精雅
他与钱大昕、卢文弨、邵晋涵、刘台拱称誉“五君子”
称誉“五君子”之中每一位都是大名鼎鼎的名家

王念孙于文字、声韵、训诂之学尽得其精
熟于经史熟于汉学之门户熟于音韵之法
他常与友人名家书札往来研讨古学
阐发叔重康成阃奥展少年之风华
他作为徽派朴学的嫡系真传大师声名卓著
从事训诂取得令人瞩目成就受到高度评价
他运用就古声以求古义从假字以求本字
以意参逆而不墨守的方法和态度效果极佳
他用十年时间采取为《广雅》作注形式
援引经传旁采众说详加考证使《广雅》更雅
他的《广雅疏证》以古声以求古义颇有创见
对中国古代训诂学的发展贡献很大

在校勘方面他还提出三个勇改和三个不改的主张
为古籍校勘提供了良好的范例及方法
他除精通训诂外对于校勘最擅学问
对文字谬讹、句读错乱、音训异同一一加以辨察
用力甚勤并有很多创见具有广泛意义和深远影响

他的经验被后人用作校勘其他古书通法
他生平主要著述有《读书杂志》《广雅疏证》
作为他的文献著作对后世影响很大
于经史之外王念孙还精熟水利颇有作为
所著《导河议》《河源纪略》颇有水利光华
他罢官后每日以著述自娱还著有《读书杂志》
他家三世相承经术绝伦受到后世很高评价

261. 汪　中

汪中，清代哲学家、文学家、著名学者
同时作为著名文献学家留下著名之作
他一生绝意仕进遍读经史百家之书
卓越成家能诗能文尤善骈文之作
所作《哀盐船文》为时人所赞赏
因此使他的名声大显广为传播
他精通于史学曾博考先秦图书
精心研究古代学制兴废颇有收获
他著有《述学》《广陵通典》《容甫遗诗》
一生中编纂校检大量史学著作
他七岁丧父出身孤苦家贫无力求学
由寡母启蒙十四岁入学当学徒得以涉猎书作

他在书店卖书酷爱读书得以学识长进
经过刻苦自学使其学识诗文自成一格

他对朋友无私帮助对母亲至孝
但却以才华自负睥睨当世文人而傲作
好骂也善骂是文人中至情至性的人物
作为有名的文人和学者很有自己性格
其言不在体制三界内其状时常跳出礼序五行外
被称为是清代文坛与学界的一怪者
学而优则仕读书人读书大都为从仕
但他却终身未入仕途充分显现了他的性格
汪中在哲学、史学、文学上都有很大成就
他所作的骈文在清代被誉为格调最高名作

他的《哀盐船文》描写生动文笔高古
被当时名家誉为惊心动魄一字千金之作
他的骈文无论叙事抒情都能吸收六朝骈文之长
写得情志高远意度雍容而且用典属对精当深刻
他的论辩文显示出于时流不轻许可的胆识
充分显现了他不同流俗的人格气魄
他的论学著作或阐明古书通例
或纠弹理学谬误或表周秦诸子之作
作为一代文学家留下众多经典文粹
作为一代文献学家留下了他的名作
作为清代考据文人中至情至性人物
留下了他不在三界五行的特殊性格

262. 王鸣盛

王鸣盛作为史学家闻名于清代史学界
其名著《十七史商榷》是那么卓越
他还可以称誉经学家、考据学家
他以汉学考证方法治史确实精于考据学
在仕途上曾官侍读学士、内阁学士、光禄寺卿等职
他一生不论为官为学都载入历史史页
他幼时奇慧四五岁时就能日识四五百字
十七岁诸生屡试他总是屡获前列
殿试以一甲第二名及第授翰林院编修
从此使他踏入仕途为官的岁月
因母去世从此休官安家于苏州
家居三十年专心从事著述撰写

他用汉学考证方法研究历史颇有成效
历时二十年撰写出传世之作《十七史商榷》
将上自《史记》下讫五代各史相互考证
分清异同互作补充纠正谬误及字的错别
对其中地理、职官、典章制度均详为阐述
成为清代史学名著而闻名学界
所著《尚书后案》《后辨》专重东汉经学家郑玄之说
可为继承汉代经学传统重要著作之列
他的《蛾术篇》具有很高的学术价值

书中对古代制度及器物、地理、碑刻等皆有涉猎
他以考证“典制之实”“事迹之实”为宗旨
以前所未有的理性意识对中国古代史籍全面披阅

他考史的特点是先对一部正史作总体评价
然后考证具体问题最后论及与此相关史书之别
他的史学成就突出表现在史书文字、历史事迹考订
还有对地理、职官等典章制度考订的确切
为清理和总结中国古代史学作出了贡献
诸多史学上没有解决的问题得以解决
他的这种理性意识值得后人景仰
他甘愿辛劳而嘉惠后学的精神更令人学
他治史注重考辨史书记载的真伪
总结出一套如何考辨史书记载真伪的深刻见解
他旗帜鲜明地提出以求真为最高目的的史学宗旨
在史论、史学方法论方面其不同凡俗的见识非常卓越

262. 钱大昕

他，钱大昕作为一代大家学术成就斐然卓著
他，钱大昕作为一代大家留下著作宏富
在他刚满周岁之时祖父便教他识字
刚刚五岁便被送至本村塾馆读书
十岁以后先后随祖父、父到所在学馆就学
并为他讲授历史故事和教习作诗赋

这些对他早年知识增进起到了重要作用
他从小就打下了良好的文学基础
十五岁离开家乡到嘉定县向著名学者问学
当年考中秀才他的学识受到大家赞赏关注
他得到更好的学习机会学习更加勤奋
晨夕披览阅读了《资治通鉴》《二十四史》等大量史书

后被破格录入苏州紫阳书院学习
从而使他的知识较之与前有了长足进步
乾隆皇帝亲自出题进行复试他中一等二名
他被乾隆皇帝特赐举人当即被任命为内阁中书
次年他入京城到内阁票签房办事
自此他开始了自己人生的仕途
他利用在京城机会开始学术研究
在诸多方面取得的成绩都很卓著
在取得古代历法研究重要成就同时
他被特邀参加《五礼通考》的编著
在编修中他博览了经部有关书籍
这又为他后来深入进行经学研究打下基础

此时他得到皇帝器重使仕宦颇为顺利
在此期间他参加了大量地方志及史书编著
由于他勤奋治学刻苦钻研在实践中得以锻炼
年仅三十岁即已成为经史研究著名学者成就卓著
他因父亲去世返回故里结束了二十多年仕宦生活

晚年归隐三十年间专心致力于学术研究著述
他的几部重要学术著作都是在这个时期完成
在古典文献整理和地方志及金石研究方面成果显著
《廿二史考异》《三史拾遗》《诸史拾遗》那么精湛
构成了反映钱大昕学术思想的重要著述
在学术上的巨大成就使他成为学术界景仰的大师和巨子
一代大家的一生为中国古代学术界留下宝贵财富

264. 赵　翼

赵翼生长在一个半耕半读的塾师家里
早在他三岁时其叔父便开始教他识字
六岁时又由父亲携至所在塾馆诵读《易经》等书
他天分甚高聪明颖慧学习很努力
十二岁时便已能熟练地操笔为文
而落笔处往往有出人所料之意
他兴趣广泛求知欲旺盛诗词歌赋骈文无所不爱
无所不作而且每以所作而沾沾自喜
父亲督责他作一些以备科举考试的八股文章
但他仍为兴趣所驱而私自为文学创作着力
他父亲去世为一家生计不得不继承父业授徒习八股
他通过个人的刻苦努力丰富了知识

为了生计他不得不入京求职和功名
历尽艰辛总算在北京谋得衣食参加修史

乡试考取举人对他学识及仕途发展提供了有利条件
他得以机会阅读了大量的史书典籍
由于他熟谙典章文思敏捷被选入军机处任军机章京
从此他开始接触和参与处理军机大事
他撰拟诏旨顷刻千百言无不中窾
应撰诏旨文不加点挥笔而就彰显其功底
在清政府朝政中枢为官培养了他研究大事特点
对他后来治史形成自己独特风格有重要启迪
会试他考取恩科进士第三名调入翰林院
从此他开始了大量编修史籍事宜

编史使他史学天才得以发挥为发展史学作出贡献
也逐渐形成了他本人的治史思想而闻世
在地方为官期间本着忠君思想做了许多益民事情
他革除弊政严禁暴敛无枉无滥平情折狱
使他受到当地老百姓的信任和爱戴
百姓曾为他遥致万民伞还为他建生祠
后来他因事降职于是便辞职卸任返乡
从此结束了他近二十年的仕宦生涯而专心从史
弃职里居之初他足不出户视膳之暇手一编披阅不辍
在阅读大量史籍基础上撰成《陔余丛考》著名史籍
《廿二史札记》是反映他史学成就的代表作
他一生著作宏富留下了大量著名史书典籍

265. 焦 循

焦循虽中举人却为奉母不仕没有走上官台
母卒后托疾闭户建“雕菰楼”居然十余年不出外
著书数百卷皆精博其用力特深
其《周易》《论语》《孟子》之注最为光彩
为《周易》注有《雕菰楼易学三书》
还有《易广记》《易话》各显其注风采
其《论语》之注有《论语补疏》
其《孟子》之注有《孟子正义》高立史台
他除经学之外又精天算及考古之学
极注重地方志对方志学亦有见解很是喜爱
他曾与人合编《扬州图经》《北湖小志》等地方志
这些地方志既具有地方特色又具有史学风采

他博闻强记识力精卓于学无所不通于经无所不治
他作注不拘守汉魏师法形成自己一派
他还汲汲于当时最受关注的名物考证之学
著有《群经宫室图》流行于当代
他在注中坚持求是而不是从古的标准
在考证过程中不惜对郑玄的注释作了修改
他认为许多经学争论都是无根之谈
主张其终极基础是汉儒经传的传载
他憧憬不依赖争论的一种学术

所以他在学习天算学中找到这种形态
在其若干年后他把精力投入到天算学研究之中
这也许是他在学术上转移精力的原因所在

焦循的易学描绘了宇宙整体的动态画面
认为宇宙是由一系列简单元素有序进化的积累形态
他在易学中发现了变换规则有两类
天算型与音韵训诂型两种规则所在
他认为这两种规则在易学中作用也不相同
认为这两种规则事关易学的两个层次所在
焦循全身心投入易学研究还投入著作考据之争
他在此问题上也形成自己的见解与表态
焦循主张将学问与性灵都融贯到经学之中
作为一位考据学家显现出其学识及心怀
他一生著述颇丰《孟子正义》是其代表作
另外作为大家他还有文学作品流传后代

266. 孙星衍

孙星衍注《尚书》注得是那么出类拔萃
他的《尚书今古文注疏》注得那么优美
孙星衍幼有异禀十四岁背诵《文选》全部无误
为此使他誉获天下奇才的赞美
但孙星衍不想仅以诗词闻名于世
他深究经史、文字、音训并想有所作为

他精研金石碑旁及诸子百家又长于考证校勘
钱大昕、王鸣盛等著名学者对他都很敬佩
三十五岁以一甲进士授翰林院编修
任三通馆校理后曾官至山东督粮道官位
曾受大家阮元三邀主讲古经精舍
内容包括十三经、三史、小学、天文、地理等门类

孙星衍治学广博所获声誉极高
当时对他有“渊如学派”的称谓
他博及群书一生著述繁多传世二十余种
涉及经史、天文地理、辞章诸科众多门类
《周易集解》《考注春秋别典》编撰精典
《明堂考》《尔雅广雅诂训韵编》编撰精美
《孔子集语》《晏子春秋音义》语义贴切
《魏三体石经残字考》《史记天官书考证》考证深邃
《寰宇访碑录》《金石萃编》录编精到
《续古文苑》《夏小正传校工》校正细备
《尚书今古文注疏》一直被后世视为《尚书》最好之注
《尚书今古文注疏》注疏周密考证详备

他被誉为清代《尚书》研究集大成者
注疏前后历时二十二年是孙星衍惨淡精心作为
堪称一部“存是去非”理念上的新疏
从此后所有治《尚书》者无不参考追随
他的尚书注疏注文简括明显疏文详尽

疏出注文来历加以引申就组织上论已经森严壁垒
他注疏训诂内容十分丰富而又详细
因声求义、比较互证和验诸实证三种释义方法细微
单词训释单词的直训式的释义方式清晰
互训、通训、同训、递训训得那么精微
注疏无征不信、论必有据、取材征引务求广博
严谨求实不主一家充分显现孙星衍的风味

267. 王　昶

他为官曾长期致力于清代乾隆王朝
他为军曾为清王朝立下很大功劳
他作为一位历史人物可能都知道他为官
而他在文献学方面的贡献可能有人不晓
他，王昶字德甫号述庵又号兰泉
江苏青浦人生活在清代乾隆王朝
乾隆十九年他中进士授内阁中书协办侍读
后入军机处又擢刑部郎中为官在朝
乾隆三十三年随大学士云贵总督阿桂入川
在平定大小金川中他立下很大功劳
他前后在军营共度过九年戎马生涯
在军营九年所有奏檄均由王昶自己起草

他在军营九年加军功十三级记录八次
凯旋之日乾隆皇帝赐御宴赏其军劳

乾隆赐宴紫光阁称其“久在军营著有劳绩”
乾隆赞誉这对他是多么大的荣耀
他被擢为鸿胪寺卿并赏戴花翎
不久又升为大理寺卿都察院右副都御史官号
王昶为人正直执法不阿深得乾隆信任
夸其人才难得时常委以重任让其肩挑
其实王昶一生主要成就不在仕途而在学术
《辞海》关于他的词条称为“清代学者”称号
他于学无所不究名满天下而不立门户
他在学术上的成就是那么卓著精妙

在金石考证方面他倾注半生心血收罗文物
收罗商周铜器及历代碑刻拓本一千五百种套
编成《金石萃集》著名资料性学术性著作
那是一部极有价值的历史文献史料
至今《金石萃集》还在不断影印出版
一直为后世学术界提供重要学术史料参考
在文学艺术方面工诗善文颇有造诣
早年与钱大昕等六位名家共获“吴中七子”称号
他的诗文结集《春融堂集》六十卷
其中许多诗文写得是那么美丽精妙
此外他还做了大量的文学选编工作
为此他理应获得清代文献学家名号

268. 邵晋涵

他是清代乾隆时期一位著名学者名流
他一生在文献学方面取得重要成就
他,邵晋涵字与桐号二云又号南江
他是浙江余姚人一生倾心经史研究
他自幼好学刻苦勤奋博览群书
无论严寒酷暑或外出书从不离手
人们赞誉他从无片刻辍书不读
从而使他学识精深在学术上取得重要成就
二十八岁中进士任翰林院侍读入四库全书馆
主持《四库全书》史部选录和评论编修
授编修擢侍讲学士参加纂修《续三通》
他还参加了《八旗通志》等史书的编修

邵晋涵清赢善读书四部七录靡不研读
尤长于史几乎所有史书无不倾心研究
他不仅学识渊博而且有过目不忘之能
询问他史实能明白无误说出出处还能讲透
他从《永乐大典》中辑录《旧五代史》
又从《册府元龟》《太平御览》等书中博采史籀
博采大量史料按照原目编排成书
使淹没数百年的重要史籍便于阅读传流
他还熟识明朝掌故凡涉及明史极力关注

特别称赞同乡先贤王守仁、黄宗羲与刘宗周
每每引为榜样并慨然以浙东史学派自任
他还特别有志于对宋史进行重修

他曾撰《南都事略》叙述南宋历史
只可惜美好志向未竟而卒使他壮志难酬
他一生博闻强记涉猎百家无书不读
可贵的是他尤能追本求源实事求是以求
他长于经学精三传及《尔雅》等名作
兼采汉人旧注撰《尔雅正义》甚为优秀
还有《旧五代史考异》《南江札记》《孟子述义》
还有《谷梁正义》《方舆金石编目》等著作传流
他的诸多著作均在《清史列传》传于世
他一生在经学、史学方面取得重要成就
他的诗作清新自然造诣很深艺术性很高
其诗作《姚江棹歌》一直那么脍炙人口

269.纪 昀

他太聪明用“竹苞”两字羞煞和珅贪婪竹园
他太智慧用“太守二千石，独公（廉、贪）把球”讨还
他用“粗毛野兽石先生”对“细羽家禽砖后死”
用绝顶聪明对出一个千古趣闻楹联
使教他的石先生被戏弄得无言以对拂袖而去
能对出如此楹联也许只有绝顶聪明纪晓岚

他又出怪招向怒气未消的石先生请教"阉"字
使稳坐太师椅的石先生醒悟过来更为愤懑
也许只有绝顶聪明的纪晓岚才能出此怪招
他的怪招与楹联让他的石先生十分难堪
更因纪大烟袋之称惹出无数趣闻佳话
酒席赌约、讽老太监、巧言释褒奖更是趣闻无限

他,纪昀字晓岚一字春帆晚号石云道号观弈道人
他一代大家的聪明智慧趣闻难以说完
他历雍正、乾隆、嘉庆三朝高寿八十二岁
他是乾隆、嘉庆朝的一位重臣中坚
因其"敏尔好学可为文,授之以政无不达"
他的一生不论为文为官都是聪明智慧能干
一部《铁齿铜牙纪晓岚》电视剧传遍中华大地
从而使纪昀的绝顶聪明智慧在中华大地传遍
他出生于一个世代书香门第之家四岁开始启蒙读书
十一岁随父入京二十一岁中秀才二十四岁乡试为解元
接着其母去世在家服丧闭门读书
三十一岁中进士入朝翰林院从此开始走上仕宦

他长期为官在朝在地方都是政绩宏伟
他为官的轶闻趣事也是广泛流传不断
作为著名文献学、学问大家取得诸多重大成就
因为他的一生故事太多所以只能从简
他受命为《四库全书》总纂官倾注心力

惨淡经营十三年终于使《四库全书》大功圆满
《四库全书》分经、史、子、集四部篇帙浩大
多达三千四百六十种七万九千三百三十九卷
纪昀亲自撰写了《四库全书总目提要》
凡二百卷条举得失评骘精深每书悉撮举大凡
《四库全书》的修成是中华文献学巨大成就
纪昀作为一代大家为此作出巨大贡献

270. 阮　元

阮元是清代嘉庆、道光时期的名臣
且以著作家、刊刻家、思想家著称于世更是名人
他一生从政身居高官取得诸多政绩
在学术上作出不可磨灭贡献影响更深
他生于扬州城一个文武兼备的家庭
从小家庭的影响和教育对他影响很深
他五岁其母就教他识字开始读书六岁到私塾就学
他幼年口吃念书不流畅个性又要强回家哭得伤心
其母便领着他念读于是他开始背诵如流
于是其母又选白居易诗教他使他得以大大长进
所以阮元八九岁时便能作诗足显母教成果
其父这时又令他疏理文义立下向学根本

阮元少年所受父母精心教育为他学业打下良好基础
成为他一生为政为学取得成就的根本

他二十岁中秀才接着中举人中进士又取中一等第一
授任翰林院编修大考翰詹又是一等第一名人
因此很得乾隆赏识任为少詹事南书房行走
他以优异的学识走上仕宦道路平步青云
一生或在朝中为官为做封疆大吏仕途顺畅
为官期间所做政事政绩颇佳也有议论
他镇压几起海盗也镇压了蔡牵起义
他大力举办教育事业讲求民政关心救济灾民
他从政较为务实做了很多事性质如何要具体分析
作为封建官僚以治民为务又要采取各种手段以安民

他辛勤为政勤奋好学对自身要求严格
在长期疆吏生涯中不间断地刻苦研究学问
撰有《揅经室集》《畴人传》《十三经校刊记》
还有《经籍纂诂》等巨著流传于后人
他仕宦一生学习一生著述一生治学领域广阔
在治学上有正确治学态度有实事求是精神
经学、文字学、金石学、天文历算学无不精通
史学、地理学、校勘学无不涉猎经学尤为精深
阮元的一生勤奋不息忠君以尽臣节并以此受知三朝
他有经世致用思想勤政务实既为民又镇压民
既是一个典型封建官僚又辛勤治学留下大量著述
作为一位重臣一位大家是有卓越成就的名人

271. 顾千里

清代考据学热潮一浪高过一浪
中华考据学在清代取得灿烂辉煌
清代的考据学之热也许有诸多原因
考据学在清代较之前两朝代更为时尚
但其中与清代朝廷文字狱盛行有关联
同时清代统治者为转化社会矛盾以崇儒兴文为标榜
从而形成前所未有的考据学热潮
犹如万里长江奔腾波涛一浪高过一浪
从而涌现出一批又一批考据学名家
在学术史道上闪耀出一缕又一缕学术之光
顾千里就是考据人物中成就比较突出的一位
他用自己的勤奋与学识点燃一缕学术光芒

顾千里,名广圻,以字行别号思适居士
还有一云散人无闷子之号具有几多名堂
他是清代嘉庆、道光年间著名学者、文献学家
精于校勘之学所校勘典籍流传很广
沾溉后世被誉为清代校勘学第一人
他真犹如千里马一样广为世人崇尚
他特别注重收罗众本辨明版本源流
讲求不同版本的互勘从中互取所长
多本互勘使顾千里校勘而益加精密

使其“不校校之”原则收效别样
他不想当然地乱改古籍而是“不校”与“校”结合运用
他把古籍校勘的实践与理论广为发扬

他反对宋明以来游谈无根、主观臆断的空疏议论
强调无征不信坚持实事求是的务实主张
他一生贫寒却潜心向学嗜好古书
在古籍整理与出版事业上成就卓著辉煌
据考证胡刻《文选考异》成于顾千里之手
这是后来诸多研究者所持有的立场
顾千里还是清代著名的校勘学家
其校勘学思想的形成受传统校勘思想深刻影响
“不校校之”是他校勘学思想的核心与灵魂
在校勘学史上他是一位重要人物是一位榜样
他一生以替人校书刻书为业是一位职业校勘学家
其校勘学思想对校勘学发展产生了深远影响

272. 黄丕烈

黄丕烈，字绍武号晓圃、晓夫又号复翁
少年勤奋好学刻苦读书为文必以六经
尝仿宋人《春秋类对》之法摘经语
编辑为骈四俪六之文以类相从
摘经语裒然成编成为著名史料
为此在中华古代文献学史上留下名声

十九岁时中秀才入长洲县庠后又中举人
在此后十多年的历次会试中却皆未考中
后逢举人大挑名列一等以知县用发直隶
黄丕烈不愿赴选于是捐得兵部主事衔名
此官为后补官衔并无实职不久便返回苏州
嘉庆七年他参加会试再次失败从此心灰意冷

他从此断绝入仕从政为官之念头
全身心地投入到藏书、校书、刻书活动中
为中华文化典籍的保存与流传作出卓越贡献
他把自己一生心血与学识凝聚典籍之中
他嗜学好古素喜藏书常自称书魔痴绝
他惜书不惜钱对宋元刻本的书尤为注重
同时广求异本兼蓄重本抱残守缺喜购未见书
致力于图书的寻访与搜集格外痴情
他一生前后搜藏了二百部宋版典籍
元明刻本以及大量的旧抄本旧校本上千种
收藏古籍善本书之多之精在清代罕与其匹敌
他成为当时藏书家中的一位大宗

他一生不仅嗜好藏书而且善于读书
精于校勘邃于版本勤于刻书考订
他是一位藏、读、校、刊之大成者
作为一位杰出文献学家立下史功
他每读一书、校一书、鉴定一书都要撰写题跋

一生作题跋千余篇并分别结集七部种
他的题跋详细记录了他古籍整理与研究成果
是他一生治学成果也是对古籍的鉴定证明
他的这些成果被藏书家们奉为拱璧
使他的手迹一册入市悬值千金竞抢相争
他一生除留下大量具有极高价值的题跋外
还著有《所见古书录》等八部著述也都非常闻名

273. 俞　樾

他是清代末年著名学者、文学家
他还是一位经学家、书法家、古文字学家
他,俞樾字荫甫自号曲园居士
作为数家集一身具有渊博学识才华
他是现代诗人俞平伯的曾祖父
章太炎、吴昌硕等名家皆出自他门下
清道光三十年他中进士曾任翰林院编修
后受咸丰皇帝赏识得以委任提拔
在河南为学政被人弹劾试题割裂经义
因而被罢官遂移居苏州开始学术生涯
他潜心学术四十余载取得重要成就
为此使他成为清代末年一位著名大家

他治学以经学为主旁及诸子学、史学、训诂学
还广泛涉猎戏曲、诗词、小说、书法

他的学识可谓博大精深卓著于林
为此产生了深远影响荣获很高评价
海内及日本、朝鲜等国向他求学者甚众
一致尊称他为朴学大师敬慕尤嘉
他一生还孜孜不倦致力于教育号称门秀三千
为此他还被时人赞称为教育家
他辛勤笔耕著有五百卷学术巨著
《春在堂全集》集聚了他一生诗文精华
《群经平议》《诸子平议》为他后期代表作
他渊博的经史学学识得以从中勃发

他曾经追求科举成名的人生理想
但他刚登官场不久就遭罢官对他打击很大
以致他大半生出世治学甘为清贫
然而因祸得福使他成为一代朴学大师名家
简朴生活艰难人生使他晚年平静中蕴含凝重
在宁静的凝重中闪烁出他人格魅力光华
一如他的曲园小而简朴形如曲尺
却喻示着"曲则全"的深邃哲理文化
同样小园一草一木都展示着生命的蓬勃
同样喻示着他人生的坚强不屈光洁丽雅
一如他的曲园孤亭、小池可以引清风飘荡
荡漾着的他的诗文史著伴随月光流洒

274. 王先谦

他，王先谦是清代末年的著名学者
他的生活年代名副其实是清王朝之末
他曾有史学家、经学家、训诂学家称号
是著名的湘绅领袖学界泰斗学识渊博
曾任国子监祭酒江苏学政及岳麓书院院长
他曾经组织学人从事古籍文献编校刊印工作
曾校刻《皇清经解续编》并编有《十朝东华录》
还有《汉书补注》《后汉书集解》等著作
他四岁启蒙聪明好学博览群书
二十岁因父亲去世糊口无资于军营从佐
他曾中举人成进士授翰林院庶吉士及江苏学政
在任内延揽文人开设书局做了大量学术工作

他曾疏请筹办东三省边防罢三海工程
他不畏权贵对朝廷重臣权贵曾上疏弹劾
他一生学术成就最大的方面是史学
其治史的方法大体遵循乾嘉学风特色
他仿经疏体例注释旧史取得成就
《汉书补注》是他注释旧史的代表作
该书旁采诸家之说经多年穷究使疑难得解
因而至今仍受到国内外史学界推崇称贺
他的著释著作《后汉书集解》等也颇见功力

被史学专家评为补注、集解、校注中的名作
《十朝东华录》是王先谦的又一部重要史著
该书取材广泛是一种编年体史料长编之作

鸦片战争之后中国学者开始著述外国史地
王先谦也顺应时代潮流开始研究外国
他先后撰成《日本源流考》、《五洲地理志略》
探讨日本的政事学术和治乱得失本源之策
目的欲使闭目塞听的中国能急起仿效
这反映了他的爱国之心爱国精神品德
他花四年时间编纂而成《五洲地理志略》
书中荟萃了大量古今中外的史地图册
对欧美各主要国家作了比较详细的介绍
一个旧规学者能睁眼看世界是多么可贵难得
他反对空谈主张实学学以致用注重教育
他一生在经学、语言文字学研究上也取得重要成果

275. 黄以周

黄以周,字元同号儆季又号哉生从小聪明好学
他一生的大半时间从事讲学治学之业
他幼承父教以“传经明道”为己任
其一生讲学治学的目的很明确
江南不少学者多出其教门之下
而他在学术界的成就也十分卓越

他搜集汉至清代典章制度撰成《礼书通故》
考释中华古代礼制、学制、国封等史阕
还有职官、田赋、乐律、刑法、名物等
考释中纠正旧注不少谬误见解
他还著有《子思子辑解》《军礼司马法》
还有《经训比义》及《儆季杂著》等著述撰写

他的家学渊源对其影响很大
他大半生专力治《礼》盖亦源于其家学
他从教以博文约礼、实事求是为准则
治学道高而不足于汉宋门户之列
他专力治经尤精于“三礼”研究
博采汉唐至清“三礼”经注详加考核作出说解
博大精深为晚清《礼》经研究之冠冕
他对《礼》的见解是那么深刻贴切
他在土地田制方面的论著有《军礼司马法》
提倡实行均田制其旨终在治礼之学
在经学思想方面他学问醇厚不主门派之见
虽然躬法吕留良、朱熹但不简单归结

他对朱熹宋学及近代笃实经学都有杂采兼收并蓄
只是明显地排斥陆、王的心学
在研习四书时认为应当以孟子学孔子
由博反约深信博文约礼的经学
他认为只有这样才是行为义理的正途

因而求孟子学孔圣之师承他主张坚决
他在晚年体弱多病景况下仍坚持著述
留下其阐述学术主张的《子思子辑解》
他一生著述颇丰除上面所说还有《经说》
其作专释名物度数收入《儆季杂著》集结
他一生著作留下二十五种四百五十卷
留下他洋洋五百万字的广博深厚史阅

276. 孙诒让

孙诒让十三岁就著成《广韵姓氏勘误》
十八岁时撰写成《白虎通校补》
他一生著述达三十五种涉及诸多门类
在经学、史学、诸子学、考据学方面成就突出
他在文字学、校勘学方面也有很深造诣
他一生的学识与著述都那么卓著
他是清末经学家被誉为有清三百年朴学之殿
由此可见他在清代学术界是多么杰出
他于同治六年中举人然后五应会试不中
官职为刑部主事后旋归不复出专攻学术
精研古学垂四十年取得重大成就
他融通旧说校注古籍撰写三十余种著述

他所著《周礼正义》为其一生心力所瘁
堪称为清代群经新疏中杰出之著

《墨子闲诂》亦为注墨的权威之作
《契文举例》为考释甲骨文开山之著述
《温州经籍志》志得是那么出色
被誉为“近世汇志一郡艺文之祖”
还有《四库全书简明目录批注》二十卷
他的《四部别录》则是目录版本学专著
他苦心经营筹措资金先后建立学堂三百多所
为浙南近代教育奠定了良好的基础
并为地方启蒙运动和刷新乡土社会风气起到巨大作用
他一生倾心为学为教的成就那么卓著

近代学术界众多名家对他都有高度评价
他家乡温州和瑞安还修建楼园纪念他这位有名人物
他在治学道路上少耽文史恣意浏览
善学者自能得师从小即打下坚实基础
学术之所以超人主要是出于他自己用力专攻
学识之所以渊博主要是在于他勤奋博览群书
他一生不愿入赀为官只在刑部行走四个月
便乞假离开官场回乡埋头学问著述
他倡言改革阐西学议变法办实业兴学校
力图开通民智革新政治以挽救国家民族
在经子训诂方面留下名作《墨子闲诂》《周礼正义》
其《周礼正义》为清代经学家最后一部也是最好一部书

277. 皮锡瑞

他生活在清王朝的最后时期
他是清代最后时期的最后学者之一
他三应礼部试未中遂潜心讲学著书
他景仰西汉伏胜之治《尚书》从而师之
署所居名“师伏堂”学者因此称他师伏先生
他为治《尚书》而倾注了大量精力
中日甲午战争后愤于《马关条约》丧权辱国
极言变法不可缓彰显了其爱国心志
一八九八年任南学会会长主讲学术
所讲内容皆贯穿汉宋融合中西
他极力宣扬保种保教纵论变法图强
其讲义及答问均刊于《湘报》影响至极

当顽固派诋毁南学会时他不避艰险往复辩论
表现了救亡图存的热情及坚强意志
戊戌变法后清政府下令革去其举人身份
他被逐回原籍交地方官严加管制
晚年一直坚持任教并任长沙定王台图书馆编修
他博览群书今文经学造诣很深创通大义
所著《五经通论》皆为其心得示学人以途径
所著《经学历史》则是经学入门一部书籍
他主张解经当实事求是不应党同妒真

对各家持论公允为晚清经学大家之一
他还工于诗及骈文造诣很深留有著述
著有《师伏堂丛书》《师伏堂笔记》《师伏堂日记》

他治经出入于古今文之间颇与湘绮相类
笃信《公羊》改制之说又笺《王制》
翼张鲁学实开近代蜀派之先声
亦颇考郡国之利病有经世之志
他倾注心血精力成就《今文尚书考证》
另外还有《尚书大传疏证》等五部尚书注释
晚贯群经创通大义有《五经通论》等专著
另外他还著有《汉碑引经考》一卷及笔记
还著有《自课文》骈文、诗歌、咏史等作
这些著作均被《师伏堂遗书》收集
晚清最后的名家之一留下最后的著作
他那救亡图存的心怀也值得后人学习

第十三章 地理学家

278. 裴 秀

古老的中华山川大地该有多么伟大
古老的中华山川大地又该如何区划
古老的中华大地东西南北该有多远
在那遥远的古代这些问题很难回答
是谁最早认识了古老的中华山川大地
是谁最早把古老中华山川大地用图描画
是谁最早测算了古老中华山川大地面积
是谁最早把古老中华山川大地绘成图画
是谁最早绘制了古老中华山川大地地图
这些问题现在已经很好给以回答
是他，裴秀绘制了中华最早的地图
他是中华历史上最早的地理学家

沿着他绘制的古老的地图标注的道路
在晋代的中华大地上找到了他
找到了他绘制的中华最早的地图

找到了他留在古老中华大地上的步伐
裴秀,字季彦河东文喜人生于魏文帝时期
他出生在一个几代为官的官宦世家
他少年时代聪敏好学博学强记无文不读
八岁时才德闻名乡里他又有品德又有才华
被时人称誉为“后进领袖”广为传扬
二十多岁时即被任命为掾得以生发
从此他在仕途上一路平步青云直到高官
他在为官期间很有作为政绩很大

公元二六八年裴秀被任为司空又“职在地官”
这个职位对他在地图学上作出贡献关系很大
他绘制《禹贡地域图》十八篇上报朝廷
图的内容上自夏禹下至西晋历代政治沿革图画
图上绘有政区界线标上州、郡、国、县、邑名称
还有古盟会地名主要道路和航路标画
《禹贡地域图》上开始使用了比例尺
方位也比较准确历代名山大川也都一一标画
《禹贡地域图》是中国第一部历史地图集
开创了以区域沿革为主体和古今地名对照的绘图方法
他著名的绘制地图六原则在中国地图学上具有划时代意义
他是中国古代地图学理论奠基人第一位杰出地图学家

279. 郦道元

郦道元的《水经注》注出一千二百五十二条河

郦道元的《水经注》注出湖泊类型名称十四个
郦道元的《水经注》注出一片壮丽山川大地
郦道元的《水经注》注出一条历史长河
郦道元的《水经注》注出古老中华大地厚重
郦道元的《水经注》注出古老中华壮丽山河
郦道元的《水经注》注出古老中华大地新景貌
郦道元的《水经注》注出古老中华历史长歌
郦道元的《水经注》注出中国地理学新贡献
郦道元的《水经注》注出一片波澜壮阔
他,郦道元,北魏时期杰出的地理学家
《水经注》是他的一部地理学著名杰作

郦道元出生在一个封建官宦世家
他的童年少年时代是在他父亲任青州刺史期间度过
他从小就特别喜欢阅读《水经》
还有《山海经》《禹贡》《汉书·地理志》等著作
他决定选取《水经》为蓝本为之作注
以水道为纲注出古老中华大地新的景色
将河流流经地区的古今历史、地理、经济、政治注出
注出文化、社会风俗、古迹等所有的历史沿革
从而达到“因水以证地,即地以存古”的目的
使《水经注》从内容和文字上成为一部地理百科
使《水经注》成为当时一部内容空前丰富的地理巨著
成为北魏以前中国地理的总结及为后开启先河

《水经注》在水文地理上取得重大成就
注出了河流、湖泊水文特征、流域情况、各种河流湖泊
《水经注》在地质、地貌学方面取得重大成就
注出了流水侵蚀、化石、矿物岩石及地貌解说
《水经注》在生物地理学方面取得重大成就
注出植物品种一百四十多种还有动物种类一百多
《水经注》在人文地理学方面取得重大成就
注出有关农业、工业、运输、民族、地理沿革
《水经注》是一座异常丰富的文化宝库
除地理学成就外还在文学、历史学等诸多方面贡献很多
《水经注》对后世影响深远还形成“郦学”
“郦学”不仅在中国发展壮大还深深影响到外国

280. 贾　耽

他从小就喜欢读地理书籍喜爱骑马射猎
步入中年以后十分重视研究地理学
他一生在唐朝中期为官官至宰辅
他一生潜心研究地理倾注一生心血
“筮仕之辰，注意地理，究观研考，垂三十年”
他一生为官为学的成就都很卓越
公元七五一年他参加科举考试以明经登第
从此他在仕途上一路顺畅不断提升官阶
由于他才华出众政绩茂异不久又被提升
作为鸿胪卿兼左右威远营使掌管接待外国使节

他一生为官四十七年其中居相位十三年
事务繁忙政绩茂异从军职时所向皆捷

他根据国家需要充分利用各种机会
结合政治、军事考察地理精心研究地理之学
在调查研究的基础上撰写了丰富的地理著作
绘制了《海内华夷图》等多卷地图与地理著作连接
他学习前哲绘制地图要为唐朝政治、军事服务
从中看出他研究并绘制地图的目的很明确
他绘制的《关中、陇右及山南九州等图》寄托心志
提醒人们不要忘记边患体现了他可贵的爱国心野
他在地图学上的成就主要体现在《海内华夷图》上
绘此图目的是力图把唐代统一强大面貌展列
为绘制此图他阅读大量文献调查采访认真选取材料
前后一共花费了他三十多年的心血

《海内华夷图》是中国历史上第一幅大型地图
其地理范围除唐朝所辖行政区外还有四邻一些国别
这既是一幅历史地图又是当时的形势图
反映了贾耽地理知识与制图水平都很卓越
《海内华夷图》在制图技术上首创墨朱殊文制图法
他的这种方法影响久远为后来历史地图学家所学
《古今郡国县道四夷述》实际上是地志
反映了贾耽在边疆和域外地理研究中成就也很卓越
他的《皇华四达记》则是中外交通史上一部重要文献

以黄河命名的著作《吐蕃黄河录》可惜佚失难阅
贾耽不仅是中唐重要政治家也是重要地理学家
他在地图学、地理学、方志学方面贡献卓越

281. 李吉甫

他是唐朝善读书的宰相李吉甫
他从小好学能写文章二十岁以荫补官走上仕途
由于他为政有功一直升迁至宰相
公元八〇八年他辞宰相职为淮南节度使
在淮南任上三年于高邮县修筑了平津堰
随后他又复为宰相得以享誉高官厚禄
这期间他建议省并州县裁减冗员
唐宪宗采纳了他的建议为此使推行效果比较突出
他作为唐朝著名地理学家取得突出成就
他在地理学方面留下著名著述与地图
著有《元和郡县图志》《百司举要》
还有《国计簿》《删水经》《古今地名》《十道图》

可惜的是他的地理著述大部分已经失传
今仅存《元和郡县图志》残本可读
《元和郡县图志》是中国现存最早的一部地理志
这部地理志是唐代一部卓越的地理巨著
全书首起京兆府末尽陇古道共四十七镇
每镇篇首有图故称《元和郡县图志》或《元和郡国图》

南宋时期图已亡佚故称《元和郡县图志》
这是李吉甫在地理学上一部有名的著述
李吉甫勤奋好学学识渊博精通史地
被时人广泛誉称为“唐宰相善读书”
他认识到地理对于治理国家有极为重要作用
关系到国家的兴衰安危或者说命运前途

《元和郡县图志》以疆域政区为主体范围很广
具有多方面的科学价值及实际用途
在疆域政区方面图志反映了唐朝当时的疆域范围
他创造的八到的记述为以后地方志所效法标注
在自然地理方面图志不仅可以看出河流湖泊分布情况
而且可以与《水经注》比较看出河流湖泊变迁之目
在经济地理方面图志在每州之下记有“贡赋”情况
对唐代生产品种和生产部门变化可以从中看出
在人口地理方面图志反映了安史之乱前后人口分布变化
从中可以清楚看出开元与元和两个时代户口数
在体例方面图志继承和发展了汉魏以来地理优良体例
对各项地理内容作了翔实严谨的载录

282. 朱思本

著名地理学家朱思本字本初号贞一
他因为受家庭的影响而终生不仕
他的家乡被元军占领后家庭开始衰落

宋朝灭亡之痛笼罩着朱思本一家心底
他的长辈们抱着与元不合作态度坚决不仕元
这种厌世遁迹薄视名利的心态极大影响着朱思本的心迹
年不满十四岁的他便开始到龙虎山学道
其后十余年间他一直潜心学道使其大长学识
他以相当高的文化素养在龙虎山地位不断上升
但他坚持不做蝇营狗苟般的人更无意追求权势
他利用去大都机会考察山川大地民情风俗
决心在科学上做出一番事业以实现心志

他游历考察各地先后长达二十年之久足迹遍及大半中国
这期间使他真正接触到社会了解了人生休戚时政得失
同时目睹了人民受灾后的悲惨情景
看到东吴遭海溢太湖涌波高百尺夏秋之间阴气袭
难能可贵的是他从江浙大水看到人民之苦
从扬州旱蝗悟出封建官府残暴统治
他在《御河》中揭露“守令肆豺虎,里胥剧皇螟”
在《南昌道中》对元朝廷的横征暴敛进行了抨击
当时他的诗作已在大都知识界中流传
这时朝中有人荐他入仕他再一次坚辞
他以早奉父母父殁而不忍改表示其志不改
由此可见朱思本“厌世溷浊”的心态始终如一

谢绝入仕后他又开始长达十年的考察活动
更加明确了博采群言随地为图的意志

经过十年努力他终于绘制成《舆地图》
可惜此图已失幸在罗洪先《广舆图》中能找到所记
为了完成《舆地图》这一重要艰巨任务
朱思本付出了大量的心血与艰苦努力
他坚持实地考察、搜集资料的科学实践
在制图上他借鉴前人经验教训“思构为图正之”
他广泛吸收有关地理学方面的研究成果
参考了之前的地理著作包括少数民族的地理知识
他重振“计里划方”的绘图方法用于《舆地图》
使所绘《舆地图》比前代更为详尽精致

283. 罗洪先

关于他“水飘火劫山移步”故事带着浓浓神话色彩
这个流传故事居然在《太原县志》中有记载
“嘉靖四十五年晋祠山移既而市楼火”
民间流传正应了罗洪先的诗言所在
于是当地人以为罗洪先事有前知
这个带有神话色彩故事一直流传不衰
他,罗洪先就是这个故事中的主人公
他的一生在古老中华大地留下豪迈
他是明代学者杰出的地理学家
他绘制的《广舆图》至今仍放异彩
他一生奋发于地理学等科学的研究
“考图观史”考出了前人在地图上的问题所在

他发现当时地图多疏密失准、远近错误
于是亲自外出调查收集资料准备修改
他准备重编一幅内容丰富、地理位置准确地图
以计里画方之法创立地图符号图例光彩
经过精心研究和艰苦努力终于绘成《广舆图》
在小小的地图上绘出了古老中华大地真实形态
他创编的地图集形式不仅继承了朱思本制图法
而且还加以发展使地图更为科学实用便于携带
罗洪先堪称与墨卡托同时代的东方伟大地图学家
用他的学识与辛勤使地图学进入他的时代
《广舆图》是中国历史上最早的分省地图集
他在绘制地图方面的建树高挂史台

他不但为中国地图的绘制和地理科学作出贡献
而且为世界地理学界所瞩目青睐
使他在世界地图绘制领域占有一席之地
从此古老的中华大地为他留下光辉的记载
他上至天文、礼乐、典章、阴阳、术数
下至地理、水利、战阵、攻守、边塞无不博采
他自幼端重不为嬉戏立志要当一位杰出学者
他曾经殿试第一中状元夺得头彩
他反对朝廷腐败遭罢官返故里精研学问
曾闭门谢客默坐一榻三年不出户外
他在文学上也有很深造诣主张“开口见喉咙”

在理学上也卓有成就属于江右王门学派

284.顾祖禹

他勤奋辛劳三十余年终于如愿心遂
成就地理学卓著《读史方舆纪要》是那么珍贵
他,顾祖禹,清初沿革地理学家和学者
毕生专攻史地以沿革地理和军事地理最为精粹
他参考二十一史百多种地方志及其他大量文献
“览城廓,按山川,稽道里,问关律”矢志而追
终于编成地理巨著《读史方舆纪要》
把中华大地山川尽收《读史方舆纪要》之内
他以明末清初行政区划分述各省、府、州、县
从疆域沿革、山川形势、城市集镇、津梁道路巡回
叙述川渎之异同昭九州之脉络
叙述分野明“俯察仰视”之义之精粹

《读史方舆纪要》有全国总图、各省分图、边疆分图
以及黄河、海运、漕运分图等几方面分类
着重考订古今郡县的变迁和推论山川关隘战守利害
尤其在军事上具有重要的意义和地位
它是中国沿革地理最具代表性的著作
作为研究中国地理和军事地理重要参考文献特别珍贵
《读史方舆纪要》详细论述了山川险易
以及古今用兵战守攻取之宜兴亡成败得失之轨

前者重在讲地理条件和政治经济的关系
后者着重讲地理条件和军事关系的相背
顾祖禹编写《读史方舆纪要》历时三十余年
可以说倾尽毕生精力呕心沥血鞠躬尽瘁

顾祖禹身遭亡国之痛但却始终坚持志节
不求名利于时不求禄于世的精神令人敬佩
他长期生活在“贫贱忧戚”的环境里
把自己全部心事寄于著述实在难能可贵
他的目的很明确就是保存故国文献
以便在将来反清复明大业中能有所作为
他深思远识有志于言语文字之外
他那良苦用心那么令人感叹令人赞美
他以无限沉痛的心情来编写《读史方舆纪要》
他那沉痛的心情那么让人同情那么令人伤悲
《读史方舆纪要》作为地理沿革、军事地理巨著
在中华古代历史地理学上具有重要的地位

285. 刘献廷

他作为清初地理学家地理学识精到
他还特别喜欢读《华严经》研究佛教
他，刘献廷字君贤一字继庄别号广阳子
他一生在地理、历史、音韵学等方面都取得成效
他读《华严经》参入梵语、拉丁语、蒙古语

从中体会到四声之变在《新韵谱》中留下写照
书中称声母为“韵母”称韵母为“韵父”
这是刘献廷在《新韵谱》中留下的称叫
他善于接受新思想新学说具有强烈民族民主思想
他被学术界称之为广阳学派的代表
他的读书常至通宵达旦终至一眼失明
因特喜爱《庄子》一书故取一个“继庄”名号

吴三桂弑南明桂王那年他十九岁双亲已逝
便举家南迁隐居吴江专心读书研究学问佛教
因家中不时济贫以致使其倾家荡产
从而使家中生活陷入困境没有了依靠
三藩之乱平定之后他的妻子又不幸去世
他遂抛家别子踏上浪迹天涯的茫茫之道
因万斯同推荐他北上入京参加编修明史
后离京返吴不久他又开始踏上漫游之道
他一生思想最大特色就是表现了名士的气概
对当时知识名士不踏出书房十分讥诮
他认为如果今之学者率知古而不知今
纵使博极群书也只能算半个学者称号

他尤为厌恶学界名士唯利是图之举
认为人即是上天的具体化可以为天主持公道
他涉猎书籍很广为此掌握了众多门类学识
除经、史、子、集外还读了佛经道藏研究佛教

他主张学问要经世致用利济天下后世
并注重实地考察对历法、数学、音韵学也十分通晓
他在地理学方面的知识丰富贡献尤为突出
只可惜他的《秦边九卫图》等史地著作已佚难找
他对古今气候变迁、各地物候异同等都有独到见解
对河流侵蚀作用、地理位置对城市发展影响见解精妙
他认为地理学必须阐述“天地之故”
为如何研究地理学指出了正确方向和一条大道

286. 徐霞客

他一生在中国大地山川间旅行那么长久
他在长达三十四年旅行考察中取得卓越成就
他，徐霞客既是科学家又是文学家
尤其在地理学上他取得了杰出的成就
《徐霞客游记》既是一部杰出地理著作
同时也显示出在文学上取得的卓越成就
《徐霞客游记》也是一部伟大文学著作
同时在科学和文学两个领域彰显辉煌锦绣
酷爱旅行为人耿直孤傲的父亲对他产生深刻影响
勤劳持家通情达理的母亲为他旅行而筹
其母每次都是亲自为他准备行装做远游冠以壮行色
他那位勤劳持家的母亲是多么的伟大优秀

其母七十岁那年为解除徐霞客对她牵挂

特意让徐霞客陪她去荆溪、句曲旅游
一路上有意走在徐霞客前面以示身体强壮
慈母良苦用心只为解除徐霞客挂念之忧
徐霞客能够成才并作出伟大贡献其母的支持很重要
正是他那位伟大母亲伟大的支持才取得伟大成就
藏书丰富的家庭为徐霞客博览群书创造了极好条件
他自幼特好奇书对历史、地理和游记之书尤为渴求
他“髫年蓄五岳志”有强烈的旅游考察愿望
二十二岁那年他第一次走出家门从此开了头
三十四年他几乎游遍中华大地山山水水
三十四年之旅每到一处他都写下游记存留

他最后四年开始的“万里遐征”行经九省三万余里
经历了无数艰难险阻遇盗绝粮仍然依旧
更令人钦佩的是有许多时间他是带病而行
毫不动摇矢志向前直到病足不良于行走
才被丽江太守让人用轿子抬回家不久即去世
他为旅行考察献出宝贵生命直到最后
他在地理科学上取得的重大成就领先世界
使中国岩溶地貌学和洞穴学领域领先世界达二百年之久
《徐霞客游记》既是一部优美可读的文学游记
又是一部极有学术价值的地理著作名篇
它在地貌学、水文学、人文地理学方面成就突出
而《徐霞客游记》的文学成就更使其得以广泛传流

287. 孙　兰

他的《柳庭舆地隅说》说得是那么圆满
他的《大地山河图说》说得是那么灿烂
他是明末清初的著名学者、地理学家
他一生在地理学方面作出重要贡献
他对地理学最大的贡献是“变盈流谦”理论
这是他关于流水地貌发育的理论观点
他把地貌形成过程归纳为三种变化方式
归纳为因时而变、因人而变和因变而变
他的“因时而变”之说是指外力侵蚀作用
如下大雨时山川受暴雨冲刷而因此有变
从而形成洪流下注、山石崩塌发生变故
这就是他“因时而变”理论的一种具体体现

他的“因变而变”是指地貌形成的内力因素
指在火山、地震等作用下而发生的一种改变
“因人而变”是指人类社会排干沼泽、开垦荒地
还有改变河流方向从而造成的地貌形态改观
他，孙兰字滋九自号柳庭著名地理学家
“三变”的地理学理论是他的重要贡献
他在十七世纪就提出如此完整的地貌发育理论
从地理学来说它确是一种创先的观点
它是中国地理学发展史上一项突出成就

比十九世纪末期国外提出的“地理循环论”早二百年
他确是清代中国一位学识广博的学者
精于天文地理之学其学识是那么精深广泛

他是一位具有先进地理学思想的地理学家
在地理学理论方面他作出突出的理论贡献
他又是经世致用的先进地理学家
他在中国地理学理论研究上树立了典范
他为当时中国地理学的代表人物之一
在当时的地理学界都知道大名鼎鼎的孙兰
他一生淡泊名利不慕仕途怀才隐居布衣而终
清兵陷扬州屠城他义愤填膺极度愤懑
为此他取名御寇以表示对清朝的抗争
因耻事清廷弃诸生籍遁居江都湖岸
以研究学问寄托自己的爱国心志情怀
一生不仕隐居在人文蔚起的一片湖光山色之间

288. 杨守敬

他是一代名家从小就那么聪明过人
在他年幼往事中留下一个又一个聪明趣闻
他八岁时就巧对母亲为他请来的老师
对应得是那么流利那么巧妙那么缤纷
为承继家业他一边学做生意一边读书
他那挑灯夜读的精神感动其母流泪纷纷

他应试见知县遇“年年县试荟豪客”之考
他迅即巧妙对出“次次榜中添仕人”
又遇知县“小孩子两手黑，横道竖道”之戏
他以“大老爷一脸麻，左坑右坑”戏吟
对得知县满脸通红还自知理亏不能发作
他小小年纪却充分显现了聪明过人

他背姑娘伢过溪更是一件轶闻趣事
从这件轶闻趣事中却显现他高尚的人品
他就是清末杰出历史地理学家杨守敬
他一生留下众多趣闻轶事留下众多学问
他还是金石文字学家、目录版本学家
还有书法家、泉币学家、藏书家集于一身
他一生有八十三部类著作传世名驰中外
他确是一位博学多才的大家学问精深
他曾考取国史馆誊录并任驻日钦使随员
归国后任黄冈教谕、两湖书院教习、礼部顾问
他用毕生精力致力于《水经》《水经注》研究
成就其代表作《水经注疏》巨著留给后人

他编绘了《历代舆地沿革图》、《水经注图》
还有《历代舆地沿革险要图》等名图珍品
他又是金石学家著有《湖北金石志》《日本金石志》
还有《望党金石录》等著述都是金石学之金
其目录版本学著述颇受当时学者名流的推重

充分显现出他的目录版本学学识造诣颇深
他的书法书论驰名中外并诸书见长
留下多部书法作品在日本曾掀起崇杨风影响至今
他在泉币研究方面及藏书也取得成就
充分显现了他博学多才精深的学问
杨守敬一生专心致志刻苦学习苦读不辍
一丝不苟严谨治学终于成就一代大家名人

第十四章　语言文字学家

289. 史　游

中华民族古老的先人们何时开始讲话
龙氏家族何时开始有了语言有了语法
中华民族何时开始有了那么智慧的文字
龙氏家族何时开始创建形成华夏文化
诸多的传说是黄帝让仓颉创制了文字
因为年代太久远已经无法进行精确考察
龙氏家族的语言肯定早于文字的产生
远古祖先们创制文字前必然先学会讲话
为什么龙氏家族一开始讲话即创造了汉语言
在漫长的历史中汉语言又有什么发展变化
为什么中华民族一开始创制文字就是方块字
为什么龙氏家族的文字都有“六义”的相搭

汉语言文字不愧是智慧的语言文字
龙氏家族的远古先祖实在太聪明太伟大
他们创造了精美智慧的语言文字

他们给每个字标上音标上义标上笔画
他们在相同的语言文字下还创立了丰富的方言
使一个相同的字在不同地区有了差异读法
今天已无法追寻到汉语言文字产生的具体年代
只能从漫长的历史中寻找到一些演化
这一切应该归功于那些语言文字先师
归功于中华民族历代的语言文字学家
是他们不断地研究着中华民族汉语言文字
是他们不断地研究着汉语言文字的语言文字语法

龙氏家族第一个会讲话的先祖已经无法追寻
龙氏家族第一个创制文字的先祖也已难以考察
他们为中华民族汉语言文字产生形成作出巨大贡献
可惜的是龙氏家族的后人已无法追寻他们追寻到他
只能追寻到记载不详的最早的一位史游
他是后来能追寻到的最早语言文字学家
据记载史游为西汉人汉文帝时做过黄门令
但记载中他的生卒年代不详已经难以详察
据说他精字学工书法著有《急就章》一篇
肯定他还有关于语言文字方面著述可惜已无从考察
在他之前的如李斯的《仓颉篇》都已亡佚
为此史游的《急就章》成为现存最早的字学及书法

290. 扬　雄

扬雄，字子云，西汉后期著名的学者

他一生在学识上涉猎诸多学科
他少而好学不为章句究明指义博览群书
他沉默好思不能剧谈口吃不善说
清静无为少嗜欲不汲汲于富贵不戚戚于贫贱
不修廉隅以徼名当世习学默默
他初好辞赋欣赏司马相如之赋“弘丽温雅”
每次作赋他时常模仿其形式而写作
又认为屈原之文过于司马相如以至为世不容
作《离骚》自投江而死读其文常泪流难过
他认为君子得时则应安步徐行
不得时则应如龙蛰伏等待时刻

他认为时遇遇与不遇乃命中注定不必自沉
为此他拾取《离骚》之文写下《反离骚》作
他随从汉成帝上甘泉宫写下《甘泉赋》
描述甘泉宫似上天紫宫游幸者车骑众多
后又随汉成帝东渡大河游览龙门华山等处
他追观前代遗迹思欲步古遗风写下《河东赋》之作
后又随汉成帝打猎故作《校猎赋》以为讽谏
以汉成帝捕兽活动写下《长杨赋》借以讽谏皇帝过错
他在经历一段为官的人情世故之后有了变化
由喜好辞赋开始转向研究哲学及其写作
他仿《易经》作《太玄》仿《论语》作《法言》
针对有人嘲笑著作而不得禄位他作《解嘲》以表自我

他不愿赶时髦自甘淡泊而写《太玄》
《解嘲》是他为表示对当时社会政治不满而作
作为语言文字学家他也取得重要成就
撰有《方言》《训纂篇》两部语言文字学之作
《方言》记述了西汉时期全国各地方言
是研究古汉语的重要资料重要著作
《训纂篇》是续《仓颉篇》而写的考字之学
可惜他的著作早已散佚已看不到其成果
只有其赋、箴等四卷被清代严可均所编
让后人可以领略他“文义至深”的思想艺术特色
作为一代著名学者、语言文字学家留下辉煌
留下他的赋、他的哲学、他的语言文字成果

291. 许　慎

他因所著的《说文解字》闻名于世界
他因所著《说文解字》被称许君“许学”
他，许慎字叔重东汉时期汝南召陵人
其一生对中国语言文字学贡献那么卓绝
他是中华古代著名语言文字学家、经学家
是中国文字学的开拓者从而开启了“许学”
他性情纯笃博学经籍马融常推敬之
他一生在仕途上曾任太尉南阁祭酒等职阶
他精通文字精通训诂因而有“字圣”之誉称
其卓著《说文解字》是那么的卓越

他以《五经》传说不同于是撰《五经异义》
为此他在经史方面也留下自己的著述见解

他历时二十一年著成《说文解字》卓著
收文九千三百五十三个个个都有深义见解
重文一一六十三个重文却不重义
收文重文均按五百四十个部首排列
是中华第一部说解文字原始形体结构及考究字源专著
推究六经之义分部类从至为精密明确
《说文解字》的内容包罗万象十分丰富
它的价值不仅限于解说汉字的字学
不仅研究汉字本身而是东汉末年以前百科全书
因此《说文解字》的贡献是那么卓越
《说文解字》在体例上与过去不同
与过去的启蒙识字的字书存在明显区别

《说文解字》在所收字数上也比以前字书都多
远远超过《仓颉篇》扬雄的《训纂篇》所列
关于汉字的结构传统有“六书”的说法
许慎在《说文解字》里把“六书”说说得那么明确
他把象形画成其物随体诘出那么形象
他把指事说得指得视而可见察而可觉
他那么准确地把会意比类合谊以见指扮
他形象地把形声以事为名取譬相成成得贴切
他更加逼真地把转注建类一首同意相受

他真切地把假借依声托事托得那么顺帖
《说文解字》创造了字典式体例被称为字典鼻祖
并创造了“六书”定义定出了许慎一生的卓越

292.刘　熙

他作为语言文字学家留下《释名》卓著
他作为经学家撰有卓著《孟子注》
只可惜他的《孟子注》已佚今已不传
他的《释名》一直在语言文字殿堂标注
他,刘熙或称刘熹字成国北海人
生卒年不详后人对他难以考察清楚
他是东汉时期经学家、训诂学家
官至南安太守而为学成就更加突出
其名著《释名》是中华古代重要训诂著作
对后世产生深远影响颇受关爱和瞩目
《释名》从语言声音角度推求字义由来
它就音以说明事物得以称名的缘故

并注意到当时的语音与古音的异同
对后代训诂学因声求义的影响突出
同时也是研究汉语语源学的要典
他编这部书的目的就是探讨各种名称由来出处
从书名上就明显表现了他的旨趣
《释名》所释共分为八卷二十七类事物

《释名》解释事物名称完全从声音上去探索
考求语词音义之间关系说出事物所以如此称名缘故
这种以音求义在训诂学上称之为声训或音训
这种以音说明事物如此称名有其道理和长处
《释名》是中华音训词典的先河
对古代汉语研究方面其作用十分突出

《释名》对后代双声叠韵的词书编撰影响很大
能够给以有益的借鉴很大的帮助
它可以帮助了解汉代语音和方言
也可以帮助了解古书中的词义和事物
可以启发人们从译音方面去理解词义
对探索义近的形声字之间的关系很有用途
这种具有语源性质的著作是非常可贵
能在一千七百多年前产生确是令人敬慕
所以流传至今没有亡佚与后人追寻有关
其在语源学上的地位和影响也是重要因素
为此使刘熙成为一代语言文字学家
在中国语言文字学发展上贡献卓著

293. 张　揖

他生活在曹魏明帝太和年之际
也是一位为官为学的有识之士
他,张揖字稚让东汉清河人

他在仕途上为官一直升迁至博士
他是古汉语训诂学的著名学者
作为语言文字学家也大有名气
他所著语言文字学专著《广雅》计有十卷
一共收录一万八千一百五十个字
体例篇目依照《尔雅》体例而作
其中所收录的字按意义分类相聚
释义多用同义相释的方法释解
其词义解释得比较准确而明晰

《广雅》博采在此之前经书笺注而作
其中大都博采《三苍》《方言》《说文解字》
在博采以上几部书基础上又增广补充
故而他给自己作品取为《广雅》名字
他的《广雅》是研究古代汉语词汇重要著作
也是研究汉语言文字训诂学著作之一
他另外还著有一部《埤苍》三卷
作为专著专门研究古代语言文字
他还著有《古今字诂》专研字诂
只可惜他的这部著作已经亡佚
另外他的《埤苍》之著也早已失传
这对中国语言文字学来说无疑是很大损失

《隋书·旧唐书·经籍志》中留有记载
从中可寻觅到他的《埤苍》《古今字诂》踪迹

从中还能看到他的《埤苍》之痕
也能看到他的《古今字诂》字诂意义
从中还能看到他为此付出的辛勤
还能看到他在语言文字学上的精湛学识
其实《广雅》就奠定了他语言文字学家地位
后人都知道他的《广雅》知道他张揖
同时他还著有《司马相如》一卷
还著有《错误字谍》一卷及《难字》
他的这些著作传附在《魏书·江式传》
从而使后人更加了解了张揖的名字

294.江　式

他为官在南北朝时期北魏朝台
他为语言文字学在他家族已世代
他,江式字法安南北朝北魏官吏
他以一位有名文臣位居北魏朝台
他是一位著名的语言文字学家
作为从事语言文字学至他已经几代
他少承家业尤擅长精工于篆体
宋城宫殿诸门板题署全是他的书采
他对古文字学情有独钟潜心研究
对前人的语言文字学专长广为博采
他为官为到校检御史后任符节令
他一生为官为得也是那么的气派

他曾上表论述中国文字的发展演变过程
请求写一部文字学专著献于朝台
为此他开始撰写《古今文字》四十卷
只可惜他还未来得及完成就命归泉台
他家祖辈就擅长古文字"虫书"
从此后世居凉州世传家业一代一代
其祖曾奉献家藏书经史诸子一千余卷
同时把"左篆八体之法"奉献给朝台
江式少年即得以家传深厚语言文字之学
使他成就为一代语言文字名家气派
传说他在数年中时常得先祖梦中相授
从而使他很快具有了语言文字学家之才

这是一个多么美好动听的故事
充分显现了江式对语言文字学的热爱
显现了他勤奋好学痴迷于语言文字之学
显现了他的才学进步增长进步之快
梦中相授待及寤之后每有记识
显现了他在梦中仍然渴学的心态
他请求写一部文字专著上表就是一部文字之学
他的上表从头至尾闪耀文字学光彩
他从伏羲氏作而八卦形其画表起
至表家中为文字学之状满篇皆是为字学心怀
可惜的是他的《古今文字》未有完成

不然在中国语言文字学殿堂会又多一部光彩

295. 吕 忱

他的《字林》上承《说文解字》之轨
下启语言文字学名著《玉篇》的芳菲
在古老的中华大地植起《字林》绿荫
用辛勤的汗水把《字林》滋润得那么青翠
他把《字林》培植在每一个学馆
他把《字林》培育得那么秀丽优美
他，就是晋代语言文字学家吕忱
他的《字林》让多少后来学子迷醉
他的《字林》让多少后来学子得到裨益
他的《字林》让多少后来学子受到教诲
他的《字林》让多少后来学子成为学者
他的《字林》让多少后来学子如愿心遂

吕忱的《字林》上承《说文解字》
下启语言文字学名著《玉篇》光辉
《字林》是中华古代一部重要字书
在唐及唐代以前很有学术权威
那时《字林》的影响仅次于《说文解字》
大多情况下附翼《说文解字》而随
在唐代甚至作为科举考试的科目
这充分说明了那时《字林》的地位

吕忱的《字林》是承《说文解字》而作
为此它带有《说文解字》的光彩融汇
其释义或过录《说文解字》旧释
或补《说文解字》漏略使其更加完备

《字林》或阐释新生词、新生义
因而其释义让人更感觉十分宝贵
《字林》新生释义具有十分重要的价值
从而使《字林》得以立在重要地位
《字林》释义对《说文解字》予以继承
同时《字林》对《说文解字》又向前推
它继承和发展了《说文解字》之长
使在此基础上形成的《字林》更加完美
《字林》对后世产生了深远的影响
同时通过《字林》发现词义发展演变之轨
对了解魏晋时期词义概貌具有承上启下之功
可惜的是《字林》过早亡佚让后人再难受惠

296. 顾野王

他的名著《玉篇》是那么的精妙
在《字林》的开启下放射出美丽光耀
这是他顾野王取得的重大成就
这是他顾野王作出的贡献立下的功劳
顾野王为南朝梁、陈时期的官员

他在仕途上官位一直做到很高
他博通经史擅长丹青学识渊博
作为文字训诂学家学识更为精到
顾野王从小就聪明颖异勤奋好学
九岁时写成的《日赋》文采飘渺
十二岁随父去建安撰成《建安地记》两篇
其文采在字里行间栩栩缭绕

他博学宏才天文地理蓍龟占候皆通
虫篆奇字经史诸子训诂无所不晓
他曾拜太学博士不久升为中将军、参军
侯景之乱他召集公党数百人支援京城平暴
他曾领大著作掌国史兼东宫通事舍
后以才学显著其官职越升越高
他工诗文善书法、丹青擅长人物
尤工草虫造诣精深其艺惟妙惟肖
宋徽宗曾得其《草虫图》赞誉精工之作
著录于《宣和画谱》留下精美光照
他在任梁太学博士时奉命编撰字书
他“总会众篇、校雠群篇”成就一部至好

他搜罗考证古今文字形体、训诂的异同
编撰成“一家之制”的《玉篇》精要
成就《玉篇》时他只有二十五岁
却有如此精深的才学和发展创造

《玉篇》是《说文解字》之后又一部重要字典
在中国现存楷书字典中它最古老
他一生著作丰富留下诸多门类的著作
对文学、文字学、方志、史学他都通晓
他编纂的《舆地志》是全国性总志
另著有《符瑞图》《分野枢要》《玄象表》
还有《顾氏谱传》及志怪小说《续洞冥记》
作为语言文字学家其《玉篇》留下光辉闪耀

297. 李　登

可惜他的名著《声类》没有得以传流
虽然是最早一部韵书却已难以寻求
他，李登是三国时期魏国音韵学家
他在音韵学方面取得重要成就
他曾在魏国为官任过左校令等职
同时他善于学习对语言文字倾心学习研究
他所著《声类》开始以五声区别字音
以宫、商、角、徵、羽五声分流
《声类》是中华历史上最早的一部韵书
可惜已经亡佚没有得以存藏传流
不过唐代封演的《闻见记》中有记载
从中可以追寻到《声类》的古幽

李登撰《声类》十卷以五声命字

不立诸部均按五声分别编修
一共收录一万二千五百二十个字
对每一个字都说得比较明晰深透
其他书转引《声类》注解字音有用反切
也有采用直音的方法来进行注音析剖
由于后人对封演《闻见记》难以细闻
对所说"不立诸部"已经无法考究
从而对"不立诸部"的认识产生分歧
所以对《声类》的编写体例各有说法理由
对于"五声"有的人认为这是指声调
有的人认为指韵部的粗略分类缘由

由此对"不立诸部"产生了各种不同的看法
"不立诸部"有人解释为是不分部首
"不立诸部"有人则解释为不分韵部
从而提出否定《声类》不是韵书的理由
对《声类》这部书体例真相长久以来难辨
因此还有待于以后的继续深入研究
关于李登有关情况史书上记载很少
关于他所著《声类》的资料也难寻求
现在所发现的史料只有零星一点
难判清浊难以定论尚待继续考究
但李登的《声类》著述存在已确定无疑
而且在语言文字学方面取得很大成就

298. 陆法言

他的著名韵书《切韵》切得是那么准确精练
为此使《切韵》之书广为后世使用流传
《切韵》切得使他成为著名音韵学家
从此语言文字学界都知道他大名鼎鼎陆法言
他，陆法言因而成为隋代著名音韵学家
他编著的著名韵书《切韵》受到广泛称赞
他年轻就与颜之推等诸多名家讨论音韵
他们发现以前的韵书大都有错误缺点
于是他立志要编一部更好的音韵之书
经过刻苦钻研努力他的心愿果然实现
从而为中华古代音韵学留下一部名著
他为此也为音韵学作出重要贡献

因陆氏家族不见容于隋朝难以官方刊印
从而使他的著作只能作为私家著述留传
但他的著作从唐以后却大为流行
以私家著述广泛流行于学界及民间
他的《切韵》吸取了以前诸家韵书长处
纠正了之前有关韵书存在的错误缺点
因而使他的《切韵》得以广为流行
愈来愈受到后世的青睐与称赞
到宋代《切韵》被增订为《广韵》

竟成为国家规定的考试标准规范
《切韵》成为考订古音及作诗文的根据
成为研究汉语中古音韵学的主要资料借鉴

同时《切韵》也成为重要的语文工具书
唐代以后大为流行使用得非常普遍
《唐韵》及宋代《广韵》均以《切韵》为基础
经过修改演变从而使音韵得以发展
《切韵》一书可上追古汉语下启唐宋汉语
具有承先启后的重要作用贡献卓显
《切韵》代表了研究语音的规则标准
所以成为汉语音韵的第一经典
掌握《切韵》音系是了解和研究语言史的基础
这也正是《切韵》所作出的重要贡献
陆法言一生在仕途上难以顺畅顺心
但他潜心研究学问实现了另一重要心愿

299. 徐　铉

徐铉是五代时期南唐朝的一位高官重臣
作为五代宋初文学家、书法家乃为一代名人
他在南唐曾官至翰林学士、吏部尚书
后随李煜归宋仍然仕宋称臣
他十岁能属文聪明好学博学多才
尤其在诗词、书法方面造诣精深

他的文章承晚唐骈丽之风而体格孤秀
他为李煜所作墓志铭立言得体足显学问
他著有《骑省集》《学津诗原》等书
其文章在南唐时期声名就远近而闻
因而他与韩熙载齐名被称为“韩徐”
又与其弟徐锴号“大小徐”而传闻

徐铉曾与句中正等人共同校订《说文解字》
他们在校订中又增补十九字入编正文
又补四百零二字附于《说文解字》正文之后
经他们校订的《说文解字》被世称“大徐本”
他除经古文、书法、诗词外还精通文字学
与其弟徐锴兄弟二人对文字学造诣颇深
他与其弟都是五代宋初文字学家
世人往往以“二徐”称颂他们兄弟二人
徐铉还好谈神怪之事好大言夸诞
所言皆载入《稽神录》为后世传存
他擅长书法喜好李斯小篆隶书也较出色
其《篆书千字文残卷》宋摹本至今被保存

他的行书也颇为当时及后人称道
其代表作《私诚帖》现在台湾故宫博物院留存
其作结构平稳但又不掉趣味书风含蓄天然
开宋人尚意书风的先河成就一代名品
他的诗作颇具白居易的诗风率真自然

平易浅切不用奇字不造作不押险韵
其诗均能出自肺腑做到情到语流
无生涩雕琢之病文思则意思壮敏
他文思敏捷凡有撰作常不喜预作
临事抒发往往执笔立就足显功夫之深
他对《说文解字》精加详校垂宪百代
作为语言文字学家以其贡献立于中华字林

300. 戴 侗

他的家族对文字学都那么的向往
他父兄、外祖及舅父对文字学都那么喜爱及擅长
他就是南宋著名语言文字学家戴侗
他在文学方面很有造诣很有声望
他在南宋时期曾中进士并在朝廷及台州为官
后辞病不仕而专心致力于著述文章
著有《周易家说》可惜已经佚失
其文字学名著《六书故》得以传扬
他继承父兄遗志继续从事六书研究
最终完成《六书故》成就一部辉煌
所著《六书故》汇集其父兄、外祖及舅父研究成果
汇聚着家族及姻戚的智慧及学识所长

他的父亲曾辞官跟朱熹学理学并研究六书
其兄抛弃场屋不事科举倾心于四书及文字学研究之上

其父兄都曾对《说文解字》做过订正工作
但还未完成书其父兄就先后而病亡
戴侗继续研究"六书"后发现其中问题
他认为《说文解字》的部首有些杂乱无章
于是他采用钟鼎文并打破《说文解字》部首排列法
撰成《六书故》三十三卷一部光辉文章
他将全书分为天文、地理、人事等九部
进而又细分为四百七十九个目纲
每部按指事、象形、会意、转注、谐声、假借排列
仍然按"六书"进行排列只是与原来大不一样

《六书故》是一部别具特色的文字学专著
充分显现了戴侗及族亲的智慧及学识之光
书成后一直藏于家中未能及时刊刻
直到元仁宗延祐七年由其孙刊印传扬
他对"六书"中的假借有独到的研究
对文字解释有的也考证得十分精详
《六书故》坚持以"六书"为宗旨
上征钟鼎文下取方俗字援引经史百家之书颇多创见思想
《六书故》订正了《说文解字》中多处错误
在文字训诂学史上有重要意义和影响
使他成为中华文字学史上有突出贡献的文字学家
《六书故》在中华文字学史上具有很高成就及重大影响

301. 桂 馥

他一直认为士不通经不足以致用
他一直认为训诂不明不足以通经
他，桂馥是清代杰出学者、著名文字学家
他还擅金石考据并篆刻书法雅负盛名
尤擅隶书工稳淳朴厚重古拙整严润健
而在文字学上与当时的伊秉绶齐名
被同称为“中国文字学双子星座”
他的著述《说文义证》证得是那么著名
还有《缪篆分韵》《晚学集》之著
著得是那么有韵集得是那么有成
他少承家学博览典籍精于金石六书之学
从而使他在多个学术领域留下大名

他治学严谨发挥旁通使学者能引申贯注
他把自己毕生精力治于文字考据学之中
他看到了“朴学”的弊病而不被时尚所囿
他批评时下学风其见识在当时朴学之上颇为著名
他历经四十年努力精心研究文字学
以《说文解字》与经籍相参照疏证写出《说文义证》
《说文义证》对字义有独到研究
从而使他成为清代文字学家而享有盛名
他还撰有考证经义、文字、名物的专著《札朴》

其著援据宏富辨证精详考证颇精
《札朴》是他毕生精力荟萃之作
其中对碑版的考订颇见所长令人称颂

他着重通过文字训诂来解经说史考辨名物
为此他荣得当时说文四大家之一之称
他的《说文义证》更为其毕生精力荟萃
这是他一生在文字学方面取得的重大成功
他治学态度谨严能倾听各种不同见解意见
当发现自己有错误时能及时加以修正
他一生博学多才勤于政务为官创下许多政绩
在书法上他更是取得了巨大的成就及名声
诗人性格的他还撰有《后四声猿》杂剧
在剧中采用了独特的抒情方式进行抒情
他一生取得文字训诂研究的顶尖成果
晚年始好写生别饶古韵画卷上留下他的妙趣横生

302. 段玉裁

他，段玉裁是清代著名文字学家
对音韵学、文字学、训诂学、校勘学贡献巨大
他是清代乾隆时期的举人曾历任地方官
后引疾归居苏州枫桥开始学术生涯
他曾师事戴震研究文字训诂音韵之学
从而使他成就为一代文字学大家

《说文解字》《六书音韵表》积聚其学识
《古文尚书撰异》《毛诗古文训传定本》显示其才华
其《经韵楼集》集聚着他的勤奋辛劳
诸多的著述中闪耀着他人生的光霞
仕宦期间均携《六书音韵表》于身边
公事之毕他总是勤奋读书没有一点闲暇

四十七岁时以父母年迈有病自身有疾辞官归故里
从此专心研究学问使其学识得以勃发
他出身寒素家境清贫家教十分严格
年轻时就有志于文字音韵之学其学识日益增加
毕生铭记“不耕砚田无乐,不撑铁骨莫支”祖训
一生以著述为乐事潜心注释不论困难多大
他博览群书著述宏富以经学以治小学
在小学范围内又从音韵以治文字训诂收获甚大
其《六书音韵表》在古韵学上是一部划时代著作
对中国古音韵学的贡献十分杰出巨大
他的《说文解字注》积三十余年功力写成
体大思精为前所未有成为文字学精华

一八一五年《说文解字注》全书刻成
为将此书刻成付印用光全部积蓄最后贫病交加
书成之后三个多月他在贫病交加中去世
把他的文字学名著《说文解字注》留下
《说文解字注》风行一时大为学者所称赞

《说文解字注》之学由此而盛其成就极大
《说文解字注》不仅贯穿全书详加注释
在考订文字、声音、训诂三方面得以阐发
对汉语训诂学发展开拓了新的内容和新的门径
而且创通了许多研究词义的方法
他对文字训诂学所作成就是许慎之后又一里程碑
他不愧是中华历史上一代朴学宗师名家

第十五章　文学家

303. 屈　原

两千多年来人们一直在《离骚》中读着他
两千多年来人们一直在漫漫路上追寻着他
他是中国诗坛上第一个伟大的爱国诗人
他是中国文学史上第一个伟大的文学家
他开始了诗人从集体歌唱到个人独立创作的新时代
把他创作的光辉灿烂诗篇留在古老大地中华
对中国文学优秀传统形成产生极大影响
他对中国文学发展的贡献是那么巨大
他在中国文学的发展上有着崇高的地位
他对中华民族的影响那么深远那么峻拔
他作为一个爱国者爱国诗人为后世所景仰
他的爱国精神是那么忠贞那么伟大

从《离骚》中读到他的不懈斗争和身殉理想的坚贞行动
读到他为崇高理想而献身祖国的战斗精神的伟大
读到他与祖国同休戚共存亡的深挚爱国主义情感

读到他不同流俗光辉俊洁人格的光华
他把自己的一生贡献给了他深爱的祖国
把一篇篇光耀千古的浪漫主义杰作献给大地中华
他给中国文学史上留下《天问》《招魂》奇文
留下《九章》《九歌》《国殇》诗作精华
“屈平词赋悬日月，楚王台榭空山丘”
两千多年来人们一直满怀深情地赞颂着他
两千多年来汨罗江畔一直让人们难以忘怀
滔滔汨罗江一直抒发着他的忧愤他的伟大

304. 宋　玉

宋玉是屈原楚辞艺术的优秀继承者
从他的《九辩》中可以看出他的艺术特色
他悯其师忠而放逐故作《九辩》以述其志
他的《九辩》是那么的光辉那么有气魄
宋玉是屈原之后一位著名的楚辞作家
但令人遗憾的是他留下的作品并不多
因为年代久远有些作品已难以考证
除《九辩》外其大部分作品都是后人所依托
可惜宋玉的作品流传下来的只有《九辩》一篇
但《九辩》一篇却足以反映出他的思想艺术特色
足以确立他在中国文学史上应有的地位
他作为一位著名文学家而光芒四射

关于宋玉的生平只有一些零星记载简单而又互相抵牾
他出身低微出仕后并不得意可能经受很多曲折
他好辞而以赋见称祖屈原之从其辞令
作为屈原的后辈他向屈原学习从事楚辞创作
从《九辩》中读到了他落拓不羁的悲愁和不平
读到了他对当时社会黑暗的揭露和批驳
读到了萧瑟的秋景远行的凄怆和送别愁绪
读到了他的感情与自然景物的互相衬托整合
从长长二百五十五句中读到他的独创性
读到了千百年来他那不朽的“悲秋”长歌
他留下的作品虽然很少却对后世产生深远影响
他的《九辩》是一篇优秀的楚辞杰作

305. 枚　乘

他的《七发》发得那么灿烂那么卓越
七窍所发发乎嗜欲发得那么真挚那么深切
他的《七发》标志着新体赋汉赋正式形成
他的《七发》是汉赋形成的第一篇光辉书写
从《七发》中人们认识了汉初重要辞赋家枚乘
《七发》使他从此列入中国文学家之列
他生活在汉初文景时代是一位杰出人物
《七发》作为他的代表作闪耀着时代的光烨
“七发”的意义后人不得而知只能推断猜想
“说七事以启发太子”这种解释也许更为准确

《七发》首段指出楚太子的腐化享乐、安逸懒惰
这显然是枚乘对贵族生活提出的讽刺和劝戒

《七发》由近及远一步步启发太子诱导他改变生活方式
特别倾全力于田猎和观涛两事的铺写
在于用“要言妙道”转移楚太子的志趣
充分显现了他枚乘作《七发》的良苦心野
《七发》摛艳腴辞云构夸丽风骇
在艺术上的特色是铺张铺张得那么精彩卓绝
他的《七发》奠定了新体赋的形式
促进了汉代辞赋的发展引起后代许多作者而学
在赋中形成一种定型的文体号为“七林”
为此在文坛上兴起诸多的“七林”体书写
枚乘还留下散文《谏吴王书》《重谏吴王书》
留下了一代大家的文采和一生的卓越

306. 司马相如

《子虚赋》《上林赋》是汉赋中的名赋
人们从《子虚赋》《上林赋》中认识了司马相如
汉武帝时代是辞赋最兴盛的一个时代
而这个时代最大的代表作家是他司马相如
他以琴挑卓王孙寡女卓文君留下历史之名
由此上演了文君夜奔司马相如同归成都
上演了一出轰轰烈烈的爱情故事

上演了以卖酒为生文君当垆的爱情一幕
只可惜司马相如最终负于卓文君的挚爱
为此留下卓文君的幽怨传流千古
为此人们也从中更加认识了司马相如其人
他对卓文君的爱情真不应该发生如此变故

但他的辞赋写得是那么的大气优美
展现了一位才华横溢的司马相如
他的《子虚赋》深得汉武帝的喜爱并为此得官
从此他在汉宫廷任官以赋走上仕途
他曾出使“通西南夷”并著《难蜀父老》一文
对沟通汉与西南少数民族关系贡献突出
《子虚赋》《上林赋》最大的特色是铺张
大量的连词、对偶、排句是那么壮丽华富
二赋在汉赋发展史上具有极其重要的地位
确立了一个“劝百讽一”的赋颂传统尺度
也奠定了一种铺张扬厉的大赋体制
他作为一代名家对汉赋发展贡献卓著

307. 蔡　琰

作为女作家她的才华那么令人称奇
作为一位女人她的遭遇那么令人痛惜
她，蔡琰自幼就有很好的文化教养
史载她“博学有才辩，又妙于音律”

但她一生的遭遇是那么的不幸
她不幸的遭遇让人感到那么痛惜不已
幼年曾随被陷获罪的父亲度过一段亡命流离生活
后来出嫁又遭夫亡因为无子而回家寡居
随后在汉末大动乱中为胡骑所掳走
遂流落于南匈奴受尽胡骑所欺
她滞留南匈奴十二年嫁给胡人并生两个孩子
曹操把她赎回后再嫁陈留董祀为妻

在滞留南匈奴的漫长岁月中受尽感情煎熬
幸而得以归国却又要和亲生的子女别离
她的文化教养和不幸遭遇使她写下杰出诗篇
从而在中国文坛上树起第一位女作家的旗帜
据考证她的作品流传下来的共有三篇
五言《悲愤诗》《胡笳十八拍》及骚体《悲愤诗》
她的五言《悲愤诗》是建安文坛上的一篇杰作
长达五百四十字的叙事诗在前文人诗歌中没有先例
五言《悲愤诗》生动地描写了她的悲惨遭遇
其诗作在艺术上的最显著特色是现实主义
《胡笳十八拍》是一首长篇浪漫主义抒情杰作
让人们从中读到了一位才华卓著的蔡文姬

308. 王　粲

他在建安“七子”中的作品最有风采

他在建安“七子”中的成就最为豪迈
《文心雕龙·才略》称他为“七子之冠冕”
他强记默识善算术行文能诗善赋颇有文才
他,王粲,三国时曹魏名臣被曹操委以重任
作为文学家他的诗赋都写得那么气派
其优越的家庭条件及刻苦努力成就了他
终于使他成就了在文学上的不朽事业登上文学高台
他的诗作以《七哀诗》最为有名影响最大
从中可以读到他那关注社会现实的心怀
他滞留荆州所写的《登楼赋》是他赋中的名篇
那脍炙人口的抒情抒得那么感人心怀

他博闻强记具有过目成诵的超强本领
少时背诵碑文曾获得小伙伴们的喝彩
传说正下的一盘围棋碰翻被他原样摆出
他超强的记忆让在场的人为之赞叹惊骇
他为官时不但受到曹操的赏识和重用
而且他与曹丕、曹植友谊深厚密切往来
曹丕、曹植非常尊重王粲经常有诗赋往还
王粲壮年早逝曹丕亲率众文士为其送葬致哀
为了给王粲送别墓地上响起嘹亮的驴叫声
这响彻四野的驴叫声表示着对王粲的敬爱
为此在中国文学史上留下一曲千古绝唱
绝唱中充分显现了人们对王粲的尊敬和爱戴

309. 曹 植

他的人生前期是那么志满意得万事顺遂
他的人生后期是那么抑郁不得志苦闷伤悲
人生前期以才华深得曹操赏识与宠爱几乎被立为太子
后期因曹丕父子做了皇帝使他受到压抑迫害而倒霉
他抑郁不得志终于在愤懑与苦闷中死去
令人可叹的是他去世时才刚刚四十岁
他曹植是建安时期最负盛名的一位作家
留下大量作品都闪耀着建安文学光辉
他的生活遭遇对他的创作有着深刻的影响
前后期不同生活境遇留下不同的创作之美
他一生所热烈追求的是戮力上国流惠下民
建永世之业流金石之功欲留下历史丰碑

他前期诗歌的主要内容便是表现这种雄心壮志
后期的作品则更多表现了壮志难酬的愤激心扉
前期以《白马篇》为代表充满了豪壮的乐观精神
后期以《杂诗》为代表充满了愤激与伤悲
《诗品》说他的诗“骨气奇高,词采华茂”
这评价很能概括曹植诗歌艺术风格品位
他一生热衷功名胸怀大志矢志追求理想
遭遇挫折后壮志不衰转多愤激之情而不畏
《诗品》称曹植为“建安之杰”应是名副其实

他在建安文坛上的确占有十分重要的地位
他的辞赋也都是抒情小赋《洛神赋》是其赋中名作
他的散文书札文笔犀利简洁也是那么秀美

310. 左　思

在形式主义诗风盛行的太康时期他能高蹈
继承和发扬“建安风骨”的传统创作之道
写出了具有充实内容的杰出诗作
在中国文坛上留下了杰出诗人的名号
他，左思大约生于魏废帝时代卒于西晋末年
他出身寒微却胸怀旷迈才雄志高
他富有反抗精神所以其咏史诗笔力矫健
气势充沛具有积极浪漫主义高亢浓郁情调
《诗品》把他的这种特色称为“左思风力”
让人们从中读到了“建安风骨”的峻拔精俏
他的咏史诗“文典以怨”多引史事所以“典”的用意
他用史事发泄对现实不满所以“怨”的心潮

他的诗中对偶、词藻剪裁得当严格为内容服务
使得风力内充可以读到建安以来的文学技巧
他的诗作不仅丰富了五言诗的风格
在其艺术表现上也更为圆熟更为精妙
左思现存诗十四首《咏史》八首是其代表作
这些诗作反映了左思由积极而消极过程写照

《文心雕龙》说他尽锐于《三都》拔萃于《咏史》
那"郁郁涧底松,离离山上苗"让心潮滔滔
他由于出身寒微而得不到门阀社会的重视一生不得志
便对门阀制度进行了深刻揭露抨击和声讨
他咏史诗实是咏怀这是对咏史诗创造性的发展
其《娇女诗》现实主义描写手法为后世广为仿效

311.陆 机

他在西晋太康、元康时期文坛数风流
大大推动了形式主义诗风的潮头
他是太康时期文坛上最著名的作家
他一生在创作上取得了重大的成就
他的文风对当时文坛产生了深刻影响
作为一代文学名家展现了他的优秀
他少有奇才文章冠世与其弟陆云合称"二陆"
他们作为西晋著名文学家而齐名传流
他同时还是一位杰出的书法大家
他的《平复帖》作为最早的书法瑰宝得以存留
他的诗大多内容贫乏无非是士大夫的一般感慨
但却竭力追求词藻的华丽与词句对偶

他也有少数的诗作比较可取受到称颂
如《赴洛道中作》不甚铺排辞藻写出了深切感受
他的赋与文往往有自己的感触和体会

如《汉逝赋》《吊魏武帝文》写得凄惋动人深透
他的《演连珠》引喻贴切文字工整
表现了他在运用骈丽文字上技巧熟练深厚
《文赋》则是他结撰的一部论文名作
他“故作文赋以述先士之盛藻,因论作文利害之所由”
他在《文赋》里生动描述了作家创作的过程
除描述之外对立意和修辞问题详细地研究
他第一个把创作过程及方法等提上文学批评议程
这是他在中国文学上不可磨灭的伟大成就

312.陶　潜

真想跟随他陶老先生走进桃花源
真想跟随他结庐在人境远避车马喧
真想跟随他陶老先生采菊东篱下
在悠悠然然中静静地观看着南山
像他那样不愿为五斗米折腰向乡里小儿
更不愿降志辱身和一些官场人物往来周旋
深深同情他“志意多所耻”和“违己交病”
其“大济苍生”壮志济世抱负无由施展
“闲居三十载,遂与尘事冥。诗书敦夙好,园林无世情”
他披着老庄的思想与隐逸之风走进自然
他的志趣与性格终于使他同统治阶级上层社会决裂
辛勤自由地笔耕在山水田园并作出了伟大的贡献

他生活在极端黑暗的社会却坚持高远的理想和志趣
他这种守志不阿的耿介品格在作品中充分显现
正是由于他这种品格对统治阶级表现出一种孤高态度
他终于回到田园中来写下伟大光辉诗篇
尤其可贵的是他的田园诗还反映劳动生活内容
他提出的“桃花源”社会理想那么令人感叹
他的诗在艺术上具有独特的风格和极高的造诣
他田园诗中的意境气象混沌奇趣无限
他的辞赋和散文虽然篇幅不多却是那么优美
朴素简洁的文笔描写了真实的思想情感
诗歌中所表现的光明俊洁人格影响教育了后代文人
他开创田园诗体为古典诗歌开辟了新的境界与局面

313. 庾　信

南北朝时代南朝是传统文学的中心
北朝除乐府民歌外文人诗坛一直比较荒凉沉闷
北朝虽然出现了号称北朝三才的三位诗才
但他们的诗文基本上没有大的作为创新
直到庾信由南入北才给北朝诗坛带来转机
他,庾信从此成为南北朝时期北朝的诗人
他一方面把南朝诗歌丰富遗产和新成就带到北方
一方面又吸收了北方文化中比较健康的精神
批判了南朝诗歌腐化浮艳的内容创造了新的风格
在一定程度上体现了南北文学合流的趋势之新

庾信的父亲是梁代著名宫廷文人庾肩吾
庾信自幼聪慧得受家教博览群书学习勤奋

庾信十五岁作昭明太子萧统的东宫讲读
十九岁担当萧纲的东宫抄撰学士之任
他前期完全是一个宫廷的文学侍臣角色
保留下来的少数诗中都是色情内容的作品
他出使被留而屈节于敌国是他生活思想变化转折点
也是他诗赋内容风格发生变化转折的原因
他的名作《拟咏怀二十七首》反映了他后期生活思想感情
这些诗作内容相当丰富深刻感情至真
他的咏怀诗写出了他怀念故国的百转千回的痛苦
境界开阔感慨深沉是他自悲身世的重要作品
他后期的诗思想内容和艺术风格初步融合南北诗风
他是唐诗的先驱南北朝最后的一个优秀诗人

314. 刘　勰

他的《文心雕龙》文出一片闪耀的光芒
他的《文心雕龙》雕出了一座灿烂辉煌
他呕心沥血雕制出一部总结性文学批评巨著
从此使中国的文学作品有了评价的大纲
可怜他一代大家刘勰早孤家贫不能婚娶
笃志好学依当时著名和尚僧祐度过十余年时光
他博通佛教经伦参加过整理佛经工作

梁以后做过小官深得太子萧统的器重赞赏
晚年出家更名慧地可惜不久就去世
贫穷一生的文学大家却把宝贵财富留在中国大地之上
《文心雕龙》是刘勰三十几岁时的作品创作于齐代
他早年虽博通佛教经伦但这部书反映的却是儒家思想

他坚持“穷则独善以垂文,达则奉时以聘绩”的儒家观点
于是搦笔和墨乃始论文成就一部文学批评大纲
《文心雕龙》包括总论及文体论、创作论、批评论
体大思精在古代文学批评著作中具有空前绝后辉煌
刘勰初步建立了用历史眼光分析评论文学的概念
他的一些观点合乎朴素唯物主义的思想
他比较全面地说明了文学内容与形式的关系
从不同角度阐发了质先于文、质文并重的文学主张
他从创作的各个环节及各个方面总结了创作的经验
把人们认为玄虚奥妙的风格问题论说得那么实际顺畅
他初步建立了文学批评的方法论提出六观的方法
他的这种体大精深理论对后世产生了巨大深远影响

315.钟　嵘

钟嵘的《诗品》紧随刘勰《文心雕龙》
对两汉至梁代的诗人进行了专门品评
钟嵘的《诗品》是一部品评诗歌的文学批评名著
他品诗品得是那么全面深刻那么形象生动

钟嵘的时代诗风的衰落已相当严重混乱
从而造成诗坛混乱的“庸音杂体,人各为容”
他仿汉“九品论人,七略裁士”著作先例写成品诗著作
想借此对当时诗坛混乱局面进行改变和纠正
他的《诗品》所品论的范围主要是五言诗
全书共对两汉至梁一百二十二位诗人进行了品评
品评中强调内在风力与外在丹采应同等重视
极力主张赋和比兴相济为用进行品评

他认为诗有三义一曰兴二曰比三曰赋
宏斯三义酌而用之干之以风力润之以丹采使诗至成
他论诗还坚决反对用典并举例解说
尖锐斥责了当时已形成的“文章殆同书抄”之风
他还坚决反对沈约等人四声八病的主张
不过这一点他有点“因噎废食”矫枉过正
他论诗一个重大特色是善于概括诗人独特艺术风格
所持赋比兴、风骨和词采、诗味等尺度非常适中
他论诗还有一定历史观念注意诗产生和发展历史时期
这可以说是他心目中诗史的提纲挈领
他的《诗品》是中国文学史上第一部论诗的著作
作为一代大家他教会了人们如何对诗进行品评

316. 陈子昂

他,陈子昂自幼性格就是那么浪漫豪侠

少年时代曾闭门读书遍览经史以至厚积薄发
他有远大的政治抱负二十四岁中进士上书论政
得到武后的重视从而走上仕途得以提拔
他一方面支持武后政治改革一方面对弊政提出批评
曾两次从军边塞对边防军事提出建设规划
因和主将意见不合遭受排斥打击三十八岁后辞职还乡
最后被武三思指使县令迫害冤死一代大家
他好佛老神仙又有儒家兼善天下的精神
有政治远见及关怀人民疾苦热情好纵横任侠
他以坚决的态度起来反对齐梁诗风的统治
是一位从理论和创作实践上创造革新的文学家

他在著名的《修竹篇序》中提出诗歌革新正面主张
在《感遇诗》三十八首中践行了他革新主张规划
《登幽州台歌》《蓟丘览古》七首也是他杰出代表作
这些作品在齐梁以来的两百多年诗坛上如雷霆爆发
在他的诗作中现实主义和浪漫主义同时存在
现实主义作品叙事慷慨沉痛中兼有政论锋芒光华
那些偏于抒发理想之作寄兴幽婉激情奔放
又充分显现了浪漫主义的奇丽光霞
他是唐诗开创时期在理论和实践上都有重大功绩的人
杜甫和韩愈对他在唐诗发展上的功绩给予高度评价
陈子昂在散文革新上开风气之先也有很大功绩
唐代诸多古文家普遍称赞他功高可嘉

317. 孟浩然

跟随他孟浩然在山水田园追逐溪流小河
跟随他孟浩然在山水田园轻轻漫步吟歌
跟随他在家闭门苦学灌蔬艺竹为乡里救患释纷
跟随他隐居鹿门山浏览山中四季景色
跟随四十岁的他去长安求仕失望后漫游江淮吴越
跟随他重回故乡一直过着一种归隐生活
跟随他一生经历比较简单没有入过仕途
生活在开元承平时代没有经历很多生活风波
他“感激遂弹冠,安能守固穷”对仕途很是热望
但他内心却相当矛盾一生基本上过着隐居的生活
四十岁求仕希望落空心情开始转为愤激
无奈在山水田园里把自己的一生寄托

他是唐代山水田园诗人代表其代表作是山水田园诗
他把人们带进山水田园品味他诗的风格
感到他怅惘迷茫之中隐含着一种身世落拓之感
看到他旅途思归心情和初冬江上凄寒的景色
看到他故乡鹿门山、万山、岘山、鱼梁州、高梁池名胜
欣赏了他《江上思归》等漫游中的诸多名作
深切感觉到他怀慕隐逸的思古幽情
更能领略新月江畔小舟归村人归乡的快乐
跟随他《过故人庄》体会到生活气息是多么浓厚

跟随他一边吟诵《春晓》一边欣赏乡村黄昏景色
他在创造盛唐诗歌浑融完整风格上作出贡献
后人们永远不会忘记他孟浩然及他的诗作

318. 王　维

他多才多艺不仅能诗而且精通书画和音乐
他的诗中有画画中有诗意境尤为雅丽特别
他虽二十一岁举进士却仕途不畅
四十岁后过着亦官亦隐曾隐居终南别业
后在蓝田辋川生活更为悠闲并吃斋奉佛
这时期的他以禅诵为事基本上皈依佛界
他,王维,其思想可分为前期与后期两个阶段
他思想上的变化区分可以四十岁左右为界
前期具有一定的向往开明政治的热情
后期他是“一生几多伤心事,不向空门何处销”心野
为此他的诗风在人生前后期也表现不同
不同的思想在他的诗作上留下不同的书写

他的《少年行》表现了英雄气概和爱国热情
他的名作《老将行》表现了爱国精神的壮烈
他善于描写自然景物的才能是那么的出色
他的“大漠孤烟直,长河落日圆”令人叫绝
赠别朋友的抒情绝句是那么刻骨铭心
跟随他走进《山居秋暝》更能体味他的卓越

他不愧是唐代山水田园诗派的代表人物
跟随他在山水田园中会看到一个特别壮丽秀雅的境界
空山雨后的秋凉松间明月的秋光石上清泉的声音
浣纱女的笑声小渔船缓缓穿过荷花的动态是多么和谐
诗中有画画中有诗是王维山水诗最突出的特色
他在艺术上的巨大成就让后代多少人追随而学

319. 高　适

他二十岁曾到长安求仕不遇没有走上仕途
于是北上蓟门想在边塞寻求报国立功出路
也没有找到出路便混迹渔樵贫困流浪十几年
这一时期他曾与李白、杜甫饮酒游猎赋诗怀古
后来他终于得以走上仕途并做到高官
他一生为官为诗所取得的成就都很突出
跟随他北上蓟门发现大量优秀诗作
发现他在《塞上》诗里深深的忧虑和感触
发现他是一个喜言王霸大略务功名尚节义诗人
发现他常怀感激心愿效纵横谟的功业抱负
在《塞下曲》里发现他万里不惜死的豪迈壮志落空
在《蓟门五首》中发现他对边塞士卒生活的关注

他愤慨“士卒厌糟糠，降胡饱衣食”
他把这种愤慨托朋友转达了帅府
跟随他走进边塞诗中最杰出的代表作《燕歌行》

却看到令人感慨的战士军前半死生美人帐下犹歌舞
“君不见沙场征战苦,至今犹忆李将军”
仿佛走进荒凉绝漠的边塞身临大漠宏图
跟随他走进浪游作封丘尉时期的岁月
看到他拜迎长官心欲碎的心情和农民的疾苦
看到他在梁宋时期虽然生活贫困作风却非常豪侠浪漫
看到他在《邯郸少年行》《古大梁行》中那么豪侠雄武
看到他在《别韦参军》《别董大》时的深挚情意
看到他雄厚浑朴笔势豪健诗才如鹰隼出风尘骅骝开道路

320.岑　参

走进他的家族看到他自幼从兄受书遍读经史
跟随他至长安献书求仕随后北游河朔三十岁举进士
跟随他两次出塞前后两次在边塞共六年之久
看到他两次出塞都是那么有雄心壮志
走进他的诗作发现他的诗题材广泛写下深厚浓郁的诗情
留下“山风吹空林,飒飒如有人”等诗意造奇的句子
随他出塞后看到他在鞍马风尘战斗生活里诗境空前开阔
爱好新奇事物的特点充满在他的创作里
雄奇瑰丽的浪漫色彩成为他边塞诗的主要风格
《走马川行奉送出师西征》是他边塞诗杰出代表作之一
那朔风夜吼飞沙走石的自然环境和来势逼人的匈奴骑兵
有力地反衬出唐军大将西出征的强大声势

《轮台歌奉送封大夫出师西征》也是写唐军出征
那四边伐鼓雪海涌白昼出师又是一番气势
《白雪歌送武判官归京》与前两诗是鼎足而立杰作
诗中那千树万树梨花是多么出人意表的比喻
随他走进《火山云歌送别》看到西北边塞奇异景色
看到《热海行送崔侍御还京》中的风采奇异
走进《逢入京使》感觉边塞怀土思亲是那么深切
看到的是“故园东望路漫漫,双袖龙钟泪不干”的叹惜
走进《发临洮将赴北庭留别》更令人感慨
他那把国事放在首位的动人豪迈心情令人赞叹不已
他的诗以慷慨报国英雄气概和不畏艰苦精神为基本特征
气势雄伟想象丰富色彩瑰丽极富奇情异彩艺术魅力

321. 王昌龄

跟随王昌龄走进辽阔大漠边塞
心中陡然升起豪放的爱国壮志澎湃
跟随他走进边塞军营士卒中间
聆听到军士们浓浓的思念家乡情怀
聆听到军士们强烈的爱国立功心情
聆听到军士们爱国壮志凝聚的豪迈
他的《从军行》一直被推为边塞诗名作
诗中军士们的爱国壮志豪情滚滚而来
看那雪山、看那孤城蕴含着激烈的战争风云
有力显示出身经百战金甲磨穿的军士们誓扫楼兰的气概

还有那军士们将上战场时听到前军捷报的情景
透露出他们的心情是多么的振奋豪迈

长城月夜的苍凉景色引起万里相思的情感
“边愁”意境雄浑开阔情调激越悲凉愁也气派
跟随他走进“秦时明月汉时关”
走进他的被唐人推为七绝压卷之作的《边塞》
看到在漫漫万里征途上军士们一直在征战
看那古老的明月古老的关隘让人无限长思感慨
跟随他去聆听他的五古《代扶风主人答》
聆听到一个垂老军士带着满身箭瘢还家的痛苦心态
还有寒鸦背上带来的昭昭日影梦后西宫夜宴的灯火
王昌龄把宫女们的希望和失望的内心痛苦一同带来
王昌龄对七绝用力最专成就最高不愧“七绝圣手”
他喜于捕捉典型情景善于概括和想象的本领令人崇拜

322. 李　白

他在中国诗坛上具有崇高的地位
他在世界诗坛上也是出类拔萃
自唐代以来中国大地谁不知道李白
赞誉他为“诗仙”那是一个很形象的称谓
他是中国文学史上继屈原之后又一伟大浪漫主义诗人
他的诗作闪耀着浪漫主义光辉
他的伟大在于他留下伟大的诗作

他的伟大在于“安能摧眉折腰事权贵”
他是盛唐代表作家是一位天才诗人
还兼有游侠、隐士、刺客、道士、策士、酒仙气质行为
他“仰天大笑出门去,我辈岂是蓬蒿人”
“大鹏一日同风起,抟摇直上九万里”具有冲天之威

国家的强大鼓舞他向往功名的雄心
政治的危机更激发了他拯物济世的热望纷飞
他九百多首诗“兴酣落笔摇五岳,诗成啸傲凌沧洲”
“笔落惊风雨,诗成泣鬼神”显示出诗仙神威
他一千多年以来一直被称为“谪仙”“诗仙”
作为一个热爱祖国关怀人民的伟大诗人做出伟大作为
他继承前代浪漫主义创作成就以叛逆性格豪放风格
扩大了浪漫主义表现领域丰富了浪漫主义的手法范围
他对唐代诗歌的革新也作出杰出的贡献
他在中国诗坛上树立了一座不朽的历史丰碑
只要走进他“清水出芙蓉,天然去雕饰”的诗作中
一定会被他那壮丽豪放惊风雨泣鬼神的诗作陶醉

323.杜　甫

伟大的现实主义诗人杜甫是中华民族的骄傲
伟大的现实主义诗人杜甫是中华大地的自豪
他作为“诗圣”与“诗仙”李白珠联璧合
这是上天赐给伟大的中华一对伟大的瑰宝

他的诗不仅有丰富社会内容鲜明时代特色强烈政治倾向
而且充溢着热爱祖国热爱人民不惜自我牺牲精神的崇高
因此自唐以来他的诗一直被公认为“诗史”
“沉郁顿挫”是他“诗史”感人的精妙
他“穷年忧黎元,叹息肠内热”对人民深刻同情
一针见血揭露了“朱门酒肉臭,路有冻死骨”的社会写照
他“济时敢爱死,寂寞壮心惊”对祖国无比热爱
他的诗渗透着爱国的血诚和痛得流泪的心潮

他怀着强烈憎恨认为“必若救疮痍,先应去蟊贼”
对统治阶级祸国殃民罪行他给予愤怒声讨
“野人旷荡无靦颜,岂可久在王侯间”是他深刻感受
“安得广厦千万间,大庇天下寒士俱欢颜”是他伟大心照
他是那么善于对现实生活作典型艺术概括寓主观于客观
人物语言个性化细节描写形容是那么独至精到
远大政治抱负决定他的现实主义是有理想的现实主义
高度的爱国精神是他现实主义诗作特色精要
他把中国现实主义推向一个更高更成熟阶段
作为一个伟大现实主义诗人他的地位至尊至高
“李杜文章在,光焰万丈长”杜甫是中华又一座不朽丰碑
走进他的诗会让人“感时花溅泪,恨别鸟惊心”泪水滔滔

324. 白居易

他是新乐府运动中最重要的旗手

他倡导的新乐府运动取得重大成就
他坚持“歌诗合为事而作”有意识写作准则
他把新乐府运动推动为一股强大潮流
他是继杜甫之后杰出的现实主义诗人
他杰出的现实主义诗作是那么辉煌锦绣
他在“志在兼济”时期在仕途上一帆风顺
于是“兼济天下”的思想在他头脑中占据主流
他在“独善其身”时期欲想“换尽旧心肠”
唱出“不分气从歌里发，无明心向酒边生”诗愁
他以大量闲适诗、感伤诗代替了前期的讽喻诗
对老百姓的农桑之苦饥冻的根源不再揭露追究

但他作为杰出现实主义诗人作出独特贡献
他建立的现实主义诗歌理论一直流传不朽
他认为诗歌必须起“补察时政”“泄导人情”政治使命
从而达到“救济人病，裨补时阙”政治目的要求
他认识到文学根源于现实生活是现实生活反映
阐发了诗歌的特性并强调诗的教育和社会功能要求
他认为诗的内容与形式必须服从内容为内容服务
他的《与元九书》宣言宣得那么全面系统深透
他的讽喻诗讽喻得那么犀利那么淋漓尽致
《长恨歌》《琵琶行》让人感伤得满腹缠绵忧愁
他一生留下讽喻、闲适、感伤、杂律一千三百多首诗篇
为诗及为诗的理论他都作出巨大贡献取得巨大成就

325. 元 稹

元稹是倡导新乐府运动的中坚
他与白居易是志同道合的诗友二人并肩
他与白居易齐名当时具有“元白”之称
他们共同倡导新乐府运动具有相同的文学观点
他八岁丧父少经贫贱自孩骇时见奸吏剥夺百姓就不忍
为之心体悸震若不可活思欲发之愤懑
这是他早期在政治上与权奸斗争并创作新乐府的生活基础
但后因遭到打击转与宦官妥协做到宰相为人不满
他首先注意到李绅的《新题乐府》并起而和之
非常推崇杜甫在《乐府古题序》中总结宣扬杜甫创作经验
他反对“沿袭古题”主张“刺美见事”
他对新乐府运动的发展作出很大贡献

他的《连昌宫词》是和《长恨歌》并称的长篇叙事诗
用对话体对导致安史之乱的唐明皇进行了全面揭露批判
最后提出用政治来消灭内乱的主张
他是有为而发反映了他当时的政治观点
他的新乐府内容广度深度及人物生动性都不及白居易
这主要决定于他后期已转变了的世界观
“悼亡诗满旧屏风”乐府诗外他的悼亡诗很有名
他的悼亡诗《遣悲怀》七律三首广受称赞
走进他的小诗《行宫》感觉那么含蓄有味

短短四句话二十个字让人品味无限
前人谓《长恨歌》一百二十句读者不厌其长
《行宫》诗才四句却尽其妙读者不厌其短

326. 韩　愈

提起韩愈就必然联系古文运动与古文
提起韩愈就必然想起他那著名的散文
唐代以前在文学上无所谓什么古文概念
他把自己奇句单行上继先秦两汉文体的散文称为古文
从此古文的概念始于韩愈提了出来
由此掀起一场古文运动却是开展得波浪滚滚
由于韩愈的努力提倡古文发生了广泛的影响
许多人向韩愈请教一时“韩门弟子”满门
终于古文逐渐压倒骈文成为文坛主要风尚
于是中国文学史上的所谓古文运动留下历史风云
韩愈要宣传自己的政治主张和儒家思想
就需要开展一个文体革新运动以反对骈文

韩派古文家和柳宗元关于文体革新理论是古文理论精华
韩愈在古文运动中高举旗帜立下功勋
走进韩愈的散文发现他的政治思想和世界观比较复杂
他散文成就最高的是那些对黑暗现实揭露批判的作品
他的《原毁》《杂说四》是那么精辟深刻
其《张中丞传后叙》《柳子厚墓志铭》确是千古名文

他的散文雄奇奔放富于曲折变化而又流畅明快
如长江秋清千里一道冲飙激浪瀚流涌奔
他是中国古代运用语言的巨匠大家
他善于创造性地使用古代词语并能创造出新
他不仅是杰出散文家作为勇于独创诗人也取得重大成就
走进他的诗作会品味到那么香郁醇厚的作品

327. 柳宗元

他紧随韩愈把古文运动思想大力发扬
大力支持古文运动古文业绩更著产生更大影响
他在科名和仕途上要比韩愈为得意顺利
在为官期间做了许多有利于人民的事项
他认为官吏是人民的仆役并非人民是官吏的奴仆
他的政治思想基本上是儒家的民本思想
他先进的政治思想与他的朴素唯物论有密切联系
在为《天问》而作的《天对》中闪现出唯物主义之光
长期的贬谪生活使他有机会接近下层人民
这对他先进世界观形成及优秀作品产生有直接作用和影响
他是杰出的散文大家和优秀诗人
一生留下大量优秀诗作及光辉文章

他的诗文真实地反映了社会生活许多重要方面
具有强烈的现实主义精神和在艺术上的独创
他的文章短小警策含意深远表现出杰出讽刺才能

其著名的讽刺小品《三戒》尖锐锋利如芒
他的传记散文标志着他的现实主义精神的发展
从现实角度选取人物及重要事件剪裁特别得当
他的山水游记散文清新秀美富有诗情画意
往往以生动而简洁的语言描绘一幅秀美景象
他与韩愈是司马迁以后最杰出的散文作家
他从创作实践上发展古文运动对后世产生巨大影响
他的现实主义诗篇及山水诗艺术成就很高
同他的散文一样在中国文学史上留下灿烂辉煌

328.孟　郊

他的诗在唐代诗坛上以苦吟享有盛名
他的诗受到广泛好评并很受韩愈推崇
当时的人已有“孟诗韩笔”的称誉
可见韩、孟两人的诗各具特色旗鼓相应
孟郊自己也说“诗骨从东野,诗涛涌退之”
可惜一代大家却是一生不得志至死贫穷
他在《读张碧集》诗中叙述了自己的文学见解
对“天宝太白殁,六义已消歇”状况提出批评
对统治阶级那些流连光景娱乐的平庸浮艳诗风深表不满
并且标举了“六义”“风骨”的优良传统
在《懊恼》诗中愤激指出“恶诗皆得官,好诗空抱山”
走进他的作品能够触摸体会到他的社会之痛

《长安早春》《长安道》讽刺了贵族的骄奢闲逸生活
《贫女词》《织妇辞》对劳动妇女劳苦深表同情
而且以织妇口吻对受剥夺的境况提出质问
表现出对社会现状的强烈不满及心中的不平
在他《寒地百姓吟》中听到劳动人民寒夜的痛苦呼号
同时听到富贵人家终宵宴饮的欢乐笑声
并且以飞蛾扑火象征劳动人民悲惨绝望命运
从这鲜明对照中可以充分看出他心情的沉痛
在诸多诗中对藩镇割据内战不息表示忧虑和愤慨
那些自述贫困穷态境遇的诗写得那样深切生动
他以苦吟著名苦吟的《游子吟》千古苦吟
苦吟得“老吟多飘零。有时吐向床,枕席不解听”

329. 刘禹锡

在《戏赠看花诸君子》中看到他的思想光霞
在《再游玄都观》中看到他是那么倔犟辛辣
“紫陌红尘拂面来,无人不道看花回”
他贬官十年后被召回京师却戏看桃花
为此诗影射新得势权贵他再度遭到贬谪
十四年后他再回京师倔犟的他又是玄都观看花
“种桃道士归何处,前度刘郎今又来”
他的态度比前一首更倔犟讽刺更加辛辣
这就是具有朴素唯物论思想的刘禹锡
长期的贬谪并没有使他政治上的进步见解变化

他不少诗篇抒发了自己身世遭遇的愤懑和痛苦
有的诗直接尖锐讽刺了当朝的佞臣权霸

他的怀古诗作历来享有盛名广受赞颂
《西塞山怀古》《金陵五题》一直名扬天下
千寻铁锁并没有挽回东吴被灭亡的教训
他在感叹中深寓着历史的教训与启发
他的《金陵五题》一向被推为怀古名作
更是在低回感叹中无限沉思着历史兴亡变化
《酬乐天扬州初逢席上见赠》中看到"沉舟侧畔千帆过"
同时看到了"病树前头万木春"生机盎然的万物勃发
这是他遭贬官二十多年后回乡的深沉感叹
暗示着社会人事新陈代谢的哲理思想光华
他的《竹枝词》具有健康开朗和浓厚地方色彩
白居易称他为"诗豪"苏轼等对他也有很高评价

330. 李　贺

他虽然短命却留下诸多优秀诗作
他少年时代才能出众以远大自期颇有气魄
他出身没落皇室后裔家庭由于封建礼教不能应试
只做了一个九品小官奉礼郎二十七岁就夭折
从他的诗中可以看出他生活的贫困
《开愁歌》《浩歌》都是他悲愤的歌
还有《马诗》《秋来》《致酒行》等一系列诗篇

都发泄了他怀才不遇的愤懑与谴责
《致酒行》看出他远大抱负与无情现实之间的尖锐矛盾
他的这种悲愤感情往往用托古讽今寄托
或用比物征事的手法或用非现实的幻想表现出来
用金铜仙人迁离故土悲哀寄托自己宗臣去国的无可奈何

铜人的下泪衰兰的惆怅都像人一样具有感情
出人意表的想象使诗作充满强烈的浪漫主义特色
“天若有情天亦老”他愤慨于现实的无情
这历代传诵的警句曾感染多少读者
《苏小小墓》创造了荒诞迷离、艳丽凄清的幽灵世界
《雁门太守行》歌颂了边塞将士的豪迈气魄
他是一个很富于创造性的诗人开辟了一个新天地
他在继承前人诗歌传统基础上又有突破
在诗歌形象、意境、比喻、词语上不屑蹈于前人
用浓重色彩象征性语言表现他“哀愤孤激之思”的奇特
他在中唐诗坛乃至整个诗坛上是独树一帜的天才诗人
使他的诗形成一种奇崛幽峭秾丽凄清的浪漫主义风格

331. 温庭筠

在《花间集》中读到了他的词阕
总是给人带来一种唯美主义的感觉
中唐以后文人写词的人渐渐多起来
他写词最多对后世影响最大当排前列

他温庭筠出身于一个没落的贵族家庭之中
他也没落长期出入妓馆歌楼台榭
他却能熟逐弦吹之音为侧艳之词
他的这种行为为当时士大夫所轻蔑
他终生困顿直到晚年才任方城尉和国子监助教
但他的诗作却与李商隐齐名并列
他的爱情诗虽文采绚烂而雕琢过甚
带有浓厚的唯美主义倾向的书写

由于他精通音律熟悉词调词作艺术成就很高
一生留下六十多首词作广为后世吟诵传阅
他上承南朝宫体的诗风下替花间词人开了道路
他被花间词派奉为鼻祖足见他的词作卓越
他表现妇女离愁别恨的词作相当深刻动人
对于那些不幸妇女的处境表示同情理解
他在词的意境创造上表现出杰出的才能
他善于选择富有特征的景物构成艺术境界
如“照花前后镜，花面交相映”那色彩鲜明小镜头
不仅衬托出人物如花美貌也暗示她命薄如花凋谢
他在词的艺术上的探索有助于词的艺术特征形成
为此他的艺术风格为后人尤其花间派词人承接

332. 李商隐

走进李商隐的《安定城楼》读到他的远大抱负

他是一个关心政治的诗人在此诗中表现尤为突出
他年轻时因有其才牛李两党都赏识他
但最终得罪牛党一生受到排挤报复
只能在各藩镇幕府中过着清寒幕僚生活
可惜他一生潦倒至死也没能发迹于仕途
他是一位非常关心现实政治的诗人
在他二十六岁时写的《安定城楼》里反映了他的心路
走进他二十五岁时写的长篇政治诗《行次西郊作一百韵》
他提出的仁政任贤主张显现他政治思想的进步
他对当时宦官专权的黑暗政治愤慨不满
在《有感》《重有感》中毅然呼吁对宦官诛除

他的朋友刘蕡因“耿介嫉恶”被贬死
他连写几首诗为其鸣冤并予以揭露
他写了许多咏史诗曲折地对政治问题发表意见
但随着在政治上的失望只能忧郁感伤世运末路
他作品中最为人传颂成就最大的还是他的爱情诗
这些诗中交织着他爱情的希望失望以至绝望的复杂感触
“昨夜星辰昨夜风,……心有灵犀一点通”通得动人
“相见时难别亦难,东风无力百花残”残得痛楚
“春蚕到死丝方尽,蜡炬成灰泪始干”爱得强烈
执著的爱情在濒于绝望中显示出无比强烈的力量标注
他的诗形成了深情绵邈绮丽精工的独特风格
他的诗尤其是爱情诗对后世影响深远而突出

333. 李 煜

他政治上没有作为成为一个亡国皇帝
但他却工书擅画洞晓音律具有多方面才艺
当公元九六一年他承中主继位的时候
宋已代周建国使南唐面临岌岌可危形势
在对宋委曲求全中过了十几年苟且偷安生活
他作为南唐皇帝还纵情声色侈陈游宴醉生梦死
南唐为宋所灭后他被俘到汴京过了两年多囚徒生活
终于在公元九七八年七夕被宋太宗派人毒死
他从南唐国主降为囚徒的巨大变化明显影响他的创作
使他前后期的词作呈现不同风貌内容主题
走进他的《浣溪沙》看到他对宫廷豪华生活的迷恋
看到他在没落中日以继夜酣歌狂舞还那样洋洋得意

在南唐危机深化中他逐渐也感觉到无法摆脱的没落命运
因此在部分词里依然流露了沉重的哀愁悲戚
南唐灭亡使他丢掉皇帝宝座而在词创作上获得成就
面对囚徒生活在词里倾泻他"日夕以眼泪洗面"的深哀痛惜
在《虞美人》中哀叹"春花秋月何时了,往事知多少"
发出"问君能有几多愁,恰似一江春水向东流"的伤泣
在《浪淘沙》中哀叹"无限江山,别时容易见时难"
这些词作使那些失去美好生活的人引起共鸣尤为感叹不已
他词作艺术成就在于使词成为多方面述怀言志新诗体

善于用白描手法抒写生活感受语言明净优美接近口语
李煜作为亡国小皇帝却在词作上取得重大成就
这取决于他个人不平常的遭遇和在词创作上的努力

332.欧阳修

他在文坛和仕途上都是那么的豪迈
他掀起的诗文革新运动汹涌澎湃
他一代重臣大家欧阳修四岁丧父家境很穷
母亲用荻杆画地教他识字令人感慨
他二十四岁中进士后开始走上文坛和仕途
从此开始他为文为官的人生豪迈时代
他逐渐成为著名文章家和文坛领袖
作为北宋中叶重要政治人物高居高官朝台
他关切国事同情人民疾苦主张实行“宽简”政治
虽由于敢谏屡遭诬陷贬斥却始终高居官台
他勤政为民在政治上很有作为因而颇有政声
作为北宋中叶文坛领袖更是取得历史光彩

他倡导的诗文革新运动与韩愈一脉相承
适应当时政治的要求而产生并为其服务而展开
在文和道的关系上强调道对文的决定作用
他主张文章要和所关心的“百事”联系起来
他的一些政论性散文直接为政治斗争服务
著名的《五代史伶官传序》闪耀朴素唯物主义光彩

走进他的散文会看到无论状物写景叙事怀人
都显得摇曳生姿具有很强感染力量令人感慨
《泷冈阡表》《醉翁亭记》《秋声赋》都是他散文名作
恰像澄净潋滟的陂塘委婉含蓄娓娓道来
他不但是杰出的散文大家也是当时重要诗人
他的诗风格清新而不流于柔靡光彩霭霭

334.苏　轼

“但愿人长久，千里共婵娟”令人千年沉醉
“大江东去，浪淘尽，千古风流人物”万载萦回
这就是中国文学史上杰出的文学家苏轼留下的永世感叹
这就是一代名臣大家苏轼留下的历史丰碑
他在诗词散文中留下豪迈气象丰富思想内容
留下独特艺术风格及北宋文学最高成就的珍贵
他少年时就关心政治希望在政治上取得成就
主张励精庶政督察百官果断力行表现出政治家的作为
一生虽屡受贬斥却一直身居高官勤谨为政
做了许多有利于人民的事情为官为得很有作为
他作为欧阳修之后的文坛领袖成就卓著
高举旗帜首先把诗文革新运动大力前推

他留下二千七百多首诗三百多首词和许多优美散文
这么宏富的著述巨大的文学成就多么令人钦佩
儒家思想和佛老思想在他世界观里往往既矛盾又统一

更多地表现了佛道二家超然物外与世无争的洒脱作为
一生在政治上虽屡受挫折在文学创作上却孜孜不倦
为此使他能够在文学上取得如此灿烂光辉
他的书札、杂记、杂说、小赋夹叙夹议随笔挥洒
充分表现了他的胸怀对文艺的见解及学识精萃
他的诗影响最大的是抒发个人情感和歌咏自然景物诗篇
“卧看落月横千丈,起看清风得半帆”凝聚多少诗情画意韵味
豪迈奔放感情坦率开朗胸怀是他词的浪漫主义基调
在词作上有更大艺术创造性具有崇高的历史地位

336.黄庭坚

他虽是苏轼之门诗人却走上另一写诗之道
他在苏轼之后的北宋诗坛上地位颇高
他为首开创了宋代影响最大的江西诗派
因为他是江西人又是为首所以得此称号
他以诗被人称为“苏门四学士”之一
但他在文学上却走上与苏轼不同的创作之道
黄庭坚同他的前辈苏轼一样猛烈反对西昆体
却在摆脱西昆体形式主义后走上新的形式主义之道
他认为“文章最忌随人后”有志开辟新的创作道路
由于脱离现实使他只能倾力于书本知识与写作技巧
喜欢在佛经小说里寻找冷僻典故及稀见字面
在材料的运用上力求变化出意想不到的奇招

为同西昆体立异他还有意造拗句押险韵作硬语
连向来讲究的声律谐协和词采鲜明等艺术手法也抛掉
作为一个开创诗作流派的艺术大匠他的诗并不都生硬
当他受到真情实境激发摆脱刻意好奇习气后其诗也很精妙
依然能写出许多清新流畅的优秀诗篇
其《雨中登岳阳楼望君山》就令人叫好
"投荒万死鬓毛斑,生入瞿塘滟滪关"令人难忘
"落木千山天远大,澄江一道月分明"诗情缭绕
他的诗气象森严如危峰千尺拔地而起
使人望而生畏在艺术上领略他的奇异幽奥
他的诗形成一种生新瘦硬为特征的风格
但仍无法掩盖其生活内容空虚和脱离现实的倾向格调

337. 李清照

她的一生在诗词散文上都取得重大成就
但她最擅长的还是词其词作那么优秀
她,李清照是中国文学史上杰出的女作家
人们从帘卷西风中看到她人比黄花瘦
她有过快乐的童年和幸福美满的前半生生活
从靖康元年起她历经了国破家亡夫死的苦难忧愁
在苦难和忧愁中过着长期流亡的生活
其晚年在孤苦中在杭州、越州、金华一带辗转漂流
她的词作可以南渡为界分为前后两个时期

两个时期的词作里留下她不同命运思想艺术追求
前期的词作主要描写她少女少妇时期生活
大多描绘了她看到的美丽景色快乐活泼的生活感受

还有委婉而含蓄表达的闺中的寂寞和离情
揭示了内心世界流露了对自然生活的向往追求
在她的后期生活的遭遇使她写出其更动人诗篇
走进她的《菩萨蛮》《念奴娇》《声声慢》可深切感受
这些词作主要表达她的不幸遭遇情绪比较消沉
《永遇乐》则含蓄深沉表达了对现实的不满及深忧
《渔家傲》在流露了她无家可归的痛苦心情同时
表达了摆脱现实苦闷及对自由美好生活的向往渴求
她敢于干预闺房以外事情敢于用各种文学形式表情达意
正是这种精神使她在词作中取得独创性成就
她的词承婉约派之路兼豪放派之长独树一帜
她的少数诗文关心现实风格刚健清新别有一种灿烂锦绣

338. 陆　游

他屹立在南国面向中原发出激昂悲壮的呐喊
在南郑大地他身着戎装戍卫在大散关来往于前线
大地上仍然能听到他那永不衰竭的激昂悲壮歌声
他那反对民族压迫要求统一祖国的诗歌唱出了人民的心愿
他以其慷慨悲壮的诗歌唱出了时代的最强音
他就是杰出的爱国诗人陆游可叹死前恨不见中原

他从小就立下"上马击狂胡,下马草军书"的壮志
从小就忧国忧民"少小遇丧乱,妄意忧元元"
他是一个有多方面创作才能的文学大家
诗的成就尤为卓著留下九千三百多首光辉诗篇
他的诗内容丰富触及南宋社会生活所有领域
其中最突出的是洋溢着爱国热情充满浪漫主义的诗篇

他的爱国诗篇具有铁马横戈气吞残虏的英雄气概
"一身报国有万死"的牺牲精神那么令人赞叹
他"壮志未与年俱老,死去犹能作鬼雄"
"王师北定中原日,家祭无忘告乃翁"至死不忘中原
其《示儿》诗是遗嘱是遗恨是呐喊是最后的号召
他的这种至死不渝爱国爱民精神那么令人赞叹
他的爱国诗篇充满对投降派的坚决斗争和尖锐讽刺
充满了壮志未酬的激烈愤懑与深切遗憾
他还写下了大量同情劳动人民疾苦的诗作
诗中充分反映了他爱国爱民爱生活的真挚情感
他的词、散文在思想艺术上都取得杰出成就
他在中国文学史上树起一面光辉旗帜作出巨大贡献

339. 辛弃疾

仿佛看到青年的辛弃疾组织两千多人参加抗金
又仿佛看到他率骑五十冲入叛徒张安国大营将其缚擒
看到他不顾自身官职低微写成《美芹十论》献给宋孝宗

从中抒发了他对南宋投降派对金人的怨恨
他在政治上的远大抱负及爱国壮志却无法施展
他不与投降派妥协的态度却使他屡遭打击毁损
满怀爱国壮志却在南宋统治集团处于孤危地位
这怎能不使他心里交织着种种复杂的怨愤矛盾
由此在他词作里反映出特有的豪壮苍凉雄奇沉郁风格
在《稼轩词》中留存的六百多首词作一直震撼着后人
恢复祖国统一是他最大政治抱负也是词作主要思想内容
“试手补天裂”“西北洗胡沙”彰显其爱国思想与战斗精神

词中充分显现了对被分裂北方的怀念和对抗金斗争的赞扬
强烈表现了他对南京统治集团苟安的怨愤
表现了他志业才能上的自负和怀才不遇有志无成的不平
复杂的思想感情交织在他的词里形成丰富杰出的作品
他继承苏轼词作豪放传统进一步扩大了词的题材
几乎达到了无事无意不可以入词的程度标准
他创造性地融会了诗歌、散文、辞赋等各种文艺形式优长
使他的诗歌、散文、辞赋之作意情深蕴
丰富了词的表现手法与语言技巧
从而形成他词作独特的风格艺术之魂
还表现在雄奇阔大的意境创造比兴寄托的手法上
其浪漫主义的艺术在他词作中气势飞舞突兀而精深

340. 元好问

元好问出身诗门从少年时代就受到良好文化教养

二十七岁时蒙古军南下他离开家乡开始流亡
三十二岁中进士做过镇平、内乡、南阳令
蒙古灭金前后他遭受空前灾难激起了强烈爱国思想
金亡不仕回故乡从事著述编纂了《中州集》等书
为后来修金史提供了许多材料保障
他的诗歌继承了中国古典诗歌现实主义传统
反映了金元之际人民的痛苦生活和社会矛盾境况
他是中国文学史上一位杰出的诗人
不仅在当时负有声誉对后世也产生很大影响
金元前后他写下许多直接反映现实的诗篇
汴京陷落他被蒙古军驱至聊城沿途悲惨让他义愤悲伤

从此他写出了更具激动人心的诗篇
无尽感叹“家亡国破此身留”的痛苦心肠
此外他的述怀、咏物等诗也多悲愤之作
尖锐指出豪门甲第是建立在人民白骨之上
晚年他隐居故乡仍不时发出怀念故国的感叹
同时一些诗作经常流露出叹老嗟穷的思想
他不少写景诗构思奇特气势开阔描绘生动
“山云吞吐翠微中，淡绿深青一万重”多么逼真形象
他的诗继承了自建安至李杜等诗人的优良传统
形成了自己独特的风格在当时很有声望
他的词针对国家多难人民不幸抒发悲壮胸怀成就很高
还对自建安以来诗歌系统论述表明了他的文学主张

341. 关汉卿

再观看他的杂剧仍是那么感人生动
又仿佛走进他那复杂的社会现实之中
他是中国戏剧史上最早最伟大的戏剧作家
他在中国戏剧史上一直享有盛名
他一生写了六十多种杂剧剧剧丰富多彩
台台演出都产生极大反响深受人民群众欢迎
《感天动地窦娥冤》是那么的感天动地
《包侍制三勘蝴蝶梦》勘得是那样智慧公正
《关大王单刀会》会得是那么英雄豪杰勇敢
《邓夫人苦痛哭存孝》哭得是那么让人苦痛
他的杂剧不论取材现实生活还是历史故事
都热情地歌颂了被压迫人民的英勇斗争

他多方面揭露了封建社会的黑暗和残酷
多方面反映了复杂的社会现实与人生
他不愧是中国戏剧史上伟大的剧作家
从他留下来的杂剧中看到了丰富的思想内容
他歌颂人民的反抗斗争揭露社会黑暗和统治阶级的残暴
深刻反映了当时尖锐的社会矛盾的复杂性
描写了下层妇女的生活和斗争突出了她们的勇敢机智
他的这类作品以《赵盼儿风月救风尘》最具代表性
歌颂历史英雄的杂剧以《关大王单刀会》最为突出

渲染了剧中主角关羽的英雄业绩和盖世威风
关汉卿在他的杂剧中取得卓著的艺术成就
他在剧中所塑造的人物形象至今仍那么栩栩如生

342. 王实甫

打开《西厢记》就闪现出一朵美丽爱情之花
打开《西厢记》扑面而来的是王实甫的才华
他也许是一位在仕途上失意的文人
他也许是一个熟悉当时勾栏生活的剧作家
他的《西厢记》一直闻名于古老大地
可是有关他王实甫生平的资料却很少很难认识他
但人们都知道他的《西厢记》《丽堂春》等剧作
还有他的剧作《破窑记》影响也很大
《西厢记》是王实甫的代表作当时深受读者欢迎
从而使《西厢记》天下夺魁他成为杰出戏剧作家
《西厢记》以同情封建叛逆者的态度描写一曲美好爱情
揭露了封建礼教对青年自由幸福的摧残扼杀

《西厢记》充分展现了青年男女追求爱情幸福的思想感情和愿望
成为数百年来封建礼教下青年男女追求爱情幸福的光霞
他为人们塑造了一个个栩栩如生的鲜活人物
为人们完成了内心始终向往的一段爱情佳话
《西厢记》在艺术上取得了卓越的成就

使其闪耀着中国古典戏剧现实主义杰作的光华
为明清以来的戏剧创作提供了宝贵的经验
对以后戏剧创作发展尤其爱情戏影响促进极大
《西厢记》在艺术上最突出成就是完成人物形象塑造
人物性格和情节高度结合并形成作品独特的优美丽雅
融化古诗词优美词句提炼生动活泼口语铸成自然华美曲词
在主唱角色分配结构上对杂剧体制也有革新变化

343. 罗贯中

《三国演义》演义了一场历史波澜壮阔
《三国演义》演义了一曲古老历史大歌
《三国演义》演义了一场激烈的历史大战
《三国演义》演义了一场天下分分合合
《三国演义》演义了一场兵家的才能智慧
《三国演义》演义了一场历史的必然争夺
《三国演义》演义了一场历史的发展规律
《三国演义》演义了一场历史发展的必然结果
《三国演义》演义了一个个生动形象的历史人物
《三国演义》演义了一个三足鼎立的古老中国
《三国演义》演义了一段令人悲壮的历史故事
《三国演义》演义了一场人心爱憎和向背的折射

历史决定了《三国演义》的政治军事舞台
罗贯中指挥和导演了《三国演义》这一杰出的大作

《三国演义》演义了公元一八四年至二八〇年的历史故事
演义了古老中国一百年间政治、军事、外交的形形色色
《三国演义》极力宣扬了刘备、关羽、张飞的义气
着力演义了诸葛亮这位光照全书人物惊人智慧绝世才德
《三国演义》不仅是中国章回小说的开山作品
也是中国古典文学中最有成就的长篇历史小说
《三国演义》艺术结构宏伟壮阔又不失严密和精巧
通过错综复杂故事塑造了一系列鲜明人物立于历史长河
《三国演义》标志着历史小说辉煌成就社会影响巨大
罗贯中不愧是一位卓著的演义导演和指挥者

344. 施耐庵

打开《水浒传》再把那段历史披阅
再一次走进一百零八条好汉的行列
跟随他们重蹈农民起义发生发展直至失败的整个过程
对他们的认识仿佛越来越熟悉和深切
《水浒传》几百年来几乎传得家喻户晓
对人们社会生活的影响是那么普遍那么强烈
数百年来《水浒传》一直盛传不衰广受欢迎
一百零八条好汉一直伴随人们生活在漫长岁月
八百里梁山水泊成为人们心中的向往
一百零八条好汉成为人们心目中的英雄豪杰
《水浒传》对明清的阶级斗争特别是农民起义给以巨大鼓舞
对后来文学创作尤其小说、戏剧、民间文艺关系非常密切

《水浒传》着重揭露了封建统治者的罪恶
对农民起义的根源竭力进行了挖掘
成功地塑造了众多起义英雄的光辉形象
对农民起义的发展过程进行了细致生动描写
写出了起义悲剧结局揭示了起义失败重要原因
对“忠”和“义”的思想进行了大力弘扬宣泄
《水浒传》艺术成就最突出表现在英雄人物塑造上
在艺术表现手法上其民族风格表现鲜明真切
《水浒传》的结构及语言成就也是极为突出
《水浒传》从思想内容到艺术成就都是那么卓越
施耐庵、罗贯中共同导演了一部长篇巨著
把一部著名农民革命长篇小说献给中国文学事业

345. 吴承恩

扫开一部又一部部部都是那么卓著
从三足鼎立到八百里水泊再走上西天取经之路
走进每一部都有不同的感受不同的收获
神奇浪漫的《西游记》浪漫得那么特殊
《西游记》的成书居然酝酿了七百多年
无数人的创作劳动为吴承恩提供了深厚创作基础
他出身于一个从“两世相继为学官”终于没落的商人家庭
“髫龄即以文鸣于淮”但却“屡困场屋”
他三十多岁始补岁贡生后因母老家贫做过短期县丞

但他长期的生活却是一种卖文自给的清苦
这种生活固然消磨了他年轻人的锐气和壮志
却也激发了他迂疏漫浪愤慨和狂傲气度

他的诗《瑞龙歌》《二朗搜山图歌》借神话传说
寄托了扫荡妖魔、安民保国的愿望意图
他的《西游记》以整整七回大闹天宫故事开始
突出了全书战斗性的主题和孙悟空这个主要人物
除主要人物形象外还大笔勾勒出一个井然有序的天上世界
一批各具体态的神魔形象和一片庄严神圣西天佛土
浪漫主义是《西游记》的基本艺术特征
这一艺术特征反映在人物塑造上尤为突出
善意的嘲笑、辛辣的讽刺和严峻批判艺术地结合
完满表达了深刻的思想内容和作者爱憎之诉
《西游记》数百年来一直游记在中华大地
游记在一代又一代男女老少之间游记在家家户户

346. 高　明

打开《琵琶记》聆听高明讲着生动的故事
那令人感动同情的故事让人难以忘记
《琵琶记》是元末影响很大的作品
高明的高明之处在于创造了这样一出著名南戏
他早年乡居读书中进士后做过几任地方小官
此后主要过着隐居生活在创作上取得成绩

他的诗文经近人收辑尚存五十多篇
所作戏曲除《琵琶记》外还有一戏已亡佚
《琵琶记》是根据长期在民间流传的《赵贞女》改编
他在改编中改出了思想艺术的利与弊
他生长在南戏的发源地温州熟悉南戏艺术
《琵琶记》是他精心结撰的作品故而精致

一直以来《琵琶记》被推崇为南戏之祖
在很大程度上在于它在思想艺术上的功力
《琵琶记》由于其强调戏曲的风化作用
相传在明代之初就得到明太祖的赏识
以之与“四书五经”相提并论
明中叶以来一直成为剧坛上争论最多的作品之一
然而《琵琶记》部分现实主义描绘对后世影响很大
排场、曲白等多方面艺术成就具有借鉴意义
《琵琶记》保存了南戏《赵贞女》部分动人情节
同时又改变了南戏《赵贞女》的悲剧结局
从主题思想出发重新安排全部剧情和人物
从而显示出高明一个文学家的才学和功底

347. 汤显祖

他早年即有文名又刚正不阿显示出正直气概
他少年时就希望为国家做一番事业而豪情满怀
由于不肯阿附权贵直到三十岁后才中进士做一闲官

面对不平事投袂而起上疏抨击朝廷大臣那么气派
他的正直之举不可能不遭受排挤和打击贬斥
终于怀着满腔悲愤弃官归临川以著述寄托心怀
他把自己全部希望寄托在戏曲创作之上
从此他在戏曲创作上施展了他的杰出文才
他从一梦走进另一梦走出著名临川四梦
临川四梦梦梦都充满着浪漫主义的光彩
他“一生得四梦，得意处惟在牡丹”《牡丹亭梦》
从此《牡丹亭梦》与另外三梦梦满中华大地舞台

《牡丹亭梦》是他的代表作也是中国戏曲史上浪漫主义杰作
其艺术上的最大特色是浪漫主义的灿烂光彩
《牡丹亭梦》通过杜丽娘和柳梦梅生死离合的爱情故事
热情歌颂了反对封建礼教、追求自由幸福的爱情精神所在
《紫钗记》《邯郸记》《南柯记》是他的另外三梦
从《紫钗记》到《牡丹亭梦》他一路前进大步走来
从《紫钗记》到《牡丹亭梦》他一步一个脚印
他对现实的认识逐步提高并能够抓住问题要害
《南柯记》《邯郸记》都是他的四梦之作
他采取一种新形式表白他人生无常及对宦海风波的感慨
在这两个表现人生如梦的戏曲里偶然也闪耀理想光辉
依然流露了他从儒家仁政出发的政治理想心怀

348. 李　渔

元代杂剧的创作取得卓越历史之最

从明代中叶到清初传奇创作又闪耀鼎盛光辉
在创作实践的基础上戏曲理论相应得到发展
在创作实践和演出方面当属李渔的见解最为可贵
李渔不但从事戏曲创作还专注于戏曲理论的研究
在长期实践中有了丰富经验的积累
他的戏曲理论著作存在《闲情偶寄》之中
他所论述的戏曲理论分为词曲和演习两类
词曲部分结构、词采、音律、宾白、科诨、格局
他从以上六个方面论述了戏曲文学的作用地位
演习部分选剧、变调、授曲、教白、脱套
他又从以上五个方面论述了戏曲表演的作用地位

李渔很重视戏曲文学并看到戏曲的社会作用
他看到戏曲在人民群众中所具有的影响和作为
他把戏曲看作是封建社会的“寿世之方”“弭灾之具”
明确表示他写戏的目的是服务于封建社会
他的这种观点严重影响到他的戏曲理论和创作成就
但由于他从演出出发重视舞台效果所以论述十分精粹
更可贵的是他将主题思想和结构联系起来论述
主张作品脉络清楚结构严谨以突出主题的地位
在关目的安排方面也有一些值得称道的见解
反对蹈袭前人主张选材要奇尽力挖掘精髓
他继承明代人的成就并结合舞台实际
全面系统总结的填词和演习方面理论十分宝贵

349.洪　昇

打开洪昇的《长生殿》让人心潮逐浪高
那生死不渝的爱情仍是那么光辉闪耀
《长生殿》以安史之乱为背景描写唐明皇、杨贵妃爱情故事
其复杂的思想内容相互交错相互缠绕
洪昇一方面通过唐明皇、杨贵妃故事颂扬生死不渝爱情
又联系他们爱情发展揭开了安史之乱前后广阔社会景貌
作者批判了他们爱情生活所带来的政治后果
却又歌颂他们爱情生活同情他们爱情悲剧写照
主题思想的混乱包含了洪昇的爱情理想
有一定民主思想因素更有其普通意义的指导
因此《长生殿》仍然表现了进步的思想倾向
从而受到当时许多读者与观众的欢迎叫好

在艺术表现上通过爱情故事反映一代兴亡的手法
所采取的现实主义创作方法十分精到
在爱情悲剧处理上通过一些幻想形式歌颂爱情
这又显示出吸取《牡丹亭》浪漫主义手法之妙
浓厚的抒情色彩是《长生殿》的又一特色
场面壮丽情节曲折曲词清丽流畅诗意闪耀
《长生殿》是洪昇的代表作倾其力进行写作
经过十余年的辛勤努力最终才定其稿
他戏曲著作共有九种现保存只有《长生殿》及《四婵娟》

《四婵娟》取材于历史佳话以抒情词笔描写也很精到
洪昇又是位有才华的诗人早年以诗闻名有两部诗集传世
诗作反映了他抑郁困顿的生平及性格的清高孤傲

350. 孔尚任

一部《桃花扇》煽起南明亡朝的不堪回首
一部《桃花扇》煽起多少亡国的感叹忧愁
一部《桃花扇》倾注了孔尚任毕生的精力
一部《桃花扇》蕴含着一代文学大家一生的成就
仕宦生活一年他就认识到社会黑暗现实吏治的腐败
于是他便以戏曲、诗歌抒发心中抑郁怨忧
经过十年惨淡经营和三易其稿终于成书
成书次年却因文字狱罢官使他又添新愁
两年后他“挥泪酬知己”怀着依恋和激愤心情离京回乡
从此一生再未得志晚年曾几次出游
他戏曲作品除《桃花扇》外还有与人合作的《小忽雷》传奇
另外还有诗文集《湖海集》《长留集》等传流

《桃花扇》是写南明王朝兴亡的历史剧
桃花扇一剧皆南朝新事可惩创人心为末世之一救
作品以侯方域、李香君的爱情为线索
集中反映了明末动荡社会现实及统治阶级的腐朽
孔尚任的意图是“借离合之情,写兴亡之感”
这是《桃花扇》主题思想也是其艺术结构

还通过侯方域的活动反映一部分文人生活及政治面貌
孔尚任以兴亡之恨批判儿女之情批得是那么深透
还塑造了史可法及李香君、柳敬亭、苏昆生等人物
剧作对这几个人物塑造得十分成功优秀
孔尚任不仅忠于历史事实又进行精心艺术创造
达到了历史真实与艺术真实结合的光辉艺术成就

351. 蒲松龄

捧起他的《聊斋志异》总让人爱不释卷
那生动的故事那精炼的语言真让人喜欢
《聊斋志异》创造性地继承了文言小说传统
一代大家蒲松龄把中国文言小说推到更高阶段
他少时曾连考县、府、道三个第一后却屡试不第
他出生在一个书香家族可祖上科名都不显
四十年间他一面教书一面应考终竟还是个穷秀才
七十一岁他才援例出贡四年后便离开人间
穷愁潦倒的一生使他对腐朽科举制度有深刻体会
同时使他更深刻地认识到了封建仕途的黑暗
一生偃蹇的命运激发了他的不满情绪
同时也形成了他牢固的宿命论思想观念

他是一个具有多方面艺术才能的作家一生著作丰富
诗、文、词、赋、戏曲、俚曲都写出有成就名篇
《聊斋志异》是他的代表作一生心血的结晶

也是他一生文学创作最高成就的展现
《聊斋志异》反映了广阔现实具有深刻思想内容
对封建社会的黑暗及科举制度进行了揭露批判
描写爱情的作品表现了强烈的反封建礼教精神
热情歌颂了被压迫人民的反抗斗争及智慧勇敢
揭露统治阶级人物灵魂丑恶歌颂人民道德情操高尚
显现着现实主义与浪漫主义结合的艺术光灿
塑造了一系列具有鲜明个性令人难忘的人物形象
其情节曲折离奇引人入胜的艺术成就令人感叹

352. 纳兰性德

人们也许不熟悉他和他的作品
纳兰性德满洲人字容若号楞伽山人
他是清代著名的词人之一其词享有很高声誉
在中国文学史上留有他纳兰性德的作品
“纳兰词”在词坛上占有光彩夺目一席之地
其《饮水词》《侧帽集》光彩照耀后人
他生活在满汉融合时期虽侍从帝王却向往平淡
其贵族家族兴衰具有关联王朝国事之因
这一特殊的生活环境与背景对他产生深刻影响
使其诗词创作呈现独特个性和鲜明艺术风格之本
加上他个人的超逸才华在作品中的展观
从而形成了他诗词作品中特有的艺术深蕴

他是正黄旗人大学士明珠长子一生淡泊名利
善骑射好读书擅长于词作品取胜以“真”
他十七岁入太学十八岁中举二十二岁考取进士
被康熙授三等侍卫后升迁至一等侍卫重任
不幸他英年早逝病故时只有三十一岁
也许由于他深居深宫让人们难识其人及作品
“人生若只如初见，何事秋风悲画扇”煽动诗情
“等闲变却故人心，却道故人心易变”深知人心
这一富于意境的佳作是众多代表作之一
他的许多词作都意蕴很深那么感人至深
“谁料晓风残月后，而今重见柳屯田”屯积他的深情
作为一个短命贵族公子写出名家作品实乃令人敬尊

353. 吴敬梓

他的《儒林外史》犹如一把锋利匕首一杆长枪
全书字里行间闪耀着锋利尖锐的锋芒
他的人生经历也许成就了这一批判现实主义杰出名著
他的一生让人那么赞叹又那么让人感伤
幼年的吴敬梓出身大官僚地主家族祖辈多显达
但到父辈开始衰落其父方正恬淡不慕名利对他产生影响
他幼年聪颖才识过人但不善治生父亲去世家境日益困难
但他仍爱好宾客交游与四方文酒之士密切来往
在“失计辞乡土，论文乐友朋”生活中逐渐看透人生
特别由富到穷的变化使他饱尝世态炎凉

对现实有了比较清醒的认识从而厌弃功名富贵
而以“一事差堪喜,侯门未曳裾”自慰自赏

此后他的生计更为艰难靠卖书和朋友接济过活
在冬夜无火御寒时往往邀友绕城堞数十里暖足为常
在经历艰难困苦后他更加鄙视形形色色名场中人物
同时向往儒家礼治卖掉最后资产老屋修复泰伯祠堂
他怀着愤世嫉俗心情创作《儒林外史》大约完成在五十岁
五十一岁时乾隆南巡别人奉迎他却“企脚高卧向榻床”
五十四岁时在扬州结束了他穷愁潦倒的一生
把他一生最大的财富凝聚成《儒林外史》之光
《儒林外史》以反对科举和功名富贵为中心主题
旁及了当时官僚制度、人伦关系以至整个社会风尚
体现了现实主义讽刺艺术高度成就是典型批判现实主义巨著
奠定了中国古典讽刺小说基础对后世产生了深远影响

354. 曹雪芹

他献给中华大地杰出现实主义巨著《红楼梦》
他作为伟大的现实主义作家在世界享有盛名
曹雪芹出生于权势显赫的贵族世家后来家道逐衰
他一生恰好经历了曹家盛极而衰的整个过程
他十三岁前在南京过了一段“锦衣纨绔”“饫甘餍肥”生活
十三岁迁居北京后家道更加日益衰落祸变丛生

晚年在西郊“蓬牖茅椽,绳床瓦灶”生活更为困顿
从宫廷贵族下降到“举家食粥”的清苦贫穷
不平常经历使他对社会种种黑暗和罪恶有更全面深刻认识
对封建阶级没落命运感受更深切体会更清醒
生活困顿并没有消磨他的志气相反更促使他嗜酒狂狷
对现实表现出傲岸不屈的态度终于成就《红楼梦》

他披阅十载增删五次“字字看来皆是血,十年辛苦不寻常”
可惜没有完稿搁笔长逝只有琴剑在壁“新妇飘零”
连他手稿也无人整理几个好友草草殡埋了这位伟大作家
一个伟大作家的悲惨下场那么令人凄婉心痛
但他把一部伟大的著作留给中国留给世界
他为中国文学史留下他伟大杰出的历史丰功
《红楼梦》描写的不是“洞房花烛夜,金榜题名时”爱情故事
而是对封建制度的有力批判揭示其行将崩溃的历史轨程
巨著《红楼梦》的主题思想内容是那么的广阔精深
其艺术成就是那么巨大那么丰富多彩那样高精
以至于产生了一个以研究《红楼梦》为宗旨的“红学”
二百多年还没有研究透彻让许多读者还没有完全读懂

355. 袁　枚

袁枚,清代又一位著名的诗人、散文家
乾嘉时期与赵翼、蒋士铨合称“乾隆三大家”
他曾在仕途做过知县颇有政绩四十岁告归

在江宁小仓山下筑随园吟咏其中书写诗华
他“不作高官，非无福命衹缘懒”
他“难成仙佛，爱读诗书又恋花”
他在随园过了近五十年闲适读书写作生活
在随园写下《小仓山文集》《补遗》《随园诗话》
他广收诗弟子女弟子尤众提倡妇女文学
为当时诗坛所崇从而促进了文坛的兴旺发达
他收录许多鬼怪故事写成笔记小说《子不语》
其中彰显了他创作才能及简洁明了的笔法

他的散文代表作《祭妹文》哀婉真挚
古文论者将其与韩愈《祭十二郎文》并提影响很大
他倡导“性灵说”主张“性灵”与学识结合
他主张写诗要写成自己的个性为文自成一家
他主张直抒胸臆写出个人的“性情遭际”
认为“性灵”与学识结合起来才能够勃发
他以“真、新、活”作为自己一生的创作追求
主张文学应有时代特色应该不断发展进化
他主张骈文与散文并重二者不可偏废
二者同源而异流它们是双峰并峙两水分化
他的文学思想广涉文论及文学发展、文体作用各个方面
但他的文论不如诗论那样影响深远广大

356. 黄遵宪

清末资产阶级改良主义掀起一场历史涛波

随之逐渐形成一个广泛的政治和文化运动波澜壮阔
作为改良运动的一个有机组成部分
提出了所谓“诗界革命”就是要改良诗歌
“诗界革命”的发生是改良运动的需要
也是近代进步诗歌潮流进一步发展的结果
最先从理论和创作实践给“诗界革命”开辟道路的是黄遵宪
他是“诗界革命”的一面旗帜也是最杰出的写新诗作者
他长期从事外交使者对世界有比较全面深刻的认识
戊戌政变后他遂隐居乡里至终一直从事诗歌创作
他是一个外交家和改良派的积极活动家
是一个寻求真理企图改革腐朽内政挽救民族危机的爱国者

他更是一个诗人“穷途竟何事,余事作诗人”
他“愤时势之不可为,感身世之不遇”于是放歌
他主张诗要为事而作反映现实生活和斗争
不必去模拟古人要表现自己的思想感情要有自我
他的诗论主张表现了变古革新的精神
其创作实践也表现了“新诗派”的风格
他进一步明确了诗歌创作的现实主义精神
以自己的诗开辟了诗歌史上从未有的广阔领域先河
他写了大量关心国家民族命运表现强烈爱国主义的诗篇
国家民族大事、爱与憎在他诗作里表现得是那么广阔深刻
他系统具体地记录了中国近代史上的重大事件
以现实主义创作方法写出有“史诗”之称的诗歌

第十六章　书法家

357.蔡　邕

他是东汉时期著名的文学家、史学家
他同时还是音乐家、画家和大书法家
公元一七五年在京城洛阳发生一件大事
在太学门口立了一通石碑引起满城喧哗
碑上书写着《六经》作为天下读书人校订文字范本
这就是著名的《熹平石经》的经典书法
一时之间太学热闹非凡每天来此观摩的人络绎不绝
从此石碑上石经的书写者更是名闻天下
石经书写者就是东汉时期的大书法家蔡邕
他在当时已经是大名鼎鼎名扬四方的名家
他的书法精于篆、隶尤以隶书造诣最深名望最高
有“蔡邕书骨气洞达，爽爽有神力”的评价

蔡邕在正订儒家六经时发现经籍中文字谬误甚多
为不贻误后学奏请诏允后亲自书丹于碑以告天下
石碑一共四十六块称《鸿都石经》亦称《熹平石经》

这件事在当时的确是一件盛事所以引起的反响巨大
蔡邕创造的“飞白书”书体“飞白妙有绝伦，动合神功”
传说更神奇的是他的书法得于神授的《笔法》
为此演绎了后来钟繇为得《笔法》掘韦诞之墓
但蔡邕在书法上确是中国最早的名家创造了书法精华
他博学多才善音律、善弹琴、善诗文、通经史
关于“焦尾琴”的故事充分说明他对音律是精通的行家
他在政治上也很有作为只是多次受害最终死于狱中
可怜给家庭及作为文学家的女儿蔡文姬带来的不幸很大

358. 钟　繇

他在中国历史上是书写小楷的第一个
他所写小楷的一笔一画成为后世的楷模
他是三国曹魏时期著名的书法家
在书法方面颇有造诣开小楷书写先河
他在中国汉字书法历史上享有盛名
与晋代书法家王羲之并称有“钟王”之说
他在中国书法史上具有崇高的地位
在仕途上也很杰出汉末已官至尚书仆射
因为酷爱书法与同爱书法的曹操关系很好
并与当时几位书法大家经常一起研讨做课
他竭精殚智研习书法达到痴迷程度
据说晚上睡觉在被子上练字常常把被子划破

他书法博采众长兼善各体尤其是楷书可谓前无古人
点画之间多有奇趣幽深无际古雅有余有绝世之说
传说当时韦诞得到了蔡邕写的《笔法》
这对一个书法家来说无疑渴望能够得到观摩
对书法家来说无异于习武者得到剑谱拳经
作为钟繇对于看到《笔法》是那么渴求和急迫
但钟繇多次苦求借来看一看韦诞都不答应
钟繇为此痛恨呕血幸得曹操把他救治
传说韦诞死后将《笔法》殉葬带入坟墓
于是钟繇为看《笔法》犯下掘墓疯狂之过
钟繇在书法上开达理干诚皆一时之俊伟
可惜他的书法真迹东晋时已亡佚今天所见皆为临摹或伪作

359. 王羲之

王羲之是中国历史上著名的书法之杰
他在书法上所取得的成就是那么卓越
他是忧国爱民重臣和文学家而最突出成就还是书法艺术
在书法史上他是个划时代的巨匠神杰
无论在生前还是在死后他都受到人们的尊崇
他一直享有“书圣”美誉这美誉该是多么高洁
他的书法成就不仅在于他能备精诸体集当时书法之大成
更在于他能自成一家开创了独特风格王派书法绝学
汉魏之际中国书法艺术发展到一个光辉灿烂阶段
在汉隶、章草之外又创新了行书和楷书书体书写

他的家族不仅以重臣闻名更以善书著称
东晋书法家中的“八王”王羲之一门居然有六人在列

王羲之七岁开始学习书法启蒙老师即是叔父王廙
这种时代与家风使王羲之自幼就受到陶冶
他长大后阅历渐广遂改变初学博采众家之长
试图另辟蹊径创出自己的书法风格之绝
经过勤学苦练用心钻研终于熔各家于一炉
篆、隶、草、行、楷各种书体均有很深造诣完美无缺
中晚年时期创造出一种遒媚劲健、端秀清新华贵书体
一跃成为一代宗师垂名于千古扬名于世界
他主要贡献在于开辟了草楷相结合的书法新路
创造了一种富有表现力的书写方法进行书写
他的《兰亭集序》被世人称为天下第一行书
后世以来他的书法引来多少尊崇者孜孜而学

360. 王献之

他出生于一个特殊的书法世家家族
他的书法成就也是那么闻名那么卓著
他是“书圣”王羲之的第七个儿子王献之
幼年随父学书法既敢于创新又那么刻苦
他书法众体皆精尤以行草最为著名
尤其在今楷、今草方面成就尤为卓著
他在书法史上被誉为“小圣”与其父并称“二王”

在书法史上他的名声也广为后人仰慕
他在书法艺术上不守旧与其父存在不同
他的书法艺术风格特点也是那么的突出
留下传世名作《洛神赋十三行》又称“玉版十三行”
传世草书有《鸭头丸帖》《中秋帖》著名帖书

王献之是魏晋书法家群体中一位巨子
其父王羲之的悉心传授和指导为他奠定坚实笔法基础
由于他是魏晋书法名家中晚出的一位
客观上为他提供了博采众长的机遇和课目
从而使他取得了与其父可以并列的重大成就
成为中国书法史上一代书法大家而名垂千古
他的传世墨宝《鸭头丸帖》《中秋帖》为世之珍品
书法雅正雄秀惊人得天然妙趣为神品之书
他还创造了“一笔书”变其父上下不连之草为相连之草
其书法豪迈气势宏伟深为后世珍重敬服
民间广传王献之练字练尽八缸水的故事
也许正是由此使他的书法达到力透纸背炉火纯青程度

361. 欧阳询

一代书法大家欧阳询被誉为唐初四大书法家之一
他初学王羲之后渐变其体笔力险劲独成欧体
他所写碑帖书帖遂成人们学习书法的楷模
他写的字不仅誉满当时也流行国外广传后世

当时高丽曾几次派使臣到唐求欧阳询书法
他的书法大名于是更加鹊起传扬万里
他在书法史上能够取得如此巨大成就在于他天资聪明
更主要在于他能坚持长期勤勉刻苦学习
欧阳询书法八体尽能笔力劲险篆体尤精
飞白冠绝峻于古人有龙蛇战斗之象云雾轻浓之势
风旋电激掀举若神其草书迭荡流通
森森然惊奇跳骏不避危险伤于清雅之致

欧阳询飞白、隶、行草入妙大气小篆、章草入能
书法技巧非常全面各种书体均有造诣
他晚年笔力益刚劲有执法面折廷争之风
其笔墨工巧意态精密俊逸处如孤峰崛起
他还详细地提出了有关书法理论
关于如何用笔他在《用笔论》中谈了深刻的认识
他还详细地列举了指点笔画的具体写法
还编写了一套练字秘诀从强调秉笔运神开始
他的书法及书法理论对后代产生深远影响
作为一代书法大家留下卓著的书法学识
他的墨迹流传至今的有《卜商请书贴》等行书
还有《九成宫醴泉铭》等正书及隶书字帖传世

362. 虞世南

唐初一代大家虞世南博学而多才

他的才学与他秉性刚直性格深受唐太宗偏爱
他继承家学少年时勤奋好学精思不倦
对经学、文学都有很深造诣尤其书法更为光彩
他在隋末时由于为人正直不善于逢迎所以不得重用
他向来过着清贫生活以勤俭清廉为怀
唐太宗即位后虞世南多有规谏屡被采纳
唐太宗对他给予高度评价称他博学多才
称他有德行、忠直、博学、文词、书翰五绝
其五绝集于虞世南一身该是多么的气概
他的直言敢谏为官清正对促成"贞观之治"产生影响
所以他不仅书法、文学见长政治上也写下豪迈

虞世南在陈、隋、唐三朝都以博学文采著名当世
他为官为文的成就大都成于唐代
他的书法渊源于王羲之父子妙得其体
他的作品之佳富有王羲之的气派
他在中国书法学史上占有极其重要的地位
他出自王氏嫡传专精正行草书严谨内含刚柔气概
他在书法理论方面还留下专门著述
其中《笔髓》一篇影响很大为后世喜爱
可惜他的书法真迹保存至今的为数不多
其受推崇也可信的代表作《孔子庙堂碑》流传后代
作品用笔俊朗圆腴外柔内刚笔势舒展
每一点画无不精思俯会如见其流动血脉

363. 褚遂良

褚遂良作为一代重臣在政治上很有作为
只可惜托孤之臣因为直言敢谏而获罪
因反对立武昭仪为后先后被贬潭州、桂州、爱州
他恐怕死在爱州结果就死在爱州任内
死后两年又被别人诬奏谋反又被削去官爵
还使两个儿子遭受流放爱州被杀的大罪
直到唐中宗复唐才下诏恢复其官爵
一代重臣忠心为政的悲惨结局令人伤悲
不过作为一代书法大家留下千秋盛名
为后世留下他诸多的书法名作精美
他的书法颇负盛名为唐初四大名家之一
尤其是他的隶书堪称书法中的妙品精萃

自从虞世南去世后唐太宗常叹息无人与之论书法
魏徵推荐褚遂良唐太宗见后果然感到满意欣慰
当时正好正在收集王羲之墨迹各地纷纷进献
于是便命褚遂良加以鉴定以辨别真伪
褚遂良接过法帖精心挑选去伪存真
经过反复验证鉴定准确深得唐太宗赞美
从此他逐渐得到唐太宗的信任并以敢谏闻名
在仕途上做到重臣高位并被命为顾命大臣重位
褚遂良墨迹流传后世碑刻有《雁塔圣教序》等六帖

碑刻以外墨迹主要有楷书、小楷、行书、草书诸多精美
其中碑刻《雁塔圣教序》原石仍保存在西安
此碑行笔瘦劲风华婉传是褚遂良杰作特别珍贵

364. 颜真卿

一代重臣颜真卿出身名门为官刚正为人侠豪
一代名家颜真卿少年勤学知识广博书法精妙
他是北朝著名学者颜之推的后代出身名门世家
唐初著名学者颜师古是他的五世先祖祖老
他善写文章尤擅长书法开元年间中进士后走上仕途
从此他在宦海中不断经历风风雨雨险浪惊涛
安禄山谋反他为国家遭逢祸难而悲痛失声痛哭
他曾聚集兵马二十万对安禄山进行激战征讨
他为官一生经历了无数曲曲折折坎坎坷坷
一生忠心耿耿"忠至灭身"三军为之痛苦号啕
他的"忠至灭身"在朝野引起广泛巨大的反响
唐德宗为之痛惜得不得不停止五日临朝

他被谥号为文忠下诏称他"才忧匡国、忠至灭身"
《新唐书》称他"立朝正色,刚而有礼,非公言直道"
他更以超群的书法艺术名高天下荣得千古声誉
他善写正书、行书自篆籀分隶而下无不雅俏
他的书法艺术吸取了前代和同时著名书法家长处
其笔法师承了唐代几位书法大家的精妙

他的书法遗迹一直为人们所珍爱并给以高度评价
其书如忠臣烈士道德君子端严尊重意蕴精要
又评价颜真卿忠义之节明若日月而坚若金石
自可以先后传世无穷闪烁着不朽光耀
总之颜真卿的高超书法和他的高尚品格一样
在中华大地上并传不朽永远闪耀着其灼灼光照

365. 柳公权

“颜筋柳骨”概括了两位书法大家之精优
“颜筋柳骨”之说一千多年来盛传不朽
他们的学风笔法一直紧密地联结在一起
千百年来在中国书坛上谁人不知道“颜柳”
柳公权少年时就好学十二岁时能写辞赋
元和初年考中进士从此走上仕途一生卓有成就
他博通经书通晓音律擅长书法精于正楷
初学王羲之后又遍阅近代各家笔法广取其优
主要得力于欧阳询、颜真卿两大书法大家
他笔力遒劲刚健结构严谨自成一家之秀
与颜真卿并称为“颜柳”有“颜筋柳骨”之说
“颜筋柳骨”从此扎根大地对后世影响深远长久

荒淫放纵不务政事的唐穆宗曾问柳公权用笔之法
“用笔在心，心正则笔正”他劝谏中说得是那么深透
他经历穆宗、敬宗、文宗三朝一直在宫中侍书

大多是因为他的才学和书法总是被挽留
他当时以书法名扬天下上至皇帝以至公卿、大夫
以及来入贡的外国人对他的墨迹无不渴求
当时公卿大臣的碑志都渴求他柳公权的手笔
外国人入贡专门准备钱财用于对他书法的求购
他书写的《金刚经》具有钟、王、欧、虞、褚各家笔法
为其得意之作更是名作得以广泛长久传流
其流传的书碑还有《玄秘塔碑》《神策军碑》最为著名
他的书迹有《送梨帖题跋》一直久传不朽

366. 米　芾

因他个性怪异举止癫狂被世人称为“米癫”
他确实颠遇石竟称兄膜拜不已引来广议之言
他就是北宋时期的书法家也是画家的米芾
他天资高迈好洁成癖人物萧散一生在仕途为官
善诗工书法擅篆、隶、楷、行、草等书体书画自成一家
擅水墨山水创立了米点山水人称“米氏云山”
他的书体潇洒奔放又严于法度妙于翰墨
对古代书法名家用笔、章法、气韵都有深刻钻研
他少时苦学颜、柳、欧、褚等唐楷打下坚实基础
后在苏东坡建议下潜心魏晋书风以晋人书风为典范
他一时不书便思觉涩想古人未尝半刻废书
其书法之所以名世完全来自后天的勤学苦练

他是北宋四大家之一其传统功力最为深厚
自称自己是刷字体现了尽势尽力用笔迅疾而劲健
他的书法作品大至诗帖小至尺牍、题跋
都具有痛快淋漓欹纵变幻雄健清新特点
他的书法中常有侧倾体势欲左先右欲扬先抑
具有跌宕跳跃的风姿骏快飞扬飘逸之感
体现了几十年集古字的深厚功底
绝不矫揉造作完全出于天真自然
他处于文人画成熟时代并为著名画家
人物、山水、松石无所不画题材十分广泛
他除书法达到极高水准外其书论也颇多
著有《书史》《海岳名言》《评字帖》等书论名篇

367. 蔡　襄

他生活在北宋时期先后在地方为官在朝为臣
他一生为人忠厚正直讲究仁义诚信
他就是北宋时期四大书法家之一的蔡襄
他学识渊博书法浑厚端庄淳淡婉美书艺高深
他童年受到严格的家族教育曾获乡试第一
登进士后走上仕途一生为官公正勤恳
主持谏院衙署期间遇事从不回避直言敢谏
上疏皇帝要心系天下利弊国家安危辨别邪正知人善任
在地方为官时劝学兴善教育民众遵法为善
惩治贪赃枉法官员整顿吏治深得民心

主持修建沿海州县城池加强军事防备
修桥铺路兴修水利减免赋税为国勤谨

蔡襄的书法以规规矩矩的楷书见长
天资既高心手相应变态无穷积学至深
他的书法从当朝皇上到普通百姓都十分喜爱
由于他对书法颇自惜不妄为人书只留下极少作品
他以散笔作草书谓之散草或曰飞草
其法皆生于飞白自成一家柔中带有刚劲
有风云变幻之势又纵逸而富有古意
尤工于手书为当世第一人皆藏以为珍品
他是宋代书法发展上不可或缺的关键人物
以其完备的书法成就为晋唐法度与宋人意趣相牵引
留下《自书诗帖》《谢赐御书诗》墨迹及一些碑刻
其《茶录》不仅录茶更是一件书法珍品

368. 赵孟頫

他的才华深得元世祖的佩服和赞赏
元世祖对他更是信任有加朝中政事总听取他的主张
元世祖在位时曾多次有意重用他并进而传旨
把他寄以腹心不需要听宣特许他自由出入宫门朝堂
他有清醒认识自感身处要地势必遭人猜忌
因此问及军国大政时他倾心直言一如既往
但此后却更少出入宫中并力请调离京师

他这种荣辱不惊之举充分显示他聪明超常
元仁宗即位对他更是恩宠有加更加信任
常常字而不明有所撰述往往密旨把他召至身旁
元仁宗与侍臣论文学之士将赵孟頫比为李白、苏轼
并将他超乎常人之处归纳为七种超常

帝王苗裔、状貌昳丽、博学多闻、操履纯正、文词高古
还有书画绝伦、旁通佛老之旨而造诣玄微的赞扬
有中伤、离间他与元仁宗关系者往往遭元仁宗斥责
这说明他深得元仁宗信任也说明元仁宗是明智皇上
赵孟頫博学多艺文学艺术开创一代风气
经学主治《尚书》尤精于礼乐、对律吕之学也很专长
篆法、隶书、行草各有尊崇各有所学
各种书体冠绝古今天竺、日本均以其贵收藏
他还是当时画坛领袖竹石、人马、山水、花鸟无所不精
诗赋文词清邃高古力扫南宋卑弱习气彰显锋芒
其夫人能书善词精于绘画其子三人皆精书画
一家夫妇父子皆善书亦奇事亦广受崇尚

369. 文徵明

明代书画大家文徵明据说小时候并不聪明
八九岁时语犹不甚了了难以说清
可他并不自暴自弃力学自勉从名师学书画诗文
其师对他要求都很严格他学得更是用功

经过刻苦努力二十余岁时能诗会画文名渐起
特别是温州士民更佩服他的廉洁高风
他父亲去世后更加勤奋学习并研习八股制义
但他应科考试却屡困场屋十试十落从未考中
命运多舛不禁使他感慨万分心生烦恼
为消除烦恼寒窗课读之际寄趣书画肆力古文之中
从此竟醉心于此难以自拔埋首艺文不慕利禄
家境虽清贫却甘于朴素不愿接受任何人怜悯赐赠

他性好山水创作之暇常去苏州虎丘、天平山诸名胜游览
指点山河欣赏奇文寄怀自然陶情冶性
随着岁月推移他的文名和清雅高风已遍传海内
许多名流都来登门求教荣得“吴中四才”之称
五十四岁得人推荐到吏部授翰林院待诏
官场的尔虞我诈使他产生误落尘网之感为官三年便辞行
他徜徉于山明水秀之中得自然风光之助
隽思若涌画意诗情绵绵不绝他的画屏
他还兼工人物、花卉其画婉润秀丽雅趣横溢
他的书法更是博采众家之长于篆楷隶行草皆精
尤长于行、楷骨力刚健颇具宋人风采稳重秀劲
他还善诗把诗、书、画结合得更为完美更加相融

370. 伊秉绶

伊秉绶曾拜纪晓岚为师并得其赏识器重和赞夸

又拜当时最负盛名的书法家刘墉学习书法
他在为官期间以“廉吏善政”著称
尤其他在扬州任职期间功绩卓著政声颇佳
他因父病亡去官奉棺回乡扬州数万民众泣泪送别
充分显现了他在扬州为官的影响多么巨大
他去世后扬州人为仰其遗德在三贤祠为他立像
为此把三贤祠改为四贤祠特为纪念他
伊秉绶自幼聪敏好学秉承家学渊源
中进士后走上仕途开始了他为官的生涯
他在扬州任上为官清廉勤政爱民深得扬州百姓爱戴
他在为官期间留下诸多美好传说佳话

他善书兼喜绘画、篆刻亦工诗文
尤善隶书有高古博大气象隶书愈大愈见其佳
他与书法家邓石如并称南伊北邓之名
其隶书超绝古格为书坛异彩受到很高评价
始遥接汉隶真传并能脱汉隶而大之愈大愈壮
尤以篆隶名当代秀劲古媚独创一家
他的隶书具有鲜明的个性笔画平直分布均匀
四边充实方严整饬有强烈的装饰美术意化
严而不刻板法度森严笔画凝重而有韵致
笔画光洁精到笔力雄健透着沉厚挺拔
他的墨迹主要见于《默庵集锦》之中
他的隶书作品还传流到日本影响很大

371. 邓石如

他邓石如为清代篆刻家、书法家邓派创始者
他性格耿介无媚骨无俗气无款曲无所合
因其出身寒微其一生备受人间酸甜苦辣
过着“采樵贩饼饵，日以其赢以自给”的生活
他枯老穷庐一生把功名利禄全都忘记
他以“山人”自居于荒江老屋中高卧
他工刻印出入秦汉自成一家世称邓派
其祖其父均酷爱书画皆以布衣终老穷庐生活
他九岁时读过一年书停学后采樵、卖饼饵糊口
十七岁就开始了靠写字、刻印谋生维持生活
他少时未尝读书艰难困苦无所不尝
江湖游食人不以识字人相待十分落魄

他三十岁左右得识大收藏家梅镠在他处八年
每日昧爽起研墨盈盘至夜分尽墨寒暑不辍
不久他得到几位名人的推奖使其书名大震
离开梅家后遍游各处名胜临摹碑碣锤炼了书刻
他被邀进京后其书法得大家赞赏从而响誉书坛
从此他作为震古烁今的书法大家声名显赫
他的书法被列为神品誉为“四体书皆国朝第一”
刘墉为他的书法惊叹康有为更是高度称贺
康有为还把邓石如作为划时代的一个标志

清代篆隶书的革新和碑学兴起确是邓石如之功德
这个盖世功勋由邓石如悄悄在山野中建立起来
从此留下他对书法的卓越贡献留下邓派特色

第十七章 绘画家

372. 顾恺之

他顾恺之是东晋时期著名的画家
他是至今能够见到画迹的中国最早著名画家
他在中国美术史上占有特殊重要的地位
他是一位改造画风的巨匠一位杰出的大家
他在继承和发展先人现实主义优良传统基础上
用他那神妙之笔一扫古拙呆滞的画法
用自己的画笔开拓了周瞻完美、生动活泼一代新风
大约在他二十岁之时即推出独特风格作品惊动天下
但他的仕途并不顺利官职一直不高
而因其诗文书法尤其绘画他的名气特别大
时人广传他有痴绝、才绝和画绝三绝
其痴绝是说他性格率真通脱喜欢谐谑带有痴傻

《晋书》本传记载了许多有关他痴的故事
流传他为痴的许多传说佳话和笑话
他的文学作品传世的并不多只有《观涛赋》《筝赋》

二赋反映出他的文学修养极深当时影响很大
他的书迹遗留下来的只有《女史箴图》楷书箴文
书得是那么出色后世给他很高的评价
他的主要成就是其绘画艺术为此作出重大贡献
他被称为中国山水画、花卉画的最古老祖家
他的画品高古端丽笔彩生动气韵绝伦
他不仅是技艺高超的绘画大师还是中国第一个画学理论家
他从四个方面提出的绘画理论是那么的深刻
作为一代大师其绘画理论和实践对后世影响极大

373. 展子虔

看那贵族、仕女骑马泛舟踏青赏春的景色
看那湖水的微波是多么深远多么广阔
沿着展子虔的圆劲线条和浓丽青绿色彩
走进阳春三月花红树绿山青水碧中踏青放歌
看他那高超技法勾勒的人物、树木多么逼真
看他那以墨线勾勒出的山川屋宇轮廓多么寥廓
咫尺之间表现出自然山水的深远空间
展现得多么生动有致多么秀丽而富有特色
那是他在中国美术史上影响最大的山水画
那是他所留下的《游春图》杰出画作
再看他那《授经图》上人物神态多么形象
神态可掬惟妙惟肖多么逼真多么鲜活

他的绘画题材十分广泛手法灵活多变
尤其在着色技巧上他善用青绿设色
他不仅善画人物、台阁、车马、山水
而且大都臻于精妙绰约风姿格外活脱
他的山水画被称为“远近山川,咫尺千里”
他画人物描法工细以色晕染面部神采意态折射
他天生纵任亡所祖述而自能开一代风气
他的山水画直接影响到唐代金碧山水创作
他的《游春图》构图壮阔沉静设色古艳
富有典丽的装饰意味体现出承上启下风格
《游春图》展现了水天相接的广阔空间
这是他一代大家留下的一幅最著名的画作

374. 李思训

“大李将军”李思训誉满当时画界
他的青绿山水是那么的壮丽卓越
他擅画青绿山水笔力遒劲画风精丽严整
以金碧青绿的浓重颜色作山水作得那么特别
在用笔方面能曲折多变地勾划出丘壑变化
法度谨严、意境高超笔力刚劲色彩浓烈
显示出从小青绿到大青绿山水画发展成熟过程
只可惜他的画作大都散佚再难欣赏领略
只有《江帆楼阁图》和《九成宫纨扇图》
还可以让后人从中得到一种美妙的愉悦

李思训身为皇室其作反映了贵族阶层审美意趣和生活理想
作品中时常流露出一种出世情调的心野

他善画山水、楼阁、佛道、花木、鸟兽
尤以画金碧山水著称给人无限秀丽感觉
走进他的《江帆楼阁图》看那烟水辽阔江流
看那山脚丛林中点缀的楼阁庭院台榭
看那江边的游人江天空阔缥缈的风帆
那是一幅多么广漠幽旷秀丽静雅的境界
那意境多么隽永奇伟、风骨峻峭、色泽匀净典雅
他还结合神仙题材创造出一种理想山水境界
他的金碧山水画对后来中国山水画发展影响深远
后世山水画中的青绿山水就是他画风的延接
画史上称他为“大李将军”显示出对他的景仰
他为当时人所器重他的画作是那么的超绝

375. 阎立本

打开阎立本《历代帝王图》走来十三位帝王人物
每代帝王旁均有榜书有的还记叙在位年代及对佛道态度
十三位帝王一位接着一位走来形象逼真
他们有着封建统治者的特性及不同的仪容气度
又根据每个帝王的不同作为不同的环境命运
成功塑造了个性突出的典型历史人物
还显现了他对这些帝王们的中肯评价

那衣纹、胡须匀细而挺拔用色浓重晕染显著
《历代帝王图》为古画造诣的上乘之作
它足可以作为初唐时期的一幅杰出画图
跟随《步辇图》又看见李世民接待吐蕃使者情景
再现了那一伟大历史事件和那鲜明生动的人物

再打开他的《萧翼赚兰亭图》人物跃然纸上
看到萧翼从袁辩才手中赚得“天下第一行书”
萧翼洋洋得意袁辩才张口结舌失神落魄
人物表情刻画入微形象逼真得让人叹服
阎立本不仅是唐代画家还兼工程学家
他秉承家学一生为官为画成就都很突出
他善画人物、车马、台阁尤擅长肖像画与历史人物画
他的绘画线条刚劲有力神采如生色彩沉着雅古
人物神态刻画细致其作品备受当世推重
《秦府十八学士》《凌烟阁功臣二十四人图》精美卓著
他笔法圆劲气韵生动能从画中看出人物特点
同时让人们从他的画作中看到他高超绘画艺术

376. 吴道子

跟随杰出画家吴道子走进盛唐时期
看到少年孤苦穷困的他是那么刻苦学习
他跟随书法大家学习书法却未获成功
后遂发愤改攻绘画渐渐掌握绘画妙技

由于他的刻苦好学年未弱冠已谙丹青之妙
从而为成为一代大家打下坚实的功底
他好酒使气每欲挥毫必须酣饮而作
借助酒酣他的画作却显出神奇气势
他做过一段小吏后来浪迹东洛不再做官
不久却被皇帝召到京都长安充任内教博士
入内供奉之后多在宫中作画深得皇帝喜爱
从此留下他的画作留下他许多的故事

他看了裴旻的舞剑英姿一时灵感大发
遂挥毫作画飒然风起为天下写下壮观奇迹
他奋笔作画俄顷而就尤若神助
成就他一生的杰作“得意无出于此”
他把嘉陵江一山一水一丘一壑引入胜境
用他的神笔高度概括在大同殿壁
凝神挥笔一日把嘉陵江三百里风光跃然壁上
他画的五条龙居然有麟甲飞动每欲大雨即生烟雾之奇
传说他画的驴居然成真吼叫异常
这固然是一种神奇传说却反映他画动物极具传神之笔
所画《地狱变相》是他的代表之作
他杰出的一生为中国画坛留下多少名作奇异

377. 徐 熙

徐熙出身于江南名族却一生不肯出仕没有走上官台

他性情豪爽旷达志节是那么高迈
他善画花竹林木蝉蝶草虫其妙如自然无异
作为江南处士江南布衣却有杰出绘画之才
在画法上他一反唐以来流行的晕淡赋色
另创一种落墨的表现方法彰显其异彩
他经常漫步游览于田野园圃野竹花丛水鸟渊鱼之中
每遇景物必细心观察以取生动意趣物态
他画花落笔颇重只要略施丹粉骨气过人生意跃然纸上
下笔成珍挥毫可范显现江南花鸟始于徐家风采
其作品有意出古人之外而创立了清新洒脱的风格
可谓骨气风神为古今绝笔之气派

他的《石榴图》气势雄伟笔力豪放摆脱了柔腻绮丽之风
用质朴简练的手法创立了水墨淡彩
他作为江南布衣为人宁静淡泊专心绘画
他独创落笔法形成五代花鸟画自成一派
据记载他一生留下了二百五十多件珍贵画作
为中国画坛留下了江南布衣一代大家的光彩
他的画作在南唐甚受重视为后主李煜所欣赏
在宋代他也有很高声誉广受赞颂崇拜
可惜他的画作早已不存只有几幅皆非真迹
但从中还能领略到他江南绝笔的气概
他与黄荃的画代表了五代花鸟画的新水平
但后世对他徐熙的画在评价中更加偏爱

378. 李公麟

他的《山庄图》《五马图》该是多么珍贵
每一幅图都堪称稀世珍宝异彩纷飞
著名画家李公麟被推为宋画中第一人
凡人物、释道、鞍马、山水、花鸟无不精粹
他好古博学长于诗还精鉴别古器物
一生勤奋作画留下众多的美丽山水
画人物运笔如行云流水造势正确神态飞动
画山水气韵清秀使山山水水那么秀美
他能集诸家之长师法自然得其大成
大胆创新自成一家被后代敬为第一称谓
他笔下扫去粉黛淡毫轻墨高雅超逸的白描画
其线描画法被后人称为“天下绝艺”之美

在中国绘画技法中线描是最有特色的技法之一
而纯用线条和浓淡墨色描绘实物白描法居于高位
他正是在这艺术潮头上创出成就的名家
他使白描法成为样板典范为后人学画的追随
他“龙眼胸中有千驷,不惟画肉兼画骨”
《五马图》为其代表作五匹大马是那么的珍贵
五匹大马由五人牵引神彩焕发顾盼惊人
用笔简练马的一举一动性情特征细致入微
看那六七个汉子围桌赌博的《贤己图》

图中人物栩栩如生一个个是那么的迷醉
他是中国画坛上一个卓越的现实主义艺术大师
他所创的艺术成就决定了他在绘画史上的地位

379. 黄公望

他的名作《富春山居图》是那么的精妙
他为中国画坛留下一件著名的瑰宝
《富春山居图》足以代表他一生绘画最高成就
凝聚他数年心血及他一生的绘画技巧
他就是中国元代画家、书法家黄公望
他是元代四家之一并加入了全真派道教
为此又叫大痴道人留有《抱一函三秘诀》
阐述了全真派内丹原理和功法之道
同时著有《山水诀》阐述画理、画法、布局及意境
并留有《富春山居图》《天池石壁图》等画作精到
其山水画自创一格创浅绛山水画法
画风雄秀、简逸、明快、壮阔而幽奥

他为元四家之首对明清山水画影响很大
他年轻时做过地方小官却因遭诬陷蒙冤坐过牢
出狱后不再问政事遂放浪形骸游走江湖
一度曾以卖卜为生后参加主张儒、道、佛三教合一的全真教
由于他长期浪迹山川开始对江河山川发生兴趣
为领略山川情韵他经常观察山的变幻精要

他观察山水废寝忘食到了如痴如醉地步
在他居富春江时每见山中胜景随时摹描
历经数年终于成就《富春山居图》水墨山水画杰作
其作坡陀起伏林峦深秀笔墨纷披苍茫简远壮丽精俏
整个画面融有一种仙风道骨之神韵
从而为中国画坛留下《富春山居图》千古骄傲

380. 王 冕

王冕作为诗人、文学家、书法家取得重大成就
作为一代著名画家的王冕其成就更加辉煌锦绣
可叹他出身农家幼年丧父家中贫苦无法读书
为了生活他不得不到富人家去放牛
每天利用放牛时间画荷花晚至寺院长明灯下读书
时常窃入学舍听诸生读书暮乃返忘其牛
由于他嗜学其学识大长终成通儒
但却屡试不第遂将举业文章付之一炬抛流
从此行事异于常人时常戴高冠身披绿蓑衣穿木齿屐
手提木制剑引吭高歌往返于街市行走
或骑黄牛持《汉书》诵读人以狂生视之
后历览名山大川别人推荐为官他却力辞不就

关于他的故事传说很多因此成为《儒林外史》著名人物
从此王冕的故事一直流传至今仍然脍炙人口
他以画梅著称尤工墨梅其作简练洒脱别具一格

其《墨梅图卷》画横向折枝墨梅笔竞简逸枝干挺秀
用墨浓淡相宜花朵清润洒脱生气盎然
笔力挺劲勾花创独特的顿挫方法曲奥深幽
虽不设色却能把梅花含笑盈枝生动地刻画出来
不仅表现了梅花天然神韵而且寄寓了自己高贵孤洁情幽
加上他那首脍炙人口的七言题画诗交相辉映
使他这幅不朽传世名作诗情画意涌流
他的诗多同情人民苦难谴责豪门权贵
他的品性、朴实的生活与清幽的山水孕育了他的成就

381. 林　良

看他那花鸟画中的花是那么的雅丽鲜艳
看他那花鸟画中的鸟是那么的栩栩翩翩
他，林良是中国明代时期著名画家
因善画被荐入宫廷却在锦衣卫为官
他擅画花果、翎毛着色简淡备见精巧
其水墨禽鸟、树石继承南宋放纵简括笔法之传
他是明代院体花鸟画的代表作家
明代水墨写意画派由他为首创建
他的传世作品有《灌木集禽图》《山茶白羽图》等
其画笔法遒劲飞动有类草书墨色灵活极富观感
他的花鸟画突破“院体”程式出现了多种风格
工笔重彩、水墨写意、设色没骨都是其体现

其中水墨写意的开派人物便是林良
他创作的水墨写意花鸟画使“院体”花鸟有了新的展现
以后耕耘其间者接踵而至将写意法推向臻境
终汇就明清的写意花鸟画风的泱泱大观
这其中林良作为重要人物无疑起了先导作用
他在花鸟画的发展史上作出了重要贡献
他不再囿于宫廷苑囿中的珍禽异鸟、名花奇石
而取材新颖善于描写各类景致的雄健壮阔、天趣盎然
他描绘芦雁的作品取材立意都充满了民俗趣味
画法豪放体现了他平民化的贵族品味观念
如他的《雪景芦雁图》表现了一双大雁在寒冷雪天场景
整个画面突出了一个“饥”强调了一个“寒”

382. 沈 周

作为明代杰出书画家的沈周是一个有特点的人
他一生不应科举始终从事书画诗文
他一生家居读书吟诗作画优游林泉
蔑视恶浊的政治现实追求自由的精神
他学识渊博富于收藏交游甚广极孚众望
平时平和近人要书求画者总是履满盈门
贩夫牧竖向他求画他也从不拒绝
甚至有人作他的赝品求为题款他也欣然应允
为此使他的画流传很广真伪混杂较难分辨
文徵明因此称他为飘然世外的“神仙中人”

他在元明以来文人画领域有承前启后的作用
他善书法兼工山水花鸟也能画人物绘画造诣精深

他的绘画以山水和花鸟成就最为突出
在绘画方法上能博取众长融会贯通又有创新
刚柔并用形成粗笔水墨的新风格
中年时画法用笔沉着精练以骨取胜细秀严谨
晚年的时候笔墨粗简豪放气势豪强功力浑朴
绘画技艺在师法宋元的基础上有自己的独特创新
他发展了文人水墨写意山水、花鸟的表现技法
使他成为吴门画派的领袖人物风领吴门
他的绘画为传统山水画作出了两大贡献
融南入北将诗书画进一步结合起来使三者相融相衬
他把“踔厉顿挫浓郁苍老”诗风与画结合
从而形成他具有诗情画意的大量绘画作品

383. 徐　渭

他徐渭的一生是那么智慧和豪放
他徐渭的一生是那么倔傲和狂荡
他是诗人、他是画家、他是书法家、他是戏曲家
他还具有军事家、民间文学家、美食家专长
他还具有旅行家和历史学家的头衔
他的酒徒、狂禅居士、青藤道士之称更是响亮
少年时天才超逸六岁受《大学》十岁作《释毁》

他这样的才学却八次应试不中直到四十岁才中举人之榜
他为官期间因受牵连一度发狂以致三次自杀
三次自杀皆未死精神几近失常几近癫狂
出狱后从此潦倒痛恨达官贵人浪迹各地教授兵法
晚年以卖画为生但从不为当政官僚作画来往

他穷困潦倒一生死前身边只有一狗为之相伴
床上连一领席都没有凄凄惨惨是那么悲怆
但他在浙闽为幕僚时曾出奇计大破倭寇
在军事上取得了他人生的智慧和辉煌
他在诗文、戏剧、书画等各方面都能独树一帜
给当世及后代留下重大成就深远的影响
他的绘画是中国美术史上成就最为特殊的人物
深受后世众多名家的钦佩和赞赏
他的兰、墨花图、菊竹图是那么的高洁
他的杂剧集《四声猿》在戏剧史上具有重要影响
他更是大写意画的宗师最擅长花卉画
虽然潦倒一生却留下宏富的艺术灿烂辉煌

384. 朱　耷

朱耷乃是明朝宗室明亡后曾削发为僧
后改信道教住南昌青云谱道院之中
他是明末清初的画家而自成一代宗师
他的绘画以大笔水墨写意著称

并善于泼墨尤以花鸟画称美于世
在创作上取法自然笔墨简炼壮阔驰骋
大气磅礴独具新意创造了高旷纵横风格
他的大写意花鸟画彰显简洁孤冷的画风
他不但是明朝宗师还是书画世家
从小受到艺术熏陶八岁能诗十一岁画成青山绿水画屏
明朝灭亡时他十九岁从此假装聋哑隐姓埋名遁迹空门
将极度的忧郁悲愤怀念故国之情深隐心中

他以绘画为主书法、诗、文、篆刻也有很高造诣
他的画达到了"拙规矩于方圆,鄙精研于彩绘"意境
他作画主张"省"有时满幅大纸只画一鸟一石
寥寥数笔神情毕具形象逼真栩栩如生
他的书法具有劲健秀畅的气格风韵
其篆刻形体古朴苍健独成格局逶迤曲腾
他绘画的艺术特点以形写情变形取神
着墨简淡运笔奔放布局疏朗意境旷空
他的形式和技法是他真实情感的最好一种表现
笔情恣纵不构成法苍劲圆秀逸气横生
他号八大山人一生字号别名特多怪异晦涩中隐含着痛苦
其无法而法的境界把水墨写意画推向高峰

385. 马守真

她叫马守真又叫马湘兰明代女诗人女画家

她是中国古代为数不多的女画家
因在家中排行第四又因此称为四娘
她天生禀赋灵秀多才多艺能诗善画
她尤其擅长画兰竹故有“湘兰”著称
传奇剧本《三生传》及《曲录》《传奇汇老》显现丽雅
只可惜今已散佚已无法看到其作秀美
《群音类选》《南词新谱》中尚可见到残存曲文光华
清人缪所作《秦淮广记》中有她《研铭》一篇
她一生主要艺术表现在画兰的精湛技法
她相貌虽不出众姿首如常人但神情开涤
濯濯如春柳早莺吐辞流盼巧伺人意心花

她善画花鸟、人物、山水得其家传
她性格开朗大方常挥金送人性喜豪侠
她在绘画上造诣很高曹雪芹祖父曾三次为她题诗
《历代画史汇传》对她的画技给予高度评价
至今在北京故宫书画精品中其兰花放射着独异光彩
她的兰花在国外一直被视为珍品绘画
在文学上马守真曾撰有《湘兰子集》诗二卷
还有《三生传》剧本都闪耀着她的才华
她多才多艺还通音律擅歌舞并能自编自导戏剧
在教坊中她所教的戏班影响也很大
她的绘画作品主要题材是兰竹石常作兰的衬托
逐渐形成了表现物象所独有的笔墨语汇和风格光华

386. 华　嵒

看他的花鸟、草虫和小动物多么自然逼真生动活泼
看他的《列子御风图》《松韵泉声图》彰显独特风格
他所画花鸟、草虫和小动物富有生趣秀丽出众
画人物则以简取胜标新立异纵逸洒脱
空中有画着处无痕清新自然独开生面
每一幅画作都标示着他华嵒的艺术独特
在清代中期画坛上他是一位富有创新精神的画家
是一位成就卓著的实力派画家具有鲜明特色
他善画人物山水花鸟草虫皆能脱去时习
而力追古法不求妍媚诚为近日空谷之歌
看他的《十五竹图》瘦倚清风神超法外
雅逸潇洒之气盈然静穆中蕴含磅礴

此竹石图构图新颖别致其下方坡石一围
以浓淡不一的水墨渍染成石的凹凸秀峨
再以枯笔皴擦笔墨浑融使层次更加分明
寓深厚的笔墨功夫于平淡自然中融合
坡石的高低错落既具天然风韵又婉若是盆
新篁一丛摇曳于坡石中新篁野秀动静结合
此丛竹枝枝向上无偃仰倚侧之姿
注重自然形态的把握简淡超逸极为谐和
枝叶浓淡相间疏密得势不乱不杂冲虚简静

其运笔柔中带刚竹叶实按虚起若断若续若起若落
他单独成幅竹石图画作不多故此图尤显珍贵
再配声誉卓著的四家诗跋合为清韵更是难得之作

第十八章　戏剧音乐家

387. 珠帘秀

她是一枝花一枝美丽的戏剧艺术之花
她是一枝花一枝姿容姝丽的梨园之花
她，珠帘秀中国元代早期杂剧女演员
她称得上中国戏剧舞台最早的戏剧家
她杂剧独步驾头、花旦、软末泥等悉造其妙
名公文士颇重推之其名声名闻天下
元代后辈艺人大都尊称她为珠娘娘
作为一代戏剧音乐家对后世影响很大
她与当时诸多元曲作家有很好交情
诸如关汉卿、胡祗遹、卢挚等相互常有词曲赠答
在中华古代女演员中她称得上戏剧皇后
她貌美如花色艺双全正直而豪侠

她虽家境贫寒貌美如花虽在勾栏却不沉沦
而是将自己的才艺发挥到极致显示出高超表演才华
在舞台上塑造了一个又一个感人至深的形象

从而使她成为一代流芳后世的戏剧大家
关汉卿曾不惜笔墨为她打造了《望江亭》《救风尘》
这些脍炙人口的剧作经珠帘秀上演更是升华
关汉卿敢写她就敢演显示她女中豪杰本色
“十里扬州风物妍,出落着神仙”那是对她的评价
她随手一首小诗一个小令都是那么情婉动人
不但精于戏剧表演她也精通琴棋书画
她在元杂剧舞台及中国戏剧舞台上具有重要地位
在戏剧舞台上留下她那永不凋谢的艺术之花

388. 柳敬亭

作为艺术家他的一生是那么有气魄
他一生说书六十年说遍了半个中国
他曾主张改良政治以挽救明王朝的危机
他曾深入名将左良玉军营劝其抗清并献其策
他曾以说书鼓舞抗清军士的士气
他曾替左良玉出使南明做了许多抗清工作
他曾到左良玉军营中说书常驻武昌并帮办军务
他是一位艺术家同时更是一位爱国者
他,柳敬亭原姓曹名永昌后改为柳敬亭
作为明末清初著名评话艺术家名列史册
他十五岁时曾因桀骜不驯而犯法
后幸得泰州府尹关爱才得以开脱

开脱后一直流亡在外先后到过多地
因听艺人说书也在市上依稗官开讲小说
从此开始走上评话艺术之路并日益猛进
居然能倾动市人围听者蜂拥而至那么众多
后来他渡江南下并改姓柳名逢春号敬亭
因他面目上多麻人皆以柳麻子呼之为乐
他曾得到说书名家的指点使其说艺大进
后到南京、北京说书说得越来越好越来越多
他说书“科头抵掌说英雄,段落不与稗官同”
所说书目虽取之于现成小说话本但并不照本宣科
他“突兀一声震云霄,明珠万斛错落摇”
形成“说到筋节处叱咤叫喊汹汹崩屋”之特色

389. 成兆才

成兆才作为中国近代杰出剧作家他成就卓越
作为评剧创始人至今仍闻名评剧界
作为北方著名戏曲表演艺术家对戏曲发展作出贡献
因此他当之无愧被写入戏剧音乐家之列
他出生于一个贫苦的农民家庭祖父、父亲均为长工
家境贫寒过着时无隔夜粮常乏蔽体衣的日月
他十二岁便给本村大户人家放猪、打杂、做小工
家中贫苦的生活使他无法得到上学
他勤劳俭朴得亲朋夸奖聪颖多艺受邻里赞美
横笛、板胡、唢呐诸般乐器无师自通全凭自学

历年正月办花会乡亲们都争着看他扮的妞
十五岁时就成为当地有名的秧歌名角

他少年有志,深感不识字很难有所作为
故尽一切可能机会学识字对莲花落艺术开始涉猎
以后他开始创作剧本并对莲花落进行改革
他集编剧、导演、演员于一身把评剧开展得轰轰烈烈
他为民间艺术奋斗了一生留下一百多部剧本
这些剧作大部分都是他亲自或参与编写
他的剧作构思大胆、奔放、复杂多变
内容切中时弊在观众中引起的反响是那么强烈
他留下《杨三姐告状》《花为媒》《杜十娘》杰出剧作
他的剧作至今在舞台上仍闪耀着艺术光烨
他是中国戏剧史上杰出的剧作家评剧艺术创始人
他一生为中国戏剧的发展奉献了毕生精力和心血

第十九章 宗教家

390. 张道陵

他,张道陵是中国历史上最早的著名宗教家
在古老长久的民间传说中把他神化
他身长九尺三寸浓眉大眼红顶绿眼
鼻子高挺眼睛有三个角浓密胡子浓密头发
垂手过膝龙行虎步十分威武雄壮
关于他的出生的传说有多种多样说法
传说他母亲梦见巨人自称是魁星下降
身穿锦绣并且拿了一枝奇花给她
他母亲接过奇花就醒了只觉得满屋异香整月不散
由此感应而怀孕出生时黄云紫气笼罩其家
正如传说他出生就不一般一生更不平凡
他一生为道教的创立发展贡献特别巨大

他是道教的创始人被尊为第一代天师
在龙虎山建立道家祖庭并在此修炼丹华
传说他炼丹三年又得神人指点终于成神

说他能一面在池上划船同时又在堂上吟诗具有万千变化
传说太上老君降临在他住的地方授给他雌雄剑和符箓
用法术降伏八部鬼帅及带领的千军万马
把追随他的百姓组织起来教给他们道理努力行善
慢慢成立了道教团体道教从此在中国大地生发
玉皇大帝派使者封他为正一真人并令他升天
把他创立的道教留在民间把教主之位留下
其实张道陵一生都在从事道教的创立和发展
神化归神化但真实的张道陵是一位杰出的宗教家

391. 法　显

佛教在中国的发展是一条历史长河
佛教在中国的传播是一首古老的歌
大约于西汉末年佛教开始传入中华大地
到东晋法显时代佛教在中国已有三百多年传播
流传的内容主要有两大体系共同进行
两大体系共同把佛教传入了中国
一是以支谶、支谦为代表的大乘空宗般若学
一是以安世高为代表的小乘禅学的传播
大乘和小乘都传进了古老的中华大地
历经三百多年试探、伪装、适应越来越广泛深刻
一个外来的宗教传入一个文化传统迥异的国家
逐渐为中国人接受的同时不可避免达到融合

作为宗教家的法显常慨经律舛缺誓志寻求
便于公元三九九年踏上取经之路西渡沙河
最后自力孤行遂过山险历经三十余国至北天竺
先后在印度写经及画像一直历经十年多生活
既而附商人大舶还东开始浮海东还
历经艰难险阻又回到了离别十多年的祖国
佛教从印度传入中国法显起到至关重要作用
在西行求法者中法显是最突出的一个
他所到之地最多最远真正到了印度携归翻译戒律
促进和兴起了大乘教义发展和顿悟学说
他的主要功绩在于取经和翻译并写《法显传》
为中印文化交流及人民传统友谊贡献卓多

392. 僧　佑

他作为一位律学大师南朝僧人名扬宗教界
他作为佛教史学家、文史学家精通佛学
他俗名俞氏法名僧佑从小就与佛教有因缘
幼小随父母入建初寺礼拜那么欢喜踊跃
居然不肯回家父母便依从他愿望允许他在寺内出家
奉僧范为师十四岁时又投定林上寺受教佛学
后又受业于当时学名家法颖尽心钻研二十余年
终于精通律部戒德高严有名于当世成为僧中之杰
此后他时常开讲律学由于他披释精详辨解入微
因此听众常从前来听讲的往往络绎不绝

在他后半生几十年中经常为学众广开律席
他一生的主要事业也就在于传弘律学

他一生除弘传律学取得丰硕成就外
还从事佛教史著述和文化艺术事业
他在历史上第一个搜聚卷帙建立经藏
先后在建初寺和定林上寺营建了保存经藏阁阙
在两寺建立经藏后编制成《出三藏记集》
这是中国现存的最古老的佛教记录撰写
他为撰制经录旁征博考确实费过不少功力
保存了古代译经史上许多原始材料史页
他撰制的佛教文史著述《释僧佑法集》极为可贵
作为一代宗教家他对佛教的贡献十分卓越
他的缁素门徒达一万一千多人其中有许多名家
他把自己的一生全部奉献给了宗教事业

393. 智 顗

他是陈、隋时代的一位高僧一代教祖
他是中国天台宗的开宗祖师宗主
他俗姓陈法号智顗世称智者大师
从十七岁开始发愿为僧走上出家之路
时值梁末兵乱家庭分散颠沛流离
遂在荆州长沙寺发愿成为僧徒
十八岁投湘州果愿寺法绪出家授以十戒

后去学律受具足戒这时他已精研律学深好禅书
后拜师修习禅法证得法华三昧并开讲《法华经》
树立新的宗义判释经教奠定了一宗教观基础
他广弘教法创五时八教的判教方法
发明一念三千三谛圆融的思想成立天台宗教枢

他是天台宗思想体系的实际创始者
成为中国佛教史上第一个宗派天台宗的始祖
因智𫖮晚年居住天台山故称为天台宗
又因以《法华经》为主要教义故亦称法华宗族
他发明一心三观、圆融三谛、一念三千的道理
强调止观双修原则在传承系谱上尊龙树为初祖
因隋炀帝授予他智者称号故世称“智者大师”
有《法华玄义》《法华文句》《摩诃止观》等著述
他的著述建立了天台一宗的解行规范
其特点在于教观双运解行并重以四教五重解释经书
他的学说在中国佛教史上产生很大影响
对佛教在中国的传播及研究发展贡献卓著

394. 道　宣

道宣为唐代律僧又称南山律师、南山大师
他俗姓钱法号道宣研究戒律盛名远播西域
他十六岁时落发出家二十岁受具足戒
唐宋二代分别追加谥号“澄照律师”和“法慧大师”

他是中国戒律思想史上的重要思想家
一生精持戒律为佛教的发展立下重大功绩
他依佛制筑戒坛为人授戒为解释戒律撰述
大演比尼他开创了中国的律宗初祖之始
一生中大多数时间居终南山故世称“南山律祖”
而中国的律宗也被称为“南山律宗”故因为此
他以《四分律》为基础参考其他各部律典综名家所长
会通大乘和小乘形成自己独创见解有很深见地

在他门下相聚受法传教弟子千余人
相继阐扬他的遗教弘化最盛朝野奉持
至今中国出家僧徒还大多以他的《四分律》作为行持楷模
这也是他一生为发扬佛教而立下的功绩
他一生著作宏富留下丰富内容的教著
包括律学著作、历史事迹类及应化感通之类义
他奠定了中国佛教戒律学的基础
形成了一套从理论到实践的著作体系
其历史事迹类著作具有很强的资料性和学术性
是了解中国佛教历史不可或缺的参考史籍
他还为佛门的地位作出不可磨灭的贡献
积极维护了佛教的地位及发展传播布施

395. 玄　奘

一个人穿过千山万水那是多么的豪迈

一个人历经生死磨难那是何等的气概
人们都是从《西游记》里认识了他
而真实生活中的他比《西游记》中的他富有气派
受家族影响幼年的他对佛学产生强烈兴趣
年纪轻轻的他就显露了对佛教的心怀
他十一岁时即能诵《维摩》《法华》十三岁出家
从中显示出他对佛教是多么迷醉和热爱
他天资聪颖专心致志研究佛学
很快就掌握了《涅槃论》等佛教经典教材
不久他被誉为“释门千里驹”驰名长安后决心西行
他要奔赴古印度取经以改变中国佛教状态

他跋山涉水历尽千辛万苦一年历经几十国终于到达北印度
他生死不顾西行求法的精神那么令人感怀
他在天竺刻苦求学讲学长达十九年之久
其博学名声传遍印度万众群情悦服为他喝彩
他在印度赢得了极高的荣誉但未改学成归国初衷
带着他的学识与所取丰富经典开始返回祖国来
不久他回到长安成为唐朝举国上下共闻的盛事
归国后立志译经工作唐太宗亲自为他安排
译经的同时他还完成了名著《大唐西域记》
这一切都有力地加强了中印友谊和友好往来
为此他荣得“三藏法师”称号业绩名垂千古
直到近现代人们仍对他的业绩和精神难以忘怀

396. 鉴 真

穿过惊涛骇浪茫茫大海六次东渡生死无畏
六次东渡五次失败终于赢得一次成功机会
玄奘历经千辛万苦西行求法取得成功
他鉴真历经惊涛骇浪万般险阻东渡传法终于愿遂
他与玄奘何等相似他幼年也对佛教产生浓厚兴趣
鉴真幼年随父母到寺也是要求为僧不愿再回
玄奘西行取法鉴真东渡传经为唐代两大教事
一西一东一取一传两个人都是矢志而为
鉴真在大明寺出家后从此鉴真成为他的法号
在名师指导下经刻苦学习终于取得崇高地位
他二十六岁即成为扬州大明寺的大师
从事佛事活动由于学识和道德高尚声名日益显贵

他不仅讲佛写经、剃度僧尼、修寺造佛
而且还从事救济贫病、教养三宝等活动之类
四十五岁时由他传戒的门徒达四万多人
成为“独秀无伦、道俗归心”著名高僧十分高贵
为弘化佛法传律受戒他六次东渡日本
前五次东渡均失败但他矢志不渝坚定无悔
历时十二年六次启行五次失败航海三次几经绝境
三十六人为此死亡二百多人退出东渡行列遭受多少苦罪
但他终于实现了毕生的宏愿到达日本传法

为弘法日本为中日文化交流立下历史丰碑
同时把建筑、雕塑、书法、绘画、医学艺术传给日本
作为宗教大师书写了他一生的灿烂光辉

第二十章　货殖家

397. 范　蠡

他在越王最困难时期施展聪明智慧才华
演义一个卧薪尝胆历史故事盛传大地中华
“持盈者与天定顷者与人节事者与地”是他战略思想
他助勾践兴越灭吴不愧是战略思想家
功成之后变官服为一袭白衣与西施西出姑苏
泛一叶扁舟于五湖之中留下多少爱情佳话
他功成名就之后激流勇退化名姓为邸夷子皮
其聪明才智不愧为春秋末著名的政治家
辞官后三次经商成巨富三散家财自号陶朱公
他又不愧是一位谋士、著名实业家货殖家
他被后人尊称为“商圣”乃中国儒商鼻祖
世人誉之“忠以为国、智以保身、商以致富成名天下”

他出身贫贱但博学多才倜傥不群有贤俊之姿
一生不论为政为军为商都显现其杰出智慧才华
他深知持盈者与天定顷者与人节事者与地

卧薪尝胆演义的是他杰出的政治谋划
他深知强则戒骄逸处安有备弱则暗图强待机而动
用兵善乘虚蹈隙出奇制胜这是他为后世称道的兵法
“劝农桑,务积谷”“农末兼营”等是他的经济思想
“平粜各物,关市不乏”至今对经济建设仍有启发
他深知物盛极而衰进退存亡之道而不超应有限度
激流勇退远离宦海结庐而居更显他杰出智慧才华
他戮力垦荒耕作兼营副业并经商积蓄数十万彰显“商圣”
由于范蠡的聪明智慧使他一生各方面的成就都那么巨大

398. 徐　润

他徐润是清朝时期广东商界杰出经商者
他也许天生就具有经商才能与气魄
他十五岁时随叔父从广东到上海谋生
进入英商宝顺洋行从此开始了他的学徒生活
他极其勤奋好学又有悟性深得洋行上下看重
十九岁获准入上堂帮账二十四岁入主账工作
不久又有大长进接任了副买办之职
此时他人生是那么顺畅工作是那么出色
这期间他自己就开始经营茶叶、生丝等生意
开过一家绍祥商行从内地收购茶叶并与人合作
他把货转卖上海各洋行既为宝顺洋行提供了货源
又为自己赚取了差价正所谓一举两得

后来他脱离宝顺洋行在上海开了一家茶栈
随后又在湖南湖北增设多处茶栈从而形成一个茶业网络
使茶叶生意越做越大逐渐掌握上海及周围地区茶叶贸易
创茶叶出口的历史记录把茶叶卖到世界各国
为此他被誉为中国近代的茶王成为茶叶巨商
其后他又搏击房地产成为地产大王产业有了新的突破
他又投资航运业占招商局全部资本一半以上
不久就控制长江及沿海航运使航运业有了实力和规模
他又投资开办了中国第一家保险公司仁和水险公司
后又成水火险保险公司为中国保险业开了先河
随后又办矿业及开发文化事业都取得重大成就
从而使他作为一位杰出的货殖家而名列史册

399. 胡光墉

大名鼎鼎的红顶商人胡光墉曾轰动商界
他所办产业之影响也惊动外商及世界
他贫贱学徒出身却成为清代著名徽商
成为戴红顶穿黄马褂显赫一时的商界巨杰
在短时间内在洋务运动中使其产业崛起
聘洋匠引设备协助成就左宗棠西征功业
他构筑了以钱庄、当铺为依托的完整金融网
又开了药店、丝栈兴办经营各类实业
一生既与洋人做生意也与洋人打商战
成为近代中国政治金融业的传奇人杰

他以熟谙洋务著称为左宗棠的湘军办理后勤
后以办理事务采运、筹供军饷和订购军火兴业

他曾在江浙湘鄂开设当铺又在各省设立“阜康银号”
并在杭州开设庆余堂中药店还经营出口丝和茶叶
收集古方选购药材总结经验精制成药
建成近代中国规模较大的中成药生产实业
饮誉中外对中国医药事业发展起到了推动作用
作为巨商货殖家他一生事业可谓轰轰烈烈
但最终因受李鸿章及洋商的排挤而破产
所办各类实业因受排挤不断倒闭而停业
本想垄断丝业贸易却耗家资去半被迫贱卖
各地商号随之倒闭药店易主所有产业终结
接着被清廷下令革职查抄严追治罪
最终他遣散姬妾仆从郁郁而终死得惨切

400. 张　謇

他一生为近代中国贡献是那么卓著
他又是一位近代中国十分特殊的人物
从状元到资本家他可能是唯一的一个
毛泽东曾说“轻工业不能忘记海门的张謇”这个人物
张謇是中国近代著名的实业家和教育家
主张实业救国而一生在其实践中成就突出
他一生创办了二十多个企业三百七十多所学校

为中国近代民族工业的兴起贡献卓著
为教育事业的发展作出了极其宝贵贡献
因而被誉为“状元实业家”令人佩服
他自十五岁中秀才二十六次进考场直到得中状元
其中的痛苦与荒诞只有他自己心里最清楚

心知官场险恶难测的他决心远离官场
三十年科举之幻梦于此了结终于走上实业之路
他先后兴办了纱厂、垦牧公司、油厂、面粉厂、资生冶厂
又创办天生港、发电厂并在城镇及镇镇间开通公路
使南通成为中国早期民族资本主义工业基地
随着工业需要他又大力兴办学堂发展科学技术
他创办了中国第一所师范学校、第一所聋哑学校
还有复旦公学即复旦大学前身等共三百七十多所学校贡献卓著
但他却不主张革命而他代表的是企业家
晚年思想更加保守反对共产主义和群众运动革命道路
晚年破产在近代中国史上是一个成功与失败的英雄
做了三十多年开路先锋开辟了无数的新路

第二十一章　新世新星

两千多年的封建王朝大厦终于难以支撑而倒塌
中华开始进入一个历史大动荡的历史生涯
虽然在中华大地上建立了一个中华民国政权
可是此时的中华民国却难以统一管理着国家
此时的中华大地深受着三座大山的深重压迫
特别是中华民国早期年代到处是混战的军阀
他们为争权夺利为争夺地盘整日混战不断
有多少人妄想在这块灾难深重的土地上称王称霸
虽然持续两千多年的封建王朝大厦被推翻
但获得新生的古老中华大地仍然受着多种欺压
古老苍茫的中华大地更加苍茫更加沉重
是多么需要寻找到前进的道路和新的历史步伐

于是一批探索救国之路的仁人志士大量涌现
涌现出一批民主革命先行者及资产阶级民主革命家
随后更涌现了一大批中华民族的优秀儿女
他们为探索救国的道路迈开了革命的步伐
他们为挽救中国和中华民族的命运前赴后继
他们为中华民族走上真正光明道路一直奋勇冲杀

辛亥革命推翻清王朝结束两千多年封建社会
"五四"运动在中华大地掀起科学与民主新文化
中国共产党的成立在古老中华大地开辟新纪元
从此中华民族在历史大道上迈开新的历史步伐
一九四九年十月中华大地走进一个伟大崭新的时代
中华民族彻底推翻三座大山巍巍屹立昂首挺拔

六十年的社会主义创造了前所未有的灿烂辉煌
六十年的努力奋斗使中华民族得以复兴和强大
六十年的岁月使古老中华大地真正焕发了青春
六十年间中华民族在中华大地写下多少光辉伟大
自辛亥革命至今一百年间是中华大地大变革时期
在这一重要历史时期内涌现出多少伟大杰出的名家
他们继承和发展中华民族的优良文化传统
把中华民族终于推进一个光辉闪耀的历史年华
在各个领域都取得伟大杰出的历史成就
他们不愧为中华民族在新世纪伟大杰出的名家
他们的伟大杰出贡献将谱写在中华民族光辉史册
历史和后人将会对他们的历史功绩给与颂扬和评价

跋

古老伟大的中华深蕴着厚重的历史光华
古老伟大的中华屹立着杰出的历史名家
沿着历史大道从遥远的古代一路追寻着走来

看到古老的中华大地深蕴着读不完的文化
深蕴着中华民族生生不息的强大生命力
深蕴着难以追溯的古老灿烂辉煌文化
深蕴着远古先祖最古老的人类足迹
深蕴着中华民族远古祖先的生命光霞
深蕴着古老龙氏家族的形成与发展
深蕴着华夏民族最早形成的古老天下
深蕴着中华民族一代一代的丰功伟业
深蕴着中华民族一代一代的历史步伐

一百八十万年前古老中华大地有了人类的脚窝
从那时开始古老中华大地有了人类的生活
西侯度文化的石制品尘封着最早的人类痕迹
一百七十万年前的元谋人有更明显的人类进化成果
这时古老中华大地上的人类已经进化为元谋直立人
元谋人与西侯度文化的主人已懂得用火
沿着古老的岁月古老的中华大地一路追寻
追寻到大约一百万年前蓝田人的陈家窝
一路追寻又追寻到周口店的“北京猿人之家”
这时的北京猿人又向前迈出一大步已会控制用火
一路追寻又追寻到广大的黄河流域和长江流域
发现了和县人、沂源人、南召人等古老的生活

一路追寻又追寻到猿人向早期智人过渡跨越
追寻到古老中华大地早期智人的生活岁月

追寻到了晚期智人和蒙古人种的形成
追寻到旧石器时代向新石器时代过渡的岁月
追寻到仰韶文化及铜石并用的古老时代
追寻到古老中华大地古老人类文明的开揭
追寻到古老氏族、部落的神话和传说之中
追寻到炎黄族属集团传说的生活岁月
追寻到东夷族属集团、苗蛮族属集团
还有百越族属集团之中去认真披阅
看到那神奇丰富的神话、传说广传古老大地
那么多可以追寻到的古老文明真让人感慨叹嗟

盘古开天、女娲造人的神话传说多么浪漫丰富
三皇五帝的历史功绩传说是多么的伟大卓著
他们把炎黄族群不断带进文明的时代
他们为中华民族的形成发展打下古老的基础
古老中华大地上留下他们伟大的足迹
传说他们孕育形成了古老的炎黄民族
跟随他们的伟大足迹走进传说中的夏代
从此古老中华大地上开始有了国家的建筑
古老中华大地开始从原始社会向奴隶社会过渡
炎黄族群开始走向奴隶社会的发展道路
走进殷商时期社会经济和统治制度之中
走进殷商灭亡及西周王国的建立和发展巩固

看到大禹、夏启开辟了国家形态的历史

他们把古老中华大地推向了国家的时期
看到了黄河中下游地区兴起的商族部落
看到商汤翦灭无道的夏桀从而把商王朝建立
看到周族兴起周武王东观兵至于孟津会八百诸侯
看到周武王在牧野与殷商大战的强大气势
看到残暴的商纣王的军队皆倒兵以战以开武王
纣兵皆叛纣武王驰之推翻了商王朝的统治
看到西周时期的社会经济和政治制度
看到周幽王的昏乱与周平王的东迁起始
看到古老中华大地走进春秋战国时代
看到商周时期的中国在上古世界的地位趋势

走进春秋战国看到历史有了比较明确的记载
此时古老的中华其思想文化发展是那么豪迈
此时古老的中华进入各国争霸的春秋时期
周王室的衰微从而使列国争雄的序幕拉开
中国最早的政治家管仲治齐治出齐桓公称霸
宋襄公图霸未成晋文公却登上霸主之台
秦穆公开始称霸西戎楚庄公不断向北称霸
晋国复霸与中原争霸进入尾声转向战国形态
春秋时期的中国社会经济有了很大发展
铁制工具的使用使农业技术的进步加快
井田制的内部开始量变与“书社”开始出现
随着社会经济发展阶级关系有了新的形态

各国的大夫兼并与南方的混战催变着社会
在这种变化之中华夏与各族不断走向融会
各国内政的变迁促使着社会发生着变化
县郡的出现与刑法的公布闪耀历史光辉
战国社会经济的发展与封建制度关系逐渐生长
铁器的广泛使用使农业发展得以有力前推
都市与交通的发展促使社会不断变化
古代公社解体与封建生产关系的成长相伴相随
各国都在力争变法图强终于形成战国七雄局面
古老的中华进入战国的纵横联袂争垒
魏国李悝的变法拉开各国变法的序幕
吴起在楚国的变法取得成功却落下杀身之罪

邹忌为图强在齐国掀起改革的高潮
申不害为强韩国也掀起改革的大潮
秦国商鞅的变法使秦国得以发展强大
虽遭惨祸却为秦国发展立下历史功劳
古老中华开始走向统一的封建国家及其重要制度
看到君主专制官制开始显现历史光耀
看到封建经济制度在逐渐地确立和形成
封建国家的政治制度开始显现历史光照
看到战国时期的兵制随着社会变化而变化
七国兼并的漫长战争掀起历史汹涌波涛
约纵连横中有的取得胜利有的遭到失败
此时历史显示出了它发展规律的本来面貌

秦始皇完成统一中国的伟大历史成就
从此古老的中国进入封建社会历史春秋
在社会大变革中学术文化得到空前发展
古老的中华文明开始进入辉煌锦绣
中华民族的先人们自从有了人的思维人的语言
就开始不断在其进化发展中取得重要成就
自从有了文字有了文化使文明发展加快步伐
于是中华民族的先人开始有了部落氏族及领袖
开始有了组织有了国家有了制度有了职官
开始有了各种新士人的涌现兴起与奋斗
开始有了各种学术文化的诞生和发展
开始有了对天地及各种事物的认识并冠以的名头

开始有了各种学术文化的产生和发展
开始有了历史的认识撰述发展和概念
春秋战国时期使诸子百家得以产生兴盛
出现了百家争鸣的盛况并有了学派的出现
有了文学的诞生和发展有了独立创作的个体诗人
各种学术文化不断诞生并出现大发展局面
政治家开始诞生并开始主持国家的政治
思想家开始诞生各种思想开始照耀人间
随着长期的战争开始涌现出一个个军事家
随着陈胜吴广起义农民革命家也开始涌现
随着古老中国与外界的联系诞生了外交家

随着学习教育的需要教育家开始执起教鞭

随着科技事业的发展涌现出专事科技事业的人
随着人们生活的需要必然产生从事医学的人
于是科学家、工技家、医学家不断诞生发展
在古老中华大地上留下了他们的历史功勋
随着历史的发展及研究产生了历史学家
随着文献学的发展需要有了文献学家的作品
随着对中华大地山川的认识产生了地理学家
随着语言文字的产生怎能没有人研究文字语音
文学家的产生是人们社会生活的必然反映
书法家、绘画家也必然要展现其艺术之珍
戏剧音乐家忍不住要表演要放开歌喉
宗教家、货殖家必然反映人的某些心怀和精神

古老中华大地诞生人的足迹已经那么漫长
开始跨入人类历史文明也已经那么久长
开始书写灿烂辉煌历史也已漫漫几千年
其中两千多年的封建社会留下更多的灿烂辉煌
漫漫五千年中该诞生多少炎黄子孙生命
漫漫五千年中又该有多少炎黄族群的生命死亡
漫漫五千年中又该涌现出多少杰出人才
漫漫五千年中又该有多少伟大的民族栋梁
小小一支笔怎能写尽漫漫五千年恢宏历史成就
小小一支笔怎能写完漫漫五千年无限灿烂辉煌

只能采撷沧海一粟聊表对先祖的无限敬佩
只能以此小曲表达对伟大先祖的深深景仰

一边采撷一边是那么的感动那么多的思绪产生
一边书写一边是那么的激情激起心中无限的激情
一边叙说一边不断地感叹感叹不尽中华民族杰出大家
因为从这些杰出大家先辈身上发现普遍特征
他们的成长发展之路大都是那么艰难曲折
他们最终的结局往往又是那么令人心痛
一边书写一边更加理解一个伟大的真理
金无足赤人无完人这一真理说得的确深刻英明
伟大高洁的人物也往往存有一些瑕疵
在复杂的政治之中很难把高尚分辨认清
把中华民族历史上一个伟大杰出群体献给中华民族
试想用以慰藉滋润中华民族现在和未来的心灵

图书在版编目（CIP）数据

中国人歌/华文峰著. -北京：作家出版社，2012.12
（中华史诗：2）
ISBN 978-7-5063-6809-4

Ⅰ.①中… Ⅱ.①华… Ⅲ.①史诗-诗集-中国-当代
Ⅳ.①I227.3

中国版本图书馆CIP数据核字（2012）第314694号

中国人歌

作　　者：华文峰
责任编辑：贺平　王征
装帧设计：四色土设计
出版发行：作家出版社
社　　址：北京农展馆南里10号　**邮编**：100125
电话传真：86-10-65930756（出版发行部）
86-10-65004079（总编室）
86-10-65015116（邮购部）
E-mail：zuojia@zuojia.net.cn
http://www.haozuojia.com（作家在线）
印　　刷：北京中科印刷有限公司
成品尺寸：170×240
字　　数：500千
印　　张：41
版　　次：2012年12月第1版
印　　次：2012年12月第1次印刷
ISBN 978-7-5063-6809-4
总 定 价：168.00元（全三册）

中华史诗

第三部

华夏神歌

华文峰　著

作家出版社

华文峰，笔名华声，男，山东微山人，汉语言大专、法律大本、经济学在职研究生，青岛市政协第十届、第十一届常委，副秘书长。长期坚持政治、经济、文学等专业的学习研究和写作，发表过散文、报告文学、电影文学剧本、长短篇小说等，创作以诗歌为主，先后在《人民日报》《中国作家》《诗刊》《人民政协报》《中国文学》《联合日报》《三峡晚报》《青岛日报》《青岛文学》等全国和地方报刊发表大量诗作，其中有长篇史诗《中华之歌》《新中国之歌》《天地家园歌》《天道八问》《高原》。出版诗集《人生旅途》《梦之歌》《古道》《人生之歌》等。政治、经济学研究成果显著，在《求是》杂志等全国和省市报刊发表大量论文，多篇荣获全国和省市优秀论文奖；先后出版了《党建问题新探》《社会主义命运浅论》《新中国的回顾与展望》《企业管理论丛》《社会主义再考察与再思辨》等5部100万字的政治、经济专著，其中3部分别荣获全国评比一等奖。2010年被评为感动中国文化人物。现为中国作家协会会员、全国党风科学研究会特约研究员、中国当代艺术协会名誉主席、中国文化学会艺委会主

席、国际知名文艺家联合会主席团副主席、中国国际国学院名誉院长和终身高级院士、中国民族文化研究会诗书画艺术委员会终身名誉主席、青岛科技大学客座教授。研究和写作涉及众多领域，作品形式多种多样，研究成果及作品颇丰。尤其是在诗歌创作上有自己明显的风格，取得了突出的成就。

前　言

伟大的中华民族创造了古老灿烂辉煌的五千年文明！创造了人间天朝的辉煌历史！而在这五千年灿烂辉煌文明中有一朵特别瑰丽的奇葩，那就是神奇浪漫的一曲神歌。

几千年来，中华民族虽然没有统一的宗教，但作为土生土长的道教不容置疑是中华的国教，闪耀着中华民族的聪明和智慧。尤其是创立的三界之说是一种奇异的思想之花，它远比但丁的《神曲》及西方宗教要更加古老。三界之说既反映了古老的天人合一的思想，又反映了佛教因果报应之说，以及中华大地长期以来以“天”为中心的天子观、天朝观。

中华史诗第三部《华夏神歌》共分第一、二、三卷，每一卷分序、正文一至九章和跋，序和跋各分十三小段，每一小段十二行，每小段一韵，共用了汉语写诗的十三韵。每一卷正文分九章，每一章分三十九小段，每三小段一韵，三十九小段共用十三韵，即每一章皆使用了汉语写诗的十二韵。全诗共 13572 行。

地狱是神秘的，灵园是神秘的，天堂更是神秘的，人间也是神秘的。把这些神秘的东西以史诗的形式呈献给广大读者，希望大家能从中琢磨出一些神秘的味道来。

我知道您是我的读者！我不知道您何时打开中华史诗第三部《华夏神歌》，也许是现在，也许是将来，一年、十年、一百年、一千年……以后，但不论您何时打开，我的这个长梦都会陪着您游看三界。人类如果按照现在的这种状况、这种速度发展下去，我不知道一千年以后人类会是一种什么样子！我不只担心人类现在的命运，更担心人类未来的命运！我不想用我对人类未来命运的预测干扰您对人类未来命运的判断！梦是虚幻的，也是现实的。先人们总结的人生如梦是多么的形象而又深刻啊！哪一个人没有梦，我敢断言没有梦的人生是不存在的。为此我的梦沿着哲学和神学大道，在虚幻与现实中走了一遭，试图找到一直以来我苦苦要寻找的答案，但遗憾的是我没有找到，只找到一些零碎的浅显的说法，所以当只能把这些奉献给您——我亲爱的读者的时候，我感到深深的遗憾和歉意！

人类的未来会是怎样的？
地狱的未来会是怎样的？
灵园的未来会是怎样的？
天堂的未来会是怎样的？
宇宙的未来会是怎样的？
我现在找不到明确的答案！

我只想送给您一个美好的传说，送给您一个美好的神话，同时送给您一个美好的梦！

华文峰

2012 年 12 月 12 日

目　录

第一卷

地狱游

序

古老的中华民族创立了古老伟大的国家，
古老的中华民族创立了古老灿烂辉煌文化；
古老的中华民族创建了原始社会和奴隶社会，
古老的中华民族创建了宏伟的封建王朝大厦；
古老的中华民族创建了以中华为中心天朝体制，
古老的中华民族创建了玄秘的“三界”神话；
古老的中华民族创建了神奇美丽的天堂，
古老的中华民族创造了厚重的人间历史年华；
古老的中华民族创立了奇异恐怖的地狱，
古老的中华民族绘制了精妙的天地人图画。
古老的中华民族沿着人间古道神话般地走来，
为地狱人间天堂留下玄妙深幽的思想奇葩。

古老辉煌的中华文化是一条奔腾不息的历史长河，
漫漫几千年来吸引着一代代炎黄子孙不断求索。
天朝的称谓是古代中华一道历史灿烂辉煌，
古代中华文化圈对中华皇朝总是这样尊敬称贺。
天朝代表以中华为中心的世界文化政治经济体制，
天朝是古代中华历代通用的正统国号沿革。

天朝也是古代中华最通用的一种国号尊称，
古老中华历代以来中央朝廷都自称天朝之国。
古代历代皇朝臣下对本朝朝廷也称其为天朝，
这称谓显示出古老中华多么强大和气势磅礴。
同时古代中华也以作为世界中心而自居自豪，
总以中华各个方面都走在世界前列而骄傲自得。

三皇五帝开创古代中华广阔壮丽疆野，
为古老伟大的中华开写了辉煌的一页。
夏商周三代不断开写古代中华发展进化新篇，
春秋战国诸子百家争鸣出丰富多彩百家之学。
秦始皇一统古代中华大地开创千古始皇朝，
从此在古老的世界首先开立封建王朝新约。
秦始皇统一古代中华大地立下千古不朽功勋，
为古代中华建立起强大兴盛的封建王朝伟业。
两汉时期是当时世界上一个伟大的历史阶段，
经济实力上升社会发展封建王朝大业轰轰烈烈。
汉高祖至汉景帝使中华成为东方第一大帝国，
汉武帝让大汉帝国封建王朝大业更加猛进飞跃。

汉代首次开辟著名东西方贸易通道“丝绸之路”，
使古代中华从此成为世界贸易体系的中枢。
古代中华正是因为从汉朝开始的声威远播，
“汉人”从此才成为四方对华夏民族尊敬称呼。
两汉时期是古代中华历史上最伟大朝代之一，

同时也是建立中华天朝体系的重要基础。
“天朝政事一更其手,权倾天下。”①
开启“宫臣皆受命于天朝,不得同之藩国”圣嘱。②
此时的世界只有古罗马可与汉朝并称大帝国,
但却只有汉朝强大得自称天朝并让四方敬服。
这是古代中华开始强立于世界的重要标志,
从此古代中华不断续写天朝的强大和威武。

隋皇朝在政治上确立重要制度三省六部制,
创建了影响深远的科举制度并大兴吏治。
改革律令在军事上继续推行和改革府兵制度,
在经济上广泛实行“均田制”和“租庸调制”,
同时在经济上还采取“大索貌阅”“输籍定样”,
这些措施大量增加了政府收入使隋皇朝快速兴起。
隋皇朝还兴修了举世闻名的京杭大运河道,
有力地巩固了隋皇朝廷对东南地区的统治,
有力地加强了隋皇朝南北之间经济文化交往,
促进了整个中华发展以及各地之间相互联系。
此时的隋皇朝经济繁荣文化昌盛社会安定,
户口锐长垦田速增甲兵强锐威动殊俗幅员万里。

隋皇朝疆域辽阔宏大超过了以往所有朝代,
《资治通鉴》留有“历代之盛,极于此矣”记载。

---

① 引自晋代袁宏所著《后汉纪·桓帝纪下》。
② 引自《晋书·郑默传》。

经济实力强大雄厚的隋皇朝下令修建大兴城，
大兴城的修建开创古代中华城市建设规划高超气派。
综合体现了隋皇朝的经济实力和科技水平，
在古代中华大地留下“世界第一城”壮丽风采。
大兴城的设计和布局对后世产生深远影响，
为周边国家的城市建设树立了天朝豪迈气概。
这时的中华达到登峰造极的全盛黄金时期，
政治经济文化外交等各方面都对四方彰显着豪迈。
从而对东亚邻国政治体制文化产生深刻影响，
隋皇朝是让日本对中华称臣朝贡的朝代。

唐皇朝建立后继续彰显出天朝制度的天威，
唐高宗时代再度建立天朝亚洲体系的丰碑。
唐皇朝把古代中华封建皇朝推向鼎盛时期，
其实力把广阔的中亚沙漠地带也一统支配。
历经二十一位皇帝二百八十九年的唐皇朝成就辉煌，
从而树立了在当时世界上最强大国家的地位。
唐皇朝开放政策和强大国力对当时世界影响巨大，
世界诸多国家文明与唐皇朝文明得以交流荟萃。
这在古代中华历代皇朝中是绝无仅有的朝代，
为此唐皇朝在世界历史上留下灿烂的光辉。
唐皇朝被当时的世界公认为“世界性帝国”，
其京城在世界获誉“世界三大文明城市”称谓。

贞观之治、开元盛世是唐皇朝发展的两大高潮，鼎盛的中华对亚洲大陆关系和亚洲国际格局完全主导。
只可惜唐皇朝至武则天时代天朝制度开始动荡，
“安史之乱”使唐皇朝日益衰落天朝制度陷入飘摇。
直至明皇朝初期武功极盛一时北进南征恢复疆域，
洪武之治、永乐盛世及仁宣之治得以重兴天朝。
永乐时代使天朝朝贡制度在亚洲不断得以完善，
那时的明皇朝又可以天朝引为骄傲和自豪。
当时明皇朝的经济发展和实力可称世界第一，
永乐大典的天朝盛世之花远播四海五洲航道。
清皇朝康乾时代中华发出天朝最后余威，
鸦片战争把古代中华天朝体系彻底瓦解摧倒。

秦始皇统一古代中华为天朝体系开启源流，
两汉皇朝为建立天朝体系建起强大生命方舟。
隋皇朝开创圣人可汗制度天朝体系历史伟业，
唐皇朝把天朝体系再次推向更加强大和雄厚。
唐太宗被尊为天朝皇帝亚欧大陆国际盟主，
“天朝皇帝·天可汗”为天下诸藩共尊的万国之首。[①]
天朝不仅是古代中华一个国家也为国际盟主，
更是古代中华历史上第一个属于国际性质机构。
唐皇朝在天朝体系中为绝对核心“视四海为一家”，
天可汗凭地位和职权成为四周邻国名副其实领袖。
与此同时儒家思想成为天朝体系中的文化核心，

① 贞观四年，唐太宗由四夷君长上此尊号为“天朝皇帝·天可汗”，意为唐太宗不仅为大唐皇帝，更为天下诸蕃共尊的万国之王。

天朝体系在古代世界人类文明中留下光辉锦绣。

古老伟大的中华民族取得五千年辉煌灿烂，
几千年来一直居于古代世界中心并遥遥领先。
这是多么古老伟大而辉煌的历史成就，
这是多么厚重深邃而恢宏的灿烂诗篇。
五千多年来中华民族总是以天为上以天为尊，
从而生发形成了以天为中心为一统的天的观念。
历代皇朝也都自诩是按照天的意志而建立，
皇帝即是天的儿子一切行为皆是天的意愿。
天朝体系充分彰显了中华民族关于天的思想，
真龙天子更加凸显出中华民族关于天的世界观。
关于龙的传人之说让中华民族对天愈加尊崇，
从而把黄土地和人间芸芸众生与天紧密相联。

古老的中华民族历代以来一直以天为本，
按照天意建立了一代又一代人间乾坤。
天朝体系最能彰显出古代中华民族天的观念，
神奇的神话传说更加折射出古代中华人心。
古代中华社会科学技术水平发展迅速，
创作的神话故事也是那么丰富浪漫五彩缤纷。
在黄土大地上创造了灿烂辉煌的人文文化，
在古老中华民族思想中的神文化博大精深。
天堂之说描绘得是那么美好那么神奇那么形象，
地狱之说创造得是那么真实那么诡谲那么逼真。

人间的每一个人居然都对应着地狱天堂之事，
把神、人、冥三界之说演绎得绝妙绝伦。

很多时候想不明白天堂为何那么令人向往，
很多时候心中的天堂又让人那么疑惑迷茫。
时常更对那阴森可怕的地狱感到恐怖，
时常又为那心灵上的地狱感到迷惑和彷徨。
多少次曾为自己不幸的命运而拜问上天，
多少次为人间诸多恶行而质询地狱纲常。
天公地道一直以来总是谐振着虔诚的心灵，
人间一直笃信着善有善报恶有恶报天地法纲，
耳听为虚眼见为实总该相信自己的眼睛。
严酷事实几乎让自己放弃善恶有报的信仰，
多少次带着疑问和迷惑想到地狱走一遭，
多少次带着疑问和迷惑向往能够走上天堂。

一直以来都说天堂和地狱主宰人间一切事情，
可从未看到天堂和地狱对人间善恶的报应。
大地上端坐着那么多神和佛的一座座金身，
却从来没有看到他们认真地履行各自的职能。
神话传说也许只是一种神奇传说而已，
神学之论也许只能是神化人们心灵的一种反应。
怨愤的心时常倾吐着对命运不公的怨愤，
抑郁沉重的灵魂时常在恍惚迷蒙中沉入梦中。
也许自己的怨愤太多上天要对我进行惩罚，

也许上天要让我把三界之说真正弄清读懂。
居然在我走进不惑之年满怀疑问迷惑之时，
给我一次神游地狱、灵园和天堂长长的梦。

第一章

周围一片混沌玄黄看不见天在哪，
脚下一片昏暗苍茫看不见地在哪，
我仔细观望四处看不见一个人影，
朦朦胧胧分不清东西南北和上下。
四周昏暗混沌一团一团混沌昏暗，
沉沉死气是那么的沉寂可怕。
昏暗混沌闷得让我心里发怵发慌，
沉沉的死寂沉寂得让我头皮发麻。
突然显现一个混沌玄黄的大鸡蛋，
霎时间就幻化得广阔昊大无边无涯。
此刻的我说不清到底是在梦中还是醒着，
更无从辨别我自己身在何处究竟是在哪。

突然一个美丽动听的声音响在头顶，
“你就是人间那位姓华的诗人吗?”
我不知所措诚惶诚恐地赶忙应承，
“对，我是人间的一位诗人，姓华。
你是哪一位? 怎么知道我在这里?
你怎么知道我是一位诗人，姓华?”

"请你仔细地看一看我是谁?
看你还能不能够认出我来吧!"
我面向来者仔细一看不要紧,
竟然惊讶得我半天说不出话,
多少年来的深刻怀念和敬仰,
犹如突发的洪水冲破心口向外喷发。

她是我这些年来痛苦的思念,
她是我这些年来梦中的泪花。
她善解人意心地善良柔情似水,
如出水芙蓉天生丽质靓丽秀雅,
看到她才知道什么叫天香国色,
看到她才知道什么叫美丽如画。
她从南方一个省城来我村支教,
她有一个美丽的名字叫蓝云霞,
她刚来支教那年只有十九岁,
真的像蓝天,像白云,像红霞。
她从一年级一直教到我小学毕业,
在我六年的童心里天天装着她。

她就像春天刚刚绽放的花朵,
满身煦光亭亭玉立娇艳婀娜。
早熟的我居然开始暗恋着她,
如饥似渴的心却从来不敢言说。
她是我敬仰的老师比我大十岁,

我总感觉她高贵我卑微相差太多。
我只能把她作为太阳悄悄放在心中，
在焦急中等待那光芒灿烂的时刻。
很多时候我把她作为月亮放在梦里，
朦胧中渴盼着维纳斯爱情之箭射向我。
她是我白日里头顶的蓝天白云红霞，
她是我夜晚里心中的一支长长梦歌。

我小学毕业离开村子到镇上读中学，
就在我初二那年夏天村小学发生灾祸，
罕见的暴风雨使小学校舍突然倒塌，
谁能想到云霞老师为保护学生遭遇不测。
待我赶回村里学校时她的尸体已被火化，
痛苦伤心的我只能偷偷泪流成河。
她虽然走了却永远留在人们心中，
留下她无限的美丽和伟大的品德。
曾多少次质问怨愤天庭为何那么残忍，
为什么要把人间最珍贵的美丽扼杀夭折。
这些年来我一直把云霞老师深深怀念，
怀念她给我的启蒙教育和美丽魂魄。

我走上前向云霞老师深鞠一躬，
眼泪簌簌却仍然张不开口诉说。
“这些年我知道你一直在怀念我，
我也一直关注着你的学习和工作。

知道这些年你的人生之路一直不顺，
遭受了那么多的磨难、挫折和坎坷。
就是因为你的怨气、志气和才气直冲天庭，
玉帝为此下诏钦派我来为你充当使者。
我自从那年离开人间就升入了天堂，
这些年来一直在天堂玉帝身边充当使者。
请你不要再为我的死亡痛苦和怨愤，
这一切都是天堂对我命运安排的因果。”

“难道你遇难后真的升入天界？
难道天地间真的存在人间所说的三界？”
“是的，当年我在人间时也不相信，
我还教育你们不要迷信要讲科学，
直到我升入天堂以后才知道，
自从盘古开天地就有了三界。”
“你到天堂这么多年为什么不告诉我，
为何直到今天才来相见相约？”
“神、人、鬼之间阴阳相隔不能随便相见，
天堂上对此有严格的天条规约。
若不是玉帝下旨让我来为你当使者，
我自己永远也不能与你相见相约。”

“这一次你为什么来给我当使者，
这样相见相约难道不违背天条规约？
我今天为什么能到这里来与你相见，

难道我在人间的阳寿已该命绝?”
“不,你在人间的阳寿还有很多年,
这只是天庭对你的一次临时诏约,
根据玉帝旨意可随时诏令约见人间之人,
就是诏来你在梦中的灵魂相见相约。”
“这次玉帝为什么要下旨诏见我,
难道我在人间违反了天规律约?
我不信神不信天也从不违背天意,
对我的所作所为天堂可以审查批阅。”

“不,刚才我已经向你说明,
只因你怨气冲天,志气、才气狂烈,
玉帝特下诏命我前来引见安排你,
梦中游看地狱、灵园和天堂三界,
以消除你对天堂冲天的怨愤,
让你狂烈的灵魂得以陶冶。”
“玉帝为什么对我这么恩赐,
应该效法对妖猴孙悟空的做法给以剿灭。”
“在你的二气之中凝聚着冲天天道正气,
狂烈的灵魂深恶痛绝人间罪孽,
总是怀着一颗普度众生的爱心,
向往致力于人间的美好和愉悦。”

“我一直怨愤天庭对人间熟视无睹,
原来对我的心地却是那么的清楚。”

"对,天庭知晓人间的一切善恶,
三界的一切因果都在天道命数。
天堂为什么要安排你游看三界,
等你游看完了对一切都会感悟。
根据安排你先游看地狱再游看灵园,
最后游看天堂聆听玉帝圣嘱。
游看地狱时安排巡查判官带领你,
游看灵园时由黄帝安排使者为你带路,
到最后游看天堂的时候我再来接你,
我带领你游看天堂各重天及有关神府。"

"那么我们现在这是在哪里?
为何四周混沌黑暗没有人也没有路?"
"我们现在是在地狱的判决厅,
人死之后都要先到这里听候判处。
是下地狱还是托生或升入天堂,
判决厅判处之后才能各归其属。"
"原来那么有程序那么严格!"
"一切都得严格遵照天堂所定密枢!"
"我死后能否跟随陪伴你上天堂?"
"这事现在我可不知道也不能做主。
即使你的阳寿尽了也要听从天堂的判决,
对此无论是谁恐怕也难以给你帮助。"

云霞老师特别遗憾地笑了笑,

我的心里感到有一种说不出来的凄苦。
“别难过,也许到时候你能够升入天堂,
现在你在人间却还有很多的任务。”
“这些年我在人间已经伤感至极,
真不愿再回去遭受那悲惨的痛苦。”
“你说的这一切都是天意注定,
我说了恐怕无论是谁也爱莫能助。”
“难道天堂和玉帝也不能改变?
天意又是谁的意愿谁的定数?”
“关于三界之事说起来太复杂,
在你游看地狱之前我先给你说说三界之初。”

“三界之分始于太虚之初时,
这是天意创造的最伟大奇迹。
三界分别为神界、凡界和冥界,
人间对此的叫法有时不大统一,
有的称为仙界、人界和魔界,
所指的范围内容没有什么差异。
细分神与仙、冥与魔还有不同,
但从开始就都划分在一个界里。
另外佛教也分有欲界、色界和无色界,
他们的这种分法是根据佛教的原理。
佛教三界都是凡夫生死往来境界,
而分这些境界主要供佛教行者修行为目的。”

"那还是远在太虚之初的时候，
那个时候的天地日月都还未具，
那时的天地还是一片混沌玄黄，
只有盘古大神在其中沉居。
盘古大神居其中历一万八千年，
突然醒来挥动大斧将鸿蒙开辟，
劈开之后其中的阳清化为天，
慢慢逐渐升成天上至清之气。
升上去的这种天上至清之气化为仙界，
在这仙界之中从此神仙不断育生而至。
天从生成就是那么昊大那么美妙无限，
就是从此天堂开始了它的生命时期。"

"劈开之后其中的阴浊之气不断下沉，
慢慢逐渐聚集成至浊之气化为地，
聚集成的这种至浊之气形成魔界，
在魔界之中从此妖魔鬼怪不断滋生而至。
地狱开始生成就是那么残酷恐怖，
从此残酷恐怖的地狱也开始了生命时期。
天堂与地狱之间形成凡界也就是人间，
至此天界、冥界、凡界三界开始创立。
三界开辟形成已经很久远很久远，
久远得已经无法计算距今多少日期，
距今大概已经有多少年难以计算说清，
因为在三界形成之前还没有时日。"

“盘古大神开天辟地开创时代，
从此有了天有了地有了未来。
只可惜盘古大神耗尽心血而亡，
遗憾的是他没能够把三界来主宰。
他把自己的躯体全部奉献给三界，
分别化为三界丰富的物质和神采。
盘古大神划分开天地用身体支撑，
那时天地还不稳定他担心天地再合成一块，
因而他就头顶天脚踏地站在天地当中，
随着天地的变化而变化着自己的体态。
天每天升高一丈地每天加厚一丈，
盘古大神的身体根据这一变化随之而来。”

“就这样大约又经过了一万八千年，
在这期间天和地不断生长扩大着形态，
这时候的天已升得极高地变得极厚，
天和地的构造已显示出今日宇宙气派。
此时盘古大神却因太劳累倒下死去，
不幸结束了他神奇伟大的生命命脉。
盘古大神把自己的气息变成风和云，
把自己的声音变成隆隆雷霆的豪迈。
把他的左眼变成了太阳光芒无限，
把他的右眼变成了月亮高挂天台。
他的四肢和身躯变成大地四极和五方名山，

而把他的血液变成了江河湖泊大海。”

“盘古大神的肌肉变成了土壤，
他的心脏化为昆仑，筋络变成大地地脉，
他的毛发变成了花草树木虫兽，
从此大地有了动植物和百花盛开。
他的皮肤和汗毛变成天上的星星，
从此天空有了浩瀚的银河星带。
他的骨头、牙齿和骨髓变成珍宝珠玉，
从此大地有了数不尽的奇珍异彩。
他身上的汗水变成雨露甘霖，
从此大地有了循环不尽的水脉。
盘古大神用自己的身体化成天地万物，
从此为天地开创了神奇美好的风采。”

“天界第一缕仙气生发并现出祥瑞，
在天地之间萦绕荡漾闪耀着七彩霞辉。
经过漫长的岁月第一缕仙气化为鸿钧老祖，
就是从那时起天上有了神仙的先辈。
鸿钧老祖天生就是那么灵异，
天生那么神奇又那么聪明智慧，
鸿钧老祖于昆仑之中修炼千年得道，
他从中悟得天地之道中的玄深精粹。
从而使鸿钧老祖成就金仙之身，
从此有了神仙的法力和神威。

盘古大神死后幸天生鸿钧老祖，
从此天地间开始有了神仙的族类。”

“与此同时时值伏羲大神从昆仑临世，
同时临世的还有女娲娘娘伴随。
伏羲大神生得奇特蛇身人面，
女娲娘娘生得人面蛇身龙尾。
两位大神同生相伴中结为连理，
使他们成为神仙中最早的婚配。
女娲娘娘一天中能够变化七十次，
她的法力高深得可达心想事遂。
这时女娲娘娘在天地间到处游历，
看到天地间有了日月星辰的光辉，
看到大地有了山川树木花草，
有了各种各样的鸟兽虫鱼之类。”

“但女娲娘娘仍然感到那么荒凉，
感到荒凉的天地是那么没有情味。
有一天女娲娘娘游历到黄河边，
看到滔滔奔腾不息的黄河之水，
看到黄河两岸已生成的富饶美丽土地，
头脑里突然想创造一个伟大的作为。
这时女娲娘娘已与伏羲大神生育一个儿子，
由伏羲大神带着隐居一座深山修炼栽培。
女娲娘娘与伏羲大神所生的孩子是后来人的模样，

于是女娲娘娘想按照所生儿子模样创造人类，
她决定在黄河两岸创造人类的生命，
并奇思妙想设计出形体不同男女成双成对。”

“正在此时伏羲大神突然赶到，
他奉劝女娲娘娘不要心血来潮，
他认为造出的人类一旦失去控制后果严重，
将会让整个世界没有秩序乱成一套，
从而将会产生无穷无尽的各种罪孽，
使整个世界生发争斗厮杀的残暴。
女娲娘娘认为不会产生这样的结果，
因为她用的是仁心善念进行制造，
说着她划破自己和伏羲大神的手指，
用他们俩滴下的鲜血和着土进行捏造。
女娲娘娘不一会儿就捏成一个血黄色小人，
她用嘴一吹小黄人就在地上蹦跳欢笑。”

“小黄人高兴地冲着女娲娘娘喊妈妈，
女娲娘娘高兴地抚摸着小黄人也高兴地笑。
小黄人又冲着伏羲大神高兴地喊着爸爸，
伏羲大神高兴地把小黄人揽入怀抱。
女娲娘娘给小黄人起名叫‘人’叫‘黄帝’，
她让伏羲大神把小黄人带去隐居地修炼和教导。
训化和教导黄帝如何做人如何生存，
计划把黄帝修炼和教导成为人类的统帅领导。

女娲娘娘接着用黄土和着黄河水继续捏造人，
她想让大地上到处充满着人的繁华热闹。
于是女娲娘娘不停地捏造了一个又一个人，
所捏造的人有男有女有胖有瘦有低又有高。”

“女娲娘娘捏造了很长的时间，
她感到很劳累但捏得人仍然很少。
因为大地毕竟太大她想让大地充满人，
于是她突然想出了一个有效的高招，
她顺手折了一条藤蔓伸入黄河水中，
蘸着黄河水和着泥浆向地上撒抛，
凡有泥点撒落的地方泥点都变成人，
从而使女娲娘娘造人的速度大大提高。
就这样女娲娘娘创造了充满大地的人类，
并制定传宗接代的方法男女婚配媾交。
她为使人类有别于禽兽乱交创立婚姻制度，
为人类的健康繁衍建立了规范和向导。”

“不知女娲娘娘是没有想到还是考虑不周，
她捏造完人类之后又开始到处云游。
没想到在她滴血捏人的地方又洒下禽兽之血，
从而生发出一股残酷恐怖的魔气聚成旋流，
借日月之精华不断积聚和发生着变化，
随着天长地久旋流越聚越浓越聚越深厚。
与女娲娘娘造人同时鸿钧老祖仙道大长，

鸿钧老祖感化仙界形成三缕元气灿烂锦绣。
三缕元气在漫长岁月中借日月精华不断幻化，
最终幻化成正果成就神界中的三大巨头，
化为元始天尊、太上老君和通天教主，
这便是一道化三清成就天界的缘由。”

“三清拜鸿钧老祖为师不断修炼，
跟随鸿钧老祖四方奔走云游，
不断改造和充实着天地的万物，
历经数千年终于修炼成巨大成就。
凡界树木花草虫兽浸染三清灵气，
渐渐被感化为智慧日高可化为人形的妖兽。
这时的人类不明其理为此不甚恐慌，
呼其为妖魔鬼怪更不敢与其争斗。
从上面介绍中你可以看出三界本来无序，
但三界却于无序中产生有序之轴，
故而有了每五千年便遭灭世天劫，
天劫、天道、天枢也许就是从此造就。”

“在女娲娘娘与伏羲大神滴血造黄帝之处，
有一天又有一群禽兽在此地撕咬拼斗，
留下的大量鲜血又浸入魔气旋流之中，
终于形成一个凶神恶煞难见其形的魔寇。
因其身上留有女娲娘娘与伏羲大神的血渍，
使其具有变化无常神的法力巨大而深厚。

因其身上留有大量禽兽之血，
使其法力和凶狠残暴的本性远超禽兽。
他到处游荡劫掠浊气加以修炼，
终于修炼成魔法广大的魔首。
他嗜血成性不断饮吸禽兽之血，
使其魔法越来越阴毒强悍令天地忧愁。”

“此时女娲娘娘已知魔首的法力凶残，
几次想要除掉他都被其狡猾逃窜。
女娲娘娘知道魔首身上有她与伏羲大神的骨血，
不然魔首的法力也不会这么高深精湛。
只是这时的魔首本性太凶狠残暴，
留下他必然给三界造成重大祸患。
无奈女娲娘娘找到伏羲大神和鸿钧老祖，
与他们一同商量如何安排三界的发展，
在鸿钧老祖的建议下女娲娘娘作出决定，
让她与伏羲大神生的儿子玉帝执掌三界之天，
把她与伏羲大神滴血捏成的小黄人安排大地，
让黄帝统帅和执掌三界之中的大地人间。”

“决定降伏魔首封其为魔帝执掌冥界，
执掌人间芸芸众生生死托生和地狱监管。
三界统一归天界之首玉皇大帝执掌，
三界所有事务全部由天界按照天意决断。
玉皇大帝至高无上代表着天道天意，

天设九重在九重天上建造灵霄殿作为玉皇大帝宫殿。
人分为各色人种男人和女人以及三教九流，
由黄帝统帅在大地居住生息繁衍。
冥界在大地深处建造冥界地狱王府，
设立十八层地狱把不同鬼魂分监分管。
三界的神、人、鬼互相不能私自走动往来，
只能根据玉帝的诏书才能联系相见。”

“至此三界按照各自功能职责基本建立起来，
三界之首各归其位开始履行各自职权。
伏羲大神深知三界后患无穷无奈从此隐居，
鸿钧老祖、女娲娘娘又开始不断神游和修炼。
此时已至洪荒时期不幸天劫降临，
已成为水神的共工怒触不周之山。
为此致使宇宙四极倒塌九州崩裂，
大地陷于东南海水几乎将陆地灌遍。
女娲娘娘不分昼夜辛勤锻炼五色石，
用她锻炼的五色石修补崩裂的苍天。
女娲娘娘又折断鳌足用以鼎立四极，
从而把苍天修补得坚不可摧辉煌灿烂。”

“修补苍天使女娲娘娘费力耗神，
她的法力和灵气几乎被耗费殆尽，
她不得不急急赶回昆仑闭门修炼，
以尽快恢复她消耗的法力灵气和金身。

在回昆仑途中女娲娘娘得遇鸿钧老祖，
便将人类托付给鸿钧老祖赶回昆仑。
而此时人类已经开始学习八卦之法，
已经精通渔猎并掌握钻木取火之本，
在有关元神教化下学会了结绳记事和筑巢而居，
从而逐渐从愚昧向文明发展迈进。
人类的进化和发展使其日渐壮大，
越来越聪明智慧身心越来越强劲。”

“此时的人类与妖族矛盾在不断激化，
终于演变成与妖族开始刀兵相见相拼。
最终妖族还是不敌人类的重兵利器，
不得不放弃家园遁入魔界隐遁。
鸿钧老祖又受女娲娘娘之托化解仇怨，
担当起化解人类与妖族之间仇怨重任。
遂令元始天尊在仙界创立阐教，
教化人类胸怀包容广施仁慈善心。
而令通天教主于魔界创立截教，
广收妖族弟子教化其敛本性树仁心。
经过两教数代教化显示出成效，
人类与妖族之间恩怨稍微化解现出和顺。”

“此时人类中有人开始拜入截教门下，
经过刻苦修炼得以成功修真。
此时黄帝开始来到人间现身于姬水，

蚩尤在九黎之地得以孕育生身。
此时阐教弟子中已有人修炼得道，
截教弟子中也有得道之辈设立道门。
蚩尤便拜在通天教主门下修炼，
黄帝却大多得助于阐教各位仙人。
蚩尤性情暴虐贪婪欲兼并其他部落，
于是大动干戈开始夺取天下部落之群。
致使天下大乱生灵涂炭民不聊生，
整个大地腥风血雨到处是厮杀血刃。”

“蚩尤向各部落开战后是那么的疯狂，
充分显示出他的残暴和强大的力量。
不久蚩尤又向炎帝部落疯狂开战，
狂妄叫嚣很快就将炎帝部落灭亡。
此时的炎帝部落已经开始衰落，
仅凭自己部落势力无法与蚩尤对抗。
炎帝无奈何之下只得求助于黄帝，
请求黄帝支援帮助共同进行抵抗。
于是黄帝决定亲自率兵征讨蚩尤，
向发起战乱的蚩尤大规模开仗。
此时蚩尤得到风伯和雨师之助，
用法术纵风弄水九败黄帝于战场。”

“九次连败的黄帝不得不求助于仙界，
得到九天玄女亲自传授的战法秘藏。

九天玄女战法配以夔兽之皮做成的战鼓，
并请女魃之神收息云雨之殃，
从而使黄帝于涿鹿打败蚩尤，
斩蚩尤于黎山之丘使其彻底灭亡。
黄帝将蚩尤之头埋葬于阚地，
把蚩尤身体于巨野之地埋葬。
但蚩尤之神并未就此被消灭，
他的魂灵混合鲜血于战败之日升入天仓，
化为一颗魔星隐藏天际与冥界，
每隔百年便会现世祸害人间正道沧桑。”

“时至殷商末年帝辛得以继位，
他师从截教好酒淫乐贪色狂妄，
天资聪慧膂力过人可手格猛兽，
因此自以为天下之人对其莫不崇尚。
从而使其养成专横跋扈的性格，
为所欲为把天地人全不放在心上。
纣王七年时他前往女娲宫进香见色起意，
他竟狂妄地作诗淫渎女娲娘娘。
女娲娘娘看到纣王题诗后大为恼怒，
招择轩辕墓中九尾狐妖命其前去乱商。
九尾狐妖变成妲己美女终日迷惑帝辛，
从而使帝辛愈加昏庸无度残暴狂妄。”

“百官黎民不堪其苦揭竿而起奋力抗争，

西岐姬氏得阐教真人之助发起灭商战争。
一时间仙、魔二界尽皆卷入凡界纷争之战，
双方高手如云各施法力尽显神通。
昔日黄帝斩蚩尤已令截教大为不满，
今又助西岐如火上浇油使截教更加恼怒丛生。
恼怒的通天教主使大法摆下万仙阵，
使阐教无数的门人在万仙阵中丧生。
太上老君和元始天尊不得不驾临万仙阵，
阐截二教的互相残杀之势更加严重。
鸿钧老祖只得亲临制止仙魔互相残杀，
最终以周武王的胜利商纣的灭亡而告终。”

“姜子牙奉师元始天尊之令胜利封神，
从此天界各重天各部之神列位排定。
封神大战之后仙魔二界亡者均已封神，
但仙魔二界仍旧矛盾激化水火不容。
仙魔二界仍是纷争不断积怨难解，
纷争中二界内外各自门派逐渐形成。
凡界至夏代有了更快的进化和发展，
至周朝基本形成华夏大族的繁荣稳定。
冥界魔帝早已被女娲娘娘降伏，
被册封为冥界魔帝只得老老实实俯首听命。
有时只能暗使截教之魔作乱行恶，
在三界中惹些乱子无碍大局太平。”

“以上介绍就是太虚之初三界形成主要经过，
不知道你是否已经明白和听懂。”
我惊讶地只好向云霞老师连连点头，
心中的疑问却一个接一个不断产生。
“三界之事你不可能一下子全部弄明白，
等你游看完了三界就会了解和厘清。
带你游看地狱的巡查判官马上就到，
你现在就先开始游看地狱的行程。”
这时快步跑过来一个长得有些丑陋之鬼，
十分恭敬地向云霞使者行礼领命。
“你的三界之游我已按玉帝旨意安排妥当，
现在返回待你游看天堂时我再来引领。”

第二章

四周一片昏暗像蒙着厚厚黑纱，
阴风习习是那么阴森恐怖可怕，
稀疏的几点亮光像萤火闪动，
时而从身边走过几个鬼卒全都青面獠牙。
沉寂中时而隐约传来几声哭叫，
恍惚中好像看到一片拥挤嘈杂。
巡查判官告诉我已到判决厅，
人死后要先到这里听候判决处罚。
每天由阎罗王或判官开庭宣判，
宣判依据天条律令进行判罚。
升入天堂或下地狱生前已定，
前世因果全都玄隐在人间八卦。

借助冥火荧光仔细看了看巡查判官，
这一看不禁使我大为惊讶，
想不到他原来是省的副书记权力，
当年我可是他的一个熟悉的老部下。
他贪赃枉法之事于十年前败露，
东窗事发前他却选择了跳楼自杀。

我一直近距离在他的身边工作，
深知他为官时所作所为和贪赃枉法，
他不到五十岁就被提拔为副省级干部，
仕途上真可谓春风得意官运通达。
他选择的是投机钻营买官卖官之路，
可惜没有走到尽头就东窗事发。

他羞愧不好意思地向我笑了笑，
说他深知这几年人间怎么评价他。
“我死后来地狱遭受近十年酷刑，
直到你来之前才刚刚免除刑罚，
也多亏你来游看地狱让我陪同，
不然对我的酷刑还不能作罢。
在人间真该像你一样正气冲天，
残酷的地狱对你都又敬又怕。
这次我能减刑是因为我忏悔深刻，
更因为你给我带来了幸运光华。
下面我就带领陪同你游看地狱，
不知你还有什么想法和计划。”

此刻我的心情真是无法诉说，
他堂堂省级干部大员在此受尽酷刑折磨。
当年他是何等的风光何等的享受，
生活腐化为所欲为一言九鼎大权在握。
可如今正所谓座上宾沦为阶下囚，

难道这一切都是天道人间因果?
我一直怨气冲天怨愤天道不公,
难道以往这一切怨愤都是我的错?
这也许不是一种必然的因果报应。
这也许就是一种偶然的巧合?
“不!”巡查判官说“善恶都要因果报应,”
他可是我的老书记如今却这样说。

“我先给你介绍一下地狱的基本情况,”
权力书记带着我边走边向我说,
“地狱构造设置一共有十八层,
整个地狱呈圆锥形下小上阔。
第一层最大越往下越小恰如漏斗,
每一层都有进出口层层监管层层链锁,
上九层叫东地狱也称为上地狱,
下九层叫西地狱也有下地狱之说。
十八层地狱以受罪时间长短安排,
同时也以罪行等级轻重列设。
十八层地狱越往下罪行越重,
被关押十八层那是永远难赦的罪恶。”

“地狱一年等于人间三千七百五十年,
也是三十日为月十二月为年计算时刻。
地狱受刑一年就是人间三千七百五十年,
这是一个多么漫长残酷难熬的折磨。”

据说在第一层地狱刑期最短也需要一万年，
这么漫长的残酷又该怎么度过！
被打入十八层地狱不但罪重刑期也长，
如果按地狱刑期根本无法计算出狱时刻。
为此人间一直流传这样的说法，
打入十八层地狱永世不得翻身之说。
原来在人间认为只是人们说说而已，
到地狱才知道这种说法果然不错。

第一层拔舌地狱七个大字高挂层阶，
每一个字都让人那么心惊胆怯。
入口旁是一个黑色的牌子写着白字，
那是第一层地狱有关的说明书写：
凡在世之人挑拨离间者，
还有诽谤害人、油嘴滑舌这些，
还有巧言相辩说谎欺骗之人，
死后都要被打入拔舌地狱层阶。
拔舌时由施刑鬼卒掰开来人之嘴，
用铁钳作为实施刑罚的器械，
夹住舌头慢慢向外拉拽非一扯拔下，
直到最后从舌根部撕扯断裂。

每一句话都是那么的恐怖，
每一个字都是那么的惨烈。
怪不得人间说起地狱都那么害怕，

这刑罚怎能不让人心惊胆怯。
第一层地狱刑罚就这样残酷，
往下面的地狱一定会更加酷切。
不要说亲身在此遭受酷刑，
就是在旁边看着也会让人晕厥。
无奈这次游看三界已由不得我，
再残酷也要把十八层地狱穿越。
我不得不鼓一鼓勇气壮一壮胆，
看一看这残酷的十八层地狱冥界。

权力书记走上前推开阴森的大门，
别看他已是巡查判官可才刚刚入列。
刚刚受过酷刑仍心有余悸，
他也深知自己在人间犯下的罪孽。
他刚当巡查判官还未完全嬗变成鬼，
对地狱内的情况也许不太熟悉了解。
为此对权力书记的心情有情可原，
就是我自诩坚强也难胆壮如铁。
大门打开四只恶犬猛扑过来，
四名狰狞可怕的恶鬼分举铁链刀械。
幸好权力书记双手高举着令牌，
四恶犬四恶鬼这才不那么凶顽恶劣。

整层地狱残暴血腥惨不忍睹，
满地狱都是悲惨的嚎叫和痛哭。

一间间刑室索绑着受刑人的魂魄，
每一间刑室大都有四名恶鬼在施酷。
整层地狱昏暗得浑浑噩噩，
一切物体都那么阴暗看不清楚。
忽闪的萤火光亮映着血淋淋的舌头，
狠毒的狞笑中掺杂着惨叫的哀苦，
浓重刺鼻的血腥味直冲我的脑门，
这景象让我感到从未有的恐怖。
权力书记抚摸着尚未消除的伤痛，
两眼中不禁滚出一串串泪珠。

我们走到一个女人魂魄受刑的刑室，
看她的年龄已是为人之妇为人之母。
拿过她的罪孽登记一看果然不错，
她已是三个孩子母亲的中年之妇。
所犯罪恶正是挑拨离间诽谤害人，
因为她的诽谤一少妇女邻居服毒。
她成天在亲戚邻居之间挑拨离间，
从而使亲邻之间时常相骂相诬。
因为她的挑拨离间搅得四邻不得安宁，
因为她的挑拨离间使亲戚之间不亲不睦。
服毒而死的女邻居留下两个幼小孩子，
对幼孩失去母亲的那种可怜她熟视无睹。

看到这个情景我的心被深深地搅动，

她的挑拨离间和诽谤确是不可饶恕。
当年的行为也许想不到今天的报应，
她如果能够想到有今天又何必当初。
在她的痛苦中我看到悔恨的眼睛，
惨叫的尾声中流露着深深的悔悟。
她此刻一定会想到争吵不睦的亲戚，
也一定会想到服毒自杀的邻居少妇，
也一定会想到她自己的孩子，
也一定会想到她自己的丈夫。
只是此刻想到的这一切已经太迟，
可惜因果报应时间已轮到她的劫数。

怀着复杂的心情继续往前走去，
忽然发现一个魂魄躲在墙角旮旯里，
慌里慌张好像是害怕我们，
看那样子一定是有意在躲避。
为此我不禁感到有些奇怪，
虽然模糊我却看到她是一位妇女。
我已知道人死之后魂魄就来到地狱，
在判决之前就是一股像其身形之气。
如果变成鬼就留下作恶时的形象，
所以魂魄变成鬼之后都是丑恶至极。
判决下地狱受刑时都是人间形象，
我以前可是不了解这其中的道理。

我不由走到女魂魄的身边想探个究竟，
那个女魂魄仍然带着惊慌赶忙站起，
告诉我她就是受刑那个女人的受害者，
因经不住她的诽谤服毒而死。
那个女人来地狱受刑后让她来观看，
她躲在旁边一直在偷偷地哭泣。
她说自己的心情更加痛苦和复杂，
因为她已认识到死得一点也不值。
在人间留下年迈的父母和公婆，
留下两个幼小可怜的孩子，
还丢下她那忠厚老实的丈夫，
孤苦伶仃地一个人来到这地狱。

她说她知道阎王爷一直恼怒自杀之人，
现在还不知道对她到底如何处置。
让她先到这看看害她之人如何受刑，
她看后心里那么的痛苦和悲凄。
看到害她之人受此酷刑她也不忍，
前思后想越发觉得心如针刺。
心内伤痛六神无主不知如何应对，
无奈只能惊慌地躲在旁边偷偷哭泣。
受害少妇的魂魄悲悲戚戚让人同情，
可谁也没有办法为她拿出应对主意。
害人者和被害者难免都遭受厄运，
那些害人者真应该早早明白这个道理。

前面一个中年男子的哀号传来，
他的哀号声让我感到是那么的悲哀。
我赶忙走到发出哀号的刑室，
看到受刑男子的魂魄痛得眼斜嘴歪。
看样子他是刚刚开始受此酷刑，
鲜红的血喷射得满脸满腮。
他不断哭喊着向施刑的鬼卒求饶，
看着他那受刑而疼痛变形的脸真让人悲哀。
他一定也是因为诽谤害人来到这里，
或者挑拨离间说谎骗人向他人使坏。
施刑鬼卒告诉此人是为自己升官诽谤他人，
多年来使许多人受到他的诽谤之害。

看那个人的穿着像一个当代为官之人，
另外他刚刚受刑也说明可能是新来。
鬼卒告诉这人是当代的一个局长，
前不久刚刚谋得局长之官的座台。
他从走上仕途就一直不断诽谤害人，
他的每一次提升总是用诽谤让别人让开。
从为官到现在他诽谤伤害那么多人，
他却愈加肆无忌弹从未有过悔改。
被他诽谤的人有的抑郁生病而死，
有的人从而失去了良好的未来。
他的诽谤对个人是伤害了情感和良心，

而对国家来说则是伤害了一批优秀人才。

这种人比起老婆舌头更可恨，
为此对他需要用重刑严厉制裁。
本来他的寿命和官运都还未尽，
阎王爷奏请玉帝给他作了修改。
为的是不让他诽谤更多的人，
便使用意外事故把他的命勾来。
刚来到时他还不承认因果有报应，
这一会儿他就没有了那种狂妄气派。
不论什么人到地狱也能令他忏悔，
除了当年孙猴子再没谁有这个能耐。
面对鬼卒的话和受刑人难以言表，
不知受刑男子当初能否想到今日之灾。

突然从我的身后走过来几名鬼卒，
押着两个受刑人的魂魄都上了年岁，
全身满是伤痕衣着破烂不堪，
两个人都显得是那么苍老和疲惫。
他们仍然戴着脚镣和手铐，
两个人的腰都弯曲得几乎如跪。
我赶忙走上前向鬼卒们询问，
这两个年老的受刑者是谁，
他们都已这把年纪这个样子，
为什么还让他们遭受酷刑之罪。

恶鬼告诉我这两个是来地狱最早的，
他们两个犯下让人间至今不忘之罪。

原来他们两个是战国时楚国的子兰和靳尚，
他们两个人在楚国时都身居高位。
但他们两个人都是卑鄙的小人，
时常在楚顷襄王面前搬弄是非，
他们先唆使楚怀王入秦国谈判，
结果使楚怀王客死秦国不归。
他们非常仇视忠心保楚的屈原，
人前人后不遗余力对屈原诋毁，
天天在楚顷襄王面前告屈原的状，
恶毒诽谤屈原对楚国犯有不忠之罪。
致使楚顷襄王最后听信他们的谗言，
终于将忠心耿耿为楚的屈原革职放逐发配。

可惜一代忠臣被放逐湘南，
空怀满腔报国之志只能挥泪。
可怜一代大诗人只能在汨罗江畔被发行吟，
最后怀着绝望和悲愤投入汨罗江水。
他们两个人的诽谤造成巨大的伤害，
对整个民族犯下了不可饶恕的大罪。
屈原死后他们两个人就被拿来地狱，
两千多年来一直都在地狱受刑忏悔。
不知他们两个要受刑忏悔到什么时候，

不知他们两个还有没有托生的机会。
可恨令尹子兰一代高官谗言诽谤得宠，
可悲在漫漫两千年中一直遭受酷刑之罪。

“我带你到前面看看秦朝的赵高，
你看看他所受的钳舌之刑更加难熬。”
权力书记把我带到前面一个刑室，
只听正在受刑之人在不停地惨叫。
两个鬼卒正用铁钳夹着受刑人的舌头，
另外两个鬼卒用铁钳夹着嘴角往外拉吊，
三把铁钳同时夹着嘴角和舌头用刑，
那受刑之人该是多么的疼痛难熬。
我问鬼卒为什么对他要那么施刑，
“难道你不知道他是秦朝的赵高？
门旁牌子上清清楚楚写着他的罪恶，
你仔细看一看就会完全知道。”

牌子上清清楚楚写着赵高的名字，
恶贯满盈臭名昭著罪责难逃。
他出于对李斯权力过大的嫉妒，
就用诽谤诬陷手段欲把李斯除掉。
赵高想出各种办法诽谤李斯，
在秦二世面前对李斯诽谤造谣，
使秦二世逐渐对李斯产生不满，
这时赵高又诽谤李斯大罪三条。

三条罪状每一条都是那么严重，
每一条罪状对李斯都应该是罪斩不饶。
每一条罪状都可以致李斯灭族之罪，
赵高的用心是多么的阴毒和残暴。

一是诽谤李斯总抱怨自己不受重用，
妄想与秦二世分疆做王从而逞豪。
二是诽谤诬陷李斯儿子李由叛逆，
把经过其防地的陈胜吴广之军放跑。
并说李斯与陈胜吴广私下会面，
就这一条罪状李斯的性命也难保。
三是李斯作为丞相权力过大，
超过了皇帝还不满足其心不可靠。
秦二世居然听信赵高的诽谤诬陷，
于是派人监视李斯到处网罗材料。
赵高又进一步罗织罪名诬陷李斯，
最终致使李斯被抓捕厄运难逃。

仅仅就凭着赵高的诽谤诬陷之口，
就随意把一国之相抓捕而囚。
更为荒唐的是把李斯交给赵高审理，
对此已经不需要任何的理由。
得手的赵高对李斯用尽了酷刑，
非要逼迫李斯招供认罪低头。
可怜李斯无法忍受酷刑的折磨，

只得被屈打成招而蒙上冤仇。
最后李斯被赵高处以残酷极刑，
每一种极刑都残酷得令人发抖，
先黥后劓再斩左趾是多么的残酷，
又腰斩再醢用尽五刑赵高这才罢手。

赵高用残酷的五刑处死李斯，
连李斯的近亲也一起处死不留。
可怜一代名相最终落得这种结局，
著名政治家却难逃赵高诽谤毒手。
宦官赵高恶贯满盈罪行累累，
为篡政制定实施了“偷梁换柱”阴谋，
把昏庸无能的胡亥扶为秦二世，
从而为自己今后的专权得以关键步骤。
同时也为秦皇朝的灭亡埋下祸根，
为秦皇朝的残暴统治开启了恶头。
赵高公然“指鹿为马”留下历史奇闻，
借此故杀戮正直大臣历史绝无仅有。

赵高阴谋得逞扶植胡亥坐上皇位，
大肆排除异己安插亲信占据官楼。
赵高作恶多端恐日后诛罚其身，
与其婿阎乐合谋定下更大阴谋，
趁秦二世斋于望夷宫诈诏发兵围宫，
逼秦二世自杀于望夷宫不饶其求。

赵高罪恶深重不能不惊动天地，
不久被秦王子婴诛杀以解大恨深仇。
由于赵高罪孽深重下地狱要受重刑，
十八层地狱所有刑罚让其轮流。
并且让他永世也不得翻身超生，
他只能永远在地狱里受刑被囚。

赵高在地狱永远受刑也不值得可怜，
当年他害人时是多么的歹毒和阴险。
他这种人就应该打入十八层地狱，
让他永远在地狱遭受酷刑熬煎。
看来对赵高的处罚体现了天庭的公道，
同时也看到了地狱之法的公明森严。
人间要是都能够这样该有多好，
就不至于像今天具有这么多罪恶祸患。
天堂为什么让恶者作恶之后再惩罚，
为什么不在恶者作恶之前制止中断。
这样又该制止多少人间的罪恶，
这样又该让人间免遭多少劫难。

权力书记带我继续往前走去，
看到许多受刑之人衣履破烂不堪，
有的人衣服破烂得已不遮体，
裸露出全身新旧交错累累伤瘢。
“这第一层地狱是拔舌地狱，

为什么有的受刑人全身伤残?”
权力书记虽然来地狱时间不长,
对我的疑问他却是十分熟谙。
“在人间罪恶深重的人不止一种罪孽,
许多人往往是多项罪恶交叉同犯,
有的人虽然只有一项罪恶却是深重,
这样他们到地狱后就会多层地狱轮番。”

权力书记不愧长期在人间官场,
来地狱时间虽然不长却已经了解其间。
对我的疑问他都能够给以解答,
真实显示了他在人间当书记的特点。
“像刚才你看到的赵高就是如此,
他要遭受十八层地狱的轮番狱炼。
另外冥界地狱设立已经那么长久,
人间的罪恶随着时代发展有了改变。
有的罪名随着时代的发展已经消失,
同时随着人间发展变化又产生新的罪案。
为此来各层地狱之人不一定是原定罪恶,
其实古老的地狱也在发生历史变迁。”

前面一个刑室又是一个全身受过刑罚之人,
刚刚留下的新刑伤还鲜血淋淋。
“你一定知道这个人的所作所为,
他可是唐玄宗晚年的一位重臣。”

权力书记指着旁边的牌子向我介绍，
牌子上“李林甫”三个字那么阴森。
这一个又是历史上有名的弄权奸佞，
是一个身居高位心术不正的有名奸人。
他在唐玄宗晚年被任用为宰相，
他为人阴险狠毒又城府很深，
人们很难猜想他心中想什么，
靠拍马奉承取得唐玄宗的信任。

凡唐玄宗重视的人开始他总是巴结，
等待时机成熟时他一定除掉此人。
许多朝廷大臣都落入他的圈套，
“口蜜腹剑”就起源于他这位奸臣。
他心术不正“口中有蜜腹中有剑”，
谁不顺从他都会引起他的嫉恨。
他在唐玄宗面前大肆诽谤张九龄，
致使张九龄受到罢相处分。
李林甫从而爬上宰相的高位，
小人得志彻底显露其心毒手狠。
谏官补阙杜琎上本得罪李林甫，
结果第二天就受到降职的处分。

李林甫在宰相之位长达十九年，
打击排斥处罚几乎所有大臣。
一大批钻营拍马小人纷纷受到重用，

奸佞之风充斥此时的唐皇朝乾坤。
唐皇朝的政治从此开始走向衰败，
也正是于此时埋下了动乱的祸根。
不久唐皇朝就爆发了“安史之乱”，
开元盛世的景象从此消失沉沦。
李林甫被打入地狱长期受刑罪有应得，
他理应在地狱永世不得翻身。
像他这样败坏朝纲的奸佞理应重罚，
遗憾人间很多时候看不到这种公允。

昏暗阴森的地狱是那么深幽迷茫，
看不到边际也根本不知道走到什么地方。
四周刑室一排连着一排接连不断，
每一个刑室里都有人在受刑过堂。
权力书记说他也不知道一层地狱关押多少人，
每一层地狱都是那么满满当当。
地狱里有永远不得超生的魂魄，
有的魂魄从有地狱就押来这个地方。
有的魂魄几经超生和下此地狱，
有的魂魄加入地狱判官鬼卒行当。
地狱里魂魄判官鬼卒难以数计，
据说只有魔帝和冥王们才知道数量。

忽见旁边一个刑室里两个魂魄同时受刑，
挂着的牌子上写着他们的有关情况。

他们两个都是明代有名的重臣，
一个是将军石亨一个是宦官曹吉祥。
他们趁景泰帝病重发兵拥立英宗复辟，
英宗复辟后他们就诽谤残害忠良。
他们嫉妒于谦的才能于是散布谣言，
对于谦进行大肆诬陷和诽谤。
于谦被诬陷诽谤预谋另立太子，
可怜一代名臣被处死家破人亡。
忠臣就是忠臣于谦一生清正廉洁，
被搜家时简陋的家让锦衣卫都哀伤。

还是天堂公道几年后石亨被捕入狱，
最终死在狱中没有得到好的下场。
曹吉祥最终因谋反罪被诛灭九族，
这也许是天堂给他清算的因果之账。
最可悲的是他们两个都被押入地狱，
直到现在还在给他们清算罪恶之账。
他们两个脸上都带着深深的悔意，
无奈何也只得在地狱里熬着残酷时光。
不知为何将他们安排在一个刑室，
也许这样让他们互相看着会更加悲伤。
由此看来天公地道也许真的存在，
为何在人间就不能坚持天公地道之纲。

往前看仍然是一片黑幽迷蒙，

阴风习习血腥刺鼻哀号声声。
鬼卒们的眼睛像忽闪的萤火，
萤火似的灯光像流血的眼睛。
黑乎乎的地面什么也看不清楚，
就像穿行在浓浓的黑色云雾之中。
这情景就像在人间看到过的地狱画面，
一切都是那么魔幻又像现实之中。
一切都像在我的眼前那么虚幻，
迷迷离离恍恍惚惚又像思维不清。
看不见天看不见地四周一片混沌，
只看见虚虚实实的鬼卒和哀号的魂灵。

这时一个像判官的鬼卒走过来，
来到我和权力书记面前就自我介绍说明。
原来他是第一层地狱的狱长，
刚才因事没能够赶过来陪同。
他一边向我们表示歉意一边开始介绍，
他的言谈神态竟然是那么的轻松：
“这层地狱关押的绝大部分是诽谤罪人，
还有撒谎骗人之罪也在这一层。
油嘴滑舌现在已基本不再治罪，
批评教育后就赶快让他们托生。
我在人间犯的就是油嘴滑舌之过，
来这受教育后不愿再托生就在这里谋生。”

"由于表现好让我当了这一层的狱长，
官位不高也是这地狱中层的一个头领。"
"那你为什么不愿再托生人间？
为什么要在这地狱长期从冥？"
"人间太悲惨太污浊让人难以保身，
稍有不慎就会犯罪打入地狱遭受酷刑。
还不如在这地狱加入鬼族做一个善鬼，
只要不违纪违法倒也逍遥自在乐在其中。"
我疑惑地看了看四周又看了看他，
不相信在这种环境中他能有这种心情。
"这里虽然残酷却是天公地道，
进来出去刑重刑轻皆是因果报应。"

第三章

这里到处阴森恐怖得让人害怕，
这里到处是各种残酷的刑罚。
在这种环境下狱长还那么轻松，
居然讲出那么一段有情有趣的话。
我第一次听说地狱里还有善鬼，
不然狱长不会有做善鬼的想法。
我第一次听说有的魂魄不愿托生，
认为人间太悲惨存在太多的欺诈。
带着疑问我离开第一层地狱，
狱长把我们带到去二层的关卡。
每一层地狱都戒备得那么森严，
进出每一层地狱都要严格审查。

第二层剪刀地狱几个大字也是那么阴森，
在第二层地狱大门上方高高悬挂。
大门旁边挂着第二层地狱的说明牌，
大门两边两名站岗的鬼卒凶神恶煞。
我急忙走到牌子前阅读情况介绍，
在进去之前想把大体情况记下。

在人间若女人的丈夫不幸提前死去，
对这守寡的妇人不能唆使她再嫁，
谁如若唆使她再嫁或牵线搭桥，
就会被打入地狱遭受剪刀刑罚。
在这里就会被剪断十个手指头，
还要在这地狱里被长时间关押。

如果唆使有妇之夫一方或双方另寻新欢，
或唆使夫妇一方或双方离婚再娶再嫁，
那么犯下的也是很深重的罪孽，
死后就会押来这第二层地狱受罚。
还有唆使一方或双方与别人勾搭成奸，
那样犯下的罪孽就会更深更大。
说明介绍中接着举了一个例子，
就像《水浒传》中王婆的做法。
本来潘金莲无意勾引西门庆，
王婆却极力唆使潘金莲进行勾搭。
更为恶毒的是唆使潘金莲下毒，
狠心地毒死了自己的丈夫武大。

且不说潘金莲西门庆下场如何，
他们肯定要下有关地狱遭受酷刑折磨。
王婆被行刑后就被押来这地狱，
成为在第二层地狱罪孽的典型者。
看完牌子上的介绍不禁再生感叹，

看来那王婆子真是罪有应得。
不过随着时代的发展有了改变，
介绍男女再婚者已不再列为罪过。
特别是夫妇一方已不幸去世，
现在允许别人为他们再婚说合。
权力书记一边指着牌子上的介绍，
认真地向我作了进一步的解说。

权力书记向守门的鬼卒亮出令牌，
他们接着就热情地放我们通过。
在前面快速地给我们打开大门，
他们又赶忙点燃门里的两盏灯火。
这时我看到四只大灰狼蹲在两旁，
瞪着狡猾的眼睛伸着长长的舌。
别看大灰狼不是大型凶猛野兽，
它们可是十分狡猾又残暴的家伙。
每层地狱都有野兽守护着大门，
所选用的野兽大都狡猾凶猛凶恶。
有时还放出它们对受刑人进行撕咬，
那真是一种相当残酷的折磨。

权力书记不停地介绍着有关情况，
不时地给我解答着一些疑惑。
这时一个女鬼来到我们面前，
她的样子长得不是那么丑陋凶恶。

她告诉我们她是这层地狱的狱长，
在人间她是一个很有名气的媒婆。
只因给几个寡妇们介绍了男人，
死后便被抓来这地狱接受刑责。
好在她的罪过不是那么严重，
好在她又赶上了地狱罪法的改革，
好在她忏悔深刻又能说会道，
便让她担任了第二层地狱狱长工作。

我问她为什么要在地狱从事这职业？
这里每天面对的都是那么血腥惨烈，
你作为人间一个普通的女人，
面对这残酷的刑罚难道你不胆怯？
这里的日子是那么残酷无情，
难道你不向往人间的幸福愉悦？
她告诉我人间有幸福更有痛苦，
这都是根据天意而相依相列，
再托生还不知道能不能得到幸福，
弄不好又是一辈子的苦难日月。
在人间普通百姓的日子多么难熬，
还是在这里做个鬼头更好一些。

这个女鬼的话让我又一次吃惊，
她一个普通妇女对人间体会那么深切。
她和第一层地狱狱长的认识居然相同，

他们对人间留下的都是不好的感觉。
女鬼向我笑了笑带我们向前走，
这层地狱仍是那么迷蒙昏暗如夜。
往前看也是那么幽远无有边际，
云雾浓浓什么方位也难以辨别。
自然是没有天没有地一片混沌，
阴森恐怖哀号声声惨惨切切。
不时传来几声大灰狼的凶残吠声，
吠声中好像夹杂着鲜血的淋漓。

这层地狱第一个刑室关押着王婆，
她痛苦的哀叫声是那么的悲切。
她的两只胳膊被吊在横木架上，
衣衫褴褛披头散发身体歪斜，
她的十个手指都已经被剪断，
两只胳膊和身上流满了鲜血。
被剪断的手指还未有痊愈，
即使痊愈了还要不断地进行剪切。
罪孽深重的人在这受刑没有日期，
也可能在这地狱里永远没有完结。
俗话说得好一失足成千古恨，
王婆当年也许想不到会有如此大劫。

想想当年的王婆真是不可饶恕，
想想当年她也真是那么的糊涂。

到底是贪图西门庆的小恩小惠，
还是她生性就心存邪念和歹毒，
居然唆使撮合让别人勾搭成奸，
又出谋划策唆使潘金莲毒死亲夫。
最终使西门庆潘金莲命丧黄泉，
从而也把她自己送上了不归之路。
她的一时邪念害死四条人命，
在人间被永远钉在罪孽耻辱之柱。
可怜她死后又被押入地狱遭受酷刑，
时至今日不知王婆会有什么感悟。

我走上前试图询问王婆的感受，
她全身颤抖羞愧得不敢睁开双目。
“你知道她在人间就被审判行刑，
刚被押来地狱时她还表示不服。
她居然说她的做法是成人之美，
成就了西门庆和潘金莲的快乐得度。”
女狱长热情主动地给我们作以介绍，
她知道这时的王婆不会给我们答复。
我气不平，“她唆使人害死武大郎如何解释？”
“不过她自从受刑之后就开始悔悟。
凡有罪过谁来到这地狱不回答也不行，
你没看她现在羞愧害怕得像过街老鼠。”

“现在看这王婆真是可恨可气又可怜，

她要在这地狱里长期遭受刑戮。
她给人间留下深刻的做人警示，
她给地狱留下因果报应的典型记录。
人间和地狱一切都要因果报应，
人间和地狱的一切报应都在天数。”
女狱长说完接着又向我们介绍，
“武大郎来到地狱就向阎罗王诉苦，
并多次跑到这里来向王婆索命，
后来经过劝说才把他托生超度。
他被托生超度在一个优越的家庭，
长得那么帅气还有享不尽的清福。”

女狱长说完带我们离开王婆刑室，
我们一行继续向前面的刑室走去。
她告诉这一层关押着无数罪人，
大都是唆使别人犯淫罪的主儿。
“我就给你们再说说这位主儿吧，
你们听后就知道他是多么的可耻。
他居然唆使自己妻子勾引别的男人，
利用这种方法诈取钱财而获利。
你们看看人间居然有这么无耻的人，
他简直没一点人生的尊严和脸皮。
他来到地狱先在第一层被钳断舌头，
押到第二层地狱接着给他剪断十指。”

“请你们再来看看这一个人。”
女狱长指了指隔壁的一间刑室。
我转过头看到刑室里是一个妇人，
她大约也就是四十多岁的年纪，
她像王婆一样双臂被绳索绑着，
鲜血淋淋的两只手被剪断十指。
“她这个女人的做法让人更加可恨，
谁听说了都认为她更加可耻可气。
她竟唆使自己女儿勾引有妇之夫，
就是为了诈取钱财和谋取利益。
她死后也在第二层地狱被钳断舌头，
现在她开始后悔不过已经太迟。”

两个人一个为人夫一个为人母，
竟然唆使最亲的人去淫逸谋利。
人间竟然有这么不要脸的人，
人间竟然有这样的无耻之事。
站在他们面前我都感到无地自容，
他们真是丧尽人心丧尽天理。
这种人就应该下地狱遭受酷刑，
天道就应该在他们身上显示法律威力。
“对，他们来地狱后就施以酷刑，
他们可能会永远被关押在这地狱里。”
女狱长说着带我们又继续往前走，
我鄙视地扫视他们一眼愤愤离去。

第三层铁树地狱大门高大气派，
七个大字蒙着一团浓厚的阴霾。
大门旁边也挂着一个大大的牌子，
上面是第三层地狱的有关说明记载。
大门口与第一、二层地狱一样，
都被浓厚的黑色云雾缠绕覆盖。
整个大门就像矗立在云雾之中，
四周像隐藏着那么多妖魔鬼怪。
它们瞪着凶残的眼睛张着血盆大口，
随时都有可能向我猛扑过来。
要不是我已知地狱的有关情况介绍，
真难说能不能坚持游看到现在。

看一看第三层地狱的情况介绍，
我心里总感觉是那么的恐怖惊骇。
凡在人间离间骨肉父子关系之人，
在兄弟、姐妹、夫妻间挑唆使坏，
从而造成骨肉和夫妻之间不和，
这种人死后要押入铁树地狱严惩不贷。
铁树地狱里栽植着一棵棵铁树，
每一棵铁树上皆挂着利刃排排。
所有来此受刑之人都要先被脱光上衣，
有的甚至全身也没有任何穿戴，
施刑时鬼卒持刀自来人后背皮下挑入，

然后再将受刑人吊挂到铁树上来。

鲜血顺着人体和铁树往下流淌，
就像挂在树上的一条条血带。
一声声惨痛的哀号让人毛骨悚然，
整层地狱就像一个大屠场在屠宰。
仅受此刑还远远不能结束，
过后还要再押入拔舌地狱刑台。
拔舌地狱之后有的要再押入蒸笼地狱，
如此三番酷刑让人难以忍耐。
但这就是人间罪孽因果报应，
犯下什么样罪孽就要偿还什么样罪债。
仔细试想一下也果然是如此，
由于挑唆给人间又带来多少危害。

第三层地狱大门外站着两名黑衣鬼，
不用说这是第三层地狱大门的守卫。
权力书记走上前向守卫递上令牌，
鬼卒看完令牌马上便带我们入内。
刚刚推开大门四只棕熊猛扑过来，
吓得我们两个赶忙向后逃退。
这时跑出一名鬼卒喝退四只棕熊，
对我和权力书记连忙给以安慰。
告诉我们他是这层监狱的狱长，
已经在此恭候了我们好长一会儿。

接着热情地带我们向里面走去，
这时四只棕熊赶忙跑回它们的原位。

这是一位年龄比较大的狱长，
仅看面相很难猜中他的年岁。
因为人间与地狱时间对应相差很大，
从而使面相和年龄往往相背。
地狱里的鬼族一般也是长生不死，
死亡的总是道行浅薄或是违法罪犯。
他们死亡之后有的投胎托生为禽兽，
其中有的则能够投胎托生为人类。
人死亡后的命运也是千差万别，
有的死亡接着就会又托生为人类。
在人间有罪孽的人死亡后要下地狱，
罪孽深重的人要永远在地狱受刑忏悔。

有的人在地狱受刑后得以再托生成人，
有的人还会被安排在地狱里面做鬼。
有的在地狱受刑后托生为禽兽，
也有的人死亡后能获得直升天堂之美。
就像刚开始游看时遇到的云霞老师，
就获得了直接升入天堂的一个席位。
这种安排我在人间曾经多次听说过，
可从来不相信会安排这么合理完备。
不相信天地会知察人间一言一行，

把善恶有报安排得那么精准细微。
直到如今我对此仍然是半信半疑，
因为悲惨的人间早已让我意冷心灰。

在一间刑室里两个鬼卒不停地狞笑，
他们正把一个受刑之人往铁树上吊。
那个受刑之人全身流满了鲜血，
他身前和后背分别插入了四把钢刀。
铁树下放着一套清朝时代的官衣，
还有一顶带着顶戴花翎的官帽。
不要说受刑的人是一位清朝的官员，
但看不出他具体来自哪一个皇朝。
“他就是康熙年间大臣明珠，
只要读过清朝的历史就会知道。
他的罪孽主要是挑唆满汉不和，
为此严重影响了大清初期的皇朝。”

狱长热情地把我们带到刑室内，
指着墙上挂着的牌子向我们介绍：
“他死后就被押来这铁树地狱，
在这里不知被挑入了多少刀。
他还要轮番到拔舌地狱和蒸笼地狱，
在那里接受拔舌和蒸笼的刑拷。
按人间的时间他来这已经三百多年，
忍受了这么长时间的酷刑煎熬。

不过他早已开始忏悔自己的做法，
但是天定的罪责他是在劫难逃。
我也不知道他要受刑到什么时候，
他的命运只有魔帝和阎罗王才能知道。”

“我当年犯下的也是这一种罪孽，
只是我的罪行比较轻也比较少。
我是春秋战国时代的吴国人氏，
当年也是身居高位为官王朝。
只因被别人蒙蔽犯下挑唆之罪，
使吴王两位大臣之间发生矛盾争吵，
为此给双方都造成很大的伤害，
死后来到这地狱忍受了酷刑的煎熬。
好在我的罪行较轻忏悔深刻，
阎罗王便赦免我做了一名小鬼校，
后来由于表现好又提拔当了狱长，
我感觉这冥界比人间还要公道。”

原来这个狱长在地狱那么长久，
可我不知他留在地狱是什么理由。
我问他为何要留在地狱不再托生，
他说在地狱里比较公道自由。
在人间人生苦短要不断循环，
稍一不慎就会犯罪下地狱受刑遭囚。
在地狱只要不违规违法安分守己，

就能够保证平平安安健康长寿。
我们一边说着一边走到又一间刑室，
在刑室受刑的又是一个中年女流，
她挑唆自己的丈夫父子兄弟间不和，
使相互之间经常发生争吵和打斗。

这个受刑的女人也被脱光上身，
看得出她羞愧难当不敢抬头。
羞愧悔恨疼痛让她痛哭流涕，
此时的百感交集让她特别难受。
看着她真让人感伤和怜悯，
看着她真让人为她的今后担忧。
人间的事真是复杂难以预料，
人间的路真是坎坎坷坷难以行走。
稍有不慎就会铸成人生大错，
走错一步路往往就会铸成大错无法挽救。
这个女人当年绝对想不到今天的下场，
在人间时有许多事情让人无法参透。

“这个女人说出来你也会知道，
她被关押这地狱也已经很长久。
她可是一个人间尽人皆知的人物，
神话故事直到现在还传说在九州。
她是牛郎织女故事中牛郎的嫂子马氏，
她当年对牛郎可是虐待刻薄处处克扣。

挑唆丈夫对牛郎不满引起兄弟不和，
以分家为名把牛郎赶出家门孤独放牛。
她自私自利无中生有挑唆事端，
致使她在整个牛家庄名声很臭。
可她最后的下场也真是可怜，
不知在这地狱里受刑还要多少年头。”

从介绍的话语中听出狱长也心有善念，
作为鬼族居然能为别人受刑感到可怜，
看来地狱的鬼族不一定都是恶鬼，
有许多鬼卒的心地也很良善。
地狱所见不禁让我产生一个疑惑，
在人间传说的鬼都是那么丑恶凶残。
我所见的几个狱长都是鬼族的头领，
看他们的言行却是都比较和善。
还有权力书记也已经加入了鬼族，
而且还升任为地狱头领巡查判官。
他们这几个长得虽然比较丑陋，
却看不出他们有任何凶恶的表现。

也许因为我是天使送来的缘故，
也许认为我是客人专门来地狱游看，
所以他们才对我那么客气和友好，
在我面前也许是一种特意的表演。
“不，”权力书记看出我的疑问，

“你刚来还不了解地狱里的有关事端。
地狱里的鬼族长得都比较丑陋，
在人间心目中都是那么的凶残。
他们凶残是因为地狱里太残酷，
是因为地狱里执法必须从严，
任何执法行刑都绝不能徇私情，
对谁都绝不准有任何的同情和偏袒。”

“谁都不能徇私偏袒?”我不由问道，
“如果有谁徇私枉法了怎么办?”
“这里的一言一行都在天道之中，
也就是天堂具有无处不察的天眼，
只要徇私枉法天堂上马上就会知道，
魔帝和阎罗王随时都可以发现。
一旦有谁在执法施刑时徇私枉法，
天堂马上就会给以严厉惩办，
就会被打入十八层地狱或处死，
在地狱里永远遭受各种酷刑熬煎。
地狱里的残酷绝不是因为恶鬼，
而是因为地狱之法残酷森严。”

权力书记的话不由让我暗自思忖，
地狱法律这样严还有那么多犯罪之人。
如果没有地狱之法那将如何，
人间罪孽一定会更加深重更加沉沦。

“对，”权力书记接着又向我说道，
“三界之中普遍都有你这种担心。”
我点了点头跟着他们又向前走去，
看到旁边刑室受刑的又是一个女人。
这个受刑的女人仍是惨不忍睹，
哀叫悲切全身上下鲜血淋淋。
也许我不该埋怨凶残施刑的鬼卒，
天道不允许他们有任何仁心。

可我仍怀着一种怜悯走进刑室，
想看一看这个女人罪孽有多深。
牌子上写着她挑唆妯娌与丈夫不和，
最终导致妯娌们夫妻大闹离婚。
因男人不愿离婚被逼无奈施以暴力，
妯娌难忍此屈居然跳河自尽。
罪孽啊真是让人可恨的罪孽，
她的挑唆害死他人残破人家家门。
小小的挑唆引起了滔天大祸，
如今她只能在这地狱受刑悔恨。
人啊人为什么把握不住自己心灵，
到头来只能落得个遗恨终身。

我们又往前游看了几个刑室，
看到了一个又一个受刑的男人和女人。
第三层地狱也是看不到边际，

也是那么的迷茫恐怖而又阴森。
四周全是涌动的黑色云雾，
浓重刺鼻的血腥味沾满我的全身。
此刻我无法看到自己什么模样，
只感到自己像一个游动的灵魂。
跟着权力书记和狱长不停地游动，
感觉不到天地也感觉不到时辰。
第三层地狱狱长带我们转回入口，
我们就此告别离开第三层地狱大门。

第四层孽镜地狱让人感到惊慌，
每一个字都好像要照透人的内脏。
每一个字都像一只凶险的眼睛，
黑色云雾中透出隐隐阴森之光。
阴森的大门透出冰冷刺骨的杀气，
两名鬼卒照例站立地狱大门两旁。
挂在大门一侧的说明牌涌动着云雾，
从里边不断涌出幽深黑紫的锋芒。
黄色的字体在紫牌上显得格外醒目，
每一个笔画都像一道锐利的目光。
站立牌子前清晰地显现人的一切，
整个身体上没有一点地方可以隐藏。

看介绍说明孽镜地狱果然名不虚传，
对人间的一切事情都能照出原样。

人在人间犯了罪有人如果要隐瞒，
即使其不吐露真情不交代也无妨。
或是走通门路上下打点瞒天过海，
也许能够在人间得以一时隐藏。
还有的犯罪之人选择逃之夭夭，
但是绝不可能得以长期躲避逃亡。
逃亡一生也总会有死亡的那一天，
到地狱报到时就会一起算总账。
打入孽镜地狱只要照一照此镜，
便会显现出在人间的全部罪状。

照出罪状要先在此受到撬嘴之刑，
还要给以拔舌惩罚和开水之烫。
目的是看看你的嘴巴到底有多硬，
惩罚你在人间对所犯罪状的隐藏。
然后根据罪状分别打入相应地狱，
在那里要遭受不同酷刑的残伤。
“孽镜地狱果真就是那么厉害，
在人间的一切休想隐瞒一条一项。
就拿我来说吧直到事发我也没说，
谁想来到孽镜地狱一照全部显像。”
权力书记向我说着深切的感受，
刚过去的痛彻亲身经历他又怎么能忘。

这层地狱好像已经接到了指令，

大门忽然打开一名鬼卒出来相迎。
不用猜这是第四层地狱的狱长，
他虽然长得凶相却满脸笑容。
权力书记赶忙走上前作以介绍，
狱长热情地拉着我们就往里行。
大门内照例站立两名守门鬼卒，
不同的是两名鬼卒眼睛像刺眼的灯。
两双眼睛又大又刺眼那么的灼人，
看上去就好像深幽无底闪烁黑光的洞。
看我两眼一直盯着两名鬼卒，
狱长不禁哈哈大笑了几声。

"你们看这两个鬼的眼睛显得奇异，
他们的眼睛就是与众不同。
他们的眼睛就能看透人的一切，
真是赛过这孽镜地狱的孽镜。
隐瞒罪状之人进门只要被他们看一眼，
霎时就能显现出在人间犯罪原形。
有许多罪过之人来到这里都难过此关，
接着就会要求如实交代罪行。
你们再看看守卫这里的四只狴犴，
它们的眼睛是那么的犀利透明，
它们一眼也能看出来人犯没犯罪，
犯罪之人也很难躲过它们的眼睛。"

狱长一边介绍一边带我们往前走，
这时我看到每个刑室都挂有一面孽镜。
几乎每一个刑室里都有受刑之人，
大都是满脸是血口嘴严重裂肿。
现在的人间犯罪之人隐瞒的太多，
许多都是到这里见到孽镜后才招供。
这一层地狱虽然是个周转地狱，
现在却是人满为患所有刑室都有人在领孽镜之刑。
询问这层地狱能关押多少人他也不知，
也是告诉我们只有魔帝和阎罗王掌控。
我们游看很长时间才到达地狱的边际，
游看后急忙返回地狱大门向狱长辞行。

第四章

地狱的整个形状像圆锥形宝塔，
不同的是塔底在上塔顶在下。
每一层地狱都是圆形形状，
也都分有东西南北和上下。
以地球一面平面面积开始向下设立，
在一千八百里之处开始向下开达。
每层地狱的高度都不固定，
十八层地狱最深点在地球中心点岬。
地球转动地狱也随之转动，
第一层始终在上第十八层始终在下。
地狱设有东西南北四门和中门，
与天堂四大天门和中天门对应通达。

同时对应人间东西南北中五方方位，
还分别对应着天干地支和八卦。
权力书记还告诉我鬼族没有七情六欲，
如果有则是没有修炼到家。
地狱里没有阳光没有月亮，
冥火的阴光是地狱里的光华。

我现在真的很佩服权力书记，
几年时间就对地狱情况大都了解知察。
“你不要忘了我现在是干什么的，
我现在可是十八层地狱的判官巡查。
对地狱的情况不了解熟悉不行，
要不然我怎能胜任这判官巡查。”

我们边说边向第五层地狱走去，
我感觉就像昏夜中行走在海角天涯。
又像是飘飘然穿行在云雾之中，
感觉四周总是飘摆着黑色的面纱。
“地狱里可没有汽车没有飞机，
不像人间的交通工具那么发达。
只能靠行走或坐马车坐轿或腾云驾雾，
腾云驾雾也是冥界的行走大拿。
你知道天界的神仙都能腾云驾雾，
冥界的头领也都掌握这一功夫精华。
只有修炼功夫达到一定程度才能掌握，
所以鬼族头领大都能修炼掌握腾云飞驾。”

权力书记不停地向我介绍解说，
我一边听一边不停地暗暗琢磨。
看来这冥界也是一个广大的世界，
在这里有庞大的魔鬼族系生息劳作。
他们严格地管理着残酷的冥界，

还管理着人间芸芸众生的魂魄。
“对,这里就是三界之一的冥界宏大世界,
这里有与神界和人间不同的生活。
这里也有如同人间的山川大地,
也有众多大小湖泊与大小江河。
不过这里的山水与人间的山水不同,
所有山川大地物体都是阴的脉络。”

“人间的魂魄到这里视觉会有变化,
对这里有些物体那是难以看着。
看这里的东西总是时隐时现,
或者是感觉一片昏暗迷蒙混浊。
这里看不见天地和东西南北,
所有鬼族长相总是那么丑陋凶恶。
实际上这里也有东西南北中,
也有鬼族建筑的宫殿和村舍。
这里不是没有天而是看不见天日,
也看不见人间的山川大地和江河。
因为鬼族七情六欲没有人间那么强烈,
所以鬼族一般没有忧怨和快乐。”

也许是为了我更好地游看,
也许是为解释我的一些疑惑,
权力书记不停地热情为我介绍,
他想把这有关地狱的知识传播给我。

我来前对地狱情况几乎一无所知，
听说一些也只当作一种迷信传说。
其实我在人间根本不信三界之谈，
更不屑于关于三界与神学的学说。
没想到我的魂魄能来地狱里游看，
这也许是天堂特意以此事教育我。
既然来了就打算认真仔细地游看，
趁此机会把这地狱详细看个透彻。

我跟随权力书记一路行走快捷，
不知为何突然有了腾云驾雾的感觉。
往五层地狱下行时像是从高空降落，
双脚快速穿透黑色云雾的重重叠叠。
透过黑色云雾第一次看到隐隐山峦，
好像人间在残月之夜远看山野。
所有的物象蒙罩着紫色的阳光，
远处近处物象全都隐隐约约。
辨不清风向到底是从何处吹来，
习习中透着一股股悲戚的呜咽。
时而看到昏暗中晃动着荧火，
它们时而闪烁游动时而又熄灭。

第五层蒸笼地狱大字涌出云雾，
就好像蒸笼的蒸气喷发流泻。
大门旁边也是挂着地狱说明牌子，

有关情况介绍在上面清晰书写。
有种人平日里总爱家长里短，
他们总借此以讹传讹以邪传邪，
更可恨他们借此陷害诽谤他人，
总是以三寸不烂之舌播撒恶邪。
他们就是人们常说的那种长舌妇，
使很多人在他们的舌下而遭大劫。
这种人死后则被打入蒸笼地狱，
投入蒸笼里气蒸对其进行惩戒。

不但如此蒸过以后还要冷风劲吹，
然后把蒸化的人身重塑捏叠。
然后再将其带入拔舌地狱之中，
以拔舌之刑将其舌头用钳夹削。
蒸笼里高蒸就已经那么残酷，
拔舌地狱钳断舌头更是酷虐。
地狱里的残酷那是名不虚传，
每一层地狱的刑罚都是一种残酷杀劫。
各层地狱设立各种不同刑罚，
不同罪名对应不同刑罚倒是十分科学。
三界的创立真是一个伟大的创造，
从而使神学成为一种神奇的绝学。

大门外照例有两名鬼卒站立守护，
高高的大门仍环绕着黑色云雾。

远处隐约显现着模糊的山影，
仔细端祥这里好像一片山谷。
阴森黑色的大门密布着一股杀气，
映衬着两名丑陋鬼卒更显恐怖。
权力书记又走上前递上令牌，
我也走上前给他们打了个招呼。
守门鬼卒转过身给我们打开大门，
一团团灼人的蒸气飞腾冲出。
像是狱长快步从里面迎了过来，
他身后蹲立着四只虎视眈眈的猛虎。

进入大门不远就是一排排刑室，
这与上面几层地狱设计如出一图。
整层地狱庞大复杂纵横交错，
云雾环绕蒸气腾腾影像模糊。
恰似人间一座名副其实的迷宫，
活脱脱人间听说的那种阴曹地府。
根本辨别不清已经走到哪里，
好在有权力书记和狱长带路。
狱长在前面热情地为我们介绍，
他对这里的一切可以说是滚瓜烂熟。
“我来这里按人间时间计算已两千多年，
对这地狱里的一切当然很熟。”

“我在人间也算是一个历史名人，

在战国时的赵国地位也很突出。
我是赵国得宠赵王的近臣郭开，
利用诬陷诽谤让赵王冤杀了李牧。
李牧曾打败过秦军立过大功，
被秦军视为劲敌而预谋铲除。
我被秦国利用犯下深重罪孽，
居然为私利接受了秦国的贿赂。
于是我便诬陷诽谤李牧有谋反之心，
从而使赵王冤杀了抗秦将领李牧。
我来地狱后也是受尽了酷刑，
也曾在这蒸笼里经受被蒸之苦。”

“好在我悔过深刻又立了功迹，
前几年终于得到转运提拔机遇。
魔帝让我当了这层地狱的狱长，
漫漫两千多年才熬出这出头之日。
这些年来三界之事我已完全看透，
最复杂最不合理的还是人间大地。
这地狱里虽然残酷却天公地道，
不像人间那样尔虞我诈那么自私。
三界之中实际上是人间最为悲惨，
因而我便留在这地狱里担任狱长一职。
别看这冥界魔鬼们个个凶神恶煞，
但在这里完全都是依法办事。”

这位狱长的介绍实实在在，
说到自己在人间罪孽也那么真实。
有“在人间可以把人变成鬼”之说，
有“在地狱可以把鬼变成人”之议。
如今看来这两句话不是随意之说，
这两句话好像有些道理也值得深思。
“人间比较多的罪孽是诬陷诽谤他人，
最大的罪孽之源是自私自利。
这是人间无法解除的一个魔咒，
连女娲娘娘也毫无办法只能叹息。
这是她当年创造人类时没有想到的，
她想毁灭人类重新创造已不可企及。”

郭狱长不愧在战国时就为害他人，
所讲之事既那么深刻又有些道理。
“你看看三界的创立多么神奇玄妙，
相互之间关联是那么密切神奇。
人间修行好的人可以升入天堂，
人间犯有罪孽的人要被打入地狱。
天意决定人间一切事物的命运，
天堂神界对人间地狱一切全都知之。
冥界地狱应该说是专为人间而设，
假如没有人间也就不需要设立地狱。
假如没有地狱天堂那人间更难以想象，
人间无穷无尽的罪恶将更难以治理。”

郭狱长讲话真是放开了胸怀，
讲得又有一定道理又那么实在。
我和权力书记听得直频频点头，
我的内心不时产生一种强烈感慨。
谈论间我们走过一个又一个刑室，
每一个刑室都被浓浓蒸气覆盖。
隔着蒸笼和蒸气看不到受刑之人，
只能听到声声哭叫是那么悲哀。
升腾的蒸气弥漫着强烈的血腥味，
施刑的鬼卒不停地向灶膛添柴。
熊熊的燃烧之火像在呼呼狞笑，
滚滚的锅中之水沸动着声声惊骇。

我走进一间刑室了解受刑人的情况，
刑室的墙上照例挂着告示牌。
受刑之人是一位真正的长舌妇，
罪名就是以讹传讹对他人造成伤害。
以讹传讹中她还有意添枝加叶，
从而把传讹中的受害人越说越坏。
她的邻居刘老汉是忠厚老实庄稼人，
老实得在村里与谁家都不大往来。
因为她贪占便宜侵占刘老汉几垄地，
刘老汉说了她几句爱占便宜爱贪财。
她就无中生有诽谤刘老汉与儿媳有染，

气得刘老汉病倒再也没能够起来。

邻居小伙的表姐带他去相媳妇，
接着她就传播小伙与他表姐搞恋爱。
不到两天就在村里传得沸沸扬扬，
让小伙与他表姐在村里抬不起头来。
她平日家长里短一天能串半村家门，
就像村里一座流动的广播电台。
搅和得四邻不安互相猜忌互相指责，
使全村的邻里关系受到很大破坏。
来地狱后她还不承认自己犯了罪，
还说她在村里一直受到四邻爱戴。
当判官历数她的恶行后她才低下头，
来到这蒸笼地狱后她才后悔不应该。

“在人间有故意犯罪和无意犯罪，
还有大量难以厘清的是是非非。
地狱对故意犯罪之人惩罚严厉，
对无意犯罪之人惩罚相应轻微。
轻微之罪也要遭受一层地狱之刑，
一层之刑就能把犯罪人心志摧毁。
所以人间都传说地狱特别残酷，
人间的这种传说确实说得很对。
在地狱受过刑的人更知地狱残酷，
就像我那是永远难忘的生死体会。”

郭狱长仍心有余悸地向我们说道，
“有罪之人下地狱后没有一个不认罪。”

我们往前又接连看了几个刑室，
受蒸笼之刑的人差不多是同样的罪。
这时赶上一个刑室正在打开蒸笼，
只见鬼卒从蒸笼里拽出白骨一堆。
鬼卒把白骨吊挂在一根横架之上，
白骨仍然连在一起而往下坠。
那是一个人体的白骨肌肉已全无，
恰如让人毛骨悚然的白骨鬼魅。
他的魂魄还没有死亡仍在哀叫，
那种恐怖实在让人惊悸感喟。
这时只见鬼卒打开刑室内的风门，
瞬间阴冷的风朝着白骨开始猛吹。

冷风吹后鬼卒又开始下一步，
从蒸锅里捞出已蒸烂的肌肉一堆。
开始为受刑之人重塑人身，
看着这过程我不禁心痛流下眼泪。
我已不忍心再去阅看受刑人情况，
管他多大的罪过管他是谁还是谁。
反正这都是因果报应罪有应得，
谁也无法改变这前世因果后世轮回。
我不由抬起脚步又向前面走去，

想赶快离开这残酷的场面而返回。
权力书记赶忙上前一把拉住了我，
“这层地狱刚开始游看还不能返回。”

前面又传来几声凄惨的哀号，
还有鬼卒的一声声喝叫和狞笑。
权力书记拉着我跟随狱长又往前行，
即使我不忍再看也不能半路走掉。
再说我也一直很想了解知晓三界，
机遇难得既然来了就要认真巡瞧。
“地狱的情况就是这么的残酷，
你千万不能因为残酷而动摇。
对你来说这是一次很难得的机遇，
一定要抓住时机全面了解知晓。”
权力书记在前面边走边劝说着我，
因为他知道我这次游看三界很重要。

“这里受刑的是一位现代的官吏，
他前几天刚刚从人间被索拿来到。
昨天判决厅判决他蒸笼之刑，
判决之后他就被吓得瘫软晕倒。
今天他刚刚被押到这里打入蒸笼，
可以听见他现在蒸笼里正在哀号。”
郭狱长把我们领到又一间刑室，
指着蒸气腾腾的蒸笼向我们介绍。

“他虽为男人却是典型的长舌妇，
为此人们给他起了一小广播外号。
他整天不停地传播小道消息，
不用一个时辰他周围的人全都能知道。”

家长里短添油加醋传播道听途说，
以讹传讹还时常进行大肆捏造。
利用这种办法不停地诽谤损害他人，
在损害他人之时不断把自己抬高。
“他还有一个特点也是他的罪过，
就是经常向上司打别人的小报告。
在上司面前无中生有毁誉别人，
从而拉近与上司的关系或卖身投靠。
他周围大部分人都受到他的毁损，
而他的职位却一路不断升高。
你们看看这上面的介绍说明就可了解，
这上面都是他在人间时的真实写照。”

郭狱长介绍了此人受蒸笼之刑缘由，
一股怨愤不由生在我的心头。
像狱长刚说的这种人确实让人可恨，
使多少人吃亏在他们的长舌之口。
使多少人受害于他们的陷害诽谤，
受害后往往连辩说的机会都没有。
有的人受害后根本就不知道，

有的受害人还把这种人当作朋友。
像这种人现在人间社会上大有人在，
大大小小不论什么年纪几乎都有。
我在人间多次受过这种人的伤害，
他们有的还确实曾是我的朋友。

记得我受伤害最大的那一回，
使我本该得以提拔的机会被丢。
那可是影响我一生的一次机遇，
蒙在鼓里的我还请害我之人饮酒。
更可恨这种人往往败坏社会风气，
能把一个单位搅弄得满是污垢。
能把一个单位挑拨得没有信任，
使人与人之间互相设防难有真朋友。
这种人往往却能得到上司的信任，
他们总是如愿以偿能得到自己所求。
这种人什么事都可以干得出来，
为了自己的私利对谁他都能下手。

“我在人间当权时曾受到这种人蒙蔽，
在上司眼里他们总是那么优秀。
致使上司难以了解真实情况，
对其身边人员的认识难分良莠。
上司还往往把他们看成知心可靠，
从而给他们大量好处和甜头。”

权力书记深有体会地向我说，
“这也是我在人间的一大失误和纰漏。”
“下地狱受刑之人都是咎由自取，
这就是天公地道因果报应的缘由。”
郭狱长说着带我们又向前走去，
我心里已说不出是怨愤还是伤忧。

第六层铜柱地狱大门突然矗立面前，
黑色云雾掩映的大门是那么森严。
各层地狱的大门大都是相同模式，
都是那么高大阴森令人心悸胆寒。
我还是先走到大门旁的牌子前面看说明，
让人心惊胆战的介绍映入我的眼帘：
在人间恶意纵火或毁灭罪证之人，
要打入这铜柱地狱施以烤煎，
还有在人间报复或放火害命者，
也要押入这一层地狱给以清算。
地狱里了解人间所有人的一切，
一切是非功过全都记录在案。

在人间犯什么罪就给以什么处罚，
来到地狱判决厅就给以公正审判。
铜柱地狱主要针对纵火罪过，
对那些报复纵火害命者严厉惩办。
施刑时鬼卒要扒光受刑人的衣服，

让其裸体紧紧抱着铜柱而站。
铜柱直径一米高达两米多是筒状，
中间空心放置炭火熊熊烧燃。
鬼卒还要不停地扇风以助火势，
把铜柱烧得火红冒着腾腾烈焰。
受刑之人要抱着这烧红的铜柱，
看着这说明介绍就感觉撕心裂胆。

这让我不由联想起《封神演义》，
妲己就曾利用此炮烙对人摧残。
原来她是从地狱学去了此法，
她怎能把地狱酷刑施用于人间。
地狱里用此刑惩罚的是罪过之人，
妲己在人间却用此酷刑把好人摧残。
“已联系好了，我们现在就进去吧。”
权力书记走过来把我的思绪打断，
这时守门的鬼卒已把大门打开，
又是一个狱长模样的鬼卒迎上前。
“我是第六层铜柱地狱的狱长，
现在由我带领陪同你们二位巡看。”

这个狱长对我们也是十分热忱，
他不太丑陋的脸上带着笑吟。
大门前两个守卫鬼卒却是那么丑恶，
而且丑陋的脸上还显得那么凶狠。

他们身旁趴着四只凶恶的狻猊，
张着大口两只凶狠眼睛盯着我们。
这层地狱也是按一排排刑室设立，
整个地狱里云雾浓浓烟尘滚滚。
所有受刑的人全都全裸抱着铜柱，
看着焚烧火红的铜柱让我头脑眩晕。
每个铜柱筒顶冒着一团团火焰，
受刑人的肉体升腾着股股白色烟尘。

铜柱地狱这种刑罚也是太残酷，
残酷得让我看着都不忍心。
一声声惨叫让我感到头皮发麻，
一阵阵刺鼻的肉煳味直冲脑门。
那些受刑的女人更是羞愧难当，
她们被扒光衣服该是多么的丢人。
“地狱里每一层刑罚都是那么残酷，
对此你千万不能产生同情之心。”
权力书记看着我难忍的心情劝导我，
“这一切都是因果报应不是残忍。
犯下多大的罪孽就受多大的刑罚，
天堂所定因果就是那么的公允。”

“残酷的刑罚还难以遏制人间犯罪，
如果不这样人间会更加沉沦。”
狱长接着向我们解释介绍开来，

他也听出和看出我的不忍之心。
“你看这层地狱这么多受刑人众，
在人间全都是纵火报复杀人之人。
即使这样犯此罪的人还是有增无减，
因此对他们这些人不能说是残忍。”
我们一边说着一边慢慢向前巡看，
直看得我两眼发花脑涨头昏。
只感觉满眼都是火红火红的铜柱，
满眼都是被烙惨叫的男人和女人。

第七层刀山地狱闪烁着冷森寒光，
一把把利刃全是刀尖朝上。
第七层地狱大门竟然用尖刀筑成，
守门的鬼卒手握大刀站立两旁。
这层地狱与前面地狱样式不同，
这里没有刑室只有连绵的峰峦山岗。
每一座峰峦每一座山岗都插满利刃，
刀山地狱名副其实又那么形象。
高大的地狱大门就是一座山门，
大门设立在两座峰峦的中央。
大门两边是高耸连绵的两道刀山，
看不到尽头的刀山凝聚着满山锋芒。

地狱大门是进入刀山的唯一通道，
四面连绵的刀山是天然的屏障。

一望无际的刀山刀丛连着刀丛，
就连鸟儿恐怕也难以从这里飞往。
我和权力书记来到刀丛筑成的门前，
每一把尖刀都放射着逼人的锋芒。
守门的鬼卒看过令牌就打开大门，
大门里一把把尖刀插满路的两旁。
大门内仍然有两名鬼卒守卫，
四只睚眦凶猛地跪立在地上。
它们高昂着头不停地吐着舌头，
瞪着的两只眼睛忽闪着骇人的凶光。

这层地狱的狱长已在此等待我们，
他是一个老者已经白发苍苍。
他的相貌虽然像一个奇异的魔怪，
却很像人间一个法术很高的道长。
他告诉我们他在这里也已经很久，
以人间的时间计算已有两千多年时光。
“你们就不要阅看牌子上的说明，
等一会儿我给你们介绍这里的情况。”
老狱长说着伸手拉下一片黑云，
接着把我和权力书记拉在黑云之上。
“这里面基本上没有路径可走，
我们只好驾着这片黑云游看来往。”

老狱长说着念动咒语黑云腾动，

一瞬间黑云就腾飞在高空。
连绵的刀山耸立在脚下，
黑色的云雾在山谷和刀丛中奔涌。
上面的光线要比下面明亮好多，
四面邻近的刀山都能够看清。
“这层地狱为何要使用睚眦守卫，
就是因为睚眦能在刀丛中穿行。
受刑之人来此就令其趴在刀丛之上，
不解除刑罚谁也不能随便挪动。
每一座山的刀丛下面还有许多睚眦巡游，
受刑之人在刀丛下面也难以偷生。”

“到这层地狱来的主要是两种罪过，
一是亵渎神灵二是滥杀生灵。
冥界不同人间没有高低贵贱之分，
在这里一切生灵生命都要平等尊重。
犯以上二罪者死后就打入刀山地狱，
令其脱光衣服赤身裸体趴在刀丛。
罪孽深重之人也许会长期趴在刀山，
很难有机会再得以到人间托生。
现代犯以上二罪的人已经不多，
加上天堂宽宏对此二罪把握较松。
现在刀山上受刑之人都是以前来的，
他们当年犯下的罪过是那么的严重。”

随着老狱长的介绍我仔细观看，
发现各个刀山都有人趴在刀丛。
他们全都裸着身体趴在刀丛之上，
因为距离较远是男是女难以分清。
他们整日整夜地趴在这刀丛之上，
要忍受多么大的煎熬和疼痛。
远眺天边的刀山一座连着一座，
山腰缠绕的黑色云雾迷迷蒙蒙。
刀丛就好像刺破青天的利刃，
我们驾乘的这片黑云就在刀丛上穿行。
我们飞快地飞越一座又一座刀山，
迷蒙中的我却不知飞越多少路程。

第五章

随着游看我的心情越来越复杂，
沉重的心头犹如千斤磐石重压。
一幕幕的地狱景象时时显现面前，
对三界的诸多疑问仍然难以解答。
看来三界每一界都是神奇的世界，
每一界的界域都是那么宽广浩大。
每一界都是那么古老和深幽，
每一界都是那么繁奥和复杂。
每一界都是那么的神奇和诡秘，
每一界都像是蒙着神秘的面纱。
看来我需要认真地游看下去，
要为我那么多的疑问找到解答。

我在人间对三界的了解太少，
特别对天堂和地狱的了解更是缺乏。
我只把人间作为一种自然存在，
一直把天堂和地狱作为一种神话。
在人间的经历让我心灰意冷，
因为不忍心看到那么多自私和虚假。

在人间的经历让我愤忿不已，
因为不愿看到那么多争斗和欺诈。
在人间的经历让我人生信念逐步动摇，
一切事物都让我感到是一种幻化。
在人间的经历让我感到人间太悲惨，
人间是悲惨世界的说法一点不假。

地狱的景象让我恍恍惚惚，
总感觉像梦中看到的一幅幅图画。
那一声声惨叫是那么的恐怖，
那一幅幅受刑场面是那么可怕。
那残酷的血腥的场面让人胆战，
那种阴森和惨烈真让人惊讶。
直到现在我仍难以相信天公地道，
难以相信关于因果报应的说法。
我非常赞同使用重刑治理人间，
可仍有那么多罪过得不到应有惩罚。
在人间很难看到地狱法典的效力，
看来三界的法典真应该统一规划。

前面的游看让我感到有所收获，
前面的游看让我感到那么疑惑。
从而让我对三界有了新的认识，
也让我对三界产生了新的思索。
同时让我感到心情是那么的沉重，

让我对人间人生的认识更加深刻。
这次游看三界是一次难得的机会，
是我有生以来天堂第一次恩赐于我。
虽然到现在我还不知天堂的意图，
大概是想利用这次机会再一次教育我。
我认为应该认认真真地游看下去，
力争在这次游看中得到更多的收获。

刀山地狱老狱长执意要相送，
一路上驾乘着他的黑色云朵。
刀山阴森寒光刺痛我的双眼，
四周的一切都是刺眼的刀山光色。
在这里我的身体感觉那么麻木，
只有一种感觉就是那么阴森冷彻。
“这地狱里也有一年四季之分，
也有春秋和冬天严寒夏天炎热。
地狱里还有大地和阴山阴水，
也有连绵的群山和小溪大河。
你们马上要看的冰山地狱四季如冰，
蒸笼地狱和铜柱地狱却是四季酷热。”

老狱长一边带我们驾云而归，
一边十分热情地向我们诉说。
“地狱里的组织结构也很复杂，
所管理的事务也是那么众多。

每天要按照天令去人间索命，
那么多的索命不允许出现差错。
每天要对那么多人进行判决，
要根据人在人间所作所为进行把握。
每天要判决那么多人托生人间，
还要为其注明一生的命运和生活。
每天要判决那么多人的各种罪行，
要根据他们在人间罪过进行发落。”

“要根据他们在人间所犯罪孽，
根据他们罪孽种类轻重进行判决。
判决他们到哪一层地狱服刑，
判决他们的刑期是多少日月。
有的人在人间犯有多种罪行，
还要判决他们到几个地狱轮番惩戒。
每天要根据天意议决升入天堂之人，
要把人间至善至美之人恭送天堂之阶。”
老狱长所说我刚来地狱就听说，
人间的魂魄来到地狱都要进行判决。
为此地狱设立了庞大的判决机构，
根据天道制定了详细完备的天规律约。

“在前面已向你作了有关介绍，
地狱里的一切言行都要依据天界。
一切都要按照天堂的意愿进行，

绝不能有任何的违规悖约。
天规律约充分体现了天公地道，
每一条天规律约都是那么精确。
每一条天规律约都是那么公正，
严格体现了善恶有报的天堂圭臬。”
权力书记接着老狱长的话向我说，
他对整个地狱已有比较全面的了解。
万幸他来地狱只有几年的时间，
就把在人间所犯罪孽全部了结。

“你刚来地狱我们见面时我就向你说过，
我在地狱应判刑罚为何那么快了却。
主要因为我有重大立功表现，
还有就是我对所犯罪孽悔过深切。
我检举揭发了一批行贿受贿之人，
地狱和天堂还都不知道他们的罪孽。
由于我的揭发他们才得以暴露，
所以地狱才减轻了对我的判决。
并根据我的要求提拔为巡查判官，
从此使我加入冥界鬼族行列。
从而不用再遭受人间劳苦磨难，
可以永远地在这冥界安居乐业。”

第八层冰山地狱大字高悬山腰突兀，
高大的地狱大门设立在一条山谷。

这层地狱的大门全部是用冰砌成，
门头上的七个大字也是用冰雕铸。
我们驾乘黑云来到冰山地狱大门，
给我的感觉也就是一会儿的工夫。
驾乘云朵行走就是迅速快捷，
但不论快慢我好像都有些恍惚。
也许是我们一边行走一边说话，
没有注意已经走过多少路途。
到地狱后我就没有了时间概念，
感觉一切都是迷迷蒙蒙身在云雾。

我们驾乘的云朵降落在冰山地狱门前，
只见老狱长念念有词收了法术。
看样子老狱长和这里十分熟悉，
守卫大门的鬼卒主动给他打招呼。
他向守门鬼卒说明送我们而来，
让守门鬼卒赶快跑进去通报告诉。
高大厚重的冰雕大门迅即打开，
随之显现出一条巨大的冰谷。
还未等准备通报的鬼卒跑进去，
几个鬼卒就从里边急急迎出。
刀山地狱与冰山地狱上下紧连，
可以从中看出他们是友邻旧故。

走在最前面的鬼卒远远合手抱拳，

看样子他一定是这层地狱的头目。
老狱长也赶忙合手齐眉抱拳，
他们见面完全是人间古代的礼数。
他们一边晃动着抱拳一边点头寒暄，
像人间熟悉的老朋友那样相见相晤。
“这是巡查判官，这是人间来的使者，
他们刚从我那里游看完来到你处。”
老狱长把我和权力书记介绍给对方，
接着我们就和对方热情打起招呼。
对方为首的就是这层地狱的狱长，
他告诉我们他和老狱长两个很熟。

“我和权巡查判官也已经熟悉，
在一起开过好几次会议。
权巡查判官曾到我们这里巡查，
因为他上任不久只来过一次。”
“对，那次也是你陪同我一同游看，
你带我游看得是那么认真仔细。”
权力书记带着谢意接过话头，
他怎能忘记他还来这里一次。
那是他刚到地狱被押到这里游看，
刚下地狱的人都要进行这种教育。
十八层地狱要让他们全都看遍，
以此摧毁犯罪之人的意志和心理。

“不要说十八层地狱全部看完，
就是看过一层也就无法坚持。
数看十八层地狱的所有刑罚，
哪一种刑罚也都是残酷至极。”
权力书记只要提起地狱刑罚，
他心里都显示出深切的余悸。
在人间虽说有的人命运悲惨痛苦，
但与下地狱之人所受酷刑不能比拟。
“在人间虽然听说地狱刑罚残酷，
但人们基本上谁也没有亲眼而视。
只要亲眼目睹了十八层地狱刑罚，
再顽劣的大恶之人也不敢再做恶事。”

“对，权巡查判官说得一点不错，
要不然人间都那么害怕地狱。”
老监狱长说完接着向我们告别，
“你们继续游看我要赶紧回去。
现在由冰山地狱狱长陪同你们，
你们的游看这才算刚刚开始。”
老狱长说着驾起一片黑云飞走，
我们几个一齐向他挥手致意。
冰山地狱狱长带领我们跨入大门，
一望无际连绵起伏的冰山迎面而至。
冰山地狱大门就坐落在一条谷口，
只有走进大门才能看到冰山的景致。

冰山地狱大门是一个山口要塞，
如果不开大门根本无法走进来。
大门内照例站着守门的鬼卒，
四只雪豹坐立两旁气势凶猛豪迈。
对着大门是一条上山的谷口小路，
沿着谷口往里是用冰雕砌的阶台。
冰阶小路上好像从未有走过，
路上一尘不染那么光亮洁白。
“这里虽有一条小路却十分难走，
全都用冰铺成难以上去和下来。”
“那么我们如何游看？”我不禁问道，
“这对狱长来说就不是什么阻碍。”

看我担心权力书记赶忙回答，
很显然他知道狱长的能耐。
“说得对，我要驾云带你们去游看，
这样我们才能看得多看得快。”
冰山地狱的狱长是个中等个头，
说起话来让我感到那么利落爽快。
他个子虽然不高长得仍有些丑陋，
一言一行却带有古代人的仪态。
“我来这冰山地狱已经一千多年，
在这里任狱长也已经三百多载。
我是唐朝安乐公主的丈夫武延秀，

说起来当年我也是高居朝台。”

他原来是臭名昭著的武延秀，
他妻子安乐公主更是遗臭历史尘埃。
他被妻子派去与韦皇后寻欢作乐，
他妻子安乐公主曾横行霸道为非作歹。
韦皇后是安乐公主亲娘他的岳母，
他们三个居然在皇宫这样胡来。
“所以我们在人间犯下深重罪孽，
死后便被押到这冰山地狱遭受冰刑制裁。
凡与人通奸谋害亲夫或妻子之人，
死后都要押入冰山地狱遭受冰刑之灾。
还有赌博成性恶意堕胎的歹毒恶妇，
死后也要押入这冰山地狱刑台。”

“还有不孝敬父母不仁不义之辈，
死后也要押入这冰山地狱治罪。”
狱长武延秀的话语中还带着悔意，
他好像仍在为当年的丑行感到羞愧。
“好在我受刑千年又真心悔改，
魔帝和阎罗王根据天堂之命将我赦回。
我也是感到人间太险恶不愿再托生，
便恳切要求加入了冥界鬼族一类。
算起来我已经被赦罪三百多年，
几年前又被提拔到这狱长的职位。

我比不上权巡查判官悔罪好进步快，
但能到今天这一步已深感欣慰。”

“那你的妻子安乐公主现在哪里?”
“她的罪孽太深重仍在冰山治罪。”
“我们游看的时候可以去看看她吗?”
“当然可以，我一定全程奉陪。”
说着武狱长挥手招来一片白云，
带着我和权力书记便向冰山腾飞。
一霎时我们便腾飞在半空中，
连绵起伏的冰山便尽收眼内。
一望无际的冰山闪耀着寒光，
晶莹光亮的座座冰峰熠熠生辉。
纯净的座座冰峰像无瑕的白玉，
像人间巍峨高耸的玉山那么雄伟。

连绵起伏的冰峰半腰挂着灰白的云，
犹如人间壮丽秀雅群山吐着芳翠。
这是来地狱后难以看到的景致，
这是我在地狱第一次看到的壮美。
冰山上布满冰坑、冰台、冰沟，
清晰看见满山裸体之人有趴有跪。
“押入冰山地狱受刑人都要扒光衣服，
钉在冰山上使其遭受冰冻之罪。
那两座冰山上都是赌博成性之人，

那座山上都是恶妇恶意堕胎之罪。”
顺着武狱长手指方向远远望去，
数不清的裸体之人满山点缀。

我们驾乘的云朵降落在一个山腰，
四面直线而下的冰壁那么陡峭。
一个方形冰台上钉着一个女人，
僵硬的身体仍发出低声哀叫。
“这就是你们要看的安乐公主，
她的主要罪名是不仁不义不孝。
你们可能已经知道她的罪过，
她所犯深重罪孽的确难饶。”
只要读过唐代的那一段历史，
对安乐公主的丑行就会知晓。
在得势的那几年时间里横行朝台，
她是那么的不仁不义那么霸道。

她是那么的奢侈那么的狂妄，
她是那么的歹毒那么不忠不孝。
为实现野心她把新婚丈夫送给亲娘，
供她的亲娘韦皇后寻欢作乐胡闹。
她胡作非为连神佛都不放在眼里，
居然剪掉佛像胡须用于宫中斗草。
那是长安泥恒寺维摩佶佛像的胡须，
是谢灵运临死前亲手剪下相交。

寺院把谢灵运胡须作为奇物雕在佛像，
那可是被天下人视为的奇物珍宝。
安乐公主为在宫中斗草会玩耍取胜，
居然将雕在佛像上的胡须全部剪掉。

对疼爱她的哥哥姐姐如同仆役，
时常对他们指手画脚讥讽嘲笑。
哥哥姐姐被杀惨死她暗自庆幸，
为对自己弄权有利而高兴祈祷。
她的公主府建设得华丽可比皇宫，
为此国库几乎被掏空她还觉不够荣耀。
她父亲李显皇帝溺爱她几乎失去理智，
落下官怨、兵怨、民怨把天下人惹恼。
她一门心思想当皇太女再当女皇，
时刻妄想把太子拖下台来除掉。
为拉拢韦皇后她使尽一切手段，
包括把新婚丈夫送给韦皇后寻欢逍遥。

只因李显拒绝她与韦皇后无理要求，
她便与韦皇后一起对李显下了毒手。
她与韦皇后被权势色欲泡得变态，
她们的心肠狠毒得犹如蛇蝎禽兽。
居然联同她们的奸夫一起下毒，
对身为其父其夫的李显施以毒谋。
用下了毒的面饼将李显毒死，

李显怎么也想不到死在妻女之手。
一个是他万般宠爱的亲生女儿，
一个是与他共患过难的妻子皇后。
她们真是禽兽不如的两个恶毒女人，
可惜她们只高兴几天就被寻仇。

十三天后李隆基的军队突袭皇宫，
一刀两断杀死罪该万死的韦皇后。
随后安乐公主被杀死在乱刀之下，
这个最不孝最恶毒的女人终于命丢。
从而结束了她贪婪残忍变态的人生，
她被杀时大约只有二十五岁左右。
但她在这受冰刑已一千三百多年，
这期间她一直在冰山上被钉囚。
“她是否已经认识到自己的罪孽？
她还要在这冰山地狱被钉囚多久？”
我看着冻得僵硬的安乐公主问武狱长，
“她现在就像一块完全冻僵的肉。”

“她早已悔过但罪孽太重难以赦免，
谁也不知道她要被钉囚到什么时候。
这一切都是因果报应谁也不能改变，
她也许要永远在这冰山地狱钉囚。
虽然与她结婚不长但毕竟做过她的丈夫，
在地狱里绝不允许为私而相求。”

武狱长的话里带有明显遗憾，
仍为当年自己所作所为带着愧疚。
我蹲下身子想与安乐公主说几句话，
得知她已不能用语言进行交流。
武狱长还告诉我她只能呻吟喘息，
犹如一具名副其实的行尸走肉。

冰山上的气温是那么的严寒，
幸好上山前给了一件厚厚的棉衫。
穿着棉衫还冷得我难以忍受，
这些裸体的受刑人该是多么悲惨。
他们要长期在这里遭受冰刑之苦，
像安乐公主在此已经一千三百多年。
“这面两座山上都是不仁不义不孝之人，
那面两座山上受刑人罪孽都是通奸。”
武狱长说着把我们带下冰台，
攀爬着来到冰台下一个冰坑的旁边。
这里钉囚着好几个受刑的男女，
他们的罪过都是争夺老人的房产。

他们有的为争夺房产把老人赶出家门，
有的为争夺房产把老人虐待至残。
“这些年来犯这种罪过的人特别多，
这也许是因为人间又有了私人的家产。
有的是为了争夺家中老人的钱财，

兄弟姐妹亲属之间往往纠纷不断。
在这种纷争中吃亏受折磨的总是老人,
有的老人晚年的日子过得真凄惨。”
武狱长带我们一边游看一边介绍,
我的心里也不禁生发出一阵阵感叹。
自古就有人说“人为财死,鸟为食亡”,
不知人世间的人为什么要那么贪婪。

武狱长把我们带到相连的冰山上,
这里的受刑人所犯罪孽都是通奸。
韦皇后就被钉囚在这里受刑,
她的罪孽深重可谓是五毒俱全。
她不仁不义乱伦通奸害死亲夫,
她的哪一种罪孽都应该给以重判。
她被一刀两断下地狱受刑罪有应得,
她在地狱恐怕要永远受刑不能赦免。
她不但要在冰山地狱遭受冰刑,
还要到油锅地狱遭受烹炸油煎。
她的躯体也已经被冻得僵硬如尸,
微弱的喘息和呻吟是那么的凄惨。

往前不远处钉囚着三个受刑之人,
他们并排着都在不停地呻吟。
他们都是脸朝下背朝上伸展四肢,
走近仔细观看才能分出男人女人。

他们伸展的四肢都被钉在冰地上，
全身都不能动弹不能翻身转身。
通奸的人一般要钉囚在一起受刑，
有的男女居然有好几个通奸之人。
“这三个人是婶婶和两个侄子，
前些日子才刚刚押来地狱之门。
这个女人的丈夫长年在外打工，
她在家难熬寂寞把两个侄子勾引。”

两个侄子为争占她而争风吃醋，
最终导致两个侄子间决斗刀拼。
决斗中一个死亡一个身受重伤，
给人间留下乱伦和血的惨痛教训。
余下的两个被先后索命押来地狱，
在这冰山地狱遭受冰刑的囚禁。
他们为了在人间的一时快活，
想不到会打入地狱受刑终身。
他们三个除去通奸还多一个罪名，
另一个罪名就是婶婶与侄子之间乱伦。
他们在人间留下乱伦的耻辱，
他们在地狱将留下永远的悔恨。

每个受刑人的旁边都钉有一个木牌，
看得出牌子的大小是一个尺寸。
牌子上写着受刑人所犯的罪过，

还有受刑人的生卒年月和身份。
“你们过来看看这一对犯罪男女，
他们两个勾搭成奸长期在一起鬼混，
女的为奸情毒死了自己的亲夫，
男的为奸情毒死自己的夫人。”
权力书记指着旁边一对受刑男女，
向我表示着他心中难忍的义愤。
为奸情害夫害妻是一种古老的罪孽，
为何人间难以消除这种罪祸之根。

武狱长把我们带到最高冰峰之上，
这里闪耀着冲天刺眼的一柱寒光。
原来这里是这座冰山的最顶峰，
峭拔陡立圆圆的冰柱插向天苍。
高耸的冰峰傲立群峰之上高度独踞，
眺望连绵起伏的冰山格外苍茫。
冰柱上对应钉囚着两个受刑之人，
奇异的冰光映照出他们的黑色心肠。
我们一行攀登上冰柱下端的冰台，
我便开始阅看牌子上书写的情况。
原来是臭名昭著的潘金莲和西门庆，
这两个人在人间可是臭名远扬。

在人间潘金莲和西门庆几乎家喻户晓，
每一代人都知道他们的奸情和淫荡。

他们的奸情给两部大作留下重笔，
两部大作至今还在述说着他们的以往。
《金瓶梅》述说得是多么的深刻，
《水浒传》述说得是多么的忧伤。
使他们成为人间一对反面典型，
在人间大地上记载着他们可耻的下场。
潘金莲是典型的为奸情谋害亲夫，
也是人间一个典型的毒妇心肠。
为此她不但付出在人间被杀的代价，
在地狱她将被永远钉囚在这冰柱之上。

我们一行又来到钉囚赌博之人的冰山，
这座冰山上的受刑之人也是满满当当。
赌博也是人间一种古老的罪祸，
从古至今多少人家因此而家破人亡。
在古代有多少人为赌博而卖掉妻儿，
在现代有多少人为赌博而盗窃偷抢。
一代代血的教训为何总有人视而不见，
说起这种人性之劣真让人感到悲凉。
“人间之事太复杂，”权力书记感叹，
“有时复杂得让人迷惑和失望。”
武狱长说着带着我们又驾起云朵，
再一次俯瞰连绵无际的冰山更感苍茫。

第九层油锅地狱七个大字高挂门厅，

大门旁边倒挂着有关介绍说明。
武狱长把我们送到门口接着返回，
我们向守门鬼卒说明情况等待接应。
我趁此走到说明牌前阅读介绍，
内容也是那么恐怖残酷令人吃惊。
凡卖淫嫖娼者死后要下油锅地狱，
盗窃抢劫者死后要遭受油炸之刑。
欺善凌弱者也要打入油锅地狱，
还有诬告诽谤他人和拐骗妇女儿童。
另外还有谋害他人财产、妻室之人，
也要打入油锅地狱给以油炸之严惩。

凡押入油锅地狱之人都要剥光衣服，
投入滚开的油锅内进行炸烹。
炸多少时间炸多少次根据罪恶大小，
有的油炸后还要遭受其他地狱之刑。
又是那么的恐怖那么让人惧怕，
每层地狱之刑果然都让人心惊。
带着心悸走进油锅地狱大门，
又是狱长热情迎出把我们带领。
门内也站立着丑陋的守门鬼卒，
这里守门的猛兽是四只高大的狗熊。
这里又是分列着的一排排刑室，
浓烈的油烟和黑色云雾弥漫飞腾。

这层地狱的狱长是一个女鬼，
初见从外貌上很难看出她的年龄。
她告诉我们她在人间是一个妓女，
是因为生活所迫被老鸨拐骗利用。
她在人间的年代是民国初年时期，
因为罪孽较轻前些年被赦免任用。
她说现在被押入这层地狱的人太多，
有时候押来这里的人多到难以担承。
这说明人间犯这几种罪孽的人太多，
为此冥界地狱里都感到压力重重。
女狱长带领我们一边说着一边游看，
心怀沉重开始了在油锅地狱的行程。

第六章

油炸之刑更是一种残酷的刑罚，
一个个受刑人在油锅里苦苦挣扎。
残酷的是不把受刑之人炸死，
而是一次次不断地轮番油炸。
幸好鬼卒们大都是清心寡欲者，
假如像人间一样又该如何看得下。
有七情六欲就会产生不同感受，
如果那样带来的感受自然会很复杂。
各种不同的心态都可能会产生，
可能会使有的鬼卒难以残酷执法。
为什么地狱里充分体现天公地道，
这也许是我要寻找的一种回答。

油锅地狱每个刑室都有人在受刑，
油锅地狱的规模也是那么宏大。
也是看不到边际分不出东西南北，
也不知道我们已经走到哪看到哪。
好在游看中都安排了陪同和带路，
好在这次游看是天堂的安排计划。

因此我们的游看还是比较的顺利，
每一层地狱都是狱长迎送接洽。
看来我这次游看三界天堂那么重视，
但我至今还蒙在鼓里不知到底是为啥。
至今我还未听说一个凡人游看三界，
而且选择正是我在人间中年生命年华。

不管它是什么前因什么后果，
也不管天堂是从什么用意出发。
既然天堂安排我这次游看三界，
就应借此机会对三界进行一次认真观察。
看一看对我来说这个不当回事的传说，
看一看三界到底是真实存在还是虚化。
看一看地狱天堂是否像传说那样，
看看以往关于地狱天堂传说是真是假。
借此机会也研究一下华夏古老的神学，
从而把古老的华夏神学作以归纳。
对天朝的神学一直缺少统一的研究，
致使天朝神学从古至今凌乱庞杂。

看不尽油锅地狱啪啪作响的油锅，
数不清有多少被油炸的一个个魂魄。
人间的罪孽要到地狱里来惩罚，
这种阴阳间的报应说起来真是奇特。
这事说起来让人真是不可思议，

这事说起来让人真是感到迷惑。
这事说起来让人的确感到好奇，
这事说起来真让人应该去追根求索。
为此我下决心要认真地游看下去，
不管地狱里多么难忍多么难以琢磨。
我也要下决心认真地研究下去，
不论有多么的复杂多么的迷惑。

女狱长带我们一排一排地游看，
受刑之人真是各种各样形形色色。
从古至今老老少少各色人等，
五花八门男男女女各种罪过。
我不知游看了到底多少时间，
我们一行走到一个不高的山坡。
这里也坐落着一个高高的门第，
只是没有正门那么高大宽阔。
“这是我们油锅地狱的西大门，
从这里出去就是幽冥界十殿王阁。”
女狱长说着打开油锅地狱西大门，
她已经完成带我们游看这里的职责。

按计划下面要游看十王殿和翠云宫，
上九层地狱的游看到此告一段落。
我和权力书记赶忙与女狱长告别，
她热情地把我们送至大门外的山坡。

我跟随权力书记急急向前走去，
我的游看时间都是按照计划的时刻。
走了不长时间远处突然看见一座城市，
仔细观看那城市真是好大的规模。
黑色云雾中显现出它的雄伟高大，
凛凛阴森中透着一种气势磅礴。
城头上密布腾动着滚滚黑色云雾，
真像人间黑云压城的那种宏大气魄。

走近城边看到城楼上书“幽冥界”，
三个大字是那么的遒劲森严凛冽。
幽冥界乃魔帝管辖的阴曹地府，
这座城郭肯定是他们的宫殿城阙。
同时也是十大冥王和地藏王的所在地，
这座城郭里一定有他们的宫阙。
“幽冥界”这是谈起就让人色变的地方，
人间只要提起都有毛骨悚然的感觉。
魔帝之形因很少显现人间大都模糊，
而对十王中阎罗王的认识最为深切。
在人间他也是那么的威严恐怖可怕，
看到他的形象就让人心惊胆怯。

“前面这座城郭就是幽冥界王城，
它位于整个幽冥界的中心地界。
从上下说它位于十八层地狱中间，

从东西说它位于东西地狱中间层阶。
我们前面看的地狱是上九层地狱，
是整个十八层地狱的上半截。
为此上九层地狱也叫作东地狱，
与下九层地狱西地狱交错相接。
幽冥界王城就建在这中间也是中心，
这里建设有规模众多的殿阁名榭。
魔帝和十大冥王及地藏王菩萨就居此城，
他们常住于此主宰着这幽冥界的一切。”

权力书记一边走一边向我介绍，
看来他对幽冥界整个情况已经领略。
“对各个地狱的叫法至今存在不同，
对丰都王城也有不同叫法和描写。
《水陆全图》中下九层西地狱更为残酷，
《十八泥犁经》讲到十八层地狱的差别。
差别不在于十八层地狱空间的上下，
而在于时间和刑法上存在差别。
尤其地狱里时间与人间差异巨大，
可以说差别之大难以计算和罗列。
仅就第一层地狱的时间对应差别就很大，
以人间三千七百五十年为地狱一年日月。”

“这种地狱与人间时间对应相差悬殊，
致使在卜八层地狱的时间难以计数。

打入第一层地狱最少也要服刑一万年，
如此相当于人间三千七百五十万年之数。
从第一层地狱往下服刑时间层层递增，
试算在第十八层地狱要服刑多少年数。
照此对应计算时间该是多么的漫长，
毫无疑问要以亿年为单位计算年数。
在第十八层地狱如此漫长的受刑时间，
可以说是名副其实的万劫不复。
俗话说打入十八层地狱就永世不得翻身，
这话说得倒是那么在理那么准确无误。”

“从人类开始产生犯罪行为算起，
至今只有一万年左右的记录。
就是说人类下地狱的第一批罪人，
才经受地狱受刑三年左右之苦。
如若按在第一层地狱也要一万年，
那要到何年何月才能够得出。
如若按人类诞生一百七十万年起始，
至今也只历经四百五十多年的残酷。
照此何时才能熬到起码的一万年，
这样计算起来显然有些离谱。
漫长的时期要关押多少受刑之人，
更何况人间犯罪的日益增多数不胜数。”

“为此天堂发现三界之间时间对应之谬，

开始修改最初制定时间对应的失误。
将人间一年时间对应天堂和冥界一日，
将第一层地狱最短刑期改为一年限度。
这样修改是为了更好地执行刑法，
从而使三界的时间更加合理标注。
地狱里的刑罚残酷程度人间难以想象，
不能用人间的极限衡量地狱里的程度。
如蒸笼地狱和油锅地狱之刑，
在人间用此刑马上就得一命呜呼。
在地狱用此刑却不会为此而死去，
而是让受刑之人受此煎熬痛苦。”

权力书记对地狱的情况已经熟知，
他能担任巡查判官说明一个道理。
他来地狱受刑很短时间就得以赦免，
这一切都说明他具有的聪明才智。
“这几年地狱制定了减刑的规定，
对于悔过好的可以给予减免刑期。
但对减免刑期掌握得特别严格，
需要经过魔帝和阎罗王及天堂的审批。
在人间罪大恶极之人即使悔过深刻，
也难以给他们以减免刑期的待遇。
有许多还要打入十八层地狱之内，
让他们永远身在万劫不复的境地。”

权力书记继续不停地向我介绍，
尽力把他所知地狱情况让我知晓。
“关于对我的减刑赦免是个特殊情况，
多种原因促成对我实施了破例。”
权力书记说着我们已到城门口，
近处观看冥界王城更是高大气势。
青黑色的砖瓦凝聚着黑色的云雾，
青黑色的城门高大宽阔森严而立。
八名守卫城门的鬼卒分列两边，
两只高大的雄狮高昂着头立在两翼。
这里的鬼卒更加丑陋更加凶恶，
他们的脸形像是各种各样禽兽形迹。

权力书记走上前向守卫鬼卒拿出令牌，
守门鬼卒接着就打开大门让我们进去。
王城里的大道非常的宽阔通畅，
时而有几个鬼卒来来往往游弋。
整个城里宫殿一座连着一座，
鳞次栉比绵延不断望不到边际。
整个规模就如人间宫殿寺庙建筑，
院落和大门也都是那么的相似。
地面也全都是用青黑色的砖铺就，
轻轻涌动着一缕缕灰色的地气。
整个城郭里萦绕着灰蒙蒙的云雾，
犹如人间黄昏轻雾中那般扑朔迷离。

城中间坐落着三座比周围更高大的楼台，
比起周围的宫殿建筑更加森严气派。
这片楼房一般建有两座或三座院落，
样式与高度基本一样的庭院有三排。
中间那一片的宫殿显得更为高大壮观，
宫殿四个角檐上雕饰着飞人的形态。
“这一片宫殿就是宫殿中心森罗殿，
最前面那排殿阁是阎罗王的府台。
中间最高的那排殿阁是魔帝的宫殿，
最后边那一座院落是地藏王翠云宫所在。”
权力书记指着那一片宫殿向我介绍，
不用说这里就是“幽冥界”的朝台。

“幽冥界设有十大冥王和地藏王菩萨，
这十一大王全部由魔帝管理和统帅。
因为魔帝被降伏安排冥界心存羞惭，
一直在修身养性陶冶着自己魔的心态。
三界都知道他当年是想独霸三界，
对统治管辖冥界他不大重视和理睬。
为此他把日常管理事项都交于阎罗王，
他则身居深宫很少登临森罗殿台。
以致使人间认为阎罗王是冥界之首，
从而使这种认识一直流传到现在。
阎罗王只是幽冥界十大冥王之首，

他与翠云宫地藏王是日常冥界主宰。”

“第一殿秦广王的主要职责两大项，
阴间的吉凶鬼判由他统一管理主宰。
管理长寿与夭折、生与死的册簿户籍，
其殿居正西黄泉路上大海礁石之外。
第二层殿楚江王主管大海之底正南方地狱，
地狱内分设有十六个小地狱之宅。
第三殿宋帝王主管大海之底东南方地狱，
地狱内也分设十六个小地狱刑台。
第四殿卞城王主管大海之底正东方地狱，
地狱内也分设小地狱十六个地块。
第五殿阎罗王掌管大海之底东北方地狱，
并管理十六个诛心小地狱地带。”

“第六殿平等王掌管海底正北方地狱以内，
所管狱区另有十六个小地狱设配。
第七殿泰山王掌管海底正北方地狱，
狱区另设十六个小地狱也在海底正北。
第八殿都市王掌管大海底正西方地狱，
另外也设有十六个小地狱为附配。
第九殿忤官王掌管大海底正南方地狱，
另有十六个小地狱设在密密铁网之内。
第十殿转轮王掌管刚押解到的鬼魂，
负责分别核定他们犯有何种大小之罪。

他的宫殿在沃礁石外正东方直对五浊世界，
设有金银玉石木和奈何六座桥垒。”

“转轮王还负责将鬼魂发往四大部洲，
具体安排鬼魂到人间托生轮回。
每层地狱方圆纵横不等越往下越小，
从上到下如万里深渊那么深邃。
十殿王之下根据职责还各有不同分设，
充分显示出幽冥界里不同的分类。
如秦广王殿下分别设有六案功曹，
六案功曹又分别划有各自职责范围。
左班三名为天曹、地曹、冥曹，
神曹、人曹、鬼曹是右班三位。
六曹职责是把冥界公文、秉报呈送魔帝，
负责把魔帝诏令下达到有关单位。”

“另外还设有四大司和四大判官，
各司各判官都有明确的职责范围。
四司是赏善司、罚恶司、查察司、判决司，
四大司的判官都是重要的岗位。
崔判官是驰名冥界的头号判官，
他具有为善者添寿让恶者归阴权威。
他左手执生死簿右手拿勾魂笔，
传说他能够秉公执法无私无畏。
他姓崔名钰原为李世民驾下之臣，

他生前为官清正在人间留下赞美。
死后被任命为查案判官兼判决判官，
他在冥界为官更留下诸多钦佩。”

“十大殿下还设有诸多的司号，
每一个司号在人间冥界都很显要。
冥界也建立编制有大量的军队，
按照编制序列配有各级大小将校。
日游、夜游、黄蜂、豹尾、鸟嘴为冥帅，
鱼鳃、无常、牛头、马面、鬼王也是帅号。
十大冥王之外还有地藏王也称地藏王菩萨，
他以‘众生度尽为怀’誓让佛光在地狱普照。
他慈悲怜愍‘地狱未空誓不成佛’，
誓为‘度尽众生罪苦皆至菩提’而从教。
他身居冥界翠云宫为众生超度，
与十殿王不同的是他以教化冥界为道。”

幽冥界原来也是这么的庞大，
我们一边走权力书记一边向我介绍。
“魔帝是幽冥界的帝王是最高统帅，
但很少有人能见到他的真正面貌。
一般只能看到他的身影听到他的声音，
包括他在魔帝殿与各王议政下诏，
他也很少显出自己真实的形象，
他的魔道法力是那么的玄秘高超。

我们先去森罗殿参拜阎罗王，
聆听阎罗王对你游看地狱有何指教。
最后我再带你去魔帝宫参拜魔帝，
聆听魔帝对你这次游看的诏告。”

“我不知对你有没有拜见魔帝的安排，
我们只有见阎罗王后才能知道。
是否拜见魔帝阎罗王会告知我们，
我希望你这次能够有幸见到。”
说话间我和权力书记来到森罗殿前，
殿前更是黑云滚滚阴风怒号。
两头雄狮张着血盆大口高昂着头，
牛面和马面鬼在殿门外怒目而瞧。
殿门口站着一位像是值日判官，
他虽身穿官服却也是满脸凶相恶照。
权力书记走到值日判官面前递上令牌，
值日判官便转身走进殿内去通报。

阎罗王高高坐在大殿中央宝座上头，
大小判官和功曹将校分列左右。
阎罗王正如人间寺庙所见其塑像，
果然长得那么凶恶又那么丑陋。
虽有几支烛光殿内仍旧那么昏暗，
睁大眼睛也看不清黑幽的四周。
从来未有想过我要游看地狱，

更未曾想过要拜见阎罗王有所祈求。
还是那句话心底无私天地宽，
我只是抱拳向阎罗王拱了拱手。
我不懂冥界这种场合应该是何礼数，
好在阎罗王不计较友善地开了口。

“幽冥境界乃三界之一阴阳轮转之地，
人有生人有死生死轮回还有禽兽。
反复雌雄生生死死孕女成男，
此自然之数不能易改不论喜忧。
天公地道因果报应尽皆天意，
前世因果后世之命不可强求。
万事皆缘因果不能怨天怨地，
万水只向低处不向高处奔流。
人生志向不论大小人皆有之，
切不可为此怨天忧人气冲斗牛。
你胸怀报国之心强国之志其心可嘉，
总想把人间化为一片光辉锦绣。”

“这是三界谁也无法完成的难题，
望你不要为此伤感怨愤和忧愁。
天道地道人道各有其道道道相通，
三道从原生就密不可分相联深厚。
你品德高尚为人正直才华横溢，
静下心来定会把人间万事悟透。

今天你来参见我就送你这些话，
希望你在后面游看中用心寻究。
下面由巡查判官带你去拜见魔帝，
不过魔帝不一定能开口给你谕授。”
阎罗王说完挥手让我们离去，
站我身旁的权力书记拉起我就走。

森罗殿距离魔帝宫路途不是太远，
我们不一会儿便来到魔帝宫院。
魔帝的宫院建筑得更加雄伟恢宏，
在迷迷蒙蒙中像人间海市蜃楼缥缈壮观。
时隐时现透着一种虚无和魔化，
空旷混沌中彰显着寂寥的森严。
宫门前六名守卫如雕塑般挺立，
两只雄狮是那么的凶猛强悍。
一位使者在宫殿大门前已经等候，
在他的带路下我们穿过第一排大殿。
第二排大殿仍是六名守卫两只雄狮，
我们便快步穿过来到第三排宫殿之前。

第三排大殿前列有两队阴兵守卫，
威猛的六只雄狮分列阴兵守卫前面。
两列阴兵一直排到一百八十级台阶，
攀上高大台阶就到达魔帝正殿。
正殿大门两旁又跪立着两只雄狮，

正殿大门忽闪着幻化的深绿色光环。
正殿中央宝座上空荡荡无谁安坐，
帝座下面十大殿王分列东西两边。
我不知是该行礼还是不该行礼，
因为我还没有看到魔帝在这大殿。
十大殿王却都恭敬地望着魔帝宝座，
我也赶忙抱拳顿首跨步向前。

“听说你是人间一位诗人?”声音如雷，
“听说你心中怨愤冲天?”声音幻化飘然。
魔帝宝座上仍空空如也只有声音轰鸣，
仔细观看像有一圈淡淡光晕轻耀忽闪。
“你既然来了我就送你一句话，
万事万物生生灭灭皆由因缘。”
接着他洪钟一声宣布退朝，
十大冥王和有关人员马上撤离两班。
“走吧。”权力书记拉起我也向外走去，
“今天的拜见是不是有些太简单。”
“这已经是给你很大的面子了。”
“四句话,连个什么形象我都未看见。”

“魔帝在冥界很少临朝更少现身，
偶尔临朝也只能听到他的声音。
他把冥界事务交于阎罗王和其他九王，
为修身养性他一直都是闭门归隐。

实际上魔帝当年的法力非常广大，
只因心性太高太狂被女娲娘娘治驯。
他不甘心在这冥界也没有办法，
女娲娘娘鸿钧老祖为三界定下转轮。
他当年曾一心想要独霸重立三界，
是女娲娘娘鸿钧老祖坚决不允。
如果按他的心性重立三界而独统，
那三界肯定不会是今天这种乾坤。”

“心性一向高傲的魔帝为何接见你，
我认为是你也心性太高太狂的原因。
当然这也许是他考虑到天堂的安排，
可对天堂的谕旨他有时也很是轻心。
我认为他可能是喜欢你的这种心性，
你的这种心性表现触动了他的内心。”
“是吗？我人间一个小人物能惊动魔帝？
我的分量怎能会使魔帝大驾屈身。”
“可你的心性你的才气是那么出众，
以至于都惊动了天堂玉帝天尊。
你的诗我读过,真是宏愿冲天，
你的诗情是那么悲悯忧伤感人。”

我和权力书记在人间毕竟熟悉，
所以我们两个说起话来比较实在诚恳。
有时候天堂之事你不得不佩服，

有些事安排得是那么细致巧妙有心。
就说这次安排我游看三界之事，
游看天堂安排由云霞老师指引。
游看地狱是由权力书记带领，
游看灵园听说带领者也是我的熟人。
这种安排是多么的巧妙富有寓意，
巧妙中深深隐藏着智慧和温馨。
"的确如此！"权力书记也为此感叹，
我原来不信有天堂地狱现在开始相信。

权力书记边带我往外走边同我商量，
问我要不要去翠云宫参拜地藏王。
"既然来一趟当然可以。"我表示同意，
于是权力书记便带我急忙前往。
"地藏王菩萨是大誓愿的象征，
他在人间九华山设有道场。
他誓愿'众生度尽，方证菩提'，
'地狱未空，誓不成佛！'意坚如钢。
佛语称他'安忍不动犹如大地'，
还称他'静虑深密犹如地藏'。
他致力于救度地狱中所有罪鬼，
主管幽冥教化而为冥界一王。"

"地藏王菩萨还有两个明显的特点，
一是常居秽土，二是现出家相。

《西游记》记载地藏王菩萨居翠云宫，
有一神兽名谛听伏居案下陪伴身旁。
谛听法力很深若伏地下霎时可听四大部洲，
山川社稷洞天福地之间善恶可听可望。
他是人间供奉有名的四大菩萨之一，
九华山上的道场那可是声名远扬。”
“你现在对三界的了解确实很多，
说起来就像在人间当书记作报告一样。”
我半开玩笑地向权力书记说道，
我们两个越来越熟悉说得甚是欢畅。

不一会儿我们便来到翠云宫门前，
这里没有魔帝宫殿那么壮观派场。
也没有森罗殿那样威风森严，
这里显得是那么安然静寂幽祥。
翠云宫院门虚掩着没有守卫，
也没有任何猛兽在门前站岗。
我们径直向前敲响了院门，
一个打扮像童子的把院门开敞。
看样子地藏王菩萨已知道我们要来，
童子未曾询问就带着我们前往。
童子将翠云宫正殿的门轻轻推开，
把我和权力书记礼让到殿堂中央。

地藏王菩萨果然如人间供奉之着装身形，

他身披袈裟覆右肩坐于大殿正中。
他左手执莲花右手施无畏，
坐于莲花台之上形若一座金钟。
神兽谛听伏于案下高耸着神耳，
隐隐透出金光的幢幡在高殿灵动。
莲花台前左边有道明侍立，
莲花台前右边侍立着闵公。
他那双明亮的慧眼察看着冥界，
佛案上放着地藏王菩萨的地藏三经。
我赶忙走近莲花台向地藏王菩萨施礼，
权力书记与我并肩站立同把礼行。

“时空无限、因缘果报、法界一体，
互为因缘致力于法界全体的圆融。
推己及众的慈悲立足于永恒救护，
一念不舍无视任何恶劣的环境。
务使众生觉悟法界一体、因缘相系真相，
从而安住于无限的开阔与和平。
你胸怀善念心地仁慈悲悯，
心性高洁为众生之善恶怨冲天宫，
在哀怨伤感中却也矢志不渝，
可叹你还没有悟透万物苍生。
前面的话送于你作为我们的因缘，
待你游看完三界也许能悟透而从。”

地藏王菩萨的教诲让我陷入深思，
带着意犹未尽的感觉离开翠云宫。
“你这次游看地狱收益确实很大，
阎罗王地藏王菩萨之谕全都聆听。
最难得的是你得以拜见了魔帝，
不仅是收益更是一种难得的荣幸。”
权力书记对前面游看成功很是欣喜，
我更为能取得如此成果感到高兴。
“下面我们就赶快去游看下九层地狱，
待游看完你就会知道是不是天道公平。”
权力书记说着带着我就急急赶路，
我们要抓紧开始下半段的游看行程。

第七章

第十层牛坑地狱坐落山丘之下，
连绵不断的丘陵和土坡一望无涯。
牛坑地狱大门设在一座山坡之上，
从大门两边延伸出高高铁栅。
两边铁栏蜿蜒起伏隐入苍茫之中，
灰黑的云雾把丘陵山坡弹压。
呈现着人间黄昏时的那种烟云，
伸出手几乎就可以抓回一把。
第十层牛坑地狱七个大字突兀醒目，
在牛坑地狱大门之上高高悬挂。
大门旁挂着牛坑地狱情况介绍牌，
黑底白字的牌子也是那么高大。

牌子上详细写着牛坑地狱的说明，
旁边还画有一幅牛顶人的图画。
这一层是专为牲畜申冤的地狱，
凡在世之人随意诛杀牲畜要来此受罚。
牲畜也是一种生命也是万物生灵，
在世之人对它们不能任意诛杀。

任意诛杀者死后要投入牛坑地狱，
任由一群野牛用牛角顶用蹄踩踏。
“现在世上随意诛杀牲畜的已经不多，
又有些新生的罪孽在此地狱增加。
如十恶不赦大罪中不睦不义之罪，
有的罪过之人就要押此受此刑罚。”

权力书记说着带我来到守卫面前，
两个守门鬼卒长得又是青面獠牙。
守门鬼卒看过令牌赶忙打开大门，
接着又打开大门里边一道铁栅。
铁栅内也站立着两个守门鬼卒，
还有四只奇异的猛兽我认不出它。
“这四只凶猛的野兽名叫犀渠，
黑色皮毛样子像牛出于釐山之峡。
它的叫声虽然像婴儿一般却十分凶狠，
它总是以人为食极为凶恶可怕。”
听着权力书记介绍我不禁毛骨悚然，
望着四只犀渠心里的确紧张害怕。

“不用怕它们身上都拴有链锁，
在这里它们不能随便出去闯祸。”
这时一个鬼卒朝我们走了过来，
“你们到这里请放心一切由我负责。”
听说话就知道他是这层地狱的狱长，

肯定是他主持这一层地狱的工作。
“对，我是狱长，下面我陪你们游看。”
这个狱长个头很大年龄难以猜测。
冥间与人间的年龄存在很大差异，
以人间标准很难对鬼族年龄猜测。
高个狱长带我们来到一个牛坑边，
这个牛坑大约有一里长宽比较宽阔。

牛坑的深度大约有二十米左右，
四周的坑壁陡立没有一点斜坡。
几十名男男女女在坑里发出惨叫，
有的被牛踩在蹄下有的奔跑着。
有的被顶挂在牛角流着鲜血，
有的躺在坑边被牛顶着撕扯。
坑里的一群牛恣意地发疯，
它们的动作那么凶猛迅捷利落。
牛坑里的受刑人根本无法躲避，
没有任何障碍也根本无法藏躲。
凶猛的牛群好像没有停止的时候，
这样天长日久可如何熬得过。

一座丘陵连着一座丘陵一望无际，
一望无际的高坡一座连着一座。
土坡间一个牛坑连着一个牛坑，
牛坑大小差不多都是一个规模。

牛坑地狱在十层方圆五千五百里，
东西南北范围广大地域是那么开阔。
高个狱长把我们又带到一个牛坑旁说，
“这个牛坑里受刑的人全是不睦不义罪过。
不睦不义在古代被作为两项大罪，
并把这两项罪名列入十恶不赦。
这其中有些罪人已在多层地狱受刑，
许多罪重者要十八层地狱轮番折磨。”

站在牛坑边向远处眺望是茫茫荒野，
几乎沉到地面的黑云重重叠叠。
头顶上没有天全是重叠的黑云，
给我一种天苍苍野茫茫的感觉。
看不到两层地狱之间多么高深，
也看不到两层地狱是如何衔接。
所有的空间都在苍茫朦胧之中，
所有的物象只有近处才能辨别。
这里没有日出日落月出月落，
这里却好像又有白天又有黑夜。
这里没有天空只有苍茫朦胧，
这里又好像是没有白天没有黑夜。

要知道世上一切物象全凭眼观，
而世上的一切声响全凭听觉。
我发现冥界与人间有许多不同，

有许多事物需要再往深处涉猎。
犹如这么广大的十八层地狱，
需要多少时间我才能看完它的一切。
还有十八层地狱刑罚那么残酷，
受刑之人如何经得起这种遭劫。
蒸笼地狱应该很快就把人蒸死，
油锅地狱应该很快就把人煎灭。
可是在蒸笼地狱却蒸不死受刑人，
在油锅地狱却不把受刑人生命了结。

这些问题都是我面临的疑问，
这些疑问需要我尽快地去了解。
我向权力书记悄悄提出这些疑问，
我想让他尽快给我解释这些。
“你问的这些问题开始我也不明白，
后来也是寻问后才得以了解。
人死后来地狱的是人的魂魄，
而人的肉体就留在人间慢慢沉灭。
受刑人的魂魄只受痛苦煎熬，
一般不会对其进行处死灭绝。
就是打入十八层地狱永世不得翻身，
也是永远受痛苦煎熬而不对其处决。”

“在人间犯有罪孽之人来地狱主要是受苦，
更主要的是在受苦同时要进行超度。

人的生命是生生死死不断地轮回，
需要人间地狱地狱人间不停地禅悟。
超度后有的超度人间有的在冥界做鬼，
人间善举大者死后还可得升天堂之福。
比如我在人间犯有深重杀牲罪过，
来这牛坑地狱受刑后得以超度。
超度后本来安排我再托生人间，
因不愿再回人间便申请加入了鬼族。”
大个狱长接着权力书记的话向我介绍，
原来大个狱长也受过牛坑地狱刑酷。

“在地狱就不处死人的魂魄吗？”
“有的当然要处死不过只有少数。”
权力书记接过我的话又介绍说，
“根据罪恶有的人就要给以死亡判处。
有的判处押入十八层地狱永不得翻身，
有的受刑后得到再托生人间超度。
还有一部分像我和这个狱长这样，
得到超度但不愿再回人间而参加鬼族。
不管最终得到什么结局由不得自己，
这是三界不能更改的因果报应法度。”
人犯了罪过连死都由不得自己，
这三界的法度就是那么严密和残酷。

大个狱长感叹着让鬼卒牵来三只犀渠，

没想到这犀渠跑起来是那么快速。
一座座丘陵山坡被迅速抛在身后，
一座又一座牛坑地狱飞过双目。
这犀渠也是很有灵性的野兽，
它那么凶猛在胯下却是那么驯服。
它跑得那么飞快却是那么稳当，
不论陡坡洼地还是山顶沟谷。
只听两耳边阴风飕飕飒飒作响，
风声中夹杂着悲哀的惨叫是那么清楚。
一座又一座牛坑弥漫着一坑坑黑云，
不知坑中的男男女女何处是归途。

面前突然展现第十一层石压地狱，
我们骑着犀渠来到石压地狱之地。
在石压地狱门前我们从犀渠身上跳下，
大个狱长与我们告别带着犀渠而去。
我仍然先走到大门旁说明牌前，
先看这层地狱的有关内容说明告示。
在世之人产下婴儿无论何种原因，
都绝不允许伤害或者遗弃。
即使所生的婴儿存有天生呆傻，
或者存有其他各种先天性的残疾，
或是因为重男轻女等各种原因，
也不得私下狠心将婴儿溺死或者抛弃。

否则人死后就被打入石压地狱受刑，
对其给以大石重压的残酷惩治。
在一方形大石池或石槽之内，
用绳索吊一与石槽相配之大石，
将押入此地狱的受刑人放入池中，
然后用斧砍断绳索抛下巨石。
这一砸就要为此而粉身碎骨，
之后身上还要长期重压着大石。
石压地狱的刑罚也是那么残酷，
这一种酷刑又是出于什么目的。
有些酷刑的设立真让人费猜，
有些酷刑的设计是那么的稀奇。

这时石压地狱的大门被打开，
权力书记拉起我快步向里走去。
一个满头白发的老女鬼迎过来，
看得出来这个老女鬼已很大年纪。
她自我介绍是石压地狱的狱长，
前来陪同我们游看石压地狱。
这时我发现门里边立着四头怪兽，
它们的样子长得又凶恶又稀奇。
它们都长着人面老虎的身形，
看到我们接连发出几声长嘶。
奇怪的是它们的叫声犹如婴儿啼哭，
啼哭的叫声听起来那么让人心悸。

“这四只野兽不仅长得样子很怪，
而且它们是那么凶残和厉害。
它们的名称叫马腹是一种人面兽，
出生于蔓渠山旁伊水一带。
它们人面虎身叫声如婴儿啼哭，
性情凶狠残暴让人感到惊骇。
它们只要张开大嘴大叫几声，
就时常把一些受刑之人吓坏。”
白发狱长说着带我们走向刑室，
这里的刑室也是一排连着一排。
室内刑室与冰山旷野地狱不同，
室内刑室都是在房屋内设立刑台。

这里的刑室与其他刑室还有区别，
石压地狱的刑室全都没有顶盖。
每间刑室上空都架着高高木架，
用粗实的绳索高吊着巨大石块。
看那石块不要说让它猛然砸下，
就是慢慢压在人的身上也难以承载。
这间刑室里大石压着一个年轻女人，
她的身子都已砸碎只有头显露在外。
仰面朝上被压在大石之下，
她脸上的表情是那么痛苦悲哀。
罪过是溺死自己亲生女儿，

只因出生后有残疾她就狠心加害。

“下面我带你们去看十个毒女人，
她们狠毒之名传扬在人间历朝历代。
这些毒女人已在十八层地狱轮番受刑，
她们现正轮到在石压地狱刑台。”
白发女狱长把我们带到又一排刑室，
我首先看到了那显要的介绍木牌。
毒妇吕后在汉高祖刘邦死后专权，
开始对刘邦宠姬戚夫人残酷加害。
狠毒残忍地砍掉戚夫人的手足，
又残酷地把她的双眼挖了出来。
又凶狠用烟熏聋戚夫人的耳朵，
歹毒地用药物把戚夫人嗓子药坏。

吕后用各种手段大施淫威，
残酷地把戚夫人的身体严重伤毁。
使戚夫人成为瞎子、聋子和哑巴。
成为没有四肢的人不人鬼不鬼。
吕后又将半死不活的戚夫人抛入地窖，
还为自己发明的“人彘”之称而陶醉。
毒妇吕后制造了人间历史有名的“人彘”，
可谓犯下了人间史无前例的大罪。
以至于汉惠帝撞见“人彘”惊吓成病，
这种惨无人道杀人手段开创人间之最。

惨无人道杀人历史上虽然不止一次，
吕后残酷手段最狠毒应该当之无愧。

吕后掌控朝权后更加凶狠歹毒，
为了斩草除根又犯下狠毒大罪。
吕后将戚夫人之子如意骗入宫中，
被汉惠帝看出其凶残的狼心狗肺。
虽然汉惠帝寸步不离贴身照顾，
但幼小的如意还是被吕后鸩杀宫内。
多么凶狠的吕后多么歹毒的女人，
两千多年来不知她应该如何忏悔。
我走到石池旁看着大石下的吕后，
石池里压出的血水全都乌黑。
她的脸也是青紫发黑溢着黑血，
黑血中我闻到浓浓的毒药气味。

毒妇昭信西汉广川王刘去的姬妾，
说起她人间不知道她是否貌美。
但却知道她生性最残忍毒辣，
在人间历史上又留下毒妇名讳。
昭信借刘去姬妾王昭平王地余之案，
犯下诬告残害她人不可饶恕之罪。
昭信诬陷刘去爱姬陶望卿，
裸其身持烧铁灼烫望卿伤痕累累。
望卿跑到一井处自投井而死，

昭信将其捞出持椽弋刺入阴内。
残忍地割去望卿鼻唇并断其舌，
并将望卿肢体肢解置大镬中煮溃。

后来昭信又对姬妾荣爱陷害施暴，
荣爱惊恐昭信狠毒自知性命难逃。
荣爱便自投井去死却捞出未死，
昭信便将其缚于铁柱残忍施暴。
用烧红的刀灼溃荣爱的双目，
然后生生割下其双脚却还不饶，
又将其销铅灌入荣爱口中终致死，
并将其肢解以棘埋之才停魔爪。
刘去宠幸女子先后被昭信残害十四人，
昭信想要残害谁谁将在劫难逃。
昭信的种种手段真是残忍至极，
从而在人间历史上留下毒妇的名号。

毒妇骊姬之毒典型阴柔杀人不见血，
与晋献公生下儿子奚齐后野心出窍。
企图为儿子扫清踏上国君之位障碍，
阴谋将王子申生、重耳、夷吾除掉。
他们三人可是晋国最有才华的王子，
但在骊姬的阴谋下却是性命难保。
骊姬唆使晋献公让申生率军攻打戎狄，
以伺机抓住把柄把申生首先除掉。

她此计未成又诬申生下毒欲害晋献公，
最后申生被逼含恨自杀屈死冥桥。
接着骊姬又诬陷夷吾是同谋，
吓得重耳夷吾二人不得不逃跑。

骊姬唆使晋献公发兵追杀重耳和夷吾，
有幸的是骊姬的阴谋未能得逞。
晋献公死后里克和邳郑先后杀掉奚齐，
从而使夷吾得以回国坐了君位王朝。
至此骊姬掀起的轩然大波才告平息，
使她毒辣的阴谋最终没有能够达到。
她如今已在这地狱受刑两千多年，
十八层地狱的酷刑她已轮番多遭。
她的身躯毒体今又被压在大石之下，
血水和眼泪积聚了满满一石槽。
也许还有她两千多年的悔恨，
还有毒妇的称谓留在人间历史大道。

毒妇赵飞燕狠毒名扬古老九州，
被汉成帝招入宫中不久便下毒手。
很快便与妹妹赵合德狼狈为奸，
她们用歹毒的手段搞垮了许皇后。
广传赵飞燕出身于烟花巷曾为歌妓，
她搞垮许皇后自己取而代之成为皇后。
由于自己不能生育担心以后地位难保，

居然嫉妒别的宫妃而施以阴谋。
宫女曹宫为汉成帝生育了一个男孩，
为年已四十而无子的汉成帝续了后。
赵飞燕姐妹闻讯后妒火大发，
居然不能容忍其歹毒心肠犹如禽兽。

赵飞燕姐妹胁迫皇帝处死曹宫母子，
制造了骇人听闻的惨案震惊九州。
一年后又发生了同样的惨剧，
她们对生下皇子的许美人再下毒手。
汉成帝对赵飞燕的狠毒并非不知，
赵飞燕闷杀皇子他曾在旁哀叹泪流。
昏了头的皇帝拜倒在赵飞燕石榴裙下，
居然任其杀害自己的亲生骨肉。
赵飞燕被大石压在石槽内无声无息，
她的妹妹赵合德被压在石槽另一头，
不知她们两个现今如何狼狈为奸，
不知她们还能否对别人再下毒手。

毒妇贾南风阴险毒辣无所不用其极，
个子很矮长得很丑却做了皇后。
把白痴皇帝司马炽治得服服帖帖，
可见她是一位会弄权耍术的高手。
贾南风虽丑却宠爱美男且又狠毒无比，
把朝政搞得乌烟瘴气还对内不修。

居然用长戟当飞镖捅死怀孕妃子，
频繁挑动军队之间互相厮杀争斗。
贾南风的恶行搞乱了晋的朝政，
她是导致“八王之乱”的罪魁祸首。
人间留下她阴险毒辣的毒妇之名，
为此地狱里给她施以各种酷刑轮番遭受。

毒妇妲己为害人用尽一切毒辣手段，
她应该列人间最狠毒女人第一名单。
她是中华历史上有记载的最早的毒女人，
她理应把最早最狠毒的女人恶名承担。
她发明残酷的炮烙之刑残害皇后，
居然使毒计狠毒地挖出丞相的心肝。
挑唆残害黄飞虎的妻子及一家，
残害多少人家家破人亡妻离子散。
她为妖为女人都应下地狱遭受残酷刑罚，
此时在地狱里她没有了人间的狠毒凶残。
大石之下是她被压碎的躯体，
地狱里留下她三千多年的无尽哀叹。

人间天朝哪个女人能与武则天相比，
她才华横溢在人间辉煌灿烂。
她的政治才华光芒独特锋利，
她迫于政治目的的狠毒也震撼人间。
杀子弑孙的狠毒她全都做到，

她的狠毒还表现在诸多的方面。
传说为争宠废后嫁祸于人害死亲女，
从而得以把王皇后和萧淑妃废掉投监。
后又狠毒砍掉二人手足投入酒瓮，
还说是为了满足二人骨酥筋软心愿。
一代女皇为人间华夏留下独特风采，
有名毒妇为人间留下长久民怨。

又一间刑室内大石压着毒妇李皇后，
她的毒名也留在华夏大地人寰。
她本是南宋光宗皇帝的皇后，
仅举一例就知道她是多么毒辣凶残。
一日光宗皇帝由宫女服侍洗手，
发现宫女的手特别白皙细嫩柔软，
光宗皇帝为此显露出十分喜爱，
禁不住伸手触摸还啧啧称赞。
李皇后听说后居然砍下该宫女双手，
用食盒盛着送到光宗皇帝面前，
告诉食盒里是皇帝所喜爱之物，
欣喜的光宗打开食盒被震惊晕眩。

毒妇万贞儿作为宫女伺候朱见深，
她长得丰满艳丽很得朱见深欢心。
朱见深登基选宫女引起万贞儿嫉妒，
从此完全显露出她的狠毒残忍。

在皇帝面前诽谤吴皇后使其被废，
凡是宫中受宠女子她必狠毒残害其人。
发现哪个嫔妃怀孕就派人加害，
其疯狂狠毒之心使她利令智昏。
不满两岁的皇子刚被立为太子，
即被她残忍毒杀是多么凶狠。
她残忍害死为皇帝生子的纪氏，
太监张敏深恐罹祸而无奈吞金。

也许天地有眼不再让万贞儿作歹，
让她痰涌气咽昏厥而一命归阴。
她早应该被打入地狱遭受刑罚，
理应被打入十八层地狱永世不得翻身。
她由一名普通宫女到专宠后宫皇贵妃，
她的每一步几乎都要加害于人。
她为明朝皇宫留下满宫血腥，
在人间大地留下一道恶妇印痕。
毒妇客氏毒名有过之而无不及，
为明皇朝宫廷留下宫怨公愤。
客氏本是明熹宗的一个乳母，
在与太监魏忠贤勾结后愈加放任。

客氏对不能相容的宫中女人大肆残害，
她的心是那么的歹毒手段是那么残忍。
因与明光宗侍女赵氏素有嫌隙，

客氏竟然矫旨赐赵氏悬梁自尽。
因裕妃张氏言语之间得罪了客氏，
她对张氏就不能容忍便心中怀恨。
进而在熹宗面前进谗言诬陷裕妃，
致使裕妃被打入冷宫遭受囚禁。
客氏不许膳厨为裕妃提供食物，
使裕妃在被囚禁中活活饿死其身。
宫中冯贵人因不满客氏卑劣行径，
客氏便以冯贵人诽谤皇上逼其自尽。

成妃李氏将冯贵人惨剧告诉皇上，
客氏闻知后对成妃大肆陷害诽谤。
居然假传圣旨又将成妃囚禁，
她狠毒的所作所为是多么的疯狂。
张皇后对客氏与魏忠贤专横不满，
客氏闻知后既不收敛更不容让。
客氏势力滔天买通皇后宫中一宫女，
暗下毒手致使怀孕皇后胎儿死亡。
随着宫中一个个女人惨遭不幸，
使昏庸的明熹宗遭到绝嗣之殃。
一个心狠手辣的宫中女人客氏，
居然能长期胡作非为横行朝堂。

十个有名的毒妇居然都是宫中女人，
四个皇后五个嫔妃还有一个女皇。

十个毒妇轮番受刑到石压地狱，
来地狱时间最短的也已几百年时光。
除去武则天的狠毒是迫于政治目的，
另外九名基本上都是一样狠毒心肠。
她们罪有应得理应打入十八层地狱，
决不能让她们再托生人间残害伦常。
听说武则天很快就会被赦免升入天堂，
因为她在人间是一个很有作为的皇上。
据说她不是一个真正的真龙天子，
而只是一个有雄才大略篡位的女皇。

凡是真龙天子皇上都是天堂安排，
即使在人间犯有罪过也不会判处地狱之殃。
不是真龙天子的皇上犯罪要下地狱，
与常人一样刑满可以得到赦免释放。
人间先后共有三百九十八位皇帝，
只有少数不是真龙天子而当了皇上。
比如两汉之间插进十七年的新朝，
号称新帝的王莽就是篡位的一位皇上。
王莽不是天堂安排的真龙天子下界，
而不过是一条得道成精的蛇王。
还有后晋时期臭名昭著的儿皇帝，
不顾名节灵魂换得七年皇帝梦的石敬瑭。

“以上这几位死后都要下地狱受刑，

这充分体现了天公地道的公正。”
权力书记说着指了指十个毒妇刑室，
“这十名毒妇的下场完全可以证明。
另外还有独孤皇后还是挚爱皇帝的皇后，
她与隋文帝的挚爱同时得到人间的赞颂。
如今她也因狠毒在地狱已经受刑一千多年，
听说用不了多久她就可以获得减刑。”
我向他们公开说明自己的有关看法，
权力书记和狱长两个都表示赞同。
对另外那十名毒妇我是深恶痛绝，
在我心里没有丝毫的怜悯和同情。

远远又望见第十二层舂臼地狱大门，
舂臼地狱好像坐落在茫茫村舍之中。
我们游看完石压地狱就赶忙告别，
急急忙忙来到舂臼地狱这一层。
看着舂臼地狱有关介绍颇感稀奇，
人在世时如果浪费粮食要来此受刑。
吃饭时讲脏话秽语死后也要来此，
糟蹋五谷、骂街也要遭此报应。
舂臼之刑就是将人放入舂臼内舂杀，
这种刑罚也是那么的残酷无情。
这时舂臼地狱狱长走来迎接我们，
他身后四只野兽是那么的凶猛。

“这兽样子有点像猿是上古恐慌之神，
它黄色皮毛红嘴巴红色眼睛，
它出于丰山名字叫雍和性情残暴，
传说它一出现便会有灾荒发生。”
狱长是一位年长的女鬼个子很小，
给我们介绍时总是慢语细声。
介绍完就带我们走进舂臼地狱游看，
槌击声哀号声首先传入我的耳中。
舂臼地狱坐落在一望无边的空旷平地，
一个个一排排舂臼苍茫间整齐纵横。
在人间犯浪费粮食罪过之人众多，
我认为对其处以舂臼之刑有点过重。

第八章

第十三层血池地狱坐落在山洼，
地狱大门两侧全是陡峭的山崖。
第十三层血池地狱大字血红，
在地狱大门的正上方高高悬挂。
大门之前站立着两名守卫鬼卒，
两个鬼卒居然都是红脸红发。
难道他们的头发都是鲜血染成，
或许是地狱鬼族中又一不同族家。
他们长得样子也是那么丑陋，
红面獠牙红发让我感到更加可怕。
守门鬼卒手持着红杆的大刀，
他们身上也是一身血红的披挂。

我仍然坚持先阅看地狱的介绍牌子，
牌子上都有该层地狱内容介绍归纳。
凡不尊敬他人不孝敬父母者，
不正直专搞歪门邪道坑骗欺诈，
在买卖中强买强卖或缺斤短两，
还有以次充好假冒伪劣制假卖假，

这些人死后都要打入血池地狱，
投入血池之中遭受血池地狱刑罚。
这时权力书记走过来告诉我，
现被打入血池地狱的罪人有些变化，
比古代增加了坑蒙拐骗强买强卖，
还有以次充好假冒伪劣制假卖假。

这都是根据人间的发展而发展，
这都是根据人间的变化而变化。
“你知道人间现在假冒伪劣太严重，
造假卖假之风非常普遍心肠毒辣，
到处都是假冒伪劣充斥着市场，
到处都有人在天天造假卖假。
为此天堂通知地狱增加对此罪惩治，
把制假卖假之人先押血池地狱处罚。
另外你可能已发现十八层地狱之间，
有些罪孽的规定范围存在一些交叉。”
权力书记真是细心又那么周到，
我看出还未来得及询问他就给予了解答。

我和权力书记在牌子前正说着，
地狱的大门打开走过来一个红头发者。
来者的脸面也是那么的血红，
身上穿着的衣装也都是血红颜色。
权力书记上前与来者互相行礼，

看样子他们两个一定是认得。
权力书记把来者拉到我的面前，
告诉血池地狱的狱长特意在此迎我。
权力书记告诉他与这位狱长见过面，
他们在此之前有过几次联络。
权力书记把令牌直接递给红发狱长，
“你们可以通过。”红发狱长笑了笑说。

红发狱长带我们走进地狱大门，
突然发现门里站着四个奇怪的家伙。
它们就站在两个守门鬼卒旁边，
样子奇怪显得是那么的凶恶。
它羊身人面眼睛居然长在腋下，
爪子长得像人手人脚皮毛灰色。
“这野兽的名称叫狍鸮又名饕餮，
它出于钩吾山奔跑迅速灵活。”
红发狱长看我盯着狍鸮赶忙介绍，
“它也是奉命在这里履行职责。”
“我发现每层地狱都有不同的野兽，
样子长得大都那么凶猛和奇特。”

“每一层地狱都配有不同的野兽，
有些野兽你们可能从来未有见过。
这些野兽都是按照魔帝旨意配用，
让它们配合担任守卫和施刑的职责。

这样可以增添地狱里阴森恐怖气氛，
因为这些野兽都是那么的残暴凶恶。
这样做不但增加了地狱里的残酷，
还可使地狱更加幽深幻化如魔。”
红发狱长介绍着让鬼卒牵来三只狍莺，
“我们游看血池地狱要骑着这些家伙。”
红发狱长让鬼卒扶我们骑上狍莺，
这野兽竟然服服帖帖让我们乘坐。

血池地狱四面高山陡峭如削，
从大门两侧向远方分道连接。
犹如专门筑建的高大围墙，
只有正前方看不见高山林列。
听说这层地狱方圆共有四千里，
这么广大的地域又如何看到边界。
高耸陡立的山峰内是丘陵土坡，
远远望去是一望无际广阔的荒野。
黑色的云雾仍是低沉地笼罩着，
在我们头顶上面不停地涌动流泻。
不远处的一个血池不断喷发出热气，
不断与低沉的黑色云团融合沆瀣。

血池地狱也是一座连着一座，
犹如牛坑地狱的设置排列。
一座连着一座一排连着一排，

大如河塘小如泳池高低相协。
每一个血池大约有五米左右的深度，
血池里盛着半池滚烫的鲜血。
红发狱长带我们走到最近一个血池，
呛人刺鼻的血腥气味是那么的浓烈。
血池里站着飘着满池的受刑之人，
一片哀号之声是那么的悲切。
血池边沿上面钉着许多牌子，
牌子上写着血池中受刑人名字和罪孽。

犯同一种罪孽之人一般排在一起，
让他们相互之间也知道和了解。
让他们在一起共同感知天公地道，
让他们共同忏悔在人间所犯的罪孽。
“你们看这一血池全是歪门邪道之人，
那一排血池里全是制假卖假罪孽。”
红发狱长说着指了指远处另一排血池，
“血池地狱大都是这样设置和排列。”
刚说完红发狱长拍了拍骑着的狍鸮，
带着我们两个开始向前飞跃。
狍鸮这野兽跑起来迅猛飞快，
一排排血池瞬间就被我们飞越。

我们骑着狍鸮从地狱正门跑出，
飞越一道道丘陵跨过一条条河谷。

从血池地狱正门飞跃到后门，
又从东大门飞跃到西大门之处。
然后沿着血池地狱四面周围，
飞越了血池地狱的整个狱图。
地狱四门都有鬼卒和野兽守卫，
四个大门内外都守卫着鬼卒。
血池地狱方圆四千里全部游看，
地狱里一座座一排排血池无法计数。
看不尽黑云滚滚涌动血气腾腾，
听不尽哀号遍野男人叫女人哭。

我们快速游看完便开始回返，
心中复杂的感受仍是无法言诉。
十八层地狱的刑罚真是奇异多怪，
居然让受刑人在滚烫鲜血里沸煮。
血池里那么多的鲜血来自哪里，
难道这鲜血是从人间汇流此处。
“对，鲜血都是从人间长久汇集而来，
然后运用魔法使其达到一定热度，
血池里的鲜血热度相当于人间开水，
长时间在里边浸煮很是残酷。
我就曾在血池地狱里遭受此刑罚，
红色脸面红色头发就是因此染濡。”

“难怪你们这里的鬼卒大都红面红发，

原来是在血池地狱受过刑的缘故。”
我接着红发狱长的话不禁感叹，
联想起刚才看到的那些红脸红发鬼卒。
“为此冥界就规定我们着红色衣装，
以此显示地狱里更加森严和恐怖。”
红发狱长说着开始介绍起自己，
“我在人间的罪过是不孝敬父母。
不过我只是无意间犯下的很小过错，
虽如此死后也要到血池地狱遭受刑苦。
我是清朝中期山东渤海人氏，
五十年前结束刑罚申请加入冥界鬼族。”

红发狱长的话让我产生两个疑虑，
联系前面几个狱长身世更让我深思。
下地狱的人刑满如何都不愿再生人间，
这里边究竟说明一个什么道理。
另一个疑虑是在人间哪怕罪过很轻，
死后也要下地狱受刑一个时期。
由此看来天堂对在世之人要求严格，
决不允许每个人在人间犯罪或有过失。
对每一个人的判处充分体现了天公地道，
充分显现了判处的公正和无私。
我在人间对此一直存在异议和怨愤，
看来这也许是让我游看三界的目的。

我们三个一边说着一边继续往前走，
红发狱长要把我们送到下一层地狱。
层与层之间的路我始终没有看清楚，
昏暗中我只看到上下通路像是人间楼梯。
还有一种像是人间上下的罐笼，
乘上之后就像是穿行在云雾里。
再有就是乘骑野兽或驾乘云雾，
那种行走的感觉更让我感到新奇。
不过这几种方式我都已经尝试过，
不论哪一种方式都像在朦胧梦中飘逸。
我的心里正在想着体会着各种感觉，
不知不觉来到第十四层枉死地狱。

第十四层枉死地狱像是蒙着冤魂，
大门上缠绕的黑云中飘着声声哭啼。
“在这枉死地狱里的都是枉死的人，
枉死的人再下地狱他们都感到冤屈。
他们在人间都是受冤屈而死亡，
这些人怎么也想不通死后还要下地狱。
所以他们来到枉死地狱后冤魂不散，
总是感到冤屈总是哭哭啼啼。”
刚到地狱大门权力书记就开始介绍，
我赶忙从狍鸮背上跳下向大门走去。
这时红发狱长热情与我们告别，
骑着一只牵着两只狍鸮飞驰而去。

人间芸芸众生皆由因缘而来，
人的生命孕育不易尤其十月怀胎。
作为人来到这个世界非常难得，
这都是魔帝和阎王爷的精心安排。
人来到人间一定要珍惜生命，
自己不能随意枉死自去冥台。
不能自杀如割腕服毒上吊去死，
这样结束自己的生命太不应该。
这样死后还要被打入枉死地狱，
还要在地狱遭受对应刑罚之害。
在人间如何自杀在地狱就遭受何刑，
这是一笔多么划不来的冤债。

所以劝诫人世间所有在世之人，
无论遇到多大困难也不要自裁。
都要树立勇气顽强地生活下去，
千万不要懦弱自杀把自己葬埋。
“对，自杀是懦弱的一种表现，
我就是二十年前自杀身死而来。”
这时大门打开走过来一个鬼卒，
他长得十分端庄而且还很气派。
不像其他鬼卒长得那么丑陋，
他的言行之间透着一股豪迈。
他说着走过来热情地与我们打招呼，

抱歉地说他刚刚知道我们要来。

“二十年前他是一名姓郑副处长，
实事求是说他人品很好又很有才。
可惜他上司是一个专会投机钻营之人，
以权谋私买官卖官贪污腐败。
他这人刚正不阿性格比较直爽，
因揭发他上司而受到打击迫害。
反被诬陷罪名受到党纪和降职处分，
刚正不阿的他竟以自杀以证清白。
好在他在人间刚正不阿为人正直，
心怀善念为人仗义做人正派。
来地狱不长时间就被赦免任狱长，
说起来他也是不愿再托生人间尘埃。”

“权巡查判官有点过奖过于赞美，
不过在人间一个正直的人也的确难为。”
郑狱长深有感触不禁又为此感叹，
“这是我在人间三十多年最切身体会。”
真巧我们三个在人间都是党政官员，
不过本性特点和所作所为不是一类。
尽管如此在地狱有幸一起都很高兴，
为此感到一种难以言说的宽慰。
我们三个高兴地说着向大门里走去，
大门内也是鬼卒和野兽一起守卫。

这里守卫的四只野兽我又不认识，
实在看不出它们又是哪一种兽类。

“这四只野兽样子像牛头部白色，
它们只有一只眼睛长着蛇尾。
它们本是上古时代温疫之兽，
出于太山历史久长名称叫蜚。”
郑狱长边说边带我们往里走，
这时我看到整层地狱设置分门别类。
设施有平房楼房有树木和花草，
有山岭有水塘还有河道流水。
整个地狱无边无际空旷苍茫，
黑云涌动冤魂团团萦回。
有人上吊有人服毒有人跳河，
他们在人间如何自杀就在这里再受其罪。

枉死地狱都是在人间自杀身死的人，
他们往往含冤来到地狱成为冤鬼。
枉死地狱方圆三千五百多里，
大都是人间自杀之人在此受刑忏悔。
天公地道对逼人之人更不会放过，
这些作恶之人的下场更加可悲。
他们大都被打入十八层地狱，
永世不得翻身永世不得轮回。
像打击迫害郑狱长的那位上司，

如今正在磔刑地狱遭肢解刑罪。
这一切都是逃不掉的因果报应，
天公地道公正无私不管是谁。

第十五层磔刑地狱八个大字闪耀，
每一个字的笔画犹如一把钢刀。
看完枉死地狱来到磔刑地狱，
顾不上一路复杂感受一路辛劳。
地狱大门大开狱长已在此等候，
“这个狱长是一只豺修炼成精得道。”
权力书记的确是很了解情况，
连狱长的底细来历他都知道。
权力书记赶忙走过去递过令牌，
然后把我和狱长相互作了介绍。
我拱手作揖玩笑地叫他豺狱长，
他拱手还礼竟然高兴地大笑。

豺狱长不让我阅看地狱情况说明牌，
说等一会儿游看时他给我作以介绍。
我们说着就向地狱大门里走去，
忽然听到几声雷鸣般的嚎叫。
又是我不认识的四只野兽站立两边，
看到我们便仰头发出凶猛嚎叫。
“这野兽昏黑色其形如牛无角身形巨大，
它叫夔也叫独脚夔因为只有一只脚，

能放出日月般光芒和雷鸣般叫声，
出于海流破山一种恶兽十分残暴。”
豻狱长边说边拍着夔的脸颊，
夔的鼻子上穿戴着两道铁质链条。

“到这个地狱受刑主要是挖坟盗墓之人，
现在不多见了不过罪行很大不可轻饶。
挖坟盗墓者死后即打入磔刑地狱，
人间历史上出名的大奸臣正巧也轮到。
磔刑就是把人的肢体肢解分开，
磔刑刑罚相当残酷十分难熬。”
豻狱长说着指了指旁边的刑室，
“那几个肢体分开的人你们一定知道，
是民国时期盗墓出名的孙殿英一帮，
他在人间能够逃跑在这里脱逃不掉。
现在我带你们去看那些大奸臣们，
他们的下场是因果报应的最好写照。”

一排刑室内从大奸臣庆父开头，
在人间只要提起庆父众皆一口。
谁都知道“庆父不死，鲁难未已”，
这传说这成语都已那么长久。
庆父是春秋时期贵族鲁庄公之弟，
他生性奸佞擅长耍弄诡计阴谋。
他惯于挑拨离间制造矛盾事端，

先后对两个鲁国国君暗下毒手。
他挑拨离间先后杀了两个国君，
给鲁国造成多少灾难和忧愁。
后来他的奸佞被识破自缢而亡，
从此在人间留下大奸臣的遗臭。

在第一层地狱就看到赵高在那受刑，
两千多年来他一直在各层地狱轮流。
刚刚又被押入磔刑地狱受磔刑，
看来他的刑期永远没有尽头。
他的肢体正被四个鬼卒肢解分开，
抛在一旁血淋淋的肢体鲜血直流。
他的头颅滚在一边脸面仍然朝上，
双目紧闭大张着口已没有舌头，
嘴里仍旧不停地向外溢着鲜血，
不知道此刻他还能指鹿为马与否。
此刻他大概不能再挑拨离间诽谤他人，
即使想做被拔掉舌头也难以开口。

他伪造诏书改立胡亥杀始皇长子扶苏，
对十二公子、十公主先后采取毒手。
先后杀掉大将军蒙恬、右丞相冯去疾，
诬陷李斯残酷地用五刑将其斩首。
自为丞相集大权于一身架空二世，
横征暴敛滥杀无辜胜过匪酋。

他生性残忍竟誉“杀人众者为忠臣”，
其残暴狠毒之心等同于禽兽。
他致秦朝危机四伏借此又杀二世，
大奸大恶之行径实为人间少有。
为此在人间怎能不留下千古骂名，
按其罪孽他理应在地狱受刑永久。

我们一行看过赵高又往前游看，
来到受刑的又一大奸臣董卓身前。
董卓陇西人性粗猛有谋体力过人，
少时曾游羌中出仕初为兵马掾。
公元一八四年被黄巾军击败抵罪，
公元一九〇年驻兵河东以观时变。
八月率兵入洛阳废少帝立献帝，
自为相国专断朝政凶暴淫乱。
他竟然为西迁长安而焚烧洛阳，
公元一九一年为太师对朝政更加专断。
他掠夺搜刮的钱财难计其数，
掠夺侵占的锦绮奇玩堆积如山。

董卓于公元一九二年被司徒王允所杀，
一代凶暴奸佞即被押来冥界阴间。
十八层地狱之刑他都轮流受过，
在残酷地狱遭酷刑已近两千年。
幸好当年他在人间横行没有多久，

要不然不知人间要遭受他多少凶残。
可怜粗猛体力过人的躯体今被肢解，
再不能像当年焚烧洛阳西迁长安。
被肢解的肢体难以再掠夺钱财，
抛在一边的双手如何再玩弄锦绮奇玩。
天道公正人间历史有时也很公正，
董卓在人间所作所为历史早作公断。

三国时蜀国宦官黄皓性奸佞善奉迎，
他早年出世得以服侍太子刘禅。
禅即位因先后有诸葛亮董允主朝政，
此时黄皓位不过黄门承不敢售其奸。
公元二四六年陈祗得以代为侍中，
黄皓陈祗二人得机遇狼狈为奸。
二人纵后主淫乐使朝政日益腐败，
陈祗死黄皓仍坏朝政毫不收敛。
他竟然升为中常侍奉车都尉，
更加有恃无恐操弄权柄耍奸弄权。
黄皓致蜀灭亡被魏将邓艾活捉，
他居然贿赂邓艾左右终免被杀之劫难。

对黄皓人间能忍十八层地狱难忍，
在他死后即押来地狱公正问审。
把他在人间所有奸佞都审问出来，
把他判为人间历史出名的奸臣。

南北朝时期阮佃夫也不为人间所知，
被诛杀后押入地狱也被判为大奸臣。
阮佃夫会稽人初仕只为一个小吏，
后为淮阳王刘彧主衣颇受信任。
公元四五六年阮佃夫等杀害前废帝，
立刘彧为宋明帝从而改变宋之乾坤。
因平定长史邓琬之乱得以升迁，
后为太子步兵校尉参政权压主人。

阮佃夫横征暴敛人有逆之祸害立至，
大收贿赂生活奢侈广纳滥用亲信。
公元四七二年刘昱即位为后废帝，
阮佃夫被加给事中辅国将军。
次年因镇压刘景素之乱得功，
以功升任南豫州刺史冠军将军。
公元四七七年因废长立幼被诛杀，
被诛杀后押入地狱也被判为大奸臣。
如今在磔刑地狱被肢解分开，
在地狱长期遭受酷刑鲜血淋淋。
再也不能在人间横征暴敛大收贿赂，
再也不能心怀奸佞弑杀前君。

杨素乃是隋朝弘农华阴人氏，
他初事北周武帝后为隋文帝杨坚之臣，
先后为上柱国、御史大夫、尚书左仆射，

他执掌朝政以奸诈立于隋朝乾坤。
依附于杨广参与宫廷诸多阴谋，
废太子杨勇弑杀文帝立杨广为帝君。
他官拜司徒却广营产业贪图财货，
为人骄横跋扈任意侮辱属臣。
凡逆己者他必横加诽谤陷害，
害人如害己最终难逃被害其身。
为此在人间历史留下千古罪名，
被押在地狱遭受酷刑永远沉沦。

唐朝李林甫乃唐宗室初为千牛直长，
为人奸诈阴险后来竟官至宰相。
使手段厚结宦官妃嫔迎合玄宗，
口蜜腹剑排除异己实乃歹毒心肠。
在第一层地狱曾看到他受拔舌之刑，
现又作为大奸臣押入磔刑地狱刑场。
他收罗党羽结党营私唯亲信是用，
广收贿赂生活奢侈严重败坏朝纲。
由于他的奸佞终至养成“安史之乱”，
险些葬送“贞观之治”盛世大唐。
他口中还在流着拔舌之刑的鲜血，
现今他又在磔刑地狱遭受肢解之殃。

杨国忠本名杨钊唐朝蒲州永乐人，
依靠杨玉环得宠飞黄腾达升任宰相。

他接任李林甫任宰相后把持朝政，
独揽大权外戚跋扈终至无法收场。
李林甫把持朝政是“安史之乱”前因，
杨国忠把持朝政是“安史之乱”后殃。
杨国忠从小就行为放荡不羁喝酒赌博，
为官后生活极为奢侈腐化放荡。
他对人民的疾苦漠不关心致民怨沸腾，
弄虚作假隐瞒发生的严重水灾和饥荒。
他专权误国积怨太深终至不可收拾，
马嵬驿之变中落了个被诛杀的下场。

另一间刑室里哈麻正在遭受肢解，
他的四肢已被分开鲜血满地流淌。
哈麻元朝康里人其母为宁宗乳母，
为此使哈麻颇受顺帝宠爱欣赏。
他相继任殿中侍御史同知枢密院事，
趋附于为相的脱脱同掌元朝朝纲。
后拜中书添设右臣开始与脱脱不和，
哈麻决计害之并得拜中书左丞相。
他居然进西番僧以房中术谄媚顺帝，
致顺帝事其法滥取妇女君臣淫乱荒唐。
他害死脱脱不久自己也被杖死，
一代奸臣最终没有落下好的下场。

魏忠贤明朝肃宁人原名进忠，

他少年时期就是一无赖赌博成性。
因输钱为一群恶少所逼恨而自阉，
由此于万历年间钻营得以入宫。
在宫中他勾结熹宗乳母客氏往上爬，
熹宗即位他为司礼太监野心逐步得逞。
因善导帝倡优伎乐及狗马射猎而得信任，
从而得以遂心把东厂掌握在手中。
他与客氏相勾结大肆排除异己，
致有五虎、十狗、十孩儿、四十孙之称。
势倾天下媚事者竟拜呼他为九千岁，
各地大员竞相为他建生祠拍马逢迎。

思宗即位发现其奸遂命惩治，
他自知作恶多端自缢结束了生命。
这样的大奸臣地狱里绝不会放过，
死后就被押入十八层地狱施以酷刑。
现已轮流到磔刑地狱施以肢解，
这大概又是一场不可改变的因果报应。
突然隔壁刑室传来几声大声哀号，
我们就赶忙走过去看个究竟。
隔壁是几间相连相通比较大的刑室，
里边有好几个人正在被鬼卒施刑。
第一个是专横朝政的东汉大臣梁冀，
他可是东汉很出名的一个大奸佞。

旁边一个是唐朝出名酷吏奸臣来俊臣，
他与周兴“请君入瓮”故事可是赫赫有名。
另外这里还有高力士、蔡京和童贯，
这些人作为大奸臣都是大名鼎鼎。
“那一边还有贾似道、张邦昌、刘瑾，
还有高俅、索元礼、潘仁美、严嵩等等。”
豺狱长指了指对面刑室对我们说，
“人间历史上的奸臣诸多难以数清，
反正我们游看的时间还来得及，
看完这些出名的奸臣我们再往前行。
磔刑地狱方圆三千里面积很大，
你们只管沉住气游看我全程陪同。”

第九章

第十六层火山地狱烈火生发，
八个大字如八支燃烧的火把。
连绵逶迤的山峦遍地烈火焰焰，
从山脚一直连绵到高耸的山崖。
腾腾烈焰中透出一缕缕青烟，
恰似人间漫天的火烧云霞。
每一座山头都是腾腾冲天的烽火，
每一座山都涌动着猎猎光华。
满山的大火腾腾燃烧烈烈腾迤，
烈烈气焰在滚动的火海中腾发。
半空的火云也像被点燃熊熊燃烧，
面前一切景物好像都在烈焰中熔化。

犹如跟随唐僧取经来到火焰山，
又像盛夏来到吐鲁番火焰山下。
可人间没有这么广大的火焰山，
火山地狱方圆有二千五百里之大。
相距很远就感到烤人灼热难耐，
如在火山中还不马上就被熔化。

不知我们将如何游看这火山地狱，
“这一点请你放心一定会有办法。”
权力书记看出我的担心安慰说，
这火山地狱燃烧起来很是可怕。
“唐僧师徒过火焰山有芭蕉扇，
我们游看火山地狱要用魔法。”

我和权力书记说着话来到地狱大门，
大门坐落在一个谷口山脚之下。
这里的鬼卒衣装也都是黑色的，
照例长得眼窝深陷青面獠牙。
我仍旧先走到门旁牌子前阅看介绍，
想先知道是什么罪孽之人在此遭受刑罚。
这一层范围包括的犯罪人也很广泛，
也是各种犯罪之人轮流交叉。
损公肥私行贿受贿死后打入这里，
偷鸡摸狗抢劫钱财死后在此受罚。
还有放火之人死后也要打入火山地狱，
这就如同放火烧了自身和自家。

还有和尚和道士犯戒也是罪过，
死后也要被押入火山地狱烧灼。
这时大门打开一个鬼卒走过来，
随之大门口喷发出一团团火热。
不用猜来者一定是火山地狱狱长，

一点不错他就是狱长还姓火。
他长得奇异头部和脸恰如龙状，
其身体却与人的身体差不多。
权力书记对他也是比较熟悉，
对他的来路底细也都掌握。
他原是龙宫里的一条小火龙，
因触犯天条被罚在此磨炼悔过。

“让我在这里担任火山地狱的狱长，
在这里一边养性修德一边履行职责。”
我不由联想起唐僧的坐骑白龙马，
它也是因触犯天条而被罚受过。
看来这天界还真有龙氏神族，
以前我对龙的存在只当作一种传说。
现在看来我还真不能不信这些，
我的面前现在可正站着一个。
看着我有疑虑权力书记拉起我就走
火龙狱长看着我只是笑笑没说什么。
权力书记把令牌让火龙狱长看了看，
火龙狱长又是笑了笑什么也没说。

火龙狱长带我们走进地狱大门，
越走近火山越是感到炎热。
大门内不但站着守门的鬼卒，
又站着我不认识的四只家伙。

"这是一种水兽蛇行声音如叱呼，
人面豺身有翼名称叫化蛇。
这兽能够如龙腾飞能招大水，
你们今天游看还就得靠这几个家伙。
你们骑上它就能够穿越火山，
也不会让你们烧着和感到炎热。"
"那么你呢？"我不禁问火龙狱长，
"怎么你忘了我是火龙又姓火。"

我骑上化蛇马上就没有了热的感觉，
看来这野兽的能量还真有一绝。
"那些受刑之人在火山里怎么办，
他们怎能经得住这火焰之烈？"
"这火山地狱之火与人间之火不同，
这里是阴火犹如人间的光烨。
受刑人被赶入火山烧而不死，
只有被火烧得疼痛难忍的感觉。
这是魔帝使用的一种特别魔法，
这是魔帝修炼成功的一种绝学。"
火龙狱长说着现出火龙原形，
带着我和权力书记便向火山飞跃。

正像我在人间看到的火龙形象，
火龙在烈焰腾腾的火山上空翻滚腾跃。
他有时那么飞快有时又可静止空中，

有时在半空高飞有时在山腰火中穿越。
我和权力书记骑着化蛇紧跟后边，
两只化蛇像两条水龙飞奔腾跃。
这两只化蛇还真有很大的法力，
飞奔腾跃与火龙配合得那么密切。
两只化蛇不时发出一声声叱呼，
高昂头颅把一条条水柱从口中喷泻。
它们果然具有招大水的本领，
看来人间对它们的传说还真准确。

在半空中俯看火山地狱更加气势，
好像连成一体燃烧的浩浩天野。
又像是浩瀚的火的海洋望不到边际，
高低交错的腾腾烈焰像大海涌动奔泻。
时而有火山喷发出滚滚冲天烈焰，
使连绵腾跃的火山更显苍茫壮烈。
我清晰看到火中诸多受刑之人，
一个个被烧得是那么的惨切。
火龙狱长停身在一座峰峦半空，
一边指着一边开始给我们介绍讲解。
“这火山地狱到处分布着受刑的人，
他们在此受刑悔过和超度陶冶。”

“冥界十八层地狱也是一个大熔炉，
犯罪之人在此受刑也在此对其超度。

华夏神歌

前面你已经拜见过地藏王菩萨，
他的大愿就是要超度冥界魂魄。
他发誓言‘地狱未空，誓不成佛’，
为‘众生度尽，方证菩提’普度最苦之处。”
权力书记接着向我详细地解说，
“像我就得益于地藏王菩萨的超度。
除去罪孽深重的要打入十八层地狱，
不论时间长短地藏王菩萨都给以超度。”
“各位菩萨都是那么的大慈大悲啊！”
一种我从来未有的感叹脱口而出。

离开火山地狱急忙往前奔走，
不一会儿就来到石磨地狱之处。
石磨地狱位于整个地狱第十七层，
感觉不到这层地狱在什么深度。
第十七层石磨地狱八个大字高挂门楼，
往里看是望不到边际的一排排房屋。
我仍然先走到大门旁牌子前阅看，
每层地狱大门前的牌子就是说明书。
凡人间贪官污吏欺压百姓之人，
还有贼人小偷或者是糟蹋五谷，
另外还有犯戒的和尚和道士，
死后将打入石磨地狱遭石磨之苦。

用石磨把受刑之人碾磨成肉酱，

然后再重塑人身再磨轮回往复。
各层地狱的刑罚真是各有其奇，
各层地狱的刑罚各有各的残酷。
这时权力书记与守卫联系完毕，
大门打开走出一个驴脸人身黑衣鬼卒。
他满脸乌黑长着长大的两只耳朵，
两眼大而黑两只眼珠向外凸出。
他完全是一张活灵活现的驴脸，
听介绍原来是头母驴得道成为精畜。
因他精于推磨被任石磨地狱狱长，
他在石磨地狱真可谓有地用武。

驴狱长带着我们向大门里走去，
我首先看到四只小兽又那么稀奇。
它长得形状皮毛颜色完全如兔，
它两耳尖长其身长仅有尺余。
“它名称叫吼,《偃曝余谈》有载，
它体格虽小却异常凶猛狮子都畏之。
这兽的溺如果着体即刻腐烂，
那可是一种毒性非常大的腐剂。”
驴狱长介绍完征求我们的意见，
“先从出名的贪官污吏看起是否可以？
人间历史上的贪官污吏大都在此受刑，
我们就从历代最出名的几个开始。”

表示同意后驴狱长就带我们开始游看，
首先来到石磨地狱第一排磨房里。
磨房里正在遭受磨刑的是田蚡，
汉武帝之舅封武安侯又任丞相官职。
以皇帝至亲又为丞相身份独断专行，
成为人间历史上早期的贪官污吏。
他大肆卖官皇帝居然一概接受，
有的官位一起价就卖到两千石。
他卖官任用的权力几乎超过皇上，
有时皇上因为他任用太多而生气。
他要求皇上划拨考工室官地供扩建私宅，
过分贪占惹恼汉武帝因而挨批。

田蚡所修建的住宅极为华丽雄伟，
超过了当时汉代所有贵族的官邸。
他的田地庄园都是非常肥沃的良田，
连他自己恐怕也不知道有多少田园土地。
他派往各地收买名贵器物的人络绎不绝，
他后房妻妾竟然多达上百妇女。
诸侯们奉送的珍宝古玩堆积如山，
珍宝古玩多得连他自己也难以数理。
多行不义使他终日感到心内恐慌，
最终在惊惧和恐慌中于床榻之上暴毙。
可怜一代贪官死后难带走那么多财富，
如今还在遭石磨酷刑轮番十八层地狱。

石崇官至西晋卫尉卿也是那么贪财，
大量财富竟是拦劫沿途客商得来。
他做荆州刺史时居然拦劫沿途客商，
逼迫客商们给他奉送大量钱财。
最典型之事是与晋武帝之舅王恺斗富，
他大获全胜竟有“富可敌国”之财。
在人间历史上留下最经典的炫富，
终为一“美而艳、善吹笛”歌妓破财。
可怜最后连“富可敌国”之命搭上，
在洛阳留下“金谷春晴”历史尘埃。[1]
在十八层地狱留下轮番受刑魂魄，
在石磨地狱至今遭受磨刑之灾。

邓通原是未央宫旁游船上一名船工，
后成为西汉文帝宠臣而大发其财。
凭借与汉文帝特殊关系垄断铸钱业，
并广开铜矿从而使钱财滚滚而来。
他官至上大夫而又富甲天下，
真是官运亨通财源滚滚名震朝台。
汉景帝即位后他失宠被没收全部家产，
可怜寄食他家而死一切不复存在。
但在石磨地狱之刑他也难以逃过，

① 西晋大贪官石崇在河南洛阳留下的别墅之景。

两千多年至今还被碾轧在石磨刑台。
磨成肉酱重塑重塑再磨轮番不断，
被磨碎的血淋淋肉酱溢满磨台。

萧宏乃是南朝梁武帝的弟弟，
虽然没什么才干却特别喜欢敛财。
依仗自己是皇亲国戚大肆贪占和索贿，
为敛财还进行抵押贷款大放高利贷。
不论是谁对他行贿都慨然而收，
利用放贷大肆侵占借主的钱财。
弄得许多人家因而破产无家可归，
他家几十间房子里却堆满了钱财。
梁武帝派人查看粗算有三亿多万钱，
居然高兴地直夸赞弟弟善于理财。
他不会想到弟弟因此来石磨地狱，
遭受地狱对人间贪官污吏的制裁。

鱼弘南朝梁国人历任几地太守之位，
崇尚及时行乐身边有上百名侍妾相陪。
他会享乐更擅长大量搜刮民财，
为此家中应有尽有华服宝马金玉翡翠。
还恬不知耻地炫耀作恶的经验，
居然总结了搜刮民财力求“四尽”之规。[1]

① 南朝大贪官鱼弘总结自己贪的体会时所说，即将水里的鱼鳖吃尽，将山里的獐鹿等野味猎光吃尽，将地里的米谷勒索尽，将村里的百姓敲诈得死尽逃光。

就是这样一个大贪官不仅没有被惩办，
反而不断在“四尽”中连连高升官位。
他虽然在官位安安隐隐享乐至死，
却逃脱不了犯下的贪官污吏之罪。
享乐死后就被押来地狱施以酷刑，
一千多年来他也尝尽了石磨之刑的滋味。

苏逢吉后汉长安人氏位居宰相，
他索贿的方法很多可谓出类拔萃。
他毫无顾忌卖官随意升降他人官职，
连文盲花钱都可以买到官位。
为了钱财他还不断诬陷加害大臣，
加害之后将其财产全部吞为己归。
他狠毒地杀掉后晋宰相李菘及亲属，
将其所有属地和其他产业侵占而昧。
他有时索贿竟然不顾一点廉耻，
其妻武氏病死也借机向大小官员索贿。
如今在这石磨地狱不知如何再贪，
面对被磨碎的肉酱他该如何忏悔。

刘瑾本姓谈明代陕西兴平人身为宦官，
靠一姓刘宦官得以进宫便以刘姓追随。
明武宗即位刘瑾得宠成为“八虎”之王，
内宫任职还掌管京城精锐守卫军队。
他专横跋扈鼓动皇帝不理朝政，

打击报复朝臣任意杖刑为所欲为。
窃取内阁大权专权误国作威作福，
依仗权势大肆贪污索贿纳贿自肥。
朝中官位成为刘瑾卖钱的商品，
在权势路上越走越远竟企图寻机篡位。
他专权朝政仅仅五年即恶贯满盈，
最终落得千刀万剐凌迟处死重罪。

和珅清乾隆时代大贪官权倾皇朝，
在人间历代贪官污吏中他数头号。
他敛财的手段在当时凸显高明，
其财产多得已严重威胁到大清皇朝。
他敛财手段主要显现四个方面，
贪污、索贿、大发人情财和经营之道。
利用掌握朝中信息大发人情财，
使其成为诸多官员巴结追逐的目标。
他长期身居高位利用职权大肆贪污，
他手法高明贪污多少竟无从查考。
长期担任吏部尚书以此勒索百官，
索贿受贿的手法是那么的巧妙。

兼并土地为和珅敛财带来巨大收益，
他虽为官投机经营的手段却很高超。
兼并土地中他只认钱不认人六亲不认，
当铺、粮店、酒店、古玩店经营全套。

他在各种经营中完全是一个无耻小人，
费尽心机算计用尽了几乎所有行道。
和珅还使用其他各种手段敛财，
积累财富之多相当于全国十八年税钞。
他长期恪守官场潜规则贪得无厌，
从而人间有时谚“和珅跌倒嘉庆吃饱”。
他手段再高明如今也不能再敛财，
只剩下磨碎的肉酱流淌在磨道。

我们一行又走进下面几个磨房游看，
几个鬼卒正用肉酱重塑几个贪官身形外貌。
北宋朱勔以承办花石岗捞取钱财，
南宋右丞相陈自强公开标价出卖官帽。
明宣宗时左都御史刘观大肆贪污受贿，
明英宗宦官王振擅权广收金银财宝。
唐代宰相李德裕一杯羹汤花费三万钱，
清代王亶望爱吃驴肉厨房专养随时烹炒。
人间历史上贪官污吏形形色色数不胜数，
他们贪得无厌鱼肉百姓罪恶滔滔。
善恶有报贪官污吏们大多不得善终，
人间留下被唾弃恶名在地狱酷刑难逃。

一盘盘石磨悠悠转动转动悠悠，
难以说清它转动了有多么长久。
一个个贪官污吏被夹在两片石磨之间，

磨碎重塑重塑再磨不知轮番到何时候。
一头驴拉着一盘磨沿磨道不停地转着，
每盘石磨旁都配有两名鬼卒看守。
磨碎的肉酱堆积磨台流下磨道，
每一个磨房里几乎都是血肉横流。
这些贪官污吏在人间是何等专权贪婪，
把朝政搅弄得或败或亡纷乱不休。
恶有恶报如若不报时间不到，
在石磨地狱中我又看到一种理由。

第十八层刀锯地狱突现我的面前，
八个大字恐怖地刺入我的双眸。
第十八层地狱是地狱的最下一层，
被打入第十八层地狱受刑该是多么长久。
人间自古就有永世不得翻身之说，
由此而产生的骇怕自古就流行九州。
打入第十八层地狱罪孽该是多么深重，
第十八层地狱位置又该多么深幽。
看着说明介绍倒是一些平常的罪过，
不知这些罪过之人为何成为重囚，
要被打入第十八层地狱遭受最重刑罚，
这让我感到迷惑不解和琢磨不透。

“这层地狱从秦桧开始发生重要变化，
从那时起把汉奸卖国贼作为重大罪寇。

凡历代汉奸卖国贼都打入这层地狱，
列为人间所有罪孽和十恶不赦之首。
现在押此受刑的大都是汉奸卖国贼，
偷工减料买卖不公罪人这里已经少有。
欺上瞒下拐诱妇女儿童的罪人已不在此，
大都转换到其他地狱服刑关囚。”
权力书记对我的疑惑赶忙解释，
他的解释马上消除了我刚才的疑窦。
我知道人间历代出了大批汉奸卖国贼，
特别是近代出了那么多汉奸走狗。

对汉奸卖国贼就是要从严惩办，
看来天公地道充分反映了人间心愿。
我始终最痛恨的就是汉奸卖国贼，
他们在人间应该全部处决问斩。
死后更应该打入第十八层地狱，
他们卖国求荣丧尽天良丢尽民族脸面。
这时我看到牌子上清清楚楚写着，
第十八层刀锯地狱的施刑手段。
要把打入刀锯地狱的罪人衣服脱光，
呈“大”字形捆绑于四根木桩上面。
由施刑鬼卒从裆部开始至头部进行锯割，
最终将受刑之人躯体从中锯切成两半。

“就是这样我对汉奸卖国贼也不解恨。”

权力书记看到此向我发出他的感言。
这时大门打开一个特别丑陋鬼卒迎出，
蝎子一般的爪子长在他的头和脸。
权力书记告诉我他是一只蝎子成精，
在第十八层刀锯地狱任狱长已经多年。
介绍寒暄后我们便向大门里走去，
看到四只巨蜂挺立大门内侧两边。
“它们的名称叫玄蜂就是巨蜂腹大如壶，
有毒能杀人,蜇人时可是凶猛无限。”
蝎子狱长说着带我们走进刑室，
开始在第十八层刀锯地狱的游看。

在第一间刑室是大汉奸卖国贼秦桧，
他成为人间华夏千古第一卖国贼汉奸。
对于秦桧人间近千年来几乎无人不恨，
全都咬牙切齿恨不能食其皮肉心肝。
人间恨他向其金主子卖国求荣，
人间恨他公然向其金主子出卖大宋江山。
人间恨他以莫须有罪名杀害民族英雄岳飞，
人间恨他极力阻挠大宋军民光复河山。
人间恨他唆使宋高宗干了一系列坏事，
人间恨他开了人间华夏卖国求荣恶先。
他理应跪在西湖边接受人间万年唾骂，
他完全应该在第十八层地狱承受刀锯之判。

北宋时为西夏助虐的张元陕西华阴人，
曾经为西夏国王李元昊俯首称臣。
他为抢夺宋朝江山尽了终生犬马之劳，
他是一个名副其实的汉奸卖国贼人。
品格不良好阴谋多诡计性好诛杀，
因为一己私利叛变祖国投奔西夏敌阵。
不惜呕心沥血与自己的祖国作对，
助虐西夏王朝侵略屠杀大宋军民。
多次为西夏国王出谋划策袭击大宋，
因不听其袭击大宋建议而气火攻心。
苍天有眼让他为此生背痈疼痛而死去，
从此人间大地留下对他抹不去的痛恨。

吴三桂居然怒发冲冠一怒为红颜，
只可惜当年无法拷问他的内心。
但人间人所共知他为了一己私利，
居然接引清兵对关内大举入侵。
使关内大地河山置于八旗铁蹄之下，
他让人间大地又添了多少百姓亡魂。
自古以来做汉奸都没有好的下场，
自古以来做汉奸的皆难有忠心。
吴三桂后来居然又想夺取大清江山，
最终使他又成为大清的叛臣。
使他成为不齿于人间的汉奸叛臣贼子，
成为一个卖身求荣的历史罪人。

清朝的卖国条约在人间华夏大地历史最多，
而慈禧太后是卖国最多的千古罪人。
最为不齿的是她“宁与友邦，不与家奴”，
充分显示出她的汉奸卖国贼心。
她对洋人卑躬屈膝签订卖国条约，
而对国人她却是那么歹毒残忍。
这样的大卖国贼居然执政几十年，
这怎能不败坏人间天朝乾坤。
清朝末年的腐败无能大都因她所为，
她是人间华夏历史上卖国的头号女人。
她的卖国行为至今为人间留下遗毒，
她理应在第十八层地狱被刀锯其身。

人间说起汉奸卖国贼难忘李中堂，
出了名的崇洋媚外求和于西方。
一个又一个卖国条约大都出自他手，
近代卖国条约有多少签字李中堂。
日本下关至今保留他签字的桌椅，
所签《马关条约》至今痛在中华民族心上。
他理应是一个彻头彻尾的大汉奸卖国贼，
却寻找理由把卖国之恶推给皇堂。
他也许有难言之隐总想进行狡辩，
但铁的事实已将其钉在人间耻辱柱上。
他被打入十八层地狱应是天公地道，

背叛刀锯之刑他好像感到有些冤枉。

提起汪精卫中华民族就咬牙切齿，
提起他就想起那段难忘的国殇。
人间华夏大好河山被日本侵略，
他居然认贼做父投靠日本豢养。
为一己私利不惜卖国求荣甘当汉奸，
在人间华夏大地产生了极坏的影响。
为此影响了一大批人充当汉奸卖国，
给中华民族带来多少灾难耻辱和悲伤。
在人间汉奸卖国贼始终不绝于历史，
让中华民族想起来就痛断心肠。
汪精卫遭人间唾弃是罪有应得，
他被打入第十八层地狱是理所应当。

又一间刑室正在刀锯袁世凯，
“二十一条”是他卖国求荣的最大罪状。
为了黄袍加身不顾中华民族根本利益，
惹得大怒人怨把他钉在耻辱柱上。
周佛海汉奸卖国行径记在人间历史，
第十八层地狱为他安排了刀锯刑场。
陈公博紧随汪精卫充当汉奸卖国贼，
他在刀锯地狱也紧邻汪精卫身旁。
两宋时期的刘豫比张邦昌更加无耻，
当汉奸认贼做父竟为当“子皇帝”的梦想。

襄阳抗战五年贾似道居然为奸，
实乃罪魁祸首最终导致南宋灭亡。

游看刀锯地狱让我越来越心痛，
一个个汉奸卖国贼那么可恨可憎。
回想人间华夏历史让我不禁发问，
面对地狱一个个汉奸卖国贼让我思虑重重。
人间华夏五千年历史汉奸始终不绝，
这让我感到那么心痛那么不解和迷茫。
有的汉奸卖国贼仅仅为了一己私利，
就不惜出卖灵魂、国家、民族和祖宗。
有的汉奸卖国贼仅仅为己一官半职，
就不惜把整个中华民族的命运断送。
天公地道善恶有报也有些为时已晚，
他们遭到报应也难以抚平中华民族的历史伤痛。

刚看到的那些汉奸卖国贼都已刀锯两半，
满室流淌的鲜血冒着浓浓血腥。
他们的头脸也被从中间刀锯成两半，
一个个都在不断地发出惨叫之声。
他们虽都遭受了长时间的刑罚，
可也许永远要在这里遭受这种报应。
蝎子狱长带领我们继续向前游看，
看完这一层就结束了游看地狱行程。
刀锯地狱苍苍茫茫也看不到边际，

一排排刑室时隐时现黑色云雾之中。
刀锯地狱面积最小方圆一千五百里，
它的位置处在十八层地狱最底层。

地狱之深一直深到地球中心之点，
上阔下尖乃是一个巨大的圆锥之形。
整个地狱从上到下深达一万三千多里，
一共设有十八层地狱和冥界府宫及兵营。
蝎子狱长把我们带到地狱中心之点，
按动一个魔轮居然把十八层地狱显映。
那是一个特别巨大高深的圆锥形空间，
整个地球一片混沌玄黄影影叠叠朦朦胧胧。
“我们到此游看地狱行程就全部结束。”
听得出权力书记话语里充满着不舍的感情。
我的心里也有许多说不出的复杂感觉，
毕竟我们原来认识这次游看又一路同行。

跋

十八层地狱是那么幽深广大，
每一层地狱都是那么残酷可怕。
每一层地狱都震撼着我的灵魂，
每一层地狱都让我神经发麻。
我的头脑痛麻得理不出一点头绪，
大脑意识陷入严重迷蒙僵化。
眼前全是十八层地狱的残酷景象，
一层一层在我面前像展览的图画。
本来在人间认为地狱只是人们的传说，
只是古代人间创造的一个神话。
但现在十八层地狱就活灵活现在面前，
这次地狱之游否定了我在人间的看法。

每层地狱受刑的罪恶之人何其多，
那么形象地反映了在人间的生活。
地狱与人间联系原来是那么紧密，
居然一点不漏地展现了每个人的因果。
这是多么浩繁巨大的一项系统工程，
这需要三界共同来做好这一件工作。

在人间关于地狱曾听到多种说法，
其中宗教的说法和神话的地狱基本吻合。
某些宗教认为地狱是恶人死后灵魂受罚的地方，
认为人在生前做坏事死后必得坠地狱因果。
神学中的地狱与宗教的认为基本相同，
都是特指囚禁和惩罚人间恶人的魂魄。

第一层地狱拔舌地狱多么惨烈，
在我面前一直不停流着受刑人的鲜血。
第二层剪刀地狱那些受刑之人还在嚎叫，
被剪断十个手指那是多么痛若的感觉。
第三层铁树地狱利刃挑吊着一个个受刑之人，
一缕缕鲜血不停地从树上往下淋漓。
第四层孽镜地狱让人间恶人无法隐藏，
一面面孽镜前流动着一桩桩罪孽。
第五层蒸笼地狱受刑人不停哀叫，
哀叫声随着腾腾蒸气往上喷泻。
第六层地狱铜柱地狱炮烙多么难熬，
当年妲己炮烙的残毒也许从这里所学。

第七层地狱刀山地狱刀丛林立突兀，
一个个受刑人大概要在刀尖上常住。
第八层地狱冰山地狱冰冻着一个个冻僵罪人，
他们现在也许不敢再把人间罪恶回顾。
第九层地狱油锅地狱火油腾腾翻滚，

那些受刑人又该如何领受这种残酷。
第十层地狱牛坑地狱一头头牛那般疯狂，
把那些受刑之人顶戳踩踏得连连叫苦。
第十一层地狱石压地狱肉酱横流，
那些受刑之人如知现在又何必当初。
第十二层地狱舂臼地狱刑罚稀奇，
受刑人在臼内被舂杀又是何等痛苦。

第十三层地狱血池地狱更为稀奇，
受刑人要在滚烫血池中遭受血煮惩治。
第十四层地狱枉死地狱说起来多么冤枉，
有的人在人间枉死了还要来此遭受刑狱。
第十五层地狱磔刑地狱磔刑也是那么残酷，
面对着这种刑罚真让人感到胆寒惊异。
第十六层地狱火山地狱烈火滚滚烈焰飞腾，
那些受刑遭受火烧的人又该如何度日。
第十七层地狱石磨地狱把受刑人磨成肉酱，
这种特殊的刑罚让人不敢目视。
第十八层地狱刀锯地狱是地狱最底层，
到这里受刑的人在人间罪孽都是最大恶极。

十八层地狱每层都让我惊骇，
面对这层层残酷地狱有说不出的无奈。
感到有一种难以言说的复杂感受，
复杂的心情中泛着一种沉重的悲哀。

同时心中也时而涌出一种罪有应得的感觉，
那些受刑人在人间时是那么令人愤慨。
如今他们在十八层地狱虽说残酷受刑，
回想他们在人间的所作所为那是活该。
他们理应被押入十八层地狱遭此报应，
谁让他们在人间之时那么为非作歹。
对有些受刑之人偶尔产生一种不解恨之感，
因为他们给人间带来太严重的伤害。

十八层地狱残酷景象在眼前不断轮回，
反反复复显现在面前总不消退。
使心中复杂的感受越来越复杂，
混乱的思绪中偶尔追寻到一些回味。
十八层地狱在人间描述得活灵活现，
在许多人的心目中留下形象的描绘。
我由于不信鬼神平时对此不屑一顾，
对人间所说地狱之事从不加理会。
现在忽然回想起人间有关地狱的传说，
大部分竟与我在十八层地狱所见相随。
在人间古老大地居然多处建有地狱，
现在回想起此事还真那么耐人寻味。

古老中华大地四座古地狱那么古老，
而且四座古地狱全都在地下建造。
就如同按照我刚游看的地狱设计一般，

建造得那么形象逼真阴森幽奥。
据史书记载大约从南北朝时期开始，
地主阶级结合宗教势力便开始在地下修造。
按照各种神话中有关地狱的原型，
建造出来了十八层地狱的实物景貌。
这些实物地狱被保存下来的尚有四座，
因为我曾经游看过所以对此比较知晓。
柏山寺十八层地狱是仅存的十八层地狱实物原型，
十八层地狱全部构造设于地下层层相交。

这是建造的十八层实物地狱唯一存留，
建造的时间是那么古老悠久。
十八层地狱由次第而下的十五孔窑洞组成，
其中有三孔窑洞各分为两层建构。
从而构成了正好十八层地狱之层数，
古老的窑洞或许尘封着这种缘由。
地狱中首设五狱大帝塑像栩栩如生，
次设十殿阎罗塑像气宇威严雄赳。
最后设置六曹判官和各种鬼吏塑像，
犹如按照职责在各自岗位上坚守。
活灵活现地再现了神话中地狱的真相，
更印证了我所游看的十八层地狱所有。

高庙地狱宫也全部建造在地表下面，
它的结构形体为一座巨型宫殿。

位于宁夏中卫县旧城正北方位，
但不是完全按照神话中十八层地狱结构而建。
地狱宫殿内含有各种地狱怪象，
显得森严让人进入之后惊栗胆寒。
地狱之上还设计建造了天堂楼，
天堂楼内塑有玉皇太白金星等神仙。
双林寺地狱位于山西平遥西南双林寺内，
所存地狱分地藏、十殿阎罗和六曹判官。
这些地狱建设如今保存比较完好，
只是这处地狱也不是按十八层所建。

金阁寺地狱称地藏殿殿宇幽深，
殿内塑有各种形象气象格外严森。
地殿阁旁建有观音殿、菩萨殿等六大殿，
六大殿内塑有各种塑像一千多尊。
布局完整其塑像艺术造诣很多，
堪称唐、明以来殿宇塑像的精品。
四大地狱充分显示了十八层地狱形象，
所建造的实物反映了人间的向往。
反映了神话中十八层地狱设计构造，
从而使我对以往的认识产生了疑问。
在游地狱之前我根本不相信有地狱，
如今可面对这样相似形象结果陷入混沌。

在混沌中我感到一种从未有的迷茫，

让我坚定的信仰灵魂越来越彷徨。
十八层地狱景况让我感到了天公地道，
让我看到了因果报应那么真实的情况。
押在十八层地狱受刑的人都是人间罪人，
地狱里所列的全是他们在人间的罪状。
地狱里居然对他们在人间所作所为清清楚楚，
他们在地狱里的言行也都是在人间时的形象。
眼前的这一切现实景象搅乱了我的思想意识，
心中的各种疑惑不断在生发疯长。
混乱的意识里骤然滚动起浓浓阴霾，
使我更加难以辨别真真假假和方向。

地狱里的领导管理体制多像人间编制行政，
十殿王及各部门各有各的分工和职能。
广大的地狱押着难以数计的罪犯，
却是那么严密有条不紊地转动。
人间都知道地狱是那么的残酷阴森可怕，
而这样的残酷却完全是为了对恶人严惩。
人间自古就有俗语阎王好见小鬼难缠，
好像地狱里的鬼族那么残酷无情。
可他们那么残酷大都是为了秉公执法，
如果地狱也像人间这样徇私枉法又如何秉公。
混混沌沌疑疑惑惑真是难以厘清心中紊乱，
仿佛在混沌玄黄天地中做了一个长梦。

第二卷

灵园游

序

对于灵园我更不知道在哪?
在人间几十年从未听说过它。
只是在游地狱前云霞老师告诉我,
这才知道三界中有灵园这一说法。
但灵园到底是个什么样的区域,
她还没有给我详细的解答。
神话中的三界是地狱、人间、天堂,
自古以来一直都是这样分划。
我以前即清楚知道人间是真实存在,
地狱和天堂只是人们心灵的虚幻大厦。
人间是一种真实的特质存在,
地狱和天堂是一种唯心意识幻化。

尤其是对灵园人间很少有人传说,
恐怕人间知道灵园的人也不会太多。
人间男女老少大概人人都知道三界,
知道地狱和天堂的古老神话传说。
以前我所知道的宗教也很少提到灵园,
但不论宗教还是普通人间都知道魂魄。

就是地狱之说各种宗教也是不同，
天堂之说相互间内容层序差别很多。
神话中所说的地狱和天堂也不一样，
东方所说和西方所说也是各有所涉。
但神话和宗教都很少涉及灵园，
对此我更不知道什么原因又是为何。

我知道但丁在《神曲》中描写了一个净界，
而且描写得还是那么的形象真切。
但如果按中国宗教和神话所说划分，
净界却不能算三界中的一界。
既不能算它是地狱或是天堂，
同时也不能把净界作为人间来解释和理解。
净界或译涤罪所或译炼狱，
有的还把净界译为净罪界。
不论译为何名称都难归三界所属，
地狱、人间、天堂不能把净界排列。
净界明显不属于这三界任何一界范畴，
把净界划归哪一界都不确切。

中世纪时西方人大都设想净界在地球内部，
那时不论传教士和一般俗人对此都清楚。
他们知道普通人与恶人魂灵不能相混，
忏悔赎罪的恶魂灵要遭受痛苦。
那时在西方人的原始想象之中也不一样，

对净界与地狱他们也并没有区别清楚。
在古代中国更没有净界这一观念，
无论是宗教还是神话都没有净界的出处。
在世修行好的大善之人死后可升入天堂，
大恶之人死后必然被打入地狱遭受刑酷。
但在人间的人大贤大圣大善之人少而又少，
罪大恶极罪孽深重的罪人也是少数。

从中我看到一个难以理解的事理，
人间更多的普通人死后又到哪里？
人间芸芸众生一尘不染的圣贤人毕竟不多，
他们死后肯定要升入天堂里去。
占少数的恶人死后也肯定要下地狱受罚，
众多的中间者死后也需要有个居地。
难道他们死后都被安排轮回托生，
不过这样也是一种安置方式。
这样接连不断轮回托生也太辛苦，
如此对那些不愿轮回托生的又该如何安置。
这其中肯定还有不能让其马上轮回托生之人，
由此带来了一系列矛盾和难题。

但丁终于创造出一个有效办法来，
创立净界这样一种特殊区域形态。
也许他不执着地狱、天堂实有其境，
也不计较净界是不是作为一种物态实际存在。

他着重的是人类心理变化的历程，
人的一念为恶即视为地狱之灾。
人的一念向善就是向往的天堂，
而由恶至善的过程就相当于净界状态。
在但丁心里净界的观念被大大革新，
从而有了一种幻化的净界园台。
西方的净界可以说是但丁的创造，
为此给西方人类心灵带来一种希望光彩。

但丁的净界在苍穹之下大海之内，
崎岖的山路穿行岩穴间芳草菲菲。
苍穹之下耸立着高高的山峰，
诸多灵魂环绕着山腰在修炼忏悔。
在净界的这些灵魂都有向善愿心，
他们渴望通过修炼得享净界山顶之美。
但丁把净界本部设置为环山腰七层圆路，
每一层圆路上洗炼着修炼者一项大罪。
七层圆路洗炼着修炼者七大罪恶，
但丁让在净界灵魂背负了太多的恶罪，
分别为骄、妒、怒、情、贪吝和浪费、贪食，
净界山最上面第七层是贪色的罪。

灵魂在第一层屈身于重石之下口中祈祷，
要看着路边雕画的谦虚者傲慢者从中受教。
灵魂穿越第二层时背靠山岩坐着，

一边像兄弟一样相依着一边唱着祈祷。
穿越第三层时灵魂在浓烟中行进，
用幻象表现着心中唱和祈祷的心照。
通过第四层的灵魂互相策励奔波着，
他们要自述着怠惰者的罪和勤劳者的好。
通过第五层的灵魂都卧着嘴亲着地面，
他们不停唱着《诗篇》中的歌谣。
经过第六层的灵魂都瘦得不成样子，
边叙述节食和饕餮故事边唱《诗篇》中歌谣。

灵魂在穿过第七层时结队在火中行走，
这对他们已经熬到即将成功的时候。
但丁把净界的灵魂也安排有罪灵魂，
真不好理解他为何要如此划谋。
对这些灵魂与下地狱的灵魂该如何区分，
对此难以弄懂他心中为何这样安排的缘由。
但丁在《净界》宗教成分中掺和了个人成分，
同时幽隐的政治成分也很浓厚。
不知中国的灵园由谁来创造，
也不知它是属于三界之中的哪个范畴。
反复推敲也难以完全理解和认识，
为此心中禁不住升起一缕缕担忧。

在人间时曾经常听人说黄泉、九泉，
说人死亡时常说命丧黄泉含笑九泉。

从来也没有思考过这些话的含义，
也从来没有在意它们的范畴概念。
黄泉路上无老少这路究竟在哪？
九泉之下又是指哪里又该有多么深远？
也许九泉之下指深不见底的地下？
或许把阴曹地府也可作为了九泉？
许慎《说文解字》把黄泉、九泉列为同义词，
都是指人死后所埋葬的地穴之端。
或许人们把黄泉和九泉作为亡灵代名词，
随着社会发展变化形成为一种习惯流传。

在中国古代三界之说已得到公认，
不论中国宗教或神话对此都有广论。
宗教人士对三界之说深信不疑，
迷信的人对三界之说更为尊崇和迷信。
按此说三界之一天堂在天上人在大地，
地狱设置在地下并且位置很深很深。
地狱、凡间、天堂已经深入很多人心灵，
不论作为虚幻还是物质形态早已深入人心。
灵园更是刚刚得知的一个神秘界域，
蒙着一层我无法揭开的迷惘神韵。
我知道在人间大地没有什么灵园，
或许是物质的大地还隐蕴着一个幻化乾坤。

在前面我借用了但丁净界的光芒，

为的是认识中国古代灵园神秘的幽藏。
希望在我游看灵园时能给我帮助，
以尽快解除我心中的担忧和迷惘。
我清楚知道中国的三界不同于西方三界，
中国所说的上帝与西方的上帝也不一样。
中国的灵园也不会相同于但丁的净界，
中国的神学也要比西方神学古老悠长。
在西方神学建起殿堂请来上帝之时，
中国的神学早已闪耀着古老的灿烂辉煌。
中国神学的诸多元神早已遨游九天，
中国的上帝早已上朝在灵霄宝殿殿堂。

我怀着一种渴望复杂迷惘的心情，
向往着那陌生灵园的神秘之境。
真想早一些知道有关灵园的一切，
不管是物质存在还是意识的幻化反映。
神奇的宇宙还有许多奥秘人类尚未发现，
说不定灵园的发现会让人类震惊。
真该为人类再找一片纯洁的净地，
以安置拯救人类摇摇欲坠的生命。
地狱和天堂恐怕难以拯救人类，
人类需要寻求一个承载未来的新途径。
怀着狂想和急切心情迈开大步，
开始了我游看灵园的陌生行程。

第一章

权力书记带着我在混沌玄黄中飞跃腾达，
只听两耳呼呼风声雷电交加，
混沌中不时显现火山、冰山、刀山，
还有鬼哭狼嚎人叫的喧闹嘈杂。
一座座阴兵兵营坐落在万山丛中，
一队队阴兵在行进中迈着整齐的步伐。
冥界王城城郭飞临眼底更显壮观，
鳞次栉比高低起伏更显森严勃发。
我们从地狱第十八层一直往上腾飞，
整个冥界地狱景象在我面前重又显化。
我知道我们在快速地飞离地狱，
向着我下面将要游看的灵园进发。

我终于又看到了波涛滚滚的大海，
又看到当空皓月美丽的月华。
权力书记说我们是从地狱南大门飞出，
这上面就是人间大地的海角天涯。
霎时冥界地狱的所有景象全部消失，
只有大海的浩瀚和连绵群山的挺拔。

权力书记告诉我他要就此告别，
他让我一路向北直奔黄土高原进发，
然后马上到黄帝寝宫去拜见黄帝，
说我到了以后自会有人安排接洽。
交代完后权力书记与我依依惜别，
阴阳相隔我们不舍也没有办法。

我在人间生活已经长达几十年，
已深切体会到人间的悲惨和复杂，
不然我也不会产生冲天的怨愤，
以致惹出了让我游看三界的处罚。
往好处说是给我一次受教育机会，
让我完全相信天堂和地狱不是神话。
至今不知道该让我如何游看灵园，
因为几十年我都在人间苦苦奋斗挣扎。
可以说我对人间的认识非常深刻，
从古至今三教九流对人间各有不同看法。
不知为什么要安排我游看灵园，
我只能服从没有别的办法。

皓月当空正无声无息地纵情古老的歌，
敞开胸怀静静地拥抱着壮丽山河。
此时的天和地含情脉脉心意缠绵，
大海和山川大地是那么的温馨谐和。
多少年来没有领略这么圣洁静谧的夜晚，

原来人间也有这么美好的时刻。
多少年来各种纷争总是不绝于心，
无尽的喧嚣和嘈杂总是不绝于耳廓。
纷争使人间大地山河到处是腥风血雨，
纷争使人间生发了多少的罪恶。
从而使多少人陷入人间悲苦之中，
又使多少人承载着悲惨的罪祸。

在这难得的美丽月夜我一路北上，
不断飞越一座座高山一条条江河。
真不愿相信这么温馨的夜晚，
隐藏着的是一个悲惨世界的没落。
几十年的人间之路留下太多的伤感，
让我深切体会了人间几十年的生活。
如今让我游看灵园会看到什么境况，
难道也是那些无休无止的罪过。
地狱虽然残酷却是那样的真实，
不像人间口蜜腹剑虚假的东西太多。
地狱虽然无情却是一个公正的地方，
不像人间有情有理却是难以诉说。

当空的皓月不停地抚慰着我的心，
不断给我留下一支支美丽的歌，
不断给我留下一个个古老的故事，
不断给我留下一个又一个神奇传说，

不断给我留下一个又一个费解，
不断给我留下一个又一个疑惑，
不断给我留下一个又一个梦想，
不断给我留下一个又一个难解的心锁。
大海被复杂的心远远抛在后面，
月亮及时地拉来前面的黄土高坡。
只有大胆的星星睁着忽闪的眼睛，
惊奇地看着大地上闪烁的万家灯火。

忽然我看到一望无际的黄土原野，
在月光中像金色的大海涌动着琼浆玉液。
北面是蜿蜒逶迤腾跃的万里长城，
西面的日月山喷涌着满天的圣洁。
东面的太行山拉起山、原、川奔腾，
巍巍连绵的秦岭在南面托起朱雀。
山、原、川三大地貌构成黄土高原主体，
耸峙高塬上的山地犹如海洋中孤岛林列。
董志塬、洛川塬塬面那么宽阔平坦，
沟谷发育分割出的一道道梁纵横如阶。
形状如馒头的峁连着川两旁的掌，
纵横的沟壑广布的梁、峁、掌层层叠叠。

这里是黄土大地的中心黄土高坡，
我的祖先在这里度过多少古老岁月。
这里是人间华夏祖先的起源圣地，

这里是中华始祖黄帝最早的疆野。
相传女娲娘娘最先把黄帝安排在这里，
让黄帝在此统帅开创人类的事业。
从此凡界人间在大地开始建立，
与地狱和天堂构成了完整的三界。
这次游看灵园让我先来到黄土高坡，
为何要这样安排让我不得其解。
特别嘱咐让我直奔黄帝陵庙而来，
并告诉我到了以后自会有人迎接。

黄帝陵是黄帝轩辕氏的陵墓，
位于陕西黄陵县城北桥山地界。
相传黄帝得道升天故此留下衣冠冢，
不过这种说法显然不是那么确切。
女娲娘娘安排玉帝统帅天堂，
假如黄帝再升入天堂那该如何排列？
女娲娘娘既然安排黄帝统帅人间，
那么黄帝就应该坐镇人间的宫阙。
要知道黄帝可是主持三界中的凡界人间，
他如果升入天堂又如何主政人间事业。
这些对我对人间至今都还是一个谜，
这谜团至今仍然还没有得以解决。

俯瞰大地终于看到黄帝的陵墓，
马上感觉一股清雅之气直冲天幕。

我赶忙远远降落在黄帝陵正南方，
遥望着黄帝陵轻轻停下我的脚步。
黄帝陵一直以来号称天下第一陵，
古称桥陵是因坐落风水宝地之故。
沮水河由西向东呈U形绕山而过，
东西两面有河就像水从山底流出。
蒲谷水水源其山下水流通故谓桥山，
自古因以桥名故称黄帝陵为桥陵陵墓。
因黄帝声名远播遂改桥陵为黄帝陵，
也为区别蒲城丰山唐睿宗之桥陵缘故。

自此以后黄帝陵一直沿用至今，
并把黄帝陵所在中部县改称黄陵县图。
据传黄帝死后后人为表达怀念之情，
便起冢为陵立庙祭祀这位人文初祖。
黄帝陵也是为后人祭祀黄帝的场所，
人间华夏历代帝王和著名人士都在此祭祖。
祭祀黄帝最早始于公元前四四二年，
这是有记载后人间最早的祭祀记录。
自公元七七〇年唐大历五年建庙祭典，
这里一直是历代王朝举行国家大祭之处。
“古者先振兵泽旅，然后封禅，乃遂北巡朔方，
勒兵十余万，还，祭黄帝冢桥山，释兵须如。”[1]

① 引自《史记·封禅书》。

可见在汉武帝以前桥山黄帝陵就已存在，
在人间黄帝为历代后人崇敬和仰慕。
从我懂事起就听到诸多美好的传说，
从那时起就知道这位伟大人文先祖。
可是黄帝到底是人是神一直众说纷纭，
的确难以分辨他是神还是伟大人物。
古老神话中有他那么多的神奇传说，
人间历史上有他那么多的神奇记录。
游看地狱前云霞老师又向我说起黄帝，
游看灵园又安排我先来到黄帝陵墓。
看来这一切好像都不是随意安排，
这里面一定包含着什么意图。

这是一个难得的晴朗月圆之日，
披着圣洁月华的黄土高原是那么静寂。
圆月高挂在万里无云的中天，
月光中的黄土丘陵涌动着金色涟漪。
皓月照耀下的黄土高原更显阔大，
拉近了与月空的距离使星垂月低。
金色的海洋相拥着银色的世界，
黄土高原的今夜好像又重新开始。
皓月又送走一个不复返的昨天，
迎来一个也许永不重复的生息。
古老的黄土地尘封着久远的厚重，
厚重的尘封中该有多少幽深的神秘。

正是夜半时分大地是那么的安静，
万籁俱寂的月晕中只有我的喘息。
我知道有条通达黄帝陵的神道，
这条神道也叫登道我曾三次来过这里。
皓月当空的夜半我还是第一次来，
这月夜中的黄帝陵更加庄重神秘。
我计划沿登山大道而上夜谒黄帝陵，
反正陪同我游看灵园的人此时未至。
我沿着登山大道快步向上攀登，
月光下眼观苍翠柏林更加神圣旖旎。
陵道形断意连曲不离直构建巧妙，
登道拾级而上两旁石雕位置倍显别致。

道旁参天古柏掩映一座明朝竖立石碑，
“文武百官到此下马”八个大字令人心仪。
每行至此我不禁整理衣冠恭敬肃然，
犹如仰望人文初祖黄帝陵台高立。
陵园四周顺依山势修有青砖围墙，
红椽绿瓦古香古色凸显幽奇。
陵园东门棂星门两旁仿制汉代石阙，
陵园西门左侧“汉武仙台”石碑筑台而立。
桥山之巅便是天下第一陵黄帝陵冢，
陵冢高枕黄土高原与天相拥相依。
陵冢位于桥山山顶正中坐北面南，

方台圆冢彰显“天圆地方”“天地相合”之义。

黄帝陵前立有“桥山龙驭”刻牌，
意为黄帝从此处驭龙升入天台。
黄帝是开创人间中华民族的祖先，
据说是女娲娘娘安排人间的统帅。
他来人间便在黄土高原开创人类大业，
在黄土大地开创了黄种人的豪迈。
他用玉做兵器并造出舟车弓矢，
从而人间有了统一部落组织形态。
他的妻子学会养蚕从而有了衣服，
其史官仓颉创造了文字从此有了文脉。
其臣大挠创造了干支历法从此有了年月日，
其乐官伶伦制作了乐器从而有了乐台。

据传说黄帝活了一百一十八岁，
他死后就被安葬在这桥山黄土地脉。
还传说黄帝使命完成驾乘黄龙归天，
但传说中却没有黄帝归天后的存在。
人间祭祀黄帝早在春秋战国就开始，
据考证黄帝陵园最早建于秦代。
汉朝初期在桥山西麓建起轩辕庙，
从唐代开始在黄帝陵庙广植松柏。
宋太祖将轩辕庙迁移桥山东麓黄帝行宫，
从此黄帝陵庙历经朝朝代代直到现在。

这就是至今人间拜谒的轩辕庙，
几千年来陵居中原彰显中华古老人脉。

轩辕庙有庙和祭祀大殿两大殿阁，
积五千年大祭和一代又一代恭行祭拜。
最早祭祀黄帝始于公元前四四二年，
这是今天能查到的最早祭祀记载。
至于黄帝生卒年月可惜至今难以考证，
也许这正应验了黄帝由女娲娘娘派来。
祭祀广场北端是建有九跨的轩辕桥，
全桥均采用花岩石料砌成古朴条台。
桥护栏上均雕刻着古典图案花纹，
轩辕桥下及其左右水面为印池池台。
桥山古柏倒映池中与白云蓝天交相辉映，
为黄帝陵平添了无限神灵仙风气概。

印池四周绿树成阴盎然青翠，
轩辕桥在松柏掩映中格外庄严雄伟。
轩辕桥北端为龙尾道设九十五级石阶，
象征黄帝“九五之尊”至高无上地位。
我刚走到轩辕桥头一个身影突立面前，
“声儿!”身影是那么亲切地对我称谓。
猛然间我认出站在面前的竟是父亲，
他连声呼叫着我眼中开始流下泪水。
“爸,您怎么会在这里?”我惊愕地发问,

"这几天我一直在这里等着与你相会。"
"等我?"我突然想起权力书记分手时的话,
告诉我游看灵园也是一位熟人相陪。

没想到来迎接我的是父亲,
没想到游看灵园由我的父亲相陪。
十年前我的母亲因病离我而去,
一年后父亲也离开我把母亲追随。
他们去世后都葬在老家的祖坟,
这些年我流下多少思念的眼泪。
再思念也是阴阳两隔难以相见,
只有时而在梦里与他们相会。
可每次相见父母都是无声地望着我,
从来没有给我说过话好像很伤悲。
每当这样的梦醒来我总是自省其身,
父母在世时是不是我把他们得罪。

不敢说我是多么孝顺的一个大孝子,
却能保证说我未惹父母生气几回。
我的父母一生是那么的老实厚道,
他们一生对子女那么呵护有加细致入微。
我们兄弟姐妹也很少有人惹父母生气,
家里家外也从未为父母招惹是非。
我离家之前一家人的日子虽然很贫苦,
但家中却是一片浓浓亲情和睦氛围。

父母一生虽然艰辛却是高寿离世，
为他们送别的场面也让人心遂。
我一直牵挂不知父母生活在何方，
今夜父亲是从哪里来此与我相会。

“前几天黄帝派人下诏让我来朝，
说是有一项十分紧急任务相告。
这任务原来就是让我带你游看灵园，
带你游看的同时对你进行一些开导。
黄帝对我说你这次要游看三界，
我听说后心里是又高兴又心焦。
高兴的是我这次能够见到你，
心焦的是怕你的人生命运不妙。
这些年我和你母亲虽然很想念你，
但你毕竟年轻在人间阳寿还未到。
还是希望你在人间能够得以长寿，
我们能护佑着你们让其生活得更好。”

“我是前天晚上来此参拜黄帝，
他说今晚你就来让我等候在轩辕桥。
我不知天堂为什么安排你游看三界，
更不知这件事包含着什么玄奥。
自从听说后我就一直忐忑不安，
不知你自己知不知道其中蹊跷。”
父亲怀着担心和欣喜叙说询问着，

他对我还像在世时那样关心和操劳。
可怜天下父母心有多少人不能理解，
这也许是人间让人备感欣慰的一条。
假如人间之心都像父母对子女之心，
那人间又该是多么的温情和美好。

“听说是我在人间对天堂的怨气太重，
居然直冲到天堂玉皇大帝的灵霄。
为此玉帝便下诏让我游看三界，
最终到底什么结果我也不知道。”
“你这孩子现在都已经到中年了，
说话做事为什么还那么心直气傲。
得罪了天堂还能有你的好果子吃，
到时候要惩罚你那该如何是好。”
父亲还像在人间那样为我担心，
想当年他对我进行过多少说教。
我的秉性大多来自于父亲的遗传，
对这一点父亲在世时完全知晓。

这些年来对父母的怀念一直缠绕心头，
随着年龄的增长凝聚成一种伤愁。
特别是在我遇到困难和挫折之时，
心中那种难言更感沉重浓厚。
有父母作依靠那是一种无形的力量，
父母的关爱那是人生多美好的享受。

如今我再也没有这种依靠和关爱，
时常感觉就像大海上的一叶孤舟。
孤独的我也担心另一个世界的父母，
不知他们生活得是快乐还是忧愁。
也不知道他们是否已经得以转世，
也许他们能够得以升入天堂而不朽。

“这些年您和母亲生活在哪里？
在人间连你们的一点消息也没有。”
“我和你母亲也不知道家中的情况，
阴阳相隔相互间不能直接来往交流。
我和你母亲一直陪伴你爷爷奶奶修炼，
有时也陪着你爷爷奶奶出去走走。
这些年大部分时日在祖祠墓地度过，
我们的修炼已经取得可喜的成就。
不为你们我们现在就可以升入天堂，
升入天堂后日子就会过得幸福自由。
在祖祠或墓地却不能与家人来往，
只能按照天规律约各自相守。”

“只说是地狱、人间、天堂三界，
氏族祠堂陵墓这算哪一界范畴？”
“三界之分就是地狱、人间和天堂，
除此三界再没有其他界别范畴。
氏族祠堂、庙宇、陵墓是阴曹地府一部分，

这一部分是冥界一个特殊的生命方舟。
你已知道人死后大善者升入天堂，
凡犯有罪过者都要下地狱遭受刑囚。
但许多人没有罪过也不够升入天堂资格，
就需要在这个特别的灵园内存留。
进行修身养性以便能升入天堂，
还有人在托生前在这里修身等候。”

“这些等候的人不断净化灵魂等待因缘，
企望他们的来生能够更加美好圆满。
但丁在《神曲》中创造了一个净界，
他那个净界或说炼狱也不在三界之间。
不管是天朝还是西方公认三界之说，
这是铁的事实谁也不能把它改变。
让你游看灵园就是游看冥界的这一部分，
不然黄帝怎会安排我来带你游看。”
父亲的一翻解说让我意想不到，
在此之前我还真不知三界中还有灵园。
我刚才还疑问对游看地狱的安排，
父亲的解说给了我一个释疑的答案。

我跟随父亲穿过轩辕桥来到龙尾道，
沿着龙尾道向上登临黄帝庙院。
山门为五间廓庑式花岗岩建筑，
整个庙院显得是那么庄严雄伟壮观。

轩辕庙由庙和祭祀大殿两部分组成，
均为一九九三年以后修缮和新建。
庙宇建筑均采用全麻石建筑，
整个庙院彰显着神圣肃穆庄严。
入庙院山门首先看到的是轩辕手植柏，
此柏高大粗壮虬枝苍劲柏叶青翠盎然。
相传这棵柏树由黄帝亲手植栽，
满树隐蕴着几千年古老历史文翰。

父亲带领我急急忙忙来到诚心亭，
诚心亭面阔五间进深还有一间。
祭祀人员入祭祀殿要先到诚心亭，
必须在诚心亭整饰衣冠静心净面。
这时我看到父亲的穿着是那么整洁，
那是他去世时我亲手给他穿上的衣衫。
藏青色的中山装是父亲生前定做，
对这身中山装父亲是特别的喜欢。
还有那藏青色的圆口纳底布鞋，
那是母亲亲手缝做父亲一直没舍得穿。
父亲又认真地整饰了一下衣装，
我看着自己身上的夹克和运动鞋感觉有些随便。

“拜见黄帝始祖一定要注意礼仪分寸，
回答问话时一定要考虑周到认真。
我也是前天刚来时第一次拜见黄帝，

在此之前我也没有见过他的真身。
听说他现在会见人一般在祭祀大殿，
很多时候也在他的庙宇里接见来人。
偶尔始祖也出去到各地巡视，
更多时候是闭门修炼在他的陵寝。
听说始祖现在经常感到很无奈，
因为人间的人和事一天比一天沉沦。
他为这事一直以来都是那么的苦恼，
一直以来都是那么的伤感和忧心。”

父亲带领我一边往前走一边介绍，
我一边观看两侧景色一边在后紧跟。
“我早就料到黄帝会有这种想法，
我也是为此而产生了冲天的怨愤。”
“你以后不要再怨愤那样对你不好，
听说女娲娘娘都无办法心急如焚。”
听得出父亲的话里含着深深忧愁，
他更为我一直怀有怨愤而担心。
人间的人从产生就存在着先天不足，
就为人间的一切罪过祸患埋下了根。
女娲娘娘曾设想毁灭人类重新捏造，
三界的复杂原因可能使她难以遂心。

轩辕庙正殿面阔七间进深三间，
殿内正中壁龛内雕嵌黄帝石身。

突然间黄帝石身化为一片灿灿金光，
金光中端坐着一位高大威严金尊。
他左右两边排列人员不是很多，
我认不出他们是哪几位王公大臣。
黄帝鹤发童颜身着黄袍锦带，
他又像人间帝王又像是天上尊神。
我仔细端祥庙中所塑石像还真像他，
威严中显示出令人崇敬的和蔼可亲。
我跟随父亲赶忙走到殿中央黄帝座前，
虔诚又郑重地向着黄帝跪拜躬身。

“你来了，起来吧。”声音洪亮如钟鸣响，
“难得你在人间能有一副悲悯心肠。
我很高兴炎黄能有你这样的子孙，
但是空怀怨愤对人间不能给以相帮。
你已经游看地狱知道善恶终要有报，
这一切都是三界自古以来的纲常。
人间走到今天这一步我有很大责任，
但我却无能为力改变这种景况。
人间、地狱和天堂都没有办法改变，
包括神祖鸿钧老祖和女娲娘娘。
你知道人间之事皆由天堂决定，
我只是按照天意管理人间纲常。”

“人间的各种教化已经经过千秋万代，

但其教化效果却令人大失所望。
人间犯各种罪过的人越来越多，
仁义礼智信在众多人身上完全沦丧。
你已看到下地狱的人是越来越多，
只有很少的人死后可直接升入天堂。
这些年来我一直为此而深深苦恼，
更为自己的无可奈何而自责和忧伤。
好在炎黄子孙中还有你这样的人在，
尚可在炎黄子孙中担当起脊梁。
这是如今我唯一感到欣慰的一点，
不然真是难以面对子孙和女娲娘娘。”

“从冥界建立初期我开辟另一域区，
这就是灵园修身净化灵魂的道场。
你的父亲已给你作了大致介绍，
你要游看的灵园就是这些地方。
这些地方有使用儒家经典教化的学校，
有各位菩萨在各大名山设立的道场。
有分布各地名山胜地的道教庙观，
还有分布广大的氏族祖庙和祠堂。
三皇五帝的陵庙也常年开设教化，
我的陵庙就有几代魂灵常年来来往往。
我在陵庙时常对他们进行教化，
特别是每年祭祀大典我必大力褒扬。”

“值得高兴的是灵园这一域区教化比较成功，
所有魂灵都能够自觉在这里修身养性。
不论是等待托生转世还是等待升入天堂者，
其灵魂大都能够净化比较纯净。
戒除了七情六欲和所有私心杂念，
能够按照天公地道认真践行。
这是我作为人文始祖教化后人的成效，
也是我统帅管理人间以来的一点成功。”
“始祖，人间大地为何就不能如愿，
难道就真的没有办法拯救这种人生？”
面对始祖黄帝我忍不住大声发问，
“难道人间的这种悲剧要从始到终？”

“这也是我长期以来心中的一个疑问，
时至今日对此谁也难以说清。”
黄帝的话语中透出一种深深的无奈，
听到此我的心情感觉愈加沉重。
“始祖，难道就真的没有办法拯救人类，
难道就让这种人生悲剧永远反复演映。”
黄帝像是无可奈何地摇了摇头，
“你可贵之处在于有一颗矢志不渝心灵。
也许最终能够找到拯救人类的办法，
这也是人间有识之士的共同心声。
好吧，我们今天就先谈到这里，
下面由你父亲带领你开始游看灵园行程。”

我和父亲拜别黄帝走出轩辕庙堂，
黄土大地上仍然是夜深月明。
只是月亮已经走到西边天际，
初秋的大地仍旧醉躺在月怀之中。
父亲带领我来到汉武仙台下面，
“夜夜唯留明月照，年年只见白云兴。”[①]
我突然想起旧时文人为仙台写的诗句，
使我不禁发出一阵思古之幽情。
旁侧高大的“汉武挂甲柏”枝叶繁茂，
树下几匹白马昂首炮蹄甚是威风。
父亲告诉我黄帝安排我们骑马游看，
我和父亲各自跨上一匹白马开始奔腾。

① 引自寇绍光为汉武仙台写的一首诗。

第二章

银色的海洋腾跃着飞奔的白马，
大海被划开两道闪耀的浪花。
两匹白马像两条白龙向前飞腾，
在银色大海上劈开两道水峡。
两匹白马又像两只飞跃的快艇，
像两头戏水飞冲的巨鲸白鲨。
一座座梁一座座峁被抛在身后，
一道道河一道道沟被飞跃腾跨。
高坡和山林拉起手追逐着我们，
整个黄土高坡都在涌动腾挪。
头顶皓月骑马飞奔在黄土高原，
此情此景是一幅难得的美景图画。

在我到来之前黄帝已向父亲作了安排，
给我这次游看灵园作了详细计划。
让我先拜谒游看三皇五帝陵庙，
然后再游看三教九流各路名家。
还要游看家族祖祠和有关祠庙，
最后还要游看几处有名胜地的教化。

父亲告诉我黄帝的安排十分周到，
几乎看遍了炎黄几千年的华夏天下。
“关于三皇五帝人间历来众说纷纭，
到底是哪几位一直没有统一的说法。”
我们奔跑一阵又开始放慢了速度，
我和父亲并马而行趁此和父亲拉呱。

“我知道几千年来在人间一直众说不一，
但一直又没有办法去佐证考查。
不过始祖黄帝对此十分清楚，
我认为他说的是最可靠的说法。
那天黄帝向我交代时我曾拜问，
关于三皇五帝黄帝给我明确回答。”
“那真是太好了。”我不由欣喜地感叹，
这可是一直萦绕我心中的一团乱麻。
要知道这是人间几千年的一个悬疑，
这些年在人间的说法愈加混乱复杂。
“黄帝所说的三皇五帝都是谁？
与人间长久的传说差别大不大？”

“黄帝所说三皇五帝不同于人间传说，
但与人间传说基本上还是比较吻合。
黄帝所说三皇是伏羲、有巢氏和燧人氏，
但这三位不是人间人祖而是神者。
伏羲是与女娲娘娘同生的大神，

黄帝是他与女娲娘娘的共同制作。
伏羲与女娲娘娘是玉帝名副其实的父母，
黄帝和魔帝也理应是他们的生命脉络。
因黄帝是由伏羲训育并扶植人间，
所以人间也把伏羲当作人文始祖者。
并把伏羲奉为三皇之首并建太昊陵，
从此人间开始祭祀和供奉香火。”

“其实人间的太昊陵是伏羲的衣冠冢，
伏羲大神扶植黄帝后从此便无下落。
传说他与女娲娘娘有时云游九天之外，
又传说他从此隐居把三界超脱。
就是黄帝也不知伏羲到底在哪里，
三界之中谁也不知他隐居哪里生活。
其实女娲娘娘和鸿钧老祖也是这样，
三界之中谁也不知道他们的下落。
也许有一天二界需要他们出现时，
那时一切就会弄明白不用再猜测。
就会彻底解开人间的千古之谜，
一切传说和猜测就会获得明确结果。”

“三皇中的另两位是有巢氏和燧人氏，
也是女娲娘娘安排来人间的神者。
让有巢氏教会人间筑巢而居，
让燧人氏教会人间会使用火。

因而人间也把他们奉为人文始祖，
并建陵庙得享人间祭祀香火。
不过人间没有为有巢氏兴建陵冢，
至于为什么人间也有各种传说。
有巢氏和燧人氏完成使命也离人间而去，
从此以后也没有了他们的下落。
他们也许隐居在哪座仙山修炼，
也许隐居修炼于哪一方天阁。”

“关于五帝说法人间自古也不明确，
到底是哪五位先人也存在差别。”
我曾经寻问黄帝所说五帝是谁，
这些年来我在人间时常研究这些。
“黄帝所说五帝与人间传说也不一样，
至今人间对此没有人能够了解。
五帝之首为黄帝已是人间所共识，
炎帝在五帝之中应在第二位排列。
实际上炎帝又称为神农氏和后稷，
在人间历史上却一直存在一种误解。
有人认为炎帝神农氏和后稷是三个人，
而实际上所称三人皆是炎帝一人。”

“往后接着是尧帝和舜帝二帝君，
对尧舜是否五帝人间认识也有差别。
黄帝把尧帝和舜帝归为五帝之中，

看来还是这种说法比较确切。
另外对颛顼和帝喾认识也有分歧，
对他们两位是否在五帝之列又有误解。
实际他们两位在五帝中只作为一帝，
这次黄帝所说的五帝就是这样排列。
五帝之中当然是黄帝为五帝之首，
按人间年代炎帝可与黄帝并列。
为此在人间华夏大地才有炎黄之说，
从而才有伟大炎黄民族屹立于世界。”

“关于三皇五帝还是黄帝说的真实，
这种说法合情合理也比较贴切。”
听后稍假思考我向父亲表示看法，
当然这只是我个人的认识和感觉。
“始祖黄帝所说三皇五帝不容置疑，
他无论是神是人都开创了人间大业。
三界之中能让他统帅管理人间凡界，
不论他是神是人都能说明一切。”
“您说得很对。”我赞同父亲的说法，
心里不由产生一种谜团被解的喜悦。
假如回到人间再谈起三皇五帝，
我可以向人们呈送上这真实的一页。

说到这里我和父亲又催马赶路，
按照黄帝的安排要先去太昊陵墓。

太昊陵位于河南省淮阳县境，
坐落在蔡河边淮阳县城的北部。
太昊陵包括伏羲氏陵和陵庙两部分，
是一座规模雄伟的古代宫殿式建筑。
历来被称为“天下第一皇朝祖圣地”，
特别是那气势磅礴的豪华殿图。
占地八万多亩自古就是风景名胜区，
更在于毗邻风景秀丽的万亩龙湖。
太昊陵为人间大地十八大名陵之一，
始建于春秋彰显着古老庄严肃穆。

太昊陵庙以伏羲先天八卦数理兴建，
是人间大地帝王陵庙建筑唯一特殊。
分外城、内城、紫禁城三道皇城，
三殿、两楼、两廓、两坊隐幽天枢。
一台一坊一亭一祠一堂一园一字排开，
七观和十六门暗伏八卦数理通路。
午朝门道仪门先天门门门有道，
太极门太始门对应太极太始之初。
绕天殿和显仁殿殿殿深蕴八卦，
中轴八卦和十门相照直望城中太昊陵墓。
太昊陵祭祀活动绵延千年历久不衰，
每当祭祀活动日参拜的人数不胜数。

据记载太昊陵在春秋时即已有陵，

汉代以前建祠从此大兴祭祀人祖。
太昊陵庙始建于春秋增制于盛唐，
唐太宗李世民颁诏“禁民刍牧”。
现今太昊陵庙建筑完善于明清，
历经三千多年历代帝王五十二次祭祖。
宋太祖诏示三年一祭牲用太牢造祭器，
为守护陵庙并于建隆元年置守陵户。
从此陵与庙祀日渐崇隆并有御祭，
伏羲在人间华夏大地成为三皇之首享受供祝。
可叹至元朝之时祀事不修庙貌渐毁，
至元末已荡然无存只有毁旧迹图。

朱元璋访求帝王陵寝太昊陵首列第一，
并御驾淮阳御制祝文致以大祭。
重新修葺经明朝历代至清初大修，
使太昊陵庙得以完全修葺恢复至此。
太昊陵庙内外城垣规模宏大，
殿宇巍峨金碧辉煌格局孤例。
“太昊陵庙几千年来历经兴衰，
人间一直把伏羲大神拜为三皇初始。
他自从离开人间隐居后再没有显圣，
也许等到天地毁灭时他再现身扶持。”
父亲又让马放慢了速度转身向我说，
我认为父亲的看法不无道理。

父亲一生践行仁义礼智信，
一心向善为人忠厚老实。
他笃信三界之说也崇尚道教，
没有多大文化却有几年私塾功底。
父亲对古代帝王将相之事了解颇多，
小时候他给我讲过许多这类故事。
我很多历史知识来自于父亲教化，
我的秉性有许多方面与父亲一致。
不过也有一些方面我与父亲不同，
如父亲能忍气吞声我却性情刚直。
为此父亲在世时常为我担心，
可我却是江山易改秉性难移。

这是我在人间难以适应的重要原因，
也是导致我怨愤冲天的一种解释。
“其实我在此之前也把伏羲作为人祖，
不过对此我也心存很大的疑义。
按三皇五帝之说三皇肯定列五帝之前，
从历史年代来说三皇应在更早时期。
可人间几千年来一直说炎黄子孙，
这种说法很明确指的是炎帝黄帝。
三皇之中为何没有冠于一人之号，
这其中肯定有为人不知的道理。
由此看来伏羲是天生大神更为可信，
另外三皇有巢氏和燧人氏也是神体。”

“此事几千年来一直让人间费猜，
众说纷纭各有道理难以明白。
这次经黄帝明谕终于得以解决，
人间对三皇的争议可以落下尘埃。”
我向父亲表明自己已肯定的看法，
欣喜解决了人间的长期争议和无奈。
“你可不要把这件事看得那么简单，
这事不可能经你一说就能更改。
黄帝的口谕只是经我向你诏告，
如今这口谕难以在人间诏告公开。
你只能作为一种传说向人间传示，
要统一人间认识恐怕不能一朝一载。”

父亲的话不禁让我沉思无语，
还是父亲了解人间的关系利害。
假如待我回到人间诏告此事，
恐怕很难得到人间的统一赞成拥戴。
说不定还会引来很多指责批驳，
对我个人来说可能又是一场祸灾。
信不信由你到时不行我就作罢，
只好不再过问此事不管应该不应该。
“对，你只要把此事传说到人间即可，
至于人间信不信你只能耐心等待。”
父亲看我沉思无语赶忙安慰我，

父亲在世时不论何时总能看透我的心怀。

东方天际泛白星星早已隐遁而去，
月落乌啼沉睡的大地开始醒来。
我和父亲策马来到大昊陵庙渡善桥头，
晨曦中的太昊陵庙全景竟是那么气派。
太昊陵南临碧波荡漾的万亩龙湖，
沿湖滨往北不远是古老的蔡河河带。
渡善桥历来又被俗称为面桥，
意思是来到这里开始和人祖见面朝拜。
朝祖进香的善男信女应万心归善，
不论过去有无罪过都要敞开心怀。
言行不良心怀不轨者难过此桥，
只有心灵虔诚一心向善才能过去桥台。

“这渡善桥果真有那么神威？
这恐怕是人间所表示的一种敬畏。”
“对人间的人来说可能是这种情况，
心不诚或身负罪过也能从桥上来回。
刚才说的主要是对灵园里的人，
如果心不归善根本不能从桥入内。”
父亲很有把握地向我解释说明，
好像这是一条不容置疑的天规。
“前两年我跟你爷爷奶奶来过这里，
亲眼看到在桥头有人就被挡回。

你看到桥头上那四只勇猛的石狮，
就是它们在桥头执行审查守卫。”

“那四只石狮是那么的勇猛神灵，
只要看出不是善者马上就发出雄威。
听说是伏羲大神给石狮贴了神符，
因此使石狮有了如此法力和神威。”
“我前几年来时曾见那么多人过桥，
怎么就没有看到过被挡住一位。
那么多人过桥不可能都是善者，
肯定有许多心怀不善或负罪之辈。”
我心怀疑惑禁不住向父亲发问，
父亲的回答是那么的肯定干脆。
“刚才所说是指灵园里的人，
不是你现在所在人间的人类。”

“刚才没有给你说得那么清楚，
人间的人与灵园里的人是不同的两类。
我所说的是指来自灵园里的人，
你现在所在的人间的人是一类。
这次我要带你游看的是灵园净界，
在三界中这类人处在特别地位。
可能在黄帝陵庙时没有给你说明白，
现在再重新给你说明解释一回。”
“现在完全明白了。”我不好意思笑了笑，

面对父亲我感觉还是有些惭愧。
说着跳下马把马拴在不远一棵树上，
顺利通过渡善桥走进太昊陵庙内。

黄土高原夜行中原大地破晓，
从黄帝陵庙飞越千里来到太昊陵庙。
跨过渡善桥面便是太昊陵第一道大门，
从午朝门直望紫禁城果然“十门相照”。
这时渡善桥开始有人不断走进来，
他们一定也是同我们一样夜行赶早。
这些人的穿着都十分整洁和讲究，
大都是结伴而行有男有女有老有少。
从他们穿着上看不出是何年代之人，
大都像人间寿衣颜色式样比较单调。
偶尔能看到有的穿着旧时官员服装，
一眼便能看出这些人来自大清王朝。

这些官员人物修炼最少也有一百年，
至今还要来太昊陵庙修身受教。
有的人身上披着鲜艳的红旗，
明显是现代官员一看就能知道。
“灵园里的人大都修炼得心灵纯净，
在世时的不良情欲大都已经出窍。
在这里他们想修炼到更高境界，
最终大多数人的心愿都能达到。”

因为在世时有罪过的人都已下地狱，
大善之人大都得以升入天堂荣耀。
按人间标准在这里的人起码没有罪过，
要不了多少年就能够陶冶净化好。”

父亲边说边拉着我继续向前走去，
只走了几十米就来到午朝门道。
大门上方悬有太昊陵、午朝门匾额，
“开天立极”匾额开启东西天门天桥。
玉带河与午朝门、东天门、西天门对应，
过玉带桥不远是穿堂式道仪门仪道。
先天门迎面是一座高台建筑，
站立台正中拱门之上可凭阁远眺。
眺望中原古老大地的古老厚重，
眺望中原神秘大地的时光隧道。
先天门与道仪门均为歌颂伏羲功德，
太极门对应八门数理八卦彰显神妙。

统天殿屋面覆以黄色脊上装饰考究，
龙凤大脊中为三节彩釉吉星陶楼。
楼下有一龛内书太昊伏羲殿五字，
左右配二十八宿代表天上二十八个星斗。
殿内有丈八木龛雕工精细造型庄重，
殿的四个挑角上雕有四绝人吻兽。
殿里木龛内塑有太昊伏羲像一尊，

坐北面南眺望着古老大地九州。
他头生双角、腰着虎皮、肩披树叶，
手托八卦赤脚袒腹朱襄昊英配享左右。
朱襄为飞龙氏造书契书写中原大地，
昊英为潜龙氏造甲历开启古老九州。

殿内墙壁嵌有青石浮雕《伏羲圣迹图》，
图为履巨人迹、伏羲出世、都于宛丘。
结网罟、养牺牲、兴庖厨、定姓氏，
制嫁娶、画八卦、刻书契、作甲历星宿。
兴礼乐、造干戈、诸夷归服、以龙纪官，
最终崩葬于陈记载了伏羲一生伟大成就。
殿前月台是历代祭祖大典中心场所，
这些设施均为历代不断增建和大修。
此时统天殿内已坐满了早拜的人，
每个人都虔诚地向伏羲大神祈求护佑。
从供奉中看出人间把伏羲作为天神，
同时也表现出将他拜奉为人祖之首。

来此修炼的人分别来自各地，
所从事的职业正所谓三教九流。
在这里修炼的人不分身份地位，
能否修炼成功关键在于虔诚和坚守。
有的人修炼时间不长就可成功，
而有的人修炼的时间就比较长久。

我问一个修炼时间最长者已近十年，
折算人间的时间已是漫长春秋。
在这里修炼的人均学伏羲端坐，
手托八卦赤脚袒腹眺望大地天斗。
这里每天都有人取得功成圆满，
或升入天堂或托生人间再创锦绣。

下得统天殿后门不远便是显仁殿，
重檐歇山式面阔七间进深五间。
与显仁殿相距几米就是太始门，
太始门右悬继天立极左悬赞神明铁匾。
整座建筑始建于明代立有御碑一通，
有一个古老的传说一直广传在民间。
“传说元朝末年朱元璋领兵起义，
打了败仗只剩他一人惊慌逃难。
后面追兵很紧他走投无路跑进伏羲庙内，
祈求人祖能保佑他躲过这次劫难。
保他平安今后得天下一定重修庙宇，
重塑金身按照他的宫殿修建大殿。”

“他话音刚落一只蜘蛛在门口飞快织起蛛网，
元兵见庙前蛛网封门便向前追赶。
后来朱元璋果然建立了大明皇朝，
便践行诺言把太昊陵庙重新修建。”
记得父亲在世时就讲过这个传说，

今到太昊陵庙又给我讲起这一段。
父亲一边说着一边带领我向前走，
来到太始门后面的先天八卦坛。
伏羲创立乾兑离震巽坎艮坤八卦，
人间以此卦演出几千年天地因缘。
先天八卦坛的后面便是紫禁城，
城内便是伏羲大神巨型陵墓园。

陵墓前巨型石碑隐蕴着奇妙传说，
八卦坛和陵墓周围坐满修炼人员。
陵墓后面蓍草园尘封古老八卦之说，
伏羲采来蓍草揲蓍画卦创立八卦知天。
至此太昊陵庙我们已游看完毕，
紧接着我们就赶忙返回渡善桥边。
“按计划下一站我们游看有巢氏当年古地，
只可惜有巢氏未有留下庙宇陵园。
我们只能按照黄帝的安排走一趟，
只有一些简要传说和遗址游看。”
父亲说着我们同时跨上了白马，
披着初升太阳的光霞驰马向前。

这是一个晴朗而又凉爽的秋晨，
田野里到处都是忙着秋收的人。
我们飞越一座又一座丘陵村庄，
飞越一片又一片田野和人群。

奇怪的是这些人群都不看我们一眼，
我们从他们身边走过居然不看不问。
“对这一点你一定不知道为什么，
是因为我们能看到他们他们看不到我们。”
父亲看出我的疑惑赶忙给我解释，
“他们有肉体有灵魂我们此时只有灵魂。
人间的人看神、鬼和灵园里的人都是这样，
如果要让人间的人看到就需要现身。”

“原来真的是这样！”我感到愕然，
小时候听的神鬼故事就是这个版本。
我知道三界之间不能随便来往，
原来人间的人也不能得见神鬼真身。
“三界之间如随便看见和来往就乱了天序，
神鬼人绝不能同在一个乾坤。”
“看来三界之间这样安排是对的，
三界之间就应该各有各的纲常大伦。”
我赶忙向父亲表示自己的看法，
父子二人一边说一边向前飞奔。
只几个时辰我们便来到巢湖流域，
在人间有的传说有巢氏是这里的人。

“有巢氏又叫大巢氏简称有巢或巢皇，
在人间有巢氏也被奉为三皇之尊。
相传有巢氏出生湖南九嶷山南苍梧，

有的人认为有巢氏为安徽巢湖人。
还有的传说他出生山东或山西或内蒙，
其实都不对他是一位天界下凡的神。
有巢氏跟随伏羲大神下凡来到人间，
担负引导人类从穴居到巢居的重任。
他完成任务就离开人间不知去向，
也许他归隐一座神山从此闭门修身。
在人间有巢氏只留下一些传说和赞美，
没有留下任何足迹和庙宇陵寝。”

父亲说的这些我当年曾为此寻访，
到过传说有巢氏出生的几个地方。
几地都只有刚才父亲所说的传说，
还有大地尘封的一种古老崇尚。
带着人间对有巢氏的崇尚去拜燧人氏陵，
燧人氏是人间华夏大地崇拜的又一位人皇。
在商丘古城西南一点五公里之处，
有一座古冢尘封着古老的灿烂辉煌。
这座高约十米的古冢是那么的古老，
谁也难以说清它的年代有多么久长。
它一直燃放着一个古老民族神秘的光明，
留下深长久远的崇尚和向往。

这便是被人间奉为火祖的燧人氏之墓，
至今难以说清这里有多么厚重的墓藏。

传说燧人氏为人间创立了钻木取火，
在人间古老大地点燃了火的烽光。
因燧人氏最早开始在人间取火，
从而在人间天朝被奉为又一位人皇。
由于燧人氏被传说为三皇之一火祖，
故而他的陵墓又称为燧皇陵葬。
钻木取火是人间多么伟大的发明，
从茹毛饮血到火烤食品是多么伟大的开创。
从此人间生活进入一个新的阶段，
人类的进化发展从而得以加快发扬。

关于燧人氏取火在商丘还有另一种说法，
这种说法也是那么的真实形象。
远古商丘是一片山林燧人氏就住在这里，
他用石块击打野兽落在山石上发出火亮，
燧人氏从中受到启发就以石击石，
用产生的火花引燃火绒从而生出火光。
这种取火法直到几十年前商丘还有人使用，
可见这一伟大发明产生多么深远影响。
经历代不断重修使燧人氏墓冢格外阔大，
形成四万平方米陵园长达五千米围墙。
燧人氏陵陵门之楹是那么古朴壮观，
陵园的墙陵园的瓦飘着古色古香。

远远望见燧人氏陵我们便把马叫停，

把马拴在一棵树上我们开始步行。
整个陵园是那么的古朴静穆，
更隐蕴着一种古幽庄重和神圣。
进入陵园大门首先看到一条神道，
神道两边排列整齐的石雕透着神灵。
燧人氏墓冢和雕像矗立于陵区中心，
高坐的燧人氏像背依高大墓冢。
他双手握着人间的第一缕辉煌，
用火照亮着人间进化的漫长进程。
墓前一通高大石碑彪炳千秋万代，
石碑上镌刻着四个大字:燧人氏陵。

燧人氏陵四周苍柏环抱绿草如茵，
年年岁岁抒写着人间一代又一代感情。
“燧人氏在人间一直被崇拜为三皇之一，
其实他是跟随伏羲大神下界的又一神灵。
他负责指引和驯化人间用火烤制食物，
为人间创造又一伟大辉煌火的光明。
他完成大任离去后不知隐居何方，
为人间留下长久传说和又神又人的崇敬。”
燧人氏墓冢周围坐满了在此修炼的人，
不论作为神还是人祖后人对他都那么虔诚。
望着这些修炼的人父亲向我说道，
“只要潜心向善修炼就一定能取得成功。”

望着这些修炼的人我不禁感叹，
我所在的人间如此该是一番什么情景。
冥界地狱虽然残酷却是天公地道，
来自灵园里的人一心向善那么虔诚。
天堂不用说那是三界最好的地方，
人间的人却是那么丑恶悲惨自私不公。
想起来就让我费解和无尽伤感，
让我不禁满腔怨愤和心情沉重。
“你的心啊我一直理解。”父亲安慰我，
“离世后我也一直为你受怕担惊。
担心你的脾性在人间遭受劫难，
担心你在忧愁痛苦中度过一生。”

第三章

关于三皇的传说是一个古老神话，
关于五帝的传说是一个古老佳话。
只可惜人间大地没有那么久远的文字，
只可惜年代太久远已经难以考查。
但人间黄土大地仍尘封着诸多圣迹，
把神灵和人祖史诗合编留在华夏。
人间三皇是神是人的确难以分辨，
五帝是人文始祖却有许多历史解答。
五帝在人间大地全都留下陵寝，
古老大地尘封着关于五帝的辉煌文化。
让后人从中能够领略到其中的光辉，
能够从中寻看到五帝伟大的年华。

黄帝稍后或者同时产生了炎帝，
从此人间大地有了炎黄族系的说法。
《国语·晋语四》中有炎帝的记载，
说黄帝和炎帝的父亲为少典氏族家。
炎帝出生在古老的渭水支流姜水一带，
在黄土高坡古老的姜水边长大。

传说炎帝生活年代距今五千五百多年，
他最大功绩是对原始农业的开发。
传说他发明了最早的农具耒耜，
最早完成了对谷物粟的培育植化。
还发明了陶器并且创立了“日市”，
他遍尝百草还开创了医药文化。

“神农氏，姜姓以火德王，故称炎帝。”
《司马贞·三皇本纪》中有这样解答。
还有朱襄氏是炎帝的别名之说，
炎帝即朱襄氏、朱襄氏即炎帝的引据考查。
在引据考查中也有诸多说法不一，
仅对炎帝陵的说法就很复杂。
炎帝陵在人间大地居然建有四处，
让人很难判断哪一处是正宗之家。
河南商丘柘城县朱崮寺建有炎帝陵，
山西高平市炎帝陵庙建筑规模宏大。
陕西宝鸡市神龙镇常羊山座有炎帝陵，
史料还有炎帝“崩葬长沙茶乡之尾”说法。[①]

每一处炎帝陵都是人间心灵的折射，
都是人间一部古老辉煌的历史典册。
“我们现在就先拜谒商丘这一处，

① 指晋代皇甫谧撰写的《帝王世纪》

然后再去拜谒另外三处您看如何?”
父亲同意我的意见接着便向柘城进发,
不到一个时辰便来到柘城县城郭。
紧接着我们来到城东十里的朱崮寺,
远远就看到一座黄土堆起的高坡。
墓四周用青石砌成台阶意为天圆,
陵墓呈圆形高十几米周围十分宽阔。
陵前有一座石碑上刻“炎帝朱襄陵”,
另外还建有碑楼四座香池一个。

朱襄氏为上古帝王之一炎帝为其别号,
自古有“柘城为朱襄氏之邑”之说。[①]
传说明惠帝避难至此常往陵前烧香祭祖,
并在陵前亲自植栽皂角树一棵。
至今这棵皂角树枝繁叶茂亭亭如盖,
庇荫一个历史谜团至今难以解破。
《寰宇记》记载“炎帝神农氏都于商丘”,
《淮南子》有“乘火德王天下”传说。
并曰炎帝“以其神于农业,故曰神农”,
还有“故身自耕妻亲蚕以为天下先”之说。
尽管传说炎帝后迁于曲阜卒于茶乡,
却在位一百四十年具有卓著功德。[②]

---

① 据晋代皇甫谧撰写的《帝王世纪》中载炎帝在位一百二十年。
② 引自《吕氏春秋》中记载。

不幸遭蚩尤之乱请来黄帝相助，
受此影响蓬勃大业开始衰落。
因为德高望重卒后可能把他运回祖居地，
故此至今在柘城留下历史磅礴。
留下长达五千多年的文明辉煌，
在炎黄子孙心中留下不朽历史长歌。
如今他仍端坐陵前眺望着中原大地，
为他子孙后代的事业深刻思索。
教化着在他身边修炼的子孙后代，
默默护佑和超度他们修成正果。
正襟危坐陵前的一个个炎黄子孙，
在虔诚地聆听着先祖的历史功课。

怀着崇敬的心情向炎帝陵告别，
跟随父亲又策马向湖南炎陵县飞跃。
这里的炎帝陵坐落炎陵县城西鹿原坡上，
主要建筑有炎帝陵殿和神农殿阙。
史料记载这里的炎帝陵汉代即有祭祀，
宋太祖在位钦命兴建了庙宇楼榭。
同时下诏禁止樵采并置守陵户，
从此历朝历代祭祀修葺接连不绝。
陵殿分午门、行礼亭、主殿、墓碑亭四进，
墓碑亭的后面设施与墓冢相连相协。
神农大殿端庄凝重为明清仿古建筑，
整个大殿金碧辉煌气势恢宏神采飘逸。

白鹭亭、咏丰台、圣火台亭台相望，
御碑园、皇山碑林、崇德坊相映相协。
天使公馆、龙脑石、龙爪石石龙逶迤，
“味草凝芳”、“异树飞香”芳香浓烈。
随着历代王朝兴衰炎帝庙也历尽沧桑，
历经屡建屡毁屡建多少次大劫。
宋太宗移鹿原坡于茶陵县城南，
从此官祭炎帝均在城南炎帝祠庙举借。
明代曾先后三次大修炎帝陵庙，
清代三次大修建奠定炎帝陵殿规模架构完结。
形成前三门、行礼亭、正殿、陵寝四进格局，
气势恢宏的整座陵殿犹如皇宫古堞。

东西碑廊之间的九鼎台有石鼎九只，
象征人间华夏大地国家统一金瓯无缺。
《神农功迹图》照壁以炎帝功绩为主题，
生动形象表现了炎帝的辉煌和高洁。
圣火台位于神农大殿南龙珠山，
与咏丰台于祭祀大道两旁分列。
登临圣火台可远眺炎帝陵殿全貌，
对恰似卧龙饮水之势的炎陵山可尽情领略。
牌坊时刻诏告炎黄子孙不忘始祖，
炎帝陵阙门被誉中华第一门阙。
高大的炎帝雕像手拿谷穗手握耒耜，

在诏告他的后人要永远开拓农耕之学。

常羊山也坐落着古老的炎帝陵墓，
陵墓位于陕西宝鸡市神龙镇版图。
以炎帝为首领的姜姓部落就生活在这里，
传说这个部落以经营农业为主。
炎帝部落以宝鸡为中心沿渭河四周扩展，
发展到中原大地开始定居在陈建都。
以后再迁往鲁建都曲阜定居于此，
后来炎帝部落一部分又南迁两湖。
一部分仍留黄河流域合于其他氏族部落，
其后人们仍然一直敬奉炎帝为祖。
据传宝鸡的炎帝陵建设为最早，
只是在历史沧桑中损毁再得修复。

这里的炎帝陵建设规模也很宏大，
分别有陵前区、祭祀区和墓冢区三处。
炎帝故里、神农之乡牌坊诏告着后人，
神农门、人杰地灵牌坊赞颂着帝祖。
炎帝庙大殿面阔五间为清式庑殿，
殿内两侧壁上大型壁画彰显炎帝功绩图。
殿正中炎帝坐像目光炯炯庄重慈祥，
在为他的子孙们指引着前行道路。
炎帝开原始农业先河被誉为“太阳之神”，
据说遍尝百草一日竟遭遇七十次毒。

一百四十岁时上山采药误食断肠草，
不幸为民捐躯杰出一生就此结束。

炎黄两部落联盟形成华夏民族主体，
古老的黄土地脉紧联着炎黄陵墓。
他们共同教化护佑着一代代炎黄子孙，
继承他们遗愿不断开创黄土大地蓝图。
这座炎帝陵庙里也坐满了修炼的人，
经打听大部分人都在附近一带居住。
“因为这座炎帝陵距黄帝陵比较近，
大部分修炼的人时常往来于两处。
这样更便于得到炎黄二祖的教化，
为他们的修炼开辟了更广阔的通途。”
父亲说着拉起我走出炎帝陵，
“现在去山西高平拜谒那一处炎帝陵墓。”

我们马不停蹄又向山西高平奔去，
好在路途不远很快便到达那里。
炎帝陵位于高平市城东北十七公里处，
这里风景优美山川是那么的秀丽。
陵墓周围东西南三面沟壑纵横，
陵墓北面丘陵起伏青山映翠逶迤。
西望羊头山巍然挺拔苍劲盎然，
南眺丹河谷地云蒸霞蔚天涌旖旎。
小东仓河涓涓流淌娓娓唱着古歌，

山水相映果然又是一处风水宝地。
位于庄里村的炎帝陵俗称皇坟，
陵墓内有一盏万年灯常年不熄。

据说这处炎帝陵修建于炎黄时代，
封参卢于潞守其先茔以奉神农之祀。
陵后庙宇谓之五谷庙宋代时已有，
据传这里是炎帝尝试五谷之地。
现羊头山神农城神农泉五谷畦遗迹尚存，
周围附近还有三十余处炎帝的庙宇。
“这是我们拜谒的第四处炎帝陵，
看来炎帝在中原大地留下广泛足迹。
不过四处陵庙内都未见到炎帝之身，
不知道炎帝始祖他现在在哪里。”
走出陵庙我带着疑惑向父亲询问，
也不知道父亲能不能知道此事。

“关于三皇是神是人及归宿你已经知道，
关于五帝现在哪里还未告诉你。
我也是这次拜谒黄帝时才刚刚得知，
五帝都早已升入天堂化为神体。
只有黄帝因要统帅凡界长住人间，
其他四帝在天堂很少再来人间大地。
只在每年人间对他们大祭之日才下凡，
各自到他们的陵庙巡视和接受祭祀。

偶尔也可能到陵庙巡查修炼的人，
给他们点化讲解修炼中玄奥的道理。
所以你这次游看灵园只能见到黄帝，
其他四帝都不会在陵庙接见你。”

“你游看天堂时也许能看到他们的风采，
现在他们大多时间都在天堂殿台。”
“原来如此！”对此我还是感到很遗憾，
但也没有办法一切只能听从安排。
“我们现在需要再赶往河南内黄县，
去那里拜谒五帝之一的颛顼帝陵台。”
父亲说完我们又跨上白马再奔河南，
两匹白马毫无疲倦仍然跑得飞快。
没用几个时辰便来到梁庄镇三杨庄，
古老的大地上仍然能看到当年的水害。
在黄河故道一个大河岗发现一通大石碑，
石碑上“颛顼陵”三个大字那么气派。

颛顼陵长六十多米宽五十多米，
建有御桥、山门、庙院一线并排。
还有陵墓、碑林及纵横其间甬道，
陵墓四周建有围墙被称紫禁城寨。
颛顼陵的西面不远处建有帝喾陵，
故而人们又称这里为二帝陵台。
据史书记载二帝陵建筑宏伟，

碑碣林立松柏蓊郁庄严气派。
历代帝王祭祀不绝宋代后列为定制，
从此不仅帝王在民间也广泛开展起来。
农历三月二十八日为颛顼帝诞辰日，
每当这天当地民间都隆重举行祭拜。

只因陵区地处黄河故道和紧靠硝河，
风沙肆虐河水多次泛滥时常成灾。
加上年代久远不能及时进行修复，
终于在清朝晚期陵墓全被黄河掩埋。
“现在人间已看不到颛顼陵当年景貌，
不过仍然能够看到颛顼陵的形态。”
父亲说着带领我来到御桥桥头，
朝着颛顼陵庙虔诚地拜了三拜。
我也恭恭敬敬地在桥头施以大礼，
心中不由生发出一阵深深的感慨。
几千年历史沧桑把大地都改变了模样，
当年多么显赫的帝王如今也已萧衰。

“颛顼帝作为上古五帝之一广受赞美，
本姓姬人们尊称他好几个名讳。
又名颛畜、颛玉、玄帝、黑帝，
还有北方之帝和北方之神名讳。
颛顼帝是轩辕黄帝之孙其父名昌意，
他出生在若水即今四川泸水。

因最初建国河南杞县高阳故号高阳氏，
二十岁继位在位七十八年至九十八岁。
颛顼在位期间作出了重大贡献，
把上古中原大地进化发展大大前推。
始以民事纪官断绝天地人神交通，
绝地天通开启了民事纪官新规。”

“完成华夏部族与九黎的真正统一，
创制九州有了行政区划和版图标绘。
确定兖冀青徐豫荆扬雍梁九州名称，
至此华夏幅员统领万国区域四方雄威。
在宗教方面他大力改革巫术与祭祀，
治理民神杂糅家为巫史在民间禁绝巫类。
他改革甲历始以建寅月为历元，
治历明时的《颛顼历》历开新的年岁。
他命乐官融会华夏八大区域流行乐曲，
创作成主题明确的曲调用于国之大会。
这可算作九州华夏的第一首国歌，
是颛顼帝重大贡献的又一光辉。”

“颛顼帝在位的确作出重大贡献，
从而获得后人对他高度的评价和敬佩。
评他静渊有谋疏通知事养材任地，
载时象天依鬼神以治义之威。
精心治气以教化竭诚以祭祀，

因他政绩多方面故被敬称多个名讳。
从而后人们把他尊为上古五帝之一，
在古老的华夏大地获得崇高地位。
他的陵庙虽然被埋但光照依然，
其光辉仍然照耀着他的子孙后辈。
现今跟随他修炼的人依然很多，
许多后人在此修炼圆满成道而归。”

“颛顼是人间华夏大地古老的骄傲，
至今让华夏炎黄子孙感到自豪。
他的功德终于使其升入天堂，
在古老人间大地留下永久的光照。”
父亲接连给我讲完关于颛顼的传说，
有许多的故事我以前根本都不知晓。
看来父亲去世后这些年修炼有成，
我感觉他的知识比在世大大提高。
父亲只在小时候读过几年私塾，
因为家里穷没有进过正规的学校。
父亲一生酷爱人间历史和古老文化，
在他一生中这方面的书读得确实不少。

父亲告诉我下面接着拜谒尧帝陵，
接着我们又策马向山西地界奔跑。
这时我突然发现一个有趣的现象，
三皇五帝陵庙都在中原或黄土高原建造。

他们大都出生或活动于这些地域，
大都在这些地域立下功德而成道。
陕西山西与河南湖南有山又有水，
两西两南合成黄土中原两条大道。
三皇五帝首先开辟黄土高坡和中原大地，
同时天降黄河与长江两条水道。
这也许是天与地神奇的孕育，
为人间华夏大地炎黄子孙造就得那么神妙。

我把这种有趣的现象说给父亲，
他对此也感觉是那么的奇巧。
不过父亲没有像我感到那么不解，
因为他知道三界之中充满因缘奇妙。
父亲知道我最后还要游看天堂，
对此没再给我讲什么只是笑了笑。
我认为这可能就是一个偶然现象，
没有再进行深入分析研究的必要。
为此就快马加鞭往山西飞驰，
我们想抓紧时间早一点赶到。
耳边突然响起人间那首美妙的歌声，
“人说山西好风光……”在我心头萦绕。

太行山的风光是那么壮丽锦绣，
五台山的景色是那么苍翠深幽。
山西高原的山是那么古老厚重，

汾河的流水是那么遥远长久。
杏花村镶嵌在青山绿水杏林丛中，
巍巍太行在左连绵起伏的吕梁在右。
一望无际的田野披着成熟的颜色，
波浪起伏的山林万木尽染满山熟透。
夕阳慢慢拉着牛羊悠闲地走下山野，
西风轻轻涌动晚霞感叹天凉好个秋。
鸟儿欢快地高唱着飞进山林，
田野里忙碌的人们喜获着丰收。

我好像已经很久没有看到这种景致，
已经很久没再痛饮竹叶青和汾酒。
人间大地有时候也有许多的美好，
人间生活有时也有许多快乐感受。
但这些却很难打开我怨愤的心结，
不能从根本上祛除我心中的伤感忧愁。
芸芸众生皆为利来是那么的可悲，
人为财死鸟为食亡是那么的腐臭。
勾心斗角尔虞我诈是那么的可恨，
以强凌弱腐败不公是那么难以忍受。
我仅仅是追求一点点公平正义，
我只是向往获有一片生命绿洲。

只要提起这些事心中就感到怨愤，
只要看到这不平事就郁结心头。

很多时候我真不愿意看到这一切，
很多时候真想躲进小楼不管冬夏春秋。
可是很多时候总是隐忍不过去，
就像此刻的我此刻的这个时候。
离开人间的灵魂却离不开人间，
游看灵园之地却去人间一瞅。
“前面不远就是山西临汾尧陵所在。”
父亲放慢速度用手指了指前面山丘。
父亲的话拉回我溜回人间的思绪，
我放慢速度收回心灵又跟父亲前走。

不一会儿我们便来到尧帝陵前，
跳下马把两匹马系于牌坊旁边。
然后我们便向尧帝陵大门走去，
远远望去尧帝陵也是那么宏大庄严。
“历史文献记载尧帝陵也有好几处，
一般认为山西临汾这处是原冢陵园。
历代也多以这里为主举行祭祀活动，
来往祭祀的人很多香火常年不断。
尧帝陵在临汾市东北三十五公里处，
位于郭村里隅涝水河的北边。
尧帝陵周围土崖环抱如子孙围坐，
陵阜崇隆清流涝水经流其南。”

“尧帝陵高五十米陵丘耸峙松柏苍翠，

陵前建有祠宇相传为唐初所建。
相传尧帝建都平阳即今山西临汾，
故而在临汾城南建有尧帝庙院。
尧帝陵四周古柏葱茂俗称神林，
古山门、牌坊和碑亭建在轴线。
左右两侧还建有厢房和耳房，
并列着高高的看楼、古窑和献殿。
整个陵区尚存碑碣石刻十九通，
从中仍能阅读出历史尘封和变迁。
据碑文记载唐太宗征辽曾驻跸于此，
因谒尧帝陵遂塑其像于陵前。”

“元中统年间元世祖诏命修筑尧帝陵，
明代四位帝王先后五次对尧帝陵修建。
清代先后两次对尧帝陵进行修葺，
明清两朝春秋两祭沿而不废盛况空前。
尧帝人间华夏古代帝王五帝之一，
名叫放勋尧是他的谥号流芳人间。
翼善传圣曰尧因封于唐故称唐尧，
尧帝生于丹陵养在伊侯之国母亲家园。
后来迁于祁地所以称尧帝为伊祁氏，
这样尧帝就以祁为姓从此流传。
尧父乃帝喾在位七十年传位给儿子挚，
尧十三岁辅佐挚五年代挚为天子都蒲阪。”

"《史记》中有关于对尧帝的记载评论，
'其仁如天，其知如神，就之如日，望之如云'。
接近他如太阳一般远望他如云霞灿烂，
富有而不骄横高贵而不傲慢心地如金。
黄色帽子黑色衣服红色车驾以白马，
能明驯德以亲九族而驭驾乾坤。
尧帝在位天下洪水汤汤先后用鲧用禹治水，
终于使洪水得以治理为大地披上绿茵。
尧帝设置谏言之鼓让天下百姓尽其言，
立诽谤之木让天下百姓对他进行评审。
尧帝治天下五十年深得朝野拥戴，
曾微服访于民间荣得《击壤歌》吟。"

"尧帝在位勤俭朴素办事公正，
他体恤人民被当作典范仁君。
他用人重视德才注意考查因才适用，
天下太平使百姓安居乐业风调雨顺。
尧帝开创了人间帝王禅让之先河，
他真正做到了天下为公大义灭亲。
他在位七十年认为儿子丹朱不成器，
决定从民间选用良才执掌乾坤。
他询问四方诸侯首领征荐人才，
微服私访民间考查大家所荐虞舜。
尧帝细致入微进行认真考查了解，
从而得知虞舜又有智慧又有善心。"

“尧帝把两个女儿嫁给虞舜让她们观其德，
安排九个男子在虞舜周围观其行为言论。
又把虞舜放进深山进一步考查，
他终于让位让虞舜担负起天子重任。
尧帝极受黎民爱戴称其为尧天尧年，
并以此比作太平盛世代称为明君。
据传尧帝逝世万民悲痛像失去父母，
送葬之日四面八方一人一把土积成高大陵坟。
成为三皇五帝陵墓中最高大的陵丘，
耸峙人间古老大地一直诏告着后人。
尧帝庙前门楼上刻有就日、瞻云横额，
其意即尧帝德行高尚如阳光在大地照临。”

“天下人仰望他如仰望着普降甘雨的云彩一样，
对他的崇爱之心在人间大地永远传扬。”
父亲的讲述是那么熟悉那么流利，
就像心中的一支赞歌在高亢鸣唱。
在人间我对三皇五帝功德还是知之甚少，
未曾想他们有这么辉煌灿烂的光芒。
“是啊，不然怎能立于人间几千年不朽，
在灵园作为修炼的榜样和教纲。”
我们走到尧帝陵前父亲又发出感叹，
这时我发现尧帝陵飘荡着灿烂霞光。
我跟随父亲在陵前恭敬地行完大礼，

然后拜谒尧庙村巍峨壮观的尧帝庙堂。

尧帝陵周围和庙堂坐满了修炼的人，
大门处不断有人进进出出来来往往。
牌门下两只坐立的雄狮睁着慧眼，
看来它们也得惠于尧帝的恩光。
我们来到牌坊旁边又跨上白马，
按行程要去拜谒舜帝陵墓庙堂。
在人间舜帝陵庙居然也有两处，
一在山西运城一在湖南宁远九嶷山上。
按路程方便当然要先拜谒运城这一处，
接着我们便策马飞奔运城方向。
从临汾到运城路途不远不一时便赶到，
策马来到城北蜿蜒百里的鸣条岗。

在鸣条岗西端坐落着舜帝陵庙，
这里果然又是一处风水宝地壮丽景象。
陵庙北枕孤峰涑水之波涛绕于后，
南对条山鹾海之盐花献于旁。
右缠黄河玉带妫油厘降之风犹存，
左拱香山瑶台历山耕稼之迹古香。
“舜帝姓姚名重华因祖曾封于虞故称虞舜，
前面讲了他得尧帝禅让而当上帝王。
传说舜年幼丧母经常受后母虐待和父棒打，
但他却以德报怨以孝悌而天下名扬。

后受四岳推举得尧帝禅让帝位，
他继承尧帝功德并进一步发扬。”

“他在位前辅佐尧帝时坚持举贤任能，
为使天下大治坚定除恶不怕牺牲。
继位后又咨询四岳挑选贤人治理民事，
命禹治水使民安居乐业留下千秋丰功。
故受到万民拥戴把他奉为五帝之一，
在人间大地为他建立陵庙代代祭祀歌颂。
传说舜帝死后人们把他葬在鸣条岗，
从此这里的山水便更加壮丽神圣。
舜帝陵庙始建于唐开元年代后毁于战火，
一千多年来几经修建毁损修建始终。
陵庙正殿建造于台基之上重檐歇山，
殿内舜帝坐像头戴冕服身穿衮服神态庄重。”

父亲讲述完毕我们也拜谒完毕，
接着马不停蹄连夜再返湖南行程。
湖南宁远县舜帝陵坐落在九嶷山，
传说夏代就在此开始建庙置陵。
秦汉迁于玉官岩前明初移至舜源峰下，
后因年久失修几近成为荒废陵冢。
传说此舜帝陵是人间大地唯一舜帝陵墓，
是舜帝南巡时行于此不幸驾崩。
于是人们便将舜帝葬于九嶷山，

从此使九嶷山成为华夏大地名胜。
六峰一岩一池一溪合奏九韶之乐，①
从此九嶷山响起古老美妙的乐声。

传说舜帝在此奏九韶之乐及二妃挥泪斑竹，
这传说反映了后人们对舜帝的心声。
关于舜帝的功德还留下诸多传说，
在人间古老大地留下厚重的尘封。
半夜时分我们来到宁远九嶷山舜帝陵区，
这里的舜帝陵和舜帝庙气势恢宏。
我们在陵庙山门前下马后走进正殿，
向舜帝拜行大礼表示心中的崇敬。
行礼之后我们又来到舜帝陵墓，
这里隐蕴着一种更加古老的凝重。
陵墓四周坐满了虔诚修炼的人，
几千年来舜帝该教化多少后人修炼成功。

① 六峰指九嶷山附近娥皇峰、女英峰、美大峰、梳子峰、舜峰、箫韶峰，一岩为斑竹岩，一池为舜池，一溪为舜溪，以上九处景点皆与舜帝奏九韶之乐及二妃挥泪斑竹的传说有关。

第四章

三皇五帝高高屹立在古老的华夏，
在人间大地闪耀着灿烂辉煌光华。
这是炎黄子孙古老的骄傲自豪，
这是人间华夏大地永远闪耀的灯塔。
至今虽然难解三皇隐居的谜团，
但他们的神力仍在辅佐着中华天下。
仍在护佑着一代又一代炎黄子孙，
给后人们留下万古不朽的教化。
五帝的古老尘封虽然难以完全启开，
但已在人间大地展示出辉煌伟大。
为炎黄子孙们树立起光辉楷模，
在人间大地留下永远闪耀的光霞。

他们在人间大地创造了丰功伟绩，
给炎黄子孙留下一个古老伟大国家。
他们升入天堂那是应得的荣耀，
他们在天堂为神将得以更深造化。
下地狱的人对他们又羡慕又后悔，
悔恨自己在人间的那些罪过做法。

拜谒三皇五帝使我受到深刻教育，
使我的心灵得到一次很大的升华。
使我对灵园有了初步的认识，
灵园对人的修炼也许是一种潜移默化。
在灵园修炼的人都是自我修炼，
不像人间干什么都有严格管理检查。

“我们游看灵园这才算刚刚开始，
等全部游看完了再听听你的看法。
下面我带你游看三教的几处胜地，
游看后你一定会感到有些惊讶。”
父亲的话不由打断了我的沉思，
他好像看出我此时内心的想法。
父亲在世时他的眼光是那么的敏锐，
我从小到大所有的心事想法都瞒不了他。
我们边走边看不一会儿便来到陵庙山门，
两匹白马昂头尥蹄像是急待出发。
此时东方的山峰推出银色的玉盘，
为雄伟壮观的舜帝陵披上圣洁月华。

这是一个多么美丽的夜晚月色，
静穆的山川大地隐蕴着多少传说。
从陕西到山西从河南到湖南，
多么厚重的中原大地和黄土高坡。
每一片土地都尘封着古老的故事，

每一座峰岭都沉积着古老的长歌。
每一道河流都像是一条时光隧道，
两端都是望不到尽头的岁月蹉跎。
俯看大地是看不透的厚重深幽，
仰望月空是那么神秘秘不可测。
回头眺望舜帝陵庙渐渐模糊，
遥望前方天地是那么的苍茫混浊。

我们披星戴月一路向前飞奔，
时而放慢速度观赏沿途景色。
“我们现在看到的是灵园还是人间景致?”
我的心中突然产生一种疑惑。
“灵园与人间的环境有没有区别?”
前面看到的有些让我难以捉摸。
有的完全是人间大地的景象，
有的我在人间大地却从来未有看到过。
“灵园与人间大地物象存有差别，
灵园有许多物象在人间难以看着。
人间大地的人看不到灵园物象，
也看不见地狱和天堂物象和一切所做。”

“天堂神仙和地狱魔鬼能看到人间大地，
灵园里的人能看见人间大地一切所做。
你现在基本上就如同灵园里的人一样，
灵园里的物象和地狱天堂你都能看着。”

父亲对此很了解认真向我解释，
他的几句话就解除了我的疑惑。
接着我们又聊起三教九流话题，
这些父亲在世时都曾给我讲过。
只是那时我还小没有放在心上，
因此对这方面的知识了解不多。
加上我是一个唯物者不信仰任何宗教，
所以对三教九流有关知识知之不多。

父亲在世时对三教九流很爱涉猎，
对有关这方面的知识他都注意参阅。
他还十分虔诚地信仰道教和佛教，
时常用教义解开自己的心结。
父亲信仰道教佛教我信仰共产主义，
这是父亲在世时我们之间的差别。
但父亲从来不就此与我有什么争论，
而对我的人生信仰是那么的理解。
我也没发现父亲信教有什么不好，
他的信仰和践行我感到是那么和谐。
使我在父亲身上学到很多好的东西，
特别是他优良品德和人生哲学。

“三教九流可以说是旧时的一个话题，”
我们放慢了速度父亲开始给我讲解。
“但对其所包含内容完整表达出来却不多，

对其所包含的范围认识存在差别。
三教九流是指旧时人间地位职业划分等级，
而现在因人间变化消失了其中许多职业。
三教是指儒教和道教还有佛教，
人间对三教的范围认识比较统一明确。
周武帝时就辩释过三教并确立先后，
以儒教为先道教次之佛教为后排列。
实际三教在人间排列不分先后，
更没有谁主谁次谁高谁低的差别。”

“九流指儒家、道家、阴阳家、法家、名家，
还有墨家、纵横家、杂家、农家相埒。
九流还分为上九流中九流下九流，
关于九流的分法又存在很大的差别。
一般上九流为帝王、圣贤、隐士、官，
还有文人、武士、农、工、商等行业。
中九流为举子秀才书生、医生、相命、画，
还有琴棋、僧、道、批、弹唱等在其列。
下九流为衙役、修搓剃、抬吹手、巫媒，
还有戏优、裁缝、配阉、盗窃、娼等业界。
这种分法带有旧时等级观念和歧视性，
故而从未统一明确写在人间正史史页。”

“人间对儒道佛并称三教说法多有出处，
这种说法由来已久人间都比较清楚。

儒教是指孔孟伦理、礼治等儒家教化，
其实在人间未有形成宗教或信仰传布。
儒教在人间更确切说是一种思想理论，
还不能作为一种宗教的教派教枢。
道教是在古老华夏厚重土地上生发的国教，
道教有宗教式的传布形式和信徒。
道教以贵生为主旨含括以丹鼎、斋樵，
还有符箓、积善、经戒为道法的道派道途。
佛教也称释则揭橥‘缘起性空’之理，
以解答宇宙成、住、坏、空的因缘观诉。”

“三教不论在教义思想或信仰仪礼多有差异，
在人间流传过程中也有互相影响借助。
儒教和道教属于人间华夏大地本土文化，
佛教则是于汉晋朝时期从印度传入。
九流是春秋战国诸子百家中重要学说流派，
九流之说始见于《汉书·艺文志》一书。
九流所涉领域范围不同各有所长，
在人间大地留下不同的认识和追逐。
儒家的孔孟思想中心着重于仁，
强调三纲五常四维八德为其标注。
还强调认真学习六艺堪称知识分子，
在人间大地已历经两千多年的沉浮。”

“老庄道家之学以道为理以德为体，

以常为宗以无为本充其极致为主。
乃至于无所不为无为而为之，
力主返璞归真顺乎自然的天途。
墨家创始人墨翟主张兼相爱交相利，
以自苦利人为神圣重视勇士精神之武。
即令是赴汤蹈火也在所不惜，
从其末流遂演变为游侠帮派之部。
法家主张积极变法以富国强兵，
通过严刑峻法使万民承顺为法度。
法家之流涌现出诸多有名人才，
李悝、商鞅、申不害和韩非皆为其中翘楚。”

“法家学说对秦始皇统一六国作用至极，
是法家学说指导秦始皇对六国统一。
但由于严苛的暴政也引起人民强烈反弹，
从中也许说明了有利有弊的道理。
名家是专门研究名实关系的学术派别，
其中最重要的特点是偏好辩论说理。
名家对逻辑学的思维方式具有贡献，
惠施、公孙龙还专门对名相专研解析。
不过他们观点中含有混淆辩证的矛盾，
从而在一程度上影响了其传播延续。
阴阳家以金木水火土五行为范畴，
以五行相生相克来解释朝代兴衰之理。”

"以五行相生相克预言万事万物未来变化，
反映了其中的一些奥妙和玄机。
阴阳家创始人邹衍提出'五德终始'之说，
曾引起争霸天下的诸侯们的好奇。
不过邹衍的'五德终始'难以终始，
最终成为谶纬迷信一种玄秘诡异。
纵横家有如现代人间外交专家，
主要言说战国诸侯之间交与攻之理。
'合纵对抗'及'联横和解'是其主策，
其当时的代表人物为苏秦和张仪。
这种政策影响了战国七雄与秦始皇的决策，
因此作为纵横家之说留下重要的史绩。"

"杂家试图兼儒、墨家合名、法家，
综合诸家思想而理出一套治国法理。
杂家以秦朝吕不韦为代表人物，
其思想学说也曾影响很长时期。
农家主要为农业生产技术专家，
主要致力于播百谷勤农时以丰衣足食。
农家创始人许行还倡导君臣并耕，
这种主张在古老华夏具有积极意义。
九流各具特色各有特长和妙处，
皆因当时人间社会所需而衍生兴起。
因时代变迁不得不随之变迁，
九流大多于春秋战国后就渐渐衰落难立。"

“至今只有儒道二家能够继往开来，
仍然在人间古老大地闪耀着光彩。
不过若以现代观点观看三教九流，
不管取得什么成就还是兴衰成败，
它们仍旧融入于人间社会各个领域，
融入于各行各业和不断变迁的时代。
先秦时期产生的九流影响很大，
启发带动了人间社会发展澎湃。
是人间社会三皇五帝以来智慧经验大成，
是人间社会取得的灿烂文化光彩。
儒道佛历经时代文化融会后存有比附，
无论在灵园还是人间修行都要把其脉。”

“比如儒家说正心道家说炼心佛家说明心，
三教三心之说立论和宗旨各有所在。
儒以治世道以治身佛以治心，
三教三治之治各有各的豪迈。
儒近人道道近天道佛近佛道，
三教三近其道道道都充满其爱。
儒教提倡独善其身兼济天下，
在其践行中曾获得长期的拥戴。
道教遵循清净守心无为而治，
在其践行中曾得到隐士贤达追随和青睐。
佛教遵从上求菩提下化众生，

在其超度中招来芸芸众生顶礼膜拜。”

“不过认真探本求源三教还是迥然不同，
其说理浅深陈义的归趣差别犹在。
儒教对有关宇宙来源、神秘现象置之不理，
对生死问题一切顺从天命由天主宰。
比如儒教‘不知生焉知死’之说，
就是一切顺从天命主宰的心态。
道教则以一气化三清的理念解释宇宙，
并将宇宙形成与神仙思想结合一块。
认为天地万物皆由三清尊神所化，
这带有一定的唯物思想观念形态。
佛教则揭橥‘缘起性空’之理，
用以解答宇宙成、住、坏、空因缘之态。”

“佛教并以善恶因果、三界轮回学说精粹，
打破人间人们对生死的迷惑心扉。
佛教的教义圆融无碍使其久远流传，
虽从印度传来却能跻身三教九流高位。
现如今人间社会已经发生重大变化，
三教九流以其本以及嬗变融入社会。
今日人间社会行业昔日行当难以盖尽，
新生行业无奇不有难以归入旧类。
然而好与坏、正与邪仍杂然纷呈对应，
因此应以正见、正命辨别正邪之辈。

只要合乎因果业报、五戒十善等清净律仪，
按照一心归善自我净化终能修炼皈依正位。”

父亲的讲解深入浅出简明扼要，
使我又得到一次深刻有益的教诲。
让我又重新阅读了一遍《论语》，
从久远的子曰中使我发现了精髓。
父亲又给我讲了一遍老子的《道德经》，
教我在“清净守心，无为而治”中如何作为。
父亲好像带我来到菩萨的道场，
在聆听菩萨揭橥善恶因果、三界轮回。
“三教九流在古时人间大都理解为职业名称，
并认为这是泛指旧时的下层社会，
那些闯荡江湖从事各种行业的人，
在古代白话小说中往往是贬义称谓。”

父亲为提醒我又进一步给以解释，
担心我对三教九流的认识存在偏差误会。
小时候时常听到有人说起三教九流含有贬义，
在阅看白话小说时经常看到这种描绘。
我不信宗教对三教九流很少了解，
因而一直以来对三教九流知之甚微。
看来我需要加强对三教九流的了解认识，
特别是三教在三界都有一定地位。
对于在人间和灵园修炼的人那是教典，

对他们是那么的重要和宝贵。
父亲在世时对三教九流没有这么深的感悟，
而现在他在灵园修炼得真让我敬佩。

我们慢慢走了一阵子又放马奔跑，
此时已是半夜我们想尽快赶到。
按计划我们正在赶往山东曲阜，
去那里拜谒孔老夫子的府殿陵庙。
两匹白马果然不是人间的凡马，
它们飞奔起来疾速得快如飞镖。
身边的景物瞬间便逝而不见，
只听得震耳风声在耳旁呼啸。
披着月光的两匹白马像是奔腾在天空，
像两条神龙在白云中飞跃腾跳。
日行千里那不过是人间的凡马，
这两匹白马千里之路一个时辰就会赶到。

又跑了一会儿我们便来到了曲阜，
借着月光我们看到了孔府孔庙。
如今的曲阜已经建设成为一个新城市，
但孔府孔庙殿宇仍然古香缥缈。
我们把白马策放孔林边先来到孔府，
因为是夜深时分显得格外静悄。
灵园的人仍然是在静心修炼，
人间的人正在梦乡没有了白日喧嚣。

所以孔府内外此刻是那么的静谧，
静谧得连天籁之音也无从听到。
在静谧中我们轻轻走进孔府大门，
月光中的孔府殿堂金辉银辉交相闪耀。

孔府殿堂雄伟壮观气势恢宏，
圣洁的月华萦绕着圣殿的深奥。
孔府是仅次于明清皇帝宫殿的最大府第，
它彰显着至圣先师的地位崇高。
它铸筑着后人对孔圣人的崇敬，
为人间大地留下儒家的一条大道。
世袭“衍圣公”世代嫡裔子孙在此居住，
世代聆听“衍圣公”的《论语》教导。
孔府有厅、堂、楼、轩等各式建筑，
四百多间建筑分列中、东、西各显其巧。
东路为家庙西路为学院中路为主体建筑，
三路建筑相映相照着古老的风貌。

中路建筑以内宅为界设在中轴，
前为官衙设三堂六厅厅厅深幽。
后为内宅设前上房前后堂楼和后五间，
每间建筑设计精巧古朴大方玲珑剔透。
大堂是衍圣公的公堂内设一应俱全，
公堂两侧是仪仗气象森严雄赳。
中路的最后建置是孔府的后花园，

初秋的月夜花园是那么的清丽雅秀。
“孔府里怎么没有看到修炼的人?
在三皇五帝的陵庙可是到处都有。”
“灵园里修炼的人不能在人间的府第,
只能在陵寝庙宇祠堂名山之内而修。”

“原来如此,有些事真不知道,
我说孔府怎么安静得一个修炼人都没有。”
我和父亲一边说着一边走出孔府,
从大门向里回望仍是那么安谧静幽。
不一会儿我们步行来到了孔庙,
这里的建筑也是那么的古老悠久。
孔庙坐落在曲阜城内建筑规模宏大,
整个建筑雄伟典雅金碧辉煌壮丽锦绣。
孔庙是人间华夏大地最大的祭孔要地,
它的历史沉积是那么的古老深厚。
孔子死后第二年鲁哀公将其故宅改建为庙,
从此历代帝王不断进行扩建加修。

“至清代雍正下诏扩建成现代规模,
规模如此宏大庙堂人间大地真是少有。”
走进庙门父亲感叹着向我介绍,
“庙内共有九进院落以南北为中轴。
纵长达六百多米横宽一百四十多米,
其建筑设计也是三路分为左中右。

有殿、堂、坛、阁四百六十多间，
门坊五十四座御碑亭十三座相映争秀。
其碑刻之多仅次于西安的碑林，
并且大都出自历代帝王名家之手。
这里有人间华夏大地第二碑林之称，
向人间诉说着人间那一段辉煌春秋。”

“大成殿集建筑大成是孔庙的正殿，
是孔庙的核心雄伟高大壮观森严。
唐代时称文宣王殿共有五间之阔，
宋天禧五年大修移现址并扩为七间。
宋徽宗取《孟子》‘孔子之谓集大成’语义，
下诏将文宣王殿更名为大成殿。
清雍正时重建设九脊重檐黄瓦覆顶，
雕梁画栋八斗藻井饰以金龙和玺图案。
双重飞檐正中竖匾上刻三个贴金大字，
乃是清雍正皇帝御笔亲书“大成殿”。
殿高二十四米多坐落在两米多高的殿基上，
为全庙最高建筑也是人间华夏大地三大古殿。”

“杏坛位于大成殿前正中之处，
传说孔子在此讲学应为《论语》之坛。
你看坛旁这株古松称‘先师手植松’，
聆听教诲历经沧桑凝聚多少文翰。
杏坛周围朱栏四面歇山十字结脊，

双重半拱相望二层黄瓦飞檐。
亭内细雕藻井彩绘金色盘龙，
其中还有清乾隆御碑上刻‘杏坛赞’。
亭前的石香炉形制古朴庄重典雅，
承载人间多少香火和崇敬心愿。”
父亲像一位熟练的导游给我讲解着，
其用意是增强我对这位圣人的观感。

孔庙里坐满了各种修炼的人，
从他们衣装上很难看出什么年限。
孔老夫子当年弟子三千是何等规模，
培养出七十二贤是多么大的贡献。
吾日三省吾身两千多年该省多少次，
两千多年自省中又有多少人修炼圆满。
如今庙内殿、堂、阁都坐满了人，
还有那么多的人围坐在杏坛。
门坊和御碑亭修炼的人也是满座，
看样子不止三千弟子和七十二贤。
三千弟子七十二贤恐怕早已修成正果，
这是后人们一代一代来此不断。

“在灵园修炼的人都是那么的认真，
看得出他们心地虔诚态度诚恳，
不知他们要修炼多少年才能取得成功。”
我对此一点也不了解只好又问父亲。

“这很难说，有的要修炼很多年，
关键在于要有诚心还要有耐心。”
“在灵园修炼的人是否都能取得成功。”
看着周围修炼的人我又向父亲发问。
“在灵园修炼的人大多都能成功，
但也有一些修炼不能成功的人。
有的半途而废或犯罪过被打入地狱，
这里面都包含着极其复杂的原因。”

我知道父亲生前多次来过孔府孔庙，
在世时对儒家思想践行那么认真。
人间自古说一部《论语》治天下，
两千多年来儒家思想一直占据朝台乾坤。
历代更出现一批儒家代表人物，
他们在追随践行儒家思想中成为名人。
我突然在楼阁墙上发现几个牌子，
牌子上罗列着历代尊孔名人贤臣。
“我到灵园不久来这里就已发现，
这些人大都是在灵园修炼升入天门。”
父亲说着拉我来到牌子前面，
开始阅看对他们的介绍和评论。

子思相传作《中庸》《表记》及《坊记》，
能绍述孔子遗教乃孔子的嫡孙。
孟子为儒家学派建立严密哲学体系，

主张性善论以复兴孔子学说为己任。
荀子一方面继承儒家重礼义思想，
一方面反对性善论而主张性恶论。
贾谊提出众建诸侯而少其力，
主张加强中央集权重农抑商为根本。
董仲舒是儒学阴阳五行化代表人物，
著有《春秋繁露》《天人三策》绿茵。
提出天人感应天不变道亦不变，
其罢黜百家独尊儒术成就封建王朝乾坤。

汉章帝召开白虎观会议听论五经思想，
班固奉诏撰《白虎通义》成儒学独尊之纲。
韩愈排斥佛道提倡儒家道统，
提出了为宋明理学张本的主张。
李翱在所著《复性书》中提出复性说，
为宋明理学之先躯树立一代榜样。
胡瑗与孙复、石介并称宋初三先生，
讲明体达用之学开宋儒性命学之先光。
邵雍象数之学大师北宋重要思想家，
在所著《皇极经世》书中显思想锋芒。
周敦颐提出无极而太极天道论观点，
他的观点成为宋明理学的基本思想。

程颢、程颐世称二程理学奠基人，
《二程全书》为后世留下光彩闪亮。

陆九渊为南宋大家心学派的开创者，
提出心即理发明本心等观点思想。
陈亮为南宋永康学派的创始人，
主张义利双行王霸并用为纲。
叶适主张功利之学开讲功利之用，
留下《水心文集》等让后人们分享。
王守仁提出心即理、致良知、知行合一，
成阳明学派为明理学大宗产生深远影响。
李贽认为人心之私乃自然之理，
他不拘世法所著《焚书》其锐如枪。

黄宗羲主张“盈天地皆心也”心学观点，
《明夷待访录》等书为后人启开新思想。
顾炎武以音韵治经开清代朴学之风，
成为一代大家为后人留下思想传扬。
王夫之提出无其器则无其道及变化日新，
还有行可兼知观点得到后人崇尚。
戴震主张理存于欲批判宋明理学，
所著《孟子字义疏正》疏得灿烂辉煌。
龚自珍开近代以公羊议政之风，
其思想风雷曾在人间华夏大地引起震荡。
魏源初尚宋儒理学后主今文，
宣传变法欲为人间皇朝改辙易张。

康有为以公羊学托古改制引起震动，

“公车上书”在人间华夏大地隆隆轰鸣。
谭嗣同主张变法不幸惨遭杀害，
所著《仁学》反映了他短暂的生命。
梁启超倡言变法维新用新方法研究学术史，
在人间华夏大地留下了他的启蒙之功。
刘师培一生短暂却为国学大师，
在《列申叔先生遗书》中留下音容。
熊十力乃为当代新儒开宗之人，
为援佛入儒建立新唯识论哲学体系开宗。
后面还列有一长串的人员名单，
有许多也在人间华夏大地留有声名。

“上面这些人大都是历代儒家代表人物，
他们对儒家思想和孔子比较尊崇。
但也有些人的思想观点与儒家有别，
不知为何也把他们列入其中。”
上面这些都是历代名人我比较了解，
但也知道他们有的思想观点与孔子不同。
“这些人在人间的表现是一个方面，
重要的是他们来灵园以后的修行。
这上面的人最后都得以修行圆满，
罗列此处是向后人宣扬他们的成功。
现在此修炼的人大都以他们为榜样，
沿着儒家古老的教化之路修炼本性。”

父亲的解释又消除了我的一些疑问，
我们一边议论着一边继续前行。
我四下望了望那些虔诚修炼的人，
心中不禁生产生一种复杂的感情。
人间之人能像灵园之人这样该有多好，
那样人间大地该减少多少悲惨和伤痛。
我在沉思中跟随父亲来到孔林，
古老的松柏仍然是那么苍劲茂盛。
苍劲的孔林多像儒家思想之树，
在漫长的历史兴衰风雨中坚持衍生。
我认为儒家思想只是一种强大思想，
将其作为一种宗教和教典总觉不能认同。

第五章

我们游看完孔林又跨上了白马，
准备向下一个游看地点进发。
按计划下面要游看道教胜地，
真正走进人间和灵园的道家。
道教虽将宇宙生成与神仙思想结合，
并认为天地万物皆由三清尊神所化。
但在人间道教胜地修行的仍是凡人，
只是为了更好地修行而出家。
有的则因遭受磨难而看破红尘，
从此脱尘超俗全身心投入道教教化。
人间道教胜地也存在于灵园，
有众多的人在潜心修炼以求转化。

“道教是人间华夏大地原生的一种宗教，
距今已有一千八百多年的历史年华。
它与人间华夏大地本土文化紧密相连，
它的根是从人间华夏大地萌芽生发。
道教具有鲜明的人间华夏特色，
是人间华夏古老的传统文化。

汉代开始人间华夏大地产生了道教，
从此道教在人间生活中逐渐升华。
不断在人们的精神生活中产生影响，
从而还有了教典、教派和出家。
道教认为名山是神仙居住的地方，
所以教徒们总上山修道以求得道成为仙家。”

父亲想在游看道教胜地前让我有所了解，
可怜天下父母心真辛苦了他老人家。
父亲一边策马慢行一边继续给我讲解，
父亲可是了解掌握许多宗教文化。
“天下名山僧道多这话说得很对，
教徒们总是占据名山胜地开展教化。
他们常常集结于名山胜水之间欣赏山水，
清谈玄理建设寺观参禅悟道卜卦。
这时期名山大川功能完成重大转变，
即从自然崇拜到宗教与审美的转化。
名山大川胜地开始大量建设寺观，
寺观里开始走进大量的僧家道家。”

“道教发源于古代中华传统宗教脉络，
具有崇拜诸多神明的多神教原生宗教特色。
道教主要宗旨是追求得道成仙救世济人，
以老子的《道德经》等为主要经典典册。
道教不仅在中华传统文化中占有重要地位，

而且在现代世界也有一定影响和传播。
道家虽从战国时即为诸子百家之一，
直到汉代之后才有教团产生和传教者。
道教个别派系为奉老子为道德天尊，
把原为道德哲学家的老子神化莫测。
至南北朝时道教宗教形成逐渐完善，
从此在人间华夏大地得以重要建设。”

“道教以道为其最高的信仰，
尊道贵德是道教最高信仰的学说。
道教认为道是化生宇宙万物的本原，
并将宇宙的生成与神仙思想结合。
道教幻化了成仙或成神的主要方法，
并把这种方法详细归纳五种之多。
服食仙药与外丹、炼气与导引、内丹修炼，
可很少见这五种方法取得圆满者。
并借由道教科仪与本身法术修为仪式，
以达到功德成仙的必修之课。
从而常见后来的神仙多为内丹修炼，
与功德成神者与道术的修炼者。”

“尊道贵德是道教的最高信仰，
仙道贵生是道教的鲜明特色。
清净寡欲是道教的行为标准，
自然无为是道教生活态度把握。

柔弱不争是道教自我修养态度，
返璞归真是道教理想状态生活。
天人合一是道教的文化主体，
天道承负是道教善恶报应因果。
性命双修是道教修炼的要诀，
以上这些是道教最基本教义之说。
另外还有崇仰黄老、生道合一、真一玄道，
形神合形、遣形坐忘有关教义众多。”

“道教的主要经典是道教的经学，
不信仰道教者一般不去涉猎。
道教的主要经典有六部之多，
大部分经典是那么玄奥难学。
《道德真经》《南华真经》《冲虚真经》是道教经典，
还有《文始真经》《通玄真经》典阕，
另外还有《龙门心法》也是道教主要经典，
六部主要经典揭开了道家的世界。
其他重要经典还有十五部之多，
这些经典教徒们都要认真诵学。
道教还有劝善三圣经在民间影响很大，
许多人对此都有所认识和了解。”

“《太上感应篇》让人感应的是善念，
《文昌帝君阴骘文》阴骘善觉，
《关帝觉世真经》经化人心归善，

道教劝善三圣经经经都那么深切。
从唐朝初年开始编纂道教丛书，
所有道教经典都在《道藏》中编纂排列，
《道藏》是所有道教经典的总集，
至今已有一千三百多年的历史岁月。
可因年代久远历史沧桑没有保存下来，
现存《道藏》是明代永乐四年编写。
以后又经历许多次增补和续编，
形成五千多卷的《道藏》经臬。”

“道教是中华土生土长的宗教，
生发形成于长期的历史岁月。
最早可追溯原始时期崇拜自然与鬼神，
人神沟通的占卜等多种方术之界。
殷周时原始宗教演变成祭祀上天和祖先，
春秋战国古代宗教经历理性化演变陶冶。
汉代社会状况导致对宗教产生急迫需求，
原本的儒学于是逐渐向宗教链接。
与此同时佛教也传入中华大地，
在这种社会背景下道教教派蛹化成蝶。
道教历史一般分为四个时期，
每一个时期在人间华夏大地均有不同书写。”

“汉魏两晋时期是道教起源之初，
其重要标志是已广为流传《太平经》书。

这时张道陵的五斗米道也已形成，
这是道教最终形成的两大标注。
唐高祖李渊认老子李耳为祖先，
从而使道教得以兴盛和关注。
宋徽宗更自号为‘教主道君皇帝’，
使道教成为国教备受尊崇敬慕。
元明时期北方产生了王重阳所创全真道，
南方各派合成正一道尊张天师为教主。
清代以后道教基本上停止了发展，
由于复杂社会原因走向衰落之路。”

“道教是一种崇拜多神的宗教，
崇奉的神灵种类繁多天堂大地遍布。
这些待你游看天堂时就会了解，
今天在这里我就不再给你讲述。
关于道教修持古代有许多名称，
诸多名称所包含内容皆是修炼之术。
如修道、修真、修为、修养、养生，
还有卫生和长生术等等不一而足。
现在一般称为修炼修持或养生，
就像人间说修行灵园说修炼含义同属。
道教修持的含义就是修性炼命，
性指精神命指肉体合起就是性命之组。”

“修炼就是通过一定的方式和方法，

对精神和肉体进行自我控制感悟。
以达到得道替天行正道的崇高目的，
这就是道教修炼的最终目的意图。
现在人间修行很难取得这样正果，
到灵园后必须继续坚持修炼道薮。
其实从古至今人间修行成仙少之又少，
大部分都是在灵园修炼后归以正途。
这些情况我也是到灵园后才得知，
给你说这些是让你知道修炼的难度。
秦始皇和汉武帝都想在人间肉体成仙，
可最后费尽心机和艰辛却空怀抱负。”

没想到父亲对道教也是那么熟悉，
使我又从他身上学到那么多知识。
道教的确是人间华夏大地古老的文化，
它的教义和修炼是那么深奥神秘。
自古得道成仙传说一直在民间流传，
看来这也许不是一种捕风捉影之事。
人间大地一直有那么多人在修行，
三教九流男女老少总是修炼不息。
灵园里居然也有那么多人在修炼，
三教九流一代一代一直修炼不止。
地藏王菩萨在地狱不停地艰苦超度，
魔界的鬼族也在不停修炼心性功底。

天堂的神仙们也都在不停修炼神功，
看来三界及三教九流都有明确的目的。
三界都向往三界更加光明和美好，
希望自己和世界有一个光辉圆满的结局。
可事实上很多人都难以实现理想，
尤其是人间大地是那么悲惨和不合理。
这是一个多么难以解释的结果，
这是一个让人多么不满意的现实。
“正因为这样才要进一步加强修炼，
不然的话这世界更难以存立和延续。”
父亲看出了我的心思又来宽慰我，
我深深知道父亲一直对我的心意。

“洞天福地是道教仙境的一部分，
多以名山为主景或兼有山水的胜地。
道教认为名山名水有主治的神仙，
洞天福地乃是众神仙修炼所居。
道士居此修炼或登山请乞能成正果，
则可以达到修炼得道成仙的目的。
分而言之洞天意谓山中有洞室通天，
可以贯通诸山从洞室通达天际。
据唐代名道司马承祯《天地宫府图》排列，
道教共有十大洞天三十六小洞天七十二福地。
道教这些洞天福地都是人间胜境，
具有雄、奇、险、秀、幽、奥、旷等自然形象美丽。”

"您说得不错,道教洞天福地都那么丰采,
大都流溢着动态美和静态美的形态。
我曾经去过道教的一些名山胜境,
都透着形象美、色彩美、线条美的宏观气派。
还给人一种嗅觉美和听觉美的感受,
总之让人看了以后是那么的豪情满怀。"
我接着父亲的话谈着自己的感受,
"道教的洞天福地都呈现幽雅壮丽气概。
我早就发现只要是山水秀丽的地方,
基本上都有道家或佛家观寺所在。
凡是有道家或佛家所在之地,
那种古幽玄深飘逸真如仙台。"

"对,比如说道教洞天福地十大洞天,
如若登临就如同走进神天仙寨。"
父亲说着给我介绍起十大洞天,
"道教的十大洞天听说都连着天脉。
到了十大洞天真的会感觉到了仙境,
真让人流连忘返不愿意再回来。
小有清虚天、大有空明天尽皆别致,
太玄总真天、三玄极真天玄得可爱。
宝仙九室天、上玉清平天如宝如玉,
朱明耀真天、金坛华阳天满天光彩。
左神幽虚天、成德隐玄天幽隐玄虚,

走进道教十大洞天恰如九重天开。”

“三十六小洞天小巧玲珑如翡翠碧玉，
洞洞幽雅灵光闪耀流光溢彩。
七十二福地满地青翠秀丽如珠，
满地珠光宝气镶嵌大地和天台。
道教在人间大地最出名胜境是四大名山，
道教四大名山让多少人难以忘怀。
不论人间修行之人还是灵园修炼之人，
都会为在四大名山修持感到豪迈。
在人间或在灵园都向往到四大名山，
以求请乞和教化得以修持加快。”
父亲的话语里透着深切的感触，
他为未能到道教名山修炼而无奈。

道教的四大名山有的我已游看几回，
每一次游看都令我感到沉醉。
道教四大名山在人间几乎无人不知，
这四大名山确实雄伟壮丽风景优美。
现在道教四大名山皆为旅游胜地，
让人间那么多人选择游览流连忘归。
道教四大名山更是教徒们修持胜地，
让教徒们那么的向往和追随。
武当山、青城山、齐云山、龙虎山景色秀丽，
它们被列为道教名山那是当之无愧。

四山都深蕴着古老深厚的《道藏》，
它们被列为道教名山那是应有的地位。

道教除去四大名山外还有诸多名山，
不论是道教还是山水这些山也占有重要地位。
泰山、华山、衡山山山雄伟壮丽，
三清山、阁皂山、崂山山山美丽雄伟。
茅山、罗浮山、玉屏山山山苍翠巍峨，
崆峒山、鹤鸣山山山清丽秀美。
华夏大地道教知名宫观共达三十多处，
广泛分设在人间华夏大地东西南北。
正一道祖庭龙虎山嗣汉天师府道藏府深，
全真道祖庭二宫一观道藏深邃。[①]
道教名山积聚道教多少古老历史，
道教知名宫观尘封道教多少光辉。

我们离开曲阜后一直慢慢向前走着，
谈论着有关道教知识和胜地山水。
看看时间已经不早又策马驰奔，
向着道教名山武当山放马而飞。
这时月亮已经西斜光晕渐渐淡化，
月光中本就稀疏的星星开始隐退。
山野村庄开始慢慢披上一层灰暗，

① 二宫指山西永济永乐宫（吕祖），陕西户县重阳宫（王重阳祖师），一观指北京白云观（丘祖）。

静寂中偶尔从路边村庄传来几声犬吠。
我们跑得飞快却追不上西去的月亮，
它总是与我们保持着遥远距离西坠。
飞快的马蹄急急地呼叫着大地，
可等我们飞驰而过后大地还在沉睡。

从曲阜到武当山可是千里迢迢，
好在我们有如神龙的白马能够飞跑。
天还未放亮我们居然已看到武当山，
看到浅灰色的云团把武当山缠绕。
武当山又名太和山位于湖北丹江口境内，
方圆四百公里连绵群山环抱。
武当山东邻襄阳西接十堰地界，
背靠神农架面临丹江口库槽。
有七十二峰、二十四涧、十一洞天，
十池、九泉、九井、三潭碧水飞滔。
十石、九台俯看着雄伟壮观的道观，
天柱峰高耸拉着群峰日夜聆听讲经论道。

北宋大家米芾赞武当山为天下第一山，
也许是因山的雄伟也许是因道教。
武当山不仅是道教名山之一，
作为武当拳的发源地也声名显要。
玄武门石雕牌坊坊刻高立门楼，
明代嘉靖御笔“治世玄岳”玄光闪耀。

明成祖永乐敕建遇真宫宫藏褒奖，
向后人诉说着张三丰的高深玄妙。
天柱峰顶端金殿殿藏古老辉煌，
最具代表性地彰显着道教建筑群的高超。
是人间大地现存最大的铜建筑群，
英姿魁伟厚重深邃幽蕴着道藏精俏。

铜铸金童玉女及水火二将侍立金殿两侧，
他们在为道教名山武当守殿护教。
汉代阴长生曾在此诵道修炼，
唐代吕洞宾从这里修炼走上神道。
明代张三丰一生在此修炼道法，
悟出多少道教真谛在人间大地缥缈。
眺望之间我们来到武当山下，
在山门外拴上白马便走上山道。
一路上游看着涧、洞、石、台的壮美，
不断欣赏着池、泉、井、潭的秀俏。
由于天还未明山上人间的人不多，
来自灵园的人来来往往已经不少。

当我们走到玄武门石雕牌坊门楼，
遇到一个手持大刀的人在此把守。
他全身戎装是那么英武威严，
恰如小时家中门神像画得那么雄赳。
他不拦父亲却走过来拦住我，

质问“你这人间的魂灵怎么来此乱走？”
我问他是谁为什么要拦住我，
这时父亲赶忙跑过来把我拉在他身后。
告诉我这一位是这山的守门神，
奉命长年累月守卫在这山口。
凡是道教名山都有守山神守卫，
这些山神都是属于天界神的范畴。

他们虽是小神却是太上老君统一安排，
主要维护灵园修炼秩序守护山头。
我是来自人间与灵园里的人不一样，
所以我的身份逃不过山神的眼眸。
道教名山人间和灵园里的人都可来，
却不许人间魂灵来此游走。
这就是山神要拦住我的原因，
我又怎能知道这种规定和理由。
父亲赶忙从身上取出黄帝的令符，
边递给守山神边又说明相关缘由。
大概守山神从未遇到我这种情况，
父亲解说好半天才放我往山上走。

“要是没有黄帝令符我再解说也无用，
守山神不会放你进山游走。
对这一点开始我也没有能够想到，
不知道有这样一种规定和缘由。

还是始祖黄帝对这次安排想得周到，
在接见安排我时特意就此向我口授。
还没来得及想到我们已到武当山，
因此没有及时向你说明缘由。”
父亲怕我受惊向我解释和安慰，
他不知这区区小事我不会放在心头。
“黄帝不仅是人间大地的最高统帅，
黄老庄学那可是道教发源的源头。”

“不管是在人间华夏大地还是在灵园，
都是由黄帝掌握着统帅大权。
虽然道教奉太上老君为最高教主，
但黄帝为道教起源最早作出贡献。”
父亲进一步向我解说着道教，
我们一边说着一边来到天柱峰金殿。
金殿里坐满了修炼的男男女女，
看得出其中有教徒也有平常人员。
教徒有的长褂配庄子巾或配元巾，
好像正一道和全真教徒都在此修炼。
听说在灵园修炼不分教派师门，
有时相互之间还进行交流取长补短。

每一个修炼的人都在默默诵经，
每一个人的面前都放着一本经典。
忽然传来一阵悠扬动听的道乐，

像一股甘甜的清清山泉流进心田。
《朝下歌》怀着苦乐心情送走西天残月，
《二泉映月》怀着夜色乐章映来东方晓天。
此时此景我真像走入了仙境，
此乐此情更让我沉醉在灵园。
好像有谁在道乐声中轻轻拉开夜幕，
把美丽的朝霞洒满武当道教名山。
太阳从东方天际涌出满天诗意，
武当山在道乐声中荡漾着满山诗的情感。

晨曦中的道教名山武当令我陶醉，
道乐声中的道教名山武当让我感叹。
名山、胜地、灵园净界名副其实，
峰、涧、石、池、泉、台美妙无限。
哪一种境地都让我心旷神怡，
哪一处景致都让我流连忘返。
怪不得道教要选择在这里修持，
在这样的胜地修持怎能不修成神仙！
父亲看到我陶醉他是那么的高兴，
因为他在世时很少看到我这种情感。
他知道我是一个多愁善感的人，
更知我这次游看三界是因怨愤冲天。

在金殿一角我发现一位着清代官服的人，
他端坐那里诵经诵得特别认真。

我看不出他捧着哪一本道经，
只见那本道经被翻得有点破损。
看他的服装和顶戴是一位王爷，
只是看不出他是王爷中的哪一人。
很显然他不是教徒只是在此修炼，
人间的道教徒在灵园也穿着道士衣巾。
他的身后是一位年轻的道姑，
道姑穿着一身标准的道姑衣巾。
她这么年轻不知在人间为何出家，
年纪轻轻为何又来到灵园修身。

我感到有些好奇便悄悄走到她身旁，
想对她的情况进行一些了解询问。
还没等我开口她就主动介绍起来，
原来她出家入道是有诸多原因。
因为一家人太老实总受别人的欺负，
家境不好生活一直是那么贫困。
为此她读初中时就辍学外出打工，
打工几年挣了点积蓄却被偷不剩分文。
家中房屋被强行拆迁承包地被强占，
到了谈婚论嫁年龄又被人骗婚。
一连串的打击使父母撒手人寰，
伤心的她被逼无奈只好遁入空门。

她说再也经不起人生的劫难和打击，

虽然二十几岁却完全看破了红尘。
出家后沉郁的心情一直难以道化，
最终在郁闷忧伤中一命归阴。
她死后因为没有罪过不可能下地狱，
想升入天堂她的功德还达不到标准。
让她再托生人间说什么她也不愿意，
最后只有来到灵园继续修炼其身。
这又是人间大地一个不公的案例，
我向她表示深深的同情和怜悯。
但对人间不平之事谁也无可奈何，
谁也无法改变人间的日益沉沦。

突发的云雾把武当山裹入苍茫，
把武当山的整个面目全部隐藏。
再也看不清武当山的真面目，
浓重的云雾真让人感到迷茫彷徨。
我的心开始布满云雾沉重起来，
怀着沉重的心情走出金殿殿堂。
武当山已经基本游看完毕，
我们便拨开云雾开始走下山岗。
幸好有如神龙的白马载着我们，
去什么地方不需要我们辨别方向。
只要拍拍白马告诉我们要去之地，
它们就能把我们送到要去的地方。

来到山门外我们策马而行，
直奔江西鹰潭市贵溪县渔塘乡。
道教又一名山龙虎山就坐落这里，
作为道教名山其声名远扬八方。
龙虎山由酷似龙虎的二山组成，
是人间华夏大地典型的丹霞地貌山岗。
“龙虎山原名云绵山后改为龙虎山，
是第一代天师张道陵来此设置道场。
相传第一代天师在此炼丹丹成而现龙虎，
从此把此山改名龙虎山以示吉祥。
张道陵在此炼丹至今已一千九百年，
伴随着道教的起源生发和传扬。”

父亲看我沉闷给我介绍起龙虎山，
他的介绍总是那么熟悉流畅。
“贵溪县上清镇东面有一座上清宫，
是历代天师祀奉太上老君和朝会的地方。
也是人间华夏大地最古老最大的道宫之一，
尘封着厚重的道教历史沧桑。
现在还存有福地门、钟楼、五门殿，
东隐院、下马亭、明代石刻和九曲巷。
上清宫附近天师府是历代天师住处，
是规模最大的道教建筑之一古老辉煌。
是现今保存完好的古老宏大府第之一，
来龙虎山一定要去天师府拜访。”

离开武当山不久云消雾散天气放晴，
天地间又显现出阳光下的风景。
从武当山到龙虎山路途不算太远，
不长时间我们便跨进龙虎山风景名胜。
龙虎山连绵着象鼻山、张家山、尘湖山，
还有马祖岩、仙石、上清河等风景。
我们抓紧看完龙虎山就直奔天师府，
天师府果然建筑规模宏大气势恢宏。
我们把两匹白马拴在天师府旁树上，
然后走进府第正堂阅看有关介绍说明。
正堂墙上挂的牌子有文字还有诸多肖像，
第一位就是正一道创始人张道陵。

张道陵历来被视为得道成仙者，
后来道徒们一直尊奉他为“天师”之称。
唐僖宗册封他为“三天扶教大法师”，
宋神宗加号“三天扶教辅元大法师”尊称。
宋徽宗册封张道陵为“真君”，
随后宋理宗和元成宗也各有加封。
张道陵死后其子张衡继行其道，
张衡死后其子张鲁继为首领。
魏伯阳东汉炼丹理论家性好道术，
《参同契》以内炼为主为道教奉为祖经。
许逊、葛玄、魏华存、狐丘依次而列，

还有葛洪、孙恩、寇谦之和陆修静。

后面还有一批历代修道有成就者，
传说他们最终都取得修道成功。
龙虎山道观和天师府都有参观者，
男女道徒和非道徒来往穿行其中。
“如今道教门派主要有南方正一道北方全真道，
正一道形成于宋元全真道形成于两宋。
历史上道教内部门派众多名称各异，
但主要分为正一道和全真道两大道宗。
道教历代修炼成仙者不乏其人，
不过这只是传说道外之人没有人去考证。”
父亲说着带领我走出天师府，
准备去道教另一名山青城山胜境。

第六章

此时江南的天气还有点热辣，
灼热的太阳放出刺眼的光华。
田野里忙着的人还挥汗如雨，
鸟儿们躲在树阴里叽叽喳喳。
纵横交错的道路上车流不断，
江河里的船儿来来往往不停进发。
成熟的山林飘着淡淡的清香，
丰收的田野举着沉沉的庄稼。
蓝蓝的长天荡漾着淡淡白云，
连绵的高山高举苍劲青翠的图画。
此刻大地上的景致是那么和谐，
此刻天与地的乐章是那么融洽。

此刻的我完全成为一个隐形人，
此刻的我又像一个神仙神通广大。
我能看到人间大地一切景物，
又能看到灵园的一切物华。
我可以在人间人们身边尽情行走，
又可以与灵园里的人随意对话。

我可以在地狱同魔界进行交流，
又可以骑坐犹如神龙的白马。
神奇的是人间的人居然看不到我，
人间与灵园之间成为一种幻化。
灵园能看到人间却不能往来，
人间对灵园犹如梦境或者神话。

天堂的神仙可能永远都是这样，
看来做神仙是又幸福又神通广大。
其实我已是非常的幸运和荣耀，
短短的时间里安排我游看三家。
我要抓住这次机遇尽量多看一些，
待回到人间后以能有更多抒发。
父亲此刻好像又看出我的心情，
在前面拍了拍白马又加快了步伐。
我们沿着山川间大道向前飞进，
公路上的车辆都被远远抛下。
有时人间与灵园里真难分辨，
有时我真感觉不到自己在哪。

我们飞越一座座城镇与村落，
飞越连绵起伏的山岭和江河。
遥遥看见了高耸挺拔的老霄顶，
我们已经踏进古老的天府之国。
青城山位于四川都江堰市西南方，

连绵起伏诸峰环抱状若城郭。
满山林木苍劲青翠四季常青，
松、楠、枫、柏等古木参天把山高锁。
我们飞奔来到青城山前跳下白马，
父亲赶忙走到山门与守山神交涉。
有了前两次的经验又有黄帝令符，
守山神看了看我就放我们通过。

我们把白马拴在山下然后开始攀登，
近看青城山更加雄伟壮丽气势磅礴。
丹梯千级曲径通幽以静幽取胜，
自古就有“青城天下幽”美誉之说。
青城山诸峰环峙状若城郭故名青城山，
它确实像一座规模宏大的城市雄伟高阔。
与剑门之险、峨眉之秀、夔门之雄齐名，
为此留下多少古老的美誉赞歌。
青城山是人间道教的发源地之一，
自东汉以来历经两千年传播。
为此青城山成为人间大地道教名山，
素有“拜水都江堰，问道青城山”之说。

“东汉顺帝时天师张道陵来到青城山，
选中青城山的深幽涵碧青翠秀峨。
于是天师张道陵便在此结茅传道，
从此青城山成为天师道的祖山山座。

从此青城山成为道教的发祥地，
从那时起道教在此得以广泛传播。
人间大地历代天师均来青城山朝拜祖庭，
好像成为一条不成文的道规道策。
青城山有数十座道观至今保存完好，
建筑规模宏大森严端庄古香古色。
全山道教宫观以天师洞为核心，
宫观依山而建相瞰相望高低交错。”

父亲一边介绍一边拉着我攀登石阶，
真让我有一种走进神山仙府的感觉。
曲径通幽中逶迤着丹梯千级台阶，
苍劲盎然隐映着古朴的宫观亭榭。
建福宫、上清宫宫满天师之道，
圆明宫、玉清宫宫宫萦绕道家道乐。
祖师殿、老君阁尘封着老君道化，
天师洞、朝阳洞洞洞深幽道家规约。
宫殿阁掩映于浓阴翠盖之间，
益显幽深静谧质朴古雅清冽。
所谓道家居青城佛家占峨眉同负盛名，
峨眉天下秀青城天下幽盛名同列。

父亲带领我首先来到祖师殿，
殿门外等待进入的人排着长长一列。
排队进殿的人都是来自人间，

与来自灵园的人存在明显区别。
来自人间的人大都是为游看景致，
当然其中也有人来了解研究道学。
人间人群偶尔走来一两位道徒，
不用说他们来此是为拜谒祖师爷。
听说灵园里的道徒也要来青城山，
他们在修炼中也要来此拜谒祖师爷。
来自灵园的人进殿后都找地方坐下，
或默诵经典或用法术净化心野。

“我对道教如何修炼一点也不了解，
难道他们就是诵经和吟唱道乐。
用这两种方式就能修持为神仙，
这样说起来真让人难以理解。”
我不大了解道教更不知道教如何修持，
借机会我又赶忙询问父亲请他给我讲解。
“道教修持有一套完整道教法术，
我对此多少有些了解和领略。
道术一词源出《庄子·天下篇》，
与方术、方技是一个意思的不同书写。
道教中人还有的把道术称为仙术，
这种说法其含义更为形象明确。”

“道教所从事的道术十分丰富，
如符、箓、祈禳、禁咒和占卜。

还有内丹、外丹、炉火黄白，
行口、房中、仙药、服气和辟谷。
《文献通考》曾对道术扼要介绍，[1]
其中有盖清净之一说、炼养之一术。
另外还有服食和符箓又一说，
还有经典科教又一说说得那么清楚。
说黄老列庄之书所讲是清净无为，
而略及炼养没有把炼养列入。
赤松子、魏伯阳只言炼养而不言清净，[2]
卢生、桃少君、栾大不言炼养言服食为主。”[3]

“张道陵、寇谦之言符箓而不言炼养和服食，[4]
杜光庭以下有关人只讲经典科教诵读。
其实繁多的道术共分五大类，
分别为山、医、命、相和卜。
所谓山就是通过食饵、筑基、玄典和拳法，
还有符咒等方法修炼肉体和精神之术。
以达到充满身心的一种学问，
这就是所谓山其中的主要法术。
食饵是利用补药、酒及日常饮食，
以加强体力和治疗疾病的一种法术。

---

① 指宋代马端临所著《文献通考》。
② 赤松子、魏伯阳均为道教代表人物。
③ 卢生、桃少君、栾大、均为道教代表人物。
④ 张道陵、寇谦之均为道教代表人物。

筑基是利用静坐法以控制精、气、神，
进而增进体力的一种强身之术。”

“玄典是修心养性的一种方式，
这种方式以老子和庄子思想为基础。
拳法是增强体魄的一种方法，
对拳法的修炼主要是习练各种武术。
符咒是一种通灵、修炼的道法，
是辟邪镇煞趋吉避凶的一种方术。
总而言之山就是利用打坐、修炼、武学，
还有食疗等方法以培养完满人格的学著。
所谓医是利用方剂、针灸、灵治等方法，
以达保持健康、治疗疾病的医疗技术。
其中方剂是各种药物制成的散剂丸剂，
灵治也就是所谓心理治疗方术。”

“所谓命就是透过推理命运了解人生的方式，
以穹达自然法则进而改善人生的一种学理。
所谓相包括印相、名相、人相、家相和墓相，
以此观察存在于现象界形象的一种方技，
其中印相就是通过观看人的印章，
以此来取定人命运的一种方法道理。
名相以人的姓名或店铺名称通过五格剖相，
并运用命理来推断吉凶发展的一种技艺。
人相分为面相手相观察面和手部纹线气色，

家相就是通过所住宅屋风水观察其格局。
墓相是选地安葬祖先达到荫庇后代的方术，
总之相是以对物体观察达趋吉避凶的术理。”

“所谓卜包括占卜、选吉和测局三种，
其目的在于对有关事情的预测及处置。
其中占卜是以《易经》为依据理论，
结合天、地、人三界相互之制，
进行推断吉凶祸福的一种方法，
以此来得知天、地、人三界结果预期。
选吉主要著作以《奇门遁甲》为代表，
通过布局、布斗、符咒等结合联系，
进行处理事物发展不吉的因素，
这一点最早运用于古代的军事。
测局主要著作以《太乙神数》为代表，
通过十二卦象推断国家命运变化规律。”

“以上这些就是道教修持的主要法术，
其中隐蕴着许多难以理解的玄秘。
不入道门修炼只能有个大体了解，
但它却是道教丰富的文化知识。”
“依照这种道教法术修炼我看很难，
如要修炼成为神仙需要很长的时期。
这是一个相当艰难漫长的过程，
这需要一种持之以恒虔诚的意志。”

听完父亲的讲述我不禁感叹地说，
“看来这些修炼的人很能坚持。”
“人间的人修行要坚持其一生，
即使这样也很少有人能达到目的。”

“为此来到灵园的人要继往开来，
以虔诚的心刻苦修炼不能懈怠。
即使这样谁也难以说清成功的日期，
但绝不可以因此犹豫和徘徊。
所以我们前面看到修炼的人都那么认真，
看得出他们都有一个坚定的心怀。
我离开人间来灵园后一直坚持修炼，
希望有一天能够成功地走向天台。”
父亲说的那么坚定和富有信心，
与他在世时一样对何事都能认真对待。
父亲身上有很多东西值得我学习，
我应该把父亲的优良品性流传承载。

父亲和我虽然都不是道教教徒，
但深知道教的影响在人间一直存在。
道教一些宗派都师承相传一些武术和气功，
例如武术中历史有名的武当派。
据说就是武当山上的道士传承的武术，
在人间成为一个影响深远的门派。
道教的武术讲究圆柔和后发制人，

充分体现了道教的教理所在。
其中像太极拳这样简单的武术套路，
已经在人间大地广泛传扬开来。
全真道的修炼方法基本上就是气功，
道教气功也是人间中华气功一大流派。

“另外道教养生术是一门优秀养生之术，
继承和发展了《黄帝内经》中经络学光彩。
还有许多道徒不断研习医术，
为人间中华中医学留下光辉记载。
道教炼丹术对火药发明有重要影响，
为人间古代火药发明留下历史豪迈。
古代有许多文人深受道教的影响，
其中最具代表性的是大诗人李白。
《西游记》使用了大量道教专有概念，
《封神演义》演绎了以道教为核心的形态。
老子《道德经》早在十六世纪译成西方文字，
在西方世界留下人间华夏大地的古老辉煌风采。”

“《道德经》在西方世界闪耀古老光辉，
令许多西方人不断研究和追随。
德国哲学家莱布尼兹最初二进制思想，
正是根据伏羲、黄老阴阳学说而发挥，
并给太极阴阳八卦起了一个西洋名字，
就是‘辩证法’这个哲学著名名讳。

几百年来《道德经》译文总数达几百种，
在世界文化名著译文发行量上排在第二位。”
父亲的语气里带着一种明显自豪，
这种影响说明了《道德经》的珍贵。
《道德经》之所以能作为道教经典，
这就充分说明了它的历史地位。

我们悄悄地走进祖师殿开始游看，
大殿中央供奉着祖师张道陵的牌位。
但祖师却不在他的座位之上，
只有来自灵园的修炼者坐在周围。
在此修炼的人大多数都是教徒，
可以说他们都是祖师张道陵的后辈。
我来到一位比较年长的教徒身前，
询问他今年多大年纪修炼了多少年岁。
他告诉我他来自清朝初年崂山，
在人间加入道教时只有十几岁。
因家里穷兄弟姊妹多无力抚养，
便脱离凡尘被父母送入下清宫内。

他在崂山下清宫修炼六十多年，
离开人间便来到青城山把天师追随。
如今他的道行虽然很深却还未成正果，
仍在灵园日夜苦心修炼不辞劳累。
听后我被他的刻苦精神深深感动，

对他坚定不移的信念更是敬佩。
“一个人不论在人间还是来到灵园，
具有坚定的信念十分的可贵。
不论在人间还是灵园历来修成正果者，
都是那些苦心修炼心志者最终心遂。”
父亲也为这位老道徒的精神感叹，
拱拳相抱向他行道士之礼表示敬佩。

站在祖师殿前观看青城山景貌，
连绵的山峰果然状若城郭诸山环抱。
此时真是一个难得的蓝天白云，
整个青城山青翠盎然白云萦绕。
青山蓝天白云构成一幅秀雅的天图，
点缀其间的殿、阁、亭在图中缥缈。
我们一边观赏着美景一边游看道观，
不知不觉来到青城山主峰老顶霄。
站在老顶霄感觉就像在神采飘逸的天堂，
站在这种胜境怎能不陶冶情操。
假如两千多年前我能来青城山，
我也会选中这深幽涵碧之地结茅传道。

我们离开青城山便直奔齐云山，
从青城山到齐云山又是千里迢迢。
我们又飞越一座座城镇和村庄，
飞越人间大地江河高山丘陵和山包。

齐云山是道教的又一座名山，
在人间被誉为道教四大名山称号。
齐云山又名白岳、云岳位于安徽休宁，
因其最高峰齐云岩而得齐云山名号。
齐云山与黄山、九华山并称皖南三大山，
虽海拔一千多米却一石插天直入云霄。
从山脚下仰视齐云山十分雄伟壮观，
更有那跨过清流碧水的黟水登封桥。

小心踏上倚岩贴壁的登山路径，
就看见绝壁摩崖石刻第一名山字号。
从这里便可进入群峰竞秀齐争云，
迎来万壑奔流入清幽天造景貌。
我们来到巨石夹峙只有一隙通人的一天门，
把两匹白马放入旁边的一个山坳。
父亲拿着黄帝令符与守山神联系，
随后我们便随同人间登山人群通过一天门窄道。
然后攀上开凿于绝壁巉岩上的天梯，
再经过二天门、天池逐级往上登高。
这时视野渐渐开朗望见群峰插云，
环拱周天仿佛身在高天云霄。

三十六奇峰七十二怪岩高立云头，
二十四涧及诸池泉飞瀑奔流。
素有天下无双胜境江南第一名山之誉，

还与黄山、九华山合称皖南三秀。
唐代在此建寺宋代建佑圣真武祠,
作为道教名山是那么古老悠久。
明代嘉靖皇帝敕建殿御赐山额,
从此道教在此日益繁盛发展传流。
三清殿、玉虚殿、无量寿宫白云缭绕,
文昌阁、碑碣及摩崖石刻裹着青翠绿绸。
道教名山果然是景色有名道教有名,
在人间大地留下又一处古老的锦绣。

来这里灵园胜境修炼的人很多,
各殿宫都有来往不断的人流。
有端坐诵经的也有走动游看的人,
都怀着一种虔诚的向往和追求。
突然在三清殿不远的一处密林中,
我发现有一团火光闪烁幽幽。
我怀着一种好奇拉着父亲走过去,
看到一位老者守着一炉一篓,
他面前的石台上放着几本相书,
炉中冒出缕缕青烟轻轻飘悠。
走上前一打听得知他在炼丹,
他来此炼丹才刚刚炼了不久。

老者是本地人在人间是一位中医,
他在人间熬制丹药取得一定成就。

前几年他辞世后就来到这里，
在修炼中对炼丹苦苦加以研究。
我询问他冶炼研究的成果如何，
他说这事不是那么简单需要长久。
他说从秦始皇寻求长生不老药开步，
到汉武帝对神丹妙药的苦苦追求，
一直到清代历代帝王都向往神丹，
可是真正求到神丹的几乎没有。
这说明炼制神丹是多么困难，
所以必须坚持长久炼制和研究。

炼丹老者不怕艰难的精神让我赞叹，
面对两千多年的艰难他仍勇往直前。
他的这种修炼精神多么的可贵，
如此的话有一天他一定会炼制出仙丹。
他告诉我天堂的神仙炼制仙丹可能容易，
因为他们有神火又毕竟炼制了几千年。
如太上老君丹炉用的是三味真火，
人间炼制丹药一直用凡火冶炼。
所以人间炼制仙丹很难取得成功，
但终究有一天人间也能够实现。
这是多么可贵的坚忍不拔精神，
我再一次对老者的修炼精神表示赞叹。

我和父亲离开老者来到无量寿宫，

这里也有那么多灵园的人在修炼。
道教四大名山果然都是道教胜地，
称誉道教洞天福地果然名不虚传。
“四大道教名山在人间华夏大地没有完全定论，
在道教派别和道徒中也有不同观点。
还有一种流行和广泛接受的排名，
就是武当、龙虎、齐云和崆峒山。
另外四川有人把鹤鸣山列入其中，
这样排名就是武当、龙虎、齐云和鹤鸣山。”
父亲就道教四大名山又向我补充说明，
他担心不同的说法给我带来混乱。

鹤鸣山为道教四大名山我知道，
这件事在人间争论了好长时间。
将鹤鸣山作为道教四大名山应属自封，
因为仅在四川就有两座鹤鸣山，
为剑阁鹤鸣山与大邑鹤鸣山两座，
张道陵在哪座鹤鸣山创教至今争论不断。
由于上述原因鹤鸣山就不再前去，
我们便奔向被列为道教名山的崆峒山。
父亲十分赞成我的这一建议，
这时我们正好游看完齐云山便马上下山。
我们走下山门稍事休息便又跨上白马，
飞马奔向位于甘肃平凉市的崆峒山。

飞越长江飞越中原大地飞越城镇，
飞越黄河飞越黄土高坡飞越乡村。
飞越绿野飞越山林飞越滚滚黄沙，
飞越蓝天飞越浓雾飞越黑云滚滚。
飞马来到广阔的大漠飞到人间华夏北国，
飞马到了平凉地此时秋风早已过玉门。
崆峒山好高的山主峰海拔两千一百多米，
崆峒山好古老的山传说上古就居有仙人。
传说仙人广成子在崆峒山修炼成仙，
传说黄帝与广成子在此论道升天成神。
因而历代帝王都慕名来到崆峒山，
周穆王、秦始皇和汉武帝等曾慕名登临。

从而使崆峒山成为古代一座神山仙山，
在人间大地留下一座古老的神晕。
崆峒山壁陡顶平崖高谷深陡峭挺拔，
奇峰异洞相生的奇险景观雄伟险峻。
崆峒山植被丰茂古松盘结于悬崖，
苍劲向天益然展翠牵峰披云。
宫观构筑于奇峰悬壁之间彰显玄妙，
有如仙山琼阁景观格外富有神韵。
泾水与媚河夹切于深谷潺潺有声，
更焕发出崆峒山的灵秀和神采缤纷。
真可谓天生奇景、人创绝技融为一体，
不愧黄土高原明珠西镇奇观之尊。

“崆峒山被道教尊为‘天下道教第一山’，
这说明道教在崆峒山古老悠久根深。
上古时广成子就在此修炼成仙，
始祖黄帝为问道广成子而亲临。
这说明崆峒山与道教先祖有缘，
也说明崆峒山有道教古老的根。”
“对，虽然道教作为宗教才一千八百多年，
而作为宗教思想起源要更古老幽深。”
接着父亲的话我表示了赞同意见，
说话之间我们来到了崆峒山山门。
这里也有守山之神在此守卫着，
我们与山神联系后便往山上登巡。

我们一边往上攀登一边不停地寻访，
主要寻访传说广成子修炼的地方。
寻访上古时黄帝问道广成子之地，
那一处几千年来传说不断的向往。
当我们登临黄帝与广成子论道之处，
看到这里好像闪耀着玄幽的光芒。
这也许是黄帝与广成子留下的神迹，
这也许是他们为后人留下的崇尚。
崆峒山虽然地处高原峰高谷深壁陡，
但来自灵园里的人仍然来来往往。
来往人员有道教教徒也有普通人员，

看穿着打扮也都是来自于四面八方。

登上崆峒山高峰眺望高原大漠，
好一幅广阔空旷的大漠风光。
我好像又看到狼烟滚滚的边塞，
又听到金戈铁马的呼喊和鼙鼓震响。
又看到黑云压城城欲摧的城头，
又听到秦时明月汉时关中的羌笛悠扬。
又看到龙城飞将飞马搭箭奔驰大漠，
又听到琵琶起舞换新声声声悲凉。
又看到城西烽火高高秋月照长城，
又听到游子唱离歌鸿雁不堪愁断肠。
又看到旌旗半卷出辕门百战金甲穿黄沙，
又听到阴山之前胡马哀戍楼纵酒高唱。

人间大地有人黄昏独坐北风秋，
灵园里无奈还得撩乱人间惆怅。
我仿佛行走在大漠风尘万里征程，
昏暗日色中游走灵园不知最终走向何方。
“下面我带你再去看一座道教名山，”
父亲的话打断了我的沉思遐想。
“前面我们看的道教名山都在内地，
下面我们去看崂山它坐落在黄海之旁。”
父亲说完我们就急忙赶往山下，
跨上白马从黄土高原又奔向东方。

从黄土高原向着黄海之滨一路飞奔，
沿途是看不尽的山川平原和丘岭风光。

崂山位于青岛以东是山东半岛最高峰，
素以山、海、林、泉兼美而著称。
崂山是一座造型非常丰富的花岗岩山岳，
又以其道教名山在人间大地而闻名。
大小道观如墨玉遍布全山绿翠之间，
最为著名为太平宫、太清宫和上清宫。
太清宫北依崂山顶南向茫茫大海，
周围七峰环卫苍松翠柏叠盖诸峰。
明清时建的一百四十余间殿宇古朴典雅，
还有诸多生命文物古树名木和耐冬。
三官殿前两株古老耐冬一红一白，
蒲松龄作《香玉》香在《聊斋志异》中。

太平宫西托重峦东临大海环境幽奇，
宫殿深藏于奇峰巨石松竹茂林之中。
宫前松石夹道四周巨石错落布列，
疑是幻境的摩崖石刻更点化着此情此境。
北九水是崂山奇观叠出的自然山水，
溪水九曲尤以鱼鳞峡和潮音瀑动情。
崂山顶峰危峰耸峙超然霄汉雄伟高立，
登顶俯瞰山海奇观尽收眼底怀中。
崂山东延支脉跌宕起伏直奔沧海，

恰于入海处峭然一峰留下八仙过海神通。
我们在太清宫门前跳下白马，
父亲与守山神联系后我们便走进太清宫。

大概因为有山有海来此修炼的人特别多，
各宫殿内都坐满了人到处一片诵经之声。
在三官殿前我突然看到老道长，
他在惊喜之中向我表示热烈欢迎。
我也为此感到十分惊奇和欣喜，
因为我与这位老道长有过一段交往和友情。
他在人间也在此任道长我曾多次拜访，
向他了解道教的传播及修炼和人生。
他从小出家太清宫在此修持九十年，
于十年前的中秋之夜无疾而终。
他告诉我他离开人间距升天只差一步，
所以离世后一直继续修炼在太清宫。

第七章

老道长居然如在人间一样童颜鹤发，
三尺长髯在胸前是那么飘逸潇洒。
我与他在殿中端坐长谈了半夜，
两个人之间好像有说不完的话。
我们谈道教的修持与人生的修行，
谈论在人间艰难的经历和酸甜苦辣。
谈论他在灵园中的生活和修炼，
谈论道教教义中的玄秘和光华。
说起来我与老道长是忘年之交，
因为我们两个人的年龄差别很大。
说起来他的年龄比我大一倍还多，
我在人间过着凡夫生活他却在道家。

父亲也很高兴我在这里遇上老友，
他一直坐在旁边陪同我与老道长说话。
按年龄老道长比我父亲还大几岁，
说起来他们还是同年告别人间年华。
老道长说在人间修行很重要，
其功德来到灵园后给以累加。

在人间作为道徒修炼也是这样，
其功德和法力到灵园后可以续纳。
不论在人间还是在灵园修持，
入教和不入教还是差别很大。
因为入教后可以远离红尘专心修持，
人在红尘滚滚中的心性难免复杂。

“特别是道教天道合一天人合一，
那是三界之中一座真实的思想宝塔。
你这次能游看道教名山非常好，
以后对你的修炼一定会帮助很大。
还有你这次对道教的法术了解不少，
将来对你的修炼法术会助以生发。”
我认为老道长说得很有道理，
接着又提出几个问题请他解答。
父亲很高兴代表我向老道长连连道谢，
我也把心中的感谢向老道长表达。
告别时他建议我们再看几座道教名山，
再去一些古老著名的道观游看考察。

我们离开崂山太清宫又开始奔波，
在连续的游看中没有停歇一刻。
“道教名山还有泰山、华山、衡山和茅山，
三清山、阁皂山、罗浮山和玉屏山也很出色。
道教知名宫观人间华夏大地有三十多处，

每一处宫观都深蕴着道教的光核。
北京白云观、永乐宫和重阳宫声名远扬，
这是全真道祖庭著名的三处宫观殿阁。
分别为丘处机、吕洞宾和王重阳三祖庭，
三位道祖在人间的名气是那么显赫。”
父亲说完问我再游看哪座道教名山，
我便选择了东岳泰山和西岳华山这两座。

从崂山到泰山路途不算很远，
白马飞跑起来犹如离弦之箭飞射。
不知不觉中我们便赶到泰山，
来到一天门外见过山神放马山坡。
顺着一天门、中天门、南天门步步登天，
许多登山人都是沿着这山阶一步一挪。
泰山崛起于华北平原东缘凌驾齐鲁丘陵，
高立挺拔如鹤立鸡群格外巍峨。
其陡立崛起大有通天拔地之势，
从而被古人视为顶天立柱直通帝座。
自秦始皇至乾隆先后十三代帝王登泰山，
在漫漫两千多年间留下多少美好传说。

东汉时泰山的道教就已相当兴盛，
尤其宋真宗封泰山碧霞真君后更加蓬勃。
在岱顶建碧霞祠后更是盛极一时，
至明代泰山道教活动达到更大规模。

我们登临位于岱顶的碧霞元君祠，
看到整组建筑气势恢宏严整巍峨。
碧霞元君祠是泰山女神碧霞元君祠宇，
远眺白云缭绕金碧辉煌宛若天上宫阁。
这里主奉的是泰山女神在道教名观，
祠内供奉碧霞元君鎏金铜像一座。
灵园里来此拜谒修炼的人来往不断，
祠殿外是争相焚表进香的人间香客。

我跟随父亲走进祠内向碧霞元君拜谒，
心里突然生发出成为道教教徒的感觉。
我在人间不信鬼神也不信仰宗教，
对灵园的存在更是一点也不了解。
目前灵园里的事活生生摆在面前，
真是让我感到一种道情难却。
不管如何我还是继续游看下去，
三界之事有些一时我还难以明确。
一边想着一边跟随父亲看完了碧霞元君祠，
然后我们便来到了祠前下山的石阶。
这时只见一位年长的妇女走了上来，
手里捧着三炷高香满脸的喜悦。

很明显这位年长妇女来自人间，
她上香祝祷时得知她是来此还愿拜谢。
一年前来此求拜碧霞元君赐生孙子，

多么神奇如今她的孙子已经满月。
我和父亲一边议论着此事一边下山，
我对这件事始终感到难以理解。
父亲说三界之中的因缘有时很复杂，
有时因果原因不是那么明白和直接。
反正她家这事必定有前世因缘，
因果报应有时牵扯几代人和三界。
我和父亲一路说着走下山来到山门，
跨上白马后我们又向山神道了别。

我们骑着白马一路飞驰直奔华山，
马不停蹄再一次奔向山西地界。
西岳华山耸峙关中照临西土，
体势如立昂首天外其险要奇绝。
我在人间曾先后两次登临华山，
但对其作为道教名山我却忽略。
“西岳华山有规模宏大的岳庙，
位于山北麓在一条中轴线与华山景观联结。
历史上华山可曾是道家的天下，
道教在这里至今留有古老的光烨。
其宫观建设充分体现了道教崇尚自然，
体现了追求玄秘及审美上奇险意境道家境界。”

“道家玄秘追求与华山天险相印相晤，
从而在华山留下相得益彰的奇险之图。

如群仙观竟建筑于巉岩峭壁之间，
下棋亭竟建筑于孤峰绝顶之处。
贺老洞竟然能够构筑于陡峭崖壁，
真是人间大地少有的奇构绝筑。
这无形间又为华山添上一笔奇风异采，
同时更为道教玄秘增上一层诡云迷雾。"
父亲对人间大地名胜古迹确实比较熟悉，
特别是来灵园后他的知识真让我佩服。
我们说着来到华山西峰东坡下边，
苍松瑶草隐映一处构筑独特建筑。

华山镇岳宫是道教著名宫观，
坐落华山玉女、莲花、落雁三峰间山谷。
宫外山谷之间松林荫翳清幽异常，
宫中有玉井相传与山下玉泉相通疏。
镇岳宫为一楼一殿为华山比较大的宫观，
单进一院落倚山间峭壁而筑。
宫内供奉镇守华岳之神即西岳大帝，
真是欲求得之不惮远青壁无路神有路。
镇岳宫始建久远可称其为千年古厦，
历经沧桑多次破损又多次修复。
宫殿里坐满了来自灵园修炼的人，
突然间我发现其中几个穿着不同的人物。

唐玄宗之妹金仙公主当年来此修道，

如今还在华山神亭苦苦修炼和感悟。
清初东宫侍读范养民修道隐居在此，
如今还修炼养性在莲花坪构复。
复社名士顾炎武、王宏撰当年曾来此，
商讨反清复明大计以研究理学为掩护。
反清复明大计未成却捐资重修镇岳宫，
为人间华夏大地留下一条忠心虔诚的道途。
还有民国时华阴著名书画家石磊园，
捐资添建殿楼让人以道走上天府。
华山道观是又一处神人同处修炼之地，
与泰山一起屹立在人间大地通天大路。

游看完华山我们便来到芮城县地，
全真道祖庭之一永乐宫坐落在这里。
永乐宫又名大纯阳万寿宫始建于元代，
其建筑群是规模宏大的道教宫殿式。
是典型元代建筑至今影响国内外，
为奉祀道教八洞神仙之一吕洞宾而筑之。
永乐宫规模宏伟布局疏朗壮观，
龙虎、三清、纯阳、重阳四殿中轴齐立。
三清殿又称无极殿为永乐宫主殿，
二百八十六位主神、天兵天将雄立四壁。
纯阳殿奉祀吕洞宾从诞生至得道成仙，
还有他普度众生游戏人间的诸多故事。

重阳殿供奉道教全真派首领王重阳，
还有他度化弟子七真人成道的神奇。
全真教是宋金对峙时兴起的新道教，
主要流行传播在人间华夏北方大地。
全真教首领丘处机率十八侍行弟子应诏，
拜见成吉思汗被封国师掌管天下道教之治。
从而使全真教在道教中居于正统地位，
吕洞宾则被全真教尊崇为北五祖之一。
无极殿《朝元图》群仙朝谒元始天尊，
描绘的是各路道教神仙朝圣的奇异。
全真教创始人王重阳主张儒、道、释融合，
以三教圆通识见心性独全其真为宗旨。

因其独全其真为宗旨故名其教为全真，
王重阳及弟子丘处机都有著述释其教义。
使永乐宫成为全真教的重要道观，
成为宣传教义和其正统性的祖庭之一。
永乐宫又是一座天与道结合的道场，
又充分展现出三教合一趋向及天人合一。
看来三界之间三教之间因缘交错，
灵园与人间的修炼存在密切联系。
就是道教祖庭之间也密切相联，
永乐宫与陕西户县重阳宫就是一例。
由于这两处道观有相联之处，
我们便从永乐宫飞驰来到陕西户县地域。

重阳宫位于户县西十公里祖庵镇地带，
是全真教祖师王重阳修道及葬骨所在。
为人间天朝道教三大祖庭之最，
历来得以“全真圣地”美誉和拥戴。
它南接秦岭北临渭水东傍涝水西依白马河，
四面一岭三水是多么好的地脉。
重阳宫创建于元代中期距今七百年，
兴盛时居然有五千多间殿堂楼台。
有道士近万人在此修行论道，
显现出全真教在那时是多么兴盛豪迈。
王重阳字允卿陕西咸阳大魏村人，
北宋政和三年出生后捐文场中举武台。

“王重阳因不满金人统治乃出家修道，
他精研道家奥理揉和三教理论开创全真教派。
他结庵讲道带道徒修持广传道学，
修炼出丘处机等‘全真七子’道教高才。
金大定十年王重阳率徒返陕西途中，
不幸故于河南之卞于故庵之侧葬埋。
为全真教留下一条通天的道途，
在重阳宫留下一代祖师天人合一气概。”
在重阳宫祖师殿父亲又给我作以介绍，
一代大师的历史沧桑让我又十分感慨。
一代大师苦心修持也难肉体成仙，

看来人间要修成正果确实难哉！

带着在重阳宫生发的深深思考，
我们又跨上白马直奔北京白云观而来。
全真道第一丛林三大祖庭之一，
北京白云观位于北京西便门外。
白云观前身系唐代的天长观，
唐玄宗为斋心敬道奉祀老子而建此观宅。
元初丘处机觐见成吉思汗赐居于此，
他命弟子又兴建重修了殿宇楼台。
公元一二二七年丘处机仙逝于此，
从此白云观成为全真道龙门派祖庭所在。
白云观的建筑分中、东、西三路及后院，
建筑规模宏大布局紧凑雄伟气派。

三官殿、玉皇殿诸殿供奉各路神位，
丘祖殿、老律堂奉祀着道家的尊贵。
白云观又是神道合一天人合一的范例，
这里又分别留下了神和人的历史丰碑。
白云观各殿堂坐满了来自灵园里的人，
他们有的追随各位神仙有的把祖师追随。
“道教教派众多各有其神人尊奉，
从创教之始在至上至高神上就有相背。
早期五斗米道创教时以太上老君为教主，
太平道创教时崇拜黄老供奉中黄太乙神位。

后来上清派等不再尊太上老君为至上神，
而以元始天王或太上玉晨道君为最尊贵。”

“灵宝派以元始天尊和太上大道君地位最显，
有的经书也列太上老君但不是最显地位。
后来各派协商统一为三位一体的三清尊神，
作为道教神仙谱系中的最高神位。
另外各派又有自己的创派真人、主祭神灵，
各派都有自己的祖庭和祖师尊贵。
道教吸收原始宗教、民间宗教之教，
还有神话传说并在此基础上加以融会。
逐渐形成了自己的神仙谱系，
并与原来地方宗教或融会或形成总支属类。
从中可以清楚看出道教尊崇天道合一，
始终把人的修炼神人合一与神相随。”

“以前我很少接触道教对其了解甚少，
通过前面游看得知道教还那么深邃。
人从道后能不能修炼成为神仙另当别论，
但从道教天人合一的思想就彰显着智慧。”
听着父亲的述说我又发表自己的看法，
现在我与父亲的思想认识越来越融会。
“人间天朝中晚唐时期出现三教合一趋势，
逐渐改变了儒、道、佛鼎立的格局地位。
从而缓和了相互之间的尖锐斗争，

出现了相互以补三教圆通的思想氛围。
宋元间江西玉隆宫兴起的净明忠孝道，
就是儒家理学影响下产生的新道派类。”

“此时的儒家传统观念与人生理想为主导，
以道家养生修炼手段为依照，
以佛家的思辨方式为其基础，
形成了士大夫与民众之中流行的思潮。
全真教创始人王重阳主张三教合一，
以三教圆通识见心性以全其光耀。
这对人间华夏大地宗教发展不失为真知灼见，
但由于复杂的原因却未能实现其倡导。
我非常赞同王重阳的三教圆通主张，
人间华夏就是缺少一个相对统一宗教。”
我非常赞同王重阳的主张和父亲所说，
人间华夏如有一个统一宗教该是更好。

至此道教的主要名山名观大都已看，
道教大道合一神人合一竟那么玄妙。
这是我感受中最深切的认识，
我认为这也是道教最美好的写照。
“对，你再看看道教对四大天师的尊称，
这原是古代对有道者的尊敬称号。
后世道教徒始称张道陵为天师，
随后对葛玄、许逊和萨守坚也以天师称叫。

这四位本是道教史上四位重要的真人，
现在他们却成为玉皇通明殿前四位神像。”
父亲补充说的这一点很能说明问题，
从中再一次看出了道教的玄秘深奥。

在北京白云观稍微休息我们便走了出来，
按计划下面要游看佛教名山和寺庙。
我们骑着马沿着北京老胡同行走，
从方便考虑准备先看北京法源寺庙。
法源寺修建于唐太宗贞观十九年，
在北京现存古刹中最为古老。
不一会儿我们便来到佛牙舍利塔前，
看见两位老住持正在塔前闲聊。
于是我们便上前施礼表示问候，
当听完我们介绍他们也作了自我介绍。
两位住持其中一位是宁波静安寺住持，
他为法事交流于昨天刚刚来到。

他法号敬安来法源寺学习交流，
他是近代著名爱国诗僧卓有成就。
因为他是一位诗僧我有所了解，
他是清末宁波静安住持甚为优秀。
他被誉为梵界之奇人文坛之杰士，
其遗稿编为《八指头陀诗集》传流。
在此碰上他真是难得的机会，

于佛于诗我还正想向他相求。
他圆寂后一直在静安寺灵园修行，
有时候也到其他寺庙考察云游。
他得知我现实情况后十分开明，
建议我利用这个机会对三界深入研究。

接着他应我们所求介绍起佛教有关情况，
他说得简明扼要有时还那么深透。
“公历纪元前后佛教开始传入中华，
从此在人间华夏大地得以发展传流。
形成具有中华民族特色的中国佛教，
形成汉地、藏传和上座佛教三大系流。
张骞出使西域期间中印已有民间往来，
可见当时已有佛教传入古老神州。
三国时期天竺、安息等国有人来到洛阳，
从事译经工作和对教义的宣传研究。
南北朝时期佛教在人间华夏大量兴起，
隋唐时中国佛教取得重大发展成就。”

“隋唐佛教的发展促成大成各宗派建立，
天台宗、三论宗、法相宗等各显其优。
两宋时期朝廷对佛教有保也有禁，
使佛教在人间华夏大地始终得以传扬而不朽。
元代统治者虽然崇尚藏传佛教，
但对汉地佛教也采取保护保留。

明代佛教对内融会禅、教、律等宗学说，
对外融通儒、道、佛三家风气合流。
从而深受士大夫欢迎和平民的信仰，
使佛教更加具有中国的特色和成就。
清代崇奉藏传佛教限制汉地佛教，
后主张儒道佛并行不悖而使三教同时传流。”

“我给你们介绍的只能这么扼要简单，
要对佛教深入了解需要很长的时间。
灵园是人间与阴曹地府之间一个特殊的地界，
也是三界中一个特殊的修炼地盘。
不过你在灵园游看的时间不会太长，
对佛教还是抓紧看看几座寺庙和名山。”
敬安住持的介绍对我帮助很大，
使我对人间华夏大地佛教有了初步之感。
“在佛教修炼也是一个漫长过程，
谁也难以说清要修炼多长时间。
我和敬安住持在灵园已修炼百年岁月，
直到现在我们还没有修炼圆满。”

法源寺老住持说得那么诚恳实在，
无疑是在奉劝我们今后要有恒心修炼。
前面的游看使我对此已深有感触，
父亲对此当然比我有更多的感叹。
说着我们向两位住持深表感谢，

感谢他们热情地介绍和诚恳奉劝。
与两位住持告别后便向正殿走去，
来自灵园修炼的人也坐满了大殿。
看来从佛教修炼的人也那么众多，
他们端正坐立敲着木鱼诵读经典。
修炼的人中也是各种各样人都有，
他们的虔诚和认真精神真让人感叹。

我们看完法源寺便赶忙走了出来，
又跨上白马奔向洛阳白马寺游看。
白马寺始建于东汉永平时期，
是佛教传入中国后官府建的第一座寺院。
白马寺建筑规模宏大雄伟气派，
历来被佛教界称为祖庭和释源。
大雄宝殿大佛龛内塑有三世佛，
婆娑世界的释迦牟尼佛坐立中间。
东方净琉璃世界的药师佛端坐在左，
西方极乐世界的阿弥陀佛静坐右边。
接引殿内供奉西方三圣一佛和两位菩萨，
毗卢阁龛内供奉华严三圣贤。

白马寺尘封着汉明帝派人取回的佛经原本，
还有最早译出的《四十二章经》经文。
来自灵园各地的人分别端坐各殿阁，
在虔诚地修炼着凡尘的身心。

看完白马寺又策马奔向嵩山西麓，
不一会儿便来到最早的禅宗寺院少林。
少林寺面对少室山背依五乳峰，
太室山少室山七十二峰掩映着少林绿阴。
少林寺始建于北魏孝文帝时期，
可惜历史上曾一次被废二次被焚。
经多次整修逐渐恢复往日模样，
规模宏大的建筑恢复了少林千钧。

山门为一殿雕脊彩瓦吻兽生动，
康熙亲书“少林寺”横匾高悬山门。
二、三进殿和四进藏经阁尘封历史大火，
古老的金代大铁钟仍在诉说历史烟尘。
五进院是兵火后山门内幸存的第一所建筑，
“少室晴雪”日夜为其遥看着历史风云。
坐落高台上的达摩殿相传着断臂异事，
留下一心向佛修炼的历史奇闻。
千佛殿佛龛中供奉毗卢佛铜像，
形貌奇特的五百罗汉观察着人间沉沦。
地藏殿、白衣殿东西相晤着佛事，
白衣殿内供奉白衣观音铜像一尊。

人间的少林寺自古名声远扬四海，
其中少林僧救秦王风靡华夏历史乾坤。
为此人间来此修行的人众多，

来自灵园里修炼的人一轮接着一轮。
无论是在人间修炼还是灵园修炼，
我发现在这里修炼的绝大部分是僧人。
同时大部分人修炼的是达摩创立的禅宗，
这种修炼方式当年曾一度广得人心。
禅宗不重玄理而主张坐禅壁观，
以面壁沉思屏息众念来领悟禅理深论。
这种简便易行修养方法自然易于推广，
使得后来禅宗成为中国佛教基本。

一千多年来少林精神不断得以发扬，
使少林寺成为人间修行的一种向往。
少林在灵园里的名声也很显要，
所以父亲决定带我来此游看一趟。
在少林寺门口我看到一个年轻后生，
看他那样子也就是十五六岁的模样。
这么年轻怎么就来到灵园修炼，
他在人间一定属于不正常死亡。
他长得十分秀气不过带着几分瘦弱，
走进山门显得很陌生东张西望。
我带着一种好奇和关切走上前询问，
后生告诉我他的家在河北廊坊。

他说他正在上初三学习很好，
在学校表现也很好经常受到表扬。

只是长得瘦弱家里又穷常受人欺负，
在一次被欺负反抗时他被捅身亡。
冥界安排他托生他坚决不干，
便跑来这少林寺学功以报仇殃。
我对他深表同情并开导了他几句，
告诉他在灵园来此修炼要先去找方丈。
可恨又是人间的不平导致他被害身死，
小小的年纪便来到这灵园之乡。
带着一种同情和义愤离开少林寺，
父亲安慰我不要一见不平事就记在心上。

我们走出少林寺跨上白马直奔五台山，
两匹白马飞跑起来犹如两道电光。
五台山前些年我曾先后来过两次，
在人间亲眼看到那里的香火很旺。
五台山是人间华夏大地佛教第一胜地，
一年到头来此朝拜的人来人往。
五台山位于山西五台方圆五百余里，
海拔三千米连绵起伏峰峦叠嶂。
主要有五座山峰环抱而立五峰交耸，
峰顶平坦宽阔如垒土之台故五台名扬。
汉唐以来五台山一直是中国佛教中心，
此后历朝不衰其盛名一直远播四方。

五台山著名的五峰五寺久享盛名，

东台望海峰西台挂月峰望天高挺。
南台锦绣峰北台叶斗峰南北相瞰，
东西南北四峰环峙中台翠岩峰。
五台之中北台叶斗峰最高海拔三千多米，
自古以来就素有“华北屋脊”之称。
五台山东瞰滹沱长流一带古水，
西临恒岳秀出千峰西天无限风景。
北凌紫塞遏万里之烟尘于北疆，
南护中原揽大国之屏蔽于怀中。
五峰中立千嶂环开曲尽窈窕锁千道之长溪，
五台敦厚万木葱茏叠翠回岚幕百重之峻岭。

显通寺、塔院寺、文殊寺寺满佛光，
殊像寺、罗睺寺寺满虔诚的心灵。
除著名五大禅寺还有金阁寺和碧山寺，
碧山寺尘封着八方及上下十方刹境。
我们来到五台山南山门跳下白马，
远远就看见山门前两个守山之童。
我们拴好白马父亲就上前联系，
两个守山之童接着就把我们放行。
父亲带我先来到建在灵鹫峰下的显通寺，
这是五台山最古老的佛寺于东汉时建成。
从北魏到明清不断重修形成今天规模，
名种殿宇四百多间雄伟庄严气势恢宏。

塔院寺以舍利塔为主是一座藏式白塔，
白塔居于台怀诸寺之前高耸苍翠之中。
文殊寺传说文殊菩萨住此所以又叫真容院，
文殊寺在灵鹫峰上所以也叫菩萨顶。
供奉文殊菩萨的殊像寺始建于唐代，
在人间烟火兴衰中不断衰兴。
文殊菩萨端坐大殿慧眼俯瞰着大千世界，
据说专管人间升迁和功名并特别灵圣。
可我在人间曾先后来朝拜过两次，
但在我身上却没有一次能够显灵。
此时我再一次向文殊菩萨上香朝拜，
文殊菩萨仍然静坐那里默默无声。

第八章

我奇怪殊像殿关于文殊菩萨五种说法，
一位菩萨五座金身冠以五种菩萨。
东台聪明菩萨西台却冠以狮子吼，
南台为智慧北台为无垢中台为孺童菩萨。
还有三世佛居于文殊菩萨背面倒座上，
这不合惯例的特殊难以找到解答。
下山时询问守山童得知文殊菩萨不在山上，
他外出云游到别的道场讲法。
文殊菩萨虽不在各殿修炼的人仍然满座，
在这佛教胜地沐浴着文殊菩萨的光华。
带着人间两次遗憾和这次遗憾告别五台，
苍茫中忽见白塔放出闪耀的光霞。

父亲回身面向白塔连连朝拜，
我看到他是那么的高兴和惊讶。
父亲让我也赶忙向着白塔朝拜，
并告诉我这就是文殊菩萨赐予的光华。
“白塔闪耀光华多少年难得一见，
凡间之人如果能够得见必然生发。

灵园里修炼的人如果能够得见此光，
对其早日修成正果帮助特别巨大。”
父亲高兴地向我介绍还不停行礼，
一直那么感激地仰望着白塔。
他也让我虔诚地向着白塔表示拜谢，
并说这是我们难得的一次造化。

“你不要再为前两次来五台感到遗憾，
也不要遗憾这次来未能见到文殊菩萨。
其实能得到文殊菩萨佛光最荣幸，
这是来这里拜求得到的最好回答。
这说明你回到人间能得到幸运，
因而我心里的高兴难以表达。
也许文殊菩萨已经返回五台山，
也许已经看到我们来朝拜他。”
对刚才白塔光霞和父亲所说我半信半疑，
此时正是傍晚天色昏暗白塔怎会闪耀光霞。
难道真是文殊菩萨的佛光闪照，
真的要赐予我灵光让我人生顺达。

我不想再询问这种现象究竟预示如何，
也不想就此事让父亲继续为我解说。
对此我只能信其有不可信其无，
不能让父亲看出我心中的疑惑。
我知道假如我能幸运父亲很高兴，

可这一切又岂能是决定于我。
这时候天已经完全黑了下来，
黑茫茫的五台山亮起几处灯火。
没有月亮天地被黑幕盖得那么严实，
苍穹显露出密布着星斗的浩瀚星河。
从五台山寺院传来浑厚的暮鼓声，
天和地开始逐渐陷入黑夜的沉默。

我们离开五台山便直奔普陀山，
灵园的黑夜也是那么的幽静寂寞。
一座座墓园好像都沉入在梦乡，
那些零星小小的园落更显寂寞。
墓园大都坐落在一些景色优美之地，
有的墓园背依着山还面向着河。
有的墓园坐落在平原丘陵树丛中，
有的墓园坐落在万木苍劲的山坡。
有的墓园坐落在高高山峰陡峭崖壁，
还有的墓园坐落在湖岸水泊。
不论墓园坐落在何处大都比较简洁，
而墓园周围大都有秀丽的自然景色。

从人间的一个村庄里传来唢呐声，
声声伤悲是一道悲壮送行的哀歌。
不远处的山坡上有几个人正在挑灯建房，
看得出他们在为要来的新邻居忙活。

看来人间的村庄明天又要送走一人，
而灵园的墓园里明日又要欢迎一个来者。
在人间村庄往往多姓和多家族杂居，
但在灵园的墓园村庄大都是以家族聚合。
人间的城市五湖四海的人居在一起，
灵园里的城市天南海北也在一起建房舍。
灵园里也有无家可归到处流浪的人，
这与人间的生活大体上都差不多。

走过这个村庄我们继续向前飞越，
飞驰的白马无声地划破茫茫长夜。
白马飞过黑夜旋即就合上被划的裂口，
大地霎时就无声无息没有了感觉。
天河的星星拥挤着争看人间和灵园，
犹如人间一条热闹繁华的大街。
前面时而迎来一簇簇一片片闪亮灯火，
那是人间的乡村和城市的不同域界。
时而迎来一颗颗微弱闪烁的荧火，
那一定是灵园里的人使用的光烨。
此时大约已经到了午夜时辰，
黑夜显得更加寂寥黑得更加浓烈。

又过了一个时辰我们便来到大海边，
半轮月亮从海上涌出推走整个黑夜。
半轮月亮放出的光华也是那么明亮，

照亮浩瀚的大海和广阔的大地原野。
大海轻涌涟漪轻轻摇动着半个月亮，
忽见几条鱼儿轻轻戏逐水中的半月。
停泊在岸边的各种船只也进入梦乡，
海风涌着轻波悄悄地把船只摇曳。
蜿蜒起伏的海岸托着人间长长的梦，
把人间的城镇和乡村紧紧地联结。
大海上的一座座岛屿披着迷蒙的夜纱，
隐蕴着幽奥的苍茫和玄妙的圣洁。

这时父亲招过来一艘机帆木船，
使船的是一位六十多岁的老大爷。
父亲告诉我这艘船是灵园的船只，
专门为到普陀山拜佛修炼的人送接。
我们在岸边找到一僻静处拴上白马，
然后跳上船开始驶向普陀山界。
询问使船的老大爷知道他是本地人，
往上几代人都是在海上打渔为业。
别看他打渔为生却一辈子吃斋念佛，
慈悲为怀跟随观音菩萨修行佛界。
几年前一次风暴他的渔船翻沉大海，
从此他离开人间来到这灵园之野。

“按说您一生慈悲为怀不该遭此事故，
刚刚六十岁就让您人间阳寿结束。”

我认为三界因果报应不应在他身上如此，
便把心中的疑问和不平向他表露。
“看起来是这样实际上却有别的道理，
我虽吃斋念佛但打渔却是杀生的路。
按三界的规定我打渔杀生该下地狱，
现在让我在灵园修炼已是对我照顾。
那次风暴中翻船正好我的阳寿到期，
所以我在人间的死亡也是正常之属。”
老大爷确实忠厚没有感到一丝冤屈，
还一直从自己的身上寻找着不足。

“您一生慈悲为怀向善不可能让您下地狱，
但要升入天堂您可能还条件不足。
那您为什么不赶快再托生人间，
为何要到灵园里走修炼这条路？”
“我已看出你是来自人间的魂灵，
您对人间的生活难道还没感悟？
看您的年龄我猜也有四十岁了，
俗话说四十而不惑您对人间应该清楚。
我活了六十年深感人间太复杂太自私，
而且太不公平公道太悲凉凄苦。”
使船老大爷说着好像还心有余悸，
其实人间普通人家的日子就是艰难困苦。

我认为使船的老人说得并不过分，

人间的复杂和悲惨有时真让人惊心触目。
“老兄弟,人间也有许多好的地方,
我在那活到九十岁有时也有美好的感触。
像父慈母爱子孝的天伦之乐,
像知己朋友间的情意和亲邻间的和睦。
还有许多人公平正义仁心善念的功德,
这些还是能给人间带来许多的幸福。”
父亲一直不太赞成我把人间看得太消沉,
每当我说起这个话题他都另有表述。
在人间多少年来他对我总是这样,
他担心我太消极看待人生会影响前途。

“我也看出您这位老哥来自灵园里,
看您年龄也在灵园修炼了一个时期。
我也很同意您这位老哥的说法,
人间的确也有许多让我难忘的好事。
但人间的好事往往都是那些强者的,
而弱者的人生也真让人叹息。”
使船老人又接过父亲的话说起来,
别看他一生为渔民说的话倒带些哲理。
“依我看三界之中还是天堂最好,
在这灵园里修炼的日子也还可以。
在灵园里大家无忧无虑万心向善,
没有强权没有恶行一切公平合理。”

“那您在灵园总得有追求向往吧?
您不可能永远生活在这灵园里?”
使船的老人很健谈说得也很实在,
看他乐呵呵的不禁想问他有什么心事。
“您的父亲在灵园时间比我长问他即可,
在灵园里修炼的人只向往修成正果之事。
别的事就不过问了也无法过问,
老哥您看我说得对不对在不在理?”
父亲笑了笑表示赞同他的说法,
看得出使船的老人对在灵园比较满意。
我一边向他表示赞成一边表示感谢,
感谢他用船接我们过海到普陀山去。

“说起普陀山我就向你们介绍介绍,
我一直生活在这里对普陀山比较熟悉。
正好一边往那行驶我一边给你们介绍,
不论在人间在灵园这里都是佛教胜地。”
使船的老人说起普陀山带着一种自豪感,
脸上显现着景仰的神情和深切情意。
“普陀山位于我们浙江舟山群岛,
是观音菩萨的道场四大佛教名山之一。
普陀山是舟山群岛的一座小岛,
位于杭州湾以东海面大约一百海里。
别看全岛只有十多平方公里大小,
作为佛教胜地人世间都知道这里。”

“来自人间的人来来往往人往人来，
来自灵园的人一队一队一排一排。
普陀山的名称出自佛教《华严经》中，
是梵语的译音译得那么美丽风采。
由于人间古代华夏历代帝王多建都在北方，
所以自元朝以来惯称这里为南海。
于是也就有了‘南海普陀’的惯称，
‘南海观音菩萨’的神说广泛传开。
有了‘五朝恩赐无双地四海尊崇第一山’美誉，
在人间华夏大地传了一代又一代。
普陀山最具特点的是海阔天空景色，
有时海风怒号浊浪排空真是大海气概。”

“普陀山作为佛教胜地建有很多寺庵，
八十多座寺庵一百多处茅蓬庄严气派。
岛上小径间来往的僧人来往不断，
苍翠树阴中来自灵园修炼的人坐满山寨。
美丽自然风景与浓郁佛教气氛融为一体，
为普陀山蒙上一层苍然神秘的色彩。
普陀山既以海天壮阔取胜人的视野，
又以其深邃见长玄奥隐蕴赏动人的心怀。
普济寺、法雨寺、慧济寺三寺最大，
三座寺庵都沉积着厚重的人心所在。
普济禅寺为普陀山供奉菩萨的主刹，

始建于宋规模宏大雄伟庄严气派。”

“法雨禅寺始建于明依山凭险层层叠建，
周围古木参天幽祥静穆万树澎湃。
慧济禅寺建于佛顶山上又名佛顶山寺，
盘陀石、二龟听法石和海天佛国石神如形态。
潮音洞和梵音洞深幽观音菩萨佛音，
佛化着一颗颗凡心如何脱离苦海。”
使船的老人一口气把普陀山讲个大半，
他讲得有声有色还那么富有文采。
这时船已到岸我们赶紧向他道谢道别，
他告诉我们一定要去普济禅寺朝拜。
我们跳下船后正好碰上守山童子，
父亲上前联系后我们便快步走向山台。

走近了更见普济寺的高大壮观庄严雄伟，
看见观音菩萨金身在朝霞中闪耀金辉。
寺内寺外站满了赶来早拜的人，
满院的香火青烟浓烈得让人沉醉。
观音菩萨高高立在莲花台之上，
左右侍立着英武神勇的二神守卫。
东方的朝霞映红了寥廓的海天，
观音菩萨上空萦绕着云霞祥瑞。
刚进寺院就听说观音菩萨今日要赐光，
早拜修炼的人便恭敬地列好了队。

大家毕恭毕敬地站立在观音菩萨像前，
耐心等待着这千载难逢的机会。

突然响起几声悠扬浑厚的钟声，
寺院上空霞光中马上涌来百鸟鸣飞。
“汉武帝刘彻来了吗?”观音菩萨突开金口，
“我已来此多时,恭候菩萨给以教诲。”
只见一位帝王打扮的人站在最前面，
不用说他就是汉武帝在人间大名如雷。
“你虽在灵园修炼时间很长但不要抱怨，
今天你就可以升入天堂回归神位。”
“菩萨,我刘彻是真龙天子更是汉武大帝，
为什么直到今天才让我回归神位。
我为人间华夏大地创立了强盛大业，
我的一生完全是一位明君的作为。”

“但玉帝为什么不让我肉体成仙，
还要让我在灵园里修炼两千年才回归?”
“你是明君不假可你也是一位暴君，
特别对黄帝和玉帝你有不敬行为。
对此我认为你不会忘记也无话可说，
在此我把玉帝当年给你的信再重复一回。”
我认为观音菩萨要取出玉帝信件来读，
谁知观音菩萨对玉帝当年的信熟记能背。
“你刘彻十六岁当上皇帝一心只想成为神仙，

为此干出许多蠢事包括对亲生女儿在内。
你使自己亲生女儿也遭奕大欺骗，
奕大骗术败露后你不念翁婿情治其死罪。”

“你给女儿造成终身痛苦悲凄伤悼，
使她的生活从此失去幸福光照。
之后不久你又被公孙卿大骗子迷惑，
对这一切天宫都没有给你计较。
谁知为李陵事件你又给司马迁施以宫刑，
给司马迁带来多少屈辱和悲伤烦恼。
但司马迁为完成父业忍辱偷生，
坚持把《史记》写成给后世留下不朽史稿。
就这样你还是不能放过司马迁，
派人到处搜查司马迁《史记》原稿。
多亏倩娘尽力设法才使此书得以保存，
让你没能够把《史记》损毁焚掉。”

“你作为一国之君竟无一点容人之量，
妄自尊大目无祖先所修祈仙台比黄帝陵还高。
你的所作所为早已失去成仙资格，
更休想乘龙升入天堂得以天道。
我说的这些是不是当年玉帝写给你的信，
对这封信的内容我想你不会忘掉。
玉帝写好信后交给九天玄女送与你枕边，
你当时正在病中沉睡醒来后就看到。

你当时曾悔恨地说一切都晚了，
一个人不论做什么事情都不能太过头太显要。
不管你是一朝天子还是平民百姓，
做过了头都不会得到宽恕和轻饶。”

“说完这些话之后你就瞑目而逝，
从此你就在灵园里修炼还时常发些牢骚。”
“但我在人间华夏毕竟做出伟大业绩，”
汉武帝虽然已觉悔恨但还真有牢骚。
“武则天也做出重大业绩可还要下地狱，”
观音菩萨对汉武帝进一步开导。
“我和武则天不一样，我是真命天子，
而她不是真命天子而是篡朝。”
“正因为如此武则天才被判下地狱，
你要不是真命天子不会像现在这样逍遥。
还有几位真命天子或做了昏事或是昏君，
他们还不知什么时间才能升天得道。”

观音菩萨向汉武帝说明了缘由，
汉武帝自知无话可说也只能接受。
他知道还有几位昏君还在修炼，
他们回归天堂还真不知要等到什么时候。
汉武帝思忖着自己已是不幸中万幸，
在人间在灵园虽时间长些但总算熬出了头。
汉武帝无话可说告别观音菩萨升天而去，

这时观音菩萨看看前排几个人又开了口。
“夏桀,人间称你是历史上第一个昏君,
你荒淫无度暴虐无道豪华宫殿还嫌简陋。
为享乐和荒淫巨资造宫殿加重对民剥削,
由于你的荒淫和暴虐导致夏王朝腐朽。”

“商纣王淫虐无比奢侈无度醉生梦死,
建鹿台耗费财物并以酒为池为林悬肉。
创立酷刑残害百姓杀害忠臣义士,
宠奸妃囚异己在人间树起大恨深仇。
你导致商王朝灭亡虽死后被姜子牙封神,
但你不能赴神位还要在灵园悔过自修。
周幽王你只知道沉缅酒色不理国事,
盘剥百姓任用贪财好利小人引起国人怨仇。
听谗言废申后与太子另立褒姒及太子,
更荒唐的是为博褒姒一笑居然烽火戏诸侯。
是你直接导致了周王朝的灭亡,
你对周王朝的灭亡难逃其咎。”

“刘宏你在位二十二年不但无一建树,
反而大行宠信十常侍戮杀忠臣的荒谬。
造成第二次党锢之祸朝政日益凋败,
终引起黄巾起义使东汉难以久留。
晋惠帝人间称你为大名鼎鼎白痴皇帝,
你虽为皇帝大权却尽落皇后贾氏之手。

由于贾氏专权引发了有名的八王之乱，
致使西晋朝政衰败从此乱象悠悠。
杨广你骄奢淫逸荒淫无度是有名昏君，
致使百姓惨苦你却大造宫殿年年出去巡游。
为得到皇位居然弑父杀兄大行不逆，
宠信奸佞导致强盛的隋王朝付之东流。”

“石敬塘你为了做皇帝居然不要脸面，
认贼作父把幽云十六州拱手契丹。
甘心情愿做儿皇帝导致你被判下地狱，
念你悔罪好得以释放让你来到这灵园修炼。
赵佶你对治理朝政真是一窍不通，
任用蔡京、童贯主政导致朝政大乱。
最后关头居然相信神棍郭京的鬼话，
结果一败涂地断送大宋半壁江山。
赵构你宠信卖国贼秦桧杀害岳飞，
创立人间莫须有罪名和千古奇冤。
仅这一条你就是一个有名的昏君，
就这一条你把千古怨愤留在人间。”

“元顺帝你前期为权臣伯颜所控制，
你身为皇帝对伯颜的倒行逆施不发一言。
偏颇于无为简直到了麻木不仁程度，
你的昏庸无能最终导致断送了江山。
朱厚熜你终日迷恋炼丹成仙之术，

身为皇帝竟然不理朝政达二十年。
尤其是其间你视奸臣严嵩为亲信，
遂使明朝国势中落纲纪大乱。
朱由检你虽然没有通常昏君的特征，
却刻薄寡恩对饥荒遍野视而不见。
还变本加厉征收激起遍地农民起义，
无端猜疑杀掉袁崇焕致众叛亲离上吊煤山。”

说到这里观音菩萨停下看了看前排，
她的表情虽然慈祥却透着威严。
我数数不算刘彻共点名说了十二位皇帝，
他们都站在前排面面相觑欲言又不敢言。
“你们有的可能想说我说得不准确，
也许有的会说我今天说得不全面。
有些人间认为的昏君我还没有说，
我今天在这里也不想全部说完。
因为有的今天没有在这里我就没说，
你们知道人间的事最复杂难断。
皇帝虽为天子却也金无足赤人无完人，
功过是非自有人间历史给以公断。”

“还有几位皇帝在人间被称为暴君，
我在这点出名来看你们承不承认。
夏桀、商纣王和杨广昏君中已点到，
你们三位既是出名昏君又是有名暴君。

还有北齐文宣帝高洋、金海陵王完颜亮，
孙皓、朱温、石虎、朱棣也都是暴君。
秦始皇也是暴君但他功大于过，
为人间历史创造了统一的伟大乾坤。
这样他也是在灵园修炼很久才升天位，
他在人间为帝时也曾想肉体成神。
可最后他还是病死在巡视途中，
死后一直在灵园里苦苦修炼其身心。”

观音菩萨说的几位暴君除秦始皇外都站在前面，
我看到他们站在那里是那么的谨慎小心。
这几位暴君深知他们在位时的所作所为，
他们更知道人间对他们的看法和评论。
“你们这些帝君要在灵园里进一步加强修炼，
以虔诚之心持之以恒争取早归天门。”
因为我是人间魂灵菩萨好像已看到我，
我赶忙上前几步朝拜观音菩萨金身。
“我已经知道你正在游看三界，
今日来到我普陀山道场佛门。
你游看三界最后要去天堂拜见玉帝，
玉帝会回答你心中的怨愤和疑问。”

“三界之事一切起于因缘也灭于因缘，
一切皆是缘对此你要相信天道自有公论。
送你这两句话作为我们的因缘，

用因缘感悟万事万物感悟你的心。”
观音菩萨说完闭上金口收敛佛光，
只见一片祥云飘向高天霎时满天霞光散尽。
满寺院的人或向天或向菩萨像慌忙朝拜，
父亲更是连连朝拜激动万分。
他告诉我不论在人间还是在灵园，
从来都没有见过菩萨的真身。
父亲为此一直沉浸在激动不已之中，
他认为我们这次来普陀山太幸运。

寺院里的人有的还在向着高天仰望，
仍在为得见观音菩萨真身激动异常。
父亲站在观音菩萨像前还在拜谢，
他的那股激动高兴劲真像大愿以偿。
那些帝君们开始回归他们修炼的居地，
也为当面聆听观音菩萨教化而喜气洋洋。
更主要他们看到汉武帝已回归天位，
用不了多久他们也许就能升入天堂。
我和父亲有点恋恋不舍地离开普济寺，
然后去法雨寺和慧济寺朝拜上香。
又走进潮音洞和梵音洞循听梵声，
最后乘坐接送的小舟返回海岸上。

我们马不停蹄又向峨眉山进发，
秀甲天下的峨眉山十景令人向往。

更闻名的是峨眉山是四大佛教胜地之一，
那里是普贤菩萨在人间大地的道场。
峨眉山位于四川峨眉山市境内，
“蜀国多仙山，峨眉邈难匹”是多么雄壮。①
我们告别寥廓恢宏的万里海天，
向着秀甲天下蜀国仙山峨眉策马放缰，
我们来到峨眉山东山门前跳下白马，
见过守山神后我们便向上直往。
峨眉山主峰海拔三千多米高出五岳，
登顶远眺果然山势雄伟挺拔高昂。

东观遥远海天云海佛光令你心旷神怡，
西眺皑皑雪峰贡嘎山瓦屋山令人豪放。
南望万佛顶云涛滚滚气势恢宏瑞霭飘溢，
北瞰天府平川如锦大渡河青衣江奔腾流淌。
金顶祥光、象池月夜祥光闪耀月色朦胧，
洪春晓雨、九老仙府细雨蒙蒙仙风荡荡。
白水秋风、双桥清音秋风婉婉清音悠悠，
大坪霁雪、灵岩叠翠无声雪花轻吻绿裳。
岁峰晴云、红珠拥翠云淡天高珠红翠绿，
龙江栈道、龙门飞瀑龙跳龙门飞腾龙江。
卧云浮舟、冷杉幽木千舟浮游万木静观，
雷洞烟云、接引飞虹洞天相接云淡虹畅。

① 此二句为李白诗句。

重峦叠嶂云断桥连万壑飞瀑溪泉淙淙，
仙鹤鸣唱彩蝶翩翩灵猴嬉戏琴蛙奏鸣。
古木参天涧深谷幽奇花铺径别有洞天，
虎溪听泉、圣积晚钟泉水轻吟钟声浑重。
峨眉山果然秀甲天下景色秀丽气象万千，
置身峨眉之巅更感仙山佛国之盛名。
相传佛教于公元一世纪即传入峨眉山，
佛教在此历经近两千年传播历程。
为峨眉山造就了人间许多高僧大德，
更有普贤菩萨布道讲法为人间广施太平。
峨眉山有寺庙近三十座佛教造像满寺，
其中铜铸普贤骑象引导人间十大愿行。

“普贤菩萨以智导行以行证智完成求佛者志愿，
所以人间华夏大地又以‘大行普贤菩萨’尊称。
普贤菩萨十种广大之行愿功德无量，
他提出的十忍更是忍在修炼者心中。”
父亲说着把我带到普贤菩萨金身前，
向着普贤骑象金身行礼默诉心声。
这时只见一个童子来到我们面前，
送上《普贤行愿品》《华严经·十忍品》经。
告诉我这是普贤菩萨外出时特意交代，
并愿我回人间后认真诵读感悟天地人生。
我谢过童子并请向普贤菩萨表示感谢，
父亲也连连表示感谢那么感动和高兴。

在各寺庙修炼的人进进出出来往不断，
普贤骑象金身前有人朝拜有人诵经。
因是佛教圣地修炼人中僧人很多，
其中有古往今来各行各业各种人等。
大家都虔诚地修炼在这灵园净界，
不断戒除凡心尘念修炼十愿十忍心性。
拜谢完普贤菩萨骑象金身走向报国寺，
寺内脱纱七佛造像静观着人间苍生。
我上前施礼不禁又涌起报国心愿和忧愁，
好像又回到令我怨愤伤感的环境。
这时我忽然听到满山响起佛教仙乐，
那厚重悠远忧凄的曲调在唱着人生。

第九章

告别峨眉山直奔九华山一路东下，
向着安徽池州市青阳县驰骋飞马。
这是要游看的佛教四大名山最后一座，
素称“东南第一山”“香火甲天下”。
九华山共有九十九座山峰连手耸立，
最雄伟当数天台、十王、天柱和莲华。
九华山相传为地藏王菩萨的道场，
在游看地狱时我曾有幸拜见了他。
地藏王菩萨本致力于冥界鬼魂的超度，
不知为何还有人间道场设在九华。
他对我的教谕一直在心中禅悟，
但我却还深陷人间怨愤不能自拔。

我们来到九华山门守山神面前，
父亲递上黄帝令符还没有说话。
守山神看看令符和我就让我们进山，
看来在灵园办事远没有人间复杂。
我们最先攀上九华山最高峰十王峰，
想在这里一览九华山的风景光华。

天台、十王、莲华、天柱峰果然雄伟，
古刹林立香烟缭绕香火果然甲天下。
群山众壑、溪流飞瀑、怪石古洞壑瀑洞奇，
奇峰叠起莲花吐云苍松翠竹叠起云霞。
天台晓日、化城晚钟敲起悠扬钟声，
东崖晏坐、天柱仙踪显映佛照光华。

莲峰云海、平岗积雪云雪苍天茫茫，
舒潭印月、九子泉声月夜泉声幽雅。
桃岩瀑布、五溪山色山水相映成趣，
甘露灵秀、摩空梵宫深宫菩萨佛法。
龙池飞泻、喷雪跳玉飞雪舞兆碧玉，
凤凰古松、狮子峰林松林苍劲挺拔。
九华山果然奇丽清幽风光旖旎，
逶迤秀丽绿树叠翠之中掩映林立古刹。
堆云洞、地藏洞相传金地藏曾禅居洞内，
老虎洞、狮了洞、飞龙洞洞洞深幽神话。
“遥望九华峰，天河挂绿水，秀出九芙蓉，”
人间仙境九华山深蕴着多少佛家光华。

地藏王菩萨手握锡杖高立莲台仰望天阁，
在为冥界为人间的超度苦苦思索。
为让众生深信因果皈依三宝显示家僧人像，
为流转众生大愿常在人、天、地六道中奔波。
担当着教化六道众生重任故称六地藏，

为罪苦六道众生广设方便尽令解脱。
地狱道、饿鬼道、畜生道道道难度，
阿修罗道、人道、天道道道难测。
根据秽土众生恶习根深多造罪孽特点，
着重宣扬因果报应说并说得那么通俗深刻。
隐含诸恶莫作、众善奉行、自净其意至理，
在三界之中不辞辛苦始终坚持大愿承诺。

我们恭敬虔诚地向地藏王菩萨行礼，
心中默默赞颂着他超度众生的功德。
听说此时他不在九华山道场，
又外出云游到其他道场布法讲课。
我告诉父亲我在地狱已拜见地藏王菩萨，
他给我的教谕还未完全感悟和解破。
我又仔细地观看着面前地藏王菩萨的金身，
发现与我在地狱所见真身差别许多。
正如所说在不同道场显现不同地藏，
可见他的法力是多么深厚和广阔。
这时我发现不远处俯卧一群畜生，
它们一定也是在等待地藏王菩萨超度讲课。

这时我不禁又望着天台峰西大鹏听经石，
想起大鹏听地藏王菩萨诵经感化成石传说。
地藏王菩萨大愿果然能感动三界万物生灵，
漫长岁月里在六道中又该超度多少来者。

我们拜谒完地藏王菩萨金身去看洞府，
幽深岩洞在九华山上一个连着一个。
洞洞都幽藏着佛踪和佛家经典，
洞洞都深居着诚心向佛的修炼者。
我们看完洞府便开始走下山来，
回望九华山在苍茫中更显气势磅礴。
至此佛教四大名山著名寺院已经看完，
但对佛与三界我仍不能理解透彻。

“你不要着急，慢慢感悟体会慢慢学，
随着你的研究感悟会越来越深切。
这次你游看佛教名山名寺也很重要，
可以加深你对佛教的认识和理解。
在游看佛教名山中你受到很高待遇，
以后有机会要再向几位菩萨表示感谢。”
父亲仍是那么高兴地向我作以交代，
在这次带我游看灵园中一直那么喜悦。
按计划下面要游看几座海上名山，
“这些海上名山是修炼的良好灵园净界。
就是在人间也有许多人去那里修行，
那些江湖侠客义士爱去那里修炼武学。”

父亲说完我们便又跨上了白马，
策马向山东半岛渤海海岸飞跃。
人间华夏大地大陆海岸线曲折漫长，

北起中朝鸭绿江口南止北仑河口中越边界。
全长一万八千公里沿海分布五千多个岛屿，
在碧海波涛中如珠似玉撒落排列。
早在秦以前就传说渤海有三座神山，
把蓬莱、方丈和瀛洲三山传说成仙界。
海上仙山的传说给人以美好的想象，
所以许多文人墨客都把其作为仙山描写。
传说描写较多的是蓬莱、长岛、芝罘，
还有成山头和云台山也在其列。

其实传说描写的仙山大多是人在此修炼，
特别是灵园里修炼的人爱选此地界。
尤其是没有人间之人居住的岛屿，
灵园里来此修炼的人更是络绎不绝。
唐宋以来蓬莱也有八仙过海之说，
继而在海滨丹崖山修建了殿阁楼榭。
先后修建了蓬莱阁、吕祖殿、三清殿，
还有天后宫、龙王宫等殿阁宫阙。
往北海面上是横贯渤海海峡的庙岛列岛，
列岛素来被称为京津门户渤海锁钥。
庙岛列岛牵手连绵坐落在波涛中，
像一个个威武雄壮的卫士排着队列。

我们经过长途奔波来到丹崖山面海处，
广阔的海面上飘着淡淡的云雾。

我们首先来到龙王宫跳下白马，
找到看管龙王宫的守卫说明了缘故。
龙王宫内供奉的龙王不在宫内，
只有几位来自灵园的人在此修炼看护。
父亲向那位为首的中年人说明情况，
然后又从腰中取出黄帝的令符。
中年人又豪爽又义气说话十分干脆，
对我们提出的要求全部给以满足。
不一会儿他就找来一条带帆木船，
他要亲自掌船并说他有使船技术。

经过闲谈得知他就是胶东这一带人，
在人间时终生习武以此闯荡江湖。
一生爱打抱不平不怕强权和恶势力，
只要路见不平事他必然要拔刀相助。
因为得罪豪强太多正当中年就被加害，
他在人间的年代是清末民国之初。
去世后便来到这丹崖山庙岛列岛一带，
长期在这一带修炼大部分时间是练武。
“阎罗王没安排你再托生人间吗？”
我想进一步了解他也好做到心中有数，
“我刚来时就让我再托生人间，
我表示坚决不去因为人间太残酷。”

“你在人间才生活了四十年时间，

对人生恐怕还没有全面的感悟。”
父亲不由插话安慰这位中年人，
父亲心里总想让人看什么都多看好处。
“我虽然在人间刚刚生活了四十年，
不是吹这四十年我已将人间全都看清楚。
人间整天互相争斗纷争从来不断，
你受了欺负还找不到讲理之处。
强者总是欺负弱者富人总是欺负穷人，
在人间反正是老实人总是受欺负。
开始我倒想再托生人间抱打不平，
细想那是一个社会我一个人又有什么用处。”

中年人虽然心直口快但话说得很在理，
明显看得出他这个人很讲义气情意。
在许多方面很像我的性格特点，
很显然这种人在人间人生不会顺利。
我们一边交谈着一边登上了船，
正好海上风浪不大我们便向长岛驶去。
“那你在灵园修炼这么多年感觉如何，
最终还是要修成正果到天堂上去?”
船开以后我又主动和中年人聊起来，
我想知道他最终想要什么结局。
“对,人间太不公平不想再去人间，
地狱又不是人去的地方好人也不去。”

“能去天堂最好可是现在不够条件，
只好在灵园里苦炼等待成功时期。”
中年人虽然是个武士船也使得很好，
船行驶得又稳又快让人心里踏实。
我们一路交谈着不知不觉就来到长岛，
长岛果然如传说是一座美丽的岛屿。
看那月牙湾北依青山怀抱碧海，
长长海滩由五彩斑斓的卵石堆积。
卵石大小不一大者如拳小者如珠，
以白色石英质为体渗透着红橙黄赭紫纹理。
彩石如珠如玉如彩绘万象不胜辨认，
尤其在澄碧的海水中越发鲜艳美丽。

月牙湾因其状若一弯新月而得名，
在万里海疆中独放异彩如明月如碧玉。
我们下船后中年人带我们上岛游看，
游着中不停地给我们介绍着这里。
“我不懂，你们别看这个岛屿很小，
听说却有万年历史古文化渊源在这里。
说珍珠门有什么旧石器遗存，
还说大黑山有什么北庄古遗址。
说这个遗址是新石器时期留下，
另外还发现有商周时期的青铜器。
发现了汉代漆器和唐代三彩，
还有宋代瓷器及明清时代文物遗迹。”

中年人介绍时带着一种自豪神态，
说话的语气中透着一种豪迈。
中年人又把我们带到一个山洞，
山洞是那么的宽阔幽深险怪。
此洞因洞内有两条石龙叫双龙洞，
双龙洞有内洞和外洞中间有一石台。
洞两侧分悬钟乳石酷似龙身，
逶迤起伏彰显着龙腾的气概。
内洞和外洞之间仅一条水道相通，
水面离顶石只有不足一米高矮。
水深一米多入洞可以涉水而进入，
也可以坐小船平卧船舱出入其塞。

“这真是一个闭关修炼的好地方，”
父亲看着双龙洞不禁赞叹起来。
“里面洞壁上有许多的小石洞，
有大有小有深有浅底面平坦恰如住宅。
在里面修炼那是难得的好去处，
为此有许多人到这里闭关坐台。”
武士说着带领我们往洞内走了一段，
洞内很静只是偶尔有人进去出来。
从洞天内出来我们又乘船来到龙门岩，
龙门岩两峰相连中间有一段水带。
两岛高高耸立像两尊擎天石柱，

中间形状恰如一座大门向东方敞开。

龙门岩是一座无人间之人居住的岛屿，
岛虽小却呈现着仙岛的奇光异彩。
满岛的耐冬树傲立石丛青翠欲滴，
茂密荆丛托着苍劲盎然松柏伞盖。
耐冬四季长青而花恰在大雪纷飞时开放，
鲜红花朵映着圣洁雪花如云溢霞彩。
春夏秋三季时常大雾弥漫全岛，
浓浓云雾掩映欲滴绿翠如飘逸彩带。
绿丛中凸立着一块块其形各异巨石，
郁郁苍梧之中疑是幻境天台。
绿丛中石岩下有许多独立的岩洞，
冬暖夏凉清静无扰如置身天外。

在龙门岩的山脚下有几处泉水，
我们品尝了几口感觉十分甘美。
这里没有人间之人没有任何污染，
天然的景致是那么的令人陶醉。
这里是一座难得的世外桃源，
如果陶翁来此恐怕也会流连不回。
在一个较大石洞前看到几个灵园里的人，
他们围坐在石桌边正在悠闲弈对。
旁边坐着两人在合琴唱道，
悠扬的琴声在静寂的海天萦回。

他们几个人有的是画家、棋手、琴手，
还有书生、医生和一位隐士高辈。

他们这几位都在龙门岩上修炼，
有时独自闭关修炼有时在一起交流体会。
看我们到来他们停止了各自活动，
我们坐在一起亲切地谈了好一会儿。
他们都是来自内陆各个地方，
其中有两位还是本家弟兄一辈。
他们来此很长时间不过有时也回去，
时常回到家庙和居地看望长辈。
他们的心情都很轻松也很坦荡，
一心向善修炼无忧无虑无私无悔。
看来灵园真是一个冶炼人的净界，
无强无弱无欺无诈无恶无奸无私无畏。

我怀着一种无以言说的心情离开龙门岩，
一路向南又游看了几座岛屿的秀美。
嵊泗列岛、海坛和南海诸沙岛屿，
每一座岛屿都是天海相映万木绿翠。
那些无人间之人居住的岛屿犹如龙门岩，
秀丽和静幽中飘逸着天然之美。
游看完海上诸岛我们沿着岸边返航，
万里海疆是那么恢宏寥廓壮观雄伟。
沉醉中我坚持不住慢慢陷入朦胧，

最后昏昏然在船上开始呼呼大睡。
当我醒来时船已来到蓬莱龙宫，
武士把船停好我们便下船来到龙宫内。

我们在龙宫内与武士亲切相聊，
同时感谢他热情帮助一路辛劳。
我们祝愿他早日修炼成正果，
祝愿他能够早日升入天堂神道。
聊了一会儿我们便向他告别离开龙宫，
又跨上白马奔向下一个游看目标。
我们长途飞奔来到南阳武侯祠，
参访这位人间智慧的杰出代表。
南阳武侯祠位于河南南阳卧龙岗，
是纪念人间名相诸葛亮的大型祠庙。
武侯祠初建于魏晋盛于唐宋，
元明清历代整修使其至今保存完好。

祠内尘封着著名思想家军事家的智慧，
高挂鞠躬尽瘁死而后已的《出师表》。
出师未捷身先死常使英雄泪沾巾，
李白、刘禹锡为此感叹以诗向后人昭告。
武侯祠坐落卧龙岗坐西向东偏南，
殿堂庄严亭台壮观布局严谨机巧。
宏伟雅致的千古人龙牌坊通体布满雕饰，
卧龙十景深蕴古老智慧和无尽玄妙。

二百多间殿堂房舍坐满了来自灵园修炼的人，
围坐诸葛坐像周围听讲用兵做人之道。
他们在此不断修炼着鞠躬尽瘁品性，
沐浴在卧龙岗千古人龙的光照。

“其实人间最大的武侯祠建在成都，
仍在蜀地辅佐刘备高坐汉昭帝庙。
另外勉县、岐山、奉节也建有武侯祠，
人间华夏大地共建有几十处武侯祠庙。
这说明诸葛亮对后人的影响很大，
以至于在灵园也有人把他作为先导。”
父亲在世时酷爱研读《三国演义》，
至今我还记得他向我熟背《出师表》。
参访完武侯祠我们又赶往开封，
参访人间中华历史上著名清官黑包。
包公祠位于开封碧水环抱的包公湖畔，
对这位铁面无私的青天人间家喻户晓。

一生为官清廉不畏权贵誉满九州，
铁面无私执法如山千古传颂不朽。
头顶正大光明双手撑起一片青天，
色正芒塞正襟端坐监察人间恶丑。
手把三口铜铡法治大宋江山，
铡遍大宋王朝所有罪恶人首。
体恤黎民放粮陈州赤桑显忠孝，

忠贤将相道德名家为后人树起敦厚。
祠堂大门、二门、照壁显耀光辉身影，
大殿、二殿、碑亭铭刻着古老辉煌锦绣。
包公家训一直训教着包家的后人，
至今在人间大地赞颂声中广泛传流。

在灵园里修炼的人有许多人崇尚包青天，
在这包公祠里寄托着向往和追求。
我们来到包公祠大殿包公铜像前，
向端坐在正大光明下的这位先贤顿首。
但愿光明正大下能永远保留一片青天，
节亮风清庐阳正气能在人间大地奔流。
“自金元以来开封就建有包公祠，
水毁后为纪念包公恢复重建重修。
另外在合肥、肇庆、高安也建有包公祠，
这几处包公祠也都建得那么古老悠久。
关于包公的传说故事人间妇孺皆知，
一曲《铡美案》传颂千年不朽。”

父亲说着带我到照壁和碑亭游看，
龙亭与喷泉嶙峋奇石小桥流水秀雅古幽。
包公祠是一组典型的仿宋风格古典建筑群，
它气势宏伟、风格凝重、典雅垂旒。
我们离开包公祠又飞马成都杜甫草堂，
造访人间这位伟大现实主义诗人泰斗。

成都杜甫草堂位于西门外浣花溪畔，
当年杜甫流寓成都时在此居留。
在此居住近四年留下大量现实主义杰作，
留下《茅屋为秋风所破歌》千古忧愁。
留下《闻官军收河南河北》历史名篇，
留下大量诗作至今在人间大地脍炙人口。

杜甫当年来到成都乃为避安史之乱，
自己以茅草把草堂建在浣花溪畔。
草堂之旁绿柳成阴“两个黄鹂鸣翠柳”，[①]
浣花溪潺潺送走“一行白鹭上青天”。[②]
简朴的草堂却“窗含西岭千秋雪”，[③]
低矮的草堂之门却“门泊东吴万里船”。[④]
流离失所之中却是满眼的春意，
贫弱交加之时却向往万里的盎然。
“杜甫离开成都后其草堂便不存，
五代诗人韦庄得草堂遗址结茅重建。
宋元多次修复明清先后两次重修，
演变成集纪念祠堂和旧居为一体的博物馆。”

“成为古朴典雅清幽秀丽的著名文化圣地，

① 引自杜甫《绝句四首（其三）》。
② 引自杜甫《绝句四首（其三）》。
③ 引自杜甫《绝句四首（其三）》。
④ 引自杜甫《绝句四首（其三）》。

在人间大地留下一代诗圣的辉煌灿烂。”
唐诗宋词汉文章是华夏大地古老的辉煌，
父亲一生喜爱只要说起来总是赞叹。
这种赞叹在人间华夏大地千古不息，
而在灵园里也让那么多人崇尚并以此修炼。
我们来到诗史堂杜甫像前站立静默，
作为一位诗人怎能不为这位千古诗圣赞叹。
突然我看到杜甫像两侧站着一批现代诗人，
他们每个人手里都捧着杜甫的诗篇。
这些现代诗人的情况我大多都了解，
因为他们在现代文学史上留下诗篇。

“杜甫草堂在人间华夏大地也有好多处，
在河南巩义还建有杜甫的陵园。
在四川治县也建有规模宏大的杜甫草堂，
另一处有名的杜甫草堂建在甘肃陇南成县。
据载仅陇右工部祠堂就有八处之多，
人思杜陵叟处处留有遗踪在人间。”
父亲一边说着我们一边往外走，
不一会儿便来到杜甫草堂大门外面。
大门处进出杜甫草堂的人仍来来往往，
正是谁道人间无去处成都草堂有杜员。
草屋栖隐破歌伴黄鹂鸣翠柳，
绿柳浮香看白鹭看东吴万里船。

我们离开成都杜甫草堂又是一路如云，
向着山西运城市解州镇关帝庙飞奔。
关帝庙北靠银湖面对景色秀丽中条山，
庙以东西向大街为界分为南北两大部分。
街南称结义园由结义坊、三义阁等组成，
街北是正庙殿阁嵯峨气势雄伟布局严谨。
大义参天坊、精忠贯日坊气肃千秋，
万代瞻仰坊、威震华夏坊义顶千钧。
在“文官下轿武官下马”端门赶忙下马，
走进雄伟庄严的崇宁殿拜谒“崇宁真君”①
大殿高悬乾隆亲书“神勇”横匾，
檐下是咸丰所写“万世人极”敬尊。

殿里神龛内塑关羽坐像威猛刚毅，
龛上有康熙亲书横匾一方“义炳乾坤”。
侧列青龙偃月刀三把铁鹤一双以示威严，
木雕云龙金柱更增崇宁殿庄严肃穆气氛。
“气肃千秋”坊是中轴线上最高大木牌坊，
东侧印楼里放着“汉寿亭侯”玉印。
后宫后部是关帝庙扛鼎之作春秋楼，
掩映在参天古树名花异草间更显神韵。
楼内关羽在认真研读着《春秋》，
漫漫岁月里一直把他的义勇传给后人。

① 宋徽宗封关羽为“崇宁真君”。

他身边果然有许多灵园里的人在修炼，
“大义参天”之道该修炼出多少“神勇”之魂。

拜谒完关帝庙游看灵园就要结束，
我要跟随父亲回老家祠堂拜见族亲。
父亲如释重负地连舒了几口气，
因为他马上就要完成带我游看灵园重任。
我们跨上白马轻松悠闲地往前走着，
想放松一下一直以来马不停蹄飞奔的心。
太阳已经急急忙忙走进高原的西边，
我们又迎来秋日的一个美丽黄昏。
突然看见前面一片山峰有条河穿越而过，
远远就听见悠扬动听的飞瀑声音。
山之间有一峡门旁边大石上写着龙虎峡潭，
这里水带山环霞飞雾落百鸟争鸣风景宜人。

一侧为陡崖崖顶巉岩恰如虎的形状，
另一侧陡崖有一巨条长石恰如龙腾模样。
中有一飞瀑深潭洪涛苍石其深莫测，
两边山峰万木葢然遮天蔽日其色苍茫。
龙虎潭之上水自岩窦飞落形成飞瀑，
状如玉绳悬溜似练水极清爽。
龙虎潭西南侧有一状如凤冠的山峦，
山峦顶有一石其形如幻恰如一只凤凰。
往上看峻路绝踪林气高浮，

岩峦峻秀松竹耸茂轻飘暗红晚香。
一尘不染清新空气山光水色神奇幽美，
风姿水韵唤起万物峥嵘玄妙乐章。

我们在龙虎峡潭前一处山岗下马，
这里大片的野山菊花长得特别茂盛繁盎。
红、黄、白、紫各色菊花正在盛开，
父亲坐在旁边休息我在菊花丛中徜徉。
乱云飞渡最后一抹晚霞渐渐隐去，
苍松古柏在暮色中显得更加苍茫。
突然从我的四周窜出四只可怕的野兽，
有两只我不认识只认出前后是两只恶狼。
它们张着大口狰狞地向我袭来，
看样子它们有备而来分别从四个方向。
我手无寸铁不由紧张地大喊一声，
这时父亲猛冲过来手里拿着一根树棒。

父亲高喊着让我不要害怕围着我转动，
背向我面向四只野兽紧握树棒。
父亲告诉我四只野兽两只狼一只豺一只狈，
这些野兽又狡猾又凶狠又疯狂。
果然不假四只野兽从四面同时攻击，
我手无寸铁父亲一根树棒如何抵挡。
一只豺一只狼冲过来咬住了我的两腿，
另两只在前面同时咬住父亲手中树棒。

在这万分危急之际只见父亲掏出黄帝令符，
把令符高举头顶放出万道金光。
只见四只野兽哀嚎着仓皇逃走，
我这才躲过大劫总算逃过大难一场。

父亲一边给我包扎一边安慰我很是心疼，
“这次都怪我，没想到能出这种事情。
这几只野兽都是来自人间的野兽，
它们是冲你而来因为你充满人间血性。”
我为给父亲带来这么大的麻烦感到内疚，
还好最后幸有黄帝令符发挥了神通。
“我事先根本不知道也想不到用黄帝令符，
只是在一瞬间就像是心灵的一种感应。”
父亲说着扶我跨上白马我们又向前走去，
没想到在此遭一大难遭此一惊。
我们慢慢走下山突然碰到一个孤魂野鬼，
他怯生生地站在我马前恳求我回去给他说情。

原来他是一位商人外出经商血本无归，
贫病交加客死他乡用苇席卷埋再也难回家中。
让我告诉他家后人把他找到移回祖坟，
以结束他这孤魂野鬼无家可归的人生。
我满口答应他千恩万谢高兴地离去，
父亲和我都为能做一件善事感到高兴。
走到半夜时分又遇见一名孤魂野鬼，

她说她是一名歌妓死时还很年轻，
一直无家可归也没有人为她超度，
我问了情况答应为她超度她拜谢而行。
又走了一会儿我突然望见家乡的湖泊和运河，
我已好多年没回故乡这次回来特别激动。

爷爷奶奶和母亲还有伯伯叔叔等都在祠堂，
走进后我赶紧向他们叩头然后坐在母亲身边板凳。
爷爷奶奶去世时我不到四岁印象不深，
母亲去世比父亲早一年至今我记得当时情景。
“这几天我们就梦着你要来一直在等你，
我们都已升入天堂只是你爷爷奶奶不愿成行，
总想待在这里守着你们护佑着你们，
可阴阳之隔却不能来往这是天律规定。”
父亲坐下后讲了一路情况和刚遇豺狼之事，
母亲慌忙给我查看伤口把我揽在怀中，
我竟然像孩提时躺在母亲怀抱幸福入睡，
又像当年那样享受着母爱给我的深情。

跋

我像是一位游子又回到了家，
像一个孩提躺在母亲怀抱还没有长大。
当我醒来时亲人们仍然坐在周围，
听得出大家仍在围绕我在说着话。
他们看到我醒来不停地向我询问，
关心地问着阳间的一家又一家。
借着灯光我仔细打量着周围的人，
凡是我认识的基本都没有什么变化。
只是他们的穿着都比较整洁板正，
说话的神态和我记忆中差别不大。
我仍然斜躺在母亲温暖的怀抱里，
不知什么时候被咬伤口又重新包扎。

这时东方的天际的红霞已经开始喷薄，
灰白的天际中展现出满天五彩霞色。
再仔细看看周围正是家族祠堂，
我所在的地方正是祠堂中间厅阁。
怪不得从祠堂正门能看到东方天际，
原来大家所在的地方不是九泉之下场所。

“对,这是为了等你大家才到这里来,
平常只有年节才到这里相聚说说话一起坐坐。
大家一年到头大都在自己家里修炼,
就是阳间所说的生活在九泉之下灵园房舍。”
父亲的话音刚落半空一声呼唤传来,
这时看到老师蓝云霞站立半空前来接我。

至此游看灵园的日程已经完结,
我只得向父母和爷爷奶奶以及大家告别。
父亲说时辰已到让我赶快成行,
他也要去黄帝那里办理令符和白马交接。
这时只见一条霞带飞下把我提上半空,
只是一瞬间我就飞跃到半空云阶。
跟随云霞老师站立在一朵红色云霞,
我回过身来再一次向亲人们挥手告别。
霞光中我清楚看见母亲两眼闪着泪花,
此刻我无限伤感的泪水也禁不住流泻。
心中就像打破五味瓶一般悲感交加,
我怀着悲感交加的心情向高天飞跃。

神秘的灵园游看虽已结束,
我的心情却仍激动不已心潮起伏。
我得以游看了灵园这陌生之地,
得以认识了解这一片美好的圣土。
得以进一步认识了解了三皇五帝,

并有幸拜见了炎黄的五位始祖。
拜见了始祖黄帝得到他的教诲，
生命遇到危难之际得到他的护佑相助。
还有幸见到了离去多年的各位亲人，
有幸见到了离我而去十年的父母。
非常荣幸地得到几位菩萨的教诲，
有幸拜见了历史上诸多圣贤人物。

灵园真是一片自由平等的太平圣地，
在这里人人都可以享受幸福快乐的福祉。
天地间居然还有这样一片修炼乐园，
让人的魂灵在此自由自在无忧无虑修炼造诣。
灵园虽然只是魂灵修炼过渡的域界，
它的纯净却是人间大地无法相比。
这里不像人间具有那么深重的罪恶，
只有一心向善的心态听经讲道诚心修己。
灵园虽然比不上神界居地天堂，
但灵园远远超过人间大地更远超地狱。
灵园不愧是一片修炼教化的乐园，
它对三界具有一种教化超度的特殊意义。

三皇不论是神是人都留下伟大历史豪迈，
为中华民族留下永远光辉灿烂的历史光彩。
是他们教化了伟大的中华民族，
为中华民族开创了历史文明文脉。

为中华开创了一片神圣的土地，
教化了向文明更快发展的技能之才。
五帝为中华民族开辟了更加广阔的疆土，
为古老的华夏大地开写了光辉历史记载。
繁衍生息了古老伟大的龙氏族群，
开辟了炎黄族群的古老历史形态。
为中华民族的形成和发展立下不朽功勋，
从此开启了中华民族的历史澎湃。

古老的中华大地屹立着三皇五帝的历史丰碑，
古老的中华大地闪耀着三皇五帝的历史光辉。
多少年来他们一直身居古老的黄土大地，
教化着一代代炎黄子孙的心灵和行为。
护佑着一代代炎黄子孙平安幸福，
用生生不灭的坚强意志把中华民族捍卫。
用永垂不朽的精神鼓舞着一代代后人，
一直把中华民族的民族大业大力前推。
多少年来炎黄子孙一代一代不断地续写，
不断续写着这几位始祖的历史芳菲。
多少年来古老的黄土大地一直高歌，
高歌着中华民族这几位始祖的光辉。

灵园里的大地山川是那么神奇美妙，
灵园里的景致是那么的秀丽妖娆。
灵园里的大地山川就像人间的大地山川，

完全是人间大地山川的幻化写照。
不过灵园里的大地山川更加壮丽俊美，
在流动的淡淡云霓中悠悠缥缈。
没有人间大地山川的繁华喧阗，
到处都显得是那么幽静雅致秀俏。
这里也有白天黑夜也有太阳和月亮，
但不论白天黑夜到处都是静悄悄。
尤其经历过人间的喧闹更感这里静谧，
因而灵园的静美让我感到特别美好。

灵园里的一座座山那么苍翠清幽，
灵园里的一条条水都是碧波清流。
在灵园里修炼的人都是那么的虔诚，
那么的轻松那么自觉和自由。
在人间很难看到灵园里那种情景，
人间的人为了利益竞争整天都在匆忙奔走。
不论白天黑夜难得清闲和平静，
有多少人在睡梦中也会为竞争而思虑担忧。
特别是人间那些无休止的各种纷争，
把人间大地搅闹得让多少人伤痛忧愁。
我感到人间的影像远不如灵园境界，
游看灵园后这种感觉就深深刻在我的心头。

灵园游看之后给我留下深刻的观感，
让我感到意外禁不住浮想联翩。

以前竟然不知三界还有这样一片域界，
不知三界之中还存在这样一种形态灵园。
三界之分虽然把它划归阴曹地府范畴，
其实也可以把灵园划属凡界人间。
不管灵园归属于哪一个界域，
但灵园对三界可以作出很大的贡献。
它可以让众多的魂灵修炼升入天堂，
可以使无数的魂灵在这里得以冶炼。
可以使地狱里的恶魂赦免超度到这里，
在这里把他们最终修炼为一心向善。

灵园担当着三界共同的重要责任，
担当着人类生命的超度和转轮。
不断地给神界天堂修炼培养着神仙，
给凡界人间轮回托生着一代又一代人。
从这里托生的人大概就成为人之初性本善，
只是到人间后难免被深重罪孽染浸。
从地狱托生的人或许就成为人之初性就恶，
这两种状况导致人间性善与性恶长久争论。
灵园里可以说是无为而治的光辉典范，
老子的无为而治思想或许这里是源根。
这里冥界天界都不大管凡界更无从管理，
主要把无为而治作为灵园治理的根本。

灵园的确是一个秀丽静幽纯净的地方，

创建设置在三界之间理所应当。
这也许是天堂拯救人间的一个重要之举，
在灵园里的确能使善念得以增长。
那些身居各大名山的菩萨和教主，
都在广施法力仁心为人间奔忙。
为的也是消除人间罪恶为其美好，
只是教化人间太艰难致使效果不理想。
以致使地狱、天堂那么的为难，
致使人间的私欲恶性不断滋长。
假如人间都像灵园魂灵那么向善修炼该有多好，
如此人间该呈现出多么美好的景象。

在人间时从来未听说灵园三界之名，
现在回想起人间众多说法蕴藏着隐情。
如人间关于黄泉路上命赴黄泉之说，
还有九泉之下含笑九泉的形容。
这大概就是所指我所游看的灵园，
按黄泉与九泉的含义具有灵园的特征。
还有人间的族祠坟墓是灵园里的住所，
游看灵园得见我的父母及族亲就可证明。
原来在人间许多不能理解的现象现在发现端倪，
灵园的景象给我诸多人间事项的求证。
愕然中我感到一时还难以厘清其脉络，
仿佛在混沌玄黄天地中做了一个长梦。

第三卷

天堂游

序

天堂是天堂上五彩缤纷的云霞，
天堂是壮丽缥缈的海市蜃楼大厦。
天堂是一个神奇浪漫的故事，
天堂是一个古老美丽的神话。
天堂是一个模糊的意识观念，
天堂是一缕闪耀的思想光华。
天堂是一个沉睡中美好的长梦，
天堂是人心路上的一座航塔。
天堂是头顶上高远无边的蓝天，
天堂是心灵上一幅美丽的图画。
大堂是灵魂居住的美好地方，
天堂是美好灵魂的美好的家。

天堂是一个古老美好的传说，
天堂是一支古老美好的长歌。
天堂是一片神秘幽深的大地，
天堂是一个主宰世界的王国。
天堂是一个美好心愿的向往，
天堂是一种美好幸福的生活。

天堂是一个最终追求的目标，
天堂是人类生命所渴望的最好结果。
天堂是一种意识形态的反映，
天堂是一种高远幻想的折射。
天堂是东方晨曦中的一缕霞光，
天堂是西天黄昏时的深沉暮色。

天堂是一个神秘的世界，
天堂是一个无际的天野。
天堂是一部厚重的史记，
天堂是一篇浪漫的诗页。
天堂是一门古老的天文，
天堂是一门深奥的神学。
天堂是一种心声的呼唤，
天堂是一种情绪的喷泻。
天堂是一种视觉的幻化，
天堂是一种灵魂的感觉。
天堂是一条人类生命的道路，
天堂是一部人类历史的抒写。

不知对天堂是否该有那么多的解读，
在繁多解读中还是难以解读清楚。
天堂既是古人一个丰富浪漫美好的想象，
天堂又是古人沉重生活的一种谱图。
天堂既是古人追求美好生活的一种向往，

天堂又是古人渴盼公平正义的一种凄苦。
假如有一个天堂又是多么的美好，
人生中的真善美最终会有一个去处。
假如有天堂主宰一切就会公平正义，
人世间的假恶丑就会受到惩处。
如果没有一个天堂主宰护佑凡间，
人世间又该多么的孤独和痛苦。

对天堂我一直存有这种理解和认识，
很多时候又好像不知其所以。
很多时候我都把天堂作为意识幻化，
但时而有许多人世间物象让我感到扑朔迷离。
天堂在我的头脑里是一个熟知形象，
因为从刚有记忆就从爷爷的故事中得知。
爷爷的故事把天堂讲得那么形象逼真，
从而在我幼小心灵留下深刻印记。
父亲的天堂观念又灌输给我，
使天堂在我心里变得更加神秘。
随着古老的神话故事拉开我的心幕，
天堂以多种形态走进我的心里。

天堂的形象一直是那么丰富多彩，
对天堂的观念具有各种形态。
各种宗教有各种宗教的观念，
各种神学有各种神学的流派。

普通人有普通人的各种描述，
唯物意识把以前各种天堂观念彻底更改。
唯物意识是一个历史的春雷，
显示了其认识论的深刻豪迈。
在深刻豪迈中我树立了唯物认识论观念，
对天堂的观念认识逐渐确立下来。
使我最终成为一个忠诚的唯物论者，
在认识论的大道上我走进一个新时代。

让我游看天堂真是具有讽刺意味，
让我带着唯物观念走进天堂之内。
始终不解为何要安排我游看天堂，
难道不信地狱天堂之说还会有罪。
还有许多事让我感到迷惑不解，
随着科学的发展为何对天堂却愈加追随，
信奉神灵的人越来越多越来越虔诚，
白日黑夜庙宇殿堂里拜神的人成群结队。
这是让人难以理解的一种现象，
这是一个难以用物质冲开的重围。
但丁创造了一个不需要物质的天堂，
而西方上帝的天堂让那么多人迷醉。

人间关于天堂之说那么悠久古老，
人间对天堂的描绘那么美好，
人间对天堂的向往那么普遍，

人间对天堂的创建那么精妙。
在每一个人的心灵上都建造了一座天堂，
建造了一条条通往天堂的大道，
并不断引导人间如何走上天堂，
这其中的用心是那么良苦精巧。
一部《封神演义》演义得轰轰烈烈，
一部《西游记》游记得让人间醉倒。
还有那一部又一部的经文教典，
把天堂神光炫耀得在人间普照。

这次我有幸得以在天堂游走，
借此机会可以把天堂认真观看研究。
这是我做梦也从未想到的事项，
居然顷刻间就降落在我的肩头。
此时我已经不再为此思虑重重，
也不想再详细追寻其中的缘由。
自开始游看三界以来思维时常混沌，
一直感觉就像是在梦中巡游。
人间复杂的意识观念总是包围着我，
有时真让我难辨真假好坏良莠。
担心有负于天降大任于我的幸运安排，
这是我心底深处一直存在的隐忧。

在人间天堂是一个模糊的观念，
至今没有一种解释释义深刻全面。

模糊的观念中存在着诸多的矛盾，
至今没有一种解释能够释说圆满。
天堂大厦已经在人间建造几千年岁月，
其间人间经历了漫长的历史变迁。
经历了多少风风雨雨血与火的洗礼，
经历了多少生生死死生息繁衍的劫难。
但天堂大厦始终屹立在神秘莫测的高天上，
屹立在人间芸芸众生的心间。
伴随着人类社会的发展始终屹立不倒，
在漫长的岁月里却愈加雄伟壮丽森严。

这其中到底是什么奥秘什么原因，
到底是什么建筑基础什么根本？
几千年有谁见过天堂的物质存在，
却为何还有那么多人崇尚和相信？
仅仅用一种迷信难以解释清楚，
用宗教和神学也难以揭开其奥深。
古老中华大地天子观一直占据正统地位，
为此衍生的带“天”字的概念遍地纷纭。
关于天堂观念远比西方古老，
关于天堂的建筑根基更加坚固牢稳。
即使恶人也不敢公开亵渎天堂，
在人间的心目中对天堂始终那么敬尊。

曾经对天堂怀着丰富的畅想，

曾经对天堂怀着深切的期望，
曾经对天堂进行深情地呼唤，
曾经对天堂虔诚地朝拜上香。
祈求天堂能主持人间的公平正义，
祈求天堂能够严惩罪恶广把善扬。
但是一直以来却总是心愿难遂，
天堂让我一次又一次地失望。
失望中不断生发出一次又一次抱怨，
直至各种怨天尤人怨愤积满胸膛。
这也是导致让我游看三界的原因，
导致了我在人生路上的迷茫彷徨。

意想不到天堂居然又了解了我的心情，
居然对人间所有之事都能心知肚明。
并且在地狱对过去一切罪恶进行惩罚，
充分体现了天堂的公平公正。
这让我感到意外也感到迷惑，
为何对所有犯罪之人都在死后严惩？
假如及早遏制使其中止罪过，
那可能会产生一种更有效的情景。
我认为天堂的这种做法有些滞后，
惩恶扬善何必要等到最终的因果报应？
此刻我难以控制思绪的胡思乱想，
怀着这样一种复杂心情开始天堂游程。

第一章

东方天际的红霞向满天喷发，
万里长天全被涂上浓浓的红霞。
鲜红的一轮旭日从东方冉冉升起，
像一块红彤彤的玉盘那么晶莹光滑。
一会儿红霞中透出明亮金黄的光丝，
就像红色的绸缎镶嵌着金色丝麻。
还有几片淡淡白云轻轻涌动红霞之中，
就像一位位白衣仙女轻舞白纱。
大地上绿翠的山林颜色越来越重，
一条条银色的河流开始涌动着红霞。
山脚下老家的村庄渐渐隐没在红霞之中，
一群群飞鸟不时搅动红霞飞起浪花。

远去了远去了大地山川远去了，
远去了远去了我的村庄我的老家。
远去了远去了我的父母我的亲人，
远去了远去了灵园里缥缈的大厦。
远去了远去了人间的繁闹喧阗，
远去了远去了灵园里的静谧幽雅。

云霞仿佛具有变化无穷的能力，
无论扩张和收缩都可在瞬息之间变化。
鲜红的云霞忽而把万里蓝天全部染红，
忽而又让蓝天闪现出碧波光华。
忽而把我们严严实实裹在云霞之中，
忽而又把我们涌出显现出高远蓝色天涯。

满天云霞形态万千变幻莫测，
无常中却深蕴着天空中的律法。
云霞的变化要随着太阳的运转，
要按照风的意志安排行动规划。
就像人生的命运自己总是难以把握，
由谁决定说起来是那么的复杂。
就如此刻随着太阳不断升起云霞被阳光撕开，
裂出一块一块云霞孤独地飘洒。
一忽儿向南飘动一忽儿向北浮去，
一忽儿向东又向西一忽儿向上又向下。
从我们脚下飘去不远便无踪影，
谁也无法寻找它们究竟消失在哪。

在高空中看天天是那么的昊大广阔，
东边血红的云霞开始涌动着红色涛波。
太阳就像荒古熔岩中燃烧的火球，
在万里金色波涛中形成巨大旋涡。
火红的朝霞辉映着碧蓝的穹苍，

红蓝交汇融合得那么匀称没有一点皱褶。
火红的太阳映照着青翠的万里山川，
碧蓝苍穹与青翠大地辉映成五光十色。
清波涟涟亮光熠熠的蔚蓝海面牵手蓝天，
在那遥远的东方天际亲密相拥融合。
嫣红把碧蓝苍穹和蔚蓝海面抹在一起，
在耀眼的光亮霞彩中不停地炫动着。

在炫动的色彩中云霞老师更让人眩目，
她那淡淡微笑就是一首美丽动人的歌。
两个酒窝和洁白的牙齿就是一道使命，
奉了玉帝的使命给人间送来快乐。
她穿着一件洁白的连衣裙红色皮鞋，
长长飘逸的黑发牵动着人的魂魄。
她的两只嘴角总是带着笑意向上飘洒，
黑黑长长的睫毛蔼然低垂在冶艳的面额。
光艳的脸儿苗条的身段真是美丽天成，
白皙柔嫩的皮肤显露出诱人的脉络。
她全身的衣饰和美丽具有天然的和谐，
在蓝天和红霞映衬中流溢着典雅的秀色。

“云霞老师，”我一直都这样称叫她，
在她的面前我时常感到不知所措。
“按计划咱们现在就开始游看天堂，
您知道一直以来我对天堂知之不多。

在此之前也可以说是一无所知，
在人间只是听到一些零碎的传说。
在游看中还请您多多给以指教，
有什么需要注意的请您及时告诉我。”
“哟，现在学会客气了，”云霞老师笑了笑，
“你现在可是一个大诗人，知识广博。”
“可我是您的学生永远都是您的学生，
无论到什么时候您都可以教导我。”

这话不是客气是我真实的感觉，
云霞老师当年别看年轻却十分博学。
她是我名副其实的启蒙老师，
是她在我幼小的心灵首先打开书页。
“我知道你不是客气而是实际情况，
在来天堂之前我对天堂也根本不了解。
别看三界的创立已经很古老久远，
但在人间却一直没能完全认识三界。
我知道你从来都不信神不信鬼，
对人间天朝的有关神学很少涉猎。
这次我陪同你游看天堂也是缘分，
在游看中我会尽力给你介绍讲解。”

云霞老师驾着云朵带着我向高天腾飞，
我们开始云游在广阔昊大的天野。

“天共有九重人间道教也称起为九霄，[1]
从一重天往上到九重天一重一重排列。
每一重天之间的高度是九万里，
九九八十一万里重重相互连接。
每一重天的长宽也分别是九万里，
九万里之外九重天之上是天外世界。
天外世界只有元始大神才能云游，
其他神仙的法力到不了这个境界。
天堂九重天之说是一门古老复杂学问，
其体系也是一个十分复杂的序列。”

“人间关于天堂的传说既凌乱又不统一，
大都是拼凑前后不贯通脉络也不明确。
没有反映出内在的统一规则，
因而在逻辑上出现诸多矛盾和残缺。
在人间产生了信服性不足的问题，
造成了来源纷繁复杂缺乏逻辑的感觉。
九重天一为中天二为羡天三为从天，
四为更天五为睟天六为廓天之列。
七为咸天八为沈天九为成天，
《太玄》《正义太玄经》中有明确书写。
《尔雅》中曰穹苍为苍天称春为苍天，
夏为昊天秋为旻天冬为上天写得明确。”

---

① 道教所称的九霄天为神霄、青霄、碧霄、丹霄、景霄、玉霄、振霄、紫霄、太霄。

"《吕氏春秋》把天分为九野天图,①
《淮南子》也有相同的书写和标注。
九重天还有另外一种不同的叫法,
这也是造成纷繁混杂的一种缘故。
如有的把第一重天叫作宗动天,
此天可带动各重天由东向西转动过渡。
第二重天名叫经星三垣二十八宿天,
在它以下八重天与宗动天相反而步。
第三重天名叫填星也就是土星天,
自西向东运转速度较慢一天差一度。
第四重天叫岁星天也就是木星天,
它也是自西向东运转一天差一度。"

"第五重天叫荧惑也就是火星天,
它被带转的速度更慢两天差一度。
第六重天叫日轮天离宗动天很远,
它转动得更慢一年为一周天往复。
第七重天叫太白即金星自西向东,
也是一年为一周天一天差一度。
第八重天辰星即水星天离宗动天更远,
自西向东转动缓慢也是一天差一度。
第九重天叫月轮天转动最为迟缓,
据说一月为一周天一天差十三度。

---

① 九野天图指中央曰钧天,东方曰苍天,东北曰变天,北方曰玄天,西北曰幽天,西方曰皓天,西南曰朱天,南方曰炎天,东南曰阳天。《淮南子》则把西方曰魭天。

九重天相互包容日月星辰固定其中，
传说天道左旋日月等五星右旋相辅。”

“由于传说来源纷繁复杂时间久远，
所以在传说中出现了偏差和失误。
实际上把天一共分为九重最为正确，
每重天相隔九万里中间有气和云雾。
一重天为天的最底层九重天为最高层，
九重天在距地面八十一万里的高度。
一重天为雷部、火部众神及凡人神灵，
二重天为三霄、余家父子、御马监众神居住。
人间武士和侠义之人神灵也居住在二重天，
在二重天上分别有他们各自的神府。
三重天居住着八仙、四大天王及所属诸神，
还有来自人间的武士侠客的神灵居住。”

“四重天为玄坛真君和直年太岁等诸神之居，
来自人间的诗人作家教育名家的神灵在这里。
五重天斗部正神、二十八宿在此居住，
还有来自人间名相将帅神灵的府第。
六重天为三山正神和五岳众神的居所，
还有来自人间天朝历代明君贤达名士。
七重天为瘟部正神及所属诸神的神府，
还有来自人间历代清正廉洁官吏的宫邸。
八重天为李靖父子、清福正神神府，

还有来自人间历代挚爱之人和孝子。
九重天为天堂的最高殿堂是天堂的中心，
天堂最高统治者玉帝在此实施着统治。”

“太上老君、元始天尊也在九重天上，
王母娘娘、九天玄女神府也在这里。
如来佛祖的大雄宝殿在九重天的西天，
还有来自上古四帝及人间各类人物楷模旗帜。
天堂的领导体系机构设有天机处及六部，
每一重天还设有一个管理部区。
另外还设有一个地神部专管大地神仙，
天堂的体系编制管理相当严密有序。”
云霞老师的介绍让我大为赞叹，
她对天堂的情况是那么的熟悉。
我从中发现天堂与人间有许多相似之处，
特别是天堂政治运作和管理那么相似。

“地神部专门管理在人间大地上的神仙，
如龙王、土地、山神、灶王和散仙等职。”
“天堂的体制编制原来还那么完备。”
云霞老师的介绍真让我大长见识。
不过我还是有诸多问题弄不明白，
如最初的神仙又是如何产生于世。
像盘古大神、女娲娘娘、鸿钧老祖，
还有伏羲大神等他们又产生于哪里。

“这事说起来是一个很复杂的过程，
这个话题要说起来还得从头说起。”
云霞老师接着向我详细介绍开来，
从神学世界观到阴阳二气层层入理。

“从哲学角度看神学属唯心意识形态，
它强调意识第一性意识是物质的主宰。
世界源于阴阳二气的基础意识作用，
阴阳二气的作用产生了五行的物质形态。
这就是金木水火土五种基本元素，
五种元素在运行中相生相克循环往来。
阴阳二气具有发展变化的基础作用，
因而可在一定条件之下形成稳定积聚态。
生发成为具有高级意识作用的灵气，
进而可以运用其五种元素创造万物胚胎。
最早的元神、魂魄、魔鬼就是灵气，
他们形成了三界最初的本质形态。”

“从物质层面看万物由五种元素组成，
相生相克的五种元素不断生发出新物质形态。
可以说金木水火土是灵气的盛载体，
金木水火土作为物质外壳把灵气盛载。
世界上万物基本物性均由元素组成决定，
其中高级物性由所盛载的灵气附带。
人类的肉体可以作为灵气的载体，

动植物及非生命体也可作灵气的盛载。
三界之中一直公认万物有灵的说法，
其实就是意识与物质结合的形态。
阴阳二气与五种基本元素总量守恒，
而在这种相生相克守恒中处于不灭形态。”

“阴阳二气积聚后还会再重新分散，
这种过程叫自散并且可以再聚再散开。
阴阳二气的积聚状态必须经过依附物质实物，
才能使其保持稳定最终成为灵气状态。
所有物质实物都有其基础物性，
这种基础物性是灵气形成的条件外在。
阴阳二气积聚的总量及比例十分重要，
相互之间作用是灵气形成的条件内在。
灵气与其实物载体总是作为一个单位，
成为世界的一个组成部分一支物脉。
它们参与整个自然界有规律地运行，
而在这种运行中还会变化为新的物态。”

“灵气具有不同的品性和范围，
由形成时的内外条件决定其行规。
还有形成以后受到的各种影响，
这些都决定了灵气的品性属类。
灵气具有认知和思考等高级意识作用，
这种高级意识作用应是精神力的范围。

这种精神力是划分灵气层次的决定条件，
这种决定因素也决定了灵气层次地位。
灵气对外可以施加发挥相应的作用，
这种作用就是灵气对外的力场之威。
灵气的力场之威就是所谓的法力，
灵气积聚程度决定灵气法力大小高卑。”

“天堂也叫天界或神界是神仙居住之地，
是神仙工作生活的活动区域范围。
人界也叫凡界或人间包括灵园净界，
这里是人类一切活动的区域范围。
冥界也叫地狱或魔界、阴曹地府，
俗称是妖魔鬼怪活动的区域范围。
在你游看地狱之前我已向你介绍，
天、地、人三界随开天辟地而建立分类。
建立三界主要目的是发挥其各自作用，
也是阴阳二气基础意识作用必然之规。
是灵气与物质结合发展的必然结果，
这也是世界发展带来的一种完整之美。”

“建立天界主要目的是主宰三界运转，
帮助神减缓及克服自身载体基础消亡损毁。
建立冥界是使那些载体消亡灵气避免自散，
在暂时中等待一种载体的再分配。
建立冥界还为妖魔鬼怪提供一个区域，

还有用以处罚三界之中的各类犯罪。
另外还要对脱离载体的灵气判决流向，
判决它们下一个活动区域和轮回。
人界是世界的主体因此必然要建立，
没有人界三界之间就不能相依相随。
灵园或曰净界是三界间一个临时区域，
在灵园的灵气也是等待载体的再分配。”

“能跳出三界外不在五行中的很少，
三界之中的神、魔、人难以达到。
只有元始大神才有法力开创这个空间，
不受三界影响在九重天外云游逍遥。”
云霞老师对三界讲得是那么深刻，
有些内容讲得那么形象惟妙惟肖。
我越听越觉得有道理越想听下去，
在此之前我对三界了解的实在太少。
“我也是到天堂之后才学来的这些，
以上这些在人间时我也全不知晓。
我把自己所知道的尽量都讲给你听，
因为你游看天堂对这些都需要知道。”

“关于神仙也有好几类有很大差别，
他们的确各有不同的法力和道号。
元始神是从混沌到天地初开形成，
是在漫长的混沌玄黄中自然得道。

比如盘古大神就是第一位元始大神，
他的形成是元始神和三界形成的先导。
有的元始神的自然法力非常强大，
积聚态的灵气和精神力特别高超。
像女娲娘娘、伏羲大神和鸿钧老祖，
他们的法力最为强大精神力极高。
他们可以创造万物制定万物运转法则，
三界的产生就是由他们几位创造。”

“元始神在漫长造物过程中消耗很大，
有的因过度消耗灵气消亡毁掉。
有些消亡于相互之间的争斗对抗，
还有的转世成为后世神仙或魔妖。
神是由元始神制造出来或者任命，
负责万物或区域内物体运行的领导。
神是有权利和义务的天界官吏，
具有不同的法力并各有自己的法宝。
有的神法力不一定很强只要得到上级任命，
就可以获得一定权力与法力神道。
《封神演义》讲述的就是一次大规模封神运动，
是三界建立之后按照神的体系封官神朝。”

“不论人仙妖是死是活受封就成为神斗，
基本是按照论功行赏和法力程度封授。
人间凡人修炼到一定程度后可以成为神仙，

各位佛和菩萨、罗汉等都属于这一范畴。
三界成立以来人间凡人修炼成神仙的很少，
像有名的帝王秦始皇、汉武帝都难祈求。
封神时李靖及金吒、木吒、哪吒肉身成神，
还有杨戬、韦护和雷震子等人有此成就。
人间广为传说的八仙也是肉身得道，
除此之外肉身成为神仙者再也少有。
仙可以有很强法力但没有官封神位，
一般不受天堂约束行动比较自由。”

“仙由于在天堂没有神位也就没有管理权，
天堂和人间大地可以自由往来云游。
他们可以到天堂注册加入神籍，
也有一些不入籍的散仙隐居名山洞幽。
魔和妖一般是非人类物种修炼而成，
比如一些植物、动物或是一些石头。
它们修炼到一定程度后成为精灵，
其中走上正道的也会加入仙籍功成名就。
如人间传说的花仙、狐仙及神仙坐骑，
还有你在地狱看到的那些得道神兽。
你在地狱见到的那位驴狱长就是驴精，
它们都是得天地阴阳灵气从而修成不朽。”

“魔是指灵气与盛载体的一种特殊状态，
因为某种邪念邪力而走向一种荒谬。

从而导致其灵气品性发生特别变化，
短期内还会积聚起万物恶性和丑陋。
形成三界之中最凶恶的一种物体，
也就是人间通常所说的万恶之首。
魔一般具有极强大的法力和法宝，
其能量远远胜过一般神仙妖怪一筹。
在此之前我已向你介绍过冥界魔帝，
女娲娘娘几乎用尽法力才将其降收。
对魔一般都要及时降伏或铲除，
不然三界将时刻存有劫难之隐忧。”

云霞老师所讲我越听越觉得新鲜，
使我对天界神的体系了解越来越全面。
这时我们继续腾飞在高空之中，
早已经看不见人间的大地山川。
只能在苍茫中遥望到圆圆的地球，
上下和四周的五彩祥云色彩斑斓。
虽然很高往上看仍然看不到尽头，
看来一重天九万里果然高远。
“不用着急,一重天马上就要到，
《太玄》中曾经说天以不见为玄。
每重天高达九万里长宽也是九万里，
你算算这个空间是多么昊大高远。”

“刚才由于给你介绍情况腾飞不快，

另外我也想让你仔细看一看每一重天。”
“还有什么是鬼您还没有给我讲，
关于鬼的故事可是长久流传在人间。”
“鬼是指人死后脱离肉身载体的灵气，
它可以升入天堂也可以留在人间。
凡是在人间犯罪之人死后要下地狱，
无罪的在地狱宣判后马上再转世人间。
鬼只要找到一个载体也可以留在灵园，
从而避免因为没有载体而自散。
还有你在游看灵园时已经知道，
人死后不下地狱不升天堂的可在灵园修炼。”

这时我们来到一重天的中天门，
云霞老师拿着玉帝令符我们直接登天。
一重天蓝得像碧玉映着淡淡彩云，
彩云中时隐时现着秀丽的园林山峦。
在耀眼的光亮和碧蓝的隐映中，
时而显现出发亮晶体和金碧辉煌的宫殿。
天上的一切都沉浸在恬静和秀雅之中，
太阳仍在我们头顶上发出嫣红的光环。
我知道雷神普化天尊被敕封在此，
率领雷部二十四神居住在这一重天。
他们在这里按照玉帝旨意兴云布雨，
滋培人间大地万物生长五谷丰年。

在这一重天之上还有火德星君正神，
封神之前在火龙岛曾修无上之真。
未跨青鸾因一念嗔痴弃七尺为乌有，
实乃往愆幸天尊慈悲敕封火德星君正神。
率领火部五位正神巡察人间善恶，
得以在神位之上为天堂和人间做出功勋。
居住一重天最多的神是陆续来自人间，
是在人间死后直接升入天堂和来自灵园的灵魂。
由于他们在人间的善举直接升入天堂，
他们的灵魂在天堂得以载体而成神。
每年每月每天都有人间灵魂来到天堂，
从而充分体现了天公地道这一根本。

我跟随云霞老师踏着祥云边走边看，
神采飘逸的天堂景致是那么的醉人。
忽而祥光缥缈紫雾盘旋火光闪灼，
忽而风云簇拥电光闪耀雷声隐隐。
忽见一队神勇簇拥一位正神走来，
正是雷部二十四神簇拥雷部普化天尊。
只见商纣闻太师仍是当年英风锐气，
一派英雄骁勇还是那么咄咄逼人。
虽入名山证修大道却未证至一之谛，
登大罗而无缘却位人臣之极品。
竭力尽忠辅佐商纣两朝大功卓著，
却无奈改变商纣王这一无道昏君。

最终无力回天更难改商纣之天劫，
其虽劫运之使然但其贞烈实可悯。
故被敕封为九天应元雷神普化天尊之职，
并督率雷部二十四位天君诸神。
虽在人间留下大憾却得天道公正，
其忠可鉴其威可明终成天堂正神。
我们与雷部正神打过招呼继续前行，
不一会儿来到一片青翠盎然的山林。
这里百花盛开溪水潺潺祥云缭绕，
从一座古朴平房院落传出悠扬琴音。
云霞老师带领我推开院门走进院落，
满树香花的桂树下一位貌美女子正在弹琴。

满院里飘着桂树洒下的浓郁芬芳，
半空彩云间回荡着娓娓的琴声悠扬。
她长得我认为怎么形容都难表达，
恰如人间长久传说中的仙女模样。
她看到我们进来赶忙站立起来，
脸上轻轻漾起一缕淡淡的阳光。
“这位是前两年刚升入天堂的神灵，
她是在一次大地震中为护佑学生身亡。
她也是在一所小学校里当教师，
可惜在人间留下一个只有两岁的儿郎。
在地震中她用身体护住三位小学生，

她献出生命使三位小学生安全无恙。”

云霞老师话语中充满赞叹和遗憾，
我清楚看见对方脸上掠过一丝忧伤。
“你们二位的经历真是惊人的相似，
都是为了护佑学生而不幸遇难身亡。
你们二位都有一颗至爱至美之心，
你们二位的外貌也是那么美丽漂亮。
你们在人间至善至美升入天堂理所当然，
我更崇敬你们为人间留下做人的榜样。”
“我从来也未想过要升入天堂做神仙，
只是想在人间能幸幸福福平平常常。
我来到天堂后才知因缘早已决定，
这一切都是天命安排容不得违抗。”

“如今天堂已敕封我为护花使者，
安排我在这里修养心性忘却人间忧伤。”
护花使者说着向我们忧伤地一笑，
忧伤一闪而逝脸上仍荡漾淡淡阳光。
那淡淡的阳光让我感到那么温馨，
那甜蜜的微笑让我感到那么甜蜜善良。
此刻我心里突然产生一个奇异的想法，
天堂这样安排也有不妥的地方。
天堂把人间好人都升入天堂神位，
这不是让人间善美犹如不断损失一样。

正如云霞老师与这位护花使者，
人间损失了她们又该是多么的悲怆。

我向护花使者表示心中的崇敬，
云霞老师向她表示着关切的心情。
云霞老师担心她刚来天堂还不习惯，
用自己亲身体会告诉她如何修身养性。
“我刚来天堂那两年也不大习惯，
心中时常回忆起在人间的各种情景。
人间的那段因缘和情感难以割舍，
难忘的是父母及亲人还有我的学生。”
“你还有一个刚两岁的儿子留在人间，
这件事会让你很长时间感到心痛。
但很快你就会习惯天堂里的一切，
这也是天命难违我们只能服从。”

云霞老师说完我们便告别护花使者，
刚走出那座小院身后又响起悠扬琴声。
我们往前行走不一会儿来到一农家小院，
这里周围的环境是那么的清新幽静。
小院坐落在一座山下一片杏林之间，
院前有一条小溪环绕而过流水淙淙。
远远望见一老翁在院前杏林中打着太极，
一招一式刚柔相济壮美中透着神勇。
“他升入天堂前在人间是一位退休工人，

退休几十年里省吃俭用资助大批学生。
退休后一直住在农家小院清贫如洗，
默默无闻一生向善没有留下任何功名。”

“他来天堂已经十几年了仍然节俭度日，
虽然做了神仙还在认真修身养性。”
云霞老师说着带我从旁边绕过去，
便没有打扰老者继续一路前行。
一路上山峦、丛林、花园接连不断，
各种各样建筑坐落山峦丛林之中。
整个天空之间彩云片片白云朵朵，
一望无际的蓝天如绸缎轻轻飘动。
时而传来阵阵悠扬而动听的仙乐，
在云彩间飘逸萦回在万里碧空上弹动。
难怪在人间几乎人人都说天堂美，
真是名不虚传天堂美景果然与人间不同。

第二章

每重天虽然方圆九万里却很难走到天涯，
即使腾云驾雾也只能是走马观花。
每一重天就相当于人间整个世界，
计算起来比整个人间世界还要广大。
每一重天上都居住着众多的神仙，
每一重天有多少神灵谁也难以回答。
我问云霞老师她也说不上来有多少，
她说是这些年来天堂没有普查。
好在九重天昊大有多少神仙也能居住，
云霞老师说没必要为此担心害怕。
每一重天方圆九万里高深也是九万里，
她说也许再多的神仙也能够住得下。

我和云霞老师简单地游看了一重天，
她便带着我驾起祥云向二重天进发。
借此机会云霞老师又向我介绍有关情况，
这天堂神界说起来也是十分繁杂。
“万物层次划分主要取决于精神力，
即精神力所达到的境界和法力多大。

无精神力级别一般是指非生命体，
低级精神力一般的植物就能够生发。
中级精神力级别一般指人类外的动物，
高级精神力级别人类就可以到达。
特级精神力级别神仙魔妖才能达到，
这五个级别精神力是比较明确的分划。”

“精神力级别与法力没有必然的联系，
法力与法宝就能证明这种说法。
如精神力达到特级就叫作觉醒，
而只有修炼到一定程度才能到达。
三界之中普遍存在着修炼或修持，
你在游看道教圣地时曾听到这种说法。
修炼就是以某种方法吸收阴阳二气，
是提高自身灵气积聚程度的一种做法。
作为人普遍有基础物性和高级物性，
这两种物性在人的身上区别很大。
人失去灵气仍具有生老病死的基础物性，
但却丧失了学习和思考等高级物性砝码。”

“这样人仍然可以像行尸走肉一样活着，
但却不能说这种人还在继续生活。
脱离了肉体的灵气不再有基础物性，
因此这种灵气不再存在生老病死之说。
转世之说是指低级别灵气的一种现象，

其法力不能使其载体克服基础物性没落。
这些载体死亡后灵气便进入冥界或灵园，
等待冥界分配新的载体转世再活。
因为这些得以转世的灵气数目基本不变，
所以人数额增加其他物种就会减少数额。
如果人类的数量不加控制大量增加，
从而会有其他物种可能灭绝的后果。”

“灵气修炼到一定程度法力必然增大，
可以使载体减缓至克服基础物性衰落。
从而保持不变也就达到了长生不老，
如有改变基础物性法力还可使载体变换转挪。
所谓教派就是以不同方法教导弟子修炼，
为三界培养人才辅助万物平衡调合。
各教的教主大多为造物神转世而来，
因此他们的法力都很强大地位显赫。
神仙大都有至少一件或几件法宝，
法宝的威力往往很大很难躲过。
其实法宝就是一些含有灵气的物品，
可以向其对象施加力场以显其能核。”

“法宝法力大小与所有者法力没有必然联系，
法宝的法力大小关联在于制造者。
具有高积聚态灵气的法宝法力就大，
特别是天地初开时自然形成者。

这些法宝物品可以成为超级法宝，
一般的法力是很难迎对和解破。
有的神仙可将自己灵气转附于某种物品，
从而就可以形成一种法宝新的制作。
这种法宝的法力与持有者就密切相关，
这时的法宝法力大小就取决于制造者。
法宝由于灵气品性不同作用形式不同，
在许多法宝之间存在着相克。”

云霞老师讲得有些好懂有些很难理解，
有些问题我在人间从未听说和涉猎。
这也许就是神学的深奥和玄妙，
再难既然来了也要借此机会认真地学。
“其实刚开始有些难往后就不难了，
与其他知识一样越学越好理解。
我再给你说说开天辟地及创造万物之初，
那时还没有三界也没有整个世界。
起初世界阴阳二气虽然形成五种元素，
但还没有出现高级组合形态的联结。
五种元素还始终处在相生相克瞬息万变之中，
阴阳二气虽能偶然积聚却仍难相接。”

“因无对应物质载体难以维持稳定，
往往是积聚之后又迅速自散自灭。
整个世界处于迅生迅灭强烈动态变化中，

这种动态的变化是那么迅速那么强烈。
这种状态就是通常所说的混沌状态，
这个时期的状态最难认识理解。
就在此时又偶然形成高积聚阴阳二气，
其施放的力场将周边五种元素得以联结。
合成一种实物载体进而形成灵气，
最终觉醒形成了元始神的光烨。
这就是发生元始神的必然概率，
在混沌状态下产生元始神问题从而解决。”

“高积聚态灵气觉醒了第一个元始神，
这第一个觉醒的元始神就是盘古神杰。
盘古是最早觉醒的创始元灵，
逐渐觉醒的盘古大神逐渐有了感觉。
他觉醒后造了一把大斧开天辟地，
把一直处于混沌状态的世界用斧劈裂。
盘古是第一个改变混沌状态的元始神，
是他开创了后来无奇不有的大千世界。
盘古大神为防天地复合而用尽全力，
最终将其实物载体分崩为山川大地原野。
随其后女娲娘娘、伏羲、鸿钧老祖生成，
由他们三位继承了盘古开创世界大业。”

“盘古的元神没有散尽留下部分灵符，
后来得以转世从而把三位大神生出。

华夏神歌

一部分转世成为后世的元始天尊，
另外两部分转世成为太上老君和通天教主。
三位大神在鸿钧老祖的引导下觉醒，
鸿钧老祖还把三位大神收在门下为徒。
盘古大神虽然开辟了天地但很不稳定，
于是后来几位元始神开始思考揣度。
开始研究使世界稳定运行的方法，
决定用五种元素实物载体积聚灵气创造万物。
大部分元始神之所以奇形怪状，
是因他们依照自身部位特点创造了某些类物。”

“一些成功的物种得以生息繁衍传世，
当然也有一些失败的物种逐渐消除。
还有一些少量特殊物种修炼成神，
其中还有个别的成为神仙坐骑或宠物。
还有一些自然形成具有高积聚态灵气载体，
没有觉醒为元始神成为超级法力宝物。
后来人类就以这些类物描述元始神，
其中还掺杂了许多的想象和感悟。
这就使诸神在人间衍变了繁多不一形象，
从而出现了各种演义传说和谱图。
在所有元始神创造的所有类物中，
其中女娲娘娘表现得最为突出。”

“女娲娘娘创造了人类无疑是最大成功，

因而得到诸位元始神的赞同和拥护。
他们同意以人类作为维护自然界运行助手，
在神改造世界基本工作中让人类辅助。
为此各位元始神以极大热情和责任心，
将自己掌握改造自然的方法不断推出。
把这些方法以各种方式教授给人类，
从而使人类得以长久的发展和进步。
人类因此学会了用火、使用工具和种植，
学会了饲养改变了穴居开始建造房屋。
还大大提高了人类灵气的精神力，
有了语言文字成为人间大地之主。”

“有的元始神在创世中消耗太多灵气，
加上不够完善不太稳定的灵气载体，
还不能完全克服载体的基础物性，
特别在环境的影响下可能一蹶不起。
有些元神还会与载体俱灭彻底消亡，
这就是有些元始神为什么没有了踪迹。
他们曾为自然界干出轰轰烈烈事业，
后来在三界中却完全没有了声息。
像我在前面给你介绍的伏羲大神，
还有已介绍过的有巢氏和燧人氏，
我曾向你说他们可能隐居哪里修炼，
但我的这种说法只是一种猜测估计。”

"连天堂也一直不知他们究竟在何方，
一直以来都没有他们的任何信息。
他们有可能就像刚才说的那种情况，
或许已经彻底消亡或许已经转世。
现在只有这种理解才能解开这个谜因，
才能使他们的起源传承前后得到统一。
这时女娲娘娘造的黄帝已经下凡到人间，
在神的协助下开始对人间的管理。
此时三皇已经完成了对人类的教导帮助，
他们从此在人间也就消失了踪迹。
在神的帮助下黄帝的领导越来越成熟，
神一直在等待人类可以独立工作自治。"

"看到时机已到于是神决定结束对人类领导，
于是人类从黄帝后期开始自己管理自己。
太上老君、元始天尊在上古时很少出现，
他们一直在研究天界体系的完全建立。
一直在帮助女娲娘娘和鸿钧老祖健全天界，
最后找到和选定教导凡人修炼成仙方式。
这种方式得到诸位元始神的认可，
从此他们为天堂建立了完整有序的仙籍。
太上老君、元始天尊以人教、阐教广收人为门徒，
他们二人以修仙的方式教导人类弟子。
通天教主除去人还以动植物为试验对象，
以截教之门广收各类门徒施以灵气。"

“于是就出现了各种魔、妖、精、怪，
这些魔妖精怪们往往都不大正派。
为此元始神对他们很是反感，
一般不让他们登上神仙之台。
所以魔妖精怪的地位远不如神仙，
还往往把打击消灭他们作为除害。
到了商纣时期人教和阐教与截教矛盾爆发，
以‘兴周灭商’为导火索两派大战公开。
元始天尊根据天堂需要和众元始神之意，
导演了一场为天堂封神的历史澎湃。
这次封神根据天堂的编制需要配齐各职，
最后三界管理体系和秩序完全建立起来。”

“这次封神太上老君、元始天尊非常满意，
通天教主却非常不满耿耿于怀。
因此与太上老君、元始天尊心生芥蒂，
不承认天堂这套管理秩序从而成为反对派。
以后虽然进行过几次表示不满的行动，
但面对鸿钧老祖的旨意他也无奈。
太上老君一直研究探索修仙的过程，
却始终没有能够突破最后的关隘。
最后决定转世人间亲自走一遍修仙过程，
想从这个过程中得以成功走上神台。
于是他转世为春秋时期的老子，

从而在人间留下老子骑青牛紫气东来。”

“老子经过参修终于掌握人类修仙方法，
把这套成熟方法流传人间形成道教教派。
老子觉醒后重新成为天堂的太上老君，
同时也为避免神仙消亡找到了神脉。
就是炼制仙丹以帮助克服神仙消亡，
从此他炼制的仙丹在三界留下神采。
接引道人和准提道人主要活动在西天，
二位元始神在西方创立了西方教派。
封神结束之后他们二位重返西天，
也像太上老君一样转世人界探索修仙形态。
接引道人在人间经过苦修大彻大悟，
参透天地万物得以觉醒为佛祖如来。”

“如来创建另一套修炼方法如愿以遂，
把修炼方法流传于世成为佛教之轨。
他引导转世为人的慈航道人觉醒，
引导了普贤真人觉醒后追随。
使二人分别成为观音菩萨、普贤菩萨，
从此二位菩萨在人间设道场让人依皈。
准提道人转世觉醒为菩提老祖，
他的觉醒方法融合道与佛自成一类。
他隐居名山修炼成特殊的法力，
所以他教导出的徒弟孙悟空也成特殊一类。

如来佛祖修炼成为三界中精神力最高者，
他发明修成不灭金身之法成为法力之最。”

“如来佛祖不灭金身之法比仙丹法高级，
因此他的成果得到天堂的赞许和敬佩。
成为与太上老君道教同样的正统修仙方法，
从此佛教在三界之中建立了崇高地位。
如来佛祖与众菩萨在天堂没有正统官职，
因此从分类上来看他们应属仙的范围。
讲到这里就与我前面给你讲的统一起来，
至此三界的各自体系编制运作已经完备。”
云霞老师讲到这里特意看了看我，
就像老师示意学生明不明白会与不会。
她讲的许多内容我从未听说过，
不由不使我认真思索联想和回味。

我在人间从未听到这么全面的三界之说，
云霞老师讲得是那么的细致入微。
更主要她讲得准确架构符合逻辑，
解决了在人间关于三界之说中的杂乱相背。
我正思考再询问什么便来到了二重天，
二重天的中天门由四名天将四名天兵守卫。
“天堂的每一重天都设有五大天门，
分别设立在东西南北中五个方位。
每一重天的五大天门守卫都很严格，

每一个天门都有四名天将和四名天兵守卫。
一般神仙要登上九重天十分困难，
特别是一重天五大天门全由天将守卫。”

二重天上的一片片云彩显得更加缥缈，
把无边无际蔚蓝色的天空衬托得更加明俏。
有时出现许多柔软白边金黄色的云块，
好像散布在无边碧蓝的大海上轻飘。
远处靠近天际的地方有些云块互相移近，
像碧海上涌起一片片蔚蓝色的波涛。
有些金色的云块散布在天空越来越细，
仿佛是刚刚清洗过的一缕缕白色绒毛。
头顶上更加清澄的天空飘浮淡淡白云，
微微飘浮着好像春天最后的一幅雪照。
还有几片彩云非常漂亮地在天空飘浮，
而且形状和颜色都是那么的奇异乖巧。

一片云朵的上半边忽然遮挡了太阳，
从云朵边沿漏出来的流苏似光线波动闪耀。
还有一些比较薄比较小的云朵分散各处，
其形状在不停地变化着透着一种玄妙。
在一座山峦处坐落着几间竹屋，
满山的青竹青翠盎然还有片片瑶草。
竹林中还不时飘来阵阵花的清香，
整个山峦竹林竹屋淡淡白云缭绕。

“这里居住着三位感应随世仙姑正神，
她们分别是云霄、琼霄和碧霄，
她们在《封神演义》中被敕封为正神，
虽未登大罗彼岸最终也成就正道。”

“读过《封神演义》的都知道她们，
她们日夜辛勤潜心修炼于三仙岛。
可惜狂逞于兄言借金剪残害生灵，
且愤怒于冥数摆阵并以法宝将正士杀掉。
致历代之门徒劫遭金斗削三花之元气，
使之后转凡胎业更造乎多端理应遭报。
可天堂仍敕封她们为感应随世仙姑正神，
执掌混元金斗专擅先后之天道。
从中不难看出天堂对她们的宽容，
同时也从中深深领会天堂姑从惠典之道。”
我看看竹院的门紧闭像是无人，
也许她们三位正在闭门潜心修道。

我们绕过竹院穿过竹林继续往前走，
忽然看见一座小城甚是古老悠久。
城郭依山而建虽古旧却是雄伟壮观，
高高的城墙高大的城门高高的城楼。
“这是主痘碧霞元君正神的居地，
在大军压城之下父子五人忠诚坚守。
拒守孤城深切忠贞最终一门死难，

因此父子五人得天堂永堪华衮之封酬。
余化龙被敕封为主痘碧霞元君之神，
其元配金氏获得卫房圣母元君的封授。
其五子被敕封为五方主痘正神，
满门深切忠贞终得满门光荣锦绣。”

云霞老师介绍中带着深切的感叹，
看着那古老的城郭我也深思良久。
那场轰轰烈烈的封神运动已过去几千年，
那次运动在人间大地建立起有道的西周。
敕封的各路神仙仍在天堂任职神位，
无奈人间大地西周只有几百年存留。
从那时起人间大地更换了多少朝代，
又有多少帝王人杰昙花一现随风飘流。
为何人间瞬息万变走马灯似的更朝换代，
而天堂自从建立一直保持太平长久。
冥界地狱也如天堂一样一朝永保，
三界唯独人间频繁更朝换代争斗不休。

看来这又是让我难以理解的一个疑问，
不知到何时我才能够对其悟懂参透。
我担心云霞老师也难以回答，
欲要询问最后还是难以张口。
云霞老师好像没有看出我的疑惑，
我们又说起别的话题便飞越过城头。

正往前走着我突然发现特殊的景象，
我们脚踏的云朵下山岭积雪深厚。
丛林间布满雪幔山峦完全成为雪山，
过膝的雪层铺遮了岭巅填满了谷沟。
连绵起伏涌动着的丛林披着雪装，
掩饰不住的战壕裸露出胸膛像是怒吼。

而天空依然晴朗还是那般碧蓝，
我也没有感到寒冷一如初秋那样温暖。
下面的景象恰似冬季的长白山大小兴安岭，
好一派北国风光好一片林海雪原。
“下面的景致就是人间东北大地冬景，
白雪莽莽天空高远深邃湛蓝。
这里就是人间著名抗日英雄杨靖宇故地，
这就是他当年的抗日战地林海雪原。
他牺牲以后就升入天堂被封为天将，
他的英雄事迹曾在人间人地广为流传。
他牺牲时被敌人残忍割头剖腹，
发现胃里无一粒粮食尽是枯草树皮絮棉。”

“他的这种艰苦抗战精神感动人间下泪，
连残暴的敌人也被他这种精神震撼。
他出身穷苦家庭参与领导确山农民暴动，
后又组织确山起义领导农民革命军南北转战。
在从事秘密革命工作时曾五次被捕入狱，

屡受酷刑始终坚贞不屈感动上天。
率部长期转战林海雪原威震东北，
被誉为不怕困苦牺牲英勇奋斗模范。
他升入天堂后天堂特意封赐他一片天地，
按照他在人间的战地设立成林海雪原。”
“我上小学时就在课本上读过他的事迹，
当时您给我们讲这一课时多次掉泪感叹。”

“是啊，当时上课的情景我至今难忘，
在谈学习体会时你一直流着眼泪发言。”
云霞老师还像当年那样那么容易动情，
作为对现代抗日民族英雄一直记在心田。
说着我们落下云朵走进雪原丛林，
踏着深厚积雪来到几间茅草屋前。
这完全是东北山林中的一个院落，
杨靖宇坐在院中正在读《论持久战》。
他仍穿着东北抗日联军的一身旧军服，
一把旧式短枪仍旧别在他的腰间。
我问他为何不穿神仙天将的服装，
他说有时也穿只是穿这身比较习惯。

我和云霞老师一再向他表示崇敬之心，
并赞扬他为人间立下抗日的伟大功勋。
他很谦虚一再表示自己做得太少，
一再表示为没能坚持到抗战胜利而遗恨。

“您已经当神仙多年为何还读《论持久战》?”
我禁不住心中的疑惑不由得发问。
“你已游看三界应该知道天堂离不开大地，
天堂的神仙和人间的人一直相互依存。
天堂的神仙要为人间而人间也要为神仙，
这就是三界之间的密切联系而不可分。
毛泽东是人间世界公认的伟大人物，
你知道他一生从不怕鬼神更不怕恶人。”

“毛泽东试图改变人间世界使其更加美好，
他一生的言行作为有时又超过神。
天堂几千年来都没有把人间世界改造好，
毛泽东只用几十年工夫就为三界彪炳千钧。
他一生中面对的世界都是敌人强大的时期，
可他一生却战胜了所有的敌人。
天堂上的神仙没做到的毛泽东做到了，
他做出那么巨大功勋你们说是人还是神。
毛泽东的神灵现在还依附在人间肉体，
他看着当今世界状况仍不甘心。
我希望他升天回归神位或者转世，
他如果再在世一百年将会彻底改变人间乾坤。”

“不论作为人还是神仙都应主持公道正义，
不能让恶势力和侵略者任意侵略屠杀别人。
不论我在人间抗日还是在天堂为将，

我都要尽到做人和做神仙的本分。
只要三界特别是人间存在就会有战争，
不论我作为人还是神是不是都有责任。
我仍然会坚持公道和正义替天行道，
这就是我为什么还读《论持久战》的原因。”
他的一席话讲得是那么富有哲理，
讲得那么实在那么深刻那么中肯。
从这话中可以看出他不愧是一位神将，
更不愧是人间赫赫英名的杨靖宇将军。

我怀着十分崇敬的心情告别这位天将，
他的一段话一直让我不断地思考联想。
没想到他能说出那么让我深思的话，
他离开人间已经有七十年的时光。
他离开人间为何还了解毛泽东的功勋，
难道他升天成神后还能看到人间情况。
“现在天堂的神仙可以了解人间之事，
但不经批准不能干预不能交流来往。
包括在灵园里修炼的人也是这样要求，
对人间之事可以知道就是不能联系相帮。
特别情况下经过天堂批准才能有所表示，
否则就是触犯天规将被打入地狱遭殃。”

“我的爷爷奶奶还有父母一直在我家族祠中，
为关心子孙后代而没有按时升入天堂。

我的家中如有难事他们也不能帮助，
他们也只能站在灵园里悄悄观望。”
“对，”云霞老师又肯定地向我说道，
“他们也就是在眼前看着家中的情况。
能这样做就是他们很大的欣慰，
让你换位想一想是不是也是这样？”
我们一边说着一边驾起云朵前行，
不一会儿我便发现云朵下是太行山和吕梁。
还有蜿蜒起伏雄伟壮丽的万里长城，
其中在万里长城一个隘口闪耀着光芒。

“那个闪光的隘口就是长城喜峰口。”
顺云霞老师所指看去看到一人站在口旁。
“他就是抗日时期一三二师师长赵登禹，
在喜峰口抗击侵略时打得那么英勇顽强。
不幸在北平保卫战中壮烈殉国，
作为抗日英雄带着他的辉煌升入天堂。
他时常站在长城喜峰口远眺沉思，
喜峰口和北平抗日之战使他永远难忘。”
“人间大地对这位抗日英雄也没有忘怀，
对他在卢沟桥西道口陵墓时常祭扫上香。”
人间难忘他亲自挥刀上阵砍杀敌人，
难忘他为人间留下“喜峰口大捷”的辉煌。

正往前行突然发现一座山坡有一位儿童，

他手拿鞭儿在赶着一群牛慢慢而行。
“怎么在天堂还有儿童在山坡放牛，
在天堂上放牛难道也是一种修行?”
“你忘了小学课本上王二小的故事了，
他就是人间尽人皆知的抗日小英雄!”
我恍然大悟怎么也不会忘记王二小，
当年他的故事可是深深印在我幼小心灵。
他机智勇敢把敌人带进八路军埋伏圈，
而他却为此献出了只有十几岁的生命。
他的鲜血染红的那块石头卧在人间，
还有那《歌唱二小放牛郎》感人歌声。

当年多少人流泪《歌唱二小放牛郎》，
多少人赞叹着王二小这位少年英雄。
“他牺牲后就升入天堂为少年之神，
在这山坡上放牧着那群牛一起修行。”
云霞老师刚说完我又看到一座陡峭山头，
有五位穿着八路军服装身影列着队形。
“我知道了，他们五位是狼牙山五壮士。”
“对，这次又反映了你当年的灵敏聪明。”
“这又是当年小学课本上学过的知识，
在人间家喻户晓，人人传颂。”
我不好意思地笑了笑，“这怎么能忘，
抗日中他们五位都是气壮山河的英雄。”

"他们五位陆续升入天堂做了神仙，
却始终不忘在人间狼牙山奋战的情景。"
"不应该忘，人间和天堂都不应忘记，
那是人间大地一场多么难忘的战争。"
"对，不应忘记，他来到天堂一直不忘，
你看看那是谁，能不能知道他的姓名？"
"他目睹列强欺凌中华立志报国，
他是精忠报国的抗日名将张自忠。
人间大地留下他忠勇抗战的军人之魂，
重庆梅花山镌刻着他为国捐躯的英名。"
望着张自忠那高大魁梧的身躯，
由衷地向他遥寄去我深深的崇敬。

第三章

他们在人间是那么热爱自己的国家，
为保卫国家付出了自己的生命年华。
他们在人间抗日战争中作出巨大贡献，
他们为祖国不怕牺牲的精神多么伟大。
他们升入天堂还不忘人间大地，
在天堂身为神仙仍心系着人间天下。
我们离开张自忠神将一路走来，
仿佛行走在抗日战争中的大地中华。
从巍巍太行山脉到南疆的热带雨林，
从长白山脉的大兴安岭到五指山下。
从黄土高原中原大地到万里海疆，
从黄河两岸青纱帐到长江南北河湖港汊。

人间大地的热土还渗着他们的鲜血，
如今他们已在天堂闪耀着神圣的光华。
二重天聚集着大批抗日战争牺牲的神灵，
他们是人间中华的民族脊梁和精华。
这些英灵理应升入天堂成为神仙，
没有他们怎能有今日人间伟大华夏。

我很想看遍二重天的一一详细介绍，
只是无奈我的诗行有限难以容纳。
我知道人间大地一直没有忘记他们，
给他们大都安有一个优美的家。
人间每年都有那么多人去看望他们，
总把那深切的思念向他们表达。

这些人因为来自战火纷飞的年代，
都是在战火中牺牲了生命年华。
所以他们难以忘记那生与死的人间大地，
升入天堂成神后难以忘记自己的国家。
难以忘记在人间大地战斗过的地方，
因而在天堂的居地仍按人间地理构架。
显示出的都是人间大地的地形地貌，
心性中还没有完全脱离做人的心法。
从他们身上我看到了人神相似的一面，
看到了天堂主持公道正义的律法。
不像封神榜把一些恶人也封为神，
我总觉得那次封神元始天尊宽容太大。

特别是对那些屡屡作恶者，
把他们也封为神我总认为不妥。
假如把抗战中那些汉奸卖国贼也封为神，
我认为人间大地是绝对不会通过。
如再把那些侵略者战犯也封为神仙，

我认为天理难容天堂绝不会那样做。
“你的这种观点我认为很有道理，
如果恶人也能成为神仙还有什么天理可说。
那样做也会导致三界秩序大乱，
谁也难以预料会出现什么样的后果。”
我们一边议论着一边离开二重天，
云霞老师带我又驾起云朵向三重天跋涉。

每重天九万里的空间是那么的昊大，
飞越其间更感觉到是多么的寥廓。
一个人与昊大寥廓的天空无法相比，
身居其中才更能体会到天空的规模。
我们一边飞越一边又说起神仙话题，
趁此机会我问起人间关于八仙的传说。
“人间传说的八仙是道教的八个仙人，
从西汉年间就有了八仙的传说。
不过在传说中是哪八位神仙不统一，
在人间各种不同的传说众多。
到天堂后我才明确知道是哪八位神仙，
并得知了这八位神仙的前因后果。”

“八位神仙是铁拐李、汉钟离、张果老，
铁拐李其实应该叫作李铁拐更为适合。
汉钟离之名也应该叫作钟离汉，
还有何仙姑、吕洞宾和蓝采和。

还有韩湘子和曹国舅一共是这八位神仙，
至明代八位神仙便有了稳定的传说。
传说八仙分别代表男女老少、富贵贫贱，
他们都是凡人得道升上天堂神阁。
因为八仙的个性与人间百姓较为接近，
致使他们在人间大地百姓间传说较多。
他们八位是道教中成为神仙的重要代表，
所以使他们在道教中更得以广泛传播。”

“在人间华夏大地对八仙的认识一直存在着差别，
直到明朝吴元泰《八仙出处东游记》才明确。
这八位神仙传说起源于唐宋时期，
这也正是八仙修炼成为神仙的时节。
八仙与许多神仙不同均来自于人间，
他们那些多彩多姿的凡间故事那么贴切。
他们从这些凡间故事中不断修炼得道，
与一些森严和道貌岸然的神仙有明显区别。
为人时有将军、皇亲国戚、叫花子和道士，
多多少少大大小小缺点几乎都有些。
例如汉钟离袒胸露乳、吕洞宾个性轻佻，
铁拐李酗酒成性却是那么的忠节。”

“铁拐李年代最久资历最深成仙最早，
关于他得道成为神仙还有许多文献描写。
一说乃西王母点化成仙封东华教主，

授他铁杖一根专惩人间恶人奸邪。
一说他本名洪水常行乞于市为人所贱，
后以铁杖掷空化为飞龙乘而去仙阙。
一说他姓李名玄遇太上老君而得道，
各种说法是那么的形象那么的真切。
说他有一日按太上老君之意神游华山，
定下他的徒儿七日不返可化其身之约。
然徒儿因母病欲归家六日即化之，
第七日李玄返魂无所归而面临其灭。”

“于是附在一个跛脚乞丐的尸体而起，
以至留下蓬头垢面袒腹跛足形体之借。
他以水喷依身的竹杖使其变为铁拐，
从此便以李铁拐或铁拐李之名相偕。
关于铁拐李成仙之事还有许多说法，
不过还是刚才的第三种说法比较准确。
汉钟离八仙之一元代全真教奉为正阳祖师，
关于他如何成仙也有诸多传说和描写。
《列仙全传》说他叫钟离权为汉朝大将，
被上司梁翼妒嫉加害在征讨吐蕃中遭劫。
逃至一山谷遇上一胡僧将他带至一小村，
告诉他这是东华先生住处然后告别。”

“过后不久钟离权遇一老人很是特殊，
老人披着白色鹿裘扶着青色藜杖一派仙的气度。

钟离权知道自己遇上异人于是诚心学道，
并向老者哀求学习救世之道方术。
老者便向钟离权传授了长真诀，
还有金丹火候和青龙剑法之术。
汉钟离后来又遇上华阳真人又学其道，
再后来又遇到上仙王玄甫学得长生诀之术。
最后在崆峒山得到玉匣秘诀修成真仙，
玉帝便封他为太极左宫真人职务。
汉钟离自称‘天下都散汉钟离权’，
后人故称其汉钟离是以汉字属下之读。”

“八仙之一张果老因年岁大故称张果老，
张果老的故事最早见于《明皇杂录》。
新旧《唐书》均在方技类载有《张果传》，
史书称他久隐中条山生于尧时很少出庐。
武则天曾遣使欲召见之他却佯死，
后人又复见其居恒山中在此出入。
他最明显特点是倒骑毛驴行走如风，
游遍人间大地名山大川并边走边看书。
休息时即将驴折叠藏于巾箱之中，
待再行走时又将驴从巾箱中取出。
曾被唐玄宗召至京师演示法术种种，
赐号他通玄先生授以银青光禄大夫。”

“张果老不愿在朝为官终乞归恒州，

后来唐明皇又遣使征召张果老闻旨而卒。
开棺验之竟是空棺遂赐栖霞观祀之，
此时张果老已经掌握长生不老法术。
人间还有许多张果老的神奇传说，
传说得多姿多彩活灵活现那么丰富。
张果老时常手执渔鼓吟唱道情，
大有所谓‘渔鼓频频有梵音’的仙度。
成语‘八仙过海，各显神通’广为人知，
人间还传说有人曾经有幸亲眼目睹。
说的是八仙自西王母蟠桃会醉别而归，
路经东海但见白浪滔天水势浩渺无路。”

“吕洞宾首倡过海东游不显仙家本事，
各自须各投一物方可乘驾而去。
其他七仙纷纷响应于是各显神通，
张果老则以一纸驴投水而渡之。
八仙每位都有其最喜爱的宝物，
八仙各自最心爱的宝物都是那么神奇。
铁拐李的胡芦汉钟离的扇子充满神妙，
曹国舅的玉板何仙姑的荷花格外奇异。
吕洞宾的宝剑韩湘子的箫管神通广大，
蓝采和的花篮张果老的渔鼓充满神机。
一说八仙之一何仙姑唐代广东增城人，
十四五岁梦神人教食云母粉从而身轻不死。”

“景龙中白日飞升世谓其为何仙姑，
后来便被人间俗传为八仙之一。
关于何仙姑的故事除在广东增城流传之外，
还有福建广西等诸多地方说法不一。
另一说何仙姑原名何秀姑武则天时人，
十三四岁时到郊外游玩遇见云游的铁拐李。
还有吕洞宾和张果老二位已成仙者，
三位神仙给她吃了仙桃仙枣云母片所致。
从此她再也不觉饥饿并能预卜未来，
乡亲们专门为她盖了一座小楼让她住在那里。
人们常来这里请她算命预卜祸福，
何秀姑的名字渐渐变成何仙姑之易。”

“实际何仙姑成仙是第二种传说，
因其前世因缘由八仙中三位度她而至。
蓝采和唐开元天宝时人表现奇特，
常于长安市唱踏踏歌歌词多为神仙之意。
《仙佛奇踪》说他经常穿着破烂衣服，
夏天时在长衫内穿厚厚的内衣。
冬天时躺在雪地呼出的气如蒸气一般，
每次在大街讨饭持大拍板长三尺有余。
醉了就唱歌男女老少都爱听他唱，
唱歌时好像是在发狂实际又不是。
把得到的钱穿在绳子上拖着走掉了也不顾，
有时把钱赠与穷人家有时花在酒肆里。”

“他整天周游天下不知他往哪去从哪来，
人间对他的言行举止总认为有些奇怪。
有人孩提时见他至老后再见他容貌依旧，
后来有人见他在壕梁酒楼饮酒现异彩。
笙箫声中他忽然乘鹤慢慢飞上天空，
从空中抛下靴子衣衫拍板和腰带。
这种传说就是他得道成仙前后的表现，
在人间诸多传说中总是讲得更加丰富多彩。
吕洞宾是人间妇孺皆知香火占尽的神仙，
在人间大地留下诸多美谈和竞猜。
吕洞宾原名吕岩故乡在河中府永乐镇，
他出生于唐宝历元年的那个时代。”

“他为世代官宦之家祖辈都为隋唐官吏，
吕洞宾自幼熟读经史胸有治世之才。
后来因厌倦兵起民变的混乱时世，
抛弃人间功名富贵与妻一起到九峰山台。
在这里做道修行他的道号为纯阳子，
在弃官出走从道前向贫民散尽万贯家财。
在九峰山他和妻子各居一洞相对可望，
遂将其名字改为吕洞宾从此传开。
吕指他们夫妻两口两口即为吕也，
洞是指他们居住的山洞其意明白，
宾即是告诉自己是山洞里的宾客，

从此看出他的名字既有寓意又那么实在。”

“他修炼中巧遇已成仙的汉钟离，
便拜汉钟离为师从此得道仙脉。
修仙成功后吕洞宾便下山云游四方，
从此他的故事在人间广泛传开。
他还为百姓解除疾病从不要任何报酬，
一生乐善好施扶危济困深得百姓爱戴。
他死后家乡百姓为他修建了吕公祠，
实际上他没有死而是升入了天堂神台。
金代因吕洞宾信奉道教将祠改成观，
元代初被拆毁修为永乐宫更为气派。
吕洞宾的传说反映了儒道佛交融的明显特征，
彰显得道成仙、度尽天下、兼济天下三教文脉。”

“还有就是在流传中不断增加世俗风味，
如说他时常出入酒楼茶馆吃喝留仙迹之类。
还说他放荡形骸不拘小节好酒能诗爱女色，
所谓‘酒色财气吕洞宾’还有戏牡丹之类。
这些更使吕洞宾赢得了人间百姓的喜爱，
从而使吕洞宾这位神仙更有了人情味。
另外是在流传中与文人传说相结合，
他的儒者经历及饮酒赋诗更让文人心遂。
还有吕洞宾追求山林的情趣等特点，
更适应了当时中下层文人的口味。

在故事流传过程中附和许多文人传说因素，
使其成为失意文人形象的神仙代表一类。”

“吕洞宾传说的特点在流传过程逐步形成，
因而是多种文化现象的积淀荟萃。
上面的这个传说过程就是吕洞宾成仙过程，
同时也说明他是神仙中随和洒脱那一类。
八仙之一韩湘子是唐朝韩愈的侄孙子，
生性放荡不羁不好读书只好饮酒妄为。
二十岁时仰慕山川之趣一去不返音讯全无，
二十多年后于唐元和年间忽然返回。
此时他衣衫破旧行为十分怪异，
时常喝醉在马房宿三五日或在街头而睡。
韩愈担心不已批评他胡闹不能做事，
其实他这时已因前缘修炼已归仙位。”

“后来传说韩湘子与吕洞宾一同修道，
这就有缘使他们一同列在八仙之队。
八仙之一曹国舅在八仙中出现最晚，
在宋代被内丹道收编为吕洞宾弟子之位。
关于他的故事迟至元明时期才出现，
在黄梅戏《卖花记》中对其有详细描绘。
曹国舅为宋仁宗朝大国舅名佾亦作景休，
传说因其弟他犯下杀人和包庇重罪。
获释后入山修行从此遁迹山林矢志修道，

有缘幸遇汉钟离和吕洞宾从此便跟随。
他洞悟道之真义得授《还真秘旨》，
精心修炼后也因前缘最终修成仙类。”

“人间关于八仙的传说还有许多神奇玄妙，
传说得那么形象逼真那么神采缥缈。
如说吕洞宾属于乾金之象乾卦纯阳，
故称纯阳老祖所用宝剑亦曰纯阳剑鞘。
说他还同何仙姑谈恋爱依依不舍，
这表示了乾坤相合之理的天道。
说铁拐李属于兑金之象以铁拐为足，
铁属金足在下属阴表示柔金之象照。
说何仙姑属于坤土之象是八仙中唯一女性，
为柔土欲与吕洞宾配夫妇表示乾坤交泰之好。
说曹国舅属于艮土之象兄长灵魂附身为恶，
将曹国舅本人灵魂囚于地下之牢。”

“地下乃土之位为刚土与恶鬼决斗而胜之，
他战胜邪恶乃复其灵明皆刚之象道。
说张果老属震木之象于月宫砍梭椤树，
因树本为刚木以别于柔木故为仙兆。
说蓝采和属于巽木之象又有其异，
手拿兰草草本皆为柔木故有其神妙。
韩湘子属于坎水之象也有其神奇，
民间大旱他为民吹箫降雨彰显高超。

汉钟离属于离火之象故性情猛悍，
故宝扇一扇则出火居然把龙宫燃烧。
人间关于八仙的传说传得比较真实，
说他们无论做人做神都那么惟妙惟肖。”

云霞老师接连把八仙的故事讲完，
我不由连连拍起巴掌为她叫好。
在人间关于八仙的故事我从小就听说，
我知道八仙的故事在人间家喻户晓。
但在各地传说中存在着很大的差异，
其中存在不合逻辑的矛盾也不少。
不过我和大多数人只把其当作神话故事，
从来也不对其各种不同说法认真推敲。
没想到八仙是天堂真实存在的神仙，
他们在天堂有居所有的还有封号。
“八仙在天堂的府第就在第三重天上，
不过他们大都在人间修炼地修行讲道。”

“不知你在游看灵园时去过没有，
八仙在人间大地各有修炼名山洞幽。”
“唐宋以来蓬莱就有八仙过海之说，
还在蓬莱海滨丹崖山建有神阁殿楼。
为此蓬莱成了有名蓬莱仙境海上仙山，
看来人间传说与八仙当年神迹还真相扣。
不过人间还有几座山相传八仙过海去过，

但我从其中看不出是什么缘由。
也许他们不是一次过海而是多次过海，
或许是他们过海时在沿海多座山上停留。”
“你说的这两种可能都可能存在，
这事今天就没有必要再去追寻研究。”

“这次游看灵园我曾到过崆峒山，
作为道教名山其历史古老悠久。
听您介绍八仙都是从道修炼成仙，
但修炼成仙具体过程我还不明缘由。”
“这是一个十分复杂的过程也很困难，
如果没有元始神的指导恐难以成就。
八仙修炼成仙的具体过程别人难知，
也许只有他们自己才能详知根由。”
云霞老师说着我们来到三重天南天门，
她拿着玉帝令符带我直接走进南天门楼。
三重天上的景致更加秀丽优美壮观，
尤其月亮更大更亮就像银光玉盘顶在头。”

“三重天上除八仙外还有四大金刚，
四大天王被姜子牙封神后就来此高就。
人间历代武士侠客成神者也在三重天，
他们行侠仗义的精神也在人间传流。”
云霞老师说着把我带到一座殿阁之前，
只见雄伟壮观的殿阁那么古老深幽。

殿阁高大互相连属轩窗掩映苍松。
黄瓦金碧辉映四檐雕着四只金兽，
墙壁生光金虬伏于殿门玉栏朱楯，
仙风荡漾彩云悠悠身感确是仙游。
“这几座辉煌的殿阁就是四大天王府，
乃魔礼青、魔礼红、魔礼海和魔礼寿。”

“他们四位当年也是十分逞勇强悍，
依仗着秘授奇珍违逆天命戮杀阵前。
只可惜逞弟兄之一体致杀无辜，
无奈劫数难躲同时而尽阵前魂断。
天堂宽容敕封他们为四大天王之职，
职风职调职雨职顺掌风调雨顺之权。”
接着云霞老师的话我表示自己的看法，
魔家四将的忠悫和结局也令人感叹。
我和云霞老师说着话来到四大天王府，
大门敞开着只有一名天兵守卫门前。
云霞老师给守卫打过招呼我们走进院门，
庭院很大苍松翠竹花草布满庭院。

四大天王正坐在一棵大松树下石桌旁，
看样子他们在一边喝茶一边聊天。
看他们四位我便分出各位是谁，
因为他们各自身上都有明显标签。
增长天王魔礼青身背青光宝剑一口，

广目天王魔礼红身背碧玉琵琶一面。
多文天王魔礼海身背混元珍珠伞一把，
持国天王魔礼寿紫金龙花狐貂背在右肩。
“你对《封神演义》果然十分熟悉，
对魔家四将你一看就能够分辨。”
云霞老师说完便给四大天王打招呼，
同时把我向四大天王介绍了一番。

一看就知道云霞老师和四大天王很熟悉，
他们见面就像老朋友那么随便。
“是哪阵风把美丽的天使刮来了？”
“增长天王专职风什么风那是您的职权。”
大家笑起来增长天王热情让我们坐下，
作为天使与各神府肯定来往不断。
“我们正在商量今年人间风调雨顺之事。”
增长天王边说边把茶水放在我们面前。
“做四大天王与做魔家四将有何区别？”
我被大家热情熟悉感染所以问得随便。
“你还知道那陈年旧账。”广目天王不好意思，
多文天王说得干脆，“各有各的特点。”

“做天王做四将都是天定的命运。”
持国天王魔礼寿不再像当年桀骜不驯。
“几千年过去了，我们在天堂高居神位，
对那过去人间之事早已成过眼烟云。

就像如今现在的你不要那么气盛，
不管人间如何谁也难以扭转乾坤。”
增长天王像在安慰我做我的工作，
刚才介绍中他已知道我来天堂的原因。
“那你们如何掌人间风调雨顺之权，
如何立地水火风之相护国安民？”我问。
“这一切都是天定我们不过是监管，
能否风调雨顺关键不是四大天王的责任。”

增长天王没有了当年魔家四将的魔气，
长期的天王之职让他学会了温良恭顺。
“不过作为一种高大志向和正义还是需要，
如果人间没有这种精神那会更加沉沦。”
云霞老师对我的为人做事一直赞成，
包括这次游看三界希望我能得到好运。
接着我们又说了一些当年封神和天堂之事，
还有他们每位的宝贝秘授奇珍。
他们对我得以游看三界机遇表示赞佩，
希望我能为人间的发展提出深论。
看看坐的时间不短我们便告别四大天王，
走出院门云霞老师又驾起了祥云。

“人间古时武侠得以风行有着时代要求，
一个义字可把握武侠精神的精髓和中心。
武侠为义所动为义而甘受驱使，

有时不惜身家性命也要把义字作为根本。
人间古时武侠行为可能有悖于正义伦理，
但他们始终坚持言必信行必果的精神。
坚守自己的承诺不为金钱所动，
甚至不爱惜自己性命以解救他人厄困。
武侠既将生死存亡置之度外又不夸耀，
更羞耻于道德的沦丧和失去信任。
因而古时武侠行径受人赞赏和推崇，
历代诸多侠义之士升入天堂为神。”

“战国时代墨家提出了兼爱非攻的思想，
为武侠的产生提供了思想的土壤。
社会的每个阶层都有自己的道义，
武侠对生命和人生也充满了自己的渴望。
他们把正义的武器看成是血与剑，
而不是虚无缥缈的诉求王法之纲。
战国时的王公贵族门下多豪杰侠士，
一些侠客因做有益事情产生很大影响。
但大多数先秦时代侠客被历史湮没，
诸家也因侠客负面形象排摈不予弘扬。
汉代司马迁公平审察侠客不平桀骜灵魂，
把一些侠客公正地撰写在历史榜上。”

“你看我说得对不对？”云霞老师停下问我，
“您说的这种观点我非常同意赞赏。”

“比如郭解是人间历史上最著名侠客，
但其最终却落了一个被灭族的下场。
司马迁对他作了公正中肯的评价，
郭解虽殁却影响后来大批侠客效仿。
侠以武犯禁但这掩盖不了侠义高蹈之处，
人间华夏大地几千年岁月犹如走马灯一样。
侠义精魂也深深熔铸于民族精神妙意里，
虽有不是一面历史也包容了其辉煌。
原因在于侠客用剑与血洗礼人生，
在自己和民族遭遇不平和灾难时敢于反抗。”

“曹沫作为将军抑或刺客都难以言说，
在鲁庄公为其举行庆功宴上不知去向何方。
专储刺向吴王僚的剑带着摄人心魄侠气，
在吴王僚惨死鲜血中自己也化为一团肉酱。
不为功名利欲只为倾心相知友情，
而留下忘却生死以性命相报侠义辉煌。
豫让践行士为知己者死感天动地，
一剑双酬为智伯也为赵襄子之赞赏。
要离悲情刺客为哪般谁人能知晓，
人间华夏大地几千年历史总是苍苍茫茫。
聂政剑胆琴心为后人留下古风，
持剑操琴留下侠义之辉与琴声悠扬。”

“荆轲把侠义行径拴系家国旧梦中，

只可惜图穷匕首见只让秦王一场虚惊。
风萧萧兮易水寒壮士一去兮不复还，
可叹侠骨热血情怀付之东流破碎梦。
季布一诺千金几千年来一直承诺，
坚持一诺千金书写了一诺千金一生。
风尘三侠用友爱交织着侠侣情仇，
可在漫漫人生路上谁又能给以公正评定。
红线女始终坚持今生只为报前世，
活得潇洒自由热血贲张独立性情。
窦尔敦绿林豪侠有时困惑不知所措，
在人间大地留下人生的朦朦胧胧。”

“黄飞鸿男儿当自强成为民族自强精神符号，
他不愧成为人间国人眼里的一位豪杰英雄。
霍元甲扛着‘东亚病夫’牌子向日本武士挑战，
那一刻让国人是多么的振奋和激动。
当用牌子狠狠砸向被打倒的日本武士之时，
国人的激动情绪再难遏制如雷震空。
大刀王五英雄不寂寞自有后来小王五，
为了古老民族振兴赶来多少英雄陪同。
杜心五天下第一腿踢得多么让人振奋，
那一腿让后人领悟多少侠义壮志豪情。”
云霞老师一口气举说了历代十几位侠士，
而这些侠士大都在人间青史留下英名。

云霞老师说得那么感叹概括那么形象，
一个民族梦想有时氤氲于侠客的刀光剑影。
侠之大者为国为民以自己力量希冀力挽狂澜，
但徒劳也许淹没了他们赤诚的魂灵。
“天公地道天堂却不会把他们埋没，
在三重天上有多少历代侠士成为神明。
你看看这下面广大山川大地都有侠神，
他们在天堂也是那么侠义那么刻苦练功。”
我顺着云霞老师手指的方向看去，
在山峦丛林河谷中都能看到练功的身影。
其中一个练功者身旁插着写有陈真的旗帜，
忽听到“万里长城永不倒千里黄河水滔滔”歌声。

第四章

我们一路飞越一路巡看说着历代武侠，
不说不知道说起来还真有说不完的佳话。
武侠或者说侠士是人间一个特殊群体，
在人间华夏历史上尘封着许多光华。
我在人间一直没有详细翻阅他们的足迹，
但也有一些著名侠士形象在我头脑中留下。
韩非子曾说儒以文乱法侠以武犯禁，
诚如斯言儒士和侠士皆有不同看法。
但儒士和侠士的命运却不尽相同，
儒士得以人间历代王朝肯定可以治理国家。
有的儒士成为皇帝安邦定国股肱之臣，
而侠士则相形见绌却难以被认可和勃发。

侠以武犯禁的抗争曾为人间留下震撼，
纵有不是的一面也应对其包容让其生发。
武侠曾在人间华夏大地镌刻一个民族旧梦，
光荣与梦想在刀光剑影斑斓中闪耀光华。
武侠也往往浓缩着一段难忘宏阔历史，
积淀在民族脊梁上绽放出生命之花。

如荆轲好读书击剑却难以得到重用，
壮志难酬只好闯荡江湖任性游侠。
游历时在乡间比剑斗武胜负不计那么洒脱，
入燕国与高渐离性情相投留下佳话。
他们击筑相和而歌喜极而泣旁若无人，
把心中的喜怒哀乐淋漓尽致坦洒于天下。

最终演绎一幕悲剧却是那么轰轰烈烈，
在人间大地化作一座巍巍山峰昂扬超然挺拔。
“是啊，如今他仍不断游历于天堂与人间，
用人间侠风与天堂神意融成一位神侠。”
云霞老师又为侠义之风发出感叹，
我十分赞同她对人间侠士群体的综合评价。
作为人间教师天堂天使如此认识实在难得，
并且那么全面深刻真让我佩服她。
人间天朝历代成为神仙的武士侠客还真不少，
他们在三重天上的居地竟然那么广大。
我们游看很长时间也没有看尽，
按照我们的游看计划便向四重天出发。

每一重天之间都是那么昊大广阔，
每一重天都有那么神采飘逸的景色。
白云、淡云、浓云、彩云交相辉映，
像群群少女在万里蓝天追逐嬉戏那么活泼。
仙风习习轻轻吹着缕缕淡雾仙气缭绕，

氤氲山气中不断飞来飞去群群仙鹤。
还有那叫不上名字的群群鸟儿自由翱翔，
披着簇簇仙风仙气播放着天籁轻歌。
天空中时而遇见来往的各路神仙，
相遇时都与我们热情招呼而过。
云霞老师作为天使大都认识那些神仙，
相遇招呼时都是那么热情和颜悦色。

“按说神仙都应该分别居住在天堂之上，
听说人间华夏大地上好像也居住许多。
我在游看灵园时就曾见过多位山神，
还有许多神仙也在人间华夏大地住过。”
“我就把这方面情况给你讲一讲，
你不问我还真想不到要给你叙说。
人间成仙的人大都在人间大地有居所，
在给你讲八仙的时候我曾经说过。
山神、河神、土地神都在人间大地为神，
还有各位菩萨都要在人间大地布场讲课。
有的地方敬奉灶王爷和门神要临时安排，
龙王有的居住在大海有的居住在江河。”

“还有一些神仙在人间设有庙宇祠堂，
他们有时也要去那里接受朝拜和香火。
人间华夏大地最大神邑是昆仑山，
这一点你在《封神演义》中已经看到过。

昆仑山是天堂在人间华夏大地的神都，
为此人间华夏大地几千年来一直流传这个传说。
从上古女娲娘娘伏羲大神到黄帝，
人间华夏大地关于昆仑山的传说非常多。
还有西王母、魔妖仙女和有关神仙，
几乎都与昆仑山地域诸多神人相涉。
特别是姜子牙助周时几登昆仑山，
封神时从他师傅元始天尊处请来封神榜册。”

“昆仑山云雾绕雪山顶仙气流泻，
是人间华夏大地上最著名的圣地仙界。
更是天地灵气汇聚最浓厚的地方，
这里天然清净基本上与人世隔绝。
诸多神仙和修仙门派往往都来这里，
选择昆仑山作为最佳修炼地界。
昆仑山在人间华夏大地有万山之祖显赫地位，
对天堂来说昆仑山是一座神都大街。
天地初开时伏羲大神在此修炼过，
女娲娘娘在昆仑山以蛹化蝶。
伏羲大神还曾带着玉帝黄帝在此教化，
王母娘娘在昆仑山聚灵气得以醒觉。”

“元始天尊的修炼基地就在昆仑上，
他当年在此广收阐教教徒从戒。
元始天尊的道场玉虚宫就坐落在昆仑山，

因此他与昆仑山的联系最为密切。
昆仑山有数不清的奇树异草，
更有无数水的源流日夜奔泻。
洋水、赤水、黑水等都是发源于昆仑山，
从这里分别流向人间大地四方八野。
西王母娘娘的瑶池也在昆仑山上，
池水清莹碧透长年泉涌清爽甘冽。
瑶池就是人间所说昆仑河源头的黑海，
这里有很多野生动物出没更有成群鸟禽飞跃。”

“实际上王母娘娘的蟠桃宴大都在天上，
只是偶尔到昆仑山瑶池来设置摆列。
距瑶池不远有姜子牙修炼五行大道之处，
姜子牙在此修炼四十载功力得以飞跃。
玉虚峰、玉珠峰长年银装素裹，
山间云雾缭绕时常出现六月飘雪。
昆仑河北岸的昆仑泉是最大的不冻泉，
西王母娘娘即用此泉水酿制琼浆玉液。
昆仑山每一面都有九口井井水不断，
每一口井里的水也都是那么清爽甘冽。
如此灵气充沛的福地胜境昆仑山，
孕育诸多元始神及修道之人完成大业。”

“西王母在此得昆仑山之灵气得以源出，
元始天尊更是昆仑山的得道始祖。

九天玄女、姜子牙和白娘子都在此得道，
还有诸多大神大圣从这里得道走出。
昆仑山在天堂在人间均为万山之崇，
伏羲大神与女娲娘娘还在此制定大愿宏图。
他们在昆仑山修炼和谋划三界架构，
把玉帝和黄帝在此教化成为天君人主。
玉帝在此艳遇西王母娘娘得以神缘，
从此天堂有了名副其实的娘娘西王母。
王母娘娘在昆仑山的宫阙十分富丽壮观，
每一座宫阙都幽蕴着神秘古老天枢。”

“阆风巅、天墉城坐落云端真是巅峰之城，
巅峰上笼罩着玄妙的浓云仙雾。
碧玉堂、琼华宫恰如碧琼神巧，
满堂满宫尘封着古老深奥的神谱。
紫翠丹房、悬圃宫紫气荡漾仙风习习，
满房满宫的浓浓丹香沁人肺腑。
昆仑宫轩含方五千里高万仞之神踪，
天堂九重之天虚人间大地八隅之岩土。
昆仑山面有九门有开明兽和山神守着，
因有八隅之岩赤水之际非神莫能步。
可以说昆仑山自古就是百神之所在，
加上在人间华夏有着万山之崇名头故称神都。”

“揭开神的光晕昆仑山作为凡山也是不凡，

它与喀喇昆仑山联袂达两千五百公里长度。
昆仑山山势雄伟壮阔凌驾于青藏高原，
横亘于亚洲中部自古素称亚洲的脊柱。
其西段北坡有许多大断层形成巨大高差，
从塔里木盆地骤然上升至五六千米高度。
山势异常高峻冰峰插天崇高而威严，
其中慕士塔格峰被称为冰山之父。
慕士塔格峰海拔达七千五百多米，
直到一九五六年才首次被登山队征服。
昆仑山不仅是天堂的下都更是地首，
据说天下的名山都从此脉发源而出。”

“人间关于昆仑山的神话传说繁乱不一，
听您讲述之后就有了明确的纹理和逻辑。
看来昆仑山还真是一座著名神山，
果然是一座百神所在的神都圣地。
由于古代人间交通条件限制难以到达，
所以神话中把昆仑山说为地处西域。
实际上昆仑山在人间华夏早有万山之祖地位，
明末道教混元派就把道场设在这里。”
云霞老师讲完后我表示自己的看法，
这次又让我从她的讲述中学到不少知识。
“这些同样也是我到天堂以后了解得到，
在人间的时候昆仑山我还真没去过那里。”

我和云霞老师不觉已来到四重天，
远远就看到四重天东天门几个大字。
不用说我们已经来到四重天的东天门，
云霞老师告诉我们就从这里上去。
这座天门照例是四名天将四名天兵把守，
这是从二重天开始每一重天门的守卫规矩。
云霞老师照例拿出玉帝的令符，
天将天兵们一看就放我们进去。
实际上云霞老师作为天使经常出入天门，
守门的天将天兵对她大都认识。
不认识的恐怕就要麻烦多作说明，
更何况带着我这个陌生之人在一起。

我们登上四重天又驾起云朵向前腾飞，
四重天上的景致也是那么秀雅壮丽。
寥廓的山川大地一片盎然美不胜收，
山峦连绵万木苍翠大地一片葱绿。
田野犹如绿毯湖泊犹如碧蓝锦缎，
溪流潺潺江河纵横奔流不息。
飞行一阵后忽见一座座殿堂甚为壮观，
十几座殿堂庭院一字并排连在一起。
中间有两座比较高大的殿堂格外雄伟，
掩映在云雾缭绕之中透着一股仙气。
一座殿堂大门旗帜上写着执年岁君之神，
另一座殿堂大门插着甲子太岁之神大旗。

不用说一座是执年岁君太岁殷郊的神宅，
一座是甲子太岁之神杨任的府台。
两边庭院门上分别插着各路神职名讳，
有日游神温良夜游神乔坤旗牌。
还有增福神韩毒龙损福神薛恶虎，
显道神方弼开路神方相的旗牌。
还有直年神李丙直月神黄承乙，
直日神周登直时神刘洪大旗飘摆。
这十二位神是姜子牙按师命所封，
全都来自《封神演义》中的封神榜台。
都经过一番曲折磨难的成神道路，
最终总算被封升入天堂坐上神台。

殷郊昔身为纣之子痛母后致触君父，
几罹不测之殃几近遭杀身之害。
后证道名山然下山后背师言有逆天意，
几次三番不悟居然酿成犁锄之祸灾。
虽由申公豹之唆使亦共自作之愆由，
虽然做出如此之举然天堂仍宽容对待。
殷郊被敕封为执年岁君太岁之神，
坐守周年管当年之休咎甚为气派。
杨任被敕封为甲子太岁之神也很幸运，
率领部下日值正神将重任担载。
恪修厥职循周天星宿之度数，

察人间过往之愆由责无旁贷。

“他们可以说各得其职各遂其愿，
幸运升入天堂担当重任好不豪迈。”
“但他们也不容易也都经过生死磨难，
像殷郊在人间之家几乎已不复存在。”
云霞老师接着我的话表示她的看法，
也许是缘分我们总能认识到一块。
我们没有落下云朵一直往前行走，
不一会儿又看到一处更加雄伟壮观殿台。
殿阁高大庄严红墙黄瓦金碧辉煌，
每一殿阁顶部楼角闪耀着光带。
仔细观看原来是镶嵌的宝珠异珍，
在阳光的照耀和彩云映衬下流光溢彩。

整座殿堂显得是那么豪华雄伟，
在很远处就看到那闪耀的光辉。
“这一片殿阁是玄坛真君的神府，
另外还有其部下四位正神也居殿内。”
“原来是被人间作为财神的赵公明府第，
怪不得楼堂殿阁那么豪华富贵。”
赵公明昔修大道已证三乘根行，
深入仙乡无奈心头火热难以自规。
德业迥超清净其如妄镜牵缠，
一朝堕入恶趣返真无路可归。

生未能入大罗之境死却得以金诰之封，
被封金龙如意正一龙虎玄坛真君神位。

率领部下正神招宝天尊和招财使者，
还有纳珍天尊和利市仙官共四位。
招宝招财纳珍利市都是发财行当，
因而在人间被人广奉牌位膜拜而追。
为此能不能招财进宝我从未了解，
只怕神仙神通再大也难让心愿得遂。
“是啊，如果人间都让玄坛真君招财招宝，
那玄坛真君和四位正神该如何作为。”
云霞老师向我笑了笑说得很有寓意，
她这话让人让神都值得思考和回味。
我们也没有降落云朵一直前行，
忽然前面传来激扬的行吟带着伤悲。

我赶忙往下观看看到江河纵横交叉，
湖泊涟涟山峦田野一片葱茏青翠。
犹如人间大地江南的大地山川，
山峦长着高高毛竹水岸长着茂盛芦苇。
又看到一位老者沿着江畔被发行走，
吟着歌赋透着伤悲又显现沉醉。
“那是汨罗江和屈原！”我惊叫起来，
“不愧是诗人性情相投，说得很对。
刚才不急着告诉你就是想叫你猜想，

这事还真不出我所料你果然猜对。”
“报国不能被放逐汨罗江被发行吟，
最后投江而死人间谁不知这古老伤悲。”

屈原的伟大爱国情怀人间谁不知道，
他被放逐而作《离骚》人间谁不知晓。
他在政治上与腐朽旧贵族集团坚决斗争，
在放逐中仍以忧愤之心揭露责斥群小。
他富有高贵的品质和干练的才能，
一生为祖国和政治理想不惜奔走呼号。
他是人间华夏一位伟大杰出的爱国诗人，
其伟大诗篇一直在人间大地光辉闪耀。
《离骚》是一篇光耀千古的浪漫主义杰作，
是他的政治理想和高贵品质的真实写照。
他作为爱国者和爱国诗人为人间一直景仰，
其品德及光辉诗篇在人间都是那么崇高。

我们把云朵降到汨罗江畔来到屈原面前，
云霞老师将我们两个向他作了介绍。
为表示深深的崇敬我们向他深鞠一躬，
他双手抱拳向我们送来热情一笑。
云霞老师与他见过一面他还清楚记得，
正反映了他在人间“博闻强记”之妙。
“我一直崇尚您的爱国激情高洁的品格，
崇尚您光耀千古的浪漫主义杰作《离骚》。

您的《离骚》诗篇我一直能熟背如流，
模仿您的《天问》我作了《遂天问》诗稿。
‘路漫漫其修远兮，吾将上下而求索’，
多少年来我一直追随着您这求索之道。”

“可是我一直没有求索到我所要的求索，
两千多年了不知您是否已经求索到？”
“当年在人间没有求索到忧愤投了汨罗江，
到天堂后仍为人间求索却仍没有求索到。
这也许是我对人间的一个幻想而已，
心志太高远恐怕难以求索到向往目标。”
“您离开人间已经很久远为何还那么忧愤，
您在歌吟中为何还那么悲戚伤悼。”
“两千多年来人间之事一直令人伤悲，
虽早已到天堂做神可人间又怎能忘掉。
人间令人忧愤的事仍然没有根本改观，
只不过是存在着时期不同及程度大小。”

“两千多年来您一直为人间索求，
并一直为人间现状充满忧愤悲愁。
可人间令人伤悲现状不但没有根本改观，
而且发展还越来越令人怨愤担忧。
我思考过是不是已经无法可治，
是不是连天堂也已经无力给以拯救。”
“是啊，你可以借此机会去询问玉帝。”

屈原的脸上掠过一丝忧伤点了点头。
“你在人间的怨愤大概也很严重，
不然的话也不会让你到三界游走。”
云霞老师看我们越说越忧伤有意岔开话题，
又谈了一些其他事情我们便告别而走。

告别屈原大诗人云霞老师又驾起云朵，
我心中沉重得就好像压着一块大石头。
看得出屈原大诗人做神仙后并不快乐，
他的心里好像还一直为人间社会担忧。
这是杞人忧天还是爱国之心的忧患意识，
他完全可以不问尽享做神仙快乐自由。
“我越想越觉得你们二位很相似，
品格志向爱好情趣都那么相融相投。”
云霞老师看着我说得是那么认真，
我则长长地叹了口气想放出心中的忧愁。
“我是个小人物怎敢与伟大的先人相比，
只不过是位卑未敢忘忧国的一丝心声。”

“在四重天上来自人间的神你可能大都熟知，
都是人间华夏历代著名诗人作家文化名流。
天堂规定这些人升入天堂都居住四重天上，
你作为一个诗人应该更愿意与他们交流。”
“他们都是先圣先贤或者说是先师，
他们为人间大地留下辉煌锦绣。

能拜见他们向他们学习很感荣幸，
我很渴望能得到他们的知识传授。”
我们说着行走到一座古城的上空，
古城坐落在金色平原庄重中显现古旧。
在一座古旧院落里我看到一位老者，
手里捧着一本书坐在正屋的门口。

“他就是伟大的历史学家散文大家司马迁，
又是一位让后人赞叹的伟大先贤。
天汉三年得罪汉武帝下蚕室受腐刑，
这对他是多么大的耻辱和残酷摧残。
他为完成伟大著述就极刑而无愠色，
决心隐忍苟活以完成《史记》宏愿。
终于完成究天人之际通古今之变伟大之作，
为人间华夏民族文化作出极其宝贵的贡献。
他为人间华夏古代三千年历史作了伟大总结，
其杰出散文《报任安书》让后人下泪震撼。
升天做神后仍不甘于没世无闻的愤激情绪，
为总结著述人间历史而孜孜不倦。”

“为此事观音菩萨还在批评汉武帝，
在游看普陀山时正好让我遇见。
为此事还影响到汉武帝升入天堂，
连玉帝对汉武帝的做法都有意见。”
“这事我到天堂以后不久就听说过，

还有不敬黄帝事都影响到他升天做神仙。”
我和云霞老师说着话一直往前行走，
感觉不好意思去打扰这位伟大先贤。
不愿意唤起他那段被损害被污辱的记忆，
担心引起他对自己不幸遭遇的愤怒和伤感。
正往前走又看见一片山清水绿的旷野，
苍翠山峦脚下有八九间草屋翠绿的篱园。

篱园旁边的山坡上一片菊花正在盛开，
正是日夕山气缭绕飞鸟归林山野苍然。
一老翁采菊丛中锄头挂在旁边树杈之上，
不用说我们遇到了伟大的先贤陶潜。
云霞老师问我下不下去我表示同意，
于是我们降下云朵来到有真意的田园。
走过一段草木高长两边的狭窄山道，
穿过一片金黄的豆田来到先贤面前。
云霞老师又赶忙向这位先贤作以介绍，
并为我们的贸然打扰向他表示道歉。
“打扰您了陶老先生，”介绍之后云霞老师说道，
“今日您又‘采菊东篱下，悠然见南山。’”①

陶老先生笑了笑，“欢迎你们光临！”
我说，“您这里果然有真意有一种神韵。”

① 均引自陶渊明诗文句子。

“‘结庐在人境，而无车马喧。’”陶老先生笑笑，[1]
“‘少无适俗韵，性本爱丘山。’”我向他诵吟。[2]
“‘羁鸟恋旧林，池鱼思故渊。’”他回诵，[3]
我说“‘户庭无尘杂，虚室有余闲’果无杂尘。”[4]
“‘久在樊笼里，复得返自然。”陶老先生说，[5]
“‘开荒南野际，守拙归田园’果然归真。”[6]
云霞老师说完我们一起不由大笑起来，
这时一群飞鸟也鸣叫着飞进附近山林。
不远处的村庄这时传来几声犬吠鸡鸣，
暖暖远人村依依升起墟里一缕缕烟尘。

“‘土地平旷，屋舍俨然，有良田美池桑竹之属，
阡陌交通，鸡犬相闻。……
黄发垂髫，并怡然自乐。……
问今是何世，乃不知有汉，无论魏晋。’[7]
您的桃花源社会理想多么美好啊，
我从小学就按照您的这一理想苦苦追寻。
可追寻的结果得到的却只是一个梦幻，
还有的就是无尽的伤感和怨愤。
您的这一社会理想已经一千多年，
您也早已离开人间升入天堂为神。
想请教您对现在人间社会如何看待，
听一听您对此有什么看法和高论。”

---

①②③④ 均引自陶渊明诗文句子。
⑤⑥⑦ 均引自陶渊明诗文句子。

"'此中有真意,欲辩已忘言。'"①
陶老先生无奈地摇摇头透着一种灰心。
云霞老师示意我不要就此再追问下去,
我也看出陶老先生的心思也就不再追问。
"您坚持不为五斗米折腰向乡里小儿,
我真钦佩您这种光明峻洁的高尚人品。
钦佩您坚决不与黑暗势力同流合污的高尚,
在您的诗篇里表露得是那么淋漓致尽。"
"过奖了,'世与我而相违,复驾言兮焉求?'②
把这句话送与你作为我们共勉共存。"
话说到此大家不禁都泛起淡淡的伤感,
我们就此告别不想再让陶老先生心情沉闷。

云霞老师又驾起云朵载着我奔向前方,
一路上所看到的都是大好的风光。
这时我发现大地上一条滔滔奔涌的江河,
其雄壮之势就像人间大地奔腾的长江。
"对,就是长江。"云霞老师放慢了速度,
她想让我趁此机会得以认真观赏。
我在人间大地多次乘飞机飞越长江上空,
可因高度太高看得总不是那么清爽。
云霞老师所驾云朵可高可低十分方便,

① 均引自陶渊明诗文句子。
② 均引自陶渊明诗文句子。

云朵的高度可以紧贴下面景物之上。
我们就在江面不高的上空沿江飞行，
突然看到一只木帆船扬帆顺江而畅。

帆船不大因顺江顺风而行速度很快，
风鼓满高高的白帆船头划开长长白浪。
浪花嬉戏追逐着水中月亮轻轻地摇动，
搅起满江的月光跟着帆船不停地流淌。
此时静静的江面上孤帆远影流向天际，
帆船之上只有一人站立在船的前舱。
船上的人在观看着江两岸群山景色，
手里端着一个酒杯是那么潇洒豪放。
传来“朝辞白帝彩云间，千里江陵一日还。
两岸猿声啼不住，轻舟已过万重山。”吟唱。①
伟大的浪漫主义诗人李白果然如诗仙，
还兼有游侠隐士道人策士和酒仙的风韵倜傥。

“‘长风破浪会有时，直挂云帆济沧海！’”②
云霞老师说着把云朵降落在诗仙李白船上。
“‘俱怀逸兴壮思飞，欲上青天揽明月。’”诗仙大笑，③
“‘孤帆远影碧空尽，唯见长江天际流。’”笑声昂扬。④

---

① 引自李白《早发白帝城》。
② 引自李白《行路难》。
③ 引自李白《宣州谢朓楼饯别校书叔云》诗句。
④ 引自李白《黄鹤楼送孟浩然之广陵》。

"'安能摧眉折腰事权贵,使我不得开心颜!'"①
诗仙李白说着斟上两杯酒递给我们笑声更亮。
"'仰天大笑出门去,我辈岂是蓬蒿人!'"②
云霞老师说着把接过来的酒一饮而光。
看得出云霞老师与诗仙是相当熟悉的老朋友,
我知道云霞老师对诗仙的诗一直那么崇尚。
云霞老师接着高兴地把我向诗仙作了介绍,
"'天生我材必有用',你应有远大的理想"。③

我向这位伟大的诗仙表达了崇敬,
也向他诉说了当前我怨愤的心情。
"'大鹏一日同风起,扶摇直上九万里。'"④
诗仙在鼓励我的同时又表示着一种同情。
"'人生在世不称意,明朝散发弄扁舟。'"⑤
"来,我们喝酒!"我的情况引起诗仙共鸣。
"您不是说过举杯消愁愁更愁吗。"
云霞老师笑了笑显然在调节大家心情。
接着我们三人边饮酒边说起神仙之事,
一边观赏着长江两岸美丽的风景。
这时已是满江月光我们举杯望明月,
忽然对面船上传来《琵琶行》的吟诵。

---

① 引自李白《梦游天姥吟留别》诗句。
② 引自李白《南陵别儿童入京》诗句。
③ 引自李白《将进酒》诗句。
④ 引自李白《上李邕》诗句。
⑤ 引自李白《宣州谢朓楼饯别校书叔云》诗句。

直到明月当空我们才告别诗仙李白，
云游在大河上下长江南北欣赏美丽月景。
又看到诗圣杜甫在草堂前为秋风所破歌，
看到他在《春望》艰难跟随《兵车行》。
看到韩愈在述说着《原毁》《师说》，
看到柳宗元为《捕蛇者说》又独钓江中。
看到苏轼高立江岸豪情吟诵大江东去，
看到李清照逃难途中瘦如黄花的身影。
看到陆游凝视北方渴望王师北定中原日，
看到辛弃疾试手补天裂西北洗胡沙的激情。
看到罗贯中把《三国演义》到最终归晋，
看到施耐庵游走梁山水泊在寻找梁山弟兄。

看到吴承恩在讲着唐僧取经的故事，
看到曹雪芹仍沉醉在《红楼梦》中。
再往前走又看到历代教育家来来往往，
他们有的身边还带着许多的学生。
看到孟轲在一所庭院正在讲《论语》，
看到董仲舒、周敦颐还有程颢和程颐弟兄。
看到颜之推正在为其后人说着颜氏家训，
看到朱熹、张栻、陆九渊和许衡在争鸣。
看到吴与弼、王守仁、顾宪成和朱之瑜，
看到高攀龙、陆世仪、陆陇其和李塨。
看到孙奇逢、张履祥、江永和颜元，
还有胡瑗、姚鼎、容闳和张之洞。

第五章

我们站立云朵披着满身银色月华，
拜访和游看着人间华夏历代著名诗人和作家。
借着月光和众多星星明亮的眼睛，
我们看到了人间华夏历代著名的名家。
他们先后来到天堂全都成为神仙，
在天堂谱写着神仙的诗篇和年华。
曹操父子与建安七子点亮建安文学之光，
阮籍、嵇康等燃起正始文学光华。
谢灵运游历山川之间吟诵着山水诗，
鲍照和谢朓在浇灌着七言诗和新诗体之花。
王绩和四杰、陈子昂正在开启唐诗高峰之路，
孟浩然、王维正在山水田园写着山水诗札。

高适、岑参、王昌龄和李颀高歌边塞，
白居易竭力把新乐府运动推向天涯。
孟郊、贾岛仍在灯下苦吟着诗篇，
杜牧在白云深处仍在感叹霜叶红于二月花。
刘禹锡咏史咏物咏得那么淋漓酣畅，
皮日休、陆龟蒙、韦庄、司空图诗中蕴画。

李贺在天堂奇特想象着“羲和敲日玻璃声”，
李商隐深情绵邈绮丽精工之诗风高立挺拔。
我们行走在月华中看不尽秀丽山川大地，
看不尽来来往往吟诗讲学的各路名家。
此刻我真不知自己是在天堂还是人间大地，
我所看到的是人还是神让我难以识别分划。

圆圆的月亮像一颗光闪闪的巨大银珠，
就像紧紧缀在我们的头上放射光华。
淡淡白云和艳丽彩霞总是不停地跑动，
犹如不听话的孩子到处乱跑着玩耍。
虽然有些云彩天空却仍是碧澄澄的，
碧空下的月光显得格外的皎洁润滑。
月光把大地山川的美丽景致涌到天空，
与碧空牵手相连构成天地壮丽图画。
月光在江河湖泊里挺立起青灰色山峦，
给整个山峦轻轻涂抹上一层薄薄粉霞。
随着夜深月光慢慢凝聚成一缕缕青烟，
把特有的温柔月韵洒在已睡的人家。

此刻我陶醉的心情真是无以言说，
云霞老师的陶醉好像比我还要深刻。
她到天堂后与崇拜的诗仙结为好友，
举杯望月畅饮乘船滔滔长江上放歌。
一个带着她喜欢得意的学生畅游天堂，

一个跟着他心爱的老师寻阅着天说。
一个怀着神对人的深深思念之情，
一个饱含人对神的一往钟情狂热。
一个是集绝代佳人与仙女之貌的天使，
一个是日月精华与壮丽山川孕育的帅哥。
一个是心性高洁如月心善如春的才女子，
一个是情怀宽旷如阳博爱如天的男诗客。

难道这真是无限神秘的天定缘分，
或许是让人无法理解的一种神奇巧合。
她从人间渔米之乡来到穷乡僻壤教我学习，
又从天堂作为天使带我度过特殊时刻。
这一切思考起来真是让我难以理解，
在我心头上留下抹不去的深深思索。
“云霞老师您现在感觉怎么样?
今夜晚我头一次看见您的豪放气魄。
在人间很少看见您这么豪放饮酒，
我不知您的酒量真担心您喝多。”
“今夜晚我的心情特别高兴舒畅，
加上在诗仙和你的面前我怎能不喝。”

“李白在人间不但被称诗仙更是酒仙，
斗酒诗百篇那是多么豪壮的气魄。
因为很少见您喝酒所以不知您的酒量，
就是我这比较大的酒量也不敢与其对喝。”

"人间千金难买一醉做神仙也是如此，
加上今夜晚是我们千载难逢的场合。"
"是啊，我还有些不好意思完全放开，
不然真可以尽情放开一搏。"
"以后对我别那么客套又是老师又是您，
让我听着感到那么生疏感觉有种隔膜。
其实我在你面前无论做老师还是天使，
我觉得都像普通人一样那么随和。"

"您说得对，我只是有一种心仪渴望感觉，
我一见到您就像是全身都沸腾着热血。"
"以后就好了。"云霞老师神秘地笑笑，
她的笑总是那么动人那么让人愉悦。
我们一边说着一边开始离开四重天，
在不知不觉中时光已经走到下半夜。
山川大地月空都早已进入沉醉梦乡，
头顶巨大的月亮早已悄悄跑到西边天界。
头顶的疏星一颗颗开始疏远地退隐，
散布在月空忽闪着越来越弱的光烨。
清朗的高空如扯着片浅蓝色的布幔，
带着飘带似的缕缕云丝向西倾斜。

我和云霞老师陶醉其中毫无倦意，
一边亲切交谈一边向五重天飞跃。
"五重天居住北极紫气之尊坎宫斗母正神，

居周天列宿之首掌八万四千星阶。
有东西南北中五斗群星吉曜恶煞正神，
一百一十五位群星按照顺序一一排列。
还有二十八宿三十六天罡七十二地煞，
另外还有斗部九曜星官紧随其列。
北斗五气水德星君也在斗母正神麾下，
还有中天北极紫微大帝伯邑考的宫阙。
以上这些神宿都是在封神演义之时所封，
八万四千群星都编在斗部正神序列。”

“斗部正神北极紫气天尊原为金灵圣母，
其道德基本已全曾历千百之劫。
但嗔心未退在商周之战中致罹杀戮之殃，
皆自蹈于烈焰之中乃冥数定轮回之劫。”
“不过最后还是成就正果为斗部之尊，
得以永坐坎宫坐镇斗府执掌金阙。”
接着云霞老师的介绍我表示看法，
“我认为对金灵圣母的敕封恰当无懈。
没有什么可惜可叹的万千艰难经历，
对于金灵圣母来说应该是一个欣慰完结。”
“对，我很同意你的看法，”云霞老师说，
“那次大规模封神也是十分难以取决。”

“这就好比人间一代王朝建立之初，
要建立起整个王朝朝政和各地官府。

需要加封大批王侯将相及各级官吏，
在封官时就要考虑功绩能力等各种因素。
既要考虑到公平合理按人因才录用，
又要考虑到王公贵族各方关系的照顾。
无论怎样也不可能完全做到公平合理，
因为大家对一个人的看法还各有各的角度。
这就必然会出现一些不同的看法，
最后只能依照最高决策者意愿决断裁处。
我说的是在正常情况下封官加爵情况，
要是在买官卖官状况下那就无法评述。”

“您完全像现在人间的一位组织部长，
在人间封建王朝时期您该是吏部尚书。”
我向云霞老师半开玩笑地说笑着，
“您对这方面为何那么熟知和有数。
您在人间从来没有接触这方面情况，
再说您到了天堂也从未在吏部。”
“你别忘了我是玉帝殿前的一名天使，
这些年有些话听多了就能听得出。
不过天堂封神加官没有人间那么复杂，
天堂的神仙不论何职位都没有俸禄。
更没有车子、住房和不同的医疗待遇，
对亲属裙带关系也不能给以徇私照顾。”

“一个社会不能只顾金钱和争权夺利，

有了金钱利益就会产生争夺带来痛苦。
三界之中人间为什么一直那么悲惨，
其主要原因就是对金钱和利益争夺无度。
还有就是人间所有人的私利欲望太多太重，
不论达到什么程度都仍难以满足。
就这样怎能不给人间带来无休止的争夺，
怎能不给人间带来悲惨遭遇和无尽痛苦。
天堂上的神仙就没有那么多的苦恼和欲望，
所以在天堂生活就非常快乐和幸福。
虽然天堂神仙也有森严的地位排列，
但最终所依据是正义和至善及法力为主。”

云霞老师说得是那么深刻有理，
我从来没有深究过三界的至理深义。
原来我只知道人间存在太多的顽劣，
也多次研究过是什么原因所致。
云霞老师的话让我看得更加清楚，
不过事已至此人间之事又该如何处理。
当年女娲娘娘鸿钧老祖都难以解决，
时至今日又有谁能解决人间这天生难题。
“天界秩序在最初建立过程也出现争斗，
有一次是妄想夺得三界之主的魔帝引起。
还好魔帝最终被女娲娘娘彻底降伏，
从而这场元始神之间的争斗才得以平息。”

"还有一次就是那次大规模的封神，
把人间之争与天堂神仙之争搅在一起。
这次争斗规模之大卷进人神之多前所未有，
法宝之奇伤亡之惨重也是史无前例。
最终鸿钧老祖出山才平息这场争斗，
幸运的是天界从这次大乱走向大治。
好在天堂从此建立起良好秩序环境，
从此建立起完善公正合理的天规天理。
从那以后天堂一直处在稳定祥和局面，
只是到孙悟空出世才又大闹过一次。
你看如今天堂是多么稳定祥和美好，
不像人间越来越混乱越来越争斗不已。"

"你说得很对，不过还有一点我不了解，
神仙都是长生不死将来该如何聚居？"
"其实神仙之中也有一些死亡存在，
比如在练功中伤了元始的本根灵气。
神仙如犯下罪孽也要进行处罚，
对犯下死罪的也要对其判决处死。
比如天蓬元帅因调戏嫦娥被罚下界，
卷廉大将也因工作失误被罚流沙河水域。
还有许多神仙根据安排时常转世到人间，
轮轮回回不断在天堂与人间轮回转世。
另外还有很大一部分神仙都是闲散职位，
这些神仙一般不列在天堂官册作为官吏。"

“天堂的神仙之间可不可以恋爱，
恋爱后允不允许结婚生育小孩？
这些基本的常识我一点也不了解，
请您千万不要笑话更不要责怪。”
云霞老师不禁爽朗地笑了一阵，
“你这话问得真像是一个天真的小孩。
天堂的神仙当然可以恋爱结婚，
不然的话哪来的玉帝与王母夫妻存在。
前面给你讲八仙之时已经说过，
吕洞宾当年曾经向何仙姑求爱。
不过神仙之间恋爱结婚的比较少，
因为做神仙者已达到清心寡欲形态。”

“清心寡欲是成为神仙的一个重要特点，
所以人的七情六欲在神仙身上很少存在。
如真想恋爱或需要结婚一般转世到人间，
在人间可以尽情享受完美夫妻之爱。
当年七仙女就是因此思凡而下界，
为此留下人神恋爱结婚的一段风采。
女娲娘娘与伏羲当年生育了玉帝，
因为那时还没有三界和人类形态。
为此女娲娘娘才以土捏人制造了人类，
并为人类创造婚丧嫁娶繁衍后代。
自从人类具备婚娶繁衍后代功能之后，

元始神就把神仙这种功能转给人类承载。”

“您过去是我的老师现在也是我的老师，
您现在的知识那么深广和丰富多彩。
我多么希望您永远都做我的老师，
假如有幸希望将来能到天堂与您在一块。
更渴望您能转世人间再走一回，
让我在人间表达对您的崇敬和热爱。
不论在人间还是天堂我都想永远陪伴您，
但不知这种向往我如何能争取得来。”
云霞老师知道我说的是真实的心情，
当年她在小学教学时就对我倍加喜爱。
那时她也许作为老师喜欢的是学生，
不像我心中一直对她存有复杂的情爱。

我认为这次游看三界是一次天赐机会，
做梦也想不到能得到云霞老师相陪。
直到现在说不准也难以作出判断，
让我游看三界是厄运还是幸运机会。
不过有一点我现在可以明确断言，
得见云霞老师是我这次最大幸运之美。
云霞老师深知我见到她而激动不已，
她也为我们此次的相见心中生辉。
我虽然是一个有丰富知识成熟的男子汉，
可她有时却像姐姐般给以照顾护卫。

我虽然在人间为人她在天堂为神，
但她有时在我面前又像一个天使小妹。

云霞老师说话时时常深情地看着我，
从见面开始我在她面前一直感到陶醉。
当年七仙女演绎的天仙配感天动地，
如今我们能否在天堂演绎一出天仙配。
如此的话我可无法再返回人间大地，
说实话我现在还真难以放下同伴人类。
更不知道天堂之主玉帝能否同意，
他可是天堂之主管辖三界的最高权威。
我实在无法控制内心的胡思乱想，
在人间从未像现在这样想入非非。
“你别在那儿只顾自己胡思乱想了，
我们现在已经到了五重天的天位。”

云霞老师带我来到五重天的北天门，
五重天北天门六个大字森严雄威。
五重天北天门坐落在冰天雪地之中，
大门口也是四名天将四名天兵守卫。
云霞老师联系后我们便走上五重天，
天越高越显得更加昊大寥廓壮美。
五重天最大的不同是月亮已位在下面，
月亮在我们的脚下向上发射着光辉。
这是我有生以来第一次看到这种天象，

其实月亮仍然在它原来的运行之轨。
只是五重天的高度已超出月亮的高度，
浩瀚的天际简直让人无法想象描绘。

行走一阵后我便看到一片仙气缭绕，
一片建筑规模宏大的宫殿光辉闪耀。
就像在人间空中俯瞰北京古城，
又犹如人间九朝古都西安的景貌。
“这就是斗母正神的坎宫和北斗星宫，
斗母正神金灵圣母就在这里坐镇主导。
坎宫是天堂所辖星君比较多的神宫，
五斗群星总共达八万四千之号。”
由于大体已经了解我们就没再下去观看，
云霞老师说着便驾着云朵继续向南飞跑。
“五重天上除去坎宫众星君在此之外，
还有已为神的著名将相来自人间历代王朝。”

这时一条淡紫色的光线像夜晚的峰火，
在连绵群山高耸的顶端不停地闪耀。
群山仍呈灰蓝色蒙着一层飘浮的淡雾，
与东方显露的红霞形成明显对照。
一会儿太阳像红宝石圆盘显现东方天际，
一旦升起来就在红色光晕中洒脱缥缈。
不一会儿又变得金光灼灼放出更加绮丽彩霞，
刚才还是灰蓝色的群山快速变化着景貌。

背阴一面从一抹苍灰中浮出奇异的金绿，
而向阳的一面却是一片金光闪耀。
月亮早已不知道跑到哪儿去了，
它或许已经跑到下面地球背面轨道。

我们正往前走又看到一长溜建筑，
坐落在一排山峦前面的半山腰。
每一座庭院相距不远并排延续，
每一座庭院殿堂建得都十分精巧。
这一座座庭院就是一些名相的府第，
他们日常就在这府第里读书练功修道。
每一座府第的大门上都写着门牌，
大都使用人间王朝时期对他们的称号。
为看得更清楚我们降低所驾云朵，
大门上的门牌所写全都能看到。
“对你来说不用看也十分熟悉了解，
只要学过历史对这些名相都会知晓。”

中华第一宰相管仲开创相杰先例之首，
两千多年来一直在人间大地传流。
管仲名夷吾字仲为此又称管敬仲，
他乃是周王的同一族姬姓之后。
春秋时期杰出的政治家、军事家，
以其卓越谋略辅佐齐桓公取得霸主成就。
秦朝名相李斯才高齐天谋深如海，

辅佐秦始皇完成统一战国各国诸侯。
秦代著名政治家、文学家和书法家,
其政治谋略、文章和书法流传千秋。
他整理的秦篆作为全国统一标准字体,
把著名会稽刻石、泰山封山刻石等镌刻九州。

西汉开国名相萧何功冠群臣声施后世,
他乃汉朝初年丞相后被谥号文终侯。
致力辅佐汉高祖刘邦建立汉朝皇权,
成为西汉初年政治家被誉为汉初三杰之首。
在战争和治国中表现出政治家风度才能,
在楚汉战争中取得了重大成就。
汉初名相陈平奇谋善变不下三杰,
被司马迁列为世家为后世青史名留。
少时家贫好黄老之术胸怀大志,
一生充满传奇色彩为谋士为相为侯。
他辅佐刘邦夺取天下立下汗马功劳,
历史典籍为他总结六种计策至今传流。

蜀汉名相诸葛亮鞠躬尽瘁死而后已,
三国鼎立中彰显蜀汉政治家军事家优秀。
在隆中躬耕陇亩未有须臾忘天下事,
刘备三顾茅庐后助其取得三分天下成就。
"隆中对"、赤壁之战、《出师表》堪称历史辉煌,
千百年来后人们一直难忘诸葛武侯。

初唐名相房玄龄道破天下事一策定乾坤，
取得“筹谋帷幄，定神稷之功”辉煌成就。
贞观前协助李世民经营四方削平群雄，
贞观之治中他辅佐太宗总领百司殚精运筹。
善于用人不求备取人不问贵贱随材授任，
恪守职责不居功以名相名炳千秋。

大唐名相魏征千古诤臣知无不言，
一生为官竭诚辅佐敢于犯颜直谏。
深知政事得失谏言敢于力争言无不尽，
著名上疏《十渐不克终疏》留下历史赞叹。
作为一代名臣一生节俭家无正寝，
作为人镜殂逝为后人留下历史思念。
盛唐名相狄仁杰断案神探深谋远虑，
以执法刚正廉明神探之名千古流传。
辅佐武则天上承贞观之治下启开元盛世，
一生政绩丰厚刚正不阿敢于犯谏直言。
以政治家的深谋远虑劝武则天顺应民心，
使唐皇朝得以维系从而留下盛唐盛赞。

北宋抗辽名相寇准名平仲华州下邽人，
北宋真宗朝三任宰相留下千古美谈。
著名爱国主义政治家为人刚直不阿，
契丹攻宋力主抵抗促请真宗出征大败契丹。
为官清正廉洁身为宰相从不谋私利，

清正官德树立华夏楷模受到后人千古美赞。
改革家、思想家和文学家北宋名相王安石，
江西临川人世称临川先生字介甫号半山。
为扭转北宋积贫积弱局势大力推行改革，
制定和实施一系列新法促朝政社会大变。
虽然变法失败却为后人留下光辉形象，
作为思想家、文学家、诗人留下历史光焰。

元代名相耶律楚材辅佐天骄北国卧龙，
成为元代著名政治家三朝重臣声名震撼。
他身材高大满面胡须有“长髯人”之称，
勇略过人正直廉洁在朝廷内外德高威严。
元朝典章制度大都出自耶律楚材之手，
辅佐成吉思汗成为一代天骄留下历史感叹。
明朝名相张居正乃帝王之师救时宰相，
字叔大号太岳谥号文忠声名垂流人间。
为官时大胆进行政治经济军事各方面改革，
使明朝出现社会安定经济发展富强局面。
忠心矢志推行一条鞭法改革不怕诬告攻击，
历经艰难挫折最终历史和后人给以公断。

刘墉字崇如号石庵诸城县逄戈庄人，
作为清代著名书画家笔力丰泽厚实雄健遒劲。
作为政治家在大清朝历经曲曲折折，
足智多谋清廉为政曲折中一片忠心。

他不畏权贵刚正无私据理力争查处贪官。
为民请命惩治巨贪和珅把一生美誉留给后人。
我们连着游看了人间王朝历代十三位名相，
虽特点各异均为人间天朝留下历史千钧。
作为一代名相为朝为民为人诠可赞美，
作为天公地道因果业报之缘理应升天为神。
我向云霞老师不停赞叹着这些名相，
接着她又带我去游看历代将帅名臣。

孙武在人间华夏大地历来被称兵家鼻祖，
其《孙子兵法》武装成就多少将帅之人。
不但对中华对世界军事史也产生重大影响，
作为中华最古老兵书至今仍使用于世界三军。
他用兵有道曾五战克郢并击败强楚，
建立了吴国称霸于列国诸侯历史功勋。
范蠡春秋战国时期政治家、军事家和经济学家，
乃为春秋时期罕见的智士能臣。
他伴越王勾践苦身戮力卒以灭吴，
他晓天文识地理善机变文武精深。
他经商有道遂成巨富广为世人所知，
后与西施一起泛舟齐国留佳话传流后人。

吴起战国时期卓越军事家、军事理论家，
著名《吴起兵法》为古老著名军事理论。
一生与其他诸侯国大小战七十二次之多，

居然六十四胜八次平手从无败绩实乃战神。
阳晋之战以少胜多成为人间华夏著名战役，
文武双全战无败绩被称治国能人。
孙膑为孙武后裔战国时期著名军事家，
其军事经典著作《孙膑兵法》用兵高深。
聪明睿智演绎了田忌赛马千古佳话，
用奇谋异计上演了围魏救赵历史千钧。
受膑刑而不屈自馁矢志出世一决，
终于成就大业把历史盛名留给后人。

廉颇战国时期赵国杰出军事名将，
在战国纷争中显见军事家智慧锋芒。
一生统领赵军屡败秦军迫秦改变策略，
阳晋之战越居六国之首留下历史辉煌。
率军征战守必固攻必取几乎百战百胜，
威震诸侯列国被誉为“战国四大名将”。
白起一生指挥过许多重要战役，
曾大破楚军攻入郢都使楚国元气大伤。
伊阙之战歼灭韩魏二十四万联军，
曾创造最早规模最大包围歼敌战绩辉煌。
一生历经大小战役七十余起没有败绩，
从最低级武官战斗到秦国杰出名将。

王翦自幼好兵后成为秦国将军，
曾先后取得攻打赵、燕、魏的辉煌。

先后领兵大破楚师于蕲攻入寿春，
取得对楚国大胜最后灭楚掳楚王。
随后率军灭亡越国燕国赵国齐国，
为秦始皇统一天下立下丰功留下历史绝唱。
张良汉初杰出的谋略家、政治家，
被誉为汉初三杰之一为后人所景仰。
作为谋士鸿门宴上帮助刘邦脱离险境，
楚汉战争期间运筹帷幄声名远扬。
“长计谋平天下”皆为刘邦所采纳，
下邑奇谋画箸阻封彰显高超谋略主张。

韩信汉朝楚王、齐王、上大将军，
每一个封号都积聚着显赫的历史辉煌。
作为杰出军事家、战略家、战术家名垂千古，
作为统帅和军事理论家留下谋战光辉思想。
王侯将相一人全任并被奉为兵仙、战神，
被评价功高无二略不世出国士无双。
李广有才气善射匈奴号曰飞将军，
曾与匈奴交战七十多次致敌不敢见李广。
他镇守右北平使敌多年不敢侵入，
误以为虎张弓射石留下历史神往。
然一生命运不济时常遭遇意外挫折，
留下“但使龙城飞将在，不教胡马度阴山”感伤。

李靖少有文武才略终成唐初军事家大名，

曾以三千骑兵猛攻定襄取得孤军深入大胜。
乘敌不备发动突然袭击消灭突厥有生力量，
使此一战从根本上解决突厥之患立下奇功。
出师半年一举歼灭吐谷浑部平定西北边疆，
从此在人间华夏大地留下名将美名。
宗泽乃为北宋末南宋之初抗金名臣，
浙江义乌人他刚直豪爽沉毅知兵。
一生力主抗金并制定恢复中原方略，
致力参与了抗击金军守卫开封的重要战争。
可叹一生抗金壮志难酬忧愤成疾，
临终前三呼“渡河”让多少后人为之泣零。

徐达濠州钟离人出身农家少有大志，
成就明朝开国军事统帅立下伟绩丰功。
从朱元璋渡长江克采石战功卓著，
数克张士诚败陈友谅师还被封信国公。
奉命以征虏大将军北伐元军连战皆捷，
刚毅武勇持重有谋功高不矜被誉万里长城。
王守仁不但是有名哲学家、教育家，
还在人间华夏大地享有军事家大名。
果敢决策与叛军大战鄱阳湖大败叛军，
一场危及明朝社稷大叛乱在谈笑间平定。
作为重要思想家他心学博大精深影响深远，
作为文臣能用兵制胜平定孽藩谁又能同。

人间华夏历代著名将帅神府还有许多，
分别坐落在地域广大的山峦丛林之中。
山前的这十几处将帅神府也是一字并排，
但各座神府的建筑式样却大不相同。
他们与名相的神府中间相隔一山一河，
就像人间历代王朝文武大臣那样分列西东。
所看到历代十几位著名将帅我都知晓，
他们在人间华夏大地至今仍是大名鼎鼎。
按他们在人间的功德也理应升入天堂为神，
同时也希望他们能转世人间再立战功。
“你别瞎想，这转世之事可不是那么容易。”
云霞老师说着把我们所驾云朵又升上高空。

第六章

我们离开五重天开始向六重天进发，
犹如人间刚起飞的飞机向着高空攀爬。
云霞老师所驾云朵向上飞行也要有坡度，
她告诉我一般长距离不能直上直下。
“每重天上都有犹如人间的山川大地，
那却为什么挡不住太阳月亮星星的光华？
还有每重天的山川大地依靠什么支撑，
是否就像人间大地楼房的那种结构框架？”
看过五重天以后我突然发现这个问题，
便忍不住赶忙向云霞老师询问其解答。
“每一重天都有很厚的一层气体层，
这个气体层是透明体可以通过光华。”

“这种气体层很结实承载着每一层的山川，
天堂上的山川也是一种特殊的物华。
是灵气与五种元素形成的一种透明体，
与人间大地上的山川大地区别很大。
天堂上的各种殿阁建筑也是一样，
与人间大地上的楼房建筑区别也是很大。

每一重天的承载层又结实又牢固，
所以一般的神仙根本不能穿过它。
为此每一重天都分别设有五大天门，
每一重天的天门都有天将天兵守把。
上下每一重天都要从各个天门通过，
平日里一般的神仙不能随便上下。”

“天堂上的万物都带有神秘的灵气，
包括所有的树木花草和所种庄稼。
我们在陶渊明老先生那里已经看到，
那里有他种植的许多树木和菊花。
前面与你说过每重天之间有九万里，
所以九重天的天堂是特别寥廓昊大。
我们游看只能看有代表性的大概情况，
要在短时间内详细看遍那可是没有办法。
包括你前面已游看的地狱和灵园，
那里的地域也是非常的辽阔广大。
天堂上的空间大都是看不见的灵气，
还有能看见的日月星辰之光和云霞。”

云霞老师给我作了明白的解说，
彻底消除了我刚才产生的疑惑。
接着我又向她提出另外一个问题。
人间升入天堂的神灵如何分配列坐。
“在一重天上的都是人间凡人的神灵，

基本上都是够资格升入天堂的魂魄。
这时他们还不能算是真正的神仙，
因为他们的魂魄还未与盛载体结合。
这些神灵仅仅只是一种魂魄而已，
有的要等待很长时间才能与盛载体结合。
你知道人一死魂魄就与肉体脱离，
到天堂后就需要等待一个盛载体依托。”

“等待这个盛载体有的要等待很多年，
关键还要看魂魄积聚灵气的法力如何。
所以在一重天上的神灵大都转世人间，
当然找到盛载体成为神仙的也有很多。
带着自己肉体升天成为神仙的是极少数，
开始升入天堂的基本都是人的魂魄。
有的人的魂魄可分别升入各重天，
这要看其在人间做人的表现结果。
升入二重天的是近现代爱国英雄人士，
升入三重天的是人间历代有名武士侠客。
升入四重天的是人间历代著名诗人作家，
还有人间华夏历代著名教育等名家的魂魄。”

“升入五重天的是人间华夏历代著名宰相，
还有一些政治家和历代著名将帅魂魄。
升入六重天的是人间华夏历代明君，
还有人间华夏历代革命家和一些名家的魂魄。

升入七重天的是人间华夏历代著名廉洁官吏，
还有人间华夏历代医药科技宗教家的魂魄。
升入八重天的是人间华夏历代男女挚爱的人，
还有人间华夏历代大孝之人的魂魄。
人间能升上九重天的魂魄极为少见，
只有五帝、孔子、关羽、包公和岳飞等杰出者。
人间升入二重天以上的魂魄有的也要等灵气积聚，
然后才能恢复其在人间人的形象体魄。"

"你知道九重天是一个非常昊大的天界，
每一重天上都设有各路神仙的宫阙。
我只能给你简单介绍《封神演义》中所封诸神，
他们分别在九重天的哪一重天的天野。
前面已向你介绍一重天有雷部和火部诸神，
他们均居住在一重天上的宫阙。
二重天有三霄、余家父子、御马监诸神，
他们分别居住在二重天的天界。
三重天上有八仙、四大天王及所属诸神，
他们均居住在三重天上的宫阙。
四重天上有玄坛真君和直年太岁诸神，
他们的神府设立在四重天的天野。"

"五重天上有斗部正神及所属二十八宿，
还有三十六天罡七十二地煞也在此列。
六重天上有三山正神和五岳诸神，

不过他们大都居住在人间大地三山五岳。
七重天上有瘟部正神及所属诸神，
他们的神府全部建筑在七重天界。
八重天上有托塔天王父子和清福正神，
托塔天王父子是肉身升入天界。
九重天上居住着玉帝和王母娘娘，
他们在灵霄殿坐朝居住在西宫宫阙。
九重天上还有太上老君、元始天尊，
还有九天玄女、四圣大元帅在九重天界。”

“如来佛祖居住在九重天的西天，
他的大雄宝殿就坐落在西天天界。
九重天还有天机处及六部众神，
天机处及六部神府均分设宫阙。
天机处是天堂最高的决策办事机构，
六部列在天机处所属办事机构序列。
六部分别是吏部、户部和礼部，
还有刑部、兵部和工部共六部设列。
天机处根据玉帝旨意再决策和承办，
承担着整个天界的日常运作和调节。
天堂的组织机构编制序列非常严密，
只是人间大地对此不甚知晓和了解。”

“人间社会历史上有的王朝也设有六部，
这原来是从天堂的机构而源出。

人间社会历史上有的王朝设立三公三省，
清王朝的朝廷机构还设有军机处。
这些机构设置几乎与天堂上一样，
天堂与人间王朝机构设置如出一炉。
我原来对天堂的一切都不大了解，
这一经了解还真让人不得不信服。”
“人间历代王朝正宗皇帝都是天堂所派，
他们到人间承担着许多天堂的任务。
不过皇帝本人不了解其中的底细，
他们仅仅存在一些从天堂下界的感悟。”

“人间华夏历代王朝正宗皇帝都是天堂紫微星下界，
他们对本身转世人间并不清楚。
人间华夏历代常称呼皇帝为天子，
俗话说得好天子乃是上天所属。
人间有时还称皇帝为真龙天子，
这是因为龙是人间崇拜的一个神物。
所以人间又往往把皇帝与龙结合一起，
这就是人间为何称皇帝真龙天子缘故。
实际上正宗皇帝就是天界紫微星君，
根据天堂的安排转世人间轮当人主。
这也是天界让人界自治后留下的规定，
这条不成文规定一直执行得比较有度。”

“原来如此！”我不禁又为此发出感叹，

“这天堂与人间还真存在密切相联之处。”
“三界之间创立之时就紧密相连，
不然当初各元始大神下那么大的功夫。
三界之间相互紧密地联系在一起，
各界有各界的职责又各有各的任务。”
“您对三界之事了解得是那么详细，
您现在的各种知识真让我佩服。”
“你别老是夸我。”云霞老师又甜蜜笑笑，
“其实三界之事还有许多我还不清楚，
前面我向你介绍的都是基本情况，
实际天堂上还有许多不为人知的天枢。”

“还有许多一般神仙不了解的天机，
包括我还有许多不知道的天堂秘密。
人间与天堂都有句俗话天机不可泄露，
因此一般神仙不可能知道所有天机，
所以有些三界之事就无法向你解释，
因为三界之中有许多事我也是不知。
我不知之事不能说之事不说你别见怪，
该你知道的事总有一天你会得知。”
“您现在对三界的了解已经很透彻，
确实值得我好好向您请教学习。”
“不要总是夸我总是说向我请教，
你与我说话不要一直总是那么客气。”

"另外整个三界人神妖魔鬼怪众多，
还有各种植物和动物难以数计。
这些生灵经过长期灵气积聚和修炼，
都有可能得成正果成为三界大器。
人间历代历年都有人升入天堂成为神仙，
所以天堂每年都敕封一些官位神职。
像孙悟空最后得成正果成为斗战胜佛，
虽然不在官册却是散仙中的大至。
像二郎神在天堂任过一段司法天神，
最后又回到灌江口他的府第而去。
天堂上的神仙职位相对比较稳定，
不像人间朝廷上的官职像走马灯来来去去。"

"当然人间华夏历代的官职与天堂的神职大不相同，
人的生命短暂而神仙大都长生不死。"
"对，玉帝可以永远坐在灵霄大殿，
而人间王朝最长也只坐六十年的皇帝。"
"还有地狱的魔帝与十殿王也都长生不老，
他们将永远为帝为王掌管着冥界地狱。
所以说人间与天堂和地狱大不相同，
至于为什么这样我们不知其中道理。
设立三界之初元始大神为何这样安排，
直至今天我们仍然无法了解和得知。"
说话之间我们来到六重天的西天门，
云霞老师联系后我们便顺利走进去。

我们穿过大门登上六重天的天台，
这里的景色更加壮丽秀美多彩。
一缕缕白云像白纱轻轻柔柔摆动，
一朵朵彩云像彩绸徐徐摇曳飘摆。
白的粉红的金黄的一缕缕一团团，
一会儿簇拥着嬉戏一会儿又悄悄散开。
白云彩云间浮动着很淡很淡的轻雾，
犹如缥缥缈缈的仙气轻抚着脸腮。
一片片白云和彩云像刺绣在蔚蓝色碧毯，
从云朵的边缘上泛出缕缕毫光五彩。
山川大地青翠缭绕闪烁着片片彩光，
流动的河流像穿入其中的一条条玉带。

行走不一会儿便看到几座豪华的神府，
一座殿院的大门高挂三山正神门牌。
“这座神府是三山正神炳灵公的府第，
三山正神也是当年受封于封神榜台。”
“对，他在人间时乃为名将黄天化，
身虽年轻却有竭力精忠报国的心怀。
学艺下山首建大功救父尤为孝养，
可叹未享人间荣封即捐尸马革情实痛哉。
援功定赏当存其厚被敕封为三山正神，
管领三山在天堂在人间好不气派。”
“旁边不远那几座神府是五岳正神府第，

五岳正神也是当年受封于封神榜台。”

“黄飞虎被敕封为东岳泰山天齐仁圣大帝，
他在人间忠勇却遭暴主商纣妲己残害，
致使他逃亡流离迁徙方切骨肉之悲，
奋志酬知又遇阳针之劫罹祸情实可哀。
崇黑虎有志济民不幸时逢劫运而命丧，
被封南岳衡山司天昭圣大帝也是应该。
闻聘被敕封中岳嵩山中天崇圣大帝，
他在人间之时也是那么英雄气概。
崔英被敕封为北岳恒山安天玄圣大帝，
终得在人间在大堂荣获一生豪迈。
蒋雄被敕封为西岳华山金天愿圣大帝，
五人终于历尽艰难苦衷登上五岳神台。”

我们边说边看没有降下云朵继续前飞，
不一会儿又看到一座城郭闪耀着金辉。
城郭内一座宫殿连着一座宫殿，
每一座宫殿都那么高大气势壮观雄伟。
“人间华夏历代皇帝中的明君在此为神，
还有夏商周朝时期三位明君也在此内。
夏启是人间第一个朝代的有道明主，
他在各部落和百姓中广泛获得敬佩。
夏启当上国王后竭尽全力治理国家，
有效推动发展了人间大地奴隶社会。

可惜夏桀是一位暴虐荒淫无道国君，
致使夏朝在诸侯反叛之战中被摧毁。”

“商汤王是商朝的开国帝王本性仁慈，
不但爱民如子对飞禽走兽也予以保卫。
由于仁慈四方诸侯纷纷自愿归顺，
商汤顺天命应人心讨伐夏桀而践天子位。
商汤在脸盆上刻‘苟日新，日日新，又日新’，
每一次洗脸自我省察反求诸已一回。
他还提出‘克己复礼’和‘天下归仁’，
把百姓之罪作为自己没尽教化之责罪。
他代天宣化为国教民以德服人，
既民主又自由的德政得到广泛赞美。
商汤王在位十三年留下著名甲骨文，
为商朝开写了灿烂辉煌的历史光辉。”

“周武王是西周的创建者人间杰出领袖，
他继承其父遗志推翻商朝统治创立丰碑。
他抓住时机观兵盂津并大会八百诸侯，
亲率大军伐商牧野之战使商军全线溃退。
他推翻商朝建都镐京改国号为大周，
他委贤任能因才录用让贤臣良将各当其位。
对在灭商大业中的有功之臣论功行赏，
对统治阶级上层权力进行合理分配。
对商遗民分而治之划分三个区域实施三监，

把囚在牢里的国人释放故里给以自由之慰。
广散鹿台财物和钜桥之粮救济贫民，
展现了其严谨稳重卓越政治军事才能之美。”

“前面这三位帝王分别来自夏商周三朝，
他们作为这三朝明君得以升入天堂神道。
后面靠前边的三座宫殿是他们的神府，
他们在人间谱写了原始和奴隶社会的自豪。
前面这一长排宫殿是皇帝中的明君，
他们分别在人间华夏留下光辉写照。”
云霞老师说着降低我们所乘的云朵，
看到整个城郭上空彩云辉映仙气缭绕。
“这前面第一座宫殿是秦始皇的神府，
他作为千古一帝始皇帝立下卓著功劳。
他顺应历史潮流结束长达几百年群雄割据，
实现人间大地华夏民族大统一的王朝。”

“他为中华封建社会发展作出开天辟地贡献，
使人间中华大地进入中央集权帝制高蹈。
他是人间中华第一个统一帝国的创建者，
成为千古始皇帝和第一个封建皇朝。
他十三岁即秦王位二十岁废权臣独揽朝政，
三十九岁灭六国建立统一中华帝国的骄傲。
对内推行巩固统一中央集权国家的措施，
其一系列巩固统一措施收到重大成效。

对外北抗匈奴修筑万里长城南拓百越，
使中华取得当时世界最大帝国荣耀。
虽然他建立的封建帝国顷刻间崩溃，
但他创建的封建帝制延续两千多年光照。”

“秦始皇一生对中华带来几千年深远影响，
雄伟万里长城成为伟大中华民族光辉写照。
他通过雄才伟略将一个天下观念灌输给世人，
‘普天之下莫非王土’思想从此开始深入心窍。
一个统一强盛的民族从此屹立在世界东方，
从此人间华夏璀璨光芒绽放两千多年光豪。
秦始皇所建伟大基业功在千秋万代，
虽然留有怨愤人间理应升入天堂为神豪。”
云霞老师介绍到此降下云朵我们走进殿内，
看到秦始皇正站在一幅地图前好像在思考。
看到我们秦始皇转过身来我们赶忙施礼，
云霞老师又把我们之行向他作了介绍。

我诚心地赞扬他在人间的伟功千秋，
为人间华夏创建了伟大的辉煌锦绣。
赞扬他的同时我向他提出两个问题，
开诚布公说明前来拜访他的要求，
询问他当年执掌朝政后为何那样暴政，
为何对长生不老寻找仙药那样渴求。
秦始皇笑了笑已不像做皇帝那样威严，

“第一个问题只有一个简单的理由，
各战国纷争不断不实行暴政难得统一，
国家要统一对内对外都要有铁的拳头。”
秦始皇握紧拳头在地图前用力一挥，
仍然又显现出他千古帝王的威武雄赳。

“国家朝政不掌握和使用铁拳头就会纷乱分裂，
你看一看中华几千年历史写得是多么深透。
现在国家又分裂很长时间不能完全统一，
对外仍像强盗和野兽面前的一块肥肉，
这样就很难避免国家不遭受外来的侵略，
这就是我当年为何要实施暴政的缘由。
关于第二个问题理由也非常的简单，
自古以来不论人或神仙都有长生不老的渴求。
我虽然是千古一帝始皇帝可我也是人，
当然我希望能够肉体成为神仙得以长寿。
后来汉武帝和许多皇帝也都这样做过，
我认为这件事今天没有必要再问什么缘由。”

“只是对我在位时的施政后人一直众说纷纭，
两千多年来对我的一生作为一直争论不休。
千秋功罪任由后人评说我安然听之，
有机会我真想转世人间再显一次身手。”
秦始皇说到这里我们三人都不由自主笑了，
接着我们又高兴地说起其他事说了许久。

说了一阵后我们向秦始皇告别继续向前游看，
走出大殿后云霞老师便又驾起了云斗。
行走不远便看到汉高祖刘邦的神府，
作为一代明君刘邦也创立了辉煌锦绣。
刘邦登基后一面平定叛乱巩固统一局面，
一面迅速建章立制采取休养生息新猷。

为安抚民心凝聚中华迅速恢复生产，
使四分五裂中华分崩离析民心得以改观，
促成和建立了汉代雍容大度的文化基础，
对中华统一强盛汉文化保护作出决定性贡献。
汉文帝、汉景帝父子一起开创“文景之治”，
为汉武帝刘彻“汉武盛世”打开良好局面。
汉文帝对周边少数民族采取友好政策，
大力发展经济而自己崇尚克奢省俭。
汉景帝成功平叛重农抑商发展经济，
坚持轻徭薄赋约法省禁清净恭俭，
汉文帝、汉景帝在人间留下“文景之治”美誉，
他们作为一代明君升入天堂成为神仙。

汉武帝给中华民族挺立千秋的自信，
为人间华夏国家建立了前所未有的尊严。
他塑造了一个民族奋起图强的伟大时代，
开创了一段流传千古的帝国传奇光环。
他演绎了一场天地泣血的酷烈战争，

他的国号成为一个伟大民族永远的名唤。
十六岁作出一个震撼千古决定:远击匈奴,
留下“犯强汉者虽远必诛”千古传世名言。
他倡导以德立国以法治国从善如流,
兴办官学广开仕途文治武攻大略千秋光闪。
由于一些过错虽下罪己诏也被玉帝批评,
死后修炼在灵园直到最近升天成为神仙。

隋文帝使一个民族绝处逢生文明得以延续,
使一个长期四分五裂国家奇迹般走向统一局面。
他崇尚节俭勤理政务实行宽仁政策,
完成惊天壮举“开皇之治”的伟大贡献。
制定完善封建官僚体制开创科举制度,
挽救了华夏文明被外侵摧毁的危险。
使中华重新得以统一华夏文明得以延续,
人间华夏伟大帝王理应升入天堂成为神仙。
走过隋文帝神府不远便是唐太宗的神府,
我们边走边看云霞老师介绍中不停感叹。
“他使人间华夏有了傲视群雄的气度,
使中华民族有了崇高国际地位的震撼。”

“李世民为统一全国立下头等功勋,
他胸怀大志卧薪尝胆励精图治性格坚韧。
他以超凡的勇气和军事才能统帅唐师,
一举击退北方强大游牧民族之军。

实现国家大统一并迅速走向和平建设轨道，
实行民族团结政策竭力摒弃各种仇恨。
具有远见卓识选择‘偃武修文’和平建设道路，
推行一系列开明治国的大政方针。
大胆裁官安民不拘一格选拔人才虚心纳谏，
在文治武攻上均取得辉煌历史千钧。
铸造强盛国力和开放包容心态让万国来朝，
德化远播赢得世界空前绝后的敬尊。”

“宋太祖陈桥兵变登上皇帝的宝座，
为再一次统一国家立下历史功勋。
为消除武将暴动政变隐患杯酒释兵权，
不仅开创了一个朝代并是阶段性转型明君。
宋仁宗性情宽厚不事奢华严于律己，
宽以待人政治宽松受到后人高价评论。
他的仁德和气量可谓一代明君圣主，
他把国家文治艺术推向高峰被誉仁君。
成吉思汗发动了人类历史上最大规模的战争，
取得创建世界版图上最大国家的卓越功勋。
他将军事艺术推向冷兵器时代的巅峰，
他是世界历史阶段上影响最大的人。”

“他是世界历史上最大的成功者，
其作为给后人留下了最大的争论。
他创造了人类战争史上的伟大奇迹，

给世界带来灾难也被世界称其为战神。
昔日的人间华夏战神早已升入天堂，
玉帝真应该让他在天堂上统帅三军。
朱元璋率领农民起义军推翻元朝统治，
建立中央集权大明王朝完成历史大任。
为明朝长治久安制定了比较完善的典章制度，
为明朝的发展奠定坚实基础打下根本。
朱元璋的历史功绩彪炳人间历史史册，
作为一代布衣开国皇帝理应为明君为神。”

“康熙八岁即位十四岁亲政开始展露锋芒，
在位六十一年是人间华夏在位最长的帝皇。
他好学不倦意志坚毅沉稳应对复杂局面，
十六岁就除掉了强势压在头上的辅政王。
他先后平定三藩统一蒙古收复台湾，
北拒沙俄有力维护国家统一的域疆。
他是大清王朝出色的政治家和军事家，
他文武兼备勤勉朝政政绩灿烂辉煌。
雍正是勇于革新勤于理政的杰出政治家，
进行改革整顿一扫颓风使吏治澄清通畅。
推行摊丁入亩重大赋税改革取得成就，
创立军机处推广奏折制度有利政纲。”

“雍正改土归流打击土司割据和特权，
惩治贪污解放贱民平叛治藏取得辉煌。

乾隆在位期间实行宽猛互济政策，
他务实足国停止诸多捐纳重视农桑。
平定准噶尔部消灭天山南路反叛势力，
巩固和发展多民族国家加强管理边疆。
最终奠定了人间华夏地域固有版图，
严厉拒绝了英国特使提出的侵略性主张。
使'康乾盛世'在此期间达到顶峰，
使人间华夏大地出现一片繁荣昌盛景象。"
云霞老师带我一路游看一路向我介绍，
一连看了十六位人间华夏历代明君帝王。

"这十几位帝王为人间华夏作出重大贡献，
他们在人间普遍获得后人的高度赞扬。
他们作为人间华夏一代明君名垂青史，
他们死后升入天堂成为神仙理所应当。"
我向云霞老师表示我对以上帝王的看法，
"看来人间与天堂对帝王们的评价基本一样。"
"这说明人间与天堂思想认识比较一致，
都能够站在大公地道的公平公正的立场。"
"不过对有些帝王的评价人间存在分歧，
比如像我们前面说的成吉思汗这位帝王。
还有对宋太祖、雍正和乾隆三位帝君的评价，
更有人间华夏千古一帝的杰出皇帝秦始皇。"

"另外人间华夏还有一些帝王也青史留名，

他们也一直受到后人们的普遍赞颂。
不过要把他们作为明君评价认识不一，
后人们对他们的评价一直存在不同。
如唐朝唐玄宗到底是明君还是昏君，
人间社会对他的评价就存在着纷争。
实际上唐玄宗在位前期是一个明君，
在位后期变得骄傲怠惰追求享乐十分昏庸。
还有武则天上承贞观之治下启开元盛世，
掌理朝政近半个世纪取得很大的成功。
但后人却一般不把她评价为明君，
因为综合来看她具有太多的复杂性。”

“我很赞成你刚才说的这种看法，
武则天这位女皇确实有太多的复杂性。
人间百姓中对她的各种传说更多，
她不是真龙天子而是篡位所以天堂对她严惩。
她要经过地狱受刑和超度才能升天成为神仙，
天堂的这种安排确实体现了公正公平。”
从云霞老师话语中看出她对此情况十分了解，
我们对人间华夏历代帝王看法十分相同。
“另外还有元世祖忽必烈也应是明君，
他一生知人善任为国家统一立下大功。
他主张政治与军事并用战抚兼施，
为元朝的建立和巩固奉献了一生。”

"元世祖忽必烈也应列为明君，
听说有人已把他列在人间华夏历代明君之中。"
云霞老师说着催动所驾云朵加快行走，
果不然往前不远就看到忽必烈的神宫。
至此人间华夏历代明君的府第已看完，
再往前还有大片宫殿也是人间华夏历代帝王府宫。
不过这些宫殿一直空着还没有神仙居住，
因此很少有出入来往者显得那么寂静。
"不是明君的帝王要在灵园修炼后才能升天，
特别是那些昏君暴君更要在灵园长期修行。
他们修行多少时间都由天堂决定安排，
何时修炼成功何时就升入天堂受封。"

第七章

“云霞老师您来天堂这些年想不想家，
天堂上让不让您请个假回去探探家?”
“天界与人间两界相隔绝不能联系，
人死后升入天堂就完全脱离了人间的家。
天堂对每一位神仙的要求都很严格，
自己不能随便行动想去哪里就去哪。
天堂的天条天规十分严密也很严厉，
只要触犯天条天规就要遭受严厉惩罚。
就拿龙王为人间降雨这件事来说，
要根据玉帝旨意不能多下也不能少下，
多下一点少下一点那都坚决不行，
如违反了就要受到严厉的惩罚。”

“你可能在人间听到过这样一个故事，
一个龙王为赌输赢有意把雨多下和少下，
结果被一位高人看破揭露了出来，
你看那位龙王为此是多么的害怕。
人死亡之后神灵虽然还记得前世因缘，
但已因阴阳相隔决不能再提它。

人的神灵如果一旦再转世人间，
对前世因缘之事就一点也不记得啦。
天上神仙转世人间大都要忘记前世因缘，
如果不这样带来的麻烦那会很大。
我来天堂已经二十多年的时间，
说实话有时候也是很想念人间的家。”

“您来天堂虽然已经二十多年的时间，
却一点也看不出有什么大的变化，
您仍然像在人间时那么年轻漂亮，
还像在人间那样天生丽质端庄秀雅。
如今再加上您现在这种神仙的风姿神韵，
果然如天仙一般美丽风韵飘逸潇洒。
您离开人间的时候我才只有十几岁，
您看我如今都已进入中年年华。”
“你不过就是个大青年还是那么帅气，
只是显露出你成熟的一种文质儒雅。
你要知道当神仙的都是长生不老，
如果按人间年龄计算我都四十多岁啦。”

云霞老师甜蜜地笑了笑又接着说，
“我要在人间现在是不是已成为老太婆？”
“不会！”我坚决地说，“您绝对不会！
您永远都会年轻漂亮，永远天香国色。”
“那是不可能的。”云霞老师又笑了笑，

“在人间的衰老和死亡谁也难以躲过。
连秦始皇汉武帝这样的伟大帝王也不可能，
他们整天还寻吃仙药也没能够逃脱。
最后还是不能长生不老使肉体成为神仙，
最终还是死后神灵修炼完成成神的经过。
人间的生老病死这都是天堂注定，
所以作为凡人衰老死亡谁也难躲。”

“是啊，说起来我还不知自己将来怎么样，
就是死后神灵升入天堂其过程也很繁琐。
这次待我回人间后争取尽善尽德，
待日后升入天堂也许能早成正果。
如果能像您一样很快成为神仙那样更好，
我们两个就可以时常在一起说话坐坐。
假如到那时您如果能够同意的话，
我就向玉帝提出申请我们婚配结合。
如果现在让我升天成为神仙我都愿意，
我真不愿再回人间遭受磨难挫折。
如果您同意这次拜见玉帝时我就提出，
尊敬的蓝云霞老师您看这样如何？”

“你别瞎说，这事请你以后不要再提，
更不许你在觐见玉帝时在他面前乱说。
这事如果现在提对你可没有一点好处，
请你听我的话千万不要再瞎想乱琢磨。

三界之事一切皆是复杂的因缘业报，
我们一切都应顺其自然等待因缘结果。
说实话有可能我真想再转世人间，
人间虽如你所说不好但也有其特色。
我在人间只生活了短暂的二十多年，
因此对人间的许多事物都知之不多。
我在人间还未来得及恋爱，
由于生命短暂对人间生活体会也不深刻。”

“听说人间男女之间恋爱有非常美好的感觉，
有时清香淡雅有时又那么醇香浓烈。
你在人间这些年肯定已经恋爱过，
说说恋爱时有没有我说的那种感觉。”
“我恋爱过两次但都没有取得成功，
所以给我带来的是一种更复杂的感觉。
恋爱失败会带来一种特别痛苦的感受，
因为两次失败我的感受特别深切。
如今让我怨愤的是人间恋爱也在变化，
再不像以前和您在人间时那么纯洁。
如今的人间社会发展变化十分复杂，
人间真情正经受着一场物欲之魔的大劫。”

“仁义礼廉信也遭受从来未有的崩溃，
一切优良的传统正在遭受一场浩劫。
这也是我在人间为什么怀着那么多怨愤，

时至今日仍然让我无法面对和理解。”
“你是说这些年来人间发生了重大的嬗变?”
“说嬗变也可以不如说浩劫更为准确。”
“为此我也没有办法劝说安慰你，
因为我对人间真的是缺乏了解。
当年我在人间生活的时间过于短暂，
加上年龄又小又是那么天真无邪，
所以说对人间的生活感受不深，
不像你有那么全面深刻的领略。”

“三界之间的事有时变化让我们想不到，
就比如这一次安排让你游看三界，
我在天堂这些年从未碰到这种情况，
对你来说是好事还是坏事我真不明确。
一切我都是按照玉帝的旨意安排，
至于还有别的什么意图我真不了解。”
“没有什么大不了的,只不过是教育我，
也许我的怨愤代表人间诸多人的心野。
诸多的人间怨愤形成了冲天的怨愤，
以至于让玉帝在天堂上有了感觉。
说实话现在人间的怨愤很是普遍，
涉及到大多数人而且是那样的猛烈。”

“这可能就是让你游看三界的意图，
主要通过你了解情况教育人间大多数。”

我和云霞老师一边说一边飞向七重天，
此刻我们身边周围突然泛起漫天大雾。
一阵浓密带些许灰色的雾漫天飞来，
在无边无际昊大的天空中涌动飘舞。
好像天堂正在召集它们来开会似的，
或许天堂给它们下达了什么紧急任务。
白云和彩云都被雾覆盖或者是赶跑，
最后的几片五彩霞光也被驱逐。
下面广袤的山川大地景致全部被隐去，
满眼中只有弥漫悠悠的昏雾涌动追逐。

浓雾就像一个巨大不透明的罩子，
把我的目光从遥远高空围堵在眼前之处。
浓雾来势迅捷就像是一头怪物和猛兽，
顷刻间吞噬了我所能看到的一切景物。
白色带着灰暗的雾是那样的深广浓厚，
好像涌动的浆液要把我们涌出。
我们恍若飞行在迷迷蒙蒙的梦里，
又像是飞临仙山琼岛蓬莱玉树。
“像这种雾在人间飞机不能飞行，
就是高速公路也一定是要被封堵。
您驾乘的云朵怎么那么的神奇，
在这种浓厚的大雾中却照样飞渡？”

“这每一重天之间就是上下方圆九万里，

这么昊大的空间还不任我们行走飞舞。”
“像现在这种雾在天堂很少碰上，”
天堂之上也有如大地上一样的浓雾？”
“那当然，不过时间不长就会散开，
这种雾就像是一种感应从心里流出。
你不知道你刚才是一种什么心情吗，
这些浓雾也许就是你心中的迷雾。”
事情果真像云霞老师说的那样，
浓浓的大雾竟神奇般地突然被收服。
万里蓝天突然显现出它的碧蓝，
五彩云光又以排山倒海之势突然飞出。

神奇的雾忽然间不知消失到哪里，
深奥之中逃离无影无踪没留一点踪迹。
天空中又恢复了彩云缭绕柔和地飘动，
又变成一个明媚日丽仙气飘逸的天气。
这时我们已经看到七重天的南天门，
高大的南天门和守卫兵将尽收眼底。
云霞老师联系后接着就放我们通过，
不一会儿便飞临七重天上的山川大地。
“瘟部正神及所属诸神居住七重天上，
他们在封神演义时被敕封后就来这里。
人间华夏历代廉洁官吏之神在这一重天，
还有思想家、医科和宗教诸名家神灵也在这里。”

行走不远我们便飞临瘟部正神神宫，
这也是一座规模很大很壮观的府第。
吕岳潜修岛屿本有成仙得道之机会，
却动干戈杀戮之惨自堕恶趣夫复何戚。
最后还是天公地道彰显宽容之心，
吕岳被敕封为主掌瘟癀昊天大帝之职。
率领瘟部六位正神凡有时症任其施行，
居住七重天主掌瘟癀昊天很是气势。
瘟部六位正神在人间也都是大名鼎鼎，
东方行瘟使者周信南方行瘟使者李奇，
西方行瘟使者朱天麟北方行瘟使者杨文辉，
陈庚为劝善大师李平为和瘟道士。

“每重天上的主要神仙您是否认识他们？”
“每重天上的主要神仙我大都认识。
因为我作为玉帝殿前天使经常下来，
到各重天各大神府通知有关事宜。
你已看到各大天门守卫我都很熟，
因为我经常从各天门来来去去。”
“需要找神仙们办事可以请您帮忙，
以后有事求到您可千万不要推辞。”
我知道人与神之间难以相帮只是玩笑说说，
“不过也难说，你要有事求到我绝不推辞。”
我们没有下去拜访瘟部各位正神，
因无事相说只简单游看一下就匆匆飞离。

又往前行走不远看到一个村寨，
建筑规模很大房子整齐一排连着一排。
不过这些房子不像其他神府宫殿，
简朴得就像人间那种普通的民宅。
我们飞到临村寨的上空降低云朵，
清楚地看到每一座院落前都有门牌。
“这些房子居住着人间华夏历代廉洁官吏，
他们在人间死后神灵直升七重天台。”
“他们在人间的事迹我十分了解，
在人间青史留芳留下灿烂光彩。”
“他们升天成神后始终保持人间简朴，
你看他们的神府都是普通的住宅。”

提起人间华夏历代廉洁官吏我总充满感动，
云霞老师也怀着崇敬感动之情介绍开来。
“忠直不迂的晏子名婴字仲齐国夷维人，
春秋后期著名政治家外交家乃是大牌。
晏子历仕齐灵公、齐庄公和齐景公三朝，
辅政长达四十余年可谓十分豪迈。
晏子为官期间作风朴素兢兢业业，
上报君王下恤百姓彰显为国为民心怀。
显示了治理国家的卓越才华和智慧，
既坚持国家至上原则又把百姓放在胸怀。
因而荣获‘忠直不迂’的广泛赞誉，

而对邪恶势力则坚守刚强大义的气概。”

“晏子以忠诚刚正和智慧辅佐齐景公，
致使衰败的齐国又逐渐兴盛起来。
孔子赞他能用一颗忠心侍奉一百个君主，
从此晏子忠直胸怀在人间留下不朽光彩。
移风易俗的西门豹战国初期魏国人，
为官期间大胆破除传统恶俗之害。
他是一位胆识超群、干练明达的政治家，
为此他深受当地百姓的欢迎拥戴。
他以惊人胆识和谋略根除古老恶俗，
率领民众开渠筑堤除水患并引水灌溉。
虽只为县令却荣登司马迁《史记》班固《汉书》，
名闻天下泽汉后世可谓贤大夫哉。”

“‘强项令’董宣秉公执法无私无畏，[1]
打击不法豪强和贵族面临死亡也不悔。
为官一生清正廉洁家中四壁空空，
至死维护法律公平尊严受到广泛赞美。
季膺为官期间清廉自处执法严厉，
办事公正疾恶如仇深受百姓爱戴敬佩。
对贪官污吏无情打击社会声望极重，
他人品高洁被誉为天下楷模之美。

① 董宣刚正不阿，宁死不肯低头，被汉光武帝称为“强项令”，即脖子很硬。

鞠躬尽瘁诸葛亮乃人间天朝赫赫名相，
他为官一生励精图治鞠躬尽瘁。
他早已升入天堂在五重天名相神列，
作为名相作为清官他都出类拔萃。”

“不收怀金的田豫清正廉洁明练通达，
田豫不收怀金故事一直让后人敬佩。
田豫一生清廉时刻以国家利益为重，
从不收留他人财物不追求个人富贵。
他清廉节俭的行为被后人尊为楷模，
他的高尚品德在人间天朝史页留下光辉。
不为五斗米折腰的陶渊明少怀高尚，
为官期间宽厚仁和素为百姓赞美。
为实现大济苍生理想抱负不断努力，
不与世俗同流合污坚决辞官隐归。
把不为五斗米折腰高尚气节广留人间，
作为清正廉洁官吏天堂理应有他的神位。”

“陶渊明升天为神后在四重天采菊东篱，
作为大诗人作为清廉之官他都当之无愧。
历仕三朝的孙谦施政恩惠勤助农桑，
一生清廉不取勤勉为民无怨无悔。
在各地任职从不建造什么私宅府邸，
临终时反复告诫不为其后事破费。
梁武帝亲自为他举哀为其后人抚恤，

清廉的一生在人间华夏大地留下芳菲。
居官清洁的阳固为官敢于上谏方正清廉，
一生刚直雅正不畏强御无私无畏。
为官一生始终坚持居官清洁信条，
死后家无余财室徒四壁无以供丧葬之费。”

“‘枕石漱流’的顾协少年便怀志高，
‘枕石漱流’彰显了他一生的品格节操。
少年时就向往枕在山石上用泉水洗漱，
这一高洁之志后来为他终身所高蹈。
为官后终生廉洁耿直清介勤劳节俭，
入朝任高官仍布衣蔬食令人称道。
一代名相房玄龄长期任唐朝高官，
为相执政期间兢兢业业功绩显要。
衣食住行简单朴素从不随心所欲，
把‘为官惧盈满做事尽所能’作为终生信条。
作为一代名相著名廉官垂留青史，
作为升天为神在五重天名相排列名号。”

“敢于直谏的魏征是又一位名相，
以人为镜佳话为他留下千年光照。
他一生忠于职守直言敢谏清正廉洁，
从不牟取私利没有留下家产财宝。
临死时希望国家兴旺发达百姓安居乐业，
这是多么光洁照人的为官高尚情操。

升入天堂在五重天名相之位为神，
大名鼎鼎一代名相青史留名人间天朝。
守法护法的徐有功节操贞敬器怀亮直，
一生以死守法护法留下一代贤良光辉写照。
为守法护法三次被控死罪两次被罢官，
仍刚正不阿矢志不渝不为强权所动摇。”

“连武则天也被他的忠贞和勇气折服，
他的无私和勇敢精神光辉闪耀。
以身作则的姚崇一生三居相位，
励精图治为‘开元盛世’立下汗马功劳。
他以身作则勤于政务处处率先垂范，
为政以后写下诸多谏疏把廉政思想倡导。
一生保持清正廉洁没有自己专用宅院，
生命尽头安排后事仍以节俭以告。
俭朴廉洁的杨绾历官有素丝之节，
他素有德行居家无匹帛之余安贫乐道。
身躯蕴含浩然正气不语而自威，
一生清操自守以廉洁俭朴为向导。”

“清廉为民的陆贽体恤人民清廉自守，
其远见卓识公忠体国励精图治称誉九州。
他秉性刚烈以天下为己任敢于正人，
一生清正廉洁一尘不染如碧水之清幽。
他的品德风范和学识才能深得称赞，

为国为民赤胆忠心勤政廉洁作风青史芳留。
拒贿除贪的牛僧孺淡泊名利清正廉洁,
其清德可以服人其美誉广泛传流。
持法严谨执法公正坚决抵制贿赂,
严格执法铲除贪官被人赞不绝口。
出污泥而不染拒贿赂于门外实在难得,
作为一名高官这是多么令人敬佩的操守。”

“善断大事的寇准以一代名相升入天堂为神,
以清正廉洁在人间天朝光耀大地九州。
他为官几十年以国家和民族利益为重,
坚持正义抨击时弊不畏强权留芳千秋。
忧国忧民的范仲淹入能为相出能为将,
为官数十年呕心沥血体恤百姓清正自守。
‘先天下之忧而忧,后天下之乐而乐’,①
成为为官志士仁人和文人生命方舟。
‘不以物喜,不以己悲,居庙堂之高,则忧其民;
处江湖之远,则忧其君’镌刻大地九州。②
《条陈十事》‘庆历新政’留下灿烂辉煌,
一代能将良相清廉官吏人间华夏历史少有。”

“‘白面青天’陈希亮字公弼眉州青神人,
‘白面青天’的赞誉出自广大百姓之口。

---

①② 均引自宋代范仲淹的话。

苏轼专门撰写《陈公弼传》为其赞叹，
从此'清劲寡欲''严而不残'在人间广为传流。[1]
忠清粹德的司马光字君实陕西夏县人，
为官期间秉性刚直怀民以仁清白仁厚。
著名史著《资治通鉴》通鉴人间天朝历史，
其光明磊落勤正廉洁人间千古传流。
一代名臣粗衣劣食度过一生竟卖地葬妻，
'忠清粹德'匾文永悬人间大地九州。
以民为本的黄震体爱百姓反对腐败，
始终以节气自勉刚直不阿清介自守。"

"始终抱定民为国之本救民即救国信念，
不计个人得失忤权要不怕犯龙颜。
救民利民则为之害民者则必去之，
不愧人间华夏集勤廉能直于一身的清官。
一代硬骨的方孝儒刚正廉洁气节高尚，
坚持正义和忠贞宁为玉碎不为瓦全。
以他一身铮铮硬骨彪炳千秋正气，
成为历代为官者和读书人的品格典范。
匡国济民的况钟清廉刚正匡国济民，
勤于政事爱民如子深受百姓称赞。
演绎'三离三留'传奇故事为后人千古传颂，[2]
两袖清风一寸绵赢得百姓饯送酒如泉。"

---

① 苏轼在《陈公弼传》中评价陈希亮"清劲寡欲""严而不残"。

② 指况钟在苏州任上三次奉命调离当地百姓三次挽留不让走故事。

“廉洁刚正操守为后人留下宝贵精神财富，
其勤勉和清廉一座丰碑永立人间。
清廉刚正的海瑞为官期间政绩卓著，
坚守公平正义秉公持正明断疑案。
惩治贪官打击豪强积极推行一条鞭法，
强令贪官污吏退田还民深得百姓盛赞。
革职闲居忠心为国志向至死不渝，
死后南京百姓罢市洒泪百里祭奠。
叶重弟为官清正廉洁勤于政事关爱百姓，
以革旧弊化民风为务深受百姓爱戴称赞。
一生居官清廉生活俭朴死时身无分文，
携带的物品只有图书一箧行李一肩。”

“威武不屈的石维岳不畏权奸坦荡正直，
坚持正义廉洁自律实乃享有盛誉清官。
因刚正不阿勇斗权奸而享誉京都，
在任一方为民造福作诗绘画表达留恋。
被陷害入狱长沙民众万人请愿官府，
被誉‘雅操一帘秋月，雄才万壑流泉’。
清惠明敏的高承埏为官清惠明敏，
对百姓广施恩惠对不法豪强从严惩办。
为官一任离任时男女老幼俱焚香遮道，
有的失声痛哭彰显民众对其深切情感。
身为明朝官员为明朝灭亡行吟坐泣，

坚守忠贞节气隐居乡里拒不入仕为官。”

“廉吏第一于成龙清朝为官清廉名臣，
为官清廉政绩卓著为世所公认。
始终过着清苦生活三间住屋没有厨房，
为官离任时百姓拦道号哭感天动人。
勤教化以厚民俗固守气节至死不变，
一生为官勤政清廉事迹享誉人间大地乾坤。
刚正不阿的林则徐忠于国家正直无私，
为了国家和人民利益刚正不阿勇担重任。
不顾个人安危虎门销烟惊心动魄，
惊动朝野争得人间华夏万民民心。
坚持‘苟利国家生死以，岂因祸福避趋之’，[①]
被诬流放边疆也不放弃捐躯报国忠心。”

云霞老师接连向我介绍了历代清廉官吏，
我认真数算了一下一共有三十人。
他们都是人间华夏历代清正廉洁著名官吏，
他们的事迹曾感动激励着多少百姓人臣。
人间华夏大地镌刻着他们千古英名，
天堂理应让他们升入天堂为神。
“我们刚看到的是历代著名清廉官吏，
往前看还有大批为官清正廉洁贤达人臣。”

① 林则徐所写的名句。

"我怎么没有看到包青天的神府，
他在人间华夏的清正廉洁可是誉满大地乾坤。"
"这种千年传唱的清正廉洁大臣天堂怎能忘记，
他升入天堂后一直在九重天神府为神。"

"人间还有几位人杰升入天堂九重天为神仙，
一位是在人间以德报怨的大孝人舜帝贤尊。
还有大圣大贤的孔子也在九重天上，
还有大义关羽大廉包青天大忠岳飞三位名尊，
等我们游看九重天时可以去拜访，
可以与他们进行广泛地交流和讨论。
"原来是这样！天堂果然坚持公正，
明察至理把握人间之事那么精准。"
我不禁为天堂的公平公正赞叹不已，
更为天堂对人间之事掌握那么清楚而心震。
"我认为待你游看完三界之后会有变化，
可能不会像以前那样不信三界并充满怨愤。"

"游看三界之后的结果也许会这样，
但不会从根本上改变我的观点和立场。
因为现时的人间确实让人悲观可叹，
天堂未必能拿出有效措施让人间改弦更张。"
"但愿天堂能拿出切实有效的办法，
彻底改变人间这悲惨命运的现状。"
云霞老师说着我们继续向前行走，

行走不远前面又迎来一片殿宇楼堂。
“前面这一座连着一座殿宇楼堂也住着名家，
分别是人间思想家、医科和宗教家所在地方。
他们的神灵升入天堂后大都在此居住，
在这里一如人间往常修炼着技艺和思想。”

关于老子我们在前面已经讲过，
他乃太上老君转世人间走了一场。
作为人间伟大哲学家和思想家留下《老子》，
其无为而治思想对人间产生深远影响。
庄子是伟大的思想家哲学家文学家，
为人间留下“天人合人”和“清静无为”思想。
他的思想被人间学术界尊为老庄哲学，
与老子思想并列为人间思想辉煌。
墨子主张兼爱非攻天志明鬼尚同尚贤，
在《墨子》一书中全面阐述了其思想主张。
荀子是先秦唯物主义思想集大成者，
法后王、关于物质世界及性恶论是其重要思想。

“思想家慎到之道不仅讲势而且讲法，
清静而治与法势思想产生深远影响。
韩非子是哲学家和法家思想集大成者，
精于刑名法术之学创立法家思想辉煌。
以上这几位都是春秋战国时期伟大思想家，
他们的思想对人间社会发展产生深远影响。

他们现在都居住在七重天上为神仙，
转世的太上老君早又回到九重天炼丹殿堂。
这些思想大家身后又陆续涌现一批思想家，
他们在人间天朝历代各显其思想锋芒。
公孙龙、陆贾、贾谊、晁错各有其论，
桓谭、王充、阮籍、嵇康、范缜各有主张。”

“鲍敬言、傅奕、吕才、陈亮各有盛名，
叶适、邓牧、李贽、王夫之深受后人推崇。
还有人间近代的一些思想家也各有高论，
他们如今都升入这七重天居住神宫。”
云霞老师介绍到这里又带领我往前走，
不一会儿又来到一片殿宇建筑的上空。
这一片殿宇楼堂是医学和科学家神府，
他们在人间华夏历史上也久负盛名。
“扁鹊、淳于意、张仲景在人间声名远扬，
涪翁、华佗、王叔和在人间医治多少疾病。
陶弘景、孙思邈、李时珍留下多少医著，
徐大椿、陈念祖、宋慈医术多么高明。”

“还有众多医学家人间铭记着他们的名字，
如今他们在这天堂神府仍在不断修行。
张衡、马钧、葛洪、祖冲之是有名科学家，
还有张遂、贾思勰、沈括和郭守敬。
还有王祯、苏颂、卫朴、鲁明善和徐光启，

他们作为科学家在人间华夏大名鼎鼎。
鲁班、李冰、赵过是人间华夏著名工技家，
还有蔡伦、李春、毕升、高超和怀丙。
还有宇文恺、耿询、孙威和黄道婆等人，
他们在人间华夏都有重大发明。
裴秀、郦道元、贾耽等人是著名地理学家，
他们在人间华夏地理学方面留下盛名。”

“人间华夏历代也涌现一批宗教家，
作为宗教家是修炼成仙的最有效途径。
你在游看灵园时到过诸多道教佛教名山，
许多从教修炼有道之人成为神明。
你前面看到的张道陵早已修成正果，
法显、僧佑、智顗、隆琦都非常有名。
还有道宣、玄奘和鉴真也是有名宗教家，
他们在人间华夏大地一直坚持从教修行。
以上这些宗教家最终都修成正果，
如今他们也都在天堂神宫成为神明。”
云霞老师对人间华夏历史是那么熟悉，
她丰富的知识确实让我佩服和崇敬。

第八章

太阳像贴着西方的天边慢慢走下，
边走边向整个天空渲染着红霞。
头顶上空是杏黄色衬托着蓝色的高空，
暮色从四面八方在整个天空悄悄飘洒。
一会儿深赭一会儿淡青地转换着颜色，
无声无息冉冉缭绕着不停地变化。
在云块空隙处露出蔚蓝色的鲜艳线条，
轻薄的如同飘出一缕缕透明的蓝纱。
脚下连绵的山峦丛林好像燃起篝火，
山林间山坡上红霞染红各色菊花。
河流中流动着透着红晕的蓝色飘带，
山峦丛林河流全都笼罩着五彩光霞。

潺潺流淌的河水充满温馨的柔情，
岸边的芦苇丛挂满了纯洁的芦花。
山林和芦苇丛中一群群鸟儿不停地鸣唱，
像是一场歌唱晚会一位位歌唱家。
晚霞鲜红的光晕在山川大地慢慢移动，
从山峦丛林的顶部悄悄向上生发。

随后树林中越来越暗淡慢慢融成一团，
透红的蓝色天空涌出几颗星星羞羞答答。
星星们不停地眨动着羞怯的眼睛，
互相间好像在悄悄地说着情话。
太阳把最上边半圈边际隐没在西天，
朦胧暮色从漫空中涌出开始蒙盖晚霞。

河水由透红的蔚蓝色逐渐变成铁青色，
大批跑出来的星星不停地在河水中悬挂。
山峦丛林不断陷入黑乎乎的夜色之中，
五彩的云朵还剩下越来越暗的褐色光霞。
随着暮色的降临整个天空越来越恬谧，
周围的一切都像进入迷醉的朦胧静雅。
这时突然一个奇异的景象展现出来，
一个银色的圆球从东方天际慢慢往上爬。
它像一个刚出炼炉的银盘银光耀眼，
逐渐放射出越来越辉煌的灿烂的月华。
把整个天空和大地山川都照得光亮如日，
最感奇异之美就是月亮滚动在我们脚下。

这是多么令人陶醉的傍晚景色，
就像一双纤纤柔软的玉手抚弄着心魄。
人人都说天堂美这话一点不假，
白天夜晚早晨晚上都有那么美丽的景色。
“大诗人是不是被这美丽景色陶醉了，

是在陶醉中作诗还是在陶醉中放歌。”
云霞老师看着我那么陶醉有意逗我，
她也带着一种陶醉高兴玩笑地说。
“你每日都身在这么美丽的景色之中，
这种生活正所谓是神仙的生活。
说实话我还真有这样一种打算，
等我游看完三界回去写一部诗作。”

“太好了，我完全赞成你的这种打算，
你看我帮忙为你诗作起个名字如何？”
云霞老师对我的打算显然很高兴，
“你看诗作的名字可不可以叫神歌？”
“这倒是一个很好的名字，”我思考了一会儿，
“不过其含义好像还不够全面深刻。”
我说完云霞老师又认真思考好一会儿，
“你看可否叫三界神歌，我觉得不错。”
“我认为还是叫华夏神歌更为好些，
哎，尊敬的云霞老师您看如何？”
“老毛病又来了。”她的笑总是那么甜蜜，
“这个名字更好些，那就定下叫华夏神歌。”

“不过你写好以后我要先睹为快。”
“可我又到哪里去找您给您送诗作。”
我已知道人间天堂相隔不能来往，
更知道如这次回去再难与云霞老师联络。

按照天规我们不可能再相互来往，
每想到这我总觉得心里十分难过。
“是啊，你回人间我们不能再联系，
也不可能再有见面的机遇时刻。
除非是你升入天堂或我转世人间，
不然我们只能天各一方人间天堂相隔。
不过你的诗作要给我还是有办法，
那就等你写好后在某一个夜晚以梦送我。”

我们一边说着一边向八重天上飞跃，
所驾乘的云朵速度是那么的迅捷。
到底飞行多快就像在朦胧梦中，
无法进行计算也难有具体的感觉。
“您作为天使属于天堂的哪一个部门，
您每天的工作累不累都有哪些？”
“玉帝殿前一共有好几位天使，
为玉帝承办一些文案的传送批阅。
然后将玉帝批阅的文案送有关部门，
有时还要到各重天送达下发有关文牒。
就和人间各级秘书部门工作差不多，
一天到晚办文办会也忙得不得停歇。

“我所在的部门名称叫作秘书院，
这个部门编制在天机处的序列。
天机处由诸多大神共同来组成，

天机处的多位大神分工也很明确。
天机处有太上老君和元始天尊，
还有托塔天王和太白金星等神杰。
元始天尊早已退隐不再参加日常工作，
他所分管的吏部由姜子牙承接。
太上老君作为天机大神分管户部和工部，
太白金星作为天机大神分管礼部的一切。
托塔天王不但身为天机处的大臣，
还担任天堂兵马大元帅重要官阶。”

“另外托塔天王还兼任兵部尚书，
升天为神的岳飞为兵部侍郎官阶。
二郎神也是天机处大臣分管司法，
另外他还兼任刑部尚书一职官阶。
升天为神的包公现为刑部侍郎，
他在天为神仍像人间一样清正廉洁。
关羽被封为武圣帝君和天堂兵马副帅，
孔子作为大贤大圣神君分管天堂教育事业。
天堂系统的机构序列也很庞大，
基本上等同于人间华夏王朝的机构设列。
我只是给你介绍有代表性的几位，
更多的我也难以给你一一介绍罗列。”

“天堂的情况您已向我介绍比较清楚，
我衷心地感谢您对我的关心帮助。

我这不是客气是真心实意感谢您，
您让我增长了知识给我带来快乐和幸福。”
我真诚地向云霞老师一再表示感谢，
就好像我们在一起的时间就要结束。
心里总有一种莫名的恋恋不舍，
我从云霞老师的话中也能听得出。
我们一边说着不知不觉来到八重天，
来到了八重天的中天门之处。
好在云霞老师与各重天门守卫都熟悉，
使我们的进入都很顺利不费工夫。

我们又顺利地登上了八重天，
这时的八重天仍挂着深夜月幕。
此时的八重天显得格外神秘幽深，
整个天空中飘逸着盈盈神气仙雾。
“八重天上有三百六十五位清福正神，
封神时柏鉴被敕封为三界首领八部。
柏鉴昔为轩辕皇帝大帅曾征战蚩尤，
立有功勋但不幸殛死北海之惨戮。
捐躯报国忠荩可嘉冤尤却一向沉沦，
幸遇姜子牙封神守台功茂得赐宝箓。
被敕封为三界首领三百六十五位正神之职，
从此在这天堂八重天上得享正神清福。”

“托塔天王父子及太白金星也居八重天上，

故而这里设有天堂兵马大元帅神府。
来自人间的大孝挚爱之人也在八重天上，
这些人在人间的孝和爱特别突出。”
云霞老师说到这里停下来问我，
“你在人间读过没读过二十四孝图？”
“我只是听人简单讲过没有看过。”
“那我就给你边讲边看他们的神府。”
这时我们正飞行在一片殿宇上空，
云霞老师指了指殿宇开始给我讲述。
“人间华夏历代有许多最具典型的孝顺故事，
这些各有特色的孝顺故事孝子必读。”

“舜是远古帝王中的五帝之一，
你已知道他姓姚名重华号有虞氏。
相传他父亲瞽叟及继母多次想害死他，
还有他的异母弟弟象也想把他害死。
他们让舜修补谷仓仓顶时从下面纵火，
舜却手持两个斗笠跳下得以逃离。
让舜掘井时瞽叟与象却下土填井，
舜在井底想办法掘一地道得以逃离。
事后舜对父亲毫不记恨还是那么恭顺，
仍以哥哥的慈爱感情爱护着弟弟。
舜的孝行感动了天帝从而对其施助，
舜在厉山耕种时鸟为他锄草大象替他耕地。”

“尧听说舜非常孝顺又有处理政事才干，
便把两个女儿娥皇和女英嫁给舜为妻。
尧经过多年观察考验选定舜做他的继承人，
舜登天子位后仍恭敬孝顺父亲并封侯象弟。
不过舜作为大孝之人神府在九重天上，
在前面我已经向你介绍过这件事。
汉文帝刘恒即位后以仁孝之名闻天下，
作为皇帝侍奉母亲从不懈怠尽行孝义。
其母卧病三年他常目不交睫衣不解带，
母亲所服汤药他亲口尝过才让母亲服之。
他在位二十四年重德治兴礼仪政绩卓著，
从而取得了广受赞誉的‘文景之治’。”

“曾参孔子得意弟子世称曾子以孝著称，
少年时家贫常上山打柴以助母亲家持。
家中来客母亲不知所措用牙咬指以唤他，
在山砍柴的曾参忽觉心疼便知母亲呼唤自己。
曾参便背着柴迅速返回家中跪问缘故，
母亲则告诉他家中来客盼其回来才咬手指。
母子二人身居两处母咬手指儿子心疼，
这也许就特别说明了母爱儿孝之理。
仲由字子路、季路性格直率勇敢十分孝顺，
早年家中贫穷自己常常采野菜做饭食。
却从百里之处负米回家侍奉双亲，
父母死后仍思想已吃野菜为父母去负米。”

“郯子春秋时期人父母年老患眼疾害，
需饮鹿乳疗治他便披鹿皮入深山去采。
他钻进鹿群中挤取鹿乳供奉双亲，
一次取鹿乳时见一猎人要把一只麂鹿猎射杀害。
郯子赶忙掀起鹿皮现身走出去说出缘由，
猎人敬他孝顺以鹿乳相赠并送下山来。
江革少年丧父侍奉母亲极为孝顺，
战乱中背着母亲逃难几次遭遇匪害。
面对贼人屠刀他总是哭告老母年迈无人奉养，
贼人见他孝顺不忍杀他便放其走开。
后来他迁居江苏下邳做雇工供养母亲，
自己贫穷赤脚而让母亲得以幸福关爱。”

“汉明帝时期江革被推举为孝廉，
汉章帝时被推举为贤良方正备受拥戴。
蔡顺汉代汝南人少年丧父侍母极孝，
当时正值王莽之乱又遇饥荒柴米昂贵难买。
只得拾桑葚充饥并分黑红让母吃黑熟之葚，
遇义军询问得知此事也被感动心怀。
怜悯他的孝心送他三斗白米一头牛，
让他带回供奉其母以表达心中敬戴。
卧冰求鲤的王祥琅琊人不幸生母早丧，
因继母的挑拨使他又失去父爱。
但在父母患病时他却衣不解带服侍，

继母想吃活鲤鱼因天寒地冻无法捕买。”

“王祥便解衣卧冰想待冰化而求鱼，
冰忽然自行融化跃出两条鲤鱼来。
继母食用鲤鱼后病果然得以痊愈，
从此这卧冰求鲤故事在人间广为传开。
哭竹生笋的孟宗三国时期的江夏人，
少年时父亡不幸母亲又患重病疾害。
医生嘱用鲜竹笋做汤方可有救，
可适时严冬没有鲜笋孟宗实在无奈。
无奈的他独自一人跑到竹林里扶竹哭泣，
少顷他忽然听到地裂声身边的地裂开。
只见裂地之处长出数茎鲜嫩笋，
他赶忙采回做汤喂母果然其母病除无碍。”

“王裒魏晋时营陵人其母在世时怕雷，
每当雷雨天他就到母坟前跪拜安慰。
父亲被司马昭杀害他隐居终身不面西坐，
以表示永不做晋朝之臣永不相随。
吴猛八岁之时就懂得孝敬父母，
夏季他看到父亲因蚊虫叮咬夜不能寐。
他便每晚总是赤身坐在父亲床前，
吸来蚊虫叮咬自己让父亲得以安睡。
杨香十四岁时随父亲到田间割稻，
忽然跑来一只猛虎把父亲扑倒叼在嘴。

他手无寸铁为救父亲全然不顾自己，
急冲上前扼住猛虎咽喉把父救回。”

“朱寿昌七岁时生母因家中缘故改嫁他乡，
五十年母子音讯不通他寻母心愿难遂。
在朝做官时刺血书写《金刚经》寻找生母，
不畏艰难广寻四方决心把生母找回。
得到线索后弃官到远乡寻找生母，
生母终于找回此时他生母已七十多岁。
前面讲的这些人都是历代大孝之人，
他们是人间华夏二十四孝图中的十二位。
他们孝顺方式不同孝心都那么感人，
他们的一片孝心那么的令人敬佩。
俗话说百事孝为先孝为做人基本，
孝道是人间华夏优良传统文化的精髓。”

云霞老师说着又指着下面的一片殿堂，
告诉我这些殿堂居住着人间华夏大孝先辈。
“人间之人以孝升入天堂为神的众多，
他们在人间做人的品德都很可贵。
他们升入天堂很快就成为神仙，
有的为了再尽孝心又转世人间轮回。
他们连神仙也不做再转回人间尽孝，
你看他们的这种孝心是多么的可贵。”
“是啊，他们这种孝心确实感人，

他们理应升入天堂得坐神职神位。”
我们一边说着一边继续往前行走，
忽然看到前面一片殿堂格外雅秀精美。

这一片殿堂坐落连绵山峦的半山腰，
殿堂被逶迤起伏的山峦三面环抱。
正是背依青山面对绿水绝美位置，
一条碧水河流潺潺流动蜿蜒盘绕。
这一片殿堂全都坐落在园林之中，
每一座殿堂周围都是绿树成阴花丛妖娆。
楼台亭榭亭亭立在绿树红花丛中，
园林小径两边是多情的花朵柔情的瑶草。
“居住在这里的都是来自人间挚爱之人，
他们在人间演绎了爱情的至美至妙。
有的在人间则演绎了相爱的千古悲情，
把轰轰烈烈生死离别的爱情汇成人间华夏爱的光耀。”

“牛郎织女、孟姜女爱情故事千古流传，
梁山伯与祝英台、白蛇传家喻户晓。
这四个故事并称人间华夏四大爱情传说，
其中充满感人的千古悲情千古美好。
牛郎织女之爱是人与神的相爱相恋，
白娘子与许仙之爱说的是人与妖。
另外还有董永与七仙女也是人神之爱，
他们爱得那么感人至深爱得那么美妙。

以上这些都是人间尽人皆知的爱情故事，
我在这里就不再重复向你介绍。
下面主要向你介绍几个著名爱情故事，
这些爱情故事你也许都早已知道。”

“人间华夏历代帝王有许多感人爱情故事，
他们之爱在人间留下高尚的爱情情操。
汉光武帝刘秀与阴丽华皇后相爱至深，
她是他一生的梦想他是她一生的梦绕。
成为皇帝的他后宫仅三人一个无宠，
一个为政治利益又终于被废掉。
而她阴丽华是一个十分幸运的女人，
当他望着人到中年的她时仍充满爱情光耀。
当她望着他时更充满爱的情感，
他至深地望着她一直到她的容颜衰老。
他们作为皇帝与皇后这是难得之爱，
他们的相爱该是多么至深至妙。”

“他们相爱的两人是东汉明帝与马皇后，
他们之间爱得那么至深那么长久。
无子的皇后通常命运是可悲的但她例外，
她终生无子他为她过继子嗣以解其忧。
他让她享受他终生的至深宠爱，
她用善良与美德成就他的爱和为政成就。
他死后她成为太后抵制外戚作出贡献，

他们的爱为此在人间华夏长久传流。
汉宣帝与许皇后又是帝王中的挚爱夫妻，
他们的挚爱传颂在人间华夏大地九州。
作为皇帝他无法忘记自己贫贱之妻，
抵制所有风险将他心爱的妻子扶为皇后。”

“但他却无法保护妻子她被人毒死含恨九泉，
他为此对恩爱的妻子感到深深歉疚。
她死后两件事成为他今后的生活重点，
一是抚养他们的儿子一是为她报仇。
都只为她数年后他实现了他对她的承诺，
为他们的爱情画上完美句号而方休。
隋文帝与独孤皇后之爱被后人广为传颂，
他怕她一生怕之深爱得却更加深厚。
新婚之夜他发誓爱她一生不纳妾，
他为了他们的爱他的誓言一直坚守。
他成为皇帝他上朝她送他他下朝她接他，
他们一直恩爱无比儿子全部是她所生有。”

“只是后来她的铁腕政策使他怕她比爱她更甚，
其实她也没有错只为守住他那份誓言天长地久。
可惜她在爱情面前犯下刀斩尉迟氏之过影响升天，
从而为他们幸福美满爱情蒙上一层担忧。
唐太宗与长孙皇后的爱情被千古传颂，
他们的结合堪称最佳帝王与千古一后。

他们的结合造就了贞观之治造就大唐盛世，
她享受他终极的爱恋独占他永恒爱的心头。
他是她的全部世界生死相许相爱，
她的死带走了他的全部爱情与温柔。
他们是一代女皇武则天无法战胜的两人，
历史告诉后人因为他们是绝对挚爱夫妻的缘由。”

“郭威与柴皇后一个娇贵仕女一个起自贫寒，
荒村茅店中撞出爱情火花真乃天意成全。
他成九五之尊她已命丧黄泉但他仍不忘记她，
力排众议封她为皇后收养她侄子柴荣为子传。
以慰她在九泉之灵后柴荣继位为帝，
他对她这无法割舍的爱情多么至深至远。
朱元璋与马皇后同甘共苦共创大明天下，
他将她比作长孙皇后而她也确实如此而践。
她用温柔贤德去平复他的猜忌助他成功，
他终失去了她为追念她他不再立后宫院。
明孝宗与张皇后是历代帝王少有的挚爱，
他们的爱在人间华夏大地得以广泛美赞。”

“他是可坐拥天下女人后宫却只有她一人，
一个他深爱的女人张皇后她为他也至爱至坚。
顺治皇帝与孝献皇后之爱留下神奇之谜，
她走了他虽生犹死痴情地走至极端。
为此留下他为她出家至今是谜的传奇，

他们的生死爱情堪称传奇也堪称至深至坚。
他们的爱情于国于家都显得有些自私，
他正所谓是为了爱情而不要大清江山。
乾隆与孝贤皇后的爱情留下美好佳话，
他们的爱情在平凡中彰显深情无限。
她的衣服在后宫中是最朴实的一位，
他给她的爱情也是最朴实的爱恋。”

“她送给他的信物是最简单的荷包，
他却独将她最简单的荷包珍藏身边。
他多情但专情她是少有的贤惠简朴，
她为他那奢华的帝王生活带来清凉怡然。”
云霞老师在介绍中显然已被深深感动，
她的话语中带着赞叹的深深情感。
“刚才介绍的是人间华夏历代帝王爱情之例，
他们至深至爱的爱情受到千古称赞。
刚才介绍的十位帝王有四位被列为明君，
他们作为明君作为挚爱之人都应成为神仙。
他们如今大都在八重天与皇后爱居一起，
他们把在人间的挚爱融在天堂的修炼。”

“人间华夏还有一位上演轰轰烈烈爱情的帝君，
他们为生死离别的爱情差点丢失盛世乾坤。
他爱她倾国倾城之貌和极高的艺术禀赋，
她爱他挺身甘受白绫换来御林军的继续前进。

她爱他甘为他做安史之乱的替罪羊，
他在神思中上穷碧落下黄泉追寻她的幽魂。
唐玄宗与杨贵妃之爱留下千年《长恨歌》，①
他们的爱为人间华夏既留下美妙也留下教训。
‘天长地久有时尽，此恨绵绵无绝期。’②
爱到荒淫误国于国于家于人怎能不留遗恨。”
“是啊，人间有史以来就是那么的复杂，
有时人间历史对复杂的社会人生都难下结论。”

我们一边感叹着帝王们的爱情一边继续前行，
不一会儿云霞老师又开始介绍起下面几人。
“大唐名将李靖与歌妓红拂女演绎挚爱，
她初见他便识他英才侠义以爱许身。
他对她爱慕奉为知己而履行其言，
她助他成为大唐名将他让她成为一品夫人。
苏东坡与患难知己王朝云生死相恋，
他们在患难中演绎的爱情那么感人至深。
她虽为歌妓却独具一种清新洁雅气质，
他虽为高官诗词大家却是性情豪放之人。
他几度遭贬只有她知他腹中不合时宜，
她善解他心他赞她知我者只有王朝云。”

“他年近花甲遭贬身边只有她始终追随，

① 指唐代大诗人白居易《长恨歌》。
② 引白居易《长恨歌》诗句。

她病故他为她镌刻楹联表苦思之心。
韩世忠与梁红玉初次见面相爱终成眷属，
他为南宋抗金名将她曾击鼓抗金。
她用妙计助他大败金军他为她胜利高歌，
她又助他用计以少胜多使金军不敢渡江南侵。
他被罢去兵权后索性辞去所有官职，
他与她最终白头偕老度过余生天伦。
李清照与赵明诚之爱广为人间赞美，
他博学多才而她是著名才女词人。
他们夫妻恩爱婚姻生活十分幸福愉快，
他们共同收藏读书吟诗唱词相爱至尊至亲。”

“卓文君夜奔司马相如之爱千古传扬，
人间至今难忘那一曲动人心弦的《凤求凰》。
她汉代才女貌美有才气善鼓琴家中富贵，
他能弹琴作诗文采奕奕家中一无所有乃一贫郎。
她久仰他的文采他早闻她的芳名，
她有情他有意恰如一对戏水鸳鸯。
他们互相爱慕倾心相恋演绎携手夜奔，
为人间华夏大地留下一段醇厚的爱情芬芳。
她当垆卖酒他打杂患难相爱传为佳话，
可叹他成天下名人富贵后却荒唐把她相忘。
她作《白头吟》让天下的负心郎皆惭愧，
她更有哀伤凄怨的《诀别书》让后人断肠。”

“现如今她独在天堂八重天上为神仙，
而他作为负心郎恐再有文采也难升天堂。
宋人陈寿与其妻矢志不渝至死相爱，
演绎了一段平凡人相爱的无私高尚。
他得聘她为妻尚未成婚却得癞疾，
他家为此提出取消婚事她却坚如以往。
他因自己患传染重病不让她靠近他，
她却不避秽恶恭谨服侍他生活如常。
过了三年他怕拖累妻子私买砒霜打算自尽，
她知道后偷吃砒霜一半欲与他同时死亡。
谁知他吃下砒霜癞疾居然得以痊愈，
她吃下砒霜后只是大吐一场没有命丧。”

“他们历此折磨后感情更好更加恩爱，
他与她最终白头偕老演绎一曲爱的绝唱。”
云霞老师说到这里指了指下面殿宇园林，
“如今他们这些挚爱的人就生活在这地方。”
“天堂眷顾他们又体现了天公地道，
他们无论做人还是做神都会受到景仰。”
我刚说完云霞老师便把云朵降在一片园林，
把我领到园林中的一堵粉壁墙之旁。
我一看就知道这是浙江绍兴的沈园，
墙上所题的两阕《钗头凤》让人震撼感伤。
前一阕《钗头凤》是陆游的千古伤吟，
而后一阕《钗头凤》则是唐婉千古感伤。

“陆游与唐婉的爱情是一曲千古悲情，
两阕《钗头凤》题写着他与她凄婉的沈园情梦。
‘红酥手，黄滕酒，……欢情薄。一怀愁绪……①
他的《钗头凤》浸润着无奈的幽怨之情。
‘世情薄，人情恶……泪痕残。欲笺心事……’②
她的《钗头凤》浸润着病魂咽泪哀声。
他是南宋时期著名的爱国诗人，
她名唤唐婉自幼文章灵秀貌美聪明。
他为表哥她为表妹两人青梅竹马情深意笃，
虽处兵荒马乱却度过一段纯洁无瑕美好人生。
随着年龄增长一种萦绕心肠情愫渐渐生发，
他们常借诗词倾诉衷肠唱和深情。”

“他们宛如一双翩跹于花丛中的彩蝶，
他们的爱情得到两个家庭的赞同。
突然因故东风恶孝顺的他母命难违，
山盟虽在锦书难托他只能暗自泣零。
她被送回娘家无奈雨送黄昏花易落，
只能独语斜栏抒发难难难的哀声。
泣别后又失利的他倍感凄凉再游沈园，
居然在园林深处幽径他又与她相逢。
时光与目光凝固他与她目光胶着在一起，

① 引自陆游《钗头凤》词中句子。
② 引自唐婉《钗头凤》词中句子。

他们都感觉恍惚迷茫不知是真还是梦。
四目相对千般心事万般情怀不知从何说起，
双方眼帘饱含的不知是思是怨是怜是情。”

“此时他无奈已为人夫她无奈已为人妻，
在一阵恍惚之后她只得留下深深一瞥而行。
一阵和风袭来吹醒了沉在旧梦中的他，
他在情不自禁中梦般地去追寻她的身影。
遥见她低头蹙眉有心无心地伸出玉手红袖，
他看得心碎昨日旧梦今日痴怨题下《钗头凤》。
第二年她以一种莫名憧憬再次来到沈园，
她流泪吟诵他的《钗头凤》题下她的《钗头凤》。
她被爱情烈火煎熬着抑郁成疾随秋风逝去，
只留下一阕《钗头凤》叹息着千古悲情。
他垂暮之年倦游归家对她对沈园深切眷恋，
又题《沈园怀旧》《梦游沈园》叹息千古悲情。”

第九章

云霞老师的眼睛里闪动着泪花，
我的心里感觉像有千钧的重压。
陆游与唐婉的千古悲情那么让人感伤，
他与她的爱在人间大地一直传为佳话。
天堂也为他们的悲情深为感动，
让他们共同升入天堂重又结发。
还按照人间的沈园造了一座沈园，
完全依照人间沈园式样一点不差。
怪不得一开始我就认出是沈园，
因为人间的沈园我多次去过很熟悉它。
人间沈园坐落在浙江绍兴城内，
在历史沧桑中一直诉说着他与她的佳话。

“刚才又介绍了几位人间历代至爱故事，
人间对他们的爱情也许有不同的看法。
虽然他们人物不同爱的方式不同，
但大都透射出他们高尚无私的光华。
特别是陆游和唐婉的悲苦爱情，
那种刻骨铭心的情缘真是催人泪下。”

“人生最厚重的爱是父母与子女的爱，
人生最美好的爱应该是男女爱情之花。
爱情有时让人感觉是那么的迷茫，
有时可能让爱情中的人迷茫得昏发。
爱情的力量有时又是那么的无限，
让有的人为了爱情而不要江山天下。”

“这就是俗话所说不爱江山爱美人，
这话对有些人来说一点也不虚夸。
这事要放在你身上你会如何处理?”
云霞老师说完甜蜜笑着等我回答。
“这有什么难选择的，”我故意笑笑，
“让我选择我就既爱美人又爱江山天下。”
“好事不能都是你的二者只能选其一，
你刚才的这种选择我认为有点狡猾。”
云霞老师说完我们高兴地哈哈大笑，
一种情意相投的神晕显现我们脸颊。
像是陆游与唐婉互相吟诗作联，
互相唱和倾诉衷肠在花前月下。

如今陆游与唐婉经常来沈园互相唱和，
流连于天堂这温柔乡里卿卿我我。
再也不要一怀愁绪泪痕红邑鲛绡透，
再也没有东风恶人情恶雨送黄昏花易落。
“看来我们这次来此难以碰见他们，

不过也好,碰见了还打扰人家耳鬓厮磨。”
云霞老师说着我们便走出沈园,
又往前游看一会儿她便驾起了云朵。
我们腾飞在高空之中不停往下观看,
八重天上的大地山川到处都是美丽景色。
月夜中的大地山川景色是那么的壮丽,
看得让我心旷神怡真想放声高歌。

云霞老师带我又游看了许多地方,
所看到的都是让人赞叹的美丽景色。
看看时间不早我们便向九重天进发,
九重天是天堂最高的一重天阁。
九重天是我们游看三界的最后一站,
到现在还不知到底能得到什么结果。
我已经游看了三界那么多的地方,
给我的复杂感受一直让我无法言说。
越到最后越觉得心里乱成一团,
心里总感觉有一种心神不定的忐忑。
到如今还没考虑好见到玉帝说些什么,
也不知道玉帝到底能不能接见我。

“你不要老是那么思虑重重的样子,
对有些事也不要考虑得那么多。
一切都要安心顺其自然听从因缘,
坚持清静无为静心等待因缘的结果。

只有这样才能清除或减少心中怨愤，
减少你心中的忧愁从而得以快乐。”
“我又何尝不懂得您所说这种道理，
可每当面对人间现实却实在难以自我。
许多时候我真的是无法掌握我自己，
这也许就是我的品性或者说是性格。”
难道天生的我就是杞人忧天的命运，
说得好听一点我是位卑未敢忘忧国。

“不过我与您在一起感到从未有的愉悦，
这是我这些年来很少有的一种感觉。”
“我虽不了解你这些年在人间的情况，
但自我们见面后对你的心情我能理解。
其实我们当年在人间一起六年多的时间，
那时候我对你还是非常的了解。
特别是对你感情上的早熟我能看出，
对此我也懵懵懂懂有一种感觉。
对于你的才气和高远的志向十分清楚，
从那时我就认为你能干出一番事业。”
“假如能干出一番事业也不至于如此，
又怎会使我一直怨愤不断直冲天阙。”

“我在人间生活的时间只有二十几年，
其间还有孩提一段时期难以对生活领略。
你毕竟在人间已生活比较长的时间，

加上你聪明善思所以对人生体会比较深切。
我劝你还是那句话一切顺从天意，
我认为只有这样才能够解开你的心结。”
我们一边说着一边向九重天腾飞，
穿行在昊大漫无边际的茫茫天野。
“前面已说九重天是天堂最高的一重天，
天堂所有权力和办事机构都在此设列。
玉帝的灵霄宝殿坐落在九重天的中央，
以此为中心形成纵横东西南北诸多大街。”

“太上老君的宫殿坐落在南大街南端，
王母娘娘的寝宫和瑶池坐落在西大街。
天机处及六部等机构在东大街上，
北大街上有来自人间的几位人杰。
元始天尊在九重天上也设有宫殿，
但一直没有见到他居住在九重天界。
他也许隐居在人间大地昆仑山玉虚宫，
也许他去找其师鸿钧老祖九天外天界。
还有通天教主听说一直隐居在碧游宫，
九天玄女的宫殿坐落在神都西大街。
还有众多的神仙分别居住在各条大街上，
九重天上建有规模宏大的天堂城阙。”

“天堂的这个大都市建有众多的神府，
就好像人间华夏大地上的历代古都。

九重天是整个天堂中心是最繁华的地方，
是统管三界指挥三界的权力中枢。
人间最早的居所就是在神的指导下开建，
后来人间所有建筑也许都是依据天图。
天堂与人间的机构设置也基本一样，
有些机构的性质天堂与人间如同一处。
天堂上也有天兵天将也有御林军，
天堂上的玉帝也有专门的殿前守护。
《封神演义》中王魔等四人被封为四圣大元帅，
镇守灵霄宝殿就是他们的职责任务。”

“王魔等四人在《封神演义》中情况我熟悉，
他们当年在争战中表现也都非常勇武。
王魔等四人昔日在九龙岛潜修大道，
奈根行未深听唆使之萋菲致抛九转功夫，
为此反受血刃之苦这也是他们自作之愆，
幸天堂对他们不咎给他们为神之超度。
四人被敕封为镇守灵霄殿四圣大元帅，
从此在天堂九重天上尽享荣耀幸福。”
说到这里我问云霞老师，“我说得对吗？”
“你说得很对，没有一点儿错误。
看来你对那次大规模封神确实了解，
对《封神演义》既熟悉又记得清楚。”

“那次封神是鸿钧老祖与女娲娘娘商定，

鸿钧老祖又把此事告知三位高徒，
同太上老君、元始天尊和通天教主商定，
最终共同完成了建立三界的重大任务。
这一点人间凡读过《封神演义》者皆知，
不仅仅只有我才知道得这么清楚。”
“不过神学在人间华夏一直没有推开，
只有一些凌乱纷杂的神话传说传布。
因此使人间对神学可以说知之甚少，
更主要还产生了凌乱不一不合逻辑的错误。
天堂本来是三界中非常明确的神界，
在人间华夏却有很多人没有认识和感悟。”

“不要说别人我就是这其中之一，
在这次游看三界之前我从不信三界之事，
因为我是一位彻底的唯物主义者，
从来也不相信有鬼神这种无稽之理。”
说话之间不觉来到九重天中天门，
九重天的各天门云霞老师更是熟悉。
云霞老师上前一说就放我们通过，
不一会儿我们便登上天堂九重天际。
拂晓前的天空是那么的安静清幽，
夜景在最后的时刻显得更加美妙神秘。
灰蓝色的天空还有一些星星不停闪动着，
它们好像在为我们的到来感到好奇。

在这里看星星与在人间大地大不一样，
星星变成银色的大圆盘光烨格外旖旎。
它们好像就挂在我们的头顶上不停地摇动，
静耳一听就能听到它们的喘息。
可上九天摘星这话确实不是虚夸，
如果想摘好像随时就可以摘在手里。
它们就在我们头顶就像要随时落下来一般，
我曾几次跳跃起来试图伸过手去。
因为星星距离我们太近就在头顶，
跳起伸手时又好像还有一些距离。
看看北斗七星就在我们头顶北边闪耀，
它们不停地闪烁好像在与我们嬉戏。

还有许多大大小小的星斗游动着，
它们把放射出的不同光芒交织在一起。
它们的光芒远没有太阳光芒那么明亮刺眼，
也不如月亮的光辉那么清澈圣洁明晰。
它们好像带有露水的湿润及柔和，
感觉是那么的温柔和沁人的舒适。
随后或轻轻地挂在山峦树梢上，
或者轻轻地搭在宫殿的房檐殿脊。
时而又铺在神都大街纵横交错的街道，
使神都大街显得更加雅致祥静幽迷。
东方启明星拖着一条长长的尾巴跑出来，
闪着微红丰润含笑的亮光和甜甜蜜意。

在下面的月亮不停地淡化着身上的光彩，
正在往身上慢慢地蒙着一层薄薄的云霭。
此刻它已经走到遥远的西天之下，
把最后白蒙蒙的淡光开始慢慢隐藏起来。
它经过一个夜晚长途跋涉显然有些疲劳，
带着一种拘束和留恋的暗淡神态。
灰蓝色的天空越来越澄澈显出碧蓝，
开始疏疏落落淡洒着缕缕各色云彩。
一片片淡淡的白云像一团团棉花堆积，
又像一缕缕一块块洁白的绸缎飘摆。
那些金黄的云彩犹如锦缎在微风中舞动，
微红的云片恰如带着醉酡颜色的丽人梦中醒来。

整个天空不断发亮开始涌出一道道金光，
东方天际上半边开始有灰绿色云霓散开。
东方天际的下半边开始泛出淡淡红色，
不一会儿便有一缕缕粉红色开始溢出来。
溢出的亮光愈来愈红愈来愈加明亮，
带着湿露仙雾迷蒙的神都开始醒来。
太阳还未露出脸面就先放射出霞光，
把霞光挂在菩提树顶和神都殿台。
九重天上的山峦树木也已经苏醒，
为了迎接太阳而开始敞开了胸怀。
一会儿红中透出更加明亮的金黄色，

各种颜色都汇聚在一起显露出来。

好像顷刻之间一切景物更加清楚，
太阳还未露出脸就显示出它的豪放气概。
东方的早霞逐渐变成半天深红颜色，
头顶上的蓝天像涌动金色波涛的大海。
随着红霞碎开一道道金光不断射出，
横的是霞直的是光五彩云霞交织在一块。
忽然西边天空的彩云裂开白气缭绕，
在积聚的白气中拉起一条七彩虹带。
这是只有在雨后放晴才出现的景观，
如今这美丽的景致却显现在九重天台。
七彩虹带浮现在白气和彩云中间，
像是倒挂的匹练若隐若现流金溢彩。

所有山峦树木花草都缭绕着霞辉，
由灰绿色慢慢变成光闪闪的翡翠。
仙鹤、天鹅和各种神鸟都已经醒来，
披着霞光在彩云间不断飞去飞回。
像一片片祥云一簇簇锦绣飞过蓝天，
给九重天带来神采飘逸的祥瑞。
鸟儿优美动听的鸣唱汇成交响的天籁，
弦动起神奇缥缈的天音荡漾萦回。
朝霞中九重天上的神都仙气缭绕，
整个神都城阙上空涌动着万道金辉。

纵横交错的一条条大街流光溢彩，
一座座金碧辉煌的宫殿森严雄伟。

一座座宫殿檐角脊顶雕着吞金吻兽，
宫殿高大的门柱上龙飞凤舞透着雄威。
远看灵霄宝殿红玛瑙石殿壁庄严辉煌，
金黄鎏金瓦万道金色光焰喷涌腾飞。
亭阁星台有千年不凋谢的奇花异草，
炼丹殿有万年常青瑞草喷香花卉。
灵霄宝殿之前紫绶金章金鼓高悬，
金钉玉户龙凤舞艳朱门复道回廊金绘。
城西瑶池碧水琼浆玉兰朱楯玉簪珠履，
幽房曲室壁砌生光琐窗曜日映金环佩。
朝霞映照下的整个天空在等待太阳，
金光闪耀的神都在等待朝圣神威。

我不知道还有没有比这更壮丽的黎明！
不知天下还有什么景致比今日晨景壮美？
太阳刚露出脸就显示出它的伟大豪放，
就显示出天地间谁也无法动摇的权威。
九重天上壮丽景致让我看得眼花缭乱，
漫天之中无限瑞霭浓浓异香让我如痴如醉。
直到云霞老师拍了拍我这才转过神来，
接着云霞老师带我来到观天阁内。
“这一座殿阁就是九重天上的观天阁，

在阁内的神镜中能看到天和地所有范围。
能清楚看到九重天和日月星辰的转动，
也可以看到人间大地所有的山山水水。”

云霞老师把我带进观天镜的镜罩，
又走进一个可以上下左右转动的筒套。
就像人间天文台巨大的天文望远镜，
但观天镜比天文望远镜更加奇妙。
在这里我看到不停转动的每一重天，
看到每一重天的寥廓空间和大地景貌。
看到不停运转的日月和数不清的星辰，
看到运转的地球上面所有的景貌。
更神奇的是还能看到十八层地狱，
看到冥界城郭及每一层地狱的景貌。
我还看到九泉之下的灵园所有景物，
三界的一切在眼前都能轮番看到。

我们离开观天阁来到神都正北大街，
降下云朵在街面上步行着边走边瞧。
一座座宫院犹如人间古都的故宫，
整条街上都是仙风习习袅袅香雾缥缈。
忽见北面半空中一团滚滚红焰飞来，
金光中关羽身穿红战袍手握青龙偃月刀，
彩气翩翩腾云驾雾一路奔向灵霄殿，
火云罩顶彩霞笼五色金光祥瑞缥缈。

“你可能认出刚才过去的就是关圣大帝，
他在赶往灵霄殿去参加玉帝早朝。
他是人间升入天堂的八位人杰之一，
他升入天堂九重天是作为人间大义的代表。”

“关圣大帝在人间也是家喻户晓人物，
说他身长九尺髯长二尺面如重枣。
还描绘他丹凤眼卧蚕眉唇若涂脂，
大红战袍胯下赤兔马手持青龙偃月刀。
桃园三结义使他为大义而坚守终生，
为义字在人间华夏留下光辉闪耀。
温酒斩华雄过五关斩六将是何等义勇，
单刀赴宴、水淹七军写下义勇神妙。
曹操拜其为汉寿亭侯刘备封其为前将军，
皆是其义勇留下的一系列光辉写照。
在人间他被推崇为关公武圣关圣大帝，
升入天堂后按其人间推崇获关圣大帝封号。”

说话间只见仙乐一派祥云飘飘悠悠，
祥光瑞霭中一人身着金黄袍服金斗，
五彩金光中器宇轩昂向灵霄殿而去，
真所谓霭霭沉檀云雾长神光赳赳。
“他就是五帝之一的舜帝史称虞舜，
在人间作为帝王孝道一直千古传流。
你在游看灵园时已经拜谒过他的陵庙，

他以德报怨以孝报怨一直彪炳千秋。
他作为人间华夏大孝的代表在九重天为神，
在人间华夏二十四孝图中名列之首。”
正说话间只见一团腾腾紫气滚滚而来，
紫气中一面如乌金者格外轩昂雄赳。

“刚才过去这一位不用说你也能认出，
他的英名可是名震人间大地九州。
他是作为人间大廉的人杰升入九重天，
升入天堂后一直在刑部执掌法斗。
在人间华夏只要说起他人人皆知，
他在人间华夏一直被广为传颂而千古不朽。
只要提起包青天包大人谁人不赞颂，
至今人间只要提起包青天仍是赞不绝口。”
铁面无私的包拯以断狱英明著称于世，
他清正廉明刚正不阿人间华夏历代少有。
他执法如山一身正气被誉阎罗老包，
让那些贵戚宦官豪强闻者皆惮而敛手。

他举劾不避权势犯颜不畏逆鳞，
对邪恶势力不除他绝不会罢手。
他严于律己清廉正直注意砥砺名节，
凛然正气长存天地杲杲廉名彪炳千秋。
人间以崇敬之心呼他为包青天，
为后人留下琅琅遗训以昭其后。

"我们可否迎上前与他交谈几句?"
我向云霞老师提出迎访包青天的要求。
云霞老师十分同意接着驾起云朵,
"包大人请稍留步。"我们赶到包大人身后。
"蓝天使有何吩咐?"包大人停下身来,
"不敢,"云霞老师赶忙说,"只是在此恭候。"

云霞老师作为天使服务于玉帝殿前,
每一次早朝都要与各路神仙见面,
因此她与包大人也是十分的熟悉,
所以双方谈起话来比较随意自然。
云霞老师接着把我向包大人作以介绍,
又把我这次游看三界之事也简述一番。
"原来你也是一位忧国忧民之士!"
包大人话语里透着轻轻的感叹。
"你居然为国家之命运而忧心忡忡,
为人间邪恶势力不得治而怨愤冲天。
可是怨愤却解决不了什么问题,
关键是采取有效措施尽快治贪倡廉。"

"所以这次打扰请您能给以指导帮助,
请您就人间廉政建设拿出深谋高见。"
"'廉者,民之本也;贪者,民之贼也'。[①]

① 引自包拯的话。

要治国必须对贪官污吏依法严办。
民之本即国之本失民就必然失国，
民之贼即国之贼国之贼会使国之亡断。
人间华夏历史教训历历在目铭记天地，
关键在于有法而依并要依法惩办。”
“这是人间一个古老而又难以解决的问题，
反腐倡廉说起来容易做起来难，
人间华夏历代王朝皆为腐败而累而亡，
可以说这是人间一条无法改变的天鉴。”

“如果天堂不助仅靠人间恐难以解决，
就如现在的人间惩治腐败谁能有力回天。”
对我的话包大人赞同地点了点头，
不论他在人间为官在天为神应深知这一点。
“如今连包青天也没有办法?”云霞老师笑笑，
她不想把问题说得那么严肃让大家忧烦。
“除非包大人现在转世人间走一回。”
我也想把严肃问题说得轻松淡然。
“并且要在人间长寿到千岁或万寿无疆，
而且还需要一位千古明君坐在金銮殿。”
“是啊，我老包一个人也是无能为力，
我一个人又能如何改变现在的人间。”

“治理人间关键在于要有一位明君，
要有一批忠心有才华能治理国家的贤臣。”

说到这里看看快到早朝时间我们便告辞，
包大人奔向灵霄殿我们降落大街中心。
这时又见一团巍巍紫气飒飒飘来，
从神都北大街上空又驾云走来一人。
金甲长枪我一看就知道是岳飞，
他是作为人间华夏大忠人杰在九重天为神。
他是人间华夏民族英雄抗金名将，
其精忠报国精神一直感召着后人。
他是人间华夏南宋时期著名的军事家，
他率领着一支英勇善战令敌胆寒的岳家军。

岳飞文才横溢武艺高强武略非凡，
身先士卒行若明镜带头冲锋陷阵。
他廉洁避功治军严明战功卓著，
战不惜死精忠报国堪称忠勇人臣。
一代忠勇居然被以“莫须有”治罪加害，
昭昭日月泱泱华夏又如何能够容忍。
可叹立志精忠报国出师北伐壮志难酬，
只能以千古绝唱《满江红》寄托千古悲愤。
他的精忠报国精神在人间千古传颂，
激励感动着人间华夏一代又一代后人。
《岳武穆集》、岳飞庙至今言不尽忠烈，
作为军事家作为忠烈都为人间华夏千钧。

这时又见北大街上空瑞气盘旋涌出金光，

半空中一片瑞霭飘飘走来人间大贤孔圣人。
他脸上好像带着游说难遂其心的忧伤，
不过游看灵园时曾看到那么多人追随。
不知他如今如何开启对人间的教育，
为人间如何树立信仰统一散乱的民心。
不知他是否知道现实人间信仰泯灭的状况，
他是否知道人间老百姓充满冲天怨愤。
不知终生致力教育的孔老夫子想到没有，
人间老百姓一直为国家的命运忧心如焚。
孔老夫子急匆匆地奔向灵霄宝殿，
不知他在早朝中是否还游说儒家治国之本。

忽然西大街瑞云涌出千丛艳色万道金光，
悬花结彩香气氤氲云光缥缈遍地异香。
众仙女簇拥翩翩彩云缓缓飘离瑶池，
瑞霭祥云中仙乐盈空佩环之声脆响。
祥瑞向着灵霄殿一路缓缓飘飘而来，
一看就知道是从瑶池来早朝的王母娘娘。
正看之间南大街现出璎珞庆云祥光缭绕，
瑞气盘旋紫气萦绕飘飘而来一阵仙乐奇香。
一道者跨着板角青牛腰挂金丹葫芦，
祥云彩瑞中一股紫气冉冉萦绕飘荡。
这一定是太上老君来灵霄殿早朝，
只有他才有此祥云万道瑞气千条袅袅丹香。

不一会儿中天门处祥光瑞霭腾跃而来，
一看就知道赶来的是神威的托塔天王。
他们父子居住在八重天统率天堂兵马，
作为兵马大元帅掌管天堂所有天兵天将。
这时神都四处祥云迭起飘飘不断而来，
八方飒飒风声仙乐瑞气融融接连涌往。
太白金星及炎帝、尧帝、颛顼帝陆续赶来，
还有九天玄女、各重天正神和冥界十殿王。
“待早朝开始后我就进殿向玉帝禀报，
看他决定什么时间让你觐见朝堂。”
云霞老师说完走进灵霄殿向玉帝通禀，
让我在灵霄殿外等候她回来带我前往。

我正好也利用这个时间理顺要上奏事情，
自游看三界开始一直心乱如麻没来得及细想。
不一会儿云霞老师便走出带我走进灵霄殿，
来到统帅掌管三界的最高神府灵霄朝堂。
只见祥瑞融融香霭殿阁金光涌动仙气缭绕，
金黄黄明晃晃大金伞下端坐着玉帝器宇轩昂。
天妃掌悬扇玉女捧仙巾气昂昂两列仙卿，
整个大殿气势恢宏祥光辉映金碧辉煌。
我顾不得多看赶忙上前向玉帝施以大礼，
随后不等问话便主动表示我的所思所想：
“感谢三界至尊让我游看三界并接见我这个凡人，
让我感到特别的幸运更感特别的荣光。”

"这些年人间怨愤太重直冲天宫，
有时搅弄得让我心神不得安宁。
因此特意安排你代表人间游看三界，
让你用事实向人间说明天堂的公道公正。
人间发展到如今这种局面天堂也无可奈何，
元始神创造三界之初即把一切神机隐蕴其中。
魔帝、阎罗王、黄帝和几位菩萨都给你教谕，
其用意让你回人间后静心感悟争取早日悟懂。"
"为何人类创造之初就让其存在严重先天不足，
为什么不只用真善美来制造人的精神品性?
阴阳二气不是善恶二气好坏二气美丑二气，
为什么在创造人类身上却善恶好坏对等?"

"以致使人类私性和恶性太多并时常当道，
使人类一直以来始终过着悲惨的人生。
能不能把现实的人类毁灭给以重建，
如不能毁灭重建天堂必须相帮人间解除悲痛。
配一个冥界十八层地狱尚不能使人间得治，
像人类目前这种状况为何让其再立三界之中。
人间从善者升入天堂不再转世使人类质量越来越差，
天公地道因果业报在人间没有充分践行。
奏请让大孝舜帝、大贤孔子、大义关圣帝君，
还有大廉包公、大忠岳飞转世人间拯救人间人生。
人间华夏早已有天人教只是没有归纳统一，

奏请以天人教(或天神教)相融各教形成一统。”

“不知人类的发展方向最终要达到什么目标,
如照现在的路走不会永生也不会有太长寿命。
天堂众神不能只享福天堂要有所作为人间,
不然人间会有更多更强烈的怨愤冲上天宫。”
灵霄殿满殿神仙惊奇地看着我又看看玉帝,
“如若我的怨愤和奏请有悖天堂请给我严惩。”
“你其心可嘉其志可贵天堂不会责怪于你,
你所奏请之事天堂可以研究目前还难以应承。
盘古大神生天地众元神顺通一切皆自然,
天地玄黄仙凡路迥神鬼途分万物皆阴阳之能。
以你在三界所看所受教谕回人间感悟去吧。”
玉帝的话让我朦朦胧胧一时难以厘清弄懂。

跋

我心绪不宁,为不可预知的未来而骇怕,
我思绪不清,为过去总感觉心乱如麻。
我面前一片混沌,说不清是在梦中还是醒着,
我四顾茫然,四周失去了所有的光华。
我说不清自己是一个人还是一个灵魂,
我说不清自己是一个梦还是一缕云霞。
我渴望拨动宇宙的琴弦发出宇宙之声,
我渴望像元始神那样法力无边神通广大。
我渴望触摸神奇的三界躯体和心脏,
把它画成一幅幅简单的图片献给大家。
我渴望自己能尽快地获得一种清醒,
给我遥远的寻求一个明确的回答。

一丝清醒从我的头脑中一闪而过,
多么想抓住对我来说这一难得的时刻。
对心中那个一直不能实现的希望进行诠释,
告诉我真相和最终必然的结果。
在幽暗的远方边缘我触摸不到善良,
却始终被羁绊在一种猖狂的性恶。

在伟大的宇宙面前显得是那么渺小，
面对神奇的三界又感到不知所措。
清醒的时刻对我来说又是那么可怕，
让我对过去和未来都充满深深的疑惑。
我不知是该留住清醒还是让它离去，
总有一个声音在耳边喁语这由不得我。

清醒时总有一种控制不住的抑郁感觉，
总是对我羸弱的心形成巨大的威胁。
我知道这是来自天堂无法抗拒的旨意，
为此伤感和怨愤的情绪才那么强烈。
很多时候只想在倦怠时辰中让心灵入梦，
或者用一种麻醉剂注入清醒的心野。
只留下出窍的灵魂带着翅膀任意飞翔，
不怕迷失道路也不怕白天和黑夜。
在三界之间捕捉千姿百态广袤的幻象，
寻找我心中最遥远最理想的终极世界。
可是一直以来我都是自己心中的流浪者，
在迷茫和贫瘠中不断丢失着昨日岁月。

从华夏走来的古老道路依然历历在目，
回看古老的道路我的心却越来越模糊。
我面前所有的道路都已经丢失殆尽，
迷茫中再也看不到我所居住的房屋。
是我迷了路还是进入了另一个世界，

我孤独心愿的各种映像不断从心中涌出。
地狱灵园天堂的幻象在我面前飞掠着，
可它们好像在有意把我引入迷途。
我追寻的目标很明确却始终追寻不到，
心中的渴望却在迷途中不停地狂舞。
恍惚的心一直响着一种热切的呼唤，
激起我沸腾的热血和偶尔显现的感悟。

我深深知道我说服不了别人和自己，
深深知道无法诠释过去时光和未来日子。
孤独的夜晚一直伤感地躺在我的身旁，
残缺的月亮和柔弱的群星都陷入沉思。
命运骗走了我过去所有激情的时光，
在我心口上留下抹不掉的创伤痕迹。
即使这样在我的眼睛里仍闪烁不熄之火，
眼泪和着血液燃烧起奔腾不息的动力。
黑夜带着天堂的一道密诏进入我心中，
无论密诏内容写着什么都不会再感奇异。
对三界的游看使我对命运更加坦然，
我知道会在天堂密诏中读到什么旨意。

在过去的岁月里我一直想付出自己的爱，
一直狂想着要改变让人犹豫的未来。
直到此时我仍然两手空空一无所获，
只剩下两手捧着空壳的梦和一腔悲哀。

命运骗走了我和世界过去所有的正义，
只在我的心头上留下幽深的历史尘埃。
命运也许打定主意要抢走我的一切，
我知道却只能无可奈何地在焦虑中等待。
在三界的每一个觐见厅里我曾大声申诉，
可是没有谁能够为我的希望而更改。
天堂也在焦虑地等待我的最终感悟，
再不有所感悟也许会说我不知道好歹。

很多时候我曾懦弱地对着命运流泪，
流泪之后仍然对着太阳把希望放飞。
命运从未向我送来廉价的怜悯和同情，
世界只有在偶尔清醒时问一声我是谁。
世界总是向着它爱的人敞开胸怀，
有时会把它不爱的人看做是一种累赘。
神秘的三界有时虚幻得像浓浓夜雾，
把万象景物全部掩埋在一片昏黑。
我不知道世界选择我还是我选择世界，
是谁决定我来到这个世界走此一回。
直到现在我还没有完全明白这一切，
面对如此的神秘我又该如何去描绘。

当年建起的人生信仰在不知不觉中丢掉，
为此我的心忍受着一种无法诉说的煎熬。
我很想在历史中挣扎着露出人生峥嵘，

以此来开辟一条从未有的人生历史大道。
我并非狂妄之徒只是说出心中的想法，
在历史尘埃偶像中证明一种高超。
从未曾想过我的命运天堂早已决定，
无论我怎样努力心愿也不可能达到。
真理告诉说人在平凡中不断接近伟大，
历史说人生在艰难中才会得到真谛写照。
短暂的人生如何与永恒的时间相比，
读懂岁月的时候有人会哭有人会笑。

快乐对世界能够说出诸多快乐理由，
忧愁对世界同样能说出为什么忧愁。
地狱和灵园里的人都在感悟着人生，
当人迷失了方向的时候又该如何行走。
是人欺骗了世界不是世界欺骗了人，
因此三界主宰者都在为人的命运担忧。
一切权力最终总是想把世界主宰，
不管成功者还是失败者都难达到要求。
感谢神的智慧创造了人类的生命，
不知面对人类命运之劫神该如何拯救。
我一直在人间苦苦地追寻心中的希望，
未曾想却始终没有把人生的真谛参透。

此刻我无法用语言表示心中的感叹，
有时真想像花朵和果实那样至美至善。

恍惚的心时常向世界大声发出质问，
用一颗行善的心能否修复世界的病残。
怨愤的日子里复杂的感触总是缠绕心头，
不安的心怀着不忍总渴望着神力回天。
每每看到善被恶打得头破血流的时候，
想到生与死爱与恨总是飘浮在喧嚣瞬间，
我就感到这个世界疯狂得是那么可怕，
而一种强烈欲望在心中燃起腾腾烈焰。
面对如此世界天堂神仙应该感到羞愧，
而罪恶的元凶总是在夸耀它永恒的强权。

世界之善将会终结而罪恶也不能无穷无尽，
只有太阳会永远光辉灿烂披着光衣锦纶。
永恒的时间永远不会衰亡不会停止，
在太阳光辉中白昼与黑夜只是不同时辰。
假如没有太阳这世界又该如何生活，
没有大气没有水万物生命又该如何生存。
谁能说出永恒的时间永恒到什么时候，
当我追逐不到真理时是那样的伤心。
一种忧伤时常显现我在岁月废墟之中，
迷茫时常向我的头脑中强力注入矛盾。
过去我把多少神往送上天上的日月星河，
用好奇不断追逐着蓝天彩霞和白云。

这些年来纠结着我的是想冲出心的思想，

这些年来压迫我心的是世界的疯狂。
世界以痛苦吻着我的灵魂推着我的命运，
黑暗的四周只剩下一点遥远微弱的光亮。
我驻足在夜晚寂静的道路上聆听天音，
用我尚存的逻辑头脑还想辨出前行方向。
我知道自己无法改变这个难以认识的世界，
但我不屈的灵魂却不愿这样默默死亡。
天堂的神仙也许在等待着人的回心转意，
生命因失去爱和惩罚变得越来越疯狂。
被欲望冲昏头脑的世界已完全失去理智，
所有的善行和神的超度恐怕也毫无希望。

这世界到底有没有真正的公平公正，
清醒和恍惚之间的认识存在着不同。
我已经在人间苦苦地追寻了好久，
多少哲理的名言却一直在争论不清。
地狱、灵园和天堂的虚幻彻底打破现实，
使我思维不清的头脑感到更加懵懂。
我竟然不知事如何告别的天堂和云霞老师，
三界的一切在我面前不断显现重叠的幻影。
此刻我的灵魂仍不停地在三界中游走，
只是不知在人间的肉体此时是否已经苏醒。
地狱、灵园和天堂在黄昏薄暮中慢慢隐去，
我仿佛在混沌玄黄天地中做了一个长梦。

后　记

诗言情、诗言志是千真万确的。心里有了那份情无论如何也想表达，也要倾诉！中华传统文化博大精深，灿烂辉煌！这种感觉一直深深地埋藏在心底，并随着对现实生活的经历和感受，随着对世界的不断观察和了解，对中华民族五千年灿烂辉煌的古老文明更加认同和热爱，最终不得不抒发，不得不与中华优秀传统文化中又特别优秀的诗歌结合在一起，以继承和发扬中华传统诗歌优良传统的形式生发喷涌出来。

中华史诗第一部《中华之歌》真挚地表达了对中华五千年灿烂辉煌的古老文明认同、挚爱和深厚的情感、内心的骄傲和自豪，张扬了中华民族精神的责任和自信；表述了对旧中国近代一百多年受侵略、受压迫的历史的心痛！对新中国使中华民族重新站立起来、重新恢复中华民族的尊严、重新振兴、重新屹立于世界民族之林成为中华历史上更为伟大的一个历史时期的骄傲自豪及倾注着的挚爱！"五星红旗我为你骄傲，五星红旗我为你自豪"是发自内心的歌；倾诉了对伟大祖国的大好河山、世界民族之林独一无二"和而不同"的古老伟大中华民族的挚爱和自豪，借天开地阖之势，在更博大的诗意空间，以更鲜活的诗情流动，揭示了天、地、人之间彼此紧密关联的内涵，由衷地讴歌了天、地、民族大家园充满和谐生机的理念，虔诚地表达对了天、地、民族和谐的良好祈愿，真挚地抒发了对伟大的祖国、伟大的中华民族的美好祝愿。这是发自心的祈愿！

中华史诗第二部《中国人歌》则描写和歌颂了中华历史上那些伟大和杰出的人物，歌颂了他们为中华五千年的古老文明所作出的杰出贡献。同时表达了对他们其中一些人不幸命运的深深同情。

中华史诗第三部《华夏神歌》作为中华五千年文明中一个特别的部分是那么的古老和神奇，闪耀着特别的光彩，作为一种古老文化也是中华民族的祖先精心创造的，也值得研究。

中华史诗虽然洋洋四万多言，可仍然深切地感到，心中的歌犹未尽，情更未尽，祈愿未尽。诗言志，所以真。诗言情，所以善。诗言境（时境、身境、意境、环境），所以美。言志、言情、言境，“真善美”，这就是中华几千年传统诗作一直遵循的“宗”和“真”，这也是我写诗三十多年的最深体会。看看中华历史上留下的光辉不朽的诗篇，哪一篇不是体现着“真善美”！

“韵”、“押韵”、“韵律”是中华古代诗作必须遵循的原则。我国的韵文有着悠久的发展历史。殷周时代的民歌，就是押韵的，后来的楚辞、汉赋、唐诗、宋词、元曲和人民群众的诗歌、戏曲创作也都是押韵的，“韵”是中华古代诗作伟大艺术成就的重要因素。中华史诗始终把十三韵的构想融入其中，十三韵成为中华史诗结构的基础，全诗贯穿着传统“诗韵”的精神。要说中华史诗在构思上有多方面考虑的话，从“韵”出发是其中最重要的考虑。

所谓“象征”、“朦胧”、“超现实主义”，都不过是诗的一种属性，并非诗的全部。我国的现代诗无论什么主义，必须要脚踏实地，坚持以诗为本位，以民族为本位的“新古典主义”。坚持“宗”，回到诗的本位上来，回到民族的本位上来；坚持“真”，回到艺术三要素“真善美”的“真”的位置上来，回到“诗无邪”的位置上来。事实已经充分证明，愈是民族的，愈能走向世界，愈是艺术的价值，愈能屹立不倒，唐诗、宋词、元曲是最好的历史和艺术见证。中华史诗是以强烈的爱国主义激情，以现实主义的笔法，以历史学家的角度和眼光，以马克思主义历史唯物主义的观点，以创新的以诗述史、以诗传递知识的诗体形式来完成的。同时诗作中还洋溢着浪漫主义的情怀和充溢着批判现实主义的隐隐心痛。

中华史诗是一曲对于中华祖邦的倾情的礼赞,在它奔涌澎湃的旋律中跳荡着发自肺腑的对中华民族山川灵秀和灿烂历史的自豪感。中华史诗的独特之处在于以抒情的体式包容和吸纳了咏史和咏物诗的品质,从而拥有并产生了史诗的效应。中华史诗着力于展现诗的两个基本层面的功能,其一充分发扬我国诗歌的颂诗的传统;再就是又有效地承袭了自古绵延至今的诗教的品质。中华史诗试想从这两个方面进行完满融合。

通常考量一首诗歌的价值,首先总要以它在诗歌实践方面是否提供了新的经验为基点。这是对于作为艺术的诗歌的最基本的尊重。中华史诗试想努力做到这一点,从诗的形式上体现创新实践的重要价值。

中华史诗第一部《中华之歌》中的三卷最先在《中国作家》和《联合日报》分别发表,并由中国文联出版社、作家出版社分别出版。从第一卷最初发表到这次完成中华史诗的全部写作历时六年多的时间。此间由《中国作家》先后召开了三次研讨会,先后得到了全国政协、中国作协、山东省政协、山东省作协、青岛市政协的有关领导及《人民日报》、《中国作家》、作家出版社、《文艺报》、中国诗歌学会、中国文联出版社、《联合日报》、《齐鲁晚报》、《半岛都市报》、青岛市广电局、《青岛日报》、《青岛早报》、《青岛晚报》、《财经日报》等单位、新闻媒体领导的大力支持和帮助,得到何建明、高洪波、左中一、刘劲松、万岷、王必胜、谢冕、艾克拜尔·米吉提、葛笑政、阎晶明、叶延滨、韩作荣、张同吾、李小雨、陈清棣、萧立军、谭旭东、方文、唐力、王至邦、代光伦、朱竞、曾祥书、李鲁烟、王瑞芳、张成、陈玉崎、蔡晓滨、张相逢、宋力、孙海、王伟、张森、纪尚荣、贾永壮、刘丰、郭斌、荆向东、卜海鑫、王照青、张晋青、亓开平、李明、李全胜、年维佳、杜道同、崔立群等领导同志、著名作家、诗人、评论家、编辑和朋友的热情指导和帮助，在此一并致以衷心的感谢。

华文峰

2012 年 12 月 12 日于青岛

图书在版编目（CIP）数据

华夏神歌/华文峰著. -北京：作家出版社，2012.12
（中华史诗：3）
ISBN 978-7-5063-6809-4

Ⅰ.①华… Ⅱ.①华… Ⅲ.①史诗-诗集-中国-当代
Ⅳ.①I227.3

中国版本图书馆CIP数据核字（2012）第314610号

华夏神歌

作　　者：华文峰
责任编辑：贺平　王征
装帧设计：四色土设计
出版发行：作家出版社
社　　址：北京农展馆南里10号　**邮编**：100125
电话传真：86-10-65930756（出版发行部）
86-10-65004079（总编室）
86-10-65015116（邮购部）
E-mail：**zuojia@zuojia.net.cn**
http://www.haozuojia.com（作家在线）
印　　刷：北京中科印刷有限公司
成品尺寸：170×240
字　　数：500千
印　　张：39.25
版　　次：2012年12月第1版
印　　次：2012年12月第1次印刷
ISBN　978-7-5063-6809-4
总 定 价：168.00元（全三册）
